Ojalá Ben[...]
en tiempos oscuros
como estos, te
cuide los sueños
como a mí.
PITI/

Todo Belascoarán

Novela

Biografía

Paco Ignacio Taibo II (1949) es narrador, periodista, historiador y fundador del género neopoliciaco en América Latina. Sus libros se publican en veintinueve países y una docena de lenguas. Ha ganado tres veces el Premio Dashiell Hammett, el Premio Planeta en México, el Premio Bancarella en Italia y el Premio 813 en Francia, entre otros.

Paco Ignacio Taibo II
Todo Belascoarán
La serie completa de
Héctor Belascoarán Shayne

🌐 Planeta

© 2010, Paco Ignacio Taibo II

Derechos reservados

© 2021, Editorial Planeta Mexicana, S.A. de C.V.
Bajo el sello editorial BOOKET M.R.
Avenida Presidente Masarik núm. 111,
Piso 2, Polanco V Sección, Miguel Hidalgo
C.P. 11560, Ciudad de México
www.planetadelibros.com.mx

Diseño de portada: Vivian Cecilia González García

Algunas nubes (1985); *Amorosos fantasmas* (1989); *No habrá final feliz*
(1989); *Regreso a la misma ciudad y bajo la lluvia* (1989); *Sueños de
frontera* (1990); *Desvanecidos difuntos* (1991); *Adiós, Madrid* (1993);
Cosa fácil (1997); *Días de combate* (1997)

Primera edición en formato epub: mayo de 2011
ISBN: 978-607-07-0776-6

Primera edición impresa en México en Booket: octubre de 2021
ISBN: 978-607-07-7995-4

Impreso en los talleres de Impresora Tauro, S.A. de C.V.
Av. Año de Juárez 343, Colonia Granjas San Antonio, Iztapalapa
C.P. 09070, Ciudad de México.
Impreso en México –*Printed in Mexico*

DÍAS DE COMBATE

Para Marina que quería meterle mano
a las teclas de la máquina.

Para Belarmino, *el Cabezón* y Francis
que decían que iban a escribir una
novela policiaca en horas de oficina.

Sintiendo que el campo de batalla le pertenece,
empezó a obrar por sus propios medios.

LEÓN TROTSKY

El abismo no nos asusta,
es más bella el agua despeñándose.

RICARDO FLORES MAGÓN

I

—Abusado, güey, que me los pisa —le dijo al plomero, con el que compartía el despacho.

—Pues pa' qué los pone en el suelo.

—Para verlos todos, carajo.

—¿Al mismo tiempo?

—A la mierda.

—Una hermana —vaticinó impertérrito Gilberto el plomero, se ladeó la gorrita de Sherwin Williams y salió.

Héctor esperó el chasquido de la puerta y prendió un cigarrillo. Lo fumaba despacio, lleno de calma, como si el insulto le hubiera dado la dosis de paz necesaria para volver a encaminar las ideas en el riel.

Hacía frío afuera, más frío que de costumbre. En los últimos minutos, los ruidos del tránsito habían comenzado a crecer; el torrente de la jodida fiesta de humo y claxonazos, escapes aullando y semáforos en rojo: la sinfonía de las siete de la noche. Héctor caminó hacia la ventana y la cerró. Luego volvió a contemplar los periódicos desparramados ordenadamente por el suelo. Las lecturas tempranas de Hemingway lo habían convencido de que uno termina invariablemente compartiendo algo con el enemigo. Que la caza es el proceso en que la presa y el hombre se van identificando; pegando el sudor ajeno al propio, buscando una piel única que culmina con la muerte. Por eso, buscaba una y otra vez en los periódicos: una imagen, una idea, una pista, una forma. Un enemigo tangible. Pero el fantasma se diseñaba cada vez más difuso, más próximo al sueño, al encuentro accidental. Los lugares comunes se volvían un asedio que Héctor rehuía y desviaba con la paciencia del caballero medieval imbatible y bendito, rodeado de sarracenos empeñados en chingarlo.

El ruido se iba acumulando tras los cristales y desapareciendo en la noche. Después de aquel cigarrillo siguieron cuatro más. La ceniza se esparcía casi invisible formando una carretera que seguía fielmente los pasos de Héctor.

Había perdido la idea original y había pasado a ojear otras historias accidentalmente incluidas en los recortes de periódico: sociales, carteleras de cine, discursos del gobernador de Nuevo León.

—Al fin y al cabo pura nota roja —musitó Héctor y sonrió ante el desliz.

En un país donde la nota roja había trascendido de su lugar de origen a las páginas de sociales, se había escondido en la cartelera de los cines, en las páginas de deportes. En un país donde es nota roja las declaraciones del diputado, nota roja las frases del secretario de Gobernación, nota roja la boda Lanzagorreta-Suárez Reza, nota roja los comentarios del entrenador del Cruz Azul. Nota roja, incluso, los anuncios clasificados, pensó sonriendo.

—En un país como éste —pensó en voz alta, y apagó la última colilla. Buscó en la cartera un boleto del metro y se limpió las uñas con él, mientras revisaba por última vez los periódicos.

Se acomodó la pistola en la cintura evitando que la mira le lastimara los testículos y salió lentamente hacia el frío.

En el elevador se frotó los ojos desperezándose y contempló de reojo a una secretaria que prudentemente se había colocado hasta el otro extremo.

El frío de la calle lo lanzó de nuevo hacia el riel de las pequeñas ideas inútiles. Se contempló en una vidriera. Siguió caminando. Una música navideña, que salía de una tienda de discos, le resultó molesta.

Cuando estaba entrando en la boca del metro Pino Suárez, volteó inquieto como si algo lo estuviera siguiendo. Inmerso en el manantial de la gente fue impulsado por el metro (estaciones y letreros, entradas y salidas, transbordos, un cate tomado al volapié en Balderas) hasta la salida Tacuba-ya Sur de la estación Chapultepec. El frío le pegó de nuevo en la cara y sintió cómo los engranes habían vuelto a funcionar después del aplazamiento. Fue hacia su casa dando pequeños rodeos para comprar pan en La Queretana, y leche, jamón y huevos en una pequeña tienda de abarrotes que sólo tenía como razón social visible un letrero de Orange Crush. Una mujer de ochenta años lo detuvo a media cuadra de la casa para pedirle limosna; traía un saco lleno de pan duro en la espalda, y le contó una larga historia sobre la necesidad que tenía de operarse los ojos. Héctor le sonrió y le dio todo el dinero que traía, cosa de ocho pesos. Caminó hacia el edificio de departamentos mientras recordaba la mejor explicación que su ex mujer le había dado sobre por qué se separaron: «El día en que sepas para qué me quieres, vienes y me lo dices». Pensó, mientras esbozaba una sonrisa, mitad gesto congelado, que no era nada convincente decirle que quería acostarse con ella otra vez. Era el camino que había elegido. Subió poco a poco la escalera y entró a su casa. Cuando encendió la luz, los ojos buscaron el calendario para constatar que faltaban quince días para su cumpleaños.

Treinta y uno, ¿no?, se preguntó. Entró a la recámara cuidando de no pisar los periódicos extendidos cuidadosamente por el suelo. Cayó sobre la cama, bebió la leche directamente del envase y comió un par de bolillos con jamón, sacudió las migajas, encendió el radio; dio un par de vueltas en torno al librero. Tomó, después de pensarlo un poco, *Los aventureros* de Malraux, se tiró encima de la cama, leyó un par de horas y se quedó dormido. En medio de los sueños, sintió que en el riel comenzaba a moverse el tren. Se medio despertó, se sacudió un poco de la bruma y se desnudó. El sueño lo volvió a pescar cuando se metía en el lado de la cama donde las sábanas seguían heladas.

—¿Y usted, qué, no trabaja?

Había añadido nuevos recortes y los estaba observando con cariño.

—Pago la renta, ¿no?

—Ni qué —dijo el plomero mientras acomodaba sus útiles en su parte de despacho.

Seguía haciendo frío, a pesar del sol mañanero que pasaba a través de los vidrios sucios. El despacho estaba abierto al ruido de Pino Suárez; al ruido de las oficinas de al lado, llenas de abogados, empresas fantasmas, pequeños sindicatos charros, un dentista arrugado por el paso del tiempo sin clientes; una distribuidora de cuentos de monitos, y un baño excesivamente cercano y oloroso. La placa le provocaba a veces risa, a veces un coraje lento, y una que otra vez una vaga sensación de orgullo.

BELASCOARÁN SHAYNE
Detective
GÓMEZ LETRAS
Plomero

Tenía para tres meses más de renta y comida, después tendría que arrastrarse al viejo empleo, o buscar uno nuevo.

—¿Y qué, pagan algo por agarrar a ése? —dijo Gilberto el plomero.

—No, creo que no...

—¿Y por qué no le da a otras chambas...? O de jodida le entra de madrina a la judicial... Si le gusta lo de policía...

Héctor pensó que no valía la pena contestar. Recogió los periódicos medio manchados por las frecuentes pisadas de Gilberto, los guardó en medio de una cartulina doblada y se fue a comer con Teodoro y su mujer.

En la entrada del metro, volvió a sentir la sensación de ser vigilado y reaccionó girando la cabeza: una respuesta vertebral.

Metió el boleto en la ranura automática, compró *La Extra*, pensó que con el dinero que le quedaba podía irse: a Los Ángeles, a Buenos Aires, a Belgrado, al carajo...

Al carajo. Vivir era correr buscando un lugar donde meter la vida. Que alguien te metiera un tiro porque sí, para que mereciera la pena la tromba en la que uno danzaba. El amor era el fraude del que iban prendidos él y el viejito que pegaba timbres en las postales navideñas. Había una fiesta en los escaparates de ropa barata de Milano, en las tortas de a dos pesos, en los ojos brillantes de una quinceañera que caminaba recta sobre unos zapatos tenis y en sus tobilleras. El último monumento sobre la Tierra, la muchacha que se cepillaba el pelo, y el viejo que contemplaba el timbre pegado firmemente.

Héctor sintió un escalofrío, era el aire inhumano del metro y la fiebre que crecía.

Se puso a leer el periódico con las dos manos temblorosas. Los carros del metro llegaron aullando y se lo llevaron. La estación vacía volvió a llenarse poco a poco.

—¿Y qué, no has encontrado mejores motivos?

—Ninguno...

—¿No te parece absurdo? —preguntó Teodoro mientras ayudaba a su mujer a colocar los cubiertos.

Héctor estaba hundido en un sillón de plástico y miraba hacia la calle mientras fumaba. Los hombrecitos del suelo, los arbolitos, los cochecitos. La ciudad diminuta y suave, blandengue y sonrosada. La ciudad lenta, de clase media afable. La ciudad inventada por los que viven en un séptimo piso.

—Supongo que son absurdos.

—¿El qué? ¿El qué son absurdos? —preguntó Ana María.

Los vasos, la jarra de agua de limón, la mantequilla, la barra de pan negro, la fuente con ensalada de tomate, el salero.

—Sus motivos para ser detective —Teodoro apartó unos libros del sillón y buscó el encendedor.

Héctor esbozó una sonrisa. Luego la idea se le metió en la frente, y la sonrisa se dispersó en la boca. Fastidiaba, fastidiaba bastante la ausencia de aristas, de bordes, de violencia. Hacían un matrimonio pastoso, dulce. Héctor se sentía amelcochado; un poco envidiando la suavidad de la casa, del disco de bossa nova, de la mesa arreglada, de los libros ordenadamente desordenados que se apilaban por lugares no excesivamente molestos. Buscó con la mirada algo de qué asirse, algo que lo remitiera al vendaval, al huracán que afuera seguía gimiendo. Al huracán que, por qué no, necesitaba inventarse todas las mañanas para seguir viviendo. Debería tener dolor de muelas, o estar convaleciendo de una herida de bala. El guerrero reposando, algo así. No el reposo sin sentido al que se estaba sometiendo. Dudó entre sentarse a comer o irse. Incluso barajó dos o tres posibles excusas.

—Teodoro piensa que no son suficientes motivos para ser detective apellidarse Belascoarán Shayne. Ser hijo de un capitán de marina vasco y de una cantante irlandesa de folk —dijo y pasó a sentarse.

Con un gesto, Ana María obligó a Teodoro a que no encendiese la pipa, y sonrió condescendiente.

—No, motivos son suficientes. Pero suena muy neoyorquino, muy cosmopolita, poco mexicano. Sospecho que no es demasiado serio.

Héctor revisó sus motivos y sus actos seriados, casi mecánicos, de los últimos días, mientras le ponía sal a la sopa.

Alquilar un despacho, compartirlo con un plomero, poner un escritorio viejo sacado de la Lagunilla, hacer colas interminables para sacar una licencia de detective, terminar comprándola en una academia que daba cursos por correspondencia, conseguir una pistola, registrarla, sacar cédula profesional. Sentarse en el escritorio y esperar fumando, colgar una placa reluciente, rechazar al licenciado Suárez, vecino de piso, cuando ofrecía contratarlo para averiguar los malos pasos de una hija diecisieteañera. Sonreír a medias, perder la sonrisa y, mientras tanto, recortar. Recortar pedazos de todos los periódicos, adivinar, leer entre líneas, reconstruir, reorganizar en la cabeza calles y casas, refabricar ambientes, sugerir pequeñas ideas al tren que iniciaba su lento camino por el riel. Recortar, acomodar en el piso... Ir poco a poco creando la idea del cazador, la idea de la presa.

—Suena divertido —dijo Teodoro saliendo de su ensimismamiento. Ana María sonrió.

Divertido, no, pensó Héctor. Divertido, definitivamente, no.

Otras cosas. Intenso, terrible, irracional, apasionante. Mucha pasión sobre cada pequeño acto para darle la categoría de fundamental. Mucho amor en la caza que había iniciado.

—¿Has visto a...? —preguntó Ana María.

—Sí, la vi en la calle, a lo lejos, el otro día... Sólo de lejos.

—No te molesta que hablemos de eso, ¿verdad? —intervino conciliador, Teodoro.

—No, en absoluto.

—Es la primera vez que hablamos... Y, este... resulta absurdo, ¿no?

—Totalmente.

—Absurdo, porque no debería darle tantas vueltas. Desde que entraste quería preguntarte por qué pasó todo eso.

—¿El qué?

—La separación, el que dejaras el empleo así de un golpe. Todo, pues.

—No sé muy bien.

—Claro, si no quieres...

Ana María puso la fuente con el guisado en el centro de la mesa.

—No creo que pudiera explicar nada, ni yo mismo lo sé bien... Ni yo... —Héctor se levantó y comenzó a caminar hacia la puerta.

—Este... —dijo a modo de despedida.

—Espera, oye, Héctor —dijo Teodoro.

Rentó un coche y salió de la ciudad. Llegó hasta Contreras, abandonó la carretera y estuvo un par de horas disparando contra un lejano blanco casi imaginario. Trabajó fríamente, aprendiendo las superficies, las curvas, los pequeños mecanismos de la pistola. Cuando el frío aumentó, se subió el cuello del saco y regresó al coche. Manejó despacio, con el radio encendido y las ventanas cerradas, hasta la agencia. Pagó rigurosamente los kilómetros usados. Salió nuevamente a la calle y se sentó en el primer parque que encontró después de caminar media hora.

La muerte reposaba sobre la ciudad como un halo; un halo suave, incoloro, intangible. Héctor, desde la banca helada en la que estaba sentado, iba situando los límites, los perfiles:

Al norte, la Industrial Vallejo, una calle sin nombre, con dos fábricas, un baldío, una gran barda gris. En el rompevientos azul del cadáver, en la bolsa superior, junto a una pluma atómica y una libreta de direcciones, el primer mensaje: *El cerevro asesina*. Era la broma cruel, la última patada en el hocico a la muchacha muerta. El periódico extendido en la oficina declaraba una edad vaga (entre los trece y los dieciocho).

La foto no dejaba ver mucho más: un suéter claro bajo el rompevientos, una falda pegada de color oscuro, un peinado de salón, tez oscura. Hora posible del deceso: las 9.30 de la noche (de 8.30 a 10.30). Hora del descubrimiento del cadáver: 11.00 de la noche. Una patrulla de tránsito que seguía a un Ford Falcon gris por haberse pasado un alto en la glorieta de Vallejo descubrió a los mirones que rodeaban el cuerpo.

Dos días más tarde había sido identificada como «Amelia Valle Gutiérrez, dieciséis años, estudiante de secundaria en la Aquiles Serdán, hija de Feliciano Valle, machetero repartidor de la Sidral Mundet, Josefina Gutiérrez de Valle, ama de casa, segunda de siete hermanos... Había salido a comprar el pan y no regresó. 'No la buscamos porque a veces se...'».

—Dos al pastor, un agua de jamaica y una quesadilla —pidió.

Se había metido en una taquería cuando el frío había apretado. Mientras mascaba mecánicamente la comida, el tren sobre el riel comenzó a descarrilar. Un asesino que repite seis veces la misma mecánica, que mata seis veces a mujeres que probablemente no conoce. En una ciudad como México. El primer crimen hace un mes, luego a los diez días otro, y diez días más tarde el tercero. Después, el tiempo entre acción y acción había disminuido; los tres últimos se habían amontonado en la última semana. Las manchas rojas en el calendario de Héctor, a lo lejos parecían una línea: martes-jueves-viernes.

—Otros dos al pastor, y uno de chuleta.

¿Qué había presionado al asesino? ¿Por qué se había disparado? Estaba en la última etapa de una carrera y se había lanzado en un *sprint* furioso. El mundo había empezado a arder en torno a él y estaba esperando el final. Héctor machacaba lentamente todas estas ideas simples, las reducía a su mínimo contenido. Ahora, estaba cansado. Antes, durante todo un mes, había navegado en los laberintos de la complejidad; había navegado por la cabeza del asesino y por la suya propia con la desesperación del suicida. Ahora, quemaba el suelo bajo sus pies. Había recorrido calle tras calle, había intentado pensar como el hombre que rascaba en la purulencia de la ciudad rastreando víctimas.

En los últimos días, los simulacros de Héctor habían asustado a varias adolescentes, a una señora que volvía del mandado y a una secretaria que esperaba a su novio en la esquina de San Juan de Letrán y Artículo 123.

Había intentado investigar científicamente: revisar archivos de violencias conyugales sangrientas en los últimos diez años, hacer tablas de horarios (no había coincidencias notorias), de las zonas (cualquier parte de la ciudad fue escenario), de las edades de las muertas (16, 40, 27, 25, 52, 19), de sus ocupaciones (estudiante, prostituta, secretaria, maestra de primaria, dentista, estudiante), de sus procedencias sociales (clase media y baja) que no indicaron nada. De sus pasados (nada en común excepto que la última estudiante y la doctora dentista habían estudiado en la misma secundaria con veintidós años de diferencia), de sus hábitos (y éste había sido el caos: coincidencias en cines, lugares donde compraban ropa, dos de ellas frecuentaban una nevería, otra arreglaba sus útiles domésticos en el taller del padre de la secretaria). Había incluso buscado en el clima... Y ni siquiera la lluvia fina de noviembre aparecía como una constante a pesar de que él insistió en imaginárselo así. Y hurgaba en el monstruo en el que se había sumergido. La ciudad comentaba, se inquietaba despreocupándose. La policía utilizaba sus métodos tradicionales: la mexicana alegría (torturar a cuarenta lúmpenes, soltar cien pesos a cien chivatos del hampa policiaca y aumentar el número de patrulleros nocturnos; advertencias a las amas de casa para que no abandonaran muy tarde sus hogares, para que no anduvieran solas). Y Héctor seguía hundiéndose en el agujero, con sus periódicos extendidos en el suelo de la oficina, sus insomnios, sus tics, su pasado que se diluía en la cacería. Un mesero se acercó a retirar los platos usados y le pidió dos tacos más; la perspectiva de abandonar la taquería y salir nuevamente a la noche, no le seducía. Mientras tanto, el dinero de la indemnización se iba terminando. Terminaré cantando en los camiones con un perro al lado, pensó. Y sí, ése era el camino para encontrar de nuevo el triunfo. La desazón de «hacer las cosas bien» de la que estaba huyendo desde hacía un par de meses. El mesero pasó a su lado rozándolo. Automáticamente Héctor levantó la mano para ordenar, pero se sentía lleno. Encendió un cigarrillo y salió a la calle. Sombras, faroles brillantes. Ahí, con el primer golpe de frío, recibió la luz. Fue como un martillazo, como un hachazo a mitad de la cabeza. Entró de nuevo a la taquería precipitado pero intentando frenarse, conteniendo la angustia. El mesero le sonrió y comentó algo sobre el frío que hacía afuera. Héctor le devolvió la sonrisa, pidió un café de olla, se sentó y extendió el papel arrugado que guardaba en el bolsillo.

      I.   *El cerevro asesina*, primer cadáver.
     II.   *No tengo las manos sucias de sangre. El cerevro*, segundo cadáver.
    III.   *El cerevro no asesina. Mata limpio*, tercer cadáver.
   IIII.   *Susia muerte ya, cerevro*, cuarto cadáver.
  IIIII.   *Cerebro. Ya*, quinto cadáver.
 IIIIII.   *Yo, cerebro*, sexto cadáver.

Había elementos notables en las seis notas: inicialmente, la falta de ortografía en «cerebro» parecía una burla. La corrección en la quinta nota ponía el punto de interrogación sobre esta idea que Héctor manejó como una hipótesis precisa y ajustada a las primeras imágenes mentales que tenía del asesino. Luego pensó que la rectificación había sido la respuesta del asesino a la prensa que había insistido en las faltas de ortografía de la primera nota. Sin embargo, la corrección tardía señalaba que el asesino no había leído los periódicos. La idea no le gustaba demasiado. El hecho de que firmara todas las notas hacía aparecer una contradicción entre esta suposición y la egolatría, la necesidad del asesino de mostrarse ante el mundo. La redacción y la falta de ilación, por otro lado, hacían presuponer al asesino como hombre de una cultura muy inferior a la normal. Héctor naufragó cuando logró poner los seis mensajes juntos. Había una ilación, una ilación aparentemente primaria, pero que hacía pensar en algo más construido, más elaborado. La contradicción entre la primera y la cuarta nota parecía surgida de la necesidad de responder, de afirmarse ante una pregunta auto-formulada. Todo era demasiado sencillo para ser así. Y ahora, la supuesta clave que significaban las rayitas al lado de cada nota, como las rayas que van poniendo los meseros cuando les ordenan varias veces el mismo plato...

O como las rayas de los niños que están aprendiendo a escribir, o como las rayas de los jugadores de dominó. Pero no, los jugadores de cartas o dominó cruzaban la quinta raya sobre las cuatro anteriores para separar paquetes de cinco y facilitar el conteo general.

Se mordió el labio. Había que desechar la hipótesis, o por lo menos, no darle tanto peso. ¿Si cambió la ortografía hasta el quinto asesinato es porque lee superficialmente los periódicos?, se preguntó. Terminó el café de un sorbo. Sonrió y salió a la calle.

Una viejecita que vendía tamales le sonrió sin verlo. Héctor devolvió la sonrisa y cruzó la avenida mientras veía como hipnotizado las luces de un tranvía.

Tenía una playera blanca con un agujero. Era una playera sucia, desgastada, cubierta permanentemente por una camisa blanca o una chamarra. En la casa sólo usaba playera, más que una playera, una camiseta, una camiseta de mangas hasta el antebrazo, con cuello redondo; el agujero partía del sobaco derecho, no, del izquierdo, y corría estrechándose hasta la tetilla. Estaba parado en la esquina del cuarto. Las paredes estaban sucias, gris sucio; había un letrero pintado a mano en una de ellas: «Yo te la meto», acompañado de un dibujo obsceno, muy elemental. La cara no se le veía bien, era como una mancha imprecisa. Y sin embargo, se dio cuenta de que tenía grasa en el pelo y que no llevaba bigote ni patillas.

Algo más se concretó, los pantalones vaqueros, azules, desgastados, y los pies descalzos. Sucios y descalzos.

El hombre observado de repente reaccionó y giró lentamente hacia Héctor, que intentó ocultarse. El hombre sólo se le quedó mirando y Héctor buscó la pistola que no estaba en el lugar habitual. El hombre no hizo intento de acercarse. A lo lejos comenzaban a sonar las sirenas de las patrullas. Los aullidos de la Cruz Roja. Héctor quiso retroceder pero sólo encontró una pared. El hombre se le quedó mirando. A pesar de la poca distancia, Héctor no pudo precisar su edad, ni la forma exacta de su cara. Los rechinidos de las llantas indicaron la cercanía de los policías. El hombre no hizo intento de huir. Se quedó inmóvil esperando. Dos policías de azul con ametralladoras y uno vestido de civil entraron disparando.

—Éste, ese cabrón —dijo el civil apuntando a Héctor.

El hombre se deslizó por la ventana y sonrió dulcemente. Héctor le devolvió la sonrisa mientras las ametralladoras comenzaban a disparar sobre él. La muerte entró en su cuerpo mientras se oían los acordes del se-levanta-en-el-mástil-mi-bandera y musitaba: «Pendejos. No era yo».

19

Los calambres recorrieron todo el cuerpo y se despertó. Se aferró a la realidad cotidiana del cuarto, a la vida. Estaba sudando por cada uno de los poros. La luz del amanecer entraba por un pliegue de las cortinas. La angustia le había creado un nudo un poco más abajo de la garganta, la boca seca, la nariz tapada. Sintió ganas de llorar. El cuarto devolvía la desolación que Héctor con paciencia había estado construyendo durante estos meses. La necesidad del llanto se le fue disolviendo poco a poco en una sonrisa entre amable, cándida, cruel y autocompasiva: fueron tantos tacos y tantos cigarros... pensó.

La ciudad era como una enorme pista de patinar en la que cobraban quinientos pesos la entrada. Y pocos tenían quinientos pesos... Los demás, veíamos desde la banqueta, pensó Héctor. ¿Pero de dónde había sacado sus quinientos pesos el asesino? Había precisado sus recorridos nocturnos a una sola zona de la ciudad, y rigurosamente hacía guardia de siete de la noche a las ocho de la mañana. Después de trece horas de caminar incesante por la ciudad, no le quedaban ganas de pensar en nada. Divagaba. Trece horas caminando que movían su pequeño tren mental por el riel hasta descargar en él todo lo que tenía dentro. El tren carguero de Héctor Belascoarán Shayne.

Así se fue abriendo un nuevo planeta. Empollándose en el cascarón de la niebla del amanecer, rompiendo los vahos, las colas del metro, los ruidos primeros.

Pariendo de las mangueras con las que las sirvientas lavaban el coche y de las colas de la leche y del olor a pan sorprendido tras una reja cerrada que ocultaba la panadería y las catorce horas de trabajo de los tahoneros. Así se fue abriendo una nueva ciudad para el buitre de gabardina blanca que planeaba sobre ella, que se acodaba en los mostradores para comprar cigarrillos, que se dejaba caer somnoliento en las bancas de los parques, que caminaba, que caminaba, que caminaba.

Incesantemente, el pequeño motor oculto en la columna vertebral de Héctor convertía los pasos en metros, en kilómetros; su gabardina blanca se iba llenando de polvo. Los ojos como los ojos del buitre, como el centro de una mira telescópica, iban acumulando observaciones inconscientes, deseos, sueños, sugerencias.

La muchacha de la diminuta falda gris, el petulante policía de tránsito, los tres adolescentes que fumaban por primera vez en el asiento trasero de un camión, la banda de niños huyendo de la escuela, la sirvienta que iba por el periódico... Y los millares de anónimos personajes más...

A partir del cuarto o quinto día comenzó a dejarse llevar por las intuiciones. Perdió dos tardes siguiendo a un mecánico porque le sorprendió en los ojos una mirada inquieta dirigida a una secretaria nalgona y coqueta.

Un viejo grisáceo fue objeto de una silenciosa persecución. Y más tarde, un taxista terminó preguntándole si traía algo con él cuando abordó el taxi por tercera vez.

Pero no todo fue decepción. La ciudad se le abría como un monstruo, como el vientre fétido de una ballena, o el interior de una lata de conservas estropeada. En sus escasas horas de sueño, sueño de hombre agotado, de trabajador vapuleado por la jornada, la ciudad se convertía en personaje, en sujeto y amante. El monstruo le enviaba señales, soplaba brisas llenas de extrañas intenciones. La selva de antenas de televisión bombardeaba ondas, mensajes, comerciales. El asfalto, las vitrinas, los muros, los coches, las taquerías al carbón, los perros vagabundos le hacían un lugar en su ritmo.

A los once días Héctor se aproximaba a un estado fronterizo a la locura.

Era un jueves y había estado caminando por las colonias de la parte de atrás del Casco de Santo Tomás; la Progreso Nacional, la calzada de los Gallos, la Victoria de la Democracia. Había estado vagando entre las vías del tren de la parte posterior de la estación Buenavista, en los campamentos de los peones de vía, entre las mujeres que lavaban y los niños que jugaban en la tierra seca y desgranada alrededor de los durmientes y las vías muertas.

—Carajo, ya ni el sol me calienta —musitó.

Se detuvo un instante, contempló alrededor suyo lentamente. Y logró escapar de la fascinación que ejercía aquel pozo sin fondo.

Caminó rápidamente sobre la vía del tren y luego se desvió hacia Insurgentes. En la primera caseta telefónica marcó el número del primer teléfono amigo que le vino a la cabeza y se hizo invitar a comer.

El estrangulador estaba cada vez más lejos. Sin embargo, la ciudad que lo había construido estaba más cerca.

Se fue en metro para no perder la costumbre, y mientras la gente lo empujaba, revisó la primera plana del periódico del mediodía. Hojeó las noticias principales y definió sus simpatías: en el conflicto entre Honduras y El Salvador: neutral. En la guerra del Medio Oriente: con los palestinos. En la bronca entre los negros y la policía de Nueva York: con los negros. No está mal, pensó. Algo así como si de tres hubiera acertado los tres.

La idea lo persiguió tenazmente hasta la casa de Mónica, a la que encontró poniendo la mesa y librándose de un primito suyo que había venido a gorronearle los cigarrillos.

El chavo, de unos trece años, sonrió maliciosamente antes de irse, y acabó de estropearle la comida a Héctor.

Después de comer discutió con Mónica casi sin motivo. Los lazos del pasado no eran lo suficientemente sólidos. El presente, una boca de mina, un túnel cegado. Aun así no perdió oportunidad de admirar las piernas de la anfitriona y entre risas, o medias risas, o ceños fruncidos...

Y entonces se preguntó de qué lado se pondría el asesino.

—Ay, Héctor, sigues igual —dijo Mónica.

Y Héctor sonrió como Steve McQueen. Luego encendió un nuevo cigarrillo. Mónica caminó hacia la cocina para traer un par de cervezas. Héctor expulsó el humo y adivinó que terminaría acostándose con ella.

El regreso del frío. Eso era, el regreso de una semana de perros, de sombras, de entrar en la piel del asesino. «Ay, Héctor, sigues igual», parafraseó a Mónica y casi sintió en el interior de la cabeza cómo brotaba insulso, pendejete, el mismo tono de voz. Y luego musitó: «Mierda que sigo igual. Tengo el jodido vicio de ser como soy. Por eso disimulo».

Mónica regresó contoneándose de la cocina. Héctor pensó que movía las nalgas más que cuando había entrado. Pensó en los botes de especias: comino, sal de ajo, pimienta blanca, hierbas de olor, movedor de nalgas, tomillo...

—¿Detective? ¡Quién lo hubiera dicho! ¡Y en México!

—Sí, ¿verdad?

—En la prepa, Martita, ¿te acuerdas?, la muchacha ésa, chaparrita, la que era mi compañera de banca, siempre pensaba que tú eras un poco loco... Lo que pasa es que estaba muy enamorada de ti.

La muy piruja, pensó Héctor y no pudo dejar de expulsar una carcajada.

—¿Enamorada de mí?

El asesino, carajo. El asesino, pensó Héctor.

—Algo así, tenías fascinada a la mayoría de las muchachas de la clase... Sobre todo cuando golpeaste al profesor Benyon, el de inglés...

El asesino, coño, y avanzó hacia Mónica que desde que se sentó mostraba impávida ocho centímetros cuadrados de pantaleta rosa.

Hicieron el amor en la alfombra.

El amor, esa piedra de esmeril que se desgasta mientras afila nuevamente la espada que descarga el tajo del amor.

Mónica se dejaba escuchar a veces sobre el suave sonido del tocadiscos. Las gotas de agua, la canción en la regadera. Héctor fumaba un puro que algún precursor en la cama de su amiga había dejado en un cajón.

—Soy un cabrón —dijo, y se levantó para irse sin dejar ninguna huella, ningún rastro. Quizá su semen, o la ceniza del puro de otro.

En la calle se sintió menos presionado, más suave. Inconscientemente caminó hacia el metro. Parecía el punto de arranque de sus angustias.

Y lo que pasa es que no querías meterte en el ritmo de la muerte. Presentías un desenlace rápido. Sentías cómo el estrangulador iba apretando en tu sien el nudo de su locura. Pero, ¿lo sentía? ¿Era él, o el estrangulador el que aumentaba el ritmo de sus palpitaciones? Héctor comenzó a pensar que, en el fondo, se había inventando toda esta terrible progresión. La idea le atraía desde un ángulo diferente al habitual.

Esto podía durar meses, o quizá años enteros... Respiró a fondo. Decidió ir hacia su viejo trabajo.

¿Y cuál era su viejo trabajo? El dar vueltas y vueltas a sus extrañas ideas. Ningún curso de detective por correspondencia iba a dotarlo de una mentalidad deductiva afinada. Esto era un trabajo como cualquier otro, de rutina; de rutinas que van abriendo huecos. Hasta que el hueco es tan grande, que son las fauces del dragón y te devoran.

El peregrinar por la ciudad lo depositó en un pequeño café cerca del Monumento a la Revolución. Un café de judiciales y de líderes sindicales charros. Un café de burócratas y vendedores ambulantes. Y ahí se tomó tres americanos, uno tras otro, casi sin darle reposo a la taza anterior.

En 1959, cuando él estaba en tercero de secundaria y tenía quince años, los judiciales dispararon a los ferrocarrileros desde ese café. Era la época de grandes manifestaciones incomprensibles, de obreros manchados de grasa con la llave stilson en la mano retando al Estado y enfrentando las balas de la policía, y él no había entendido nada. En aquella época bastaba con pelear suavemente contra una madre dominante, una novia que se negaba a ir al hotel, un maestro de cálculo que lo traía jodido, y un tío arquitecto que se empeñaba en que dejara de estudiar y que entrara a trabajar de capataz en una obra.

Dos años más tarde, pensó que entendía. Cuando las huelgas estudiantiles de apoyo a los choferes de camión. En segundo de prepa, el mundo era más noble, la novia menos reacia, el cielo menos gris. El país más difícil. Pero todo eso se fue hundiendo en el olvido de una carrera que crecía, una carrera de coches de la que era piloto sin saberlo, un maratón de pendejos que corrían los cuarenta y dos kilómetros obligados por caminos que ni siquiera estaban recién asfaltados.

Y en eso estaba Héctor Belascoarán Shayne cuando recordó la frase de su vecino el plomero: «Es que así somos de calientes los mexicanos».

Y el estrangulador así sería de caliente, y era por eso, por una calentura que le crecía adentro y le crecía. Pero Héctor, ¿qué sabía de los mexicanos?

Eran, «esos mexicanos», gente que se hacinaba en familia dentro de un cuarto de seis por tres, que veía pacientemente a su padre cohabitar con su madre y que terminaba tirándose a su hermana por proximidad de cama, que estudiaba primaria y no la terminaba por lograr pescar chamba de mecánico que justificaba cierta libertad, un lugar en la familia, el derecho a embutirse seis cervezas la mañana de los sábados, a pensar en casarse para repetir el ciclo. ¿Eran ésos los mexicanos calientes de los que hablaba su vecino el plomero?

Y Héctor comenzó a sentir pena de ellos y de sí mismo, de las horas sin comer y sin dormir, y de haberse acostado con Mónica sin quererla, y de la próxima víctima del estrangulador y de un compañero de trabajo que había tenido que un día se suicidó, y de su madre a la que no veía hacía seis meses. Y se descubrió llorando.

—¡Qué mierda! —susurró, y el mesero le trajo otro café pensando que él lo había pedido.

Se encontró en la calle sin saber claramente a dónde iba y qué era lo que quería hacer. Comenzó a caminar paso a paso las calles. Había atardecido y comenzaba a llover. Los titulares de los periódicos de la tarde hablaban de un nuevo hecho de sangre, un accidente en la carretera de Querétaro. Cuarenta y tres muertos. No compró el periódico.

La ciudad era la olla de agua sucia de siempre, pensó Héctor. Y distraído, contempló los aparadores de las tiendas mientras se iba acercando insensiblemente al centro. Los anuncios luminosos lo capturaban y distraían. Al llegar a la Alameda, las parejas corrían a su lado huyendo de la lluvia que arreciaba. En una vidriera del Hotel Alameda se conmovió de su imagen reflejada.

Luego, lentamente, decidió que había de comenzar de nuevo.

El elevador lo subió renqueando hasta la oficina:

BELASCOARÁN SHAYNE
Detective
GÓMEZ LETRAS
Plomero

Se durmió en el sillón.

Héctor Belascoarán Shayne había cumplido ese día treinta y un años.

—Nunca hubiera creído que usted era él, licenciado...

—Pero cómo no, mi joven Héctor. Detrás de lo obvio se encuentra lo inesperado, decía Sherlock a su fiel Watson.

Todo sonaba demasiado a pesadilla, y Héctor comenzó a salir del sueño. Poco a poco, suavemente, abandona la modorra y adquiere conciencia del dolor, de los muelles y los botones del sillón clavados en las costillas. Un rayo de luz saliendo de la ventana le golpea la cornisa de los ojos. La mirada baila deslumbrada. Una sombra frente a él sugerida basta para que Héctor tire mano a la pistola, que curiosamente no está donde sus ideas la tenían fijada. Encuentra la pistola tras un registro veloz, casi encaramada en el cuello.

—No vaya a disparar, cuñado —dice Gilberto el plomero.

De la tienda de discos de allá abajo sube mezclado con el rumor del tráfico un bolero de José Feliciano: «Nosotros que nos quisimos tanto, que desde que nos vimos amándonos estamos...».

Héctor se sentó en el sillón y comenzó a sacudirse el sueño, a regresar a la realidad lo más rápido posible. El plomero, excesivamente amigable, colocado entre la ventana y sus ojos, se perfilaba como una silueta brillante.

—Una *pecsi*, maestro.

—Gracias —susurra Héctor.

Mientras traga el líquido dulzón, va reingresando al mundo. José Feliciano ha sido sustituido por Manzanero: «Qué piensas cuando un ciego se enamora, cuando quiere ver la aurora como se...».

—¿Por qué tan amable? —pregunta violento.

—No, aquí nomás —responde defensivo Gilberto el plomero. Se ladea la gorrita y le hace un gesto obsceno.

—Y qué, ahora viene a despertar a los cuates y les regala una Pepsicola, ¿o me veo muy jodido?

—No, mi estimado, cómo va a ser... En primeras de cambio, estaba diciéndole al señor presidente de la República que era el estrangulador, y la neta, me pasó la onda. En segundas, ahí está una carta para usted.

Se la tiende obsequioso.

¡A la madre! Entonces, era el presidente, piensa Héctor, y toma la carta. Con la mano libre se despacha un buen trago de Pepsi; la coloca a un lado, saca un cigarrillo arrugado del bolsillo de la camisa y trata de sacar un cerillo de la cajita sin lograrlo. Gilberto, amable, le da lumbre. Había intentado abrir la carta con la otra mano sin poder. Por fin, abrió y leyó en voz alta, como agradeciendo a Gilberto tanto esfuerzo:

—Blablabla, bla... que se presente el próximo sábado a las 7.30 horas al estudio B de Televisa para iniciar su participación en *El Gran Premio de los 64 mil pesos*. Atentamente, Amalia Vázquez Leyva, coordinadora de producción.

—¡Ándele! —susurró el plomero.

—¡A la madre!, y no he estudiado nada —susurra Héctor.

Sábado era mañana, pensó Héctor. El plomero estaba trabajando en el destape de una tubería interna del calentador de agua, y admiraba de reojo a Héctor cada vez que podía. De la calle subía el ruido confuso de la mezcla urbana: un danzón, el tranvía, los autobuses, los voceadores de *La Extra* del mediodía, una cola aullante de niños de primaria que iban de camino a algún museo.

Héctor hizo una lista:

Hablarle a mamá.

Revisar el fichero de estranguladores.

Confirmar por teléfono asistencia al programa.

Ordenar la cabeza.

Invitarme a comer con alguien serio.

Mandar que laven la ropa y limpien la casa.

Comprar balas.

A lo largo del día se juró seguir fielmente la mecánica. Pero el tiempo, que encogía al usarse, impidió poner en la cabeza todo lo que quería. A la una y media había hablado con su madre, había recogido los ficheros de estranguladores, había telefoneado al programa para confirmar la presencia, y había logrado que la portera le limpiara el cuarto y le lavara la ropa sucia. Gilberto, con una módica propina de cinco pesos, y víctima de su nueva adoración por el hombre con el que había compartido el despacho y que ahora iba a salir en «la televisión», había ido a comprar las balas.

Héctor se había lavado la cara un par de veces en el baño y ojeado los recortes del último crimen. Entonces se puso a pensar con quién iba a comer. Y pensó, claro en primer lugar, claro, que ayer había sido su cumpleaños y que la herida ya había restañado, y que Claudia estaría libre. Y entonces tomó el teléfono y comenzó a marcar despacio, como temiendo que se le escapara, el teléfono de su ex mujer.

—¿Claudia?

—Ah, hola, ¿eres tú? —«un poco fría, pero agradablemente sorprendida», intuyó.

—Sí, yo.

—Ayer fue tu cumpleaños —dijo Claudia.

—Sí, este... te hablaba por eso...

—Pues felicidades —dijo Claudia, y colgó.

Y el mundo se iba yendo al carajo de poquito en poquito, mientras en el oído izquierdo sonaba el repetido timbre de «ocupado». En el centro del huracán, *ring, ring, ring.* En el fondo del abismo de cada día, del infierno más que humano que nos fabricamos y en el que vivimos. *Ring, ring, ring.* En el eje de nuestros recuerdos y nuestras pesadillas, de nuestro llanto y el llanto del mundo, *ring, ring, ring*. Ahí, *ring, ring, ring*. Repentinamente la línea se desbloqueó y pasó señal para marcar.

—A la mierda —susurró Héctor y colgó.

Tardó más de media hora en reponerse de las ilusiones. No moralizó el asunto, no se arrepintió de nada, simplemente constató el hecho. La puerta estaba cerrada, ya nunca volvería a abrirse... Por ahora.

Luego, se puso a estudiar el fichero. Comió unos tacos con el plomero que lo contemplaba amablemente sin atreverse a hablar del programa. Intuyendo la expectación de Gilberto, le prometió un pase para el estudio y salió a la calle con los recortes de periódicos de los dos últimos crímenes. Tenía que cambiar de aire, buscar un lugar donde poner a caminar el cerebro, donde hilar una lógica. No bastaba con tirar al viento el reto del programa de televisión, aunque estaba convencido de que el estrangulador iría a la trampa, mordería el cebo, porque Héctor lo había mordido.

Caminó por la ciudad sin rumbo fijo, y fue a dar a los parques donde había jugado de niño. En el Parque México, niños judíos y algunos viejos, seis o siete madres jóvenes de clase media acomodada gozaban el sol y exponían a sus niños en carrito a horas de plática insulsa y poco paseo.

Cerca de la fuente encontró una banca libre. Había algunas cagadas de paloma que apartó con la sección de espectáculos del periódico.

Por instinto empezó a leer por la nota roja. Ahí, agazapada, lo esperaba la bofetada del estrangulador: «Dos nuevos crímenes del cerevro», «La ciudad tiembla».

La misma noche en la que dormías apaciblemente.

Una mujer de treinta y seis años, viuda, de buen ver, secretaria de un político oficial, asesinada en la carretera de Querétaro. Una sirvienta de diecisiete años, asesinada en un callejón de la colonia Narvarte cuando iba rumbo a tomar el camión para su pueblo. Dos notas similares, con siete rayitas cada una precediendo el mensaje:

/////// *Cerevro vuelve.*
/////// *Es la justisia.*

¿Por qué siete rayas repetidas?

Héctor comenzó a desechar elementos, a organizar lo que quedaba:

Muertes sin relación, en diferentes horas, en diferentes sectores de la ciudad, misma técnica, iguales notas.

Y luego dejó que las ideas sueltas buscaran asociaciones: un camarero, un jugador (por lo de las rayitas).

Alguien cuyo trabajo le permitía estar en la calle a horas muy diversas.

¿Y si se tratara de una mujer y no un hombre?

El político oficioso que quería librarse de su amante y asesinó seis mujeres antes y una después (y esto valía para una relación de cualquiera de las anteriores mujeres, aunque le parecía más consecuente pensar en el político priista).

¿Y si se tratara de varios asesinos?

Y fue desechando amparado en una lógica elemental, bastante eficaz, hasta llegar a la siguiente serie de preguntas:

¿Por qué seguía matando? (¿Por qué mataba?)

¿Por qué no encontraba una rutina, un solo centro de operaciones, un tipo de mujer en especial?

¿Qué probabilidades había de que se descubriera accidentalmente si siguiera a este ritmo?

Llegó a las siguientes conclusiones:

a. No se trataba de un taxista, ni de un plomero, etcétera. Nadie que tuviera un acceso directo a una mujer sola por medios profesionales, hubiera dejado de utilizarlo en ocho probabilidades.

b. Las mujeres eran enfrentadas en la calle y asesinadas. No habían signos demasiado evidentes de persecución o de violencia previa al crimen.

El asesino tenía que tener un pretexto para acercarse a ellas y atraerlas.

O era extraordinariamente «carita» o era un vendedor, un policía o un conocido.

Alguien que no inspiraba desconfianza.

c. No había nexos entre las ocho mujeres. Esto impedía la existencia de un asesino conocido por ellas (sería excesivamente casual que si él las conocía a todas, ellas no se conocieran entre sí).

d. Dentro de estos marcos el asesino podía ser una mujer, por ejemplo, una vendedora de productos de belleza que accediera a todos los niveles sociales, y que tuviera recorridos por esas zonas.

De todas, ésta era la idea más racional. Sin embargo, ¿qué motivos podían impulsar a una mujer a cometer ocho asesinatos?

Detrás del vago término «crimen sexual», la cabeza de Héctor ocultaba, y lo sabía, una mucho más vaga información aun sobre las motivaciones de un crimen sexual. Y es por eso que a pesar de que no le convencía la tesis de una mujer estranguladora, y que en sus fichas de estudio para el programa no tenía antecedentes importantes en ese sentido, decidió no desperdiciar la oportunidad.

Se sacudió la caca que le habían hecho encima un par de gorriones, y murmuró: «Pinches pajaritos de mierda». Se levantó con sus dos periódicos llenos de notitas escritas en lápiz, pensando en dónde iba a comer. El sol de las cuatro de la tarde, los niños que jugaban futbol, los chavitos que recorrían como exhalaciones el parque en bicicleta y patines, los viejos arrugados que releían *La Ilíada* o *La Odisea*. Todo, todo eso, más la brisa fresca de la tarde, las gotas de agua que salpicaban su cara al pasar por la fuente, el ruido de un par de radios de transistores en manos de adolescentes que susurraban un rock modulado y dulce, el paletero, lo hicieron sonreír. Era una película de Lelouch, en un mundo que lamentablemente era muy mierda.

Y se fue caminando en medio de la fiesta de los niños, las bicicletas, los viejos, el sol, la fuente y el paletero.

—¡Héeector!

—¡Carajo!

Se abrazaron en medio de la plaza de los columpios. Una batalla de gritos y vueltas. Todo un ritual, porque uno no suele encontrarse con su hermano, al que no ha visto hace dos años, todos los días, con un carajo.

II

—¿Un café? —dijo Carlos.

Héctor asintió mientras contemplaba el pequeño cuarto.

—Y ahora, rapidísimo, cuenta qué ha pasado, hermano.

Los trastes de la diminuta cocina chocaban entre sí, las tazas estaban sucias y había que lavarlas, el azucarero no aparecía, el fondo del bote de Nescafé había que rasparlo para sacarle polvo para dos tazas.

—Lo que pasa es que, así, de repente, no se me ocurre nada —dijo Héctor, y sonrió.

El sol de la tarde pegaba en la ventana y rebotaba hacia afuera. El cuarto, en una suave penumbra parecía más pequeño, pero amable, acogedor, como susurrando: «siéntate y te pongo un disco», o «fúmate una pipa, mientras el café calienta», o «lee un libro y tómate una copa de jerez». Por eso empezó a ojear los títulos de los libros: Marx, Trotsky, Lenin, Mao, Ho Chih Minh, El Che, antología de poesía cubana, novelas de editoriales latinoamericanas, libros de historia contemporánea, una colección enorme de novelas policiacas, un librero lleno de los clásicos de ciencia ficción.

—Nada, no se me ocurre nada —dijo Héctor, y era verdad, no se le ocurría nada. El mundo había quedado anclado media hora más atrás.

—¿De veras? —Carlos salió de la cocina con dos tazas humeantes—. ¿De veras, hermano?

—De veras —dijo Héctor, y pensó en preguntarle a su hermano qué había hecho con su vida, pero no se atrevió.

—Yo pregunto: ¿en qué estás trabajando? —le tendió la taza sonriente.

—Soy... detective privado —y Héctor se sonrojó.

Carlos se rio suavemente. Era el hermano que había heredado el pelo rojo de mamá, y la conciencia social tradicional de la familia de papá. El hermano politizado y pecoso.

—Detective privado dedicado a cazar al estrangulador.

De repente a Héctor le cruzó en la cabeza la idea de habérselo inventado todo. De que el estrangulador no existía, de que él mismo no estaba muy afianzado sobre el planeta.

—Anda —dijo Carlos, y resopló. Héctor volvió a la vida. El espejo le había devuelto su propia imagen.

—¿No estarás ligado a la policía? —preguntó Carlos suspicaz, el ceño fruncido.

Carlos Brian Belascoarán Shayne, hermano menor... ¿seis años? Tendría ahora veinticinco, ¿no?

—Ni madres. Nada de eso.

—Ah, vaya. Y, ¿entonces para qué carajo quieres detener al estrangulador ése?

Héctor alzó los hombros.

En la bolsa de la camisa buscó un cigarrillo que nunca encontró.

Aceptó uno de los Del Prado de su hermano.

—Y tu mujer, ¿qué opina?

—Nos separamos.

—¿Cuándo?

—Hace un mes, cuando dejé el trabajo en la General Electric.

—¿Qué?, eras capataz ahí, ¿no?

—Algo de eso. Ingeniero en tiempos y movimientos. Supervisión.

—Ah, que la chingada —y sonríe.

—¿Verdad?

—¿Y cómo anda la salud mental? —y sonríe.

—No pues —y hunde la cabeza entre las manos.

—¿Por qué no hablamos claro? Tú sabes qué pienso de todo eso —y la mano de Carlos recorre el mundo en un sencillo movimiento.

—¡Claro! ¿De qué? ¿Entenderías si te digo que estoy... que estoy muriendo al pie del cañón, que no tengo ni idea de a dónde me lleva todo esto?

—Sí, sí entendería.

—Que el estrangulador es un pretexto.

—Para ponerte a mano con tantos años de estarte haciendo pendejo. De rutinas y fraudes. De falta de tierra debajo de los pies, y sobra de refrigerador y coche nuevo en los sueños... Sí, entiendo.

Se hizo el silencio. Héctor pensó que no sabría cómo explicarle nada. Que no había palabras capaces de contar lo que estaba pasando. Que todo lo que había dicho Carlos era cierto, y sin embargo...

Carlos caminó al baño y orinó. El ruido del chorro chocando con el agua llegó claramente hasta los oídos de Héctor.

—¿Andas armado? —preguntó Carlos.

Héctor asintió. Sacó la pistola y la pasó.

—¿Y tú? —preguntó de repente.

Carlos negó y devolvió la pistola.

—No, aún no es el momento de los tiros. A no ser que el estrangulador cambie de sexo para sus víctimas —sonrió—. ¿Y por qué el estrangulador?

—Los motivos obvios —respondió Héctor.

—No. Supongo que no debes tener ninguno a mano. Tendrías que inventarlos, o apurar demasiado el subconsciente para sacártelos de la manga cerebral. Los buenos, los de a deveras.

—¿Te cuento cómo empezó?

Carlos afirma. Se reacomoda sobre la alfombra barata que recubre el suelo y jala un cojín para ponérselo bajo la cabeza. El humo que sale de su boca forma una densa columna que viaja hacia el techo.

—Salía del cine con Claudia, hace un par de meses. De la última función.

—¿Qué habías ido a ver?

—*El caso de Justin Playfair*, el cuate ese que termina convenciendo a todos de que es Sherlock Holmes. Pero no, no fue la película, fue algo más, aunque la película ayudó. Ya andaba en eso, en esa cosa rara que se mete dentro de tu propia cabeza como un palillo de dientes. Si hubiera ido a ver *Un hombre y una mujer* me pasaría lo mismo. Andaba enchinado, la música de Manzanero o los boleros o las canciones de Pedro Infante me llenaban los ojos de lágrimas y la cabeza de ideas raras. Estaba buscando un pretexto, nada era racional. Y salí del cine. No había comentado nada con Claudia, nada de nada.

—¿No te había preguntado?

—Sí, preguntaba lo mismo siempre, eso de: «¿Qué te pasa?».

—Y tú contestabas invariablemente: «Nada, no me pasa nada, ¿qué me habría de pasar?».

—Exactamente… Y sa…

—Y saliste del cine.

—Y salí del cine. Un chavillo me vendió *La Extra*. Esa tarde el estrangulador había salido en los periódicos por primera vez. Y Claudia dijo que la película le había gustado mucho. Y yo dije que sí. Pero no comenté nada, y aquella noche me la pasé dando vueltas en la cama. Y así empezó. Tres días después nos separábamos y yo dejaba el trabajo.

—Puta, qué tango ha de haber armado el gerente de la planta, ahora que prometías volverte un buen cuadro industrial; y el ingeniero…

Héctor se calló. No tenía ganas de contarlo.

—¿Y tú qué piensas?

—¿Quieres que haga algo, que ayude en algo? —dijo Carlos.

—No, sólo que me digas lo que piensas.

—Deja ver —y Carlos se hundió en la alfombra. Y se tocaba el mechón que caía sobre los ojos mientras fumaba.

—Yo siempre pensé que tú eras la vertiente conservadora de la herencia. Que tú habías cumplido la necesidad del *establishment* de ganarse a uno de cada tres pequeños burgueses, matar al otro y dejar al otro aislado hasta que se rinda por hambre. Eso lo pensé siempre, y repartí los papeles: tú eras el cuadro, Elisa terminaría en las mazmorras del sistema casada con un pendejo, derrotada por hastío, y yo, cadáver antes de los treinta y tres. Siempre pensé eso. Y ahora me vienes y me jodes el esquema. Parece que las reglas se hunden. Y te lo agradezco. No tienes idea, hermano, cuánto te lo agradezco.

Y volvió a fumar. Héctor lo miró fijamente. Una brizna de sol golpeó la mata pelirroja de Carlos Brian. Héctor le tendió la mano, la mano de Brian la tomó con fuerza.

—Ahora —y Carlos arrancó sorpresivamente— no esperes que concilie. Si te quieres matar, que quede claro. Porque lo que está pasando es que te estás columpiando en el borde del sistema; como patinar descalzo sobre una Gillette. Hasta da escalofrío. No te creas demasiado lo del estrangulador, lo de la cacería. Estás rompiendo con todo lo que había atrás. Estás jugando un juego en el borde del sistema, y no pienses que es otra cosa. Siento que esperas que el otro juegue también en el borde. Y que de una manera un tanto mágica has creado un asesino idealizado como tú. Fuera de las reglas del juego. Ten cuidado, no te vayas a encontrar a alguno de los artífices del juego. Cuídate del comandante de la judicial, que en sus horas libres, las horas que le sobran de golpear estudiantes o torturar campesinos, no se dedique a estrangular mujeres. Cuídate del presidente de la República, del dueño de la fábrica de enfrente. Quizá ellos estén también jugando en el borde de su sistema, del que han creado y sobre el que permanecen como perros dogos, zopilotes cuidando sus carroñas. Cuídate de los milagros, de los militares, del cielo, de los apóstoles. Y si lo encuentras, y si él está loco y mata por necesidades más allá de ti, de mí, de nosotros, mátalo. No lo entregues a la policía, que ellos están en otro juego. Es lo único que se me ocurre. Y cuando esto acabe, hablamos otra vez.

Héctor sonrió. Terminó el café, ya un poco frío, y comenzó a levantarse.

—Eso pensaba —dijo.

Caminó hacia la puerta.

—Oye, ¿sabes algo? —lo detuvo Carlos.

Héctor giró la cabeza.

—Que tu vieja fábrica está en huelga. Que anteayer los patrones intentaron meter esquiroles y los trabajadores lo impidieron, que llegó la policía y rompió la huelga, que a los obreros que estaban allí y a las mujeres que llevaban comida a la guardia los gasearon. Y que a un grupo de estudiantes que rondaban los judiciales, los macanearon y tuvieron detenidos unas horas. Lo digo por esto —y enseñó una pequeña herida sobre las cejas, cerca del punto de unión de la frente con el inicio del pelo—. Porque estaba allí, y esperaba encontrarte del otro lado.

Héctor abrió la puerta.

—Eso se acabó hermano.

—Tú no estarás del otro lado, pero la bronca sigue. Si el estrangulador te da tiempo, acércate a las guardias y siéntate a oír un rato lo que dicen los obreros. Ellos también están jugando un juego apasionante; un juego en el que les va no sólo su libertad, sino también la nuestra. Nomás piénsalo, mi hermano.

—Nos veremos —dijo Héctor y salió.

—Elisa llega el jueves a México. A las siete y media en el aeropuerto. Ahí te espero —gritó Carlos como la última despedida de un final que ya parecía wagneriano. Doctrinariamente wagneriano.

La tarde se había terminado mientras cruzaba el parque. Era la hora de la muerte. ¿Cualquier hora podría serlo? Era entonces una de las horas de la muerte, la de cuatro de los ocho asesinatos. La hora en la que la tarde desaparece para ser sustituida por las sombras y la luz mercurial, y los charcos reflejan las sombras vagas de los hombres que pasan, que pasan quizá siguiendo las huellas de la víctima. Pero todo podría ser político. ¿Y por qué no? Ésa era una de las muchas ideas residuales que había dejado la conversación con Carlos. Político. Un problema político. ¿Por qué no? En un país que había despertado a la política bajo el aullido de las hienas, la muerte por estrangulación estaba dentro del clima nacional. Evocó una frase recordada por Jaramillo que le había emocionado en sus días de lucha; una frase que dicha en 1918, en el borde final de la traición al zapatismo por sus aliados temporales, reaparecía en los sesenta como terrible epílogo del asesinato del dirigente campesino: «Entierren las carabinas donde puedan volver a encontrarlas».

Entró al Parque México, y escogió a propósito las sendas menos transitadas, los caminos más sórdidos y más oscuros entre la hierba y las bancas. Pero la muerte no estaba hoy allí, y no logró más que espantar a un par de parejas encandiladas en el amor y el esplendor de la yerba.

Era un buitre de saco de pana y manos en los bolsillos. Manos que sudaban frío por costumbre en estos últimos tiempos y que acariciaban al descuido la mira de la .38.

Terminó la ronda camino hacia el hogar pasando por las calles más oscuras de la Roma Sur, y teniendo que rechazar amablemente un conecte ambiguo que ofrecía drogas, carne y pastillas en una letanía burda. Se libró de un borracho regalándole su última cajetilla de cerillos; sorprendió una mirada aviesa en una taquería donde entró a reabastecerse de tabaco (todo con tal de no fumar en las horas últimas del día) y tardó casi un minuto en identificarla como la mirada de un maricón sin plan para la noche.

Las sábanas estarían irremediablemente frías para el puto. Y para mí también, pensó cuando entró en el edificio que se había convertido en su morada solitaria.

La casa estaba fría. La mujer de la limpieza había olvidado cerrar la ventana de la estancia. Un aroma diferente al habitual lo recibió. El desconcierto inicial se fue diluyendo al reconocer los olores del barrio dentro de la casa. El olor a chorizo de la taquería de abajo, el olor a cerveza de la cantina de la esquina, el olor a pañales de niño de los vecinos, el olor rancio de las escaleras. Bajo todo esto, Héctor fue buscando su propio olor, sus escasos libros, su cama, sus camisas sucias (que quién sabe dónde estaban), su imagen en el espejo. Y el espejo, quizá lo único fiel que había quedado en la noche, le devolvió la cara torcida por el cansancio del vagar en las calles, los ojos agotados de perseguir la propia sombra, el sexo yerto bajo el pantalón, las manos húmedas del rocío de los amaneceres y el sudor de la tarde.

—Poética imagen la de los detectives —murmuró Héctor. Rebuscó en los alrededores la novela de Malraux y comenzó a desvestirse. La noche negra estaba allí afuera, y en ella el asesino. Otro día perdido. Había decidido dormirse.

Pero la fiebre lo prendió cuando estaba a punto de quitarse el segundo zapato. Se sirvió un plato de leche con *cornflakes* y oyó algo de música en Radio Mil mientras cenaba. Luego salió a la calle nuevamente.

Se sentía agotado, pero también, como en sus mejores momentos de la infancia, sentía que estaba protegiendo su mundo. Y quizá nos estaba protegiendo a todos; aunque no de un estrangulador que esa noche no actuaría.

Juan Sebastián Elcano y Hernando de Magallanes habían peleado por un mundo circular, enlazado en sí mismo, gracias al cual uno podía abandonar un punto y, viajando en línea recta, llegaría tarde o temprano al mismo. Héctor Belascoarán Shayne lo había logrado sin tanta batalla, aunque quizá con un poco más de sufrimiento metafísico. Era un planeta totalmente redondo en el que se movía, y mientras no apareciera el estrangulador, lo seguiría siendo.

Cuando se despertó en la tarde, sus oídos se afinaron buscando los ruidos de la calle: claxons a lo lejos, niños jugando futbol, una señora que regañaba a su sirvienta.

Héctor había aprendido a reintegrarse al mundo con ese sistema. El método tenía variantes, pero aquella tarde de invierno las combinó todas: encendió un cigarrillo, caminó hasta la cocina y se hizo una limonada con mucha azúcar.

Luego comenzó a vestirse mientras ojeaba las fichas y los libros sobre estrangulamientos famosos.

Salió a la calle pensando que dentro de un rato se habría convertido en la carnada.

En el mundo de las torres y las antenas se inventaba todo. Aquí se creaba un país fraudulento que luego sería consumido por un país real.

Después de sortear policías, que verificaron que su nombre estaba en la lista de invitados al programa, deambuló un rato por los pasillos: El Santo hablando por teléfono, una escuela primaria que visitaba las instalaciones, locutores y actores de telenovelas; muchos mozos vestidos con overoles de trabajo.

La secretaria del programa, una chaparrita bizca de unos treinta años, le informó que estaba en el primer turno de espera, que si fallaban los dos concursantes del programa de hoy, seguramente entraría él.

Se dedicó a vagar por el estudio mientras los utileros montaban el decorado.

¿Qué tenía? Un cebo que él pensaba que era bueno. ¿Qué más?

Ideas sueltas, posiblemente: una mujer, vendedora de cosméticos que recorriera la ciudad. Toda la ciudad, no una zona limitada. Cuyos movimientos hicieran coincidencia con los movimientos de los asesinatos. Fuerte. De complexión fuerte. Con un cerebro en el que podría haber ardido la atómica de Hiroshima.

Posiblemente: un hombre (¿de qué edad?) que no tenía trabajo fijo, o cuyo trabajo le permitiera andar por toda la ciudad a todas horas.

¿Atractivo para las mujeres que asesinó?

¿Amable, agradable, lisonjero, aparentemente inofensivo? Tercera posibilidad: un hombre ligado de alguna forma a las ocho mujeres.

¿Liga formal? No existía ninguna. Tenía que ser algún tipo de liga desconocida para las familias. Una liga muy extraña, muy compleja, y, por qué no, misteriosa, que no fuera conocida por nadie.

Una liga que implicaba un vicio desconocido porque no había nexo alguno en el pasado de las mujeres que pudiera justificar otro tipo de relación.

Pero, ¿qué vicio le era común a:

una estudiante de secundaria, de clase humilde, que había salido a comprar el pan, dieciséis años, sin novio (había roto con un amigo íntimo hace un mes y medio);

una prostituta de la colonia Peñón, de poco nivel dentro del gremio, que había llegado penosamente al oficio a los cuarenta años;

una secretaria de compañía americana, de veintisiete años, asesinada a las ocho de la noche cerca de la parada del camión en la colonia San Rafael;

una maestra de primaria que había muerto a plena luz del sol, a dos cuadras de su escuela (colonia Lindavista), y había dejado sus veinticinco tristes años ahí, fritos;

una doctora, dentista de cincuenta y dos años, que había muerto en la puerta de su consultorio en Palmas;

una estudiante de preparatoria de diecinueve años, muerta en un cine;

una secretaria de político, de treinta y seis años, viuda;

y una sirvienta de diecisiete, asesinada en la parada de los camiones Atencingo-Local, cuando salía a pasar el fin de semana a su pueblo?

¿Qué había en común?, ¿qué había en común? ¿Qué carajo había en común?

—Nada —musitó Héctor, y siguió rondando por el estudio. Nada, excepto el hecho de que habían sido estranguladas violentamente.

¿Y la policía qué?, se preguntó. Nada, ni siquiera habían podido sacar algo de las escenas de los crímenes. O si lo habían deducido, no lo habían hecho público.

Decidió concentrarse en cuatro puntos, cuatro líneas.

¿Qué empleos de mujer permitían estar en la calle a todas horas?

¿Qué empleo femenino permite atraer a una muchacha a un lote baldío, atraer a una mujer a una cerrada, llevar hacia un parque a una profesora?, etcétera.

Segunda línea:

¿Qué vicio podía unir a las ocho mujeres? ¿Qué sociedad secreta podía agruparlas?

Tercera línea:

¿Qué sabía la prensa y no decía?

Cuarta línea:

¿Qué sabía la policía?

Decidió dejar de lado lo demás.

El teatro-estudio se iba llenando mientras tanto. Los utileros habían dado sus últimos toques y ahora eran cablistas y camarógrafos los que deambulaban ajustando el equipo.

—Héctor Belascoarán Shayne —dijeron en el micrófono y sintió la cámara enfocada en su cara— concursa en el tema «Grandes estranguladores en la historia del crimen».

Sonó el aplauso hueco del auditorio, reforzado por aplausos de disco. El cebo estaba en su lugar. La trampa estaba montada.

Pero pesaban más las ausencias que las presencias. Más el pozo de agua de San Juan del Río donde bebía de niño, más los amigos difusos de los cuatro años, más la novia primera de los quince; más el olor de las rosas; el acento irlandés de las canciones de cuna de mamá; más los días de tormenta en la casa de Coyoacán; más la foto autografiada de Indalecio Prieto que papá ponía sobre su escritorio antes de escribir sus memorias. Más, mucho más que la silueta vaga del terror, la guerra de músculos y nervios del estrangulador atormentado.

Por eso decidió, camino al aeropuerto, que aún quedaban muchas cosas con las que poner a mano sus recuerdos, muchas deudas por saldar con su memoria, muchos mitos por destruir.

El pequeño Volkswagen rojo tragaba ruta. Héctor al volante, con las dos ventanillas abiertas, tragaba viento. El aire frío de la tarde.

Por obra y gracia del viento, golpeando contra la cara, contra la boca que abría golosa para tragarlo, decidió que además de los cuatro sabios puntos a los que había llegado ayer y su sabia actitud de convertirse en cebo y carnada, había un factor imponderable y definitivo: el accidente, la casualidad. Esto le provocó una sonrisa decidida, porque nunca había creído en la casualidad, y sin embargo durante este último mes la había venerado.

El coche había salido de un crédito. Un concursante de *El Gran Premio de los 64 mil pesos* con una victoria, no podía ser insolvente a juicio de Autos García Crespo. Y ahora, Héctor pensaba un poco inquieto, que su rondar por la ciudad podría ser limitado por el vicio del coche. ¡Puta, además la gasolina, el aceite, las llantas! Pero había decidido comprar el coche para ir a buscar a Elisa y ojalá pudiera llegar con él hasta el pie de la escalera del avión.

Pero no, lo detuvo en el estacionamiento y recogió su ticket. En la sala, llena de españoles y gringos porque se había cruzado un vuelo de Madrid con la llegada de Panamerican desde Nueva York, las emociones bailaban una vieja danza; mujeres de cincuenta años con las lágrimas a flor de piel, niños peinados y vestidos para aeropuerto surcando las piernas de padres y desconocidos; novias esperando, novios sonriendo la espera. Algo de la tremenda emotividad que la comunidad ciánica española en México puede conservar. Muchos de los rasgos de la tribu en las mujeres de edad que verán por primera vez a los parientes olvidados, a los hombres del otro lado del puente, a los rezagados del clan que se han quedado cuidando la tierra original, conservando el aire fresco del campo en las mañanas, los aromas de las ciudades iniciales, los rumores del pasado.

El mar bajo la tierra. Decía Dylan Thomas: «No queda nada atrás sino su sonido» y el rumor del mar profundo de la sangre alborotada podía olerse en el aeropuerto.

Como un triste contraste, los gringos daban la impresión de quedarse sólo en la superficie de las emociones, en la superficie del río profundo que barría maleteros y turistas aislados. Habían traído sus mariachis, sus pecas, sus hombres de negocios, sus adolescentes de calendarios de bicicletas, sus portafolios y esperas puntuales, sus ramos de flores totalmente inútiles.

Belascoarán, siguiendo sabios instintos de clase y de origen sanguíneo, se mezcló con la comunidad ibérica. Con el rabillo del ojo buscaba a Carlos Brian, y no abandonaba la esperanza de ver pasar al rey Pelayo o a Agustina de Aragón por ahí.

Descubrió a Carlos fumando en unas escaleras laterales.

Un grupo de niños prófugos de la autoridad paterna rondaban a su alrededor.

—Hermano.

—Compré un coche —dijo Héctor.

—Carajo —respondió Carlos.

—Sólo para recoger a Elisa —se disculpó Héctor.

—Vaya —dijo Carlos.

—Sólo para eso.

—¿Y el concurso? ¿Cómo va?

—Gané ayer. Ya soy cebo.

—Cebo... y anzuelo —dijo Carlos.

Héctor se sentó al lado de su hermano y aceptó un cigarrillo. Fumaron en silencio; en su silencio, en medio de los ruidos de la multitud y de las anónimas llamadas del altoparlante que anunciaba vuelos; salidas y llegadas en un idioma extraño e indescifrable. Toda una fiesta, ¿no, Héctor? Fumar en paz con el mundo.

—Ése es el vuelo —dijo Carlos de improviso.

—¿Cuál?

—El que acaban de anunciar.

—¿Cuál? —dijo Héctor y mezcló las ideas que le llegaron como torrente: el estrangulador, Elisa, ¿en qué andaba metido Carlos?

La charla endiablada y feroz, los besos, los abrazos, las bromas, los amores, las caricias, los recuerdos, la sangre.

El valor del tiempo compartido. Elisa era una fiesta. Volvía del más allá. Del punto donde no había regreso. Y Héctor más frío, más desesperanzado que Carlos, más inocente al mismo tiempo, más iluso, buscaba los lazos que los unieron y los separaron, los puntos de contacto de aquella nueva escena familiar con el presente gris de las calles recorridas en pos del estrangulador.

El timbre lo sacó de un sueño impreciso que dejó en el camino hasta el teléfono una estela; algo de un barco de vela, un viejito, una tienda de helados. Pero el teléfono insistía cada siete segundos y después de tropezar con sus zapatos arrojados en el suelo descuidadamente cuando la noche se inició, Héctor alcanzó a tomarlo.

—¿Bueno? ¿Quién? —dijo somnoliento—. ¿Bueno? ¿Quién habla?

¡El estrangulador, carajo! Se despertó como si le hubieran echado un balde de agua fría.

—¿No quería hablar conmigo? —una voz fría, indescifrable, áspera. ¿Hombre o mujer?, se preguntó Héctor.

—Gustavo, por qué hablas a estas horas —dijo para ganar tiempo.

—¿Qué quiere? —cambiando de tono. El truco no había pegado.

—Oírlo.

—Ya me oye. Tiene razón, estaba esperando.

Esa voz. ¿La había oído antes?

—¿Y bien? —quería decir tantas cosas, empujar al otro a hablar, decirle que había sudado su ciudad, que las fotos de los cadáveres llenaban sus ojos, pero no pudo decir más que aquel insulso «¿Y bien?».

—¿Qué tenemos en común nosotros con el botón de rosa que tiembla porque ha caído en él una gota de rocío? —dijo la voz en el teléfono recitando.

Héctor quedó totalmente desconcertado. ¿Ahora, qué contestaba? Clic. El estrangulador había resuelto el problema. La línea comenzó a marcar ocupado.

Miró el reloj. Las cinco y media. Caminó hasta la ventana del despacho. Los primeros madrugadores, los primeros trabajadores caminaban hacia la trampa diaria. El estrangulador había picado el cebo.

¿Ahora, qué seguía?, se preguntó, y se volvió a acostar en el sillón duro del despacho solitario y oscuro.

El teléfono volvió a sonar. Héctor tiró el cigarrillo que estaba intentando encender y levantó el auricular tembloroso.

—Habrá una nueva víctima —dijo la voz—. Se la dedico —y colgó de nuevo.

III

*Ya no hay día ni noche. No hay
más que los rumores que percibo.*
ARTHUR LONDON

Las preguntas sin respuesta iban y venían una y otra vez por el riel. Y Héctor, con el peso de la mañana a cuestas, trataba de desentrañar, de armar ese rompecabezas al que faltaban muchas piezas. Había invitado a Elisa a comer y dudaba si llevarla a un restaurante o hacer de comer en el departamento; por otro lado, se había prometido una visita a la oficina para poner en orden los nuevos recortes, y de alguna manera tenía ganas de visitar al plomero para dejarle la mitad de la renta. Había quedado con la bibliotecaria en pasar a recoger a la hemeroteca de la UNAM los recortes sobre asesinos de mujeres que ella había buscado, en particular sobre estranguladores. Pero algo le jorobaba la mañana, le jodía íntimamente: era la rutina en la que se estaba metiendo, un poco la verificación de que incluso en medio del pantano, el hombre se protegía de lo inesperado con rutinas, con constancias y fidelidades a esos actos encadenados que hacían de la vida un confortable seno materno.

Y además, algo le había hecho daño en la noche y tenía diarrea.

Y ahora, por 64 mil pesos, le repetía una voz allá adentro, ¿cómo se llamaban las mujeres a las que victimó el estrangulador de Boston? ¿Cuál era el segundo apellido de éste? ¿Cómo terminó siendo dictaminado su caso en el juicio que se realizó? ¿Cuál fue el nombre del juez? ¿Cuál el del abogado defensor y cuánto cobró por la defensa? ¿Cómo se llamaba el hospital en el que acogieron al estrangulador, y cuál fue su número de celda-estancia? ¿Cuál era el nombre de la enfermera y cuántos años de práctica profesional tenía? Tiene treinta segundos para responder, decía la voz. Y Héctor salió a la calle después de pasar por el baño.

Cuando transbordaba en Pino Suárez hacia la otra línea del metro, sintió una pequeña punzada en la espalda: una mancha de color café claro lo seguía desde el descenso del vagón. Se detuvo, la mancha se detuvo algunos metros atrás. Simuló hojear las revistas de un puesto de periódicos y observó nítidamente la mancha en el espejo del stand de fotografías automáticas.

Era una mujer, de unos veinticinco años, de pelo castaño, con una falda diminuta, el pelo amarrado en una cola de caballo, un morral negro al hombro, un saco café claro cruzado.

Lo miraba cuidadosamente. El espejo cruzó las miradas, y ella comenzó a caminar.

Héctor arrancó tras ella. Perseguidora perseguida, cambio. Emitió mentalmente. Papeles trastocados.

La mujer avanzó hasta la transferencia a la línea azul. Héctor esperó a que el metro llegara, y abordó tras ella el vagón justo cuando iba a cerrarse.

Durante el camino, a pesar de estar separados por una masa informe de gente, se fueron observando. Héctor incluso creyó percibir la sonrisa de ella cuando un brusco frenazo en la estación Zócalo estuvo a punto de mandarlo al suelo.

Ella bajó en Allende y Héctor la siguió. Los pasos iban con cierta seguridad y precisión hasta la oficina. ¿Para qué el rodeo al dejar el metro un par de estaciones más allá?

La mujer bajó hacia el sur por 5 de Mayo. Héctor la seguía a veinte metros, firmemente, como perro de caza fiel a su pieza.

Y desde atrás, se ve el contoneo de sus muslos, sus nalgas que ascienden, el pelo flotando al vaivén como una burla al perseguidor.

Un fotógrafo ambulante le tomó una foto y Héctor recogió mecánicamente el ticket.

La mujer volteó a mirarlo y le sonrió. Durante un instante, el mundo se detuvo.

En medio de una de las calles más transitadas de la ciudad de México, en medio del humo gris del polvo de los coches, el ruido de los claxons, las manchas azulosas de los orificios, las gentes que pasaban, el mundo se detuvo en la sonrisa fiel de perseguidor y perseguida. Héctor pensó que era la mirada de la leona hacia la mira telescópica lo que le sonreía. Se hizo el silencio y el amor brotó nuevamente. Héctor supo que nunca podría explicarlo, a nadie, nunca. Pero se había enamorado de esa mancha café claro coronada por una cola de caballo color castaño claro.

Y quizá, esa mancha era la muerte.

Al llegar al edificio donde Héctor compartía su oficina con el plomero, la mujer volteó a verlo y luego, tras un instante, entró.

Héctor esperó unos segundos, y luego caminó decidido hacia la puerta.

Al fin, aquí trabajo; si me pregunta, aquí trabajo, pensó disculpándose; pero reaccionó a tiempo y decidió que él no tenía que disculparse de nada. Y ella lo sabía. Ella, si ella era el estrangulador y quién si no, tenía que saberlo. Y ella era.

El elevador señalaba una parada en el quinto piso antes de seguir su vuelo hacia las alturas. Héctor decidió subir a la oficina por la escalera para impedir que la mujer se escurriera.

Al llegar al cuarto, se sintió fatigado, y dudó un instante entre sentarse a fumar un cigarrillo en el rellano o proseguir la ascensión. Optó por sentarse, y mientras fumaba fue calmando el ritmo de su respiración y su angustia.

¿Qué quería la mujer? ¿Cuáles eran las reglas de este nuevo reto?

La mano buscó la pistola colocada en la cintura y la reacomodó. Una sombra se fue desplazando sobre el rellano del entrepiso superior. Héctor saltó arrojando el cigarrillo y fijó la vista en la oscuridad. El cubo del elevador transmitió una mancha de luz mientras el artefacto bajaba, y en la luz vislumbró durante un instante a la mujer de la limpieza.

—Buenos días don Héctor. Hacía tiempo que no lo veía.

—¿Cómo está, Conchita?, ¿le debo algo?

—No, ya pagó su socio, don Gilberto. Vea con él.

Y la mujer siguió su descenso arrastrando una escoba y un trapeador. Héctor siguió su ascenso.

BELASCOARÁN SHAYNE
Detective
GÓMEZ LETRAS
Plomero

Tocó a la puerta consciente de que la mujer estaría sentada en el recibidor, el sillón viejo en el que Héctor dormía a veces y donde Gilberto hacía el amor sábados y domingos con la secretaria de la Editorial Futuro: cama secundaria de uno, cama chica de otro.

—Quihúbole jovenazo. Qué, ¿aquí trabaja usted?

—¿No ha entrado nadie?

—Qué, ¿ahorita…? Ya lo vi, eh, en la televisión… Dice mi vieja que si no quiere venirse a cenar a la casa un día de éstos.

—¿Hay alguien aquí, Gilberto?

—¿A dónde? ¿En la oficina?, no, no hay nadie.

—¿No ha venido nadie?

—Vino una señorita a encargarme un trabajo, de ésos muy pendejos, de apretar llaves flojas, y de pasada tirarme a la sirvienta.

—¿Cómo era? Vestida de café claro… con una cola de caballo…

—Ah pillín, conque no quería que yo le apretara las llaves, quería que se las apretara usted… Con razón no sabía muy bien ni qué hacer ni qué pedir. Hasta me hice ilu…

—¿Hace cuánto que salió?

—Como cinco minutos.

Y Héctor salió corriendo por las escaleras, devorando escalones, saltando en los rellanos.

Pero ya no había nada.

Y se quedó nuevamente sentado en el mismo descansillo donde había fumado el cigarrillo y platicado con Conchita, y nuevamente las rutinas lo obligaron a llevar la mano a la bolsa superior de la camisa, tomar el cigarrillo y encenderlo.

Porque quizá no había nada porque nunca lo había habido, se dijo, y espiró una violenta columna de humo.

La ciudad se alimenta de carroña. Como buitre, como hiena, mexicanísimo zopilote, sobre sus muertos nacionales. Y la ciudad estaba hambrienta. Fue por eso por lo que la nota roja chorreó sangre otra vez aquel jueves: un accidente entre un camión de línea y el ferrocarril de Cuernavaca con dieciséis muertos, y un compadre balaceado por su comadre «para que ya nunca llevara a su compadre de putas», y una anciana acuchillada para robarle trescientos pesos a la salida del metro y la represión de una huelga en la colonia Escandón con saldo de dos obreros heridos de bala y una vieja de una vecindad cercana intoxicada por los gases.

Pero el estrangulador no había actuado. En los últimos nueve días, ningún recorte se añadió al *collage* del piso de la oficina. Y Héctor, ante la mirada atenta de Gilberto Gómez Letras de oficio plomero y vecino, fumaba un cigarrillo tras otro e hilaba con una rueca extraña las ideas que le seguían llegando. Grandes y pequeñas, aumentadas y disminuidas por el roer cerebral, se iban yendo entre la brisa y el ruido de claxons que entraba por la ventana.

Una tarde grisácea, Gilberto trabajaba, hacía sus pequeños chanchullos en las notas de cobro. Añadía con la punta chupada del lápiz dos pesos más a una tuerca de media pulgada, y subía el precio de la sosa para destapar caños.

Héctor, tumbado en el sillón de cuero, repasaba sus desconocimientos profundos de la muerte. Los hombres y la muerte.

Había cumplido con ciertas tareas obligadas, se había propuesto en el curso de aquella semana, tras la fugaz aparición que sólo la verificación de Gilberto Gómez confirmaba, cerrar los agujeros, no dejar ninguna de las rutinas indispensables, y había cubierto fiel como perro callejero sus rutinas indescifrables, visita tras visita, alternando el peregrinar con sus estudios del fichero de estranguladores y sus visitas a la biblioteca universitaria.

Los cementerios no le habían proporcionado nada nuevo: ni las tres tumbas del Panteón de Dolores, ni la de Ixtacalco, ni las dos de Tlalnepantla ni la del Español le habían añadido una visión más profunda del mundo de las asesinadas. Quizá, sin embargo, habían contribuido a darle una nueva aproximación a la muerte, a verificar un dato que de alguna manera la mente traidora de Héctor trataba de ocultar: que tras el extraño juego entablado entre el estrangulador y él, se cruzaban cadáveres entrañablemente humanos, definitivamente inocentes, si se podía hablar de inocencia en un país donde los inocentes eran habitualmente pasados por las armas.

Pero las tumbas no decían nada. Nadie en torno a ellas, ninguna seña particular que revelara lo que andaba buscando. Sólo manchas grises, lápidas, algunas flores marchitas, nombres simples de ortografía, fácilmente olvidables en la Gran Mancha de los cementerios. Quizá la muerte era lo único sólido, aunque vago, que había penetrado en el cascarón de Héctor, y con ella a cuestas, como una pequeña sombra molesta, deambulaba por los pasillos del cementerio.

Pero las tumbas no dijeron nada, y la tarde grisácea con algunas manchas de sol entre las nubes era el marco del cuadro sobre el que Héctor pasaba entre los trazos suaves de los cementerios.

Luego había rondado por las cantinas de Bucareli, donde los periodistas condenados a la nota roja se juntan, y había intentado sacar algo pagando un par de copas.

También había revisado con la misma intención ya un tanto rutinaria los recortes de periódico.

Y en el sillón exprimía una y otra vez las rutinas, recorría con la memoria los actos y las preguntas que se había hecho esa semana, y una gran bola blancuzca se le iba acomodando sobre los hombros mientras fumaba suavemente mecido por el aire y los ruidos de la ciudad que entraban por la ventana.

—¿Qué, salió algo? —preguntó Gilberto el plomero.

—Usted regrese a sus chanchullos —musitó Héctor con la mirada aún perdida en el techo.

—Pinche detective de mierda —murmuró Gilberto mientras lo miraba de reojo y siguió murmurando por lo bajito, mezclando el desprecio por los huevones pasivos con la admiración por los que salían en la televisión, la mezcla de extrañeza, estupor, desdén, aburrimiento e incomprensión con la que calibraba a su vecino.

—Ha de pensar que porque uno es plomero no sabe estrangular putas —dijo así como quien no quiere, como enseñando el as que falta para estropear la partida de los demás y que pacientemente se ha tenido cubierto.

Héctor no reaccionó. En el fondo se sentía cómodo. Tras largos esfuerzos había logrado colocar su cuerpo confortablemente en el sillón a pesar de que una de las piernas estaba prensada y la otra colgaba y que cada cuarto de hora tenía que moverlas para que no se le durmieran. Tardó en responder.

—Usted se ve muy puto para asesino.

Y volvió tranquilamente a chupar el cigarrillo momentáneamente detenido a mitad del aire.

Gilberto fingió distraerse, abstraerse, encerrarse en las notas, mientras se iba trabando de coraje. Héctor ni siquiera lo había mirado. Ni siquiera lo había mirado de frente.

—A ver si me pasa a su hermana para que vea qué tan puto soy —masculló.

Héctor intentó concentrarse. Había algo bailando entre toda la sopa de letras que estaba armando.

La acción. LA ACCIÓN. Podía violentarse. Pero de una manera u otra, ya había pasado por eso. Porque la acción no era salir a darse de tiros con alguien a mitad de la calle, o saltar de un elevador en marcha, o correr a ciento cuarenta por hora por Insurgentes en un coche prestado, o acostarse con la asesina antes de descubrir la muerte en medio de un suspiro, un sollozo, una mirada como el hielo a mitad del amor. La acción, o LA ACCIÓN, era salir a la calle a rondar, a esperar que el otro saltara sobre la presa y el accidente lo prendiera a uno en las cercanías.

—No dije puto, dije bruto. Usted no estrangularía a una mujer, le arrimaría de tubazos; hace falta categoría para estrangular suavemente. Usted es el as de los del estilo rudo, con la llave stilson y mocos, ahí acabó —dijo mientras observaba dos moscas *cojiendo* en el techo. Carajo, pensó, estaré en el umbral de un descubrimiento científico importante, nunca he leído nada sobre las moscas *cojiendo*, a lo mejor soy el primer ser humano que ve a dos moscas coger. Y yo así como así, tan tranquilo.

—Seré muy bruto, pero usted es muy pendejo. Pinche trabajo que ni le pagan —murmuró el plomero que había decidido no dar la batalla frontal.

¿Habrá estado sabroso?, se preguntó Héctor mientras las moscas elevaban el vuelo ya separadas, y sonrió.

—Ahí cuando estrangule otra me avisa, mi estimado vecino —dijo y se levantó.

Con la gabardina tan arrugada, ya parecía Humphrey Bogart, pensó.

Y salió de nuevo a propiciar el accidente.

Había cuidadosamente dispuesto el escenario. Había puesto el amor en las cosas previas al encuentro: una vela aquí sobre un casco de refresco familiar, un bello pedazo de tela anaranjada como mantel, una gran barra de pan blanco y hasta una botella de vino importado. Y todo había ido tomando su lugar en el pequeño cuarto. Había incluso despegado del espejo del baño las fotos de las mujeres muertas que conservaba como necesario redescubrimiento cerca de su cara cuando comenzaba el día. Se había predispuesto a pensar, a no irritarse por no entender, había afinado su paciencia para oír, para oír y entender, para poder amar. Sabía que Elisa no necesitaba la simple presencia de un hermano medio loco, ni siquiera necesitaba una razón de otro para vivir. Y que había que ayudar. Era nuevo esto del amor fraterno, pensó. Y buscó un disco que ayudara a la espera, y recordó que en el pequeño cuarto no había tocadiscos. Encendió el radio sin darle demasiado volumen. Buscó lentamente una estación que probablemente nunca volvería a encontrar, y del pequeño aparato (un radio Royal Celtic de doscientos treinta y seis pesos al contado) salió una canción de amor de los nuevos cantantes cubanos. Una canción de amor muy particular, llena de recodos donde el amor de cada día era algo más. Encendió el cigarrillo final, el que daba pie para decir: «Ya está todo puesto, la mesa está servida», y caminó a la ventana, ordenando al pasar unos libros en la mesa al lado de la cama.

Una luna de Lorca brillaba en lo alto, el último grupo de niños iba jugando en la calle, de salida hacia la cena y la noche. Una pareja cruzaba el parque, un vecino salía a intentar comprar una cerveza para ver el box en la tele acompañado. Una brisa suave que venía... que venía del mar, pensó Héctor.

hay amor que te vas como ave fugaz
y el plumaje lo has dejado en el nido
hay amor que te vas esperando encontrar
lo que nunca has hallado ni has de hallar

dijo el radio.

—Carajo —dijo Héctor, sonriente.

Deambuló buscando algo fuera de lugar, algo que reacomodar, buscando un justo equilibrio metafísico, un balance ideal; pero todo parecía estar dispuesto, excepto quizá el propio Héctor Belascoarán Shayne, que parecía un poco fuera de lugar, un poco desplazado del ambiente preciso y amable en el que había convertido su refugio nocturno.

eras un camino muerto por los años
y el dolor
de no ser camino

dijo el radio.

—Carajo —dijo Héctor—. Y si de repente cae la bomba y estalla la revolución, qué carajo hago —pensó, completando la llamarada que crecía nuevamente en el pecho.

Tapó la olla con la carne asada para que no se escapara el calor y escuchó el timbre salvador de tanta mierda y maldita soledad.

Caminó suavemente, reciamente hacia la puerta.

—Hermano lindo —dijo Elisa.

—Familia —susurró Héctor.

—México —dijo Carlos.

Fue una canción de Pablo Milanés, voz nueva de Cuba

dijo el radio.

«Hasta luego», resonó la voz del asesino en el cerebro de Héctor, la voz que venía a través de los cables del teléfono.

—Uy, qué elegante —dijo Elisa mientras con los ojos recorría el cuarto en redondo.

—¿Éste es el cubil? —preguntó Carlos.

—Amén —dijo Héctor.

Cuando ya nada se esperaba personalmente
exaltante, más se palpita y se
sigue más allá de la corriente

inició Paco Ibáñez en el radio.

Héctor abrazó sólido y fuerte a sus dos hermanos y después de elevarlos por los aires, los depositó en los asientos y comenzó a servir la cena. Elisa era más Shayne que Belascoarán. Más pelirroja que sólida y robusta, más sonriente y dulce que brutalmente amorosa, más canción de cuna que barco de vela.

Y Héctor pensaba esto mientras servía.

¿Cómo había dicho Carlos? A uno se lo traga el sistema, a otro lo corrompe y al tercero lo mata. ¿Cómo estarían ahora redistribuidos los roles, después de mi defección de las filas del monstruo?

—Es un huevito, linda pero diminuta tu casa —dijo Elisa.

—El colmo sería si cocinas bien —dijo Carlos.

—¿Y qué locura es ésa del estrangulador, y eso del premio de los sesenta y cuatro mil? —preguntó Elisa.

—¿Cómo anda mamá? —preguntó Héctor.

La botella de vino rosado hizo «pop» y Héctor contempló un instante la luz suave del farol que entraba por la ventana.

Elisa y Carlos se habían liado en una amable discusión sobre el clima en Canadá, mezclada con apreciaciones sobre las diferencias en acento de los canadienses orientales y los norteamericanos, discusión que se aproximaba lentamente a un intento de apreciación política del colonialismo norteamericano en Canadá. Y Héctor se vio desde lejos, vio el cuadro familiar.

Aún no habían cumplido los treinta años.

—¿Y ahora qué vas a hacer? —preguntó. Se hizo un pequeño silencio. Como un globito en blanco se formó sobre los tres personajes de una revista de caricaturas. Un globito en el que el dibujante debería poner algo. Y puso:

—No sé.

—¿Dónde vas a vivir? —volvió a preguntar Héctor.

—Parece que mamá me ha acogido, pero es evidentemente temporal. Ella quiere mantener su apacible soledad a la que tanto trabajo le ha costado llegar.

—Yo te daría asilo, pero... —dijo Carlos.

—Aquí también —sugirió Héctor.

—Vaya par de mustios solterones —rio Elisa—. Podría vivir una semana en cada cuarto, pero francamente a la hora de despertar íbamos a tropezar unos con otros.

El teléfono sonó cuando los pasos de Carlos y Elisa aún hacían el eco final en la escalera. Tras el primer escalofrío, Héctor comenzó a esbozar una sonrisa. Ahí estaba nuevamente el enemigo, la gota de sangre deslizándose por el filo del puñal en la noche de invierno. Esperó a que sonara dos veces y luego, encendiendo un cigarrillo se acercó a contestar. Tomó firmemente el auricular.

—Buenas noches. Belascoarán Shayne al habla.

—¿Bella noche, no? Una noche en la que el frío apenas si se siente si uno no tiene deudas. Si uno no ha matado a nadie. Si uno no tiene nada que perder.

—Una bella noche, no cabe duda, en la que los jodidos como yo, o como tú, o como nosotros estamos esperando algo... ¿A lo mejor es el final? ¿El desenlace? Y debes pensar que fue un bello juego, como yo lo pensaría si no hubiera visto una y otra vez las fotos de las mujeres que han muerto sin deberle nada a nadie, sin dejar gran cosa atrás... Un novio, una clase en la secundaria a medio terminar, un bloc de taquigrafía, un peso de pan que nunca llegó a la mesa de la casa.

—No entiendes —dijo de repente la voz que esperaba escuchar. La voz que salió del silencio. Y Héctor estaba esperando la voz, por eso, ahora él hizo el silencio y jugó el resto de su parte del juego.

—No fue así...

49

Era una voz gruesa, probablemente disfrazada o alterada. Ni de hombre ni de mujer. Sin embargo, una voz cálida en medio del ronquido que soplaba el pecho.

—¿Por qué me buscas?

—No lo sé —respondió Héctor—. Aún no lo sé. Cuando estemos enfrente podremos adivinar si el camino ha sido cubierto, si la pregunta final podrá ser contestada. Por ahora, yo vuelvo al sueño. Buenas noches.

—No estabas durmiendo —dijo la voz.

Héctor depositó el teléfono sobre el sillón sin hacer ruido y salió deslizándose a la calle. A lo lejos los ojos encontraron inmediatamente lo que estaba buscando. Alguien estaba hablando desde la caseta de la esquina. Distinguió una chamarra café. Y corrió ciegamente hacia ella. En medio de la noche, ésa, su noche.

Los pies furiosos arrancan la carrera, pedazos microscópicos de goma y polvo vuelan bajo las suelas de los zapatos. Héctor expulsa angustiado la bocanada de aire. La silueta en la cabina voltea y contempla el vértigo que cae sobre ella, apenas sí tímidamente reacciona deteniendo las puertas de la cabina.

—Ahorita la desocupo —dijo el adolescente melenudo de chamarra café—. Ya casi termino.

Héctor sonrió embarazado, y para disimular la metida de pata se puso a silbar el tema de *Casablanca* que Humphrey Bogart tocaba en el piano.

Y silbe y silbe hizo un mutis, como Humphrey Bogart al acabar de tocar.

Se fue a colgar el teléfono.

IV

¿Quién nos liberará del fuego sordo?
CORTÁZAR

¿Si no es el propio fuego?
PIT II

—¿Me permite hablarle de usted? —preguntó amablemente Gilberto Gómez Letras, plomero.

—Sí, este... cómo no —dijo Héctor Belascoarán Shayne, detective, que se encontraba estudiando su fichero de estranguladores célebres—. Si siempre nos hablamos de usted.

—Pues vaya usted y chingue usted a su madre —dijo Gilberto sonriendo.

La oficina era cálida, amable. Un airecito suave y dulzón entraba con los rayos del sol de la mañana. Gilberto trataba de hacer una rosca a un tubo ayudado por una tarraja monumental. En medio de los esfuerzos sonreía. Parecía como si hubiera estado madurando toda una campaña contra Héctor.

—Ya va —respondió Héctor, que tras un instante de duda había optado por el albur francés.

Gilberto continuó peleando contra el tubo.

—Se me hace que usted ni es mexicano —dijo de repente. Héctor lo escuchó, como se escucha una voz que no viene de cerca y a la que no se está obligado a responder.

Pero la voz que venía de lejos venía de cerca. ¿Por qué no? La pregunta era tan buena como cualquier otra. Hijo de madre irlandesa y de padre vasco, en su casa nunca se habían creado ni las raíces reales ni las ficticias de una patria, de una tierra sobre la que poner los pies. Todo su país era una terrible mezcolanza de añoranzas de tierras nunca conocidas, de libros leídos con un afán de que se hicieran sólidos, de que la fantasía tomara suelo y le permitiera volver en la realidad de cada mañana el sueño de cada noche. Porque los primeros años estuvieron poblados de la Gran Incoherencia, de la gran distancia entre lo soñado y un país vagamente real que se suponía fuera real.

Y durante mucho tiempo, la gran alternativa, fue crecer para escapar, llegar a los veinte años para irse a vivir a otro país. Y hubo que crecer, sin acabar de tener tierra bajo los pies. Un país repicando armoniosamente con las suelas de los zapatos. Unos árboles, un viento de frente en la mirada, una historia. Todo parecía prestado, un país prestado había sido éste.

Y Héctor hirvió de amor durante un instante, amor ilimitado que acariciaba la cicatriz de su desarraigo. Amor a la luz del sol, a los hombres y las mujeres que se adivinaban allá abajo, al país al que el estrangulador le había conducido. A las calles y a los hombres recorridos en noches turbulentas, en días grises y acerados, en neblinas percibidas detrás de los párpados agotados.

—¿Sabe qué, mi estimado Gómez Letras?

El plomero lo observó desconfiado.

—Que sí soy mexicano, carajo. Aunque no importe demasiado ahora todo esto, porque la verdad es que… —dijo Héctor Belascoarán Shayne, y luego se quedó en silencio para el resto de la mañana.

—¡¡Y se encuentra con nosotros en este estudio el señor Héctor Belascoarán Shayne!!

Una DIANA, sonido de timbales y clarines.

—Que concursa en el tema «Grandes estranguladores en la historia del crimen».

Aplausos de disco, algunos aplausos del público. Letrero en superposición.

El animador avanzó dos pasos para recibir a Héctor.

—Buenas noches señor Belascoarán.

Héctor sacudió la cabeza afirmativamente.

—¿Cómo se encuentra?

Héctor volvió a afirmar y sonrió débilmente.

—Muchas cartas han llegado hasta nuestras manos comentando su destreza en las respuestas, y el interés que ha causado en nuestro programa la presencia de un tema de tan lamentable actualidad.

Héctor volvió a sonreír dando a entender que no pensaba hablar fuera de las obligadas respuestas. El animador un tanto desconcertado sonrió ampliamente.

—Y bien, señor Belascoarán, ésta es la pregunta clave: ¿continúa usted o se retira con los ocho mil pesos ya ganados? Y quiero recordar a nuestra audiencia que el señor Shayne tiene un premio de garantía consistente en una magnífica sala comedor de la casa Reyes, equipada incluso con un tocadiscos estéreo de la marca Panasonic.

—¿Continúa usted por dieciséis mil pesos?

Héctor afirmó.

—Adelante. Televisa le desea muy buena suerte.

Aplausos de disco.

—Le suplico a usted que pase a la cabina aislada de ruidos como acostumbramos para evitar que exista alguna interferencia del público.

Y Héctor se introdujo en la cabina y se colocó sus audífonos.

La cámara uno se sostenía en un plano general. La dos inició un acercamiento al animador. La tres se amarró en un *close-up* del detective.

El animador caminó a recoger el sobre con las preguntas.

—Y ahora, ¿me escucha bien, señor Belascoarán? (Héctor afirmó en la cabina fielmente seguido por la cámara tres). He aquí la pregunta de los dieciséis mil pesos, entregada en un sobre cerrado garantizado por el señor interventor de la Secretaría de Gobernación aquí presente. ¿Está usted listo?

Héctor afirmó.

—Entonces, procedo a la apertura del sobre.

Música de tensión pasó de la cabina del máster a los televisores sin tocar el estudio.

—Ésta es la pregunta de los dieciséis mil pesos… En 1876, en Londres, se sucedieron, desconcertando a la opinión pública, una serie de casos criminales que aterraron a la población… Por dieciséis mil pesos, ¿cuál fue el nombre que la prensa londinense dio a estos casos? ¿Cómo fue descubierto su autor? ¿Cuántas fueron sus víctimas, y cuáles sus nombres? ¿Cuál era el nombre del autor? Y, ¿cuál fue la decisión del jurado en el juicio en el que fue condenado? Tiene usted treinta segundos para meditar la respuesta. ¿Desea que le repita la pregunta? Héctor negó.

Durante los treinta segundos obligados en los que una música de «tensión» se escucha en los televisores, las cámaras buscaron las caras del público y se mantuvieron atentas a las posibles reacciones de Héctor.

Pero Héctor no mostró nada. Se limitó a encender un cigarrillo y a pensar:

¿Frente a qué televisor lo estaría viendo el asesino? ¿Un televisor prestado? ¿El de la casa de su mamá? ¿Un televisor de una cantina? ¿Estaría en ese mismo estudio?

Héctor sonrió, algo que los telespectadores interpretaron contradictoriamente como una sensación de prepotencia, o de lamentable impotencia.

—¿Le repito la pregunta? —dijo el entrevistador rompiendo la pausa.

—No, muchas gracias. Se trata de «la muerte del anochecer» como la llamó el *London Evening News* y repitieran luego otros diarios. El autor fue descubierto accidentalmente cuando la dueña de la pensión en que vivía localizó los recortes cuidadosamente guardados de todos los casos mientras hacía la limpieza. Esto motivó que lo denunciara y la policía inglesa lo siguiera hasta detenerlo en el momento en que estaba a punto de perpetrar uno de sus crímenes. Entre paréntesis, estrangulaba a mano limpia. Su nombre era Charles D. Conway. Sus víctimas fueron seis y se llamaban, en el orden en que se dieron los casos: Evelyn Morton, Shirley Wynn, Arabella Lexington, Cristina Warfield, Eloisa Smith y Mary Garruthers. El jurado lo condenó a muerte sin atenuantes a pesar de su evidente desquiciamiento y fue ejecutado en el cadalso en abril de 1878.

El narrador que había seguido fielmente las respuestas lo contempló desconcertado.

—¡¡Perfectamente bien contestado!!

Un aplauso de disco atronó los televisores.

¿Estaría en el estudio?, se preguntó Héctor.

—¡Acaba usted de ganar dieciséis mil pesos! —rugió el animador.

Héctor sonrió. La idea de que estuviera en el estudio lo cautivaba. ¿Cómo se conseguirían los pases para entrar en el estudio?

El taxi parecía haberlo estado esperando. En la luz delantera que marcaba libre y en el carro inmovilizado había mucha paciencia, demasiada paciencia.

Sin embargo, Héctor cruzó hacia él directamente desde la puerta de los estudios.

Entró sin preguntar si estaba libre y podía llevarlo. Tampoco intentó verle la cara ni preguntarle cuánto le cobraría. A pesar de que habían sido infringidas las reglas, el taxi arrancó. Héctor no le dio dirección y esperó a que el conductor hablara.

Éste mantuvo el silencio en medio del tráfico. Las ventanillas cerradas no permitían el paso del ruido del exterior.

Largo recorrido en las garras de la noche en medio del silencio de ambos. El taxista buscaba a veces los ojos de Héctor en el espejo retrovisor, pero Héctor había clavado la vista centenares de metros más allá. En la niebla gris de la noche y las manchas coloridas de los semáforos, en lo que podría haber pasado si todo se hubiera iniciado de otra forma.

El taxista fue poco a poco buscando la ruta conocida, hasta depositarlo frente a la puerta de su casa.

—Buenas noches, señor Belascoarán. Ojalá y gane sus sesenta y cuatro mil pesos —dijo el taxista.

Y la magia se rompió en mil pedacitos.

El sol había marcado la mañana, desde que pegó en el borde de la cama hasta que lo fue empujando poco a poco hacia la regadera, desde que ayudó a freír los huevos y el tocino en el sartén, hasta que encendió el radio.

El sol había estado colaborando amigablemente. Por eso, cuando salió a la calle lo hizo sin la ajada gabardina y con unos lentes oscuros de origen desconocido que había encontrado en un cajón. El sol pegaba en las planchas metálicas del puesto de periódicos y hacia allá se dirigió Héctor, víctima de una ilusión (ilusión irracional: el sol me va a guiar durante toda la mañana). El periódico reveló en la página 26 A, que el estrangulador había cobrado una nueva víctima. Su novena víctima. Se había roto la pausa, el interludio. Apretó furiosamente el periódico entre las manos compartiendo la culpa de lo sucedido con el descuido de la víctima.

Rosalba Herrera, demostradora de Avon, ya no volvería a recorrer la ruta siete (colonia del Valle, Narvarte, Taxqueña, Copilco): había quedado muerta sobre las losetas de la parte trasera de la Alberca Olímpica. La muerte había sucedido al atardecer. Sobre el cuerpo mostrado prolijamente por la foto (las piernas entrecruzadas con la falda sobre los muslos ligeramente levantada, una mano caída hacia atrás, el muestrario de Avon férreamente asido por la mano izquierda crispada, un pelo corto peinado de salón, un ojo desorbitado, el otro cubierto por el borde de la bata de un enfermero que se había cruzado en la foto) estaba una nota casi colocada al descuido: «Cerevro cumple su promesa».

—¿Cuál promesa, mierda, cuál promesa? —masculló Belascoarán masticando la rabia.

Cruzó calles sin mirar hacia adelante, como impelido por una fuerza suicida y negra que lo estaba corroyendo, y al llegar a la avenida Tacubaya estuvo a punto de quedar bajo las ruedas de un Xochimilco-Villa Coapa.

—¡Pendejo! —le gritó el chofer.

—Tu madre —respondió Héctor y comenzó a calmarse.

En la entrada del metro se detuvo a tomar un jugo de naranja. El sol seguía allí, ahora ya no de acompañante sino de testigo, y empezaba a picar, a volver la mañana plácida y somnolienta, a crear junto con el smog el ruido de los coches y las manchas de colores de los vestidos de las secretarias madrugadoras, una pasta con olor y sabor a melaza.

Cuando buscaba en los bolsillos del pantalón un boleto para el metro encontró la contraseña de la fotografía.

La fotografía.

La fotografía tomada por el fotógrafo ambulante cuando seguía a la muchacha de vestido café y cola de caballo:

FOTO ARTÍSTICA REAL.
Pasaje del Cine Teresa, local tres.
Ciudad de México.
Somos especialistas. Copias cinco pesos.
Calidad garantizada.

Por el camino fue releyendo el artículo y repasó fastidiado las declaraciones del jefe de la policía:

«Tenemos un magnífico cuadro del *modus operandi* del estrangulador. Las pistas sin embargo son confusas y nos han conducido a varios callejones sin salida. Se mantiene una estrecha vigilancia sobre los delincuentes sexuales que tenemos fichados. Las redes de la ley se estrechan aún más y más. El cerco se cierra. Les suplicamos paciencia y que la prensa no colabore a crear alarmismo, sino a fortalecer la imagen que nuestra corporación tiene entre el público».

—Eres puto —le dijo un vendedor de lotería a un vendedor de periódicos. Ambos estaban oprimidos codo a codo, sobaco a sobaco, por una oleada de gente que acababa de entrar en la estación Balderas.

—Eso, eres puto —repitió en voz baja Belascoarán refiriéndose al jefe de la policía metropolitana.

Se despegó del vagón a duras penas en la estación Bellas Artes y caminó rumbo a San Juan de Letrán. El sol picaba allá arriba y la idea romántica de que el sol lo acompañara ese día fue abandonándolo poco a poco, quizá a su pesar. La ciudad era un charco de asfalto y sudábamos en ella.

—Salió re'bonita, nomás que usted está muy atrás. En la foto que sigue usted sale mejor. Si quiere le amplifico la parte en la que sale usted. Porque vea…

Héctor pagó los cinco pesos y salió del local del fotógrafo. Se sentó en la banqueta a contemplar la fotografía:

En el primer plano, cercana a la pared, estaba la muchacha. La fotografía la había sorprendido levemente porque estaba haciendo un giro con la cabeza hacia la izquierda, la cola de caballo ondeaba suavemente y alcanzaba a cubrir una parte de la cara de Héctor, situado en un tercer plano. La foto había captado también a un vendedor de pájaros que pasaba de espaldas a la cámara y que traía a un niño muy pequeño, tomado de la mano.

Después de observar los detalles laterales, Héctor se concentró en la muchacha de la cola de caballo. De arriba hacia abajo como quien contempla un mapa, o quien observa las instalaciones de la Línea Maginot; fue mirando y completando con la memoria.

Zapatos grises (en color, castaño claro), mocasines. Sin medias o al menos eso parecía. La falda corta, las piernas muy pasables (dijo en un susurro), llenas y sólidas. Ancha de caderas, firme sobre las dos piernas, una blusa de un color imprecisable dentro del gris de la fotografía y un saco quizá de un cuero café suave. El cuello oculto por el gesto, un morral en la mano izquierda tomado por las cintas como si fuera un arma, la mano derecha tocándose el mentón ocultaba levemente la parte inferior de la cara.

Sin embargo, era una cara cuadrada, nariz sólida no demasiado grande, ojos enormes, duros, fríos. Todo coronado por el pelo estirado por arriba de la frente para culminar en la juguetona cola de caballo.

Héctor se puso en pie y se acercó a una pequeña tienda de abarrotes. Mientras se tomaba un Jarrito rojo y encendía un cigarrillo trató de unir las partes del rompecabezas que había construido.

La sensación lo fue invadiendo poco a poco: una mujer de una sola pieza. En apariencia eso era. Una muchacha-mujer de una sola pieza, con sus veinticinco años a cuestas, llena de cosas para ocultar y cosas para descubrir. Héctor sintió que una sensación placentera lo invadía. ¿Qué era ella, un aliado, un enemigo, el estrangulador, la víctima? Sea lo que sea era mucho más de lo que había tenido hasta entonces, era mucho, mucho más que la ausencia de caras que había sido toda esta larga búsqueda, mucho más que las fotos de periódico o la voz en el fondo del teléfono, mucho más que el fantasma. Héctor encontraba al fin el espejo tan ansiado, tan buscado, tan deseado.

Súbitamente decidió que se estaba enamorando de una cara en una fotografía, y se preguntó: ¿Cómo te llamas? ¿Cómo te llamas muchacha de la cola de caballo?

Cara en el espejo de uno mismo, imagen, cebo, trampa, cacería. ¿Por qué en el fondo de todo esa mirada triste?

Y levantó la vista para encontrar frente a sí a la muchacha de la cola de caballo y vestida de café, que hoy vestía de negro y lo miraba entre crispada y lánguida, que le tendió la mano. Héctor estiró la suya, y hubo algo muy masculino, muy de relación masculina de adolescentes en el apretón. Ella tiró levemente de la mano y Héctor la siguió. Ella soltó su mano derecha y le ofreció la izquierda.

El dueño de la miscelánea salió a perseguir a Héctor para que pagara el refresco y éste de repente se vio en la mitad de la calle ante el dilema de soltar a la mujer que seguramente se esfumaría en medio de una niebla verde, o ser perseguido por robar un refresco. La muchacha lo salvó caminando de regreso hacia la tienda.

Héctor pagó, fascinado al descubrir que la muchacha de la cola de caballo era un ser real, que incluso aceptó un cigarrillo con una sonrisa entre los labios.

Ella estaba arrullándose contra la ventana, tarareaba algo que Héctor no alcanzaba a distinguir. Mujer-niña. La luz de la tarde daba en la cara de la muchacha de cola de caballo reflejos rojizos, azules, amarillos, ámbar.

La dureza de la cara se suavizaba y se contraía en una pálida tristeza. Un halo de soledad de aproximadamente dos metros rodeaba a la muchacha. Los ruidos del tránsito que crecían como torrente por la hora de salida de fábricas y oficinas le daban de fondo un coro gregoriano al tarareo de la muchacha.

Héctor sentado fuera del alcance del aura de tristeza revolvía pacientemente las tres cucharadas de azúcar que le había puesto al café. El detective Belascoarán Shayne estaba desarmado y tenía conciencia del hecho. Demasiadas tardes y noches de soledad, de mascullar, de acariciar la mira de la pistola, de rumiar pensamientos que recorrían uno tras otro los siete estómagos de la vaca y las siete vidas del gato.

Desde su esquina, sentado en el suelo lánguido, languidecía el detective Belascoarán Shayne. El cigarrillo apagado en las comisuras de los labios era lo único que quedaba del original Humphrey Bogart que había sido esos días. Contemplaba los muslos de la muchacha que acodada en el alero de la ventana reposaba la vista en los cables de la luz allá a lo lejos mientras tarareaba. Mujer-niña, con muslos de mujer entera, pensó Héctor y subió la mirada hasta el perfil fuerte, que salía de la tristeza para irse endureciendo al son del concierto de las luces del atardecer.

No quedaba demasiado claro, quizá porque no se había establecido, si se trataba de una historia de amor o de una historia policiaca. El cuarto se seguía llenando del humo del tabaco de Héctor y de la sonrisa triste de la muchacha de la cola de caballo; y la presencia del estrangulador se había ido borrando paulatinamente como si alguien con una fina goma hubiera dedicado un cuarto de hora de su tiempo a pasarla suavemente una y otra vez sobre los perfiles de las manos de la muerte.

Y aun así, a pesar de que el estrangulador ni siquiera era una sombra, no se habían decidido a hablar. Habían caminado silenciosos por la calle envueltos en los ruidos del tráfico y resintiendo los silencios que se hacían de repente y que ellos no llenaban con palabras. La mujer de la cola de caballo lo había conducido por el camino hasta depositarlo en la puerta de la casa. Había subido sin timidez, como si fuera la dueña, la habitante indiscutible de aquel departamento, y sólo se había detenido un instante para que Héctor pusiera la llave en la puerta y la abriera.

Incluso había preparado el café y abierto la ventana. Desde entonces se habían instalado allí, a contemplar.

Tras la reacción largo tiempo contenida, Héctor había acumulado las preguntas, y sólo la soledad de los últimos tiempos le había permitido almacenar la cantidad de paciencia que necesitó para quedarse callado, observando, dejando que la mujer le entrara por cada milímetro de los ojos, por cada uno de los poros.

El silencio se le había empastado en la garganta y después de tres horas, las palabras ya no salían aunque estuviera listo para empezar a soltarlas.

Héctor entonces escuchó la voz ronca de la mujer-muchacha que contaba su historia...

V   LA HISTORIA DE LA MUCHACHA DE LA COLA DE CABALLO

*Que prefiero contarlo antes
de que me lo pregunten.*
FAULKNER

Casi sin darte cuenta, te viste montando un caballo en un rancho con un lago en el centro bordeado de sauces. No se podía recordar cuando el padre había sido pobre. Se sabía desde lejos, por comentarios oídos al azar, que había sido dirigente del sindicato de Trabajadores de Obras Públicas y que había terminado de socio mayoritario de una financiera. La política rondaba por las mesas de caoba y los puros y los coñaquitos y los visitantes dominicales del rancho. A los dieciocho años tenías un coche deportivo y te ibas con tu hermana a comprar ropa a Los Ángeles cada año. A los dieciocho años permanecías virgen y habías restregado meticulosamente tu cuerpo con una docena de muchachos en fiestas de salón familiar, playas acapulqueñas, bosques y discotecas. Habías estudiado ballet clásico en la escuela de danza y sabías tocar pasablemente el piano. A los dieciocho años tenías a tu nombre sin saberlo el cincuenta y tres por ciento de una fábrica de muebles, el sesenta y siete por ciento de una fábrica de materiales de construcción, el treinta y uno por ciento de un fraccionamiento, acciones de la siderúrgica más grande del país, la propiedad total de una compañía constructora de caminos, dos ranchos tomateros en Sinaloa y una empacadora de frutas en Veracruz. Tenías chequera propia y eso sí lo sabías aunque eras comedida en gastarte el dinero. También tenías un diario abandonado, tres muñecas de infancia sobre la colcha rosa de la cama, una colección de hojas disecadas, un perro french poodle llamado Alain Delon, un ejemplar del diario de Ana Frank y una colección de fotos del viaje por Europa. Tenías incluso un novio inestable al que no dabas demasiada importancia, y un afecto entrañable por tu hermana.

¿El mundo era puro? Más bien, era elemental. Resultaba tan fácil, a veces tan aburrido. Porque el papá era una sombra que te acariciaba el pelo y que desaparecía largas temporadas, la mamá alguien a quien las sirvientas recordaban y de la que decían: «La pobre señora sufrió tanto». La pobre señora de la que conservabas una foto y un nublado recuerdo que casi se confundía con la foto misma.

Pero tenías una hermana mayor que inventaba juegos, que daba consejos, que creaba problemas, que animaba la vida y la hacía complicada. La que le sacaba los permisos a papá, la que jugaba con los adolescentes propios y ajenos, incluso con tus pretendientes, y te introducía en el juego de los coqueteos y las aproximaciones y desviaciones.

¿El mundo era más suave? Quizá simplemente más agradable, más fácil de tomar entre las manos. Por eso, cuando descubriste a tu hermana en fuga a mitad de la fiesta, cuando la seguiste y descubriste a su acompañante (un muchacho hijo de un político profesional, con un bigote incipiente, y que hablaba del sexo y de la psiquiatría y de las casas de juego de Nevada), cuando la viste meterse con él a la cama y sudar, saltar uno sobre el otro, acariciarse torpemente, perseguir un orgasmo simultáneo que tuvo que ser fingido por ambas partes, algo se rompió en tu interior y dejaste de hablar con tu hermana por lo menos una semana. Pensaste en hacer tuya esa experiencia. Elegiste a un muchacho que te perseguía fielmente, al que le sudaban las manos y que tenía un metro noventa de estatura. Lo dejaste hacer, y torpemente te desnudaste no para él, sino para ti misma y para tu propia hermana. Una experiencia desafortunada. Ni siquiera perdiste la virginidad, te ridiculizaste ante ti misma, y todavía tuviste que escuchar cómo él hablaba de una historia que no habías vivido, cómo él contaba a otros que te había llevado hasta la cama.

Quizá fue por eso que llegaste a refugiarte en María Elena, compañera de colegio de faldas escocesas por uniforme, lectora voraz de Dostoievski y de Agatha Christie. Con ella pudiste recobrar la pasión perdida y construir nuevas aventuras (en la cabeza y en los hechos). Inseparables, se escapaban al Cine Prado a ver un par de películas pornográficas, telefoneaban al director de la escuela para decirle lo enamoradas que estaban de él, y gozaban anticipadamente las vacaciones, los libros, las películas, las carreras en coche por Tecamachalco burlando tamarindos, las vacaciones en Nueva Orleans, los viajes a São Paulo. ¿Eran la nueva aristocracia? No, quizá tan sólo una parte inconsciente del cáncer. Sin embargo, habían llegado a los veinte ambas vírgenes, refugiadas en un mundo aparentemente superior al del sexo, y despreciaban, se burlaban, avergonzaban a sus posibles conquistadores. Ustedes eran diferentes y cuando ambas se pusieron lentes, y cuando las dos comenzaron a estudiar Arquitectura Medieval y a leer como desesperadas historias de las sectas religiosas del siglo XIII, cuando dejaron de ir a las fiestas de las compañeras de escuela, cuando se aficionaron a beber jerez español mientras estudiaban, cuando dejaron de ir al cine y abandonaron la insensata idea de comprarse un par de motocicletas para ir a Panamá, entonces, comenzaron los rumores. Porque en la fiesta que se organizaba a la salida de la escuela, donde los coches ruidosos de los adolescentes hijos de millonarios se paraban y ostentaban y lucían esperando la presa, y las muchachitas de la falda escocesa encontraban mil y un artilugios para acortarla, para levantar el busto, para cambiar las calcetas por las medias, ustedes que eran las decanas se rebelaban al juego. Entonces alguien dijo que no les gustaban los hombres. Y hubo que soportar el chisme y asumirlo.

¿Eran dos lesbianas en potencia? No, ni mucho menos. Aunque a fuerza de sentirse aisladas en el rumor, y casi como un juego, llegaron a tener un par de momentos extraños, aparentemente amorosos, sin duda sexualizados, un par de momentos de las dos desnudas, tomadas de la mano contemplándose. No hubo más. Sólo un aislamiento que aumentaba y que no importaba demasiado. Cuando llegó la universidad, tu hermana te trataba como una extraña, y los choques caseros por minucias aumentaban. Tenía un novio odioso, energúmeno, dueño de una cadena de mueblerías, con el que jugaba al gato y al ratón, ofreciéndole una mano, un tobillo, una visión fugaz del muslo entero, para luego acostarse con el jardinero y el chofer sin grandes complicaciones metafísicas.

En la universidad descubriste a tu padre. Diez años tarde. Descubriste su carrera de líder sindical vendido, sus compromisos con el gobierno, la venta de plazas, los grandes negocios al actuar como contratista usando fondos sindicales, la huelga vendida, su carrera como banquero y financiero. No dejó de asquearte, y al volverlo a ver una tarde después de la comida a la que por costumbre no llegaba, lo viste diferente, y no respondiste a su caricia ni a su saludo. La casa había quedado muerta. Sólo tu aventura con María Elena que se prolongaba sin fin. El movimiento del 68 se rompió dentro de ti como un cajón de copas finas. Te acercaste a las manifestaciones; incluso, durante la represión, guardaste un mimeógrafo en el garage de tu casa. Compañeros anónimos y no por ello menos intensos en la relación, noches en vela discutiendo, trabajo de brigadas, a pie por las colonias populares, fogosas asambleas. Todo como una ola que atrapaba y arrastraba a un océano sin fin. Compartiste con María Elena el azoro y la sorpresa, el choque y la esperanza, aunque siempre guardando una última distancia, manteniendo un cierto territorio reservado ante la entrega total, que te avergonzaba y enorgullecía. Ambas constituían la única población de ese diminuto estado con sede nómada (el coche de una, el rancho, un café descubierto, un parque, el cuarto de ella en el sótano de su casa, una playa, una calle). Cuando la represión se inició te salvaste de casualidad, y aumentaste la distancia. Rotos los lazos con la escuela tomada por el ejército, sin nexos militantes, sin compañeros, te limitaste a pequeñas tareas fraguadas en común con María Elena (pegar unas pegas en los restaurantes de la burguesía, romperle la antena del carro al secretario de Hacienda que comía con tu padre, participar en dos mítines relámpago). Sin embargo, la brecha se iba abriendo y el 2 de octubre estabas tomando el sol en Cuernavaca cuando el resto de la gente iba hacia la plaza de las Tres Culturas. Recibiste el *shock* y la presencia de la muerte de cerca y de muy lejos. Tu padre se congratulaba del país que volvía a sus manos. Pensaste en matarlo, en envenenarlo. Pero el tiempo caía sobre ti, y el único consuelo fue que María Elena compartía fielmente todo aquello. El regreso a clases fue votado. Te abstuviste porque ya no entendías nada. El 4 de diciembre regresaste a la escuela.

Pasaron cuatro años. Y todo se repetía con pequeñas variantes. Una experiencia más triste se sumó a las anteriores. En París hiciste a medias el amor con un checoslovaco exiliado de la Primavera de Praga, que media hora después lo hizo con María Elena. La experiencia fallida unió más, y por vez primera se unieron en la cama en un acto amoroso titubeante y bastante más culpable que exitoso. Se abrió una cercanía pero también una distancia.

En el ínterin se fue al carajo el amor por la arquitectura gótica y las sectas religiosas del siglo XIII, se fueron a la mierda los estudios de Psicología, y la universidad entera. Pasó el 10 de junio y la nueva masacre. Y entonces María Elena se casó con un arquitecto alemán, y rumiaste la soledad al negarte a compartir con ellos sus felicidades, sus ronroneos, sus nuevos intereses.

¿Sólo sucesiones de acontecimientos? No, mucho más y mucho peor, porque la vida pasaba y la soledad se convertía en la boca del monstruo que todas las noches llegaba bajo la cama y apenas si lograba hacerlo huir tu despertar inquieto y terrible. Trataste de llenar la soledad y la cama con un pretendiente sacado de los arcones de tu padre, y su prepotencia, su arrogancia, te acabó de hundir.

Por eso, cuando intentaste regresar a tu hermana, inexplicablemente soltera, codiciada, hija de las crónicas del *jet set*, descubriste en ella un interminable vacío. Nada quedaba por hacer. Un largo viaje a la India que terminó en la soledad de las pirámides de Egipto no cambió nada, y sólo hizo más grande el vacío interestelar, amplió tu visión de las estrellas, los atardeceres, los seres humanos vistos como superficies.

Y cuando descubriste que tu hermana en medio de una borrachera atroz se había metido en la cama de tu padre y éste había contestado las caricias, y ahí, envueltos en un nudo maldito… Entonces todo el hogar se volvió un monstruo amenazando tragarte y te encerraste en el cuarto negándote a comer. Sólo para salir al oír la noticia de que tu hermana se había disparado un tiro en la boca con la vieja pistola de cachas nacaradas de mamá. Del cadáver tomaste la cinta de cuero con la que amarraba su pelo y la pusiste en el tuyo.

Entonces, saliste a la calle a buscar a un estrangulador que tomara tu cuello entre sus manos y te liberara al fin.

Y rondaste y rondaste interminablemente, hasta descubrir a ese personaje notablemente seguro llamado Héctor Belascoarán Shayne de oficio detective, que hablaba de la muerte en televisión como si ésta nunca hubiera existido. Y comenzaste a seguirlo para poner tu cuello entre sus manos. Así sea. Así fue.

VI

Las gentes son tan tontas que no saben
que es la policía quien las protege y guarda.
EMILE GABORIU

Cuando la muchacha de la cola de caballo terminó de contar su historia, Héctor tenía la cabeza convertida en un pedazo de queso gruyer, llena de agujeros por donde entraban y salían las ideas más inverosímiles. Ella había vuelto a acodarse en la ventana, las sombras habían caído en la calle y sólo se escuchaba el clic del cambio de luz del semáforo de la esquina. Héctor pasó la lengua por los labios resecos del tabaco y contuvo un suspiro. Las manos le sudaban, los pies cosquilleaban, la pistola en su funda reposaba inmóvil, pero situada ahí, en el punto donde debería estar, hacía presión sobre la conciencia.

Intentó varias veces hablar, pero las palabras no salían por la garganta reseca. La muchacha abandonó la ventana y se fue hacia una cafetera eléctrica que debería estar en la cocina. Héctor, inmóvil en las sombras del cuarto, encendió un cigarrillo que le supo como los anteriores, a cobre. La brasa iluminó su cara y sirvió de referencia a la muchacha que traía dos tazas de café en las manos.

Héctor fumaba en silencio, consciente de la presencia de la muchacha ante él, sentada cerca de sus piernas en la alfombra, mirándolo de frente y ahora sí, a la espera de una respuesta.

Héctor tendió la mano y esperó hasta que la mano de ella llegara a la suya. La mano había viajado del regazo hasta sus dedos rompiendo en el camino defensas como telarañas, viscosas enredaderas en el aire cargado de la noche.

—Puta madre, qué mierda —dijo Héctor.

Ella se acercó hasta ti, acomodó su cabeza en el hombro, depositó su cola de caballo en el pecho de Héctor y empezó a llorar.

Habían venido hablando en voz alta mientras subían la escalera, y sólo bajaron el tono de voz cuando se detuvieron ante la puerta del departamento. Venían con bolsas de pan, carnes frías, latas de pimientos, botes de aceitunas y un par de botellas de vino rosado. Lucían un par de sonrisas muy *ad hoc* para una cena familiar, o al menos para una cena íntima de la parte joven de la familia. Había un aire de complicidad entre ellos que indudablemente pensaban transmitir a Héctor, incorporarlo a esa tarde amable que se estaba volviendo noche, a esas palabras cálidas, a esa discusión suave y sin asperezas («Estamos tan de acuerdo que casi da asco», había dicho Carlos y Elisa había reído), a ese ambiente mágico que rodeaba los clubes de piratas, los primeros noviazgos, las relaciones entre hermanos afines, los reencuentros en los aeropuertos de los militantes exiliados.

Elisa fue la primera que notó que la puerta estaba abierta. Carlos el que empujó.

Ambos trataron de ubicar algo en la sombra que llenaba el cuarto. La tensión golpeó como un relámpago en la conversación. Dudando, iniciaron la entrada. Carlos iba a gritar en voz alta el nombre de su hermano, cuando vio la sombra sentada en el suelo.

La brasa de una enésima colilla brillaba entre los labios. La muchacha se acababa de quedar dormida en el regazo de Héctor.

—Shhh —dijo Héctor y arrojó la colilla por la ventana entreabierta en un alarde que había podido ensayar varias veces en las últimas horas de la tarde y en cuya experimentación había quemado el piso cuatro veces.

—Volvemos al rato —susurró Elisa.

—Veníamos a... —dijo Carlos y sonrió haciendo un movimiento para salir.

—Pasen y cierren —musitó Héctor con la voz más ronca que de costumbre.

Los hermanos siguieron la orden obedientes. El tono de Héctor imponía.

Tratando de hacer el menor ruido posible, se deslizaron hasta la alfombra y junto con ellos los paquetes de la supuesta cena familiar. Fueron rompiendo el ceño duro (ah, el pasado irlandés puritano y ceñudo), hasta que les asomó en la cara una perfecta sonrisa de circunstancias («¿Y qué estoy yo haciendo aquí?» parecían decir con la mirada).

Héctor presentó a la muchacha dormida:

—Ella es la muchacha de la cola de caballo —dijo. Lo demás lo dio por supuesto.

—Ah, bueno —susurró Carlos.

—Mucho gusto —dijo Elisa.

—Se me había olvidado la cena —escupió Héctor. Y luego dejó resbalar suavemente a la muchacha hasta el suelo. Acomodó la chamarra como almohada y se levantó.

Caminó hasta la cocina, encendió la luz y cerró la puerta tras ellos.

Continuaron hablando en susurros un rato aunque ya no era necesario.

—¿Quién...? —preguntó Elisa.

—Una muchacha… —respondió Héctor.

—¿Pero… ? —preguntó Carlos.

—No, no es *el estrangulador.*

—Ah, vaya —suspiraron a coro Carlos y Elisa.

Rieron suavemente los tres.

—Qué, ¿hacemos la cena?

Y mientras descorchaban las botellas y abrían las latas y despegaban el papel de cera del queso amarillo y cortaban el pan negro y desempolvaban cuatro platos, Héctor les contó una teoría.

—Resulta —comenzó Héctor mientras trataba de sacarle el moho a una pipa vieja, recuerdo de la preparatoria, que acababa de aparecer junto a un abrelatas alemán recuerdo de sus ex suegros— que, en todas las novelas policiacas que se dignan serlo, el culpable es uno de los personajes previamente analizado. Para que el lector pueda sorprenderse y decir: «Claro, ya lo pensaba». El factor sorpresa surge del descubrimiento de la identidad entre ese personaje y su máscara, y el asesino. Es como un caso de solución antiesquizofrénica, la personalidad desdoblada se reúne. Cura mágica. Así, el mayordomo y el asesino son el mismo, la dama inválida y el asesino son el mismo…

Dejó que la idea flotara en la cocina y aprovechó para encender la pipa. Varias toses después, porque el tabaco estaba soberbiamente seco, concluyó:

—Entonces…

Los hermanos lo observaban sonrientes, complacientes, cómplices. Era aquélla una de esas locuras compartidas que unen o separan hasta a las mejores familias, y ellos habían decidido que unían, estrechaba el lazo solidario entre los tres. Habían seguido manipulando entre las ollas y los panes, los vasos y las latas. Sólo Héctor, en su papel de expositor, estaba arrinconado entre el fregadero y la estufa.

—Entonces… —y sacó una lista arrugada del bolsillo superior de la camisa.

—¿Ésos son los personajes? —preguntó Elisa.

—Éstos son. Primero leamos, luego analicemos:

«Mi ex esposa, Claudia.

»El señor Duarte, gerente de mi ex fábrica.

»Gilberto el plomero.

»Ana María y Teodoro (amigos del detective, o sea yo).

»Pedro Ferriz y Juan Ruiz Healy (animadores de *El Gran Premio*).

»El jefe de la policía metropolitana.

»Mónica».

—¿Cuál Mónica? —preguntó Carlos.

—Una Mónica —respondió Héctor.

—Ah.

—Carlos y Elisa, o sea ustedes.

—La muchacha de la cola de caballo —hizo un gesto hacia la suave presencia de la sala.

Y ya, pensó, ésos son todos. Puta mierda, valiente lista de sospechosos más jodida, pensó Héctor. O más bien, repitió lo que ya había pensado cuando la elaboró.

—¿Son todos? —preguntó Carlos medio decepcionado.

—No parece demasiado serio —comentó Elisa.

—No —reconoció Héctor, y guardó la lista en la camisa.

Pero Carlos, divertido, no quería dejarlo allí.

—Falta alguien —dijo y miró a Elisa sonriente.

—Claro, ¡falta alguien! —gritó Elisa alborozada.

—¿Quién? —preguntó Héctor.

—¡Tú! —respondieron a coro.

Mientras se reían, Héctor, decidido a no dejar cabos sueltos, ni siquiera en los juegos, se prometió a sí mismo confirmar las coartadas del gerente de la General Electric, de Pedro Ferriz y Juan Ruiz Healy.

—Por si las dudas —dijo en un susurro sin esperar respuesta.

Elisa colocó la cena en un par de charolas y tomando una salió de la cocina.

—¿La despertamos? —preguntó Carlos, señalando con la cabeza camino a la sala.

Héctor asintió.

—Se ha ido —Elisa asomó la cabeza por la puerta de la cocina. Héctor saltó hacia la sala tropezando con sus hermanos. Una sola mirada reveló la ausencia de la muchacha. La chamarra que había usado como almohada estaba solitaria y abandonada en el suelo. La puerta entreabierta permitía el paso de una corriente de aire. Héctor sintió a través de esa pequeña brisa que subía de la calle que la muchacha acababa de salir y se lanzó hacia las escaleras. Descendió los peldaños de tres en tres.

Llegó a la calle con el corazón saltando en el pecho. ¿Por qué carajo era tan importante que no se fuera?, pensó. Porque la necesitaba, porque él la necesitaba. La calle aparentemente estaba desierta. En el semáforo de la esquina se encontraba detenido un taxi y a su lado un Volkswagen rojo. Las luces de mercurio daban un tono verdoso a los coches estacionados, los árboles, las puertas cerradas. En la esquina, la cabina telefónica brillaba como una señal, como un faro. Lo mismo la del anuncio luminoso del Dairy Queen de avenida Veracruz, dos cuadras más allá.

La muchacha no estaba. Escuchó el arrancar de los dos coches detenidos en el semáforo, los ruidos lejanos del tránsito, una musiquita vaga y dulzona que venía de la televisión de alguno de los departamentos de planta baja del edificio de enfrente. Respiró profundamente llenándose los pulmones de aquella noche brillante.

Entonces sonó el primer disparo para obligarlos a los tres a aceptar que la muerte sí estaba a la vuelta de la esquina.

Sonó como un trueno cercano. De la ventana a tus espaldas saltaron los vidrios. El fogonazo había partido de atrás de una camioneta estacionada: «Huevos de Granja el Rey». La noche se quebró como un espejo. Las ondas saltaron en tu cabeza como en un estanque roto por una piedra traviesa. ¿Qué te cruzó por la cabeza? ¿Qué pensaste?

El caso es que esbozaste una sonrisa. Y dijiste en un susurro ronco:

—¡Puta madre…! ¡La pistola! —cuando la mano buscó instintivamente el lugar donde debería estar y no estaba. El segundo fogonazo te hizo saltar hacia el interior del edificio. Un golpe en la pierna. Subiste las escaleras corriendo y cojeando. Se oían gritos en el cubo de las escaleras que no pudiste identificar. Tropezaste con tus hermanos que bajaban corriendo y tuvieron que volver a subir tras tu intrépida carrera cojeante. Revolviste los cajones de la cocina hasta encontrar la pistola que habías cambiado media hora antes por la pipa. Los vidrios de tus ventanas volaron hechos pedazos, las balas silbaban. Estaban tirando con una ametralladora. Bajaste el *switch* en la cocina y te arrastraste hasta la ventana. Los gritos se oían por todo el edificio.

—Atora la puerta —le gritaste a Carlos, que estaba en el suelo.

Desde la ventana, la noche había vuelto a tomar su carácter apacible. Unas sombras se movían hacia la esquina de la tienda de abarrotes. No disparaste por miedo a herir a los mirones que ya se estarían juntando. ¿Estarían subiendo las escaleras? ¿Ya no podías quedarte en la casa? Lleno de súbita resolución te quedaste mirando la calle como navegante español contemplando la tierra desde un galeón.

—Agáchate, güey —dijo Carlos.

—Ya se fueron.

—Tienes una herida.

Elisa se acercó de rodillas hasta tu pierna.

Sonó el timbre de la puerta.

—¿Quién chingaos? —preguntaste.

—¡Policía! —respondió una voz rugosa.

La casa estaba sembrada de vidrios, los muebles tirados en el suelo. Menos mal que no eran muchos. Una mancha de sangre al lado de la ventana. Algunos focos habían saltado, la única luz era la de la entrada.

—No entiendo, señor Belascoarán, que usted que es una persona fina, se haya metido en esos líos. Estas cosas hay que dejarlas para los profesionales. Yo... no hubiera ido a su fábrica a enseñarle ingeniería...

Caminaba pisando los vidrios. Incluso hallaba cierto placer maligno en irlos reventando en pedazos más pequeños. Héctor estaba tirado en el suelo. La pierna extendida. La bala había atravesado la parte carnosa y había salido dejando una herida sangrienta pero sin importancia, quizá hubiera sido sólo un pedazo de bala que había rebotado en la pared. Se prometió a sí mismo buscarla.

—Es más, si yo fuera ingeniero, no andaría perdiendo el tiempo en este oficio... Este oficio ingrato.

Por el ruido que hacían, parecía evidente que los ayudantes del comandante estaban haciendo trizas el cuarto de al lado. Mientras registraban, Carlos y Elisa tomaban café en la cocina vigilados por un sargento patrullero armado con una ametralladora. Por el murmullo, tras la puerta estarían los vecinos.

—Nos pone en una situación molesta, enojosa, ¿sabe usted?

Lo bueno del diálogo de sordos emprendido con el comandante es que hacía evidente que no necesitaba respuesta. De repente se detuvo y se quedó mirando fijamente. Era un hombre robusto, achaparrado, al que los trajes de Roberts que usaba, nunca le quedarían bien; con un bigote de aguacero sólido, imponente, y un pelo muy corto, casi cortado al cepillo, que le quitaba algunos años de encima para ponérselos en las bolsas bajo los ojos. Todo un personaje.

—¿Quiénes eran? Y no me venga con la mamada de que el estrangulador. Los estranguladores no tiran con ametralladora. ¿Quiénes eran?

Héctor alzó los hombros.

—Le estoy haciendo una pregunta.

—No lo sé. Yo tampoco creo eso del estrangulador.

Era cierto, todo desencajaba. Pero, ¿cómo explicarle a este hombre formado a la sombra del latifundista, pistolero de pueblo, policía extorsionador de gran ciudad, guardaespaldas de funcionario, mayordomo de academia norteamericana de policía en cursos especiales, ladrón de borrachos, cómplice de la trata de blancas, traficante de heroína, jefe de grupo de policía encargado de detener al estrangulador, cómo explicarle todo?

—Me está cruzando por la cabeza quitarle la licencia, quitarle la pistola y meterlo en la cárcel unos meses mientras se averigua.

—No va a poder —respondió Héctor sonriente—. Tengo que presentarme el sábado a la final de *El Gran Premio de los 64 mil*.

—Cierto, cierto —respondió el policía sonriendo a su vez.

—¡Germán Álvarez! —los subordinados registradores aparecieron por la puerta de la recámara—. Vámonos.

—¿Sabe qué, señor Belascoarán? Yo también me divierto con las novelas policiacas. Que tenga suerte el sábado.

Salieron por la puerta uno tras otro. El comandante que cerró la marcha observó por última vez el cuarto destrozado y sonrió.

—Alguien le tiene mala fe, mi amigo…

Salió. Héctor suspiró a fondo. Iba a necesitar mucho tiempo para que la cabeza pudiera volver a producir pensamientos en orden.

—Pero no es el estrangulador ése de cagada. Ese sólo mata viejas —dijo la cabeza del comandante de la policía que volvió a surgir en la puerta entreabierta para desaparecer inmediatamente.

Héctor esperó un instante antes de levantarse apoyándose en una silla caída en el suelo. Se asomó a la ventana y esperó hasta ver al comandante subirse al coche negro con antenita y arrancar.

Mientras aspiraba el aire frío de la noche, sus hermanos se le acercaron y lo tomaron de los brazos.

¿Qué carajo estaba pasando?

Nunca tan solo, tan endiabladamente solo como ahora. Nunca tan desesperadamente solo como ahora. En el cuarto sin luz, por el que el frío circula alegremente traspasando la ventana con los vidrios rotos; en la noche tensa de silencios y ruidos lejanos, con las muñecas de ambas manos sudorosas, Héctor Belascoarán Shayne contempla su desolada imagen en el espejo roto iluminado suavemente por el neón distante callejero. Y sin embargo, es su soledad la que le da su fuerza, y siempre así ha sido. Mientras el exterior no muestre el avance corrosivo de ese cáncer interno que es la soledad, ésta no existe confirmada desde afuera. Es guardar las apariencias hasta en los momentos en que sólo hay un ser humano ante quien cubrirlas: uno. Este dejar pasar la noche en medio del miedo que lo atrapa, lo alucina, lo cubre. Este seguir viviendo.

Héctor se refugia en el último rincón de sí mismo. Los nervios de la cara agarrotados, ni aun esa sonrisa de último mortal ha roto el cerco de este miedo terrible, de esta soledad despiadada.

Y así, las horas pasan y pasan, y repentinamente, cuando las lágrimas ya salen de los ojos casi sin que éstos lo quieran, Héctor se levanta, enciende un cigarrillo y se reconstruye. Va poniendo pieza a pieza, levanta castillos en el aire que se prenden con los alfileres de la supervivencia. «No regresaré. No volveré. No regresaré». Casi escucha su voz que nunca ha sido dicha.

Cuando al fin amanece, el espejo confirma y desmiente.

Allá a lo lejos, puede ser que en el Lago de Chapultepec, los barcos quemados continúen ardiendo. El humo se eleva como llevando un mensaje.

El sol te da en los ojos, la barba te ha crecido. Sigues vivo.

Y decides que, por qué no, que unos huevos con jamón en la lonchería La Rosita, que una afeitada, que otro cigarrillo. Que el cazador regresa hacia la caza.

Si Darwin lo viera, diría que ha pasado la prueba de la selección de las especies en esta ciudad de México, en este año del Señor, en este invierno nuevo.

Cuando llegas a la calle, comienzas a silbar una tonada, un tango de Gardel, por qué no. Las huellas de la batalla han quedado borradas.

Pero las huellas de la otra batalla no habían quedado borradas y la portera amenazó muy seriamente con hablar con el dueño del edificio para correrte de ahí, y al salir a la calle un policía bastante torpe comenzó a seguirte, y al caminar cojeabas lamentablemente, y los vidrios rotos estaban regados frente al edificio, y las huellas de bala en la pared, y los niños te seguían como quien sigue a un cirquero. De manera que saliste de ahí lo más rápido que pudiste rumbo a la oficina; y en el metro, aprovechando el runrún, comenzaste a ordenar las ideas, o más bien los propósitos:

1. Volver a introducirse en el ambiente de la búsqueda del estrangulador, diseñar un nuevo plan, reorganizar el ataque.
2. Reencontrar a la muchacha —la mujer de la falda diminuta y la cola de caballo—. Y por qué no, terminar de enamorarse de ella.
3. Averiguar quiénes trataron de matarlo y por qué.
4. Ganar *El Gran Premio de los 64 mil.*

Cuando salía del metro la voz anónima del sistema de sonido local lo sacó de su ensimismamiento. Habitualmente el metro era el lugar más adecuado del mundo para pensar, nada se cruzaba en el orden infrahumano que lo controlaba. Héctor ahí podía dejar de vivir en términos impresionistas y se volvía un aparato pensante hasta que los símbolos de la estación mecánicamente lo obligaban a bajar, a transbordar, a detenerse, a buscar la salida.

Un grupo de obreros pasó gritando a su lado. Iba en fila de tres en fondo. No serían más de cincuenta, pero aullaban como condenados. Había en ellos un algo extraño, un tono festivo poco habitual en lo que Héctor había decidido que era una huelga obrera:

—¡Spicer! ¡Spicer! ¡Spicer! ¡Spicer! ¡Huelga de hambre solución! ¡Huelga de hambre solución! ¡Huelga de hambre solución!

—Señores trabajadores de Spicer, se les ruega que guarden compostura, se encuentran en una instalación...

Un grito desgarrado respondió:

—¡¡¡Ante las transas patronales!!!

Y un aullido colectivo remató:

—¡¡PODER OBRERO!!

Dos policías que se habían asomado al calor de los gritos, prudentemente se hicieron a un lado. Incluso el policía que seguía a Héctor y al que éste descaradamente se le quedó mirando, se hizo ojo de hormiga. Héctor feliz, se juntó con la bola y aprovechó la marcha para que le abrieran camino a la salida de la estación.

Los trabajadores subieron las escaleras del metro Allende cantando una sorprendente canción que repetían como eslogan incansable: «No nos moverán y el que no crea que haga la prueba. No nos moveraaán».

Los vio irse rumbo a la Cámara de Diputados con una cierta nostalgia, y se encaminó cojeando penosamente hacia la oficina. Subió las escaleras como pudo y se detuvo ante la placa:

BELASCOARÁN SHAYNE
Detective
GÓMEZ LETRAS
Plomero

Gilberto interrumpió su meditación trascendental. Venía del baño del fondo del pasillo y manipulaba trabajosamente la bragueta.

—Jefecito santo, ¿ya agarró al maloso de sus pesares?

Héctor le dirigió una mirada despectiva.

Entraron a la oficina juntos y pese a los intentos que Héctor hacía para ocultar su cojera, Gilberto que no en balde era un sagaz plomero, lo cachó a las primeras de cambio.

—Otra vez lo jodieron a usted, mire nomás. Seguro que lo pateó algún hijo de la chingada.

—Tengo una herida de bala, güey —respondió muy dignamente Héctor.

—¡Ah, cabrón! —respondió el plomero muy serio. Y pasando del choteo al respeto, en uno de esos chaquetazos ideológicos tan de Gilberto, hizo a un lado una silla para que pasara más fácilmente el detective.

Le acomodó la mesa y una silla para que pusiera la pierna herida. Abrió la ventana.

Los sonidos infrahumanos subían de la discotienda: «No te quieres enterar, YEEE YEEE, que te quiero de verdad, YEEE YEE YEE YEEE».

—Ahí le van los recados: vino una ancianita, una señora ya grande, como su abuelita, yo digo…

—La suya —respondió Héctor.

—Sin mamadas, que bastante hago además de la plomería, con hacerle de secretaria sin sueldo extra.

—¿Qué? ¿Zalamera la ancianita? ¿Le hizo algunas gracias? Porque usted, con lo cabrón que es, seguro que trató de bajarle los calzones...

El plomero Gómez Letras optó por respetar al herido en lugar de arrimarle un tubazo que es lo que se le estaba antojando. Quién quita y a lo mejor el balazo había sido más grave de lo que parecía.

—Dejó dicho que regresaba, que tenía cosas importantes de contar. Luego trajeron estas dos cartas —se las tendió solícito. Héctor las colocó a un lado del escritorio—. Vino el de la renta. Llegó un güey con muy mala estampa, a vender lotería. Y volvió el vecino a ver si quería hacerle usted una chamba. Parece que está convencido de que su vieja le pone los cuernos, y como sé que usted no acepta chambas de ésas, quedé de acuerdo con él en que yo iba a hacerle un trabajo de plomería ahí a su casa, a ver si averiguaba algo; y si la vieja es tan coscolina como dice, pues a ver si cae. Se lo cuento porque le dije que en los trabajos ésos yo actuaba como su ayudante.

—Le pondrá en la nota: «Plomería y anexos», para que pueda descontarlo de los impuestos.

—Llamó el productor de *El Gran Premio* para decirle que el sábado, recordara usted... Le dije que dejara unos pases para su gran amigo Gómez Letras, allí en la puerta del estudio, o sea que si le vuelven a hablar...

Carajo, pensó Héctor. Qué animada había estado la oficina. Pero Gilberto sólo estaba tomando un respiro antes de continuar:

—Habló un señor, como ruso, que se comunicara a este teléfono —pasó una tarjeta mugrienta con un par de números penosamente anotados—. El número de abajo es de un gachupín que dijo que era su vecino, que lo quería invitar a cenar. Y además, hablaron varias veces sus hermanos. Y vino una güerita bastante pasable, con cara de estudiante. Y... chingue usted a su madre, porque ya me voy a la talacha.

Y dicho y hecho, tomó su bolsa de trabajo y salió:

—Ahí me toma los recados, le confirma al viejo de al lado lo del trabajito, y me aparta los pases para el sábado.

Y ahora, ¿cómo demonios ordeno esto?, se dijo Héctor a sí mismo.

Pero el sol había comenzado a entrar por la ventana. Seguía vivo y de buen humor, y se dio un respiro para resolver el crucigrama del *Ovaciones* con fecha de hacía un mes, donde había tomado nota de los recados de Gilberto.

Estaba en «Famoso río senegalés, afluente del Nilo» cuando la viejita encantadora a la que Gilberto podía haber intentado bajarle los calzones, asomó por la puerta.

—¿Se puede, joven?

—Pásele usted, señora, siéntese. Disculpe que no me levante —respondió Héctor entre servil, amable y divertido.

La anciana tomó asiento frente a él y lo observó en silencio y con cuidado, buscando una impresión total de todos los detalles. Héctor imitó el procedimiento: una mujer de unos ochenta años, con ojillos vivaces tras unos lentes de aro, un traje negro, largo, hasta el tobillo, con un cuello blanco. Pelo muy blanco, anudado en la nunca en un rodete, pecas en la cara, nariz recta, muy firme, una sonrisa maliciosa. No pudo ir más allá.

—Lo que vengo a decirle es absolutamente confidencial. Lo he observado por televisión, hablé con una señora amiga mía que conoce a su mamá, y he estado averiguando algunas cosas sobre usted. Perdone mi intromisión. El caso es que me inspira confianza. Voy a regalarle el archivo de mi difunto esposo, famoso abogado en lo criminal. Sé que él estaría contento de que alguien como usted conserve ese material tan preciado para él.

VII

*Él había de efectuar sus cálculos contando
con un amplio margen de error y con una
serie de azarosas coincidencias probables.*

ROBERT VAN GULIK

El regalo de la anciana lo dejó sorprendido. De repente había sentido
como que su vida de detective privado no terminaba, como siempre había
pensado, en aquel momento tan cinematográfico, frente a frente con el estrangulador, solos, contemplándose, sino que podía ser un oficio.

Cuando la anciana abandonó el despacho, Héctor se quedó meditando. Luego, sacudiendo la indecisión, tomó el viejo ejemplar de *Ovaciones*
donde había anotado los recados de Gilberto y empezó a darle salida, curso, expediente: como si ordenadamente el mundo caótico de Belascoarán
hubiera tomado la forma de una oficina burocrática más o menos eficiente.

Dijo en voz alta:

—Dos cartas. Leerlas.

«Señor Héctor Belascoarán Shayne, bla bla bla...

»La Academia Internacional de Detectives Argentinos, registrada en
los anales de la Ciencia de la Deducción como la más prestigiosa del Continente, se complace en informarle que tiene a la disposición de usted, así
como a la de otros distinguidos colegas suyos, a los que pueda usted poner en conocimiento, un curso especializado sobre detección, ubicación,
reflexión inicial y manejo de impresiones digitales.

»Dicho curso que se acompaña con la dotación de un laboratorio casero, típicamente manuable y de fácil adaptación a sus necesidades laborales, está limitado a sólo dieciséis figuras de la investigación parapolicial
en nuestro Continente. Habiendo cedido dos de esas plazas a su país por
considerarlo de gran importancia, le suplicamos a vuelta de correo nos informe adjuntando treinta y seis dólares en cheque postal o giro bancario,
si desea recibirlo. Queda de usted, Huberto Santoángel Williams, secretario adjunto. Rivadayia 1021... Bla bla bla».

—Carajo —dijo Héctor—. Huberto Santoángel Williams... Puta, qué buen nombre. Casi tan bueno como Héctor Belascoarán Shayne.

Redactó una notita en la que informaba a la academia argentina que él se encontraba en la línea de los detectives inductivos, cuasimetafísicos, de carácter impresionista, al que le vale verga las huellas digitales. Agradeciendo de antemano sus buenas intenciones. Bla bla bla.

—Otra carta. Leerla.

La carta tenía la dirección mecanografiada. En su interior una hoja de papel de mala calidad con siete letras grandes desiguales y mal escritas:

«CEREVRO»

Un pequeño escalofrío subió por la pierna herida. Aparentando una tranquilidad inexistente, apartó la carta a un lado, cuidadosa, casi cariñosamente.

Volvió a las notas: «Güey malencarado. Lotería».

Lo tachó, nadie era culpable de que la venta de lotería fuera un negocio tan sórdido que los que lo hacían se fueran poniendo malencarados al paso del tiempo. Siguió adelante:

«Renta». Lo tachó también. Gilberto debería haberla pagado con lo que él le había dejado. Prosiguió.

«Despacho de al lado, vieja coscolina». Escribió una breve esquela donde le informaba al vecino abogado que él no aceptaba esos casos pero que su socio, etcétera, etcétera. Decidió llevarla cuando saliera, aprovechando que el despacho estaría vacío por la hora de comer.

Continuó:

«Señor ruso. Vecino gachupín». Tomó la nota y acercando el teléfono marcó el primero. La ventana dejaba pasar un sol espléndido que le pegaba en la pierna estirada. El calor lo reanimaba. La música de los Beatles de la primera época subía desde la discotienda. ¿En dónde andaría ahora el grupo de obreros ése? ¿Estarían recorriendo la ciudad desafiando el orden, rompiendo la paz social y la concordia que nunca existieron, descascarando apariencias? Les mandó un saludo mental que culminó con un leve movimiento de su mano. El teléfono estaba muerto. Marcó el segundo.

—Servicio Electrónico Merlín Gutiérrez —respondió una voz simpática.

—Habla Héctor Belascoarán, dejó usted...

La voz dicharachera lo interrumpió:

—Hombre, cojones, el detective vecino... Mira, chaval, yo soy Gutiérrez, el del taller de abajo. Donde tiraron un montón de tiros anoche. Y te llamaba porque en vista de que somos vecinos y no tenía ni la más puñetera idea, pues que hoy tengo una cena y celebraríamos...

—¿Celebraríamos?

—La muerte de Franco. ¿Qué cojones otra cosa hay que celebrar? Y además, pensé que en vista de que los tiros te los tiraron a ti, y le dieron al taller, pues éramos ya casi conocidos.

—Pues, este... Encantado. ¿A qué hora?

—¿Te queda bien a las nueve y media?

—Ahí estaré, señor Gutiérrez —dijo Héctor disipando las dudas.

—Hecho, hecho, chaval —y colgó.

Héctor se quedó sonriente. Empezaba a parecerle importante crearse un entorno sólido, lleno de extrañas amistades, extrañas pero sólidas.

Un poco de amparo en tanta jodida soledad. Y un español antifranquista, vecino, y dueño de un taller de electrónica, con el peculiar nombre de Merlín resultaba atractivo.

—Carajo... coño y puñeta —añadió en homenaje al nuevo cuate y siguió la rutina.

«Hermanos.»

Telefoneó a Elisa y como no estaba dejó un recado diciendo que la pierna iba bien y que comería con ella a las tres en un restaurante chino de la calle de Dolores.

Avancemos: «Güerita». Cerró los ojos, contó hasta diez y sonó la puerta.

—Adelante.

Todo salía burocráticamente, ordenadamente bien aquella mañana. Pero no entró una güerita sino un vendedor de lotería malencarado.

La mañana de trabajo culminó cuando se negó a comprar un billete que seguro sería premiado y se fue a comer. Si el vendedor seguía insistiendo habría que ponerlo en la lista de los sospechosos.

En la entrada del café de chinos, un cantante ambulante despedazaba un corrido. Algunos chinos occidentalizados consumían sopa de fideos, dos familias numerosas comían menús por número, se atascaban de comida china buena y barata. En el baño un chino chaparrito estaba meando. Héctor entró, puso la pierna herida sobre el escusado y verificó la venda: estaba bastante ensangrentada. La cambió por una de repuesto, poniéndole bastante polvo de sulfas sobre la herida y decidió que no recibiría más tiros, dolían un carajal. Mientras buscaba un lugar vacío donde sentarse se ocupó de decidir dónde pasaría la noche. No otra vez en esa casa solitaria con los vidrios rotos. El impacto de esta última noche terrible en la que el miedo y la soledad lo habían cercado, todavía estaba muy cercano. Decidió dejar para más tarde el problema y se sentó en una mesa de la esquina. Recordó la máxima de *Billy the Kid*: «Siempre con la espalda cubierta por la pared y la mirada hacia la entrada más próxima».

Se comió un pan relleno de carne mientras llegaba su hermana. Elisa le dedicó su mejor sonrisa al entrar. Vino rondando, ronroneando hacia la mesa.

—Huele sabrosísimo —dijo.

Su hermana siempre lo sorprendía un poco. No había sido la suya una relación estrecha, apenas sus vapuleados instintos comenzaban a abrirse el uno al otro. Pero esos días después de su llegada los habían unido estrechamente. Lo mismo ocurría con Carlos. Probablemente habían descubierto en ellos mismos los complementos ideales de un club de solitarios en crisis. Héctor sin duda lo estaba. Desde que había abandonado el trabajo rutinario y se había hundido en el marasmo de sus relaciones estrechas con el estrangulador, no había tenido un solo momento de estabilidad. Elisa había llegado bastante vapuleada por una experiencia matrimonial demasiado ortodoxa y Carlos parecía vivir en una crisis constante y virulenta a la que su ideología daba cuerda, terminando por encontrarla como un estado natural. Y como del desamparo surgen las relaciones estrechas y fraternales, y como de pilón eran hermanos, y había por ahí un pasado común de juegos y hábitos, pues más sencillo. Ésta era la explicación que Héctor daba a la sensación cálida que le producían sus hermanos, al gusto que le daba verlos aparecer; siempre con ese aire de niños malos entrando a la casa equivocada, que era un poco el reflejo de lo que él pensaba de sí mismo.

Comentaron el menú plato a plato. Elisa preguntó por la pierna, pidieron de comer y luego se hizo un pequeño silencio.

—Bueno, a lo que me trajo… —dijo ella, e hizo una pausa.

—No te voy a poder explicar nada, porque yo mismo apenas si entiendo —respondió Héctor anticipándose.

—No te vengo a pedir explicaciones de lo que estás haciendo, sino a contarte la historia de lo que me pasó.

Se le quedó mirando esperando la sorpresa. Cuando ésta surgió del rostro de Héctor continuó:

—Cuando me decidí a mandar al diablo todo, a dejar que Canadá se hundiese, a que Jeff se acabara de hundir, sabía que no tenía nada de qué agarrarme, ni un salvavidas así de pequeñito. Sabía que iniciaba una carrera larga, llena de noches sin sueño, de una cama vacía y fría a la espera. No me enamoro fácilmente, no me engaño fácilmente. Esos meses allá, y sobre todo el final, me dejaron vacía, hueca por mucho tiempo. No había delante, y el atrás olía a cadáver, a flores secas. Además, me había convertido en una ama de casa moderna, pero ama de casa al fin y al cabo, dependiente, inútil por tanto. Si algo supe hacer, ya casi estaba olvidado. Y ahí me tienes a los veinticuatro años, de nuevo soltera, sin hijos, más vapuleada que un león después de haber peleado con Tarzán, solitaria, con rudimentarios conocimientos de taquigrafía, despolitizada a más no poder, porque Canadá se presta para volverte clase media hasta el tuétano. Todo lo que viví en el 68 está oculto en la azotea que me queda por cabeza...

La voz se le había venido quebrando, y empezó a llorar. Héctor se quedó sorprendido. Su propia timidez, su debilidad, no permitía que se acercara a la debilidad de los demás.

Lo que le iba, frente a lo que reaccionaba eficazmente, era ante los diálogos secos, las caras de palo, las cosas que apenas se decían.

Le tendió una servilleta. Elisa sonrió, radiante entre las lágrimas.

—No te preocupes. Todo va bien —dijo. Tomó un sorbo de té y volvió a hilar la historia.

—Entonces regresé. Todo se había vuelto desconocido. Ya ni siquiera esta ciudad era mía. Caminaba por las calles y recordaba cosas: aquí mi primer beso, aquí estudié la secundaria, aquí compraba la leche. Pero hasta los recuerdos pertenecían a otra época, a otra persona.

»Mamá se ha vuelto una ruina, papá ya no está. Los viejos amigos ya no sirven... Y entonces los encuentro a ustedes dos. A Carlos de fábrica en fábrica metido en esa política tan particular, y a ti persiguiendo a un estrangulador, ese estrangulador que no parece de verdad, que todo parece parte de una película; que todo parece una broma divertida. Y de repente comienzan a tirarte balazos, y aparece ese siniestro policía. Y Carlos, mientras tú hablas con el policía, se dedica a destruir en pedacitos una lista de amigos, compañeros de una fábrica, dice, mientras va tirando por el fregadero los pedazos de papel. Y entonces, yo, recién desempacada de mi propia locura, me digo: ¿Te vas a quedar mirando?».

Un nuevo silencio.

—Y ¿qué respondiste?

—Nada, qué quieres que responda. Vine a contarte todo esto.

El mesero depositó cinco fuentes humeantes (pollo almendrado, abulón en salsa de ostión, calamares con verduras, pato agridulce y un *fooyong* de pollo) sobre la mesa y Héctor pudo encontrar una salida metiendo la nariz en el plato.

Elisa pidió unos palillos y comenzó a comer con ellos. Héctor la observó con el rabillo del ojo, fascinado.

—A ti te estoy hablando, no te hagas el marciano.

Héctor asomó ligeramente desde el interior del plato en el que se había sumido.

—Yo no sirvo para las cosas de los demás, Elisa. Yo estoy mal. Cómo decir. Yo apenas si puedo explicarme lo que pasa alrededor. Soy un egoísta. No...

Elisa sonrió y le tomó la mano.

—Agradezco la explicación. Ahora dime en qué te puedo ayudar.

El mesero se acercó con una nueva orden de arroz y entonces la explosión lo lanzó por los aires. Héctor sintió un golpe terrible en la cara. Un mar de fuego inundó la mesa, los platos saltaron en pedazos. Los gritos de las personas que comían tres reservados más allá se volvieron una prolongación del estruendo.

Héctor se puso de pie. La sangre le tapaba la cara, no lo dejaba ver. Se pasó el dorso de la mano por los ojos. Una muchacha borrosa sollozaba ante él. La empujó. Las cortinas ardían. Elisa estaba tirada bajo dos sillas. Comenzó a levantarse.

—¿Estás bien? ¿Qué tienes en la cara?

—Vámonos. ¿Puedes caminar?

—Sólo me siento golpeada. ¿Qué pasa?

Tras ella un cortinaje ardía.

—Una bomba en el reservado de al lado. El mesero ese recibió el impacto.

Salieron corriendo del restaurante, en medio de una valla de comensales y un montón de meseros chinos que corrían de un lado hacia otro.

En la calle los curiosos comenzaban a amontonarse.

Elisa tironeó hacia el lado contrario al que Héctor la arrastraba.

—Traigo una moto que me prestó el jardinero de mamá.

Héctor no podía encontrar la herida en la cara. Un sol espléndido rompía las calles en mil manchas de luz. Elisa le quitó a la motocicleta el candado que trababa la dirección. Héctor se subió tanteando.

Los curiosos volvieron a amontonarse. Cuando la moto arrancó quedó una mancha de sangre en el suelo. Mientras se alejaban sorteando el tránsito comenzó a escucharse el sonido de una sirena.

Apoyó la cabeza en la espalda de Elisa en el primer alto.

—¿Estás mal?

—Tengo una herida en la cara. ¿Cómo estás tú?

—Me duele enormidades el costado y debo tener algo en la pierna.

—Párate en la farmacia de Humboldt… No, espera, hay que llegar un poco más lejos.

—Llamamos mucho la atención también así. Me voy a parar allí aunque sea más arriesgado… ¿No quieres que nos encuentre la policía?

—No. Con una vez basta. Necesito ganar tiempo para pensar. ¿Qué carajo está pasando?

—¿Qué fue lo que pasó en el café? —sorteó hábilmente dos carros que peleaban un lugar para estacionarse.

—Debe haber sido una bomba, o algo así. No tengo ni idea.

La farmacia se llamaba Rosario Acuña. El encargado era un hombre viejo con un sucio guardapolvos blanco y unos lentes de fondo de botella. La calle no estaba muy transitada y mientras Héctor entraba en la farmacia. Elisa había llevado la motocicleta a un estacionamiento.

—¿Me permite pasar a la trastienda? Acabo de caerme de la moto.

El dependiente dudó. Héctor tomó la iniciativa.

—¿Un espejo?

El dependiente le mostró.

A la madre, qué ruina. El espejo le mostraba una máscara sanguinolenta.

—¿Me permite un trapo limpio, algodón mojado o algo así?

El dependiente optó por la compasión.

—Qué feo fregadazo se ha dado, joven.

—¿Sí, verdad? —respondió Héctor sarcástico.

Elisa había entrado.

—Dejé la moto en el estacionamiento. ¿Cómo estás?

—Jodido. Limpia tú.

Elisa comenzó a limpiarle la cara. Héctor contemplaba en el espejo lo que iba apareciendo.

Dos cortadas, una en el pómulo derecho ¿o era izquierdo visto en el espejo...? La otra sobre la ceja derecha.

—Va a necesitar unos puntos, joven —intervino el dependiente.

—Con unas bendoletas —dijo Elisa.

Las manos hábiles fueron ordenando y reorganizando el rostro magullado de Héctor. Cuando terminó, quedaban dos limpias heridas cubiertas de polvo de sulfas y cerradas por las bendoletas.

—¿Algo más? —preguntó Elisa.

—Tengo algo en el pecho. Y además creo que con las carreras se me abrió la herida de la pierna.

—Quítate la camisa.

—Lo del pecho, si está roto, yo lo veo, joven —dijo el dependiente sintiéndose por un momento efímero el Dr. Kildare.

—Tienes un moretonzote —dijo Elisa. Apretó con dos dedos—. ¿Ahí duele?

—Algo.

—Entonces no hay nada roto. A ver, enseña la pata.

Héctor se bajó el calcetín. Otra vez estaba sangrando. Mierda. Elisa rehizo la curación. El dependiente solícito actuaba de ayudante.

Vaya hospital, pensó Héctor.

Cuando Elisa terminó, trató de encontrar nuevos dolores. No descubrió ninguno fuera de una sensación general de tener el cuerpo molido. Igual que haberse pasado el rato dentro de una licuadora. Un dolor de cabeza miserable subía como una oleada.

—Déme algo para el dolor de cabeza.

El dependiente salió obediente.

—Algo fuerte, para que sirva también como calmante del dolor. Y de una vez traiga dos —pidió Elisa.

—¿Y tú?

Elisa señaló la parte posterior de la pierna.

—Algo raro casi en el borde de la bota.

Héctor observó con cuidado. La bota casi llegaba a medio muslo y cerca de donde terminaba, una astilla de madera se había clavado profundamente.

—Es una astilla. ¿De dónde habrá salido?

—Sepa. ¿La puedes sacar?

—Con cuidado. Con unas pinzas.

El dependiente que había regresado las buscó y se las entregó. Luego les pasó los vasos de agua y las pastillas del calmante.

Héctor desinfectó ayudado por el dependiente y tiró de la punta de la astilla que salió limpiamente.

—Ay nanita —dijo Elisa.

—¿Y esa frase tan mexicana de dónde la sacaste?

—Para que veas.

Una voz infantil pedía a aullidos unos mejoralitos.

El dependiente abandonó la trastienda.

—¿Está muy emocionado el viejito? —preguntó Elisa.

—¿Por el hospital que le hemos armado?

—No, por mi pierna.

Héctor sonrió. No había percibido la sexualidad de su hermana. Carajo, hay que andarse con cuidado. Ni siquiera se atrevió a hacer una broma.

Puso una gasa sobre la herida desinfectada y cubrió con tela adhesiva.

—¿Te duele algo más?

—Nada grave, creo que sólo son golpes.

—Vámonos de volada.

Salieron de la trastienda. El dependiente estaba sirviendo unos refrescos de un refrigerador cerca de la puerta.

—¿Cuánto le debemos?

—¿Ya quedaron bien? ¿No quieren que les diga dónde hay un médico?

—No, gracias.

Hizo la cuenta.

—Cuarenta y ocho pesos.

Salieron al sol tomados del brazo, sonrientes. O medio sonrientes al menos, porque Héctor no podía dejar que la cara se le estirara mucho. Los dos cojeaban levemente.

—¿Y tú dónde aprendiste todo esto?

—Curando a Jeff, que llegaba hecho talco cada tercer día. Las peleas de cantina en Canadá son tan cabronas como en México... ¿Seguro que sacaste toda la astilla?

—¿Qué le habrá pasado al mesero?

—¿Sabrán que fuimos nosotros los que estábamos allí?

El sol estaba radiante, el dolor de cabeza crecía.

El miedo comenzó a llegar en oleadas; sentía cómo la marea subía y él esperaba en el cayo de arena suave. Había dejado a Elisa en el Cine Azteca viendo dos películas de aventuras y reponiéndose del susto. Casi se lo había impuesto.

Pero necesitaba estar solo. En la oficina, con la luz apagada, sin Gilberto que sólo trabajaba las mañanas y que si en ese instante había logrado sus propósitos estaría tirándose a la esposa del vecino.

Y en las sombras de la tarde que caía vertiginosamente el miedo había llegado. Incluso lo había obligado a poner una silla entre el escritorio y la puerta y dejar el revólver sin seguro en el cajón entreabierto.

Nunca había sido un hombre violento. Había respondido fríamente a la violencia cada vez que ésta se le había cruzado en el camino. La había visto pasar, a veces se había metido de contrabando en su vida. No había vivido el miedo, porque nunca había estado tan cerca. Ahora, Héctor estaba consciente de que era un cebo. Pero aún no sabía si ser cebo merecía la pena.

Cuando derrotó la primera oleada, cuando la marea comenzó a descender se sintió más seguro. Más de lo que se había sentido en mucho tiempo.

Ahora tenía un enemigo enfrente, no una sombra. Un enemigo que tenía algo en contra suya. Un enemigo entrañable, personal, al que se podía odiar.

Ahora estaban buscando su pellejo. Ahora podía defenderse. Ya no se trataba de jugar con el peligro, con las sombras chinescas, con la sensación de la muerte.

Ahora se trataba de meterle un balazo en la cara al hijo de perra que poco a poco se perfilaba enfrente.

Sólo había que sacarlo de las sombras. Ponerlo frente al cañón de la pistola.

Nuevamente el cuarto se volvió amable. Los sonidos de la calle ascendían por la ventana. El ruido de un carro de camotes, la música de la discotienda («El Festival de San Remo cantado por sus estrellas»).

Había que reordenar todo. Las cosas habían cambiado rápidamente.

Reposó el cuerpo adolorido en el sillón. Ahí tendido, ordenó:

1. Un asesino (¿asesinos?) me está cazando.
2. Si se trata del estrangulador tiene que tener un motivo para lanzarse sobre mí abandonando sus métodos habituales.
3. Si no se trata del asesino, ¿quién?
4. Si se trata del estrangulador, ¿qué sé que antes no sabía o qué ha sucedido de nuevo en estos días?
5. No sé nada, y si sé algo, no sé lo que sé.
6. ¿Qué ha sucedido?
   a. Huellas digitales en la carta de hoy en la mañana. (Poco probable, nunca dejó huellas en las notas.)
   b. La muchacha güerita que vino en la mañana.
   c. El señor con acento ruso según Gilberto, que habló por teléfono.
7. Si no se trata del estrangulador:
   a. Algo ligado con la muchacha de la cola de caballo y su historia. Quizá su padre.
   b. Algo ligado con la historia de la viejita.
   c. Algo ligado con la actividad política de Carlos.
   d. Algo...

Y entonces sonó un leve golpe en la puerta.

Héctor llegó apresuradamente al escritorio y antes de que la puerta comenzara a entornarse colocó la mano izquierda en el cajón entreabierto.

—Adelante.

La muchacha rubia salió de la penumbra tropezando con la silla. Una parte de su cara quedó en la oscuridad; del pasillo entraba una luz amarillenta que le iluminaba el perfil. Héctor permaneció en las sombras.

—Soy todo oídos, jovencita...

—¿El señor Shayne?

—Belascoarán Shayne.

—Qué romántico, la penumbra, usted sentado allí, yo sin atreverme a pasar. Tal como lo imaginé... Éste es un momento muy importante para mí, señor Shayne.

—Belascoarán Shayne.

La muchacha esbozó una sonrisa maliciosa. Héctor no podía saber si se trataba de un ser meloso, y por lo tanto repugnante, o si se estaba burlando de él.

—¿Tú quién eres? —preguntó secamente Héctor.

La muchacha rubia le guiñó un ojo.

—Me llamo Marina. Estudio Filosofía, tercer año. Debo tener... qué será, unos diecinueve años. Vivo en casa de mis padres. Él es traductor de alemán, ella toca la flauta en la Sinfónica Nacional... ¿Me puedo sentar?

Héctor se estaba sintiendo a gusto, el bloqueo inicial desaparecía. Señaló la silla frente al escritorio. No sacó la mano del cajón hasta que ella puso sus manos sobre la cubierta metálica y colgó del respaldo de la silla el morral. En la penumbra los cigarrillos que encendieron sabían mejor, los olores de la noche sabían mejor.

La muchacha rubia hizo una pausa y saboreó el tabaco. Era delgada, con el pelo muy corto, nariz respingada y unos lentes diminutos que se había quitado, frente amplia, pómulos salidos, una boca suavemente marcada. Vestía unos pantalones azules deslavados y una sudadera gris de manga corta. La mandíbula fuerte... Héctor la miró con cuidado, tratando de adivinar lo que las luces de la calle y el pasillo no podían precisar. El efecto general ponía frente a sus ojos a una muchacha suave, bonita, recién salida de un anuncio de dentífrico para adolescentes gringos.

—¿Y qué demonios estás haciendo aquí?

—Tendría que explicar cómo llegué hasta acá. Pero... Quiero trabajar aquí, con usted, como secretaria-ayudante... ¿Queda claro? No como secretaria. Como secretaria-ayudante —sonrió.

—¿Por qué?

—Es largo de contar, pero ahí va: primero, porque me interesa este experimento vital. Segundo, porque el estrangulador ese me pone el estómago erizado. Tercero, porque necesito trabajo. Cuarto, porque necesito probarme a mí misma. Quinto, porque estoy quemada y tengo que reposar un rato.

—¿Quién te dijo que yo ando buscando un estrangulador?

—Carlos...

Anda pues, su hermano, le mandaba una protectora. Ahí se explicaba eso de estar quemada, que Héctor había atribuido al exceso de sol en una playa. No preguntó más. Para él, la política y su hermano eran cosas muy serias.

—¿Estoy contratada?

—¿Cuánto quieres ganar?

—Eso, usted decide.

—Esto se está calentando. ¿Tienes miedo?

—Lo normal.

—¿Sabes defenderte?

—Sé algo de judo. Y sé disparar pistola. Nunca le he tirado a nadie, pero...

—¿Tienes?

—Tengo una de papá.

La sacó del morral. Era una pistolita inglesa de calibre .22. De apariencia tan mortífera como la que más, negra, brillante.

—Hecho —Héctor estiró la mano, la tendió por encima del escritorio—. Vas a ganar el salario mínimo...

—Cochino explotador.

Héctor rio.

—¿Cuánto entonces?... Aquí nadie va a pagarme nada. No hay recompensas, no hay nada.

—Hecho, entonces me conformo con el mínimo. Pero me paga séptimo día. Y trescientos pesos de aguinaldo. ¿Cuándo empiezo?

—Ahora.

Héctor se puso de pie, sacó del archivero los recortes y se los tendió a la muchacha. Luego caminó hasta el apagador y encendió la luz.

—Pero si está hecho un desastre —dijo la muchacha—. Mire la cara...

Se escuchó primero el silbido, instantáneamente después el tiro. Saltó un pedazo de pared. Héctor se tiró al suelo sin esperar más. En un instante le cruzó por la cabeza que debería haberlo adivinado.

Marina se quedó desconcertada. Ofrecía un blanco perfecto. Héctor le dio una patada a la silla y la hizo caer cuando el segundo disparo volaba los papeles del escritorio.

—Están tirando con rifle desde la casa de enfrente.

Gateando llegó hasta el cajón y metió la mano. Un nuevo disparo astilló el escritorio. Los pedazos le saltaron a la cara. Tomó la pistola y salió arrastrándose. La muchacha lo siguió.

Al quedar en el pasillo se miraron sorprendidos. Traían las pistolas en la mano. Corrieron escaleras abajo. Héctor la detuvo.

—¡Arriba, vamos a la azotea!

Subieron corriendo los dos pisos. Una mujer que traía unas cubetas y un mechudo tropezó con ellos y salió huyendo.

La azotea estaba vacía. Entraron caminando con cuidado, cubriéndose tras los tinacos de agua. El único edificio desde donde podían haber tirado estaba regularmente iluminado. Varias ventanas tenían luz.

—¿De dónde salieron los tiros? —preguntó Marina.

—Tiene que haber sido desde la misma altura. Busca en los terceros pisos, y casi en línea recta. Estábamos muy atrás en el cuarto para que pudieran apuntar desde otro lado.

—El tercer piso, la quinta o la sexta ventana.

Estaban oscurecidas las dos.

—Mierda, otra vez. La gente que sale. Las oficinas que hay en ese piso. Las salidas de emergencia. Yo te cubro. Guarda la pistola.

La muchacha rubia salió ni tarda ni perezosa. Héctor bajó a la oficina, apagó la luz y se acomodó tras la ventana. Sólo sombras desde el otro lado de la calle. Observaba alternativamente las dos ventanas y la puerta del edificio.

Comenzó a sonar el teléfono. Lo dejó sonar tres veces. Luego decidió contestar. Había visto a su nueva secretaria rondando la puerta del edificio. Tomó el teléfono con la mano izquierda y continuó mirando hacia la calle.

—¿Belascoarán? —una voz con acento extranjero. El ruso, se dijo Héctor.

—Exactamente. ¿Con quién tengo el gusto?

—No importa. Eso no importa.

La voz sonaba agitada. Marina salió por la puerta del edificio de enfrente e hizo un gesto desalentador. Héctor le indicó por señas que subiera.

—¿Entonces? —dijo secamente.

—Le he mandado por correo el diario. Léalo. Ahí está la clave.

Clic.

El teléfono comenzó a sonar bloqueado. Ya estaba volviéndose costumbre eso de que lo dejaran a uno con el teléfono en la mano.

Bueno, dijo para sí. Al menos ya sé por qué me quieren matar. Para que no llegue el DIARIO a mis manos. Oh, el diario. Seguro que cuenta las confidencias íntimas del señor este con acento ruso. Seguro que es el diario de Fanny Hill, dijo sarcástico. La mano le temblaba. Encendió un cigarrillo. Buscó el viejo ejemplar del *Ovaciones* y dentro de él la nota que le había dejado Gilberto con los teléfonos. Marcó el teléfono del ruso... «El número que usted marcó está desconectado», dijo una grabación de Teléfonos de México.

—Ya estoy hasta los huevos de que me estén tratando de matar —murmuró cuando entró Marina—. No tengo ni la más mínima intención de morirme.

—Nada. Eran unas oficinas de una compañía importadora. La México-Indias Orientales, Importaciones Varias. Están vacías desde hace meses. Ni huellas. Salieron del edificio ejecutivos y dos secretarias. Nadie con un paquete lo suficientemente grande. El portero me mandó al carajo cuando le pregunté si había entrado alguien raro. Nada... Vaya estreno, ¿eh?

—¿Y a dónde puede haber mandado el diario? ¿Aquí o a la casa? ¿Y qué diario es ése que hace que el asesino cambie de método, se olvide de estrangular y se dedique a cazarme...?

Salieron juntos a la calle. Las colas del Cine Orfeón bloqueaban el paso.

—¿A dónde vamos? y ¿cuál diario? —preguntó Marina.

—A brindar a casa del vecino por la muerte de Franco —contestó Héctor—. En el camino te cuento del diario.

—Porque se haya muerto —dijo Merlín Gutiérrez.

—Porque se haya muerto —respondieron a coro los invitados y levantaron las copas de champaña.

Una vez culminado el ritual, Héctor se acercó al vecino. Habían llegado justo cuando empezaban a llenarse las copas para el brindis y sólo había tenido tiempo para tomar una y unirse a los demás invitados ante los gestos presurosos del radiotécnico republicano.

—¿Qué pasa, vecino?

—Aquí, haciendo honor a su invitación... Me tomé la libertad de... —señaló a Marina.

—No hay inconveniente... Esas botellas estaban esperando desde hace un mes. Yo creí que el cabrón este de Franco me las iba a estropear otra vez. Ésta es la cuarta vez que lo hago en mi vida. Una en el 37, cuando corrió el rumor en el frente de Asturias. Otra en el 45 cuando acabó la guerra. Otra en el 74 cuando se enfermó, y ahora otra vez... ya era hora... Pero bueno, pasemos a otra cosa, que el cabrón ese de Franco ya estará negociando con san Pedro la retirada de las bases norteamericanas... Quería hablar con usted porque a raíz de ese desagradable conflicto habido ayer en la noche, pues me he enterado de que usted es un buen detective... Conocí a su padre y me mereció el mayor respeto. Tengo un trabajo que quizá le interese...

Héctor miró atentamente al español. Se lo había cruzado dos o tres veces al salir del edificio en sus rondas diurnas y nocturnas: tenía una facha agradable, una barba cerrada muy corta, unos lentes enormes, de miope, una camisa blanca, enteramente arremangada, una frente amplia y una mirada vivaracha. Le gustaba, le caía simpático. Incluso esto de celebrar la muerte de Franco con champaña le parecía adecuado al estilo del hombre.

VIII LA HISTORIA DEL VECINO ESPAÑOL

Sólo cambia el paisaje.
COMANDANTE DOVAL

Puso en tus manos una foto y dejó suficiente tiempo para que la contemplaras. Era un militar de mirar prepotente y altivo, pasados los cuarenta años. Peinado hacia atrás con brillantina. Ojos de mirar profundo, cejas suaves. Orejas sinuosas, nariz irregular. Cara cuadrada, papada que remataba el cuello abotonado. Los galones, las insignias en las solapas.

—Tenía en aquel entonces cuarenta y seis años. Se llamaba Lisardo Doval Bravo y era comandante de la Guardia Civil —dijo la voz del radiotécnico. Una voz cambiada, más amarga, más vibrante.

Héctor encendió un cigarrillo y permaneció en silencio.

—Nosotros acabábamos de perder la revolución. Era en el año 34. La Alianza Obrera se había puesto en armas para detener al fascismo y habíamos conquistado Asturias. Ésta es otra historia. El caso es que fuimos derrotados. Y no nos perdonaron los dieciséis días que los tuvimos en los sótanos. Después de la derrota salieron de las madrigueras. El ejército había jugado su papel y ahora traían a un «experto».

Te tendió un papel. Leíste:

«Nacido en 1888 de padre militar. Profesional de la Guardia Civil. Participa en la represión de la Huelga General del 17 en Asturias. Es enviado a petición del gobierno de Costa Rica en 1922 para crear la Guardia Civil en ese país. En 1926 se hace cargo de la segunda compañía de la Guardia Civil en el corazón de la Cuenca Minera Asturiana. Permanece en ese cargo hasta el fin de la dictadura de Primo de Rivera.

»Enviado a África en 1931 con la llegada de la República. Las damas jóvenes de la burguesía local envían una petición al ministerio para que "la conjura masónica" no aleje de nuestra tierra a tan gallardo capitán. Recaba fama y ascenso al encargarse de la represión en Marruecos. En noviembre de 1934 regresa a Asturias con el grado de comandante. Le han dado una doble misión: descubrir el paradero de los dirigentes socialistas y anarcosindicalistas prófugos y recobrar los millones expropiados por los revolucionarios en el Banco de España de Oviedo».

—A estas dos tareas añadió una tercera —dijo el radiotécnico—. Se encargó de dirigir personalmente la tortura contra los revolucionarios detenidos, el resquebrajamiento de la resistencia moral de los que habíamos caído. Tomó un ex convento, el de las Adoratrices en Oviedo y pronto lo llamaron «El Orfeón», porque un gramófono a todo volumen noche y día ocultaba los gritos de los torturados. Las celdas se llenaron de sangre, apaleados con la cara rota por los culatazos, golpeados noche y día, sacados a los patios para ser fusilados en simulacros con balas de salva. Un mes duró su mando absoluto sobre cientos de nosotros. Llegamos a conocer hasta el ruido de sus botas en los pasillos del convento. El día 8 de diciembre, las autoridades le retiraron el nombramiento: han trascendido las historias de sus torturas más de lo necesario. Se va a Marruecos nuevamente. Sus palabras al despedirse: «Asturias, Marruecos, bah, es lo mismo. Sólo cambia el paisaje». Durante la Guerra Civil es procesado por el franquismo por cobardía ante el enemigo y condenado a muerte. Amnistiado sale de España. Sé que está en Venezuela. Tiene hoy ochenta y siete años.

Hizo una pausa. Héctor contempló nuevamente la fotografía.

—Quiero saber dónde está y qué hace, cómo vive. ¿No siente en las noches los aullidos de los torturados?

—¿Para qué? —preguntó Héctor.

—Aún no lo sé. Pero necesito volver a verlo. Mirarlo de frente. ¿Acepta usted la tarea?

—No lo sé. Ha esperado usted cuarenta y un años, bien puede esperar unos días.

—Esperaré.

IX

Sería bueno ir al mar, dejar estas alturas.

CARLOS FUENTES

Héctor subió las escaleras lentamente. Estaba muy fatigado. El cuerpo le dolía por todos lados. Las heridas ardían, le dolía la cabeza y sentía revuelto el estómago. Mientras subía, atrás iba quedando el jolgorio de la fiesta en el taller de electrónica. Paso tras paso, escalón a escalón, lo único que quería era encontrar la cama, fría y solitaria pero acogedora y suave. Una leve racha de aire le dio en la cara y le hizo mirar hacia arriba. Detenido en el rellano, iluminado por la débil luz comenzó a despejarse. Sacó la pistola y reinició el ascenso.

Sintió una presencia. Obligando a su corazón a detenerse, tratando de anular los ruidos que subían de la fiesta, logró aislar el sonido de una respiración. No había luz en su piso. Continuó subiendo. El sudor le apareció en la frente, las heridas de la cara se tensaron.

La luz del pasillo del piso de arriba iluminaba suavemente la puerta de su casa. Sentada en el primer escalón, con las manos rodeando las rodillas, con la falda café de cuero de siempre y la cola de caballo, ella levantó la vista cuando apareció Héctor. Éste suspiró y guardó la pistola. La muchacha sonrió. Héctor abrió la puerta y con un gesto la invitó a entrar.

Cerró la puerta con cuidado. Pidió la aprobación con la vista a la muchacha y cerró con el candado nuevo que amablemente le había regalado el vecino. Se quitó el saco, cerró las persianas. Los vidrios estaban en su lugar (¿nuevamente?). Sólo quedaban huellas en la pared.

Se dejó caer en la cama. La muchacha de la cola de caballo trajinaba en la cocina. Se quitó los zapatos y los calcetines, no se atrevió a tocar la herida, se abrió la camisa para contemplar el moretón que tenía un desagradable tono verde con manchas violáceas en los bordes.

Puso la pistola bajo la almohada y se recostó. Cerró los ojos.

La muchacha había encendido el radio: Radio Universidad, *Jazz en la cultura*. La voz catacumbesca de Juan López Moctezuma, animador del programa, introducía al maestro de la costa Oeste, el saxo de Gerry Mulligan.

Un olor a café comenzó a extenderse por la casa.

No había intercambiado una sola palabra con la muchacha. No había habido explicaciones y sin embargo había tantas cosas que poner en claro. Le gustaba y le repugnaba la forma cómo ella, en su naturalidad, se había puesto en el interior de la casa.

De alguna manera había situaciones respecto a su última relación con una mujer que ese olor de café que nadie había pedido le recordaban. Aun así, el halo misterioso de la muchacha, ese aire de dulzura extraña, lo atraía como un imán: aun con los ojos cerrados percibió cómo la muchacha entraba en el cuarto, sintió cómo se sentaba a su lado, incluso sintió cómo lo miraba.

—Estoy harto —dijo—. Harto de que me anden cazando como perro —agregó suavemente, casi con un murmullo.

Abrió los ojos sólo para ver cómo la muchacha sonreía.

—Calenté agua para cambiar la venda —dijo.

Héctor señaló el saco y ella caminó hasta allá para pasárselo. Allí había construido un botiquín de emergencia: vendas, sulfas, gasas, algodón, bendoletas.

Héctor dejó hacer a la muchacha, sintió cuando el agua caliente corría sobre la herida lavando la sangre. Luego la venda se iba acomodando y ciñendo a la pierna.

No quería volverse a enamorar. No quería volver a romper la dolorosa intimidad que había logrado. No quería perder el derecho a la soledad que tan caro le había costado. No quería que nadie llorara por él. Quería ser al final de la aventura o un perro solitario o un cadáver solitario.

Y sin embargo, no pudo dejar de abrir los ojos, contemplar detenidamente a la muchacha que lo observaba, tomarle la mano y besársela.

Y luego, caer dormido.

En ese instante en que se está entre el mundo de los vivos y el de los dormidos sintió cómo una manta lo tapaba y cómo la muchacha de la cola de caballo se colocaba a su lado.

Y a pesar de que lo estaban cazando pudo dormir tranquilo.

Cuando la luz que le daba en un lado de la cara lo despertó, lo primero que pensó fue que había dormido profundamente. Buscó con la mano izquierda los cigarrillos en el suelo, sin querer abrir los ojos totalmente, sin querer acabar de despertar. La mano tropezó con un libro, y con ropa. Tiró de ella esperando que fuera su saco, sólo para verse con la falda de cuero entre las manos.

Carajo, pensó, ¿dónde estará la dueña? Y eso hizo que acabara de despertar.

El único habitante de la cama era él. Se sacudió la melena, sacó la pistola de abajo de la almohada y observó el cuarto detenidamente.

Ni huella de la muchacha. Más bien, muchas huellas aunque ni rastro de ella.

El dolor general sentido en la noche había cedido su lugar a una sensación de malestar y a una punzada intermitente en las heridas de la cara.

Una idea cuyo origen podía remontar a la noche anterior le regresó a la cabeza: mientras el estrangulador lo estuviera persiguiendo a él, dejaría en paz a las mujeres.

Al fin encontró los cigarrillos bajo un periódico viejo. Estaban algo secos pero el sabor del primer cigarrillo, el peso del humo en el estómago vacío, lo iba devolviendo a la realidad.

Entonces entró la muchacha de la cola de caballo.

Traía el pelo suelto corriendo sobre la espalda y vestía una camisa vieja de Héctor a la que le faltaba una manga. A la luz de la mañana lucía como esas apariciones de película francesa que dejan al espectador envidiando al actor durante un minuto.

Héctor resopló.

—Puf... ¿De qué se trata?

La muchacha sonrió, se acercó y tomó un cigarrillo.

Héctor pensó: «Me acerco, le acaricio el brazo...».

La muchacha se fue hacia la ventana y se acomodó en el borde. Nuevamente comenzó a tararear esa música extraña e indescifrable.

Héctor pensó: «Ahora, cuando gozo viéndola, cuando paladeo su cuerpo, la canción... Justo ahora va a empezar el tiroteo».

Pero sólo sonaron varios golpes secos en la puerta.

Héctor sacó la pistola y se puso en pie. Caminó a la puerta. Marina entró como un vendaval.

—Lo hallé. El diario, lo encontré... Claro, pensé, a qué dirección lo puede mandar: a la que dan en el programa de TV, la de la oficina... Y claro, allí. Pero me adelanté.

Y mostraba jubilosa el paquete.

—¿Qué es eso?

—Tiene que ser el diario... Estaba en Correos, a tu nombre. Y antes de que saliera el cartero, con una carta poder falsificada, una buena historia, que estabas en el hospital, que el paquete era para el trabajo, etcétera; y con diez pesos...

Y mostraba jubilosa el paquete.

La muchacha de la cola de caballo asomó la cabeza.

—¿Quién es? —preguntó Marina.

—La muchacha de la cola de caballo —dijo Héctor reponiéndose.

Tomó el paquete y lo abrió.

Era uno de esos diarios para adolescente enamorada, de pastas duras imitación cuero, plástico vil, color café, de unas ciento cincuenta páginas.

Estaba escrito con una letra pareja y diminuta.

Nada más. Ni una nota, ni una huella exterior. ¿Por qué? Abrió una página y leyó. La cara se fue endureciendo.

—¡Vámonos! —les gritó a las muchachas. Apretó el diario en la mano y salió corriendo hacia el cuarto a buscar una camisa limpia.

Había sentido predilección por los trenes desde la infancia y ahora, sentado en el compartimiento oscuro, recogía aquella sensación original y la dejaba pasar por las venas. Latido de corazón irregular, manos temblorosas mientras esperaba que el tren iniciara su viaje.

A su lado, la muchacha de la cola de caballo se dejaba sentir por los intermitente *flashes* de luz que emitía la brasa del cigarrillo.

Los ruidos de la estación: un sonido confuso, áspero, voces mezcladas con ruidos indescifrables. Los ruidos del propio tren que, ¿calentaba la máquina?

Al fin, en ascenso comenzó a crecer el ronroneo, el impulso transmitido por la máquina que ponía en marcha la larga cadena de vagones. Era como una idea que se iniciaba. Marina, que rondaba por el andén, levantó la mirada hacia la ventanilla oscura donde viajaba el detective. Cruzaron una última mirada.

El tren comenzó a salir del andén y Héctor abrió la ventanilla. Las luces de neón iluminaban trenes detenidos, hierros inútiles, retorcidos y desperdigados por la periferia de la estación de Buenavista. Mientras abandonaba la ciudad de México, Héctor contempló en silencio las casas rodantes de los peones de vía, adornadas con macetones de plantas, con antenas de televisión; vagones viejos adaptados para la carne de cañón del ferrocarril. Luego la vía recorrió un pasillo angosto de fábricas y colonias de paracaidistas, hasta que después de veinte minutos encontró espacio libre y como si fuera consciente de ello, aceleró para dejar atrás el monstruo urbano.

Necesito un día. ¿Lo ganaremos?, pensó Héctor y encendió la luz.

Estaban solos en el compartimiento. Había alquilado un reservado en el primer vagón pullman. Cuarto pequeño, con dos asientos y una cama empotrada en la pared que se desprendía en las noches.

Colocó contra la pared el sillón móvil en el que estaba sentado y sacó el diario del bolsillo del saco donde había estado depositado haciéndose sentir como un peso temible que lo obligaba casi a ladearse al caminar y que tocaba frecuentemente para confirmar su presencia.

Quemaba el jodido diario. Y necesitaba leerlo antes de que el estrangulador lo encontrara a él. Sólo así cambiarían los papeles, y el cebo de aquellos últimos días se convertiría en cazador.

La muchacha de la cola de caballo le sonrió. Héctor la contempló un instante: la mirada se había desgastado en aquellos últimos días, se había debilitado. Había perdido mucha de la fuerza que le había sostenido. Simplemente se dejaba arrastrar conviviendo con el infierno que traía dentro, un poco ajena a los apasionamientos y las depresiones de Héctor: la falda inarrugable, el peinado de cola de caballo un poco rígido, como estirando el pelo hacia atrás y tensando aún más las suaves facciones de la cara. Toda una aventura esta mujer, pensó Héctor. Se levantó y le acarició las mejillas, como pidiendo disculpas por esa imbécil manía de haber establecido las prioridades de su vida en torno a detener un estrangulador tan inasequible como los discursos oficiales o la neblina londinense.

Ella se acercó al sillón de Héctor. Habló con voz ronca.

—Entiendo por qué estamos en este tren, y todos los extraños movimientos que hicimos para llegar hasta acá: eso debe ser la clave de toda esta historia —señaló el cuaderno forrado de plástico—. Entiendo incluso que me lleves a cuestas, como un fardo ligero. Lo que no acabo de entender es cómo te metiste en este lío. ¿Por qué? ¿Para qué?

Héctor pensó iniciar una explicación, pero las palabras no salieron.

Se cruzó los brazos sobre el pecho y movió la cabeza lentamente.

—¿Me ayudarás? —preguntó.

Ella asintió.

Héctor sopesó el diario en las manos. No tenía inscripciones en el exterior ni en la primera página. Las palabras comenzaban en la página tres, con una escritura apretada, diminuta, en tinta negra de pluma fuente. Solamente usaba las páginas nones para escribir, y estaba lleno de espacios en blanco. Serían en total unas setenta páginas de las ciento cincuenta las que estaban escritas.

—Todo puede ser una trampa, un truco. Puede ser un gancho más. Quizá sólo soy parte de la diversión.

Se hizo una pausa mientras manipulaba las hojas de la escritura diminuta, mientras intentaba adivinar qué sentido final tenía aquello que había caído en su mano.

Y entonces comenzó a leer, lentamente, deteniéndose ante cada frase que le parecía significativa, intercambiando miradas con la muchacha de la cola de caballo, haciendo largas pausas en las que contemplaba las sombras de los árboles y las manchas de la luz de luna en el campo mientras el tren engullía kilómetros de riel.

X EL DIARIO DEL ESTRANGULADOR

El presente libro... tal vez no sea todavía para nadie.

Éste es el tiempo de los asesinos.

RIMBAUD

OCTUBRE 13

El que escribe se debate entre dos explicaciones diferentes. Sabe que probablemente sólo escribe para sí mismo, o para la posteridad, que equivale a otra forma de escribir para sí mismo. Entiende que la acción sólo puede ser explicada por la acción, que el gran truco social se ha iniciado en las palabras, ha sido remendado por palabras, ha sido parchado y reconstruido por palabras, y, sin embargo, no puede evadirse de ellas.

El que escribe aprecia las condiciones de vida material a las que ha arribado, y al mismo tiempo las deplora. El que escribe arriba al asesinato como una nueva forma que incremente el número de las Bellas Artes reconocidas por los vulgares y míseros seres que pueblan el planeta.

Este diario pretende entonces sublimar las experiencias de esos asesinatos, recoger la acción y liberarla de las prosaicas descripciones de la nota roja, elevarla a sus grandiosos momentos, explicarla, o más bien, redondearla. Ayudará a la imperfección del recuerdo.

OCTUBRE 14

¿Qué tenemos en común nosotros con el botón de rosa que tiembla porque ha caído en él una gota de rocío?

El que escribe pasa la noche en vela. Vela las armas en el día previo al combate. Una vez que ha confirmado la decisión previamente elaborada, previa y amorosamente elaborada en el último año de sinsabores y pesadillas. Una vez que ha decidido que el día de mañana se inicia el ciclo de las doce muertes, nada puede afectarlo, detenerlo.

Es la espera la que turba.

La certeza define. No hay miedo al acto en sí, sino a los entretelones. El que escribe sólo tiene miedo de sí mismo.

La secretaria de Bucareli le ha dicho: «Se ve usted muy tranquilo hoy, señor». Y él se ha limitado a sonreír.

Para hacer más graciosa la paradoja pensó durante un momento en esperarla en la esquina y darle el honor de iniciar con ella el ritual.

Sin embargo, decidió que los planes originales no deberían ser alterados por un capricho que podría poner en peligro el conjunto.

OCTUBRE 15

Ya está. Quedó en las manos como una gallina cuyo soplo vital fuera truncado por la tempestad.

No puedo escribir. Siento la sangre entre los dedos, tengo miedo de manchar las hojas. Vago por la casa como alma en pena. Me debato entre sensaciones contradictorias que no puedo explicar.

Hoy he escrito con sangre:

De todo lo escrito sólo aprecio lo que uno ha escrito con su sangre. ¡Escribe con sangre!

OCTUBRE 16

El que escribe ha logrado apaciguar los demonios que la acción había desatado. Siguió sus rutinas como acostumbra. Se levantó temprano, se contempló en los espejos. Escuchó música en el salón mientras desayunaba. Estaba firme, potente. Cual si hubiera sido inyectado de vida por la vida arrebatada. Encontró un gran placer en controlar sus actos, en simular que todo seguía igual. Habló con el mayordomo como de costumbre. Utilizó el mismo tiempo en vestirse, en dirigir el coche hasta la oficina. Veintiún minutos exactamente. Trabajó dentro de las normas de su vida cotidiana. Ni siquiera se apresuró para comprar el periódico. Lo hizo mientras iba de una oficina a la otra.

Magistral actuación.

El que escribe narrará aquí su obra:

A las siete tomó el coche y se dirigió hacia los barrios obreros del norte de la ciudad. Había optado por crearse un disfraz. Más interior que exterior. ¿Cómo decirlo? Más surgido de la caracterización interna, y sólo apoyado por algunos datos exteriores. Entró a un cine en Insurgentes Norte y en el baño cambió de estampa. Nunca supo qué película ponían. Pero recuerda los diálogos en francés que hablaban de amores imposibles. Salió del cine y se internó en la Industrial Vallejo. A pie.

Caminó buscando la víctima propicia. Siguió discretamente a varias mujeres que obstaculizaron su labor al entrar en vecindades, o al caminar por calles concurridas. Cuando maldecía una de aquellas intentonas frustradas, una muchachita gris, con un rompevientos azul y una falda ceñida apareció.

Entró a una panadería, salió con una bolsa de pan zarandeando en la mano. Nunca miró hacia atrás. (No sé si esta primera vez hubiera podido soportar su mirada.) Cruzó un baldío. Y ahí, acelerando el paso la detuve tomándola del cuello. Con el brazo izquierdo. Mi mano derecha se cerró sobre su garganta y apretó. Se debatía, golpeaba con sus pies y sus piernas mi cuerpo. Sólo apreté y apreté hasta que sentí que estaba muerta y la dejé caer.

Resultó excesivamente fácil. Algo decepcionante. Pero sin embargo tuve miedo. No mientras la estrangulaba. Después, cuando el cuerpo estaba caído a mis pies y no sabía si huir o contemplarla. Porque el cuerpo muerto, desvencijado ante mis plantas me atraía como un imán al hierro dulce. No podía apartar mis ojos de las dos piernas dislocadas en el terreno, mezcladas con polvo, yerbas y cascajo. La bolsa del pan había quedado abierta y los panes tirados. Dejé la primera nota.

Huí corriendo. Nuevamente en el cine pude reposar. Oriné copiosamente.

Cruzó por mi cabeza la idea de masturbarme. ¿Por qué negarlo? Pero quiero darle a todo esto un contenido directo, puro.

Ya en el coche, regresé al lugar. Ridículo concepto inexplicable:

El asesino regresa al lugar del crimen. El baldío estaba invadido de mirones, los coches frenaban y observaban los conductores. Hice como ellos. Yo era otro. El observador. El verdugo había quedado en el baño de aquel cine donde ponían una película francesa.

El que escribe mira sus manos. Las huellas no están ahí, están en el espíritu.

En la noche escuché un *Aleluya* de Händel: grandioso. El que esa muchachita haya producido este enorme holocausto.

Devolver a la vida grandilocuencia. Basta de arrastrarse en el limo.

El que escribe anota su máxima en este cuaderno:

El hombre ansiaba sangre, no botín. ¡Ansiaba el hombre la ebriedad de matar!

OCTUBRE 18

El que escribe había olvidado mencionar la historia que explica el porqué de los mensajes, así como el origen oculto del nombre con el que pasará a la efímera posteridad de la palabra escrita por los diarios sensacionalistas.

He aquí el motivo:

He decidido dar de comer a las fieras de la prensa pasto vulgar, carne cruda. Sus preferencias y hábitos no exigen más.

He creado por lo tanto un nombre: Cerevro (la v le da un toque original), quizá exagero en la percepción de estos seres elementales. Sin embargo, hay que encadenar los hechos, dotarlos de una firma. Los grandes escritores usan seudónimos.

Los mensajes forman parte de este juego. Las rayas me las he impuesto para marcar mi propio sello de meticulosidad. Por los mismos motivos que mi ropa tiene un monograma, por los mismos motivos que mis libros tienen un sello, o que el papel de mis negocios un membrete rojo brillante. Por esos motivos, una pequeña raya acompaña a la nota mortal.

Es el número uno del ciclo.

OCTUBRE 19

El que escribe ha escuchado el primer comentario de un contador en la oficina. Casi accidental, casi atribuible a otro hecho:

«Iba por el pan… qué horrible».

Seguí sin embargo mi camino hacia la puerta y acepté la reverencia diluida que me procesa en cada arribo o salida. Le di instrucciones respecto a unos quesos de una nueva marca.

Me siento tan prosaico a veces. Quisiera gritar: ¡Ésa es mi presa!

Aún mis actos no hablan suficiente sobre la carrera iniciada.

Anoto aquí un hecho significativo:

He alterado mi actitud ante las mujeres. He pasado de la indiferencia a una actitud casi morbosa (quizá el hecho de contemplarlas, en la dualidad de mujeres habituales y víctimas posibles, me excite). Las vigilo de reojo, las observo, las pienso entre mis manos en el momento en que la dureza de las vértebras cede.

Clarita en particular ha percibido algo y lo ha interpretado a su modo.

La sorprendí en la mañana arreglándose la media de la pierna izquierda apoyado el pie en el sillón. Mostraba el muslo y parte de la ropa interior. Tenía que haberme oído acercar. Incluso tropecé con un archivero de cartón en el suelo antes de entrar al despacho.

Media hora más tarde, cuando le dictaba un oficio para los agentes de Sudáfrica, exageraba la posición para mostrarme, gracias a un escote aumentado por un botón «accidentalmente» desabrochado, parte de los pechos.

No puede ser otra cosa que un intento de seducirme. Ha interpretado mis miradas furtivas… Si se diera cuenta que las mismas miradas dirijo a la señora que lava los pisos, a la adolescente que le trae la comida a los empleados en las tardes...

¿Vas a juntarte a mujeres? Pues ¡no te olvides del látigo!

OCTUBRE 22

La prensa ha entendido el mensaje. No quiero manchar hojas de mi diario copiando los titulares o las frases pomposas o las descripciones.

Pero he aquí algunas de las barrabasadas:

El Universal: «...un psicótico ebrio de ansias de matar».

La Prensa: «...absurdo crimen, sin duda encubierto».

Últimas Noticias: «¿Se iniciará una cadena de asesinatos?».

El Heraldo: «El asesino está poseído de una tremenda vitalidad».

Los de Bucareli los llaman acertadamente los *cagatintas*. Tendré que buscar la forma de comentar con ellos todo esto.

OCTUBRE 23

El reposo ha terminado. Nuevamente me invade el desasosiego inicial. He salido temprano del trabajo y he ido a la casa. Me bañé durante horas, pero ni siquiera el agua ha logrado desafiebrarme. El mayordomo me ha entregado algunas cartas. Una invitación llegada accidentalmente para una cena-baile en la embajada india. Sigo utilizando el privilegio de la dirección equivocada.

Podría asesinar a una embajadora, a la esposa de un agregado comercial.

El que escribe define las reglas de una parte de su juego. Para evitar caer en la tentación, para evitar violar sus propias reglas se le recuerda:

No tocaré a las mujeres de mi clase. En ellas sólo quiero el reflejo de mis actos, de ellas sólo quiero el temor que la sombra de la imagen de un hombre les devuelva. A ellas sólo quiero reducirlas a su condición original.

Son objetos bellos, no aspiran al sacrificio.

Y sin embargo imagino el placer que produce el que las mujeres de ese medio social en el que me muevo, tengan un escalofrío cuando la luz de la entrada de la casa se ha fundido.

Cuando se perfuman y se visten sin saber si lo hacen para el amante o para el asesino.

El primer asesinato debe convertirse en el primer eslabón de la cadena.

Dos cosas quiere el hombre de verdad: el peligro y el juego. Por eso quiere la mujer, que es el juguete más peligroso. El hombre debe ser educado para la guerra y la mujer para solaz del guerrero; todo lo demás son tonterías. No quiere el guerrero los frutos excesivamente dulces. Por eso quiere la mujer: aun la mujer más dulce es amarga.

He jugado squash en el club durante tres horas. He ganado todos los partidos. Incluso a un jovenzuelo que traía a su novia para hacer de mí su espectáculo. Terminé agotado. Sólo así la noche me recibe en su seno y el sueño me acoge. El gato ronronea junto a mi cama. ¿Habrán olvidado darle leche a Emmanuel? Gato solitario, sin raza.

¿Perseguirá gatas en la noche con el fin exclusivo de hacerlas sufrir entre sus pequeñas garras?

Nuevamente la ira ha ascendido. Mis manos tiemblan mientras escribo. Pero no temblaron en el momento crucial.

El Cerevro ha dejado su segundo monumento en un cuartucho de la colonia Peñón.

«No tengo las manos sucias de sangre. El cerevro». Sin duda un toque de humor, una nota de exotismo. En este país de elemental barbarie, aporto sin duda una barbarie refinada, culta. Supongo que los soldados de Napoleón violaban campesinas egipcias. Como todos los soldados del mundo. Lo cual no les quita que lo hayan hecho con indudable refinamiento.

¿Qué pierde el mundo con la muerte de esta prostituta cuarentona?

Sin duda vivía una media vida, borreguil, rutinaria incluso en el acto amoroso. *Tienen la virtud de vivir muchos años y abandonadas a un contento vil.*

El cuartucho en el que ejercía su oficio repulsivo, al que me arrastró casi suplicante, ofrecía una mercancía deteriorada. Ahí quedó el cuerpo.

Hice el amor con ella y dejé que me viera, desnudo, desenmascarado.

¿La maté por ese orgasmo tardío, titubeante, mezquino?

La mujer me decía que no jugara, que no jugara con ella, pero yo apretaba el cuello.

Me llevo dos heridas leves en la mano izquierda, producto de un arañazo terrible, con el que quería sujetarse a la vida.

Nuevamente me quedé esperando tras la muerte, atentamente vigilando las señales de la vida que se fue en el cuerpo yerto y dislocado.

Sin duda el cuerpo desnudo de la mujer ofrecerá carne fresca a los mastines de la policía y la prensa, a los lectores de *Alarma!* y el *Magazine Policiaco*.

¿Es mi misión ofrecer carne a los perros?

El sueño me abandona.

La noche es un girar de estrellas en mis ojos. La rutina del día siguiente es insoportable. Lo obvio y evidente, lo elemental de la vida que hasta ahora he vivido se muestra en toda su crudeza.

La cadena del Cerevro tiene dos eslabones. Dentro de poco se podrá hacer de ella un collar o un mito.

OCTUBRE 29

El que escribe y el que actúa (llamémosle Cerevro. ¿No es éste el nombre que ha elegido?) se separan, se observan, se tantean.

Me divierte contemplarlos a ambos. Las dos partes de mí mismo se compensan, pero también se transmutan una en la otra. ¿Tiene esto algún significado? Una vez que la fiebre desciende me divierto apreciando estos pequeños matices. Mi vida se ha convertido en una pasión total, cada acto al adquirir un doble significado se revalúa, adquiere una dimensión diferente.

OCTUBRE 30

He encontrado una frase que me hace pensar:

Ahí están los terribles que llevan dentro de sí la fiebre y tienen que elegir entre el desenfreno o el despedazamiento de sí mismos. Y aun su desenfreno es despedazamiento de sí mismos.

¿Quiere decir que el final del camino que me he trazado es mi propio final?

¿Esta fascinación por el abismo me impondrá que me despeñe al inevitable fin del camino?

No lo creo.

En Ginebra conocí, gracias a un compañero de estudios, a un ex criminal de guerra nazi. Había trabajado en los primeros campos. Allí donde socialdemócratas, anarquistas y comunistas habían dejado el pellejo entre 1934 y 1937. Había torturado, destazado... En fin, ahora era gerente de una fábrica de bicicletas. Sin duda guardaba añoranza por los tiempos idos, pero de alguna forma la había compensado.

Jack, *el Destripador*, realizó dieciséis asesinatos, y luego desapareció en la niebla londinense para no regresar más.

Tengo estos dos argumentos para pensar que el ciclo se cierra al llegar al duodécimo cadáver.

NOVIEMBRE 2

El que escribe ha cumplido hoy cuarenta y siete años. Ha recibido felicitaciones insulsas. Se cumple también el aniversario del accidente de mis padres.

He enviado al cementerio a las dos sirvientas y al mayordomo que me heredaron.

Decidí no ir a trabajar. Comuniqué a Bastien el hecho y le pedí que avisara a las otras oficinas. El gato había desaparecido en la enormidad de la casa. Esto me permitió encontrar en la soledad un momento que había buscado en estos días con ansia. Un momento de reflexión y orden.

NOVIEMBRE 5

El que escribe reposa su último acto. La cadena cuenta con tres eslabones. Llovía.

¡Cuidado! Demasiada seguridad, falta de precauciones.

Si hubiera fallado hubiera sido reconocido. La compañía para la que trabajaba alguna vez hizo trato con las nuestras. Cuidado de nuevo. Una colonia muy transitada. La gente corría a guarecerse de la lluvia, aún no era muy tarde.

Seguí una mecánica absurda: en la tarde en la oficina había revisado algunos recibos de compraventa de materiales de esa compañía y decidí asesinar a la voz que respondía mis llamadas. Peligroso. Hay que separar claramente los dos mundos en los que me muevo.

Sin embargo, no puedo evitar la tentación de abastecer de rumores los medios que me rodean, de hacerle sentir la muerte más de cerca a mis secretarias. Una prostituta o una estudiante de secundaria les quedan muy lejanas, muy distantes... Ahora la muerte se aproxima.

Quiero gozar de este manto que me envuelve, quiero ampliarlo a ellas.

La nota va a confundir más aún a la policía. Escribí en ella lo primero que se me ocurrió, escritura mecánica: *El Cerevro no asesina. Mata limpio.*

Tengo que perfeccionar las máscaras, trabajar más seguro.

NOVIEMBRE 6

En la escuela de guerra de la vida, el que no me mata se hace más fuerte.
Debería decir: el que mata se hace más fuerte.

NOVIEMBRE 7

La prensa publica declaraciones del jefe de la policía:
«Estamos sobre la pista».
Sucio patán.
El clima de terror es aún insuficiente. Hay que acelerar el proceso.
Aunque no acierto a reconocerlo, vivo en una sobreexcitación general que de alguna manera debo transmitir en el exterior.
Paradoja: los negocios van bien. Se produjeron ayer importantes ganancias. Un contrato fuerte con el gobierno.
He descuidado la meditación sobre mis actos. Reflexiono apenas sobre algunas facetas de ellos. Vivo sin embargo en un mundo sensorial alucinante, repleto de experiencias brillantes. Siento en torno mío un permanente fuego de artificio.
En una reunión de la cámara: «Hay que acabar la junta antes de las nueve o llevar a las secretarias a sus casas... Con esto del estrangulador...». Risas, sonrisas. Respuesta: «A cualquier casa... Están muy dóciles a cambio de compañía». Nuevas risas.
A ella le desgarré la falda cuando caía, le jalé la pantaleta hasta descubrir un fragmento de sexo.
En las noches rondo como un perro fiel en busca de su amo. Se hace cada vez más difícil encontrar una víctima. Habrá que elaborar más los métodos de caza.
Absurdo: nadie sospecha de un hombre distinguido en el interior de un Dodge Dart.

NOVIEMBRE 8

Había otras pasiones más lícitas (desde el peculiar punto de vista de ellos, claro) aunque, desde luego, no menos ilegales y bastante disputadas.
La competencia crece en terrenos en los que los aborígenes han estado practicando desde hace milenios.
Es cierto, desde el punto de vista de Ordaz, vecino de Bucareli con el que alguna vez desayuno, el Estado ha acabado con más campesinos esta semana que el estrangulador pudiera eliminar mujeres en años.

Y él no lo comenta, mientras habla con el que escribe en el café La Habana, como un pudibundo pequeñoburgués más; por él, habla un ejecutor, instrumento del aparato. Habla un técnico en el arte de suprimir.

Habría entonces otras posibilidades, más disputadas, en las que competiría con encono despiadado con otros de los mastines del sistema.

Pero incluso estos perros de presa del aparato no tienen los redaños suficientes, la sangre fría, la ausencia de pudor para matar de frente y con las manos.

He aquí la diferencia entre el artesano y el artista.

Continúo las conversaciones con Ordaz, Legrá y otros a los que he conocido accidentalmente. Son un factor de comparación sin duda interesante, aportan el claroscuro indispensable para que la luz brille.

NOVIEMBRE 9

El que escribe ha vuelto a convertirse en el que actúa. La muerte ha cobrado una nueva pieza. El cuarto de trofeos ha sumado una cabeza diferente a su galería; la cadena tiene un nuevo eslabón.

En pleno día. Con la luz del sol haciendo sombras, un vendedor ambulante estranguló a una maestra de primaria. Dos niños lo vieron de lejos. Diez minutos más tarde el vendedor desaparecía para nunca regresar, y el que escribe se subía a su coche.

Rodeado de la higiénica soledad, del sonido purificante del radio, del aire acondicionado, del suave deslizarse del automóvil como entre nubes y algodones, pasó ante el cadáver que arremolinaba a docenas de niños en torno suyo.

Dijo: «¡Dios!» pero las manos se cerraron en torno a su cuello.

¿Será el hombre una equivocación de Dios?

Anoto: he huido rápida, eficazmente. El cadáver no ha detenido mi vista más que un instante. Tiendo a profesionalizar mis actos.

Se inicia una noche de temblores, escalofríos, recuerdos.

Una pequeña muerte contiene tantas otras.

Muero y renazco mil veces en cada asesinato. Sin duda este diario no puede recoger en su esplendor estos amaneceres de la conciencia.

NOVIEMBRE 10

He caminado al club y jugado squash durante dos horas. Los poros libran la tensión. Tengo que estar suelto, desenvuelto. Cenan conmigo viejos amigos. La cena mensual que parecía haberse agotado en los últimos meses revive hoy cuando pongo accidentalmente sobre la conversación de sobremesa el tema del estrangulador. Cuatro muertes ya le dan derecho de ser mejor asunto conversacional que la marca del coñac.

NOVIEMBRE 11

Fuera de los planes. Salí de la casa a recoger materiales de trabajo en la oficina y encontré a la dentista de mis padres a la que se le había descompuesto el carro frente al consultorio en Palmas. Temerosa me pide compañía.

Primer asesinato wagneriano. Con la música del estéreo del coche a todo volumen, en una pequeña calle de Las Lomas.

La mujer pensó en principio que quería seducirla y aceptó los primeros escarceos.

Arrojo el cadáver ante su coche.

Improviso una lacónica nota: *Cerebro, Ya* (lamento la ausencia del error de ortografía. Supongo que servirá para desconcertar más a los perros de presa).

El momento definitivo ha resultado escalofriante. Cuando mis manos en lugar de posarse en sus pechos lo hicieron en torno a la garganta, susurró: «No bromees, tómame».

¿No hay una enorme identidad entre ambas intenciones? Ahora es mía en otros términos.

¿No hay compasión en mí?

Siento un remordimiento superficial. No era una profesionista ineficaz. Era una buena dentista… al menos eso decía mi padre… Quizá se hubiera acostado con ella alguna vez.

NOVIEMBRE 13

Asuntos de negocios me reclaman fuera de la ciudad y el país.

Logro una segunda intención al darle una pausa a esta carrera que no había sido prevista contra el tiempo.

NOVIEMBRE 21

Siento en la ciudad la presencia maligna de un asesino. La hipersensibilidad femenina la delata. Tengo que reconcientizar el hecho de que soy yo mismo el autor de esta presencia macabra.

Los pequeños gestos de la vida cotidiana han sido invadidos.

Comentarios en el estacionamiento. Secretaria que se hace acompañar por otra para ir al baño del edificio. Pocas mujeres en las calles solitarias. Patrullas policiacas visibles en las esquinas. Reportajes en las revistas de circulación semanal.

Archivo recortes obtenidos en los Estados Unidos sobre el misterioso *Cerevro* mexicano. Un tercio de columna de *Newsweek* casi tanto espacio como el que dedican a la aparición de un tomo más de las memorias de Robert Kennedy. Este ambiente me enardece sexualmente.

Difícil encontrar prostitutas en las calles. Tengo que recurrir a semi-prostitutas conocidas y hacer el amor con una de ellas en un hotel vigilado por mil pares de ojos.

Una industria que fenece.

Anoto: la prostituta me pide que le ponga las manos en torno al cuello.

Me reprimo y disfruto el momento. Simulo ser no-ser el que soy. Un orgasmo feliz me sacude.

NOVIEMBRE 22

Un acto magistral. Una adolescente en un cine. Casi accidental el proceso, la decisión de último minuto. Entre una oficina y otra. Contra el tiempo.

Alardes de ejecución.

Podría limitarme a esperar situaciones como éstas. Se han vuelto casi imposibles las noches de cacería, y sin embargo en ellas estaba el goce más sutil.

La cadena tiene media docena de eslabones.

Cambié de asiento y esperé a que se encendieran las luces.

Esperé los primeros gritos. Salí del cine.

Maremágnum. Mujeres gritando. Alaridos casi.

Ahora, una figura casi intangible acompaña sus más íntimos sueños.

Una figura expectante: la mía.

Se me impuso otra nota esquemática: *Yo, cerebro*. Tendría que llevar una provisión de notas en el bolsillo. Resulta peligroso.

Apenas si pude reconocer el último cuerpo que se puso en mis manos.

A la hora del recuerdo, este sexto cadáver resulta enormemente anónimo.

NOVIEMBRE 24

¿Qué condiciones habrán de reunir los que deseen comprenderme?

Mondragón: «Es un cabrón que me hace imposible acercarme a las viejas. Nomás estiro un brazo se me espantan».

El que escribe escucha explicaciones sobre el que actúa:

La señora de la limpieza: «Estará muy enfermo... No tiene perdón de Dios».

Ordaz (el de Bucareli): «Tiene muchos huevos... Pero, ¿por qué no se las coge antes...?».

Yo mismo aventuro opiniones. Resulta extremadamente sorprendente. La ciudad es mía.

Llegan rumores de que el estrangulador actúa en Guadalajara... De que mató a alguien en un baño del edificio próximo...

Mientras duermo en el enorme lecho, mientras me sacudo en él esperando el sueño que no llega, pienso en las mujeres que tiemblan al conjuro de mi aureola.

El sonido de la furia desencadenada me arrulla.

NOVIEMBRE 29

Soy un accidente más eficaz que otros, más puro.

Si insistiera durante dos o tres años, terminaría siendo una rutina aceptada, incluso revalorada socialmente.

Lo que hace magistral esta puesta en escena es el tiempo. Tres meses azotará el simún del desierto. Tres meses de tempestad y luego la calma. Dejaré una estela tras de mí:

Susurros, murmuraciones, ecos sombríos.

NOVIEMBRE 30

Constato en una recepción en la embajada de Suecia a la que he sido accidentalmente invitado: las mujeres de este nivel social atribuyen el hecho a la barbarie natural del país.

Absurdo. Quizá otra forma más refinada de matar las hubiera seducido más.

El mayordomo se ha atrevido a preguntarme qué es este diario.

Respuesta afortunada:

«Es la historia de una gran aventura... Una de las más grandes».

Sin embargo no quiero crear suspicacias y deslizo un par de frases que le harán pensar en una aventura comercial.

Noticia: las dos sirvientas se han negado a salir en su día libre si el mayordomo no las acompaña.

Humor macabro: me quedo solo. No vaya a ser que un estrangulador me prive de un servicio calificado.

DICIEMBRE 2

Se acaba el reposo. El que escribe ha seleccionado una nueva víctima.

La séptima del eslabón. Por primera vez, ha escogido previamente, ha decidido. Trata de que el impacto de la muerte golpee cerca de él.

No demasiado cerca.

DICIEMBRE 3

Ejecución precisa. La mujer sospechó en el último instante. El cadáver fue abandonado en una de las salidas muertas de la carretera a Querétaro.

¿Qué hacía allí?, podrán preguntarse.

Que respondan.

Para no dejar en menos las palabras de su jefe, fue violada.

El que escribe siente el peso de la rutina.

El cosquilleo del peligro. La emoción de la aventura no acabada duró escasos minutos.

La brevedad es una nueva fórmula.

Un vaso de leche tibia bastó para provocar el sueño.

Una nota lacónica: *Cerevro vuelve.*

DICIEMBRE 4

Los periódicos hablan de dos crímenes en un mismo día. Sorpresa absoluta.

Una sirvienta de diecisiete años, que esperaba un camión para Atenancingo.

Una nota: *Es la justisia.*

Han tenido la habilidad de destacar que las letras mayúsculas parecen tener un trazo diferente.

Sin embargo el imitador ha puesto siete rayas.

¿Notarán la incongruencia?

Dos cadáveres en un mismo día. Ambos con siete rayas.

La ropa interior de la sirvienta desgarrada.

¿Se ha iniciado una escuela?

¿Quién será este misterioso estrangulador?

No puedo conciliar el sueño. Mi planeta absolutamente privado ha sido invadido por un intruso.

Me horroriza y me fascina al mismo tiempo la situación.

Necesito tiempo para meditar. La angustia me carcome.

¿Deberán las rayas del auténtico *Cerevro* seguir progresando a partir de siete o de ocho?

¿Compartiré el averno con ese triste imitador?

¿Será un truco policiaco?

Me guste o no, la cadena tiene ya ocho eslabones.

DICIEMBRE 5

No hay error más peligroso que confundir el efecto con la causa.

El lastimero alarido de un violín solitario no hace una sinfonía. Son las partes las que se arman para darle un mensaje al rompecabezas.

¿Tendré que hablar? ¿Tendré que contar el final de esta historia?

Imposible encontrar al imitador. Un grano de arena en el océano de perversiones humanas en una ciudad que las reúne casi con sorna.

Posibilidades: utilizar el entorno ya creado. Una imitación. Una cobertura. Una trampa.

Me asquea no dominar el juego. Siento que hay sentados varios oponentes al otro lado del tablero. Sombras sin sentido.

DICIEMBRE 6

Nuevas apariciones en escena:

Héctor Belascoarán Shayne. Aparece en los anuncios de televisión como participante en *El Gran Premio de los 64 mil* dentro del tema: «Grandes estranguladores en la historia del crimen».

Al principio me he sentido defraudado. Todo puede ser integrable.

Harán galletas marca «El estrangulador». No hay una moral social.

Segunda reacción: una cara interesante. Es joven. Mira a la cámara con gran sobriedad. Es un reto. Probablemente un cebo. Quizá el segundo estrangulador, el «Viernes» de mi isla hasta ahora desierta.

El que escribe decide transcribir aquí con lujo de detalles la aparición de esta nueva comparsa sobre el escenario.

Compré una televisión con notable sorpresa de mi mayordomo. Tuve que comprar una segunda para el cuarto de servicio. Indignación de mis padres si vivieran.

PD: Ordaz inconsolable ante la mortaja de su secretaria. Juró venganza. Los amigos lo consuelan.

Puedo decir que era virgen… Inconcebible en la secretaria de un político.

DICIEMBRE 7

Toda verdad es sencilla. ¿No es esto una doble mentira?

El juego parece recobrar nuevamente su pasión. Necesitaba al enemigo, la angustia de la espera, la intranquilidad del resultado del incierto encuentro.

Un letrero en superposición informa que Belascoarán Shayne es detective privado (el que escribe tenía entendido que no existían en este país, que no existían fuera de la ficción. Personajes de guardarropía de repertorio anticuado). Teléfono de su oficina y dirección. Tomo nota.

Notable conocimiento sobre el tema. Ha leído muchos de los libros que conozco.

Insensible, frío. No concilia con los animadores del programa, no acepta bromas ni suministra información innecesaria.

Mira a la cámara como… ¿buscándome?

¿Me busca?

¿Es un reto? ¿Un duelo?

¿Habrá llegado a asesinar para mostrarme el valor del duelo, lo que está poniendo sobre la mesa?

Me desconcierta ese muchacho.

El *Cerevro* hará una pausa hasta tener las cartas más férreamente tomadas en la mano.

DICIEMBRE 8

Lo he seguido al aeropuerto. Recibe a una muchacha.

DICIEMBRE 9

Le hablo por teléfono. Le doy una dosis de silencio y la soporta. Intento que explique, que aproveche la oportunidad.

Me responde con otra dosis de silencio.

¿De qué sirve que yo tenga razón? Tengo razón sobrada. Y el último que ríe será el que ría mejor.

Jugaré con él.

Recuerdo los instantes de la infancia en los que esperaba ansioso el regalo de cumpleaños.

Nuevas emociones nacen en mí.

Me irrito fácilmente. Paso la noche en vela.

En la oficina me distraigo fácilmente también.

Vivo más dentro de mí que en el exterior. Me estoy volviendo distraído.

Necesito que todo se aclare a mi alrededor.

DICIEMBRE 12

La figura de mi perseguidor al que sigo fielmente se me hace ya familiar. Lo convierto en lo que es, un juguete de mi destino. Una cagada de mosca sobre un mapa.

Puede distraer temporalmente... pero será limpiada. Nuevo telefonazo.

«Prometo un nuevo cadáver. En tu honor.»

DICIEMBRE 14

El que escribe se enfrenta nuevamente a este papel en blanco para marcar otra victoria. La pluma tiene sangre viva otra vez.

Un escalofrío me arranca del ensimismamiento.

He dejado una nota lacónica en el empedrado de la Alberca Olímpica sobre el cuerpo de una mujer: *Cerevro cumple su promesa*. Se acerca el final.

Serán los últimos días vertiginosos.

El último cadáver era también una novena raya.

DICIEMBRE 15

Tengo a Bastien en casa haciendo los ajustes finales de la contabilidad del año. Tradiciones familiares lo imponen.

He visto nuevamente a ese muchacho en la televisión. Pareciera agotado, destruido físicamente.

¿Pesará sobre él el último monumento de *Cerevro*?

XI

La investigación se asemeja a los largos meses de gestación, y la solución del problema, al día del nacimiento. Investigar un problema es resolverlo.

MAO TSE TUNG

Y eso era todo.

El compartimiento se había llenado de una neblina gris y espesa que el traqueteo del tren no disipaba. El ambiente de un gris enrarecido, la garganta picaba.

Héctor apagó el cigarrillo. El último de una cadena ininterrumpida que se había iniciado con la primera página del diario. La muchacha de la cola de caballo lo observaba con la mirada triste de esas últimas horas. Contra lo habitual en la relación de ambos, fue la que rompió el silencio.

—Antes de hacer nada, incluso antes de decidir si este diario es real o sólo un truco, tienes que definir algo. Dejarlo muy claro...

Héctor sopesó sus palabras y asintió silencioso.

Ella tomó el diario, buscó una frase y releyó en voz alta: «Dos cosas quiere el hombre de verdad: el peligro y el juego...». Hizo una pausa:

—Para enfrentarlo, para derrotarlo, para destruirlo, tienes que ser diferente. Tienes que ser moralmente diferente... Toma las imágenes de esas mujeres asesinadas. Toma su derecho a la vida. Haz de esas caras que te miran el motivo de la venganza.

La muchacha estaba exaltada, sus palabras en el pequeño compartimiento del tren golpeaban las paredes.

Una tormenta estalló a lo lejos. Sólo los relámpagos diluidos por la distancia rompían la noche.

Esta negra noche, pensó Héctor y luego recordó algunas de las palabras de la conversación con su hermano:

«Cuídate del presidente de la República, del dueño de la fábrica de enfrente. Quizá ellos estén también jugando en el borde de su sistema, del que han creado y sobre el que permanecen como perros dogos, zopilotes cuidando su carroña».

—Sólo si aceptas que una vida vale tanto como otra. Sólo entonces podrás tomar en tus manos el derecho a la venganza. No en nombre del sistema, ni de la seguridad social. En nombre de cada uno de los muertos...

La tormenta rasgaba el cristal de la ventana, el tren cruzó una mancha de lluvia.

Héctor habló lentamente.

—Yo quería escaparme de un sueño. Yo quería construir un juego y jugar la vida... Sea, vamos a jugarla.

—Con los ojos abiertos —dijo la muchacha.

La tormenta explotó cerca del tren que recorría vertiginoso las rectas enormes que apuntaban como flechas a la ciudad de Irapuato.

El encargado del vagón, un viejo con lentes oscuros y la gorra ligeramente ladeada les informó que faltaba media hora para llegar a Irapuato, y que allí el tren se detendría otros quince minutos.

Intercambiaron denuestos contra el sistema ferroviario, contra el administrador Gómez Z., contra el sindicato más blanco que la cal, y contra los relojes suizos (esto último sin que Héctor supiera bien a bien por qué, aunque se sumó vehementemente).

Se encerraron nuevamente en el compartimiento. La muchacha de la cola de caballo había conseguido en el ínterin un par de refrescos y dos platos de sopa de cebolla en el vagón restaurante; bajo el brazo traía una barra de pan francés.

Héctor comenzó a ordenar sus notas en voz alta. La muchacha lo interrumpía apasionadamente para introducir acotaciones y apuntes de una notable precisión. Trabajaron como poseídos por el diablo, un diablo burlón que acompaña a los que laboran horas extras sin presión de capataces.

Al final habían obtenido un esquema bastante preciso que Héctor había adornado en los márgenes con notas.

Si el diario es real, ¿quién lo envía? ¿El tal Bastien... con acento ruso?

Sobre ese supuesto:

El asesino:

47 años (nació en noviembre 2, 1928). Coincide aniversario muerte de sus padres (¿hace cuantos años?, ¿juntos? Tiene que haber sido un accidente... No muchos años. Aún conserva su presencia la casa y el servicio es el mismo).

Notable fuerza física, agilidad.

Tiene acceso al club donde juega squash.

Casa cerca de Palmas.

Oficina(s)... más de dos. Tres probablemente.

Una de ellas en Bucareli, otra a menos de diez minutos caminando del Cine México.

Desde la tercera se ven los aviones (no puede ser Bucareli ni la del Cine México).

Es en cierta medida un solitario. No hay parentesco a la vista.

Tiene una extraña cultura. ¿De quién serán las citas?

Dinero en abundancia (compra televisores como cepillos de dientes).

Coche: Dodge Dart (del año, seguro).

Amigos de Bucareli: café La Habana, ligados al séptimo asesinato (la secretaria de Ordaz).

Estudios en Ginebra.

Toda su ropa tiene un monograma.

Trabajos: «Contrato fuerte con el gobierno». «Cartas a Sudáfrica».

Es indudablemente el jefe (reverencias diluidas. Secretarias: ¡Clarita!).

Leía recibos de compraventa de Interamericana, la compañía de la secretaria asesinada en la San Rafael.

«Instrucciones quesos nueva marca.»

Invitaciones accidentales embajadas: «Sigo utilizando el privilegio de la dirección equivocada».

Los segundos lunes de cada mes, o el día 10, cena mensual.

La dentista tenía entre sus fichas la de los padres del asesino.

Dos niños lo vieron en el asesinato de la maestra de Lindavista.

Ordenó este caos disperso:

1. Ordaz, el jefe de la secretaria asesinada, lo ve frecuentemente en el café de Bucareli.
2. Los niños de la escuela de Lindavista pueden dar una aproximación de su apariencia (iba disfrazado).
3. ¿Por qué le llegan invitaciones para recepciones de embajadas?
4. El archivo de la dentista.
5. El archivo de Interamericana.
6. Una oficina de Bucareli que tenga que ver con «quesos de nueva marca».
7. ¿Qué empresas en este país tienen relaciones con Sudáfrica?
8. Un club de squash en Palmas, Lomas, etcétera.
9. Qué talleres o fábricas ponen monogramas en la ropa.

Esas nueve pistas básicas tenían que darle la salida al laberinto.

El tren se detuvo en Irapuato. Las luces de la estación iluminaron el compartimiento. La muchacha de la cola de caballo bajó el cubreventana. Los ruidos amortiguados de la estación subieron desde el andén.

¿Quién era el segundo asesino? ¿Por qué?

¿Habría en ese caso que rastrear entre las amistades de la sirvienta muerta?

La fiebre del diario del asesino había penetrado sus poros.

La muchacha se le acercó y le tomó las manos.

Héctor le besó la frente.

Nuevamente se sentía desamparado ante una situación que lo atrapaba como un pulpo feroz... Aquel pulpo de *Veinte mil leguas de viaje submarino*.

Julio Verne en la estación del tren, en Irapuato.

—Tenemos quince minutos... —dijo la muchacha de la cola de caballo.

Héctor se fue dejando caer en ese pozo sin fondo del amor que no quería y al que temía. Sólo el amparo del miedo de la muchacha-niña de la cola de caballo, el miedo que hacía de espejo entre ambos, que los reducía y los agigantaba, que los humanizaba en aquel compartimiento del tren en que el humo del tabaco no podría ser cortado ni por una navaja sevillana.

Se aferró a la última idea:

—*Cinco semanas en globo*, *El faro del fin del mundo*, *La isla misteriosa*, *Norte contra Sur*, *Los náufragos del Liguria*, *Las Indias Negras*, *Los hijos del capitán Grant*... te amo.

Todo encuentro largamente prorrogado se inicia con un largo silencio. En él caben las esperanzas y las dudas. A él le pertenecen los titubeos, el desechar los otros amores, el olvidar todo lo que ha quedado rezagado.

Hace falta disposición para empezar de nuevo. Sobre todo, si ambos viven con la sensación de que quién sabe cómo, algún día, el amor se ha vuelto imposible.

No le queda al amor más que la ilusión, la mueca que sustituye al gesto.

Es este teatro griego en que la máscara ha sustituido al rostro, y ya no es posible recuperarlo más.

No hay magia ni encanto. No hay fascinación, mucho menos violines en esta noche triste pero apasionada y tensa.

El amor se construye piedra a piedra. Pongamos la primera. Depositemos la piedra madre sobre la tierra.

Por los mismos motivos por los que las úlceras no cierran y las heridas no cicatrizan, el que no sabe nadar no se lanza al océano y el que sabe titubea.

Dejando atrás las otras caras, los otros besos, las otras caricias, rompiendo con la impúdica necesidad de hacer comparaciones.

Como dos gatos escaldados por el fuego al fuego se acercan. El fuego llama y al fuego acuden.

Porque también en la desesperanza se encuentra otra forma distinta de esperanza.

Danzantes en torno de la hoguera. Amanecer del duelo; noche del encuentro.

La muchacha se quita la cinta de cuero que sostiene el eje de la cola de caballo. Piensa: Nuevamente recorro. Pongo los pies de nuevo en el camino. La cinta de cuero queda en su mano flotando allí como un instante más de lo debido... Y luego cae al suelo.

Héctor empuja el diario del estrangulador a un lado, se desliza hacia el suelo del compartimiento, empuja con la mano izquierda la pata metálica del sillón. Piensa: Otra mujer, a veces otra cara. ¿No es jodidamente lo mismo?... Ella sacude el pelo suavemente. Un arcoíris de color café claro se extiende. Piensa: No lo estropearás, no romperás el encanto, no destruirás este momento. Héctor se quita el saco de pana deteriorado por tres meses de cacería en el aire de una ciudad cargada de smog, se lo quita suavemente, queriendo no romper el encanto. Piensa: ¿La quiero?, ¿estoy enamorado de ella? La muchacha se acerca y se arrodilla frente a él. En sus ojos se va encendiendo una pequeña chispa. Piensa: Tómame de las manos y quédate frente mí, mirándome, mirándome. Siente lo que te quiero contar, la historia que te quiero contar sólo a ti. Héctor se pone de rodillas frente a ella, ojos en los ojos. Piensa: Todo esto es un fraude, muchacha, no tengo nada que darte. Ella se desabrocha la blusa café claro, cada botón una pausa. Héctor va desabrochándose la camisa al mismo ritmo. Termina más tarde porque tiene un botón de más. Ella piensa: Cuídame. El piensa: Protégeme. La muchacha lanza sus brazos hacia atrás y deja caer el chaleco y la blusa al suelo. Piensa: Cuando uno hace el amor, se va quedando un manto de ropa sobre el suelo. La mano de ella avanza hacia las cicatrices de la cara de Héctor, suavemente las repasa, sus dedos recorren los dos surcos queriendo cerrar la herida, abrir la herida. Piensa: ¿Por qué esta necesidad de posesión total, por qué la necesidad de saber si otras mujeres han pasado antes por ti, por qué la necesidad de pionero? Sé que este instante es totalmente mío. ¿No basta? Se ha quedado con un brasier negro que Héctor explora. Siente los contornos de la tela, las rugosidades, las costuras, adivina y siente los dos pechos bajo él. Piensa: ¿Ya no es posible la entrega simple de otras veces, de las primeras veces? ¿Ya no puedo quitar las sombras de otras caras? Todo tiene que pensarse, reflexionarse, digerirse. Amor y basta. En esta victoria de la reflexión está la peor derrota. El truco, la habilidad no sustituye nada. Soy una vieja puta. Las manos de ella descienden al cinturón y lo desabrochan. Tira por la hebilla poco a poco. Piensa: ¿Por qué resulta más fácil desnudar a una mujer que a un hombre? Héctor pone las manos en la espalda de la muchacha, toca el cierre del brasier, lo rehuye; acaricia la espalda, se detiene en los omóplatos, descienden sus manos a las costillas, las cuentan, las recorren. Piensa: Qué mierda, ¿por qué disimulo? Quiero desnudarla, no acariciarle la espalda. ¿Por qué el miedo a engancharme en el broche, ser torpe, estropearlo todo? Sus manos vuelven al broche y regresan a la espalda, que se va erizando al tacto. Cálida piel entre las manos. Ella ha terminado de quitar el cinturón. Lo arroja sobre la alfombra de ropa. Piensa: No vayas a fallar ahora, no te vayas a detener en el broche del brasier, no tengas dedos torpes. Sus manos van lentamente a la espalda y ayudan a los dedos de Héctor a romper la barrera, el portón de la fortaleza asediada. Gracias, piensa Héctor. Le besa la frente suavemente. Otra vez el amor recobra el encanto adolescente. La búsqueda, el miedo al error, la necesidad de suplir una técnica no adquirida con una suficiencia aparente. Los dos pechos de la muchacha van quedando descubiertos poco a poco, inmensidades, horas enteras mientras Héctor va haciendo descender el pedazo de tela negra. Los brazos de la muchacha han bajado hasta que las palmas se apoyan en la alfombra. Piensa: Te amo, cómo te amo. Repiensa ¿Intento convencerme? Héctor ha dejado de pensar, espera que los pezones asomen bajo la tela, espera, espera, espera, espera, espera, espera. Ella suspira suavemente en sus ojos llenos de humo, con una lágrima colgando. Los ojos de Héctor descienden a los dos pezones que apuntan a su pecho. Apoya en ellos los centros de las palmas de sus manos y aprieta. Piensa: El sexo aviva la hoguera. Va siendo invadido por la muchacha, por sus ojos suaves. Siente cómo los pechos se tensan cerca de su mano. Los toma. Ella piensa: Así, déjame llegar a ti. Así. Se acercan uno al otro hasta que sus cuerpos se juntan. Tienen que avanzar un poco de rodillas, acomodar sus estaturas, hundir la mejilla en el pelo, aspirar. Las manos de ella desabrochan el botón en el que el pantalón cierra.

Sin vacilar, de ahí se extiende la caricia a los ijares y el estómago. Piensa: Mucho más fácil el cuerpo de una mujer para dejarse amar. Las manos de Héctor descienden y se apoyan en los huesos de la cadera, los toman, los sostienen Piensa: ¿Cómo carajos me voy a quitar los calcetines? Ella piensa: Y ahora, ¿cómo demonios te voy a quitar los calcetines? La muchacha descubre que Héctor no usa calzoncillos y lo agradece. Héctor descubre que la muchacha ha dejado caer sus zapatos antes de acercarse a él y lo agradece. Encuentra el cierre de la falda en un costado y lo hace bajar de un solo golpe. Piensa: ¿Como el tajo mortal del hacha del verdugo? Introduce una mano por la herida recién abierta, la hace girar por la espalda, encuentra el elástico de los calzones y juguetea con él. La muchacha hace descender el cierre de la bragueta de un solo golpe. El sexo de Héctor palpita y se reacomoda, sale. La muchacha lo toma entre las manos y lo sostiene. Héctor desliza sus manos sobre las nalgas suaves y acaricia. Siente cómo la piel se endurece. La muchacha lentamente se pone en pie, la falda se desliza hasta el suelo. Héctor asciende arrastrado tras ella. Antes de ponerse de pie espera que el cuerpo de la muchacha pase a su lado y besa el punto donde se encuentra el sexo sobre los calzones negros. La muchacha se pone de puntas sobre los pies de él y le pone los labios en los labios, sus pechos empujan el pecho de Héctor, se clavan fieros. Héctor piensa: Un río, una cascada mientras su sexo se acomoda entre las piernas de la muchacha y su mano desciende bajo el calzón a buscar el sexo de ella. La muchacha piensa: Una llave de agua que gotea. Apoyando la punta en el talón del pie contrario Héctor se quita el zapato. Ella toma sus calzones y comienza a hacerlos descender hasta la mitad del muslo, hasta allí llegan sus manos. Se detiene. Héctor acomoda su sexo entre las piernas de ella y siente el calor del sexo de la muchacha cercano al suyo. El tren comienza a moverse.

—¡Puta madre! ¡Se va el tren!

Ridículos, absurdos, amantes. Se ríen a carcajadas. El tren arranca.

Se habían vestido entre risas. Habían saltado del tren en marcha olvidando el importe de los cascos de Cocacola en el compartimiento pagado hasta Uruapan. El diario del estrangulador viajaba en el bolsillo del saco de pana de Héctor. Caminaron tomados de la mano un par de kilómetros hasta la terminal de autobuses. Amorosos por primera vez en muchos meses. Unidos ahora sí en la aventura.

Porque acerca mucho más el acto fallido, el compartir el absurdo que el triunfo. Porque la ausencia de final de su acto amoroso no abría la compuerta de las dudas, de las comparaciones, de los arrepentimientos. Porque volvía la adolescencia a campear, sobre la tierra agostada de las batallas amorosas.

Abrazados, besándose, jugueteando, enlazados llegaron a la terminal y pidieron dos boletos para el primer camión que saliera hacia México. Tomaron dos tortas de huevo con chorizo carísimas en el restaurante y se subieron audaces en un Flecha Amarilla de segunda que tomó la carretera como si fuera exclusivamente suya.

La muchacha de la cola de caballo acomodó la cinta de cuero en torno a su pelo, miró a Héctor amorosa, dulcemente.

—Tenemos una deuda.

—La cobraremos. Hay que buscar a un asesino y acabar con él.

—¿En el nombre de quién?

—En los nombres de siete mujeres asesinadas.

Ella se durmió en sus brazos.

Héctor recordó un pedazo de poema de su amigo de la prepa René Roque: «Nos unimos más y nos separamos más; danzantes y enterradores de asesino. Algo tenemos que hacer».

Estaba metido en una cabina de plástico con un par de ridículos audífonos sobre las orejas. Sobre su imagen se superponía un letrero: BELASCOARÁN SHAYNE. Intermitentemente con otro: GRANDES ESTRANGULADORES EN LA HISTORIA DEL CRIMEN. Sonaba en el estudio la música de espera mientras un gran segundero en la pared recorría los treinta segundos que le daban al concursante la opción de meditar su respuesta.

El locutor avanzó un par de pasos hacia la cabina y tomó la iniciativa.

—Le repetiré las preguntas —dijo leyendo su tarjetón.

Héctor negó con la cabeza. El locutor sorprendido volteó hacia la cabina.

—El personaje al que se refiere su primera pregunta se llamaba Simón Manrique. Era conocido en los ámbitos periodísticos de la época como *el Buitre de Managua*. Nació en Chiriquito en 1893 y murió ajusticiado en Managua el 16 de abril de 1911.

—Perfectamente, perfectamente —decía el locutor rebasado por las circunstancias.

—La segunda pregunta se refiere a un caso poco importante en la historia de los estranguladores famosos. Modesto Vázquez Reyna, mexicano de nacimiento, fue ajusticiado en Los Ángeles en abril de 1933, pero nunca se comprobó certeramente su participación en el asesinato de las dos enfermeras. Es un supuesto en las historias y los tratados criminalísticos atribuírselos.

—Perfectamente, perfectamente bien contestado.

—La tercera pregunta es más compleja.

Hizo una pausa.

—¿Quiere que se la repita? —y antes de que Héctor asintiera se lanzó—: El nombre completo del estrangulador de Petersburgo, el nombre de su ejecutor y los motivos de su ejecución.

—Se trata del conde Miguel Abramovich. Fue ejecutado por el social-revolucionario Damián Danilovich, por acuerdo de la secta en la que éste militaba, Los Hermanos de la Patria Grande. Lo mató de un tiro a bocajarro, y así vengó a las seis compañeras que habían muerto a manos del conde.

Una salva de aplausos prefabricados unidos a los delirantes de un público que había hecho de Héctor un personaje de moda.

Salió de la cabina para recibir el abrazo conjunto de los animadores. El plomero Gilberto Gómez Letras unido a su esposa y seis niños, danzaban a su alrededor.

Sonaban las dianas.

Héctor, impasible, buscaba en medio del público a un hombre de cuarenta y siete años, fornido, gerente de tres compañías.

—¿Cómo se siente? —preguntó el animador.

Héctor hizo un gesto.

—¡¡La emoción no le permite hablar, señoras y señores... Este joven estudioso de la historia del crimen, acaba de ganar sesenta y cuatro mil pesos!!

—¿Y qué va hacer con el dinero, si no es indiscreción?

—No lo tengo aún decidido.

En el intervalo entre un concursante y otro, mientras se emitían un par de comerciales, un animador le dijo al otro:

—Como me vuelva a salir un concursante tan seco como éste, te juro que lo estrangulo.

—Ja, ja, ja —respondió el otro.

Un solecito ramplón, invernal y que iluminaba bien aunque calentaba poco, se colaba por la ventana. Marina, convertida en secretaria eficaz, comía una torta de jamón sentada en el escritorio del jefe, mientras éste, rondando por el cuarto iba dictando tareas que la muchacha escribía, muy resumidas, en la esquina del ejemplar de *Ovaciones* que servía como papel único en aquella oficina, ante la mirada intrigada del plomero que batallaba con un tubo herrumbroso.

Cándida imagen de una oficina modelo, pensó Héctor. Desde su llegada a la ciudad del viaje en tren, el estrangulador parecía haberse hundido bajo la tierra.

La ciudad continuaba atenazada bajo el miedo de su invisible presencia, pero no daba señales de vida. Héctor estaba inquieto. ¿Habría huido?

—Hay dos posibilidades, socia...

—Hay muchas más —dijo la eficiente secretaria impidiendo que el jitomate de la torta se le cayera mientras hablaba.

—Dos básicas...

—Mentalidad cartesiana.

—¿Se te ocurren más?

—Eso no quiere decir que no existan.

—Chingada madre... No se puede trabajar con una estudiante de filosofía.

—Bueno, a ver si se dejan de mamadas y dicen eso de las posibilidades —terció el plomero.

—Dos posibilidades visibles.

—Más o menos —dijo Marina.

—O todo es un truco, o estamos sobre la espalda del estrangulador.

—Si todo es un truco, ¿por qué?

—O para distraernos... Pero ¿de qué?... O para jugar conmigo.

—¿Cuál es la decisión, jefe?

—Trabajaremos sobre la base de que el diario es real.

—Tengo anotadas estas nueve tareas. ¿Se te ocurre alguna más?

Marina leyó la lista. El plomero disimuladamente hizo a un lado el tubo herrumbrado y se acercó a ver si se podía mirar la lista.

—¿Qué quieres que haga? —preguntó Marina.

—Café La Habana, buscar a Ordaz... Preséntate como periodista de *Vanidades* y trata de sacarle información sobre su compañero de cafeteadas.

—Después de eso puedo pasar a interrogar a los niños de la escuela.

—Llévate un Volkswagen rojo que está en el estacionamiento de enfrente. Yo prefiero el metro.

Marina arrojó el papel, se limpió los labios con la manga de la blusa oaxaqueña y saltó del escritorio al suelo.

—Hasta luego jefe —dijo. Caminó hacia la puerta y se detuvo.

—Jefe... Hoy es viernes —dijo y extendió la mano.

—¿Viernes?

—Se cobra los viernes.

Héctor sonrió, caminó hasta el cajón y sacó una chequera.

¿Cuánto se debe?

Marina hizo cálculos mentales.

—Seiscientos once ochenta. Acaba de subir el salario mínimo. Más compensaciones...

Héctor puso la cifra y firmó. Marina tomó el cheque y caminó nuevamente hacia la puerta.

—Hasta luego, señor Gómez Letras.

—Nos vemos, señorita Hernández —contestó el plomero.

El sol simplón le calentaba la mejilla. Tenía un problema que resolver en la cabeza, y no quería lanzarse a la calle antes de haberle dado vueltas.

—Y qué, la nueva secre... —dijo el plomero, y completó con un par de gestos harto significativos.

Héctor decidió ignorarlo.

¿Por qué llegaban a la casa del asesino invitaciones de embajadas? No de una, de varias embajadas. «Sigo utilizando el privilegio de la dirección equivocada». Una idea le circuló fugaz por las células grises:

No podía ser un error de dirección, puesto que eran varias las embajadas que lo repetían. ¿Entonces? La dirección de la casa era igual a la de una embajada... Esa situación de nombres de calles repetidas... ¿Se llamaba igual que un embajador?... Absurdo, no coincidirían las direcciones, además las invitaciones se hacían a nombre de las embajadas y no de los funcionarios...

—Mierda, ¿a quién le importan los bailes de las embajadas?

—A mí —dijo el plomero.

Héctor se recostó y pensando y pensando se fue quedando dormido.

El ruido de la llave en la cerradura lo despertó. Se levantó presuroso, sólo para ver entrar en la oficina a un personaje nuevo.

—Buenas tardes —dijo el personaje nuevo.

—Buenas tardes —respondió Héctor. Guardó la pistola en la funda sobaquera.

—¿Qué? ¿Cuál es mi escritorio? —preguntó el nuevo personaje. Era un muchacho como de la edad del propio Héctor con una chamarra de cuero y una barba de chivo.

—¿Y usted, quién es? —preguntó Héctor.

—Javier Villarreal, alias *el Gallo*.

Ah, carajo, será un famoso ladrón, un violador de menores, un asesino internacional, pensó Belascoarán.

—¿Qué, cuál escritorio? —insistió.

—¿Y usted qué es? —preguntó Héctor.

—El nuevo inquilino. Su socio Gómez Letras me subarrendó la mitad del despacho que le toca por trescientos pesos...

Pinche Gilberto. Haciendo rápidos cálculos, Héctor comprobó que ganaba cien pesos al mes con esa transa.

—Pero no se preocupe, yo sólo lo voy a utilizar en las noches. Ya me informó a qué se dedica usted y no tengo inconveniente en tenerlo como vecino.

Ah, bueno, pensó Héctor. Si no tiene inconveniente.

—¿Y a qué se dedica, si no es molestia saberlo?

—Estoy haciendo una investigación sobre la red de cloacas de la ciudad de México. Sabe, mi tesis profesional. Siempre me interesó mucho esa idea de que un día en esta ciudad nos íbamos a morir ahogados en mierda.

El nuevo vecino empezó a caerle bien. Se dejó caer en el sillón y volvió a hilvanar el sueño en el punto exacto en que lo había dejado.

En el metro Balderas había una multitud esperando. El tren traía diez minutos de retraso. «Alguien atropellado», dijo una señora tras él. Había tomado las precauciones habituales y estaba seguro de que nadie lo seguía. Ni estrangulador, ni policías. Se sentía calmado, plácido. Estos estados de ánimo desconcertantes. En el fondo lo que pasaba era que seguía pensando que todo esto era mentira. Unas vacaciones inesperadas. Como la quinceañera a la que sus padres enviaban a San Francisco por diez días en excursión pagada «a gozar el sol y la magia de». Pero ahí estaban las dos cicatrices sobre la cara, y el dolor que todavía le quedaba en la pierna; ahí estaba el diario, en una caja de seguridad en el Banco de Comercio, y ahí estaba la muchacha de la cola de caballo, y los nueve cadáveres.

¿Y si había sobornado a un cartero? Imposible, la embajada real a la que iban dirigidas las invitaciones hubiera protestado.

El metro llegó y fue lanzado al interior. Viajó con los pies a tres centímetros del suelo, prensado entre una señora gorda y dos jugadores de futbol americano. Quería salir en Chapultepec, pero a duras penas logró hacerlo en Juanacatlán. La pierna le dolía.

Avanzó cojeando hacia la embajada cubana.

¿Y si las invitaciones las recibía de algún funcionario menor de la misma embajada? Absurdo. Tarde o temprano el personal protestaría y en los medios de las embajadas deben ser tan chismosos como en cualquier otro o más. Debe ser un medio cerrado, asfixiante, donde los sonidos de las moscas volando alterarían el dejar pasar de la vida diplomática.

Compró *La Extra* ante la embajada y se la metió en el bolsillo. Entró cojeando y se detuvo un instante ante la foto de Fidel, Raúl y Camilo entrando a La Habana. Les sonrió.

—Perdone, las invitaciones para las recepciones oficiales, ¿cómo se envían?

La secretaria se le quedó viendo sorprendida.

—¿Cuáles recepciones oficiales?

—Cualquiera —dijo y se dio cuenta de que había empezado mal.

Después de un rato logró desenredar el primer obstáculo y llegó hasta un funcionario joven que hablaba como veracruzano y al que después de explicarle la historia, le desentrañó parte del misterio.

—Vaya, qué cosa más rara, chico.

—En Cuba no hay estranguladores —dijo Héctor y se arrepintió de inmediato de la frase insulsa y absurda.

—No, viejo, están todos en Miami.

A la salida de la embajada, se tomó una nieve en la Nevería Rombi y leyó con cuidado las declaraciones del comandante de la judicial asignado al caso del estrangulador:

«Estamos sobre la pista definitiva. Es cuestión de horas para que el demente que ha estado aterrorizando a la ciudad de México caiga en nuestras manos...».

¿Qué se traerían entre manos éstos?

¿Estarían sobre la pista del segundo estrangulador? Esto obligaría al primero a actuar rápido si quería que el segundo se convirtiera en la tapadera de sus actos. Saltó de la banca y se fue sin pagar, aunque luego se arrepintió.

—¿Vas a pagar horas extras?

Héctor asintió. Como guerreros iroqueses, se habían pintado la cara con pintura de guerra, habían aceitado sus armas y cargado el tanque de gasolina, se habían tomado un café en casa del radiotécnico, habían comprado una bolsa de pan dulce y se habían lanzado a la ciudad.

Sólo un accidente, una enorme casualidad podía hacerlos tropezar con el asesino.

Elisa y Carlos habían cenado con ellos y se habían ofrecido voluntarios para acompañarlos. Héctor se había negado. Era su bronca. Había aceptado a su secretaria ayudante, y a la muchacha no le faltaban méritos. Se tomaba todo tan en serio que ayudaba a Héctor a sentir seguridad en lo que estaba haciendo. Además, era de una notable eficacia.

Durante la cena, mientras Elisa y él recordaban la aventura de la motocicleta, Carlos y Marina se hicieron a un lado a intercambiar noticias. Hablaban un lenguaje común, casi críptico, lleno de sobreentendidos y claves para iniciados: «Desarrollo, círculo, la base, los charros, el artículo 450, la correlación de fuerzas, el palanquearse, la Junta, el reglamento interno de trabajo».

¿Si tenía ese mundo, para qué carajo se metía a buscar estranguladores?

Héctor se atrevió a preguntárselo a Carlos mientras las dos muchachas lavaban los platos.

—Está quemada, hubo que darle vacaciones.

—¿Y eso de quemada tiene que ver con el sol?

—No, nagual, tiene que ver con la fábrica en la que hace trabajo sindical. Se abrió mucho y los del sindicato blanco la amenazaron. La cambiamos por otra gente y le dimos vacaciones. Lo que pasa es que no se puede estar quieta, y entonces se me ocurrió que podía ganar una lana haciendo de secretaria…

Ahora en el coche, repasaron la información del día.

—Es un hombre de unos cuarenta y dos años, según los políticos de Bucareli. Lo conocieron accidentalmente. Se presentó a sí mismo como «El señor Márquez». Han sido compañeros de café mañanero durante unos seis meses. La última vez que lo vieron fue un día después del asesinato de la secretaria. Eso fue lo más difícil de sacar, y los puse a pensar sobre nuestro personaje. No me gustó hacerlo, pero no había otra forma de averiguar. Al final me tenían cercada con preguntas y tuve que ir al baño para escaparme por la puerta de atrás. Lo describen así: unos cuarenta y dos años, semicalvo, de 1.85 de estatura, nariz recta, blanco de tez, pelo castaño claro, manos enormes, fornido, ancho de hombros, viste elegantemente, corbatas escocesas, detalles de ropa extranjera que mostraba al descuido, ojos cafés, brillantes. No hablaba mucho, deslizaba la nota culta de las conversaciones según el mesero al que interrogué primero.

—Márquez —dijo Héctor masticando el apellido.

—Revisé el directorio telefónico... Hay seiscientos catorce Márquez en total, y once viven en Las Lomas, Tecamachalco, Palmas, etcétera.

—¿Los niños?

—La descripción que dio uno de ellos no sirve. Hablan de un vendedor de chicharrones con un gorro muy raro. No sirve. Para eso tuve que formar a todos los niños de la primaria y hablarles diez minutos.

—Vaya labor —resopló.

Héctor masticó la información.

—¿No comentaron nada de los monogramas de la ropa de Márquez?

—No pregunté.

—¿El coche que usa?

—Tampoco.

—¿Hacia donde salía cuando dejaba el café?

—*Niet.*

—Monograma en la cartera, en la pluma.

—No pregunté.

—Todo esto te lo puede decir el camarero.

—Bien, jefe. Y perdón.

—¿Por qué?

—Porque se me olvidó preguntar todo eso.

Héctor hizo un gesto con los hombros. Al fin, por primera vez, tenía algo más tangible de qué asirse. Al fin, el estrangulador dejaba de ser incluso la sombra que había sido al leer el diario. Tenía cuerpo y apellido, forma física. Los papeles habían cambiado. El cazador ya lo era definitivamente, y no era un cazador de sombras.

O casi no lo era. Esa noche, el asesino actuaría.

Manejando por turnos recorrieron la ciudad, de norte a sur, de este a oeste, buscando las calles menos transitadas, buscando un Dodge Dart manejado por un hombre casi calvo.

Callejones, baldíos, avenidas vacías en la luz mercurial, patrullas policiacas en los cruces, con las luces rojo y azul parpadeando, haciendo mayor el silencio.

Héctor observaba de reojo a la muchacha. La muchacha observaba de reojo a Héctor de vez en cuando. A las dos de la mañana hicieron un alto en un café de chinos.

—Dos cafés con leche. ¡Puta madre! —dijo Héctor.

—¿Qué pasa?

—Una embajada que ya no lo es... Ahí tiene su casa el estrangulador. Una embajada de un país desaparecido hace poco, que retiró su embajada, y a la que por rutina siguen enviando invitaciones los departamentos burocráticos de otras embajadas.

—Suena coherente.

—Es casi seguro —dijo Héctor.

El cerco se apretaba.

Nuevamente en la calle, nuevamente en el coche. Marina manejaba ahora.

Héctor meditaba silencioso con la cabeza apuntando al techo. Marina lo miró de reojo.

—¿Qué representa para ti detenerlo?

—A fuerza de tanto preguntármelo tengo un nudo en la cabeza. No quiero hablar más de esto... ¿Qué tanto conoces a mi hermano?

—Bastante. Nos hemos formado juntos.

Héctor fumaba su vigésimo cigarrillo. Calles y más calles. Ahora era él el que manejaba.

—¿Qué horas tienes?

—Las tres y media de la mañana.

—A esta hora, solamente encontrará cacería entre prostitutas, o a la salida de centros nocturnos. Y aun así, está difícil.

El coche enfiló hacia la zona de los cabarets de San Juan de Letrán. Luces tristes, poco movimiento, bastante vigilancia policiaca.

Marina tomó el relevo del volante. Héctor se acomodó y abrió una nueva cajetilla de cigarrillos.

—¿Estás seguro de que va a actuar?

—Seguro. El que la policía hable de que está sobre la pista, le sugerirá lo mismo que a mí. Le dará cobertura ideal. Tiene que llegar al cadáver número doce en esta noche nuestro Márquez.

Silencios, semáforos en rojo. El coche viró hacia el oriente, rumbo a los moteles de la carretera de Puebla. Ninguno de los dos sabía mucho de la vida nocturna de la ciudad de México y hasta esa tarde no distinguían un Dodge Dart de un Chrysler.

—¿Y qué explicaciones les das a tus padres para pasar la noche fuera?

—Hace mucho que no les doy explicaciones.

Marina engulló el último pan dulce después de ofrecérselo a Héctor que negó con la cabeza.

En el Monumento a Zaragoza cambiaron el turno del volante. Héctor manejó suavemente por la lateral de la calzada.

Los reflejos de los moteles solitarios, algunos camiones vacíos regresaban en caravana por la calzada, probablemente de Puebla, del último acarreo de campaña electoral priista. Choferes desvelados y malhumorados. En contraste, Marina y Héctor estaban frescos, menos tensos que cuando se había iniciado la expedición, más relajados, pero atentos, dispuestos a saltar.

Se internaron en las avenidas más grandes de Ciudad Nezahualcóyotl.

—¿Lo del squash dio para algo?

—Hay ciento siete clubes en esa parte de la ciudad, más los privados —respondió Héctor.

—Tengo una idea pasable sobre lo de los quesos —dijo Marina. Héctor rebasó un Dodge azul y observó a los ocupantes: una familia entera que probablemente regresaba de alguna preposada.

—Por ejemplo: importación de quesos suizos. Sólo hay una compañía que lo haga. La oficina está en avenida Cuauhtémoc. Podría ser la segunda oficina a la que se refiere cuando habla del asesinato del Cine México.

—Tiene sentido. De la oficina de Bucareli a la de Cuauhtémoc tenía que pasar por el Cine México. ¿Los números coinciden?

—Ajá. La oficina está más allá del Cine México, un poco antes del Sanborns del metro Hospital General.

—¿Cómo se te ocurrió?

—Junté lo de Ginebra con lo de los quesos.

—Vamos hacia allá —Marina tomó su turno al volante.

Regresaron por Zaragoza hasta el entronque del Viaducto y siguieron hacia Cuauhtémoc.

Desde la calle se veía el letrero: «Mexicano-Suiza de Importaciones».

—¿Cómo ves?

—Puede ser. Es más frágil que algunas otras cosas.

—¿Como qué?

—Lo de la embajada, lo de los once Márquez, lo del consultorio de la dentista, no sé.

Cambiaron nuevamente en el volante. Marina cruzó las piernas sobre el asiento. Traía una chamarra café con una capucha y llena de bolsillos. Se quitó los pequeños lentes y los limpió con una servilleta de papel sustraída del café de chinos.

—¿Ahora a dónde? —preguntó.

—Hacia Las Lomas. Vamos a hacer guardia un rato en la entrada de la Fuente de Petróleos. A lo mejor pasa por allí.

Conectaron el Periférico hacia Las Lomas. Hacía mucho frío en el interior del coche. Héctor conectó la calefacción.

El cambio de temperatura le provocó una punzada dolorosa en la herida. Se detuvieron de nuevo y cambiaron de asiento.

Vueltas y vueltas sobre la zona de Las Lomas. Nada notable, silencio casi absoluto con excepción de una gran fiesta en la embajada argentina. Se detuvieron en la puerta.

—Ahí estará.

—¿Y si preguntamos por Márquez...?

—¿Hay algún Dodge Dart estacionado?

Recorrieron el estacionamiento y las calles laterales. Nada.

—¿Habrá venido caminando?

—No es su estilo.

Marina al volante, Héctor acurrucado en el asiento de al lado, encendiendo por enésima vez su cigarrillo. Manejaba concentrada, como si su única misión estuviera en mantener la atención en la calle y el volante. Héctor había aprendido a admirar la tenacidad de la muchacha y su fuerza.

Recorrieron Las Lomas y las primeras subidas a Tecamachalco.

—¿Qué horas son?

—Cuatro y media… ¿A dónde ahora?

—A Palmas, al consultorio de la dentista.

Marina comenzó a cantar una samba en portugués. Héctor llevaba el ritmo distraído golpeando en la rodilla con los dedos.

—Un Dodge gris —dijo Marina de repente. Héctor levantó la vista. Los vidrios traseros eran opacos.

—Alcánzalo despacio.

Sintieron que el ambiente se calentaba. Héctor sacó la pistola, la puso entre las piernas.

—Pásame la mía, está al lado del freno de mano, en el morral.

El Volkswagen rojo se fue acercando poco a poco a las dos luces traseras del Dodge Dart.

Cuando el Dodge se detuvo en un semáforo en la esquina de Reforma Lomas y Pirineos, Marina deslizó el Volkswagen rojo hábilmente a su lado.

Héctor giró lentamente la cabeza hacia el asiento del conductor del Dodge. Volteó decepcionado.

—Tiene el pelo negro.

Y miró nuevamente. Durante un par de segundos, la mirada del conductor del Dodge y la de Héctor se cruzaron. Marina desde su asiento observó descuidada. Entonces, explotó todo. El conductor del Dodge puso la primera y su coche dio un salto brutal hacia adelante.

Héctor tardó en reaccionar.

—A lo mejor tiene peluca. ¡Soy idiota!

Marina arrancó y aceleró. El coche les llevaba cincuenta metros de ventaja y daba la vuelta en una de las pequeñas calles perpendiculares a Reforma.

Marina pisó el acelerador a fondo y dieron la vuelta rechinando las llantas. Ni sombra. Se escuchaba a lo lejos el ronco sonido del motor de un coche acelerando.

—Mierda.

A toda velocidad dieron algunas vueltas. Nada.

Marina detuvo el carro cerca de la Librería de Cristal de Las Lomas.

Las luces intermitentes del anuncio de la librería iluminaban y apagaban el rostro afilado, los lentes, los pómulos fuertes, la mirada endurecida y hacia adelante de Marina.

—¿Cómo era? —preguntó.

—Mierda —dijo Héctor, y se bajó del coche. Habían estado tan cerca.

Caminaste por la banqueta, encendiste un nuevo cigarrillo. Cojeabas aún. El aire helado de la noche te devolvió a los hechos, a los hechos escuetos, a la paciencia necesaria.

—Una nariz fuerte, dos ojos de buitre. Claro, una peluca negra. Corbata oscura, saco gris. Sin bigote ni barba. Era él, ese hombre que se llamaba Márquez, el asesino... ¿Las placas?

—¡Las placas! ¡Pendeja...! La madre... —apretó el volante entre las manos, enojada.

—Era algo con AD...

—El último número un cero y el anterior... seis o siete.

Héctor anotó en una servilleta apoyándose sobre la guantera: AD?670.

—Sólo hay dieciocho posibles números si no nos hemos equivocado.

—No estoy segura, casi adivino lo de AD.

—Otra pista más.

—¿Ahora qué hacemos?

—A dormir, ya se lo llevó el carajo todo. Mañana desde las ocho hay que seguir lo poco que tenemos: las placas, la idea de la embajada, la importadora mexicano-suiza, el fichero de la dentista, las preguntas al mesero del café La Habana... Y quedan tres cosas laterales —remató Héctor consultando una lista escrita apresuradamente en una tarjeta en la que repetía sus famosas nueve claves sacadas del diario—. Las fabricas que pongan monograma a la ropa, los archivos de Interamericana, y las empresas que tienen relaciones con Sudáfrica. No es gran cosa. Además, tengo interés en ver si en la casa de la muchacha que mataron en la San Rafael tienen ideas. Ese segundo estrangulador me inquieta.

Por el camino, repartieron el trabajo. La muchacha descendió frente a la casa de Carlos. Se despidió con un breve saludo de la mano.

Héctor manejó hasta su casa. El tabaco comenzaba a asquearlo, el sueño a penetrar por los terribles bostezos. ¡Qué cerca! Pero a pesar de todo, el cerco se estrechaba.

Subió poco a poco los escalones. En la puerta estaban dos notas pegadas con diurex probablemente suministrado por el vecino radiotécnico:

«Mañana a las nueve de la mañana en la Magdalena Mixhuca». Firmaba lacónicamente: «Yo».

La otra era menos críptica: «Mamá te quiere ver. Elisa».

Se preparó un café y puso en hora el despertador. Con un poco de suerte y durmiendo vestido, estaría a las nueve en la Magdalena, (¿en qué parte?) con la muchacha de la cola de caballo, después de haber dormido tres horas.

Ni siquiera se quitó los zapatos.

—Carro 114, Renault. Santiago Flores —decía el altavoz.

Olía a gasolina, a aceite lubricante, a llantas quemadas, a espectadores sudorosos.

Caminó hasta la tribuna principal. Poca gente. Un par de vendedores de refrescos. Las cámaras del Canal 13 rondaban en espera del inicio de la transmisión.

Tenía que estar por allí. No se imaginaba a la muchacha de la cola de caballo jugando volibol o futbol femenil en alguno de los campos deportivos.

Buscó con la mirada en las tribunas semivacías del autódromo. Nada.

—Carro 89, Datsun. Andrés Vázquez Leyva.

Un Renault amarillo y otro azul oscuro recorrían la pista suavemente, calentando los motores.

Bajó de la tribuna y compró el *Excélsior* de la mañana. Repasó los titulares y buscó en la segunda sección A la nota roja.

—Carro 111, Renault. Irene Robles Camarena.

Volteó hacia la pista buscando el Renault 111. Era un buen nombre para la muchacha de la cola de caballo. Irene. Irene, no estaba nada mal. Como si fuera un novelista que hubiera elegido nombre para su personaje, se sintió satisfecho. El Renault 111 estaba muy cerca de la tribuna, no se veía nadie a su lado. Bajó hasta la pista eludiendo a un policía auxiliar.

Continuaba hojeando el periódico cuando levantó la vista y vio a la muchacha metida casi totalmente en el motor.

Ésa era su espalda, embutida en un overol de mecánico lleno de manchas de grasa. A su lado un casco azul oscuro, sobre él un par de guantes. Se acercó y le propinó una sonora nalgada. La muchacha volteó indignada.

Bella, con una mancha negra en la frente, el pelo amarrado con la eterna cinta de cuero, los ojos brillantes de coraje, el color que le subía en las mejillas.

—Tú... Tú... si no hubieras sido tú, le saco a alguien los dientes a patadas de karate —y se fue sobre los brazos abiertos de Héctor.

Estrechó a la muchacha un segundo, dos, tres, cuatro; casi un minuto, inmóviles en medio de la pista.

—A la madre, si tengo que cambiar esa bujía —dijo la muchacha rompiendo el *clinch*.

—¿Tienes un pañuelo? —preguntó.

Héctor rebuscó hasta encontrar un paliacate rojo ligeramente moqueado en el bolsillo trasero. Lo limpió cuidadosamente y se lo ofreció a la muchacha.

—Para ponerlo en el casco, como en los torneos —dijo.

Héctor tomó su cabeza entre las manos y así la sostuvo. El periódico cayó al suelo.

—Vayan tomando sus lugares —dijo el altavoz.

La muchacha metió la cabeza en el motor y hurgó un instante. Luego cerró la tapa, se puso el casco y amarró en el barbiquejo de cuero el paliacate rojo. Estuvieron un instante tomados de las manos.

Rompieron el cerco estrechado de las manos. Se metió al carro y calentó el motor. Salió a colocarse en el punto de partida. Héctor recogió el periódico. Los coches tomaron su lugar sobre la línea de salida: cinco Renault, dos Datsun y un Volkswagen negro.

La página abierta del periódico en el suelo contaba una historia ya lamentablemente familiar:

«TRES ASESINATOS MÁS EN UNA SOLA NOCHE»
«EL CEREVRO VUELVE A LAS ANDADAS»

Extraños mensajes en los cuerpos asesinados. Los titulares le golpearon los ojos.

—Carajo —dijo Héctor mordiéndose los labios. Una lágrima se le salió de los ojos golpeados por las horas sin sueño. Las fotos de tres cuerpos destruidos sobre banquetas, pasto, asfalto frío, lo miraban desde la página 26 A.

«LA POLICÍA EN RIDÍCULO. NO BASTAN PROMESAS
CLAMA LA OPINIÓN PÚBLICA»

Se quedó en medio de la pista mientras el ruido de los motores aumentaba. Uno de los técnicos de la TV lo hizo a un lado porque estorbaba el movimiento de las cámaras. Los coches arrancaron rugiendo. Héctor quedó cerca de los pits, la mirada perdida en el horizonte. Distinguió al final de la primera vuelta a una muchacha con cola de caballo cubierta por un casco del que colgaba un paliacate rojo, en un Renault azul oscuro con el número 111 pintado en rojo brillante, pasando en primer lugar extendiendo una mano en un saludo que se perdía en el aire.

El mundo se derrumba al estruendo del motor. Igual que cuando uno no tendió la mano suficientemente rápido y el otro cayó al abismo, igual que cuando no llegaste a tiempo para impedir que el gas explotara, igual que cuando la guerra estalló sin haberte consultado. Así.

El coche azul con el número 111 en rojo sangriento dominó la segunda vuelta. Otra vez una mano surcó el aire buscándote como destinatario.

Los mensajes decían:

Cerevro ataca, Otra muerte limpia y *La cadena tiene doce eslabones.*

Habían quedado tendidas para no levantarse tres mujeres más.

La muchacha pasó en segundo lugar en la cuarta vuelta, un Renault anaranjado dominaba por unos metros. Héctor miraba hacia el horizonte de los campos deportivos, pero levantó la mano dirigida a la muchacha. Un poco tardío, el gesto de ella apareció en la ventanilla izquierda.

Habían estado muy cerca en la peregrinación de la noche anterior, cerca en la deducción de que el asesino actuaría a toda velocidad esa noche, cerca de las dos prostitutas asesinadas en Ciudad Nezahualcóyotl, cerca del asesino cuando terminaba su noche de cacería. La tercera mujer había sido asesinada en los pasillos interiores de un edificio en la colonia Escandón.

El público aplaudió, se iniciaba la última vuelta. El coche azul con el número 111 en rojo sangre le llevaba cuatro metros de ventaja al Renault anaranjado y los conservó hasta la meta. Su brazo asomó por la ventanilla cuando la cruzaba. Traía el paliacate rojo amarrado en la mano.

—Ha terminado la prueba preliminar —dijeron los altavoces—. Primer lugar el carro 111, Renault, manejado por...

Héctor caminó entre la gente que felicitaba a los vencedores.

La muchacha había saltado por la ventanilla del coche y se acercaba a él.

—Da suerte, ves, da suerte —lo tomó de las manos. Héctor rompió el abrazo y le tendió el periódico. La muchacha leyó los titulares y se fue ensombreciendo.

—¿Quieres que haga algo? —preguntó.

—Me voy a Teléfonos. Tengo que encontrarlo.

Ahora el ciclo ha terminado.

—Vámonos, llegaremos más rápido.

—¿Y el premio?

Los locutores de la TV se acercaban para una entrevista, los conductores del carro naranja y del Volkswagen negro para una felicitación.

—Chingue a su madre el premio —dijo la muchacha y corrió al coche azul entrando por la ventanilla. Héctor entró por la ventana del lado contrario y apenas se había sentado cuando el coche arrancó sacando chispas a la grava.

La muchacha tomó la salida del túnel. Arrojó el casco al asiento trasero y su pelo ondeó en el aire.

Un coche azul oscuro con el número 111 rojo sangre en los costados salió disparado de la Ciudad Deportiva.

La muchacha de la cola de caballo manejaba en la ciudad como en la pista. Llegaron rayando llantas y con un frenazo de película francesa a Teléfonos de México.

En Relaciones Públicas, el encargado de la recepción había visto *El Gran Premio de los 64 mil* y aceptó comparar los directorios.

—Verá, en estos últimos tres años se han dado de baja la embajada de Somalia, la de la República Malgache, la de Chile y la del Pakistán.

—¿Alguna de ellas tiene... tenía su dirección en Las Lomas?

—Deje ver... La de Somalia. Montes Cárpatos 167.

—Lo hicimos —gritó Héctor.

Salieron de Teléfonos como habían llegado. La muchacha de la cola de caballo se había quitado el casco y su pelo ondeaba como la bandera de la Brigada Ligera en Bataclava. Enfilaron por Melchor Ocampo hacia Reforma como un bólido.

Héctor comenzó a gozar esta terrible carrera. El aire le golpeaba la cara brutalmente, y los peatones miraban despavoridos. Un motociclista comenzó a seguirlos desde la Fuente de Petróleos y fue despistado en los laberintos de Las Lomas, vieja pista de carreras de ella.

—Aquí a la derecha, a la izquierda —la muchacha iba advirtiendo—. Eso parece una cerrada, pero no lo es, termina en un callejón. Acelero a noventa, bajo a setenta, curva.

El motociclista se perdió. Ella estacionó el coche tras los escombros de una obra en construcción y se besaron. Héctor se sintió avergonzado. La venganza debería estar en su interior.

El coche arrancó otra vez, con aquel salto al que se iba acostumbrando, e inició una carrera terrible que sólo terminó ante el consultorio de la dentista asesinada.

La recepcionista accedió a mostrar el archivo a la muchacha de cola de caballo.

—Sólo quiero saber si tiene registrados como viejos clientes. Cinco años o más, a un matrimonio Márquez.

La muchacha regresó con una ficha.

—Alfredo Márquez Belmonde. Claudine Thiess de Márquez.

—¿La última consulta?

—Hace un par de años.

—¿La dirección?

—Montes Cárpatos 167.

—¿Teléfono?

—5140208.

Héctor le tendió cincuenta pesos.

Cuando subieron al coche, la muchacha de la cola de caballo preguntó:

—¿Ahora, qué vas a hacer?

—No lo sé —respondió Héctor taciturno.

La muchacha de la cola de caballo lo dejó en la puerta del edificio de oficinas.

—¿No hay nada que pueda hacer? —preguntó.

—Háblame dentro de una hora —respondió Héctor.

Cuando el coche arrancaba, avanzó un paso y dijo:

—Hasta luego, Irene.

La muchacha sacó un paliacate rojo por la ventanilla y lo extendió en el aire. El coche se dirigió hacia un parque, cualquier parque, en el que ella pudiera sentarse y pensar, masticar su amor y su vida.

Héctor Belascoarán Shayne subió las escaleras bajo la carga de los últimos hechos.

Marina lo esperaba ansiosa, rondando por la pequeña oficina como leopardo de circo. Había rechazado tres ofrecimientos de café, refresco y un cigarro sucesivamente de un obsequioso plomero.

—¡Llegaste!

—Llegué —dijo Belascoarán y arrojó el periódico sobre la mesa.

—Lo he leído —dijo ella— y sé cómo se llama.

—¿Cómo está, vecino? —dijo el plomero.

—De la chingada —respondió Héctor.

—Sé su nombre, su dirección, su historia —repitió Marina exasperada.

—No es para menos —dijo el plomero.

—Márquez Thiess —dijo Héctor.

—Hugo Márquez Thiess, contador público titulado de la UNAM, una maestría de Filosofía en Ginebra hace veinte años.

—Montes Cárpatos 167, en Las Lomas.

—Es dueño de Mexicano-Suiza de Importaciones, de Márquez Importaciones, S.A. y de Importadora de Maquinaria Industrial, S.A., situadas en Bucareli, Cuauhtémoc y en el bulevar Aeropuerto.

—Su casa de Las Lomas era la embajada de Somalia.

—Le atiné respecto a la importadora de quesos.

—Pero llegamos tarde —dijo Héctor.

—Chingada madre —dijo el plomero medio forzado por las circunstancias.

—¿Y ahora qué hacemos jefe? —preguntó Marina.

—No tengo ni idea —respondió el detective Belascoarán Shayne.

Los familiares de la sirvienta le obsequiaron un café bien cargado, y entre llantos contenidos de la madre y gestos de impotencia del padre, contaron la historia de la muchacha que iba para su pueblo a ver a un abuelo enfermo y había encontrado a un estrangulador en su camino.

—¿Tenía novio? —preguntó Héctor.

El viejo caminó hasta un mueble desvencijado y del cajón superior sacó un ejemplar de *Alarma!* manoseado por docenas de manos, decenas de veces. Sobre el cual los hermanos pequeños habían derramado Cocacola y la madre lágrimas cada semana de aquel último mes.

Señaló a un muchacho joven entre los asistentes al entierro de su hija. Camisa blanca, corbata.

—Simón Reyes Pereira. Es mecánico, trabaja en el taller de su padre. Se iban a casar.

Héctor fijó la vista en el muchacho. Una mirada dura, que no había podido torcer el lente de la cámara. Un mechón de pelos caía sobre su frente.

—¿Sabe dónde vive?

El señor anotó penosamente en un papel la dirección.

Héctor salió murmurando una mala despedida. Los viejos se quedaron atrás en aquel pequeño cuarto terriblemente vacío. No había que inventar, probablemente la muchacha no aportara nada a sus vidas. Pero su muerte había significado un dolor profundo para los dos, un dolor que no pagaba nada.

La cabeza explotaba. Había ido a buscar una pista y se encontraba ante la pregunta permanente: ¿lo hago para vengar a las mujeres muertas?

El desenlace estaba próximo, pensaba Belascoarán Shayne mientras se acercaba a una vecindad triste en la colonia San Rafael. Tardó en localizar el número.

Dos niños jugaban canicas en el agujero destinado a un árbol que estaba frente a la puerta de la vecindad.

—¿Simón Reyes, un mecánico?

—En la puerta negra.

Caminó sorteando unas mujeres que recogían ropa tendida. Iba a llover.

Empujó la puerta sin tocar. Un muchacho de unos veinte años, con un bigote reluciente, se levantó del camastro. Traía unos pantalones de fibra sintética color uva y una playera de manga corta con un letrero pintado: «Universidad de San Antonio». Quedó a medio levantar.

Una ventana cerca de la cama daba a un patio interior. Héctor la abrió y respiró a fondo. Comenzaba a gotear.

—¿Usted quién es? —el muchacho miró fijamente al detective.

—¿Por qué?

El muchacho mirando a Héctor de reojo comenzó a juguetear con un desarmador que estaba al lado de la cama. Héctor sacó la pistola y la mantuvo apuntando al suelo.

—No me amenace.

—No te amenazo. Van a ponerte en la madre.

—Usted debe ser el estrangulador, el Cerebro.

—Tú mataste a tu novia.

—Si la maté, ¿qué? Usted mató a once más.

El ruido de las sirenas policiacas se acercaba. Héctor se acercó más a la ventana y la entreabrió.

—¿Por qué?

—Por cualquier cosa. Vale madres.

Los rechinidos de las llantas se oyeron muy cerca.

—Vienen por usted —dijo el muchacho de la playera.

—No, mi hermano. Vienen por ti.

Y Héctor saltó por la ventana hacia la lluvia. El muchacho lo vio alejarse.

Los policías entraron disparando sin dar tiempo ni siquiera a reaccionar al muchacho semiacostado. Héctor saltó una barda, cruzó por la vecindad y salió a una calle lateral.

Los policías rodeaban la entrada de la vecindad con un enorme despliegue de fuerzas. Los curiosos empezaban a arremolinarse. Héctor pasó entre unos y otros.

«El Cerevro descubierto». «Análisis de sus muestras de escritura lo delató». «Acierto policiaco». «Muerto cuando intentaba resistirse al arresto». «Muchacho de origen humilde alucinado autor de doce crímenes». «Entre las mujeres estranguladas se encontraba su novia» dirían los periódicos al día siguiente.

Héctor se fue alejando poco a poco. Tras él, se quedaba el cadáver del segundo estrangulador, y una pregunta sin respuesta.

Cuando entró en el caserón de Coyoacán dejó atrás por un instante al asesino; sólo guardó en un rincón de los pensamientos la mirada que habían intercambiado. Cojeaba mucho más visiblemente que en la mañana. El frío que bajaba del Ajusco en olas de un viento pegajoso le estiraba las dos cicatrices de la cara tensando el rostro. Una máscara de violencia se construyó en su cara involuntariamente.

Algo más o menos evidente le estropeaba la digestión, le tiraba del intestino para abajo. La conciencia no truquea. Había trabajado en las sombras, peleado contra sí mismo y contra la presencia invisible de un asesino; había elaborado códigos morales, contra-códigos, respuestas y preguntas. ¿Había vivido intensamente? Aquellas noches en las que el sueño no llegaba, aquellas rondas interminables recorriendo una ciudad que por vez primera era suya, calles que se construían en la luz mercurial al mágico nombre de la venganza; rostros, lugares, gestos. Un mapa que se iba levantando de una ciudad vista por ojos alucinados.

Y ahora tenía un rostro. La máscara había sido desplazada, y agrietándose, había mostrado una cara. Primero con el diario, más tarde al adquirir un nombre, luego aquella visión fugaz.

El momento tan querido había llegado.

¿Podría?

—Héctor, muchacho —dijo una sirvienta gorda mientras lo abrazaba.

—Matilde, vieja. ¿Cómo estás?

Entraron a la sala abrazados.

Su madre lo estaba esperando. Tensa, rígida, con la cólera habitual a flor de piel. Bella en sus sesenta años, con los restos de su cabello pelirrojo enredados en un moño apretado en la parte de atrás de la cabeza.

—¿Qué pasa, mamá? ¿Ahora qué pasa? —inició Héctor tomando la ofensiva.

—Te parece poco que tu hermana haya destrozado su vida, que tu hermano siga los pasos de tu padre, sólo que con menos talento, y ahora que tú te hayas separado de tu mujer, dejando tu trabajo y metido en este lío... Les tengo miedo a mis hijos. Quiero saber en qué me he equivocado.

—¿Sólo para esto, mamá?

—¿Te parece poco?

—Me parece normal. Son puntos de vista diferentes. He visto a mi hermana y no sólo apruebo su decisión, sino que cualquiera que sea la próxima que tome, me parecerá justa. La he visto más sana que de costumbre, más cerca de lo que yo pienso que deben ser los seres humanos. Es una espléndida mujer. Por lo tanto, eso de que se ha estropeado la vida, me parece una babosada. Respecto a Carlos, no tengo gran cosa que decir, excepto que cada vez que en estos últimos días no sabía qué hacer, recordaba las cosas que me dijo. Él tiene un camino. Y yo, pues sí, soy un desastre, pero mucho menos que cuando discutía con Claudia el color de la alfombra o planeaba tener un hijo, o trabajaba como energúmeno para subir de puesto.

Sorprendentemente, la mujer lo había dejado terminar.

—Y bueno, qué, ¿vas a destruir al estrangulador? —preguntó cambiando de tono.

—Eso creo.

—Tengo algo para ti, hijo —dijo la mujer y caminó hacia el cajón del viejo escritorio de su padre. Sacó una caja de cuero negra y se la entregó.

—¿Qué es?

—La pistola de tu padre. La trajo desde España. Quizá sirva para algo.

Abriste la caja y acariciaste la pistola negra y reluciente, con las iniciales JMBA grabadas en la culata. El viejo le había dado buen uso. Primero combatiendo en Asturias, luego en el cerco de Santander. Luego a bordo del barco pirata. Luego en África contra los alemanes, luego en Francia dentro de la resistencia. Luego en Checoslovaquia en el último reducto del nazismo. Una pistola digna de apagar la luz de un estrangulador en México.

—Gracias mamá.

—Vamos a cenar.

Pasaron tomados del brazo al comedor. Las fórmulas de su madre, así como los virajes de su carácter lo seguían desconcertando. Algo en el oculto pasado de las relaciones entre su padre y ella no terminaba de explicarse. En el pasillo, una foto de mamá a los treinta años cantando ante una reunión de las Brigadas Internacionales en Bujaraloz, una vieja foto de papá en el carguero pirata *Octubre*, con la imponente barba y la pistola sostenida por un correaje sobre el pecho.

Alrededor de la mesa lo esperaban Elisa y Carlos, vestida y peinado respectivamente de acuerdo a las circunstancias.

Héctor besó a su hermana y abrazó a Carlos.

—¿Cómo va?

—Se terminó.

—¿Y ahora qué vas a hacer? Ya no hay estrangulador.

—El estrangulador está vivo.

—¿Y las declaraciones de la prensa?

—Una cortina de humo con un chivo expiatorio.

Y les contó la historia brevemente.

La madre trajo de la cocina la cena ayudada por la vieja sirvienta.

Comieron en silencio.

—¿Y entonces? —preguntó Elisa.

—Voy a matarlo.

—¿Cuándo? —preguntó Carlos.

—Esta noche.

—Ay, hijo mío, qué cosas dices. No lo dirás en serio.

La cena estaba notablemente sabrosa. No hablaron mucho.

—Tengo una invitada más para el café —dijo la madre.

Los tres hermanos se miraron.

La madre salió.

—¿Qué se trae? —dijo Carlos.

—¿No te sacudió un discurso de entrada? —preguntó Elisa.

—A mí sí, ¿y a ustedes?

—Era de rigor —dijo Carlos.

—A mí me los lanza diario. No sé qué le pasa. Supongo que se siente vieja y que necesita darle órdenes a alguien.

La vieja entró con Claudia tomada del brazo.

—Buenas noches —dijo Claudia.

—Buenas noches —contestaron Elisa y Carlos. Héctor guardó silencio.

—¿No te da gusto tener aquí a tu esposa? —preguntó la madre.

Héctor dudó un instante. Ahí estaba la puerta abierta del regreso.

Su mujer lo miraba sonriente. Llena de promesas en su vestido azul y su pelo corto.

Pero eran promesas viejas, gastadas hasta el fin en aquellos tres meses. Se puso en pie.

—Hoy no tomo café —dijo.

—Suerte hermano —susurró Elisa. Carlos le guiñó un ojo.

—Hijo —dijo la señora Shayne.

El coche azul con el número 111 pintado en rojo sangre lo esperaba en la puerta.

Héctor le tomó la mano a la muchacha.

—¿Qué decidiste?

—Vamos a verlo —respondió Héctor y subió al coche por la ventanilla.

Ella arrancó. Viajaron en silencio. En un alto Héctor le acarició el pelo a la muchacha que girando la cabeza le besó la mano. El coche recorría veloz el camino hacia Las Lomas. Poca gente en la calle. ¿Por qué?... que responda una pregunta: ¿por qué?

Y fue haciéndose a la idea de que esa noche mataría a un hombre.

XII

Volvamos a la realidad.
JOSÉ HIERRO

Por los mismos motivos por los que el tigre contempla despectivo la mira telescópica del rifle y el cazador encuentra un instante de aproximación humana a la presa, se establece un momento de respeto mutuo; por los motivos que el novelista quisiera que la novela no terminara nunca y los amantes que el momento del contacto se eternizara; por los motivos que el vendedor de periódicos duda antes de vender el último, porque si no ¿qué venderá después?; porque después de contemplar una radiografía durante meses costará trabajo volver a ver a un ser humano; por las mismas motivaciones que le imponen a un periodista tener una fuente informativa, a una prostituta una esquina fija, y a alguno de nosotros lavarse los dientes tres veces diarias.

Porque el estrangulador constituía una parte apreciable de su vida, el punto de reencuentro con la nueva realidad, el pretexto para la ruptura con el pasado, el origen de la aventura, el lugar al que se regresaba a la salida de las pesadillas para descubrirlo como una nueva pesadilla.

Por eso, y porque matar no es nada fácil, Héctor Belascoarán Shayne sintió durante el último kilómetro que separaba el coche azul de la casa del estrangulador un temblor ligero en las manos sudorosas, un dolor creciente en la pierna herida y un zumbón dolor en la cabeza. Contrarrestó estos efectos secundarios de un miedo que le crecía dentro de la piel, con una cara de palo y una quijada apretada, con la evocación de las fotografías de las doce muchachas asesinadas, con el recuerdo de la mirada fugaz que el asesino le había dirigido.

—¿Miedo de qué? —preguntó la muchacha de la cola de caballo.

—Miedo del fin de la aventura, miedo del asesino, miedo de la inutilidad de todo esto. Miedo de que no me atreva a matar a este hombre. Miedo de que lo haga para cerrar la última puerta de regreso. Miedo a esa puerta de regreso que hace un rato se volvió a abrir con el pretexto de un café de sobremesa... Cagado de miedo estoy.

—Tú decides. Si quieres, regresamos.

—Nada de eso.

Recorrieron silenciosos las últimas calles, sólo el ronronear del motor ajustado finamente.

El Volkswagen rojo con Marina adentro estaba a media cuadra.

La muchacha se tomaba un chocolate caliente sacado de un termo. Abrió la ventanilla después de cubrirse del cuello.

—¿Cuál es la casa?

—Aquélla —señaló un caserón imponente de dos pisos, con un gran jardín delantero. Una luz indirecta bañaba una parte del jardín. Una placa en uno de los muros rezaba: «Embajada de Somalia».

—Está solo, los sirvientes salieron a las siete... O está preparando la fuga o te está esperando.

—Gracias.

—¿Quieres que espere o que entre contigo?

—No, si hay problemas no quiero inmiscuir a nadie. Mañana en la mañana en la oficina.

Arrancó caminando hacia la casa. El Renault 111 pasó a su lado y se estacionó media cuadra adelante. La muchacha sacudió levemente un paliacate rojo al pasar.

—¿Quién es? —preguntó Marina.

—Una mujer tan loca como yo. Tan jodida como yo.

—Que tengan suerte —dijo Marina. Encendió el motor.

—Una cosa. Si esto... si fallo. No dejes de hacerlo. Busca una forma para terminar todo esto.

—No te preocupes.

El Volkswagen arrancó y Héctor Belascoarán Shayne se quedó solo en medio de una calle de Las Lomas. La calle donde vivía el estrangulador. Igual que al principio. Caminó hasta la puerta de la casa pegado a la pared.

Las casas próximas tenían bardas altas y las luces de los segundos pisos proyectaban sombras suaves y vagas.

La puerta se encontraba entreabierta, la empujó sólo por el gusto de escuchar el inevitable rechinido. Penetró al jardín y contempló la casa. ¿Habrá perro? No, sólo un gato solitario y sin raza, pensó recordando el diario. Allá abajo, un sótano, probablemente adaptado para oír aleluyas de Händel a todo volumen. Allá, los cuartos de servicio.

Arriba: ¿Una oficina gigantesca? ¿Una gran recámara sin espejos? ¿Dónde es el punto del encuentro final?

—Acá, señor Shayne —dijo una voz fría, lijosa, áspera.

—Belascoarán Shayne —respondió Héctor.

—Disculpe, no me van los apellidos vascos.

La sombra se aclaró. En la entrada del sótano.

—¿Me esperaba? —preguntó Héctor avanzando hacia él.

Vestido con una bata gris perla con un monograma sobre el bolsillo superior (HMT) bordado en rojo sangre. Como el número 111 del Renault que me espera afuera, pensó Héctor. Buscó. Los ojos del estrangulador eran los mismos, sólo que más seguros, más firmes, más hundidos entre la carne que los rodeaba.

—Sabía que no podría tardar mucho en desentrañar las claves del diario. Tardó usted un día más de lo debido.

Hizo un gesto y abrió el camino.

Entraron a un sótano acolchado con cuero rojo; los sillones surgían de la pared sólo como brazos abiertos del mismo material que el propio forro de las paredes. El suelo estaba desigualmente distribuido, en tarimas y huecos que formaban algunos recodos seudonaturales, todo ello alfombrado de un rojo brillante, un poco más agresivo que el color de la pared. En un hueco en la propia pared descansaba un tocadiscos y cuatro enormes bocinas negras se encontraban distribuidas anárquicamente por el cuarto, persiguiendo efectos acústicos insospechados. En el centro de uno de los agujeros causado por una elevación suave, circular en el piso se encontraba un enorme cenicero negro brillante. Algunos otros adornos de ese mismo color se encontraban repartidos por el cuarto: una pequeña columna que terminaba en recipiente con cuatro flores rojas, tres guerreros negros de cincuenta centímetros de estatura, algunas botellas en otro agujero creado en la propia pared, todas ellas pintadas de negro con etiquetas rojas. Al fondo del cuarto, salía del piso una silla y una gran mesa roja cubierta de negro con cuatro estilizadas patas que emergían de la alfombra. Una luz ámbar surgida de la nada iluminaba el cuarto, permitiendo o brutales reflejos directos o zonas de suaves sombras.

El estrangulador tomó asiento en una saliente roja de la pared, e invitó a Belascoarán a que hiciera lo mismo, con un gesto. Era tal como Héctor lo había reconstruido a partir de la descripción de los políticos de Bucareli. Quizá la nariz recta más firme, quizá un poco más cargada la cintura, quizá las manos más grandes y la cara más alargada.

—¿Fuma? —alargó un paquete de marca desconocida.

—Traigo de los míos —Héctor sacó sus Delicados largos con filtro.

—Lo esperaba y llega con un día de retraso. ¿Tendría inconveniente en decirme cómo llega y por qué un día tarde?

Héctor negó con la cabeza.

—Perdí un día leyendo el diario en un tren a Uruapan… Y el porqué es sencillo. Dos hilos al mismo tiempo. En Bucareli conseguí el apellido Márquez. En Teléfonos las embajadas que habían cancelado sus registros y la dirección de una en Las Lomas, por aquello de la cercanía con el despacho de la dentista. En el consultorio de la dentista, dos pacientes apellidados Márquez; uní quesos con estudios en Ginebra y encontré la Mexicano-Suiza

143

de Importaciones. El resto todo fue confirmar: aviones, oficinas en bulevar Aeropuerto, asesinato en el Cine México entre oficina y oficina —Bucareli y Cuauhtémoc— y así. Supongo que resultaba fácil hasta para un aficionado como yo que no quería usar los recursos de la policía.

—¿Y nuestro encuentro nocturno?

—Pensé que al haber decidido la policía dar el golpe sobre el muchacho que asesinó a su novia en la parada del camión, usted querría adelantarse y cerrar la cadena. Hice guardia toda la noche siguiendo algunas claves secundarias contenidas en el diario... Puro accidente.

El estrangulador afirmaba con la cabeza, como regocijándose.

—¿No buscó una casa que hiciera monogramas?

—Lo tenía anotado, pero ya no hizo falta.

Se congratulaba de los caminos de Héctor para llegar a aquella casa y a sí mismo.

Héctor había mantenido la mirada fija en aquel hombre difícil en ese escenario montado para impactar, para imponer; en aquel ambiente de sueño irrecuperable, de frialdad total.

—Me toca preguntar —dijo.

—Es su derecho —contestó Márquez Thiess.

—¿Cómo llegó el diario a mi poder?

—Se lo mandé yo —inició el estrangulador y al ver el gesto de Héctor prosiguió—: Y es más, lo escribí para usted. Comencé a escribirlo retrospectivamente a partir de que lo descubrí en la televisión. Y para darle un poco más de verosimilitud se cometieron los tres atentados. Espero que me perdone por la rudeza del método. Me doy cuenta que me excedí, sobre todo en la bomba del café de chinos.

Hizo una pausa pero prosiguió al ver que Héctor quería la respuesta a una pregunta no formulada: ¿por qué?

—Supongo que lo hice para aumentar la tensión, para añadirle ingredientes al juego. Me proporcionó momentos de un gran goce intelectual el suministrarle las pistas. Quizá le parezca un tanto rebuscado, pero coincidirá conmigo en que toda esta historia es un tanto rebuscada.

—¿Por qué esperaba que el diario no fuera a dar a manos de la policía?

—Creo que acerté cuando supuse que al meterse en *El Gran Premio de los 64 mil* con ese tema, usted jugaba a ser carnada. Hice algunas averiguaciones y de ellas concluí que para usted, como para mí, esto era una gran aventura, la gran aventura de una vida. Yo inventé al estrangulador, usted inventó al gran detective que acabaría con el estrangulador. Era un gran juego para permitir que esos tristes perros de la policía lo estropearan. Creo que su presencia aquí responde a este reto. Es más, pienso que eso que abulta en la bolsa de su saco es mi diario, y que de él no existen más copias. ¿Acierto?

—Acierta —mintió Héctor.

—Pienso que ha venido solo, probablemente caminando como acostumbra.

—Nuevamente está en lo cierto —mintió Héctor de nuevo.

—Y bien, el juego ha terminado. Usted ha encontrado al estrangulador. Yo he acabado de completar una cadena de eslabones, en la que usted constituye un broche adecuado...

—¿Por qué?

—Es extraño que usted me pregunte eso. ¿Por qué abandona a su mujer y su trabajo al perseguirme? ¿Por qué dedica horas, días, meses a perseguir una sombra? ¿Por qué se arriesga a morir varias veces? ¿Por qué se ofrece como cebo, como carnada ante un asesino? Hay una cita que no usé en el diario y que quiero ofrecerle:

»'¿Qué es el hombre? Un nudo de feroces serpientes que rara vez saben vivir en paz; así cada cual se va al mundo en busca de su presa'.

»Nos sirve para ambos, para usted y para mí. No sólo describe al asesino sino también a su cazador. ¿No somos, al fin y al cabo, dos caras de una misma moneda? Reversos, pero del mismo material. El material que hace a los hombres y que los diferencia de los esclavos».

—¿De quién son las citas?

—De Nietzsche, por supuesto.

—Perdón.

Sacudiste la ceniza en la alfombra. El estrangulador esbozó una sonrisa.

—Yo he llegado a esto por atrevidos resultados originados en los experimentos culturales. No es el camino obligado. El superhombre se ha separado muchas veces de la tribu quizá por su puro instinto. ¿Le repugno? No, ¡no mil veces! Le atraigo y le repelo, como el abismo, como el cazador a la presa. ¿No existe fascinación en mí? ¿En mis actos, en la ideologización de mis actos? Podríamos habernos encontrado en la calle o jugando squash sin que se ejercitara el más mínimo magnetismo, pero nos hemos encontrado en el Olimpo, mi joven amigo.

Se hizo el silencio, Márquez Thiess encendió un nuevo cigarrillo de marca indescifrable y Héctor tomó otro de sus Delicados largos con filtro.

—Hay algo de cierto. Quizá la repulsión que me causan sus actos tiene que ver con un cierto respeto por la vida. Quizá en el origen fue la aventura, pero en el compromiso de la cacería encontré un cierto amor a la vida, y regresé a ideas elementales, simples si usted quiere, como la defensa del bien contra el mal... ¡¿Y dónde está el mal?! Repito. Yo he asesinado a once mujeres y he herido a un camarero chino y a usted en dos ocasiones: por cierto, ¿era su hermana la que lo acompañaba ese día? Espero no haberla lastimado.

Héctor asintió.

—Bien, he asesinado once veces y he causado heridas menores. En ese mismo intervalo de tiempo, el Estado ha masacrado a cientos de campesinos, han muerto en accidentes decenas de mexicanos, han muerto en reyertas cientos de ellos, han muerto de hambre o frío decenas más, de enfermedades curables otros centenares, incluso se han suicidado algunas docenas... ¿Dónde está el estrangulador?

—El Gran Estrangulador es el sistema.

—¡Bravo! —sonrió—. Ve, ¡ve!, es evidente. Yo sólo soy un hombre que juega a la vida y la muerte, como ellos.

—A la vida y a la muerte ajenas.

—Privilegio que da ver el tablero de juego desde arriba, tener la capacidad de mover las piezas. Sin embargo, no negará que me he puesto en el juego, que he arriesgado y ganado la partida.

—¿Y las mujeres muertas?

—¿Y los centenares de hindúes muertos de hambre? No es válida su pregunta. Usted se dirá: la tribu se une y elimina al tigre. Yo le diré: ¿la tribu no debería unirse para eliminar al sacerdote, a los guerreros, a los parásitos? ¿No está el tigre dentro de la piel de la tribu?

Se hizo un nuevo silencio. Márquez Thiess se levantó y caminó por el cuarto, Héctor lo siguió con la mirada.

—Vino usted por un estrangulador. Lamento que sólo encontrara un espejo más perfecto y acabado de su propia imagen. ¿Qué intenciones tenía? Encontrar al mal evidente, burdo, obvio; el de las telenovelas y los cuentos de monitos. No lo ha hallado. No crea que no me he preocupado por usted, he pensado cuáles son sus salidas. Ya no tiene camino de regreso. No aceptaría un puesto en mis nuevos planes. No sé qué salida le queda, no tiene usted el tipo de suicida...

Héctor se puso de pie. Avanzó un par de pasos hacia Márquez Thiess, cojeando levemente, con las manos cubiertas por un sudor frío y pegajoso.

—Me cuestan mucho las palabras. Durante meses he hablado hacia el interior de mí mismo. Y he dialogado con una sombra, la suya... Ahora puedo hablar por primera vez.

De pie, crispado.

—Necesitaba un motivo para matarlo, y he reunido algunos. Poco sólidos, poco consistentes. Usted me ha dado el verdadero motivo. Sólo intuido, míseramente adivinado, entrevisto en mis pesadillas de estos días atroces. Lo voy a matar para eliminar lo que de usted hay en mí, y en cada uno de nosotros. Voy a matar con usted esta aventura y este derecho a la aventura. Mi hermano podría decírselo mucho mejor que yo. Usted es parte del sistema. Usted es otra cara de la muerte en la India, otra cara de los asesinatos de campesinos o de las muertes por enfermedades perfectamente curables. No es la aventura el común denominador de este encuentro. Es el lugar en que cada versión de la aventura se encuentra. Hasta ahora peleé con y por fantasmas. Hoy peleo por la vida.

Márquez Thiess lo miraba sorprendido.

—No se engañe, usted y yo somos lo mismo.

—Quizá lo fuimos cuando todo esto empezaba. Hoy somos dos trincheras diferentes. Y, sin embargo, entremezcladas. Ustedes están en nosotros. En mí, en los obreros de la GE donde yo trabajaba, en Irene y en las doce muchachas muertas. Tenemos que sacarlos de nosotros.

—Si me mata, lo hará para liberarse, para aparentar un triunfo. No hay triunfo en esto. Sólo engaño.

Héctor sacó la pistola.

—No le debo explicaciones a nadie. Le debo la venganza a doce muchachas muertas por un juego de salón en manos de un monstruo. Cierto, no es el único. Desde las alturas otros juegan al ajedrez con nosotros. No tengo al alcance esas alturas. Algún día será tomado el cielo por asalto, y al destruirlo se liberará lo que el cielo ha contagiado.

—Usted se está engañando. No romperá conmigo disparando. No podrá evitar que yo sea el espejo tan ansiado.

—Qué puto melodrama —dijo Héctor y alzó la pistola de su padre.

Apuntó al cuerpo del estrangulador.

Márquez Thiess retrocedió con una sonrisa en la boca.

—Las historias no acaban cuando los personajes quieren. Sólo cuando el autor lo desea.

—Por la vida —dijo Héctor como si fuera el último brindis.

Márquez empujó la pared y abrió una puerta oculta tras de él. Héctor disparó dos veces. Márquez Thiess había desaparecido tras la puerta oculta. Héctor se abalanzó a ella y lanzó su cuerpo sobre la pared.

—Mierda —gritó mordiéndose los labios. Retrocedió cojeando hacia la entrada y salió corriendo. El jardín estaba poblado de fantasmas, los ecos de los dos disparos aún resonaban.

No había podido matarlo. Había fallado. Había titubeado. ¿Tendría razón el monstruo?

Irene estaba cerca de las rejas, esperando. A su lado una mancha.

Héctor se acercó corriendo y arrastrando cada vez más la pierna.

Márquez Thiess estaba enganchado en la reja, la cabeza aplastada contra una de las puntas de lanza del dibujo del hierro forjado. Le entraba por abajo de la mandíbula y le salía cerca de la nuca. El cuello de la bata gris estaba manchado de sangre.

—Está muerto —dijo la muchacha de la cola de caballo. Mortalmente pálida, solitaria, a un metro del guiñapo de Héctor que se aproximaba al cuerpo en la reja.

—Vámonos de aquí.

Tiró de Héctor que no podía despegarse del cadáver y que tenía la mirada clavada en él. Salieron corriendo hasta el coche. Ella arrancó brutalmente. A lo lejos quedó la calle y el cadáver. Algunas luces se encendieron en las casas cercanas.

—Salía corriendo de la casa. Me había acercado desde antes, oí los tiros. Venía inclinado, como si trajese una herida. Pasó frente a mí y lo pateé en la pierna. Con el impulso fue a dar a la reja y quedó ahí, ensartado. ¿Era el estrangulador?

—Él era.

Guardó la pistola de su padre cerca del pecho. El metal caliente y frío lo sorprendió.

Recordó el brindis final del diálogo con el estrangulador: ¡Por la vida! El Renault con el número 111 en rojo sangre entró a la Fuente de Petróleos y aminoró la velocidad. La muchacha de la cola de caballo separó una mano del volante y pasó el dorso por la cara de Héctor. La retiró mojada de sudor.

¿Podría liberarse de aquella pesadilla alguna vez?, ¿podría volver a vivir nuevamente sin cargar detrás de sí aquel cadáver incrustado en la reja? Las lágrimas comenzaron a rodar por las mejillas de Héctor Belascoarán Shayne.

Cuánta soledad, carajo.

COSA FÁCIL

Para los restantes integrantes del *Full*.
Toño Garst, *el Biznaga*; Toño Vera,
el Cerebro: Paco Abardía, *el Quinto*,
y Paco Pérez Arce, *el Ceja*: en memoria
de aquella tarde en que en lugar
de estudiar el *Qué hacer* de Lenin,
nos pusimos a jugar volibol.

En esta vida,
morir es cosa fácil.
Hacer vida,
es mucho más difícil.

V. MAIAKOVSKY

I

Sólo hay esperanza en la acción.

J. P. SARTRE

—Otra más, jefe —dijo Belascoarán Shayne.

Se había escurrido hasta la barra y había anclado los codos en ella desde hacía media hora. Allí, con la vista asida a ninguna parte, había dejado deslizar el tiempo interrumpiendo el trajinar ideológico con breves órdenes al cantinero. El Faro del Fin del Mundo, cantina de postín, estaba situada en el viejo casco de la ciudad feudal de Azcapotzalco, en lo que alguna vez había sido «las afueras», y hoy era un centro fabril más, con pintorescos pedazos de hacienda, panteones, iglesias de pueblo y una monstruosa refinería, orgullo de la tecnología de los cincuenta.

Apuró la Cocacola con limón, y recibió el nuevo vaso. Había estado tirando el ron al suelo aserrinado de la cantina y sirviéndose la Cocacola en el vaso vacío, para luego añadirle un toque ácido con el limón. Esas cuba libres para niño que ingería, y que constituían su bebida única desde hacía media hora, impedían que se encontrara avergonzado de no consumir licor en una cantina. Incluso hacían que se sintiera divertido con el subterfugio.

A su alrededor, una banda de pueblo se emborrachaba inmisericordemente con mezcal y tequila. Habían venido a buscar trabajo sin encontrarlo, y estaban celebrando su desventura. Entre ronda y ronda y ronda, tocaban viejas canciones, sazonándolas con trombones asmáticos y trompetas que sonaban a metales viejos.

El estruendo crecía.

Pidió otra cuba libre y repitió el proceso de arrojar el ron al piso. «Con ésta van siete», se dijo. No sabía a ciencia cierta si estaba muerto de sed cuando entró a la cantina, o simplemente había decidido acompañar la borrachera de los músicos de pueblo. El caso es que sus cuba libres ficticias, en aquel ambiente, comenzaban a producir un efecto psicológico.

—¿Don Belascoarán? —inquirió una voz ronca en medio del bullicio.

Empinó el vaso y abandonó la barra siguiendo al hombre ronco. Caminaron sorteando músicos borrachos, prostitutas y obreros de la refinería que iniciaban el sabadazo; llegaron hasta la mesa solitaria que existía al fondo de todas las cantinas y que permanecía siempre solitaria como esperando que Pedro Infante vestido de charro la hiciera suya. El nuevo personaje se dejó caer en la silla y esperó a que Héctor hiciera lo mismo, luego se despojó del sombrero tejano y lo depositó en la silla.

—Traigo una comisión para usted —tenía unos cincuenta años, la cara curtida por el sol ostentaba una cicatriz de cuatro o cinco centímetros que le cruzaba la frente; mirada profunda, ojos grises en una cara noble y dura.

Héctor asintió.

—Pero antes, tengo que contarle una historia. Historia vieja es; comienza donde los libros terminaron, en la Hacienda de Chinameca, con el cuerpo de Emiliano Zapata allí tendido, comido por las moscas... El cuerpo *del que pensaban* era Emiliano.

Hizo una pausa y apuró el tequila añejo.

—Pero Emiliano no fue a la hacienda, conocía a los enemigos y no les confiaba ni tantito, mandó a un compadre suyo que le insistió mucho. Pa' que se le quitara lo jodón. Ése fue el que murió baleado. Emiliano se escondió, y vio cómo la Revolución se moría... Ahora no lo hubiera hecho, pero entonces, tenía quemada la confianza... Ya no creía, ya no quería seguir... Por eso se escondió. En 1926 conoció a un joven de Nicaragua. Se encontraron trabajando en Tampico, en la Huasteca Petroleum Company. Emiliano era un hombre silencioso. No tenía lengua, la Revolución le había cortado las ganas de decir palabras, de hablar. Había cumplido cuarenta y siete años contra los veintiocho del joven de Nicaragua que se llamaba Sandino. Pelearon juntos allá contra los gringos... Pelearon bien. Los trajeron jodidos un buen chingo de años. Si usted se fija, puede verlo allá, siempre en una esquinita de las fotos, como no queriendo hacerse notar, como si él no estuviera allí... Pero a las horas de los cabronazos estaba allí y estaba bien puesto. Aprendió de la Revolución, y juntó lo que había aprendido en México con lo que supo en Nicaragua. Pero Nicaragua también se acabó y Sandino quedó muerto. Las fotos quedaron allí para la historia... Por eso Emiliano regresó a México y se metió en una cueva para morirse de hambre, solo.

»Pero el pueblo le dio de comer, y así fue pasando el tiempo. Y cuando se levantó Rubén Jaramillo, don Emiliano le daba consejos. Se veían en la cueva, allí pasaban las horas... Y a Jaramillo lo asesinaron. Y don Emiliano visitó la tumba y volvió a esconderse en la cueva...

»Y ahí sigue... Ahí sigue».

El bullicio entró en la burbuja de silencio donde Belascoarán y el hombre de la cicatriz habían permanecido. La orquesta de pueblo, disminuida en tres miembros que reposaban la borrachera bajo las mesas, entraban en firme con un bolero lacrimoso en que abundaban los dolientes instrumentos de viento. Y cuanto más avanzaba la música, más serias se iban poniendo las caras, más ganaban al auditorio, compuesto en aquella hora por una docena y media de parroquianos, en su enorme mayoría trabajadores de una pequeña fundidora de la esquina. Hasta los jugadores de dominó dejaron de arrastrar las fichas y las deslizaban suavemente sobre el mármol.

—¿Qué quiere de mí? —preguntó Belascoarán Shayne, de oficio detective, hijo de una ciudad en la que Zapata nunca había podido escapar del vacío de los monumentos, del helado metal de las estatuas. De una ciudad donde el sol de Morelos no había podido romper las lluvias de septiembre—. ¿Qué quiere de mí? —preguntó Belascoarán deseando creer todo, deseando ver a aquel Zapata que tendría ahora noventa y siete años entrar galopando sobre un caballo blanco por el Periférico, llenando de balas el viento.

—¿Qué quiere de mí? —preguntó.

—Que lo encuentre —dijo el hombre de la cicatriz, y sacó una bolsa de cuero que depositó suavemente sobre la mesa.

Héctor adivinó las monedas de oro, los viejos doblones, la plata del Imperio. No tomó la bolsa y evitó mirarla. Encariñado con la historia, trataba de convertirla en una alucinación más. En una de sus tantas y mexicanísimas alucinaciones.

—Supongamos que todo lo que usted me ha contado es mentira.

—Demuéstremelo. Traiga pruebas —respondió el hombre de la cicatriz y se levantó de la mesa. Apuró ya en pie el tequila y avanzó hacia la salida.

—Nomás espéreme tantito —dijo Héctor a una puerta de vaivén que se quedó oscilando. La orquesta pueblerina terminó el bolero y se lanzó hacia la barra de la cantina.

—¡Que chingue su madre *la Quina*! —dijo un petrolero que jugaba dominó.

—¡Que la chingue! —contestaron a coro otros tres que bebían brandy en la barra.

Héctor tomó la bolsa, la puso en el bolsillo interior de la gabardina y salió a la calle. Un chaparrón cerrado que apenas dejaba ver a cinco metros le golpeó la cara, le mojó el pelo, le llenó los ojos de lluvia.

—Puta madre —musitó—. Encontrar a don Emiliano.

El ruido de la lluvia ahogó el ruido de El Faro del Fin del Mundo. Salió caminando sorteando los charcos, evadiendo las cascadas que caían de las canaletas de los edificios, huyendo, burlando, escapando de la tormenta.

En la cabeza traía el sol del estado de Morelos, el sol de Zapata.

El taxi se detuvo frente a la agencia funeraria. Las luces de neón amarillento iluminaban la calle y creaban un nicho luminoso en el que se depositaba la Agencia Herrera. La tormenta había amainado en aquella parte de la ciudad, aunque sus huellas resplandecían en los charcos saturados de reflejos. Un par de ancianos salían cuando Héctor entraba y trató de recoger algunas palabras claras en los susurros que seguían a los viejos como una cauda. En el patio dos coches fúnebres y una camioneta de una florería que desembarcaba coronas mortuorias.

—¿La sala tres? —preguntó a la recepcionista.

Siguió un par de flechas colocadas sobre pedestales metálicos para ir a dar a un salón iluminado con una luz amarillenta, donde un ataúd gris metálico, colocado sobre una gran mesa de mármol dominaba la sala aun sin quererlo, porque los presentes se habían acostumbrado a la ausencia que representaba, y hacían vida sin él.

De una sola ojeada recorrió el lugar. En la esquina opuesta a la entrada, sus tías vestidas de negro cuchicheaban. Elisa, de espaldas al ataúd, solitaria, pegada a un ventanal por el que entraba la noche, contemplaba las últimas gotas de la tormenta deslizarse por el vidrio. Carlos, su hermano, permanecía sentado cerca de la entrada con la cabeza entre las manos; dos sillas más allá, la sirvienta y el jardinero de la casa de Coyoacán, de riguroso traje negro. Ante el ataúd, el abogado de la familia conversaba con el encargado de la agencia en voz tenue.

Caminó hacia el féretro en medio del silencio. Levantó la tapa y miró por última vez a su madre. La cara serena, el gesto dulce como no lo había tenido en los últimos años, el pelo gris recogido en la nuca, una mantilla española, recuerdo de aquellos años terribles, regalo de su padre, le cubría la cabeza.

—Hasta luego mamá —susurró.

Y ahora ¿qué se hace? Se llora por una mujer que es la madre de uno. Se recuerdan los momentos de cercanía, el amor. Se busca en el inconsciente, en la memoria vertebral, los días de la infancia, ¿se recorren los juegos? ¿Se esconden los malos momentos, los enfrentamientos, los regaños, la distancia enorme de los últimos años?

¿Se llora?

¿Se llora aunque sea un poco, se sacuden los sentimientos hasta que salgan las lágrimas?

O dice uno: hasta luego, da la vuelta y se va.

Y eso hizo. Cerró la tapa y salió caminando.

En el patio, mientras contemplaba la descarga de las flores del camión y encendía un cigarrillo, un par de lágrimas mancharon los ojos.

Elisa, su hermana, llegó hasta él y lo tomó del brazo. Permanecieron en silencio, sin mirarse, sin mirar a ningún lado.

Luego se sentaron en los escalones por los que la sala dos daba al patio central de la agencia funeraria. Había dejado de llover.

—El pendejo ése, abogado, quiere citarnos en su despacho mañana a las seis de la tarde, a los tres hermanos —dijo Carlos que se acercó a ellos encendiendo un cigarrillo.

—¿Fue igual cuando murió papá? —preguntó después de una pausa.

—¿No te acuerdas? —respondió Elisa.

—¿Qué? Debería tener como seis años, ¿no?

—Más o menos... Fue peor, mucho peor. Él estaba mucho más cerca de nosotros, además éramos más chicos. Fue diferente —dijo Héctor.

—Ahora la muerte es diferente —dijo Elisa.

Héctor sintió cómo la mano que rodeaba su brazo se apretaba en torno de él.

Hasta luego mamá, pensó. Ya no más angustia del tiempo que se escapa, ya no más noches solitarias en la casa enorme y vacía de tu hombre, ya no más añoranzas de las canciones, ya no más fotos contempladas con nostalgia de cuando cantaban para los Internacionales, de cuando cantabas en Nueva York folclor de tu tierra, ya no más ojos en el espejo mirando el pelo gris que algún día fue rojo brillante. Ya no más hijos incomprensibles y descarriados. La vida se jugó, fue toda tuya. Valió la pena.

¿Valió la pena?

—Mierda, la muerte. Mierda la gente que se muera así —dijo.

Se dejó caer sobre la cama deshecha. Deshecha de ayer y de anteayer, deshecha de mañana y de varios días más, hasta que el asco le impusiera la pequeña disciplina de arreglarla, de poner sábana contra sábana, de combatir las arrugas que a esas alturas se habrían vuelto inderrotables, de golpear la almohada hasta quitarle las rocas que, quién sabe gracias a qué misterioso artilugio, se habían depositado en su interior, de sacudir el polvo vetusto de la manta oaxaqueña, el único lujo permitido, la única concesión a la estética en el pequeño cuarto de paredes vacías y muebles pelones.

Colocó las manos en la sien y frotó con las yemas de los dedos la cabeza adolorida. Titubeó, se levantó, caminó perezosamente, como se camina cuando dos ideas contradictorias comparten el espacio cerebral, hasta la gabardina arrojada en un rincón. Tírela como la tire siempre queda como un guiñapo, pensó mirando aquella prenda insustituible, amiga. Sacó del bolsillo interior el arrugado sobre que lo había acompañado a lo largo del día, que había ganado en los paseos, en la tormenta, en los abrazos de sus hermanos, nuevas muescas. Lo observó con cuidado. La dirección de la oficina escrita con una letra regular y redonda, los timbres italianos mostraban en sepia las ruinas del Coliseo. Un diseño modernista en un timbre de entrega inmediata un poco más alargado hablaba de la premura final, del deseo de que la carta pasara de mano a mano eliminando horas.

La sopesó, la abrió lentamente, y se dejó caer de nuevo en la cama.

Inicio con la esperanza de poder explicarte qué estoy haciendo aquí, y antes de haber logrado escribir la primera línea, sé que nunca nunca nunca nunca nunca podré explicar nada. ¡Como si hubiera algo que explicar! Me convenzo de que las fugas no tienen destino final, sino tan sólo lugar de origen. ¿De qué te escapas? ¿De qué me escapo? Pero cuando una se escapa de sí misma, no hay adonde ir, no hay lugar seguro, no hay escondite. El espejo termina por revelar la presencia de aquella de quien huyes, a tu lado.

Te preguntarás qué estoy haciendo, cómo consumo las horas. Ni yo misma podría decírtelo. A veces una impresión, una persona, una copa de chianti, un plato de ternera con pimientos rojos, una visión del mar, me dejan una pequeña huella. Por lo demás, no soy capaz de recontar mis horas. Tan parecidas, tan diferentes, tan sin sentido son. Se van, vuelan. El enemigo debe estar haciendo algo con ellas.

Duermo mucho.

Duermo sola.

Casi siempre.

Mierda, tenía que confesarlo.

Camino como loca. Loca. Eso debe ser.

Te amo te amoamoteamo mo mo mo.

¿Aún a la caza de estranguladores?

¿Cómo decía aquella estatua del Pípila en Guanajuato?:

«Aún quedan muchas albóndigas por quemar». ¿Era así?

Mándame la cita textual. Exacta, si es posible con la foto del Pípila.

Mándame un mapa del DF. Señala las calles que recorrimos, los parques, las rutas de autobuses. Mándame un boleto de camión, una foto de mi coche de carreras. Una foto tuya tomada en San Juan de Letrán.

Al filo de las cinco de la tarde, caminando, como la de aquel día.

Pronto me aburriré de estar huyendo de mí misma y nos veremos de nuevo.

Dime si me esperas.

¿Me esperas?

YO

La leyó de nuevo, de cabo a rabo, línea a línea. Luego pasó a ver la foto, el boleto de autobús italiano, el mapa de Venecia, el recorte de periódico, el beso impreso en lápiz labial en una servilleta.

Regresó a la foto: una muchacha solitaria en una calle solitaria. Un vendedor de frutas a lo lejos creaba una referencia humana. Vestía de negro, un traje largo de cuello cerrado, con amplios vuelos la falda descubriendo unas botas negras que tenían incrustaciones de colores en el cuero, en la mano derecha un periódico doblado; un clavel de tallo largo en la otra. Los tres cuartos de perfil coronados por una cola de caballo que remataba una cabeza en la que resplandecía una sonrisa.

Tras dudarlo, tomó la foto y la colocó pegada a la base de uno de los cristales de la ventana aprovechando un pequeño intersticio.

La foto le sonrió desde allí, y Héctor Belascoarán Shayne, de oficio detective, rompió el ceño fruncido, la cara de piedra que le había acompañado todo el día y esbozó una sonrisa.

La vida proseguía.

Caminó hasta la cocina, encendió el radio barato que perdía la onda de vez en cuando y puso a calentar el aceite en un sartén para hacerse un bistec a la mexicana.

Mientras picaba el jitomate y la cebolla, mientras buscaba en el fondo del refrigerador los chiles y salaba y llenaba de pimienta la carne, ordenó la vida.

Era una gran broma. Ser detective en México era una broma. No se podía equiparar a las imágenes creadas y recreadas. Ningún modelo operaba. Era una jodida broma, pero cuando en seis meses había logrado que lo intentaran matar seis veces, cuando la piel tenía las huellas de cada uno de los atentados, cuando había ganado un concurso de televisión, cuando había días en que se hacía una pequeña cola (bueno, será menos, cuando mucho dos gentes al mismo tiempo) en el despacho, sobre todo cuando había logrado descifrar el (suenan fanfarrias) enigma del fraude en la construcción de la Basílica, cuando había resuelto el (fanfarrias y dianas) penoso caso del asesinato del portero del Jalisco; incluso, cuando había logrado supervivir aquellos meses, y tomárselo todo tan en serio, y tan en broma, pero sobre todo, tan en serio, entonces, y sólo entonces, la broma dejaba de ser un fenómeno particular y se integraba al país.

Quizá lo único que el país mismo no le perdonaba era que se tomara su propia broma en serio.

Maldita soledad.

Maldita soledad, repitió en palabras nunca dichas, y apagó la lumbre.

Y mientras todo esto pasaba, y pasaba, y dejaba de pasar, el Ejército había sacado a tiros a campesinos hambrientos que habían invadido el rancho frutal de un ex presidente en Veracruz.

Mamá no debería haberse muerto.

Yo no debería seguir jugando a los indios y a los vaqueros.

Y sin embargo, era la única forma de depositarse en la vida, de ponerse en el sartén como aquel bistec que poco a poco iba cambiando de color.

¿Seguiría vivo don Emiliano?

Y aun así,

> *Nosotros,*
> *que desde*
> *que nos vimos*
> *amándonos estamos...*
> *Nosotros*
> *que del*
> *amor hicimos*
> *un sol maravilloso*
> *romance...*

dijo el radio, al que le prestó atención por un instante.

Aun así, toda esta soledad, toda esta broma, seguía siendo mejor que el maratón tras el coche nuevo cada año, la vida a cuentagotas, la seguridad clasemediera, los conciertos de la Sinfónica, la corbata, las relaciones de cartón, la cama acartonada, el sexo acartonado, la esposa, la señora, los futuros niños, el ascenso, el sueldo, la carrera, de los que algún día había huido persiguiendo a un estrangulador que a fin de cuentas también estaba dentro de sí mismo.

¿Estaría vivo don Emiliano?

Se quemó la mano al sacar el sartén de la lumbre.

Mamá no debería haberse muerto.

La muchacha de la cola de caballo sonreía desde la ventana.

Carajo, y a eso llamaba ordenar la cabeza.

> *Nosotros, que nos queremos tanto,*
> *debemos separarnos*
> *no me preguntes*
> *máaas.*
> *No es falta*
> *de cariño...*

dijo el radio.

Y Héctor Belascoarán Shayne le sacó la lengua, para después quedarse mirando suavemente un bistec a la mexicana servido en la mesa de la cocina.

El elevador tartamudeó ascendiendo hasta su destino, Héctor llevó consigo el brillo del sol resplandeciente de la calle hasta el descansillo atiborrado de una semiluz azulosa. Caminó hasta la puerta de la oficina, y culminó el ritual deteniéndose enfrente de la placa metálica:

BELASCOARÁN SHAYNE
Detective
GÓMEZ LETRAS
Plomero
GALLO VILLARREAL
Experto en drenaje profundo
CARLOS VARGAS
Tapicero

Era necesario contemplar la placa mañana a mañana para constatar que nada podía ser demasiado en serio. Que ningún detective de película seria compartiría el despacho con un experto en drenaje profundo, un tapicero y un plomero.

Aquello parecía un multifamiliar, pensó.

Y entró con una media sonrisa a la oficina, dejando atrás el chirriante vaivén de la puerta. Acarició el perchero y colgó en él la chamarra de cuero con botones de cobre. Recordó los motivos últimos por los que se había negado a ponerse un traje negro. La sonrisa se marchitó en el rostro.

El despacho había sufrido grandes cambios desde su última visita, una pila de muebles a medio tapizar, esqueletos tan sólo, reposaba en una esquina bloqueando la ventana, dos escritorios nuevos cubrían y reconstruían la geometría del lugar. Su esquina había sido, a pesar del amontonamiento, rigurosamente respetada, el escritorio comprado en la Lagunilla, las dos sillas sacadas de los cuartos de trastes viejos de los estudios de cine, tal y como pensaba que debían ser las sillas de un despacho de detectives, el viejo archivero apolillado con el barniz saltado a diestro y siniestro, el calendario de taco con siete días de retraso, el perchero, el teléfono negro de modelo anticuado.

Se dejó caer sobre la silla y tirando del cordón dejó que la persiana estruendosamente cayera filtrando y cortando en rayas duras de luz la mañana. Entrecerró los ojos.

Sobre su mesa, una nota:

Le suplicamos considere posibilidad poner pared de enfrente foto Meche Carreño encuerada estrenando monokini. Sometido a votación por los vecinos del despacho. Aclamadora mayoría.

PD: Lamentamos la muerte.
PD 2: Pinche pendejo acuérdese de ponerle seguro a la pistola.

GILBERTO, GALLO, CARLOS

Esbozó una sonrisa tristona, y la mirada vagó hasta el techo donde aún se observa nítidamente el agujero, del plomazo de la .38. La luz cortada por la persiana daba al cuarto un aire alucinante. Tomó las cartas y revisó la correspondencia: notas del café de chinos de la esquina, una propuesta para ser entrevistado en una revista masculina, anuncios de ropa íntima para señora, un recordatorio para que renovara su suscripción a *Excélsior*.

Desechó todo. Nada de entrevistas. Mucho menos de suscripciones a *Excélsior* después de lo mierda que se había vuelto.

Limpió con la bola de papel el escritorio lleno de polvo. ¿Correría la mañana así? Suavemente, dulzona, apacible.

Sacó del bolsillo la foto de Emiliano Zapata que había recortado de una crónica ilustrada de la Revolución mexicana, la puso frente a sí y se quedó en silencio contemplándola.

Una hora después, la colgó cerca del marco de la ventana con cuatro tachuelas robadas a la caja de herramientas del tapicero. La mirada triste de don Emiliano lo persiguió mientras daba vueltas por el cuarto.

La mirada de Emiliano Zapata traicionado.

Sacó de la chamarra la bolsa de monedas y las dejó caer sobre el escritorio gozando del repiquetear metálico, de los destellos de luz, de los cantos gastados rodando sobre la mesa.

—¿Me permite?

La mujer se apoyaba en la puerta entreabierta, a medio camino entre meterse en la vida del detective y quedar allí, como una foto de *Estrellas en su Hogar*.

—Adelante.

Tenía unos treinta y cinco años, y vestía para estar en otro lado. Sus ajustados pantalones negros que terminaban en botas, la blusa de seda negra transparente, llena de brillos y de señuelos para pez carnívoro, más aún la redecilla negra que ordenaba el pelo. Todo resultaba incongruente con la oficina, con los muebles ajados y los útiles de plomería sobre las mesas.

—Quiero contratar sus servicios —dijo.

Héctor le señaló la silla y se quedó contemplándola. La mandíbula fuerte, ojos profundos.

Una cara que en su conjunto respondía mejor a una fotografía de cachondo anuncio de jabón para baño que a un saludo abierto.

—¿Me conoce? —preguntó la mujer cruzando las piernas, poniendo sobre la mesa una bolsa negra y recorriendo el cuarto con la vista.

—No veo telenovelas —dijo Héctor sin poder separar los ojos de los senos que lo miraban bajo la blusa.

—Soy Marisa Ferrer... Y quiero que impida que mi hija se suicide... ¿Ya me admiró a gusto?

—Vistiéndose así, debería estar acostumbrada.

La mujer sonrió. Héctor jugueteó con las monedas que había sobre la mesa.

—No creí que los detectives fueran así...

—Yo tampoco —respondió Héctor—. ¿Cómo se llama la niña?

—Elena... no es niña, es una muchacha... No se deje engañar o dudaré de su habilidad.

—¿Cuántos años tiene ella?

—Diecisiete.

Una fotografía cruzó el escritorio empujada por la mano de la mujer.

—¿Su padre?

—Un dueño de una cadena de hoteles en Guadalajara. La cadena ésa de los hoteles Príncipe. Hace siete años que no se ven... Renunció a la niña cuando nos separamos.

—¿Viven juntas?

—A ratos... A veces vive con su abuela.

—¿La historia?

—Hace como quince días, se cayó desde la terraza de su cuarto, al jardín. Se rompió un brazo y se hizo algunas heridas en la cara. Yo pensé que era un accidente... Es muy atolondrada... Pero luego encontré esto...

Sacó de la bolsa negra un paquete de fotocopias, lo tendió a Héctor y antes de que él pudiera hojearlo, sacó un nuevo paquete de la bolsa:

—Luego vino el segundo accidente —le tendió un montoncito de recortes de periódicos sostenidos por una liga. Parecía como si su vida entera, las acciones y los hechos que la envolvían, tuvieran que ser confirmados por la palabra escrita, por el testimonio fotográfico. ¿Una compulsión de *vedette* a la que le ha costado mucho trabajo subir la escalera del triunfo?, se preguntó Héctor.

Ella sacó una segunda foto, una foto de estudio de la cara de la muchacha, y por último una instantánea en la que se veían una enorme sonrisa y un brazo en cabestrillo.

—No quiero que se muera —dijo.

—Yo tampoco —respondió Héctor contemplando la foto de la adolescente con el brazo enyesado que sonreía a la cámara.

—Señor Belascoarán, lo espero mañana para la cena en la casa, así conocerá a Elena —dijo la mujer, y cerrando la conversación, sacó de la bolsa un cigarrillo americano. Lo puso en la boca y esperó que surgiera el encendedor de una mano galante, que por lo visto no estaba en la habitación.

El sol depositaba una mancha brillante en la blusa negra de la mujer.

—Acepta usted, ¿verdad?

Belascoarán Shayne, de oficio ingrato detective, le extendió unos cerillos de carterita empujándolos suavemente sobre el escritorio, como se impulsa un tren de juguete, sorteando las monedas de plata que aún estaban en la mesa.

¿Por qué esta confianza? No era un confesor, un psiquiatra, ni siquiera tenía una sólida imagen paternal. Estaba cerca de los suicidas no por comprensión sino por afinidad. Tomó una decisión y clavó la foto de la muchacha con el brazo enyesado al lado de los penetrantes ojos de don Emiliano.

—¿No trae entre sus cosas su álbum de recortes? —preguntó sabiendo la respuesta.

Ella sacó de la enorme bolsa un álbum de cuero, abultado por el papel entre página y página.

—¿Tiene algo que ver?

—No lo sé, pero si usted me pone papeles en la mesa, prefiero que sean muchos que pocos, para poder sentarme a gusto a leer… ¿Qué vamos a cenar?

La mujer sonrió por primera vez, se levantó y caminó hacia la puerta.

—Es sorpresa —dijo.

Abrió la puerta. Entró la luz azulosa del pasillo. Se detuvo, se quedó un instante, detenida, como si la imagen se hubiera congelado.

—El dinero…

Héctor hizo un gesto con la mano, algo así como, dejémoslo pasar. Cuando la puerta se hubo cerrado, se enfrentó a la montaña de papeles. Mucho más fácil tratar con papeles que con seres humanos.

Caminó hasta el escondite secreto, donde se guardaban los materiales confidenciales, las notas de remisión por cobrar de Gilberto, el martillo de Carlos y las Pepsicolas. Sacó un refresco y lo abrió con una navaja de bolsillo, de esas suizas que tienen diecisiete instrumentos.

Saboreó el líquido dulzón. Se quejó mentalmente del aumento del precio. No tenían madre. Todavía se acordaba de cuando costaban cuarenta y cinco centavos, y no hacía tanto tiempo.

Era su forma de mantenerse mexicano. Mexicano de todos los días, compartiendo las quejas, protestando por el alza de las tortillas, encabronándose por el aumento del pasaje en los camiones, repelando ante los noticieros infames de la televisión, quejándose de la corrupción de los policías de tránsito y los secretarios. Mentando madres por la situación nacional, por el deplorable estado del gran basurero nacional, del gran estadio azteca en que habían convertido nuestro país. Aunque sólo fuera a partir de hermanarse en la queja, en el desprecio y en el orgullo, Belascoarán ganaba su derecho a seguir siendo mexicano, su posibilidad de no convertirse en una *vedette*, en un marciano; su oportunidad de no perder distancia con la gente. Esta conciencia social adquirida por motivos emergidos de un humanismo elemental, primitivo, de una valoración de la situación eminentemente superficial, de una conciencia política construida desde el interior del mundo personal del detective, le permitía al menos concebir México desde una perspectiva acre, desde una posición crítica, desde afuera del poder y el privilegio.

Le dedicó un gesto obsceno al responsable del aumento de los refrescos y regresó al cálido escritorio ahora lleno de papeles y monedas.

Las fotos de la muchacha sonriente y con el brazo enyesado y de don Emiliano Zapata lo contemplaron.

¿Para compartir su interpretación del aumento de las Pepsicolas? ¿Para solidarizarse con la mentada de madre al secretario o simplemente para constatar el lío en que se estaba metiendo?

El teléfono sonó para crear el tercer lado del triángulo que envolvería sus próximas semanas.

—Belascoarán Shayne...

—Un momentito, por favor, le comunico con el licenciado Duelas.

Una voz impersonal cedió su espacio al silencio.

—Señor Shayne...

—Belascoarán Shayne —interrumpió Héctor.

—Perdón, señor Belascoarán Shayne, pero uno tiende a obviar su impronunciable apellido vasco...

Voz melosa, engolada, rastrera.

—Haga unas gárgaras de ensayo con Belaustiguigoitia, Aurrecoechea o Errandoneogoicoechea —dijo Héctor utilizando los apellidos seudovascos que le cruzaron por la mente.

—Ji, ji —dijo la voz.

—Y bien...

—Pues bien, hablo a nombre de la Cámara de Industriales de Santa Clara, Estado de México... Tenemos interés en contratarlo. ¿Se encuentran sus servicios disponibles?

—Depende señor Dueñas.

—Duelas.

—Ah, sí, Duelas... ¿licenciado?

—Exacto, licenciado... ¿Cuáles son sus condiciones?

—No lo sé... Todo depende de lo que ustedes quieran que haga.

—Le envío a nombre de la Cámara un expediente donde se precisa el carácter de sus servicios y la información básica que usted podría necesitar para trabajar... En las primeras horas de la tarde estará en su despacho... En cuanto al salario, la Cámara ofrece un adelanto de quince días correspondiente a mil pesos salario-día. Seremos generosos respecto a la paga final que usted designe en caso de que el conflicto quede satisfactoriamente resuelto... ¿Podemos contar con usted, señor Belascoarán?

Héctor tomó unos segundos para decidir, ¿decidir qué? A estas alturas de la conversación, lo que le interesaba era poner las manos en el famoso expediente.

Envíeme el material, telefonee mañana a esta hora y tendrá mi respuesta.

—De acuerdo, encantado en haber abierto el contacto con usted.

—Un momento... ¿El expediente tiene fotos? —volteó la vista para pedir aprobación a la imagen sonriente de la muchacha del brazo enyesado, y a los taladrantes ojos de Emiliano Zapata.

—¿Fotos del cadáver?

¡Ah cañón!, conque cadáver.

—Tengo interés en que la información que me suministren tenga como anexo material gráfico que la amplíe.

—Con todo gusto, señor Belascoarán.

—Es todo, entonces —dijo Héctor y colgó.

La mano permaneció sin soltar el teléfono. ¿Qué pretendía? ¿Adónde llevaba este camino que lo conducía al pluriempleo? Sintió el dulce calor de una pequeña locura originándose en el interior de la cabeza. Repitió la máxima del viejo pirata que había sido su padre:

«Cuanto más complicado, mejor; cuanto más imposible más bello».

Actuar, lanzarse al abismo. No dejar tiempo a que una absurda reflexión impidiera que el río corriera a despeñarse.

Muchacha del brazo enyesado, jefe Emiliano Zapata, cadáver desconocido. Voy a ustedes. Soy todo suyo.

Guardó las monedas en la falsa pared, recogió la chamarra y cuando avanzaba hacia la puerta regresó hasta el teléfono. Marcó despacio el teléfono del Instituto de Investigaciones Históricas.

—La doctora Ana Carrillo, por favor... ¿Ana? ¿Podrías tenerme para la noche un informe detallado de la muerte de Emiliano Zapata, un par de libros sobre el sandinismo, con fotos si se puede, y algo sobre los levantamientos de Rubén Jaramillo?

Mientras esperaba la respuesta, tomó la nota de sus vecinos y garrapateó:

De acuerdo póster previamente censurado. Pistola con seguro. No tocar nueva galería de fotos. Sugiero enviemos al Congreso protesta por el aumento de los refrescos.

H. B. S.

II

*Confieso que puedo explicar más claramente
lo que rechazo que lo que quiero.*

D. COHN-BENDIT

Parecían tres niños regañados en el inmenso despacho de muebles de cuero negro, diplomas en las paredes, alfombra mullida, mesas inútiles, llenas de adornos chinos igualmente inútiles. Héctor buscó un cenicero, y al no encontrarlo, adoptó para iguales menesteres las canastas de bambú de una figura de porcelana.

—¿Qué hacemos con la casa? ¿Tú dónde vas a vivir? —preguntó Carlos con la mirada perdida en la calle, allá, seis pisos más abajo.

—No tengo ni idea —dijo Elisa.

—Esperemos a ver qué dice el mono éste y luego nos sentamos a hablar con calma —propuso Héctor.

El abogado, como llamado al conjuro, entró por una puerta disimulada en la pared, en la parte trasera del enorme escritorio de caoba.

—Señora, señores... —inició ceremonioso.

Los tres hermanos respondieron al saludo en silencio. Elisa y Héctor con un movimiento leve de cabeza, Carlos sacudiendo la mano derecha levemente como si fuera un presidente electo saludando al pueblo.

—¿Desean ustedes una lectura total de las disposiciones maternas, o simplemente un resumen básico?

Se miraron entre sí.

—Un resumen será suficiente —dijo Héctor por los tres.

—Bien, entonces... El material del que debo hacer referencia en esta informal charla, consta de una carta de su madre, legalizada ante notario dirigida a los tres, más un testamento efectuado hace un par de años.

»La carta precisa el origen de los bienes a que ustedes tienen derecho, el testamento precisa la forma del reparto. Para no alargar el asunto, les diré que su madre hace una detallada relación de la herencia que recibió de sus padres en el año 1957, cómo esta herencia fue invertida en diversas instituciones bancarias y compañías financieras. Luego, pasa a detallar los mecanismos para tener acceso a la caja de seguridad que a su muerte debería entregarles a ustedes en nombre de su padre. Caja de seguridad que su marido le dejó en custodia, condicionada a que no fuera abierta en vida de ella... Operan en mi poder las llaves de la caja, y la carta paterna señalándolos a ustedes tres conjuntamente o por separado como los dueños del contenido de ésta. La carta de su madre, además, especifica los bienes que les cede en terrenos, y en metálico».

Hizo una pausa.

—El testamento es muy simple. Contiene una primera cláusula optativa que anula las demás. Esta primera cláusula establece que las demás quedan sin efecto en caso de que ustedes quieran organizar la distribución de los bienes de común acuerdo. En este caso, !as disposiciones maternas para la distribución de los bienes quedan anuladas, y solamente se añade una lista de personas a las que considera que ustedes deben premiar económicamente por los años que han estado al servicio de la difunta.

»Tengo que preguntarles si prefieren ustedes sujetarse al testamento en sus cláusulas donde se establece detalladamente la distribución, o se acogen a la primera cláusula... Si quieren discutirlo, o conocer la forma en que los bienes están distribuidos en la segunda parte del documento, pueden ustedes pasar a la sala...».

—No hay nada que discutir... Ahórrenos la molestia —dijo Elisa.

Los dos hermanos asintieron.

—Bien... entonces, les hago entrega de la copia del testamento debidamente legalizado, del inventario de los bienes, y los mecanismos para tomar poder de ellos, de la llave de la caja de seguridad y el documento de su padre, y de la carta de su madre. Junto a ella encontrarán una nota que debe abrirse en presencia de los tres y que como se aclara en el sobre es de tipo personal.

Elisa tomó todo en las manos, rasgó el sobre que el abogado le había entregado al final.

—Ha sido abierta en presencia de los tres, supongo que esto cumple la petición de mi madre...

El abogado asintió.

Los hermanos se pusieron en pie.

Encontraba un enorme placer en observar la minúscula punta, brasa rojiza, del cigarrillo en medio de la oscuridad total. Sin embargo, el no ver el humo le hacía sentir como si no fumara. Se dolía de la pérdida de sensibilidad en la laringe y la garganta, atascadas de la impresión rutinaria del vicio. Volvía a preguntarse, si no sería mejor de una vez por todas dejar de fumar, si no merecía la pena olvidar y dejar enterradas para siempre las bronquitis una vez al año, los amaneceres con sabor a cobre entre los dientes, la angustia de no tener tabaco en medio de la noche. Se lo preguntaba, y contestaba negativamente. Volvía a la brasa solitaria en el enorme cuarto oscurecido.

Escuchó los pasos de sus hermanos y sintió el clic con el que la luz se encendió. Previsoramente había cerrado los ojos y cuando los abrió, el cuarto se encontraba inundado de luz.

—¿Seguro que no quieres cenar? —preguntó Elisa.

—No, tengo enfrente un montón de trabajo... ¿Podrían ustedes hacer un poco de claridad en este lío?

—No hay mucho que arreglar, las notas del burócrata ése son claras. Tenemos como millón y medio de pesos...

—Puta madre, qué asco —dijo Héctor.

—¿No espanta? —preguntó Elisa.

Se había tirado en la alfombra, y estaba comiendo un par de huevos con jamón.

—¿Y qué vamos a hacer con ellos?

—Dan ganas de quemar el dinero... Olvidar que lo tenemos y quemarlo. Yo estaba muy tranquilo sin dinero —dijo Carlos.

—Igual yo —dijo Héctor.

—A mí lo mismo —remató Elisa.

—Pero no nos vamos a atrever... Seguro que si dejamos pasar la noche, vamos a encontrar una buena docena de ideas de cómo usarlo.

—Seguro —dijo Héctor.

—Yo no termino de creerlo, lo más seguro es que si mañana volvemos a sentarnos a hablar de esto, voy a seguir pensando que es una broma —dijo Elisa.

—Es que... —inició Carlos.

—Al diablo ese dinero —siguió Héctor.

—Porque si lo quemamos... —deslizó Elisa.

—...no se puede tener tanto dinero. El dinero corrompe porque... —prosiguió Carlos.

Coincidía con el Eclesiastés, en que hay un tiempo para sembrar y un tiempo para recoger lo sembrado, uno para arrojar y otro para tomar: y en la noche negra que lo rodeaba, no encontraba motivos para pensar que aquél podía ser tiempo para trabajar. Pero, a pesar del convencimiento, los tres enormes legajos de papel descansaban sobre el escritorio.

Caminó hasta la ventana y contempló la calle. Triste, negra, carbónicamente negra. El cigarrillo brilló entre sus labios. La luna estaba oculta por un par de nubes. No había reflejos, ni lámparas. A lo lejos las partes de la ciudad que no habían sufrido el apagón brillaban difusamente. Llovía con dulzura, con suavidad. No pudo evitar la tentación y abrió la ventana para que entrara el ruido de la lluvia y le mojara la cara.

—Ya están las veladoras, vecino —dijo una voz a sus espaldas.

Giró la cara lentamente, dejando las gotas de lluvia reposar en los ojos, conservando aquella visión de la noche.

Caray, qué noche para ponerse romántico. Y ahí estaban los tres legajos.

El cuarto se iluminó penosamente, las tres veladoras dieron la impresión de construir los vértices del triángulo que iluminaba la cueva primitiva.

Sintiéndose como hombre de Neandertal, Belascoarán avanzó hacia el material que le esperaba.

—¿Qué, mucha chamba? —preguntó el vecino de despacho para las horas nocturnas, el famoso ingeniero Gallo, ingeniero o pasante de ingeniería, experto en la red cloacal de la ciudad de México, al que Gilberto el plomero había subarrendado su parte de local en las horas nocturnas.

Héctor lo contempló detenidamente antes de responder; no tendría más de veinticinco años, botas tejanas, pantalones vaqueros, una chamarra muy gruesa siempre sobre los hombros, bigote poblado; permanentemente hundido sobre sus mapas, los que sólo abandonaba para hacer sus extrañas exploraciones por la red de aguas negras de la ciudad de México que parecía constituir su pasión única. Un casco amarillo provisto de linterna en la parte delantera, unos guantes de asbesto y unas botas de hule de bombero reposaban en la silla que tenía al lado de su restirador.

A la luz de la veladora daba la impresión de un antiguo alquimista tratando de descifrar el enigma de la piedra filosofal.

Levantó la vista y por un instante se quedaron mirando el uno al otro. El ingeniero Villarreal, alias *el Gallo*, como quien espera encontrar en el otro una explicación. Héctor Belascoarán Shayne, detective, una mancha negra perfilada por la veladora que parpadeaba a su espalda.

—¿Usted, ingeniero, cómo se metió en esto?

—Pues ya ve, vecino, son cosas de la vida.

Hizo una pausa y rebuscó en los bolsillos de la chamarra que traía sobre los hombros unos puros cortos y delgados, evidentemente comprados en Sanborns o en un lugar por el estilo.

—En el fondo, usted piensa que no hay pasión en mis mapas, ¿verdad?

Héctor afirmó.

—¿Usted vio de chiquito *El fantasma de la ópera*?

Héctor asintió.

—Usted nunca pensó que la diferencia entre el medievo y la ciudad capitalista consiste básicamente en la red cloacal.

Héctor negó con la cabeza.

—Usted no se da cuenta de que la mierda podría llegarnos a las orejas a los mexicanos del DF si alguien no se preocupara de que no sucediera lo contrario... Usted es de los que cagan y se olvidan de la caca.

Héctor asintió. La conversación vuelta monólogo empezaba a divertirlo.

—Usted seguro odia a los tecnócratas.

Héctor asintió.

—Pues yo también, y maldita sea si me importa que la ciudad se llene de mierda, total un poco más o menos de lo que ya está. Total, si se carga Pifas al canal de Miramontes, al Gran Canal y al complejo de alcantarillados que culminan en el Sistema de Drenaje Profundo, pues me vale reverenda verga...

Héctor asintió con media sonrisa inundándole la cara.

—Lo que pasa es que me pagan dos mil pesos por cada estimación de resistencia y capacidad que hago de cada uno de estos esquemas, y con eso vivo...

Encendió el puro.

—Y si uno tiene que vivir de algo, mejor es construir una mitología del mundo en que trabaja, como por ejemplo de *El fantasma de la ópera* que vivía en la red cloacal de París, o *Kanal*, aquella película de la resistencia antinazi polaca en la que se pasaban los guerrilleros combatiendo en las cloacas... Y en ultimado caso, del servicio social que uno desarrolla. Usted lo llamará amor al oficio, ¿no, vecino?

—Yo era ingeniero electromecánico con maestría en Tiempos y Movimientos, y... —empezó Héctor y rehuyó la posibilidad de adentrarse en la especulación sobre el pasado profundo caminando hacia su escritorio— ¿Y sabe qué? —dijo para culminar el diálogo—. Que hay oficios que mejor van y chingan a su madre.

—De acuerdo —dijo el ingeniero en cloacas, experto en inundaciones de caca.

Como si hubiera hablado del clima, de aquella noche lluviosa y oscura por el apagón, el ingeniero Villarreal comenzó a tararear la marcha triunfal de *Aída*.

Belascoarán se sentó ante los expedientes y estiró la mano hacia el más cercano.

La noche prometía. La luz oscilante de la veladora inundaba de ritmo el papel.

III

*Una adolescente presunta suicida a través de su diario,
el cadáver caliente de un gerente, y un héroe
del pasado que amenaza con salir de la tumba.*

Hay que rastrear durante toda la noche todavía.
Paco Urondo

*La investigación debe apropiarse
de la materia en detalle.*
Marx

Desplegó el material del primer legajo: un diario escrito con letra irregular, en hojas fotocopiadas; un paquete pequeño de recortes periodísticos sobre el segundo «accidente» unidos con una liga; dos fotos, una de ellas típica foto de estudio, la otra, una instantánea, en la que se veía una muchacha sonriendo a la cámara con uniforme escolar; un álbum de piel repleto de recortes de prensa.

Decidió comenzar por las fotos. Encendió un cigarrillo, colocó la primera frente a sí, cerca, con las dos manos rodeándola, protegiéndola. Gozó la contemplación, se encariñó con la muchacha.

Fuera de foco estaba el portón de la escuela, un merenguero de espaldas cubría en parte la caja de merengues. Tres muchachas salían tomadas del brazo por el ángulo superior. Un policía de tránsito cubría el ángulo opuesto. En el centro una muchacha de diecisiete años, con blusa blanca y falda escocesa, calcetines largos, una trenza gruesa que caía sobre el hombro, ojos despiertos, vivarachos. Piel de color moreno claro, frente amplia. Tenía un aire heredado de la madre, imprecisable en el origen, pero presente, estable.

La foto de estudio mostraba en detalle la cara, los rasgos adolescentes comenzaban a desaparecer, la imagen de conjunto revelaba a una muchacha si no bella, sí agradable, bonita, y algo más. Antes de seguir, dudó entre el diario de la muchacha y el álbum de recortes de la madre. Prefirió el último. Quería, antes de arrancar, alguna nota de contexto. Intuía que estaba frente a algo más que un simple caso de suicidio. Quería tomar en las manos la historia antes de enfrentar una de sus facetas.

El álbum de recortes de la madre contaba la carrera, repasaba como en un espectáculo audiovisual, el triste proceso que concluía en la existencia de una estrella famosa a la mexicana.

Todo empezaba con pequeños recortes de diario, donde aparecía subrayado un nombre con lápiz rojo. Siempre en las últimas líneas del artículo. Diarios de provincia, de Guadalajara en su mayor parte.

En aquella época usaba el nombre completo: Marisa Andrea González Ferrer. Se trataba de segundos papeles en obras de teatro estudiantil. En ninguno comentaban su actuación. Al fin, un segundo papel en una obra de Lorca. El recorte incluía una foto deslavada por el tiempo, gruesa de grano, donde se veía en segundo plano dentro del escenario a una muchacha flaca vestida de negro con los brazos abiertos.

Seguía un breve comentario sobre su actuación en un papel secundario en una obra comercial, *Tres hermanas para un marido*, y luego, un espacio en blanco que duraba seis meses, para reiniciar con tres espectaculares fotos de plana entera en revista mal impresa donde por primera vez la muchacha delgada reaparecía como mujer en bikini: TIENE TODO PARA TRIUNFAR. Luego una entrevista en la que ni periodista ni entrevistada decían nada. La última pregunta pretendía ser divertida: PERIODISTA: *¿Y los hombres?* MUJER DEL BIKINI: *Por ahora, están fuera de mis planes, no interesan... Son un estorbo para la carrera de una actriz.* Seguían dos recortes de carteleras cinematográficas, con un subrayado de las películas en las que debía haber participado, en papeles tan pequeños que no aparecía su nombre: *La hora del lobo* y *Extraños compañeros*. La primera era una película de luchadores, la segunda una historia de amor entre estudiantes de secundaria según rezaba la publicidad. Primeras apariciones en revistas del Distrito Federal.

El atuendo iba disminuyendo, aunque lo único que permanecía descubierto totalmente era la espalda. Perdió su segundo nombre y su primer apellido, aumentó diez puntos en el tamaño de las letras, mostró al desliz el seno izquierdo, disminuyó progresivamente el tamaño de la trusa, desparramó siete u ocho lugares comunes entre las libretas de notas de seudoperiodistas. Trabajó en cabaret, aprendió a cantar medianamente. Grabó un disco de ranchero. En las columnas de chismes apareció consignada como compañera de turno del dueño de una grabadora. Mostró las nalgas en un reportaje para la revista *Audaz*. Ganó su primer estelar en una película del nuevo cine.

Trece reportajes gráficos en una semana atestiguaban su éxito. Apareció totalmente desnuda en un reportaje a todo color para las páginas centrales de una revista porno-culta. La entrevista que acompañaba a las fotos estaba escrita con gracia. Héctor tomó nota de algunas respuestas: «En nuestro medio, la guerra es la guerra, gana el ejército con mejores armas...». «¿La soledad? ¿Eso qué es? No hay tiempo para sentirse sola...». «No me gusta estar desnuda mucho tiempo, los fotógrafos son muy descuidados con el clima, y agarra una cada catarro que...». «Me gusta el camino que he elegido».

Estaba a mitad del álbum cuando se detuvo. ¿Dónde estaba la hija?

Calculó que si tenía diecisiete años debería haber nacido en 1959. Regresó a las fechas alrededor del 59 y se fijó más cuidadosamente en los recortes. Había seis meses vacíos en el principio de la carrera. O sea que la mujer se había echado su carrera con la niña a cuestas.

Cerró el álbum. La idea básica estaba allí, y como continuara contemplando fotos de la mujer desnuda, terminaría envolviéndose en ella, untándose en los senos y las nalgas de la mujer para ya nunca más poderla ver vestida, por más que usara ropa de esquimal.

En el otro extremo del cuarto, el experto en cloacas continuaba contemplando el esquema y sacando notas. Belascoarán fue hasta el escondite-caja fuerte y sacó un refresco.

—Páseme uno, vecino —dijo el Gallo sin levantar la vista de su trabajo.

Héctor sacó un Jarrito de tamarindo y destapó los refrescos con las tijeras del tapicero.

Volvió a la mesa y tomó el diario de la muchacha. Antes de empezar contempló la foto de la adolescente con el brazo enyesado y le sonrió como pidiendo perdón por penetrar en la intimidad.

La parte fotocopiada era una pequeña parte del diario original. Comenzaba en la página ciento seis y terminaba en la ciento catorce. Las ocho hojas de fotocopia estaban llenas de una letra extensa, muy elegante, muy de manual de caligrafía. El color de la tinta era el mismo, la pluma fuente usada muy probablemente idéntica. Parecía el diario juvenil, celosamente guardado bajo la almohada o en el cajón último del escritorio blanco, bajo cuadernos y papeles viejos que nadie nunca tocaría y que salía de su refugio instantes antes de dormir para abrir las compuertas emotivas de su dueña.

Las anotaciones eran muy cortas y algunas de ellas estaban en clave, en un lenguaje misterioso que producía en el detective la sensación de estar ante un juego de niños indescifrable. Bajo cada una y para separarlas, dos pequeñas cruces. No había fechas antes de cada anotación, aunque a veces se mencionaban días de la semana.

No quisiera seguir aceptando todo, aguantando todo. Siempre callada. Pero es como si me hubieran tirado al agua y dicho: ándale, pendeja, a nadar.

¿Qué hago? ¿Qué sigue? Sólo esperar.

jueves. Cont. 105 p.

Decirle al maestro de Historia todo esto: es engreído, se siente caifán, tiene un tic, ha de ser impotente, le gusta seguro su madre, y desde chiquito está así... Y no sabe nada de Historia.

Mamá no debe saber que lo sé. ¿Cómo hacer para que no se me note? Soy pendeja, no sé actuar. Hoy daba vueltas y vueltas por la casa. Como pelota. Así se dará cuenta enseguida. Debo seguir viviendo en las cosas de siempre. Seguir yendo a la escuela, seguir saliendo al cine, seguir cambiando de novio, seguir leyendo novelas, seguir...

G. dice que treinta y cinco mil. Hay que preguntar por otro lado.

A lo mejor lo que pasa es que no me puedo enamorar.

Conseguir éstos: *Justine*, *Las desventuras de una azafata*, *El cielo y el infierno*.

Gisela dice que tiene la copia. Acordarse de decirle a Carolina y a Bustamante.

G. insiste. Le dije para probar que lo menos sesenta. No se espantó.

Quiero vivir en otro lado, cambiar de cuarto. No me gusta lo que veo cuando llego. No me gustan las cosas que me gustaban. No me gustan los helados de ron con pasas como antes. Ya no me gustan los besos de Arturo. No me gustan los coches, ni el olor a tíner. Ya ni me gusta el cine. Soy yo, no son las cosas.

En medio de este lío quién me manda andar leyendo biografías de Van Gogh.

G. aprieta, aumenta la presión. Me presentó a Es. Es un tipo repugnante.

Y mamá, ay mamá, qué te pasa que no te das cuenta. Hubo bronca. El novio de Bustamante y un cuate le aventaron el coche a Es. porque lo vieron que estaba amenazándome a la salida de la escuela. Es. se quedó mirándome y yo tuve que pararlos.

Ni siquiera les puedo decir nada. No les tengo nada de confianza, aunque se hayan portado bien. Son un par de pendejos. Luego se la quisieron dar de muy héroes y se andaban luciendo de que me salvaron la vida.

Ni a quién irle.

Ya se acabó la época de las tobilleras y las minifaldas. A lo mejor me podrían conseguir una pistola.

Tengo miedo.

Reprobé Inglés y Sociología.

De veras, mamá, que hago un esfuerzo por seguir viviendo y seguir haciendo las cosas todos los días. De veras que no entiendes. De veras que quiero seguir. Pero todo esto me asusta mucho, me empujan. Como dice el tipo de la película esa que vimos hace meses: «La vida me queda grande».

Reprobé Historia… ¡Ese cabrón!

Toda la tarde llorando. No soy una niña. No puedo actuar así. Tengo que encontrar una forma de enfrentarlos. De hacer algo. ¿Si pudiera irme? Adónde, ¿con quién? Resulta que después de tantos amigos en estos últimos años, no hay nadie. Nadie.

Me aprieto la cabeza para ver si se me ocurre algo.

Si supiera hacer algo. Sería mucho pedo si me lo llevo.

Dicen que me dan cuarenta mil pesos. Pero sé que no es cierto. Que sólo es el anzuelo.

Arturo me cortó. Mamá me regañó como nunca lo había hecho. En la escuela me miran raro porque a la salida me esperan los amigos de G.

Me paso las horas encerrada en el cuarto. Este cuarto ya lo aborrezco.

Si salgo de todo esto lo voy a pintar. Pero no salgo. No voy a salir. Me van a fregar.

Sólo tengo diecisiete años.

Me voy a morir. Ojalá nunca hubiera empezado esto.

Ésta era la última anotación. Belascoarán lamentó que la madre no le hubiera pasado las primeras páginas del diario. Se sentía entrañablemente unido a la muchacha que le sonreía desde la foto con su brazo quebrado. Si él hubiera tenido su diario propio, hubiera hecho una anotación como ésta: «Se fortalecen instintos paternales. Siento que me necesitan. Soy útil. Deja de comer mierda y lánzate a salvar muchacha desesperada. La vida es bella cuando puedes servir. Afila la pistola, caballero andante».

Como no era dado a los arranques se limitó a tomar notas en el borde de la fotocopia.

Retiró la liga de los pequeños recortes de periódico. Contaban brevemente y casi todos ilustrando con fotografía, la caída de un elevador en un edificio de condominios.

Los amortiguadores del sótano y una parada accidental en el tercer piso habían salvado al único ocupante de la muerte. «Milagrosamente, sólo contusiones». «En medio de las maderas destrozadas y tras dos horas de encierro, salió la adolescente». «Los peritos de la compañía trataban de averiguar las causas de que los mecanismos de seguridad no hubieran operado».

¿Quién se suicidaría descomponiendo un elevador y metiéndose dentro?

El vecino cambió de pliego y encendió una vela que la corriente de aire había apagado.

—¿Camina?

—Más o menos —respondió Belascoarán rechazando con un gesto el puro que el otro le ofrecía. Sacó sus Delicados largos con filtro y encendió; curiosamente su cascarón se debilitaba y sentía cómo por las venas regresaban galopando las ansiedades de la adolescencia. Esto debería haberle sucedido hace dos o tres años y no ahora. Ahora se suponía que las cosas eran más impersonales, más secas.

Qué bello oficio, pensó. Qué bello oficio el mío. Y luego se avergonzó pensando en la muchacha que no dormía. La muchacha de diecisiete años que quién sabe por qué se iba a morir.

Bostezó. ¿Ahora qué sigue? Sumirse en los otros dos mundos. Diferentes. Totalmente diferentes. En las novelas policiacas todo se junta. Pero, ¿qué demonios tendrá que ver una adolescente desesperada, una petición de la Cámara de Industriales de Santa Clara, y el fantasma de don Emiliano Zapata?

—¿A usted le gusta el futbol? —preguntó el vecino.

—No, ¿por qué?

—Nomás, se me ocurrió de repente.

Abrió el legajo que le había remitido el abogado.

Se trataba de una combinación de actas levantadas en el Ministerio Público, reportes policiales y recortes de diario. Al final, siete páginas de declaraciones y testimonios firmados, todos en diferente papel y con diferente mecanografía. Testimonios seguramente pedidos a los interesados por el propio abogado, porque venían firmados y no iban dirigidos a nadie. Unidos, contaban la historia de un asesinato.

¿Cómo hacen los detectives para cambiar de tema? ¿Simplemente pasan la página?

Pensó, y se fue a mear. El baño estaba al final del pasillo. Caminó adivinando las puertas, los escalones, la boca de la escalera de servicio, la entrada del elevador y al fin la puerta del baño. Empujó sólo para descubrirla cerrada. Y claro, nunca llevaba llaves. Terminó orinando en el baño de mujeres que desconocía y recibió como premio un buen golpe en la boca del estómago al golpearse contra un lavabo.

Escuchó cómo el chorro golpeaba en la loza y se fue guiando con el sonido hasta encontrar el golpear del líquido en el líquido. Al sacudírsela en la oscuridad, se salpicó el pantalón.

Recorrió nuevamente el pasillo oscuro hasta la oficina iluminada por las velas. El legajo abierto esperaba sobre la mesa. Miró el reloj: las tres y diecisiete de la madrugada.

Se dejó caer sobre la silla que chirrió quejándose.

—¿Cansado, vecino? —preguntó el imperturbable analista de cloacas.

—No, nomás agarrando vuelo. Había perdido la costumbre.

Hundió la mirada en los papeles. Con el material que le proporcionaba la lectura fue redactando mentalmente una folklórica crónica policial:

Radio patrullas recibió la llamada a las seis y veinte p.m.

Las unidades ciento dieciocho y setenta y seis de la policía de Tlalnepantla se presentaron en la esquina de avenida Morelos y Carlos B. Zetina, en la entrada de la empresa Acero Delex (Planta Matriz). Allí los recibió Zenón Calzada, jefe de turno, ingeniero a cargo de la operación de la planta en la zona de piso. Los acompaña hasta la oficina de la subgerencia donde encontraron el cuerpo del difunto.

Yo lo encontré, la puerta estaba abierta.

Gerónimo Barrientos, trabajador de aseo localizó el cuerpo veinte minutos antes. La oficina debería estar vacía a esa hora.

El cuerpo estaba tirado sobre el escritorio.

Zapatos de cuero negro, calcetines negros. Un traje gris claro de Roberts, manufactura a la medida. Corbata roja a rayas grises, totalmente ensangrentada. La cara hundida en las colillas del gran cenicero que simulaba una olla de vaciado de metal. Ventana abierta. Los pies colgaban a unos centímetros del suelo, en una posición extranatural. Las manos abiertas y caídas a los lados del cuerpo, las palmas miraban hacia afuera. Lentes rotos bajo el pecho.

La secretaria dijo:

Nada estaba fuera de su lugar. Todo se encontraba en orden. «Tal cual».

Ella se había ido a las cuatro treinta:

Media hora antes que lo de costumbre, porque el ingeniero le había dicho que podía salir media hora antes, que estaba esperando a una persona, que si lo llega a saber, que ella siempre se quedaba hasta después, que normalmente cerraba la oficina, que el ingeniero le dijo que el contador Guzmán Vera puede confirmarlo pues estaba en el escritorio de ella —que comía una dona— cuando lo dijo el ingeniero por el interfón.

¿Qué? ¿Que a quién esperaba? No, eso sí no lo sabe.

Quién sabe, dijo.

La tercera interesó al corazón:

Las otras dos incisiones profundas de instrumento punzocortante lesionaron la primera el pulmón izquierdo y la segunda también el corazón.

Muerte instantánea. Dos o tres segundos a lo más.

Siempre sí falta algo:

La foto de la ex esposa del ingeniero que estaba allí, y ya no está, que como el cuerpo debería haber caído sobre ella no me fijé.

También falta el cuchillo, puñal, bayoneta, navaja sevillana que causó la muerte.

¿HUELLAS?

—Podríamos pasar meses con las huellas digitales de los que entran en esta oficina, imagínese qué hueva —dijo el perito.

Al fin, la foto. La tomó y la contempló cuidadosamente. El cadáver se escondía a la vista, desaparecía bajo la muerte. Esa actitud grotesca, sugerida por las manos a los lados del cuerpo hundido en la mesa con las palmas hacia arriba, le molestaba. Restaba seriedad a la muerte.

Había otras dos fotos en el legajo. Una de ellas mostraba la cara de un hombre de cuarenta años, rígido, con leves canas a los costados de la cabeza, un bigote breve, mirada dura y sostenida.

La otra mostraba al mismo hombre caminando por el interior de la planta, una de sus manos señalaba un enorme horno a un grupo de visitantes entre los que distinguió al gobernador del Estado de México.

Eligió la foto del cadáver tras mucho pensarlo. La tomó cuidadosamente y avanzó hacia la galería que esperaba. Zapata y la muchacha del brazo enyesado contemplaron su viaje hacia ellos tras el breve intervalo que ocupó en robar cuatro tachuelas más en el estuche del tapicero.

—¿No va a poner a la Virgen de Guadalupe? —preguntó el ingeniero sin levantar la vista.

—Era un colega suyo, mi estimado Gallo.

—Chinguen su madre mis colegas —respondió lacónico el Gallo hundido en sus planos. Levantó la vista y lo miró, con una sonrisa amplia que desbordaba el bigote.

Lo menos que se podía decir de aquella esquina del cuarto es que estaba cobrando un carácter surrealista. Volvió al legajo. Y siguió elaborando la crónica roja que no tendría lector y nunca sería escrita.

UN CURRICULUM.

El ingeniero Gaspar Álvarez Cerruli nació en Guadalajara en 1936. Licenciatura en el Tecnológico de Jalisco en Ingeniería Industrial. Maestría en Iowa State University en control de personal. Trabajos efectuados para compañías méxico-norteamericanas (maquiladoras), de 1966 a 1969 en Mexicali y Tijuana. Gerencia de personal del consorcio Delex en 1970. Subgerente de planta de Santa Clara en 1974.

Propietario de acciones (cuarenta y dos por ciento) en la fábrica de colchones Trinidad administrada por su hermano. Casado en 1973. Divorciado en 1975. Sin hijos.

AL INTERROGAR LA POLICÍA AL PERSONAL DE PLANTA:

Nadie sabía nada. Eran las horas de cambio de turno. El personal de oficina se había ido una hora antes a más tardar. El segundo turno y el mixto se cruzaban con la salida del primero. Todo el mundo andaba en los patios y en los vestidores. Los dos encargados, Fernández, el de personal, y el ingeniero Camposanto estaban en la planta tomando un cafecito del termo del primero, que era mejor que el de la máquina de cafés y chocolates que había en las oficinas a escasos metros de la puerta del cuarto donde se cometió el crimen. «Fíjese si hubiéramos ido a la máquina».

SIN EMBARGO NADIE RARO PASÓ POR AQUÍ,

dijo el encargado de la puerta, policía industrial Rubio, placa seis mil cuatrocientos cincuenta y tres. Dos camiones de Chatarras el Águila y un cobrador de la compañía Electra, pero salieron antes de las cuatro y media. El resto son los anotados en el checador, personal que labora en la planta. No hay posible descuido, todos checaron en tiempo, menos el ingeniero Rodríguez Cuesta, el gerente, que no checa, pero al que recuerdo haber visto salir porque me dijo que le compusiera el gato del carro.

ESO LIMITA LOS SOSPECHOSOS A:

Trescientos veintisiete trabajadores cuyos nombres están en esta lista.

CONFIDENCIALMENTE... EL LICENCIADO DUELAS ESCRIBE:

«Señor Belascoarán: reconozco que nadie lo estimaba demasiado, era un hombre retraído, de arranques violentos; sus compañeros no lo querían. Era un buen profesional, pero no intimaba con nadie. Adjunto la lista de los trabajadores que aún laboran en la empresa y a los que castigó con rigor durante sus funciones anteriores como jefe de personal de la corporación. (Siguen sesenta y un nombres, de los cuales veintisiete estaban en la planta).

SI ESTÁ INTERESADO:

Aquí están informes sobre la Corporación, los mandos de ésta, su poder económico. Se trata de generalidades, pero no pienso que necesite ahondar más».

ANEXOS ENTRESACADOS DEL INFORME:

a. Nadie fue al entierro.

b. La dirección de la esposa: Cerro dos Aguas 107, Pedregal.

c. Sueldo del occiso: treinta y dos mil pesos mensuales.

d. La investigación ha sido contratada por la Cámara a petición del ingeniero Rodríguez Cuesta, gerente de Delex, que cubrirá los gastos.

e. Ha habido otro asesinato similar hace dos meses en la planta Química Nalgion-Reyes. Ingeniero Osorio Barba.

f. La fábrica se encuentra emplazada a huelga por el Sindicato Independiente de Trabajadores del Hierro, el Acero, Similares y Conexos de la RM. Hay un sindicato titular al que los patrones describen como «benévolo».

g. El hoy difunto tenía una sirvienta en la casa, que aún se encuentra allí. Dirección: Luz Saviñón 2012. La sirvienta tiene órdenes de dejarlo entrar. La casa es ahora propiedad del hermano hasta que no se aclare la situación.

h. Padres muertos. No tenía un club. No estaba suscrito a ningún diario. No pertenecía a ninguna asociación profesional.

Se levantó de la mesa y caminó hacia la ventana. Encendió un cigarrillo.

Afuera, ni un solo movimiento en la calle totalmente oscura.

—¿Cuánto hace que dura el apagón?

El ingeniero Gallo miró el reloj a la luz de la veladora.

—Dos horas y cacho.

Héctor abrió la ventana, la brisa de la noche sin luces mercuriales hizo danzar las llamas de velas y veladoras.

De la calle subía el olor denso de la ciudad y de la noche interminable. Bostezó mirando los edificios, los coches estacionados, postes, las vitrinas oscurecidas.

Reconocía que estaba desconcertado. Nuevamente la inercia, esa gran maestra de las ciencias sociales lo había tomado de improviso y lo había lanzado a las historias de otros hombres. De nuevo en el oficio de fantasma recorrió otros mundos. ¿No era eso la profesión de detective? La renuncia a la vida propia, el miedo a vivirla, a comprometerse con el propio pellejo. La excusa de la aventura para vivir de prestado. La inercia que había dejado la muerte de la madre. El vacío de no entender el país y sin embargo tratar de vivirlo intensamente. Todas esas cosas mezcladas eran las que lo empujaban al extraño caos en que se encontraba sumergido. No podía ser eterno. Algún día se encontraría ante una puerta que definitivamente ostentara su nombre.

Y mientras tanto, ofrecía a sus futuros clientes una máscara impávida que de vez en cuando daba señales de agudeza, que aportaba momentos de humor o reciedumbre pero que lo único que contenía era sorpresa, extrañeza ante la vida que corría.

—Vaya desmadre —dijo optando ante la solución mexicana por excelencia, que consistía en quejarse cuando comenzaba a doler la cabeza.

—Eso digo yo. Vaya desmadre —respondió el ingeniero en cloacas Javier Villarreal, compañero de despacho.

Belascoarán caminó lentamente hacia la mesa y abrió el tercer legajo, un fólder, un par de libros y unas hojas fotocopiadas.

El informe de su amiga Ana era conciso y ágil. Un breve resumen dejó los siguientes elementos sobre la cabeza de Belascoarán:

La historia de que Zapata no había muerto en Chinameca era vieja. Había tenido gran difusión en los años posteriores al asesinato del caudillo agrarista. Siempre se habían usado argumentos en el rumor popular para justificar que aún estaba vivo. Los más comunes eran:

a. A Zapata le faltaba un dedo que había perdido al disparársele una pistola defectuosa, y el cadáver del supuesto Emiliano los tenía todos.

b. La versión antes escuchada de que tenía un compadre que se le parecía mucho.

c. La historia que comentaba que el caballo de Zapata nunca dio señales de reconocer el cadáver y ese caballo lo quería enormemente.

d. Las informaciones de que el cadáver no tenía una verruga en la mejilla derecha o una marca en el pecho que de ser Emiliano *sí* hubiera tenido.

Los rumores recorrieron la prensa de la época y el gobierno permanentemente se encargó de desmentirlos. A eso se debía que hubiera película filmada sobre el cadáver de Zapata en la plaza de Celaya y varias fotos en las que las moscas pululaban sobre el muerto.

La nota de la investigadora reportaba el cúmulo de rumores e informes que antropólogos sociales habían recogido en los últimos años con un espíritu de rescate del folclor popular en los que se mencionaba la supervivencia de Emiliano Zapata. Rumores que iban basta los niveles más grotescos, como uno, que se repetía periódicamente en que se daba la versión de que Zapata había escapado de Morelos unido a un grupo de mercaderes árabes y había recorrido el mundo con ellos vendiendo telas.

Belascoarán desechó el material. Nada consistente. Nada serio, nada más que los rumores que producía un pueblo al que le habían asesinado a un caudillo. La defensa natural contra un enemigo que manejaba los medios de información, y que controlaba hasta los mitos.

Revisó pacientemente las fotos de los libros sobre el sandinismo. Observando cuidadosamente, creyó ver algo en una de ellas: en el primer plano el general Sandino junto a sus lugartenientes, sombreros enormes que cubrían de sombra las frentes y los ojos. Agustín Farabundo Martí sonriendo tras el bigote espeso y el general hondureño Porfirio Sánchez, y el general guatemalteco María Manuel Girón Ramos. Y allá en el segundo plano una cara morena, un bigote breve, recortado, los ojos totalmente cubiertos por la sombra del ala del sombrero: «Zenón Enríquez, capitán mexicano», dice el pie de foto.

La única alusión que podía encontrarse.

Si las historias de la muchacha del brazo enyesado y del subgerente muerto mostraban una extraordinaria complejidad a primera vista, al menos señalaban algunos hilos conductores, algunos fragmentos de donde tirar; pero esta locura sobre Zapata no tenía pies ni cabeza.

Levantó la vista y contempló las tres fotografías, como si pudieran ofrecerle alguna clave.

Dejó a un lado de la mesa los libros sobre Jaramillo prometiéndose una lectura seria al día siguiente.

Se puso en pie y avanzó hacia el sillón de cuero café que había visto pasar mejores días, pero nunca arropado tan profundos sueños. Al paso apagó las veladoras sobre el escritorio.

—¿Se va a dormir, vecino?

—Algo hay de eso... ingeniero, ¿usted trabaja hasta qué hora?

—Más o menos hasta las seis, ex ingeniero —respondió con sorna.

Se dejó caer en el sillón y se arropó con la vieja gabardina que reposaba en el suelo. Encendió un cigarrillo y cerró los ojos después de ver la primera bocanada de humo subir hacia el techo donde bailaban las sombras a la luz de las veladoras.

—¿Y qué hace?

—Aquí nomás, verificando si otra lluvia como la de anteayer revienta la red del noroeste y se ponen a nadar en meados los ciudadanos de Lindavista.

—Carajo, esta ciudad es mágica, qué putamadral de cosas pasan...

—Nunca hubiera usted utilizado esa palabra cuando era ingeniero, colega —dijo el Gallo.

—Forma parte de la magia —respondió Héctor.

IV

Es mejor encender un cirio que
maldecir la obscuridad.
ROBERTO FERNÁNDEZ RETAMAR

La hora de los lecheros, la llamaba su hermana cuando caminaban juntos a la escuela hacía años. Esa hora en que el sol no se atrevía ni a asomarse. Sin embargo, fieles al reloj, los mexicanos tomaban por asalto la calle. Salió con el ingeniero del despacho y caminaron juntos hasta la esquina. Allí el experto en cloacas se despidió y desapareció en la neblina. El frío acongojó a Héctor; el frío y las dos horas largas que apenas había dormido. El alumbrado público estaba encendido después del largo apagón de la noche. Encendió un cigarrillo y caminó con paso rápido jugando a adivinar los oficios de los hombres que se amontonaban en las esquinas esperando el camión.

Ése, maestro; ése, albañil; ése, obrero; ése, estudiante de normal; ése, ayudante de carnicero; ése, periodista, y se va a dormir. Ése, detective, dijo de sí mismo al ver su imagen reflejada en una vidriera. La negrura comenzaba a ser sustituida por un grisáceo color preludio del amanecer.

Con el cambio de luz aumentó la violencia de los ruidos. Contempló, en el espejo exterior de una farmacia cerrada, las ojeras que le había dado la noche en vela. Los ojos, dos puntos brillantes. Decidió que estaba contento, a pesar de los bostezos y el frío. Era la ciudad, esa ciudad a la que amaba tan profundamente, tan sin motivo, y que lo acogía con aquel amanecer gris sucio. O más que la ciudad, era la gente.

Quizá lo que pasaba era que el frío y la hostilidad del amanecer volvían más solidarios a los seres humanos. En las seis cuadras que llevaba caminando, había encontrado seis sonrisas, al paso; sonrisas de esas que se regalan en la mañana fría, al primero que pasa.

Logró subir a un Artes-Pino, de los que acababan de marcar con el letrero de Refinería. En medio del apachurre trató de cubrir la pistola que llevaba en la funda del sobaco con el brazo, pero lo más que logró fue evitar metérsela por el ojo con todo y funda y brazo a una secretaria chaparrita, sacarse del culo un portafolio, y evadir una regla T que amenazaba con botarle los dientes al primer frenazo brusco.

Bajó en Artes y caminó por Sadi Carnot hasta la entrada del colegio. Las muchachas en pequeños grupos le advertían de la proximidad, y cuando estaba a media cuadra el cambio de los ruidos del tráfico sustituidos por la algarabía controlada y alborozada de las muchachas le indicó que había llegado la hora de detenerse. Se apoyó en la pared de enfrente de la escuela al lado de un vendedor de tamales. El calor del carrito a los pocos minutos le aumentó la somnolencia.

En la puerta, un grupo de muchachas discutían moviendo mucho las manos, aprovechando los últimos minutos antes de ingresar a la cárcel. Una monja joven y tremendamente miope se asomaba de vez en cuando con el único propósito de mostrar a las remisas su presencia allí.

Faltaba un cuarto para las siete y ya el amanecer, la luz limpia que combatía contra la luz gris, iba ganando la partida.

Unos metros adelante de Héctor se detuvo una camioneta. Una Rambler verde claro de la que bajaron dos muchachos. Abrieron la parte de atrás y de una caja sacaron un par de refrescos. Uno de ellos los abrió con un desarmador.

Héctor vio al sujeto de su espera desde lejos. Caminaba sola con paso apresurado, aún traía el brazo enyesado y lo sujetaba con una cinta morada que le colgaba del hombro.

Traía ladeada la boina del uniforme y su falda larga de tela escocesa ondeaba al paso. Los libros bajo el brazo sano en un montón difícil de manejar. Un morral gris le colgaba del hombro. Traía la cara seria, el mensaje de la prisa en el ceño fruncido. Héctor la dejó pasar a su lado sin moverse. Los dos jóvenes de los refrescos se separaron del coche y caminaron hacia ella para cortarle el paso cuando cruzaba la calle. La muchacha levantó la vista que traía puesta en los libros y se sobresaltó. Uno de los muchachos tiró al suelo el refresco cerca de los pies de la muchacha. El refresco explotó y los vidrios saltaron por todos lados. El otro le cerró el paso y le tomó el brazo sano. Los libros cayeron al suelo.

Héctor se desprendió de la pared a la que parecía que había estado pegado. El muchacho que había tirado el casco al suelo tomó el refresco de su compañero y repitió el juego. Los vidrios saltaron de nuevo.

Tras Héctor, el vendedor de tamales dejó su carrito y siguió al detective.

De la camioneta bajó un tercer muchacho con otros tres refrescos en las manos. Héctor lo observó con el rabillo del ojo sin cesar de acercarse.

El juego aterrorizaba a la muchacha que trataba de desprenderse, sin decir nada, en silencio, como en una película muda del brazo que la atenazaba.

—Se acabó la pachanga —dijo Héctor al llegar al lado del trío.

—A usted le vale madres —respondió uno de los muchachos. Un suéter guinda bajo la chamarra de pana verde.

Alto, de cabello castaño, con una pequeña cicatriz bajo el ojo derecho.

Allí fue donde Héctor le puso el primer golpe. Con la mano abierta, con el dorso. El tipo se tambaleó y Héctor aprovechó el desconcierto para darle una patada en el muslo al tipo que sostenía el brazo de la muchacha.

El tipo gritó y cayó al suelo en medio de las Cocacolas destruidas.

El tercer muchacho que se acercaba fue detenido por el tamalero que se cruzó en su camino con un fierro sacado de quién sabe dónde en la mano.

Chamarraverde que estaba en el suelo sacó el desarmador.

—Quién te mete cabrón —dijo.

—El arcángel san Gabriel —dijo Héctor muy a tono con la monja que contemplaba espantada la escena.

Le dio una patada en la barbilla y oyó cómo crujía la mandíbula.

Lo desconcertante de Héctor y que le permitía mantener el control de la situación era que golpeaba sin avisar, sin indicar que iba a hacerlo. Sin calentar el ambiente, sin preparar. Inmóvil, con la mano derecha metida en el bolsillo, sin mirar a los dos tipos, contemplando los libros caídos en el suelo, de repente soltaba el golpe.

El que había tirado los refrescos retrocedió.

—¿Por qué le pega, pendejo? —dijo mientras caminaba hacia el coche.

—Así de cabrones somos los mexicanos —dijo Héctor, y sin mediación sacó la pistola y disparó contra la caja de refrescos del coche. Saltaron en pedazos, líquido desparramándose. Tres colegialas que llegaban tarde a clases corrieron hacia el portón gritando.

Los tres jóvenes salieron corriendo hacia el carro.

Chamarraverde cojeaba, y *Aprietabrazo* escupía sangre con la mano cubriéndose parcialmente la cara.

Héctor guardó la pistola en la bolsa y le sonrió al hombre de los tamales.

—Fue un tiro de suerte —dijo—. Normalmente no le pego a esta distancia.

El hombre de los tamales sonrió también y se retiró hacia su carrito. La Rambler había arrancado en reversa y así siguió hasta el fin de la cuadra. La muchacha estaba recogiendo los libros y lo veía con una mezcla de espanto y admiración.

—¿Tú quién eres? —preguntó cuando se disponía a reiniciar camino hacia el portón de la escuela, al fin el portón y su seguridad.

—Belascoarán —dijo Héctor entretenido en pisar los vidrios y mirando el suelo.

—Belascorán, el ángel guardián —rio la muchacha y se despegó de él.

—...coarán, Belascoarán Shayne —dijo Héctor levantando la vista del suelo—. ¿A qué horas sales?

—A las dos —dijo ella deteniéndose un momento.

—No te vayas, a lo mejor llego tarde —Héctor metió las manos en los bolsillos y sin esperar respuesta salió caminando lentamente, sin mirar atrás. La muchacha se quedó un instante contemplándolo y luego corrió hacia el portón de la escuela. La monja la tomó en sus brazos y la abrazó.

El hombre del carrito de tamales lo vio alejarse.

En el Monumento de la Revolución tomó un Carretera Norte. Viajó de pie colgado de la barra con la mano derecha. La izquierda le dolía por el revés y se le estaba poniendo roja.

Al pasar por avenida Hidalgo cambió de planes y se bajó. Caminó en medio de la gente que entraba a la oficina del PRI del DF hasta llegar a una de las librerías de viejo. Si iba a pasar la mañana en camiones quería tener algo que leer. Tras mucho hurgar en una pila compró *Manhattan Transfer* de Dos Passos, en una edición vieja y con la portada rota que en sus mejores días había estado dedicada a «Joaquín, con amor de Laura Flores P.»; se la dieron tras un buen regateo en ocho pesos.

Nuevamente en un Carretera Norte, logró sentarse en los asientos de hasta atrás y así viajó hasta el Rancho del Charro. Pudo leer un par de capítulos y ver de vez en cuando en qué basurero se había convertido el norte de la ciudad desde que él venía a hacer prácticas de geología a Indios Verdes en sus días de estudiante.

Recurrentemente la sonrisa le inundaba el rostro al recordar la pelea.

No era un hombre de violencia. Nunca lo había sido. Había sobrevivido a la violencia que le rodeaba sin mancharse, desde lejos. No recordaba más que un par de peleas en los últimos días de ingeniería y una pelea en un cine una vez que habían intentado robarle la bolsa a su ex mujer. Pelea en la que por cierto había salido malparado porque le habían roto la boca con el puño de un paraguas. Por eso quizá le fascinaba más que el resultado, el estilo que había encontrado. Esa violencia seca, fría, que salía de ninguna parte. Cada vez que la mano adolorida se lo recordaba sonreía. Hasta que terminó por avergonzarse ante una actitud más que infantil, tan reiterativa. Cambió de camión en Indios Verdes donde tomó un San Pedro-Santa Clara, verde. Alcanzó a leer otro capítulo de Dos Passos mientras el camión se abría paso a través de Xalostoc, traqueteante, evadiendo hoyos y amenazando ciclistas. Tiró del cordón y se dejó golpear por el aire en la cara colgando del estribo, hasta descolgarse cerca de la esquina de la Brenner. Lloviznaba.

La zona no era nueva para él. Durante cuatro años pasó en coche por allí tratando de mirar lo menos posible hacia los lados, odiando el polvo y el mercado, las obras de ampliación de la calzada Morelos, y las masas que asaltaban los camiones a las cinco y media. Había tratado de ignorar que existía mientras salía de allí rumbo a la confortable seguridad apestosamente clasemediera de la Nápoles. Había tratado de no inmiscuirse en la multitud de cosas que adivinaba o intuía. De no tener nada que ver con aquella zona fabril crecida en el polvo y la miseria que había tragado en los últimos cinco años cien mil emigrantes del campo, incorporándolos a los charcos de azufre, el polvo suelto, los policías borrachos. Los fraudes en terrenos, el matadero de reses ilegal, los salarios por abajo del mínimo, el frío que venía con el aire del este, y el desempleo.

Allí la industria seguía oliendo a siglo XIX. La trampa sutil de la industria modelo, limpia y eficaz, no tenía lugar ni espacio. El hierro tenía herrumbre, los cascos de seguridad no habían sido inventados, las rayas de fin de semana se anotaban en libreta que luego desaparecía, las materias primas eran de segunda y los patrones robaban las cajas de ahorro. Ahí, el capitalismo mexicano mostraba la cochambre, la suciedad intrínseca que en otros lados disimulaba tras ladrillos blancos y fachadas higiénicas.

Belascoarán lo conocía y, a pesar de conocerlo, sabía que sólo había arañado la superficie, que nunca había querido saber mucho más. El coche siempre esperaba en la puerta de la gran empresa donde había trabajado y había cruzado aquellos cinco kilómetros sin abandonar la calzada principal, con las ventanillas cerradas y el estéreo del coche funcionando.

Había cerrado oídos y ojos.

Por eso, cuando descendió del camión, un vago sentimiento de culpa lo invadió y se lanzó velozmente hacia un puesto de jugos donde cuatro o cinco obreros completaban el desayuno.

—Uno de naranja.

—¿Con huevo?

—Nomás solo —dijo. La mezcla no le atraía.

Tomó el jugo mirando la nube de polvo que se formaba a media calzada.

Los obreros se habían hecho a un lado cuando llegó y continuaban bromeando en una conversación que Héctor pescó inconexa, donde las nalgas de uno, los granos que tenía en la cara un capataz y un cabrón médico del Seguro Social que recomendaba aspirinas para los reumas, se mezclaban.

Después de pagar aventuró una media sonrisa que fue ignorada por los trabajadores. Caminó adentrándose en la zona fabril.

—Pase usted, jefe —dijo el vigilante.

Héctor grabó la cara en la memoria.

Los patios interiores tenían un color gris plomo contrastando con la fachada azul llena de pintas rojas: ABAJO LIRA, AUMENTO O HUELGA, ZENÓN PERRO PUTO, HUELGA...

Tras el vigilante encargado del tarjetero dos policías industriales con cara de pocos amigos, uno de ellos con una escopeta de dos cañones cortos, hacían guardia.

Caminó recorriendo la planta, un laberinto de patios y pasillos que terminaban en grandes galerones techados de ocho metros de alto. Obreros a medio uniformar con overoles o sólo camisas azul oscuro circulaban sin aparente orden.

Al fondo del patio central, tras una zona de carga y descarga en que operaban seis o siete camiones pesados, una línea de pequeños edificios de dos pisos, pintados de blanco cremoso con los detalles en azul oscuro, esperaban.

—Licenciado Duelas, para servirle.

—Belascoarán —dijo Héctor aceptando la mano tendida.

—No lo esperábamos...

—Decidí aceptar su oferta.

—Pase usted, no lo hago esperar, hay una reunión del consejo en estos momentos.

Recorrieron oficinas interiores despertando la mirada de las secretarias distraídas.

¿Cuál sería la que estaba comiendo una dona?

Tras la puerta de madera clara, una sala de juntas con sillones negros de cuero. Cuatro hombres sentados.

—El señor Guzmán Vera, contador de la empresa —un hombre delgado, atildado, con lentes de aro cabalgando sobre la nariz—. El ingeniero Haro —un joven ejecutivo. Héctor conocía a cien como él, recién salido de la escuela...—. El ingeniero Rodríguez Cuesta, gerente general —pelo blanco, plateado, traje inglés, bigote blanco poblado, moreno—. El ingeniero Camposanto —sonrisa fácil dentro de una cara redonda excesivamente bien afeitada para su gusto, cuarenta años.

—Muy buenos días, señor Shayne —dijo el gerente a nombre de todos. Los otros tres asintieron con la cabeza como si las palabras lo ameritaran.

—Belascoarán Shayne —corrigió Héctor.

El gerente afirmó.

Tras los personajes sentados se adivinaban los patios de la empresa, los hornos funcionando, el ruido de la maquinaria, los obreros sudando.

Héctor sin esperar invitación se sentó. Duelas se acomodó a su lado.

—El problema es sencillo —arrancó sin esperar orden de fuego el licenciado.

Parecía como si hubiera sido nombrado previamente portavoz de la empresa.

—Tenemos graves conflictos laborales entre las manos, la zona de Santa Clara vive una gran inquietud. Los negocios, como usted sabe, no han ido excesivamente bien este año ingrato. Y en dos meses ha habido dos

189

asesinatos... La policía no nos inspira confianza. Queremos saber si hay una conexión entre los dos, y quién lo hizo... En esto puede resumirse la postura de la empresa... Y desde luego la de la Cámara en cuyo nombre hablo. Tengo que añadir, que si bien no lo mencionaba el informe, en ambas empresas tenemos intereses, y en ambas hemos tenido problemas con el mismo sindicato... —dijo el gerente.

—Si quieren culpar al sindicato no veo para qué me necesitan... La policía suele hacer esas cosas.

—Probablemente lo hagamos... Pero además queremos saber quién es el culpable y qué hay atrás —respondió el gerente.

¿Qué traen en la cabeza, qué les pasa?, pensó Héctor.

—Su pago puede usted arreglarlo con el señor Guzmán Vera.

El aludido asintió.

—¿Podría saber por qué me contratan a mí?

—Sabemos que usted trabajó en una gran planta industrial, que tiene un título de ingeniería y una maestría en Estados Unidos... No nos interesan los motivos por los que abandonó su carrera... Pensamos que usted es... cómo decirlo... un miembro de la familia, que usted conoce tan bien como nosotros una planta industrial, y sabe los problemas que hay en ella, así como en términos generales, entiende nuestra forma de pensar...

Entre gitanos no se leen las manos, pensó Héctor.

—De acuerdo —dijo, y casi inmediatamente se arrepintió. En qué puta cloaca iba a meter las manos.

Los cinco hombres sonrieron levemente y se quedaron esperando a que Héctor se levantara.

Al fin, éste se puso de pie y seguido por el contador abandonó la oficina sin despedirse.

Lo había jodido íntimamente la respuesta. Recordó que sobre la mesa había un paquete de Philip Morris y otro de Benson & Hedges. Nadie fumaría Delicados sin filtro allí. El populismo de López Mateos no cabía en esa realidad. ¿No se podría olvidar? ¿Estaría condenado a vivir siempre del mismo lado de la barda? ¿Esa especie de sello masónico, que lo marcó sin saberlo cuando entró a la Facultad de Ingeniería y que le daba patente de capataz, cómplice de patrones de por vida, no se borraba?

Estuvo a punto de mentarle la madre en voz alta a aquel ingrato día en que en lugar de irse al café de Arquitectura a ver las piernas de las muchachas había entrado a su primera clase.

Guzmán tomó la iniciativa y con una sonrisa de superficie lo guió a través de los corredores hasta una diminuta oficina. Abrió con llave, se dejó caer en un sillón y mostró a Héctor el de enfrente.

Héctor se cuidó de dejar caer la ceniza de su cigarrillo sobre la alfombra.

—¿Le parecen a usted bien mil pesos por día durante los primeros quince días más gastos justificados?

—Creo que no les voy a cobrar —respondió Héctor—. Déjeme pensarlo.

El contador se quedó mirando sorprendido.

—Siempre sí les voy a cobrar, ya lo pensé. Son mil quinientos día por diez días. Si para entonces no sé quién fue, lo dejamos. No hay gastos. Viajo en camión.

Se levantó y salió hacia la puerta.

—Al final cobro, no se preocupe.

Cerró la puerta y salió caminando, recorriendo nuevamente el laberinto.

—¿A qué hora salen los trabajadores a comer? —preguntó al encargado de la puerta.

—A la una y media los encuentra. Se van a comer a esa lonchería de allá, o comen en la banqueta, o en esos puestos —dijo señalando.

—¿No tiene comedor la empresa?

—Tiene, pero en estos días no lo usan —respondió enigmático el encargado.

—¿Y por qué no lo usan?

—Desde el emplazamiento a huelga comen acá... Aquí se reunían antes... —dijo la mujer de la lonchería.

Héctor había venido caminando despacio y se había dejado caer en la mesa con mantel de plástico roto en varios sitios. Tomaba un Jarrito rojo, extraño refresco de color brillante al que se había aficionado por una mezcla de gusto por el azúcar y amor a las costumbres patrias.

—Como quien dice, ya no comen en el interior de la empresa para poder platicar a gusto...

—Como quien dice... —respondió la mujer que perseguía a una niña pequeña para quitarle los mocos. Después de sonarla levantó la mirada, puso las manos en las caderas y preguntó:

—¿Usted trabaja para la empresa?

—Sí, señora... Pero no de oreja, es más: quisiera hablar con los muchachos del sindicato...

—Ellos no se esconden, aquí los tiene a la hora de comer.

La mujer dio la vuelta y se metió en la trastienda.

Héctor sacó una libreta ajada y tomó algunas notas:

¿Por qué dicen que Zenón es perro puto?

Los sandinistas pasaban por Costa Rica, ¿habrá algún pasaporte extendido allá por el año 32 que dé pistas de don Emiliano?

¿Por qué llevaban una caja de refrescos en la camioneta?

¿Qué trae en la cabeza el gerente, qué además del sindicato les preocupa?

Al terminar la última nota se quedó pensando.

En México no había guerras por problemas de competencia. O si las había, él nunca había oído; la burguesía se había civilizado en los últimos años.

Más bien, el Estado había acumulado sobre sus espaldas la responsabilidad de generar violencia. El Estado o el sindicalismo charro. Por ahí tenía que andar la cosa.

Al principio la breve reunión con los industriales le había dejado la idea en la cabeza de que tenían miedo de algo, y que mostraban demasiado cerca de la superficie los problemas que tenían con el sindicato independiente. Si sólo era eso, la policía colaboraría gustosamente para hacer de los crímenes y del sindicato un mismo paquete navideño.

Héctor se preciaba de haber podido mirar de frente su pasado, y aunque no le había resultado fácil la ruptura con trabajo, mujer y vida entera, se había convertido en detective en un país en el que la lógica negaba su existencia, pero que al mismo tiempo admitía cualquier irracionalidad y por lo tanto, ésa; había podido convertir la negación brutal e intuitiva de su vida de ingeniero en tiempos y movimientos con casa en la Nápoles y veintidós mil pesos de salario mensual, en una negación racional aunque por eso no menos apasionada.

Sabía que una empresa fuerte no suele tener miedo. Sabía que el miedo surge del enfrentamiento al Estado, o de una oleada apabullante de la competencia. Pero la violencia solía asociarse con la primera perspectiva y no con la segunda. También es cierto que en los últimos años las patronales enfrentaban el fenómeno del sindicalismo independiente desde una perspectiva feudal. No sabía por qué, factores sumados en su cabeza sin que él mismo los organizara, decían que la cosa andaba por otro lado.

Le quedaban dos horas y media muertas por enfrente y decidió cambiar de planes.

—Señora... ¿A qué hora es la salida?

—La salida de turno... A las tres y media, joven.

Dejó cuatro pesos sobre la mesa y salió no sin antes dedicarle una sonrisa franca a la niña que gateaba cerca de la mesa, la cual, para sorpresa, quizá porque no le habían dicho que seguía siendo un extraño, se la devolvió.

—Buenas, vecino. ¿Qué haciendo? —preguntó el tapicero cuando Héctor lanzó la gabardina hacia el perchero.

—Nomás de paso.

El hombre repasaba atentamente las páginas del *Aviso Oportuno*. Cazador de talachas, buscador de subempleos. Con un plumón rojo subrayaba.

—¿Salió algo? —preguntó Héctor mientras se dejaba caer en el sillón.

—Nada… Una pinche remendada de un sillón a un güey de aquí junto que tiene una papelería, pero el muy ojete sólo quiere dar el material y cien pesos.

El tapicero, al que Gilberto le había subarrendado el despacho en las mañanas, siempre estaba de buen humor, y parecía que además, siempre estaba buscando empleo. Si le hubieran pedido a Héctor una definición hubiera dicho: chaparrito, barbón, siempre anda de buenas, siempre hundido en el *Aviso Oportuno*.

—Le dejó allá arriba de la mesa un recado su hermano.

En el centro de la ciudad el sol dominaba. La llovizna se había quedado atrás, en Santa Clara.

«Estoy en el café La Habana hasta las doce y media», decía la nota.

Volvió a ponerse la gabardina y caminó hacia la puerta.

—Tiene cara de sueño, maestro —dijo el tapicero.

—Algo hay de eso… Que haya suerte.

Cuando abría la puerta, dio de frente con Gilberto, el plomero compañero de oficina desde los días buenos.

—Órale pues, sin atropellar, mi buen.

—Dijo la señora que le debía usted lo de la lavada —contestó imperturbable el detective.

—Le debía la lavada de nalgas —respondió más imperturbable el plomero.

—¿Mande usted? —dijo Carlos el tapicero sin levantar la vista del periódico.

—La de mear —dijo el plomero dejando caer sobre la mesa del escritorio una bolsa café llena de tubos viejos.

—Será lo que sea, pero páguele, no sea cabrón —dijo Héctor saliendo.

—Ahí se sienta —acotó el tapicero.

—Lo veo triste —escuchó Héctor mientras cruzaba raudo al elevador antes de verse inmiscuido en el combate verbal.

Caminó por Artículo 123 hacia Bucareli. Era la hora de «la corte de los milagros» de los voceadores de periódicos. Había un partido de futbolito enfrente de la iglesia extraña de Artículo 123 y una pelea a patadas unos veinte metros más allá. Con la gabardina bajo el brazo y con los ojos llorosos un poco por el sueño y otro poco por el smog, Héctor se fue pensando en el despacho. No lo cambiaba por nada. El contacto con los dos artesanos y con el extraño experto en cloacas de las noches, le remitían a su verdadero lugar en México. Él era un artesano más, con menos oficio que los otros tres, con menos capacidad profesional. Él era un mexicano en la jungla mexicana, y tenía que impedir que el mito del detective, cargado de sugerencias cosmopolitas y de connotaciones exóticas se lo comiera vivo. Los albures y las referencias al canal del desagüe le aportaban diariamente una dosis de mexicanidad inevitable reafirmada por las discusiones sobre el aumento de precio de los refrescos y los cigarros, los debates sobre lo ojetes que eran los dueños de tlapalerías de origen vasco-gachupín, los informes sobre los estrenos de las carpas y los triunfos de televisión del último cómico. Además, desde un aspecto puramente práctico, se había conseguido tres eficientes secretarias, que no protestaban por recoger recados, dar mensajes, cuidar archivo. En retribución Héctor se veía obligado a tomar encargos de tapicería y plomería, a informar sobre precios de reparación de *love seats* en pliana, o de llaves trasroscadas; y de pasada a recoger mensajes de la novia del ingeniero.

Si hubiera que seguir sumando factores positivos habría que añadir que el despacho conservaba un clima de agilidad mental notable que lo desembotaba; una luz excelente en las mañanas, y una versión de la ciudad, esas calles del centro atestadas de ruido y gente, de la que estaba enamorado.

Al llegar a Bucareli en lugar de girar a la izquierda se robó un instante y fue hacia la derecha, para comprar una paleta de fresa, de las mejores que se hacían en el maldito DF.

Carlos, su hermano, estaba sentado ante un café espresso y una novela de Howard Fast.

—Quihúbole viejo —tiró la gabardina y se sentó.

Pidió un café y unas donas a la mesera y se quedó esperando que Carlos abriera el fuego.

—¿Puedes venir a la noche a la casa?

—¿Qué tan noche?

—Como a las nueve.

—Antes.

—A las ocho.

—Hecho. Así estamos los tres y hablamos un rato de la famosa herencia.

—¿Te chinga mucho, no?

—Bastante —dijo Carlos.

—¿Qué sabes de Procesadora de Acero Delex?

—¿Qué haces metido allí?

—Tú primero.

—Es una empresa con tres plantas en el DF y otras dos en Guadalajara. Atascada de transas. Tiene mala fama en el medio industrial. Muy fuerte económicamente. No sé quiénes son los mandos.

—¿Sabes algo del sindicato?

—¿El charro?

—No, el de ustedes.

—Algo.

—Carajo, dímelo ya... No soy agente de la patronal.

—Eso ya lo sé... —levantó la mano y pidió a la mesera, señalando la taza vacía, otro café.

—Le quieren poner un cuatro al sindicato. Quieren usar el asesinato del ingeniero para fregarlos —dijo Héctor abriendo el fuego.

—Ya nos lo olíamos.

—¿Me puedes poner en relación con alguien?

—Mañana.

—¿Hoy no?

—No conozco personalmente a los compañeros de allí.

—¿Me puedes acompañar?

—¿Qué estás haciendo?—dijo Carlos. Héctor sorbió lentamente el café antes de responder.

—Estoy intentando saber quién mató al ingeniero ése. Me contrataron hoy.

—Es un trabajo medio mierda. Se cruza la bronca con el sindicato.

—Ya lo sé.

—Tengo que llevar las pruebas de imprenta que corregí ayer a la editorial. Ando muy jodido de dinero —Carlos sonrió.

—A las tres y media en la lonchería que está enfrente de la planta... ¿Cinco minutos?

—Órale pues... ¿No te creará problemas que te vean con los nuestros?

—Me importa un reverendo cacahuate.

—Allá nos vemos... Tú pagas —Carlos se levantó de la mesa—. ¿Sabes algo de tu muchacha de la cola de caballo? —preguntó a modo de despedida.

Héctor alzó los hombros.

—Llegan cartas.

—Poca cosa, viejo.

Le pasó la mano por la nuca en un gesto entre fraternal y paternal.

En el café saturado de ruidos por las conversaciones Héctor bostezó y se quedó pensando que de alguna manera inexplicable los papeles se habían trastocado entre él y su hermano menor para dejarlo convertido en el benjamín de la familia.

La muchacha del brazo enyesado esperaba apoyada en el portón, y al verlo desde lejos se desprendió avanzando hacia él. Al caminar balanceaba el morral que colgaba del mismo hombro donde se sujetaba el pañuelo que sostenía el brazo inmóvil.

Héctor contemplaba fascinado la algarabía de las muchachas de blusa blanca y falda escocesa que se desplegaban como plaga por la calle entera. El viejo de los tamales le sonrió al paso, reconociéndolo.

—¿Estuvo fuerte, eh?

Héctor asintió con la cabeza.

—Ángel guardián —dijo la muchacha a modo de saludo haciendo una leve reverencia.

—Hola —respondió Héctor sin encontrar nada más que decir.

Caminaron juntos sin hablar hasta Insurgentes. El sol de mediodía sacaba chispas en las vidrieras. Por tres veces pareció que Héctor diría algo, pero se limitó a dar rabiosas chupadas al cigarrillo. La muchacha lo miraba sorprendida, desconcertada, de reojo.

—¿No vienes? —preguntó con el pie en el estribo del autobús.

—Más tarde. Tengo cosas que hacer.

Y se quedó parado en la esquina, mirando a la muchacha que recorría el autobús hasta sentarse en el asiento trasero y mirar hacia atrás.

No había sabido qué decir y cómo empezar. Héctor se daba cuenta de que su aire profesional no era otra cosa que la expresión del desconcierto en que vivía. ¿Qué hubiera dicho un detective de novela?

Probablemente hubiera hecho lo mismo que él, hubiera permanecido callado realizando la silenciosa custodia de la muchacha. Pero lo hubiera hecho por motivos diferentes, no por timidez.

Bostezando tomó de nuevo rumbo al norte.

Irregulares filas salían de la fábrica. Algunos grupos se dirigieron de inmediato a la lonchería. Las mesas se fueron llenando.

Héctor se levantó de la mesa.

—¿Quién es del sindicato del hierro? —preguntó a un obrero gordito, de gorra de lana con pompón azul.

Éste señaló la mesa de enfrente. Se hizo un leve silencio en la lonchería. Todas las miradas cayeron sobre él, sólo el ruido de los refrescos al caer sobre las mesas. Avanzó decidido.

—Quisiera hablar con ustedes.

Un hombre alto, con bigote de zapatista, le indicó la silla. Dos más compartían la mesa: un obrero de overol azul, que empezaba a quedarse calvo, con mirada chispeante y una media sonrisa eterna en la boca, junto con el cigarrillo que colgaba, de unos cuarenta años, y un chaparrito barbón, con suéter guinda y pantalones de Milano del mismo color, sólo delatado por un par de manos enormes y callosas.

Héctor miró hacía la puerta esperando la entrada de su hermano. El flujo continuaba desde la fábrica, la lonchería estaba cada vez más llena y silenciosa en contraste con el bullicio de afuera.

—La empresa me contrató para descubrir quién asesinó al ingeniero Álvarez Cerruli... Probablemente traten de echarles el muerto encima a ustedes... Aunque trabajo para ellos, voy a tratar de evitarlo, y la única forma que se me ocurre es encontrando al verdadero asesino... Necesito que me ayuden.

Los hombres se miraron entre sí.

—¿Usted quién es?

—Me llamo Héctor Belascoarán Shayne.

El nombre no produjo reacción.

—¡Por qué no le pregunta a Camposanto! —dijo una voz mesas más allá.

Los hombres de la mesa rieron.

—¿Por qué no le dice a Camposanto que lo invite a una fiesta? —dijo la voz del gordito a sus espaldas.

Nuevas risas.

—Dígales que nos vale verga que nos quieran echar el muerto encima —dijo el hombre alto, y dio por terminada la conversación,

Héctor se levantó y salió después de dejar unos pesos al lado del refresco que había tomado.

El sol le pegó en la cara haciéndolo parpadear. Tenía sueño. Caminó hacia la entrada de la fábrica. Un grupo de obreros jóvenes vendía *El Zopilote*, un pequeño periódico sindical, ante la mirada hosca de los policías industriales que flanqueaban a un empleado de confianza. Compró uno, echando en el bote rojinegro que le pusieron enfrente cinco pesos.

—Gracias compa...

Con el periódico en la mano entró a la empresa ante la mirada de reconocimiento del vigilante, entre obsequiosa y molesta.

¿El aire vibraba sacudido por una gran tensión? ¿O era simplemente que el cansancio estaba empezando a dominarlo y lo hipersensibilizaba?

La secretaria accedió a entregarle la lista de las direcciones particulares del personal de confianza, tras consultar por teléfono. Héctor fumó un nuevo cigarrillo mientras esperaba que la muchacha pasara a máquina nombres y calles.

—¿Quién era la secretaria del ingeniero Álvarez?

La muchacha señaló hacia un escritorio situado diez metros adelante sobre el pasillo. Una muchacha de unos veinticinco años trataba de bajar unos fólders de un archivero mostrando las piernas bajo una falda verde esmeralda.

Héctor caminó hacia ella.

—¿Le ayudo?

—Ay, por favor… Nomás los fólders amarillos.

Héctor se estiró para tomarlos y los pasó.

—¿Usted era la secretaria de Álvarez Cerruli?

La muchacha lo miró por primera vez.

—¿Policía?

Sobre el escritorio un envoltorio de panquecitos abiertos. Migas en abundancia.

Héctor negó con la cabeza.

—Nadie lo quería, ¿verdad?

—Era muy seco, muy, cómo decirle… rígido.

—¿Cómo se llamaba el otro ingeniero que murió hace un par de meses, recuerda?

—El ingeniero Osorio Barba, sí, cómo no… Trabajó aquí hace dos años… El ingeniero Álvarez Cerruli lo conocía bien.

—¿Sabe si estaban relacionados de alguna manera?

La muchacha bajó la vista.

—Se conocían bien.

—¿Cómo reaccionó su jefe cuando supo que había muerto?

—Se pasó encerrado todo el día en la oficina.

—Una última pregunta.

—Perdóneme tantito, tengo que entregar esto.

—Sólo una pregunta —dijo Héctor tomándola del brazo, el músculo se tensó bajo el suéter.

—¿Alguien lamentó la muerte de Álvarez…?

—Ahorita vengo… —dijo la muchacha librándose de la mano.

Héctor caminó hasta el escritorio y tomó la lista que le tendía la muchacha.

Carlos lo esperaba en la puerta de la empresa platicando con los vendedores del periódico. Se apartó para interceptarlo.

—Los del comité ya se fueron. Disculpa la tardanza, pero no encontraba al cuate que podía conectarme con la gente de aquí.

—No entiendo un carajo… Cuéntame la historia de lo que pasa con el sindicato.

Caminaron juntos en medio del polvo. En las puertas de la fábrica sólo quedaban los vendedores del periódico esperando a los rezagados del segundo turno, y un par de trabajadores jugando volados con un jicamero cerca de la esquina.

La sensación de ajenidad, de extrañeza al ambiente empezaba a ponerlo nervioso.

En Relaciones Exteriores no trabajaban en la tarde, de manera que después de echarse un sueño en el camión de regreso y de leer *El Zopilote* (¡TITULARIDAD DE CONTRATO O HUELGA!, GALERÍA DE PERROS, UN PARO EN EL DEPARTAMENTO DE AJUSTE TERCER TURNO, SOLIDARIDAD CON LA IEM) en el segundo camión, alquiló un coche en una agencia de Balderas y compró el periódico para buscar un cine donde meterse hasta las siete. Si las cosas seguían así, hoy sería otra noche en blanco. La idea no le gustaba nada. Abandonó la posibilidad del cine mientras revisaba el diario cambiándola por la perspectiva de darse un baño y comer bien. En ésas andaba cuando descubrió el estreno de *Chinameca: Los últimos momentos del zapatismo* de Gabriel Retes, Cine Insurgentes. Estreno.

Tomó nota mentalmente del horario y sonrió. ¿No será buena idea encontrar a don Emiliano a la salida del cine? Don Emiliano atestiguando cómo contaban su historia.

No pudo menos que ampliar la sonrisa ante el extraño triángulo de problemas que había metido en su vida.

Había algo que no terminaba de gustarle, decidió mientras se secaba violentamente. La estación de radio que había captado al azar en el momento de entrar al baño se iba del aire a cada rato. Tendría que llevarle el aparato al vecino radiotécnico. Afuera se había levantado una tolvanera y el árbol frente a la ventana sacudía las ramas melodiosamente.

No le gustaban los mil y un personajes que habían cruzado la historia en tan poco tiempo. No le gustaban tantas caras en sólo dos días. Y se temía no sólo que siguieran apareciendo caras y nombres, sino que además comenzaran a cruzarse en sus caminos hasta armar un gigantesco carrusel de caras, una madeja humana.

Por un lado los muchachos de la puerta de la escuela, por otro los ingenieros, por otro los del sindicato. Habría que sumar al otro muerto, a las caras sandinistas que acompañaban al supuesto Zapata. Tendría que incorporar a la galería al padre de Elena, a la esposa del ingeniero muerto, a una sirvienta en la Narvarte, a un jefe de turno «perro puto», y sobre todas ellas, el rostro de su madre que no acababa de irse, que aparecía en los cabeceos del camión, en medio de las páginas de Dos Passos, y las cartas que traían la ausencia de la muchacha de la cola de caballo.

Desfiles de nombres: Duelas, Camposanto, Guzmán Vera, Osorio Barba... Y más nombres en la trayectoria mítica de Zapata: Farabundo Martí, Porfirio Sánchez, Girón Ruano... Y más nombres en las páginas del diario.

Y rondando allí, piernas de secretaria tratando de alcanzar los fólders y la muchacha en Italia en cama ajena, y la sonrisa suave de Elena con brazo enyesado, más las blusas transparentes de Marisa Ferrer.

El cansancio podía convertir todo aquello en un maremoto.

Tras la reunión familiar, la cena. Se puso una camisa blanca y buscó en el clóset una corbata. Encontró en un cajón atascado de calcetines una corbata de color gris tejida, hija de otros tiempos. La tomó y cuando la estaba anudando, decidió quitársela. No habría conciliaciones de nuevo. Terminó optando por tirarla en el bote de la basura adonde habían ido a parar momentos antes las listas de nombres.

Se fue de la casa sin apagar el radio.

Carlos había estado explicándole a Elisa cómo el echeverrismo había tratado de reorganizar el sustento económico de la clase media tras el 68. Héctor entró al diminuto cuarto de azotea, se sentó en el suelo y sirviéndose un café se quedó escuchando tras el beso de su hermana.

—¿Dónde están tus cuates de generación? ¿O los tuyos? —señaló a Héctor—. En un cincuenta por ciento han pasado a formar parte, con magníficos sueldos, de extrañas instituciones. Han ido a engrosar institutos mágicos donde no se hace nada, pero se ocupan cargos. Para ellos se reinventó el país, para darles empleo. Por eso, y por un afán tecnocrático que en lugar de modernizar el capitalismo mexicano lo único que hizo fue aumentar el peso de la burocracia estatal.

»No niego que cuando entraron, algunos querían hacer cosas... Se les acabó pronto la gana, se los tragó la nueva burocracia elegante de técnicos intelectuales... Ahí están dando de comer a los gusanos en el Instituto de Conservación de las Espinas del Nopal... En el Centro de Recuperación de Recursos Recuperables... En el Centro de Estudios Inexactos para la Transformación del Agua de Barril... El Centro de Cómputo de Cosechas de Camote...».

Y siguió con una letanía de nombres de instituciones reales e inventadas que a Héctor no se le hizo diferente de la mágica enumeración del rosario.

—...El Centro de Adiestramiento de Mogólicos... El Instituto de Transformación del Pedo... El Fomento Nacional para la Organización de la Cosecha de Capulines... El Instituto de Recursos Ambientales... El Centro de Estudios Atrasados... El Fideicomiso para la Utilización del Plátano... Tengo una lista que me hizo un cuate que está haciendo su tesis sobre esto en la que tiene sesenta y tres mierdas de éstas... Con ochenta y seis que yo inventé, ya hay para un diccionario de instituciones falsas y reales...

—Suena como a los niños que leen la lotería —comentó Héctor.

—En Canadá, cuando estaba encabronada de aburrimiento, organizaba listas de santos inventados: san Heraclio Fournier, san Clemente Jacques, san Doroteo del Valle, santa Anchoa de Vigo, san Chícharo del Gigante Verde.

Los hermanos rieron.

—Tengo una lata de atún grande —dijo Carlos.

—No puedo quedarme a cenar, hay una cena por ahí... —dijo Héctor.

—¿Cómo andas? —preguntó Elisa.

—Metido en líos, como siempre.

—¿Quieres ayuda?

Héctor negó con la cabeza.

—Y bien, entonces, ¿qué vamos a hacer?

—A mí me fastidia esto, ¿por qué... ?

—No, ni madres, a mí me fastidia también, y a Héctor supongo que lo mismo.

—No te zafes. Hay que hacer algo y listo —dijo Carlos.

—Bueno, pues ahí va.

Elisa sacó un par de sobres del morral.

Héctor caminó hasta la cocina para buscar un cenicero. Al fin encontró uno entre los trastes sucios y empezó a lavarlo.

—Sigan, oigo bien.

—Es una carta de mamá para los tres, ¿quieren leerla o la lee alguien en voz alta?

—Léela tú —dijo Carlos.

—Ajá —asintió Héctor desde la cocina.

Queridos hijos:

Sé que cuando estén leyendo esta carta yo no estaré ya viva. Odio las fórmulas literarias, por eso no digo: «Me habré ido» y cosas así. Estaré muerta y espero que haya sido una muerte suave, sin problemas. No fue así la vida. Ustedes sólo conocen una parte. Pero no quiero cargarlos de recuerdos, cada uno tendrá los suyos propios. Ya estoy desviándome... La historia es simple: hay una serie de bienes que he reunido a lo largo de mi vida.

A estas alturas habrán decidido si los reparten de mutuo acuerdo o los distribuyen de acuerdo a mis disposiciones. No me preocupa. Sé que ninguno de los tres ama el dinero. Por otro lado, tengo que hacerles entrega de la herencia de su padre. Por voluntad de él, he guardado estos últimos años una carta para ustedes tres. Esa carta acompaña esta nota e incluye una llave de una caja bancaria. Fue su deseo que hasta ahora recibieran ustedes esto. Sea así. Les deseo la mejor de las suertes. Recuérdenme.

SHIRLEY SHAYNE DE BELASCOARÁN

—Carajo —musitó Carlos.

Los hermanos se quedaron en silencio. Alguien en el piso de abajo puso a todo volumen la televisión.

—Bueno, dan ganas de llorar. No hace daño reconocerlo, ¿ahora qué sigue? —dijo Elisa rompiendo el silencio.

—Abre la carta de papá.

—Es sólo una nota con una llave. Dice:

«Cuanto más complicado mejor. Cuanto más imposible más bello.»

Banco de las Américas, caja 1627. Sucursal Centro: Por medio de la presente autorizo a cualquiera de mis tres hijos a abrir y utilizar el contenido de la caja de seguridad arriba señalada.

JOSÉ MARÍA BELASCOARÁN AGUIRRE

—¿Qué nos tendrá esperando el viejo? —preguntó Carlos.

—¿Te acuerdas de él?

Héctor asintió saliendo de la cocina. Miró el reloj.

—Lo único que se me ocurre hacer con el dinero es que tú te quedes con él... Tú lo necesitas más que nosotros —dijo Héctor dirigiéndose a Elisa.

—Esa lana quema —respondió quitándose un mechón rebelde de la cara.

—Me tengo que ir. ¿Qué hacemos? —dijo Héctor.

—¿Cuándo nos podemos sentar a hablar con calma?

—Mañana en la mañana, en el despacho.

—A las doce —sugirió Elisa.

—De acuerdo.

Besó a su hermana, palmeó la espalda de su hermano y salió al frío.

Tras andar revoloteando con el coche por la colonia Florida, encontró la calle y el número. Una casa sola de dos plantas con un pequeño jardín al frente. El piso de arriba iluminado como si ahí no pagaran el recibo de la luz con las nuevas tarifas. Tocó el timbre pensando que lo primero que haría al entrar sería apagar las luces de la sala donde no habría nadie viendo la tele. Seguiría apagando luces: la del baño, la del desayunador y las de las dos recámaras. De alguna manera el inconsciente y los tres meses de continencia sexual, aunados a las imágenes del álbum de Marisa Ferrer, se conectaron en su cabeza con la idea de apagar las luces y se vio a sí mismo apagando la luz de la mesita de noche y girando en la cama hacia el cuerpo desnudo que esperaba. Tocó el timbre de nuevo mientras pensaba en que le daba lo mismo encender que apagar la luz para hacer el amor. Es más, que lo mejor sería dejarla encendida. Sería quizá por tan turbulentos pensamientos que cuando Elena, brazo en cabestrillo y sonrisa tímida abrió la puerta, Héctor Belascoarán Shayne, de oficio detective y de formación un tanto puritana, se sonrojó.

—El ángel guardián...

—Vengo a cenar.

—Ah, conque tú eres el invitado... caray, caray —dijo la muchacha abriéndole paso hacia el interior de la casa.

Casa horrorosa, pensó, dejando de lado la idea de apagar las luces. Casa llena de venados de porcelana y de lámparas que no alumbraban, de ceniceros en los que no había ceniza y cuadros que no contaban historias. Conocía el ambiente, incluso recordaba el olor de una casa similar, de un ingeniero con veintidós mil pesos de sueldo y una mujer que insistía en cambiar la alfombra de la sala. Recordaba incluso que había vivido en ella, pero lograba ver ese otro yo como a una tercera persona que alguna vez había conocido.

—Llega puntual señor Shayne.

—Belascoarán Shayne. El primer apellido es Belascoarán.

—Perdone usted a mamá, es que no ha estudiado el libreto a fondo —dijo la muchacha sonriente.

—¿Qué hace una con una hija inteligente? En la época de mis papás las mandaban a un colegio de monjas. Parece que a mí no me funcionó el recurso.

La mujer vestía un traje de noche negro y reluciente. Algo tenía que ver con una frase hecha: como un guante. Un sabor de rumba peliculesca se desprendía de la silueta que traía untado el traje sobre la piel. Héctor se imaginó con un cuchillo de mantequilla, poniendo material negro sobre la piel de la mujer que adivinando, o intuyendo, o suponiendo, o simplemente por galantería profesional dejó tiempo en silencio para que el detective contemplara y luego lo tomó del brazo para llevarlo a la sala. Un biombo doblado separaba la sala del comedor donde tres servicios esperaban dueño. Sobre el gran sofá un cuadro de la anfitriona, desnuda, claro está, tendida sobre una piel de oso blanca. Dos fotos de una niña de cinco y diez años aproximadamente y un paisaje marino.

—¿Horrible, verdad? —sugirió Elena.

—Algo hay de eso.

—Te dije mamá que lo quitaras de ahí.

—Habrá notado señor Belascoarán —pronunció suavemente, como deletreando el nombre— que no nací para decoradora de interiores.

La mujer ofreció cigarrillos de una caja de música que emitió tres acordes de una polonesa.

Héctor sacó sus Delicados con filtro y encendió el cigarrillo de la mujer.

—Quiero agradecerle lo que hizo usted hoy por mi hija. Me hablaron de la escuela, y aunque ella no ha querido decirme nada, me he dado cuenta de que usted intervino. ¿No es así?

Héctor asintió agradeciendo a la muchacha su silencio. No había nacido para salvar gatos atrapados en una cornisa. Jugaba limpio y esperaba el mismo juego. Desde luego, le interesaba más la hija que la madre. Aunque no podía dejar de admitir que la mujer tenía gracia y capoteaba bien los vendavales. De cualquier manera, ¿por qué se fijaba en él? ¿Coquetearía por instinto con los hombres que tenía enfrente? Porque resultaba evidente que podía conseguírselos a puñados.

—Vamos a cenar —dijo la mujer.

Héctor dejó la gabardina a un lado, para que la muchacha la tomara y la pusiera en un perchero de pared.

—Así ya no parece detective. Lamento decirle que tiene apariencia de pasante de arquitectura que trabaja en una mesa de dibujo para ganarse la vida —dijo la muchacha.

En el momento en que se sentaron a la mesa, una mujer con delantal blanco comenzó a servir la comida.

—Hija, ya conoces al señor, lo he contratado para que nos ayude. En vista de que no quieres decirme nada y que sé que estás en problemas...

La muchacha interrumpió el viaje de la cuchara hacia la boca. Se puso en pie. La servilleta se deslizó al suelo.

—Me gustaba más como ángel guardián que como asalariado —dijo y lentamente caminó hacia la sala. La cuchara se cayó sobre la mesa.

Héctor se puso en pie.

—Ahora vuelvo —dijo dirigiéndose a la madre.

—Parece que se fue a la chingada la cena —dijo Marisa Ferrer, sonriendo.

Héctor siguió la sombra de la muchacha a través de un pasillo, con dos baños a los lados, hasta una puerta.

El cuarto tenía las huellas de su dueña. Libros en las paredes, un cubrecamas azul celeste, cojines anaranjados en el suelo, muñecas de hacía cuatro años todavía relucientes, una suave alfombra de peluche.

La muchacha dejó los zapatos y saltó descalza sobre la cama para acomodarse cerca de la almohada las piernas bajo el cuerpo.

Héctor permaneció de pie. Encendió un cigarrillo. Dudó un instante y se sentó en el suelo a fumar, apoyado en la pared.

—¿Tienes un cenicero?

La muchacha le arrojó uno de latón que había sobre la mesita de noche.

—Las cosas claras, Elena. No voy a trabajar para ti si tú no quieres... El contrato con tu madre me importa un rábano si no quieres que te eche una mano. Tú eres la de los problemas. Los de hoy en la mañana querían fregarte a ti... Tú eres la que tienes que decidir si quieres que meta las manos en tus problemas. Así de fácil.

La muchacha lo miró en silencio.

—¿Qué es lo que sabe?

Héctor dudó un instante. Luego decidió que no podía hipotecar la relación a nombre de la eficacia profesional. Juegos limpios eran más sanos.

—Leí un álbum de recortes de tu madre, unos recortes de periódico del accidente y unas páginas de tu diario.

—¿El diario?

—Fotocopiadas.

—Soy una pendeja.

—Yo suelo decir eso de mí todos los días. Que sirva de consuelo. ¿Hay trato o no hay trato?

—¿Tú quién eres?

—Larga historia. Una larga, muy larga historia que no sé si entenderías porque yo mismo no la acabo de entender. Una historia que no sé contar.

—Si tú quieres saber la mía, tengo que saber la tuya.

—El problema es que yo no tengo diario —dijo Héctor.

—Te debes haber reído de mí.

—Me río pocas veces.

—Déjame pensarlo... Das confianza. Tienes cara de que quieres ayudar... Y, ¡ah chirrión!, me cae que necesito ayuda.

—No pensé que hablaran tan mal en los colegios de monjas.

—¿Tú dónde estudiaste?

—En Prepa Seis años hace... diez años.

—En la escuela les damos tres y las malas...

—¿Mañana a la hora de la salida?

La muchacha asintió. Héctor salió dejando tras de sí la mirada clavada en su espalda.

La mujer esperaba en el comedor, pero no sola.

—Señor Belascoarán. El señor Burgos, un viejo amigo de la familia.

Héctor recibió la mano. Sudorosa, de apretar fuerte. Tras ella un hombre moreno, de unos cuarenta años, con chamarra de piel y gazné, de pelo rizado, muy negro.

Burgos. Otro nombre a la lista. Con ojos fríos, licuados, de serpiente. Bueno, bueno. Ya parece novela de Graham Greene. Detente.

El tipo es feo. ¿Y qué?

—¿Ha decidido seguir adelante?

—Así es. Sabrá más tarde de mí.

La mujer lo acompañó a la puerta tras un previo «Espérame, Eduardo».

Al llegar a la salida depositó su mano entre las de Héctor que rápidamente se soltó para encender un cigarrillo.

—Una sola cosa, señora. No quiero que nadie sepa que trabajo para usted. Nadie —Héctor señaló hacia la sala.

—Nadie lo sabe. Descuide usted... ¿Le dijo algo?

Héctor negó.

—Le agradezco de nuevo lo de hoy. No sólo porque evitó que Elena fuera lastimada. Ella se siente más segura. Pasó la tarde bromeando sobre las conveniencias de tener un ángel guardián.

Ángel guardián, mis nalgas, pensó Héctor ya en la calle, ya con el frío golpeando en la cara. Viento del Ajusco, de ese que sacaba sueño, que sacudía la modorra. A mí, ¿quién me cuida?

El Volkswagen alquilado tenía un aparato de radio con bocinas estéreo en la parte de atrás y una luz en el espejo. Combinando ambos elementos, revisó la lista que le había dado la secretaria en la fábrica. Mientras escuchaba un blues melancólico y rítmico.

Camposanto: Insurgentes sur 680, departamento L.

Enfiló hacia la Nápoles por Insurgentes. Las dos ventanillas abiertas le permitían prolongar el aire del Ajusco en la cara.

Si el corazón late más de prisa que de costumbre, si estás completamente convencido que la noche es la mejor amiga del hombre. *El Cuervo* te acompaña.

Las palabras surgidas del estéreo lo sorprendieron. Una campanita sonó en la cabeza.

Atahualpa Yupanqui lo cantó alguna vez: La noche la hizo Dios para que el hombre la gane.

Así es. No hay lugar para el desconsuelo. Ni siquiera para la soledad. Solos pero solidarios, es la consigna. Aquí el Cuervo en XEFS. Con un saludo para los trabajadores del tercer turno de la empresa Vidriera México, a los que no les pagan las horas extras como es justo.

Ánimo, raza. Para ustedes, una canción de lucha de los campesinos peruanos: *Tierra libre*, con él conjunto Tupac Amaru.

La música invadió el coche. Al detenerse ante el semáforo en rojo una cara le vino a la memoria: Valdivia, *el Flaco Valdivia*. Tenía que ser esa voz. Aquella voz que recordaba desde la secundaria ganando los concursos de recitada: «Con diez cañones por banda, viento en popa, a toda vela».

El coche respondió al acelerador. Y saltó hacia adelante sobre Insurgentes.

Serían cerca de las diez. Miró el reloj: diez y veinticinco. Amagó un nuevo bostezo.

Probablemente ya no agarraría al ingeniero.

Aquí, XEFS, en *Las horas del Cuervo*. El dueño de la noche. Desde ahora basta el momento exacto en que el amanecer nos lo estropee todo. El único programa que termina cuando el conde Drácula cierra el ataúd. No regido por la dictadura absurda del reloj, sino por la más absurda rotación de la Tierra... Tengo en la línea uno una llamada de un amigo que se va de su casa y quiere discutir sur argumentos con nosotros. Están abiertas las líneas dos y tres. Recuerde: cincuenta y uno doce dos cuarenta y siete, y cincuenta y uno trece ciento diecinueve. El Cuervo al habla.

Detuvo el coche ante el número seiscientos ochenta de Insurgentes y pasó los siguientes diez minutos entre bostezos, tareas de localización especulativa del departamento L, las historias del tipo que se quería ir de su casa y la desesperación por su falta de previsión que ahora lo obligaba a racionar los seis cigarrillos. La casa tenía un garaje amplio, cubierto por una reja. Cuatro coches esperaban, dos Ramblers, un Datsun y una camioneta Renault. ¿Cuál de ellos? Trató de recordar si había visto en la mañana alguno en el interior de la fábrica.

Nuevamente música, para hacer más placenteras las horas de verdadera vida.
Y conste que parto del supuesto de que usted está despierto porque quiere. Claro, si no es así, si el trabajo lo tiene esclavizado, recuerde que la noche es la mejor hora para vivir. Cámbiese al segundo turno y duerma de mañana.

Ganas dan, pensó Héctor. Caray con el Cuervo. Ya tenía compañía para la espera.

Porque la noche es la gran hora de los solitarios, es la hora en que la mente trabaja más rápido, en la que el egoísmo disminuye, en la que la melancolía crece. La hora en que sentimos la necesidad de una mano amiga, de una voz que nos acompañe, de ayudar a nuestra vez y tender la mano.
Aquí *Las horas del Cuervo*, con su servidor y amigo el Cuervo Valdivia, dispuesto a servir de puente entre hermanos de las profundidades.
Tengo en mis manos una carta de una muchacha que quiere volverse a enamorar. Su nombre es Delia.
Parece ser, por lo que dice, que las cosas no marchan bien. Que se ha divorciado por segunda vez y que se está consumiendo en un cuarto de azotea. ¿Alguien quiere tender la mano?

Diez minutos más tarde el teléfono había proporcionado seis voluntarios para volver a tratar. Delia después de todo tenía alguna posibilidad.
Tras esto, un poema de César Vallejo, cantos de la guerra de España, una tanda de canciones de Leonard Cohen, un llamado para donar sangre AB negativa, una petición de comida para la guardia de una huelga en la colonia Escandón que recibió la oferta de tres desayunos en la lonchería Guadarrama y de una olla de chocolate caliente de los habitantes de una vecindad. Una tanda de crípticos mensajes personales: «Germán, no se te

olvide comprar eso». «Anastasia espera a sus cuates en su cumpleaños». «A los que tengan apuntes del curso de Física Experimental del CCH comunicarse con Gustavo a tal teléfono porque tiene examen mañana y no encuentra los suyos», etcétera.

Una pareja de mediana edad salió en el Rambler guinda. El Datsun abandonó el garaje conducido por un muchacho con chamarra que llevó a dos viejos probablemente de regreso a su casa y regresó de nuevo.

A las doce y media, una vez que el Cuervo hubo tomado por asalto las ondas y que Héctor hubo fumado tres de los cigarrillos de su reserva, el ingeniero Camposanto, con traje gris oxford y corbata roja salió de la casa.

Una mano amiga en el aire. *Las horas del Cuervo.* Una voz para combatir el insomnio, la soledad, la desesperación, el miedo, las horas de trabajo nocturno mal pagado, el frío.

Un compañero en el aire.

La ciudad duerme, dicen. Nada de eso. Y si es cierto, dejémosla dormir a la muy ingrata. Nosotros seguimos vivos. Somos los centinelas de la noche, los que velamos por los malos sueños de esta ramera llamada DF. Los que vigilamos sus pesadillas y tendemos un manto de solidaridad en medio de la oscuridad.

Por cierto, los policías que están en la esquina de Michoacán y Nuevo León, que ya pongan el automático en el semáforo, que no pensamos seguir pagando mordida porque el rojo lleva más de diez minutos.

Para más datos se encuentran en la patrulla veintiséis, tomando unas tortas, en una lonchería.

El ingeniero dejó su coche en la esquina de Niza y Hamburgo, frente al Sanborns y salió caminando. Héctor lamentó tener que desconectarse del Cuervo. Su intuición le decía que esa noche correría en blanco, sin premio alguno. Seguro que el ingeniero tomaría solitario un par de copas en un cabaret. Nadie se le acercaría, nadie hablaría con él. Noche perdida.

Y así fue.

Si usted es de los que piensan que las horas de la noche pertenecen al reino del terror, si se despierta sudando, si escucha el sonido de la sirena de la Cruz Roja y se sobresalta, si los niños tienen pesadillas, si vive el momento más difícil de su vida, si hay que tomar una decisión fundamental… No olvide. El Cuervo está esperando su llamada… Hermanos, la noche es aún larga.

Y así fue también.

V

Si me pregunta por qué es un detective privado, no
podría contestarle. Es evidente que hay momentos en
que desearía no serlo, tal como hay momentos en que
yo preferiría ser cualquier cosa antes que escritor.

RAYMOND CHANDLER

En febrero de 1977, Isabelita Perón, ese personaje de película de vampiros, informó a través de las agencias noticiosas que estaba dispuesta a recluirse en un convento de monjas tan pronto como los militares la dejaran libre. El siniestro general Videla escapó de milagro de que le volaran el culo con una bomba por tercera vez en esos meses y el plomero mexicano Gómez Letras aprovechó que su compañero de despacho no había renovado la suscripción de *Excélsior* y a su nombre cerró tratos para recibir el *Esto* durante seis meses. Una huelga general sacudió Holanda. La estadística recogió ciento siete suicidios en el curso del mes en la ciudad de Los Ángeles. Se descubrió un fraude en la constructora de semáforos de la ciudad de México. Marisa Ferrer, actriz de cine y cabaret fue promovida por Conacine para asistir al Festival de Cine de Chihuahua. Los productores de cine de la industria privada volvieron a la carga para realizar películas de El Santo y compañía. El programa de radio con más *rating* fue *Las horas del Cuervo* en XEFS; y Belascoarán llegó a las cincuenta y una horas sin haber alcanzado el estado técnicamente conocido como «sueño profundo». Aun así, bostezando, con los ojos cargados y rojizos, y con un dolor muscular en la espalda al que no le encontraba origen, a las seis cuarenta y cinco de la mañana contempló desde la entrada de la lonchería cómo los trabajadores de Delex entraban a la empresa. Adivinó de lejos que el ingeniero Camposanto tampoco estaría muy entero, pues se había ido a dormir a las tres y media de la madrugada tras haber estado bebiendo solitario en un antro de la Zona Rosa llamado El Elefante. Vio al obrero alto y a sus dos compañeros del día anterior entrar en medio de un grupo nutrido de trabajadores, moviendo los brazos, gesticulando. Observó la llegada del Cadillac de Rodríguez Cuesta, y volvió a pensar que tras la apariencia de fuerza del gerente general se escondía un profundo temor. ¿A qué? Dejó cincuenta pesos y su teléfono a la mujer de la lonchería, que había convertido en su cuartel general, con el encargo de que si algo sucedía le hablara. Sonrió a la niña que gateaba y salió.

Las paredes habían sufrido un nuevo ataque en la noche y estaban llenas de letras rojas llamando al PARO A LAS ONCE.

No pudo evitar encontrar similitudes con la entrada festiva de las muchachas de secundaria y preparatoria en la escuela de monjas. Había en los dos ingresos a los respectivos antros un aire de reto, de fiesta. Contempló desde el interior de una dulcería la llegada de Elena. Y se quedó pensando en que debería seguirla o acompañarla desde la salida de la casa, si no, la mecánica absurda de esperarla en la puerta de la escuela sería un *hobby* inofensivo mientras le podían romper la cabeza en el trayecto desde su casa.

La idea de que se dejaba dominar por rituales más que por acciones eficaces lo dejó apesadumbrado y consumió el resto de la mañana en la oficina de un viejo compañero de la facultad que trabajaba en Relaciones Exteriores.

Tras haber soltado mil quinientos pesos de mordida tuvo acceso a un cofre donde descansaban en el polvo los archivos de la embajada mexicana en Costa Rica durante los años treinta.

Al final, con la sensación de que el polvo fino se había quedado en las yemas de sus dedos para siempre, tenía tres nombres y tres fotografías borrosas.

Isaías Valdez. México, DF.
Eladio Huerta Pérez. La Tolvanera, Oaxaca.
Valentín Trejo. Monterrey, Nuevo León.

Las edades correspondían, los rostros borrosos ofrecían similitud. Tomó nota de las direcciones que se daban en México y salió al pasillo donde una máquina de refrescos por dos pesos suavizó la resequedad de la garganta.

Así llegó a la oficina después de dormirse dos veces en el metro, de pie, como los caballos.

El tapicero repasaba la sección de avisos por palabra del *Excélsior*. Gilberto no había llegado.

—¿Algo para mí?

—Cartas nada más. Me debe la propina que le di al cartero.

—A usted le habló la señora Concha anteayer y se me había olvidado decirle que pasara a recoger unas...

—Unas fundas... Puta madre, poca chamba que hay y a usted se le olvida todo.

Héctor bajó la cabeza avergonzado.

Se dejó caer en el sillón sin molestarse en aflojar el cinturón, quitarse la pistola de la funda sobaquera o tirar la gabardina. Ya en el sillón crujiente, viejo amigo de cuero, se quitó los zapatos empujándolos con el pie contrario. Al estirarse sintió que se iba a despedazar. Arrullado por los lejanos ruidos del tránsito se fue quedando dormido.

—Órale pues —dijo una voz que venía de las sombras.

—Ándale, hermano —dijo una voz de mujer que venía de atrás de las sombras negras.

—No puedo —confesó Héctor.

—¿Un café? —sugirió Carlos.

—No puedo abrir los ojos. Lo juro.

—Traemos aquí los documentos de papá. Ándale, haz un esfuerzo.

Héctor logró abrir los ojos hasta que las sombras borrosas se perfilaron en la luz. Todo parecía haber salido de una película que ya había visto varias veces.

—¿Qué horas son?

—Las doce y media —respondió su hermana echando un vistazo al reloj.

—¿Cuánto dormiste? —preguntó Carlos,

Estaban sentados sobre el escritorio contemplándolo. A su lado una caja de zapatos de cartón.

—Una hora escasa.

Héctor trató de ponerse de pie.

—¿Hacía cuánto que no te acostabas?

—Desde anteayer en la noche que dormí un par de horas.

—Tienes un color verdoso claro.

—Gris, es medio gris —complementó Elisa.

—No saben cómo disfruto que me despierte gente de buen humor. Pásenme un refresco… Allá, tras ese mueble está el escondite.

Elisa saltó con gracia del escritorio y buscó tras el mueble la puerta secreta. Moviendo cajas de herramienta y el archivero localizó la pared falsa.

—¿Y esto qué es, la caja fuerte de la oficina?

El sabor dulzón del Orange Crush lo devolvió a la vida.

—¿Qué pasa, está muy fuerte el trabajo? —preguntó Carlos.

—¿Por qué sigues en esto? Entiendo lo que pasó primero, cuando mandaste todo al diablo… Pero por qué insistes ahora. Ya ganaste la libertad, por qué seguir haciendo de detective —preguntó Elisa.

—¿Por qué no? Es un trabajo como cualquier otro.

—Ésos son argumentos sólidos, nada de mamadas —bromeó Carlos.

—Pásame los zapatos.

Carlos se los lanzó. La bruma no acababa de despejarse, estaba instalada en algún lugar atrás de su cabeza e intermitentemente enviaba oleadas de niebla hacia sus ojos. Se frotó vehementemente la cara con las manos, se estiró y saltó al piso.

—Aaahhhhggguuujj —dijo.

—Bueno, ya podemos empezar la reunión familiar.

Entonces, sonó el teléfono.

—Es para ti —dijo Carlos pasándoselo.

—Señor Shayne —la voz de Marisa Ferrer al otro lado de la línea.

Héctor notó la tensión y no trató de corregir el orden de los apellidos.

—Acaban de secuestrar a Elena, me hablaron del colegio…

—En cinco minutos salgo para allá.

Colgó y buscó con la vista la gabardina.

—¿Qué pasa?

—Secuestraron a una muchacha. ¿Les importa dejar esto para más tarde?

—No hay cuete, comunícate conmigo cuando puedas —respondió Carlos.

El teléfono escupió de nuevo su timbrazo.

—No, el tapicero no se encuentra… ¿Un recado? Sí cómo no, déjeme anotar. Buscó con la mirada una pluma, hasta que Elisa le puso una en la mano.

—Tres metros de la número ciento diecisiete BX, de color azul y negro… señora Del Valle. Sí, cómo no, yo le dejo su nota.

—¿Quieres que te lleve a algún lado? Te ves muy dormido todavía —dijo Elisa.

—¿Traes coche?

—La moto del jardinero de la casa…

—¿Manejas un coche que alquilé…?

—¿Qué marca?

—Un Volkswagen —respondió mientras se abrochaba la gabardina.

Elisa tendió la mano esperando las llaves.

—Yo los dejo, me llevo esto —dijo Carlos tomando la caja de cartón.

—Perdóname viejo.

—No hay ningún problema.

Cuando salían sonó de nuevo el teléfono. El ignominioso *ring*.

Héctor dudó y regresó a contestar.

—Hubo hartos tiros al aire y hay gente peleándose en la puerta… Como usted me dijo… —se oyó la voz de la mujer de la lonchería en el aparato. Colgó. Así era entonces la cosa. Nada y de repente ¡zas! todo al mismo tiempo.

—Ahora, ¿qué pasa?

—En la fábrica, hubo tiros en la puerta o algo así.

—Voy para allá —dijo Carlos.

—Echa entonces la caja —pidió Elisa.

—En cuanto pueda me descuelgo por ahí.

—No es cosa tuya. Ni te metas. Seguro que es bronca entre empresa y sindicato… Ése no es tu problema —dijo Carlos.

—En cuanto pueda me doy una vuelta —insistió el detective.

Carlos alzó los hombros.

—Tú sabes.

—¿Qué fábrica? —preguntó Elisa.

Héctor tomó a su hermana de la mano y la arrastró al elevador.

—Todo al mismo tiempo, y a mí que se me cierran los ojos. Pinche oficio —dijo.

—Te lo estaba diciendo —respondió Elisa.

—No lo cambio por nada —respondió Héctor.

—Lo suponía —dijo Elisa ya en el elevador.

El teléfono comenzó a sonar en la oficina pero ahora sin nadie que contestase.

Sorteando a las monjas entró hasta el despacho de la directora. Había dormitado en la parte trasera del coche, sin poder acabar de entrar al sueño, con la cabeza inundada por la muchacha del brazo en cabestrillo. La imagen de la muchacha lo llevó a la imagen de otra muchacha a miles de kilómetros de allí. Elisa manejaba como cafre, pero el tránsito de mediodía no daba muchas facilidades.

Héctor recordó que el tapicero le había dicho del correo, cartas... buscó en la bolsa de la chamarra, ahí estaban. Las dejó reposar para mejor momento.

¿El recado para el tapicero? Lo había dejado en la mesa, anotado en el viejo papel de *Ovaciones* que servía como libreta de notas en aquella oficina. Ojalá lo encontrara.

—¿Usted quién es? —preguntó la monja rígida, de lentes de fondo de botella, toca almidonada y tiesa, como toda ella.

—Belascoarán Shayne, detective —Elisa a sus espaldas no pudo reprimir la sonrisa al oír el conocido apellido con el oficio tras él. El apellido que había oído tantas veces en las listas de la escuela, leído con la pronunciación equivocada. Hizo conciencia de que era la hermana de un detective. ¿Un detective loco?, se preguntó. Loco como todos, resolvió.

—Trabajo para la señora Ferrer —completó Héctor mostrando la credencial. La monja la tomó en las manos y la repasó como un ciego tocando un escrito en Braille, sin mirarla, mirando al detective.

—¿En dónde estaba la muchacha?

—En el patio, en clase de gimnasia.

Héctor bajó las escaleras sin escuchar los llamados de la directora.

En el patio quedaban un par de docenas de muchachas en *shorts* azules y blusas blancas, desperdigadas en pequeños grupos, comentando. La maestra de gimnasia, una mujer fibrosa y delgada, como vieja campeona inglesa de tenis, se adelantó hacia él. Elisa lo seguía unos metros atrás con la caja de zapatos en los brazos.

—Entraron por allí —dijo la mujer sin esperar pregunta—. Elena no estaba en la clase... Por el brazo, ¿sabe?, tomaba el sol en esa mesa, acostada en la mesa.

Un viejo escritorio arrumbado en el patio. Héctor lo miró como si fuera importante.

—Eran dos, los dos con pistolas... Tan jóvenes. De pelo negro los dos. Uno con lentes oscuros.

—El otro traía una sudadera verde —acotó una muchacha del círculo que empezaba a formarse en torno a ellos.

—La agarraron, vinieron directo a ella y la jalaron para afuera. A mí me apuntaron.

—A mí también.

—Nos apuntaban a todas.

—El de la sudadera la agarró del cuello y la hizo caminar rápido.

—¿Gritaron algo? ¿Dijeron algo? ¿Elena dijo algo?

—Gritó cuando la empujaron. Dijo que le dolía el brazo.

—¿Cómo dijo?

—Deja ahí me duele, así dijo.

—¿Estaba muy asustada?

—Bastante —contestó una muchacha.

—No, mucho no —terció otra.

Héctor las dejó hablando, y corrió hacia la puerta. Salió por el portón, y miró en la calle hacia los dos lados. Enfrente, el hombre del puesto de tamales lo contemplaba fijamente. Héctor caminó directo hacia él. Elisa como escudero fiel unos pasos atrás.

—Usted los vio —dijo Héctor. No preguntaba, afirmaba.

—No quiero pedos.

—No soy de la tira.

—No quiero pedos.

Durante cinco minutos toda la conversación transcurrió en esos términos.

Héctor preguntaba y el hombre respondía con las mismas palabras.

Al fin tendió a Héctor un papel.

—¿Qué es esto?

—Las placas de la camioneta Rambler en que viajaban esos cabrones... Yo no le di nada.

—Me lo encontré en el suelo —dijo Héctor y tiró el pequeño papel para luego recogerlo.

El viejo sonrió.

Pero, ¿cuál era el reto?, ¿en dónde estaba el endemoniado truco, el valor de su actitud?, pensaba Héctor acostado en la puerta de atrás del coche mientras su hermana lo llevaba rumbo al profundo norte. Cuando bordearon la Villa de Guadalupe y subieron por Ferrocarril Hidalgo, nuevamente se quedó dormido. Aun así la pregunta, confusamente, lo persiguió hasta el sueño. Y allí al igual que en el umbral superior, tampoco pudo ser respondida.

Lo que fastidiaba a Belascoarán era no el ritmo violento de aquellos días, ni siquiera la inercia que se le imponía obligándolo a tomar decisiones, o más bien a que las tomaran por él los acontecimientos. Lo que le jodía era no descubrir por qué había aceptado un reto así. Qué parte de su oscura cabeza buscaba gloria en aquella carrera agotadora por las tres historias que corrían paralelas. La pregunta en el fondo era sencilla: ¿por qué lo estaba haciendo? Y por ahora sólo tenía una respuesta que explicaba por separado tres diferentes compromisos contraídos. A saber: a. Que le gustaba la forma de ser de la adolescente del brazo enyesado, que le gustaba el papel de protector silencioso que le adjudicaban los acontecimientos; b. Que pensaba que metiendo las manos en el lodo del asesinato de los ingenieros podía encontrar el pago a la deuda contraída en sus años de capataz con diploma en la general. Deuda, no con la profesión y el oficio, sino con su sumisión al ambiente, con su desprecio por los trabajadores, con sus viajes por los barrios obreros como quien cruza zonas de desastre. Regresaba el ambiente en que se había formado y deformado y necesitaba mostrarse a sí mismo que era otro. Jugaba también en ese reto el problema de desembarazar al sindicato independiente del muerto que querían colgar a sus espaldas; c. Quería ver los ojos de Emiliano Zapata de frente, quería ver si el país que el hombre había soñado era posible. Si el viejo le podía comunicar algo del ardor, de la fe que había animado su cruzada. Aunque nunca terminaba de creer la posibilidad de que estuviera vivo, el escarbar en el pasado en su busca lo acercaba a la vida.

Ésta era la teoría que más o menos clara se formaba en la cabeza de Héctor Belascoarán Shayne, de oficio detective, de treinta y un años de edad, mexicano para su fortuna y su desgracia, divorciado y sin hijos, enamorado de una mujer que estaba lejos, inquilino de un despacho cochambroso en Artículo 123 y arrendatario de un minúsculo departamento en la Roma Sur. Con una maestría en Tiempos y Movimientos en universidad gringa y un curso de detective por correspondencia en academia mexicana; lector de novelas policiacas, aficionado a la cocina china, chofer mediocre, amante de los bosques, dueño de una pistola .38; un poco rígido, un tanto tímido, levemente burlón, excesivamente autocrítico, que un día al salir de un cine había roto con el pasado y había empezado de nuevo hasta encontrarse donde ahora estaba: cruzando el Puente Negro en la parte de atrás de un Volkswagen, con la gabardina arrugada y el sueño saliendo por la boca en cada bostezo.

—Aquí sigues derecho y al llegar a la tercera cuadra das vuelta a la derecha.

—Sí patrón —respondió burlona su hermana

—Y tú, ¿qué traes en la cabeza?

Elisa sonrió por el espejo retrovisor.

—¿Necesitas o no necesitas chofer?

Héctor respondió con el silencio.

—Entonces déjate de andar de analista.

—De acuerdo, hermanita, nomás que de lejos... ¿zas?

Pasó la mano hacia el asiento delantero acariciando el cuello de su hermana. Ésta sin volver la vista hacia atrás apresó la mano entre cuello y barbilla.

Dos cuadras antes de llegar a la empresa vieron la multitud. Dos patrullas de Tlalnepantla cerraban el acceso.

Héctor bajó del coche, mostró la credencial y le abrieron hueco.

—¿Qué pasa?

—Estos güeyes no dicen nada. Acércate un poco, hasta esa lonchería.

El Volkswagen se detuvo.

Unos doscientos trabajadores formaban un grupo compacto ante la puerta. Tras las rejas de la fábrica un grupo de policías armados, y tras ellos varias decenas de trabajadores dispersos. A diez metros de la puerta otros grupos de trabajadores con palos y tubos en las manos. Un hombre calvo vestido con un traje café los azuzaba. Vio a Carlos cerca de la puerta, junto con dos de los repartidores de *El Zopilote*.

—¿Qué pasa?

—Nada, esos cabrones —señaló alzando la barbilla hacia el grupo de obreros armados— quieren entrar. Pero si aguantamos una hora más comienza a llegar el segundo turno y se la pelan.

—¿Pero qué pasó antes?

—Estábamos en medio del paro —respondió un obrero chaparrito, que traía una gasa sostenida con tela adhesiva en el pómulo— y un cabrón esquirol le pegó a Germán con un tubo, y ahí voy de pendejo y que me sorraja a mí también. La raza se encabrona y se lanzan a perseguirlo por toda la planta, y al salir corriendo por el patio los policías industriales hicieron tiros al aire para espantar. Y entonces llegó el gerente y me despidió a mí. Dizque por agresión. Pero ya lo tenían todo preparado, porque cuando los policías me sacaban de la planta, llegaban estos cabrones con el diputado ése del sindicato de la CTM... Son raza de la Santa Julia, yo conozco a uno, que le dicen *el Chicai*, vive en un billar atrás del mercado... Y entonces les falló porque la gente se vino hasta la puerta y así están las cosas... Hasta entonces llegó la policía.

La masa tras la puerta comenzó a corear: ¡Perros! ¡Perros! ¡Perros! y de ahí pasó a cantar el *No nos moverán*. Los grupos dispersos se concentraron. Los policías industriales avanzaron hacia la caseta y la rodearon. Los esquiroles se hicieron para atrás.

Un rumor creció a lo lejos.

—¿Quiénes son? —preguntó Héctor.

Una columna venía marchando y desbordando las dos patrullas del Estado de México puestas al bloqueo.

—Son del sindicato de una laminadora de aquí a la vuelta. Tienen hora de comida y vienen a echar una mano... Al rato esto va a estar así... —y el chaparrito hacía gestos con los brazos.

Eran unos doscientos y venían tomados del brazo en filas de siete y ocho. Los esquiroles comenzaron a dispersarse. Sólo quedó un núcleo, con el hombre del traje café e incluso éstos retrocedieron unos veinte metros para no quedarse en medio de los que llegaban y los que estaban tras la puerta.

La masa tras la puerta entendió el triunfo y redoblaron los gritos. Desbordaron a los tres policías que quedaban bloqueándolos y se fueron sobre las rejas.

Allí fueron los abrazos, las porras a los de la fábrica que llegaba.

—Puuf —dijo Carlos—. Nos salvamos por pelos. Dentro de veinte minutos llega el turno de la tarde y se acabó el pastel... Ahora hay que hacerlos entrar a huevo a ustedes.

—Yo me lanzo —dijo el chaparrito.

—Recuerda, no hay despido legal, tú fuiste agredido y no respondiste... Entra y ponte frente a tu máquina —dijo un muchacho alto que había estado tras ellos.

El chaparro se acercó corriendo a la puerta y fue metido a pesar de la intervención de dos policías. Lo recibieron entre porras.

—Me voy —dijo Héctor.

—Te dije que ésta no era tu bronca —respondió Carlos.

—Me alegro de haber estado aquí.

—A ver si te vio el gerente aquí en el borlote.

—Me vale madres.

Al llegar a la oficina la encontró vacía. Contempló a Elisa desde la ventana alejarse en la moto. Fue al teléfono y buscó en las hojas del viejo *Ovaciones* un número y un nombre. Sargento García. Telefoneó al sargento de tránsito que por cincuenta pesos proporcionaba los registros de los automóviles y le dio el número de la camioneta Rambler verde. Esperó unos minutos en la línea.

—Robada, hace un par de semanas. ¿Quiere la dirección del dueño?

—No, para nada. Gracias.

—Le anoto la cuota, ya me debe tres.

—A fin de mes paso a liquidar... ¿En la cantina, no?

—Ahí mero —respondió el sargento y colgó.

Telefoneó a una agencia de detectives de Monterrey para que le localizaran al hombre del pasaporte en Costa Rica que había dado datos de residencia allí. Luego telefoneó a la comandancia de policía de Ixtepec donde se topó con un burócrata recalcitrante que se negó a darle dalos sobre La Tolvanera.

Héctor recordaba haber pasado alguna vez por allí, al atravesar el Istmo rumbo a Veracruz desde Oaxaca, pero no pudo saber más.

Anotó por último la tercera dirección, la correspondiente al DF en un papel y dejó una nota al vecino plomero para que averiguara en sus ratos libres si vivía el hombre en ese lugar, sin ir directamente a la casa. Anexó cincuenta pesos con un clip a la nota y la puso a un lado en el escritorio.

Luego telefoneó a la casa de Marisa Ferrer sólo para recibir una respuesta vaga, cuando la sirvienta le dijo que había salido sin dejar ningún mensaje.

Entonces, se dedicó al diario de la muchacha. Si había claves allí tenían que estar. Sólo habría que leerlas.

Antes de acometer la tarea abrió un refresco sacado de la caja fuerte clandestina. Encendió un cigarrillo y recordó que tenía hambre. Maldijo su excesiva sangre fría, su capacidad para ser ordenado en esos momentos. Odió su falta de pasión en la superficie. Y dedicó cinco minutos a pensar en que Chamarraverde y Aprietabrazo podían estar jodiendo a la muchacha. No logró más que un instante de rabia. Luego volvió a la frialdad. Terminó el refresco y acometió papeles.

Al término de un largo cuarto de hora releyó las notas que había tomado:

1. Bustamante es mujer.

   Tardó un rato en entender que la costumbre de su época de secundaria de llamar a los amigos por el apellido era extensiva a las escuelas de mujeres. Al fin logró hacer a un lado la extraña historia original de Bustamante con novio para encontrar *una* Bustamante con novio.

2. Las notas sobre la escuela mezcladas no tienen nada que ver.

   Y sin embargo era necesaria una entrevista con Gisela, Bustamante y demás compañeras de Elena.

3. Elena tiene algo que vale más de cincuenta mil pesos, que es peligroso, de lo que no se puede deshacer y que *quién sabe cómo obtuvo*. Ésa era la maldita clave. Lo que tenía y que hacía que Es. y G. (¿Es. de Esteban?, ¿Eustolio?, ¿Esperanza?, ¿una mujer?) la presionaran.

4. Pero todo esto tiene que ver con algo que ella sabe de su madre y que ésta no sabe que sabe. ¿Podría haber sacado lo que vale cincuenta mil pesos de ella?

No, porque habría alguna alusión a que la madre podría darse cuenta de que *algo* desapareció... Lo que posee Elena es información sobre su madre. Sabe algo, no tiene algo de ella. La cosa de los cincuenta mil pesos ha sido obtenida de otro lado.

Ahora, ¿de dónde jalar el primer hilo? Sin duda de la propia Marisa Ferrer.

Tomó el teléfono y marcó de nuevo el número de la actriz. La sirvienta volvió a dar la misma respuesta. Dejó el número de la oficina y un recado para que le telefonease.

Si no tuviera tanto sueño me iría a comer, pensó sofocando el rugido de las tripas y dejándose caer en el sillón. La sensación de que la premura sería determinante le impidió quitarse los zapatos.

Nuevamente se durmió mientras miraba las tres fotos clavadas a un lado del escritorio: un cadáver, Emiliano Zapata, una muchacha con el brazo en cabestrillo.

—Se va a volver loquito.

—En mi pueblo había uno que se quedaba jetón por todos lados, hasta que en una de éstas se durmió frente a la casa de un puto y cuando despertó ya le estaban dando pa'dentro.

—Ha de dormirse aquí para no tender la cama en su casa... es bastante cochino el don Belascoarán.

Abrió el ojo como quien abre la cortina de un banco, lentamente y chirriando. Para ver frente a sí a Gilberto el plomero y Carlos el tapicero que lo contemplaban solícitos y maternales.

—Abusado que se está despertando el murciégalo...

—Vampito.

—¿Chú pasó?

Sendas tortas en la mano. Sonrientes.

Se levantó de un salto y les quitó las tortas. Una con cada mano.

—Anótenlas en la cuenta —dijo y buscó la gabardina arrugada.

—Quihúbole, pinche asalto.

—Ahí tiene usted un recado de una chamba y un trabajo extra para usted —dijo dirigiéndose respectivamente al tapicero y al plomero.

—Lo de las tortas pase, pero se le olvida cuando le toca comprar los refrescos —dijo Gilberto.

—¿Ya le pagó usted la limpieza de la escalera a la doña?

—Otra vez la burra al trigo... No ve que la inflación...

—Inflación la que le sale en la panza a su vieja cada año —terció el tapicero.

—Luego usted no se ande quejando… Si se lleva, aguante la vara —dijo Gilberto.

—Ahora sí me chingó… el pito de una mordida —respondió el tapicero.

—¿Qué hora es? —intervino Héctor.

—Se dice: qué horas son, cuando es más de una… —respondió Gilberto imperturbable.

—Las tres y cacho —dijo el tapicero.

—Uhmm —remató el plomero.

Héctor no esperó el elevador y voló por las escaleras. En cada rellano se tomó del pasamanos para evitar salir volando de hocico por delante.

Al llegar a la calle subió al coche y aceleró.

Odiaba la ciudad y la quería. Empezaba a acostumbrarse a vivir en medio de sensaciones contradictorias.

Compró cigarrillos en un puesto frente a la entrada del Cine Carrusel y observó cuidadosamente a todos los que entraban en el estreno de *Chinameca*, un par de rostros de viejos campesinos lo cautivaron. Sin embargo, eran muy jóvenes. Unos cincuenta años. Ningún anciano de noventa y cinco años entró al cine.

Subió de nuevo al coche y enfiló hacia el Pedregal.

Aguas 107 correspondía a una casa tiesa, como de cartón piedra, pintada de gris cremoso. Un castillo sin dragones y sin doncellas. La reja gris cuidaba que la mirada no fuera cómoda hacia el interior de un enorme jardín. Al ladrido del segundo perro, Belascoarán se preguntó si no serían ellos los verdaderos dueños de aquella ciudad dentro de la ciudad llamada Pedregal de San Ángel.

—¿Quién es? —preguntó una voz distorsionada por la electrónica desde el interfón.

—Busco a la ex esposa del ingeniero Álvarez Cerruli.

—Veré si la señora puede recibirlo. ¿Quién la busca?

—Belascoarán Shayne.

Repitió el nombre dos veces y esperó.

Al fin un jardinero le abrió la puerta y lo condujo protegiéndolo de los perros hacia el interior de la casa.

En una sala de decoración ultramoderna una mujer de unos cuarenta años muy bien soportados, lo esperaba. Vestía como ama de casa de la clase media norteamericana, de unos treinta años; falda color café claro, el pelo sostenido por una cinta, blusa de mangas largas crema.

—Tengo entendido que usted quiere hablar sobre mi ex esposo… Lo he recibido porque si no lo hago usted podría pensar que sé algo de interés. Y prefiero darle la cara a las cosas que soportar a alguien hurgando en mi vida privada. Quiero que esto quede claro. Ésta es la primera y la última vez que nos vemos señor. ¿Ahora bien, quién es y qué quiere saber de mi ex marido?

Héctor le tendió la credencial y esperó a que la mujer se la devolviera.

—Ando buscando algo en el pasado de su marido que explique su muerte. Quizá si usted me contara...

—Gaspar era un advenedizo. Se casó conmigo por dinero y prestigio. Gracias a la boda ascendió dos peldaños más en su carrera. Cometí el error y lo pagué. Ahora soy libre de nuevo.

—No hay nada en su pasado... ¿relaciones extrañas? ¿Problemas económicos? ¿Algo que venga desde lejos, de su juventud?

—Tenía la juventud de un advenedizo, de un negociante. Era un solitario, sin amigos. Con pocos conocidos. Nunca tuvo problemas financieros, pecaba de cauto. Taimado, pero de esos que suben lentamente... No hay nada que pueda servirle.

Héctor esperó en silencio. Algo faltaba en el cuadro. Algo que no acababa de gustarle. La mujer se puso en pie y a Héctor no le quedó otra que imitarla, lo condujo lentamente a la salida.

—Lamento no haberle servido de mucho.

—Más lo lamento yo. Disculpe por la pérdida de tiempo.

Héctor comenzó a caminar por el jardín. La mujer se quedó en la entrada de la casa.

—Oiga, detective.

Héctor giró la cabeza.

—Quizá pueda servirle saber que era homosexual —dijo la mujer a unos metros de él.

Nuevamente enfrente del Cine Insurgentes rumió la última información. Compró un cuarto de kilo de carnitas y tortillas y manufacturando los tacos se entretuvo mirando al público que entraba. Nada nuevo.

Subió al coche y enfiló hacia la colonia Florida. Tenía mal aliento, le dolía el cuello por dormir en el sillón y el tránsito bloqueaba Insurgentes a la altura del Hotel de México. Estaba esperando que alguien se subiera al coche para hacerle una encuesta. Eso permitiría responder que no sabía por qué se había convertido en detective.

La sirvienta le abrió la puerta y cedió el paso sin hacer preguntas.

Marisa Ferrer lo esperaba en la sala.

—¿Sabe algo?

—No. Estuve hablando con algunos amigos de la Procuraduría, pero no saben por dónde empezar —no había llorado pero estaba tensa. Como un gallo de pelea a punto de saltar.

—Tengo una pregunta que hacerle. Una pregunta fundamental para encontrar a su hija. Escuche con cuidado y piense antes de contestar. ¿Le ha ocultado algo a Elena que ella pueda haber descubierto últimamente?

La mujer dudó un instante.

—La existencia de mis amantes…

—¿Hubo muchos?

—Eso es cosa mía.

La tensión crecía entre ambos.

—¿Está segura que no hay algo más?

—No lo creo.

—¿Venían por aquí amigos de su hija?

—Tenía un novio hace unos meses, un muchacho que se llama Arturo. Fuera de él y de algunas amigas de la escuela…

—¿Esteban?

Se quedó pensando.

—Ningún Esteban que recuerde.

—¿A dónde solía salir su hija?

—Como todas, supongo… Al cine, a comer hamburguesas a las cafeterías que están sobre Insurgentes… Iba mucho al boliche hasta que rompió con Arturo, luego parece que le agarró gusto y siguió yendo sola.

—¿El señor Burgos con el que me encontré aquí el otro día…?

—No le gusta, ¿verdad?

Héctor negó con la cabeza.

—Lo lamento. Es un viejo amigo de la familia.

—¿Nada más?

La mujer no respondió. Se quedó tomando la costura del cojín entre los dedos, jugueteando con ella. Comenzó a llorar.

Héctor salió del cuarto y siguió hasta la puerta, sin detenerse. No le gustaba nada. Le molestaba haber tardado tanto en preguntarse dónde podía Elena haber conocido a Es. y G. (Parecía una marca de whisky escocesa.)

Ellos habían llegado después de la cosa de los cincuenta mil pesos, habían llegado a petición de Elena, para ayudarla a desembarazarse de ella.

¿Por qué llevaban la caja de refrescos en el coche?

Regresó al cuarto. La mujer ya no lloraba, miraba fijamente hacia el frente.

—¿A qué boliche?

—El Bol Florida, a unas cuadras de aquí.

Decidió prescindir de la tercera función del cine, el hombre era muy viejo para ir a esas horas. La noche estaba templada, acogedora. Incluso creyó escuchar el aletear de un pájaro. Se quedó recostado sobre el coche, fumando. Caminó hasta el teléfono de la esquina, lentamente.

—Comunícame con Elisa... ¿hermana...? ¿Te puedo pedir un favor muy raro? ¿Puedes buscar al encargado del servicio forense y preguntarle si un señor ingeniero Osorio Barba que fue asesinado hace un par de meses era homosexual...? Tú pregúntale, el que hizo la autopsia puede saberlo... Suéltales una lana y luego me pasas la cuenta.

Colgó. Ahora había que hacer saltar la liebre en algún lado. Recorrió los *drive-in* de Insurgentes. Habían tenido su época jugosa cuando se convirtieron en los centros de reunión de los adolescentes de la juventud dorada, donde se discutía de coches y se probaban las adaptaciones. Incluso tuvieron su momento en que fueron meta y línea de arranque de múltiples competencias de «arrancadas»; ahora desfallecían convertidos en eco de su pasado y en merenderos de clase media. Muchos adolescentes que manejaban coche por primera vez, parvadas de quinceañeras solitarias y coquetas; meseros aburridos. No había huellas de Chamarraverde o de Aprietabrazo. Al tercero no lo recordaba bien, lo intuía rechoncho, con el pelo chino, pero no podía fijar su imagen. Durante la pelea sólo lo había seguido con el rabillo del ojo.

Se descolgó a la Narvarte, hasta Luz Saviñón. Una casa apacible, de clase media. Un camión de mudanzas recogía muebles en la puerta.

—¿La sirvienta?

—Uhmm, hace días que se regresó al pueblo, el patrón la liquidó.

—¿El patrón?

—El hermano del ingeniero... Yo trabajo con él, en la fábrica de colchones...

—¿Me permite husmear por ahí? —Héctor mostró la credencial.

—Pásele, pero ya casi recogimos todo.

Recorrió la casa abandonada. Parecía que hubiera pasado un tifón. Los muebles en el suelo, todo empacado sin cariño, con eficacia en algunos casos, con prisa simplemente en la mayoría.

Buscó en la recámara alguna caja. No encontró nada fuera del colchón alineado contra la pared, la cama y un clóset desmontados, dos cuadros en el suelo.

Agradeció al encargado de la mudanza el permiso y salió. Eran más de las diez de la noche. Se metió al coche y sacó la pequeña libreta de notas en la que había estado trabajando. Trató de ordenar las ideas sólo para verse envuelto en un torbellino de nombres y datos.

¿A qué jodida hora se reunían las tres historias?, se preguntó un poco bromeando y otro poco esperando respuesta.

Estaba el famoso Burgos. ¿Qué sabía de él? Nada, excepto que no le gustaba la cara... Eso lo unía a otros miles de mexicanos cuyas caras no le gustaban tampoco a Héctor.

Tenía el boliche y los cascos de refresco, ambas cosas se conectaban y daban una posible respuesta a la pregunta: ¿Dónde encontró Elena a Es. y G.? También daban una respuesta, un primer hilo para resolver el rapto.

Estaba Marisa Ferrer llorando. Imagen nada convincente. Y que algo ocultaba.

Pero estaba también un ingeniero homosexual ya enterrado, y un ingeniero llamado Camposanto que podía invitar a una fiesta, según el obrero gordito de la lonchería.

Y estaba también el malestar del gerente general, inexplicable, desconcertante. Y el lío sindical en pleno ascenso.

También estaba un cadáver llamado Osorio Barba, predecesor de Álvarez Cerruli en la muerte. ¿También en lo maricón?

Estaba una muchacha apellidada Bustamante. Un ex novio llamado Arturo.

La ex mujer del ingeniero muerto, una sirvienta que se había ido al pueblo, un abogado apellidado Duelas, un líder sindical alto de pelo negro, un charro de la CTM con traje café.

Y estaban los tres hombres que recogieron pasaporte en San José de Costa Rica en 1934.

Por si esto fuera poco, había además una caja de cartón con los papeles del viejo Belascoarán y un montón de cartas en el bolsillo que no había podido leer.

Tenía que comprar los refrescos para la oficina, llevar la ropa de su casa a lavar. Seguir viviendo.

Había empezado la enumeración en broma, y al final se sintió profundamente abrumado. En orden de prioridades debería empezar por el boliche, pero optó por lo menos importante y al fin le cruzó por la cabeza la voz del Cuervo Valdivia en la estación de radio.

El Núcleo Radio Mil desde donde emitía la XEFS está en Insurgentes dentro de la misma colonia Florida. Tras andar deambulando por pasillos y estudios encontró la cabina donde de once de la noche a cinco y media de la madrugada minutos más o menos, transmitía el Cuervo todos los días. No había llegado todavía, y sacudiendo la pereza, decidió dejar de darle vueltas al asunto y lanzarse hacia el Bol Florida.

¿Tenía miedo?

Había tenido miedo muchas veces en su vida, era una sensación que reconocía. Miedo físico a la agresión muy pocas, la mayoría de las veces miedo a la soledad, a las responsabilidades, al error. Pero esto era diferente. Era quizá la combinación del miedo con la modorra. Después de todo, un estado ideal para entrar en combate, se dijo.

El ruido de las bolas rodando, de los pinos cayendo: el rumor lo golpeó como la cresta de una ola en la cara. Buscó con la mirada las dos caras que quería encontrar. Mesa a mesa, en los grupos tras los jugadores, en la cocina de puerta giratoria, en la oficina, en la mesa de recepción donde manejaban el automático, hacían las cuentas, entregaban los zapatos y las hojas de anotación.

Nada. Se dirigió a paso lento hacia el mostrador.

¿Qué iba a preguntar?

Optó por el camino directo.

—Ando buscando a una muchacha que se llama Elena —dijo mirando fijamente al hombre de la recepción, gordo, sonriente, fornido.

—No la conozco.

—La ando buscando porque alguien la secuestró.

—Órale pues —dijo el gordo sonriendo.

—Me gustaría revisar sus instalaciones.

—Ah, pues mucho pinche gusto. Nomás que no se va a poder.

—Entonces, ni modo —dijo Héctor y sin insistir le dio la espalda al gordo y caminó lentamente hacia la puerta.

Al llegar a la salida volteó y se quedó intercambiando miradas con el gordo de la caja que lo contempló calmadamente. Después de un rato el gordo levantó la mano y le hizo un gesto obsceno, Héctor le pintó un violín y salió a la noche.

Tenía sueño, mucho sueño.

VI

*Después supe que los tangos mentían pero
era inapelablemente tarde.*
MARIO BENEDETTI

—... Y cuando en lugar de correr agarramos a cadenazos al jorobado de Nuestra Señora de París... el cabrón tiraba chingadazos en serio, a matar.

—Pero Rosas, te acuerdas de Rosas, aquel chaparrito, moreno, con el pelo como pájaro loco. Él decía que era muy chingón y que cuando va caminando le sale de una pared una mano...

—¡La mano pachona!

—Se meó el culero... Se meó.

—Y luego un tal Echenique del tercero C que se baja del puente ese que se movía y que le cae encima una señora diciendo que era La Llorona, que si él era uno de sus hijos. Y el cabrón que sale corriendo. Y entonces llega y nos dice, vamos a meterle mano a la pinche vieja ésa, y que nos descolgamos como diez cabrones sobre La Llorona que decía: «¡Ustedes son mis hijos! ¡Ustedes son mis hijos!». Y allí, en medio de la oscuridad que le metemos mano: ¡Y era un cabrón!

—Yo iba con unos cuates de tercero que se sentían muy chingones, y a uno de ellos que le sale de un ataúd una momia y que lo acorrala. Y el cuate decía: «Me cae que yo no hice nada». La momia le decía: «Tú fuiste a las pirámides a fregar en mi sepulcro». Y el cuate contestaba: «Me cae que yo no fui». Y nosotros ni reírnos podíamos, cagados de miedo. *La casa de los monstruos* se llamaba. ¿Te acuerdas? La ponían en un edificio en construcción allá en Insurgentes Norte.

—Yo nunca pasé tanto miedo desde entonces... Pero ahí volvíamos.

—Era el reto —dijo Belascoarán.

Estaban sentados en una diminuta oficina con las paredes llenas de discos. Valdivia había sacado una botella de ron e improvisó una cuba libre en vaso de papel. Héctor tomaba Ginger Ale saboreándolo.

—Y tú, ¿en qué andas? —preguntó al fin Valdivia.

—Soy detective.

—¿De la policía?

—No, independiente —dijo Belascoarán. La palabra «privado» le molestaba y había encontrado el apellido ideal para el oficio.

—Tenía entendido que terminaste Ingeniería.

—Algo hubo de eso.

—Y entonces...

Y Héctor, en lugar de contarle la historia que había quedado atrás le contó el triángulo sorprendente en que se había metido. Un vértice en empresa Delex y el ingeniero muerto. El otro en los ojos fulgurantes del mito de don Emiliano vivo, el tercero en una muchacha con el brazo en cabestrillo que tenía miedo.

Valdivia se quedó pensando.

—Oí tu programa la otra noche. Me gustó. A veces siento que concilias demasiado con la gente que escucha. Como que necesitas venderles algo.

—¿A qué hora lo escuchaste?

—Como de doce a doce y media, un poco más...

—Es la hora en la que se está calentando. Luego la gente lo hace todo.

Se hizo un nuevo silencio.

—¿Quieres que te eche una mano?

—¿En qué?

—No sé —dijo el locutor—. Si estás en problemas habla. Yo te presento. Y el público puede colaborar. No tienes idea la cantidad de gente que escucha y lo ansiosa que está de colaborar en algo. La necesidad que tienen de ayudar, de ser ayudados.

—Te creo.

—Piénsalo... Te doy los seis teléfonos que tenemos. Usa cualquiera —le tendió una tarjeta.

Héctor la tomó.

—Te dejo, mano.

—Que haya suerte —se abrazaron.

Héctor quedó en el pasillo esperando.

Valdivia volteó a mirarlo. Un hombre extremadamente delgado, que empezaba a quedarse calvo, con un enorme bigote debajo de un par de ojos claros.

—Lo que quieras, viejo... Cualquier cosa. Hasta reanimaría el programa.

Camino a la Nápoles por Insurgentes, dispuesto a cubrir la guardia frente a la casa del ingeniero, Belascoarán prendió el radio.

Esta noche, encontré a un viejo amigo. Parece mentira cómo esta ciudad monstruosa en la que vivimos destruye la amistad. La traga. Me dio mucho gusto verlo. Actualmente trabaja como detective y prometió telefonearme de vez en cuando. A ver si desde *Las horas del Cuervo* podíamos echarle una mano. Detective «independiente», claro está. Conque, ya están avisados.

Ahora, para abrir fuego, una canción de Cuco Sánchez que bien podría servir de himno a este programa, para iniciar una noche que promete ser larga y borrascosa. *Arrieros somos.*

Y recuerde los teléfonos quinientos once veintidós cuarenta y siete, quinientos once treinta y uno diecinueve, quinientos ochenta y siete ochenta y siete veintiuno, quinientos sesenta y seis cuarenta y cinco sesenta y cinco, quinientos cuarenta y cuatro treinta y uno veintisiete y quinientos sesenta y ocho ochenta y nueve cuarenta y tres. El Cuervo está aquí para servir de puente entre todos nosotros. Para movilizar los recursos desperdiciados de la ciudad, para establecer un camino solidario entre los habitantes de la noche, entre los vampiros del DF... No le dé vergüenza. Todos tenemos problemas, y hay pocas soluciones fáciles.

La melancólica y broncuda letra de Cuco Sánchez irrumpió por el estéreo:

> *Arrieros somos*
> *y en el camino andamos...*

Belascoarán detuvo el coche a unos cincuenta metros de la puerta del edificio y en el mismo sentido del tránsito, de manera que pudiera ponerse a la cola del coche cuando éste saliera.

Bajó a caminar. En el garaje no estaba el coche de Camposanto. Maldijo en voz baja. Tiempo perdido.

Las luces de los anuncios, hasta las del semáforo le golpeaban la retina. El cuello de la camisa tenía la consistencia de cartón mojado y los calcetines la de una pasta de macarrones que le rodeara los pies. Parecía que se acercaba la hora de rendirse temporalmente. Pero fiel a la trayectoria de seguirse la contraria, dirigió nuevamente el coche hacia el sur. Puso gasolina y orinó en el baño de la gasolinería.

El boliche tenía las luces apagadas. Curioseó a través de los vidrios de la puerta delantera de vidrio grueso. No se veía nada. Revisó las dos casas de departamentos que lo flanqueaban. Dio la vuelta a la manzana. Las calles estaban solitarias. Sólo en una contraesquina tropezó con una pareja de novios que ni siquiera lo miraron. La espalda del boliche estaba cubierta por una tienda de abarrotes. Dio la vuelta nuevamente a la manzana buscando algún resquicio por dónde colarse. Probó a meterse en el estacionamiento de una casa de departamentos que flanqueaba al boliche.

Una de las cadenas que sujetaba las puertas tenía el candado prendido a un lado cerrado en torno a un eslabón. Pasó al garaje. Tras tropezar con un bote de basura y espantar a un gato, encontró una pequeña puerta verde de menos de un metro que daba hacia la pared de lo que debería ser el boliche. Corrió un pasador que chirrió y se abrió paso a una escalera de cuatro escalones que daba a un sótano de techo muy bajo. Caminó inclinado entre los desperdicios del propio boliche hasta llegar a un almacén de bolas estropeadas. Al tiento reconoció las mordidas en lo que deberían ser esferas perfectas. En la absoluta oscuridad fue tanteando las paredes.

Cuando tropezó por segunda vez con unos palos que estaban en el suelo prendió el encendedor un instante para orientarse. Al fondo, correspondiendo al opuesto del lugar donde había entrado, había otra puerta herrumbrosa. Se acercó a ella. No tenía candado, pero el pasador que corría por el exterior la mantenía cerrada.

Buscó en los bolsillos algún instrumento para empujarlo por el resquicio que dejaba la puerta a sabiendas de que no traía nada. Encendió de nuevo hasta quemarse los dedos al calentarse el metal del encendedor, pero no distinguía nada en medio de las maderas rotas, los restos de duelas, los pinos astillados y la basura en el suelo. Repitió el camino de entrada. Nuevos tropezones le hicieron desear haber buscado trabajo de cura o locutor de televisión. Salió a la calle sobándose el tobillo derecho donde se había incrustado la defensa de uno de los coches en el estacionamiento. Lo que al principio era un ejercicio se estaba convirtiendo en un penoso trabajo artesanal. En el coche encontró en la guantera un desarmador largo y delgado. Volvió de nuevo al interior del garaje. La calle atrás seguía solitaria. Recorrió la puerta, y recordó el camino entre las maderas rotas que lo conducía hacia la puerta de enfrente. Encontró la comisura y empezó a tratar de empujar el pasador con el desarmador. Al tercer intento lo hizo recorrer su eje. La puerta chirrió abriéndose a la oscuridad. Tanteando recorrió una escalera similar a la que había encontrado al otro lado. Como tenía un escalón más que no entraba en sus cálculos tropezó y se lastimó la muñeca derecha al caer. Estaba en eso cuando a lo lejos percibió una leve luz. Se deslizó hasta el suelo entornando la puerta que daba acceso al Bol.

Lentamente, intentando que los sonidos rítmicos del aire escapando de los pulmones desaparecieran, sacó la pistola. El sonido de un par de voces y los pasos que las acompañaban se fueron acortando.

—...No va a pensar nada. No sabe nada, está tanteando por aquí. Pero mientras tanto, ni se aparezcan ustedes. Sáquenla de aquí, pero ya. Le di a Gerónimo la dirección de un hotel en la calzada de Zaragoza. El gerente me conoce de hace años. Allí la guardan y esperan a que aclare el paisaje...

El nombre del hotel, di el nombre del hotel. El nombre del hotel.

—Yo mejor le daba una compostura al güey ése, lo esperaba a la salida la próxima vez que se dé una vuelta y de ahí...

Las voces y los pasos se siguieron alejando. Inclinando la cabeza Héctor trató de ver por la rendija inferior de la puerta. Sólo alcanzó a divisar la parte inferior de dos botas negras. Escuchó el motor de un coche que se alejaba. Las botas claquetearon hasta desaparecer. Trató de ubicarse. ¿Iban hacia la cocina?

Lentamente repitió el camino de regreso. Sentado en el coche trató de reconstruir. Encendió otro cigarrillo.

Cuando entró no había coches con gente en la cuadra. Había tres coches vacíos, los mismos que estaban ahora. Asomó la cabeza por la ventanilla abierta y los contó. Mientras estaba en el sótano de algún lado salió un coche con Elena adentro, el mismo que el hombre que habló con el de las botas usó para irse. Bajó del coche y caminó hasta el garage de la otra casa de departamentos que flanqueaba el Bol. De ahí podía haber salido. Pero si estaba ahí cuando él llegó en el coche, tenían que haberlo visto. De manera que mientras andaba en el sótano sacaron del Bol a la muchacha y la pusieron en el coche.

Todo sonaba muy raro, como si la lógica hubiera dejado de ser una ciencia exacta para volver al reino del albur.

¿Gerónimo se escribía con G o J?

¿Cuántos hoteles había en la calzada Zaragoza?

Empezaba a encabronarse consigo mismo. Todo sonaba demasiado fácil. La conversación había sido sorprendida en el momento oportuno. No le gustaban las soluciones sencillas. En una ciudad de doce millones de habitantes la suerte no existe. Sólo existe la mala suerte.

¿Y si todo era un cuatro, una pinchurrienta trampa para pendejos? ¿Pendejos como él?

Arrancó el coche y lo alejó un par de cuadras del Bol Florida. Estacionó frente a una casa iluminada donde se daba una fiesta. La música se deslizaba por las ventanas con la luz de las lámparas y el olor a comida.

En la cabeza le bullía una idea sorprendente: ¿Y si no hubiera habido secuestro? Las lágrimas de Marisa Ferrer le daban la impresión del agua corriendo por una llave abierta.

Había entonces tres posibilidades: o sacarle a patadas al de las botas negras algunas respuestas o visitar a la actriz para ver qué se ponía en claro o recorrer los doscientos hoteles que debía haber en la calzada Zaragoza.

Una cuarta posibilidad consistía en irse a dormir. La tentación crecía a pasos agigantados. Sin embargo, una vaga conciencia del deber y la imagen de la colegiala con el brazo en cabestrillo acabaron obligando a desechar el sueño. Restregó los ojos con las palmas de las manos abiertas y encendió un cigarrillo más. El tabaco comenzaba a darle asco. Estaba de nuevo intoxicado. Tiró el cigarrillo por la ventana y dejó que el aire le diera en la cara. Arrancó el coche, encendió la radio y dejó que el viento fresco lo despabilara.

Si te sientes idiota, hermano, no es culpa tuya. Atribúyaselo a que son las dos de la madrugada y seguro que no dormiste bien.

Aquí, *Las horas del Cuervo*. El primer y único programa de radio de solidaridad pura entre los perros noctívagos, vampiros, trabajadores de horas extras, estudiantes desvelados, choferes de turno nocturno, huelguistas que hacen guardia, prostitutas, ladrones sin suerte, detectives independientes, enamorados defraudados, solitarios empedernidos y otros bichos de la fauna nocturna.

Con ustedes, el Cuervo, el ave mágica de la noche eterna, dispuesto a colaborar en las cosas más extrañas. Por cierto, antes de que escuchemos un par de sambas *brasileiras* dedicadas al amor, un vecino de la colonia San Rafael, con domicilio en Gabino Barreda ciento diecisiete departamento trescientos uno, pide auxilio urgente. Parece que se rompió la empacadora de las llaves del baño y su casa se está inundando. A los que viven por esa colonia y en esa calle, favor de darse una vuelta con cubetas para colaborar a impedir la inundación.

Le suplicamos al señor Valdés de Gabino Barreda que nos informe cuántos llegan a echar una mano.

Y bien, para que el lamento de la samba vele por nuestro desvelo, con ustedes João Gilberto.

La música inundó el coche. Había estado dando vueltas a la manzana desde hacía cinco minutos. Dudó entre tomar la decisión que estaba aplazando o irse a la colonia San Rafael a ayudar a impedir la inundación.

El toro por los cuernos, se dijo tratando de fabricar una frase definitiva que perdió toda su solemnidad al ir acompañada por un nuevo bostezo; si la cosa seguía así terminaría con la mandíbula deformada.

Enfiló hacia la casa de la actriz. El coche pareció recorrer el camino solo, hasta depositarlo en la casa de dos pisos.

Tocó el timbre una y otra vez, hasta que la sirvienta entreabrió la puerta. Aprovechando el resquicio empujó y entró a la casa. La mujer se quedó inmóvil con una bata vieja sobre los hombros que dejaba ver un camisón blanco de algodón. Silenciosa se hizo a un lado. Belascoarán recorrió el pasillo abriendo puertas. ¿De dónde le salía el furor? ¿Por qué la sensación de que la actriz lo había engañado?

De repente pensó que Marisa Ferrer estaría en la cama con un hombre y se detuvo ante la puerta de lo que debería ser la recámara. Tocó dos veces con los nudillos. Nadie contestó. Abrió la puerta. A la luz de una lámpara de buró, Marisa Ferrer, actriz de cine y cabaret que había subido la loma por el camino duro, dormía bajo la sábana gris perla tendida boca abajo, con la espalda desnuda y los brazos caídos en una posición extraña. Belascoarán caminó hasta ella y la tocó. La mujer no reaccionó, permaneció inmóvil ante la mano que se apoyaba en la espalda.

Belascoarán giró la vista. La sirvienta contemplaba silenciosa desde la puerta sosteniendo firmemente la bata con los brazos cruzados.

—¿Ha estado antes así otras veces? —preguntó Héctor.

Ella asintió.

Buscó en la mesita de noche hasta encontrar en el cajón superior la jeringa y el sobre de polvo blanco. Los arrojó de nuevo en el cajón y lo cerró violentamente.

Recorrió el pasillo con la sirvienta siguiéndolo.

El aire de la calle le rebajó la rabia. Subió al coche decidido a romper el *impasse*. El radio permaneció encendido y se escuchaba un rítmico canto ritual africano.

Se detuvo ante el Bol Florida. Dudó. Después de todo una trampa tenía la virtud de poner a luz a los que la montaban. ¿Pero cuántos hoteles había sobre la calzada Zaragoza? Recordaba haber visto por lo menos una docena, y eso sin irse fijando detenidamente. Por lo menos habría cuarenta, quizá más. ¿En cuál de todos estaba la muchacha? Era una trampa demasiado complicada. Si la hubieran querido montar bien, hubieran dado el nombre del hotel. Se bajó del coche y caminó hasta la puerta del Bol.

Recorrió el camino que había explorado hacía un par de horas. ¿Era tenacidad? Esa terquedad que le impedía irse a dormir, que le empujaba un pie tras otro en medio de aquella noche sin fin.

Cuando rebasó la segunda puerta trató de ubicarse en el espacio abierto del boliche, tras haber dejado atrás el olor de humedad del sótano. A la derecha las mesas, al fondo a la izquierda la cocina, tras ella probablemente las habitaciones, una luz se filtraba tras la segunda puerta rebasada. Sacó la pistola, se pasó la mano por los ojos cargados de sueño. Pateó con rabia.

Uno de los goznes de la puerta se rompió y las astillas volaron, la puerta quedó medio caída, sólo sostenida por la bisagra inferior.

A la luz tenue de una lámpara el gordo de pelo chino de la mañana leía tendido sobre la cama una fotonovela. Las botas reposaban al lado de la cama recientemente boleadas y brillantes. Sobre la mesa de noche un par de vasos vacíos, una botella de Pepsicola a medio llenar, unas pastillas para la tos. En una silla al lado de la cama una navaja de botón y unos pantalones arrugados. Un librero con periódicos viejos amarrados con una cuerdita y dos paquetes de Philip Morris que le hicieron recordar la oficina de los gerentes de la Delex. En la pared dos fotos de Lin May y un póster del Cruz Azul.

El gordito dejó caer la revista y se arrinconó en el extremo más lejano de la cama.

—Buenas noches —dijo Héctor.

El gordito quedó callado.

Héctor repasó de nuevo el decorado del cuarto, la sordidez ajena tenía la propiedad de sacudirle la sensiblería. ¿Ahora qué carajo hacía? Todo había parecido muy claro en los primeros instantes: sacar pistola, patear puerta, entrar cuarto. De acuerdo al guión escrito de esta historia ahora había que: o sacarle la caca al gordito a patadas para que dijera el nombre del hotel de la calzada Zaragoza, o envolverlo en una conversación en la que soltara la papa.

Héctor se sentía incapaz de ambas cosas. Por eso, permaneció callado.

Estuvieron un par de minutos así. Trató de buscar opciones al callejón sin salida en que se encontraba. Si lo amarraba y luego esperaba que se soltase y lo seguía. Si hablaba por teléfono. Si interceptaba el teléfono. Al llegar a esa perspectiva se sonrió. ¿Y cómo mierdas se interceptaba un teléfono en este país?

El gordito respondió a la sonrisa con otra sonrisa.

—¿De qué te ríes, güey? —preguntó Héctor sintiéndose cada vez más incómodo.

—Nomás —respondió el gordito.

Pasaron otros dos minutos de silencio. El gordito se revolvió al fin nervioso en la cama.

En vista de que no se le ocurría nada sólido, Héctor saltó sobre la cama. Las patas se hundieron ante el peso del detective, que dando un elegante salto para atrás volvió al lugar en el que estaba. El gordito aterrorizado había rodado al suelo.

Héctor le dio la espalda y salió del cuarto.

La guía telefónica por calles le entregó la exorbitante cantidad de ciento diecisiete hoteles y moteles sobre la calzada Zaragoza. Sentía ganas de llorar. Ordenó la ropa que había que mandar a lavar, arrojó trastes sucios al lavadero, tiró la ceniza al bote de la basura, lavó los ceniceros, abrió las ventanas y se dejó caer vestido en la cama. «Vaya vida de mierda», se dijo y a pesar del sueño que lo perseguía ferozmente, no pudo dormir. A las cinco de la madrugada saltó de la cama, metió la cara bajo la llave de agua fría y permaneció así un rato. Una profunda sensación de derrota lo dominaba.

La Tolvanera, decía el letrero solitario batido por el viento a un margen de la carretera. Guardó la novela que había venido leyendo en el bolsillo de la gabardina y caminó hacia las calles solitarias del pueblo. Había viajado quince horas combinando el sueño con el descanso que le producían las planicies rotas y erosionadas que encontró después de Huajuapan de León.

El pueblo parecía muerto. Cuatro calles polvorientas y solitarias. Entró a una lonchería, La Rosita, «PEPSI COLA ES MEJOR», para escapar del viento que lo empujaba. La sombra profunda lo obligó a esperar un instante antes de poder distinguir al viejo tras el mostrador.

—¿Me podría decir dónde vive don Eladio Huerta?

—Ya no vive.

—¿Dejó familia?

—Era solo.

—¿Hace mucho que murió?

—Tres años. Si sigue la calzada como a cien metros está el panteón.

Belascoarán obedeció solícito. A la salida del pueblo había una refaccionaria en la que dos hombres trabajaban peleando contra la tierra que levantaba el viento en el motor de un camión de redilas.

—Buen día.

—Buenos días —respondieron a coro. Ésa era una de las cosas que más apreciaba de los pueblos. La gente aún saludaba.

Tras la refaccionaria un cementerio de automóviles. Tras ellos, el llano abierto, roto tan sólo por el panteón. Cincuenta tumbas desperdigadas, con las cruces carcomidas y la hierba seca.

ELADIO HUERTA 1882-1973.

Bajo el nombre la foto amarillenta de un anciano.

Y bien, el camino estaba cerrado. Ya no quedaba escapatoria; había que ponerse de nuevo frente a la ciudad. Volver a pasar la noche ante la casa de un ingeniero, recorrer ciento diecisiete hoteles buscando a una muchacha. Había sido una huida hacia ninguna parte.

Volvió a la carretera y pasó un par de horas combatiendo con el viento brutal que cruzaba el Istmo del Pacífico al Atlántico, barriendo la tierra y los árboles. Un camión de segunda lo recogió y prosiguió renqueante camino hacia Oaxaca.

El camión de Oaxaca llegó a las dos y diez de la madrugada a la ciudad de México y de él un magullado detective descendió dejando atrás las treinta y chico horas de viaje continuo. Subió al coche que había dejado estacionado frente a la terminal y cruzó Insurgentes en medio de la noche. El radio, su fiel compañero le transmitió unos mensajes.

Si está esperando, no espere más… Si ya dejó de confiar en que el que espera llegue, hace bien. Considérese dueño absoluto de las horas que le quedan enfrente. Deje de llorar ante el espejo, prepárese un café bien cargado y sonría. No haga preguntas.

La noche, esa compañera fiel lo acompaña…

Surgió del estéreo un disco de Peter, Paul and Mary que le recordaba sus semanas a la espera de la fiesta del sábado en la tarde.

Se detuvo ante el Bol Florida y buscó algo con la vista. Lo encontró en un edificio en construcción a veinte metros de allí: pedacería de ladrillos y cascajo. Casi cayéndose transportó frente al boliche diez kilos de proyectiles de variados tamaños y bajo la luz mercurial comenzó a lanzarlos en rápida sucesión contra las vidrieras. Los vidrios saltaban destrozados. En medio del fragor del combate descubrió que se estaba divirtiendo. Contempló el destrozo de las vidrieras, lanzó los últimos ladrillos contra las líneas de boliche y subió al coche. Se alejó de allí antes de que las luces de las casas vecinas comenzaran a encenderse.

—Se rio de mí. Y yo como pendeja. Me mandas a cada cosa, hermanito…

Elisa devoraba los espaguetis con estilo, de eso no cabía duda.

—Me dijo: «¿Usted piensa que dos meses después de muerto le quedan huellas en el fundillo de sus malos pasos por la vida?». Y vuelta a reírse el pendejo.

Héctor no pudo menos de sonreír.

—¿Y qué hiciste?

—Le menté la madre y me fui… Además qué pinche lugar más siniestro es el servicio forense ése… Ay nanita. Tienen los muertos como las cervezas en un camión.

—Bueno, se agradece la molestia.

Elisa continuó batallando con los espaguetis. Héctor sin hambre la veía comer. Estaban en un restaurante de la Zona Rosa, con las mesas sobre la banqueta, en una tarde de sol espléndido, reconfortante.

—Hay más, hay más… —dijo Elisa sonriente.

—¿Más de qué? —Héctor escuchaba con la mitad de los sentidos. Los restantes los tenía depositados en los muslos de una muchacha negra sentada dos mesas más allá. En eso y en aquel sol genial que le estaba calentando los huesos.

—En vista de que no aparecías seguí yo sola —dijo y se engulló otra monstruosa ración de espagueti.

—¿Comen mucha comida italiana en Canadá?

—Mucha —dijo Elisa con la boca llena.

—¿Y les gusta? —dijo Héctor por decir algo.

—Bassstahnthe —respondió su hermana.

La muchacha negra cruzó una mirada con Héctor y regresó la vista hacia el menú que tenía extendido ante los ojos.

—¿Qué decías de que seguiste tú sola? —dijo el detective volviendo a la realidad.

Elisa limpió el plato con un pedazo de pan y dejó que el mesero se lo sustituyera por una ración doble de calamares en su tinta con arroz.

—Carajo, qué hambre hacía...

—¿Qué encontraste?

—Un hombre solitario el tal Osorio Barba, sin vida familiar. Arribista, gris mediocre, con fama de profesionista experimentado. En el edificio donde vivía nadie pudo decir más de tres frases sobre él. Hasta que llegué al portero.

Arremetió contra los calamares. Sin duda estaba gozando el ritmo de la conversación. Era una mujer delgada, que había heredado las pecas y el cabello rojizo del lado irlandés de la familia, de hombros anchos y fuertes. Vapuleada por un matrimonio temprano con un periodista canadiense que resultó alcohólico y paranoide. Roto el contacto con México y su generación durante cuatro años, apenas empezaba a poner los pies sobre el suelo. Compartía con Héctor el gusto por las situaciones inesperadas, el placer de las noches de desvelo.

Tocaba pasablemente la guitarra, y escribía algunos poemas que no enseñaba a nadie. Soy un tren en vía muerta, decía de sí misma.

—¿Están buenos?

—Buenísimos... Buenisísimos... ¿Quieres?

Héctor negó con la cabeza, para luego, tardíamente como siempre, arrepentirse. Metió su tenedor en plato ajeno y sacó un calamar enorme.

—El portero me vendió en cien pesos una caja de papeles que había dejado el muerto en su departamento... Pura basura, lo único interesante fue una nota en medio de un fólder de pedidos para la fábrica con tres direcciones, tres nombres.

—¿Y entonces?

—Fui a las tres direcciones, observé de lejos a los tres dueños de los nombres... Son muchachos de veinte a veinticinco años los tres, de clase media, dos estudian, el tercero es contador en un Banco de Comercio. Me corto las pestañas si no son maricones.

—Dame los nombres.

—Dame los cien pesos que me costaron.

Héctor sacó el billete de la bolsa.

—Ay, por favor, no seas mamón, era broma... Te pasas de solemne.

Héctor sonrió.

—¿Te lleva a algún lado esto?

—Creo que no, sólo confirma que parece que hay algún desmadre de homosexuales detrás de los ingenieros muertos.

—Te imaginas lo que podría hacer *Alarma!* con esto: ¡Gerentes putos en la zona de Santa Clara!

El mesero se acercó a la mesa.

—¿Desea algo más?

—Pastel de fresa.

Se había subido de la tienda de jugos de abajo un licuado de mamey y lo estaba sorbiendo lentamente. Contemplaba por la ventana los edificios de las oficinas de enfrente, grises, con los vidrios sucios ocultando las razones sociales. Algunas luces comenzaron a encenderse.

Tomó el directorio telefónico y buscó el Bol Florida. Lentamente marcó los siete números.

—Bueno, ¿Bol Florida?

Dejó pasar un instante.

—Óyeme gordito, me anda cruzando por la cabeza la idea de quemar un hotel en la calzada Zaragoza y ponerle tres cartuchos de dinamita a tu pinche changarro.

En el auricular se escuchaba lejano el sonido de las bolas golpeando contra los pinos.

—Por cierto, diles a tus cuates que hoy en la noche escuchen XEFS.

Colgó.

—¿Qué trae, vecino?

—¿Qué pasó, don Gilberto?

—De cuándo acá nos llevamos de don, y toda la cosa… Le traigo informes de la chamba que me dejó el otro día, pero como no lo vi.

—Escupa usted.

—El viejito que vivía en el Olivar de los Padres era un ruquito muy callado, que se las pasaba solitario todo el tiempo. Hacía reatas y las vendía. A veces iban a verlo los chavos del equipo de fútbol de la colonia y platicaba con ellos. Recibía una pensión de veteranos de la Revolución, de los que pelearon con Zapata. Tenía fama de broncudo, porque cuando llegaron los granaderos hace diez años a sacar a los paracaidistas, sacó una carabina de la casa y se les puso al pedo. En 1970 se fue de allí. No dejó dirección. Hace muchos años se había ido también pero regresó. Ahora la casa está vacía, la usan de depósito de material de construcción los paracaidistas.

Esperó la reacción al informe. Héctor escuchó en silencio, dibujando flores en el periódico viejo que les servía como agenda.

—Sin más entonces, ahí lo dejo con sus penas, que me cayó entre manos un arreglo muy sabroso.

—¿Qué le va a arreglar a quién?

—Eso es secreto profesional, mi buen. ¿Le enciendo la luz?

Héctor negó con la cabeza.

Se acercó al montón de cartas que había sobre la mesa y las reunió con las que llevaba desde hacía días en el bolsillo.

Tras el escritorio un vapuleado sillón giratorio lo esperaba. Se dejó caer en él y subió los pies sobre la mesa. En la creciente penumbra aún se podían ver nítidamente las tres fotos colgadas en la pared.

Don Emiliano, el cadáver caído sobre el escritorio y la muchacha del brazo en cabestrillo ¿Quién perseguía a quién? La noche iba cayendo en la ciudad, a plomo.

Se puso en pie y volvió sobre la lista de hoteles que había en la calzada Zaragoza. Ahora era un problema de paciencia.

Marcó el primer número.

—Comunícame con el gerente de inmediato… Dígales a sus amigos que tiene de plazo hasta las doce de la noche para soltar a la muchacha, si no, volaré el hotel…

Colgó.

Iba a tomar un buen montón de horas recorrer la lista entera. Y todo bajo el supuesto de que el hotel estaba en la calzada, y no cerca de la calzada.

Hora y media más tarde estaba rondando las setenta y cinco llamadas, todas con el mismo resultado. A la amenaza, preguntas: ¿Quién habla? ¿Quién es? Mentadas de madre o respuestas en broma. Podía haber sido el primero al que habló, podría ser el último. Prosiguió fiel al programa. La boca se le había secado.

—Comuníqueme de inmediato con el gerente… con el encargado… entonces… ¿Bueno?… Dígales a sus amigos que tienen hasta las doce de la noche de hoy para soltar a la muchacha, si no, volaré el hotel en mil pedazos. No me ando con mamadas.

Colgó.

—Y ahora, ¿por qué va a volar un hotel, vecino? ¿Y por qué está con las luces apagadas? —preguntó el ingeniero en cloacas que iniciaba su turno de trabajo.

—Comuníqueme con el gerente… ¿bueno…? Dígales a sus cuates que tienen hasta las doce de la noche de hoy para soltar a la muchacha, si no, vuelo ese pinche hotel en mil pedazos… Lo hago cagada —remató enfáticamente.

Tachó el Hotel del Peregrino de la lista. Hotel del Monte seguía.

—Ataques de locura que me dan.

—Ya está ronco, ¿lleva mucho en esto?

—Un par de horas.

—Déjeme, yo le sigo… ¿Qué tengo que decir?

Héctor le explicó las palabras claves, y le cedió el teléfono señalándole el lugar de la lista donde se encontraba. Dejó al Gallo en el teléfono y se fue al escondite secreto en busca de un refresco. El último. Carajo, por andarse burlando del plomero se le había olvidado comprar. Lo iban a poner como camote sus vecinos.

—Comunícame con el gerente, pero ya, es asunto grave —dijo el ingeniero en el teléfono—… Óyeme cabrón, diles a tus cuates que tienen hasta las doce de la noche para soltar a la muchacha, si no, vuelo tu puto hotel en cachitos… La dinamita está esperando.

Colgó.

—¿Eh, qué tal me salió?

—Pocamadre. Déjele, yo le sigo.

—No, yo le sigo un rato, ya me gustó.

Héctor se dejó caer en el sillón.

—Nomás que ya no veo una pura chingada con las luces de los anuncios. ¿Qué, hay que hacerlo a oscuras o de jodida podemos prender las veladoras?

—Disculpe, vecino, es que me dolía la cabeza.

Encendió la luz y volvió a dejarse caer en el sillón.

—Comuníqueme con el gerente… Óigame reverendo hijo de la chingada, tienen usted y sus amigos hasta las doce de la noche para soltar a la muchacha… Dígaselos ya. Si no, vuelo ese hotel en pedazos.

Se veía francamente radiante.

Héctor echó mano de la correspondencia. Empezó por un telegrama.

DIRECCIÓN PROPORCIONADA CORRESPONDE CASA DEMOLIDA HACE DIECISÉIS AÑOS. DUEÑO MUERTO ACCIDENTE DE TRÁNSITO. AGENCIA GARZA HERNÁNDEZ. MONTERREY.

Bueno, con esto se acababa la historia de los pasaportes expedidos en San José de Costa Rica.

—…Su pinche hotel en mil pedazos.

Una nota de registrado que amparaba un paquete de libros enviados desde Guadalajara. La guardó.

Una carta de la Academia Mexicana de Investigación Criminal, donde lo invitaba a dar un curso sobre el tema que más le interesase. La tiró a la basura.

Una carta de la Asociación de Karate y Artes Marciales Kai Feng, con ilustrativos folletos sobre cursos y costos.

Una carta de la señora Sáenz de Mier diciéndole a Gilberto que no tenía decoro profesional, que la regadera escupía agua color café y el baño al jalar la cadena producía un remolino con burbujas y pompas de jabón.

La guardó como una reliquia. Lo único que faltaba es que cuando alguien meara se oyera *La Marsellesa*.

—...Le voy a dejar el hotel en escombros con un par de cartuchos de dinamita. Ja, ja, ja, —remató el ingeniero Villarreal que estaba logrando notables mejoras en el texto original.

Dos cartas con folletos, una de una juguetería y otra de una exposición.

Una oferta de la colección completa de *El Séptimo Círculo*, dos mil pesos, doscientos quince ejemplares.

Bien barata, pensó.

—¿Bueno? Quiero hablar con el gerente...

Al final del paquete, como esperando que los asuntos menores se fueran a la basura, un par de cartas con matasellos y timbres extraños. Dudó entre abrirlas o mandarlas de nuevo al bolsillo a reposar mientras la tormenta en la que estaban inmiscuidos ciento diecisiete hoteles se definiera claramente.

Sus dudas hoy tenían más que ver con la adolescente del brazo en cabestrillo que con la muchacha de la cola de caballo distante y tan cercana. Pero lo decidió el pensar que bien cabía su desastrosa vida amorosa en el laberinto de las tres historias. Caray, bonito título para una novela policiaca: *El laberinto de las tres historias*, por Héctor Belascoarán Shayne.

Encendió un cigarrillo.

—Estamos dispuestos a destruir su hotel hasta la última piedra. Tengo en mis manos los cartuchos de dinamita...

Bonita historia policiaca si no estuviera uno tan dentro de ella, tan comprometido no con los resultados, ni con los contratadores, sino con el papel que se había aceptado en el reparto.

La primera decía:

Supongo que tus cartas persiguen al ferrocarril y a los autobuses en que viajo. No quiero que te quede la impresión de que huyo de ellas. Todo se resume en que la velocidad de la carrera ha aumentado, y entonces viajo más rápido que la luz que regresa de México. ¿No te gustaría cambiar de hotel todos los días? Afortunadamente el dinero se está acabando y no tengo ni la más mínima intención de pedirle a mi padre ni un centavo. De manera que llegará un momento en que tenga que decidir entre gastar los dólares de reserva que funcionan como la frazada de lino y por tanto cerrar el camino del regreso e iniciar carrera como lumpen mexicana en Europa; o dar por terminada la huida y volver a México.

Entre los dólares de reserva guardo diez extras para mandar un telegrama avisando.

¿Cómo estás, amor?

¿Igual de solitario, con cara de perro triste? Últimamente te veo. El *psiquiatrómono* que me trataba en México diría que es un síntoma de paranoia. Pero ayer estabas en el Transbordador del Bósforo, y hace una semana en un bar de una aldea de pastores en Albania, y el otro día en una página de la sección deportiva del *France Soir*. Lo puedo jurar. Tus dobles, tus álter ego están haciendo trastadas por Europa.

Probablemente andan a la caza de estranguladores locales, o simplemente se dedican a vigilar mis permanentes e inevitables malos pasos.

¿Solución se escribe con s o c?

Te ama, te huye, te espera cada noche en la cama vacía y en el sueño.

YO

—... Porque si no lo hacen ese hotel va a volar por los aires dinamitado. Así de gruesa está la cosa. Conque dése prisa —dijo el Gallo en el teléfono.

La carta estaba acompañada por una foto de la muchacha de la cola de caballo en un barco, acodada sobre la barandilla, viendo el mar a lo lejos, con una media sonrisa iluminando la cara. El pelo moviéndose por la brisa, una falda escocesa, calcetines y una blusa transparente.

La segunda carta estaba fechada tres días después.

He ido dejando huellas por todos lados, sería una sospechosa brutísima. En todos los hoteles dejo referencias para que me manden tus cartas a París. Pero ahora quiero saber, necesito saber.

Quiero en papel un motivo sólido para volver. El 27 estaré en el Hotel Heliópolis de Atenas. Dímelo.

Te amo... porque cuanto más lejos, más lejos. Ésa es la clave, la distancia no me da una falsa cercanía, la distancia me da una enorme lejanía, así como debe ser.

Dame pistas de tus locuras, quiero compartirlas. A pesar de mis frivolidades he estado descubriendo que también por aquí se está gestando la gran hoguera en la que seremos todos danzarines o mártires. La vida sigue.

Quiero una foto tuya de carácter, no he podido convencer a los taxistas, a los dueños de los restaurantes, a los amigos que me voy haciendo y deshaciendo, de que estoy enamorada de un ser tangible, les pareces una abstracción folclórica (perdóname viejo, ésa es la imagen que desatan en el viejo mundo las palabras: «detective mexicano»).

YO

—Se acabaron, vecino... ¿Ahora qué sigue? —dijo el Gallo colgando el teléfono y tachando el último hotel de la lista.

—La vida sigue —dijo el detective asumiendo su lugar en el mundo que se prolongaba de las cartas y bebiéndose de un solo trago, porque tenía sed y ganas de celebrar, medio refresco—. Le agradezco la molestia, vecino.

—Ya sabe, encarguitos de éstos, cuando quiera. Ya me estaba divirtiendo —dijo el Gallo.

—¿Va a pasar la noche por acá?

—Toda.

—Le pido entonces un favor. En caso de que llamen dejando algún recado me lo transmite a la XEFS, al Cuervo Valdivia a estos teléfonos, anote…

Le pasó la tarjeta.

Tomó el teléfono y marcó.

—La señora Ferrer.

—Un momentito. ¿De parte de quién?

—Belascoarán Shayne.

Un breve silencio.

—¿Sabe algo de Elena?

—Dentro de poco sabremos… espero. En caso de que llegue puede telefonearme a este número —dio el número de la oficina—, y dejar el recado al ingeniero Villarreal. Calculo que podrá estar hacia la una por la casa.

—¿Está usted seguro?

—No, no estoy seguro… Es un albur que me estoy jugando.

—Supe que había estado el otro día de visita…

—Pasé por allí… —dijo Héctor y colgó.

Marcó el número de la estación de radio y le pidió al Cuervo que actuara de enlace. El Cuervo se mostró divertido. Aceptó además transmitir un críptico mensaje que Héctor dictó por teléfono.

—Vecino, ¿es serio lo de la dinamitada?

—¿Por qué pregunta?

—Porque podría conseguirle unos cartuchos de dinamita… En una de las obras en que trabajo dejaron olvidado material que usaban en las voladuras… No mucho, dos o tres.

—¿Sabe cómo usarlos?

—Ajá.

—Le agradecería que me los regalara y me explicara el manejo.

—Sólo una condición.

—De acuerdo sin oírla.

—Me tiene que decir para qué y yo estar de acuerdo.

—Me parece justísimo. Diviértase —se colgó en los hombros la gabardina y salió.

La calle estaba fresca tras la breve lluvia que había caído. Héctor pasó al lado de los espectadores de la última función del Metropolitan, subió al

coche y se dirigió a Insurgentes, rumbo a la casa del ingeniero Camposanto. En materia de terquedad estaba volviéndose una estrella.

Prendió el radio.

...en esa colección de poesía vietnamita de la que les hablaba, encontré
unas líneas de un hombre. De repente sentí que me las había escrito a mí.
Aquí las tengo. El poeta se llama Luu Trong Lu y dice:

«¿Hablas por el radio?, ¿trabajas? Siempre volveremos a encontrar-
nos en lo más recio de la pelea».

¿No están de acuerdo conmigo en que cuentan una bella idea?

Y ahora, dejemos de lado las historias personales y démosle alimento espiritual a los enamorados de amor grave, a los solitarios de la noche
cuyo corazón supura... Una dosis de bolero melodramático para que se
burlen un poco de sí mismos. José Feliciano y *Nosotros.*

Parecía que Valdivia se había ido al baño y estaba estreñido porque el
hombre del tornamesa conectó el primer bolero con un segundo y luego
un tercero. Faltaban veinte minutos para las doce cuando Héctor rebasó la
glorieta del metro Insurgentes. El olor de los tacos al carbón estuvo a punto de separarlo de su destino, pero soportó la tentación.

Y ahora, un mensaje personal, con destino a unos jóvenes que están encerrados en un hotel de la calzada Zaragoza:

Se encuentran ustedes en peligro, más les vale soltar lo que tienen allí
y no les pertenece. No se vale guardar cosas contra su voluntad. En caso
contrario se avecinan graves problemas...

Pasando a otro tema me es muy grato informarles que mañana sopla-
rá viento del este, lo cual es válido para Xochimilco, el Lago de Chapultepec y el Nuevo Lago. No habrá marejadas.

Y entró de lleno una melodía ritual africana.

La calle de Camposanto estaba ocupada por un grupo de borrachos
que jugaban al futbol. Noche de sábado, descubrió Héctor. El automóvil
del ingeniero se cruzó con el suyo cuando se disponía a estacionarse. La situación lo tomó por sorpresa.

Cuando logró darle la vuelta en U al coche, Camposanto le llevaba una
cuadra de ventaja. Mantuvo la ligera diferencia durante una tanda de dan-
zones, dos blues y una ración de canciones de montañas suizas, tocadas a
petición de los trabajadores de una fábrica de relojes que laboraban tercer
turno y que se estaban muriendo de sueño. En el interín el Cuervo informó
de la necesidad de colaborar en la destrucción de una plaga de ratas en una
vecindad de la Guerrero, transmitió quejas contra la casa del estudiante de

Chiapas en cuyas fiestas el ruido desbordaba el vecindario, pidió alguien que supiera inyectar para una ancianita diabética, leyó fragmentos del libro de Philip Agee sobre la CIA, advirtió de las adulteraciones que se hacían en la fábrica de caramelos La Imperial y al fin pasó el mensaje esperado:

Y ahora una sección de avisos personales: Germán: dice Lauro que la reunión de mañana del Colegio de Ciencias se pospuso.

Amigo detective: avisó la mujer en cuestión que Elena había llegado a su casa sana y salva; que te esperaban.

Maruja: que si ya no vas a volver a la casa que al menos te tomes la molestia de llevarte tu mugrero, Julio Bañuelos.

Cambio timbres de países africanos por sellos triangulares de cualquier nación. Alvarado, apartado postal dos mil trescientos cincuenta y cuatro, Delegación de Correos número veinte...

Cuando Camposanto salió del Viaducto para entrar en la calzada Zaragoza, Héctor masticaba el filtro del último cigarrillo. ¿A dónde iba el cabrón éste? Cuando al fin el coche se detuvo en un hotel de mala muerte llamado Géminis 4, Héctor esperó a que el hombre desapareciera en el interior del edificio y recorrió paseando los estacionamientos cercanos buscando la camioneta Rambler. Encontró una taquería abierta donde se vendían cigarrillos y mantuvo una guardia estéril en el interior del coche hasta las seis de la mañana.

Empezaba a sentirse muy encabronado con aquel ingeniero que no dormía.

Lo siguió camino a la fábrica en medio del tráfico cerrado de la mañana.

La ciudad escupía a sus huestes a las avenidas. La ciudad no perdonaba las horas de sueño maldormidas, el frío que estaba haciendo, la falta de calor en el cuerpo; la ciudad no perdonaba los malos humores, los desayunos a la carrera, la acidez, la halitosis, el hastío.

La ciudad lanzaba a sus hombres a la guerra cada mañana. A unos con el poder en la mano, a otros simplemente con la bendición rastrera de la vida cotidiana.

La ciudad era una reverenda porquería.

Cuando comprobó que Camposanto se dirigía a la fábrica, se detuvo en una oficina de correos y escribió apoyándose en un mostrador la carta que desde el día anterior traía en la cabeza.

Te espero. Empeñado en una triple cacería donde se entrecruzan un subgerente maricón vuelto cadáver, una adolescente que tiene un brazo roto y un cadáver enterrado por las estatuas ecuestres que amenaza salirse de la tumba.

YO

La puso en el correo llena de timbres contra la tuberculosis y de estampillas de entrega inmediata. Incluyó en el último momento en el sobre una foto que le había tomado el tapicero con una Instamatic de la portera en la que se veían en primer plano sus pies descansando en el sillón, y tras ellos la estampa del caos de oficina, coronada por el perchero de donde pendía la funda sobaquera del revólver con la .38 adentro y la gabardina fláccida colgando de otro brazo. «Toda una obra de arte», escribió en la parte trasera.

Llevó el coche al interior del estacionamiento de la empresa Delex y lo dejó frente al carro que había estado siguiendo toda la noche. En la confusa cabeza de un dormido detective así se establecía más claramente el reto.

Hizo antesala diez minutos ante la oficina del gerente contemplando las nalgas de una secretaria (la que el otro día había mostrado piernas abundantemente en un intento por obtener fólders de un archivero alto) con fría y desapasionada, casi científica actitud. Llegó a calcular el área de nalgas en centímetros cuadrados; aceptó un café con donas y escuchó dos chistes sobre el ex presidente del país que ni siquiera en el descanso era perdonado.

El aire estaba enrarecido en la oficina de Rodríguez Cuesta, y mientras éste, después de señalarle el sillón de enfrente, firmaba unos papeles, Belascoarán percibió una extraña sensación. La de que también eran viles mortales, la de que la muerte violenta también perforaba las bardas de piedra a prueba de intrusos de la burguesía. La de que después de todo, su impunidad tenía límites, y no solamente históricos.

—Tiene usted la palabra —dijo el hombre fuerte de la Delex levantando la vista.

—Tengo interés en saber qué es lo que quiere usted que yo descubra. Desde el otro día sentí tentación de preguntárselo.

—No pensará que lo suplante en su trabajo, señor Belascoarán —respondió un sonriente Rodríguez Cuesta.

—Digámoslo de otra manera: ¿qué es lo que le provoca miedo a su empresa además de los conflictos que están teniendo con el sindicato?

—No entiendo su pregunta. O quizá no quiera darle una respuesta... Estoy seguro de que no le interesan las generalidades sobre nuestra apreciación de la situación económica del país.

—En lo más mínimo —respondió Héctor levantándose.

—Le suplico que mantenga en un estricto plano profesional sus relaciones con nuestros adversarios del sindicato.

—Me gustaría recibir el anticipo del que el otro día hablamos —respondió Héctor haciendo caso omiso de la indicación del gerente.

—Pase usted a ver al señor Guzmán Bravo.

Con un cheque por quince mil pesos en el bolsillo que el curso de la mañana había de convertir en efectivo, Héctor dejó la Delex, sintiendo que tras de sí dejaba un montón de preguntas sin respuesta. El vaho de la ciudad lo recibió cariñosamente, ignorando los ojos enrojecidos por el sueño que generaban sorprendentes tics nerviosos, de una variedad e intensidad antes desconocida.

VII

—¿Crees en el amor a primera vista?
—preguntó la muchacha.
—Creo en la confusión —dijo Paul
Newman desde la terraza.

—Hola —dijo Belascoarán desde el quicio de la puerta.

La muchacha acostada en la cama de colcha azul, en el cuarto aún infantil, le sonrió.

—¿Cómo hizo para asustarlos?

Héctor alzó los hombros.

—Se espantaron bastante, y me preguntaban quién es, quién es el hijo de la chingada que disparó el otro día contra la camioneta y que me pateó... Y como yo les decía que mi ángel guardián, más se encabronaban.

—¿Te hicieron daño?

—Dos o tres golpes cuando me llevaron. Y luego, puro terror sicológico... «Te vamos a violar, te vamos a encerrar con un perro rabioso, te vamos a quemar las plantas de los pies...». Puras pendejadas de ésas.

La muchacha resultaba sobremanera frágil, con el brazo enyesado sobresaliendo de la colcha, el pelo cayendo sobre la cara, la sonrisa de Margarita Gautier. La luz suave de la mañana filtrada por las cortinas azules que daba en los pies de la cama. El decorado entero trabajaba en favor de la imagen de una adolescente desvalida.

—Siéntate —dijo la muchacha.

Héctor se dejó caer en la alfombra, se estiró, quedó tendido en el suelo, buscó un cigarrillo y lo encendió; la muchacha sentándose en la cama le pasó un cenicero.

—¿Te pasa algo?

—Sólo sueño.

—¿De veras ibas a dinamitar el hotel?

Héctor asintió.

—Tienen miedo, no son profesionales —dijo la muchacha.

—¿Cómo son los profesionales?

—No sé, eficaces. Más duros. Éstos no se creían lo que decían...

Fumó en silencio, contemplando las columnas de humo que subían hacia el techo a contraluz. Podría pasarse horas así. Horas enteras mirando el humo y descansando, dejando que la suave mañana le entrara por las venas. ¿Un cafecito caliente? Un refresco.

—¿Me vas a contar lo que está pasando? —preguntó de repente.

—No, todavía no.

—¿Te animas a irte de vacaciones a un lugar donde no puedan encontrarte?

La muchacha asintió.

—Vámonos entonces.

La muchacha saltó de la cama.

—¿Voy así, o me visto?

—Tú decides.

—Cierra los ojos.

Héctor cerró los ojos. Estaba gozando el espesor de la alfombra y el sueño comenzó a invadirlo lentamente. Escuchó el trajinar de cajones, el sonido de la piel al rozar con la ropa.

—Lista, ¿no irá mamá a protestar?

—Que diga misa —respondió el detective levantándose torpemente del suelo.

El compás de espera abierto por los que buscaban la-cosa-que-valía-cincuenta-mil-pesos, más la seguridad que le había dado dejar a Elena embarcada con su hermana, le permitieron a Héctor sumirse en la búsqueda de Emiliano Zapata.

Dedicó un primer día a la localización de zonas donde pudiera haber cuevas utilizando un mapa de estructuras geológicas del estado de Morelos. Descartó primero las zonas de influencia netamente zapatista. Si estaba en esas regiones las comunidades lo hubieran sabido y no habrían tenido que recurrir a sus servicios. Si existía esa cueva, tenía que estar totalmente aislada del área zapatista. El problema se simplificó. Ahora bien, a pesar de que ciertas formaciones permitían la existencia de zonas rocosas, en casi cualquier lado de la geografía podía hallarse una cueva a excepción de los grandes llanos. Por ahí no iba a sacar nada, decidió tras haberle regalado cuatro horas de su tiempo a la geografía morelense. Exploró algunas ideas que se le habían ocurrido más tarde, como la perspectiva de que el Emiliano Zapata que había seguido la aventura de su vida en las filas sandinistas hubiera luego proseguido la lucha y participado en el levantamiento salvadoreño del año 32, incluso que se hubiera sumado a las Brigadas Internacionales en España. Consultó listas extraoficiales, revisó libros y fotos. En el grupo de mexicanos que había combatido en España no había ningún hombre de cincuenta y siete años con características físicas que pudieran hacer pensar en su presencia.

Se sentía como miembro de una secta esotérica dedicada a la preservación de los fantasmas. Quizá ése era el problema de fondo: que le gustaba aproximarse al pasado, persiguiendo un mito más como historiador o periodista que como detective. Decidió dejar de lado prejuicios y buscar a un tal Zapata, de nombre don Emiliano, como si nunca se hubieran vertido toneladas de papel sobre su nombre, como si nunca hubieran sido bautizadas avenidas ni levantado monumentos. Zapata, ese tal Zapata, era un personaje de noventa y siete años, desaparecido en 1919 al que había que encontrar sesenta años más tarde.

¿Cómo viajaba la gente que venía de Centroamérica en los años treinta? En barco. Por Veracruz o Acapulco. En el caso de Zapata que quería conservar el incógnito hubiera preferido probablemente Veracruz, más lejos de sus zonas de origen. Probó a gestionar las listas de movimiento portuario en Veracruz en los años 34 y 35. En la Secretaría de Marina se rieron de él.

Quedaba la alternativa, si iba a ceñirse a las historias del hombre que lo había contratado, de buscar los nexos posibles con el jaramillismo.

Releyó la excelente autobiografía del caudillo agrarista asesinado. Nada se dejaba ver. No había indicaciones de una relación como ésa, que sin duda debería haber dejado marcado al heredero de Zapata. Si había existido, debería quedar en la parte que no consignaba la biografía. O en una de las etapas más secas, como la época en que Jaramillo trabajaba como administrador del mercado de la colonia Santa Julia, o en la época del segundo alzamiento que se prolongaba hasta el asesinato. Un par de ideas le cruzaron por la cabeza. Anotó en un pequeño papel que guardó en el bolsillo, y como quien cambia de saco, cruzó la frontera que lo llevaba a otra historia.

Quería hacerle a Marisa Ferrer una pregunta: ¿de dónde sacaba la heroína?, pero los titulares del periódico de la tarde con que tropezó lo hicieron cambiar nuevamente de historia, cruzar nuevamente otra frontera: Agitadores sindicales acusados del asesinato de subgerente. La guerra había estallado en la Delex.

El comandante Paniagua a cargo del sexto grupo de agentes de la policía judicial del Estado de México, realizó la detención en las horas de salida del primer turno de los presuntos asesinos: Gustavo Fuentes, Leonardo Ibáñez y Jesús Contreras. A pesar de los intentos que amigos de estos últimos hicieron para impedir la detención, el grupo de policías pudo sacarlos y conducirlos hasta la delegación donde fueron puestos a disposición del agente del ministerio público...

Y seguía comentando las características del asesinato.

Regresó a la oficina y buscó las listas de nombres de posibles sospechosos que alguna vez la compañía le había proporcionado. Era tan burdo todo que dos de los inculpados según los propios datos de la compañía no estaban incluidos en las listas, o sea que, o no estaban en la empresa ese día o no eran del turno en el que se había cometido el crimen.

Tomó el teléfono y pidió hablar con el gerente.

—Es evidente, señor Belascoarán que se trata de una tontería... Pero el comandante Paniagua insistió... Usted puede comprender... Tengo interés en que siga con su investigación. Lamento decirle que Paniagua le creará dificultades si se cruza en su camino... Ah, una última cosa. A partir de este momento, los reportes me los entrega en propia mano, sin copias en su oficina ni en ningún lado. Quiero disponer personalmente de la información y de mutuo acuerdo nos haremos cargo de las medidas que sea necesario tomar —dijo Rodríguez Cuesta.

¿Qué había querido decir con eso de que Paniagua le crearía problemas?

Por más que se moviera no podría detener los engranajes. Un dolor de cabeza espeso y violento le hizo cerrar los ojos. Decidió irse a dormir. Las cosas se aclararían sobre el camino, y ésta iba a ser una larga noche si todo caminaba de acuerdo a los planes confusamente esbozados en su cabeza.

Salía de la oficina cuando sonó el teléfono.

—Se me escapó, me di la vuelta para pagar en la caja y zas...

—Déjalo, hermana. No es culpa tuya.

Optó por el metro dejando el coche en la entrada de la oficina.

El dolor de cabeza le hacía caminar lentamente, y lo persiguió con tenacidad hasta que puso la llave en la cerradura de la puerta. Caminó hasta el baño y abrió las dos llaves. Hundió la cabeza en el agua que corría. Dejó la chamarra en el suelo, se fue quitando la camisa y sacudiendo el pelo rumbo a la cama, y se sintió encabronado cuando la descubrió ocupada.

—Me sospeché después de verte esta mañana que terminarías durmiendo antes de la noche —dijo la muchacha con el brazo enyesado, oculta bajo la suave penumbra y las sábanas.

El cuarto seguía tan desarreglado como en todos los últimos días: ropa por el suelo, libros tirados, periódicos viejos desplegados por todos lados, platos sucios, vasos semivacíos en los lugares más insospechados. Héctor contempló la zona de desastre y se quedó pensando en que por más que recogía, todo estaba igual, y podía jurar que algo había recogido la última vez que pasó por allí. Al menos, los ceniceros estaban limpios y el cuarto no apestaba a tabaco.

—Suelo dormir en la oficina cuando ya no doy para más —explicó y se llenó de rabia por estar dando explicaciones que nadie le había pedido.

—Espero que no le moleste el atrevimiento.

—Molestar... —y dejó la respuesta inconclusa.

Encendió un cigarrillo.

—¿Crees en el amor a primera vista? —preguntó la muchacha.

Sus ropas se unían a las demás tiradas por el resto del cuarto. Luego estaba desnuda.

—Creo en la confusión —respondió citando a Paul Newman, según una vieja película que había visto en televisión hacía un par de meses.

—¿Quién es ella? —preguntó la muchacha señalando la foto tomada un año atrás donde la muchacha de la cola de caballo lo seguía por San Juan de Letrán.

—Una mujer.

—Se ve... ¿Una mujer nada más?

—Una mujer de la que estoy enamorado, o algo así —declaró sintiéndose derrotado.

Posibilidad uno: me acuesto con ella y al carajo. Que crezca el dolor de cabeza en justo castigo.

Posibilidad dos: no me acuesto con ella sino que me dedico a interrogarla hasta enterarme de qué demonios huye y qué esconde que vale cincuenta mil pesos.

Posibilidad tres: extiendo una manta y me duermo en el suelo.

Optó, evidentemente por la tres. La muchacha lo miró desconsolada. Lentamente salió de la cama. Tenía unas bellas piernas y unos pechos pequeños y puntiagudos. El brazo enyesado le daba un aspecto de muchacho que el vello púbico al aire desvanecía inmediatamente. El pelo le caía a un lado de la cara.

—¿No te gusto?

—Todo es muy complicado... Si me haces un hueco en la cama y me dejas dormir, cuando me despierte trato de explicarlo.

La muchacha obediente se hizo a un lado.

Y porque cuesta mucho trabajo abandonar una cama llena de mujer. Y porque no habían pasado en balde aquellos meses de soledad y abstinencia, y un poco porque el sueño lo fue empujando hacia unos brazos abiertos que esperaban... Un mucho porque la muchacha le resultaba simpática y vital. Un poco por todo eso y por cosas que nunca sabría explicarse, el caso es que se descubrió a sí mismo seis horas más tarde haciéndole el amor mientras trataba de no tropezar con el brazo enyesado.

—Pensé que los ángeles guardianes eran asexuados.

—Yo pensé que las adolescentes de colegio de monjas guardaban la virginidad en una cajita...

—Pero en el Monte de Piedad, ése es el secreto. Te desconcertaría saber que en la clase de sor María, la única virgen debe de ser ella, y eso porque es lesbiana.

El dolor de cabeza había desaparecido y quedaba sólo una suave resaca.

El cuarto se había quedado totalmente oscuro. Héctor trató de descifrar la hora calculando sus movimientos pasados, pero se dio cuenta de que en la memoria noches y días se empastaban, las horas de sueño aparecían a lo largo de la última semana como accidentes, interrupciones momentáneas de una carrera sin fin.

Se vistió de cara a la muchacha, para dejar claro que no se avergonzaba de nada. Fue encontrando la ropa alrededor de la cama, donde había ido quedando al ser arrojada del campo de batalla.

—¿Podrás salir de aquí y llegar hasta la casa de mi hermana?

—¿No puedo quedarme aquí?

—Si dejaste tu casa era para ganar seguridad, aquí no ganas nada.

—De acuerdo, préstame para el camión y en diez minutos me voy.

Lentamente descendió de la cama, se fue vistiendo con torpeza, moviendo con dificultad el brazo enyesado. Al fin, le pidió a Héctor que le abrochara la chamarra de mezclilla con la manga abierta que remataba el atuendo.

Héctor le acarició una mejilla, la muchacha besó la mano.

—Estoy dispuesta a contarte una historia…

—Mañana en la mañana desayunamos juntos en la casa de Elisa. Allí.

—Te espero.

Las dos palabras quedaron flotando en el aire. Héctor esperó a que la muchacha llegara a la calle y la siguió con la vista desde la ventana.

Cuando la vio enfilar hacia Insurgentes salió caminando. Tenía una cita con alguien que no lo estaba esperando.

Dígame Camposanto, ¿de qué tiene miedo Rodríguez Cuesta?

Tenía la sensación de haberse metido en una casa de muñecas por equivocación, en un sueño equivocado, y ya no poder abandonarlo. Todas las cosas tenían un lugar inmersas en una meticulosidad maniática. Todas las cosas tenían un aire infantil. Era la casa que hubiera puesto una niña ordenada si hubiera tenido la posibilidad y el dinero para hacerlo. Un gato siamés rondaba por la sala.

Camposanto, en bata gris y con una copa de coñac en la mano, comenzó a sentirse incómodo. Hasta ese momento la conversación había transcurrido entre fórmulas de cortesía más o menos generales. Como el tren de Chapultepec dando la vuelta alrededor del zoológico.

—¿Por qué me eligió a mí? Podía haber hablado con Haro, o con el contador.

—Porque usted es homosexual, al igual que Álvarez Cerruli, al igual que el ingeniero Osorio Barba, muerto dos meses antes en otra empresa en la zona de Santa Clara… No hay ánimo de ofender en mis palabras, ingeniero… ¿O me equivoco?

—Es cierto —dijo. Se había mordido el labio al escuchar en seco la palabra homosexual.

—Y es por eso que pienso que hay alguna conexión entre este hecho y los asesinatos… Pero no es eso lo que quiero preguntarle todavía. Antes quiero saber de qué tiene miedo el gerente.

—¿Eso cree usted, que tiene miedo?

—Quiero una respuesta, no un intercambio de preguntas.

—Probablemente tenga miedo del escándalo.

—No, no es eso. No me necesita a mí. La policía le resolvía el caso sin intermediarios. Me quiere para algo que la policía no iba a hacer, para descubrir un culpable que él conoce y al que le tiene miedo.

Los ojos de Camposanto revelaron la sorpresa. Había dado en el clavo.

—Le agradezco lo que ha hecho por mí —dijo Héctor poniéndose en pie.

Volvía al lugar de las preguntas y las respuestas, al lugar donde todo había empezado enfrentado a los tres legajos de papel, y donde al menos una historia comenzaba a producir claridad.

Volvía a enfrentarse a las tres fotografías que habían iniciado el compromiso, que habían dado origen a la búsqueda. Héctor estaba allí desde hacía media hora, cuando había llegado con una caja de refrescos a las espaldas que rápidamente ocultó en la «caja fuerte» y se sumió de cabeza en la libreta de apuntes. Releyó sus notas:

> El gerente de una planta, con intereses en muchas más y gran poder económico (precisar cuánto y dónde), contrata un detective para descubrir el asesinato de un ingeniero homosexual (segundo de una serie).
> En público lo que le interesa es culpar al sindicato.
> Pero quiere tener pruebas contra el verdadero culpable.
> Culpable al que le tiene miedo y conoce (suposiciones jaladas de la intuición).
> ¿Para qué quería las pruebas? ¿Curiosidad simplemente? No. La curiosidad no vale el salario de un detective y el compartir la información con él.
> Quería las pruebas para presionar en algún sentido al culpable. Esto refuerza la idea de que lo conoce.
> ¿A quién y por qué teme Rodríguez Cuesta?
> Una respuesta conducía a la otra… Ése es el asesino.
> Ahora bien, ¿por qué asesinar a dos ingenieros homosexuales? ¿O el primer crimen estaba desconectado del segundo?
> ¿Qué podía obligar a X a matar a un ingeniero homosexual?
> ¿Sería X también homosexual? ¿Estaría en los mismos líos?

¿Sería Álvarez Cerruli el enlace que había llevado a x hasta Rodríguez Cuesta o a la inversa? Era un camino que podría ser recorrido en ambos sentidos.

Ahora bien, ¿qué nexos unían a x con R.C.?

Complicidad, chantaje.

Ahora, había que encontrar a x.

Caray, qué peliculesco. Decidió ponerle ww al asesino en lugar de x; eso aumentaba el exotismo.

Sin embargo, había una sabrosa coherencia en todo el montaje.

—¿Un café, vecino? —preguntó el ingeniero que estaba clavado en sus papeles llenos de extraños y cabalísticos signos a ojo de Héctor.

—Paso, prefiero un refresco...

—Le traje lo que habíamos quedado... Ahí, en la «caja fuerte».

Héctor contempló los tres cartuchos de dinamita. Llevaban mechas cortas, de un trenzado hilo rojizo.

—Son mechas de veinte segundos, las puede encender con cigarrillo. Si los entierra o coloca rodeados de algún material aumenta la fuerza destructiva. En espacio abierto la onda explosiva es mortal o casi en un radio de ocho metros... Sería buena idea que no les tuviera mucha fe, pueden darle un susto.

Héctor asintió. Contemplaba la dinamita con enorme respeto.

—Procedamos —dijo Elisa, y comenzó a desatar el cordón que mantenía la caja de zapatos cerrada.

Se habían citado en un restaurante que en la parte trasera conservaba unos viejos reservados, mesas encuadradas en paneles de roble blanco, meseros viejos y silenciosos.

—Espérate un segundo, Elisa.

—¿Qué, no lo abro?

—Estaba pensando en que el viejo nos va a meter en un lío, y no sé de dónde voy a estirar el tiempo para más... —dijo Héctor.

—No nos cuesta ningún trabajo saber qué demonios quería de nosotros —dijo Carlos.

—Sea.

Elisa terminó de desatar el cordón y abrió la caja. Había adentro un cuaderno de pastas grises atado con un par de ligas, un mapa náutico doblado en dieciséis partes y una pequeña carpeta que contenía documentos; al fondo un sobre blanco, sin datos en el exterior. Elisa depositó las cuatro cosas sobre la mesa ordenadamente, en una hilera.

—Supongo que habrá que empezar por la carta.

VIII UN CUADERNO, UN MAPA, UNA CARPETA CON DOCUMENTOS Y UNA CARTA

Y pensaba también que él debía ser de éstos,
de los que trabajan al sol, no de los
que buscan el placer de la sombra.

PÍO BAROJA

—No, la libreta primero —dijo Carlos. Elisa estiró las ligas y abrió la libreta.

Es la mía una historia de lucha porque así fue mi época. Yo bien hubiese querido no manchar mis manos de sangre de otros hombres.

No pudo ser así. He matado de frente en nombre del ideal, y el ideal se alejaba de mi vida.

A los trece años me hice socialista y pienso que lo sigo siendo. Al socialismo me empujó la justicia, el afán de justicia y el hambre de mi pueblo. Era yo fogonero de pequeño vapor que hacía escala en varios puertos de la costa cantábrica trabajando para empresas farmacéuticas en una época en que era más fácil organizar comercio en barco que por tren en el norte. El vaporcito no despreciaba labores de otro tipo, y más de una vez hicimos pequeño contrabando o pescamos con red. Tengo el orgullo de haber sido fundador a los catorce años cortos del Sindicato de Trabajadores del Mar, de San Sebastián, que agrupó en aquella época a más de mil portuarios, marinos, pescadores y trabajadores del muelle de la región costera en el País Vasco.

Tenía fama de terco, de cabezón, y lo era sin duda. Pero también tenía fama de ser gente de una sola palabra.

Eso me causó muchos disgustos y muchas veces me tuve que quedar en tierra sin trabajo. Situación grave porque tenía que llevar las manos vacías a una humilde casa donde mi padre con su salario de hambre como trabajador del municipio no podía cubrir deudas ni mejorar la triste situación del hogar.

Pasamos hambre.

Nunca he contado esto, porque se ha quedado muy atrás. Como nunca les he contado en detalles las historias que hacen mi vida, porque pienso que cada uno de ustedes tiene la suya propia, y que los recuerdos de un viejo estorban más que ayudan a formar el carácter.

En octubre de 1934, a bordo de un velero carcomido, me encontraba en el puerto de Avilés cumpliendo órdenes del Partido Socialista y transportando armas para la insurrección que ahí se preparaba contra el intento fascista de copar el poder gubernamental. La revolución me tomó en ese bello puerto asturiano y le di la cara por primera vez en mi vida. A resultas de mi pequeña y humilde participación en aquellos hechos que acabaron con nuestra derrota, me vi obligado a permanecer más de un año trabajando en el sur de España como marinero en buques que viajaban a Marruecos bajo un nombre supuesto y desconectado de mi familia que me hacía en Francia. Reanudadas las relaciones con el Partido, me mantuve en contacto y colaboré en tareas editoriales escribiendo y distribuyendo *El Marino del Sur*, reorganizando los cuadros de los sindicatos portuarios y transportando compañeros huidos hacia África. En estos menesteres llegué a conocer como la palma de mi mano, o mejor aún si se puede, la costa marroquí, la tunecina y la agreste costa del Sahara Español, Guinea y Sidi Ifni. Hice grandes amigos, y descubrí que el mundo de los blancos no lo es todo. Para un vasco de veinticinco años esto es algo grande. Pero juro que hubiera querido ser vasco-africano, porque a lo vasco no renuncié nunca ni nunca renunciaré, al contrario, es motivo de orgullo. En el puerto de Túnez conocí a mi primera mujer, y en aquella dura época me hice hombre.

Amé el mar como pocos, pero amé mucho más la causa que había elegido.

La amnistía me permitió volver a San Sebastián y participar en la reorganización de nuestros sindicatos. El alzamiento fascista me tomó desprevenido cuando descansaba en un pueblo de montaña junto con mi padre enfermo, que allí habría de morir un par de días más tarde, y al que no pude ver porque inmediatamente me incorporé pidiendo un lugar en la primera fila. Hice la guerra como capitán de milicianos socialistas y anarcosindicalistas que lucharon bravamente. Cuando cayó el frente del Norte me hice cargo del traslado de muchos compañeros en barcazas que burlando el bloqueo llegaron hasta Francia. Regresé cruzando la frontera y se me asignó la colaboración en el abastecimiento de víveres y pertrechos a las fuerzas leales por mar.

Burlando a los barcos fascistas y a los intrusos alemanes e italianos mantuvimos la costa de la España Leal siempre atendida.

Es mi orgullo decir que en aquellos dos años no tuve un día de descanso ni lo quise. Muchos no fueron así. Pero no es la hora de las quejas. Muchos al igual que yo cumplieron. Muchos más están muertos y su sangre nos mancha a todos y nos hace tener deuda con ellos.

La guerra terminó con nuestra derrota y salí de Valencia en un pesquero, el *María Engracia* al que le habíamos adaptado dos motores ingleses capaces de poner a caminar un acorazado. Mis fortuitos compañeros de salvación y yo nos juramentamos a mitad del Mediterráneo, frente a las costas africanas, a no perdonar, a no olvidar, a seguir luchando. Éramos diecisiete.

Con la guerra perdida, nuestros compañeros en África fueron internados en campos de concentración por los franceses que no querían problemas, y que por no quererlos tuvieron más de la cuenta.

Usando viejas amistades cambiamos la matrícula del barco por una de Costa Rica y operamos con papeles falsos que nos proporcionó una red que el Partido Comunista había montado desde Casablanca en la que trabajaban dos compañeros judíos alemanes muy queridos de nosotros y que sabían más que María Castaña en el arte de la falsificación.

Los meses que mediaron desde el fin de la guerra hasta el estallido de la Segunda Guerra Mundial los empleamos mejorando nuestro barco, contrabandeando cigarrillos con los puertos franceses para poder comer, haciendo labor de cabotaje que nos llevó hasta Albania, y pertrechándonos de armas. Dos compañeros nos abandonaron en aquellos días porque intentaron reencontrar a sus familias.

De la época en que combatí en Valencia había dejado un cariño muy grande en la mujer que hoy es vuestra madre. La conocí cantando en una velada recreativa y cultural de las Brigadas Internacionales y pasamos varios días juntos de amor en medio del huracán de la guerra. Juré que cuando fuera libre otra vez la iría a buscar a su tierra. Ella, como sabréis, era irlandesa, de una familia de buenas costumbres, encabezada por un maestro de letras antiguas que se sentía orgulloso de que la hija menor hubiera ido a cantar para los hombres de España.

Durante toda la guerra cada vez que pude le escribí avivando nuestro amor.

Fuimos piratas. Atacamos cargueros italianos en puerto y en alta mar, incluso llegamos a destruir un guardacostas alemán cerca de Trípoli.

No teníamos bandera, cambiábamos de nombre y de apariencia, éramos lobos solitarios. En estos combates murieron Mariano Helguera y Vicente Díaz Robles, dos compañeros anarcosindicalistas de Cádiz muy queridos de nosotros, y resultó herido de gravedad, tanto que tuvimos que desembarcarlo y nunca más volvimos a saber de él, Valeriano Corral, catalán y hombre sin partido, pero más bueno que el pan y más entregado a la lucha que cualquiera.

Los ingleses utilizaron nuestra experiencia, y nosotros nos dejamos usar por ellos porque nuestra causa no admitía pequeñeces. Contrabandeamos armas para los partisanos yugoslavos, y transportamos comandos canadienses en misiones que se realizaron primero en el norte de África y más tarde en la costa francesa.

En nuestro pequeño barco que más tarde se convirtió en uno de los dos de nuestra nota pirata, y que en la intimidad habíamos bautizado como *El Loco*, así como el segundo fue llamado *Aurora Social* aunque se llamaba oficialmente *El Pez Barbudo* en signos árabes con matrícula de Liberia. En nuestro pequeño barco, digo, vivíamos en absoluta democracia y libertad, y si bien yo fungí como capitán lo era por libre decisión de los compañeros. Así fueron decididas algunas acciones contra puertos españoles en manos del franquismo, y llegamos a asaltar una comandancia de carabineros en las Islas Baleares y a dinamitar dos pequeñas naves de guerra de la marina facciosa en el puerto de Alicante.

A pesar de la diversidad de nuestros actos y nuestras relaciones con los grupos antifascistas que operaban en la costa norte de África, nos sentimos muy atraídos por las acciones que venía realizando la Resistencia francesa, el *maquís*, donde colaboraban muchos compatriotas nuestros. Trabajamos estrechamente en particular con el grupo de un griego que actuaba desde Marsella y que se llamaba Tsarakis, aunque su nombre de guerra era Christian. Participamos en un ataque a la comandancia naval alemana de Marsella que culminó exitosamente, y en varias acciones de transporte de armas para los resistentes. En el camino se quedaron otros tres compañeros cuyos nombres quiero poner aquí para guardar su memoria: Valentín Suárez, mecánico de Burgos, socialista; Leoncio Pradera Villa, leonés del Partido Comunista, simpático a carta cabal y amigo fiel, y el andaluz Beltrán que era sindicalista y tuerto.

En el 44, sorprendimos una cañonera italiana cerca de la costa de Albania. Intentaron abordarnos pensando que transportábamos frutas frescas con la intención de apropiarse de nuestra carga. Combatimos veinte minutos, amarrado nuestro barco al de ellos, hasta que no quedó uno solo.

Allí encontramos veintitrés kilos de monedas de oro de diferentes nacionalidades que se transportaban a Italia por órdenes precisas del mariscal D'Ambrosia. Ese pequeño tesoro fue ocultado por nosotros en la costa del norte de África. Habíamos pensado en dedicarlo tras la liberación europea a financiar la liberación española. Creíamos firmemente en que nadie podría dejar de ayudarnos a terminar con el último reducto fascista en Europa.

Yo desembarqué a principios del 45 en Francia y me sumé a un batallón casi íntegramente formado por españoles que combatía en la punta de lanza de la División Leclerc. Junto conmigo desembarcaron Simón Matías, que murió en territorio checo en un contraataque alemán, y Gervasio Cifuentes, de Mieres, un gran amigo que ha muerto en soledad hace unos pocos años en México.

Seis compañeros más permanecen a bordo de *El Loco* colaborando con la marina inglesa en las labores de limpieza de minas en los alrededores de Malta.

Al final de la guerra supimos que habían muerto, y con ellos se había hundido nuestro querido barco. Abierto en canal a mitad del Mediterráneo.

Azares del destino me trajeron a México. Ya casado con vuestra madre, trato de descansar de tantos años de sangre y guerra. La derrota y las traiciones de los aliados me descorazonaron, y terminé haciendo lo que tantos otros: anclando mi barco en costa tranquila, haciendo del exilio un tiempo de espera que nunca terminó.

Cifuentes y yo comentamos muchas veces la historia de los veintitrés kilos de monedas de oro. Él trabajaba como contador en una empresa de calzado y yo, como sabéis bien, me coloqué en una editorial de la que en el momento de escribir estas notas soy subgerente.

Ésta es la historia. Ahora, sois hombres. No quiero cederos el ejemplo. No hay mejor ejemplo que el propio, quiero legaros un puñado de anécdotas para que no podáis decir que vuestro padre era un viejo tranquilo que pasaba las tardes leyendo en una mecedora en el jardín de la casa de Coyoacán. No siempre fue viejo. Lo que sucede es que el tiempo pasa.

¿Qué hacer frente a una historia como ésta? ¿Cómo integrarla a la vida propia y conectar el pasado con el presente?, pensó Héctor. Los documentos que hojearon poco a poco eran recortes de periódicos franceses e ingleses, entrevistas, artículos de diarios italiano y españoles que confirmaban pedazos de la historia del viejo Belascoarán, incluso dos documentos del ejército francés en que se certificaba la participación de *El Loco* en acciones de apoyo a la resistencia por las que se concedía al capitán Belascoarán y a su tripulación la Medalla de la Resistencia.

El mapa mostraba un fragmento de la costa africana enormemente ampliado y señalaba la ubicación del lugar donde enterró el oro.

—Y ahora qué, ¿es cosa de irse al norte de África a buscar un tesoro? —preguntó Elisa.

—Me voy a volver loco —dijo Héctor.

—Todo suena a una novela de aventuras, pero me cae que si papá quiere que vayamos a sacar el oro ése, yo voy —dijo Carlos.

—Abre el sobre, Elisa.

Elisa rompió el borde del sobre y sacó una carta muy breve.

Queridos hijos, es mi voluntad que dado que mi amigo y compañero Cifuentes murió sin descendencia, os hagáis cargo de nuestro último deseo. Leed el cuaderno que acompaña esta carta y recuperad el oro. Descontando los gastos que os tome hacerlo, entregadlo a aquellas organizaciones sindicales españolas que se encuentren en lucha abierta contra el régimen y velen por la causa de los trabajadores.

Confío en vosotros y sé que cumpliréis esta deuda que en vuestro nombre he contraído con mi vida.

JMBA

—¿Tienes refrescos? —preguntó Héctor a su hermano.

—Yo quiero un café —dijo Elisa.

—El viejo tiene razón, es justo... Pero lo único que faltaba es que ahora se me meta en los sueños la costa del norte de África —dijo Héctor.

—Tómalo con calma hermano. No tenemos que salir mañana.

—Y después de todo, ¿por qué no? —preguntó Héctor sonriendo.

IX

Era una vasta maraña de senderos
sinuosos y retorcidos llamada Laberinto.

R. OCKEN

Inaccesible a la luz, infinitos rodeos y mil
pérfidas veredas embrolladas y tortuosas
imposibilitaban al que se aventuraba en él
a dar con el camino de retorno.

M. MEUNIER

Tenía un nombre, y tenía esperanzas de que el viejo no hubiera necesitado cambiárselo en aquella época. Isaías Valdez. Con tan poca cosa penetró en el mercado y fue recorriendo puesto a puesto, guiado por una mano mágica que le iba indicando: «Vea usted a don Manuel, que él estaba por esa época...». «De doña Chole dicen que está desde que se inauguró el mercado. Don Manuel conoció a Rubén Jaramillo», él lo cuenta. Pasó de puestos de verduras a puestos de carne, habló con viejos fruteros, con el dueño de una pollería pero no había respuestas. Poco a poco fue dejando de lado la pregunta inicial que trataba de rescatar del fango de la memoria el nombre de Isaías Valdez.

—¿Amigo de Jaramillo? Uh, había bastantes, venían a verlo desde su tierra, él los recibía a todos, les daba una fruta, un pan, y platicaba con ellos caminando por el mercado... ¿Amigo de aquí, del mercado?... Tenía bastantes... sesenta y cinco años... Ah, usted dice don Eulalio, don Eulalio Zaldívar... Sí, cómo no, era muy amigo de Jaramillo, pero hablaba muy poco... Deje ver si hay una foto de todos los locatarios de esa época. A ver, aquí está Jaramillo, aquí a la derecha, casi no se lo ve, don Eulalio, siempre llevaba sombrero, y un paliacate en el cuello, como si estuviera enfermo. Tenía la voz ronca... Vendía frutas... En aquel puesto... Se fue en el 47 pero regresó. Hace como seis años se volvió a ir, ya muy viejito, no tenía familia. ¿Dirección? No, no dejó dirección...

La sombra, el fantasma, la mancha grisácea siempre en segundo plano de las fotografías. ¿Ése era Zapata? Había quedado reducido a una mancha gris mientras lo rehacían en manuales, libros de texto gratuito, placas de calle.

El cuento de hadas de don Emiliano. ¿Dónde buscar ahora?

—Vengo a que me cuentes una historia.

La muchacha lo miró. Estaban en la vieja casa de Coyoacán de la familia, en la que Elisa vivía por el momento. En un recodo del patio, gozando de la sombra, del agua de chía que había hecho la vieja sirvienta. Héctor dejó la chamarra colgando de las ramas bajas de un árbol y se arremangó la camisa. La funda sobaquera de la que salía como pájaro de mal agüero la culata de la .38 le parecía una mancha obscena en el sobaco.

Una mancha que ningún desodorante quitaba. Terminó colgando la pistola con todo y funda de otra rama.

—No voy a poder decirte nada... Por ahora —dijo la muchacha caminando hasta ponerse al otro lado del árbol.

Héctor la contempló a través de las ramas más bajas. Ella se tomó con el brazo sano del tronco.

—Nunca trataste de suicidarte, ¿verdad?

—Nunca.

Héctor tomó la funda del arma y descolgó la chamarra. Hubiera preferido el sol, el patio lleno de reflejos blancos deslumbrantes, una limonada helada, un puro de Oluta, Veracruz; una novela de Salgari. Hubiera sido una buena tarde. Hubiera preferido...

—Lo escucho —dijo el gerente en la suave oscuridad del cuarto sólo violada por la luz que caía brillante en finas rayas desbordando la persiana. Un ambiente prefabricado, hecho para destruir los ruidos de la fábrica que entraban por los resquicios del cuarto.

La fábrica estaba tensa, nuevamente los grupos de esquiroles hacían guardia ante la puerta principal, y los policías industriales escopeta en mano cuidaban la entrada. Al pasar cerca de las galerías había podido ver un paro. Se había detenido. Los trabajadores inmóviles frente a sus máquinas, como guardando minutos de silencio ante el compañero caído. Los capataces corrían de uno a otro, amenazando, intimidando, levantando reportes. El paro sólo había detenido un departamento, los departamentos vecinos continuaban laborando. A los cinco minutos exactos se reinició el trabajo. Las labores se interrumpieron entonces entre los trabajadores que recorrían la planta con montacargas.

Había escuchado una extraña discusión entre un ingeniero y un montacarguista: «Ponga esa madre en marcha, pendejo». «Póngala usted.» «A usted le pagan por ponerla, ¿qué está haciendo?». «A poco no se ha dado cuenta, pendejo, que estoy en paro».

La oficina era un remanso aparente, como si formara parte de otro decorado teatral, de otra historia, de otra secuencia de la misma telenovela.

—Vengo a hacerle unas preguntas —respondió tras el silencio.

—Usted dirá —dijo el gerente y sacó del bolsillo del chaleco una cajetilla de Philip Morris.

¿Dónde había visto más? En el mueble al lado de la cama del gordito...

—¿A qué le tiene miedo? ¿Qué teme usted del hombre que busco? ¿Qué le impide decirme su nombre? ¿Quién es?

El gerente lo miró un instante, ocultando los ojos tras el humo del cigarrillo.

—Le pago para que usted dé respuestas.

—¿Quiere las respuestas a esas preguntas?

—Quiero el nombre del asesino, y las pruebas que demuestren su afirmación.

Héctor se puso en pie.

—Usted no me gusta —dijo el gerente.

—Usted tampoco me gusta a mí —respondió Héctor y tiró su Delicado con filtro a medio fumar sobre la alfombra. Salió sin mirar hacia atrás.

—Siéntese, mi buen... —dijo Gilberto haciendo a un lado el sillón giratorio. Carlos el tapicero limpió la silla con una franela.

—¿No gusta un refresco?

—Quihúbo, me tocó la lotería y no me he enterado...

—¿Lotería?

—Viene el refresco.

—No, nomás que le hablaron para dejar unos recados y como se está...

—Ya dile —dijo Carlos ofreciéndole al detective medio Jarrito de tamarindo.

—Dicen que lo van a matar.

—¿Quién dice?

—Por teléfono.

—¿Cuántas veces?

—Dos.

—Ah, bueno, si nomás son dos —dijo el detective y tragó un largo buche de refresco.

—Hay otro recado... —tomó el periódico en que había anotado y leyó—: «Que si no había pensado que un comandante de policía también podía ser puto».

—¿Qué?

—«Que si no había pensado que un comandante de policía también podía ser puto».

—¿Quién dice?

—Quién sabe, nomás preguntaron por usted y cuando le informamos aquí su secretario y yo que ya había salido, cual acostumbra, que andaba de huevón...

—Cual acostumbra también —intervino el tapicero.

—...pues me dijo que le pasara el recado ése de «Que si no había pensado...».

Héctor buscó con la vista hasta encontrar en la cabecera del sillón el periódico que había estado leyendo hace dos días:

...el comandante Paniagua de la Policía Judicial del Estado de México, quien está a cargo de las averiguaciones...

El nexo Álvarez Cerruli y el gerente, el nexo del miedo podía ser un comandante de la Policía Judicial...

¿Ése?

En la Alameda, frente a Bellas Artes un hombre tragaba gasolina y escupía fuego. La ciudad estaba llena de mujeres indígenas vendiendo nueces. Los periódicos anunciaban la caída del gobernador de Oaxaca.

Belascoarán terminó el café con leche y salió de la cafetería. El hombre al que estaba siguiendo había dejado cuidadosamente la propina y se había levantado un par de segundos antes.

Vestía un traje claro y una corbata azul brillante, era robusto, relleno sin ser gordo, pelo muy negro. La cara dominada por una nariz bulbosa y unos lentes oscuros. Belascoarán intuía el revólver en la cintura, el revólver que obligaba al hombre a llevar el saco cerrado y tener que ponerse crema Nivea en la parte superior del muslo izquierdo de vez en cuando para evitar que le molestaran las rozaduras. El revólver a la cintura, costumbre adquirida de ver *westerns* en televisión, costumbre antigua de pistolero de pueblo que ostentaba el segundo miembro a la vista de todos.

Cien pesos aquí, cien pesos por allá, vueltas y vueltas por cafés de Bucareli donde se reunían los zopilotes de la nota roja matutina, le habían dado un cuadro biográfico impreciso pero sabroso en cuanto a la definición del personaje:

Había nacido en Puebla, pero se había construido en los Altos de Jalisco. Dos juicios por asesinato pagados míseramente en la cárcel de Guadalajara de los que había salido inocente pero con las manos y el revólver manchados de sangre. Pistolero del presidente municipal en Atotonilco, comandante de la judicial en Lagos de Moreno. Había trabajado activamente en la represión de los mineros de Nueva Rosita, Coahuila, siendo segundo jefe de la Policía Judicial del estado desde el 52. Dueño de una fábrica de hielo en Guanajuato en el 60. Reaparece en el 68 en la Policía Judicial del Estado de México donde hace carrera rápida. Tres años como comandante.

El hombre camina con un paso lentón, como de buitre que acecha pareja en el baile de pueblo. Han cruzado hace un rato por la sombra de la Latino y entran en la calle Madero. Se ha detenido un par de veces, una ante una tienda de ropa de caballeros donde contempla un chaleco, la otra ante una tienda de aparatos fotográficos, donde se ha quedado mirando atentamente unos binoculares.

Se le conoce como hombre silencioso, de mano dura. Se dice que él personalmente actuó en la ruptura de las huelgas de Naucalpan a mediados del 75, y que golpeó estudiantes del Colegio de Ciencias y Humanidades en los separos. Por lo demás, lo rodea el silencio. Los ambientes supuestamente conectados no reciben rumores.

Cuando se detuvo ante una tercera vidriera, Héctor comenzó a pensar que el hombre se había dado cuenta de que lo estaban siguiendo. Se detuvo en la librería americana y se quitó la gabardina.

Un par de extraños personajes pasaron a su lado en el relevo predeterminado, uno de ellos coronaba la cabeza con una gorrita de Sherwin Williams, el otro, barbón, traía bajo el brazo un muestrario de tela para tapizar.

—Pues más le vale a la patronal pagar horas extras, porque si no, dejamos la persecución a medios chiles...

Escuchó el detective lo que Gilberto decía al pasar. Sonrió. Esperó un par de minutos y salió a la calle, el hombre de los lentes oscuros no se veía, la pareja compuesta por sus vecinos daba la vuelta por Isabel la Católica a la izquierda. Elisa tenía la moto detenida frente a él.

—¿Subes?

—Vamos. Conserva la distancia.

—¿No tiene coche?

—Lo dejó en una lateral de Juárez cuando entró al café.

Arrancaron.

Las horas no alcanzaban y empezó a odiar a la ciudad, el monstruo de doce millones de cabezas, por ello. Desde la ventana de la oficina se filtraba la noche. Si el signo de la primera parte de la historia había sido el sueño, ahora el laberinto dominaba la escena. Un laberinto que como tal, tenía una salida. Y esto era lo que hacía angustioso el punto muerto en que se habían instalado las tres historias: casi podía tocarla, olería... Y sin embargo podía ser que estuviera paseando frente a ella sin saberlo.

Pegó a la foto de Zapata una hoja de papel blanco y con un plumón escribió:

1924: Tampico.
1926: Nicaragua. Con Sandino. Capitán Zenón Enríquez.
1934: Pasaporte en Costa Rica.
1944: Trabajador Mercado 2 de Abril. Hasta 1947 Eulalio Zaldívar.
Regresa del 62 al 66. Vive en el Olivar de los Padres en esos años. Isaías Valdez.

Tras pensarlo un instante, tachó la interrogación. Prefería un espacio en blanco que un signo. Colgó un segundo papel ante la foto del cadáver. Tiró del plumón nuevamente y escribió:

Álvarez Cerruli. Muerto. Homosexual.
Un gerente: Rodríguez Cuesta. Con miedo. ¿Chantaje?
Un muerto anterior también homosexual.
Un policía.
Clasicismo: oportunidad, motivo, mecánica, del comandante Paniagua.

A su espalda, el ingeniero noctívago levantó la voz:

—¿Qué tanto escribe, vecino?

—A ver, usted que se puede mover en el medio...

—Yo más bien me muevo como puedo...

—En el medio industrial...

—Más o menos como usted.

—¿Qué puede contrabandear un industrial que el saberlo signifique un chantaje importante?

—¿Un industrial que hace qué?

—El gerente de la Delex.

Sin conocer a fondo el mundo de Rodríguez Cuesta no podía encontrar el nexo entre lo que constituía el motivo del chantaje y el chantajista, y por lo tanto enlazar la cadena con los dos eslabones asesinados.

Rodríguez Cuesta quería el último eslabón de la cadena, el policía, porque él era el que había pasado la clave. ¿O no había sido el gerente el que había hecho la llamada poniéndolo tras la huella del comandante?

Pero no se trataba de darle un eslabón, sino de obtener la cadena completa. Había además que negociar que dejaran en paz al sindicato, y para negociar había que tener algo con qué hacerlo. Anotó bajo la lista de ideas:

La otra línea: el mundo de un gerente, ¿contrabando?
Porque, ¿qué otras cosas había? Mujeres, drogas, ¿el gerente sería otro homosexual?

De repente, se quedó pensando en que no sabía un carajo sobre los homosexuales. Que formaban parte de un mundo supuestamente tenebroso, del que sólo había oído medias palabras, que ni siquiera tenía idea de cómo hacían el amor los homosexuales, y de que lo que más cerca que había estado de ese submundo era una vez en que le había guiñado un ojo un hombre de treinta años cuando iba en camión, en secundaria. Sin embargo, era un ente respetuoso en materia sexual. Mientras no molestaran a los normales, le importaba un cacahuate que cogieran como quisieran.

¿Y quiénes eran los normales? ¿Él, que había roto sus dos meses de abstinencia, recortada por dos o tres masturbaciones y un par de eyaculaciones nocturnas, haciendo el amor con una adolescente de brazo enyesado?

Indudablemente, el horizonte de Belascoarán se ampliaba. Había aprendido en estos últimos meses, que ninguna miseria humana le era ajena.

Avanzó sobre la tercera fotografía desde la que Elena le sonreía.

Colgó un tercer papel blanco bajo ella y escribió:

Tú tienes algo que vale cincuenta mil pesos.
Se lo dijiste a los amigos del gordito que te fregaron.
Alguien intentó matarte. (No los amigos del gordito. Otros).
¿Matarte o asustarte?
Lo que tienes compromete a tu madre.
Tu madre consume heroína.
Hay un tal Burgos que me caga los huevos.

Se separó de la pared y se quedó mirando las tres fotos y los tres papeles bajo ellas como quien contempla un cuadro de Van Gogh. Los detectives de novela hubieran dicho: «¡Listo!». Y todo hubiera casado.

Pero no todo tenía que ser como parecía, más aún cuando sólo disponía de pedazos de información que apuntaban vagamente, porque si bien la madre de Elena era heroinómana, el paquete podría ser de centenarios o un archivo de microfilms de la KGB o un paquete de rarezas postales o la contraseña de una caja fuerte del Banco de México donde estaban las pruebas que comprometían a algunos banqueros en un intento de golpe de Estado en el sexenio anterior.

Y el tal Burgos podía ser muy feo y no gustarle, pero a lo mejor no pasaba de ser un pacífico productor de cine. Y el comandante Paniagua un hampón más al servicio de la ley y el orden, y así. Y después de todo ésta era la gran virtud de la vida sobre la ficción, resultaba notablemente más complicada.

Bostezó ruidosamente ante la sonrisa de su vecino.

—¿Hace sueño? Desde el otro día lo estoy viendo que anda medio jodido... Si se pasa las noches haciendo dibujitos abajo de las fotos, y los días persiguiendo asesinos, va a tronar.

—Algo hay de eso.

Caminó hasta el sillón que lo esperaba amoroso en su desvencijamiento. Es cierto, la gran virtud de la vida era su complejidad.

—Me despierta cuando se vaya.

—Me voy a las cinco y media, en cuanto termine esta porquería —dijo el ingeniero que contemplaba unos mapas de cloacas que más bien parecían dibujos de Paul Klee. Encendió su puro fino, estrecho, y echó el humo hacia el techo.

—Antes de que llegara llamaron por teléfono diciendo que iban a matarlo.

—¿Usted qué les dijo? —preguntó Belascoarán haciéndose una almohada con el saco y poniendo la pistola entre su cuerpo y el respaldo.

—Que de lengua me echaba un taco.

—¿Y qué le dijeron?

—Que a ver si no me daban en la madre a mí también por hocicón.

—Ya ve, para qué se mete.

Héctor se quitó los zapatos. El ingeniero Villarreal caminó hasta la ventana y la abrió. El bochorno del cuarto se disipó con una corriente de aire frío. Dejó caer la ceniza hacia la calle. Héctor imaginó la mota de ceniza descendiendo los cuatro pisos.

—A veces se aburre uno de los pinches mapitas, vecino —dijo el *inge* sacando de la chamarra un revólver de cuando su papá mataba pumas en Chihuahua y poniéndolo bajo el restirador.

—¿Trae seguro? Luego se dispara y me van a echar a mí la culpa Gilberto y Carlos —dijo Belascoarán sonriente.

—El que trae seguro es usted...

—Algo se aprende en un año de andar en esto... A dejar de correr cuando empiezan las amenazas.

—¿Nunca ha pensado en que a lo mejor se lo truenan, Belascoarán?

—Algunas veces.

—¿Y entonces, por qué no cambia de chamba?

—Creo que porque me gusta... Me gusta —respondió el detective cerrando los ojos.

El acceso a la fábrica estaba bloqueado otra vez por patrullas del Estado de México. Los trabajadores de otras empresas se mantenían en las entradas sin acabar de decidirse entre irse hacia la bronca o entrar a tomar su lugar en la cadena.

Bajó del Volkswagen y cuando un policía trató de detenerlo mostró la credencial. En cada patrulla había un par de policías con casco y ametralladoras. La electricidad había cargado la mañana gris y polvorienta. Escuchó el relinchar de los caballos. En la puerta de la fábrica estaban las banderas rojinegras, frente a ellas cerca de quinientos trabajadores con palos y piedras, en filas irregulares. A unos veinte metros un escuadrón de la policía montada flanqueado por tres patrullas con agentes armados de ametralladoras. Los montados traían los sables desenvainados. Tras las patrullas el gerente sentado en su coche y en torno suyo pululando algunos ingenieros. Distinguió a Camposanto sentado en su coche, con la puerta abierta. Pasó de largo y se dirigió hacia Rodríguez Cuesta.

—No es momento para hablar de nuestras cosas, venga mañana —dijo el gerente cuando estaba a un par de metros.

Héctor pasó a su lado y cruzó la fila de los hombres de a caballo.

Un caballo estaba cagando, otro golpeaba los cascos en el suelo levantando una pequeña polvareda. No miró hacia las caras de los policías.

Temeroso de romper el encanto que le abría camino avanzó, pero el encanto fue roto cuando un sargento le puso el sable de plano en el pecho.

—¿Adónde va?

—Voy a pasar —respondió Héctor.

—¿Es periodista?

—Sí.

—Entonces, mejor hágase a un lado —dijo y empujó con el sable.

Héctor retrocedió. Caminó hasta la lonchería que se encontraba en tierra de nadie. Poco a poco se comenzó a levantar un rumor sordo entre la gente: FUERA POLICÍA, FUERA POLICÍA, FUERA POLICÍA; LIBERTAD DETENIDOS que fue creciendo. Un caballo relinchó.

—¿Tú eres el detective?

Héctor asintió, un muchacho de unos veinte años, con uniforme de la empresa estaba a su lado mirando.

—¿Y tú qué haces aquí? —preguntó a su vez.

—Si hay madrazos tengo que avisar al abogado de nosotros —respondió el muchacho que apretaba su puño derecho con la mano izquierda como quien exprime una naranja.

—¿Cómo le hago para pasar? —preguntó el detective.

—Se puede entrar por los baldíos de allá atrás… Pero mejor ni te metas, ésta no es bronca tuya…

—¿Quién dice?

—El comité dijo... Alguien dijo que eras cuate, pero que hasta no saber bien.

Héctor se quedó mirando.

—¿Y qué va a pasar aquí?

—Va a llegar raza de las colonias y de las escuelas del Poli. A lo mejor la policía se retira, están esperando órdenes de alguien, será del gobernador del Estado de México. Tú, mejor vete.

Pero algo lo mantenía amarrado a la puerta de la lonchería, algo le impedía salir de allí a seguir persiguiendo al asesino, o a los que atemorizaban a una muchacha de brazo enyesado, o a buscar la sombra de Emiliano.

—¿Y por qué es la huelga?

—Para que nos reconozcan que los independientes somos el sindicato titular y para que suelten a los detenidos... Para que ya no entren más esquiroles a trabajar.

Un par de uniformados de a pie cruzaron las líneas de la policía montada y se acercaron a las primeras líneas de huelguistas. En torno a ellos se armó la bola. Luego se oyeron gritos, porras, la gente aplaudía. Los montados en fila ordenada comenzaron a retirarse, el coche del gerente dio un violento arrancón en reversa.

—¿Qué pasa? —preguntó Héctor.

—Se van... Por ahora no la rompieron... Van a negociar... Deja ver.

El muchacho se desprendió de la lonchería... Héctor entró a tomarse un refresco. Tenía la boca seca, como otras veces, como casi siempre en estos últimos días. La oscuridad violenta en el interior del changarro le dio paz a los ojos enrojecidos. Afuera una mañana sucia de luz sin sol. Se sentó y la señora le puso enfrente un Jarrito rojo.

—Le hablé, pero nadie contestó.

—Gracias —respondió el detective y le pasó un billete de veinte pesos.

—¿Qué pasó detective? Usted traía fusca... ¿de qué lado se iba a poner? —dijo el obrero gordito que entraba con un grupo de amigos a festejar. Pasó a su lado y se sentó en la mesa cercana.

Héctor se quedó pensando una respuesta, pero no la encontró.

Y bien, Paniagua, el comandante Federico Paniagua, para ser más exactos tenía horarios irregulares. También tenía una casa en Lechería, con una mujer cincuentona y gorda que cocinaba muy bien (esto había quedado muy claro después de un par de horas oliendo sus guisos), dos hijos ya mayores, uno de los cuales era dueño de una refaccionaria. También tenía un cuarto de hotel viejo, con puertas de madera pintadas de verde que daban a un patio con fuente. Allí se llamaba Ernesto Fuentes y era viajante de comercio.

Tenía un tercer cobijo. Un departamento en un edificio moderno en la colonia Irrigación, a la vuelta del Club Mundet. Allí nadie daba razón de su existencia. En el piso de abajo había una compañía de seguros para automóviles y en los dos departamentos arriba del suyo vivían un inglés ex canciller de su país en Guadalajara, anciano jubilado y solterón, y una pareja de recién casados que estaban de luna de miel. No había portero, tan sólo una mujer que hacía la limpieza de escaleras cada dos días y un cobrador que llegaba cada mes.

Pasaba una o dos veces por la comandancia en Tlalnepantla, y se daba cinco o seis vueltas a Toluca todas las semanas.

Cuando estaba trabajando lo acompañaban dos hombres, un chofer, siempre el mismo, y un segundo personaje que cambiaba según el carro que usaba el jefe.

Si tuviera una agencia con dieciséis empleados, pondría una guardia ante la casa de la colonia Irrigación y alguien entraría a hospedarse en el Hotel de Donceles. A falta de pan, buenos son tacos, dijo y decidió dedicar la noche a una de las dos cosas. Mientras tanto, salió del norte de la ciudad y entre brumas recorrió veinte kilómetros hasta la casa de Marisa Ferrer, sólo para enfrentar a una sirvienta silenciosa que le cerró la puerta en la cara.

X

*...Respírese hondamente y sobre todo procúrese
que no se caiga el arma de las manos cuando
se venga el suelo velozmente hacia el rostro.*

ROQUE DALTON

Los ojos parecían dos rendijas, los brazos colgaban a los costados, los pies se arrastraban en un suelo de algodón en rama; la boca seca y ácida, los dientes rodeados de pelambre inexistente.

Hubiera cambiado la pistola por encontrarse ante una fuente de agua limpia donde poder meter la cara, y ahí quedar, con el agua fresca reviviendo los tejidos, escuchando a los pájaros que bajaban a beber, y las carreras de los niños que salían hacia la escuela.

A falta de fuente, una sirvienta le prestó la manguera con la que había estado limpiando el coche del patrón y Héctor dejó que el chorro de agua fría le pegara en la cara hasta entumecerla.

Sacudiéndose como perro de aguas, caminó hacia el coche dando por terminada la noche de vigilancia inútil ante la casa de la colonia Irrigación.

Esto tenía que terminar; si seguía dejando que las cosas prosiguieran lentamente evolucionando hacia ninguna parte, terminaría muerto de sueño en una esquina, con la espalda contra la pared y los ojos atascados de lagañas. Había que violentar la situación. Estaba harto de no poder jugar las once posiciones en el partido. La pelota siempre pasaba a su lado y él corría y corría los noventa minutos sin poder hacer nada. Había que hacer que las cosas estallaran, que reventaran, que se desbordaran. ¿Por dónde romper el empate a cero?

La monja lo condujo a un salón vacío en el que había un piano viejo y restos de decorados montados en madera y cartón mostrando nubes. Bancas de paleta semidestruidas llenaban dos de los ángulos del cuarto de piso de duela. Héctor encendió un cigarrillo y se dejó caer sobre una de las bancas rotas que crujió bajo su peso. Esperó con la cabeza hundida entre los brazos dejando que el cigarrillo se consumiera y sólo dándole un ocasional vistazo al humo que se desprendía suavemente y huía en una columna partida hacia el techo.

—Señor detective, aquí están las muchachas —dijo la monja jovencita que lo había dejado en el cuarto. Tras ella, se adivinaban las sombras de las tres compañeras de Elena.

—¿Podría hablar a solas con ellas un instante?

—La maestra de inglés pide que sea rápido, porque están en clase.

—No se preocupe, seré breve.

Las muchachas entraron, una mezcla de timidez y diversión ante el nuevo espectáculo las dominaba. Rieron entre ellas apoyándose en su complicidad. Héctor les señaló las bancas de paletas desvencijadas. Las muchachas se sentaron. Las tres repitieron el gesto maquinal de alisar la falda para ocultar las piernas. Héctor recordó a la muchacha en la cama, y sus bromas sobre la virginidad perdida en los colegios de monjas.

—Gisela, Carolina y Bustamante... —afirmó el detective.

—Ana Bustamante —respondió una muchacha delgada y vivaracha, con el pelo negro cayendo sobre un ojo.

—Tengo que pedirles ayuda —dijo Héctor y guardó silencio un instante. Las muchachas asintieron.

—¿Cómo está Elena? —preguntó una de ellas.

—Está bien, por ahora, pero si no encuentro lo que estoy buscando va a peligrar su vida.

Miró a las muchachas una a una, a los ojos. Con tanta intensidad como le fue posible en aquella mañana en que el sueño se negaba a abandonarlo.

—¿Les dio algo a guardar Elena?

Las muchachas se miraron entre sí.

—A mí no.

—A mí tampoco.

—A mí me preguntó si podía guardarle en la caja fuerte de mi papá un paquete, pero le dije que no me sabía la combinación —respondió la muchacha apellidada Bustamante.

—¿Hace mucho que te lo pidió?

—Antes de que la vinieran a molestar en la escuela... Hace como dos semanas.

—¿No insistió más o no comentó algo sobre eso con alguna de ustedes?

—No —negó una de ellas y las otras dos confirmaron con la cabeza.

—Les agradezco la molestia —dijo el detective.

Las muchachas se pusieron de pie y una a una salieron del cuarto.

¿Dónde entonces?, se preguntó el detective hundido en la banca de paleta con el respaldo roto.

—¡Un momento! —salió corriendo tras las tres muchachas que se detuvieron a unos diez metros del pasillo.

—¿Tiene Elena un casillero, un *locker*, algo así para guardar sus cosas aquí en la escuela?

Con el paquete bajo el asiento delantero, Héctor Belascoarán Shayne detuvo el coche ante el ministerio público de Santa Clara. Ahora no tenía prisa por abrirlo.

Sabía que un tercio de sus problemas tenían resolución y que la resolución envuelta en un paquete de cuarenta centímetros por veinticinco, en papel de estraza con un cordoncillo que terminaba en lazo lo esperaría en el coche estacionado. Recorrió pasillos preguntando, hasta terminar ante la puerta del agente del ministerio público encargado del caso.

—¿Puede decirme qué asunto lo trae por aquí? —preguntó un burócrata joven, moreno y con una corbata medio chillona en la que había una mancha de yema de huevo.

—Tengo informes importantes sobre el asesinato del ingeniero Álvarez Cerruli en la Delex.

—¿Su nombre?

—Héctor Belascoarán Shayne.

Cuando la puerta se abrió, dos hombres estaban en el interior de la oficina.

Uno era un viejo conocido de estos últimos días, el comandante Paniagua, que se había quedado al fondo, apoyado en un archivador de metal, con la pistola bien visible en la cintura. El segundo hombre se presentó a sí mismo como el agente del ministerio público, licenciado Sandoval. Héctor abandonando formalismos se sentó sin esperar invitación.

—¿Dice que tiene datos que puedan aclarar la muerte del ingeniero Cerruli?, lo escuchamos —señaló hacia Paniagua—: ¿conoce usted al comandante Paniagua, a cargo del caso?

Héctor asintió. El comandante Paniagua hizo un gesto de extrañeza tras los lentes oscuros.

—Más que datos para esclarecer el caso, puedo demostrar que por donde van, no hay posibilidad de acertar —Héctor sacó su libreta. La consultó un instante dejando el reto en el ambiente.

—Los tres detenidos que ustedes tienen no pudieron haber cometido el crimen. Si la hora del crimen ha sido fijada con precisión entre las cinco y las cinco treinta, Gustavo Fuentes no había entrado todavía a trabajar y hay varios testimonios de que Ibáñez estuvo de las cuatro a las cinco y media en la línea de montaje, sin que su suplente tomara su lugar. Por otro lado, el tercer inculpado, Contreras, no se presentó a trabajar. O sea que sería bueno que los dejaran salir antes de que se me ocurra ir a los periódicos a informar cómo están ustedes metidos suciamente en un asunto laboral. /

Héctor encendió un cigarrillo y esperó.

—¿Qué interés tiene usted en todo esto? —preguntó el agente del ministerio público.

Héctor sonrió.

Unos huevos revueltos con jamón, una jarra de jugo de naranja y plátanos con crema es la idea exacta de lo que era un buen desayuno.

—Tienes una cara espantosa —dijo Elisa después de poner los platos sobre la mesa.

—Tú también.

Estaban sentados frente a frente en el viejo desayunador familiar. Elisa envuelta en una bata de toalla amarilla se frotaba los ojos.

—Tengo sueño. Me quedé quién sabe hasta qué hora hablando con tu clienta.

—¿Cómo es? —preguntó Héctor atacando los huevos con jamón.

—Es una muchacha despierta. A veces espanta, a veces da lástima. Supongo que me friega mucho el verme retratada a su edad... Todo se me hacía fácil.

—¿Te dijo algo?

—Sólo habla en clave, si me explicaras parte de la historia...

—Ahí está, no sé todavía lo que es —señaló el paquete envuelto en papel de estraza.

Elisa tomó el vaso de jugo de naranja que Héctor había servido y se lo bebió de un largo trago, sin respirar. Héctor contempló a su hermana con cariño,

—¿Qué has estado haciendo?

—Dándole vueltas a todo. Desde que regresé ando como fantasma... Tenía ganas de ponerme a estudiar.

—¿Te escribió el tipo ése?

—Jeff escribe todos los meses. Una nota muy escueta, siempre igual, un cheque por cuatrocientos dólares, el mismo que todos los meses rompo en pedacitos y le mando de regreso... ¿Supiste alguna vez por qué me casé y me fui? —dijo mirándolo fijamente.

—En aquella época... —respondió Héctor.

—Yo siempre fui la hermana sándwich... Tú eras el hermano correcto, responsable, entregado. El hermano modelo, y Carlos el hermano brillante... Y yo quería huir de la casa, mostrar que podía vivir sola. Por eso me casé.

Héctor le tomó la mano y la apretó, Elisa le sonrió.

—Mala hora para hacer confesiones, ¿no?

—Siempre es mala hora para hacer confesiones... El pasado apesta, espanta mirar para atrás... Ahora, se acerca uno a papá, seis años después de que murió y se da uno cuenta de que nunca estuvimos cerca, de que nunca entendimos nada. De que todo estaba cubierto por cortinas de humo... Lo mismo pasaba contigo, hermanita.

—Jeff era profesionista brillante. Toda la mañana trabajaba en el periódico, toda la tarde en el bar de algún hotel. ¿Sabes lo que es una ciudad de Canadá? Una casa solitaria, la televisión en colores, las tardes de nieve en la ventana. Hablaba sola, para que no se me olvidara el español.

—Antes tocabas la guitarra, ¿no?

—Hasta eso se me olvidó. Se me olvidó todo. Era un sueño, un sueño pesadilla. Nunca pude entender este país, mucho menos librarme de él. Puta madre, qué asco.

—Ya ni le muevas, hermana —dijo Héctor haciendo a un lado el plato vacío.

—¿Vas a esperar a que despierte? —preguntó Elisa.

—No, no la dejes salir, en un par de horas vuelvo.

—Si regresas a la hora de comer juro que se me quitó la jeta, y que habrá seis platos diferentes de comida china.

—Esconde ese paquete donde ella no pueda encontrarlo —dijo Héctor encendiendo un cigarrillo que le supo a gloria, ahora con el estómago lleno y la mañana por delante.

—¿Usted dice que vio al gerente salir? ¿Que se acuerda porque le pidió que le arreglara la llanta, o el gato, o algo así? —el policía industrial Rubio, placa seis mil cuatrocientos cincuenta y tres asintió. Le había ofrecido asiento en la sala de paredes húmedas, con muebles cubiertos de plástico. El hombre en camiseta tomaba un café.

—Hoy es mi día de descanso, ¿sabe?

—¿Estaba solo?

—Solo. Iba solo en el coche.

—Pero cuando entró, ¿entró solo en el coche?

—Siempre entraba solo.

—Pero esa vez... Espéreme tantito. ¿A qué hora llegaba?

—El ingeniero Rodríguez siempre llega como a las diez.

—¿Solo? ¿Y esa vez?

—Deje ver... Creo que no lo vi entrar. Abrí la reja de metal, pero estaba checando el permiso de una camioneta que salía y entonces... Yo creo que entró solo. Siempre entra solo.

—¿Quién manejaba la camioneta?

—Un monito de allí, no sé como se llama, le dicen *el Chinguiñas*.

—Una pregunta más... No, más bien dos más.

—Usted dirá, aquí estamos para servirlo...

—¿Los ingenieros entran solos?

—Cada uno trae su coche... Ahí de vez en cuando vienen dos juntos, porque uno dejó su carro componiendo, o porque pasaron antes de ir a la fábrica a las oficinas o cosas así...

—¿Camposanto entró solo?

—Creo que sí.

—¿Cuándo dejan el coche en el estacionamiento...?

—No, ellos no lo dejan en el estacionamiento, lo dejan más allá, en un tapanco que tienen para los coches de la dirección, cada uno con el nombre del ingeniero, o el contador arriba.

—¿Hay gente allí a esa hora?

—Pues cuando llegan temprano sí, está la gente del patio... Ya si llegan más tarde, pues nomás a veces hay algún montacarguista.

—La última: después de que llegaron las patrullas, ¿cuántos policías más entraron?

—Uh... Primero llegó una patrulla, luego otra. Luego llegaron dos carros de la secreta... Y luego la ambulancia.

—¿Venía el comandante Paniagua en esos carros?

—No, no lo vi llegar en las patrullas. Lo vi salir. Chance entró por atrás.

—¿Por atrás? ¿Por dónde por atrás?

—La fábrica tiene una entrada en la parte de atrás, por los baldíos tiene allá una puerta clausurada que antes se usaba para que salieran los camiones. Ahora tiene allí una guardia la huelga.

—Pero esa entrada estaba clausurada. ¿Cómo iba a entrar por allí?

—Deje ver, ya ni me acuerdo si lo vi adentro a ese comandante... Es el que salió en el periódico, el que detuvo a los muchachos, ¿no?

—Ese mero, chaparro, moreno, de lentes oscuros, ya grande como de cincuenta años...

—No, ése no entró con las patrullas de secretos que llegaron después. Pero lo vi en la puerta.

—¿No recuerda haberlo visto adentro?

Repitió la pregunta a la secretaria, a un velador que estaba haciendo guardia en la puerta trasera y a dos trabajadores de montacargas. La gente lo recibió en la huelga con desconfianza y no respondían abiertamente. El resultado sin embargo no estaba claro. No recordaban haberlo visto. «Sí, estaba allí, pero no, no fue ese día», y cosas por el estilo.

Paniagua podía ser el asesino. Pero en qué se basaba para buscarlo, en una llamada anónima que decía que era maricón. Podía haber entrado en el coche del gerente, podía haber entrado en la cajuela, podía haber entrado por la puerta de atrás.

¿Tenía coartada? ¿Cómo averiguar dónde decía el comandante que estaba esa tarde? Ni modo de ir a preguntar a la Judicial del Estado. Había sido un tiro al aire y había fallado. Tendría que probar por otro lado.

Al abrir la puerta, Héctor vio primero la pistola, luego la cara del hombre. Tenía miedo.

—¿Me va a dejar en la puerta, o me invita a pasar? —preguntó el detective.

—No quiero hablar con usted.

—No tiene mucho que hacer en estos días, con la fábrica en huelga… —dijo Héctor y empujó suavemente la puerta con el hombro.

El ingeniero Camposanto se hizo a un lado. Héctor caminó hasta la sala de muñecas y se dejó caer en un sillón. Camposanto cerró la puerta.

—No tengo nada que decirle.

Caminó hasta el sillón, arrastrando los pies. Dejó la pistola sobre la mesa de centro. Héctor sacó un cigarrillo y lo encendió. Dejó caer al suelo el encendedor y cuando el ingeniero lo recogía sacó su pistola de la funda.

El hombre que se levantaba con el encendedor se encontró con el caño de pistola mirándolo fijamente.

—¿Qué quiere?

—Que me pase su pistola, tomándola del cañón, con dos dedos, por favor… —guardó el arma en el bolsillo de la gabardina y esperó a que el hombre se sentara ante él. Camposanto comenzó a llorar con la cara entre las manos. Los sollozos subían de volumen.

Héctor desconcertado siguió fumando su cigarrillo.

—Yo no quería —dijo el otro entre sollozos.

—Entonces, ¿por qué lo hizo? —preguntó el detective dando un palo en el aire. Los ojos vendados, esperando que el palo acertara a la piñata que en algún lugar sobre él se movía balanceándose en la cuerda.

—¿Hice qué? —respondió el ingeniero secándose las lágrimas con la manga de la bata.

—Matarlo.

—Yo no maté a nadie —respondió muy digno.

—A ver, déjeme pensar un momento.

—Usted no sabe nada.

—Pero siempre está uno a tiempo de darle a usted unas patadas en el hocico para que me cuente.

—No tiene por qué hacerlo.

—Por ejemplo porque entré a preguntarle algo y usted me amenazó con la pistola.

El ingeniero bajó la vista y se quedó mirando el suelo.

—¿Hace cuánto que conoce al comandante Paniagua?

—No lo conozco.

—No tengo prisa —dijo el detective, y sacó la cajetilla de cigarros. La puso sobre la mesa de cristal. Esperó.

La tensión iba creciendo proporcionalmente al tiempo en que el silencio tomaba posesión del cuarto. Camposanto, inmóvil en el asiento, evadía la mirada del detective, estiraba y deshilachaba el cordón de la bata gris; dirigía de vez en cuando miradas furtivas al cañón de la pistola. Héctor decidió que la espera operaba en su favor. El hombre no tenía reservas.

Iba a ser un duelo entre la debilidad del otro y su sueño. Miró el reloj:

11.57

12.00

12.36

12.58

1.45

—¿Qué espera? —dijo una voz ronca, casi irreconocible saliendo de los labios del ingeniero. Se frotó un par de manos sudorosas.

—Que me diga. ¿Hace cuánto que conoce al comandante Paniagua?

—Hace unos meses, Álvarez Cerruli me lo presentó en un club de golf que hay en la carretera de Querétaro.

—¿Cómo se dio cuenta de que también era homosexual?

—Álvarez me lo comentó… Parecía que se conocían de antes, de hace tiempo.

—¿Cómo se habían conocido?

—Me dijo algo de una fiesta.

—¿Qué le pareció Paniagua cuando lo conoció?

—Un hombre callado, silencioso… muy amable.

—¿Usted estaba tomando un café con el jefe de personal, un tal Fernández cuando se descubrió el asesinato? —dijo Héctor cambiando de tema y encendiendo un nuevo cigarrillo.

—Sí… ¿qué insinúa?

—Nada, nomás pregunto… ¿Entre cuatro y media y cinco y media qué hizo ese día?

—Regresé de la comida como a las cuatro y cuarto, luego estuve en el departamento de ajustes discutiendo con el encargado, y de allí fui al laboratorio. Estuve encerrado con los de control de calidad hasta las cinco y cuarto y luego al regresar hacia las oficinas me detuve a tomar un café con Fernández.

Había contestado en línea recta, con demasiada seguridad, pero había un hueco. En las palabras del ingeniero había un hueco que éste trataba de cubrir…

—¿Con quién comió?

—En una cafetería de Insurgentes Norte.

—¿Cómo se llama?

—No recuerdo.

—¿Solo?

—Sí, solo.

—Volvamos a empezar: ¿Con quién comió?

El ingeniero guardó silencio.

—No tengo prisa —dijo Héctor y volvió a mirar el reloj: 1.48

—Comí con Álvarez Cerruli —respondió Camposanto, y tras la respuesta se derrumbó en el sillón, añadiendo—: Tenía miedo, mucho miedo. Estaba atrapado entre los dos y no lo soltaban. Yo ya sabía lo que iba a pasar, ya me lo había pedido. Yo no aguantaba estar viendo cómo Álvarez se deshacía de miedo. ¡Se estaba cagando de miedo! Y yo allí disimulando…

Si no hubiera sido por el sueño, por el embotamiento, Héctor hubiera oído un poco antes el ruido en la puerta a su espalda, pero no reaccionó hasta escuchar el golpe seco con el que la puerta fue forzada, se dejó caer con todo y el sillón al suelo y vio la llamarada de la pistola. En una posición incómoda y extraña, con los pies cruzados con el sillón, disparó dos veces sobre la puerta, una mano armada asomó para disparar a su vez un solo tiro. La bala se estrelló en la alfombra a pocos centímetros de su cara. La puerta sostenida por uno de los goznes se balanceaba. A su espalda, oyó los gritos ahogados por la sangre que inundaba la garganta de Camposanto. Como burbujas saliendo de un pantano. Escondió los pies tras una columna y apuntó hacia la altura del estómago de un hombre. El tiro seco atravesó la madera de la puerta y se fue a perder al pasillo. No había nadie. Se levantó tropezando con el cable de una lámpara. Pegado a la pared llegó a la puerta. Saltó. El pasillo estaba vacío. Su corazón bailaba una danza rusa dentro de la caja de música. Atrás, Camposanto se estaba muriendo.

—¿Quién lo mató?

—*Pannhiagua* —dijo la voz a medio camino de la tumba.

El hombre no le había producido ninguna simpatía. Pero se estaba muriendo, y Héctor no podía hacer nada. La muerte lo azoraba, lo intimidaba.

—Firme aquí —dijo Héctor sacando su libreta de apuntes y poniendo en la mano del hombre la pluma fuente. Al segundo intento Camposanto pudo detener la pluma entre los dedos y borroneó su nombre al pie de la hoja. La sangre le corría por la camisa bajo la bata gris. Héctor tomó la mano y manchando de sangre los dedos puso las huellas de dos de ellos al pie de la firma. Cuando retiró los dedos ensangrentados, se dio cuenta de que estaba tomando la mano de un cadáver. La arrojó con una mezcla de miedo y asco a un lado.

Escribió sobre la firma: «El comandante Paniagua asesinó a Álvarez Cerruli» y puso la fecha y la hora: 1.55.

La sangre le había manchado la mano, la limpió en la bata gris.

Si había sido Paniagua, lo estaría esperando la policía en la calle para echarle el muerto encima, si no es que ya venían subiendo por el elevador. Salió de la casa corriendo. El pasillo estaba vacío, sin embargo se oían voces tras las puertas. Subió corriendo por las escaleras. En la azotea dos mujeres lavaban la ropa, un niño jugaba carreteras con un coche sin ruedas en una pista pintada con gis. Saltó la pista para no borrarla y pasó a la azotea vecina brincando una reja de metal de un metro.

La calle estaba tranquila, no había patrullas. Se dirigió a su coche y subió. Al encender el motor se dio cuenta de que estaba sudando. El sueño se había ido. Dos preguntas: ¿Por qué matar a Álvarez Cerruli en la fábrica, si resultaba más sencillo hacerlo en cualquier otro lado? ¿Por qué el asesino no había entrado a rematarlo?

El juego se iba volviendo macabro. Era una broma en la que uno le sacaba el ojo al niño de enfrente, sin querer. Y luego había que tratar de explicar a los adultos que sólo se estaba jugando, que nadie había pretendido dejar tuerto a nadie, que la sangre que estaba por el suelo sólo era pintura.

Se lavaba las manos furiosamente, la camisa en el suelo. El espejo le mostraba su propia cara, sin color, amarillenta, con la barba crecida, los ojos enrojecidos. La cara de fantasma. ¿Qué chingaos valía tres muertos?

El pómulo mostraba una pequeña marca rojiza, una quemadura muy leve. ¿Se la había hecho el tiro que había pasado al lado estrellándose en la alfombra?

Elisa desde la puerta lo contemplaba.

—¿Hubo problemas?

—Mataron a un tipo a mi lado.

—¿Y qué paso?

—Nada, que lo mataron.

Hubiera querido cambiarse de camisa, pero recogió la que estaba en el suelo y se la volvió a poner. La cara ante el espejo le devolvía al fantasma en que se estaba convirtiendo mientras abrochaba torpemente los botones.

—La muchacha te está esperando... ¿Quieres que te acompañe?

—Sí, pásame lo que te pedí que guardaras.

Elena leía una novela en el patio, las piernas al sol, un refresco al lado de la silla de tiras de plástico.

Héctor se acercó y tomó el refresco. Un trago largo le disolvió el nudo en la garganta.

—¿Quihúbole, fantasma, cómo estás?

—Hasta ayer, era ángel guardián.

—Pero ya estás muy estropeado para ser angelito. Carajo, qué cara.

Elisa se acercó arrastrando dos sillas. Héctor se acercó para ayudarla.

—¿Qué hace eso aquí? —preguntó Elena al ver el paquete.

—Fui por él, en vista de que no querías enseñármelo tú.

—¿Lo vas a abrir?

—Ajá.

—¿Qué vas a hacer con lo que encuentres?

—Tú dímelo.

—Yo no podía hacer nada... Quemarlo, dejarlo donde lo encontré... Venderlo y huir de aquí con el dinero... Por eso empezó todo el lío.

—Tu madre no sabe que lo tienes.

—Mamá no creo que sepa que existe.

—Ya déjense de darle vueltas y abran el paquete —dijo Elisa.

—Se van a espantar —dijo Elena.

—Ya no me espanto de nada —dijo Héctor.

Eran setenta y dos fotos brillantes y nítidas. Hubieran podido servir para ilustrar un Kamasutra nacional o para iniciar un boyante instituto de estudios sexuales. Tenían un solo personaje femenino, identificable muchas veces por un lunar en la nalga izquierda, o por la sonrisa en tercer plano, en medio de un revoloteo de senos y vello púbico. Alternaba con tres personajes masculinos, fácilmente identificables con nombres y apellidos, y vinculables a los mismos nobles nombres y apellidos que habían llenado las páginas de política nacional hacía dos sexenios, y aún rondaban por ellas desde boletines de un ministerio y una mansión de retiro.

Belascoarán sonrió al notar al lado de la mujer elástica y brillante, los tres gnomos de frente sudorosa, gestos violentos, cara afiebrada.

—Se me cae la cara de vergüenza —dijo Elena.

—Vaya manual —dijo Elisa.

—¿Sabe tu madre que existen estas fotos? —preguntó Héctor.

—No se hubiera dejado tomarlas... Es una puta, lo sé. Es una puta, pero aún tiene estilo —dijo la muchacha mordiéndose los labios.

Dominando el montón quedaba una foto brillante, de una enorme cama redonda, donde el ex secretario perseguía a Marisa Ferrer desnuda. La mujer se cubría el estómago con una almohada dejando al aire libre los senos bailarines por la agitación. El tipo traía los calcetines puestos.

—¿De dónde las sacaste?

—Las robé del coche de Burgos... Una noche en que estaba cenando con mamá le abrí el coche con un desarmador y un alambrito y le saqué la caja con las fotos y una grabadora y otras cosas. No sabía qué era lo que había sacado, sólo lo hice por jugar, por fregar al Burgos, que no lo tragaba. Tiré la grabadora y las otras cosas en un baldío, pero me quedé con el paquete, para ver qué traía. Lo abrí, me espantó, me llenó de asco, me dio mucho miedo.

—¿Él fue el que te empujó, cuando caíste de la azotea y te rompiste el brazo?

La muchacha asintió. Lloraba ahora abiertamente, sin esconder la cara.

Era una forma noble de llorar, sin vergüenza, llena de conciencia de las lágrimas que caían por las mejillas. Elisa la abrazó y permanecieron allí juntas.

—El segundo accidente... —insistió Héctor.

—Nunca supe qué pasó, a lo mejor fue una casualidad.

—¿Burgos te dijo algo?

—La vez en que me aventó de la ventana... Yo estaba leyendo, y entró al cuarto. Me dio miedo y salí a la terracita. Él me dijo que sabía que yo tenía las fotos, que más valía que las devolviera. Yo le dije que qué fotos y me empujó. No creo que quisiera tirarme...

Héctor suspiró. Entonces, sólo teníamos detrás al buen Burgos, dueño de una enciclopedia ilustrada de relaciones eróticas entre una actriz y tres políticos oficiales. Sólo al Burgos y no a los perros políticos.

—Mierda de país. Como los modelos de las fotos sepan lo que tenemos enfrente ya podemos darnos por muertos... Y tú, pinche loca, ¿a quién querías vender esto?

—Vale mucho dinero.

—Pues sí, vale mucho dinero, bastante más de los cincuenta mil pesos que te cuesta un terreno en Jardines del Recuerdo... ¿Supieron alguna vez el gordito y sus amigos lo que les estabas vendiendo?

—Les enseñé una foto donde se ve a ése.

Señaló la foto que dominaba el montón.

—Vámonos a comer —dijo Elisa—. Vamos a dejar todo esto de lado por un rato o no voy a poder dormir en muchos días.

—¿De miedo, o de desconcierto erótico? —dijo Héctor riendo.

—Las dos cosas —respondió Elisa. La muchacha sonrió entre las lágrimas.

Había pasado la tarde dormitando en un cine, ganando tiempo y reponiendo energías para la máquina vapuleada. Ahora, mientras tomaba un complicadísimo helado de seis sabores con nueces, crema chantilly, fresas, melón y jarabe de cereza, Héctor dispuso el plan en una servilleta:

    a. ¿Cómo entró Paniagua a la Delex?

         ¿Para qué mató al ingeniero?

         ¿Por qué quiere pruebas contra él el gerente R.C.?

    b. ¿A dónde se fue el viejo después de que dejó el mercado en el 66? ¿Cuevas?

    c. Destruir las fotos, ¿negociarlas? ¿Cómo fregar al Burgos?

Saboreando las últimas cucharadas no por empalagosas menos agradables, consciente de toda una teoría metafísica autoelaborada sobre que los helados complicados suministran calorías, decidió que a pesar de que las cosas estaban claras, la claridad era bastante oscura.

El atardecer lo sorprendió desentumeciéndose, estirándose las piernas adormecidas en el asiento del cine. Caminó por Insurgentes tropezando con las oleadas humanas de la hora punta: oficinistas que compartían el éxodo del pueblo elegido hacia el hogar, adolescentes por miríadas que tomaban el control de la calle y la hacían suya, coches y más coches jugando a la angustiosa sinfonía del claxon.

Era un mapa urbano que conocía y del que había sido testigo y cómplice.

El laberinto desembocaba al fin en su propio centro. ¿Sería la plaza de los sacrificios humanos?

Territorio del Minotauro, lugar de la carnicería, las tres historias avanzaban *al fin hacia el final*.

Al fin hacia el final. La sonoridad de la frase le gustaba. Mientras asumía, empujando por la calle el cuerpo entumecido, atolondrado por el ruido del tránsito, su condición de cazador solitario, el detective fue buscando los posibles hilos que conducían a un final sorpresivo.

El primer problema era encontrar una salida propia al conflicto de la Delex. Una salida en la que no le hiciera el juego al policía asesino, o al gerente omnipotente. Una salida propia en el embrollo fotográfico de Burgos.

Eso parecía estar claro, pero algo le picoteaba las ideas. El «cuchillo de palo» («no mata pero qué bien chinga») de las palabras del obrero gordito: «Usted tenía fusca...».

Porque Burgos era un piojito que tomaba fotos de políticos gnomos encuerados en un país que había institucionalizado la carrera artística como un maratón de salto de camas. Un país de poder a punta de verga, de chingones que trinchan y jodidos que miramos.

Y si Burgos era un piojito, el comandante Paniagua era un típico y eficaz funcionario. Porque son las generalidades las que hacen las reglas. Y a Paniagua si algo no podía achacársele es que estuviera al margen de las reglas del juego Y bueno, quizá fuera un hombre de la frontera del sistema. Pero a hombres como él apelaba el sistema cuando quería asesinar estudiantes o perseguir huelguistas.

El único que desentonaba moralmente en el paisaje nacional era quizá el propio detective. Y quizá por eso lo buscaban para matarlo, y probablemente no resultara tan difícil.

Y pensó que los solitarios morían sin hacer ruido, sin alterar en serio el orden de las cosas.

Detuvo el coche ante la casa de Marisa Ferrer, arrojó la colilla por la ventana abierta y respiró el aire suave de la noche. Por allí debería haber flores. El estragado olfato le advertía de la presencia de alguna flor aunque nunca había sabido distinguirlas. Ojeó y vio flores blancas en una enredadera; también rosas en la entrada de la casa de al lado. Si hubiera mirado hacia atrás hubiera visto a dos hombres descender de una camioneta Rambler, ahora de color mamey.

—Ponga las manos donde las veamos —dijo una voz a su espalda.

Héctor giró lentamente con las manos a los lados de las bolsas. Había abrochado la chamarra durante el camino para poder traer la ventanilla abierta sin que el frío molestara. Tardaría horas en sacar la pistola.

El gordito, con una navaja de botón en la mano se acercaba; a un par de pasos atrás el que alguna vez en esta historia había tirado los refrescos al paso de la muchacha lo apuntaba con una escuadra .22. ¿Esteban? ¿No era ese nombre? Esteban Aprietabrazo.

—Hombre, el gordito... y Esteban, ¿no es así?

—Cállate hocicón —dijo el gordito.

—Queremos las fotos —dijo Esteban levantando la mira de la pistola hasta apuntar a la cara.

Si se cruza el gordito entonces... Pensó Héctor y luego desechó los juegos heroicos, las hazañas de película. Porque seguro que antes de darle un buen golpe le metían un plomazo en la cara.

—No tengo ninguna foto.

—Pero ella las tiene. Tú te sientes muy chingón. Hablas mucho...

Héctor sonrió. Quizá ésa era su única virtud, el silencio. El gordito le dio una patada en la pierna. Estaba aprendiendo su técnica. Atacar desde el absurdo, del silencio, trastabilló y cuando caía recibió una nueva patada, ahora en las costillas. Héctor se tragó el grito a medias. Desde atrás del gordito llegó Esteban Aprietabrazo y le pisó un tobillo. Héctor aulló. ¿Serán malvones las flores blancas? ¿Lirios? ¿Azucenas? ¿Flores de azahar? Ésas nomás crecían en los naranjos. El gordito le dio una nueva patada, ahora en el estómago. Héctor sintió cómo el aire se le escapaba de los pulmones y se negaba a regresar. Luchó brutalmente contra la sensación de ahogo, mientras el gordito le rasgaba la tela de la chamarra en la manga con la navaja. El acero llegó hasta la piel y la sangre brotó.

—Aquí con nosotros te chingas.

—¡Qué pasa allí! ¡Voy a llamar a la policía! —gritó una mujer a lo lejos, cada vez más lejos, pero suficientemente cerca como para que el gordito y Esteban Aprietabrazo corrieran hacia la camioneta. Héctor desde el suelo vio las botas huyendo sobre el pasto que bordeaba la banqueta. Continuó peleando contra el pulmón que se negaba a funcionar trayendo aire. Desde el suelo oyó el motor que arrancaba y mirando hacia su salvadora vio las piernas que asomaban por la abertura de la falda.

—Sagadheze —dijo, aunque era claro que había intentado decir «Se agradece».

—Ya era hora que se apareciera por aquí —dijo Marisa Ferrer sonriente a cien metros encima de su cabeza. Apoyó la cara en el pasto para sentir el frescor y deseó haber seguido durmiendo en un cine de tercera, no haber abandonado a Tarzán cuando se disponía a cruzar el desfiladero. Todo por un mugroso helado de seis sabores y unas flores blancas, pensó.

—¿Dónde está la cama redonda? —preguntó el detective. La mujer frente a él, sentada en una banca de raso dando la espalda al tocador y al espejo ovalado, lo miraba divertida.

«Ya nunca la voy a poder ver vestida», pensó el detective. A la suave luz de las dos lámparas con pantallas azules en las mesitas de noche, el cuarto alfombrado de azul suave no tenía principio ni fin. Era como vivir en el interior de un huevo.

—La cama redonda… ¿no es aquí?

—¿Le pegaron en la cabeza?

Héctor negó.

—¿Está bien mi hija? —preguntó la mujer sonriente, suave.

«Está usted mucho mejor», pensó el detective, pero recostándose en la cama se limitó a asentir.

—No le ha pasado nada, ¿verdad?

—Nada, ella está bien… Usted ha hecho el amor en una cama redonda…

—Supongo que algunas veces… No se llega a mi edad sin pasar por experiencias… —esbozó un gesto que dejaba la frase en el aire y la completaba con ambas manos abiertas a los lados del cuerpo.

—Una cama redonda en una casa prestada. ¿Dónde?

—¿Es en serio?

—Totalmente. Sé que se ha acostado con funcionarios del gobierno, con políticos. Sé que hay fotos de sus hazañas en la cama. Sé que si esas fotos se descubren le van a costar la cabeza… ¿Dónde?

—No es posible.

—He visto las fotos.

La mujer se puso en pie, buscó en una de las mesitas de noche sus cigarrillos. Encendió uno.

—Páseme la lumbre, por favor.

Héctor sacó sus arrugados Delicados del bolsillo superior de la camisa con el brazo sano, la mujer se lo encendió con un encendedor de oro. A la luz de la llama se quedaron mirándose.

—¿Lo sabe Elena?

Héctor asintió.

—¿Qué piensa de mí?

—No lo sé.

—¿Y usted?

—Cada vez me cuesta más trabajo juzgar... Yo no lo hubiera hecho —dijo Héctor intentando una broma.

—Somos como guante viejo... Al principio da asco usar el cuerpo. Nos han dicho tantas veces que no es para jugar con él. Pero se lava y queda como nuevo, muchas veces mejor aún. Y una sigue corriendo... sigue en la carrera, sin tener que apretarse el cinturón, haciendo venganza de las amigas de la prepa que te llamaron puta, y de la tía de Guadalajara que ya no te saluda. Y caminando sobre los restos. ¿Oyó antes lo de caminando sobre los restos? Ya lo había dicho, lo dije en *Flor del mal*, una pinche película... Otra pinche película. Ni modo que llore ahora y que diga: ¡Cómo me avergüenzo! Avergüenzo, una chingada. Me hubiera acostado con otros, más suaves, más enteros, más humanos, menos jodidos... más pobres, menos fuertes... Porque, sabe usted, después de todo, ésos tampoco tienen nada. Y yo tengo esto.

Había dicho sus palabras mitad de espaldas, mitad de perfil, con la cara suave y brillante, hinchándose de rabia a veces, recortada por la luz de la lámpara. Héctor, recostado en la cama, adolorido deseando quitarse los zapatos, encender la televisión y cambiar de canal como quien cambia de vida, buscaba un lugar donde poner la ceniza. No quería compartir más miserias, no quería entender, quería que la mujer lo dejara en paz. Pero ella se puso en pie y rompió los tirantes del vestido negro, y llevándose las manos a la espalda, ya sin el primer furor, ya dentro del ritmo aprendido, inconscientemente pegado a sus actos, bajó el cierre y dejó que los senos brillaran a la luz difusa de las lámparas de pantalla azul. El vestido se fue cayendo al suelo tropezando suavemente en las caderas y sólo un pequeño calzón blanco y las botas negras, tersas como piel de gato.

Héctor se sintió tentado a estirar la mano y tocar la piel dulce. La mujer se quitó el calzón con las dos manos, enrollándolo en las piernas hasta que cayó al suelo.

—¿Le da miedo?

Héctor le tendió la mano y la mujer se dejó caer a su lado sobre la cama, desnuda, las botas aún puestas, rematando un *striptease* que nunca triunfaría en el cine porque repentinamente se había vuelto humano.

Héctor abrazó a la mujer que se pegó a él en silencio. Héctor miró hacia el techo y echó el humo. Ya no tenía nada que dar, excepto solidaridad. Apoyo de jodidos unos a otros en la misma tierra, en el mismo país que nos hacía y nos deshacía, y nos tomaba y nos largaba a la aventura y nos dejaba para carroña, pasto para los buitres. Con la mirada fija en el techo vacío persiguió la columna de humo larga que expulsaron los pulmones.

—Qué pinche escena, ¿eh? —dijo la mujer. Se puso en pie y fue hasta un clóset para ponerse una bata.

Héctor pensó en estirar las manos y detenerla, pero se quedó hipnotizado viéndola alejarse.

—¿Cómo se siente? —preguntó ella al regresar.

—Apendejado.

—Le curé la herida del brazo. No es profunda, pero sería bueno que fuera a un médico, para ver si necesita un par de puntos.

—¿La cama redonda? —volvió a preguntar Héctor.

Subió al coche y mientras el motor se calentaba encendió el radio.

Buenas noches, desvelado amigo. ¿Todo va mal, verdad?

dijo la voz del Cuervo Valdivia desde las bocinas de atrás del asiento.

—Todo va de la rechingada —dijo Héctor Belascoarán Shayne.

No lo tome a la dramática… A poco cree que estoy aquí hablándole por gusto… Resulta que yo, como usted, tengo que ganarme el sueldo.

—Así es —respondió el detective arrancando. Descansó el brazo herido en la ventanilla sosteniendo el volante. Ahora le dolía más la boca del estómago y la pierna con la que metía el clutch. Lanzó el pequeño Volkswagen hacia el norte, nuevamente por Insurgentes, viendo al descuido vidrieras encendidas, focos del alumbrado eternos, luces de amantes de última hora que se apagaban. Imaginando camas calientes, vasos de leche en el buró, la palabra fin de la última película en la televisión.

Y además, hoy para mí es tan mal día como para usted. Hasta pensé en pegarme un tiro…

Y luego me acordé que tenía una cita en la noche, con los compañeros de las sombras, con los últimos humanos, con los desesperados, con los solitarios… De manera que aquí estoy de nuevo, compartiendo y aprendiendo con la noche. Solidario en la soledad.

¿Que para qué les cuento historias tristes? Para compartir de todo un poco.

—¿Por qué no le hablas a una actriz de cine solitaria, que acaba de quedar dormida? —preguntó Héctor en voz alta a ese Valdivia salido del radio en medio de la noche de mercurio.

Y antes de ponerles una zamba con mensaje y melancolía, para que rumiemos nuestra propia pena, un mensaje urgente: el dueño de un perro, en la calle Colima 175 o 177 que por favor le dé veneno a su animal porque no deja estudiar a cinco amigos que tienen examen mañana.

Parece que al perro no le han dejado su cena y lleva un par de horas aullando.

Otro mensaje urgente para nuestro amigo detective, que debe estar rondando por ahí, en garras de la pérfida y amorosa noche. Han llamado un par de veces para advertirte que quieren matarte. Supongo que te lloverán bromas de éstas cada tercer día. En caso de que te interese puedo pasarte la grabación de las voces.

Un saludo, viejo.

Y ahora, en memoria de lo que no pasó conmigo esta tarde, y en memoria de lo que nuestro solitario detective necesita esta noche, una zamba argentina.

La Zamba para no morir.

Con ustedes el Cuervo Valdivia, en el programa de radio que ha perdido la necesidad de los adjetivos.

Romperá la tarde mi voz... inició la zamba en el radio. Héctor detuvo el coche en la esquina de Insurgentes y Félix Cuevas y se quedó oyendo la canción.

Luego arrancó de nuevo. Quince minutos más tarde estaba frente a su oficina.

—¿Algo nuevo vecino?

El inevitable, el eterno ingeniero Villarreal, alias el Gallo, trabajaba sobre sus malditos esquemas.

—¿No se aburre, ingeniero?

—El chingo —respondió poniendo una pausa entre cada sílaba.

—¿Recados?

—Naranjas... ¿Qué lo trae por aquí a estas horas?

—Tengo que revisar unas notas que dejé en la «caja fuerte» desde el primer día.

—¿Cuál primer día?

—El primer día de todo esto —respondió Héctor sacando de la «caja fuerte» un refresco y el legajo con las declaraciones de policías y testigos con el que se había abierto el caso de Álvarez Cerruli.

—Tengo algo para usted —dijo el Gallo y le tendió un manojo de fotocopias.

—¿Qué es?

—El otro día en que me preguntó qué podría poner a cimbrarse la Delex, estuve leyendo sus notas y luego preguntando a algunos amigos que trabajan en el gobierno y llegué a esto.

«Contrabando de metales preciosos», titulaba el diario con fecha de hacía año y medio.

—Bueno aquí está la historia completa —dijo Héctor después de leer la nota.

—Esa impresión me dio cuando lo encontré.

—Se agradece, vecino.

—¡Carajo, está usted todo madreado! —dijo el Gallo al levantar la vista por primera vez y mirar al detective.

—Nada que no se cure con aspirinas, ingeniero.

Héctor hundió la cabeza en el legajo. Ahora sólo quedaban hilos por atar, deudas por cobrar.

Revisó cuidadosamente las declaraciones de las secretarias, las declaraciones de los policías de las patrullas ciento dieciocho y setenta y seis, el policía industrial Rubio. Todo concordaba. ¿Qué había dicho Camposanto antes de morir? «Yo ya sabía lo que iba a pasar, ya me lo había pedido».

Sólo hacía falta encontrar en cuál de sus tres casas tenía el comandante Paniagua la foto de la mujer del muerto. En dónde había guardado el trofeo macabro, y eso era sencillo.

—Me voy a dormir un rato, vecino.

—¿Ahora no se queda en el sillón?

—Este cuerpo pide cama blanda —dijo Héctor.

Dejó atrás al ingeniero sonriente en medio de sus esquemas y sus puros de Oluta. La luz se había estropeado de nuevo en el pasillo y se guió por el reflejo que salía del vidrio del despacho. Prendió el encendedor y se quedó mirando la placa:

BELASCOARÁN SHAYNE
Detective
GÓMEZ LETRAS
Plomero
GALLO VILLARREAL
Experto en drenaje profundo
CARLOS VARGAS
Tapicero

Aprovechó la llama para encender un cigarrillo. Cada ciudad tenía el detective que merecía, pensó.

La primera ráfaga de ametralladora destruyó el vidrio y le astilló el fémur de la pierna derecha. La segunda le hizo sentir cómo la cabeza explotaba en mil turbulentos e irreparables pedazos que ya nunca volverían a juntarse, y al caer hacia el suelo, en un reflejo absurdo, llevó la mano hacia la pistola. Quedó en el suelo sangrando, con la mano cerca del corazón.

XI

—Es posible que en un par de meses pueda tirar el bastón a la basura. Yo pienso que si usted no se apresura irá poco a poco recuperando el uso normal de la pierna, no creo que deba preocuparse por eso. En cuanto al ojo izquierdo, no creo que deba hacerse ilusiones. Algunos de mis colegas han sugerido que quizá una operación en Suiza… pero, francamente, la visión está totalmente perdida, el ojo ha muerto, señor Shayne.

—Belascoarán Shayne —dijo una voz ronca desde la silla de enfrente del doctor.

—Perdón, señor Belascoarán.

—¿Podría conseguirme un parche negro, doctor? Me molesta ver en el espejo ese ojo, muerto como usted le dice.

—Sí, cómo no, le extiendo de inmediato una orden para el depósito de ortopedia.

Héctor salió cojeando, apoyado en el bastón negro de mango redondo. Después de todo, en términos de imagen había mejorado notablemente. Un parche en el ojo izquierdo, una barba crecida, un bastón sólido que con la ingeniería adecuada podría ocultar un estilete, como el del conde de Montecristo.

Regresó al cuarto donde había pasado las últimas tres semanas y guardó los libros y la piyama en la pequeña maleta de cuadros escoceses, colocó nuevamente la pistola en la funda y la colgó con cuidado del cuerpo.

La sacó de nuevo para revisar el cargador y el seguro. Tomó la última carta de la muchacha de la cola de caballo y se dejó caer sobre la cama. Del buró tomó el último cigarrillo, arrugó el paquete y lo tiró al bote de la basura. Falló lamentablemente. Tendría que adaptarse a calcular distancias con un solo ojo, pensó.

Tengo que organizar una fiesta interminable para tus vecinos plomero y tapicero. Gracias a sus extrañas cartas sé que mejoras y que no puedes aún escribir. Ellos me enviaron maravillosas notas que empezaban: «Estimada señorita de la cola de caballo, aquí Gilberto y Carlos, vecinos y amigos fieles del detective Héctor...».

Con ellas llegaron los recortes de la prensa mexicana.

Lograste ser material de la nota roja.

¿Cómo estás?

Yo regreso. Y no quiero que pienses que vuelvo a convertirme en enfermera de ese extraño personaje que anda dejando pedazos por el camino. Vuelvo porque la búsqueda se agitó y no había nada al final del camino, sólo una noche estrellada en la terraza de un hotel de Atenas, evadiendo los galanteos de un diplomático alemán y un capitán americano con destino en una de las bases de la OTAN.

Eso, y una crema de menta helada en un vaso enorme entre las manos. Triste destino al fin de la búsqueda. Por eso a las once de la noche encontré una agencia de viajes que trabajaba doble turno y reservé los boletos a París para de ahí salir hacia México.

Te doy una semana de chance después de que llegue esta carta para que te vayas haciendo a la idea.

Anexo una lista de los reyes visigodos de España para que resuelvas problemas detectivescos subrayando los nombres de los asesinos:

Alarico, Ataúlfo, Sigerico, Valia, Teodoredo, Turismundo, Teodorico, Eurico, Alarico II, Gasaleico, Amalarico, Teudis, Teudiselo, Agila, Atangildo, Liuva, Leovigildo, Recaredo, Liuva II, Viterico, Gundemaro, Sisebuto, Recaredo II, Shintila, Sisenando, Kintila, Tulgo, Kindasvito, Recesvinto, Vamba, Ervigio, Egica, Vitiza, Akila y Rodrigo.

Si dejaste de subrayar uno solo la cagaste, porque esta bola de asesinos se despacharon entre todos millares de ciudadanos en su época.

Una mariposa se ha quedado dormida en el alféizar de la ventana.

Te ama:

YO

En el borde de la carta escrito con lápiz un recado: Vuelo de Iberia 727 desde París, miércoles 16. Héctor sonrió y arrugando la carta la arrojó hacia la papelera. Ahora cayó en el borde, dudó y después se fue hacia adentro. Con ese primer triunfo en el día, salió del cuarto para dejar el hospital.

—Usted se va a volver loquito, jefe —dijo Gilberto que hacía laboriosas cuentas en un presupuesto para un desagüe.

—¿A poco le tiene que calcular tanto para un pinchurriento desagüe? —intervino el tapicero que había vuelto la sección del *Aviso Oportuno* de *El Universal* su biblia portátil.

Héctor guardó en el maletín los legajos y papeles que dieron origen a las tres historias. Dejó las fotos en la pared, para que alguna huella quedara si todo salía mal. Recogió los cartuchos de dinamita.

—La cueva puede estar en la ciudad de México, no tiene que estar en Morelos —dijo en voz alta. Tomó el teléfono.

—¿Carlos?... ¿Algún amigo que conozca las colonias más jodidas de la ciudad de México?

Se sorprendió al ver que el cura no usaba el uniforme de rigor. Era un muchacho joven, con unos lentes gruesos, un suéter gris con cuello de tortuga, deshilachado en los codos, y el pelo alborotado.

—¿Cuevas? Conozco dos lugares, puede haber muchos más... Pero yo conozco dos... ¿Quiere que pregunte a algunos compañeros?

Héctor afirmó. El cura salió. El sol entraba por el cristal roto de la ventana de la sede parroquial. En la pared un par de carteles: CRISTIANOS PARA EL SOCIALISMO, LA PALABRA DEL SEÑOR LIBERA O ADORMECE. ¿CÓMO VAMOS A USARLA?

—Me han dado el nombre de otra colonia —dijo el cura entrando—. No la conozco personalmente, pero...

Héctor alcanzó un Delicado con filtro que el sacerdote aceptó; fumaron juntos en silencio.

—Le agradezco... —dijo Héctor al levantarse con las direcciones en un pequeño papel que el otro le había tendido.

—No hay nada que agradecer. Recuerdo que usted nos hizo un gran favor levantando el lodo en aquella historia de la Basílica...

—No encontré ningún motivo para retenerla... ¿Qué hubieras hecho tú?

Héctor alzó los hombros.

—La muchacha quería levantar vuelo sola. Pero ella misma se sentía inútil, impotente. La madre le dijo: «Aquí está el boleto de avión. Vámonos juntas a empezar de nuevo...». Y a mí me pareció lo menos malo...

—Lo menos malo... —repitió Héctor.

—¿Sabes qué?, que te ves bastante guapo, hermanito.

Héctor sonrió. Levantó el brazo para pedir un nuevo café espresso.

De las semanas anteriores al tiroteo, conservaba sólo la sensación de que había estado hundido en el sueño, y la nueva costumbre de tomar cafés cargados.

—¿Adónde se fueron?

—Creo que a Polonia. Ella consiguió una beca para trabajar en el teatro polaco, y Elena estaba muy ilusionada con ponerse a estudiar Diseño. En la casa te dejó un pedazo del yeso del brazo, autografiado.

Héctor pagó la cuenta y se puso en pie.

—¿Qué vas a hacer?

—Ajustar cuentas por ahí.

—¿Quieres que te ayude en algo?

Héctor negó con la cabeza y se alejó cojeando.

—Rompieron la huelga como a los tres días después que entraste al hospital. Cargas de la policía montada y todo... Entraron los esquiroles a trabajar, pero la gente se negó a entrar si había represalias, y entraron todos con un convenio. Ahí sigue la bronca adentro. Estire y afloje. Hubo algunos despedidos...

—¿Es una derrota? —preguntó Héctor.

—Pues... la gente aprende en la lucha. No ha sido una victoria, pero en esta ciudad cuesta mucho trabajo... En fin, no sé cómo explicarlo, ni victoria ni derrota... —dijo Carlos pasándole al detective una taza de café cargado y humeante.

—Sino todo lo contrario... —dijo Héctor.

—Por cierto, Elisa ingresó el dinero en el banco en una cuenta a nombre de los tres... ¿Qué vamos a hacer con eso?

—Yo no pienso tocarlo...

—¿Si agarro de ahí algo para las familias de los despedidos hay bronca? —preguntó Carlos.

—Ninguna conmigo... ¿Soltaron a los presos?

—Al día siguiente de romper la huelga.

—Menos mal —dijo Héctor quemándose al dar un sorbo al café humeante.

—Y al fin, ¿sabes quién mató al ingeniero?

—Sé quién, por qué y cómo. No es nada del otro mundo sumar los datos.

Se bajó del camión cuidando en apoyar primero el bastón y caminó hacia el edificio de dos pisos. Enfrente de una refaccionaria tres hombres jugaban rayuela.

—¿Dan chance?

Lo miraron de pies a cabeza, sonriendo entre ellos.

—Lléguele.

Héctor tiró primero y su moneda quedó a más de veinte centímetros de la raya en el asfalto. Perdió el primer peso.

La segunda vez, la moneda rodó alejándose de la raya. Perdió el segundo peso.

La tercera vez, la moneda cayó limpiamente en la raya y se movió un par de centímetros escasos. Recogió los pesos de sus dos adversarios, agradeció con un gesto y entró al edificio de departamentos.

—Para ser tuerto es mucha verga —dijo uno de los jugadores.

Tocó el timbre. El mayordomo (tenía que ser el mayordomo con esa apariencia) abrió la puerta.

—¿Lord Kellog? —qué horror, como las zucaritas de maíz, igualito.

—¿A quién anuncio?

—Héctor Belascoarán Shayne, detective independiente.

—Un instante.

La puerta entreabierta dejó escuchar los pasos cansados del viejo diplomático.

—¿Sí? —hablaba un español suave, perfecto, quizá con un acento demasiado académico, impersonal por tanto.

—Quiero que me acompañe. Voy a cometer un acto ilegal y quiero que usted y su mayordomo sean testigos.

—*With pleasure*. ¡Germinal!

El mayordomo acudió presto a la llamada. Eso era lo bueno con los ingleses. No se perdía el tiempo en explicaciones vacuas. Descendieron al piso de abajo. Héctor sacó la pistola y disparó sobre la cerradura dos veces, las astillas volando casi le arrancan la mano. La cerradura cedió. Empujó la puerta con el bastón y entró.

Tras él, el inglés, siempre arrastrando los pies, con una sonrisa oculta tras los lentes de miope y el mayordomo. Empujó la puerta de la recámara. Una cama matrimonial, un buró, un librero sin libros, con pilas de revistas viejas, una mesa con un cajón. Dudó un instante, abrió el cajón. Aún con el marco de plata, la foto de la ex esposa de Álvarez Cerruli lo miraba sonriente, complaciente, como orgullosa del triunfo del detective.

—Quiero que redacten lo que han visto hasta este momento en palabras sencillas y lo firmen. Quedándose con una copia.

—¿Me puede mostrar su identificación?

Héctor sacó la ajada credencial de academia mexicana. Probablemente por diez corcholatas de Pepsi y dos pesos le darían una nueva, incluso podía mejorar la foto ahora con el parche.

El británico sacó una pluma fuente de oro y se sentó a la mesa. En un par de minutos redactó brevemente lo visto, con una letra grande, regular, puso la fecha y firmó al calce, el mayordomo firmó tras él.

—Le agradezco muchísimo el servicio.

—Espero ser de utilidad señor…

—Belascoarán Shayne.

—¿Shayne?

—De origen irlandés.

—Ah, ah —dijo lord Kellog.

—Lamento mucho… —dijo Rodríguez Cuesta en la acogedora penumbra de la oficina. Héctor interrumpió la frase moviendo el puño del bastón.

—Aquí están las pruebas que demuestran que el comandante Federico Paniagua mató al ingeniero Álvarez Cerruli.

Lanzó sobre el escritorio las copias de los legajos. Luego dejó caer la hoja firmada y con huellas de sangre de Camposanto que flotó en el aire; por último deslizó sobre la mesa la limpia hoja caligrafiada por el inglés y su mayordomo.

—Me abruma, señor Shayne, pensé que…

—Usted se me atraganta señor Cuesta… —dijo Héctor y poniéndose en pie le asestó un tremendo bastonazo en la mandíbula. Oyó el nítido *crac* del maxilar al quebrarse.

El gerente cayó hacia atrás rebotando la cabeza contra el respaldo del sillón de cuero negro. La bocanada de sangre que escupió arrastraba un diente.

—Diga que se tropezó con el cable de la lámpara… —dijo Héctor tirando al suelo el cuadro del consejo directivo de la empresa con la punta del bastón.

Porque los finales felices no se hicieron para este país, y porque tenía un cierto amor infantil por la pirotecnia, Héctor fue empujado por esas y otras oscuras razones hacia el desenlace; guiado también por la idea de que todo debería terminar bajo el signo de la hoguera. Así, la tribu Belascoarán compuesta por un solo hombre, podría bailar en torno al fuego. Era la forma de cobrar un ojo y una pierna que cojeaba, era el mejor final para tanta basura.

Esperó pacientemente hasta que los últimos jugadores abandonaron el Bol Florida, hablando de las chuzas que podrían haber sido hechas pero qué lástima que el pino se ladeó tantitito, y de aquellos pinos solitarios y separados por el ancho de la mesa pero con el efecto, qué chingón eres, se vinieron abajo.

No apartó los ojos de la camioneta Rambler mamey con placas chuecas estacionada y adivinó en el interior del boliche, en el cuarto trasero, al gordito, Chamarraverde y a Esteban Aprietabrazo, quejándose de lo cerca que habían estado de pudrirse de lana, de atascarse de billetes que devaluados y todo, de la cantidad de viejas, coches, hoteles, comida, Estados Unidos, mota, buen rock que podrían haber sido.

Cuando la noche entera dominó el escenario descendió del coche. Era la brasa solitaria de su cigarrillo en la calle vacía. Amorosamente colocó el cartucho de dinamita bajo el carro y encendió la mecha con la lumbre del cigarro. Retrocedió despacio, un poco aceptando el riesgo y jugando con él.

Se sentó en el Volkswagen y arrancó el motor.

El fuego llenó la cuadra, la camioneta se levantó en el aire y pedazos de ella volaron hasta traspasar los vidrios recompuestos de la fachada del boliche.

Mientras se alejaba, lamentó que el destrozo se hubiera hecho extensivo hasta un Renault verde que estaba atrás. Deseó que el dueño fuera el gordito o cualquiera de sus cuates. Y dijo:

—La guerra es la guerra —esbozando una sonrisa amplia, satisfecha.

Se detuvo ante un teléfono y marcó el número de radio patrullas.

—Abusados, acaban de volar una camioneta robada frente al Bol Florida, en el interior del local está una peligrosa mafia de ladrones de autos, dense prisa... —y colgó.

Le comenzaba a encantar esta pachanga que sazonaba telefónicamente con voz de melodrama.

La dirección en el Pedregal que Marisa Ferrer le había dado la noche en que intentaron matarlo respondía a un triste castillo feudal de piedra fría en las calles solitarias. Una gran reja verde dominaba la entrada, tras ella árboles y un pasto lleno de hojas secas. Habría que organizar todo como una operación comando, pensó Héctor divertido. Encendió el cigarrillo y guardó los dos últimos cartuchos de dinamita bajo el cinturón, quitó el seguro a la pistola abriendo la chamarra para dejar libre la funda.

—¡Órale! —gritó dándose ánimos.

El primer cartucho voló la reja que se arrugó en el aire como si hubiera estado hecha de alambre.

Héctor corrió entre los árboles cojeando. Una sombra de revólver en mano se cruzó con él en la entrada de la casa y el detective disparó sin pensar a las piernas. Vio la llamarada pasar a centímetros de la cabeza. Al pasar junto al hombre tirado en el suelo que se tomaba la pierna lamentándose, pateó la pistola.

Era una especie de juego con reglas nuevas. Ahora había que correr a la segunda base, pensó y entró disparando al aire dos tiros.

Tropezó con una lámpara de pie y rodó por el suelo. Desde allí vio dos mujeres desnudas que pasaron corriendo a su lado y se encerraron en un baño.

Con el bastón golpeó la puerta del baño:

—¿Me dan chance, porque me anda de ganas de mear?

No esperó la respuesta. Corrió arrastrando la pierna por pasillos hacia el lugar de donde habían salido. Un hombre se ponía los pantalones de espaldas a la puerta.

—Con permiso —dijo Héctor.

El hombre se dejó caer al suelo.

Allí estaba la cama redonda que en los días de hospital le había quitado el sueño. Si la cama estaba allí, desde... ¡allá! tomaban las fotos. Un gran espejo que ocupaba la mitad de la altura del cuarto y casi la totalidad de la pared le devolvió su imagen.

Disparó tres veces contra él hasta que se desmoronó en pedazos. Quedó al descubierto un notable estudio fotográfico con cámaras y aparatos extraños, incluso una cámara de dieciséis milímetros montada en tripié. Burgos en mangas de camisa miraba desconcertado al detective.

El hombre en el suelo se quedó mirando con los ojos abiertos como platos el nuevo suceso.

—Y ahora, a correr, porque en veinte segundos vuela todo esto —dijo Héctor prendiendo el cartucho de dinamita y arrojándolo al interior del estudio.

Fue rebasado por fotógrafo y hombre desnudo a medio poner los pantalones en su carrera hacia el jardín.

Al pasar al lado del herido volvió a empujar la pistola a unos metros más allá de donde se había arrastrado. A sus espaldas se desató el infierno. Llamaradas de fuego mordieron los árboles más cercanos a la casa. Las muchachas salieron por la puerta corriendo aún desnudas.

Vaya fiesta, se dijo el detective. Y continuó su carrera hacia el coche con el motor encendido que lo esperaba.

—*Safe* —dijo al cerrar la puerta.

Tomó un café aguado e hirviente en el Donidonas de Insurgentes servido por un mesero lleno de barros y de cara tristona que le ofreció unas donas arrugadas como pidiendo perdón por el servicio, pero que aceptó de buena gana un cigarrillo y luego habló de la última pelea de box.

Héctor tuvo que reconocer que no jugaría el mismo juego otras dos veces en esa noche ni aunque le dieran un millón de pesos. El corazón todavía saltaba y el miedo seguía rondando por el interior de las costillas por más que lo había escondido antes de comenzar el baile.

Después de todo, ¿qué había logrado? Que el gordito y sus cuates tuvieran que cargar las cajas de refrescos, y andar en metro hasta que la suerte los pusiera sobre otra movida jugosa. Que Burgos se retirara temporalmente de la fotografía artística. Por su cabeza cruzaron las nalgas sonrosadas, cuatro de ellas, corriendo por los pasillos de la casa. ¿Quién sería el hombre del pantalón a medio poner?

El mesero le llevó dos donas para celebrar las carcajadas del detective.

Cruzó caminando hasta el Núcleo Radio Mil.

El Cuervo Valdivia detrás del cristal contaba la historia de la caída del Sacro Imperio Romano de Occidente en una versión muy particular. Le guiñó un ojo a Héctor y le hizo una seña para que lo esperase.

Recostado en un sillón ante los mandos de la cabina de sonido, Héctor esbozó los últimos elementos del plan. Entró a la delegación con el aparato de radio de trescientos pesos bajo el brazo, el bastón abriendo el camino y marcando el paso. Cojeaba un poco más y la pierna se resentía del cansancio del ballet dinamitero de la noche.

—¿El comandante Paniagua?

Un oficial uniformado le señaló una oficina.

Héctor entró sin tocar. En torno a una mesa redonda siete u ocho policías de civil tomaban café y panes dulces.

—Con permiso —dijo el detective y buscando un contacto conectó el radio... Buscó la estación y puso el volumen al máximo.

—¿Qué se trae? —preguntó un hombre al que reconoció como el chofer de Paniagua.

—¿El comandante Paniagua?

—Está en el baño... ¿Quién es usted?

—Un conocido. Dígale que se apure porque van a hablar de él en el radio.

Cuando salía del cuarto se cruzó con el hombre. Se quedaron mirándose un instante. Héctor sintió que el miedo le subía por la columna vertebral.

—Una pregunta comandante: ¿estaba cómodo el asiento trasero del coche de Camposanto cuando él lo metió en la Delex escondido?

Sonrió y se alejó dando la espalda.

Era entonces cuando el hombre podía sacar el revólver y disparar. Y Héctor sintió en su espalda el lugar preciso donde entraría la bala. Tras él, el aparato de radio a todo volumen dejaba oír la voz pausada y seca, penetrante, del Cuervo Valdivia.

...Es una historia de todos los días. La historia de cómo un comandante de la Policía Judicial del Estado de México, de nombre Federico Paniagua, mató a tres hombres para poder seguir chantajeando a una empresa...

Dejó el paquete en el escritorio del jefe de redacción de *Caballero* diciendo al salir:

—A ver si se atreven a publicarlas. Si no, véndanselas a una revista inglesa, o francesa, o métanselas en el culo...

Pero a fin de cuentas, ¿no era la suya la misma impunidad que la de los otros? ¿No había podido tirar cartuchos de dinamita, balear pistoleros, volar camionetas sin que pasara nada?

Casi estaba por aceptar la tesis del tapicero que repetía una y otra vez: «En este país no pasa nada, y aunque pase, tampoco».

Porque sabía que después de todo quizá Paniagua sería encarcelado en medio de un buen escándalo de prensa, y que saldría dos años después cuando la nube se hubiera hecho polvareda. Y Burgos volvería al oficio porque siempre habría políticos que querrían nalga de actriz y actrices que caminarían la carretera de la cama continua. Y el escándalo de las fotos sería resuelto con lana de por medio; y al fin y al cabo él lo único que había hecho era enriquecer a un nuevo intermediario. Rodríguez Cuesta se repondría de la mandíbula rota y seguiría contrabandeando. Y habría más maricones escondiendo su situación detrás de fachadas de tecnócratas, y los pinches muertos eran eso: pinches muertos de tumba solitaria. Y la huelga había sido rota, y Zapata seguía muerto en Chinameca.

La cueva tenía luz eléctrica. Una reja de madera verde, de poca altura, apuntalada por piedras cubría la entrada haciendo de primera puerta. Una cortina roja deshilachada funcionaba como una segunda puerta. Entre una y otra, una jaula para pájaros vacía colgaba clavada de la roca.

—¿Se puede pasar?

—Adelante —dijo la voz cascada.

—Buenas noches.

—Sean también para usted —respondió el viejo recostado en el catre. Sobre los hombros traía una manta verde desecho del ejército, las botas descansaban unidas a un lado del jergón.

—Ando buscando a un hombre —dijo el detective, tratando de penetrar la penumbra con el ojo sano.

—Puede ser que lo haya encontrado.

—Dicen sus vecinos que se llama usted Sebastián Armenta.

—Cierto es.

Los ojos del viejo lo miraron taladrándolo. ¿Eran los ojos húmedos y persistentes de Zapata? ¿Eran esos ojos con sesenta años más y muchas menos esperanzas?

—El hombre que busco salió de Morelos en el año 19 porque ya no se le quería bien.

—Algo hay de eso... El gobierno no lo quería bien.

—Luego estuvo en el 26 en Tampico con un joven de Nicaragua que se llamaba Sandino.

—General de hombres libres, el general Sandino —afirmó el viejo.

—Contrabandeó armas para él en ese mismo año a bordo de una barcaza que se llamaba *Tropical*.

—Había otras dos llamadas *Superior* y FOAM. Buenos barquitos, dieron su servicio…

—Se llamaba por aquel entonces Zenón Enríquez, y era capitán del ejército libertador.

—El capitán Enríquez; *el Callado*, le decían… Así es.

—En 1934 de paso por Costa Rica se hizo un pasaporte a nombre de Isaías Valdez para regresar a México.

—Isaías Valdez —repitió el viejo como confirmando.

—A mediados del año 44 entró a trabajar en el mercado 2 de Abril. Se llamaba entonces Eulalio Zaldívar. Gran amigo de Rubén Jaramillo.

—Gran amigo de un gran compañero, el último de los nuestros.

—Dejó el mercado en 47 y volvió a él en el 62, para irse de nuevo en el 66. En 1966 regresó el hombre al Olivar de los Padres y vivió de hacer reatas bajo el viejo nombre de Isaías.

—Estuvo en Morelos de 1947 a 1962.

—En 1970 un viejo que se llamaba como usted, Sebastián Armenta, llega a vivir a esta colonia, hace su cueva y vive de vender dulces a la salida de los cines de avenida Revolución. Dulces de coco, alegrías, ates.

—Así fue.

—¿Conoce a ese hombre?

El viejo hizo una pausa, Héctor extendió un Delicado con filtro. El viejo aceptó, cortó el filtro con los dientes y se puso el cigarrillo por la punta de la boca, esperó que se lo encendieran y dio una larga chupada. Luego echó el humo hacia el techo de la cueva.

—Usted anda buscando a Emiliano Zapata —dijo al fin.

—Así es.

Durante un instante, el viejo continuó fumando, como si no hubiera oído la respuesta. Los ojos más allá de la cortina roja, en la noche cerrada a las espaldas del detective.

—No, Emiliano Zapata está muerto.

—¿Está seguro, mi general?

—Está muerto, yo sé lo que le digo. Murió en Chinameca, en 1919 asesinado por traidores. Las mismas carabinas asomarían ahora… Los mismos darían la orden. El pueblo lloró entonces, para qué quiere que llore dos veces.

Héctor se puso en pie.

—Lamento haberlo molestado a estas horas.

Extendió la mano que el viejo apretó ceremoniosamente.

—No hay molestia cuando hay buena fe.

Héctor cruzó la cortina.

Afuera, una noche negra, sin estrellas.

ALGUNAS NUBES

Esta novela es para mi amiga Liliana
que debe andar por Córdoba,
para mi amigo Jorge Castañeda
que debe andar por algún barrio
del sur del DF, y para Héctor Rodríguez
que anda por la cueva de Tabasco.

La rosa de la sífilis florece por las calles.
                                    MIKE GOLD

Nada es lo que parece.
                    JUSTIN PLAYFAIR A MILDRED WATSON

I

Si te conozco bien, que te presiento.

Víctor Manuel

Estaba sentado en la última silla, bajo la última solitaria palmera, bebiendo una cerveza y limpiando de arena un montón de conchitas. De la palapa cercana, donde un hombre con camisa verde limón lavaba vasos en una cubeta, salía la música de un bolero melcochón.

Hacía un buen rato que la había visto, adivinado acercarse. Primero desde la curva de la carretera y luego sobre la parte endurecida de la arena, la que permitía el paso de la moto porque había sido aplanada por los camiones de la constructora. La había visto y hundió la cabeza entre las conchitas, se llevó el gañote de la cerveza a la boca y ahí lo sostuvo hasta terminarla. No tenía nada en contra de su hermana, no había bronca pendiente; pero con Elisa venían cambios y él se encontraba cansado, aflojado, guango, desgalichado, bofo, amoroso de cervezas y de boleros y de ruidito arrullador de olas; con querencia de palmera solitaria, atardeceres, algunas nubes sobre el cielo que fueran gordas, bonachonas, pocas. Sin embargo aunque los ojos se escondían, los oídos no podían hacerlo y mientras ella se acercaba en la motocicleta, con el registro del ruido creciente del motor, se fue haciendo a la idea de que las vacaciones que se había tomado de sí mismo estaban por terminar.

Elisa fue disminuyendo la velocidad hasta que él levantó la vista de las conchitas y le sonrió con el ojo único y los labios. Ella manejó la moto en silencio, con el motor apagado, como planeando hasta un par de decenas de metros de él. No traía casco, lo había dejado atado al asiento trasero, encima de una mochila; pero traía un pañuelo largo y rojo al cuello. Muy de Elisa, eso de dejar el pañuelo ondeando junto con su pelo mientras la moto se deslizaba los últimos metros por la playa.

—Hermanito, vaya, vaya. Huevoneando abajo de la última palmera. Eso pensaba.

—Hay algunas nubes —dijo Héctor por decir algo.

—Pa' mi gusto son pocas, en los últimos cien kilómetros me ha estado
friendo el sol —respondió Elisa, y se acercó un poco ruda, sin delicadeza,
a meterse entre los brazos de su hermano.

Héctor la abrazó fuertemente. Después de todo, Elisa podía traer algo
más que su calor, su camisa sudada al sol maligno de Sinaloa, pero no importaba demasiado.

—¿Otras dos, *inge*? —preguntó el encargado del barcito que los contemplaba risueño.

—Otras cuatro, Marcial —dijo Héctor sobre el pelo de Elisa que sorprendentemente no olía a aquel champú de limón que su madre había pro-
digado, y que volvía de vez en cuando en el recuerdo con los otros olores
de la infancia.

Elisa salió de entre los brazos, se quitó el pelo de la cara y se dejó caer
en la silla.

—Es el mejor lugar del mundo —dijo.

—El segundo mejor lugar del mundo —respondió Héctor sentándose
en una silla de metal que se hundió un poco más en la arena.

—Porque el primer mejor lugar del mundo está por encontrarse. ¿No
es eso?

—No, el mejor primer lugar del mundo está como a media hora de aquí.

—Nunca lo hubiera creído, hermanito —se quedó mirando el mar y tratando de entrar en el ritmo que adivinaba en él. De tomar prestada un poco
de calma. Pero Elisa no era así. Traía sus ciento cuarenta kilómetros por
hora de promedio a lo largo de medio día de carretera dándole vueltas en
la cabeza.

El camarero al que apodaban *la Estrellita* y que había heredado el bar
de su tío, salió de atrás de un mostrador de madera, llegó hasta ellos con
las cervezas y las dejó sobre la mesa tintineando el cristal. El calor de la
tarde hurgó en los vidrios escarchados por el hielo. El mar ronroneaba. La
luz comenzó a cambiar. Sin embargo, las dos nubes seguían ahí, detenidas,
clavadas en el cielo.

—Bueno, cuenta, no sé nada de nada. Pero ahora sí, lo que se dice
nada —dijo Elisa.

—Bueno, poca cosa. Trabajo para una cooperativa de pescadores, en
Puerto Guayaba, como a dos kilómetros para arriba, hice el diseño de la
red cloacal. He tenido que estudiar más que trabajar. Se me había olvidado
la ingeniería, y ni me acordaba de que también servía para hacer cloacas y
desagües. Paseo por la playa. Soy *el Inge Solitario*. Una cosa como el Llanero Solitario pero desarmado… Nada. Algo a mitad de camino entre ser
ingeniero en una fábrica y detective. Más solitario que las dos cosas juntas. No matas a nadie, no robas a nadie. Trabajas con personas, te saludan
en la mañana, hablas con ellos. No les debes nada. Bien, bien.

Héctor la miró con su único ojo. El otro, inmóvil en la cuenca, surcado por la cicatriz, para recordar que era un adorno, no miraba nada, o miraba fijamente el mar, las gaviotas.

—No usas parche aquí —dijo Elisa.

Héctor se llevó la mano al ojo muerto, de cristal, para sentirlo ahí, y con los dedos recorrió la cicatriz.

—Es una lata, se me mete arena, me llora detrás... Para qué te cuento, son como historias para aterrar niños. De ésas de señores que se quitan en la noche la dentadura, la meten en un vaso y a mitad de una pesadilla la dentadura sale para morderles el cuello.

—Qué cosas más horribles dices.

—¿Y tú? ¿Cómo está Carlos? ¿Cómo viniste a dar por aquí?

—Tu casero allá en el DF, *el Mago*, me dio una dirección, me dijo que le habías pedido que te mandara libros. Lo pensé como una semana y luego agarré la moto y en dos días, zas. No era tan difícil encontrarte...

—No, pensé...

Elisa y él se miraron, ella le tomó una mano y apretó un instante, luego la retiró como si el mensaje no fuera claro; tomó una de las cervezas y la chocó con la de él, inmóvil.

Héctor hacía seis meses una semana y dos días, había matado a un hombre. Eso no importaba demasiado. Héctor no tenía respeto por la vida ajena así como así. El tipo merecía morir, pero en medio del tiroteo, una bala perdida hirió en la cabeza a un niño de ocho años. El niño no había muerto, pero sería para siempre un objeto. Héctor pensaba que la bala no la había disparado él, que había sido el otro, que tenía que haber sido el otro. Nadie lo había relacionado con el tiroteo. El muerto se había llevado al Panteón de Dolores su nombre y sus generales. Se había llevado la escena final. Pero Héctor sabía lo del niño; incluso una vez se había metido al hospital y tratado de verlo; había llegado hasta el cuarto y observado al niño, cubierto de vendas, con la mirada vacía. Esa noche salió de la ciudad sin saber dónde estaría en otras noches. Era una historia simple. Cuando no se puede uno ir de sí mismo, se va de la casa, de la ciudad, del país. Cosa de correr para que la sombra no lo alcance... Elisa se lo recordó de nuevo; le recordó la mirada vacía del niño a través de una tienda de oxígeno.

—¿Qué pues, hermanita? Vienes a cuidarme, a sacarme del retiro espiritual... Tienes miedo, piensas que a lo mejor debiste detener la moto en la playa anterior, meterte al agua. Dejarme en paz.

La mirada de Elisa se endureció. De la palapa brotó de nuevo la música. Era el bolero tocado al piano y cantado por Manzanero, que lo había acompañado los últimos meses.

—Me jode la autocompasión. La reconozco, la huelo de lejos. Me la sé de memoria. Soy experta. ¿Se te olvida que soy experta? Me paso la mitad de los días metiendo la pata, la otra mitad sintiéndome culpable de lo que hago y dándome lástima, y vuelta a empezar. ¿Se te olvida cómo soy? Me siento mal de haber venido.

—Bueno, estamos en familia —dijo Héctor, y sin mirarla le tomó la mano.

—Aquí se puede tomar el sol. Traigo libros. Traigo una foto de un novio que tuve en la primaria y al que hace veinticinco años que no veo. Traje cintas de Roy Brown. ¿Conoces a Roy Brown? Traje un manual para aprender a tocar la flauta. ¡Puta! Se me olvidó la flauta. Y no tengo prisa. Tengo una semana entera para decidir si te cuento lo que te vine a contar o no te cuento nada. ¿Cómo ves?

Héctor miró la palmera. Arriba a treinta metros, debía soplar un poco de aire, porque las palmas se movían suavemente. Luego dijo:

—¿Qué libros traes? Ya me leí la *Historia de las Cruzadas* de Runciman tres veces. No se puede confiar en el Mago. No me mandó ni una novela policiaca. Aquí no hay librerías… Por no haber, no hay siquiera periódicos.

Héctor no esperó la respuesta y se sumió en el aire de despreocupación con el que sabía que no engañaba a Elisa.

Ni siquiera las rutinas que había establecido en la pequeña comunidad, lograron disimular la presencia del mensaje de Elisa. Héctor pensaba alternativamente que todo estaba decidido desde que vio su moto salir de la curva. Todo lo demás era tiempo de espera, reajuste, aceptación de lo inevitable, de la llamada de regreso. Héctor también pensaba que podía ignorar la llamada de la selva, y volverse un Colmillo Blanco domesticado por la soledad. Héctor jugaba a pensar que el destino existía y no existía mientras comenzaba a pasar la semana prometida.

Descubrió que Elisa gozaba con los discos de Aznavour y pasó tardes empachado del meloso mensaje romántico, viendo crecer la yerba y un árbol de tabachines lilas. Caminó por el pueblo, bebió cervezas, habló con Elisa de un viaje a Acapulco que ambos recordaban de la niñez. Se observó frecuentemente en el espejo del baño.

El síntoma definitivo fue su abandono de las cervezas para regresar a las Pepsis y los Lemon Crush. La abstemia estaba ligada a la seriedad del retorno; la cerveza era un lujo de la soledad. Así, un viernes, sabiendo que todavía le quedaban cuatro días de plazo, trató de rendirse.

—Sale pues, hermanita, cuenta —dijo y se sentó en el suelo ante Elisa, que estaba leyendo un libro de poemas de Luis Rogelio Nogueras en un sofá.

Elisa alzó la vista del libro y sonrió.

—Te quedan cuatro días, ¿qué prisa?

—No te hagas la loca, sabes que cuando dijiste que me dabas una semana, en ese mismo instante, había perdido yo.

—No quiero sentirme culpable, ¿me he visto bien? ¿Te presioné?

—Cada uno sus culpas, yo las mías por haberme venido a enterrar aquí, tú las tuyas por haber venido a desenterrarme.

—Cuatro días más hermanito, ahora es curiosidad.

—Dentro de cuatro días voy a aceptar cualquier cosa. Ahora todavía puedo defenderme de tus locuras.

—Es tan absurdo que, mejor en un par de días. ¿O quieres que me quede sin vacaciones?

—Mañana en la tarde; ni tú ni yo. Y sea lo que sea, acepte o no lo que propones, nos quedamos un día más aquí.

—Sale pues —dijo Elisa y cínicamente se hundió de nuevo en el poema interrumpido.

La reunión se produjo en la playa. Elisa se había ido en la moto, y Héctor la alcanzó paseando. Tal como estaba pactado, atardecía. Un sol de tarjeta postal iba siendo consumido por el horizonte, las olas golpeaban la arena con un ruidito melódico, Elisa traía un bikini blanco y Héctor pudo ver, cuando ella salía del agua, las huellas de una operación de apendicitis. Héctor miró el cuerpo de Elisa, brillante por el agua, recortado en el sol, y le gustó. Hundió la cara en la arena para huir del incesto y se encontró con la idea del incesto. La tomó entre los dedos y la fue disolviendo poco a poco en la arena con la que jugueteaba. Había una brisa suave, justo la necesaria para no desmentir a los vendedores de paraísos, que insistían que era así: palmeras, soles rojizos hundiéndose en el agua, una suave brisa para aligerar la piel del calor del día que se iba.

Elisa se puso encima del bikini un vestido de toalla amarillo canario y le dio un beso en el pelo a su hermano. Héctor levantó la cabeza y devolvió la sonrisa.

Héctor Belascoarán Shayne tenía dos apellidos exóticos, una carrera de ingeniero amparada por un diploma de la Universidad Nacional, un ojo menos que otros, treinta y cinco años, una ex esposa, una ex amante, dos hermanos, un traje de mezclilla que más que de detective parecía de antropólogo social en trabajo de campo, una pistola .38 guardada en un cajón en su oficina de la ciudad de México, una leve cojera producto de un tiro en la pierna derecha, un título de detective privado producto de un curso tomado por correspondencia; una marcada predilección por los refrescos embotellados, las lociones de limón, la ensalada de cangrejo, algunas novelas de Hemingway (las primeras y la última) y la música de bossa nova.

Sus héroes favoritos eran Justin Playfair, Miguel Strogoff, John Reed, Buenaventura Durruti, Capablanca y El Zorro. Sabía que no podía ir muy lejos con un panteón de héroes como ése. Dormía menos de seis horas diarias, le gustaba el suave ruido que hacen las ideas al ordenarse, y llevaba los últimos cinco años soportando el peso desigual de un cansancio sin motivo que le hacía recordar épocas de pasiones pendejas, amores tontos, rutinas que entonces parecían excitantes. No tenía un alto concepto de sí mismo, pero sabía y respetaba su terquedad.

Todo esto podría explicar, si no fuera porque las explicaciones suelen ser innecesarias, por qué siguió jugando con la arena hasta hacer un agujero de regular tamaño, y allí enterró al muerto de hacía seis meses y al niño herido.

Elisa esperó hasta que la arena estuvo totalmente lisa y luego se llevó a Héctor para la casa y se preparó para desplegar su historia, mientras caminaba por la playa sin dejar que el ronroneo del mar los adormilara.

II

Ninguna riqueza es inocente.
EDUARDO GALEANO

—No tiene muchas vueltas, como me lo contaron te lo cuento. Una vez había tres hermanos —dijo Elisa—. Uno estudió la prepa conmigo y se casó con Ana, mi amiga Ana. ¿Te acuerdas de Ana? *Anita la Huerfanita.*

Héctor asintió, Anita, una pelirroja vivaracha que en la prepa era popular porque sabía tres idiomas; a la que Elisa traía de vez en cuando a comer, y que sabía hacer crucigramas y se sentaba con el viejo Belascoarán a echarle una mano, ante la mirada sorprendida de la familia. Ana, la que en las noches de internado leía el diccionario. No recordaba de otra manera a esa adolescente pelirroja con un morral verde lleno de cosas extrañas, que pesaba como una plomada, leyendo las dos novelas chinas de Malraux (que Héctor por cerril no le había aceptado prestadas en su día y había leído muchos años después, arrepintiéndose de habérselas perdido entonces). Bien, Ana, ¿qué con Ana? resumió asintiendo de nuevo.

—Bueno, pues uno se casó con Ana, y se fueron a Estados Unidos a estudiar medicina juntos. Los otros se dedicaron a gastarse los billetes de su jefe. Y un día, el esposo de Anita recibió una llamada, regresó corriendo al DF y se encontró que su padre llevaba tres días de muerto. Nada fuera de lo común, un ataque al corazón, normal. Y ahí viene el pero: sus dos hermanos estaban peor. A uno lo habían encontrado todo balaceado en la casa y el otro, el más chico, estaba sentado en un sillón enfrente del muerto, cerrado de la cabeza. Sin hablar, mudo. Y así sigue. En un manicomio del DF. No, de Cuernavaca, pero igual. Hace dos meses que no habla, nada de nada. Y todo eso el día del velorio de su jefe.

—¿Y qué pasó? ¿Eso es todo?

—Eso para empezar —dijo Elisa dejando que Héctor se encariñara con la historia: tres hermanos, uno médico cuyo único atractivo estaba en haberse casado con la pelirroja Anita, el otro muerto a balazos, el tercero absolutamente pendejo sentado enfrente del muerto.

—¿Y luego?

Estaban sentados en el porche de la casita a doscientos metros del mar y Héctor había puesto una Pepsicola enfrente, sobre la mesa, Elisa había añadido otras dos, como queriendo indicar que la historia iba a ser larga, que necesitaba de toda la capacidad de raciocinio de su hermano, estimulada por las Pepsis, Héctor que no creía en el raciocinio, ni siquiera se llevó a la conferencia un cuaderno de notas. Sólo escuchaba, esperando una cosa, saber por dónde empezar, en qué calle, en qué esquina iniciar el recorrido por el que iba a meterse en la vida de otra gente, o en la muerte de otra gente, o en los fantasmas de otra gente. Viérase como se viera, todo era un problema de calles, de avenidas y parques, de caminar, de picotear. Héctor sólo conocía un método detectivesco. Meterse en la historia ajena, meterse físicamente, hasta que la historia ajena se hacía propia. De manera que empezó a imaginarse las calles de Cuernavaca que rodearían el manicomio y no le gustó la idea.

—Luego Anita y su marido vieron al que se volvió orate, consultaron con otros médicos, le dieron vuelta y media al asunto y nada. Seguía cerrado, se había ido y según los médicos, para siempre. Y la policía dijo que seguro que era un robo, que había muchos últimamente, que el hermano había tratado de resistir y lo habían matado, y el otro lo había visto y mientras el que lo había visto no pudiera contar nada, pues nada de nada. Y ahí muere.

Héctor se prometió no volver a preguntar. Elisa quería contar la historia a su manera y él decidió no estorbar.

—Entonces Anita y su marido se fueron para Estados Unidos…

—¿Dónde? —preguntó Héctor rompiendo su promesa.

—¿Dónde qué? Ah, ¿A dónde se fueron?

—Eso.

—A Nueva York, trabajaban los dos en una clínica de enfermedades del riñón en la universidad.

—Bien —dijo Héctor. Nueva York mucho mejor que Cuernavaca.

—Y llevaban una semana en Nueva York cuando llegaron los papeles del abogado, y las cuentas bancarias, y los rollos de la herencia. Y que se caen al suelo del susto. El viejo, el padre del marido de Anita era dueño de unas mueblerías en el centro, tres mueblerías; y su marido, el de Anita, pensaba que alguna lana debería de tener, porque en su casa nunca había faltado y más bien había sobrado para viajes, coches a los hijos, universidades privadas, cosas así. Pero no sabía que la cosa estaba tan espesa. El viejo tenía setenta millones de pesos en valores, cerca de siete en una cuenta de cheques personales, otros veinticinco en otra, en un banco diferente, y un titipuchal de propiedades. Una casa en Guadalajara, otra en Guaymas, una embotelladora de refrescos en Puebla. Un buen de lana. Y además otro montón de lana en participaciones de negocios de los que nunca les había hablado a los hijos. Una caja de seguridad en un banco, otra en otro, otra en otro. Lanchas en Mazatlán. Tiendas de ropa en Monterrey. Todo bien raro, bien regado. Entonces el esposo de Anita se fue para el DF de nuevo, a hacerse cargo de la fortuna, a sacar un rollo de invalidez mental de su hermano, el del manicomio, a conseguir los papeles para abrir las cajas de seguridad. Y regresó como a los diez días a Nueva York. Y luego, zas, que lo acuchillan en Manhattan dos días después, en el *hall* del edificio de departamentos donde vivía. Total que de los tres hermanos y el papá, en dos meses ni uno quedaba. Y la Anita que se espanta de a deveras en cuanto se repone del rollo.

Héctor recordó de repente que Elisa y su amiga Anita se encerraban en el cuarto y fumaban a escondidas, y cantaban canciones de Joan Báez con la guitarra, y él se quejaba de que no lo dejaban estudiar y ellas duro y dale. ¿Quién tocaba la gui...?

—¿Quién tocaba la guitarra? —preguntó.

Elisa se le quedó mirando. Luego, tras una pausa que Héctor aprovechó para sonreír por lo absurdo de la pregunta, contestó.

—Yo, Anita cantaba mejor, pero no sabía tocar. ¿Cómo te acordaste?

—Yo debería ser un completo idiota, en lugar de ir con ustedes a cantar canciones de Joan Báez me la pasaba metiéndome en la cabeza toda esa mierda de análisis de suelos.

—Mira por dónde coincidimos. Tú, idiota perdido entonces.

—¿Y qué hizo Anita?

—Pues trató de encontrar a más familia, y se encontró que no había nada. Sólo ella. Ni parientes lejanos. Se encontró con un caserón en Polanco, donde todavía quedaban manchas de sangre en la alfombra y una recámara cerrada donde había muerto el viejo bien tranquilo, de su ataque al corazón. Se encerró y se quedó ahí, pensando que nada había pasado, que sólo tenía que esperar un poco para que alguien llegara, la sacara de la pesadilla y la llevara al cine a ver dos de vaqueros y a comer palomitas.

—¿Y quién llegó?

—El abogado de la familia. Un chavo bastante joven que le dijo que era millonaria de millones, y que bueno, él se ofrecía para poner en orden el desmadre de las herencias, y que... Anita se metió en un hotel en la colonia Roma, solita y su alma. Luego buscó una guía de teléfono y se puso a buscar a las amigas de hacía diez años. Y así, de casualidad dio conmigo.

La colonia Roma, un hotel. Eso le gustaba más que Cuernavaca o Nueva York.

—¿En dónde?

—Estaba en la casa de papá y mamá, pagándole a la señora que limpia y recogiendo algunos libros de la biblioteca.

—¿Y entonces? ¿Qué quiere Anita de mí?

—No, espérate, si no termina esto todavía —dijo Elisa, y haciendo un gesto se levantó y caminó hasta el baño. Héctor se terminó la primera Pepsi de un trago largo y encendió un cigarrillo después de golpearlo contra la mesa. Los Delicados sin filtro que fumaba últimamente venían llenos de troncos, de ramas de árbol; había que sacudirlos para sacarles la basura antes de empezar a fumar. Héctor miró el suyo con desconfianza mientras lo encendía, a la espera que ardiera como pipa de la paz, o se trabara el tiro. De repente una idea le cruzó por la cabeza:

—Elisa… ¿Mataron a Anita?

—Casi —dijo una voz apagada que salía tras la puerta del baño.

Mierda, todo era complicado. Suficientemente complicado como para que la historia lo fuera encandilando, hipnotizando, pero no le gustaba Anita muerta. Para arrancar necesitaba simpatías, y las necesitaba de alguien vivo. Ya se había hartado de amor por los cadáveres en otras historias.

Elisa salió del baño secándose las manos con su paliacate y prosiguió.

—Casi, casi la matan, pero eso viene después. Primero nos vimos, y comimos juntas, y todo muy bien. La pobre andaba como sonámbula. Una tarde me llama y me dice que acaba de entrevistarse con el abogado y que quiere hablar conmigo. Voy al hotel y me cuenta que llegó el abogado medio nervioso y que le dijo así en seco, que podía disponer de algunos millones pero que para tocar la totalidad de la fortuna, tenía que hablar con el señor Melgar, el señor Arturo Melgar. Y al día siguiente la atacaron…

—*La Rata* —dijo Héctor.

—La merita Rata —contestó Elisa—. Tu amigo de juventud.

—Ah chingá —dijo Héctor, y dejó que el cigarrillo se le apagara entre los dedos.

III

*Ocurren demasiadas cosas en el primer plano
y no sabemos nada de lo que sucede en segundo.*

HEINRICH BÖLL

Elisa se había ido durante la mañana y Héctor sintió su ausencia en la casa. No era el calor, eso daba lo mismo, el clima local proporcionaba suficiente; era como si hubiese aumentado la vibración en el aire, como si la paz se hubiese ido. El tiempo había estado moroso, dulzón, mientras Elisa impuso su presencia durante la última semana. Y ahora había vuelto la prisa. Era la ciudad que se metía en el aire, el regreso a la ciudad de México que entraba por las ventanas, mientras desayunaba huevos con tocino en la terraza de la casa contemplando el mar.

«Voy a resentir la pérdida de esto», pensó. *Esto*, era el mar. Para no darle muchas vueltas a los adioses, hizo su maleta en menos de media hora, llenó tres cajas de cartón con cosas que no le importaban demasiado, y que hasta podían perderse en cualquier estación de autobuses, y bajó caminando al pueblo para despedirse de la cuadrilla, de la señora de la tienda de abarrotes, del dueño del cine (sólo una función a la semana para grandes y una para niños el domingo). No fue al muelle de pesca, porque sabía que a aquellas horas ninguno de sus conocidos estaría ahí. No fue tampoco al ayuntamiento y se limitó a pasar por la compañía constructora para cobrar el cheque de la última semana y para informarles que se tenía que ir del pueblo. Ante las protestas de la secretaria, que quería demorarlo hasta que llegara el jefe, le informó que se había muerto su abuelito y que acababa de recibir una herencia.

Devolvió las llaves del coche, que la cooperativa a veces le prestaba, en el mostrador de Transportes Moro, y sin voltear le dijo adiós al mar.

Héctor podía pasar muchas horas sin pensar, sin rumiar conceptos, podía romper con la necesidad de hilvanar ideas, y limitarse a que la cabeza hilara divagaciones, juntara imágenes, pájaros, mariposas, recuerdos, ensueños.

De manera que se conectó en ese especial canal de la neblina, y no se desconectó hasta que dieciséis horas después de haber abandonado la última palmera de Puerto Guayaba, salió del elevador frente a la puerta de su oficina.

BELASCOARÁN SHAYNE
Detective
GILBERTO GÓMEZ LETRAS
Plomero
GALLO VILLARREAL
Experto en drenaje profundo
CARLOS VARGAS
Tapicero

Ante el rótulo de la oficina compartida que, además de reconocimiento social le devolvía la seguridad, se encontraba un gordo mal trajeado que Héctor recordaba vagamente.

—Ya era hora, ¿a qué horas abren aquí?

—¿No hay nadie? —preguntó Héctor humilde.

—Nadie contesta.

Héctor sacó sus llaves y empujó la puerta de madera y cristal. Una oleada de desmadre y confort le golpeó la cara. Su escritorio tenía encima un sillón lila destripado en el que seguramente Carlos había estado trabajando. Reconoció con cariño la pared donde las fotos de Zapata se habían ido mezclando con las fotos del gordo Valenzuela y los recortes de *Ovaciones*.

Alguien había pintado con gis un avión en el suelo de duela. El Gallo, probablemente el Gallo en un arranque de lirismo.

—Siéntese, por favor —le dijo Héctor al gordo— ¿Viene usted a ver al plomero o al tapicero?

—Vengo a ver al pinche detective. ¿Usted cree que por un plomero o un tapicero iba yo a estar esperando?

—¡Jefe, jefecito santo! Esto no era vida sin usted —aulló Carlos Vargas en la puerta, y sin perder tiempo, estrechó la mano de Belascoarán solemnemente—. Desde que usted se fue ya no vienen rumberas sin brasier, ni ruquitas apuñaladas con el intestino de fuera. Se ha puesto bien aburrido.

—Creo que el detective soy yo —le dijo Héctor al gordo mientras abrazaba al tapicero.

—Mi vieja es bien puta —dijo el señor mal trajeado, y luego tras ahuyentar una mosca de la mesa con unas manos que parecían guantes de beisbol, se le quedó mirando a Héctor.

—¿Y qué le sabe para decir eso? —preguntó muy serio Héctor al gordo, a quien al fin había reconocido como don Gaspar, dueño de una tortería a media cuadra de las oficinas de Donato Guerra.

—Toda la lana que le doy se la gasta en pantaletas rosas y negras y brasieres de firulines y cuando está conmigo no los usa.

—Será tímida la señora —aventuró Carlos el tapicero desde una esquina del cuarto donde aparentaba concentrarse en un sillón de ejecutivo de cuero negro con las tripas al aire.

—No, cuál tímida, es bien puta mi vieja.

—Pero eso no es un dato, don Gaspar —dijo Héctor complaciente.

—No, pues para eso lo contrato a usted, para que lo averigüe todo, y luego para que le ponga en la madre...

—¿Sabe qué, don Gaspar...? —intentó Héctor.

—Yo le pago. Me vale lo que cueste.

Héctor se quedó mirando al hombre que estaba a punto de sacarse de la bolsa trasera del pantalón una anforita de brandy y ponerse a llorar.

—Mire don Gaspar —terció Carlos de nuevo— usted no se preocupe, aquí lo averiguamos todo y no vamos a cobrar mucho...

Don Gaspar miró fijamente al tapicero que sonrió ampliamente mostrando las tachuelas entre los dientes.

—¿Ese señor es su ayudante?

—Sí, a veces me ayuda —dijo Héctor mirando a Carlos, que había congelado la sonrisa.

—No se hable más —dijo don Gaspar.

—Deje ahí en la mesa veinte mil pesos —dijo Carlos.

Don Gaspar metió la mano en el bolsillo y sacó un rollo de billetes manoseados y sudados; comenzó a contarlos mientras los desenrollaba.

—¿Su esposa cómo se llama, y cuál es su dirección? —preguntó Héctor.

—Amalia, se llama Amalia la muy puta, y vivimos en la colonia Moderna. Ahí le anoto la dirección... Pero yo estoy en la tortería todo el día, por eso se volvió tan puta.

El hombre anotó, en un pedazo de periódico que había sobre la mesa, sus datos, y se levantó sin decir más. Caminó hacia la puerta como si cargara el peso de su mujer arriba de las enormes espaldas. Con suavidad cerró la puerta.

—¿Y ahora quién va a averiguar si la esposa de don Gaspar es muy puta o no? ¿Y si es muy puta quién la va a madrear? ¿Usted? Mire nomás en qué líos nos mete. Acabo de llegar y ya me metí en otro desmadre. Yo tengo un trabajo entre manos, no puedo rondar en los departamentos de lencería del Palacio de Hierro checando la ropa interior que compra la señora esa.

—Déjemelo a mí, yo le reporto —dijo Carlos muy serio acercándose a la mesa. Tomó los veinte billetes arrugados de a mil y los dividió en dos.

Tomó el pedazo de papel y después de prodigarle al detective una sonrisa tan amplia como la anterior, salió sin mirarlo de nuevo.

En el fondo Héctor estaba a gusto. Tenía tanto interés como don Gaspar en saber si doña Amalia era putísima o no, y en por qué compraba ropa interior de fantasía si luego no la usaba con su marido. La vida era mitad curiosidad y mitad compromiso. El compromiso estaba en impedir que don Gaspar la fuera a golpear. Héctor pensaba que todo el mundo tenía derecho a ser putísimo si no joroba la vida ajena en demasía, de manera que permitió que Carlos saliera en misión de exploración y se embolsó los diez mil pesos. Si la señora era inocente con los diez mil pesos le iba a regalar una buena cantidad de brasieres, ligas y pantaletas de fantasía.

Metió sus billetes al bolsillo, fue hasta la caja fuerte, sacó su pistola y la funda y se las colgó; autografió apócrifamente un póster del gordo Valenzuela que había en la pared, para Gilberto, su otro compañero de oficina, y salió hacia el hospital.

Llovía. Eran los últimos días de febrero, y llovía. Cada vez, la ciudad era más hostil con sus hijos. Héctor había registrado en el autobús la conversación de dos viajeros que se quejaban de la cantidad de enfermedades virales que había en el aire de la ciudad: virus mutantes por todos lados en el contaminado aire chilango; y lluvia gruesa, que ensuciaba la ropa tendida olvidada por las mujeres en las azoteas. Se subió el cuello de la chamarra y comenzó a brincar charcos. Era una bienvenida esperada. Ésta era la ciudad que lo esperaba. Era la misma ciudad de siempre. Un poco cabrona, no más quizá que una buena parte de los que vivían en ella. Calculó mal un salto y metió toda la pata en un charcote. No pudo impedir que la sonrisa apareciera en la cara mojada. Ésta era la bienvenida.

Anita tenía en el cuarto del hospital una televisión encendida, pero no la escuchaba, ni siquiera le dirigía una mirada de vez en cuando. Estaba ahí para que Anita no pudiera quedarse sola consigo misma demasiado tiempo. Héctor conocía esta relación mujer-televisor encendido. La había visto cuando su padre enfermó para morir. Por eso, a pesar de que los anuncios de lubricantes a todo volumen lo distraían, no la apagó.

Anita se veía desvalida. Los brazos pálidos sobre las sábanas excesivamente blancas. Cerca de la muñeca algunos moretones. Un mentón inflamado con las huellas de los puntos de sutura aún. El pelo rojo bien peinado derramado sobre la almohada. Si el cuadro hubiera sido creado para crear adhesión y simpatía, estaba logradísimo. Héctor se anotó inmediatamente al club de admiradores y protectores de Anita. Sabía que la habían golpeado con una manopla de hierro, la habían violado y la habían dejado tirada en la calle, sangrando, un día de lluvia como éste.

—Quihúbo pelirrojita, pareces enferma de película —le dijo después de separar la mirada de la ventana donde las gotas golpeaban rompiéndose.

—Eres mi detective, ¿quién lo hubiera creído? Yo siempre pensé que eras un tarado.

—Es que me veías desde abajo.

—Ni modo, cuando te conocí medía menos de uno sesenta.

—¿Y ahora?

—No, ahora debo medir cuando mucho uno cincuenta después de la madriza que me arrimaron.

Y no dijo más porque se puso a llorar, con unos lagrimones que harían enverdecer de envidia a la lluvia.

—Órale, muchacha, no haga eso.

Anita siguió llorando, sin pudor, sin tratar de ocultar el rostro, inmóvil; sin llevarse las manos, colocadas al lado del cuerpo e inmóviles, a la cara.

Héctor fulminó con su ojo bueno la televisión y golpeó un par de veces con el puño la puerta del baño. Si para meterse en una historia hacía falta curiosidad, para terminarla hacía falta que *ellos*, los otros, lo empujaran a uno hacia el final, o que se amontonara entre los dientes un buen pedazo de odio. Ya lo tenía. Si algún día encontraba a los que habían lastimado a Anita, les iba a sacar la mierda por las orejas.

Anita lo contemplaba a través de las lágrimas y el detective no podía quitarle la vista de encima. No era que Héctor tuviera muy desarrollado el sentido melodramático o el gusto por la tensión, ni siquiera que de los ojos verdosos de la desvalida muchacha pelirroja, fluyera el alimento de odio necesario, del que se había nutrido hacía tan sólo unos instantes. Era simplemente que no sabía qué hacer.

—Siéntate —dijo Anita con la voz como un susurro de moribundo.

Héctor buscó con la mirada un asiento y sólo encontró un sillón repleto de rosas pálidas. El borde de la ventana donde la lluvia repiqueteaba, era muy estrecho.

—Siéntate aquí, tarado —dijo Anita con el esbozo de una sonrisa en los ojos lacrimosos.

Héctor se aproximó a la cama, acarició el rostro de la muchacha con una mano que sabía áspera e inútil para transmitir el amor, y se sentó a su lado.

Anita había movido por primera vez los brazos desde que Héctor entró a la habitación, para señalarle un lugar donde sentarse.

—Ahora sabes lo que se siente, ¿verdad?

Héctor asintió.

—Eres el único al que se lo voy a contar, a Elisa apenas sí se lo dije, nada, casi nada, no podía... A ti te lo voy a contar, te lo voy a contar a ti y luego voy a olvidar para siempre. Siempre de los siempres. No fui yo, fue otra. Y todo pasó hace cinco días... Estaban dentro del cuarto del hotel cuando llegué. Apenas si abrí la puerta y me jalaron. Estaba oscuro, pero se les podía ver, porque el cuarto estaba en el segundo piso, con vista a la calle y había ese farol. El que me metió al cuarto de un tirón me jaló el pelo. Me debe haber arrancado un buen pedazo, porque cuando me encontraron también me sangraba la cabeza y ahí no tenía heridas. Me jaló, y me gritaba: «Pinche puta, te vas a ir de México. Te vas a ir ahorita mismo» y no decía otra cosa. Uno encendió la lámpara que había al lado de la cama. Yo grité y otro, uno que había estado sentado en el sillón, se levantó y me pegó con una de esas cosas que se ponen en la mano, con hierro, como una manopla, una de esas, en la cara. Y yo gritaba hasta que me ahogué de puros gritos y ya no podía hablar. De miedo no podía hablar. Trataba de jalar aire y no entraba, no quería entrar, de miedo, de puro miedo me estaba ahogando. El que me jalaba del pelo, un güero con la cara toda llena de acné, como podrido el güero, lleno de cicatrices chicas en la cara, de barros infectados, me tiró al suelo. El de la manopla me pateó una vez y sentí que se rompían las costillas, pero me ayudó porque pude jalar aire, pude respirar. Ése era chaparro, muy fuerte, muy fuerte, musculoso, como Chelo, ¿te acuerdas de Chelo? El chofer de tus vecinas en Coyoacán. Así, muy trabado, pequeño, de pelo negro chino, muy elegante, con saquito cruzado, con bigote bien espeso. Ese me pateó y luego se rio. «Cállate pendeja», dijo. Y yo estaba callada, sólo jalando aire. El güero del acné se agachó y me arrancó la ropa, a tirones, jalándola. Cuando me violaron tenía pedazos de ropa encima, el cinturón de la falda, los calcetines, un zapato. Y me gritaban los dos. El otro siempre estuvo callado. Ese sólo habló cuando me dijo que me tenía que ir de México, que ya tenía bastante dinero, que me fuera ya, de una vez. Y luego me puso papeles en blanco enfrente, un montón, y me arrastró hasta el escritorio que había enfrente del espejo, me puso una pluma en la mano y me dijo: «Fírmalos o te mueres»; así nomás: «Fírmalos o te mueres». Y yo me miré en el espejo y no hice mi firma, hice otra. No por valiente, no creas, ni nada de eso. Hice otra firma porque se me había olvidado la mía. Se me había olvidado quién era. Y yo quería sólo hacerles daño, hacerles algo, devolverles el daño a esos... Luego ese mismo llamó por teléfono y dijo «Ya está», y se quedó escuchando y el chaparro sacó una navaja y me cortó en el muslo, aquí, y yo volví a gritar, y el güero me tiró al suelo y me metió en la boca... Me metió en la boca un pedazo de mi brasier, un pedazo todo lleno de sangre. Y luego ya no supe más, porque se fueron; yo quería que se fueran y se fueron. Me desperté en la calle con dos vendedores de periódicos que me estaban levantando para quitarme de la lluvia y luego vi la luz de la ambulancia, pero no oía nada.

Anita se quedó en silencio. Su mirada fue a dar a la ventana.

—Ya lo contaste, ahora puedes olvidarlo para siempre —dijo Héctor.

—No es verdad.

—Sí, es verdad. En una semana, estás reparada, y el primer día que te dejen salir, nos vamos a bailar.

—Tú no sabes bailar.

—En una semana aprendo.

—Tengo mucho miedo.

—¿Por qué no te vas?

—¿A dónde? ¿A Nueva York? ¿A la casa donde murió Luis? ¿A dónde más? ¿Con quién? ¿Con quién me voy? —preguntó Anita, y las lágrimas volvieron a los ojos—. A veces estoy sola aquí. Elisa está a ratos conmigo, pero tengo miedo que a ella le vaya a pasar algo... Estaba toda mojada esa noche y no lo sentía...

—Te voy a conseguir las mejores niñeras de México, por eso no te preocupes. Mientras estés aquí, vas a tener los mejores guardianes. ¿Cuánto dinero tienes?

—Mucho. Había estado arreglando algunas cosas de la herencia. El abogado me puso en mi cuenta como cinco millones de pesos antes de esto.

—Hazme un cheque por cincuenta mil pesos...

—Con la firma buena.

—Con la firma buena, chaparrita.

—Y eso, ¿qué paga?

—A tus nuevos guardianes.

—¿Y tú?

—Lo mío es gratis, muchacha. Dime sólo qué quieres.

—Quiero saber qué pasó. ¿Quiénes mataron a Luis y a sus hermanos? ¿Quién me hizo esto?

—Vamos a hacer algo más que saberlo —dijo Héctor, y luego se sintió terriblemente autosuficiente, encabronadamente barato. Pero no cambió las palabras. Sólo ocultó la vista en la ventana donde seguía lloviendo.

—¿Puedes pedir que pongan una cama extra en el cuarto? Hoy voy a dormir aquí.

Anita asintió.

—Ana, ¿estás despierta? —dijo Héctor en la oscuridad.

—Sí, ¿quieres que encienda?

—No... Cuéntame, ¿cómo eran los hermanos?

—Pancho, el mayor, era un pobre pendejo, es el que mataron a tiros. Me da no sé qué decirlo ahora que está muerto, pero más de una vez se lo dije en su cara. Hablaba de la gente como si fueran cosas. Su carro, su amigo, su mesero, su albañil, su restirador, su boleto de avión. Estudiaba arquitectura, pero llevaba más años de retraso que de carrera. Era chistosito, muy orgulloso, bien peinado, consentido de papá. La mamá de los tres se murió hace un chorro. Yo siempre pensé que el viejo tenía casa chica porque de vez en cuando se desaparecía sin dar cuenta de nada. La familia era de Guadalajara, por lo menos la mamá. El viejo había sido gerente de una tienda grande, Salinas y Rocha o el Palacio de Hierro y allí conoció a su mujer. Luis nunca me habló de ella. No la recordaba bien. Luis era genial. Siempre de buenas. Siempre con ganas de hacer algo. Siempre dispuesto a dar parte de su tiempo a los demás. Se llevaba a patadas con el jefe y con Pancho. Luis era el segundo hermano, tenía treinta años, nos casamos hace dos y nos fuimos a hacer la especialidad en Estados Unidos. La verdad es que Luis quería irse para no seguir viendo a la bola de pendejos de su familia. Pinche gente… ¿Y yo?, ¿qué ando haciendo? Ni quiero el dinero de esa familia. Ni quiero nada.

—¿Y el tercer hermano, el que está en el hospital?

—Alberto era el menso de los tres. Quería tener un jardín botánico y vender flores, como Matsumoto. Me late que era puto. Tímido. Se pasaba las horas viendo la tele. Manejaba muy bien, le servía de chofer a su papá, porque había dejado de estudiar después de la prepa. No es mal chavo, lo que pasa es que le falta algo.

—¿Nunca te habló Luis de los negocios de su padre?

—Yo sabía que tenía unas mueblerías. Pero Luis no sabía más que yo. Cuando llegó a Nueva York la carta del abogado, se le pusieron los ojos cuadrados. No entendía nada. Dijo que tenía que estar equivocado, que de dónde su papá había sacado esa cantidad de lana. Nada. Ni le busques Héctor, ya me hice cuadritos la cabeza tratando de recordar algo que te pudiera servir. Un cuate que haya visto a la hora de la comida en la casa de la familia, un comentario del viejo Costa, algo que Luis me haya dicho. Nada. Nada de nada. Te lo juro.

—¿Dónde vivían?

—En una casa sola, en Polanco. Tenían una sirvienta, que cuando regresamos a México no la pude encontrar, y una chava que lavaba por días. Elisa recogió mis cosas del hotel, ella te puede dar la llave de la casa.

—Una sirvienta.

—Doña Concha, la sirvienta vieja de la familia, la que había cuidado a los niños. Yo creo que del susto se piró. La policía la interrogó, pero el asesinato de Pancho fue el día de su salida. Luis habló con ella y no le sacó nada. Se me hace que por ahí tampoco. Ve tú a saber dónde anda ahora.

—Alberto, ¿lo viste?

—Lo vi en el sanatorio. No habla, no mira. Horrible, el pobre chavo. Luis trató de sacarlo del *shock* hasta que los médicos dijeron que parara, que lo estaba angustiando inútilmente; que ése ya no regresaba nunca. Caray, tengo que acordarme de dejar pagado el sanatorio del chavo. No vaya a ser que...

Héctor quedó en silencio. No tenía nada más que preguntar. Luego encendió un cigarrillo. En la cama de al lado, surgió también una pequeña lumbre.

—¿Sabes qué, Héctor?

—¿Qué?

—Que es igualita a una pesadilla. Igual, porque las pesadillas también son así de incoherentes, de idiotas y de terribles.

Héctor asintió, pero Anita no pudo verlo.

IV LA HISTORIA DE LA RATA TAL COMO HÉCTOR LA SABÍA Y OTRAS COSAS QUE NO SABÍA

Sería porque Héctor en aquellos años nunca volteaba para las filas de atrás, o porque la verdad, poco había de llamativo en el rostro de pescado del muchacho vestido con trajes grises y azules que parecían heredados por un hermano mayor, y que colgaban desgarbadamente sobre su cuerpo; o porque Melgar nunca abría la boca en clase y por lo visto tampoco fuera de ella. El caso es que en aquel tercer y aburrido año de la carrera de ingeniería en la que compartieron salones, maestros y compañeros, Héctor dejó que el personaje le pasara desapercibido casi hasta el final de año. Faltando tres semanas para los exámenes semestrales, un día sobre la tarima, tras pedir respetuosamente permiso al maestro en turno, desfilaron los candidatos de la «Planilla superación» a la sociedad de alumnos de la facultad, y en los últimos lugares de la cola, estaba Melgar, con cara de perro triste y ojos de huachinango cubiertos por gruesos lentes oscuros que sólo se quitó una vez para secarse el sudor que le bajaba de la frente. Héctor y tantos más reconocieron al compañero de grupo y eso no hizo que votaran o dejaran de votar por la «Planilla superación», que por cierto, con un bailongo con tocada rockera, ganó las elecciones sobre una deslucida planilla del PC, cuyo lenguaje de democracia universitaria resultaba bastante hueco en aquellos años de apatía estudiantil. Así, Melgar, aunque no pasó de año, pasó a la grilla.

Ya nunca volvieron a coincidir en salones de clase, laboratorios o prácticas. Melgar se volvió una referencia oscura para Héctor. Formaba parte del grupo que se emborrachaba a la entrada de los pasillos del ala izquierda del edificio principal de la facultad. Era de aquellos que aparecía con traje y corbata reluciente de puro nuevo y luego los paseaba por la escuela aparentemente sin motivo. Poco a poco comenzó a emanar de él aire de autoridad. Alguna vez a Héctor le llegaron noticias de aquel extraño personaje: que había dirigido a una horda de porros que asaltaron la Facultad de Ciencias para impedir la proyección de *8 ½* de Fellini, por «amoral»; que traficaba con mariguana, situación muy poco común en aquellos años previos al movimiento del 68, donde palabras mayores en materia de droga eran dos bencedrinas con Bacardí; también se decía del buen Melgar que cobraba por sus servicios (y éstos nunca eran muy claros, vinculados siempre en las palabras de los rumorosos al gangsterismo universitario en ascenso) de un funcionario de la rectoría de la UNAM.

En los meses anteriores al movimiento estudiantil, Melgar adquirió una cierta notoriedad y su apodo, *la Rata*, subió tres puntos en el *rating* de la popularidad universitaria. Se decían de él cosas muy variadas: que había dirigido una huelga en una preparatoria para expulsar a un director, que cobraba en el PRI, que extorsionaba a los peseros que entraban en territorio universitario, que andaba armado con pistolas y puñal (*sic*). Héctor lo vio un par de veces, una de ellas en una asamblea donde la Rata fue abucheado y regresó a la media hora con sus cuates, arrojando bombas de amoniaco que hicieron que la asamblea se descagalara; la otra, que sería la que le venía a la memoria con más claridad después de tantos años, fue una vez que Héctor caminaba por la zona verde a espaldas de la escuela, pensando que algo estaba roto, que algo se había equivocado en algún lugar y que él debería llevarle flores a una tal Marisa y arreglarlo todo. La Rata estaba tirado en medio de la yerba, con los lentes rotos a un lado de su mano crispada. Mirando sin ver hacia Héctor, unos gruesos lagrimones le resbalaban por las mejillas. Héctor se acercó y lo ayudó a levantarse. «Gracias, mano, te debo una», dijo la Rata moqueando. Héctor ni siquiera contestó y lo condujo, como lazarillo, hasta el circuito universitario, donde el otro se soltó del brazo bruscamente. Por más que intentaba años más tarde, no podía recordar el rostro de aquella Marisa, pero sí los ojos miopes de la Rata y sus lagrimones.

Durante dos o tres años, en las navidades llegó a su casa una monumental canasta con una tarjeta que decía simplemente: Arturo Melgar. De ahí las bromas de Elisa, que le achacaba a Héctor una amistad dudosa con el gángster estudiantil.

Físicamente, nunca lo volvió a ver y la mirada angustiada de la Rata sólo llegó hasta Héctor a través de dos fotos de periódico años más tarde, una cuando al tratar de romper un mitin en el movimiento de 68, alguien le metió un plomazo en el hígado. La segunda tenía numerito abajo y era acusado de haber organizado una guerrilla urbana (¡!). En ambas ocasiones Héctor dejó el periódico a un lado y durante unos breves segundos, pensó que la vida en México era un misterio digno de tener su propio rosario.

Esto es lo que Héctor sabía, y aunque fuera un resumen aceptable de la veloz biografía de la Rata, apenas rascaba las intrincadas conexiones políticas que Arturo Melgar había logrado armar en años turbulentos.

Héctor no sabía que la Rata había descubierto a los veinte años un accionar político y aparentemente errático, en el que riesgos y fidelidades tienen premios equivalentes a ascensos, en una inexistente pero omnipresente escala que lleva al centro del poder en este país. Héctor no sabía que la Rata había aprendido a jugar un juego cuyas reglas cambian frecuentemente y que obligaba a sus jugadores a irse fabricando pieles, ofreciendo sumisiones, aportando crímenes y creando un poder con el que actuar, que ofrecer, con el que negociar.

Primero ofreció sumisión y anticomunismo a las autoridades universitarias pero la intuición y las buenas compañías le dijeron al oído que no hay que ser hombre de un solo amo, porque se termina de burócrata o mandadero. De manera que organizó un pequeño negocio de extorsión a los vendedores ambulantes en el área occidental del circuito universitario. La Rata en esos días aprendió a ser fuerte y servil, déspótico y arrastrado por riguroso turno, y a dosificar actos de crueldad o valor. Porque los huevos eran negociables. Aprendió también a mover la labia, lo cual le hacía intermediario entre los buscadores de servicios y los *neandertálicos* porros de infantería, y por último a mantener cohesionadas a las erráticas bandas.

Poco a poco fue destacando en un submundo de pequeños hampones y haciendo contactos con aquella fuente de poder, que aún se presentaba nebulosa ante sus ojos miopes, y en la que se materializaba el Estado mexicano: un funcionario en el Departamento del DF, la Dirección General de Preparatorias de la UNAM, un secretario de la facultad de Derecho, un dirigente priísta de las colonias del sur del DF, un comandante de grupo de la judicial, en fin, el Estado mexicano.

Fiel a su aprendizaje de servir pero no depender, encontró en el tráfico de mariguana una fuente de recursos económicos fundamental para adquirir el liderazgo de las bandas, y en el hecho de que a cambio de servicios prestados, las autoridades universitarias cerraban los ojos, una buena tapadera.

El ascenso de la izquierda en la universidad a partir del 66 ofreció a la Rata fuentes de trabajo abundantes: atacar elecciones estudiantiles, irrumpir en cineclubes creando el terror, quebrar huelgas, secuestrar a un maestro, vender información, estimular motines para apoyar a un grupo de funcionarios enfrentado a otro. Combinó sus tareas a sueldo con asuntos por su cuenta, como el robo de cien máquinas de escribir de los depósitos de intendencia de la Ciudad Universitaria, o el lanzamiento en plan estelar de un burdel en las cercanías del Desierto de los Leones.

El movimiento del 68 ofreció a la Rata breves momentos de efímera gloria. Llegó a entrevistarse con el regente de la ciudad de México y por sus manos se canalizó un buen montón de billetes hacia los grupos gangsteriles que trataron de quebrar la primera oleada del movimiento estudiantil; pero a pesar de sus «buenas intenciones», fue arrasado por un movimiento en el que participaban centenares de miles de estudiantes y sus esfuerzos, no dieron para mucho. Rompió alguna asamblea, destrozó automóviles en un estacionamiento durante una de las manifestaciones de masas y vendió información a la policía, que ya no sabía qué hacer con tanta. Desesperado, en septiembre trató de quebrar un mitin en el Poli y le metieron un tiro cuando trataba de abrirse paso hasta el micrófono con una varilla de hierro en la mano.

La Rata, abandonado por amigos y enemigos, vivió el final del movimiento de 68 en el anonimato de un hospital privado de Toluca, y se descubrió a los veintiocho años solo y abandonado. El porrismo renació en la universidad en el año 1969, pero la Rata, no estaba allí para recobrar fama y fortuna, porque había aceptado un sui géneris empleo de la policía federal. Estaba organizando una guerrilla urbana. Estos ya no eran juegos estudiantiles, pensaba la Rata, por cuyas manos rodaban billetes en grande, y organizó el asalto de un par de bancos por esto de «la cobertura». Poseía un arsenal de ametralladoras y pistolas, casas alquiladas y una nueva labia izquierdista que logró conquistar a algunos despistados. La «guerrilla» realizó tres operaciones (los dos bancos y un secuestro de un político con el beneplácito de la policía), reclutó a dieciséis muchachos, de los cuales la Rata entregó a once en una misión suicida, y los cadáveres quedaron ahí para comprobarlo. Pero en una de malas, con un cambio de orientación en el aparato policiaco, la guerrilla fue desmantelada con lujo de movimientos, fotos de prensa y despliegue de patrullas, por los mismos que la habían creado. La Rata no paró de protestar y por olvidarse durante un momento quién era el poder, recibió un culatazo en la boca que le hizo perder varios dientes. Pasó seis meses en Lecumberri, durante los cuales puntualmente le depositaron su sueldo en una cuenta bancaria y luego salió de la cárcel con mucho menos ruido del que había entrado.

En 1972 la universidad ya no era negocio y la Rata rebuscó en el basurero de sus recuerdos dónde había visto refulgir el oro. Reclutó a algunos viejos compinches, montó un servicio de guardaespaldas para funcionarios de segunda línea: subsecretarios de estado, diputados priistas; invirtió en condominios, se acercó al tráfico de drogas mayores y salió de ahí convencido de que eso ya era propiedad de otros y que si se acercaba le iban a quemar las manos, y volvió a encontrar en la nueva administración sexenal las relaciones, los hombres claves, los trabajos sucios. En su cuenta habría que poner que estaba siempre dentro del sistema, pero siempre ligeramente fuera; quizá más lucrativo aunque un poco más riesgoso.

Entonces, a mediados de los años setenta, encontró su mina de oro. Y se puso a vaciarla.

V

Pocas veces se puede oír lo que uno quiere
en el radio. Hay que prenderla y contentarse
con lo que hay. Así es este negocio.
Luis Hernández

—Me veo bien, ¿no? ¿Me veo bien? No. Sólo es la apariencia. Me estoy zurrando de miedo, perdone la expresión, zurrando, amigo. Hace una semana que no duermo bien, me paso el rato mirando por encima del hombro para ver si me siguen. No quiero saber nada de esto. Yo fui el abogado del señor Costa, y hasta ahí. Yo era abogado de un pendejo que tenía tres mueblerías: no sabía nada de sus negocios y no quiero saber nada. Ya cumplí haciendo que le lleguen a la cuenta bancaria de la señora Anita los billetes que deberían llegarle. Hasta ahí.

Héctor lo miró fijamente. El abogado se movía mientras hablaba, movía las manos, movía las cejas, movía los pies, se rascaba el hombro.

—No me entiende, abogado. No quiero que haga nada nuevo. No quiero que se meta en ningún problema por nosotros. Quiero sólo que me diga quién le transmitió el recado y qué decía exactamente el mensaje, exactamente, para no equivocarme.

—Ya se lo dije a la señora Anita, van a creer que a usted... —la frase quedó flotando en el despacho presidido por un diploma de la universidad de 1960, donde el actual abogado disimulaba un poco la mierda que era con una infantil sonrisa de recién graduado.

—Sólo el mensaje —dijo Héctor—. Quién y qué decía. Eso nada más y me voy caminando tranquilo por donde entré.

—¿Cuál mensaje? —respondió el abogado rascándose la barbilla.

Héctor carraspeó, hizo que una flema subiera por la tráquea y la escupió con fuerza sobre la camisa del abogado al otro lado del escritorio. El abogado se hizo hacia atrás tratando de evitar el gargajo, pero sólo logró desviarlo de su objetivo original y que cayera en el chaleco en lugar de en el centro de la corbata.

—¿¡Qué chingaos le pasa!?

—El recado. Quisiera saber, ¿quién le dio el recado, qué decía exactamente y por qué está usted cagado de miedo?

—Vinieron dos pistoleros, señor, me pusieron una pistola en la cara y me dijeron: «La Rata dice que ese dinero no es de la niña, que el señor Costa nomás lo guardaba. Dale el recado. Ponle cinco millones en su cuenta y deja quieto lo demás». Eso dijeron y ya. Yo le dije a la señora lo mismo. ¿Qué mierda quiere de mí?

—Usted ya no representa a la familia Costa, ¿verdad? Bueno, pues ponga toda la documentación en una caja y envíesela a Vallina y Asociados —dijo Héctor, y luego pasó sobre el escritorio un papelito con la dirección de la firma de contadores y se fue dejando al abogado limpiándose el chaleco con meticulosidad pero sin gana.

Después del primer encuentro, se fue reincorporando a la ciudad lentamente a lo largo de la mañana por el método habitual. La ciudad entra por los pies y los ojos y Héctor la caminaba y la miraba. Era la misma. No cabía duda. Quizá seguía deteriorándose, quebrándose, corrompiéndose, pero era la misma. Cruzó calles y parques, paseó por camellones llenos de basura, brincó bardas, entró en tiendas de abarrotes donde bebió un refresco o compró cigarrillos, comió tacos de pie, entró en una librería y salió con dos novelas policiacas de Chester Himes, la *Historia de la conquista del Nilo* y todas las novelas de ciencia ficción de Alfred Bester que pudo encontrar, gastó dos mil pesos en latas de conserva en un súper; vagó por Tacubaya, la Escandón, Mixcoac, hundiéndose en el gentío, alucinado por los ruidos de las tiendas de discos y el tráfico. Caminó y vio hasta que los pies comenzaron a cocinarse dentro de los calcetines y el ojo bueno comenzó a llorar. Luego se rindió y se dio por recibido al DF. No estaba muy claro si la ciudad podía considerarse un hogar, pero si algún lugar podía llamarse casa, en ése estaba.

Con el reencuentro, se evaporó la nostalgia por la última palmera al final de la playa… Estaba listo.

Al llegar al despacho se quitó los zapatos y se tendió en el sillón desvencijado. Pareciera como si Carlos el tapicero hubiera decidido que no valía la pena invertir trabajo en el mueble lila y lo dejaba para que pasaran los días y se fuera convirtiendo en una ruina divertida a la que las tripas y los resortes le brotarían por los lugares más insospechados.

Cuando Héctor encendió el primer cigarrillo, comenzó a llover. La lluvia sacudió la ventana y puso fondo a sus ronroneos.

¿A qué darle tanta vuelta? El dinero era turbio, era dinero negro y la Rata tenía interés en él.

Sin mucha vuelta de hoja, seguro que la misma Rata había estado detrás de los asesinatos de la familia Costa, para que no le movieran de lugar los billetes, amasados indudablemente sin sudor y con mordida, transa, negocio puerco, favor y corrupción, sangre sin duda. Los billetes eran de la Rata, dentro del código mexicano, le pertenecían, a él o a cualquiera de sus múltiples empleadores sumido en las cloacas del poder... ¿Para qué meterse entonces? Proteger a Anita y sacarla del lío, alejarla de la historia, poner kilómetros entre ella y la podredumbre... Por primera vez en mucho tiempo, la curiosidad no le mordía, no lo obligaba a empujar hacia adelante. No había tampoco la dosis de venganza en nombre de los muertos, de los vivos, o de la imagen de lo que debería ser este país, como tantas veces había existido en otras historias. A lo más la apetencia de hacer pedazos a los tres violadores de Anita, meros ejecutores de voluntades ajenas, piececitas puercas de una maquinaria puerca. Podía empujar, dar la lata, meterse en el asunto para descubrir fraudes, negocios sucios, billetes abundantes y en el camino dejar un buen pedazo de piel, o toda la piel y los huesos; encontrarse con que de cazador había pasado raídamente a convertirse en víctima señalada por el dedo. ¿Era eso lo que quería? Sabía que cuando llegara al final, si llegaba, se iba a encontrar con una pared que impediría la justicia. Encontraría un muro de situaciones creadas, compromisos, escritorios, fuerza, costumbres, complicidades que abarcaban desde la última esquina del mundo del hampa hasta los cielos del poder, trenzados sutilmente a lo largo del tiempo. Carlos, su hermano podría decirle lo mismo que él se estaba diciendo, pero si lo dijera Carlos, él tendría otras respuestas, u otra ausencia de respuestas y una inercia que lo empujaría hasta el final, y entonces, Carlos le diría que no era el final, que sólo le había sacado un poco de tierra debajo de las uñas al poder... Estaba cansado. No se podía empezar una guerra con tanta sabiduría de derrota, y aun así, Héctor decidió que no tenía ningún otro lugar a dónde ir, ningún negocio, calor de hogar o rutina a qué acogerse, y se fue descalzo hasta el teléfono, tratando de que las virutas y la basura en el suelo del despacho no se le clavaran en los pies, para conseguirle su par de guardaespaldas a la Anita y hacer otro par de llamadas que lo metieran en una historia que sin querer iba a hacer suya.

—¿Qué te parecen tus nanas? —le preguntó a la muchacha hundida en la cama mientras abría la puerta para que *el Ángel II* y *el Horrores* entraran al cuarto. Estaban un poco cascados, las cicatrices en el rostro hacían obvio que los dos luchadores habían tenido mejores tiempos; incluso su paso torpe, la dejadez de sus movimientos, hablaban claramente de que no había *ring* que los aceptara. Pero aun así, los rostros duros, los cuerpos que imponían por la mole, los músculos que se mostraban a través de las chamarras, las manos descomunales, imponían.

—Anita, te presento al Ángel II y al Horrores, dos amigos míos. El Ángel fue campeón de peso completo en el 62 por seis meses...

—Cinco, señorita.

—... Y el Horrores le ganó una pelea estelar a Blue Demon con una quebradora.

El Horrores y el Ángel sonrieron. Anita no sabía si desaparecer debajo de la sábana blanca o pedirle a los dos luchadores, que deberían pesar entre ambos cerca de doscientos kilos, que le cantaran una canción de cuna.

—Son amigos míos y yo los garantizo, nadie va a pasar por esa puerta si tú no quieres —dijo Héctor divertido ante el contraste de la pequeña y desvalida pelirroja y la fiera presencia de sus cuates, que un poco intimidados, buscaban una esquina del cuarto para hacerse anónimos.

—Además, saben jugar dominó, cartas y el Ángel es bueno para el ajedrez —el aludido sonrió ampliamente, mostrando una boca llena de brillos por las piezas dentales metálicas que habían substituido a las originales. Anita esbozó una débil sonrisa.

—Señor Ángel, señor...

—Dígame Horrores, señorita.

—Yo nomás sé jugar canasta, y hasta eso mal...

—Aprenderemos, no se preocupe —dijo el Horrores viendo que la cosa iba a ponerse mejor de lo que esperaba.

Héctor abarcó con la mirada a su equipo de cuidadores-cuidada y se sintió francamente orgulloso. Si lo dejaban, era capaz de montar una selección nacional.

Había que moverse rápido, recuperar el tiempo perdido dudando. Por eso, media hora después, Héctor entró en la oficina principal de Vallina y Asociados, contadores, miró fijamente a Vallina-y-Asociados-contadores (que evidentemente era como dios, un solo tipo con tres existencias verdaderas) y le pidió el resumen del estudio de las finanzas de la familia Costa.

Vallina, cuyo saco relucía en los codos a pesar de que en las paredes del cuarto tenía una foto suya con la reina de Inglaterra (la verdad es que la foto no era suya, sino de un tipo que se le parecía), le extendió a Héctor un sobre por encima del escritorio.

—Me eché el estudio en dos horas. Con esto vamos seis a cuatro.

—¿Favor suyo o mío?

—Mío, no te hagas pendejo, Héctor.

—Entonces le debo dos.

Vallina asintió muy solemne, sacó un pañuelo y se sonó ruidosamente. En el bigote le quedaron leves huellas de mocos. Estaba visto que a pesar de sus mejores intenciones, no le quedaba otra que esperar a la revolución socialista para triunfar en la vida.

—¿Te las puedo cobrar de una vez? —preguntó—. Tengo dos investigaciones que necesito que me hagas.

Héctor caminó hacia un pequeño refrigerador que estaba colocado en una esquina de la habitación.

—Prefiero que no, mano, en esta historia que estoy metido, no me puedo dar el lujo de andar de *amateur* con seis chambas al mismo tiempo, y ya tengo dos.

En el refrigerador había medio chorizo, el foco estaba fundido y el único y solitario refresco que quedaba estaba abierto y casi sin gas. Aun así, Héctor, tras haberlo sacudido para comprobar la edad (como todo entendido hace con los refrescos abiertos), le dio un cauteloso trago.

—Además de esta locura, ¿otra? —preguntó Vallina rascándose la barriga, entre dos botones de la camisa.

—Otra que te encantaría, ropa interior de lencería fina de El Palacio de Hierro... Oye, hablando de ropa interior, ¿tu camiseta es de los Dallas Cowboys?

—¿Cómo supiste?

Héctor salió del despacho con el sobre, en el que Vallina, a pesar de su desgarbado estilo, enviaba un informe donde habría estudiado minuciosamente los papeles que Héctor le había mandado, y se despidió con un:

—Le debo dos.

Escogió para leer los papeles, una conferencia de Héctor Mercado sobre los orígenes del artículo 123 en el Centro Cultural Reforma. Sentado en la última mesa, sin hacer el mínimo caso al conferencista, se hundió en las tres apretadas hojas de escritura mecanografiada que Vallina le había entregado. La elección de oficina suplente no había sido arbitraria. Una vez metido en la historia, tenía que romper sus rutinas, no convertirse en un pichón; si iba a ser un blanco, lo que era muy probable, sería como el personaje de la novela de Ross McDonald que alguna vez había leído, un blanco móvil, y tan erráticamente móvil como podía ser un ciudadano del DF con imaginación.

Mientras el abogado se enrollaba con la historia del Congreso Constituyente del 17, Héctor se hundió en la historia financiera de Costa el mueblero, narrada por Vallina. El contador, había llenado de interrogaciones todos los puntos oscuros, que por cierto eran muchos. La historia podía resumirse del resumen así: hacia noviembre de 1977 el próspero mueblero Costa había empezado a manejar efectivo diez y veinte veces por encima de sus recursos normales. Colocó el dinero a su nombre en los negocios más variados. Casi parecía que su problema era encontrar en qué invertir el dinero que iba cayendo en sus manos. La lógica de las inversiones según Vallina, no se sostenía; al principio invirtió con mentalidad de mueblero: tiendas, una boutique. Negocios autosuficientes y simples, pequeños retoques, pequeñas ganancias, algo de inversión. Aparecían luego compras de oro, plata y joyas. Luego una compañía de aviación comercial, dos pesqueros, una embotelladora de refrescos. Todo en solitario, sin socios. Los ingresos que producía la creciente red de negocios se reinvertían casi de inmediato. Pronto el mueblero Costa tenía dinero, oro, plata, joyas e inversiones por más de doscientos millones de pesos. Había pasado un año y cinco meses.

Algo se aclaraba, el ataque cardiaco se lo produjo manejar todo aquel absurdo miniemporio que iba desde una dulcería en la Zona Rosa, a quince millones de pesos en centenarios en una caja de seguridad bancaria.

Vallina preguntaba al margen: «¿Dónde estaban los libros mayores?» Todo tenía que reconstruirse a partir de fragmentos. De actas notariales, notas de compra y venta y papelitos.

Otra nota al final confirmaba que Costa había sido en 77 y 78 un monumental evasor de impuestos.

Bien, era dinero negro. De una persona o un grupo. Captado con irregularidad. Las sumas de que disponía Costa para invertir variaban de uno a diez millones de pesos al mes, sin constancias. La elección de la provincia era sintomática: Guadalajara, Monterrey, el noroeste, Puebla, y los dieciocho negocios o empresas que estaban fuera de la capital caían en esa zona, o en esas tres ciudades. La relación entre inversiones, efectivo y valores en metálico o joyas, era equilibrada a tercios. Esto más bien parecía una forma que el mueblero había elegido para cubrirse.

El último dato: había entradas, pero no había salidas. Los que habían usado a Costa como banquero, no le habían pedido dinero nunca.

El viaje a Cuernavaca fue inútil, pero Héctor había intuido antes de hacerlo que así sería. Tan sólo fue para ver el rostro de Alberto Costa, y lo había visto. Durante quince minutos el detective y el menor de los Costa se habían estado mirando sin hablar. Héctor fumó un par de cigarrillos, habló con el médico y abandonó el manicomio.

Un taxi y de nuevo el autobús que se comió la carretera para llegar a la ciudad de México. No había quedado nada de esas horas. Ni siquiera conmiseración. Sólo extrañeza, lejanía. Alberto estaba en otro lado y Héctor no tenía argumentos para opinar sobre si ese otro lado era mejor o peor que el mundo que el muchacho de veinticinco años había abandonado.

Oscurecía cuando llegó a la ciudad de México, tomó un taxi y le dio dos direcciones en falso antes de animarse a pedirle que lo dejara ante un edificio en la colonia Nápoles. Tocó el timbre dos o tres veces y estaba a punto de dedicarse a pensar dónde pasaría la noche, cuando la portera que volvía con una bolsa de pan dulce, le abrió la puerta del edificio, le sonrió y le entregó una nota con todo y recado extra.

—La señorita está en Tequesquitengo, esquiando. Hace como un mes se fue, joven, pero me dejó esto para usted. ¿Usted es Héctor, no? Sí, cómo no, si lo recuerdo, el señor Héctor...

La nota era lacónica: «Estamos a mano, nadie está cuando lo buscan. Tú me enseñaste eso, güey. Yo.»

Usando el papel por la vuelta, escribió una más lacónica respuesta: «Ni creas que vine. Yo.» La metió en el sobre y se la encargó a la portera, que nada pendeja adivinaba su desconsuelo.

Pero no era desconsuelo. Era soledad vil y vulgar. Con media sonrisa rondándole, porque así eran los juegos. A veces había a quién llorarle en el hombro y a veces no. Si uno no ponía el hombro, justo era que el hombro deseado desapareciera cuando era necesario.

Sin darse cuenta, se encontró tomando un pesero que lo dejó a media docena de cuadras de su casa y terminó la tarde entrando en su departamento a pesar de las autorrecomendaciones de no cometer ninguna pendejada.

La capa de polvo no era demasiado espesa. No había tanta desolación como había esperado y casi se sintió defraudado. En siete meses, su departamento estaba obligado a volverse una ruina; pero no era así, resultaba evidente que tenía un aspecto más ruinoso cuando él lo habitaba. No había ropa por el suelo, los libros estaban razonablemente en su lugar, el polvo estaba regularmente distribuido y no anárquicamente amontonado como cuando tiraba los ceniceros al caminar medio despierto para abrirle la puerta al lechero o al de la basura. No había discos sin funda tirados, incluso la cama estaba hecha. ¡La mierda! Hacía cuatro años que no había visto su cama hecha.

Sintiéndose un fantasma, caminó hasta el teléfono. Un disco le informaba que estaba suspendido. Era un gesto de amabilidad de la compañía informar al que no pagaba y no sólo a sus amigos, que estaba suspendido el servicio; era un gesto doble además, porque quedaba el recurso de platicar con la voz, si se era suficientemente hábil como para meter las palabras en el lugar preciso:

«*Hola*/Lamentamos informarle/*¿Cómo estás chula, cuánto tiempo sin verte?*/ralmente suspendido/*suspendido tiene el culo, del espacio exterior chamaca*/(silencio)... Lamentamos/*no, por mí no lo lamentes...*».

Y colgó. La locura no estaba en estas cosas. La locura era más sofisticada. Locura era hacer cena para dos cuando se vive solo.

En esas andaba cuando el timbre de la puerta sonó, y estaba tan contento, que les abrió sonriente a sus posibles asesinos, que aunque tenían la facha, no dispararon sino que se limitaron a devolverle la sonrisa e informarle que un viejo conocido suyo quería verlo.

VI

*No es culpa tuya, no es culpa de nadie. Sólo
es la forma en que las cartas van saliendo.*
                                    DOC HOLLIDAY
                        en *Ok Corral*, de L. Uris

No había intimidación en los gestos de los dos guardaespaldas mientras el
coche tomaba el Circuito Interior y salía luego al laberinto de calles de la
San Miguel Chapultepec. Estaban cumpliendo un rutinario trabajo de men-
sajero-chofer. Héctor se tranquilizó mientras con el antebrazo presionaba
el lugar donde se encontraba su pistola. El auto se detuvo frente a un terreno baldío. El chofer y su acompañante se bajaron del coche y esperaron a
que Héctor descendiera por la puerta trasera. Luego sin preocuparse si los
seguía, cruzaron el baldío bajo la luz de un poste solitario, hasta el costado de una casa de donde salía una escalera metálica de caracol que subía
directamente a la azotea. La casa tenía dos pisos sobre la planta baja y al
final de la escalera un hombre de unos cincuenta años y torpes gestos lo registró y le quitó la pistola ante la impasibilidad de sus dos acompañantes.

—Aquí se la guardo, joven —dijo muy amable, y tras tirarla en una silla metálica que las lluvias habían herrumbrado, se desentendió de él. El
chofer que lo había traído lo guió por entre las vacías jaulas de tender la
ropa y los tanques de gas y al fin empujó una puertecita metálica por la que
entraron a la casa. Bajaron por una escalera de madera que se amplió al
pasar el primer piso, y en cuyas paredes colgaban reproducciones chafas
de Modigliani y Van Gogh, hasta ir a dar a un gran salón en la planta baja
cuyos muebles estaban cubiertos con telas blancas; la casa olía a deshabi-
tada. De una puerta de vaivén que parecía dar a una cocina, salió un camarero uniformado que llevaba una charola con platos y vasos. El chofer
le señaló uno de los sillones.

—Ahí se puede sentar, ahora lo recibe el licenciado.

Héctor se dejó caer sobre la tela que recubría el sillón y esperó.

—Pase ingeniero Belascoarán —dijo la voz de la Rata saliendo de atrás
de una puerta corrediza que quedaba a un lado del salón. Héctor se puso

en pie y abrió la puerta. En un cuarto casi en penumbra, tras un escritorio metálico lleno de recortes de periódicos, notas de consumo, papeles con membrete del PRI y notas manuscritas en tarjetas, sentado en un sillón de ejecutivo de cuero negro, se encontraba la Rata. Sobre la mesa, curiosamente, no había teléfonos.

—Siéntate, mano, por favor —dijo la Rata cuya miopía había crecido desde los recuerdos de Héctor hasta convertir sus lentes en dos gruesos cristales montados en una armadura de plástico negro. Se le habían acentuado los rasgos, la mandíbula colgaba un poco, la nariz se había inclinado hacia adelante, el pelo escaseaba, muy fino y descuidado sobre la cabeza, no tenía bigote, ni barba, aunque dejaba que las patillas crecieran un poco más de lo normal. El conjunto daba la impresión de un adulto aniñado y enfermo.

—Ya casi no me acordaba de ti. Porque tú eres de mi generación, ¿no? Fuimos compañeros en la facultad, ¿verdad?

Héctor asintió.

—Ya lo sabía yo, ese pinche apellido tan raro que tienes mano, no se me podía olvidar. De ninguna manera. Y tú, ¿terminaste verdad?, ¿terminaste la carrera? No, cómo no vas a terminar, si eras de los buenos, maestro, de los buenos. ¡Ah, qué buenos tiempos, ésos de la facultad! Ya llovió, maestro, ¿verdad?

Héctor asintió.

—Pues lo mandé llamar —dijo la Rata mirando hacia otro lado, quizá adivinando la calle que debería estar tras las cortinas corridas—, porque me dije, este Belascoarán ha de ser mi viejo compa, mi... Y digo, no, ¿cómo va a ser? Fácil nos vamos a entender, maestro, ¿verdad?

Héctor asintió.

—¡Ah, que los viejos tiempos...! Todo era más fácil, ¿no?

Y la Rata se quedó en silencio esperando una respuesta, de Héctor o de la voz interior que seguro le hablaba en las noches y lo regañaba por sus pecados, o lo felicitaba por sus éxitos, o simplemente le daba buenos consejos sobre modales, higiene y hábitos alimenticios. Los hijos de la chingada siempre tienen una voz interior que les echa una manita. Luego volvió a decir:

—Dígale a la muchachita esa para la que trabaja, que el dinero no es suyo. Que el dinero no era del viejo, ni de sus hijos... Que él, ¿cómo dijéramos?, nomás, simplemente lo guardaba, ¿verdad? Mire maestro, usted si es banquero no se queda con el dinero de sus ahorradores, eso es de economía simple, ¿verdad? Ya le dejamos su parte, y hasta más, creo. Creo que hasta más le dejamos, pero bueno, que sea el pago por los servicios del banquero, digamos eso, digamos eso, maestro.

—Bueno, ya lo dijimos. ¿Y luego? —dijo Héctor.

—No, pues luego ahí murió todo. Ella se queda con su parte y no mueve lo demás. De eso yo me encargo, ni va a tener que hacer nada. Yo me arreglo con su abogado, sin problemas, sin impuestos, todo tranquilito.

—¿Y los muertos? —dijo Héctor mirando fijamente a la Rata.

—¿Usted qué le preocupa, la lana, o los muertos? Porque en México, maestro, nomás hay de dos: o la lana o mis muertitos que quiero vengar, que tengo que ajustar. Tantos muertos me deben, tantos muertos les hago, y me emparejo. Y ya. Pero usted, ¿qué quiere de los muertos? Eran muertos pinches. Es más, uno de muerte natural... Y además, no son míos, yo no le puedo responder por ellos, pídaselos a quien los hizo.

—¿Y quién los hizo?

—Pues otros, otros que creen que el dinero también es de ellos... Hay gente que piensa que cuando un banco quiebra todos pueden ponerse de luto y jugarle a las viudas ahorradoras... —La Rata se rio—. Las pinches viudas... Mire, ingeniero, usted sálgase de esto. Ni es su lana, ni es su vieja, ni es su banco, ni son sus muertos. Ni son míos. Yo me hago cargo de la lana y deje que ellos se arreglen conmigo, que para eso me pagan los dueños de la lana, para que salga limpiecita de tanto lío, sin manchitas, ¿verdad?

—¿Y a quién le pido cuentas?

—¿En México? A la Virgen de Guadalupe, ¿a quién si no? —dijo la Rata. De un bolsillo sacó un pañuelo sucio y se sonó, muy suave, como si fuera a desbaratarse.

—A ver, déjeme repasar para ver si no se me olvida nada —dijo Héctor sonriente—. El señor Costa era el banquero de un montón de dinero sucio perteneciente a alguien que le paga a usted. Digamos el señor X. Bien, el señor Costa muere y el señor X quiere su dinero. Bien. Los hijos del señor Costa mueren y el señor X sigue queriendo su dinero, pero antes de que esto sucediera, el señor Z habría matado a los hijos del señor Costa porque también quería el dinero. Y usted quiere que la viuda del último hijo del señor Costa se vaya de México y deje la lana tranquila, y según esto, usted trabaja para el señor X, pero resulta que los que trabajan para el señor Z también quieren que la viuda se vaya...

—Bueno, ya párele de mamadas, ingeniero. Como fuimos compañeros, lo invité a echarnos una platicada y le pasé un mensaje: usted fuera, ella fuera. Se lleva su lana. Todos tranquilos.

—¿Y los muertos? —dijo Héctor poniéndose de pie.

—¿Cuáles muertos mi buen, cuáles? —respondió la Rata mirando nuevamente hacia las cortinas.

Héctor salió sin que la Rata le dirigiera la mirada. El chofer que estaba leyendo una revista de automovilismo se levantó del sillón para acompañarlo.

—¡Fernando! —gritó la voz aguda de la Rata desde el interior de la oficina.

El chofer se disculpó con Héctor con un gesto y entró al cuarto. Héctor tomó la revista y trató de leer el índice, pero las palabras de la Rata llegaron claras a través de la puerta corrediza abierta.

—Dejan al ingeniero donde él les diga y luego se van a hacer el otro encargo que les hice. Ya se los expliqué. No se vayan a pasar de tueste. Que parezca un accidente, algo que se le cayó encima cuando cruzaba al lado de un edificio, un coche que le dio un golpe, un asalto para robarle la lana. Pero mucho cuidado con matar al novelista pendejo este; nomás quiero que lo saquen de circulación unos días, una semana, un mes a lo más. No lo vayan a matar… Y sobre todo, que no parezca que van tras él, tiene que parecer accidente… Nada de pendejadas, ¿eh?

Héctor se quedó pensando si la Rata había hablado en voz alta para que él oyera y confirmara que se encontraba perdonado, absuelto por un poder que podía matar, descagalar, meterse en vidas y estropearlas, un poder que no le respondía a más reglas que a las de la selva en la que se había convertido su ciudad.

El chofer reapareció por la puerta y le sonrió a Héctor.

—Cuando usted quiera, ingeniero.

Hicieron a la inversa el extraño camino por el que habían entrado, le devolvieron su pistola y fueron a dar al automóvil donde el segundo pistolero estaba esperando.

—¿Dónde lo dejamos ingeniero?

—¿Hacia dónde van ustedes? Me puedo quedar en el camino.

—No, para donde usted diga —respondió ceremonioso el chofer.

—Es que todavía no quiero irme a mi casa, tengo mucho en que pensar y voy a dar un paseo.

—Siempre pasa así cuando se platica con el licenciado, ¿verdad? Tiene muchas cosas que decirle a la gente y perdone que me meta —dijo el chofer destilando sabiduría gangsteril—. Nosotros vamos cerca de donde lo recogimos, de su casa, una colonia más allá. En lugar de la Roma, en la Condesa.

—Oye tú, y si lo dejamos para mañana, porque no va a salir de la casa ahora —dijo el otro pistolero ignorando a Héctor.

—No, mejor de una vez lo esperamos. Si no sale, ahí nos quedamos.

—Vas jodido, mano, ¿toda la noche? Volvemos a la mañana, no seas güey.

—Perdone ingeniero, ¿entonces? —dijo el chofer. El automóvil entraba por Benjamín Franklin y frenaba apenas en el semáforo de Saltillo antes de acelerar para alcanzar el de Nuevo León.

—Déjeme en la panadería de la esquina, por favor.

El automóvil frenó donde Héctor se lo indicaba, y luego aceleró. Héctor buscó desesperadamente un taxi. Si no pasaban el semáforo de Nuevo León, los podía seguir en un taxi y advertirle a la víctima la que se le venía encima. No tuvo suerte. Entró en la panadería cuando el automóvil había desaparecido de su vista y buscó en su agenda el teléfono del *Unomásuno*.

—Redacción.

—Con Marciano Torres, señorita.

—Déjeme ver, creo que salió.

Un silencio. En la calle los neones brillaban en los charcos creando el aire fantasmagórico que tanto le fastidiaba. La ciudad era fantasmal sin trucos de artificio debidos a las gracias del Departamento del DF.

—Torreeees.

—Héctor.

—¿Quién?

—Héctor Belascoarán.

—Quihúbole maestro, años sin oírte. Ya creía que te habías ido de este mundo.

—Necesito un favor, mano, uno muy urgente. Necesito saber quién es un novelista que vive en la Condesa y que puede estar en bronca con... en broncas pues, por hacer una investigación o algo así.

—Puta madre, qué cosas pides mano. ¿De dónde saco yo eso? ¿Para qué quieres a un novelista? ¿Le vas a contar tus memorias? Cuéntamelas a mí. Tú eres de nota roja de periódico chafa, no de novela, hijo mío. Ni sé si las pudiera publicar en este diario, porque son medio refinados. Lo tuyo es la nota roja de *La Prensa*... Espera, deja hablar con el García Junco, ése sabe de novelistas...

Héctor masticó el tiempo que estaba corriendo. Quienquiera que fuese, hubiera leído o no una novela de él, debía llegar antes que los pistoleros de la Rata.

—Dice el culto de la redacción, que novelistas en la Condesa, dos: José Emilio Pacheco y el Paco Ignacio, que vive en Etla. Ha de ser el segundo, porque escribe novelas policiacas. Ya te decía yo que eso no es lo tuyo... Es cuate de tu hermano Carlos.

Héctor colgó sin el obligado «gracias mano». El teléfono de Carlos estaba ocupado. Volvió a tratar.

—¿Carlos?

—¿Se me oye voz de hombre?

—¡Marina!

—Ésa mera, ¿quién habla? ¡El Héctor! Milagro, milagro. ¿Dónde andabas?

—Luego te cuento. ¿Está Carlos?

—Está dormido. Pero ahorita mismo lo despierto. Ahora duerme siestas de siete a nueve. ¿Qué, si una se equivocó se lo cambian por otro?

—No hay mucho para cambiar, estoy yo y soy peor.

—No, entonces no dije nada. Espera ¿eh?

La voz de Carlos emergió ruinosa del teléfono.

—Hermanito, ¿para qué soy bueno?

VII

*Yo creía que la gente sólo pensaba en
esas cosas en las novelas.*
Nazim Hikmet

—¿Tú eres el hermano de Carlos? Pasa, mano —dijo el escritor tendiéndole la mano a Héctor y rompiendo el apretón casi de inmediato como si otra
cosa le hubiera cruzado la cabeza.

Debía tener la misma edad del detective, aunque se parecían poco. El
escritor pesaba setenta y ocho kilos y le fastidiaba bastante que lo llama-
ran gordo, quizá porque no acababa de serlo. Midiendo menos de 1.70,
con una buena mata de pelo que tendía a caerle sobre un ojo y que constantemente se quitaba de la frente; lentes dorados encima de una nariz
larga que a su vez se apoyaba en un bigote poblado pero sin disciplina.
Cuando abrió la puerta, tenía un vaso de Cocacola en la mano y un cigarrillo en la otra que tuvo que ponerse en la boca para saludar. Vaso y cigarrillo rondaban eternamente a su alrededor como si fueran una extensión de
sus manos, y así habría de recordarlo siempre Héctor. Eso, y una mirada
huidiza, que se escapaba como siguiendo más que el rostro de su interlocutor, el hilo de sus propias palabras.

—Siéntate por favor —dijo entrando a una sala llena de libreros y quitando un suéter viejo y papeles de un sillón blanco—. Carlos me dijo que
tenías que contarme algo «muy importante». Así dijo, y si no me equivoco, será, porque Carlos no es dado a las solemnidades.

Héctor tomó aliento y contó la historia. Trató de usar las exactas palabras de la Rata.

Cuando terminó, el escritor le tendió su cajetilla de Delicados con filtro y empujó un vaso vacío de dudosa limpieza hacia él, para que sirviera
Coca de la botella familiar.

—Ya me chingaron —dijo.

—No es para tanto. Estás advertido y yo los conozco. Hasta que te vayas de aquí por un tiempo, yo te puedo cubrir. Además, la Rata fue bastante claro, les dijo a sus guaruras que no quería que te hicieran mucho

daño, nomás que te sacaran de la circulación por un mes, o así. Si te sacas tú solo, con eso…

—Pinche consuelo. Ya me chingaron. Ya saben en qué ando y ya no me van a dejar seguir más allá. Si corro, ya valí, y si no corro ya me valieron.

—Si en esas andamos, ya valimos los dos, porque yo también quedé al descubierto —dijo el detective sonriendo. Su mirada pasaba por los libreros tratando de adivinar el orden, los temas, la errática manera de organizarlos que los había dispuesto así.

—Pero tú no tienes una hija de seis años.

Héctor lo miró. El escritor hundió la cabeza en un cenicero atascado de colillas.

—¿Toda tuya? ¿Y la madre?

—En Lisboa, la pendeja. Tú no escribes, ¿verdad? No, tú eres del estilo protagonista, no del estilo autor… Resulta que aquí, tu pendejo, se le ocurrió un día enamorarse de la esposa del embajador de Filipinas y zas, que tienen una hija. Y la señora embajadora, que tuvo su hija a escondidas, me dejó a la niña y se fue con su marido, que había sido transferido por cornudo a Lisboa, y todos tan contentos.

—¿Aquí está la niña? ¿Se puede ver? —preguntó Héctor.

—No faltaba más —dijo el escritor y con el vaso en una mano y el cigarrillo en la otra, condujo a Héctor por un pasillo laberíntico también cubierto por libreros, hasta un cuarto blanco donde en una cama dormía una niña enfundada en un camisón de ositos.

—Es una belleza, ¿no?

—¿Cómo se llama? —preguntó Héctor contemplando a la niña de suaves rasgos asiáticos que dormía chupándose un dedo.

—Flor de Perlas, como un personaje de Salgari que era jefe de guerrilleros en las Filipinas. Ahí se la peló su mamá. Así quería yo y así se quedó. Pero le puedes decir la Araña, aquí, en familia.

Héctor y el escritor recorrieron la casa en camino inverso. Al llegar al cuarto, el escritor se dirigió al tocadiscos, dudó y regresó a sentarse en su silla, de espaldas a la mesa de trabajo atascada de fólders, fotos, libros, papeles, plumones de colores…

—¿De qué año eres tú?

—Yo del 49, ¿y tú?

—Igual, yo de febrero…

—No, yo de enero, del 11… Entonces soy un mes mayor que tú —le dijo el escritor al detective—. Ya te chingaste, desde ahora me hablas de usted.

—¿Y usted en qué andaba metido para que la Rata le echara a sus perros?

—Dando y dando. Yo le cuento mi historia, usted me cuenta la suya.

—Un refresco, ¿no?... Pero le advierto que mi historia es bastante zonza, no le va a servir para novela. Nació con la trama vendida.

El escritor desapareció del cuarto para buscar otro refresco. La mirada de Héctor vagó por la habitación. A un lado de la mesa un letrero: «Nunca te cases con una mujer que deja los plumones destapados», las portadas de tres novelas policiacas enmarcadas, una foto de la huelga de Spicer. En el librero al alcance de su mano, todo Mailer, Walrauff, Dos Passos. John Reed, Carleton Beals, Rodolfo Walsh, Thorndyke, Thompson. Algunos nombres hacían eco, otros eran un misterio. Se prometió adentrarse por ahí en cuanto tuviera tiempo.

—Sale una Coca. Viene una historia.

—Un tal señor Costa, que tiene tres hijos y es mueblero, se muere un día... —inició Belascoarán con la sensación de que estaba reeditando *Caperucita Roja*.

A lo largo de la narración, el escritor permaneció inmóvil y en silencio, forzándose en no interrumpir a Héctor. Encendió dos cigarrillos uno con otro y de vez en cuando se rascó la cabeza. El detective trató de contar su historia con precisión, pero una parte de su cabeza revoloteaba estudiando al escritor. Era evidente la necesidad que su tensión expresaba, de meter baza en la historia que le estaban contando, a pesar de que se contenía y mantenía en su lugar, con una serie de gestos y pequeños actos.

—Y eso fue todo lo que pasó.

—No, pues la tienes clarísima. Como tú dices es dinero negro, pero ve tú a saber quién está detrás. A lo mejor la Rata tiene razón y es más de uno, el que él representa y los otros, los que violan y matan. ¿Y qué vas a hacer?

—Tengo que hablar con Anita y contárselo en orden.

—Pinche país, no tiene nombre esto. Estamos encuerados los ciudadanos de a pie. No hay por dónde.

—¿Y tú?

—No, lo mío es parecido, nomás que yo soy un pendejo. Empecé por una historia terrible: catorce muertos aparecidos en un colector del canal del desagüe. Forrados de tiros, en ropa interior, torturados. No uno, ni dos, catorce. Los periódicos decían mamada tras mamada. Luego que las etiquetas de la ropa interior daban una clave: calzoncillos venezolanos tenía uno. Entonces empecé a seguir la historia en la prensa. ¿Por qué, si bastantes líos tiene uno por otros lados? Pues porque la curiosidad es cabrona, porque no se acaba de creer que esto es de verdad aunque se lo diga uno en voz alta todos los días. En lugar del padre nuestro, los ateos del DF amanecemos con la retahíla de: sálvame mano de esta pinche cloaca en que me metiste, protégeme de la bola de ojetes que quieren acabar con nosotros, sálvame de la ley y sus guardianes.

»No te lo acabas de creer, por más que lo lees y te lo cuentes y cuando tienes mala suerte, lo ves y lo vives... Luego apareció la mamá de uno de los catorce, una señora humilde, que podía ser la que vende tacos de canasta de acá a la vuelta. Que su hijo era taxista, que él no tenía nada que ver con los otros trece, que él estaba trabajando, ¿y para quién trabajaba? Para unos muchachos bien simpáticos que le habían alquilado el taxi por horas. ¿Extranjeros? Pues como veracruzanos, pero no eran de México. Entonces, una declaración de la policía del DF me movió el piso. Decían que podía tratarse de un ajuste de cuentas de guerrilleros sudamericanos: salvadoreños, colombianos, en México. Me dije: date una cortina de humo, una cortina de mierda, de smog. Fueron ellos, fue la tira. Lo terrible de la historia es que los muertos no pertenecían a nadie, no eran de nadie, no tenían nombre. Revisé todas las notas de prensa y me dije en voz alta: éste, éste es. El subjefe de la judicial que aparecía declarando mamadas un día sí y otro no. Éste es el que los asesinó. ¿No? Y es cosa de verlo en las fotos. Ese tipo mató a su madre a biberonazos. Se le caen pedazos de piel de pura mierda. El comandante Saavedra: anillo de rubí en el dedo índice y de esmeralda en el corazón».

—¿Y eso cómo lo sabes?

—Por las fotos en colores del *Por Esto*. Una mirada de desprecio en general por el género humano, y en particular por el mexicano que tiene más cerca. Ése era. Me faltaba el motivo, pero no era muy difícil. Colombianos, droga, cocaína, una red para pasarla a Estados Unidos desde México. El tipo éste les cayó, los mató y se quedó con el botín. ¿Qué sería? Dos, diez millones, veinte millones. Los contactos para convertir la droga en dólares le habrían de sobrar. La judicial pone las redes, más claro ni el agua. Ya tenía todo, nomás necesitaba armar la novela. Contarlo. Pero no, en lugar de eso quería saber más, confirmar, ver caras, lugares y como estoy de vacaciones en la universidad, fui y hablé con la mamá del taxista, fui y busqué en los hoteles de cuarta de la ciudad y luego en los de tercera, y luego en los de segunda, y encontré el hotel. Fui y encontré a dos putas amigas de los colombianos. Fui a ver a un cuate de Relaciones Exteriores a buscar colombianos que hubieran entrado a México un mes antes del asesinato. Y los encontré. Fui a la embajada de Colombia y me pasé diez días leyendo la nota roja de allá, puta, es como la de aquí. Y ahí estaban dos de ellos. Fui y encontré un coche rentado, que un judicial había devuelto una semana después del asesinato con una disculpa pendeja, ya en ésas, encontré un mesero que había visto al subjefe de la judicial platicando con dos de los colombianos en un restaurante por la salida a Toluca. Como ves, demasiado fácil. Y en esas estaba cuando llegas tú y me dices que o me meto en el culo todo o me componen la de pensar.

—¿La Rata?

—No había aparecido ese señor. Sé tanto como tú de él. Es recadero. Irregular. Como los de Baker Street. Trabaja por fuera para los de dentro.

—¿Y la novela?

—¿Cuál novela? A estas alturas, ya me había olvidado de ella.

El escritor se quedó mirando la noche por la ventana.

—¿No le dan ganas de huir de aquí? De pirarse… Antes de esta loquera, había estado escribiendo un artículo sobre un cuate mío y dos amigos de él, que se quemaron gacho en la fábrica en la que trabajaban, y entonces la raza hizo una huelga por guantes y equipo de seguridad y los corrieron a todos. ¿No es lo mismo?

Héctor asintió. Durante un buen rato fumaron en silencio, regresando cada uno de la historia ajena y metiéndose en la propia.

—¿Por qué no se va?

—¿Por qué no se va usted?

—Yo porque soy un necio. Además, la violencia me desconcierta, me saca de quicio, pero no me paraliza —dijo Héctor sorprendiéndose de sus palabras.

—No, a mí sí me paraliza. Todo menos el culo. Me da chorrillo —dijo el escritor muy orgulloso de su confesión—. Soy un mexicano con miedo.

—No, miedo tenemos todos.

—Yo bastante… ¿Estarán ahí?

—Por ahí deben estar, un Datsun negro con placas del Estado de México. El novelista siguió mirando por la ventana.

—Me gusta esta calle. En las mañanas, hasta pajaritos hay… Ahí está el Datsun.

—¿Quiere que vayamos a echarles una platicada? —dijo Héctor.

—¿Cómo?

—Usted venga, ya verá. ¿Tiene gasolina?

—Qué, ¿me vio cara de estación de Pemex?

—Algo que arda.

—Puta madre, líquido de encendedores, y eso un bote medio vacío. ¿Qué va a hacer?

—¿Cómo decía Kalimán? En los programas de radio…

—«Serenidad y paciencia, Solín». Yo debería decir esas cosas, detective. Ya me chingó.

—Deje la luz de aquí arriba encendida, mientras no la apague no se van a preocupar. Tampoco se fijan en los que entran. Yo pasé tranquilo con una señora y sus niños.

—Son los del tres.

—Pero sí se fijan en los que salen, con todo y la luz, a lo mejor si ven abrirse la puerta de abajo, echan una miradita. ¿Dónde está el coche?

—Adelantito de la puerta, en la banqueta de enfrente. Como diez o quince metros adelante.

—¿Hay alguna forma de salir que no sea por la puerta del edificio?

—No. Espera. Cómo chingaos que no. Por la ventana del Elías que da a Benjamín Hill.

Belascoarán y el escritor se escurrieron por la ventana del sorprendido vecino, y se quedaron inmóviles un instante, acuclillados bajo la ventana.

—Cuando los tenga fuera, se acerca. Usted espere aquí —dijo Héctor, y se escurrió entre los automóviles estacionados.

La calle estaba muy oscura. Un par de faroles en las esquinas, y la luz de algunas ventanas encendidas, de manera que le resultó fácil hacerse sombra entre las sombras y reptar hasta la parte trasera del Datsun. ¿Dónde tienen el motor los Datsun, adelante o atrás?, se preguntó, no fuera a armar una explosión marca diablo a lo pendejo. Adelante, decidió, y sin que los adormilados pistoleros lo vieran, regó el líquido de encendedor sobre la parte trasera del automóvil, más por el método de apretar el bote de metal y dirigir el chorrito que por el de vaciarlo, que lo hubiera hecho mucho más visible a los ojos de los perseguidores del escritor. Luego sacó su encendedor y lo pegó al lugar donde pensaba que había dejado una estela del líquido. El flamazo poco más lo deja ciego para siempre. Medio asustado, se dejó caer de espaldas sacando la pistola.

Pero si Héctor se había espantado, los dos individuos en el interior del coche saltaron como personajes de *Plaza Sésamo*. El flamazo del líquido de encendedor, aunque sólo estaba sobre la cajuela del automóvil, levantaba unas llamas brillantes e intensas.

—Sóplenle a ver si se apaga —dijo el detective mostrándoles el negro agujero del cañón de la pistola a los dos personajes.

—Caray, ingeniero, yo pensé que usted era una persona fina —dijo el chofer que tenía estilo.

—Este hijo de la chingada nos va a dejar sin carro —dijo su acompañante.

Era un fuego bonito, con movimiento, porque el líquido ardiendo descendía por los costados del automóvil.

—Las pistolas en el suelo, y sóplenle, no es mamada —dijo Héctor pero no hicieron caso.

—¡Puta, qué buen incendio hizo, detective! —dijo el escritor aproximándose mientras de reojo observaba a los dos guaruras dejar sus pistolas en el suelo, sosteniéndolas delicadamente, con dos dedos, como si estuvieran embarradas de caca.

Tal como había surgido, el fuego se fue. Algunos vecinos que estaban asomados a sus ventanas, aplaudieron.

—Miren señores, éste es el escritor que andaban buscando, y él ya los conoce a ustedes, y él ya sabe quien les da las órdenes a ustedes; de manera que el asunto ya se fregó. O sea que vayan y díganle a la Rata que mejor ahí muere —dijo Héctor.

Una llanta comenzó a desinflarse produciendo un pequeño silbido. La pintura del automóvil se había ampollado y botado en varias partes.

—Al licenciado no le va a gustar nada.

—Ni modo, amigo, así es la vida —dijo Héctor, y tomando las dos pistolas del suelo, entregó una al escritor y se echó a caminar hacia el edificio de departamentos.

—¿Qué tal me salió? —preguntó Héctor.

—No tan bien como en las novelas, pero bastante a toda madre, yo diría. El flamazo, ése sí que estuvo bien. Voy a comprarme dos cajas de líquido de encendedores.

—Cómpreme una a mí también —dijo Héctor sonriente.

VIII

Tengo treinta años de edad, mi cabello encanece.
No estoy cansado.
ERNEST TOLLER

Al entrar por quinto día en la historia de la destrucción de la familia Costa, Héctor se encontró desconcertado. Casi totalmente inútil. ¿Qué seguía? Tenía a Anita bajo cubierto en un hospital. Había entrado de nuevo en relación con la ciudad, cautelosamente. Había reparado su tocadiscos después de regresar a la casa. Pasó a través de una noche negra y estaba en punto muerto.

Se había despertado cubierto de sudor, con las sábanas enrolladas en torno al cuerpo como si se tratara de una momia; los músculos del brazo izquierdo tensos y rígidos, la mandíbula apretada, la respiración irregular. Otra vez había vuelto a la ciudad de sus mejores pesadillas y de nuevo le costaba abandonar el sueño; un sueño espeso que se aferraba a él para llevarlo al fondo del infierno público y privado de Héctor Belascoarán Shayne.

En la cocina encontró refrescos embotellados. Abrió uno y cuidando que el pantalón de la piyama mal abrochado no se cayera, volvió a la cama, a reconstruir mientras fumaba, la conversación con la Rata. Media hora después, llamó por teléfono a su nuevo amigo el escritor.

—¿Todo bien?

—Como decía el que estaba cayendo de un edificio de treinta pisos al llegar al catorce: «Por ahora, a toda madre...». Salí a comprar comida, y estoy jugando gatos con mi hija. Todavía no decido qué voy a hacer.

—Pues andamos igual.

—Su amiga la del hospital, ¿cómo está?

—Al rato iré a verla.

—Yo creo que me voy a dedicar a escribir un rato y luego a preparar una comida regia.

—Sale pues. Por cierto, estaba bueno el libro de Mailer.

—¿Verdad? Te dije.

Se metió al centro del DF como buceador de pasados y repitió rutinas de interrogatorio en las tres mueblerías Costa. Estaba buscando una relación entre el dueño y *alguien*, anterior a agosto de 1977, quizá una vieja conexión, que en algún momento había pasado de ser una relación amistosa o de negocios, a un convenio que convertiría a Costa en banquero de alguien que no podía usar los servicios del Banco de México o el de Comercio. No era el hampa, porque el hampa tenía sus propios sistemas. Era alguien del gobierno, del poder, alguien que repentinamente había comenzado a tener una cantidad enorme de billetes a mano y que no contaba con la suficiente fuerza para moverlo, guardarlo. Alguien que tenía que enterrar su dinero bien enterrado para que sus jefes, compañeros, superiores, observadores públicos, no lo vieran. Alguien que podía pasar un rato con un mueblero en el centro de la ciudad y dejarle un paquete con billetes.

Ése era el primer objetivo, el segundo era un libro de contabilidad, que según las informaciones de Vallina, podía ser una libreta de diez centímetros de alto o tres tomos de tamaño enciclopedia, en donde se registraba de dónde venía la plata. Si bien tenía esperanzas de pescar algo en el primer asunto, no tenía ninguna esperanza en el segundo. El libro debería haber desaparecido de la casa de Costa el día del asesinato de su hijo. Probablemente el libro, más que el hijo, había sido el motivo de la visita de los asesinos.

Por falta de tenacidad o de voluntad, no habría de quedar. Héctor habló con tres encargados de mueblería, siete vendedores, un mozo, tres choferes, y al final, por más que intentó buscar algo que le hubiera quedado entre las manos, las descubrió tan vacías como siempre. Hombre positivo, Héctor se dijo que ahora sabía más que antes del negocio de las mueblerías, y salió del centro de la ciudad.

—Se me ocurrió una idea en el metro, y vengo prendado de ella como de beso de quinceañera. Más te vale enana que me puedas dar algo, porque no encuentro por dónde.

Anita lo contempló divertida. El Horrores se había preocupado de poner flores en la mesita de noche. Y el Ángel había conseguido una guitarra y punteaba el círculo de Do, para acompañar boleros que cantaba muy suave, con voz excesivamente ronca. Héctor pidió a los luchadores que los dejaran solos un instante y luego se lanzó con una inconexa retahíla.

—No podía ser una relación accidental, tampoco una relación comercial. Nadie suelta millones así como así, por mucha confianza que tenga; además millones negros, sin recibos. Tenía que ser algo más sólido que una amistad. O bueno, una amistad muy fuerte, muy amarrada, con algo más que favores y una copa de vez en cuando. Un parentesco. Un compadre, un hermano. Algo así... Piensa, ¿qué parientes cercanos tenía tu suegro?

—No tenía hermanos. Yo no le conocí a ningún primo o así. Era viudo desde hacía un montón de años. Amigos, lo que se dice amigos, yo no le conocí, pero la verdad es que tampoco es muy buena mi información. No me gustaba el señor, no me gustaba su casa. Luis y yo no pasábamos mucho tiempo allí. Un cumpleaños, una cena de Navidad. Nada.

—¿Quién asistía a esa cena de Navidad?

—Nadie, los hermanos, la sirvienta, yo, el padre. Nadie más.

—¿Regalos? Anita, piensa bien. ¿Llegaban regalos?

—Sí, había canastas grandes, supongo que de proveedores o de clientes. Nada personal que yo recuerde.

—Chingada madre, de algún lado tuvo que salir —dijo Héctor.

—¿Qué has averiguado? —preguntó Anita.

—Bien poca cosa. Que a partir de agosto del 76 comenzó a actuar como banquero subterráneo de una persona o de un grupo; que parece que hay dos grupos diferentes detrás de la lana, el de la Rata y otro. Por lo menos ésa es la versión de la Rata.

—¿Hablaste con él?

—Hablé con él. Dice que tomes tus cinco millones y te vayas, que dejemos todo tranquilo, que el dinero no es tuyo.

—¿Y Luis?

—Eso le pregunté. Dijo que los muertos muertos están.

—¿No podríamos ir a la policía, a los periódicos? Un escándalo.

—A la policía no sé para qué. Según una encuesta de la agencia ANSA que hizo *el Negro Guzmán* el setenta y seis por ciento de los crímenes mayores de esta ciudad tienen origen policiaco. La Rata está asociado con el subjefe de la judicial, un tal comandante Saavedra. Y quién sabe con cuántos más. Ve tú a saber si no eran policías los que te atacaron. Los periódicos, así, sin saber más, no le veo el caso, y quién sabe si se animen a publicar algo.

—¿Qué no se puede hacer nada en México? —dijo Anita. No era mala la pregunta. Héctor dudó antes de responder.

—Puedo presionar, seguir.

—¿Quieres?

—Si tú te vas y abandonas la cosa, supongo que yo la seguiría —dijo el detective—. Por terquedad. Uno ya no juega a ganar, juega a sobrevivir y a seguir chingando.

Sobre dos almohadones, Anita suspiró. La cicatriz en el mentón comenzaba a suavizarse.

—¿Y qué tal la compañía?

—Son encantadores, dulces, amables. Parece mentira con esas fachas.

—Son un par de excelentes personas. Y además honestos, nunca ganaron una pelea que no hubieran pactado primero con el contrario que les tocaba. Si la lucha fuera seria, hubieran sido dos grandes luchadores.

—Me siento de regreso a la infancia con ellos aquí. «Señorita, ¿Un cafecito? ¿Quiere que le acomode la almohada? ¿Le apagamos la tele?». Luego son lo más propio del mundo. Se meten al baño por turno y salen con unas piyamas moradas, verdes, geniales, como una talla o dos más chicas, de brincacharcos. Les cuelgan los pies de las canutas que les pusieron. No, de deveras un número. Los médicos están sacadísimos de onda, no se atreven a subirme la voz.

—¿Y cuándo sales?

—Si quiero, mañana. Aunque voy a tener que estar en reposo una semana más. ¿Has visto a Elisa? Pasó por aquí ayer y preguntó por ti. Me pidió que te dijera que como no la llamaras te iba a sacar el ojo bueno.

—Hoy la busco, sin falta —dijo Héctor y encendiendo el cigarrillo se despidió con un gesto—. Adiós enanita.

—Nos vemos detective.

Estaba en la puerta del hospital pensando a dónde podría ir cuando el Horrores lo alcanzó jadeando.

—Jefe Belas, dice la señorita que si el apellido que le dijo era Saavedra…

—Saavedra, eso es.

—Que suba en chinga.

Ana estaba de pie, con la bata puesta cuando Héctor y el Horrores entraron al cuarto.

—Perdón, ya no lo vuelvo a hacer. Es que tengo la cabeza medio estropeada, ha de ser de los madrazos. Luis se llama… se apellidaba Costa Saavedra. Es el apellido de su madre. Su mamá tenía un hermano, yo nunca lo conocí, ni frecuentaba la casa, o ve a saber si la frecuentaba, pero nunca lo vi. Me acordé por el apellido. Qué zonza soy.

Comió con Elisa en un restaurante chino en Insurgentes y Hamburgo para que le entregara las llaves de la casa de los Costa en Polanco. Ella lo regañó por no haberse aparecido y le sacó con tirabuzón un resumen de la historia bastante parco. Héctor, que de por sí era un mal narrador, tenía la cabeza dividida entre lo que quería encontrar en Polanco y la carne de res con salsa de abulón.

—¿Y el escritor cómo quedó?

—Bien, gracias. Lo dejé muy contento en su casa anoche.

—Yo leí dos libros de él. Una novela policiaca y un libro de reportaje sobre una huelga de mujeres en Monterrey.

—¿Y qué tal?

—Bien. No creo que gane el Nobel, pero a mí me gusta —dijo Elisa sonriendo. ¿Le debía algo? Ella lo había metido en la historia. Lo había sacado de las palmeras y lo había traído al DF. ¿Tenía que agradecérselo?

—¿Cómo ves a Anita? Tú la conoces mejor que yo —dijo Héctor para romper el hilo de sus pensamientos.

—Reponiéndose. Los dos cuates que le pusiste al lado son algo grande.

—Son mis amigos. ¿Se ven bien, no?

—¿Y son de a deveras o sólo el cascarón?

—¿Quieres saber si pegan de verdad o nomás apantallan?

—Ajá.

—Mejor que no se le acerque nadie a Anita. Una vez jugando, el Horrores me dio un manotazo y me rompió una costilla.

—Yo los trato muy ceremoniosa, de usted. Como que imponen respeto.

—No faltaba más. ¿Por qué no les pides un autógrafo? Eso les encantaría a ellos y tú tendrías el primero de un álbum… Aparte de la lana, el Ángel y el Horrores la deben estar pasando bien. Cuando me iba, el Ángel me dijo que Anita estaba bien, que no me preocupara. Esa Anita despierta instintos paternales hasta en un luchador de lucha libre.

—En todos menos en los que la violaron y casi la matan —dijo Elisa.

Se bajó del camión frente al Sanatorio Español y compró la segunda edición de las *Últimas Noticias*, ojeó los titulares; (otro campo petrolero en el golfo de México; habían roto la huelga del Monte de Piedad), y se la metió en el bolsillo. Caminó un par de cuadras hacia el interior de Polanco por Lamartine. Amenazaba lluvia de nuevo. La casa estaba clavada entre dos edificios. Un caserón con un minúsculo jardín al frente, garaje al aire libre y hasta dos columpios herrumbrados al fondo, restos de la infancia de los tres hermanos hacía quince o veinte años. Probó las llaves y triunfó a la primera. Recorrió los cuartos buscando el salón del asesinato y lo encontró en seguida. La mancha seguía en la alfombra. Luego buscó la recámara del padre. Acertó a la tercera, después de pasar por un cuarto donde había pósters de *Playboy* y un baño con tina romana. Tenía que ser la que tenía enfrente. Una cama con patitas de madera torneada que sin duda había salido de la mueblería Costa original. Se acercó a una vieja cómoda y atacó los cajones. Pronto encontró una caja de madera llena de papeles viejos y fotos. Arrojó el contenido sobre la cama y comenzó a revisarlas una por una hasta que encontró las que buscaba. Una serie de fotos de una boda de los años cincuenta. La mujer de blanco, el mueblero de gris perla. Y a la derecha de los novios, un muchacho de veinte años repeinado, con el traje flamante; ése o el hombre de menos de treinta, el rostro más seco y torvo que aparecía en varias fotos; ésos o el hombre de lentes que sonreía en casi todas, abrazando a la novia, palmeando al novio. Se metió las fotos en el bolsillo y salió a la calle. Había empezado a llover. Polanco quedaba en poder de los automóviles, las banquetas estaban vacías.

En el camión de regreso, sacó de nuevo el periódico. Y allí, en la página tres, una foto de la Rata, con la cabeza hundida en su escritorio. Bajo un titular que decía: «Arturo Melgar aparece asesinado en su oficina», se ofrecía una breve información sobre los hechos públicos de la Rata y se narraba que la señora que hacía la limpieza de las oficinas de Servicios Consultores Nacionales, lo había encontrado a primeras horas de la mañana con un tiro en la frente, disparado a bocajarro. ¿Cómo había sorteado el extraño sistema de seguridad que implicaba subidas y bajadas de escalera? Lo habían asesinado en la noche, horas después de la conversación con Héctor. Pobre Ratita. Creyó que el sistema era suyo, y entonces vino el sistema y le desparramó los sesos sobre la pared. Después de todo los hombres del señor z sí existían. ¿Qué había dicho la Rata? «Los muertos, ¿cuáles muertos?», bueno ahora él era uno de ellos.

—Vea esas seis fotos y dígame si conoce a alguien —dijo Héctor a bocajarro.

—Hombre, deja ponerles ¿cuántos años más a los que salen en las fotos?; ¿quince o veinte? —respondió el escritor.

—Veinticinco —dijo el detective.

—Presta las fotos, papi —dijo su hija.

—Toma, Flor, pero no las desmadres que son del señor, que es detective.

—¿Es tira?

—No, detective demócrata.

—¿Como en la tele?

—Será en la de Albania, hija mía. Tráete dos Cocas, anda... Éste, éste de aquí, con veinte-veinticinco años más es Saavedra. Carajo, casi no lo reconozco porque aquí era un adolescente, un chavo de dieciocho-veinte años, y ahora es un cuate de cuarenta y cinco, medio calvo, con papada, la boca caída. Mira tú, para que te convenzas —dijo el escritor y tomó de un librero cuatro o cinco revistas, las ojeó hasta encontrar un *Por Esto*, donde Saavedra aparecía a colores en la portada.

Héctor comparó las fotografías. Era el mismo. O era otro bastante diferente, bastante maltrecho por la vida, bastante peor.

—¿Quiénes son los de estas fotos, detective?

—Son las fotos de la boda del mueblero Costa con la señorita Saavedra, hace veinticinco años.

—Ándale pues. Ahí está el plan.

El escritor se llevó la mano a los lentes volviéndolos a su sitio, luego se dirigió a la máquina de escribir, se sentó y tecleó enfurecido media docena de palabras.

—Perdón, pero me agarró a mitad de la maquinada.

Héctor contemplaba a la niña que venía de la cocina balanceando peligrosamente una Cocacola familiar y tres vasos, uno grande de plástico rojo.

—Se te van a caer —dijo Héctor.

—No, ni madres, ya está entrenada —contestó su padre.

—Ya estoy entrenada —dijo mirando al detective que salía en la televisión de Albania.

—Tengo más noticias —dijo Héctor y le extendió el ejemplar empapado de *Últimas Noticias*—. ¿Puedo pasar al baño?

—Llévalo, Flor, no vaya a ser que se pierda.

Héctor siguió a la niña que danzó por el pasillo.

—Yo voy a ser de gimnasia olímpica —le dijo abriéndole la puerta del baño.

—Yo también, pero hasta el año que viene, porque en éste no admiten tuertos —contestó Belascoarán mientras buscaba una toalla para secarse la cabeza y el cuello de la camisa por donde las goteras habían hecho estragos.

Cuando regresó al despacho del escritor, éste cerraba el periódico. Caminó hasta una mesa baja, rodeada de dos sillones y sirvió Cocacola en los tres vasos.

—Yo estaba pensando en hacer mis maletas y largarme a escribir mi novela en Australia. ¿Ahora qué hago? ¿Me contento o me preocupo de a deveras?

—No sé, supongo que puedes irte a Australia a escribir, que la Rata no tomaba decisiones, o no tomaba más que algunas decisiones. Los asuntos grandes le caían de arriba. Además si te vas a meter con el subjefe de la judicial, ya sabes a lo que le tiras.

—¿Y quién se lo echó?

—Vete tú a saber. A lo mejor los dueños del dinero de los Costa, que no son los dueños. Hay mucha lana flotando ahí y si se empiezan a pelear por ella va a haber más de un muerto.

—¿Y usted qué tiene ahora? Un triángulo que conecta a la Rata difunto, con mi comandante Saavedra, con la familia Costa. Se me hace que su novela está mejor que la mía.

—No, tengo algo mejor. Tengo una relación entre un hombre que podía tener los billetes y el otro al que tenía que tenerle suficiente confianza como para entregárselos. Tengo lo que estaba buscando: ¿Por qué Costa? ¿Por qué a un pinche mueblero? ¡Son cuñados! Eran cuñados, por favor.

—¿Y ahora qué sigue?

—¿De quién era el dinero? ¿De qué era el dinero? ¿Quién mató a los hijos de Costa?

—¿Por qué no se lo preguntas a Saavedra?

—¿Por qué no se lo preguntas tú de mi parte?

—Se me hace que con tantito que nos apendejemos, nos van a matar a los dos —dijo el escritor.

Sentados ante la mesa colocada contra la ventana, ambos se dedicaron a ver la lluvia.

—Este país mata, Héctor —le dijo el escritor mientras se sobaba el puente de la nariz por enésima vez—. Mata de muchas maneras. Mata por corrupción, por aburrimiento, por ojete, por hambre, por desempleo, por frío, por bala, por madriza. No tengo inconveniente en echarme un trompo contra el sistema. Pero no así, no de Shane al desconocido, no de *western*. No solito, chingá. Llevo peleando los últimos trece años. Estuve en el movimiento del 68, pasé por un partido de izquierda, me metí al sindicalismo, trabajé con obreros industriales, organicé sindicatos, hice revistas, folletos, renuncié a un montón de empleos, no me dediqué a hacer billetes, nunca trabajé para el PRI, no debo nada, o casi nada, cuando la cagué no maté a nadie; si jodí fue por irresponsable, y no por corrupto o cabrón. Nunca acepté dinero por no hacer lo que creía, trabajé en muchas pendejadas, pero siempre lo hice lo mejor que sabía y podía. No me quiero morir así. A lo mejor no me quiero morir de ninguna manera. A lo mejor a la hora de la verdad me quiebro como cualquier otro pendejo hijo de vecino. No me quiero rendir a lo güey, Héctor, pero tampoco estoy dispuesto a echarme una guerra en solitario. ¿Quién soy yo, Jane Fonda o qué pedo? Esas guerras ni se ganan ni se pelean. El escritor estrella y su máquina de escribir contra el subjefe de la judicial y pinchemil guaruras todos con pistolas, rifles, metras, cañones, bazukas y sacamierdas. ¿Qué rollo? Si el de la tintorería de aquí abajo me dice que corrieron a su hijo de una chamba y no le quieren pagar la liquidación como es de ley, me cae que me meto a echar una mano, si puedo escribir la verdad y encuentro quien la publique, la escribo. Carajo, pero esto.

Siguieron viendo llover, fumando y bebiendo refresco como diabéticos en pacto suicida.

—Mira, pinche Paco —dijo Héctor apagando su último Delicado en el cenicero de latón—. No, yo detective, yo pura madre. Yo lo único que pasa es que no sé escribir novelas, entonces me meto en las de otros. Yo solito contra el sistema, ya vas. Llevo cinco años cultivando el estilo, porque lo que es la puntería, con la .38 a diez metros se me pela un elefante. Estoy tuerto, cuando llueve cojeo, ayer me di cuenta de que ya tenía canas, estoy más solo que perro esquinero, si no fuera por mis hermanos, no tendría a nadie a quién llorarle. No lloro nunca. Me emputa tanto como a ti, me reencabrona cómo se van consumiendo el país y lo van haciendo mierda. Soy tan mexicano como cualquiera. Ha de ser por eso que ya no creo en nada más que en supervivir y seguir chingando. A mí el 68 se me pasó entre los ojos y cuando me di cuenta, ya estaban los tanques en la universidad. Leí al Che a los treinta, y eso porque una vez me quedé encerrado en una casa donde no había otra cosa que leer. Estudié ingeniería para hacer puentes, catedrales, drenajes, ciudades deportivas y terminé de ojete en la General Electric. ¿A mí qué me dices? Yo soy detective porque me gusta la gente.

—Bájale a la tele, Flor —gritó el escritor y luego preguntó— ¿No prefieres la Coca con limón? Sabe más a toda madre.

IX LA HISTORIA DEL COMANDANTE JACINTO SAAVEDRA TAL COMO SÓLO ÉL LA SABÍA

No creo en la naturaleza mala del hombre;
creo que comete aberraciones por falta de fantasía,
por pereza del corazón.
E. TOLLER

Un hijo de la chingada, es un hijo de la chingada,
y más te vale que no se te olvide.
CARLOS LÓPEZ

El vendedor de coches usados Jacinto Saavedra tenía veintidós años, se peinaba con brillantina Polainds, usaba traje en horas de trabajo y fuera de ellas y se había aficionado a las putas de Guadalajara. Por eso aceptó meterse a negociar carros chuecos que dos judiciales del estado de Jalisco le hacían llegar al lote, todo ello sin que el dueño se diera cuenta. Les ponía placas de coches destrozados, y éstos los vendía como chatarra; quitaba, ponía, pagaba a sus amigos y en medio siempre quedaban al mes cinco o diez mil pesos extras, para írselos a quemar en tequila. No es una historia demasiado complicada. Un día aceptó acompañar a sus amigos a darle una golpiza a un tipo que le debía dinero a otro tipo. Y le gustó. Le gustó el hombre ensangrentado y babeante que les pedía perdón, suplicaba en el suelo que lo dejaran en paz. Quizá lo único malo de aquella primera experiencia, es que se manchó el traje y no hubo tintorería que se lo arreglara. Poco a poco los trabajos de «madrina» se hicieron más frecuentes y Jacinto Saavedra adquirió fama en el ambiente, de hombre echado pa'lante, que por poco dinero pegaba mucho y bien. Una vez un par de judiciales lo llevaron a Durango, a buscar a tres secuestradores de un ganadero. El secuestrado estaba muerto, los secuestradores ofrecieron la mitad del botín, y Saavedra y sus amigos decidieron que la mitad era poco y dispararon sobre los miserables. Saavedra tenía una escopeta en las manos y la apuntó a los huevos de su víctima, luego disparó. El cuate tardó seis horas en morir desangrándose. Ya no había camino de regreso, ni Saavedra lo hubiera visto aunque se lo pusieran en frente de los ojos. Fue guardaespaldas de un gobernador, ganó dinero, puso una tienda de electrodomésticos que quebró por falta de atención, entró a la judicial, compró dos caballos de carreras que corrían en ferias de pueblo y contrabandeó autoestéreos con unos amigos de la policía de Tijuana. Una vida variada, como quien dice. Así iba pasando los días a la espera de un buen «trancazo», un buen «apunte», un buen «padrino» que lo sacara de «la transa ranchera», la segunda división. O eso, o la jubilación ya de jodida. Se casó con la hija de unos abarroteros españoles para que le cuidara la casa y le diera un par de hijos varones y siguió frecuentando burdeles en los alrededores de la Perla Tapatía. La lotería le llegó cuando la judicial federal lo reclutó para operaciones de cacería de guerrilleros urbanos que tenían una organización con ramificaciones en Guadalajara, Monterrey y la ciudad de México. Pasó a ser jefe de grupo, torturó, asesinó mujeres, niños y parientes lejanos y cercanos, robó refrigeradores de casas de seguridad de la guerrilla, pescó de rebote botines de asaltos bancarios de los que entregó a la superioridad la mitad con fotógrafos de prensa enfrente y repartió entre cuates y superiores la otra mitad, ya sin fotógrafos de prensa. Y un día, al entrar en un edificio de departamentos en la ciudad de México, a la busca de los hermanos de un normalista de Jalisco de apellido Ruiz, le soltaron una descarga de M16 que lo mandó al hospital dos meses con un pulmón perforado y cagándose de miedo en las noches solitarias. Conjuró el miedo volándole la cabeza a una hermana de dieciséis años de Ruiz. En esas andaba cuando la casualidad le sonrió. Lo mandaron a hacer guardia frente a un hotel en el centro de Guadalajara con su grupo, formando parte de una operación destinada a capturar un embarque de cocaína. La historia tenía cola: dos operadores gringos se habían negado a cubrirla cuota del jefe de la judicial de Michoacán, éste le había ido con el soplo a sus cuates de Jalisco, que en principio se habían arreglado con los narcos, pero éstos desde Sinaloa traían cola de federales, que no estaban en la movida; de manera que los de Jalisco, pactaron con los narcos gringos que se hiciera una venta de la tercera parte que se estaba moviendo, a dos traficantes locales de Guadalajara, que querían abrir negocio en una zona ya ocupada, o sea que sobre estos últimos iba el madrazo, aunque ellos habían tratado de cubrirse con un amigo banquero que era compadre del presidente municipal; así es que los estatales podían darse de tiros con los locales; de manera que se pactó en el bar que la mitad del tercio quedaba libre y que sólo un primo de los otros iba a caer, junto con un mesero del restaurante del hotel que operaba por libre, lo que era un pecado mayor en ese ambiente. Como se verá: cosa sencilla. Pero todo este movimiento, había dado horas de sobra a los participantes en la operación, que se habían empedado de mala manera en un burdel, a tres cuadras del hotel donde se iba a armar el escándalo. Total que cuando empezó el movimiento, salieron tiros de más y sólo el grupo de Saavedra sabía qué estaba haciendo, aunque no qué estaba pasando. Así, una parte de los policías dispararon un par de ráfagas en el cuarto equivocado, detuvieron al primo que no era, con la coca que no era y Saavedra se vio a mitad de la noche con tres kilos de cocaína en las manos y sin nadie que pidiera cuentas en medio del desmadre. La coca según descubrió, abría puertas y ventanas. Eso y su historial, lo llevaron a la ciudad de México muy pegado al nuevo jefe de la judicial al iniciarse el sexenio. En el catálogo de miserias que el ex vendedor de automóviles usados había recopilado, las reglas se perfilaban con deliciosa claridad.

Servil con los de arriba, cabrón con los de abajo; no meter las manos sin antes ver de quién era el fundillo; tener muchos amigos y muchos casi amigos; joder al distraído, pegar duro y pegar dos veces, estar siempre dispuesto; vender al mejor cuate; hablar como si se supiera; no fracasar y cuando se fracasaba, mover el escenario lo suficiente para que se dijera que ahí no había sido; ser tan listo como el que más pero sin pasarse; controlar la bragueta con la vieja ajena; repartir las ganancias; sobrevivir pisando huevos, cráneos, manos, sesos, sangre. En 1976 había llegado, y decidió que quería quedarse ahí, pero ya tocaba armar un negocio propio en el que se repartiera menos. Si en la historia de los narcos colombianos no le iba a quedar más de la cuarta parte, porque para arriba se iba la mitad y para abajo la mitad de la mitad, en los bancos de Reyes, se iba a quedar con todo. Una vez que decidió eso, en su despacho pusieron una alfombra malva, asistió a un curso de sistemas policiacos en Indianápolis y se compró varias corbatas italianas.

X

Se me fue a pique el corazón.

John Reed

Estaban los enterradores, Héctor y un viejito en silla de ruedas cubierto con un paraguas negro. El acto duró escasos diez minutos. La Rata enfundada en un ataúd de color gris acero, se fue a meter entre la tierra húmeda. Héctor empujó la silla de ruedas del viejo hasta la salida del panteón, para descubrir quién era y se enteró que se trataba del tío de la Rata, un viejo solitario al que su sobrino le pasaba una pensión, el único pariente.

No había más. Tampoco esperaba otra cosa. No había odio ni nada, simple rutina. La Rata se había ido como había llegado. Si los budistas tenían razón, reencarnaría en lo mismo, volvería a hacer lo mismo y le volverían a meter un balazo en la frente, escribiendo su nombre en sangre contra la pared que estaba atrás del escritorio.

Héctor no se atrevió a ir a las oficinas de la colonia San Miguel Chapultepec que había conocido hacía un par de días, ni a buscar al obsequioso chofer y a su amigo el guarura. El cielo seguía escupiendo una lluvia fina. Señal de que el diluvio no era una mamada pronosticada por brujos aztecas, sino el justo destino de la ciudad de México.

—Entonces, ¿era o no era?

—Don Gaspar llega en la noche y se duerme como tronco. Luego se despierta como a las seis de la mañana, antes, como a las cinco y entonces sí quiere. Así, hasta yo le busco por fuera.

—¿Y usted cómo sabe eso? —preguntó Héctor a un ojeroso tapicero.

—No, pues averiguando. De detective, como quien dice.

—¿Y la ropa interior de fantasía?

—De pelos, *chief*. Tiene unas pantaletas lilas, con ligas bordadas y brasier con hoyitos para que salga la pechuga...

—¿Y eso también lo averiguó de detective? No, espere, deje darle una excusa mejor, se dedicó a vigilar los tendederos...

—Eso, los tendederos.

—Se me hace que o le devolvemos la lana, o le contamos una mentira piadosa, o le conseguimos un abogado y escolta a la señora... ¿usted no es casado, verdad?

—Dios gracias...

—Hombre, ésta es una oportunidad.

El tapicero emprendió una huida descarada. Mientras, Héctor le gritaba:

—¡Deje la lana, encima de que se beneficia a la tortera, se lleva el dinero!

—Bueno, yo averigüé si era o no era putísima —dijo el tapicero deteniéndose en la puerta.

—¿Y bueno?

—No era, porque no cobra.

—Tiene usted razón.

El teléfono sonó, mientras Carlos Vargas abandonaba la oficina sin pudor.

—Belascoarán.

—Aquí Vallina, mano. Hice lo que me pedías. Tienes un sistema de bloqueo y otro de desbloqueo, pero necesito los papeles judiciales y lana para mover a un juez testamentario. El primero no me gusta mucho, si lo pongo a caminar no va a haber quien mueva esa lana en los próximos cincuenta años. Por cierto, cuando comencé a moverlo, el teléfono se puso nervioso, entonces dije a los preguntones que trabajaba por cuenta de la Unicef y se sacaron de onda. Mancha la lana, Héctor. Esto huele mal.

—Dalo por hecho. Oye, Vallina, hasta pareces profesional.

—Si soy buenísimo, lo que pasa es que tengo muy mala suerte. Ayer me invitan a cenar unos cuates de una compañía gringa para darme empleo, me empedo a mitad de la cena y le vomito el traje a la señora. No, si lo mío es de maldición totonaca.

Héctor colgó. Después del cementerio se había pasado la mañana en la hemeroteca de La Ciudadela tratando de conectar el dinero de los ingresos en el banco privado de Costa, o más bien de sus movimientos de efectivo, con la circulación de dinero negro y tenía un buen cajón de notas, que armaban como un rompecabezas alemán, uno de esos perfectos de la Revensburguer. Se sentía, al igual que el tapicero fugado, detective. En una ciudad que tendía a ser sojuzgada por el «ahí se va» ante la absoluta inutilidad de hacer las cosas bien, una ciudad dominada por la eficacia de las apariencias, que no de los hechos, por el «a mí me vale» como respuesta a la transa y la explotación, el hacer las cosas bien resultaba enormemente gratificante. Era eso, o que ya había perdido la confianza en su suerte.

Con su más arrugada chamarra y su mejor sonrisa, Héctor recibió a Anita en la puerta del hospital de manos del Ángel y el Horrores.

—Hacemos entrega, jefe. ¿Qué quieres que hagamos? Tenemos pagados cinco días más —dijo el Ángel.

—Váyanse a su casa, descansen, coman, cámbiense de ropa, saluden a sus viejas, chequen las calificaciones de sus chavos, lean la última edición de *Batallas en el ring* y nos vemos en la noche en mi casa —y luego dirigiéndose a Anita—: Chaparrita, si encuentras dónde dejar esa maleta, te cumplo el baile que te debo.

Los ojos verdes de la pelirroja chispearon.

—Juraría que no sabes bailar. No sé por qué, pero me acuerdo de que no sabías bailar; y viendo cómo caminas, seguro que nunca aprendiste.

—¿Y cómo sabes tú cómo camino?

—Porque te he visto desde la ventana del cuarto cruzar esta calle.

Anita vestía de verde, el uniforme de las pelirrojas, y las huellas del atentado estaban casi cubiertas por los días de hospital. Por lo menos las huellas exteriores.

—¿Dónde voy a vivir? —preguntó.

—Hoy, en mi casa, tengo que hablar largo y tendido contigo para ver si hacemos una cosa, otra cosa o ninguna cosa. Tú eres la verdadera jefa, yo soy tu empleado.

—Pero no cobras, entonces no puedo darte órdenes.

—¿Te pones más contenta si me pagas?

—Sí.

—Bueno, pues págame.

—Un millón de pesos.

—Estás absolutamente orate, enanita.

—Un millón cuando se acabe esto. Más gastos.

—Bueno, pero la cena y el baile los pago yo.

—Ah, ¿va a haber cena?

—Sí, en la taquería de la esquina de mi casa. Después del baile.

—Lo del baile lo dices en serio, ¿verdad?

—Absolutamente. Soy un desastre pero cumplo mis promesas.

—Nomás que a mí me duele una pierna, todavía estoy vendada porque tengo dos costillas rotas, y si bailas de cachetito conmigo se me puede caer la mandíbula, porque me la dejaron movida.

—Yo soy tuerto, al bailar cojeo y no me van a admitir en el equipo de gimnasia olímpica.

—¿Y eso qué tiene que ver?

—No, nada, me acordé de una amiga medio filipina.

Héctor tomó la maleta con una mano y le tendió la otra a Anita, que tras aceptarla lo cubrió con una mirada especuladora. En la mejor tradición del romanticismo de fines de los sesenta, una pelirroja vestida de verde y un detective con una maleta, cruzaron el Parque España tomados de la mano en una tarde en la que de nuevo amenazaba llover. El parque se encontraba tranquilo, pero ellos sabían que estaban sorteando niños kamikaze en bicicleta; que pasaban al lado de heladeros potenciales violadores; un conductor de un camioncito infantil que si hubiera nacido en Las Vegas, hubiera sido *dealer* profesional; una señora que venía de misa y que si en 1956 el Germán se hubiera aventado sería reina de las putas de Tamaulipas; dos adolescentes que sin duda eran los reyes del tráfico de mota y chicle bomba; un policía esquinero nacido en León, Guanajuato, que había matado a su mamá con un molcajete; dos funcionarios públicos que aceptaban mordidas para extender permiso de tomas adicionales de agua en fraccionamientos y que estaban poniéndose de acuerdo con las tarifas adicionales por el inicio de la inflación; la mamá de Sitting Bull a la que la miseria había condenado a la venta de pepitas, pero que en las noches preparaba pócimas para el amor y el envenenamiento. Huyeron de los patinadores asesinos, que por falta de presupuesto no habían puesto cuchillas afiladas en el borde de sus patines gringos de ruedas; pasaron a un lado de un macizo de peonías que ocultaban media docena de abejas salvajes africanas; observaron a un distraído guitarrista que rasgueaba las primeras notas del himno anarquista *Hijos del pueblo* y soñaba con bombas de múltiples colores, y salieron de aquel parque que exudaba paz y tranquilidad.

Hicieron todo eso, sin darle demasiada importancia, renqueando un poco por heridas reales, sintiendo la mano en la mano y dejando atrás un parque lleno de peligros a las cinco y media de la tarde, en un día que amenazaba lluvia.

El Mago Merlín trabajaba en un radio de bulbos de antes de la Segunda Guerra cuando vio pasar por la entrada del edificio a Héctor tomado de la mano de una pelirroja.

—*Monsieur* Belascoarán —dijo muy propio.

—Ese Mago… No me mandaste los libros que te pedía, ¿eh?

—¿Quién cojones va a encontrar un libro en tu biblioteca, si tienes todo revuelto? ¿A qué hora llegaste del pueblucho ese en que te habías enterrado?

El Mago era el mejor casero del DF, el más amoroso con sus inquilinos, el único que les echaba el correo por abajo de la puerta, y además un genio ignorado de la electrónica menor.

—Llevo varios días en el DF, ayer dormí aquí en casa. Oye Mago, ¿quién limpió?

—Yo le di una manita, para que no se me devaluara el piso… Nada, no te preocupes.

Las primeras gotas cayeron sobre los maceteros de la entrada.

—Va a volver a llover... Mira Mago, ésta es Anita, una amiga mía.

—Señorita, es un placer. Merlín Gutiérrez, para servirla.

—Encantada.

—Lleva seis días lloviendo. Ayer ya hubo inundaciones en el sur, por el periférico, coches volteados y todo; esto es una mierda. No debería llover en febrero, pero ya no se sabe. ¿No va a parar?

—No, Mago, es el diluvio. ¿Ya tienes tu lanchita?

—Tengo una consola RCA Victor con flotadores, joder.

Héctor y Anita comenzaron a subir los escalones del edificio de departamentos, mientras las gotas de lluvia gordas y pesadas golpeaban el patio.

—¿Dónde puedo colgar mis radiografías? —preguntó Anita mientras Héctor trajinaba en la cocina abriendo un refresco y poniendo agua a calentar para hacer té de limón.

—En el baño, o encima de la cama. Siempre quise tener una radiografía al lado de un dibujo de Paul Klee.

—Lo digo porque si voy a estar mucho tiempo aquí...

—Oye —dijo Héctor asomando por la puerta de la cocina—, ¿lo de las radiografías es serio, enanita?

—Es una metáfora, pendejo.

—No, es que me quedé pensando que eres doctora, ¿no?

—Casi especialista en riñón. Pero tú no bebes, o sea que de poco te voy a servir.

Héctor llegó con la taza de té y el refresco en las manos y lo puso a mitad de la alfombra. Luego fue al tocadiscos.

—¿Qué quieres oír?

—No tienes *Young forever* de Joan Báez. No la puedes tener.

—Cómo chingaos que no.

Y el detective se puso a revolver la pila de discos. En la ventana se estrellaban las gotas de lluvia y hacían dibujos. La luz se estaba escapando del cuarto. Anita buscó algún cojín y al no encontrarlo fue a la recámara, volvió con dos almohadas y se acomodó en el suelo. Sorbió el té despacito. Del tocadiscos surgió la cálida y amorosa voz de Joan Báez diciendo: *May god bless and keep you away, may your wishes all come true.*

Héctor de pie en el centro del cuarto contempló a la pelirroja.

—Casi no se puede creer. Que no pase nada. Que la vida vuelva a ser Joan Báez y el cuarto acogedor mientras llueve allá afuera. Esta película ya la vi.

—No te ilusiones chaparrita. La muerte de la Rata y la guerra que traen entre ellos, los debe tener ocupados, pero si seguimos dando lata, se van a volver a lanzar encima de ti o de mí.

—Que me den una tarde, que estén tus cuates los luchadores conmigo cuando eso pase. Que me den esta tarde... ¿Quiénes son, Héctor? ¿Quiénes son?

—¿Estás cómoda? Ahora vuelvo —dijo el detective y fue a la cocina a buscar un cuaderno de notas dentro de la chamarra. Regresó con un banco y se sentó en el centro del cuarto.

—Lo que no sé, lo relleno. Es muy probable que no haya sido así, pero el cuadro general es el que cuenta, y ése, me corto un huevo si no es como te lo cuento: un ex sargento, ex policía del Barapem del Estado de México, llamado Manuel Reyes, se volvió en 1977 el asaltante de bancos número uno de este país. Ve tú a saber por qué, quizá porque se aburrió de andar centaveando en la policía del estado, o porque vio mucha televisión, el caso es que con el entrenamiento policiaco que tenía, comenzó a caerles a los bancos ametralladora en mano. Yo creo que lo identificaron en el primer asalto, o a lo más en el segundo, porque actuaba a cara descubierta, con uno o dos cuates y un chofer. Tengo una lista enorme: Comermex en Arboledas, Nacional de México de Satélite, Banco Internacional en Naucalpan, de Comercio en Ciudad Azteca... Si los ves bien, los primeros eran bancos del cinturón de la ciudad de México, en el Estado, luego ya le entró al DF; Banco de Comercio en Nuevo León, Nacional de México en la Roma, y así. Asaltaba tan seguido que parecía querer romper un récord. No menos de uno al mes. Siempre los dos o tres cuates armados con Reyes a la cabeza. No se tocaron el alma para matar a policías bancarios, a una secretaria que gritó, a un mirón. En agosto del 77 pusieron a cargo de la cacería de Reyes, al que los periódicos le decían muy elegantes «el enemigo público número uno», al subjefe de la judicial del DF, el comandante Saavedra. Eso es lo primero que te cuenta la prensa, pero no resulta muy difícil adivinar. Reyes y el comandante se entendieron rápido. Ahí es donde entra el mueblero Costa. Su cuñado Saavedra llega a verlo un día a la mueblería y le dice que si puede hacerse cargo de un dinero. Pon de un lado el botín de los asaltos y del otro los movimientos de tu suegro. Mira los datos a ver si no te cuadran: en diciembre de 77 la banda de Reyes asalta un banco en avenida Toluca, matan a un policía bancario sin agua va, entrando y llenándolo de plomo, sacan un botín de dos millones y medio de pesos. El día 13 de diciembre tu suegro compra dos boutiques en la Zona Rosa, ingresa en una cuenta ciento setenta y cinco mil pesos. Total: dos millones trescientos cincuenta mil pesos. Hay más así: asalto a un banco en Insurgentes Sur el 17 de enero del 78, botín, millón y medio de pesos. El 19 compra millón trescientos mil en centenarios de oro y los deposita en una caja de seguridad... Por un lado Reyes los vaciaba, por otro Saavedra repartía y guardaba el dinero de la banda y al final el mueblero Costa actuaba de banquero. Hay como quince coincidencias iguales a las anteriores. Y si no cuadra todo, es porque a veces el dinero debería tardar en llegar, o la banda se gastaba parte en casas, armas, coches o putas; o bien que tu suegro juntaba una parte para comprar un negocio. Si no fuera por detalles de ésos, o porque faltan datos sobre las cajas de seguridad, todo cuadraría centavo a centavo. Y todo iba bien y tranquilo, pero en diciembre del 78 pasaron dos cosas fuera de lo normal: una que Reyes cayó en un asalto por un error zonzo, un policía herido en el suelo le metió un plomazo en una pierna y sus compañeros lo dejaron tirado. Está en la cárcel ahora. La segunda, es que el banquero Costa se muere de un ataque al corazón. A partir de aquí, sólo puedo inventar. La banda de Reyes sin jefe, quiere llevarse los billetes, quiere escapar. Saavedra no tiene el control de la fortuna, no puede actuar, tiene que darles largas. Tienes que pensar que se trata de cerca de doscientos millones a repartir entre cinco: Reyes en la cárcel, Saavedra en las oficinas de la policía judicial y los otros huidos. Entonces, de alguna manera, se cruzan los hijos de Costa. ¿Fue Saavedra o fueron los compinches de Reyes? Ve tú a saber. Querían que aquéllos firmaran para poder mover inversiones y depósitos. A lo mejor el hermano mayor, si dices que era como era, dijo: «Aquí hay muchos billetes»; y trató de jugar con ellos. El caso es que a uno lo matan y al otro lo espantan de tal manera que se les va para siempre. Date cuenta de la desesperación de estos cuates. Dos años de asaltos, todo montado al pelo y se les muere el banquero. No pueden tocar el dinero. Luego llega Luis. No sé qué es lo que habrá pasado aquí. No sé si lo de Nueva York es un accidente, una absurda coincidencia, o lo mandaron matar. Si alguien fue, tuvo que ser Saavedra, porque a los otros no los veo en Nueva York de gángsters. De cualquier manera parece una locura, porque para mover el dinero necesitaban heredero. Saavedra no puede actuar al descubierto, entonces mete a la Rata para que te presione y comience a liberar la lana. Pero los otros tienen prisa y te asaltan, te hacen firmar papeles en blanco. Ve tú a saber qué quieren hacer con ellos. Resulta más fácil asaltar un banco que sacarle dinero legalmente a una herencia que lleva tres rebotes… Están desesperados. Matan a la Rata… Y aquí estamos ahora.

Héctor bebió un largo trago del refresco.

—Tengo más cosas para amarrar el paquete. Una, es que los billetes se colocaron en multitud de formas. Tu suegro se veía desbordado; de manejar tres mueblerías a mover doscientos millones de pesos, hay diferencia; pero algo hay claro, parte de la lana se puso en provincia. ¿Por qué sólo en cuatro partes del país? Una en Guadalajara, de ahí es Saavedra, de Guadalajara era la madre de tu marido. La otra, Monterrey, la tercera en el Noroeste, la cuarta en Puebla, de ahí es Reyes. El jalón de la patria chica, cómo ves. Segunda, tengo dos descripciones de los compadres de Reyes. Uno de ellos sólo tiene apodo: *John Lennon*, güero, con la cara llena de barros, desgarbados, como de uno ochenta de estatura. El otro es un ex policía del Barapem que jaló con Reyes, Luis Ramos, hasta tengo su foto, mira.

—Éste es el chaparro, el que se parece a Chelo.

—Ahí está, sólo necesito poner un moño y saber qué hacer con ello.

—¿Y qué puedes hacer? —preguntó Anita. El tocadiscos que Héctor había reparado aún tenía jodido el automático y la aguja se había quedado bailando sobre el último surco.

—Cuidarnos de los hijos adoptivos de Reyes y esperar que Saavedra no sepa que conocemos su conexión con la historia. Ése es el que me preocupa de verdad. Hablé con Vallina y creó un sistema para bloquear el dinero con un pretexto testamentario. Eso, o puedes librarte de él, de manera que ya no tengan que ir por ti.

—¿Y a quién se lo doy?

—No tengo ni idea, piénsalo un poco.

—¿Y no podemos descubrirlo todo?

—No me siento muy seguro de que vaya a servir para algo. Ha habido denuncias en los periódicos contra casi todos los jefes policiacos de la ciudad de México, algunas revistas hasta campaña hicieron. Y nada, no pasa nada. La verdad creo que por el lado de la presión en la prensa poco se puede hacer. Y bueno, nomás me imagino a ti y a mí yendo a denunciar a la Procuraduría todo esto. Los mirones se iban a reír de nosotros por pendejos.

—Dan ganas de poner los muebles contra la puerta y meternos debajo de la cama —dijo la pelirroja.

—Podemos hacerlo arriba de la cama —dijo Héctor y casi inmediatamente se arrepintió cuando Anita lo miró fijamente.

Luego, sin decir palabra, se puso en pie y caminó hacia el baño. Héctor levantó la aguja del tocadiscos, le dio la vuelta y la voz de Joan Báez volvió a competir con la lluvia en los cristales.

¿Qué chingaos estaba haciendo? ¿Un favor a sí mismo? ¿Un acto de redención de Anita? Porque le habían matado al esposo, y la habían violado después de una madriza de órdago, todo en el último mes. O era en serio, y la pequeña pelirroja tenía magia, y él quería quererla o la quería. Héctor había leído alguna vez a un poeta ecuatoriano que decía que también se podía matar «por soledad, por miedo o por fatiga». No le gustaba lo que había hecho. Caminó hacia el baño dispuesto a disculparse y descubrió a Anita desnuda ante el espejo. Desnuda o casi, porque una gasa con tela adhesiva cubría un pedazo de su pierna izquierda, y bajo los pechos, una venda de cinco centímetros de ancho le rodeaba el cuerpo.

—Estaba viéndome, pensando si estaba lista —dijo la pequeña pelirroja mientras dos lagrimones le rodaban por las mejillas.

—Ven pa'cá. Soy una bestia, enanita —dijo Héctor y la abrazó con cuidado. Luego puso su mejilla sobre el pelo de la mujer y la arrulló con los brazos. Ana se apretó contra él. Héctor la tapó con una toalla y luego se arrepintió porque la toalla podía estar sucia, de manera que la tomó en los brazos y la llevó hasta la cama, tapándola hasta el cuello. Luego cuando caminaba hacia la sala, para hacer autocrítica en solitario, la voz de Ana lo atrapó cerca de la puerta.

—Ahora me cumples, zonzo.

El timbre de la puerta lo salvó y caminó a abrirles a los luchadores que le habían permitido una pausa en medio del desconcierto. Anita lo despidió con una risilla que desmentía los lagrimones.

Abría la puerta con una amplia sonrisa entre los dientes, cuando un puñetazo en la boca le hizo darse cuenta de que por segunda vez en aquella tarde, se había equivocado.

XI

El golpe lo había enviado rebotando contra el banco de cocina que estaba a mitad de la alfombra. Revolviéndose buscó la pistola pero la funda estaba vacía, la había dejado con la chamarra en la cocina. Cuando el chaparro fornido le tiró una patada en las costillas, saltó a un lado y le gritó dentro de su cabeza a Anita para que no saliera del cuarto.

—Quieto, cabrón —dijo el güero de la cara tatuada por el acné.

Un tercer personaje, que traía un traje gris que le quedaba grande y una automática .45 en la mano entró y luego cerró la puerta cuidadosamente.

—¿Dónde la dejaste?

—En su casa.

—Míralo, qué rápido, ya sabe de qué hablamos, de manera que no vamos a perder el tiempo. ¿En qué casa?

Héctor se distrajo mirando el agujero de la automática y el güero le dio la prometida patada en las costillas. La embolsó como un saco, apenas sin hacer más que un ruido sordo, tragando el grito.

—¿En qué casa, pendejo?

—En la de Polanco.

—No es cierto, ahí no hay nadie. ¿Dónde la dejaste?

El chaparro moreno lo tomó del suéter y lo levantó del suelo, lo justo para darle una bofetada en la cara que lo mandó de nuevo rodando.

—Mira güey, abusado, ya le sacaste un ojo.

El chaparro se acercó y le tomó la cara con las manos. Luego rio.

—No es de a deveras, ha de ser de cristal, mira, ya no hay herida, la cicatriz es vieja.

—Pónselo de nuevo, pa' que nos vea bien —dijo el hombre de la puerta.

—¿Qué te dijo la Rata de nosotros? —preguntó el chaparro mientras le entregaba el ojo, sin muchas ganas de andar manipulando con él. Héctor tiró el ojo de cristal a un lado.

—¿Quiénes son ustedes? —preguntó el detective para ganar tiempo.

El güero se acercó, tomó la banca de la cocina y la puso en pie de nuevo, se sentó y con la punta de la bota golpeó el pie de Héctor suavemente.

—¿Qué te dijo la Rata? Seguro te dijo que el dinero no era nuestro, que se lo entregaras a él.

Héctor arrancó un pedazo de la alfombra que sin saber cómo tenía en el puño crispado. Anita podía deslizarse del cuarto a la cocina y coger la pistola, pero tenía que lograr que ellos miraran hacia el lado del tocadiscos. Se levantó y trastabilló hacia el aparato. El chaparro moreno le cortó el camino.

—Nomás son dos cosas: ¿dónde está ella?, y, ¿qué te dijo la Rata? Ya ves mano, dos cosas sencillitas.

Luego le descargó dos puñetazos en rápida sucesión en el estómago. Héctor sintió que la tráquea se le había cerrado. Cayó de nuevo al suelo tratando de que el aire volviera a los pulmones. Anita nunca llegaría a la cocina.

—Quémale las patas, como a Cuauhtémoc —dijo el güero riendo.

Héctor rugió cuando logró que el aire rompiera el camino cerrado, boqueó y se acercó a la banqueta. El chaparro lo agarró de un pie y tiró por el zapato.

—Míralo, trae el calcetín roto, el pendejo.

Héctor lanzó el pie que tenía libre sobre la pata de la banqueta, el güero que intentó levantarse cuando vio el pie que volaba hacia él, ayudó con su impulso a la banqueta que saltaba y cayó hacia atrás dándose contra el tocadiscos. Héctor apenas pudo ver cómo le salía sangre de los labios, porque el chaparro le dio una patada en el muslo sin soltarle el pie.

—Ya háganlo en serio, chingá —dijo el hombre del traje gris que traía la automática en la mano y volteó cuando la puerta se abría; pero su reacción fue lenta porque una mano surgió por el espacio abierto y le dio con una plancha en la muñeca. Gritó mientras su pistola caía al suelo.

Tras la mano apareció el Mago, con la plancha en la mano y las llaves en la otra. El chaparro hizo un intento de llevar la mano a la cintura para sacar su pistola, pero soltó el pie de Héctor, quien aprovechó para desde el suelo empujarlo hacia la puerta con una patada, justo para que cayera en los brazos del Ángel que venía entrando.

Héctor giró la cabeza para ver al güero que con una navaja en la mano iba hacia él. Una mano enorme se apoyó suavemente en su hombro y lo hizo a un lado. El Horrores avanzó hacia el güero que comenzó a retroceder con la navaja moviéndose en pequeños círculos. El Horrores le tiró una patada voladora. Uno de los pies dio en el brazo y el otro en la barbilla. El John Lennon apócrifo salió botando hacia atrás. Héctor a sus espaldas oyó el crac cuando el cuello del chaparro musculoso cedía, ante la presión de la llave Nelson que aplicaba el Ángel. El Mago a su lado vigilaba con la plancha en una mano y la pistola en la otra, al hombre de gris que estaba desmayado en el suelo.

—¿Lo tiro, Héctor? —dijo el Horrores que tenía al güero levantado en el aire y lo llevaba hacia la ventana.

—Tíralo, mano.

El luchador sosteniendo del cinturón y de la camisa al güero que pataleaba y sollozaba, se acercó hasta la ventana.

—Me la tienes que abrir, Héctor, no va a pasar por un solo vidrio.

Héctor se acercó a la ventana y la abrió. La boca le sabía a sangre.

—Yo no vi nada, coño —dijo la voz del Mago a sus espaldas.

El güero gritaba a través de la ventana abierta. Héctor lo veía sin oírlo.

—Déjalo en el suelo, mano.

El Horrores arrojó al güero contra la pared, como quien arroja a una muñeca vieja. El cuerpo se estrelló con un sonido seco, tirando una foto enmarcada del barco del padre de Héctor. El detective avanzó dos pasos y se dejó caer entre los brazos del luchador. Luego caminó tambaleándose por el pasillo. Anita mordía la almohada, con los ojos desorbitados por el terror, para no aullar. Cuando Héctor le pasó una mano por el hombro desnudo, ella comenzó a gritar.

—¡Quise ir, pero no pude! ¡Te lo juro Héctor que no pude! ¡No te pude ir a ayudar! ¡No me pude mover!

—Ya. No pasa nada. Vístete, Ana.

Cuando oyó la sirena de la primera patrulla, Héctor fue al teléfono y se comunicó con Marciano Torres en el periódico. Por eso, el periodista llegó con un fotógrafo cinco minutos después que los dos patrulleros habían entrado en la casa pistola en mano. Anita había sido enviada a toda prisa a casa del Mago, y los tres asaltabancos estaban en la alfombra: el güero silencioso conmocionado, tal como había quedado cuando el Horrores lo arrojó contra la pared, el chaparro de pelo chino estaba muerto, tenía el cuello roto. El del traje gris tirado en un rincón, gemía sosteniéndose con una mano la muñeca rota. Los policías llamaron a otra patrulla, y ésta a una tercera. El vecindario se animó con las luces rojiazules centelleando. El fotógrafo del *Unomásuno* comenzó a sacar fotos con *flash*. Héctor se lavó la cara y buscó en su cuarto el parche para tapar el ojo. Cojeaba mucho más que lo habitual.

—Carguen a esos dos, y llévense al difunto a la ambulancia —dijo el sargento de patrullas que había tomado el control del asunto, revisado el cuarto, recogido las pistolas y el cuchillo del suelo; Héctor le había explicado que eran los miembros de la banda de Reyes y que habían venido a matarlo, pero que de casualidad... El policía lo dejó a media explicación y bajó a la patrulla. Diez minutos después, cuando Héctor y los dos luchadores se estaban tomando un refresco en la cocina con Torres, reapareció.

—El comandante Saavedra quiere hablar con usted —dijo.

—Mano, no te nos despegues por nada. Ya te contaré —le dijo a Torres.

Viajaron en la patrulla con la sirena abierta, seguidos por el coche de los periodistas y una segunda patrulla que llevaba a los dos asaltabancos sobrevivientes. La ciudad en medio de la lluvia, parecía más irreal que de costumbre.

Saavedra estaba sentado en un escritorio de metal. Era un hombre nervioso, con un tic que hacía que se le moviera levemente el lado izquierdo de la boca. Blanco de piel, medio calvo pero con el pelo de los lados bastante más largo de lo normal, los ojos azules y fríos; ligeramente pasado de peso para su metro sesenta y cinco. Llevaba un traje guinda y camisa blanca. El saco abierto al revolotear permitía ver la pistola enfundada en la cadera.

—Permítame felicitarlo —dijo extendiendo la mano de las dos sortijas. Héctor retuvo su propia mano derecha sosteniéndola con la izquierda.

—Perdone, pero debo haberme roto algún hueso en la pelea —dijo mirándolo fijamente.

—Hombre, haberlo dicho, para que se fuera a curar antes de venir por acá. No tenía tanta urgencia. Yo sólo quería...

El detective se dejó caer en una silla con ruedas. Cerca, rondaban Torres, su fotógrafo y los dos luchadores. Varios agentes contemplaban la escena. Otros dos fotógrafos, probablemente de guardia o al servicio de la oficina de relaciones públicas de la Judicial, dispararon sus *flashes* captando a un sonriente comandante Saavedra y un detective derrengado en la silla.

—Hemos estado persiguiendo a esos hombres durante varios meses. Son los restos de la banda que asoló al sistema bancario y cuyo jefe está encarcelado ya —dijo el comandante como si estuviera declarando ante los micrófonos—, y ahora este golpe de suerte nos los pone en las manos. Quiero, en nombre de los servicios y agentes que hemos estado asignados al caso, agradecer públicamente a los señores el valor civil que han mostrado.

Torres hacía como que tomaba notas, los fotógrafos dispararon de nuevo sus *flashes*.

—Los esperan para que rindan su declaración —dijo Saavedra y tras mirar fijamente al detective salió del cuarto.

—¿Qué está pasando, mano? —preguntó Torres a Belascoarán.

—Que él está metido hasta las orejas en la mierda.

—¿Saavedra?

—¿Quién si no?

XII

Hombre que come su corazón, se envenena.

SABÚ

Héctor despertó a Elisa a las cuatro de la mañana en la vieja casa familiar de Coyoacán. La verdad es que no era a Elisa a quien había venido a ver, sino la escuadra .22 de su padre, que el viejo había dejado al morir junto con papeles y libros en la biblioteca. Era esta la segunda vez que hacía el viaje sentimental a la búsqueda de la pistola. Elisa con un camisón blanco que llegaba hasta el suelo y la melena alborotada, lo acompañó en silencio hasta la biblioteca dominada por un retrato del padre con uniforme de la marina mercante española.

Héctor tomó la caja de cuero y sacó el arma, la sopesó y se dejó caer en un sillón. Al apoyarse, se le escapó un grito apagado.

—¿Qué te pasa?

—Me dieron una patada en el muslo hace un rato. Dos puñetazos en el estómago, me botaron el ojo malo a la mierda, me abofetearon, una patada en las costillas y luego un hijo de su reputa madre me quiso dar la mano. Creo que eso es todo —dijo, sólo para arrepentirse casi de inmediato de tanta palabra.

—Perdona, hermano, no me di cuenta de lo que significaba meterte en esto.

—Estuvo bien. No es contigo. Es con... —y se quedó pensando con quién era. Desde luego con Saavedra.

El tic de la boca torciéndose le volvía una y otra vez a la mente; una imagen nítida, casi cinematográfica. Pero era con la violencia, con el miedo, con el terror de Anita.

—¿Te doy algo? —dijo Elisa.

—Dos aspirinas y un vaso de leche, ¿no era lo que decía mamá siempre?

La biblioteca estaba en penumbra. Elisa había apagado la luz central y sólo dejó encendidas las dos lámparas con focos de sesenta y amplias pantallas, que el viejo siempre había tenido sobre su mesa. Ése era el decorado, ella también lo recordaba.

—Me va a matar. Ese hijo de su puta madre, me va a matar.

—¿Quién Héctor? Carajo, ¿qué hice? ¿Cómo te metí en esto? —Elisa se llevó una mano al pelo y trató de arreglarlo con un gesto nervioso.

—Basta ya, si te vuelves a quejar me cierro como ostra y no me abre ni Dios —la frase sonó bien en ese cuarto, no era de Héctor, era de su padre—. Lo mismo me podía morir atropellado por una bicicleta en la playa donde me encontraste hace una semana.

—Diez días nada más. Sólo diez días —dijo Elisa angustiada.

—Déjame aquí, Elisa. Déjame aquí, porque me estoy quebrando y necesito rehacerme de nuevo. Cuando miré a Saavedra le vi mi muerte en los ojos.

—¿Y Anita?

—Está bien. Está en casa de mi casero. Con el Mago y con los dos luchadores. No creo que le pase nada esta noche. No va a ser con ella, va a ser conmigo, lo vi en los ojos de ese cabrón.

Elisa contempló a su hermano atentamente. Estaba pálido, un resto de dolor se le notaba en los ojos apagados y en los labios febriles. Se quedó de pie al lado del sillón de cuero verde sin saber qué hacer. Como velando a un muerto.

—Hermanita, por favor, vete a dormir. Yo necesito arreglarlo todo. Es por dentro. Necesito saber cómo reventarlo, cómo romperlo en tantos pedacitos que ya no pueda volver a rehacerse. No debe ser tan grave. Él tampoco duerme ahora. Se da vueltas en la cama o en un sillón, pensando que a lo mejor se le cae todo encima. Que si se arma el escándalo sus jefes lo dejan al descubierto, que a lo mejor hacen algo más y le abren la cabeza con una engrapadora. Porque no se castiga el delito, sino lo pendejo de dejarte descubrir. Ésas son las reglas de ellos, y él está violando las reglas. Tampoco duerme el comandante Saavedra —dijo Héctor y en su boca apareció una sonrisa que acabó de espantar a Elisa.

—¿Qué te doy, hermanito? ¿Qué hago por ti?

—Consígueme una Coca con limón —dijo Héctor ya declaradamente sonriente.

Héctor comenzó a reírse al ver la mirada escudriñadora que Carlos, su hermano, le dedicó. Seguro aquel par de cabrones habían estado hablando de él. Estiró las piernas en el sillón e hizo a un lado la manta escocesa que su hermana le había puesto encima. Al fin y al cabo él se había dormido y ella no; por las ojeras que traía, se había pasado el resto de la noche en vela, mirándolo, culpándose. Carajo, no debí haber venido aquí. Elisa no tiene la culpa, se dijo el detective y luego para soportar el chaparrón que Carlos le iba a soltar, bostezó.

—A tí lo que te pasa es que tienes una perspectiva panista, manito —dijo Carlos muy serio después de oír la historia—. Una visión de clase media piruja ante la violencia del sistema.

Héctor, ya repuesto, se había desayunado un jugo de naranja y huevos con jamón en el patio trasero con sus dos hermanos, había llamado por teléfono al Mago para confirmar que Anita estaba bien, y sentía que la vida volvía a correr por dentro.

—Lo que me jodió es que el tipo me quiso dar la mano, y yo por puto estuve a punto de dársela —dijo—. Eso es lo que me jode íntimamente, en el fondo.

—No, para, es que ves mal el asunto. Piensas que la ciudad se está desmoronando, que los gángsters están en el poder. Bueno sí, pero no es de ahora. Quizá estén más desatados que de costumbre. Hay más guaruras que nunca en este país. Cada funcionario grande o chico tiene cuarenta que andan aventando el automóvil, cierran calles al tráfico para que la hermana del presidente desayune en una churrería; cuando se emborrachan matan a un primo suyo en una fiesta porque jugando se les fue el tiro, destrozan a un cabrón en el Periférico porque no se hizo a un lado a tiempo. Cierto. La tira del DF es una cloaca en grande porque hay dinero en grande rodando por el país. Supongo que sí. ¿Sabes qué hace el inofensivo motorista que te baja trescientos pesos porque te pasaste un alto? Le entrega mil quinientos o dos mil al final del día al sargento, porque ése le dio la buena esquina y si se niega, a barrer o se queda de pie en un crucero a tragar mierda. Él paga las reparaciones de su moto porque si llega a meterla al taller de la jefatura le roban hasta las bujías y se queda a pie, y sale a la calle con 8 litros en el tanque en lugar de los doce por los que entregó un vale, porque los otros cuatro se los roba un mayor en combinación con el jefe; paga un fondo de pensión que no existe y un fondo para defunciones que tampoco.

Su sargento entrega veinticinco mil pesos al jefe de zona, que a su vez maneja el negocio de las placas chuecas y lleva una comisión sobre el fondo de retiro. ¿Sabes cómo pasan lista en la delegación los jefes de zona? Con un sobre en la mano, hijo mío. Presente, y ahí van los billetes en el sobre. El jefe de la policía debe recibir a diario medio millón de pesos. Tiene dos agentes que sólo se dedican a cobrar… Eso es el sistema, no una mordida de trescientos pesos… Tienes que tomar altura, para entrar al sistema.

—Carlangas, no le des vueltas, no me ilustres. Te creo todo, pero o encuentro cómo parar a Saavedra o me vas a tener que prender veladoras.

—Échale filosofía al asunto, hermano —dijo Carlos quitándose el pelo de la frente y encendiendo un cigarrillo—. Sólo tienes que encontrar una fisura. La nacoburguesía lo usa, lo tiene ahí, si le estorba lo tira a la basura. Sólo tienes que hacer que lo tire.

—Lo único que se me ocurrió no sirve. Lo más simple. Juntar todo y ponerlo enfrente de los periódicos. Algunos jalarán. Torres me dijo que él cita a los corresponsales de los diarios y revistas extranjeros para que haya más presión; pero le dimos vueltas juntos y la historia que tengo no se sostiene. Yo sé que es cierta. Torres sabe que es cierta. Saavedra sabe que es cierta, pero no hay pruebas. Si no hubieran llegado las patrullas les sacaba a los asaltabancos si tenían el libro mayor de Costa, pero a estas alturas, si lo tenían ellos, ya lo tiene Saavedra bien guardadito en su escritorio. No puedo reventarlo por ahí. Puedo quitarle el motivo de que nos joda a Anita o a mí. Ella puede bloquear el dinero. Regalarlo a Unicef como decía Vallina, o a los guerrilleros hondureños.

—Salvadoreños. Si eso quiere no está muy difícil.

—Pues a ésos. Pero a Saavedra no le voy a quitar la venganza.

—Tómate un avión. Tenemos el dinero que dejó papá. No lo hemos usado.

—Toma un avión tú y otro Anita —dijo Elisa que había dejado de morderse las uñas—. Si quieres agarro la moto y te llevo de nuevo a tu playa.

—Ya no se puede volver, hermanita.

XIII

¿Sobre qué muerto estoy yo vivo,
sus huesos quedando en los míos?
ROBERTO FERNÁNDEZ RETAMAR

Esperó hasta que la pequeña pelirroja desapareció en las escaleras mecánicas, y luego rondó por el aeropuerto hasta que vio despegar el avión de KLM. Como un juguete, reluciente, atronando el aire. Héctor pensó que los finales son abruptos, sólo los principios se desenvuelven graciosamente. Los finales son cortantes, sin gracia, sin tiempo extra para protestar por las formas como las cosas se han sucedido.

Luego caminó hacia el metro. Sentía en la espalda la mirada de sus perseguidores, pero no se tomó la molestia de librarse de ellos. Sólo lo seguían, de lejos. Manteniendo sobre su espalda el peso de miradas cuyos ojos no veía de frente. Caminó por Bucareli sorteando las bicicletas acrobáticas de los vendedores de periódicos. Al llegar a la entrada del edificio de Donato Guerra donde estaba su despacho, descubrió a don Gaspar el tortero entrando en el elevador y desistió.

Regresó a la casa dando rodeos por distracción, como si no tuviera prisa por llegar a ningún lado.

El vidrio de la foto del barco en que su padre había navegado seguía roto sobre la alfombra y el marco en el suelo. Recogió poniendo sobre un periódico viejo los cristales y volvió a colgar la fotografía. Luego se dejó caer en su cama. ¿Qué estaba esperando? El dinero estaba bloqueado. Torres no se atrevía a contar la historia sin más pruebas que ligaran a Saavedra con los asaltantes bancarios o con el dinero de Costa. Anita a diez mil metros de altura estaba segura. Había renunciado a la herencia, por lo tanto no podía tocarla nadie, excepto el Instituto de Cancerología que al final había sido el beneficiado.

¿Qué estaba esperando Saavedra?

Héctor sacó la pistola y jugueteó con el cargador. Quitó el peine y sacó las balas una a una, luego las volvió a colocar. Sonó el teléfono.

—Está muerto, hermano. Se mató o lo mataron en un accidente de coche en la carretera de Querétaro.

—¿Quién, Saavedra?

—Sí, pero también el escritor. A los dos. Se mataron o los mataron juntos. Un choque en la carretera. Lo dieron las noticias de la tarde en la tele. Iban juntos en el automóvil a más de cien y se embarraron contra un tráiler... Eso dicen, ve tú a saber —dijo la voz de su hermano Carlos en el teléfono.

—¿Juntos?

—Sí. Sólo los dos en el coche.

—No se merecía morir con ese hijo de la chingada —dijo Héctor y luego colgó.

Dos días después, un lacónico telegrama que llegó con retraso, fue deslizado bajo la puerta del departamento de Belascoarán, mientras el detective se estaba haciendo un caldo de pollo de cubito. Decía: «Fui a preguntarle. Paco Ignacio».

Cuando salían del Panteón de Dolores, Elisa levantó la mirada hacia el cielo y frenó a Héctor tomándolo del brazo. Dieciséis días antes, ella había mirado el cielo a través de las palmeras. Otro cielo.

—Mira qué nubes, va a llover en grande.

—Han de ser nubes de mierda —dijo Héctor sin alzar la vista.

NO HABRÁ
FINAL FELIZ

Para Paloma (*la Pecas*), por siempre.

NOTA DEL AUTOR

Evidentemente, la historia y los nombres que se manejan en esta novela pertenecen al reino de la ficción. El país, sin embargo, aunque cuesta trabajo creerlo, es absolutamente real.

PIT II

... enviadme libros con finales felices,
que el avión pueda aterrizar sin novedad,
el médico salga sonriente del quirófano,
se abran los ojos del niño ciego,
se salve el muchacho al que mandan fusilar,
vuelvan las criaturas a encontrarse las unas con las
otras,
y se den fiestas, se celebren bodas.

NAZIM HIKMET

País sordo, ciudad quemada.
La hoguera nos llama, hoy por hoy,
no habrá final feliz.

PIT II

I

Vienen tiempos nuevos sobre mí.
Sobre las ansias mías.

PIERO

—Jefe, hay un pinche romano muerto en el baño.

—Cuando acabe de mear, dígale que pase —contestó Héctor Belascoarán.

Una tarde suave, cálida, pachurrona, que no quería acabar de irse, colgaba de la ventana.

—Me cae de madre, no es guasa —dijo desde la puerta Carlos Vargas, tapicero y compañero de despacho del detective.

Héctor miraba las nubes que se desplazaban lentamente sobre el techo de su pedazo de ciudad.

—¿Trae lanza o no trae lanza?

—¡Me cae que está muerto!

Héctor se levantó del sillón de cuero donde había consumido la tarde y miró a Carlos.

El tapicero estaba apoyado en la puerta, la cara demudada y en las manos un martillo, con el que hacía molinetes.

Cojeando, un poco por una vieja herida y otro poco porque había perdido un zapato al levantarse, Héctor caminó hacia la puerta del despacho. Su mano izquierda fue al pelo, alborotándolo, como si quisiera con el gesto sacudir la modorra.

—¿Trae casco o no trae casco? —intentó una última broma, pero la rigidez de la cara de Carlos no varió.

¿Había un romano muerto en el baño?

Carlos abrió la marcha hacia el fondo del ruinoso pasillo, la luz de la tarde se filtró a través de la puerta mostrando las paredes descascaradas y pintadas de un verde maligno.

—Sí trae casco —dijo Carlos empujando la puerta del baño.

Sentado en la taza del escusado, un romano con la garganta cercenada miraba hacia el suelo.

La sangre escurría lentamente sobre el peto de latón, corría por la breve falda, recorría las piernas peludas y moría en una de las sandalias. A un lado del muerto estaba la lanza, y sobre su cabeza un casco con un penacho rojizo.

—No, me cae, ahora sí ya se pasaron —masculló Héctor mientras levantaba suavemente la cabeza del muerto tomándola por la barbilla. Un tajo de seis o siete centímetros recorría la garganta.

—¿Quiénes?

—Los cabrones que mataron a éste.

El muerto lo miraba desde sus cincuenta años, sus ojos saltones, su barba mal rasurada, su papada abusiva. No pudo evitar que un escalofrío le corriera por el cuello y la espalda a pesar de lo ridículo de la situación.

Al soltar la cara, la barbilla volvió a caer sobre el pecho cubriendo en parte el tajo que seccionaba la garganta. Héctor tenía la mano manchada de sangre; la limpió en la falda del romano.

—Y ahora, ¿qué hacemos?

—Lo registramos —contestó Belascoarán.

Y metió la mano bajo el peto metálico lleno de dibujos de dragones y espadas. De la bolsa de una camisa que tenía las mangas cortadas para darle al romano aire de época, sacó algunas cosas.

—Unas llaves de carro, cien pesos, propaganda de una sastrería, un recibo de luz… —recitó mientras guardaba pieza a pieza el botín en el bolsillo de sus pantalones.

—Trae algo en los calcetines —dijo Carlos.

Héctor sacó una credencial enmicada de uno de los incongruentes calcetines cubiertos por las sandalias. La echó en el bolsillo sin verla.

—Vámonos, vecino.

—¿A dónde?

—A cualquier lado, esto no me gusta. No me pasa que maten romanos en el baño de nuestro piso.

El tapicero, martillo en mano, abrió la marcha hacia el despacho. Héctor lo adelantó.

La tarde se estaba marchitando. Buscó el zapato bajo el sillón, tomó la chamarra del perchero, sacó la automática .45 del cajón del escritorio y la puso en la funda sobaquera. Cerraron la puerta.

Entonces, el motor del elevador inició su ronroneo.

—¡Por las escaleras!

—¿No será Gilberto? —preguntó Héctor.

Los dos hombres se quedaron mirando la reja metálica. Desde el cubo del elevador, una canción rompió la mezcla de respiración contenida y ruido de motor. Una canción ranchera, cantada a todo volumen por una voz desafinada.

—Es Gilberto —dijo Héctor, Carlos afirmó.

—Quihúbo —dijo el plomero, tercer miembro de la extraña comunidad de aquel tercer piso de Artículo 123, al abrirse las puertas del elevador.

—Vámonos —dijo Héctor.

—Qué prisas, uno viene llegando con ganas de chambear, y luego dicen que uno es huevón, que no quiere... —intentó argumentar Gilberto mientras sus compañeros de despacho lo empujaban hacia dentro del elevador y apretaban el PB.

—Hay un romano muerto en el baño —dijo Carlos.

—¿De los *romanosmocos*? —preguntó solícito Gilberto Gómez Letras.

—De los de una pinche rajadota de acá hasta acá —contestó Carlos señalando gráficamente la garganta.

—No mame, seguro que se traen una movida... Deje ver, contrataron una secretaria sin que yo lo supiera y se la estaban tirando por turnos...

Héctor, silencioso, se apoyó en la esquina del elevador. ¿Quién querría involucrarlo en un asesinato y por qué? ¿Qué mamada era esa de matar a alguien vestido de romano? Eso no se podía hacer.

—...y seguro que la secretaria se llama Graciela Putricia.

La puerta del elevador se abrió, los tres hombres salieron a la calle, Gilberto tratando de convencer a sus compañeros de que le permitieran subir para conocer a la secretaria nueva.

Sorteando los coches, cruzaron hasta el café de chinos de enfrente. Héctor escogió un apartado desde el que se pudiera ver la entrada del edificio. Comenzaba a oscurecer.

—Dos cafés con leche, donas y un chocolate... —pidió Héctor. El dueño del café asintió—. Y déjenme pensar tantito —dijo el detective.

—No es broma vecino, hay un romano muerto allá arriba.

—¿Y no hay romanas?

—Usted no es fino, usted puras putonas de las de Nezahualcóyotl, las romanas sólo para gente con categoría.

El tráfico en la calle arreciaba. Entre los coches dos boleros jugaban al futbol con una pelota de papel.

—Ahí va entrando *el Gallo*, deténganlo y tráiganselo para acá —dijo Héctor. El tapicero, que ocupaba el asiento exterior del reservado, se lanzó a la calle; un coche frenó ruidosamente.

Un instante después, el ingeniero en cloacas Javier Villarreal, alias *el Gallo*, compartía el reservado con sus tres vecinos.

—¿Qué dice este pinche loco de un romano muerto?

—¿Me cree si le digo que hay un romano muerto en el baño? —dijo Héctor.

—Qué me queda... En dos años que llevo en esa oficina ya me tocaron dos tiroteos, una caja de refrescos envenenada, la fiesta de un kindergarden; que don Gilberto subarrendara el despacho para que ensayara un conjunto tropical, y que un viejito tratara de darme una puñalada... Romanos más o romanos menos...

—¿Y está bien muerto? —preguntó Gilberto.

—Un chocolate con donas —pidió el Gallo.

En las primeras horas de la mañana, un mensajero en motocicleta llevó hasta la casa de Héctor Belascoarán Shayne un sobre color manila. Recibió una propina y se fue. Héctor quedó con la puerta del departamento abierta, los ojos aún turbios, y el sobre en la mano.

Después de tomarse dos jugos de toronja manufacturados con polvito verdoso, se sentó ante la mesa de la pequeña cocina y abrió el sobre: media cuartilla con un recado escrito a máquina: No te metas, un boleto de avión para Nueva York a su nombre, y una foto de polaroid donde se veía nítidamente un hombre con la garganta destrozada por una navaja.

Otra vez la muerte.

Perdió diez minutos buscando la cajetilla de cigarros, hasta hallarla bajo la almohada, cerró la puerta de la casa, que se había quedado abierta, y volvió a la mesa de la cocina a ver la foto.

Las primeras horas de la mañana lo desconcertaban, estaban tan huecas, tan torpes, llenas de una sensación de irrealidad, que lo hacía desconocerse.

El muerto en la fotografía era más joven que el romano, sin embargo, tenía el pelo grisáceo en las sienes, cortado a cepillo y una cara cuadrada con la mandíbula dura. No se podía apreciar más porque la cabeza estaba lanzada hacia arriba a causa de la cuchillada. Lo habían sentado en una silla y tenía las manos atadas al respaldo con algo que no parecía cuerda, sino más bien un alambre.

Un policía, pensó Héctor sin saber por qué; quizá por el pelo a cepillo, o por el traje gris mal cortado, que vagamente le sugerían la imagen de la policía secreta, de los porteros de hotel de lujo, de los prestamistas en la entrada del Monte de Piedad.

¿Y qué demonios tenía todo esto que ver con él? No estaba metido en nada, llevaba dos meses de contemplación cuasibudista de las calles del centro de la ciudad, dando interminables paseos, hurgando en las vecindades, regateando en las librerías de viejo, viendo las nubes o el tráfico desde la ventana de la oficina. Dos meses a la espera de algo en lo que mereciera la pena poner la vida. Y ahora esto: dos muertos y un billete de avión a Nueva York para que no metiera las narices en la historia. Pero, si no querían que metiera las narices en la historia, ¿para qué le ponían al romano en el baño y le mandaban la foto del otro?

Mientras se bañaba con agua fría, porque el calentador de gas no funcionaba, tomó una decisión insospechada para tratarse de él: decidió esperar un día más antes de optar por hacerse a un lado o meterse en la historia. Dos minutos más tarde había cambiado de opinión.

—¡Que se vaya a Nueva York su puta madre! —dijo estremeciéndose por el frío.

Cautelosamente, recorrió el pasillo y abrió la puerta del baño sólo para descubrir lo que resultaba evidente (quién sabe por qué, quién sabe cómo, pero evidente al fin y al cabo): que el romano había desaparecido. Quedaba la huella parduzca de la sangre, y un olor vago que Héctor Belascoarán Shayne, detective independiente, atribuiría desde entonces al olor que va dejando tras de sí la muerte.

Cerró la puerta y contempló a sus tres vecinos que esperaban curiosos en la puerta del despacho situado al final del pasillo y cerca de las escaleras.

—No está. Se fue —dijo lacónico y avanzó hacia el despacho.

—Y yo que nunca lo vi —se quejó Gilberto.

—Era un romano medio chafa, traía calcetines —observó el tapicero.

Héctor dejó a los dos hombres en el pasillo y entró al despacho.

El día anterior había montado guardia hasta las doce de la noche desde el café de chinos porque estaba seguro de que algo así iba a ocurrir, pero el sueño lo había vencido y se había retirado. Después de todo, era un motivo para ponerse contento, la intuición le funcionaba.

Tomó la chamarra del perchero y se dispuso a salir cuando sonó el teléfono. El Gallo Villarreal levantó la vista de su restirador, donde estaba dibujando una mujer desnuda sentada en un taburete, y se quedó mirando el aparato.

—¿No es muy temprano para que esté aquí, ingeniero?

—Vine a ver al romano.

—Se la peló, lo lamento —dijo Héctor tomando el auricular.

Al otro lado de la línea, su hermana Elisa lo invitaba a comer. Dijo que sí sin pensarlo dos veces y salió a la calle.

El frío le dio suavemente en la cara al llegar a la entrada del edificio y se le tensó un músculo facial, cerca de la cicatriz que cruzaba el ojo inútil resultado de un viejo combate. Siempre ahí, siempre recordando lo cerca que se podía estar, lo fácil que era irse a la mierda, lo culero del país y del oficio.

Metódicamente recorrió los posibles testimonios sobre la fuga del cadáver romano. Fracasó en la tienda de discos, con doña Concha, la mujer que lavaba las escaleras del edificio, con el chino del café, y triunfó al interrogar a Salustio, el tuerto del puesto de periódicos de la esquina.

A las seis de la mañana habían sacado del edificio una caja, «como de refrigerador chico», entre dos hombres y la habían cargado en un camión de mudanzas. A la misma hora que llegaba a su casa la foto del segundo muerto. No hubo descripciones de los hombres, ni señas particulares del camión. El tuerto se disculpó.

—Con un ojo nomás, se ve de la chingada a las seis de la mañana, tocayo, y peor tantito si lo *trai* uno nublado del pedo de anoche.

Héctor decidió sumarse al torrente humano y ver si las ideas se ordenaban al ritmo de los pasos. Encendió un cigarrillo y comenzó a trotar por el centro de la ciudad.

¿Qué estaba pasando? Si no querían que se metiera, para qué le mandaban muertitos. ¿Qué chingaos estaba haciendo el romano en todo esto?

—¿Iztapalapa? Era diciembre el mes y no Semana Santa, no había conexión.

Cruzó la Alameda mirando a un globero y a dos niños que lo seguían. Al llegar a avenida Hidalgo se acercó a la bola que estaba contemplando cómo un cortocircuito en el motor había incendiado una panel de la policía.

Dos agentes uniformados trataban de apagarla sin que nadie se ofreciera voluntario para echarles una mano. Ah qué los mexicanos, mirones y malosos con la ley, pensó cuando la panel estalló en medio de un bellísimo fuego de artificio. Los mirones, que sumaban cerca de un centenar, aplaudieron y luego comenzaron a retirarse ante las miradas de odio de uno de los policías, que traía un máuser en las manos.

—Tuvo buena la explosión —dijo un vendedor de lotería.

Héctor asintió.

—Lástima que no volaron los dos culeros esos —dijo un preparatoriano cargado de libros que pasó veloz a su lado para tomar el camión.

—Lástima —dijo una vendedora de elotes a la que los dos policías estaban extorsionando cuando se inició el fuego y que recuperaba el carrito encargado con dos niños.

—Lástima —repitió Héctor. Encendió otro cigarrillo y se fue a comer.

—Tú lo conoces mejor que yo, dime si me tengo que preocupar o si me tiene que valer sombrilla.

—Yo no conozco un carajo, me deja siempre frío, él y sus cuates hablan en una clave que no entiendo. Son dueños de cosas más grandes de las que yo tengo. Yo no tengo nada…

—Ya párale o abro la ventanilla del departamento de quejas —dijo Elisa que sostenía la conversación mientras traía a la mesa platos, vasos, saleros, pan, servilletas de papel y dos platos con un estofado de carne oloroso y saludable—. Héctor se rio francamente por primera vez en un par de días. Se le estaba quedando la boca chueca de mantener el humor controlado con una media sonrisa.

—Además de que está bebiendo, ¿qué pasa?

—Eso pasa. ¿Por qué bebe?

—No le des vueltas, Elisa, hermanita, ¿tú piensas que trae broncas? Dime lo que crees y no andes dándole rodeos.

—Tiene algo muy jodido entre las manos. Lo he visto dos veces esta semana y las dos veces lo vi triste, apagado. Una de ellas medio bebido. Fui otra vez a su casa y estaba dormido y bien ahogado, apestaba a ron el cuartito. No me gustó.

—¿Estás segura?

—No me atreví a decir nada, ni a meterme... Soy una pendeja, no le tengo confianza a mi hermano para hablar con él.

—A mí me pasa lo mismo contigo, idiota.

Elisa abrazó a Héctor.

Las pecas le brillaban con la luz del sol que entraba de refilón por la ventana del pequeño departamento.

—Lo invité a comer, dijo que no podía, pero que lo esperáramos para el café.

—Yo valgo paraguas si tú vales sombrilla. Seguro que no...

El timbre sonó cuando estaban tomando café y recordando las tardes infantiles en la vieja casa de Coyoacán, con el viejo Belascoarán contando una versión socializante de la biografía de Wild Bill Hickok.

—¡Jefe! —aulló una sombra rubia y pecosa que se lanzó desde la puerta a los brazos de un desconcertado, tímido, pero alegre Héctor Belascoarán Shayne.

Tras Marina, entró Carlos Brian, el hermano. Con tres o cuatro años menos que Héctor había conservado violentamente los rasgos irlandeses de la familia materna, señalados en una mata de pelo rojo y unos ojos extraordinariamente azules. Extraordinariamente azules y extraordinariamente cansados, pensó Héctor mirando por segunda vez a su hermano mientras intentaba que Marina se descolgara de sus hombros.

—Caramba, el hermano mayor —dijo Carlos dándole una suave palmada en las mejillas.

—¿Hace cuánto, jefe?

—Dos años ya, compañerita.

Entraron a la pieza que servía como comedor y recámara de transeúntes ocasionales. Elisa había ido a la cocina a preparar más café.

—Y ahora, ¿qué estás haciendo, hermano? —preguntó Carlos.

—Lo peor es que no lo sé.

Héctor dudaba entre lanzarse a explicar las historias del romano muerto en el baño de la oficina y el desconocido de la fotografía, o hundirse en el habitual mutismo.

—¿Ustedes qué hacen? —optó por salirse del *ring*.

—Un niño —dijo Marina mostrando la naciente barriga hinchada por el embarazo.

—¿En serio? —preguntó Elisa que entraba con una cafetera humeante.

—En serio —dijo Carlos. Héctor sacó sus Delicados largos con filtro y encendió uno.

Voy a ser tío, pensó. No tenía ganas de sumergirse en la vida de Carlos, no quería más problemas. Repentinamente se dio cuenta de que él también estaba cansado. ¿Cansado de qué?, se preguntó.

—Yo también estoy cansado —dijo, como si alguien gracias a esa declaración fuera a proporcionarle una respuesta.

—¿Tú y quién más? —preguntó Carlos.

—Y tú evidentemente —salió al quite Elisa.

—Ya me voy, si va haber ping pong familiar cojo mi cachucha y me escapo.

—Échale la bronca de frente, Elisa —dijo Héctor tomando una taza de café, sosteniéndola suavemente, huyendo de los ojos de su hermano.

—¿Yo? ¿Soy el objeto de la reunión familiar? —preguntó Carlos riendo—. Creí que eras tú —dijo, señalando a Héctor.

Marina se había sentado en una esquina del cuarto, sobre la alfombra.

—También podría ser yo —remató Elisa, que contemplaba sonriente a Marina.

—¿Qué pasa? —preguntó Marina.

—Creo que somos una familia rara —dijo Héctor.

—Lo que son, es una punta de culeros —dijo Marina.

Mientras los cuatro sorbían el café, se hizo un largo silencio. En la calle un niño arrastraba un carrito y el rechinido caía a través de los cristales sobre ellos.

—¿Pasa algo, verdad Carlos? —preguntó Elisa—. Aparte del niño, claro.

—Ajá.

—Cuéntaselos, coño, parece que no les tienes confianza —dijo Marina mirándolo a los ojos.

—Otra vez, hoy no tengo un buen día —se puso en pie—. Gracias por el café, hermanita. ¿Vienes? —le preguntó a Marina mientras salía.

Ésta se puso en pie, besó a Elisa, tomó y acarició la mano de Héctor.

—Hasta luego, jefe. Ya sabes, cuando vuelvas a necesitar secretaria, estoy puesta y sin empleo.

Salió dejando la puerta abierta. Héctor se quedó mirando en silencio el pasillo y pensando que los quería bien.

—Parece que fracasó la conversación familiar —dijo Elisa—. ¿Más café?

—No, tengo que despejarme. ¡Vamos a ser tíos! ¿Te das cuenta?

Quizá porque sabía que la soledad no mataba, que tan sólo los solitarios se morían, Héctor había aprendido a moverse por la ciudad prendido en un intenso monólogo interno, al que iba engrapando pedazos del paisaje urbano, adornos navideños, rostros, voces, ruidos, manchas de color, impresiones.

Sin saber cómo, volvió al centro de la ciudad, en hora de tiendas, compras, claxonazos, luces y más luces. Se sentía arropado en el tumulto; anónimo en el bullicio concentraba su fuerza en el interior de su cabeza. Al pasear por Donceles descubrió a un viejo que tocaba *Veracruz* al clarinete, en el interior de loncherías y bares. Tomó un refresco en una lonchería mientras gozaba la canción y contemplaba la cruel relación entre el músico y su público. Lo siguió, al terminar la pieza, al interior de una cantina. El viejo volvió a entonar *Veracruz*. Nuevamente la misma impasibilidad en los rostros de los involuntarios espectadores. El viejo no estaba allí, nunca había estado allí. Lo siguió al interior de una ostionería veinte pasos más hacia San Juan de Letrán. Y luego a un expendio de jugos.

Por cuarta vez el ciego pasó el sombrero ante Héctor y éste por cuarta vez dejó caer unas monedas de a peso, las últimas.

—Perdone, ¿nomás se sabe *Veracruz*?

—No, me sé otras, pero de allí era una novia de la que me estoy acordando seguido —dijo el viejo.

Héctor renunció a seguirlo; ya no tenía más que un billete de a quinientos, y se negaba a oír la música sin cooperar. Pasó al lado del hombre que iniciaba nuevamente la tonada con un clarinete prófugo de épocas mejores, de mejores recuerdos. En el expendio de jugos, nadie hizo mayor caso de la música, pero a cambio había una buena cola pidiendo agua de tejocote, que estaba de estreno, por lo visto.

¿Cuántas cosas no sabe uno?, se dijo Héctor a raíz del descubrimiento de lo del agua de tejocote, y enfiló hacia Artículo 123 para meterse en la oficina.

Cuando subía a pie las escaleras del edificio sintió cómo llegaba el cansancio de las horas pasadas trotando por la ciudad.

—La casa está tranquila, vecino —dijo el ingeniero Villarreal, alias el Gallo, sumido en sus planos.

—¿No trajeron a un muertito vestido de Netzahualcóyotl?

—Parece que hoy estamos de vacaciones.

Héctor caminó hasta el sillón y se dejó caer sobre él. Los resortes repitieron el sabroso crujido de los últimos meses al adaptarse al cuerpo. Coño, cómo se deja querer este sillón, pensó Héctor.

¿Qué está pasando?

Héctor se sumió aún más en el cuero viejo. El aire estaba impregnado de humo de los puros jarochos que fumaba el Gallo. Allá afuera, la dulce noche. Aquí el despacho acogedor, dos muertos rondando por ahí. Mucha paz para dos fantasmas. Héctor no quería pensar. La frontera de las ideas estaba en rememorar la forma como se balanceaba el viejo que tocaba *Veracruz*, cómo desafinaba el clarinete, el sonido metálico en medio de los ruidos del tráfico, la melodía dulzona y contagiosa.

—Usted dígame, usted es científico...

—Yo nomás soy científico para los cálculos de la red cloacal, para lo demás soy ojo de buen cubero.

—Yo soy ojo parejo, mi buen... Me metí a detective porque no me gustaba el color que mi mujer quería para la alfombra. El diploma me lo dieron por trescientos pesos, y nunca leí novelas en inglés. Cuando alguien habla de huellas dactilares me suena a propaganda de desodorante; con la pistola nomás le doy a lo que no se mueve mucho, y sólo tengo treinta y tres años.

—Que sean por mucho tiempo, vecino.

—¿El qué?

—Los treinta y tres años.

Se hizo una larga pausa. Héctor encendió un cigarrillo.

—No entiendo nada —dijo y aventó al suelo el cerillo, renunciando a la opinión científica del ingeniero.

Se estaba volviendo muy hablador. Le gustaba más su viejo estilo, el silencioso y enigmático Belascoarán Shayne. La otra cara del despistado, desconcertado, sorprendido Belascoarán Shayne. La cara para mostrar. Porque después de todo, uno es cazador de imágenes. De la propia imagen. A veces caza bien y obtiene un material consecuente, cálido, próximo a la realidad. A veces se pasa las noches prendido a una ilusión, persiguiendo una sombra. A veces la sombra lo encuentra a uno y todo se fue a la goma. La única posibilidad de sobrevivir era aceptar el caos y hacerse uno con él en silencio. Tomarse a broma, tomar en serio la ciudad, ese puercoespín lleno de púas y suaves pliegues. Carajo, estaba enamorado del DF. Otro amor imposible a la lista. Una ciudad para querer, para querer locamente. En arrebatos.

De todo esto y de más (frío, música ranchera que subía de la tienda de discos, techos de autobuses que pasaban ante los ojos sin acabar de registrarse) se alimentaba la cabeza de Héctor mientras contemplaba la calle desde la azotea del edificio de Artículo 123. Había subido a perseguir la noche, a fumar un cigarrillo viendo desde arriba, a tomar distancia.

Había que esperar. Los asesinos tendrían que dar la cara alguna vez. Tiró el cigarrillo y contempló gozoso cómo suavemente descendía la débil brasa, la pequeña manchita de luz que bajaba lentamente los seis pisos.

—Se llama Rataplán —dijo la muchacha de la cola de caballo. Héctor, que había salido de la cocina con el cuchillo cebollero en la mano izquierda y dos huevos en la derecha, no supo bien a bien qué hacer con el diminuto conejo que le ponían en las manos.

Ante él, sonriente e impávida, tarareando el tema de *Casablanca*, la muchacha de la cola de caballo le tendía un pequeño conejo negro.

—¿Es macho o hembra? —preguntó el detective sin apartarse de la entrada y bloqueando el paso.

—Macho, obviamente, güey. Sería incapaz de traerte una coneja.

—Entonces, pasa.

Héctor le dio la espalda y caminó hacia la cocina.

—Pon el disco que ya está, sólo ponle la aguja en la segunda canción.

—¿Qué es?

—Jerry Mulligan.

El aceite humeaba, las cebollas estaban más que tostadas. Sacó un poco de aceite y cascó los huevos encima. Ya se había jodido la tortilla, pensó.

Los fracasos separan, el miedo ahuyenta las ganas de probar y llama al miedo, la vida corre. En todo eso había que pensar, pero Héctor no quería lamer los labios de la herida y se dedicó a mascullar mientras la tortilla se iba haciendo lentamente. En la sala, la muchacha de la cola de caballo había logrado prender el desvencijado tocadiscos y Mulligan tomaba el viento por asalto con su saxofón, para todo aquel que lo quisiera oír.

—¿Quieres que me vaya?

—¿Qué?

—Que si quieres que me vaya —preguntó asomando la cara por la puerta de la cocina.

Héctor dudó.

—Sí.

—Te dejo el conejo —dijo la muchacha y desapareció.

Héctor escuchó el sonido de la puerta y luego, salió a buscarla, a gritar sin gritar que no se fuera, a sofocar las ganas de tomarla del brazo y detenerla. Y la tortilla se fue a la mierda quemándose más allá de todo arreglo.

—¿Sabes qué? —preguntó Héctor.

El conejo lo miró un instante y luego se dedicó a roer una bota.

—Que ya no la voy a hacer con ninguna mujer.

El conejo levantó la vista ante tan macabra declaración y alzó las orejas.

—Que ya no voy a poder sostener relaciones estables con nadie.

El conejo lo contempló con una mirada adusta.

—Y sabes lo peor, que yo ya lo sé.

El conejo se dio la vuelta y meó la alfombra.

Héctor sonrió, se rio, y se puso a llorar.

Tenía dos muertos, una credencial enmicada, una factura de luz, una foto del segundo cadáver, la posibilidad de rastrear la agencia de mensajeros con la que se la habían mandado, un boleto para Nueva York. Y para de contar. No era mucho, pero era mucho más que estar llorando en una esquina del cuarto mientras la casa se ventilaba y despachaba a la calle el olor de la tortilla quemada. Si se hubiera puesto a trabajar de inmediato, hubiera ganado un día, en lugar de permanecer a la espera de quién sabe qué extraños acontecimientos.

Puso el tocadiscos a todo volumen y comenzó a pensar. Mulligan de nuevo transmitía una caricia suavemente peluda a los oídos. Como el conejo, si supiera tocar el saxofón.

La credencial decía:

LEOBARDO MARTÍNEZ RETA

y acreditaba a las tres palabras como benefactoras de los dudosos descuentos de las tiendas del ISSSTE. ¿Por qué tenerla en el calcetín? No daba datos sobre el origen, el empleo o la ocupación del hombre. Ni siquiera era evidente que Leobardo fuera el romano degollado. Podía habérsela encontrado en el suelo y por eso la traía en el calcetín. La factura de luz era de una carpintería en la calle Bolívar, por el número 250, una carpintería situada en los altos de una casa, y el consumo era bajo.

Una pregunta lo estaba molestando profundamente. Si se habían tomado la molestia de retirar el cadáver del romano, ¿por qué no le habían quitado el recibo y la credencial después de matarlo? La agencia de mensajeros era tiempo perdido, desechó la idea de rastrear por ahí. El boleto tenía una fecha: mañana a las doce de la mañana.

Una buena hora para irse a Nueva York. Una buena hora para no irse a Nueva York. Mulligan era dueño del aire, el conejo de la alfombra: ¿Qué comían los conejos? ¿Qué comían los saxofonistas? ¿Qué comían los romanos muertos? ¿Qué, los detectives que habían quemado a lo pendejo su tortilla?

II

—¿Éstos le gustan, joven?

Héctor asintió. Sobre la plancha quedaron los cuerpos de los dos hombres degollados.

—¿Han sido identificados? ¿Se sabe algo de ellos?

—Uno aquí no sabe bien, nomás cuida que no regalen los muertitos a las taquerías... —dijo el encargado riendo.

Héctor sacó un billete de cien pesos y lo tendió al hombre, que lo guardó en el bolsillo del uniforme.

—Los encontraron en el mismo lugar, juntitos y ya encuerados, allá por el Molinito, en la carretera de Toluca. Vino a verlos el judicial que hace aquí los trámites, y luego vino uno más caca grande, un jefe de grupo. A ése no lo había visto nunca por aquí. Será que les gustó el caso... Ya vio que les cortaron la garganta casi igual, y uno tiene marcas en las muñecas, como si lo hubieran tenido amarrado...

Héctor observó los dos cadáveres desnudos, ya medio azulados. Hombres de cincuenta años, fuertes pero gastados, morenos ambos, ya con canas, tristes, quizá por bien muertos. Dos muertos conocidos, uno salía de la fotografía, el otro extrañaba el casco de romano.

—¿El comandante ese que estaba a cargo de la investigación?

—El jefe de grupo... Creo que le dicen mayor Silva... Ha de ser por mayor pendejo; nomás los vio y dijo: ahí guárdenlos. Ni se fijó bien en las marcas. Yo sí me fijé.

Héctor salió caminando del depósito. Pensó en silbar una melodía y se detuvo un instante a escogerla. Tenía que ser una que le quitara el mal aliento y la visión de las dos gargantas cortadas. Una como bossa nova, como samba... Tras darle vueltas optó por Corcovado y se fue.

La casa de Bolívar estaba rodeada de cantinas, una relojería rascuache y un tallercito donde hacían ganchos de ropa en madera y los pulían a la vista del que se quisiera asomar. Enfrente de la casa había un taller de herrajes, donde un obrero jugaba al yoyo y se ventilaba la panza, agobiado por el calor de la fundición. Allí se situó el detective independiente Héctor Belascoarán Shayne para estudiar el escenario.

No se sentía particularmente inteligente, particularmente agresivo o audaz. Simplemente, trataba de afilar los sentidos, empaparse del ambiente y romper la apatía con la que se había incorporado a la vida ese día. Apatía reforzada por la visión de las dos gargantas cercenadas.

Se desprendió de la pared y avanzó hacia la casa. Pasó por la entrada de la vecindad brincando a dos niños que jugaban canicas. Subió por unas crujientes escaleras de madera sucia. Un piso, otro. La azotea. Dos mujeres lavaban ropa.

—¿La letra B, la carpintería?

Una de las mujeres señaló un portón en la misma azotea.

El ruido de una sierra cinta mordiendo la madera lo condujo hasta el tallercito. Dos hombres desnudos de la cintura para arriba trabajaban, entre una polvareda de aserrín, a toda velocidad.

—Ni me diga nada, ya vamos a cerrar —le dijo uno cuando Héctor se situó en el vano de la puerta.

—Se acabó la jornada, tronó el maestro, y vamos a celebrarle el velorio —dijo el otro, que mostraba una sonrisa reluciente bajo una gorra de beisbolista colocada al revés.

—¿Velorio en la casa?

—No, velorio en La Numantina. Para puros cuates. ¡Nosotros dos!

—Yo era amigo del maestro, ¿dan chance?

—En esa cantina, el que paga, pega, jefe.

Entre la primera y la tercera copa, Héctor, que a pesar de los esfuerzos no pudo cambiar el maderito por un pato de toronja, comenzó a introducirse en los intrincados laberintos de la reflexión íntima.

Si la vida es el lapso que corre entre el momento en que lo levantan a uno pescado de las patas y esperan que aúlle, hasta el momento en que los viejos amigos brindan por tu reciente cadáver, todo estriba en ver cuántos buenos y viejos amigos podían hacerse en ese tiempo. La vida iba a ser medida por los amigos que uno lograra obtener y sostener a lo largo de los años. Eso lo hacía todo complicado, porque no sólo se trataba de que fueran fieles, sino de que estuvieran vivos en el mejor sentido de la palabra. Y para tener amigos nobles hacía falta convivir en términos de nobleza con el país y con ellos. Era evidente que el maestro y dueño del taller de carpintería había fracasado, si su vida se juzgaba por el par de alcohólicos desenmascarados que hoy brindaban por la fortuna de que se hubiera muerto.

Pero, ¿él? ¿Cuántos locos harían del velorio de Héctor Belascoarán Shayne un motivo de reunión, nostalgia y amor? Pidió otro maderito y ante la mirada hostil del cantinero, que adivinaba en él un odiado paria de la casta abstemia, se lo echó de un solo trago. Luego, contó con los dedos. Estaban sus tres vecinos de despacho: Gilberto, el plomero, Carlos Vargas, el tapicero y el Gallo Villarreal, ingeniero experto en drenaje profundo. En estos tres últimos años habían creado una íntima solidaridad basada en las diversidades de sus oficios y de sus actitudes ante la vida; pero había más que la solidaridad, había una forma de tomar distancia sobre el país y separarse de la parte más jodida de la patria. Estaba *el Cuervo Valdivia*, locutor de radio, y estaban Elisa y Carlos, sus hermanos, con los que había creado un reducto mafioso de solidaridad familiar. Estaba el cura de Culhuacán, el padre Rosales, con el que se había metido en el lío de la Basílica; y estaba el cantante de tropical, Benigno Padilla, *Beni el Rey*, al que había salvado la vida; estaban los hermanos Reyna (el chico y el grande), sindicalistas con los que había trabajado; estaba Mendiola, el periodista, que había surgido del pasado preparatoriano, al igual que el Cuervo y que Maldonado, licenciado en derecho afecto a las drogas heroicas, poeta al borde del túnel permanentemente, al que le unía la fidelidad a la presencia de la muerte. Y ya. Todos ellos nuevos o recuperados en los últimos tres años de andanzas detectivescas. No había salvado nada más del remoto pasado. Ahí, Héctor Belascoarán Shayne, detective, dudó: ¿podía agrandarse la lista con las mujeres que había amado y lo habían amado?

Los responsables del velorio eran los dos trabajadores de la carpintería. Nadie más se había sumado a ellos en la cantina, que estaba particularmente solitaria. En una esquina, un estudiante bebía tequila bajo el absoluto convencimiento de que eso es lo que hay que hacer cuando se queda uno sin novia; había un viejo burócrata jugando al solitario, y luego el trío formado por los carpinteros y Héctor, empujándose un maderito tras otro.

—¿No tenía más cuates don Leobardo? —preguntó Héctor.

—Pinche viejo mamón, con perdón si usted lo conocía bien.

—No, yo más bien lo conocía poco.

—Era de Durango, y le había hecho de todo, y aun así no tenía amigos, fíjese cómo era de cabrón.

—¿Ni un amigo?

—Pues se llevaba con los dos changos esos que habían sido del equipo de Zorak con él. ¿Cómo se llamaban, tú? —le preguntó el más joven al otro.

El carpintero más viejo eructó antes de contestar.

—Ahí fueron sus glorias del Leobar… Cuando le cargaba la maleta al Zorak.

—¿Qué le hacía al Zorak? —preguntó Héctor intrigado.

—Le soplaba los huevos cuando salía del incendio —le respondió enigmático el hombre.

—Y le pasaba la lima de uñas para romper las pinches cadenas.

—Y le tapaba el barril donde lo echaban al Lago de Chapultepec.

—Y seguro él amarró el cable del helicóptero.

Se había establecido un peloteo entre los dos carpinteros mientras Héctor trataba de imaginarse al tal Zorak y de establecer las confusas relaciones que tenía con el muerto.

—Seguro le amarró el cable —dijo el más joven y se soltó riendo.

—¿Y se puede ver al Zorak ese? —preguntó tímidamente el detective.

—Sí, como no, ahí con don Leobardo —dijo el joven.

—¿Está muerto?

—Se cayó de un helicóptero hace dos años cuando andaba haciendo mamadas por las alturas.

—Andaba de angelito —dijo el joven que ya estaba bastante borracho.

—Y don Leobardo, ¿qué tenía que ver con eso?

—Era chícharo del Zorak... Que ahora tráigame la capa don Leobar, que consígame unos cuchillos filosos para metérselos en el fundillo a mi ayudante, que ahora una de magia con esposas inglesas y los pies atados... Y ahí iba el Leobar... Eran los dos de Durango, por eso lo había contratado el Zorak.

—¿Y quiénes eran los otros dos amigos?

—Déme otra joven —dijo el más viejo saliéndose de la conversación y caminando con la copa en la mano hacia el jugador de solitarios.

—El primo del Zorak, que le hacía de guardaespaldas, pinche mamón, muy creído con la cuarenta y cinco ahí nomás colgando...

—¿Y el otro?

—El administrador, el agente de publicidad... ¿Así le dicen? Tiene una carpa ahora en San Juan de Letrán... Se le fue el Zorak y se le acabó el cuento... Ahí se pasaban horas en la maderería, los tres tragando caca y pensando que ya la habían hecho, que ya tenían los billetes en la mano, ¡y zas! que se les muere el Zorak y se les acabó la lotería... Y ellos muy culeros chillaban y bebían tequila añejo, pero no invitaban... ¡Échese otra, chingá!

Héctor aceptó, total de cuatro a cinco. El suelo se movía un poco.

—¿Cómo se llama la carpa?

—La Fuente de Venus... Buenas viejas ahí. ¡Uta...! Vámonos compadre, ya me anda... —dijo el joven gritándole al viejo y señalando la bragueta.

Héctor paseó su solitaria borrachera por la colonia San Rafael. En la bruma alcohólica, las ideas adquirían una densidad muy peculiar, todo era transparente, nítido. El problema era, ¿qué era todo? ¿Qué era transparente? Ahí estaba el problema, en que no lograba hilvanar la aparente claridad con nada. Era como ser listo y no tener para qué. Y mientras se reía un poco de sí mismo en el laberinto del maderito, caminaba entre las taquerías y las zapaterías, las tiendas de discos y juguetes, ruido sobre la multitud. Había oscurecido. Manchas violetas pringaban el horizonte hacia Tacuba. De repente, Héctor se detuvo, estaba caminando hacia algún lado, no estaba vagando sin rumbo; la borrachera y el paseo tenían un objeto, un destino: la casa de Mendiola.

El descubrimiento mejoró su humor y lo hundió más en la nebulosa alcoholera. Sonrisa de oreja a oreja rematada con eructo. Bajó por Miguel Schultz rumbo a la funeraria. Mendiola vivía en una vecindad, en un primer piso; desde la ventana de la cocina se veía la carga y descarga de difuntos, los furgones fúnebres, las coronas relucientes, las flores ajadas, los ataúdes brillantes con chapeados de bronce, los uniformes, los hombres y las mujeres llorando.

A lo mejor por eso Mendiola era como era; por eso y por hacer de periodista. Las dos cosas se le mezclaban a Mendiola cuando iba a darse una liberada en la lucha libre. Por treinta y cinco pesos, se ahorraba lo del psiquiatra.

Fue allí donde lo había conocido Héctor hacía un par de años. Mientras el detective seguía al *second* del Mil Máscaras, Mendiola aullaba (entre caída y caída, piquetes de ojo y patadas voladoras) mentadas de madre contra los que le pagaban los embutes, contra el director que le mochaba las crónicas y le daba encargos de lamebotas, contra él mismo por aceptarlo. Ajenos a la lucha libre, sus gritos no desentonaban en medio del aullido colectivo, sino que hacían un buen coro con los demás, por ejemplo con los de la vieja de al lado que gritaba:

—¡Chínguelo enmascarado, mátelo, chínguelo, chínguelo! ¡Es puto! ¡Es puto!

Estaba fresco en la cabeza de Héctor cuando la cara redonda y abotagada de Mendiola apareció.

—¿Quihúbole, cabrón? —dijo lacónico y caminó hasta la cama cayendo entre libros y platos sucios.

—Me emborraché —contestó el detective, y se dejó caer a un lado del periodista lanzando un plato con chicharrones mohosos al suelo.

—¿A poco? Pues si no bebe.

—No bebo, nomás me emborracho.

—¿Por motivos profesionales?

—École.

—Ah, bueno, así, sí.

—Así, sí, ¿qué? —preguntó Héctor y empezó a reír.

—La borrachera. Yo por puros motivos profesionales bebo.

—Ya estás pedo, Mendiola.

—Totalmente, Belascoarán. Totalmente pedo... Por motivos profesionales.

Los dos comenzaron a reírse. El periodista se puso en pie y caminó hasta la ventana.

—Mire, Belascoarán, un entierro.

Héctor se puso en pie, tropezó con un par de zapatos y llegó tambaleándose a donde lo esperaba el periodista.

Bajo el balcón se iniciaba un entierro.

—Mendiola, ¿quién era Zorak? —preguntó Héctor, estimulada la memoria por el reluciente ataúd negro.

III   ZORAK

Pensaste que la vida era botín. Sin duda el país invitaba a tales desmanes ideológicos. Un botín por el que había que pagar un precio: mucho entrenamiento, mucho sufrimiento, muchas penurias; conciencia patria de esa de se-levanta-en-el-mástil-mi-bandera, y bastantes lambisconerías, arrastradas, lamidas de botas.

Pensaste esas cosas a lo largo de una carrera en la que las mistificaciones iban desplazando a la realidad hasta que se sobreponían a ella totalmente y la ocultaban. Las mentiras sustituían a los hechos reales en tu memoria y poco a poco se volvían viejas verdades para sustituirse a conveniencia y en el tiempo por nuevas falsificaciones.

Fue por eso que pronto olvidaste el camión lechero donde trabajaste alguna vez recorriendo las polvorientas calles de Durango, y lo borraste. Borraste también, con la misma goma hiriente y afilada, tu nombre original, al que nunca volverías: Arturo Vallespino González; borraste la primaria federal, la casa en la colonia Dos Aguas, a la que nunca se le añadió el cuarto de atrás (puros proyectos, puros pinches proyectos). Borraste al jefe y a la jefa, a los carnales. En cambio, no borraste las fugaces visiones que puede tener de la incursión de Hollywood en Durango un repartidor de leche: John Wayne saliendo de un hotel, Robert Mitchum disparando una escopeta de cañón recortado en una filmación, una manada de caballos recorriendo las calles de la capital, dos dólares que te dio de propina un asistente de cámara. Eso se quedó en el desván de los recuerdos fingidos y reales. Junto a estas memorias, en una recóndita esquina quedó un sueño que terminaste por creerte. Aquel donde salías de un baño de vapor y te tropezabas con Jack Palance. El tipo te miraba fijamente y te insultaba en inglés, y tú, tras escupir en el suelo, lo abofeteabas. Tras haberla contado muchas veces, la historia pasó al archivo de la seudorrealidad.

De cualquier manera nada de esto era importante, y sí lo fue más tarde la alimentación balanceada, las verduras brillantes, los vasos de leche (única huella del pasado) rebosantes y cremosos.

Ésa, tu segunda vida, empezó con el filipino. Había llegado a Durango huyendo de un crimen pasional que a veces le brotaba de la piel y lo rompía como un gran cristal. Venía de San Francisco. Lo conociste en un burdel cuando complementaba sus hazañas en la cama haciendo ejercicios gimnásticos, desnudo a mitad del salón.

Quién sabe por qué y cómo, ahí viste la puntita de un papel en que se leía tu destino y tiraste de él.

El filipino te enseñó a manejar el cuerpo, a estirarlo, a darle consistencia, a volverlo obediente a las órdenes, a curtirlo, a convertirlo en una máquina eficaz y resistente.

La vida se concentró en un trabajo rutinario hecho a toda velocidad en las mañanas (el reparto de leche) y las tardes destinadas a la gimnasia y los ejercicios musculares.

El filipino gozaba enseñando sus artes y tú eras un buen discípulo. Después de la gimnasia pasaron al karate, y de allí (otra vez el azar) a los ejercicios de escapismo. El filipino había trabajado en un número de magia ayudando a un contorsionista hindú por los bares de California, y sabía algunos trucos muy bellos. Tan bellos que pasabas las noches en vela paladeando el escape del ataúd, la fuga de la camisa de fuerza y el salto mortal en el aro de fuego.

En el turbulento ritmo de la gimnasia pasó año y medio, y un día el filipino desapareció. La borrachera duró tres días y la cruda una semana escasa. Al llegar a la lechería el empleo se había ido a la chingada y tu tarjeta de checar había sido rota por algún subjefe de personal.

Te encerraste en la casa y te encerraste en el mutismo. Nadie supo qué te pasaba. Ni madre, ni padre ni hermanos. Al fin que ya de por sí y desde antes eras raro, rarito, este güey es de los de antes, no chupa, no come carne, nomás pinches verduras, sale a correr en las mañanas, no tiene vieja, seguro es putón, no come carne, puras verduras, no fuma, no chupa, ay hijo mío, eso no es comida, y así.

Entraste de profesor de gimnasia en la primaria federal aprovechando la enfermedad del titular y ahí te salió la segunda habilidad: la verborrea. No te la sabías, la traías dentro y no te la sabías. Y los chavitos de la primaria federal te ayudaron a escupirla. Lo primero que ganaste fue un apodo: *el Clavillazo*, y muchos de ellos hoy empleados, obreros, locatarios de mercado, policías, tractoristas y cosas así, hoy recordarán, si les apuras la memoria, cómo había un profesor de gimnasia que se echó la suplencia seis meses en la primaria, que decía: flanco *izquiermo*, y vamos haciendo unos *ejerccicios* y hay que saber marchar para servir a la patria y ahora *girnasia rímica*.

El Clavillazo, nombre pinche, depositado en el desván de los recuerdos borrados.

La suerte dio el siguiente paso y fuiste a rebotar en el Club Laderas del Norte, donde las esposas de los funcionarios y de la burguesía industrial de Durango hacían gimnasia. Ahí afinaste la verborrea y ganaste tres mil pesos al mes. Fíjese, señora, nomás, con lo fácil que es desarrollar las caderas si usted...

El patriotismo de primaria más chafa y barato, y la verba de adelgazador de burguesas, normaron y abrillantaron el idioma que te acompañaría el resto de la vida. Fieles compañeros nunca más habrían de abandonarte.

En el club diste tu primer gran espectáculo público: seiscientas lagartijas seguidas sin dar muestras de cansancio; y privado: al final, en los vestidores te tiraste a la esposa del gerente de Vinícola de Durango, S.A.

En 1967, cuando tenías veinticuatro años, decidiste que era la hora del salto final, fatal, mortal. Y desapareciste un mes. Ahí murió Durango y murió Arturo Vallespino González. En un hotel de Irapuato, nació Zorak tras mucho darle vueltas a los nombres y al exotismo. El nombre trajo aparejado un turbante y un uniforme formado por un saco Mao azul y unos pantalones blancos. El efecto final se lograba con una capa dorada.

Al mes de haber desaparecido de Durango, Arturo Vallespino apareció en la televisión desde el DF, Zorak.

Si ahora alguien dice que fue la casualidad, y estuvieras vivo para desmentirlo, lo harías, dirías que fue la perseverancia y la entrega. Pero fue la casualidad y no estás vivo para decir que no. Raúl Velasco tenía un hueco en el programa maratón de los domingos y un tipo que podía hacer mil lagartijas en público podía llenarlo.

Y ahora con ustedes, el increíble Zorak, el más grande de los cultores del cuerpo y la mente. Entraste rodeado de cuatro hombres con antorchas y precedido por una señorita medio bizca que Raúl Velasco había contratado para que hablara por ti.

El Doctor Zorak tiene un pacto de silencio, y su ayudante se encargará de presentar el ejercicio.

La medio bizca (que en el estudio llamaban *la Mobiloil*, por la viscosidad perfecta, como es bien sabido) dijo que ibas a dar una pequeña muestra de las posibilidades del cuerpo humano haciendo mil lagartijas consecutivas ante el público, que venías de Bombay y que no eras un charlatán, que tenías un doctorado en medicina y una preparación espiritual muy elevada.

Mientras Raúl Velasco informaba que irían mostrando a lo largo del programa cómo evolucionaba el ejercicio y que el público presente en el estudio era testigo del espectáculo, hiciste la faramalla de un ejercicio de concentración, organizaste tu ritmo respiratorio, y a darle.

A lo largo de cuatro horas estuviste haciendo lagartijas, y cada quince minutos, las cámaras de televisión se dedicaron a ti; a ti en cadena nacional.

Era la gloria, la televisión es la patria, la televisión en cadena nacional es México, todo lo demás es mentira. Arturo Vallespino nunca salió en televisión, por lo tanto, no existía. Zorak salió durante cuatro horas, por lo tanto existía mucho más que todos los demás mexicanos, era parte de la patria.

Y claro, hiciste las mil lagartijas.

Pero no todo fue carrera triunfal. Después de la gloria, que te reportó seis mil pesos una vez que hubiste pagado a la ayudante bizca y a los cuatro monos de las antorchas (la próxima vez que nomás sean dos), no hubo más chamba. No tenías nada que ofrecer, y ni siquiera Raúl Velasco estaba interesado en que en otro programa hicieras mil sentadillas seguidas y consecutivas.

En un hotel de mala muerte en la Guerrero, te retiraste, Zorak, a meditar, ahora sí, de a deveras. Y aprendiste viendo tele todo el día, todos los días, lo que era el *show*.

Te tomó un mes poder ofrecer algo al programa *Maratón* que valiera la pena.

La bizca se volvió la señorita S, y tú bordaste una Z roja escarlata en el bolsillo del saco Mao, en el turbante y en la capa.

La S era originalmente de Soraida y cuando te dijeron que se escribía con Z ya le habían acomodado la letrita en su uniforme negro y ni modo de irse atrás. S a secas se quedó.

El número era un escape de un baúl cerrado y los cinco mil pesos que te pagaron se fueron en el carpintero que hizo el armazón y los mecanismos obligados de ése y de los artilugios para los números siguientes. He ahí por qué ayunaste una semana. Y no como dijo un periodista mamón, para prepararte para el acto siguiente.

Así empezó la gloria y los accidentes. Quemaduras de segundo grado al pasar en una motocicleta por una pared de ladrillos prendida con gasolina, un brazo fracturado al tratar de escapar de una caja fuerte. Pero eso le gustaba al público, ya estaba harto de héroes inmunes. Un héroe que salía madreado frecuentemente daba al riesgo su verdadera dimensión, mexicanizaba el escapismo, volvía real la magia.

Y ahí estuvo usted derrochando imaginación y huevos (más de lo segundo que de lo primero) en actos cada vez más insospechados.

Tu coordinación muscular era cada vez mejor y la seguridad crecía rápidamente.

Hiciste alambrismo, actos de escapismo, motociclismo acrobático, actos de resistencia física (permanecer seis minutos bajo el agua), faquirismo (una huelga de hambre de sesenta días en público, con cámaras de televisión semanalmente siguiéndote y los noticieros reportando diariamente tu estado en un breve *flash*).

Después de la huelga de hambre te casaste con la señorita S, que había decidido que su carrera de modelo de una marca de pantimedias era un fracaso y que su futuro era tu presente.

En 1971, eras un triunfador, ganabas muy buen dinero, y todo el problema estaba en inventar algo complicado para la semana que viene. Leíste a Houdini y a Max Reinbach, a Lilibal y al Dr. Lao Feng. A tu vieja verborrea se añadió un toque esotérico proporcionado por la bazofia seudobudista que consumía la señorita S (que por cierto se llamaba Márgara) para la presentación de tus actos. Ahí fue cuando mantuviste una reunión, fundamental en tu vida, con Raúl Velasco y le anunciaste que ibas a cruzar la calle sobre un alambre a cincuenta metros de altura y vendado, y que querías hablar.

Lo del alambre le pareció bien, lo del vendado mucho mejor, lo de que hablaras no tan bien, pero te lo debía. Así el doctor Zorak abrió el fuego verbal y olvidó su pacto de silencio.

La presentación fue el momento culminante en la vida de un ex lechero de Durango. Ante las cámaras de televisión explicaste que eras mexicano (no diste tu nombre, tú sólo tenías un nombre, el de tu gloria: Zorak), que dedicabas el programa a la niñez, que deseabas que abandonara las drogas y los jóvenes dejaran la política sucia y los bailes, y que México necesitaba cuerpos sanos en su juventud, y ahí estaba el camino que les ofrecías. La señorita S añadió de su cosecha que eras el número uno en el mundo y que te llegaban telegramas de felicitación de todos los Estados Unidos (ni uno) y de Europa (uno pidiendo que trabajaras en un cabaret en Madrid).

Dos años después, morías al soltarse el cable que te sujetaba de la muñeca a un helicóptero mientras hacías un número promocional en la inauguración de un fraccionamiento. Una caída desde sesenta metros, e instantáneamente se acabó la gloria.

Dejabas detrás un par de actos novedosos en la historia del riesgo como espectáculo, y un nombre que fue comercializado efímeramente por una marca de galletas (para darle bautizo a una nueva de coco y almendras) y por un cuento de monitos que llegó al número treinta y dos.

Ésa fue tu historia.

IV

La mente exaltada, el corazón alegre:
comienza la jornada vida jugada.
ROY BROWN

La violencia del metro acabó por despejar la borrachera del detective y
transformarla en un sordo dolor de cabeza. En la estación Hidalgo su vagón fue asaltado por una turba de ciudadanos, que en otras condiciones
lo serían. La horda arrojó y comprimió a los pasajeros que ya venían en el
vagón. Héctor quedó con los pies en el aire, prensado entre dos oficinistas y un jugador de futbol americano que perdió su casco y su bolsa en el
caos. La salida en la estación Bellas Artes fue un prodigio de juego rudo.
Los del interior del vagón lanzaron a los de las primeras filas hacia atrás
y usando hábilmente los codos abrieron una brecha en la muralla humana que trataba de impedirles el paso. Una policía femenina fue sobada por
cien manos mientras gritaba: ¡Antes de entrar dejen salir!

Si un detective privado soportaba el metro una docena de veces al día
no necesitaba más ejercicio, pensó Héctor, y se propuso sugerir al entrenador nacional de futbol que trajera a sus muchachos al metro al menos un
par de veces por semana como prólogo a los juegos en Centroamérica.

Caminó en el tráfico y el neón de San Juan de Letrán gozando la suave
brisa de la noche. Otra vez el encanto de la ciudad lo perseguía en medio
del dolor de cabeza y el mal sabor de boca.

La Fuente de Venus estaba aún cerrada. En una docena de fotografías
bajo una cristalera, las *vedettes* Suzane y Melina mostraban abundante
nalga, una de ellas vestida de Cleopatra y rodeada de romanos (¡!). A la izquierda y un poco atrás de la segunda foto (donde Melina se quitaba una
falda hecha de pedacitos de metal), don Leobardo lucía su toga y su casco,
su peto y su lanza. El primer misterio se había develado.

—Están buenas, ¿verdad, jefe? —dijo un mozo que metía un diablo
lleno de cajas de refresco al interior del cabaret.

—Quiero hablar con el propietario —contestó Héctor.

—Si quiere que le haga la balona con las viejas, no se va a poder…

410

Además no hay pedo, con un milagro se caen… Hasta llevan el traje de *Clipatra* y todo.

—Tengo que tratar un negocio con el propietario.

—Se la peló, joven. Lo mataron al güey.

Héctor cruzó la calle y se dirigió caminando hacia la oficina. El cabaret abriría dentro de dos o tres horas y necesitaba su sillón para reflexionar.

En el despacho había luz, el Gallo estaba trabajando en sus mapas de la red cloacal de la ciudad de México; la ventana abierta, la luz de la calle iluminaba su escritorio lleno de papeles arrugados.

—Quihúbole mi detective callejero.

—¿Qué pasó mi estimado ingeniero?

—Tengo un recado de Carlos el tapicero para usted. Cuando llegué hace como dos horas, él salía para su casa, y me dijo que anduviera buzo, que toda la tarde se la pasaron rondando por la oficina un par de güeyes que no le latieron ni tantito, jóvenes de lentes oscuros los dos. Una vez entraron y preguntaron por usted.

Héctor caminó lentamente y se dejó caer en el sillón. Con las dos manos se frotó los ojos tratando de disipar el dolor de cabeza.

—¿Qué pasa? Está todo reconfuso, ¿verdad?

—Algo hay de eso, ingeniero.

Tenía los nombres de los dos muertos, pero no sabía qué tenía que ver él en el asunto. ¿Por qué le habían enviado un cadáver y la foto del otro? Es más, ¿por qué los habían asesinado?

Le dio vueltas a todo en la cabeza:

1. Era un cebo, una trampa. ¿Para qué? ¿Por qué?
2. Había alguna relación entre los muertos y él que aún no descubría.
3. Era un error.

Todo podía venir del pasado, de los últimos años. Podía… En medio de la neblina una idea comenzó a surgir en su cabeza. Quizá. Los carpinteros habían hablado de un tercer hombre en el grupo de amigos, el guardaespaldas de Zorak, él podía saber, si a estas alturas no era cadáver, qué estaba pasando. Y Zorak, esa presencia absurda que parecía estar en el nudo de la historia de los dos degollados, había dejado a una viuda, la señorita s. Ahí estaba otro cabo para tirar y podía tirar de él. Estaba el boleto de avión desaprovechado, que podía tener un comprador, y si no lo tenía, al menos había decidido pedir que le devolvieran el dinero. Era una buena broma, una justa broma.

—Ingeniero, me voy a un cabaretucho de San Juan de Letrán. Vuelvo. Si ve usted algo raro, encienda la lámpara que hay en mi escritorio y que se ve desde la calle.

—Servidor de usted… ¿Va a haber bronca?

—Nunca se sabe, no sea la de malas y le vean cara de romano.

El Gallo se rio y Héctor salió a la calle.

—La única, la inimitable Melina. La dueña de un cuerpo que hará que les chorree la baba hasta el piso y se resbalen en el charco, la ondulante reina de la noche de San Juan de Letrán.

Fuera cierto lo anterior o no, Héctor aplaudió a rabiar compitiendo con los vecinos de la mesa de al lado. Las luces pálidas del cabaret dieron paso al *flash* violento de un reflector, que hizo que los vasos chocaran más fuertemente para luego ser apagados por la batería del conjunto que acompañaba a Melina.

Melina, vestida de Cleopatra y rodeada de tan sólo tres romanos (tres, no cuatro), apareció en el pequeño escenario. Cuando los aullidos de los treinta o cuarenta parroquianos que llenaban las mesas descendieron, la mujer avanzó unos pasos, la batería cesó su repiqueteo.

—Tengan paciencia un momento, mis queridos amigos —nuevo aullido— pero es que ahorita tengo que hacerles un aviso que es en serio… De a deveras serio y que a nosotros los que trabajamos aquí nos ha causado un gran dolor. Se murió don Agustín Salas, dueño de La Fuente de Venus, el hombre que nos ha impulsado en nuestra carrera artística, a todos nosotros —sorbió una lágrima mocosa y prosiguió—, don Agustín, que ha pasado a mejor vida junto con su amigo Leobardo, que hacía de romano por el puro placer de estar en el *chou*, de compartir nuestras alegrías —señaló hacia los otros tres romanos indudablemente solitarios sin su compañero— y nuestras tristezas. Pero así es la farándula, unos vienen y otros se van, unos triunfan y otros fracasan y estoy segura de que don Agustín hubiera querido que el *chou* continuara —levantó los brazos, nuevo aullido—. ¡Ahí vamos! —repique de batería y romanos tomando su lugar.

Héctor, mientras las luces se apagaban, dedicó unos instantes a precisar quiénes podrían ser sus compañeros de pachanga. ¿Quiénes los tres hombres de corbatas chuecas y pelo negro y ondulado que ocupaban la mesa de al lado? ¿Quiénes los dos tipos de portafolios que se disputaban a una mujer de falda diminuta sentada entre ambos? ¿Burócratas? ¿Policías secretos, auxiliares, judiciales, especiales, bancarios, preventivos, de tránsito, federales? ¿Locatarios de La Merced? ¿Prestamistas? ¿Dueños de tlapalerías, de carnicerías, de refaccionarias automotrices? ¿Abarroteros? ¿Distribuidores de droga en chico en las puertas de una prepa? ¿Guaruras? ¿Choferes de funcionarios?

Melina terminaba el baile de Cleopatra quitándose la corona de diamantina y arrojándola al público, lo demás se lo había quitado ya hacía rato. Las luces se fueron nuevamente y los tres camareros de La Fuente de

Venus se lanzaron sobre las mesas a seguir introduciendo nuevas botellas de whisky adulterado, coñac de contrabando adulterado, brandy mexicano adulterado de origen y ron.

—¿Y ahora quién es el dueño? —le preguntó Héctor a uno de los meseros.

—Sepa. Chance un primo de don Agustín, o alguien así. De aquí nadie sabe. Seguimos chambeando y punto…

—Oiga, y el otro amigo de don Agustín y de Leobardo, el que era cuate suyo desde la época de Zorak —insistió Héctor sosteniendo de la manga al mesero que intentaba irse.

—¿*El Capitán Perro*? Hace días que no viene.

—¿Cómo se llama de a deveras el Capitán Perro? —el mesero se zafó de la presión de Héctor sobre su brazo.

—Pregúntele a Melina, a ella le andaba cayendo antes.

La *vedette* mientras tanto iniciaba un nuevo número en el pequeño escenario. Vestida con un traje largo muy escotado y con un enorme yoyo en la mano invitaba a los parroquianos a cantar con ella: «Melina préstame el yo-yo-yo, Melina préstame el yo-yo-yo».

Los parroquianos corearon rápidamente la canción mientras Melina trataba de que el yoyo gigantesco subiera y bajara y hacía algunos pasos de baile no muy precisos.

—Le cuesta un cien —dijo el mesero al pasar a su lado. Héctor apuró el refresco que se estaba tomando y preguntó:

—¿Un cien, qué?

—Por ahí anda el Capitán Perro, acaba de llegar.

Héctor sacó dos arrugados billetes de cincuenta de la bolsa del pantalón y se los pasó al mesero. Éste se puso de espaldas y en voz baja dijo:

—El que está parado cerca de la puerta de la luz roja.

Héctor miró hacia donde indicaba el mesero. Iluminado por un foco rojo muy suave, apoyado en la puerta que daba acceso a los camerinos, contemplando a la *vedette*, un hombre de unos cuarenta años escasos, con un traje negro y corbata blanca, bigote florido, encendía un cigarrillo. Héctor se puso en pie y llamó al mesero para pagar la cuenta sin perder de vista al personaje. Melina terminaba la canción del yoyo oscilándolo entre los parroquianos de las primeras filas. El Capitán Perro dirigió la mirada distraído hacia la sala y sus ojos tropezaron con los de Héctor. Su cara se transfiguró y una línea de tensión cercó sus ojos. Arrojó el cigarrillo al suelo y salió por la puerta tras mirar por última vez hacia el detective. Héctor recogió el cambio y comenzó a sortear a los parroquianos y camareros.

La puerta daba a un pasillo mal iluminado con dos puertas de cada lado y una de metal gris al fondo. Una de las puertas laterales se abrió para dar paso a la otra *vedette* del *show*. Traía por atuendo total un pequeño casquete lleno de plumas de pavorreal. La mujer se le quedó mirando fijamente.

—¿Vio pasar al Capitán Perro?

—¿Y ese güey quién es?

Héctor pasó a su lado y la mujer, inclinando la cabeza, le sacudió las plumas del penacho en la cara.

La puerta gris daba a un estacionamiento vacío. El aire estaba cálido, tanto al menos como en el interior del cabaret. Un borracho trataba de montarse en una bicicleta, daba dos golpes de pedal y caía al suelo. Nadie más. El Capitán Perro había desaparecido.

Héctor bostezó, encendió un cigarrillo y decidió irse a dormir al despacho.

Deberían ser más de las dos de la mañana. San Juan de Letrán brillaba a ratos en el neón y estaba extrañamente vacía. Uno o dos coches se detuvieron en el semáforo y Héctor cruzó caminando plácidamente. Era un paseo, nada iba a poder convencerlo de lo contrario. Era el paseo de las dos de la mañana por una ciudad solitaria y cálida. A pesar de su intento de conservar la mente en blanco, abierta a las impresiones de la noche, dos imágenes lo cercaron: el cuerpo moreno de la mujer del penacho de pavorreal, y el conejo meando en su alfombra. Había que llevarle algo de comer mañana en la mañana.

V

*...somos tiempo y en él existimos
como el humo en el aire,
como el mismo aire pasajero.*
ROBERTO FERNÁNDEZ RETAMAR

Tras lidiar con burócratas y procedimientos, logró convertir el boleto de avión a Nueva York en varios billetes de mil pesos. Los llevaba en el bolsillo de la chamarra pegados a la mano. Ahora, la broma estaba hecha. Podía considerarlos adelanto de honorarios por descubrir a los asesinos de don Agustín y don Leobardo o regalarlos al primero que pasara. El primero, ése. . . Héctor se quedó mirando fijamente a un vendedor de escaleras que le devolvió la mirada confiando más en descargar una de las tres escaleras de madera que llevaba, que en hacer la venta. O ésa, y la secretaria apuraba el paso para que le alcanzara el tiempo para cualquier cosa.

Cruzó la Alameda dejando que un airecito suave le sacudiera la piel. El aire iba creciendo y levantaba tierra. Se detuvo ante los carteles que anunciaban la lucha por crear un kilómetro de monedas con destino a la campaña de alfabetización de la nueva Nicaragua y puso sus billetes en la fila ante la sorprendida mirada de un estudiante de la prepa popular que hacía guardia en la punta del kilómetro en proceso de construcción, para evitar que algún hijo de la chingada le robara centímetros.

Tras cumplir el ritual, el detective salió huyendo antes de que la admiración del estudiante de la prepa lo hiciera abochornarse.

—Ni vaya a pensar que porque tiene pistola, es güerito, y dice que es detective le va a tocar el *último* refresco. Aquí se la pela —dijo Gilberto.

—Somos demócratas nosotros, ¿sabe? —señaló Carlos el tapicero.

Héctor se cruzó de brazos y sonrió:

—Entonces, ¿un volado?

Llovía con furor. Una tarde turbia, ramas desgajadas de los árboles y millares de hojas secas en los charcos. Un viento frío azotaba el agua en la ventana. Los vidrios empañados dejaban pasar manchas de luz: los primeros focos encendidos en el edificio de oficinas de enfrente.

—Si ustedes bajan, les cambio el refresco por un café con leche —dijo el detective.

—Y salir al pinche tifón ese... ¡Ni madres!

—Ta peor que Krakatoa-al-este-de-Java —dijo el tapicero.

—¿Cuál dejaba? —preguntó Gilberto.

—Éste —respondió Carlos mostrando una tachuela entre los dientes mientras con el dedo índice señalaba la bragueta.

—Sale pues, un volado —machacó Héctor.

El solitario refresco motivo de la reyerta esperaba sobre el escritorio polvoriento, impávido, como gozando.

—El que abre el refresco baja por los cafés —ofreció Gilberto como fórmula mediadora.

Entonces, ahí estaba la trampa. No querían el refresco, querían que él bajara por los cafés. Ah, par de miserables, pensó Héctor.

—Yo con leche, y dos panes dulces —dijo el tapicero.

Mientras Héctor rondaba por la habitación, Carlos el tapicero clavaba tachuelas rítmicamente en el forro de un sillón. Las tenía dentro de la boca y las tomaba con la punta imantada del martillo; de ahí las clavaba sin meter las manos, que utilizaba para ir dándole forma al forro. El plomero, fascinado por el oficio ajeno, y en vacaciones laborales desde hacía una hora, se mecía recostado en la silla desvencijada y giratoria de Héctor.

—Le van a salir arañas a esa chingadera si piensan que voy a la tormenta por sus cafés. Además el chino de allá abajo no presta las tazas.

—Porque usted se niega a dejarle el importe —dijo el plomero.

Héctor se dejó caer en el sillón de cuero que había nacido con la oficina. Los resortes se botaron, la madera crujió.

—Ya podía usted darle una reparada al sillón —le dijo a Carlos.

—Yo soy anarquista —contestó el tapicero barbudo sin que hubiera muy clara relación entre petición y respuesta.

Héctor se estiró, permitiendo que la modorra, la sensación de protección que el cuarto brindaba ante la tormenta, lo invadiera totalmente; relajando los músculos, encendió un cigarrillo.

Un cuarto amplio, pisos de duela llenos de cicatrices, paredes de un blanco cremoso y sucio. Meche Carreño en monokini era dueña total de una esquina. Sobre un escritorio roñoso lleno de herramientas de plomería, tubos herrumbrados, pedazos de llaves y tuercas, una foto de Emiliano Zapata (ojo acuoso, las lágrimas a punto de brotar por el país que se le iba de las manos). El escritorio de Héctor, sorprendentemente vacío de papeles a excepción de un viejo periódico que servía de directorio, hoja de memorándum y recados telefónicos. Un restirador de dibujante vacío, y varios muebles destripados por el tapicero, ocupando cualquier posibilidad de espacio libre. Polvo, aserrín, grasa, restos de borra, daban al suelo sin barrer desde hacía un mes, configuración de zona de desastre. Y desde su punto de vista, unos calcetines azules y un par de zapatos, los suyos, apuntando hacia ninguna parte.

La tormenta, la deliciosa tormenta que arreciaba, y que iba a sacarlo de las tablas. Del empate con nadie y con nada de los últimos días.

Héctor Belascoarán Shayne, detective privado por extraños y revolucionarios motivos, era hombre de tormenta. O al menos, eso decidió aquella tarde lluviosa. Por eso se levantó del sillón y dijo:

—Ganaron, señores, voy por los cafés.

—Oiga, por mí no se moleste —dijo Gilberto Gómez Letras, plomero que compartía un tercio del despacho con el detective—. El mío con mucha leche y dos donas.

—Ya empezamos —dijo Carlos Vargas, tapicero, tercer vecino diurno del despacho.

Héctor se puso sobre el suéter un rompevientos verde, amarró los cordones de la capucha y encendió un nuevo cigarrillo.

—¿Y usted, nunca va a trabajar?

—Yo, también soy de esos…

—¿De cuáles?

—De los de ése —dijo Gilberto señalando a Carlos.

—Anarquistas —informó el tapicero sonriente.

—Ah que la chingada —dijo Héctor.

Y sí, llovía para quitar las ganas de trabajar, fuera uno anarquista o no. Tierra suelta, reflejos de aceite en los charcos. Los coches levantaban surtidores lanzándolos violentamente contra las banquetas, mojando los aparadores con agua sucia que era barrida inmediatamente por las oleadas de lluvia densa, chaparrón espeso, que caían.

Brincó charcos, evadió un Volkswagen, y entró saltando al café de chinos.

—Don Jelónimo, cafés para mis vecinos.

El chino lo miró con cara de mala leche. Primero porque lo llamaba Jelónimo, y segundo, porque se negaba a dejar el importe de las tazas. Héctor se sentó en un reservado al lado de un vendedor de periódicos que había entrado huyendo de la lluvia y le compró el *Ovaciones*.

—¿Te gustaría pasear en medio de la lluvia?

Héctor levantó la mirada sobre los titulares del periódico y encontró frente a él a la muchacha de la cola de caballo, cubierta con un impermeable rojo que chorreaba. Se puso en pie y salió sin hacer caso al chino que le reclamaba el pago de los cafés.

Subieron a un Renault rojo. Ella sin mirarlo arrancó y se metió en lo más espeso de la lluvia. Los limpiadores latían violentamente en el parabrisas. Ella encendió el radio. En Radio Educación, un locutor explicaba la diferencia entre el blues y el dixie. Luego se abrió paso una pieza de Charlie Mingus. Héctor la miró de reojo. ¿Qué lo ataba tan profundamente a esa mujer? Hacía un par de años que se conocían. Desde los orígenes de la carrera de Belascoarán como detective independiente, cuando él andaba cazando un estrangulador y ella una manera espectacular de morir. Enamorados por oleadas que iban y venían sin que nadie pudiera predecir la duración, habían vivido juntos en temporadas cortas donde rompían el cascarón de sus mutuas y apreciadas soledades. Atraídos por sus halos de locura habían llegado hacía un par de meses al callejón sin salida de la proposición de una relación estable, y ella se había fugado.

El coche salió a Reforma por Morelos levantando una cortina de agua a ambos lados.

—¿Cómo te va con el conejo? —preguntó ella de repente.

—Me gusta —contestó Héctor.

Tomó un pañuelo de la guantera y trató de desempañar el vidrio. El ruido de la lluvia sobre el techo del coche acompañaba bien a Charlie Mingus. Circulaban pocos automóviles por Reforma, pareciera como si la tormenta los hubiera disuelto.

—¿Qué traes entre manos?

—Una historia… Un hombrecito vestido de romano de película muerto en el baño de la oficina. Luego me mandan fotos de otro cadáver, y luego un boleto a Nueva York.

La muchacha sonrió.

—Vamos a dejar de vernos un tiempo —dijo ella.

—Vamos a hacer lo que hacemos siempre sin ponernos de acuerdo en nada, y a lo mejor sale bien —dijo él.

Al cruzar la glorieta del Ángel un coche se cerró violentamente ante el Renault. La muchacha de la cola de caballo dio un volantazo y derrapó en la lluvia. El coche siguió su paso lentamente.

—Vaya hijo de mala madre —dijo ella. Metió primera y aceleró.

—Tómatelo con calma, parece que fue a propósito —Héctor sacó la pistola y la puso entre las piernas.

—No seas paranoico, detective, es sólo un hijo de la chingada atarantado por la lluvia con complejo de macho mexicano… Nomás que no sabe en el lío en que se metió.

La muchacha aceleró, simuló que iba a rebasar por la izquierda y, hundiendo el pie en el acelerador, lo pasó por la derecha tocando el claxon.

Un segundo después, el vidrio trasero de la ventana del lado izquierdo del Renault se astillaba por un disparo.

—A ver, ¿quién es el paranoico?

—Tranquilo, detective, es un macho mexicano frustrado.

Héctor miró hacia atrás; el vidrio estaba muy empañado por la lluvia, que ahora caía sobre el asiento trasero del coche.

—¿Qué marca era el coche ese? ¿Cuántos venían?

—Creo que dos nada más.

—¿Les viste la cara?

—¿Tú crees que se les puede ver algo con esta lluvia? Era un Ford viejo.

Ella aceleró más aún y cortó a la izquierda en la glorieta de Sevilla. Héctor, volteando, se esforzó en ver si el Ford los seguía: a unos treinta metros, era un Ford amarillo deslavado.

—¿Ahí está, verdad? —preguntó ella.

—Es de color amarillo.

—Sí.

Cruzó Chapultepec con el semáforo amarillo. Luego frenó al otro lado de la avenida.

—¿Quieres perderlos o encontrarlos?

—Me gustaría seguirlos.

—Va a estar cabrón, conocen bien este coche.

—Entonces...

—Déjame darles un susto por lo menos —dijo ella.

—Puta madre, con quién se me ocurre salir a pasear en día de lluvia.

La muchacha de la cola de caballo sonrió.

—Tú eres el detective. A mí se me cierran, me avientan el coche, pero no me disparan.

Arrancó suavemente y luego aceleró cuando los primeros coches salieron con la luz verde de avenida Chapultepec. Entró en la calle de Durango y esperó a que en medio de las manchas de agua la mancha amarilla del Ford apareciera en el espejo lateral. Luego aceleró nuevamente.

Al llegar a la esquina de Sonora frenó violentamente derrapando y metió el coche en un estacionamiento. Salió en reversa y giró. A más de noventa por hora tomó Durango en el carril contrario avanzando hacia el coche amarillo.

—¿Qué haces? —preguntó Héctor—. Vamos directos.

—¿Apuestas a que se hacen a un lado? —dijo ella sonriendo.

Y clavó el pie en el acelerador.

Los del coche amarillo vieron de repente cómo el Renault se les venía encima y sacaron su coche de la calle echándolo al camellón, donde entró de frente contra una palmera.

El Renault pasó a su lado con el claxon pegado.

Eran dos tipos, y estaban muertos de miedo —pensó Héctor.

—Te quiero por salvaje —dijo él.

—Sería mejor que no nos viéramos en un tiempo.

—Necesito un chofer con tus habilidades —respondió el detective.

—Cuando quieras.

Héctor estiró la mano y la depositó sobre la pierna de ella, enfundada en un pantalón negro.

—Nos va a ir de la chingada, detective —dijo ella.

—Eso ya lo sabíamos desde antes.

El coche salió rumbo a la colonia Roma.

Como a las once de la noche, la muchacha detuvo el Renault rojo frente a la oficina de Héctor. El detective acarició su cara y bajó.

—¿Seguro que no quieres venir a dormir a la casa?

—No, voy a estar un rato por aquí y luego me voy hasta La Fuente de Venus.

Ella sonrió. Había dejado de llover. Sólo charcos y tierra suelta, periódicos rotos y llenos de barro a media calle.

Héctor subió en el elevador pensando que nunca había llegado con las donas y el café. No se lo iban a perdonar.

El Gallo estaba trabajando sobre su restirador.

—¿Se fueron Gilberto y Carlos?

—Le dejaron un recado abajo de ese refresco.

El recado informaba que el refresco había sido envenenado con «polvos de plomero para destapar caños».

Héctor tomó la Pepsicola y con la mira de la cuarenta y cinco botó la corcholata.

—Qué efectivo es usted —dijo el Gallo admirado.

Héctor se bebió el refresco paladeándolo.

—Usted nunca se lanzó con un Renault a cien por hora contra un Ford en sentido contrario.

—¿Qué hicieron los del Ford? —preguntó el Gallo.

—Se subieron al camellón.

—¿Y el culo cómo lo traían?

—No se los vi, pero supongo que así de chiquito —respondió Héctor abriendo los dedos índice y pulgar de la mano derecha unos milímetros.

Se quitó los zapatos y se asomó a la ventana. La calle estaba vacía.

—Si me duermo, me despierta cuando usted salga del despacho.

—Voy a salir como a las seis de la mañana.

—Más que mejor —dijo el detective y se dejó caer en su sillón.

Ahora resulta que querían matarlo, o asustarlo. Y además no había comprado los cafés y las donas, y ella manejaba mejor que los hermanos Rodríguez antes de que los choques los mataran, pensó antes de dormirse.

VI LOS ENTREMEZCLADOS RETRATOS DE LOS TRES VECINOS DEL DETECTIVE HÉCTOR BELASCOARÁN SHAYNE

> *Examina antes a la vecindad*
> *y luego escoge tu vivienda.*
> PROVERBIO CHINO

DATOS FUNDAMENTALES

Gilberto Gómez Letras tiene la fea costumbre de sacarse los mocos con el dedo meñique de la mano derecha. Como frecuentemente trae las manos manchadas de grasa, sobre la mejilla ostenta la huella de su vicio.

Carlos Vargas, el tapicero, hizo la primera comunión tres veces porque «regalaban traje y zapatos».

El ingeniero Villarreal, alias el Gallo, tuvo una novia a los quince años, que murió en el mismo avionazo en el que tronaron Madrazo y *el Pelón Osuna*.

Gómez Letras estudió hasta tercero de primaria en la Aquiles Serdán, en la colonia Álamos. Lo corrieron porque se robó las llaves del lavabo del baño de las viejas y los flotadores del water del baño de maestros.

Carlos el tapicero vivió rodeado (durante un par de años) de televisores y autoestéreos, lavadoras, consolas y refrigeradores comprados a aboneros a la salida del trabajo. No tenía muebles en su casa pero estaba llena de aparatos eléctricos, «para no sentirse menos que otros hijos de la chingada».

El Gallo se mete a veces (en las tardes de lluvia) en los cines de barrio, ve programas triples, de preferencia de Tarzán o de vaqueros. No consume sándwiches, palomitas ni refrescos y permanece las seis horas y media, sin despegar los ojos de la pantalla.

Gilberto nació en Michoacán y lo trajeron al DF a los seis años.

Carlos Vargas es chilango, de la colonia Morelos, en las cercanías de Tepito.

El Gallo nació en Chihuahua y sólo conoció la capital cuando vino a estudiar ingeniería al Poli, con una beca.

FRASES AFORTUNADAS

Si me la han de mamar mañana, que me la mamen de una vez.

CARLOS VARGAS

Cualquier apreciación racional sobre la eficacia a futuro de la obra en cuestión, no puede eludir el comentario de que el ingeniero en jefe estaba comiendo una torta de pollo con mole cuando entregó los planos; la mancha que delata este hecho (ver plano 161-B) es sin duda la causante de que en la colonia Aviación Civil, la mierda desborde frecuentemente las tazas de los escusados.

INGENIERO JAVIER VILLARREAL
(de un informe oficial que le costó el empleo)

Guadalajara en un llano, y aquí nos la dejan ir.

CARLOS VARGAS

Las mejores taquerías son las que tienen un dueño muy cogelón. No me pregunte por qué, son cosas que uno sabe.

GILBERTO GÓMEZ LETRAS

El que buen palo se arrima, te va a dejar un recuerdo.

CARLOS VARGAS

Mejor lo hago como le dije porque yo lo pensé así, y yo nomás pienso las cosas una vez, porque se me olvidan.

GILBERTO GÓMEZ LETRAS
(de una conversación telefónica con un cliente
sobre la reparación del entubado del baño)

Para tu fortuna, soy bien lento, si no, ya me hubiera casado, divorciado, vuelto puto, regenerado y vuelto a casar.

JAVIER VILLARREAL
(de una conversación con su novia)

Para triunfar no se necesita tener el pito grande, pero por ejemplo, hace falta tener buena ropa.

GILBERTO GÓMEZ LETRAS

DATOS FUNDAMENTALES

Cuando Gilberto se saca los mocos, lo hace con un movimiento circular, no exento de pericia. El botín de su hazaña es arrojado después, hecho bolita, a un confín del cuarto.

Carlos Vargas tiene fotos de las tres veces que hizo la primera comunión.

El Gallo Villarreal conserva una carta de la novia de los quince años, aquella del avionazo.

Gilberto guarda su dinero en una alcancía enorme, con la forma de un luchador de lucha libre. Cuando tenga tres alcancías llenas, comprará un terreno por El Molinito. Ésta es la tercera vez que inicia el asunto ganando en la feria la alcancía de luchador y empezando el depósito. Las dos anteriores tuvo que romperlas antes de que se llenaran. Una para el entierro de su madre, la segunda cuando se fugó una semana con dos prostitutas a Veracruz. El luchador (máscara y capa amarilla) está colocado sobre la televisión de su casa y obtiene de los hijos de Gilberto un trato más reverente que las imágenes religiosas con que comparte el pedestal.

Carlos Vargas trató hace un año de entrar a la Ford a trabajar. Le habían dicho que pagaban buenos sueldos en el departamento de tapizado de asientos, y le atraía la seguridad del empleo, la gran concentración de trabajadores (a veces se aburre del solitario oficio artesanal) y las prestaciones económicas. Le bullía en la cabeza además hacer labor sindical en la planta. Pasó todos los exámenes, pero no pudo engañar al psicólogo de la empresa que detectó en él algo fuera de lo habitual: una mezcla de actitud anticonformista y orgullo profesional. El psicólogo no se lo imaginó como un personaje dócil en la cadena de montaje y prefirió rechazar la solicitud aunque no tenía ningún elemento objetivo para hacerlo.

El ingeniero Villarreal desayuna pan dulce y refrescos. Para él, la salida al mercado de los refrescos de bote ha representado un extraordinario avance tecnológico, que le permite desayunar en el trayecto que va del despacho a su casa. Hacia las siete de la mañana recorre con una bolsa de pan dulce en una mano y una Pepsi de lata en la otra las calles del centro de la ciudad. Suele detenerse ante las iglesias gemelas de la Santa Veracruz y allí, en medio de las palomas, termina el desayuno. Las migajas las ofrece a los pájaros y luego toma el tranvía rumbo a la colonia San Rafael.

Gilberto Gómez Letras aspiró alguna vez a tener una agencia de autos usados. Ha soñado también en ser portero de un edificio de lujo, dueño de un taller de soldadura, jefe del departamento de control de calidad de una fábrica de ginebra y gerente de un burdel en Zihuatanejo. En cambio, ha sido obrero de una fábrica de plásticos, trabajador en una pequeña industria de materiales de baño y ayudante de plomero.

Al Gallo le gusta el bossa nova y la samba. No se ha perdido concierto en vivo y en su casa tiene todos los discos prensados en México de Jobim, Edú Lobo, Laurindo Almeida, Vinicius de Moraes, Badem Powell, Stan Getz, Chico Buarque de Holanda, João Gilberto, Carlos Lyra, Luiz Bonfá, Charlie Byrd y Marcos Valle. Sueña con Astrud Gilberto, le gustaría vivir con ella en una casa solitaria (que ha diseñado y desdibujado decenas de veces) en Baja California, cerca de Cabo San Lucas. Las propiedades fundamentales de la casa son acústicas: el permanente rumor del mar golpeando en las rocas y un sistema estéreo con monumentales bocinas en todos los cuartos. Cuando se sueña con Astrud Gilberto, ambos están desayunando en una cocina muy grande y blanca. Él trae una piyama de color crema y ella un camisón amarillo. Los dos están descalzos; por la ventana entra la luz grisácea de un día sin sol.

AUTORRETRATOS: CARLOS VARGAS

Si me vienen de frente, de frente les entro. Pero por aquí, siempre te caen de lado, por detrás le caen a uno.

Yo me volví diferente por eso, para desconcertarlos, para que no supieran qué onda, para...

A mí no me gustan las canciones rancheras y, sin embargo, tengo ahí abajo de la cama un chingo de discos del Negrete, de Pedro Infante, que del Aceves Mejía, que del Cuco Sánchez. Igual, por lo mismo. O quién sabe. Porque también tengo dos chamarras de cuero negro, y esas las tengo porque estaban de moda allá por el 69-70. O sea que a veces los hago pendejos, a veces me hago pendejo yo solo, a veces me la dejan ir. Así han sido estos años. Casi todos. Casi desde el 46, cuando nací, y mi jefe luego pensó: «Que aprenda el oficio y que ayude en la casa», y seguro lo pensó cuando yo todavía mamaba, y ni Carlos me decían cuando era el escuincle, porque así es por la Morelos, naces con destino. Luego el destino lo recompone, pero no porque tú seas muy chingón, sino porque los jefes son malos adivinadores de destinos: haciendo horóscopos se morían de hambre. Y es por eso que salí tapicero y no zapatero. Eso me hicieron, no me hice. Me hicieron dejar de estudiar al terminar la primaria, y me hicieron desconfiado, y no me hicieron boxeador porque tengo las cejas guangas y el puño chico. Luego yo me hice diferente. Lo normal es que te hagas cabrón. Yo me hice diferente y aprendí a rodar pero también a cambiar. Rodé con putas y con alcohol, pero también leí enciclopedias y libros de

Freud de los que venden en los puestos de la calle. Y ahí fui entendiendo lo que pude, sobre todo esto de que te hacen de una manera y tú vas tratando de hacerte de otra. Por eso cambio de chamba o me cambian a cada rato. Por eso me hice sindicalista, formé grupos y dormí en el suelo, debajo de las lonas de las tiendas de campaña de las huelgas. Por eso fui al bote una vez, por eso y no por ratero, que hubiera sido lo de rigor... A veces siento que soy el dueño de mi oficio, de mis herramientas, de los libros que compro cada vez que sale bien una talacha, de mis pinches ideas locas... A veces sé que de lo único que soy dueño es de decir que no, que no me vendo, que no me gusta, que no me dejo. Soy dueño de mis trece despidos en nueve años de andar chambeando de tapicero en talleres y pequeñas industrias. Me cae que si no fuera porque me gusta la gente, les daba con el martillo tachuelero en la cabeza a todos. Empezando por mí.

DATOS FUNDAMENTALES

El Gallo tiene una doble vida, o más bien, tiene una vida cortada en dos. En las noches trabaja en el despacho haciendo cálculos de resistencia y verificando proyectos sobre redes de alcantarillado. Luego se va a dormir. En las tardes estudia Psicología en la universidad. Ahí conoció a su novia. No está muy claro si sigue visitando la escuela porque le gustan los patios y los espacios abiertos de la universidad, o porque le interesa la Psicología. Al principio parecía una buena idea. Ahora es más que nada una costumbre.

Gómez Letras se escapa frecuentemente a mitad de la jornada de trabajo a la cantina El Mirador; cuando el cantinero lo ve cruzar la puerta de vaivén, le sirven un tequila añejo doble. Así nomás, sin preguntar.

Carlos Vargas tiene una cicatriz en la cabeza. No muy grande, como de cuatro centímetros. Se la hicieron de un martillazo. Lo estaban esperando detrás de la puerta del taller. Al patrón le salió barato, por dos botellas y unas cuantas palmadas, consiguió el brazo que dejó caer el martillo. A Carlos lo corrieron además y nunca pudo organizar nada en aquel pinche tallercito. La herida ahora, pica cuando llueve.

El Gallo Villarreal tuvo seis meses de vicio en su vida. Como a los quince años le agarró el gusto, un poco por reto y otro poco por mala educación, del paladar a las cremas alcohólicas de sabores marca Don Pancho, en particular a la crema de plátano, la crema de menta y la crema de mandarina. Tras saquear en un par de fiestas el mediocre bar de su casa, tuvo que reunir semana con semana grandes (por relativas) fortunas lavando coches, yendo al súper, ahorrando los domingos, y sableando a los abuelos, para mantener el vicio. Su consumo exorbitante de cremas de li-

cor (43 Gay Lussac) hizo correr por el barrio de clase media y acomodada norteña en el que vivía, extraordinarios rumores: que su padre le ponía
cuernos a su madre y ésta se dedicaba al alcohol, que las cremas tenían
ingredientes afrodisíacos, que se hacía con ellas muy buenos pasteles…
Vivió esos seis meses de borrachera pública (con la palomilla) y privada
(en un baldío, en el coche de su hermana mayor, en el cuarto solitario lleno de pósters de beisbolistas gringos). Le costaron la novia y el primer año
de prepa.

Gilberto Gómez Letras miente con los números. Por un extraño sentido del deber nunca hace una cuenta derecha. El engaño pitagórico a sus
clientes no sólo forma parte de sus hábitos, sino también de su ética.

Javier Villarreal usa una especie de uniforme: pantalones vaqueros,
camisas de cuadros, chamarra de cuero café. Es una forma de reivindicar-
se norteño, extranjero en el DF. De reconocerse y hacerse reconocer como
provinciano en una ciudad que todo lo empareja y aplasta.

Carlos Vargas es apasionado de los chicles. No hay marca que no conozca y juzgue con tono y sapiencia de gourmet.

Carlos, Gilberto y el Gallo se abstuvieron en las últimas elecciones.

AUTORRETRATOS: EL GALLO

Yo sólo serviría para cosas sencillas, como montar a caballo en los anuncios de Marlboro. Pero los Marlboro saben a mierda, o sea que ni eso.
Conmigo el sistema se apendejó. *Pueque* hubiera sido un ingenierazo, un
ingeniere; no sabría mucho más, pero lo sabría bien, no a lo loco como
ahora. Porque yo, no progreso, según ellos, desde hace tiempo. Pero no
puedes ser buen ingeniero si llegan a tu escuela disparando, y le sacan un
ojo a tu compañero de banca con la punta de una varilla que los judiciales
traen envuelta púdicamente en un diario de la tarde. Así, y me vale madres que lleváramos noventa y seis días de huelga, no se hace un ingeniero. Además, no ofrecían gran cosa. Nada como las palomas comemigas de
la Santa Veracruz, nada como eso. Y sin embargo, algo me dieron: miedo
al país, al poder, al sistema. Y algo me quitaron, la posibilidad de seguir
siendo inocente, baboso, simplón. Mi novia dice que es por eso que sigo
volviendo a la universidad, que la Psicología me vale sombrilla, que lo
que quiero es seguir siendo estudiante, volver a ser joven de esa manera
sonsorra y dulce. Belascoarán diría que lo que pasa es que soy norteño y
las explanadas de CU son lo más parecido a las praderas de la Laguna, o
a las tierras enormes sin horizontes falsos de Chihuahua (lo más parecido
que se puede encontrar en el DF). Carlos tiene su versión, dice que Freud
dice, según él, que vuelvo a la universidad a ver si entran de nuevo los po-

licías (era en el Casco de Santo Tomás, y era de noche, y la calle oscura, las luces cortadas, como congelado todo por el maravilloso ruido de las sirenas) y ahora sí se me quita lo puto y en lugar de correr como antes agarro un fierro y los pongo en orden. Gilberto Gómez Letras dice que ahí está la nalga, que por eso. A mí me gustan todas las versiones y un poco de todas me gustaría que fuera cierto. Para eso me está sirviendo la Psicología, para organizar las versiones de los demás y hacerlas pasar como propias. Mi madre dice que lo que pasa es que no he crecido y que no tengo temperamento. La verdad es que a las palomas de la plaza de la Santa Veracruz les vale madres que no tenga temperamento siempre y cuando tenga migas.

FRASES AFORTUNADAS

No es que Javier Solís cantara bien, es que paraba la trompita a toda madre.

GILBERTO GÓMEZ LETRAS

A poco creyó usted que todo era tan fácil. Vuélvalo a hacer de nuevo y si salió bien, verá que es de puro churro.

CARLOS VARGAS

Lo importante no es mear, sino sacar mucha espuma.

CARLOS VARGAS

Un buen plano es como una buena novela, nomás es cosa de saberlo leer.

JAVIER VILLARREAL

Yo debí haber sido secretaria.

GILBERTO GÓMEZ LETRAS

DATOS FUNDAMENTALES

A Gilberto lo han operado dos veces de apendicitis. La primera no fue «nomás una hernia». La segunda sí lo fue. Ninguna de las dos veces le explicaron bien cómo estaba la cosa. A la fecha jura y perjura que los humanos tienen dos apéndices. A él le consta.

Carlos le tiene miedo a los pegamentos plásticos. Hace años trabajó en un taller donde todos los carpinteros se drogaban con cemento Iris. Pasaban horas y horas abajo de las mesas de trabajo, hundidos en el sueño enfermo de la droga, las narices siempre despellejadas, los ojos vidriosos, las manos con tembeleque. Carlos nunca se acercó demasiado a esa zona de trabajo del taller; sentía una mezcla de miedo y compasión por los tres carpinteros y el ayudante.

El Gallo es fanático del beisbol. Su equipo favorito: el Unión Laguna. A pesar de su fanatismo, que lo hace seguir fielmente la temporada y cambiar comentarios apasionados con Gilberto, que es el único que le hace caso en la oficina, nunca ha visto un partido, ni siquiera en televisión. Se limita a oírlos de vez en cuando por el radio. Así se construye una relación mágica. El beisbol, como el Gallo lo entiende, forma parte de una realidad privada. El propio Gallo sospecha que los bates y el diamante no son como se los imagina, y que las barridas y los *strikes* no tienen mucho que ver con su versión: una realidad absolutamente privada.

Carlos vive solo, en un apartamento ruinoso y enorme a espaldas del Cine Ópera. Se lo cedió un viejo luchador de lucha libre amigo suyo, que de pasada le heredó las fotos y los trofeos cuando se fue a poner un rancho de cría de puercos en Michoacán. A veces sube a acostarse con él una de las meseras de la marisquería de avenida Hidalgo, y Carlos, con sus cincuenta y cinco kilos, posa para ella, le hace la quebradora y la tapatía ante la mirada conocedora de los viejos astros del *ring*, la doble Nelson y el candado... la llave china en la cama.

El padre de Gilberto murió hace dos años, el del Gallo es presidente municipal de Saltillo y el de Carlos es un zapatero ciego de setenta años.

Los tres coinciden en el amor por los refrescos y el chocolatito caliente con donas.

AUTORRETRATOS: GILBERTO

Han de pensar que yo quiero hacerla, que todavía pienso en grande. Pero ésa es la finta. Yo sé, y ellos saben que ya nunca la voy a hacer en grande. Yo ya valí. A veces hasta pienso que ya estoy viejo, ruco, acabado pa' la ronda. A veces nomás pienso que así como va no está nada mal, que el mes pasado me enchilé a los del condominio de Doctor Balmis y les saqué el triple, que me tiré a una ñora en Polanco y luego a la sirvienta de la casa de al lado, que agarré dos buenos pedos y le puse en la madre al jefe de unos chavos que habían madreado a mis chavos; que hice una instalación chingonsísima en la calle Parral, que fui al panteón a la tumba de mi jefa, que me compré un saco de cuadros blancos y negros, que soñé con *la Tigresa*, que le compré un tocadiscos con mueble fino a mi señora, que enseñé a sumar a una de mis chavas, que no pagué impuestos, que yo con mis amigos jalo hasta morir, que vi a un romano con el gañote cortado en el baño de la oficina...

'ta bueno, no la hice, pero no le lamo las botas a nadie pa' comer, no le doy cuentas a nadie de con quién cojo, no debo nada. Y además, así es México, cabrones... Ah, qué pinche irresponsable soy.

VII

La suerte ha dejado aquí de andar fallando,
se encendió la luz y puede verse el caos.
FRANCISCO URONDO

Pareciera como si la vida oscilara entre noches y amaneceres. Unas con los pies cansados de tropezar entre sí en el trote de ciudad, los otros llenos de luz hiriente y desconcierto. Mientras el elevador traqueteaba los seis pisos hacia abajo, y el Gallo tarareaba una canción ranchera, Héctor decidió que había que empujar la historia, obligarla a despejarse. Darle martillazos para que los asesinos tuvieran cara y forma o al menos motivo. ¿Qué tenía que ver el tal Zorak muerto hacía seis años en todo esto? El personaje le fascinaba. Tenía la dosis suficiente de gloria a la mexicana para cautivarlo. Esa gloria rayante en el ridículo, gloria balín y efímera, comercializada y emputecida.

En la puerta del edificio la legión de vendedores de periódicos había montado un subsistema de distribución. Guardaban los suplementos culturales dentro del periódico, hacían paquetes con cuerda, cambiaban periódicos entre sí, sacaban papeles chamagosos llenos de números de caligrafías ilegibles, los consultaban, los comentaban.

Héctor alzó los brazos al cielo y se desperezó. El Gallo, a su lado, ocultó un bostezo y guardó las manos en los bolsillos.

Dos hombres se despegaron del refrigerador lleno de refrescos de la lonchería de enfrente. Héctor percibió su movimiento. El sol picaba recién nacido. Los lentes oscuros de los dos hombres le lanzaron una señal de alerta que lo sacudió. Instintivamente llevó la mano a la pistola oculta en la funda sobaquera bajo la chamarra.

Uno de los hombres traía un traje gris ruin, camisa azul; el otro, de pelo alborotado y grasiento, se cubría con una chamarra azul de plástico. Ambos traían las manos en los bolsillos.

—Hágase a un lado —le dijo Héctor al Gallo cuando los dos tipos sacaron las pistolas. Se encontraban a una docena de metros de ellos y venían cruzando la calle evadiendo a los vendedores de periódicos que tropezaban con ellos y les dificultaban el paso.

El Gallo observó risueño a Héctor y sólo cuando vio la pistola en las manos del detective giró la cabeza violentamente buscando el objetivo. Frente a Héctor cruzó un voceador con la parte de atrás de la bicicleta ocupada por una pila de periódicos de al menos setenta centímetros; el equilibrio era precario. Héctor empujó al hombre y sostuvo la bicicleta tomándola de la cuerda.

El primer tiro dio en la pila de periódicos, haciendo volar millares de palabras y levantando el olor de la tinta fresca. El Gallo se había despegado de Héctor y en su mano había aparecido una colt larga. La bicicleta, sacudida por el impacto del balazo, se cayó y Héctor se dejó arrastrar por ella. Mientras caía buscó en la mira de su automática el cuerpo del pelo grasiento, pero una mujer con un niño en el brazo y un paquete de periódicos en el otro le obstaculizaba el blanco. Un segundo disparo dio en el suelo perforando al rebote la chamarra de Héctor. El personaje del traje gris quedó un instante al descubierto al provocarse una estampida a mitad de la calle. Sonó un tercer disparo. Héctor disparó a su vez y el hombre se tomó el estómago con las dos manos. El detective disparó de nuevo y el hombre cayó de espaldas mientras la sangre saltaba. Tres metros a la derecha del muerto, el de la chamarra azul perdió un instante precioso viendo morir a su compañero. Cuando giró la cabeza buscando a Héctor, un pedazo de su mandíbula voló por los aires y su cara se convirtió en una mueca sanguinolenta. Héctor no había disparado. El Gallo, cubierto por una camioneta de *La Prensa*, mantenía un revólver en alto que humeaba suavemente. Los gritos se mantenían como el eco de los disparos. Habían estado sonando desde que se inició la balacera, pero Héctor no los había oído, tan sólo los disparos y el suave rumor de la rueda de la bicicleta, tras la que se cubría, girando en el aire.

La multitud hizo el silencio; sólo se oían los coches en Bucareli, a donde todavía no había llegado la ola de miedo provocada por los disparos. Luego alguien empezó a aplaudir y le hicieron coro. En medio de los aplausos, Héctor avanzó hacia los dos cuerpos mientras el Gallo, celosamente convertido en pistolero de novela de Marcial Lafuente Estefanía, lo cubría sosteniendo el colt con las dos manos y apuntando hacia los cuerpos caídos a media calle, en una postura aprendida en los programas policiacos de la televisión.

Los dos estaban muertos, uno de ellos con los lentes oscuros al cielo y las dos manos tratando de tapar el agujero del estómago. La otra bala probablemente había perforado el corazón, porque la sangre lo rodeaba regando en torno suyo un charco inmenso. Héctor le quitó los lentes oscuros y miró en el fondo de los ojos negros sin vida. El otro tenía la cara convertida en una pasta sanguinolenta. Héctor lo registró, buscando documentos. Tan sólo unos billetes y una credencial de vigilancia del metro. Lo mismo en el bolsillo del segundo hombre. Héctor tenía las manos manchadas de sangre y se las limpió en el pantalón del muerto. La multitud de vendedores de periódicos, a pesar de la escuadra .45 en la mano de Héctor y el colt del Gallo, no había retrocedido después de la balacera, más bien se acercaba lentamente creando un círculo en cuyo centro se encontraban los dos cadáveres y el detective, y en su periferia el Gallo tras la camioneta de *La Prensa*. Quizá porque vendían el mismo producto diariamente en letras de molde, quizá porque la sangre corría cada tercer día entre Donato Guerra y Bucareli en pleitos a patadas, con botella o con navaja; quizá porque habían decidido que Héctor y el Gallo eran los buenos de la historia, no tenían miedo. Mientras, los niños se acercaban a los muertos y tres hombres disputaban las pistolas que habían quedado en el suelo. Héctor se retiró hacia el Gallo.

—Lo maté, ¿verdad?

—Si no lo mata usted, él me perfora a mí. Se agradece, ingeniero.

—Lo maté, ¿verdad? —repitió el Gallo.

—Sí, lo mató y yo maté al otro, y se siente de la chingada andar matando gente, aunque sólo sea para defender la vida.

El Gallo echó el colt al bolsillo de su chamarra y comenzó a caminar. Héctor lo siguió. La multitud se hizo a un lado.

—Ellos fueron los que dispararon primero, nosotros los vimos, jefe —dijo un vendedor de periódicos chimuelo.

El Gallo se volteó y preguntó:

—¿A dónde vamos?

—Lejos de aquí, a pensar. No quiero vérmelas con la ley.

Los dos hombres comenzaron a caminar, la multitud se cerró tras ellos.

—¿Por qué venía armado? —preguntó Héctor.

—Lo tenía en la oficina, desde hace tiempo, desde que amenazaron con matarlo a usted hace dos años, y cuando Carlos el tapicero dijo que habían estado rondando esos dos, pensé... Nunca creí que fuera de verdad, no he tirado nunca y le di a la primera, y se estaba moviendo. Sólo quería espantarlo.

Absurdamente, salieron de Artículo 123 sin que nadie los molestara, sin que nadie los siguiera. Héctor de vez en cuando miraba hacia atrás, pero la ciudad no se había inmutado. Cuando dieron la vuelta en El Caballito para agarrar Reforma, comenzaron a sonar las sirenas de las patrullas policiacas.

—Tranquilo, ingeniero, esos dos venían a matar y salieron muertos. No les debemos nada.

—Lo maté —contestó el Gallo.

En una mañana llena de sol, Héctor Belascoarán y el Gallo Villarreal se separaron.

Necesitaba desesperadamente un lugar para pensar, y siguiendo la costumbre de refugiarse en los lugares más insospechados, terminó en una feria cerca de la estación de Buenavista.

Deambuló entre los juegos medio destartalados. Las estructuras de metal se levantaban chirriando, la música de carrusel estaba siendo tocada a un volumen mucho más bajo de lo normal. Rehuyó el tiro al blanco como si quemara y terminó convenciendo, con cincuenta pesos por delante, al encargado de la rueda de la fortuna para que la pusiera en marcha para él.

Solitario viajero de la fortuna, el detective Héctor Belascoarán Shayne rememoró una y otra vez el doble impacto que arrojó al hombre del pelo negro y traje gris al suelo; repasó una y otra vez los gestos de despedida de los cadáveres. Maldijo una historia que se le imponía, que le cargaba las manos de sangre, cadáveres y confusión. En su punto más alto, la rueda de la fortuna ofrecía al detective una visión de los techos de la colonia Santa María, las torres de Nonoalco, el puente sobre Insurgentes, los patios traseros de la estación, las tiendas de muebles en San Cosme, y el edificio del PRI. Escupió apuntando hacia el último, y la saliva describiendo una bella curva cayó en un puesto de tiro de dardos.

Tenía treinta y tres años, y había perdido los primeros treinta, o dicho de otra confusa manera, los primeros treinta los habían perdido a él. Cambiar de oficio, de lugares, de estilo, de ideas, buscar rascando como leproso la piel del país, tratar de encontrar un lugar, hacerse uno con la violencia; todo sonaba bien y se había vivido bien. En tres años no había perdido el sentido del humor, la actitud burlona ante sí mismo. Había aceptado que lo honesto era el caos, el desconcierto, el miedo, la sorpresa. Que bastaba de verdades claras, de consejos de cocina para la vida. Pero ahora, no sabía de dónde y por qué lo cazaban. Fuerzas del mal lo agredían. Puras pinches fuerzas del mal sin rostro. Se rio de las fuerzas del mal. Se rio de la necesidad de ponerle aunque sea un nombre absurdo a la agresión desconocida que caía sobre él. Quizá eso fue suficiente. Esa sonrisa. Le iba a sacudir el fundillo a las fuerzas del mal. A los que enviaban cadáveres de romanos, fotos y pistoleros del servicio de vigilancia del metro. Necesitaba poner sobre el papel todo, ordenar todas las posibles esquinas de la historia y ponerse a trabajar rápido. Darle tal velocidad que los desbordara, los obligara a equivocarse, a mostrarse, a enseñar el juego y dejarlo participar. Y entonces, zas, les iba a quitar el balón, las camisetas y hasta los calzones. El muerto estaba bien muerto, y si iba a haber más, los habría. Y si lo mataban a él, quién sabe por qué y cómo, pues moriría. Mejor morir que comer caca.

La rueda de la fortuna no se inmutó ante la euforia del detective y siguió girando mientras Belascoarán deseaba que se detuviera para buscar un lugar dónde tomar notas y ordenar.

Resumió, cuando la rueda se detuvo dejándolo en el punto más alto del giro, la idea clave de todo el asunto: si se iba a tratar de buenos contra malos, él iba a ser el bueno, tuerto y todo.

Pero los dos cadáveres seguían mirando al cielo a través del cuerpo de un detective que los contemplaba; probablemente para rematarlos.

El conejo lo esperaba. Estaba sentado en el centro de la alfombra mirando con sus dos relucientes ojos rojizos hacia la entrada. A su alrededor abundantes bolitas negras. Se acercó al detective y le lamió un zapato. Había masticado la paja del asiento de una silla y había destrozado la escoba. Afortunadamente no le había metido el diente a los libros.

Héctor lo tomó en los brazos y caminó a la cocina resumiéndole sus teorías sobre las fuerzas del mal y cómo ponerles en la madre. Le llenó un plato sopero de agua y le dio dos zanahorias. Luego se quitó la chamarra y la camisa. Por si las dudas metió la pistola entre la piel y el cinturón. Cambió el disco de Jerry Mulligan por el primero de la antología de Armstrong y se sentó en la mesa con la libreta de notas y un par de refrescos enfrente.

1. Me envían dos cadáveres (uno en vivo, otro en foto).
   Quieren amedrentarme, no quieren implicarme, porque retiran un cuerpo. Para reforzar esto, billete a Nueva York. Por lo tanto quieren que deje de hacer algo que estaba haciendo y que tenía que ver con los muertos. Como no estaba haciendo nada, ellos se equivocan.
2. Los muertos son dos ex asistentes de Zorak, un mago-contorsionista-escapista-*showman* que murió en 1973 al caer de un helicóptero.
   El tercer hombre de ese grupo (el Capitán Perro) me conoce de vista y huye cuando me ve.
3. «Ellos», las fuerzas del mal, están organizados: boleto NY, sacada del cadáver caja refrigerador, pistoleros de vigilancia del metro, etc.

En ese momento, sonó el timbre.

Héctor sacó la pistola y se quitó del área que podía quedar descubierta si tiraban la puerta.

—¿Quién es? —preguntó colocando la espalda contra la pared y cortando cartucho.

—Marino Saiz, para servirle... Si me permite un momento de atención...

Héctor abrió, había algo en la voz que lo tranquilizó.

Por la puerta abierta ingresó a la casa un hombre pequeño pulcramente trajeado y con un maletín en cada mano.

Héctor guardó la pistola bajo el cinturón y a su espalda, y con los brazos cruzados, esperó.

El hombre dejó los maletines en el suelo, observó al detective descamisado y haciendo un gesto de impotencia (no había mejores clientes en estos días aciagos) inició su retahila.

—Le ofrezco el mejor álbum de música de zarzuelas que pueda conseguirse en el mercado...

Héctor sonrió. El hombre tomó su sonrisa por asentimiento y prosiguió:

—Ocho discos, con las piezas clásicas de la zarzuela, la música que conmovió a la monarquía española, y que endulzó medio siglo de la vida de la Península Ibérica...

Héctor sonrió. El hombre se lanzó en un arranque triunfalista:

—Y además, regalado en la adquisición de este álbum, un disco con los mejores cuplés y una foto autografiada de Sarita Montiel.

—¿Cómo le hacen para autografiar la foto de Sarita Montiel? —preguntó el detective.

—Ya viene firmada y yo sólo le pongo su nombre en la parte de arriba... Con la misma letra, me sale con la misma letra, que no en balde la llevo imitando desde hace once años.

—¿Y usted qué opina de la monarquía española? —preguntó de nuevo Héctor.

—A mí la monarquía me importa un bledo. Yo soy socialista... Pero, ah, la zarzuela, cosa fina... El álbum incluye...

—No se diga más, usted me ha convencido —dijo Héctor.

Tras una breve transacción, el hombre dedicó la foto a Gilberto Gómez Letras, de su sincera amiga Sara Montiel y cobró seiscientos cuarenta y cinco pesos por el álbum de zarzuelas.

Cuando la puerta se cerró, Héctor pensó que en su vida había oído una zarzuela.

Comió en un restaurante de tercera a la vuelta de su casa, y luego, tras limpiarse las huellas del arroz con leche de los labios sacó un papel arrugado del bolsillo y repasó la lista:

1. Señorita S.
2. Capitán Perro.
3. ¿Vigilancia del metro?
4. ¿Exactamente, muerte de Zorak?

Dobló nuevamente el papel y lo guardó en el bolsillo. La tarde se dejaba contar con un sol suave que llenaba de brillos anaranjados los cristales y el cielo.

Tenía un plan, tenía ganas de pelea, tenía la .45 cargada. Iba por ellos.

En Insurgentes compró los periódicos de mediodía. Aparecía en la tercera plana una primera reseña del tiroteo en Bucareli y Donato Guerra. Las declaraciones del jefe de grupo de la judicial que se había hecho cargo del caso, el comandante Silva (nuevamente ese nombre, ¿habría alguna relación?), se limitan a señalar que los dos muertos eran miembros del sistema de seguridad y vigilancia del metro, y que habían sido sacrificados por un pistolero solitario (el Gallo por lo visto quedaba excluido). Los testigos oculares, que podían contarse por cientos, no habían aportado una sola descripción del asesino desconocido.

Ni una sola mención de que los hombres de los lentes oscuros habían disparado primero. La nota terminaba sugiriendo venganzas personales, asuntos de drogas, proliferación del guarurismo.

Por leer el periódico mientras caminaba, tropezó primero con la rama baja de un arbolito y después con la escalera que sobresalía de una camioneta de Teléfonos de México. En Insurgentes el tráfico crecía. De los estribos de los camiones colgaban pasajeros como racimos de fruta. Los coches frenaban ruidosamente, el polvo se levantaba y se unía al humo de los escapes. Ruido, mucho ruido. Caminó aumentando la velocidad de los pasos hasta la calle San Luis y dio vuelta a la derecha. ¿Lo estarían siguiendo? Volvió a dar vuelta a la derecha en la próxima esquina, luego se metió en un zaguán de una compañía constructora y permaneció de espaldas a la calle observando gracias a los reflejos que se producían en el cristal del directorio. A los dos o tres minutos renunció y salió de nuevo. Utilizaba un paso rápido, cercano al trote, que había hecho difícil acompañarlo en un paseo. Su ex mujer hacía cinco años se había aburrido de quejarse del estilo de caminar de Héctor, que hacía difícil que alguien se acomodara a su paso; no se detenía a ver aparadores o mostradores, las impresiones las captaba al vuelo y seguía caminando con el mismo trotecillo corto. Miraba alternadamente al suelo y al cielo, tratando de que la tarde no se le escapara del todo. Entró en una agencia de representaciones artísticas donde alguna vez había hecho un favor. Se dirigió directamente al despacho de la subdirectora y sin tocar, saltándose a la secretaria, entró.

—Quihúbole, detective.

—Quihúbole, Yolanda.

La mujer sostenía en la mano un teléfono y con el hombro derecho sujetaba otro. Le hizo un gesto para que esperara y continuó la conversación.

Héctor miró las conocidas paredes: recortes, fotografías, algunos diplomas.

Yolanda colgó los dos teléfonos al mismo tiempo.

—¿Qué puedo hacer por ti?

De todos los oficios posibles, el de detective, el de reportero y el de puta, eran quizá los únicos que obligaban a su dueño a mantener centenares de relaciones de seudoamistad.

—Necesito encontrar a la esposa de Zorak, sabes, Zorak… Se hacía llamar señorita s, o algo así.

—Zorak, el contorsionista, el que se cayó del helicóptero.

—Ese mero.

—Ug, pues la pones difícil, que yo sepa, esa muchacha no está en el negocio. ¿No era del negocio, o sí?

—Me da la impresión que antes de ser la ayudante de Zorak hacía trabajos de modelo, por lo que me contaron…

—¡Espérame! ¿Una bizca?

—Sí, era bizca, según recuerdo. Yo nunca la he visto.

—¡Márgara Durán! Hace trabajos de modelaje para una agencia de fotógrafos que está en la Zona Rosa.

Yolanda abrió un cajón y sacó de éste una botella de coñac.

—¿Gustas, detective?

Era una mujer de unos cuarenta años, muy espectacular, de cabellera rubia pintada, llena de alegría. Su amante había intentado hacía un par de años destrozarle la cara con ácido y Héctor le había roto dos costillas con un cenicero de bronce. Todo ello en medio de otra historia (que para los efectos del ácido y del cenicero de bronce era absolutamente incidental).

—Paso, el alcohol mata a los niños.

—Y a las niñas.

—Un dato más, Yolanda. ¿Qué sabes de una tal Melina y de un antrito que se llama La Fuente de Venus, allá por San Juan de Letrán?

—Del cabaret ese, nada, es la primera vez que lo oigo nombrar. De Melina, muy poco, es de Ciudad Juárez y hace números baratitos de *vedette*, con algo de *striptease*. Fue amante de un político del PRI.

—Uh, qué raro —dijo Héctor y se puso de pie.

Carlos, su hermano, estaba leyendo tirado en el suelo; Marina fue la que abrió la puerta. Tenía dos piezas de un rompecabezas en las manos, y después de darle un beso al detective corrió hacia la mesa a colocar una. El diminuto cuarto de azotea estaba ocupado, no se le ocurría otra palabra para definirlo: libros, una mesita, cuatro sillas pegadas a la pared y prensadas por la mesa, una cocina de un metro de ancho y dos y medio de fondo que remataba en un refrigerador.

Se acercó a la mesa donde el rompecabezas de un cuadro de Klee estaba a punto de pasar a la fase de culminación.

—¿Cómo te va, hermano? —preguntó Carlos desde el suelo.

Héctor alzó los hombros.

—¿Tienen una guía de teléfonos? —preguntó el detective.

—Y un refresco —dijo Marina. Interrumpió temporalmente la manufactura del rompecabezas y buscó debajo de una de las sillas la guía de teléfonos, se la pasó y caminó hacia la cocina.

El teléfono estaba a un lado del rompecabezas.

—El señor Mendiola, por favor... Oye, viejo, el otro día no me contaste bien qué sabías de la muerte del tal Zorak. Me ando enredando y ese tipo aparece por la historia una y otra vez... Me haces un gran favor si me juntas esas crónicas... Paso mañana en la mañana. Gracias, viejo.

Héctor colgó. Marina lo estaba mirando.

—Oye, Carlos, ¿no es Zorak el tipo ese que se cayó del helicóptero hace cuatro o cinco años?

—Seis —dijo Héctor.

—El que se rumoraba que entrenó a los Halcones —dijo Carlos levantándose.

—¿Cuáles Halcones? —preguntó Héctor.

—¿En qué pinche país vives, hermanito? —dijo Carlos.

—En éste —respondió el detective.

Marina le puso un refresco de naranja en las manos.

VIII LOS HALCONES

Si en este país hay un sospechoso, es la policía.

Luis González de Alba

Esa cosa turbia, violenta, había dado señales de vida anteriormente. Primero durante la huelga de Ayotla Textil, cuando los grupos paramilitares aparecieron de la nada, disparando, saqueando, amedrentando a los huelguistas ante la mirada burlona de la policía. Luego en algunas concentraciones en el Politécnico, poco antes del 10 de junio. A pesar de las señales, desde el ojo cándido de la izquierda universitaria, ninguno de los dos fenómenos fue apreciado como algo más que la permanente y en ascenso presencia de las porras y del gangsterismo estudiantil que habían hecho su aparición en las escuelas, tras la derrota de 1968. No parecían ir más allá que las pequeñas bandas, que con comportamientos erráticos, pero siempre gangsteriles, pululaban por la Universidad, al calor de las drogas introducidas por las autoridades en las verdes explanadas de la Ciudad Universitaria, y los subsidios derramados desde alguna de las dependencias de Rectoría. Bandas de ocho, diez, quince abyectos personajes que robaban, violaban, se emborrachaban en los patios, abusaban de los alumnos de nuevo ingreso, y se justificaban socialmente en los partidos de futbol americano como porras. Por esto, el 10 de junio, cuando se decidió volver a tomar la calle, sólo se esperaba la constante presencia de los granaderos, la mancha azul, de ojos hoscos, ahora con seis unidades antimotines estrenadas hacía un par de meses, a las que la mitología estudiantil atribuía poderes extraños y múltiples, como arrojar gases, arrojar agua, arrojar pintura, arrojar balas blindadas, arrojar balas simplemente, tirarse pedos y tocar el himno nacional, a más de hacer sonar sirenas que ensordecían, utilizar rayos infrarrojos en las noches, atropellar al que se dejara y ser inmunes a las bombas molotov.

Y sí, ahí estaban rodeando el Casco de Santo Tomás los seis antimotines nuevecitos, azul grisáceo y mate. Y estaban un par de batallones de granaderos, renovados en los tres últimos años con jóvenes campesinos sin tierra de Puebla, de Tlaxcala, de Oaxaca, que habían venido a llenar los huecos de los desertores de 1968, quienes habían pasado el obligado periodo de embrutecimiento entrante, que habían comenzado a gustar del pequeño poder, de la pequeña impunidad que da el uniforme; que incluso habían tenido su breve inyección de ideología bárbara tipo: los estudiantes están contra la Virgen de Guadalupe, el comunismo quiere acabar con México y con los niños héroes, nosotros somos el último bastión de la patria; y que encubrían su miedo con nuestro miedo.

Pero a pesar de su presencia, nomás están ahí para espantar. El que se apantalle por ver un par de millares de azulejos no ha vivido. Si fueran a reprimir no harían tal oso; desfilamos entre ellos mirándolos a los ojos, aceptando el reto, observando los prodigios tecnológicos del mal.

Había corrido el rumor de que si se metía una papa en el tubo de escape de un antimotín, tronaba como sapo, y las miradas curiosas iban al diámetro del tubo de escape y calculaban el espesor de la papa que por cierto se nos había olvidado traer, quizá por brutos, probablemente por incrédulos.

Pasamos por los pasillos de Melchor Ocampo, de San Cosme, de calzada de los Gallos. Ojo ahí, el cerco estaba roto por el occidente, quizá un tanto bloqueado por las rejas de la Normal de Maestros y la propia estructura de las escuelas superiores del Politécnico, y fuimos llegando a la explanada del Casco, punto de partida de seis nuevas reivindicaciones: que no estén chingando en la Universidad de Nuevo León, democracia sindical, libertad a los últimos presos políticos. Y cómo no, cada uno había hecho mal que bien su último análisis de coyuntura y había dicho mal que bien que el nuevo gobierno necesitaba consolidar su apertura, que no podían volver a la represión, que las declaraciones de Echeverría invitaban a la calle. A nosotros, para recuperar nuestro poder, a él, al anfitrión, para demostrar que el México bárbaro de Díaz Ordaz ya no era tal, que los márgenes se habían abierto un poco y que la democracia bárbara daba paso a la bárbara farsa democrática. Total que, bellos, con nuestros vaqueros y nuestras camisas azules, rojas y beige, y los pantalones de pana, y los paliacates al cuello, y las chamarras de gabardina a pesar del calor y las mangas al aire libre de las camisetas, y los pantalones brillantes de las muchachas, y las camisas blancas de los estudiantes provincianos que ahora sí les tocaba porque ellos eran chicos en el Movimiento (el movimiento con mayúsculas, el punto de partida, el no va más de nuestras vidas y nuestros nacimientos, nuestra referencia como humanos frente al país y la vida toda) y ahora sí tenían su Movimiento.

Luego la sorpresa de que a pesar del cerco llegábamos a los diez mil y hasta más, y hasta a los quince mil, y hacíamos del miedo colectivo la demostración de que el miedo no podía pararnos del todo y allí estábamos, y entonces salían de las chamarras las banderas rojas cuidadosa, amorosamente ocultas en la llegada, y se desplegaban en palos salidos de las escuelas del Poli, y brillaban las mantas lanzadas al aire con las viejas consignas bajo nuevas letras. Era la euforia, una euforia teñida por el agridulce sabor del miedo derrotado, pero presente.

Apenas hubo tiempo para reconocer a los amigos, para identificar a los grupos, para saludar. Ah caray, cómo se chocaban las manos entonces con el pulgar propio apuntando al corazón, el encuentro y los dedos cerrándose, chasqueando sobre la mano reconocida del amigo. Cuando salimos, abría la marcha Economía de la Universidad, y luego Economía del Poli; caras reconocidas de estudiantes que acababan de salir de la cárcel o regresar del exilio. La columna avanzó por la calzada de los Gallos y bajó por la avenida de los Maestros, sonaban los primeros cantos. La punta llegó a la calzada México-Tacuba y la cola estaba aún saliendo del Casco.

Salieron de las calles laterales, iban gritando: Viva Che Guevara. Los granaderos les abrieron el paso y los dejaron cruzar entre sus filas, las pancartas se desnudaron y se volvieron garrotes y chocaron con la columna. El *viva Che Guevara* se transmutó en un sorprendente *viva LEA, cabrones*. Entraban por Sor Juana, por Amado Nervo, por Alzate. En un punto chocaron contra los grupos de la Preparatoria Popular. Tras la sorpresa, las huestes de la prepa pop se reorganizaron y cargaron contra los intrusos. A media calle un estudiante de Comercio repartía garrotazos a los invasores. La manifestación había sido detenida en la punta por los granaderos, en la calle se combatía a palos, muchos estudiantes corrían, la cola había sido cortada.

Entonces sonaron los primeros tiros, los granaderos se habían retirado y la manifestación pareció que salía hacia el Cine Cosmos, parecía que los agresores habían sido derrotados, al fin y al cabo no más de tres centenares con palos, aunque supieran kendo, y gritaran cuando cargaban, y estuvieran entrenados, no podían frente a la mexicana alegría de una generación de estudiantes que, aunque clasemedieramente intelectualizados, habían tenido sus escuelas de violencia en los barrios, en la vida cotidiana y en el movimiento del 68. Entonces sonaron los primeros tiros, una ráfaga de ametralladora sobre la cabeza de la manifestación disparada desde un coche en marcha, y los agresores volvieron nuevamente con rifles M1 y pistolas, y ametralladoras y más palos, y los granaderos se abrieron nuevamente en las calles laterales para dejarlos pasar.

Algunos, los que todavía podían oír, los que escuchaban, registraron un grito lanzado por los jóvenes de pelo corto que atacaban a la manifestación: ¡Halcones!

Ahí quedó una tarde de terror, más de cuarenta muertos, la Cruz Verde asaltada para llevarse a los heridos por la fuerza, los disparos contra la multitud, el cerco policial y más tarde la llegada del ejército, las detenciones, los cateos en las casas donde muchos se habían podido esconder, la desbandada de la cola de la manifestación, las persecuciones por las azoteas, los disparos sueltos de los francotiradores que duraron hasta el oscurecer, los granaderos que observaban, a veces aparecían y disparaban gases contra grupos sueltos de manifestantes que no podían acabar de decidirse a huir del horror y deambulaban por la zona como si tuvieran una deuda de honor que les impedía apartar los ojos de la matanza.

Hacia las siete y media comenzó a llover y los charcos de sangre se deslavaron en las aceras. La verja de la Normal Superior se había hundido bajo el peso de los que intentaron huir saltando sobre ella. Una ambulancia con las ruedas ponchadas se había quedado en la esquina de la México-Tacuba y avenida de los Maestros, la luz roja oscilaba en el techo mientras se escuchaban los últimos tiros. Hacia las ocho de la noche el ejército controló totalmente la zona, los tanques aparecieron.

Las explicaciones oficiales hablaban de un encuentro entre estudiantes, pero ahí estaban las fotos de los M1 reglamentarios del ejército, y las fotos de los granaderos dejando pasar a los hombres armados, y las grabaciones de la radio policiaca donde se registraba la dirección por oficiales de la policía de la intervención de los Halcones. El descubrimiento por Guillermo Jordán, un periodista de *Últimas Noticias*, de los camiones donde habían sido transportados, propiedad del Departamento del Distrito Federal, pudorosamente pintados de gris, y los campos donde habían sido entrenados en la colonia Aragón y detrás del Aeropuerto, y la selección de los Halcones entre soldados, y la intervención de oficiales del ejército y la policía en el entrenamiento. Y ahí quedaron los muertos, a pesar del escándalo y de la denuncia... Y nunca se abrió ningún juicio, y los expedientes desaparecieron ocho años más tarde.

IX

En la tempestad se respira más fácilmente.
MIGUEL BAKUNIN

Serían las tres y media de la madrugada cuando Héctor tuvo que detener un bostezo monumental y arrancar el Volkswagen. De La Fuente de Venus, ondulante, con una pañoleta rojo fuego cubriéndole la cabeza, salió la *vedette*. Un mesero la acompañó hasta un Mustang.

La mujer manejaba despacio y el detective no necesitó forzar el coche que le había prestado su hermana. Siguieron la recta amplia de Reforma hasta el Ángel, allí la mujer tomó la lateral y maniobró para estacionarse en una calle de la colonia Cuauhtémoc. Las luces del segundo piso se encendieron. Héctor llevó el Volkswagen cien metros más allá y dio la vuelta de manera que pudiera observar la puerta desde el interior del coche. Dudó, encendió un cigarrillo y optó por la espera. Prefería esperar, actuar con la luz del sol. La mujer podía llevarlo hasta el Capitán Perro, el problema era cómo. Se estiró cruzando las piernas en el asiento del copiloto y se dispuso a consumir el resto de la noche.

Dormitó a ratos, con un sueño sobresaltado, angustioso y superficial. Los músculos embotados, la cabeza llena de pájaros. A las seis de la mañana pasó una ambulancia de la Cruz Roja a toda velocidad y tras ella la ciudad pareció revivir: un camión escolar, un ciclista con periódicos, tres o cuatro sirvientas.

Salió del coche tratando de localizar en algún punto el difuso dolor de espalda y no pudo. Decidió desayunar antes de lanzarse a un interrogatorio con música de tango como fondo. Se había alejado cuatro o cinco metros del coche en dirección contraria a la casa de la *vedette*, cuando por instinto y rutina, giró la cabeza. Un automóvil rojo se había estacionado. Dos hombres bajaron de él. Nuevamente lentes oscuros y trajes grises y azules mal cortados. Siguió caminando hasta que pudo cubrirse parcialmente con la estructura metálica de un puesto de periódicos. Los dos hombres conversaban con un tercero que se había quedado al volante, luego, se desprendieron del automóvil y entraron al edificio de departamentos.

Ahí estaban las fuerzas del mal.

Héctor se llevó la mano a la pistola; acarició la culata.

Había que pensar rápido. La calle se iba llenando de luz y en la esquina de Reforma pasaban cada vez más automóviles. Un escalofrío lo sacudió. ¿Adelantarse o esperar? A lo mejor era pura paranoia. La duda lo inmovilizó de nuevo. Si los que habían entrado salían mientras él inmovilizaba al chofer, estaba fregado. Si esperaba…

Caminó hacia el coche tratando de quedar fuera del área de visión del espejo retrovisor del automóvil rojo. La calle estaba vacía. Sacó la pistola y se acercó. El hombre estaba sacándose un moco con el dedo índice cuando Héctor le puso el cañón de la automática en la sien.

—Las manos sobre el volante, amigo.

—No le vaya a salir el plomazo.

—Nomás sale cuando jalo el gatillo.

El hombre colocó lentamente las manos sobre el volante. Antes de que terminara de hacerlo, Héctor levantó la pistola y le dio con el cañón un golpe tremendo en la sien. El hombre dejó escapar un sollozo y se desplomó sobre el volante. Héctor abrió la puerta y lo empujó, las nalgas quedaron mirando hacia la calle. Tuvo que empujar de nuevo. El tipo iba dejando una mancha de sangre sobre el asiento. A lo mejor me pasé. A lo mejor no tiene nada que ver con las fuerzas del mal. Se rio. Fuerzas del mal. Sonaba bastante tremendista para el pobre mono ensangrentado. Mirando de reojo la puerta del edificio de departamentos de la *vedette*, Héctor se subió en el lugar del chofer y arrancó el coche. Sin forzar el motor, lo hizo avanzar hasta Reforma. En el alto aprovechó para registrar al bulto inmóvil que se encontraba a su lado y cuya sien seguía sangrando. Un revólver .38, una credencial del servicio de vigilancia del metro a nombre de Agustín Porfirio Olvera, una colección de fotos pornográficas unidas con una liga, y dinero. Lo arrojó sobre el cuerpo, dio la vuelta a la manzana y se estacionó enfrente de un lote baldío. Descendió del coche tras meter la pistola del hombre y la credencial en la bolsa de su chamarra. Caminó a paso veloz nuevamente hasta la esquina donde estaba su automóvil. Nada. La calle permanecía solitaria, vacía. Estaba buena para un duelo. Escenario para un *western* urbano. Una calle vacía en la colonia Cuauhtémoc a las siete y media de la mañana. ¿Ahora qué seguía?

Entró al edificio y comenzó a subir las escaleras. En el primer piso había dos departamentos, el 202 era el que daba a la calle, donde se había encendido la luz. La puerta estaba cerrada. ¿Habría patio? ¿Escaleras que dieran a la azotea? Siguió subiendo. El edificio de tan sólo dos pisos terminaba en una puerta gris por donde se entraba a la azotea. Buscó el cubo de luz interior. Nada. Desde la azotea contempló las ventanas del 202: una era de un baño, la otra estaba cubierta por una cortina roja tras la que no se podía adivinar. De la azotea a la ventana del baño había cuatro metros. Quizá desde el patio resultaba más fácil, utilizando la escalera arrumbada en una esquina. El patio estaba muerto. Había que entrar por uno de los departamentos de la planta baja. Nuevamente bajó la escalera. Al pasar frente a la puerta del 202, ésta se abrió. Héctor quedó cara a cara con un hombre de unos treinta y cinco años, el pelo lacio y muy negro, unos bigotes muy finos sobre los labios gruesos, traje y corbata aflojada al cuello de la camisa blanca. No pudo ver más. El hombre buscó con la mano izquierda la pistola en el cinturón. Héctor lo empujó y saltó por la escalera mientras buscaba su pistola en la funda sobaquera. A sus espaldas sonó el primer disparo que botó pedazos de yeso sobre su cabeza. Al llegar al rellano entre los dos pisos se detuvo y apuntó; un instante después el hombre apareció ante su pistola. Héctor disparó. La escalera se llenó del retumbar del disparo y del olor a cordita. El hombre rodó llevándose las manos al cuello; su cara rebotó en un escalón a los pies de Héctor. Faltaba uno. Levantó el cadáver mientras mantenía la pistola cubriendo el hueco de la escalera y comenzó a subir con él como escudo. El muerto resbalaba y le llenaba el pecho de sangre que salía por el cuello atravesado. Al llegar al primer piso sonaron dos tiros más. Desde la puerta, el tercer hombre disparó sobre el cadáver de su compañero. Una de las balas se perdió, la segunda perforó el pecho y Héctor sintió el impacto en su carne. Dejó resbalar el cadáver mientras apuntaba hacia el hombre que trató de darse la vuelta y correr. Disparó dos veces, uno de los impactos perforó la espalda del hombre, el segundo le dio en la nuca y la cabeza se fragmentó como un melón podrido. Tenía sólo unos segundos. En la sala la *vedette* miraba hacia el techo extrañamente inmóvil, sentada en el borde de un sillón de tela naranja. De sus labios, rotos por un golpe, salía un leve hilo de sangre. Estaba viva. Unos metros más allá, el Capitán Perro había pasado a reunirse con el romano y el dueño de La Fuente de Venus, tirado en el suelo con el cuello tasajeado por una navaja. Héctor se acercó a la mujer y trató de levantarla; era un peso muerto. Sus ojos vidriosos no miraban a ninguna parte. Soltó el brazo y bajó las escaleras corriendo. No miró los dos cuerpos al pasar a su lado.

Salió a la calle y comenzó a caminar a paso lento mirando el edificio del que acababa de salir como si fuera un observador más. Algunas ventanas se abrieron y una mujer en bata se asomó en el portal de una casa vecina.

—¿Oyó usted unos tiros, joven?

Héctor de espaldas a la mujer no quiso voltear. Traía la camisa llena de sangre mal cubierta por la chamarra.

—Creo sí, señora. Abusada, no vaya a ser de a deveras.

Dio la vuelta a la manzana tratando de detener el corazón que saltaba como un equilibrista loco. Le costaba trabajo respirar, le dolía el pecho. Subió el cuello de la chamarra, metió las manos en los bolsillos y sintió frío, mucho frío. Había matado a dos hombres más.

La sangre había cuajado en la camisa y el frío había sido sustituido por un dolor de cabeza punzante y muy intenso. Media hora después del tiroteo, había repasado todo y descubierto que podían haberlo matado dos veces. Si el segundo hombre hubiera tirado más bajo cuando saltó por la escalera, si el tercer hombre hubiera disparado a su cabeza y no al pecho de su compañero muerto. Dos veces. El coche rojo recorrió otra vez el circuito del Parque México, por lo menos llevaba ocho. Se había detenido en un estacionamiento de la Zona Rosa, y en la oscuridad del sótano había metido al desmayado personaje en la cajuela. Ahora necesitaba saber qué seguía. En las buenas novelas policiacas, los pasos eran claros; hasta cuando el detective se desconcertaba, su desconcierto era claro. Nada parecido a esta situación similar a la del algodón Johnson&Johnson empacado a presión. Las manos le temblaban desde que se subió al coche, y había estado sudando frío intermitentemente. Sonrió al espejo retrovisor. ¿Así era la muerte ajena? Así era.

Tenía que producir odio, la sonrisa triste, el miedo, no eran suficientes para evitar que lo terminaran matando sus cazadores. Hasta ahora había tenido suerte, pero no se prolongaría eternamente. Tenía que odiar, tenía que saber. Enfiló el coche hacia el hogar en el sur de la colonia Roma.

Frente a su casa estaba Merlín Gutiérrez, su casero y radiotécnico profesional; detuvo el coche a su lado.

—Hombre, detective, qué bueno que no duerme usted en su hogar, coño.

—¿Qué trae en mente, Merlín?

—Pues que anoche estuvieron rondando por aquí dos o tres tipos no muy agradables. Una vez me los encontré esperándolo en el rellano de la escalera. No me gustaron mucho. Se fueron temprano, como a las seis.

—¿Le pido un favor?

—Ordene y mande, amigo. Y si el conflicto es contra el Estado capitalista, más que mejor.

—Pues sepa si será contra el Estado, o nomás contra un cacho, el caso es que traigo a un hijo de la chingada en la cajuela. Mientras subo, le echa un ojo, no sea que se vaya a pelar.

—Voy por un martillo y vuelvo.

El radiotécnico caminó unos pasos y salió de su taller con un martillo. Habían estado aquí antes de ir a casa de la *vedette*, pensó Héctor. Salió del coche y subió a saltos las escaleras.

La puerta estaba forzada y se abrió con sólo empujarla con dos dedos. A mitad de la alfombra de la sala estaba el conejo degollado.

Héctor entró a su cuarto, tomó dos pares de calcetines, una camisa, cambió la chamarra café que traía por una negra de bolsillos más amplios, metió dos peines de la automática .45 en las bolsas y cargó el que tenía montado. Cuando iba a salir, tomó el libro que había estado leyendo y se lo echó a la otra bolsa. Entornó con suavidad la puerta y se despidió mentalmente del conejo. En la entrada, Merlín Gutiérrez ocupaba celosamente su puesto sentado sobre la cajuela del coche rojo.

—Merlín, le encargo que entierre a mi conejo.

—¿Cuál conejo?

—Uno que está muerto a mitad de la alfombra en mi casa.

—¿Conejo de conejo?

—De esos meros.

—Ah, bueno.

—A lo mejor no regreso en unos días... Si no regreso de a tiro, los libros de la guerra de España que están en el librero del pasillo y que heredé de mi jefe, ahí se los heredo a usted.

—Deseo que no suceda tal cosa —el viejo zarandeó el martillo que llevaba en la mano a modo de despedida y sonrió.

Detuvo el coche en medio de la arboleda, en un punto en que el bosque de pinos espaciaba su densidad. Sacó la automática y cortó cartucho. El sol se colaba entre las copas de los árboles. Brilló primero en el espejo retrovisor y más tarde en el metal pavonado de la pistola. A lo lejos se escuchaban mezclados con los trinos de algunos pájaros y el suave silbido del viento entre los árboles, los ruidos intermitentes de los automóviles en la carretera. Abrió la cajuela y ésta chirrió elevándose automáticamente. El hombre encogido parecía muerto. Héctor se separó un metro, apuntó y esperó. No hubo ninguna reacción.

—Cuento hasta diez y te meto un plomazo.

El hombre continuó inmóvil, encogido, con una mancha de sangre seca en la sien y la boca desencajada.

—Uno... dos... tres... cuatro... cinco... seis...

—Pérese. Ya voy. Nomás que estoy muy mal.

Se levantó poco a poco apoyándose en el borde de la cajuela.

—Mi buen Porfirio, ya se lo cargó la chingada —dijo el detective.

El hombre se le quedó mirando. Había miedo en los ojos, pero en la boca y en la dureza de la mandíbula, sólo ganas de matar.

—Tus dos compañeros están muertos. Como verás me vale madres matar a cuatro o cinco de ustedes. Uno más, uno menos... Ahora bien, si me dices lo que quiero saber, lo más probable es que te deje libre. Yo no saco ningún placer en matar a nadie... Las cartas arriba de la mesa, mi buen. No hay más qué decir. ¿Colaboras o te emplomo?

El tipo fijó la mirada en los ojos de Héctor, luego en la pistola, luego nuevamente en los ojos de Héctor.

—Nomás tiene un ojo bueno —dijo.

—El otro lo perdí en la guerra, pero así tengo mejor tino, no tengo que cerrarlo para apuntar, ya se cerró solito —respondió Héctor.

Iba a tener que matarlo si no decía nada. La vida de Agustín Porfirio Olvera le valía madres. Eso había aprendido en dos días, que la vida de los pistoleros de las fuerzas del mal le valía madres. Que se morían sucios, botaban mucha sangre, pero no se lloraba por ellos.

—¿Dónde trabajas?

—Ya lo sabe... En vigilancia del metro.

—¿Quién es tu jefe directo?

—El comandante Sánchez.

—¿Son un servicio autónomo o dependen de la policía del DF?

—Autónomos, aunque nos dan los permisos en la policía. El metro paga y el metro nos contrata.

—¿Desde cuándo trabajas ahí?

—Desde el 71.

—¿De dónde eres?

El tipo lo miró lentamente. Por una vez no contestó la pregunta inmediatamente. Parecía como si el interrogatorio estuviera saliéndose de lo normal.

—De Pachuca, pero me trajeron mis jefes al DF de chico.

—¿Cuántos años tienes?

—Veintinueve.

—¿Casado?

Afirmó con la cabeza.

—¿Con cuántas viejas?

El tipo movió la cabeza de un lado a otro y trató de esbozar una sonrisa, pero reaccionó a tiempo y se tocó la herida en la sien. Trataba de humanizarse, de provocar lástima.

—Había unos bueyes del Departamento del DF que andaban por la ciudad en camionetas sin placas y les caían a los vendedores ambulantes, les tiraban la mercancía al suelo, se llevaban las parrillas de los puestos de hot cakes y las mandarinas de las Marías. Tú trabajaste ahí, ¿verdad?

—¿Cómo supo?

—Me latió.

El tipo aparentaba más de los veintinueve años, estaba endurecido. Los ojos un poco rasgados y con bolsas, el pelo grasiento.

—¿Cuánto ganas?

—Nueve mil al mes y primas.

—¿Primas de qué?

—De puntualidad, y por servicios especiales.

—¿Cómo cuál?

—Como tronarlo a usted.

—¿Cuánto pagan por tronarme?

—Veinte mil pesos.

—¿A ti solo?

—A los tres, para repartir.

—¿Quién paga?

El hombre quedó callado. Héctor levantó la pistola y apuntó, primero al pulmón izquierdo, luego al brazo. Si no lo ablandaba ahora, no le sacaría nada.

—Voy a disparar, al brazo primero. Si no te ablando ahora, no te ablando nunca y no te saco lo que quiero saber. Si te meto un tiro en el brazo, y luego otro en la pierna, y luego te vuelo los dedos del pie, al rato me cuentas cuántos pelos tiene en el culo tu patrón. ¿Entiendes? Lo voy a hacer, sin agua va...

—El capitán Estrella.

—¿Ese comandante Sánchez no tiene nada que ver?

—Ése es nuevo, no es de los nuestros.

—¿Quiénes son los nuestros?

—Los que entramos en 71.

—En julio o en agosto.

—Por ahí.

—Después del 10 de junio.

—Después.

—¿Cuándo les dijeron que vinieran por mí?

—Ayer en la tarde.

—¿Conocías a los que se murieron en Bucareli?

El hombre afirmó.

El interrogatorio saltaba de una a otra pregunta, sin detenerse a evaluar las respuestas, picoteando aquí y allá, pescando pedazos de información. Así, Héctor quería obligar al hombre a no hilvanar una cadena de falsas respuestas.

—¿Cuántos de ustedes trabajan en vigilancia del metro todavía?

—Como treinta o cuarenta.

—¿Y los demás?

—Unos se fueron de guardaespaldas, otros volvieron al ejército o se pelaron para sus casas, unos se metieron al negocio grande, por su cuenta, otros se murieron.

—¿Quién está detrás del capitán Estrella?

—Sepa.

—¿Conociste a Zorak cuando los entrenamientos?

—A huevo. Ése sí era bueno, era un chingón.

—¿Quién mató al Capitán Perro?

—*El Chino*, el que iba conmigo en el carro.

—¿Conocías al Capitán Perro?

—Era uno de los ayudantes del Zorak.

—¿Qué entrenamiento les daba Zorak?

—Pura cuestión física. Enseñaba a respirar, enseñaba ejercicios.

—¿Quién mató a Zorak?

—Sepa.

—¿Quién mató a los dos viejos que jalaban con el Zorak? Al que iba de romano y al otro.

—El Chino. Ése era bueno con la navaja… ¿Usted lo mató?

Héctor asintió. Estaba sintiéndose cansado. Parecía como si la muerte no tuviera que ver con ninguno de los dos. Como si a los dos les colgaran los muertos como medallitas a un cristero. Nomás estaban allí para decir que era hombre de fe.

—¿Tienen oficinas?

—¿Quiénes?

—Los de vigilancia del metro.

—Sí.

—¿Dónde?

—Ahí, en la estación Juanacatlán. Ahí nos reportamos en la mañana con el comandante Sánchez y nos da las comisiones…

—¿Y el capitán Estrella?

—Él y el Barrios nos dan las otras comisiones, las de abajo del agua.

—¿Sabe el tal Sánchez que ustedes traen otros boletos?

—Pos ha de saber, no es tan pendejo.

—¿Quién los metió al metro?

—Sepa. Nomás dijeron: preséntese en tal lugar, lleven fotos y una carta que les vamos a dar y órale, calladitos…

—¿Disparaste el 10 de junio?

—Disparé.

—Fusil.

—Pistola… No tiré a dar.

—Cuando les dijeron que vinieran por mí, ¿qué órdenes les dijeron exactamente?

—Dijeron que se había echado al Guzmán y a *la Pantera*, y que sabía demasiado, que podía sacar lo del 10 de junio para afuera otra vez.

Si le metía un tiro en una pierna para inmovilizarlo, mientras lo encontraban en pleno Desierto de los Leones, se iba a desangrar. Si lo dejaba

suelto, le iba a robar tiempo, les iba a dar información a los suyos que a
Héctor no le urgía que tuvieran.

—Desnúdate, mi buen Agustín Porfirio —dijo el detective elevando la
pistola hasta que apuntó a la cabeza del hombre—. Te voy a hacer un favor… ¿A poco no querías ser mamá?

—Si me va a matar, no me alburee —dijo el hombre mientras se quitaba una corbata ajada y gris.

Mendiola no estaba, pero había dejado el sobre encima del escritorio. En
medio de la agitada redacción, Héctor abrió el sobre y se sentó a leer. A su
lado pasaban dos fotógrafos deportivos, y el jefe de la sección de espectáculos estaba ligando por teléfono en voz más alta de lo necesario.

Los recortes contaban una historia muy sencilla: Zorak había sido
contratado por un nuevo fraccionamiento para que participara en un festival dominical de promoción. El acróbata iba a realizar unos cuantos actos
de escapismo que se iniciarían con su llegada en un helicóptero, colgado
a diez metros de la cabina por un cable que iba a su muñeca. A diez metros
del suelo, Zorak se soltaría del cable y caería sobre un montón de arena.
Se había reunido una multitud a contemplar la llegada. El acto había sido
anunciado por la prensa y rematado la publicidad con una enorme propaganda a través de carros de sonido en todas las colonias cercanas al fraccionamiento, a lo largo de toda la semana.

Hacia las doce de la mañana apareció el helicóptero. Zorak se descolgó de la cabina y pendió a unos diez metros de ella colgado del cable. A
unos quinientos metros del punto calculado para la llegada, el helicóptero
hizo un extraño movimiento y se elevó dando un tirón. Zorak se desprendió desde cincuenta metros de altura y cayó en una de las calles del nuevo
fraccionamiento. Cuando los socorristas de la Cruz Roja, que estaban allí
más para cuidar desmayados que al personaje central, llegaron hasta él, ya
estaba muerto. Tenía la muñeca desgarrada.

No había más. La explicación oficial era que a causa del tirón del helicóptero provocado por una bolsa de aire, el mecanismo de seguridad que
vinculaba el cable con la muñeca de Zorak se había abierto.

Héctor dejó los recortes en el sobre y escribió una nota de agradecimiento a Mendiola.

El tipo había quedado en el Desierto de los Leones desnudo y amarrado a
un árbol. Ahora había que librarse del coche rojo y recoger el Volkswagen
de Elisa. Llamó por teléfono a su hermana desde una cabina cercana al periódico y le dijo dónde estaba estacionado su coche; le sugirió una excusa
si la policía le preguntaba algo.

Tras hacer tiempo para que Elisa llegara a la colonia Cuauhtémoc, Héctor estacionó el coche rojo a dos cuadras de la casa de la *vedette* y se acercó caminando a la esquina de Reforma. Desde allí veía la puerta de la casa y el Volkswagen, estacionado a veinte metros. En la entrada estaba una patrulla de la policía pero la calle parecía tranquila, ya ausente de curiosos. Probablemente la limpieza de los muertos y la llegada de la ley habían sucedido un par de horas antes. Elisa llegó en un taxi y caminó hasta su coche sin que nadie se le acercara y la detuviera. Cuando su hermana pasó ante él, Héctor le hizo una señal para que lo siguiera. Con el Volkswagen tras él llegó hasta el coche rojo.

—¿Vieja, me puedes seguir?

—¿Qué está pasando?

—Voy a hacer un poco de fuego artificial en la estación Juanacatlán del metro. Sígueme.

—Vaya líos en los que me metes, hermanito.

Manejaron a muy poca distancia durante diez minutos. Héctor encendió el radio del coche y buscó el noticiero de las doce en Radio Mil.

Nunca lo encontró y se quedó en una estación de música tropical donde Acerina mostraba nítidamente que a sus metales les pelaban los dientes la Sinfónica Nacional.

Al salir del Circuito Interior se detuvo en una gasolinería y compró un galón de gasolina que le dieron en un depósito de plástico.

Detuvo el coche rojo enfrente de la estación Juanacatlán, sobre Pedro Antonio de los Santos, y antes de salir de él, regó de gasolina todo el interior. Elisa había estacionado su Volkswagen cien metros más allá. Héctor mojó en gasolina un pedazo de cuerda que le había sobrado tras amarrar al hombre en el Desierto de los Leones, y lo metió en el depósito de gasolina del coche. Se había fabricado una preciosa mecha. Al salir caminando encendió un cigarrillo y acercó el encendedor a la punta de la cuerda mojada. Apenas tuvo tiempo para salir corriendo; la gasolina encendida recorrió la cuerda en un par de segundos, y tras ellos se desató un maremágnum de fuego y explosiones. Héctor se sintió lanzado hacia adelante por una masa de aire hirviendo llena de fragmentos de fuego.

—Cómo eres bruto, hermanito, seguro empapaste de gasolina toda la mecha.

—Ya no me regañes, me duele todo del putazo de la explosión.

A lo lejos, el coche ardía ante las instalaciones del metro con un creciente número de observadores rodeándolo. El Volkswagen arrancó.

—¿Para qué lo hiciste?

—Para que sepan que va de a deveras.

—¿Que va de a deveras qué?

—La guerra entre el gremio de detectives independientes y las fuerzas del mal.

—¿Y quién es el gremio de detectives independientes?

—Yo, hermanita... He matado a tres hombres en estos dos últimos días.

Elisa lo miró en silencio. Héctor se estiró en el asiento del coche y echó la cabeza hacia atrás.

—Llévame a comer a algún lugar —dijo.

Lo dejaron entrar al estudio donde se tomaban las fotografías. Parecía una práctica habitual el que los clientes o presuntos clientes rondaran por la casa sin trabas, probablemente era una parte más de la supuesta sofisticación del negocio de fotografía publicitaria, un elemento más junto con las melenas de los fotógrafos y los *stripteases* de las modelos que se sucedían en los lugares más insospechados: tras una columna, a media sala, en un sillón. Eso, y la cantidad de elementos absurdos que desdecoraban las tres salas comunicadas que constituían el estudio: televisores desmontados, rollos de tela fosforescente, una motocicleta con sidecar, una serie de estatuas de yeso de procónsules romanos, varios esqueletos de relojes de pared, una colección de pájaros disecados, botellas de vermut cubiertas de cera de colores...

—Saca la nalga, anuncias medias no jugo de uva.

—Sube la luz frontal, chicharín.

—Pásame el angular Rolando.

—Ahora las dos, la del smoking del lado izquierdo.

—Tiene mucha sombra.

La señorita s (Marga la bizca, la Mobiloil, Márgara Durán) tenía dos excelentes piernas (quizá ahí estaba la clave para anunciar medias: dos piernas; para anunciar relojes: una buena muñeca; para anunciar sanatorios para tuberculosos...), y parecía cansada. Héctor se recostó contra una pared llena de reflectores y cartones de anuncios de compañías aéreas y esperó.

—Rolando, estoy harta —dijo la señorita s.

—Una más, primor.

Tras el clic, la mujer se desprendió del círculo iluminado y se acercó a Héctor.

—¿Márgara Durán?

La mujer lo interrogó con la mirada. El estrabismo no era muy notorio y le daba una cierta gracia juvenil a una mujer que rondaría los cuarenta.

—Tengo que hablar con usted.

—Si me espera un minuto podemos ir a la cafetería de la esquina —Héctor asintió.

La mujer comenzó a quitarse las medias.

—Puede esperar allá si está cansado. Se le nota cansado.

Héctor afirmó.

—En diez minutos estoy allá, nomás me quito el maquillaje.

La cafetería estaba solitaria. Tres mesas y una barra con pasteles tras el cristal. En la pared se anunciaba horchata fresca.

Héctor puso la cabeza entre las manos y volvió a rumiar la misma historia: la muerte ajena. Matar. Se sentía desconcertado. Se supone que ante la muerte uno debe reaccionar violentamente, se supone que los seres humanos no nacimos para andar matándonos unos a otros. ¿O sí? La pregunta se hundió entre las cejas, para quedar ahí presente.

¿Le gustaba? El poder, el sabor del poder sobre la vida ajena. La pericia de los disparos, su sangre fría, la rapidez de reflejos, la virtud insospechada de ser tuerto y que su vista se hubiera adecuado a la ausencia del ojo izquierdo para compensarlo y convertirlo en un mejor tirador. ¿Dónde había aprendido a tirar tan bien?

—¿Tardé mucho?

Héctor levantó la cara y miró de frente a la mujer.

—¿Qué quiere tomar?

—Tú también tienes un ojo mal.

—No tengo ojo.

—¿Un accidente?

Héctor asintió.

—¿Quién mató a Zorak?

La mujer lo miró fijamente. Su cara comenzó a transformarse. Del desparpajo juvenil de la modelo cansada por diez horas de trabajo, a la cara tensa de una mujer madura y cansada por los últimos seis años de vida.

—¿Eres periodista?

—Detective independiente.

—Y eso, ¿qué es?

—No soy policía, no compro, no vendo nada. Ando solitario. Y necesito saber, porque los mismos que lo mataron a él, me quieren matar a mí.

—Yo sé que a él lo mataron, no sé quiénes, pero sé cómo. Nunca pude probar nada, además, ¿para qué? ¿Quién se iba a preocupar por una muerte así?

—Tenía la muñeca desgarrada, señal de que el cable no se soltó por el seguro que él había puesto. Fue el tirón del helicóptero…

—Yo estaba allí. Vi cuando el helicóptero dio el jalón. El Capitán Perro habló con el piloto después y éste le dijo que había sido una bolsa de aire. Pero si había sido así, ¿por qué insistieron en decir que se había zafado el seguro de la muñeca?

—¿Quién es el Capitán Perro?

—Era un amigo de él, de Durango. Cuando triunfamos, llegó un día a pedirle chamba y Zorak lo contrató de guardaespaldas.

—¿Para qué necesitaba un guardaespaldas?

La mujer se quedó silenciosa.

—¿Y el viejo Leobardo? ¿Y el otro viejo, el dueño del cabaret?

—Eran dizque sus ayudantes, sus asistentes. En la carpintería de don Leobardo se hicieron muchos de los triques que usaba Zorak en los actos de escapismo. Lo ayudaban a prepararlos. Los ensayaba con ellos y conmigo días y días.

—Zorak entrenó a los Halcones, ¿verdad?

—¿A quiénes?

Ella lo sabía, y sin embargo, andaba dándole vueltas, rondándole.

—¿Quién le pagó al piloto para que diera el jalón?

—Sus enemigos.

—¿Quiénes eran sus enemigos?

—Sus competidores, que envidiaban el triunfo que había logrado. Él era el número uno, y nadie podría nunca desbancarlo...

—Usted sabe que eso es basura, mugrita... A Zorak lo mataron porque podía contar lo que sabía sobre el 10 de junio. Él había tenido una posición privilegiada en el entrenamiento de los Halcones, y conocía a los jefes del grupo, conocía a los que estaban atrás.

—Quién sabe de qué está hablando.

Héctor se puso de pie.

—Sabe qué, mi estimada señorita S, que puede usted pagar la cuenta.

Sin mirar hacia atrás abandonó el café.

Se había cortado al afeitarse y se quedó mirando cómo corría el breve hilo de sangre por la mejilla. La sangre corriendo bastó para convencerlo de que se dejara crecer la barba. Si entraba en la selva, si las lianas se abrían a su paso y los caníbales seguían sus huellas, si el aire estaba lleno de olor a muerte, que la sangre corriera en la cara, y que la barba creciera.

Carlos entró al baño tropezando con Héctor y suspendió la sesión contemplativa del detective. Sacó el cepillo de dientes del armario tras el espejo y sirvió agua en el vaso.

—Tienes que buscar un lugar donde vivir —afirmó.

—Había pensado andar de hotel en hotel. Uno por noche —respondió Héctor mientras se secaba la sangre con un pedazo de papel higiénico.

—No deberías. Los hoteles de mala muerte son el territorio de la ley; los *cherifes* de la judicial y los federales se mueven ahí como en sus casas.

Héctor tiró el papel con manchitas de sangre al escusado y jaló la manija. Carlos empezó a cepillarse los dientes.

—¿Cuál es el mejor lugar para pensar en la ciudad de México? —preguntó el detective.

—La estación Pino Suárez del metro, atrás de una columna, como a las siete de la tarde, cuando pasan las hordas —dijo Marina entrando al baño—. Héctor se hizo a un lado para dejarla pasar. Marina sacó su cepillo de dientes de la parte de atrás del espejo.

—El restaurante que está en el último piso de la Latino —dijo Carlos.

—Los columpios del Parque España —resumió Héctor.

Primero lo habían inmiscuido en el asesinato de los dos ayudantes de Zorak, sin que él hubiera pedido un papel en el reparto. Luego lo habían invitado elegantemente a irse fuera de México. Luego encabronados porque no se iba, se habían dedicado a venadearlo. Luego a vengar sus muertos.

Si alguien podía entender algo de todo este basurero no era él, pensó Héctor mientras se columpiaba.

X

Un detective verdaderamente bueno,
nunca se casa.
RAYMOND CHANDLER

Los periódicos no seguían la noticia, el comandante Silva (¿cuándo dejaría de ser un simple apellido que cruzaba impunemente por la historia?) no hacía declaraciones, Melina estaba en un hospital, los tres escuderos de Zorak con las gargantas tasajeadas por el Chino, en la plancha del forense, el Chino y otros tres de sus cuates difuntos por la .45 de Belascoarán y el revólver del viejo oeste del Gallo. Nada, la pura paz, bien podría irse a Acapulco, cambiar de oficio y casarse...

Y ahí fue donde el hilo burlón de las ideas se detuvo. Si todo era una locura, si era Porfirio Díaz escribiendo el guión de una radionovela y Cuauhtémoc anunciando detergente por televisión; si eran los malos en el poder eternamente amorales, si todo iba a seguir así, bien podía cometer la locura final y casarse nuevamente.

Cualquier cosa sería mejor que andar danzando por la ciudad, sin atreverse a ir a su casa, sin poder sentarse en el sillón viejo del despacho y ver pasar las nubes, sin derecho a la tristeza ni a la nostalgia, y con los tres pinches muertos que le pesaban en la sangre.

¿Casarse con quién?

Ahí, la punzada del amor pospuesto le pegó fuerte entre los ojos, mucha soledad en los últimos días, demasiada para el tuerto detective independiente.

Estaba tomando un helado de tres sabores con plátanos, fresas, jarabe de chocolate, crema chantilly y nueces-por-encima en una nevería de la colonia Santa María, a la que no había vuelto desde la adolescencia, cuando decidió casarse.

Rastreando el origen de la idea matrimonial, descubrió que adivinaba la muerte a mitad de esta historia absurda de romanos y Halcones, y no quería morir sin haber vuelto al amor cotidiano.

Quería una semana de vida conyugal, antes de abandonar para siempre el DF.

Estuvo a punto de reírse, cuando tras de descubrirse hilando ideas como éstas, levantó la mirada hasta encontrarla en el espejo de la nevería.

Era él, el mismo. El ojo inmóvil en un lado de la cara, la cicatriz, el aire de perro triste que a veces interrumpía la sonrisa. Los treinta y tres alucinados y tercos años.

Estudió la fachada de la casa con mentalidad de técnico medieval en asedios. Luego, se quitó la chamarra y la dejó en el suelo. La automática quedó descubierta, mostrándose prepotente en la funda de cuero. Tomó la chamarra y se la puso de nuevo. El edificio tenía tres pisos, balcones llenos de plantas, fachadas de cal blanca rota por una enredadera que bajaba de la azotea, apoyándose en un árbol pequeño. En una de las terrazas colgaba la jaula de un loro. El sol rebotaba en los cristales del departamento de la planta baja y se reflejaba en la cara de Héctor. Sin dar aviso de sus intenciones, de repente, el detective saltó y quedó colgado de una de las ramas bajas del árbol. Se balanceó y subió lentamente una pierna. Como en la ciudad de México todo espectáculo gratuito adquiere instantáneamente espectadores, no bien hubo trepado la rama totalmente cuando dos estudiantes de secundaria con portafolio ajado y corbata de uniforme chamagosa y ladeada, se colocaron bajo el detective.

—Van cinco varos a que se parte la madre —dijo uno.

Héctor escupió hacia el siniestro pronosticador que se hizo a un lado violentamente.

—Órale güey, era broma.

Una segunda rama, colocada medio metro más arriba, le permitió acercarse a la terraza donde estaba el loro. A sus pies, una sirvienta que volvía del pan y un hombre que transportaba un tanque de gas sobre los hombros, habían incrementado el auditorio.

—Adiós, chula —le dijo el loro.

Héctor apoyó una pierna sobre la barandilla de la terraza y mientras se desgarraba la tela del pantalón por una rama puntiaguda, levantó las dos manos tratando de alcanzar el borde inferior de la terraza del segundo piso. Durante un instante titubeó y pareció que iba a caer. Al fin, la mano derecha se prendió del reborde de la terraza, luego la izquierda. Buscó tanteando con el pie un punto de apoyo en la enredadera y se izó. El público al que se había sumado una niña diminuta con una muñeca bajo el brazo, premió la acrobacia con un aplauso.

—Adiós, chula —le dijo nuevamente el loro.

—Adiós, pinche loro —respondió Héctor.

Los dedos se aferraron a la rejilla metálica que protegía la parte de abajo de la terraza y así fue subiendo hasta lograr tomarse del barandal.

Saltó al interior y se sacudió el polvo de los pantalones. El público agradecido se dispersó dos pisos abajo del detective. Héctor se acercó al ventanal.

A través del vidrio se veía una sala alfombrada de un blanco brillante con tan sólo una pequeña mesa en el centro. En una de las paredes, un gran mapa del Distrito Federal lleno de chinchetas de colores y dibujos en los márgenes.

Ella salió de la cocina. Traía una falda amplia que le llegaba al suelo y nada más. Iba descalza sobre la alfombra, los pechos bailaban suavemente al caminar, traía en la mano un vaso de jugo. Héctor golpeó suavemente el vidrio con la punta de los dedos, la muchacha dejó caer el vaso y gritó algo que nunca llegó a los oídos del detective, apagado por el grueso ventanal. El detective señaló la puerta cerrada desde adentro que daba a la terraza. Ella se tapó los senos cruzando un brazo frente al pecho, y se echó a reír. Sin hacer caso de los gestos de Héctor, salió por la puerta por la que había entrado a la sala.

Héctor encendió un cigarrillo. La muchacha de la cola de caballo volvió al cuarto un par de minutos más tarde. Se había puesto una blusa blanca y traía un nuevo vaso de jugo en la mano. Héctor señaló nuevamente la puerta cerrada, ella sonrió y se sentó en la alfombra blanca frente a él. Héctor repitió el gesto sentándose en la terraza.

Cara a cara, separados por el cristal, silenciosos, fumando, mirándose de frente o con la vista perdida, pasaron media hora. Quizá porque hay que dejar reposar el amor para que se caliente dentro de uno, o porque habían sido días difíciles, o porque no se puede tomar por asalto a una mujer por muchos pisos que se trepen, los dos se fueron poniendo tristes. Ella se levantó y caminó hasta un tocadiscos que estaba bajo el mapa de la ciudad de México y luego volvió a sentarse. Dudó, se puso de pie y abrió una de las ventanas que daban a la terraza. Héctor, sentado en el suelo, pudo oír los acordes de guitarra con los que empezaba una canción de Cuco Sánchez. Sonrió.

La luz de la tarde se fue apagando, y dio lugar a una claridad suave, sin brillos, nítida sin embargo. Media hora después, Héctor encendió otro cigarrillo, la muchacha de la cola de caballo se llevó las manos a la espalda y desabrochó el primer botón de la blusa, luego el siguiente. Para desabrochar el tercero hubiera necesitado la pericia de una contorsionista; luego siguieron los botones de las mangas. Héctor estaba contemplando aquel *striptease* triste y dulce, cuando una violenta sensación de soledad lo invadió. Ella se sacó la blusa por encima de la cabeza tirando de las mangas: los senos quedaron nuevamente al aire. La muchacha de la cola de caballo sonrió.

Había oscurecido. Ella no se levantó a encender la luz, y cuarto y terraza fueron quedando hundidos en la última luminosidad de la tarde y los primeros reflejos de neón de los postes callejeros. Héctor se quitó la chamarra, la pistolera y la camisa y las amontonó a su lado; luego se quitó los pantalones. Al volverse a sentar, las nalgas rechinaron contra el suelo frío. Buscó los Delicados con filtro entre el montón de ropa, encendió uno y aspiró el humo hasta llenarse los pulmones.

—Pásale, tuerto miserable, te vas a morir de frío —dijo la muchacha abriendo la puerta.

—Nomás van a estar contentos cuando te vean seco —dijo el Gallo.

Se habían sentado en una banca a mitad del Parque Hundido. Algunos niños muy pequeños pasaban corriendo a su lado; iban uniformados con blusas de cuadros rojos y pantalones azules, aullaban una extraña letanía: «Batman y Robin entran en acción, y Batichica en puro calzón».

—Me gustaría saber por qué empezó todo esto —dijo Héctor—. Tengo curiosidad malsana.

—¿Curiosidad malsana?

—Eso decía mi ex mujer cada vez que me interesaba algo que no debería interesarme.

El Gallo sacó un puro corto y le dio vueltas entre los dedos.

—Vale madres, el caso es que rondan la oficina como perros. Cuidan tu casa…

El Gallo encendió el puro, se levantaron y comenzaron a caminar.

—Y usted, ingeniero, ¿cómo está?

—Me pasé dos días temblando… Algo rarón, entre miedo, asco y culpa… Luego dije: Ni pedo. Maté a un cabrón, sí, lo maté, motivo tuve. Escondí la pistola y volví a la vida de siempre y ya. Conmigo no va la bronca, ni siquiera me ubican. Soy uno más en la oficina.

—Sabe, me voy a casar —dijo Héctor de repente.

—Lo que me preocupa es que esto no tiene fin. No hay final feliz en esta historia —contestó el Gallo. Héctor sonrió, la avalancha de los niños pequeños los adelantó corriendo.

—¿Quiénes son? ¿Cuántos son? ¿Quién los protege? —preguntó el Gallo.

—Son todos.

—¿Todos quiénes?

—Todos ellos —respondió Héctor Belascoarán Shayne señalando una buena parte de la ciudad con una mano que cortó el aire en un gesto vago.

—¿Y cómo acaba esto?

—Cuando me encuentren, yo creo —dijo el detective muy serio.

—¿Habrá chambas de detective independiente en África o en...? Lejos, pues.

—De seguro hay de ingeniero, por eso no me voy —remató Belascoarán.

Habían salido hasta Insurgentes. La mañana soleada, muchos coches rumbo al sur. Caminaron sin darse cuenta hasta un carrito de helados.

—¿Y ahora qué va a hacer?

—Me voy a casar.

—Aparte.

—Voy a averiguar tanto como pueda y a chingarlos tanto como pueda.

—Pero, ¿a quiénes?

—A los malos —dijo Héctor y mirando al heladero pidió uno doble de chocolate y limón.

—Qué pinche mezcla —dijo el ingeniero Villarreal, alias el Gallo.

Pero una cosa era caminar con el Gallo por el Parque Hundido en una mañana de sol sabroso, y otra era andar solo con los muertos a cuestas. No bastaba con eso de «los malos», tenía que darles nombres, caras, situaciones. Nebulosamente, Héctor, que nunca se había dado de hocico contra el poder, percibía al Estado como el gran castillo de la bruja de Blancanieves, del que salían no sólo los Halcones, sino también los diplomas de ingeniero y la programación de Televisa. No había matices. Todo era una máquina infernal de la que había que alejarse. Eso, o personajes concretos con los que entablar duelos épicos y precisos. Pasaba de una visión a otra: del *match* simplificado Bakunin *vs.* el Estado, al *match* simplificado Sherlock Holmes *vs.* Moriarty. En medio nada había, quizá ahí estaba la causa del juego con los «malos» ambiguos, porque en ellos se fundían las dos versiones.

Cambió de canal y obtuvo una perspectiva más precisa, aunque probablemente menos exacta: los Halcones. El 10 de junio. Zorak. El metro, cuarenta de ellos que aún existían como grupo. El capitán Estrella como cabeza visible.

Si sólo fueran cuarenta, pensó Belascoarán. Si sólo fueran cuarenta, tendrían un límite: tres que me eché yo, uno que se fumigó el Gallo, uno que quedó encuerado en el Desierto de los Leones y que latía afuera de combate:

$$\begin{array}{r} 40 \\ -\ 5 \\ \hline 35 \end{array}$$

Con esta reanimante conclusión en la cabeza, se lanzó a recorrer nueva-mente las calles.

Carlos había estado bebiendo. Se le notaba en los labios hinchados, los ojos azules pequeñitos e inyectados. Marina tampoco tenía cara de angeli-cal esposa en el quinto mes de embarazo; sin embargo, hizo un esfuerzo y se levantó para preparar café.

—¿Qué pasa contigo, loco? —preguntó su hermano.

—Por qué no te lavas la cara con agua fría y nos contamos nuestras penas uno al otro —respondió el detective mientras dejaba caer su chama-rra sobre una silla y él se dejaba caer sobre otra.

—¡Eso, que hable con alguien! —gritó Marina mirándolos mientras ponía el agua para café en la diminuta estufa.

—¿Qué tan fría el agua? —preguntó Carlos.

—Bastante.

Carlos dejó los cigarrillos sobre la mesa y caminó hacia el baño. De una u otra manera el tamaño del cuarto había logrado que las cosas se acoplaran a una dimensión humana, a escala. Todo estaba al alcance de la mano y casi todo obligaba a un par de movimientos para ser usado. So-braban cosas, pero no demasiadas. Por contraste con la abundancia inútil en que había vivido hacía años y con el caos en que vivía últimamente, a Héctor le encantaba el pequeño cuarto de azotea.

Marina se acercó, depositó dos cafés sobre la mesa y un refresco frente a Héctor. Su barriga esquivó el respaldo de la silla.

—¿Va a ser niño o niña? —preguntó Héctor.

—¿Quién es el detective?

Carlos salió del baño secándose la cara. La mata de pelo rojo le caía sobre los ojos. Pasó a un lado de Héctor tropezando con él y movió la mesa para hacerse un hueco en la silla pegada a la pared; tomó la taza de café y la puso enfrente. Marina se sentó y sonrió.

Héctor terminó el refresco y sacó los Delicados largos con filtro.

—¿Fuman?

Carlos y Marina aceptaron.

Héctor expulsó el humo por la boca y la nariz como hacía cuando es-tudiaba preparatoria. Frente a él, una fotografía de Ricardo Flores Magón lo miraba fijamente. Bajo la foto una frase que ya había visto antes rela-cionada con Carlos: «El abismo no nos asusta, es más bella el agua despe-ñándose».

—A ver, el gobierno crea a los Halcones en 1970 y los usa el 10 de ju-nio, luego los disuelve…

—Porque el escándalo los desbordaba —dijo Carlos.

—Bueno, eso de que los disuelve... —dijo Marina.

—Como cuerpo...

—Si nunca existieron, tampoco podían ser disueltos —dijo Carlos.

—Bueno, el caso es que cuando se deshace el grupo, pasan a trabajar a vigilancia del metro, y después de ocho años, ahí siguen, un grupo grande, como de cuarenta, al mando de un capitán (¿capitán de qué?), que se apellida Estrella. Ésta es una parte de la historia. La otra es que Zorak muere dos años después de la disolución de los Halcones en un accidente muy discutible. ¿Quién mata a Zorak y por qué? ¿La propia organización de los Halcones? ¿La policía? Y ahí parece que todo se terminó, pero hace unos días, ocho años después del final de estas dos historias, todo vuelve a empezar. Primero don Leobardo con el gañote cortado en el baño de la oficina, luego la foto de don Agustín. Los dos son ayudantes de Zorak.

—Tus muertitos —dijo Carlos.

—Mis dos primeros muertitos —respondió Héctor—. Y ahí empieza una cacería a tontas y a locas que me lleva a topar con los chicos del capitán Estrella, de vigilancia del metro. Nuevamente la conexión Zorak-Halcones. Me invitan a que me quede fuera, pero me meten en el lío para que luego me salga... No tiene pies ni cabeza. Luego matan al Capitán Perro, el tercero de los ayudantes de Zorak, y luego se dedican a tratar de matarme a mí. Sé quiénes son, pero no sé por qué.

Héctor se puso de pie.

—¿Tienes más refresco?

Marina señaló el refrigerador. Para abrir la puerta tuvo que mover a un lado una escoba y dos cubetas. Había dos Cocas y un Orange Crush; se decidió por el último.

—¿Qué quieres hacer? —preguntó Carlos.

—Voy a seguir.

—¿Hasta dónde?

—Hasta donde me dejen.

Marina y Carlos se miraron. Ahora fue ella la que habló.

—Es medio loco... Fíjate bien. La bronca es con el gobierno. No veas en chico, mira en grande. Es como si trataras de reunir pruebas de que un ex presidente robó dinero; puede que lo hagas, pero nunca vas a poder llevarlo a un juicio.

—Entonces, ¿qué mierda hago?

Marina y Carlos se quedaron callados. Héctor bebió un largo sorbo del refresco, encendió un cigarrillo y paladeó el humo.

—Está medio loco que le propongamos que se haga clandestino. ¿Con quién? En plena reforma política. Jua, jua —dijo Marina a Carlos—. Y un escándalo de este tamaño los partidos políticos legales no lo van a cubrir. ¿Te imaginas al PC con una bronca como ésta en las manos?

—Pero date cuenta de todo el trasfondo del asunto —Carlos hablaba con Marina—. Hasta ahora lo único que tiene en las manos son las pruebas que conectan a los Halcones con vigilancia del metro, y las que conectan a vigilancia del metro con el asesinato de tres monitos chayoteros que fueron ayudantes de un mago de carpa. Ponte que armes un escándalo. Lo más que se lograría es que desconectaran a los cuarenta ex Halcones de vigilancia del metro. Lo verdaderamente importante es el por qué les urge tanto borrar la conexión con Zorak. Héctor miraba a una y a otro.

—Suponte que acabas con el grupito del metro. ¿Vas a seguir con la Judicial? ¿Luego con la Brigada Blanca? ¿Luego todito el Campo Militar Número Uno? Suena absurdo, te van a matar.

Héctor asintió a todas las preguntas y a la última afirmación, luego preguntó:

—Me gustaría saber por qué.

—Anda su puta madre, porque estamos en México —respondió Marina.

El resto de la tarde se deslizó hablando de novelas policiacas, de juegos infantiles, de viejos maestros de escuela. Parecía como si hubieran ofrecido una tregua a los asesinos de Zorak. Abrieron la puerta del cuarto de azotea estirando la mano desde donde estaban sentados, y el sol entró bañando una esquina de la alfombra. Poco después un gato llegó y se tendió en el triángulo de luz. Hacia las seis Héctor terminó la última Coca. La pausa había concluido.

—¿Qué se les ocurre?

—Primero hay que... —dijo Marina.

—Porque lo que... —dijo Carlos.

—¿Otro café, Carlangas? —ofreció Marina; Carlos asintió.

Marina se puso en pie y caminó un par de pasos para entrar en la pequeña cocina. Se veía graciosa con esa barriga desproporcionada. Incluso bella la ex flaca. Héctor se sorprendió sonriendo y luego sorprendió a Carlos admirándola. Entonces, la bronca de Carlos no era con Marina ni con el futuro sobrino-sobrina; era otra cosa lo que asomaba en un par de líneas de tensión sobre la frente.

—Están vivos, eso está claro —dijo Marina.

—¿Quiénes?

—Los Halcones —respondió Carlos—. No los tienen arrumbados en vigilancia del metro, no es un trabajo para hacerlos desaparecer. Quizá haya más en otras dependencias, en otros estados de la República. Están vivos y los van a volver a usar.

—Eso, los piensan usar de nuevo, si no, no harían tanto oso —dijo Marina.

—Vamos a suponer que ustedes tienen razón, pero hay algo que los hace saltar, que los hace cometer tres asesinatos y dedicarse a cazarme. Algo que tiene que ver con Zorak... Yo nunca había visto antes a los tres tipos: al Leobardo, al dueño del cabaret, al Capitán Perro... Pero ellos piensan que lo que los hacía peligrosos me lo han transmitido, ellos piensan que los tres ex ayudantes de Zorak tenían que ver conmigo. Y ese algo relaciona a los Halcones del 10 de junio con el pasado, o con algo que se está preparando; con el futuro...

—A mí me suena por ahí la cosa —dijo Carlos—. Más que con el 10 de junio, con el pasado. Lo del 10 es un escándalo viejo. Creo que el aparato puede soportar bien otra denuncia. Hace poco Heberto Castillo volvió a levantar el tema y tragaron un poco más de mierda y un poco más de tierra, pero no pasó de ahí. ¿Qué podrían saber los ayudantes de Zorak? Yo creo que más bien tiene que ver con algo que va a pasar y que está relacionado con el hecho de que el grupo paramilitar está organizado, sigue organizado.

Héctor encendió un nuevo cigarrillo y se quedó pensando en silencio. El sol se había fugado del triángulo, el gato se había ido con el sol. Carlos y Marina se tomaron la mano sobre la mesa evadiendo el vaso, las tazas, las botellas de refresco vacías, las arrugadas cajetillas de cigarros.

—De todas maneras, me voy a casar —dijo Héctor.

XI

A pesar de que le dispararon a menos de diez metros, la ráfaga del M1 dispersó sus balas a los lados de Héctor; una descarapeló el cemento de la barda a sus espaldas, otra atravesó el forro de la chamarra de cuero negro, una más perforó el estómago de una mujer que pasaba y estalló contra su pelvis haciéndola seis pedazos.

Héctor vio claramente la cara del que se había bajado del coche en marcha y disparaba con el rifle en la cadera: tendría los mismos treinta y tres años que él, los ojos desorbitados, los labios apretados y un mechón de pelo cayendo sobre la frente.

La puerta del lado del conductor se abría, un hombre con traje de cuadritos y una escuadra .45 en la mano empezaba a bajar. Héctor apoyó la espalda en la pared mientras se llevaba la mano a la pistola. La pared cedió; trastabilló de espaldas tropezando con un triciclo abandonado. Estaba en el patio de una vecindad, el eco de los disparos continuaba en el aire, la mujer herida en la calle gritaba: ¡Madre mía! ¡Madre mía! Héctor apuntó, tomando con las dos manos la pistola, hacia el espacio (la puerta de metal se bamboleaba) que había ocupado hacía un segundo. El hombre del M1 entró corriendo con el rifle en la mano. Héctor disparó contra la cara que venía hacia él. Estaba a menos de tres metros y la cara se deshizo al mismo tiempo que el disparo llenaba el pasillo. El segundo hombre, pistola en mano, entró disparando, pero el cuerpo de su compañero sin rostro fue a dar contra él. Los dos tiros se escaparon hacia las ventanas del segundo piso de la vecindad; los vidrios saltaban llenando de manchas de luz el pasillo. Héctor disparó por segunda vez, la bala dio en el traje, diez centímetros abajo de la clavícula del hombre, perforando el pulmón. El impacto lo hizo girar. Héctor avanzó hacia él y llegó a tiempo para disparar un tercer tiro a bocajarro en el estómago del hombre, que se derrumbaba.

Saltando sobre el cuerpo volvió a ver la calle, pensó que nunca olvidaría aquella esquina de Vértiz y Doctor Navarro, a las cinco de la tarde, la luz mugrienta, el smog, el coche con las puertas abiertas y las llantas mordiendo la banqueta, la mujer gritando ahora más bajo: madre mía. El sonido de los disparos que se negaba a irse de los oídos, dos taqueros mirando a la mujer herida con aire de conocedores de la violencia, conocedores de la pus de todos los días del DF. Guardó la pistola en la funda sobaquera y caminó rápidamente. Cruzó la calle evadiendo un autobús y se hundió en la colonia de los Doctores. Las manos le temblaban, los disparos seguían sonando en la cabeza y no se iban, se quedaban, estaban ahí para siempre. Y no quería pensar en la cara que se deshacía cuando la bala entraba.

Tenía miedo, un miedo pegajoso e incontrolable que llevaba sus huellas exteriores de un lado a otro del cuerpo. Aparecía brutal, como un tirón sobre los bordes de la cicatriz arriba del ojo que se convertía en unas irresistibles ganas de orinar; reaparecía como una presión en el pecho; iba y volvía como temblor en las manos, sabor a una ácida podredumbre del paladar a los dientes y estómago revuelto. Por más que te dijeran que el miedo estaba en la cabeza, tú sabías que el miedo estaba en el cuerpo, en la sabiduría del pellejo ante la muerte. ¿Todo será así de ahora en adelante?

Tardó media hora en pronosticar que no había una rutina de vigilancia perceptible en las afueras del hospital. Nada que hiciera sospechar, que interrumpiera el flujo de mamás con ramos de flores, parientes angustiados, mujeres llorosas, un par de ambulancias entrando por la rampa de emergencia, un deportista con el tobillo roto que salía a dar un breve paseo por el jardín, seis niños jugando. Por lo tanto, la vigilancia, si es que la había, estaba en el interior, en el piso, en el propio cuarto.

Con una bata blanca comprada en El Tranvía, tienda de uniformes con amplios descuentos, Héctor se transmutó en el doctor Belascoarán, y entró al sanatorio con una sonrisa acartonada digna de anuncio de pasta de dientes. Encendió un cigarrillo al salir del elevador en el tercer piso y caminó con aire de doctor (un poco más rápido de lo habitual el paso, la mirada perdida, la sonrisa estándar instalada en los dientes) hacia la puerta del cuarto trescientos dieciséis. Nada. Colocó la mano en el bolsillo, los dedos tocaron el metal de la pistola y empujó la puerta. Al lado de la cama, un hombre estaba sentado en un sillón mirando la televisión, con la mano derecha se estiraba la punta del bigote. Melina dormía iluminada por un resplandor suave, azuloso, que entraba por la ventana. El hombre se quedó mirando al doctor Belascoarán que con el talón cerraba la puerta. Cuando reaccionó era inútil, Héctor le había colocado la pistola en la frente y la apretaba, de manera que el cañón poco a poco le haría una señal, justo en el centro de la piel sobre el frontal, como el tercer ojo, ni más ni menos, pensó el doctor Belascoarán con la sonrisa de anuncio de dentífrico radiante. Si no podía de aquí en adelante evadir el miedo, al menos iba a jugar con él.

—Buenas tardes —dijo Héctor.

El hombre crispó las manos en los brazos metálicos del sillón. Melina se levantó en la cama.

—Tiene pistola —dijo.

Héctor sin dejar de apretar la pistola contra la frente del hombre metió la mano en el saco y sacó un revólver de una funda sobaquera.

—Me gustaría tener una conversación con usted… A solas —le dijo a la *vedette* que se había izado totalmente apoyándose en un brazo y sonreía con una sonrisa un tanto bobalicona. Hizo una señal al hombre y éste se puso de pie. Lo obligó a avanzar de espaldas hacia la puerta del baño y empujando lo ayudó a sentarse en la taza. El baño no tenía ventanas. Héctor sonrió.

—La ropa, mi estimado.

—¿Qué ropa?

—La suya, quítesela todita.

El pistolero, sumiso, comenzó a desvestirse. Héctor tomó la ropa y la fue arrojando sobre la cama. El hombre tenía una cicatriz grande en el pecho, y desnudo, mostraba el color grisáceo de la piel.

Héctor salió del baño, apoyó el sillón en la puerta clausurándola y se sentó en él.

—Si haces mucho ruido, regreso a callarte —dijo en voz alta.

Melina no había abandonado la sonrisa bobalicona, de manera que el detective regresó a la suya de dentífrico.

—¿Cuántos son?

—Dos, el otro viene en las noches… Tienen credenciales de la policía. Son policías…

—Son los de siempre. Los mismos que trataron de matarla.

La mujer estaba tensa.

—Yo les dije que no sabía nada.

—Si no llego a tiempo, después del Capitán Perro sigue usted.

—Gracias —dijo ella.

Héctor no encontraba cómo darle forma a la conversación. Encendió un nuevo cigarrillo.

—Yo les dije que no sabía quién había disparado, que no me había dado cuenta de nada, que ellos habían llegado y lo habían matado a él, a Fernando…

—¿Fernando?

—Le decían el Capitán Perro… Yo les dije que lo habían matado a él y a mí me habían pegado, y que luego empezó un tiroteo pero yo no vi nada, que…

Se hizo un silencio.

Héctor golpeó con la pistola la puerta del baño.

—Estás bien tranquilo, ¿verdad, manito...? ¿Contestas, o entro?

—Toy bien —respondió amortiguada la voz del hombre de piel gris y bigote.

—¿Qué quieren estos hijos de la chingada? —preguntó Melina, la *vedette* de La Fuente de Venus.

—Eso es lo que quiero saber. Usted conocía bien al Capitán Perro, al dueño del cabaret y al romano.

—¿Cuál romano?

—El señor que se vestía de romano para su acto de Cleopatra.

—Don Leobardo.

—Los conocía bien. ¿Sabía que los tres tenían que ver con Zorak?

—Seguro, de eso hablaban siempre, que con Zorak, que cuando Zorak, la pura gloria de los tres pobres. El Capitán Perro era su ayudante, su guarura como quien dice; don Leobardo le preparaba los trucos, le hacía carpintería, herrería, esposas falsas y ataúdes con truco, y don Agustín Salas, el dueño de La Fuente, era su mánager... Y se la pasaban hablando de Zorak.

—¿Últimamente había cambiado algo?

—Estaban medio misteriosos, se reunían los tres en la oficina de don Agus y hablaban y hablaban.

—¿El Capitán Perro no le dijo nada?

—A mí nunca me decía nada más que: «qué buena estás nena». Era como disco rayado, ya lo había cortado tres veces y ni así...

Héctor sonrió.

—¿Dónde vivía el Capitán Perro?

—En Balbuena.

Héctor anotó la dirección en el reverso de una tarjeta de fiestas infantiles que quién sabe cómo había ido a dar a la bolsa de su recién estrenada bata blanca.

—Y usted, ¿cómo se encuentra?

—Ya bien, ¿no me va a tomar el pulso? —la *vedette* sonrió de nuevo y se levantó un poco en la cama; lo suficiente como para mostrar un vigoroso pecho y un camisón lila lleno de encajes.

—No sería mala idea, pero luego el señor del baño va a protestar.

—De veras —dijo ella y volvió a meterse entre las sábanas mirando fijamente la puerta del baño.

Héctor se acercó, le besó la mano que lánguida reposaba fuera de las sábanas, y empujó la cama hasta trabarla con el sillón creando un doble sistema de refuerzo contra la puerta del baño.

—Ha sido un placer, espero verla actuar pronto —dijo el doctor Shayne y quitándose la bata se volvió el señor Belascoarán.

Los hombres que habían desencadenado esta locura estaban muertos. Las mujeres, Melina y Márgara, no sabían nada. Solamente ellos tenían una explicación. Solamente ellos podían explicar qué carajo tenía que ver Zorak con los Halcones, y por qué su relación, tronchada por el cable roto de un helicóptero, había regresado del pasado. Solamente ellos podían explicarle a Héctor qué tenía que ver él con esta historia. Solamente ellos podían además matarlo, y lo trataban. ¿Era una carrera? Saber antes de que lo mataran. Era pura pinche mexicana malsana curiosidad, ganas de enterarse, de saber, de meter las narices antes del final. Tenía miedo, mucho miedo.

Para poder pensar a cubierto, se había metido en una peluquería. Afuera un chaparrón violento azotaba los coches. Héctor trató de colocarse en el principio de la historia, tras convencer al peluquero que no quería que lo pelara de casquete corto.

Estaban los tres pinchurrientos conspiradores, los amigos de Zorak, que sin duda conocían las relaciones de su ex jefe con los Halcones y los motivos de su muerte ahí estaban enterrados en un cabaretucho, una carpintería de azotea, y quién sabe dónde más (¿dónde trabajaba el Capitán Perro?), cuando algo los hizo saltar, y entonces los saltaron a ellos. Entre ese primer descubrimiento, y su transformación en difuntos, entraba Héctor. De alguna manera algo los relacionaba. Vamos a suponer (supuso Héctor encendiendo un cigarrillo ante la mirada negra del peluquero que tenía prejuicios contra los que fumaban mientras se cortaban el pelo) que los tres deciden que quieren contratar un detective para profundizar algo que han descubierto, para completar algo que han encontrado, y deciden contratarme a mí. Alguno de ellos queda encargado de hacerlo, pero un tercero va con el pitazo a los asesinos de Zorak (tendría que ser el Capitán Perro, el último en morir, el que huyó del detective en aquel fugaz encuentro en el cabaret) y entonces les cortan el cuello a los dos vejetes y lo amenazan a él, que supuestamente ya está metido en el asunto.

Ésa podía ser la explicación de arranque. Pero, ¿qué sabían los tres hombres?

Un nuevo miedo se montó al anterior. El miedo a no saber, el miedo a morir a lo pendejo.

El Capitán Perro era agente de ventas de unos laboratorios farmacéuticos y vivía en un departamento herrumbroso y frío en un segundo piso, que al parecer, las fuerzas del mal habían mantenido sin vigilancia. Cuando Héctor salió de la casa había oscurecido totalmente, y no sabía más que a la entrada; a no ser que sirviera para algo saber que el Capitán Perro se llamaba Fernando Durero Martínez, y que había ganado el apodo en el contraataque que los alumnos de primer ingreso de Ingeniería habían hecho contra los que les querían hacer pagar la novatada cortándoles el pelo en 1965. Héctor caminó rápido buscando la boca del metro. Ahora tenía un nuevo problema, el de encontrar un lugar donde dormir; y una nueva sensación, la de traer algún pájaro volando sobre sus espaldas, una como sombra, como nube, como aleteo que impresionaba las terminales nerviosas de la piel en las cercanías de la columna vertebral. Eso y frío. Estaba destemplado, y las tres tabletas de chocolate que engulló en una dulcería de la boca del metro no resolvieron nada.

Desechó las casas de sus hermanos y el despacho, desechó el departamento de la muchacha de la cola de caballo porque no quería atraer hacia sus gentes el pájaro mortal.

Descendió en la estación del Zócalo y tras curiosear un rato entre los grabados murales y las maquetas del viejo centro de la ciudad de México, salió a la luz de neón y los adornos navideños. Todos tenían prisa, todos teníamos prisa, se dijo Héctor y caminó hacia ninguna parte.

El problema principal que impone una huida es la pérdida del sentido común, que viene a ser sustituido por el instinto; instinto que se va embotando hasta convertirse en un reflejo torpón que conduce los pies de un lado a otro de la ciudad. Por eso, Héctor tuvo que hacer un doble esfuerzo para recuperarse y volver a poner la cabeza en funcionamiento. No sólo había que escapar, había que evadir el encuentro y había que evadir el miedo. En una ciudad de catorce millones de habitantes, los asesinos, por muchos que fueran, por muchos recursos que tuvieran, nunca podrían encontrarlo si no era él. Decidió entonces que bien podía ser un vendedor de seguros paseando por el Zócalo, o...

Y entonces llegó la luz, la inspiración, la magia. Había que dar la vuelta a los papeles, él tenía que tomar en sus manos la caza. Si de todas maneras lo iban a matar, había que jugar fuerte, había que hacer saltar la banca. Y una vez tomada la decisión, en medio de las luces de Palacio Nacional y la iluminación de la catedral, y con los metros cuadrados de piedra solitaria y fría del Zócalo de la ciudad de México por testigo, Héctor Belascoarán Shayne, detective, pasó a la ofensiva. Ya lo último que le importaba era dónde pasar la noche. Y pasó la noche velando sus armas, como caballero a la espera del dragón, velando sus armas por las calles solitarias, por los callejones, por las taquerías de noche y día, los Vips y los Sanborns y las paradas de taxi frente a los hoteles, los caldos de Mixcoac para los crudos, las zonas de burdeles de atrás de San Juan de Letrán y los cabaretuchos de la colonia Obrera. Caminando, velando las armas, dejando que el sueño se depositara en un recóndito rincón de la cabeza, que fraguaba, fraguaba, fraguaba la ofensiva.

Salían siempre por Pedro Antonio de los Santos, utilizaban la puerta trasera de las oficinas quizá por las facilidades de estacionamiento. Tras dos días de observación usando prismáticos Zeiss comprados a precio de oro en el Monte de Piedad, podía más o menos establecer sus rutinas. La mayoría de los ex Halcones, en grupos de dos o tres, llegaban en el curso de las primeras horas de la mañana (entre 9.30 y 10.30 más o menos) y salían para volver a reportarse hacia las seis de la tarde. El jefe de vigilancia debería ser (el comandante Sánchez) un hombre de unos cincuenta años, canoso, que llegaba en un coche negro. Pero el que verdaderamente le interesaba, el capitán Estrella, viajaba siempre con dos o tres guardaespaldas en un Ford Falcon rojo, uno de ellos con una escopeta envuelta en tela bajo el asiento del copiloto.

Las actitudes de los subordinados, la oficina en el primer piso que a veces podía observar a través de los vidrios sucios, sus aparatosas llegadas con el coche rojo, lo marcaban. Ése era el hombre de Héctor.

—Quihúbo, ¿se ve algo, doctor? —preguntó el *hippioso* dueño de la casa.

Héctor se había convertido en aquellos dos días de observación incesante en una sombra de sí mismo. La barba le había crecido, la ropa sucia sonaba como a cartón quebrándose en cada movimiento, tenía rozado el fundillo y un tic le recorría el ojo sano minuto de por medio.

—Lo de siempre, mi estimado.

—¿Están buenas las viejas?

—Como siempre.

Había tenido la suerte de dar en la primera con un puesto de observación. Simplemente entró en una casa al otro lado de la avenida, escogió un departamento en el tercer piso que debería tener ventana a la calle, tocó y se encontró con un roñoso ciudadano, estudiante permanente de Arquitectura, con una beca familiar (familia oriunda de Coahuila, beca evidentemente otorgada para liberarse del susodicho), que le dijo: pásele. Héctor se presentó, sonrió, explicó que tenía que hacer una observación importante. El otro preguntó «¿de a cuántos días?», Héctor especificó que un par al menos, intercambiaron sonrisas y ahí murió. Le había tocado incluso un catre también roñoso, e incluso la espera se había visto amenizada por un disco de los Doors que dejaba escuchar *The End*.

Eso, el olor a mariguana rondando, pegándose a las paredes, y las ofertas de uvas (parecía que la familia de Coahuila había convencido a su vástago de que no pasara las vacaciones de Navidad en casa, de que mejor se quedara a preparar exámenes y en vías de corrupción le enviaron un par de cajones de uvas del terruño). El susodicho infirió que la investigación del detective tenía que ver con algún conflicto matrimonial, porque la única vez que pidió prestados los Zeiss (magistrales doctor, magistrales) había contemplado al antojo las nalgas de una secretaria de las oficinas del metro que estaba subida en una escalerita guardando unos fólders. Visto lo cual, se dedicaba a la mota y a preparar los exámenes, pidiéndole a Héctor de vez en cuando cantidades pequeñas de dinero para las más cotidianas necesidades, que el detective cubría sin discusión (sabe, doctor, un diego para los panes dulces; sabe doctor cayéndose con ciento treinta y un pesos con ochenta y siete centavos para la luz; sabe doctor, once pesos para sus refrescos, y seis para los míos).

Héctor terminó sus anotaciones en la libreta. Sólo le faltaba un elemento, la huida. Comenzaba a oscurecer el segundo día de vigilancia, y al detective le lloraban los ojos mitad por la tensión, mitad por la cantidad de mierda que llenaba el aire sobre la calzada a todas horas del día.

—Sabe que, doctor, hoy, no va a poder usar el catre, hay fiesta, hay reventón, con pedo.

—¿Celebra usted algo?

—El fin de los exámenes.

—¿Qué, ya terminaron?

—No, ya terminé de darles.

—¿Y el agua?

—No, de ésa nada.

El departamento llevaba sin agua varias semanas, pero Héctor estaba más allá, a estas alturas de su obsesión, del agua y la higiene. Incluso había accedido a comerse una docena de las pringosas uvas de Coahuila. Ahora necesitaba resolver el problema de la huida.

—Oiga, joven, ¿puede invitar a su fiesta a una amiga mía?

—Doctor, es un placer, el veinte para el teléfono, ochenta pesos para el pomo, diez pesos para bolillos.

Héctor sacó los noventa pesos con veinte centavos.

—Número y recado.

Héctor le dio el teléfono de la muchacha de la cola de caballo y un críptico recado. Era poco probable que lo tuvieran intervenido.

A las ocho y media de la mañana, la boca de la estación del metro Juanacatlán era asaltada por millares de ciudadanos, el tráfico arreciaba por oleadas que dejaban tras de sí una espuma sucia de humo grisáceo, papeles que los coches empujaban de un lado a otro, cáscaras de pepitas, tierra suelta. Héctor, con lentes oscuros que cubrían la visión inmóvil del ojo muerto, cruzó la calle evadiendo los coches, caminó una cuadra hacia el norte y esperó en la esquina. Menos de cinco minutos después, el coche rojo pasó por el tercer carril y buscó estacionamiento frente a las oficinas, Héctor se subió a un camión y contempló a los pasajeros. Sacó la pistola, se la puso al chofer en la sien y dijo:

—Hazme un favor, mano, dale un llegue al coche rojo que esta ahí estacionado.

El impacto fue directo, una de las puertas se hundió hacia adentro como hojalata vieja. El chofer, quizá por la presión de la pistola en la sien o por el puro placer de chocar sin compromiso, había exagerado el celo profesional.

Héctor saltó del autobús. De la puerta delantera, el copiloto del Ford Falcon rojo saltaba con la escopeta en las manos. Héctor disparó sin apuntar y falló, pagó su error teniendo que tirarse al suelo mientras la doble carga de la escopeta volaba sobre él destrozando un puesto callejero de hot dogs y matando al vendedor. Disparó dos veces y acertó en la pierna del hombre de la escopeta. Desde el lado opuesto del coche, el capitán Estrella y uno de sus pistoleros salían arrastrándose. Héctor retrocedió y saltó a la calle. Un Renault frenó a su lado y la puerta quedó abierta, Héctor se dejó caer en el asiento trasero. El coche arrancó rechinando las llantas, la puerta se cerró por la inercia.

—Creí que no llegabas —le dijo el detective a la muchacha de la cola de caballo.

Ahora todo dependía de la velocidad y el coche tomó la avenida Revolución hacia el sur a más de noventa. Héctor, por la ventanilla trasera, contempló cómo había dejado el caos tras de sí. Tardarían al menos diez minutos en reorganizarse. Afortunadamente el tráfico hacia el sur no estaba demasiado cargado. La muchacha lo dejó en la estación Tacubaya del metro y le sonrió. Cuando iba a poner el coche en marcha Héctor le preguntó:

—¿Quieres que nos casemos?

Ella se le quedó mirando. Héctor sacó un billete de metro del bolsillo trasero del pantalón y se hundió en el abismo suburbano. Nuevamente la suerte acompañó la maniobra. El metro dirección norte pasó segundos después de que el detective se había acomodado en el andén. Y así, siete minutos después de haber dejado la estación Juanacatlán, volvía a ella ahora bajo tierra. Entró a las oficinas desde la misma estación. En la calle continuaba el tumulto. Subió hasta el segundo piso sin cruzarse más que con dos secretarias que bajaban corriendo las escaleras, entró en las oficinas del capitán Estrella, sacó la pistola, arrastró una silla tras la puerta, y se sentó a esperar.

XII

Aquella luz de la mañana alumbraba
como un gran desierto.
GUILLERMO PRIETO

Pero la verdad es que siempre la muerte
es el fenómeno de más actualidad.
TOMÁS MEABE

Héctor empujó violentamente y el capitán Estrella fue a caer sobre su silla arrastrando útiles de escritorio. Cuando volteó a mirar a su agresor, el detective había cerrado suavemente la puerta y apuntaba con la automática a un blanco un par de centímetros arriba del punte de su nariz.

—Buenos días, capitán.

Estrella entrecerró los ojos hasta convertirlos en dos ranuras finas, cortadas a rojo en el acero; no hizo exclamaciones de sorpresa y se limitó a masajear el hombro adolorido con el que había chocado contra el escritorio.

—Supongo que quiere saber algo, muchacho. Usted nomás pregunte. Total, antes que después, usted se va a morir; es más, ya es cadáver.

—Ah, qué bien que me lo dice, porque entonces somos cadáveres los dos, y podemos tener una plática de difuntos.

Estrella se quedó callado. El sol de la mañana entraba en la oficina dándole el aspecto de un gran desierto. Héctor se rascó con el índice de la mano izquierda la cicatriz sobre el ojo muerto. Durante unos segundos permaneció en silencio. Le estaban entrando unas ganas tremendas de abandonar el cuarto, irse, ya no volver nunca, salir de toda esta historia.

—¿Por qué quieren matarme?

—Porque para su desdicha, los pendejos esos lo metieron en el desmadre.

—¿Los amigos de Zorak?

—No me diga que todo es un malentendido. No me diga —dijo Estrella y las dos hendiduras bajo las que brillaban un par de ojitos porcinos, se abrieron un poco para producir con la boca una mueca que quiso ser una sonrisa. Héctor pensó que había cometido un error. Frente a él tenía al hombre que poseía las respuestas, y no sabía qué preguntar, cómo extraerlas. Y como siempre cuando no sabía qué hacer, sacó un cigarrillo y lo encendió, conservó el humo en los pulmones lo más que pudo y luego lo arrojó suavemente por la nariz.

—El Capitán Perro me había dicho que los viejitos lo habían contratado y yo me lo creí. No, Estrella, así no se hacen las cosas —dijo el capitán moviendo la cabeza—. Mire nomás cuantos muertitos me ha hecho usted y sólo por un malentendido. Ya me extrañaba que usted no hubiera picado más alto.

Héctor comenzó a pensar que lo mejor que podía hacer era apretar el gatillo y salir de allí disparando contra todos, contra todo.

—Zorak era un pobre mago de carpa, mi estimado, y sus tres ayudantes, tres pobres pendejos que se quedaron un día sin chamba ni gloria cuando el cable del helicóptero tronó, y entonces le rumiaron y le rumiaron hasta que pensaron que habían agarrado un hueso, nomás que ese hueso era mío, y a mí ningún perrito callejero me muerde. Lástima que lo metieron a usted en esta historia, hombre, me hubiera ahorrado tiempo y hombres si antes de tirarle el primer muerto encima, hubiera confirmado...

Héctor se puso de pie y caminó hacia Estrella. La cara del capitán se fue transformando y el miedo apareció en los ojos. Héctor golpeó fuerte con el cañón de la pistola en la sien, una fina raya roja apareció al romperse la piel mientras la cara campaneaba por el impacto.

—No se habla así de la gente, no hay que ser tan mamón, capitán —dijo el detective.

—Quihúbole, estése quieto —dijo Estrella tocando la pequeña herida con los dedos y mirando el par de gotas de sangre que habían recogido.

Héctor golpeó nuevamente en el mismo punto, el capitán sofocó un grito. Una luz irreal llenaba el cuarto. Héctor, sin dejar de apuntar al hombre que se cubría la cara con las manos, se asomó a la ventana. El tráfico arreciaba, pero no se oían los ruidos; ni claxons ni motores, ni parloteo, ni rechinar de llantas en el asfalto.

El ruido del cajón que se abría hizo a Héctor girar. Estrella tenía en la mano una pistola. Héctor disparó casi al mismo tiempo que el capitán; su bala se estrelló en la frente del hombre, mientras la de éste rozaba la de Héctor y salía por la ventana destrozando los vidrios.

La sangre que brotaba del rozón le cubría el ojo sano. Héctor trató de retirarla con el dorso de la mano. Con la silla de metal en la que se había sentado, rompió el ventanal. El ruido de la calle se mezcló con los gritos que venían de la puerta de la oficina. Salió a la cornisa de la ventana y se descolgó, se cortó la mano izquierda con uno de los vidrios y quedó un instante en el aire; la calle tres metros abajo lo recibió. Se puso en pie, un dolor sordo le subía la pierna. Cojeando trató de correr hacia el ruido del motor de una motocicleta que la muchacha de la cola de caballo había puesto en marcha. No veía, la sangre le cubría el ojo sano. A su espalda sonaron dos tiros y sintió cómo uno de los balazos sacaba chispas al asfalto a un metro de él. A su alrededor la gente que iba a entrar al metro corría despavorida. En las sombras, una mano amiga lo tomó del hombro y le clavó los dedos en la clavícula ayudándolo a subirse a la moto. Se aferró al cuerpo conocido y sintió la inercia del tirón cuando la moto arrancó. Durante una docena de segundos que se estiraban, la columna vertebral esperó la bala que nunca había de llegar. Luego dejó caer la cabeza sobre la espalda de la muchacha manchando de sangre su chamarra de nylon blanco.

La moto subió por Revolución sorteando los automóviles. Con el dorso de la mano Héctor trató de limpiar la sangre que le impedía ver con el ojo sano; el pelo había hecho una plasta en torno a la herida, que ardía más como una quemadura. Héctor se descubrió aún con la pistola en la mano mientras la moto se metía por la red de callejuelas de Mixcoac. Guardó la pistola y besó a la muchacha tras la oreja.

—¿Cómo estás? Estaba espantada —gritó ella.

—Bien, estoy bien, soy un malentendido —dijo Héctor sobre el ruido del motor de la motocicleta.

—¿Qué eres?

—Un pinche malentendido.

Ella había intentado llevarlo a su casa, pero el detective tenía predilección por las curaciones de farmacia desde su más tierna infancia, y terminaron en una trastienda de botica en la colonia Santa Fe, inventando un accidente y dejando cubrir la herida con gasa y un esparadrapo. Dejaron la moto encadenada en un poste de luz y caminaron hasta un parque raquítico y polvoriento, de colonia proletaria, donde el agua no abunda y los jardineros del Departamento del DF tampoco. Héctor cojeaba.

—¿Te das cuenta? Suponte que ahora encuentro al piloto del helicóptero del que se cayó Zorak, y que trae un contrato para trabajar con el futuro gobernador de Durango o de Puebla, y entonces resulta que el tipo fue el organizador de los Halcones y no quiere que salte la historia… O suponte que Estrella es primo de Velázquez y los estaba reorganizando para que le sirvieran de guardia personal… O que eran las fuerzas privadas del futuro presidente…

—O que iban a trabajar en la nueva programación infantil del Canal 13 y no querían que se desenterrara su pasado —dijo ella sonriendo.

—Eso, te das cuenta. Estrella dijo que si yo hubiera sabido hubiera picado más alto… Siempre hay más alto. Da lo mismo, son todos.

—Te van a matar —dijo ella.

—Eso.

—¿Vas a seguir?

—No lo sé.

Al final del parque había un puesto de refrescos. Allí Héctor se tomó sin respirar un Titán de toronja. La muchacha lo miró reprobando; estaba hecho un desastre y bebía esas cosas repulsivamente dulzonas. Héctor ignoró la crítica y tragó un segundo refresco sin lograr que se abriera la garganta reseca que insistía en cerrarse, ahogándolo.

Se habían citado para casarse en el juzgado de Coyoacán. Héctor había consumido el resto de la mañana deambulando por calles sin nombres, tropezando con sus propios pies, dejando que la tensión acumulada en la preparación del asalto a las oficinas de vigilancia del metro se disipara, se evadiera a través de los poros bajo la forma de un sudor pegajoso. Como entre nubes, entre algodones, con un dolor generalizado en los músculos, que tenía sus focos en la pierna y en la herida de la frente. No se iba a ninguna parte, la historia estaba clausurada. Quizá tan clausurada como los tres últimos años, en los que había roto el sueño del ingeniero próspero para entrar en el sueño del detective solitario e independiente. Sueño, soledad, ciudad nuevamente ajena, dominada por el impudor del poder, por el aire viciado, podrido de la historia reciente. Era inevitable, Carlos había tenido razón tres años antes cuando le había advertido que no se puede patinar en el borde del sistema, que había que asumir que las cosas eran así. ¿Pero no había él hecho eso? ¿No había asumido que las cosas eran así? ¿No había escogido partido?

El juez se llamaba Leoncio Barbadillo Suárez, y por quinientos pesos accedió a saltarse trámites engorrosos y a dar por buenos los análisis balines que Héctor había comprado en un changarrito a dos cuadras del juzgado. A falta de testigos, Héctor, mientras esperaba a la muchacha de la cola de caballo, reclutó en las afueras del juzgado a cuatro personajes de una excursión turística que recorría Coyoacán: un librero de Gijón llamado Santiago Sueiras y tres mellizas (cantantes, parecía) de apellido Fernández.

Ella, a pesar de los preparativos, nunca llegó.

XIII

Hasta morir también, tal vez un día… de soledad
y rabia… de ternura… o de algún violento amor;
de amor sin duda.

ALFREDO ZITARROSA

No éramos dueños de nada. La ciudad se había vuelto ajena. La tierra bajo los pies no era nuestra. No era nuestro el airecito culero que hacía subir el cuello de la chamarra a las ocho de la noche, cuando no teníamos lugar a dónde tomarnos, santo al qué acogernos. No era nuestra la ciudad ni sus ruidos. Extraños en las callejuelas iluminadas por aparadores y postes cada veintidós metros, que de vez en cuando dejaban pequeñas zonas de oscuridad, que ni siquiera servían para esconderse, perforadas por las luces de los automóviles. Aquella noche en que nada era nuestro ni volvería a serlo nunca. El país, la patria, se cerraba; botín de triunfadores a la mala, de cinismo enmascarado en la frase que ya nadie creía, y que sólo era emitida para satisfacer a la costumbre. El país mandaba a la cloaca a los derrotados, a la noche sin fin.

Caminar y caminar para ganarle al miedo la carrera de unas horas. Caminar sin brújula, no para llegar, sino para nunca llegar.

Señora de las horas sin luz, protégenos, dama de la noche, cuídanos.

Cuídanos, porque no somos de lo peor que le queda a esta ciudad, y sin embargo, no valemos gran cosa. Ni somos de aquí, ni renunciamos, ni siquiera sabemos irnos a otro lado para desde allí añorar las calles y el solecito, y los licuados de plátano con leche y los tacos de nana, y el Zócalo de 16 de septiembre y el diamante del estadio Cuauhtémoc, y las posadas del Canal 4, y en esta soledad culera que nos atenaza y nos persigue. Y este miedo cabrón que no perdona.

Los pasos van conduciendo hacia Bucareli, hacia la sorda zona de luz y tráfico, hacia el despacho bullanguero, hacia los viejos muebles y las viejas sensaciones. Tierra peligrosa pero amiga.

Cuando se bajó del camión en Artículo 123, la lluvia arreciaba. No debería estar lloviendo en diciembre.

En la tienda de discos de la esquina, sonaban los Platters, aquel *Only You* de los bailes de quince años, que llenaba de magia los cuartos de departamentos clase media, los patios sucios de la escuela.

Cruzó la calle en medio de la lluvia, saltando los charcos, tratando de ver algo en medio de aquellas trombas de agua que caían sobre él.

—Don Jelónimo, tres cafés y una docena de donas para llevar.

—No me diga Jelónimo, joven —dijo el chino.

Héctor le dedicó su mejor sonrisa.

Mientras le servían los cafés en tazas de plástico, dos coches se detuvieron en Artículo 123 frente a las puertas del edificio de oficinas. Héctor, de espaldas a la calle, pagó las donas y tomó las tazas de café cubiertas con servilletas (de todas maneras con sólo cruzar la calle se llenarían de agua), organizó como equilibrista los cafés y la bolsa y salió a la lluvia.

Uno de los choferes lo vio casi en el mismo instante en que Héctor desentrañaba el peligro en las sombras de los coches negros sacudidos por la lluvia. El primer tiro pasó a un metro de su cara destrozando la vidriera del café de chinos y atravesando el brazo de un bolero que había entrado a cubrirse del chaparrón.

Héctor tiró las donas y los cafés al suelo y sacando la pistola comenzó a disparar corriendo en diagonal sobre los charcos.

Su segundo disparó perforó el cráneo de uno de los Halcones que trataba de salir del coche sin meter los pies en una coladera.

Corrió disparando. Acertó un segundo tiro en la pierna de un Halcón que salía del edificio. Estaba a punto de cubrirse con la estructura de metal del puesto de periódicos cuando una descarga de escopeta lo prendió por la mitad del cuerpo haciéndolo saltar en el aire, desgarrado, quebrado.

Al caer en el charco, estaba casi muerto. La mano se hundió en el agua sucia y trató de asir algo, de detener algo, de impedir que algo se fuera. Luego, quedó inmóvil. Un hombre se acercó y pateó su cara dos veces. Se subieron a los coches y se fueron.

Sobre el cadáver de Héctor Belascoarán Shayne, siguió lloviendo.

REGRESO A LA MISMA CIUDAD Y BAJO LA LLUVIA

Para mi colega Roger Simón (a) Rogelio
Simón, que incorporó a los Lakers a las
religiones conocidas, y puso a Moses
Wine en mi camino.
Para mi colega Andreu Martín,
que se ve que las goza tanto como yo.
Para mi colega Pérez Valero, que se ve
que las sufre tanto como yo.
Para el colega Dick Lochte, que le
prestó el nombre a un personaje.
Para los colegas Ross Thomas y Joe
Gores, que aparecerán como dueños de
un prostíbulo en Tijuana en una
próxima novela.
A éstos, mis amigos, vaya una novela
por otra, con el agradecimiento del lector.

NOTA DEL AUTOR

No me pregunten cuándo y cómo revivió Héctor Belascoarán Shayne. No tengo respuesta. Recuerdo que en la última página de *No habrá final feliz* la lluvia caía sobre su cuerpo perforado.

Su aparición por tanto en estas páginas es un acto de magia. Magia blanca, quizá, pero magia irracional e irrespetuosa hacia el oficio de hacer una serie de novelas policiacas.

La magia no es totalmente culpa mía. Apela a las tradiciones culturales de un país en cuya historia abundan los regresos: Aquí regresó el Vampiro, regresó El Santo (en versión cinematográfica), regresó incluso Demetrio Vallejo desde la cárcel, regresó Benito Juárez desde Paso del Norte... Este regreso en particular se gestó hace un par de años en la ciudad de Zacatecas, cuando el público de una conferencia exigió que Belascoarán volviera a la vida por votación casi unánime (menos un voto). El hecho habría de repetirse desde entonces varias veces más ante auditorios variados, en ciudades diferentes, y las votaciones fueron acompañadas de una larga serie de cartas. Parecía que el personaje no se encontraba terminado a gusto de sus lectores, y el autor pensaba que aún le quedaban algunas historias por contar de la saga belascoaranesca. Y así, nació esta novela, que si acaso tiene alguna virtud, es que se escribió aún con más dudas que las anteriores. Sean pues los lectores de Zacatecas que acudieron a aquella conferencia, tan responsables como yo del regreso de Héctor.

No tengo mejor explicación.

Como siempre, es obligado decir que la historia que aquí se cuenta pertenece al terreno de la absoluta ficción, aunque el país siga siendo el mismo y pertenezca al terreno de la sorprendente realidad.

Habría que añadir que por razones de la narración, los tiempos reales se han trastocado levemente, uniendo las movilizaciones estudiantiles de fines del 87 con el ascenso de la campaña cardenista de la primavera del 88, en un tiempo ficticio que podría situarse hacia el fin del año 87.

PIT II
Ciudad de México, 1987-88-89

Cada resurrección te hará más solitario.

César Dávila Andrade

I

La única prisa es la del corazón.
SILVIO RODRÍGUEZ

—¿Cuántas veces te has muerto tú?

—Uhm —dijo la muchacha de la cola de caballo y negó con la cabeza.

—Yo sí, muchas.

Ella repasó con su dedo índice las cicatrices que hacían dibujitos en el pecho. Héctor le retiró suavemente la mano y caminó desnudo hacia la ventana. Era una noche fría. Los Delicados con filtro estaban en el alero; acercó la llama del encendedor a uno y miró los brillos verdes que los faroles arrancaban a los árboles.

—No, no las cicatrices; no digo eso. Digo dormir, ponerse a dormir y morir de nuevo. Cien, doscientas veces en un año. Estar seguro de que el primer sueño está dedicado a morirse otra vez... Eso. El primer puto instante del sueño, no es sueño, es volverse a morir.

—Sólo se muere una vez.

—Eso lo habrá dicho James Bond. Se muere un montón de veces. Puta madre. Sé lo que... A veces quisiera poder dormir con los ojos abiertos para no morir. Si duermes con los ojos abiertos nunca podrás morir.

—Los muertos se quedan con los ojos abiertos —dijo ella tras una pausa, dándole la espalda. Tenía las nalgas redondas y brillantes, como los verdes de los árboles de enfrente.

—Esos muertos se mueren sólo una vez. No. Yo hablo de morir muchas veces. Dos o tres veces por semana por lo menos.

—¿Cómo es tu muerte?

Héctor se quedó meditando. Cuando volvió a hablar, la muchacha de la cola de caballo no pudo verle el rostro, pero sí percibir la voz anormalmente ronca con la que contaba su historia.

—No puedes respirar. Sientes fuego en el estómago. No puedes mover los dedos de la mano. Tienes la cara metida en un charco y los labios se te llenan de agua sucia. Te cagas en los pantalones sin poder remediarlo. La

sangre que te sale por la nariz se va mezclando con el agua del charco...
Está lloviendo.

—¿Ahora?

—No, cuando mueres.

Ella se quedó en silencio un instante, queriendo mirar hacia otro lado. Pero sólo estaba la luz en la ventana que iluminaba las cicatrices del pecho de Héctor.

—Los muertos no cuentan estas historias.

—Eso es lo que tú crees —dijo Héctor sin contemplarla.

—Los muertos no hacen el amor.

—Un buen montón de vivos que yo conozco tampoco. En eso están jodidos, los tienen a dieta.

Héctor se separó de la ventana y pasó frente a la cama, ella giró de nuevo para verlo, la cola de caballo se depositó entre sus dos pechos.

—¿Quieres un refresco? —preguntó Héctor caminando por el pasillo hacia la cocina. El frío le subió por la planta de los pies.

—¿Podrás hacer un café descafeinado?

—Pides mucho.

—Para un tipo que ha muerto tantas veces, un café descafeinado ha de ser una mamada.

—Ahí sí que no, un descafeinado es un descafeinado y una mamada una mamada. Mucho más complicado el descafeinado.

Héctor volvió con una Cocacola en la mano y un limón partido por la mitad haciendo equilibrio entre los dedos de la otra. Buscó de nuevo la ventana.

—Está lloviendo —dijo mientras exprimía el limón y agitaba suavemente el casco para que se mezclara.

—¿Cuándo te mueres?

—No, ahora —dijo, y se hizo a un lado para evitar que le diera en la cabeza un ejemplar de *La condición humana* de Malraux que ella le había tirado.

Héctor sonrió.

—Cúbrase las desnudeces, mujer, ahí le va el viento gélido.

Abrió la ventana. Cierto, un viento frío metió la lluvia al cuarto. Una gota grande le dio en la nariz y resbaló sobre el bigote. Abrió la boca y la tragó.

—Ahí está —dijo la muchacha de la cola de caballo sonriendo—, los muertos no pueden saborear la lluvia.

—A lo mejor tienes razón. Sólo se trata de mantener los ojos abiertos y de convencer al japonés que tengo aquí —señaló la sien con el dedo índice, haciendo el gesto universal del suicida.

—En la cabeza tienes a Quasimodo. Y se pasa el tiempo tocando las campanas de Notredame.

—Y cogiéndose al japonés con el que comparte la azotea... Por cierto debe ser el japonés el que controla el sonido y me cuida los transistores.

—Nunca me debí de haber enamorado de un detective mexicano.

—Nunca debiste haberte enamorado de un muerto.

Ella comenzó a llorar de repente, sin previo aviso; tapada hasta la barbilla, cubriéndose del frío y del tuerto detective, flaco y bigotudo que tenía enfrente, quien compuso una mueca que quería ser una sonrisa amorosa, pero era el rictus de un tipo que no podía llorar y tenía frío.

Llevaba tan sólo una semana volviendo al despacho, reencontrándose con los viejos muebles y los viejos compañeros. Convencido de que los antiguos hábitos se habían terminado. Si no cambió el letrero de la puerta donde se leía «Belascoarán Shayne-Detective», era porque *el Gallo* y Carlos Vargas, sus compañeros de despacho, amenazaron con abrir una agencia de detectives independientes en el instante que él se retirara. Eso lo frenó. Si no quería hacerse responsable de sí mismo, mucho menos de otros. Llevaba siete días cruzando la entrada, sentándose en su viejo escritorio, sacudiendo un poco el polvo, leyendo periódicos de dos años atrás y prendiéndole una veladora a la mamá de Sigmund Freud para que nadie abriera la puerta y le ofreciera un trabajo. Una semana saturada de paranoias y recelos. Angustias sin motivo que llegaban como tormentas tropicales y le llenaban las manos de sudor, le envaraban la columna, le punzaban en las sienes. Miedos tremendos, como pozos de elevador de cicuenta pisos sin más fondo que la demencia. Miedos cambiantes: a ir al baño cruzando el largo pasillo en las afueras del despacho, a darle la espalda a la puerta, a encender la luz de la ventana y dejar marcada la silueta contra las sombras de la calle, a contestar el teléfono y que una voz desconocida le hablara de tú.

Por eso, tras una semana de terrores que lo remontaban a las narraciones de la infancia de otros, porque la suya había sido plácida y pachona, como entre plumas de nido de gorrión, cuando sonó el teléfono buscó con la mirada a cualquiera de sus compañeros de despacho, aun sabiendo que no andaban por ahí. Miró los calendarios de cabareteras nalgonas y de rubias de anuncio de cerveza; pero las mujeres de las estampas en la pared se negaron a echarle una mano contestando el teléfono, porque no querían hacer la ruta inversa a la de la gloria y volver de la imagen del calendario a la oficina de la que algún día se habían fugado.

—¿Bueno?

—Con el señor Belascoarán favor.

—No está —dijo Héctor—, ya no viene.

—Gracias —dijo la voz de acento extraño, arrastrando un poco la última ese. Una voz de mujer. De camarera de restaurante de lujo que pronuncia correctamente el menú. ¿Acaso mexicana?, ¿boliviana?, ¿peruana?

—De nada —añadió Héctor y colgó suavemente.

Un cuarto de hora después, el teléfono sonó de nuevo.

Héctor sonrió.

—¿Bueno?

—Quisiera hablar con usted, con el señor que me contestó antes, ¿verdad?

—El señor que le contestó antes no está —dijo Héctor—. Acaba de irse. Se anda retirando de esto. Fue por refrescos.

—¿Y ahora a qué se dedica? —preguntó la mujer con una risita.

—Budismo. Contemplación zen. Análisis empírico sobre temas de contaminación ambiental.

—Gracias —dijo la voz.

—De nada —dijo Héctor.

Colgó de nuevo y caminó hacia la caja fuerte donde se guardaban los refrescos y las armas de fuego. De fuego, nada. Una navaja de resorte, dos Pepsicolas añejas, una colección de fotos porno; memorias gráficas de un viejo caso que Gilberto el plomero conservaba como reliquias. Tomó la navaja y se la guardó en el bolsillo.

Si hubiera tenido que pasar ante un detector de metales, la máquina se hubiera vuelto loca de felicidad; no sólo por la navaja, también por los ecos de un clavo en el fémur que ya no podría sacar jamás, una automática .45 en una funda en la espalda y un revólver .38 de cañón corto en el bolsillo del pantalón. El hombre de acero, se dijo. Un remiendo metalúrgico es lo que era.

El teléfono volvió a sonar.

—¿Podríamos vernos? —preguntó la mujer del acento peruano, ¿boliviano?, ¿chileno?, ¿mexicano?

—¿Nos conocemos?

—Yo sí, un poco lo conozco a usted.

—¿Qué marca de brasier usa?

—¿Por qué?

—No, nada. Era para ver si nos conocíamos —dijo Héctor jugando con la navaja—. Ya veo que no.

Colgó de nuevo y salió de la oficina poniéndose la chamarra negra. El teléfono sonaba cuando cruzó la puerta.

Ahora como nunca, era suya la absurda capacidad de sentirse fuera de lugar en todos lados. Era algo nuevo: ser eterno observador, estar invariablemente en el exterior. Al no ser propietario de ellos, los paisajes se pueden observar con mucha mayor precisión que antes, pero también uno es ajeno al panorama, incapaz de tocar el suelo, de sentir la brisa. La sensación de extrañeza era permanente. Sombra que recorría paisajes de otros, actor en escenario prestado y en obra equivocada, personaje de película ranchera en una comedia italiana. El vacío podía producirse en cualquier momento, intensificarse la normal sensación de estar fuera de lugar. Lo mismo podía sucederle en el vestíbulo de Bellas Artes en el entreacto de la ópera, que en una cena de la generación 65-67 de la Prepa Uno, que en la sala de exposiciones de colchones de las tiendas de los Hermanos Vázquez, que en la cola de las tortillas. Estaban ahí las cosas, él estaba ahí, pero no le pertenecían. Alguien en algún momento llegaría a pedirle el boleto, el permiso de estancia, el pasaporte, la credencial que da derecho al descuento y que uno no tiene.

Esta sensación de estarse colado en la vida, le resultaba particularmente angustiosa en los elevadores y en los supermercados. Héctor no podría explicar por qué, pero así era. Sentía que de un momento a otro el aparato iba a detenerse en el piso tres y le iban a pedir amablemente que descendiera; o que los policías del súper iban a impedirle que pasara por la caja con su carrito, porque sus billetes con los que quería pagar ya no eran de curso legal.

Sin embargo, parecía que la obsesión no producía síntomas exteriores, no deformaba la cara o ponía el ojo rojizo. El mensajero, con su casco amarillo y su montón de sobres, y la señora de la limpieza con la cubeta de agua no le hicieron el menor caso. Ni siquiera le dedicaron una segunda mirada. A lo mejor lo vivían igual que él, y por eso no les extrañaba; todos éramos una bola de leprosos inconfesos, todos Alain Delon tratando de imitar sin éxito a Jorge Negrete.

Descendió en el seis y sorteó el escritorio de entrada avanzando directamente hacia la caja. La cajera se había enganchado la media en un cajón del escritorio y tardó en hacerle caso. Héctor encendió un cigarrillo y la observó manipular media y cajón.

—Ay —dijo al fin cruzando su mirada con la del ex detective—. ¿Su cheque?

Héctor asintió con la cabeza dejando flotar un resto de sonrisa. La muchacha logró al fin desatorarse, buscó el cheque de la aseguradora en un enorme fólder y caminó de vuelta hacia la ventanilla tratando de ocultar su media destrozada, con un paso por tanto bastante contrahecho. Héctor firmó las pólizas, recogió el cheque y salió sin mirarla de nuevo.

Paseó entre las tienditas de Insurgentes, cruzó con trote cansado la glorieta del metro, se adentró en avenida Chapultepec, recogiendo con el ojo sano las ofertas de la ciudad. La miseria atacaba con la furia de la época prenavideña. El subempleo se desbordaba. Una oleada de mexicanos que buscaban el peso con ojos tristes y febriles atacaba por todos lados. Las manos de la limosna estaban más agrietadas, más temblorosas que de costumbre. ¿Cómo ser solidario con todo esto?, se dijo Héctor. ¿Cómo coexistir con esto sin pudrirse de tristeza? Se redijo. Una vez, Elisa le había leído en voz alta un texto de Cortázar sobre la estación de tren de Nueva Delhi y la sensación que le había causado la lectura, la de que no puedes convivir con ciertas zonas oscuras de este mundo sin volverte un poco cínico, un mucho hijo de puta, le regresaba. Cortázar tenía razón. Dicho en el lenguaje de los cincuenta, no había coexistencia pacífica con la parte de la sociedad que se estaba cayendo en pedazos, con esa otra parte tuya que se estaba hundiendo. Para un tuerto debería ser más fácil, sólo hay que cerrar un ojo, se dijo, y ni siquiera se atrevió a sonreírse la broma.

Paseó por Chapultepec buscando sosiego y lo encontró en una salchichonería y en una agencia de viajes, sus dos puntos de contacto íntimo con la sociedad de consumo. Cuando llegó a la casa de su hermano, un edificio de departamentos con la fachada herrumbrosa en la calle Sinaloa, tenía ganas de chorizo de lomo y de viajar a Manila catorce días.

La puerta del departamento C estaba abierta. Héctor reaccionó de inmediato a lo inusual llevando la mano a la funda de la pistola, sobre el corazón. La voz de Carlos desde la cocina lo tranquilizó.

—Pasa, menso. La puerta está abierta porque Marina salió al súper a comprar refrescos.

Carlos estaba corrigiendo galeras en la mesa de la cocina, despeinado y en camiseta. Vivaldi en el tocadiscos terminaba. Tras los crujidos del automático, un coro ruso comenzó a cantar *La Internacional*.

—Es el indicador de la hora del vermut —dijo Carlos, y se puso en pie sacudiéndose migas de pan de los pantalones vaqueros. ¿Cómo te va de reencuentro con la vida?

—Más o menos —respondió Héctor dispuesto a no dar explicaciones.

—Tómatelo con calma.

—Eso trato.

Carlos se sirvió un vermut en las rocas, sacando botella y hielos del refrigerador. Ni se le ocurrió ofrecerle uno a su hermano.

—No te ves muy bien, dan ganas de colocarte enfrente un vaso de leche.

Héctor puso su mejor cara de despiste. Nada de angustias. Nada de melodrama. Nada de nada.

—¿Y mi enano sobrino?

—Salió con su mamá, no le gusta Vivaldi —respondió Carlos sentándose de nuevo y mirando a Héctor de reojo.

—¿Y tú qué andas haciendo además de corregir libros? —preguntó Héctor.

—Te lo cuento sólo si no se lo dices a Marina.

—Lo juro.

—Júralo por una combinación de la Virgen de Guadalupe y el osito Bimbo.

—Anda ya.

—Estoy dedicado a la guerra ideológica.

—¿Contra quién?

—Contra una banda juvenil. Unos chavitos de mi colonia, de esos que pintan con spray.

—¿Qué pintan? —preguntó Héctor intrigado.

—Mamadas —dijo Carlos encendiendo un nuevo cigarrillo—. «Sex punks, frontera salvaje»; cosas sin sentido, números, claves incomprensibles para fijar su territorio. Es como meada de perro. De donde meo para acá es mi espacio, nadie puede meterse.

—¿Y tú qué haces?

—Yo pinto arriba de sus pintas. Salgo en la noche con mi bote de spray y pinto arriba de las de ellos. Es la guerra.

—Pero, ¿qué pintas tú?

—«Punks son fresas, ¡viva Enver Hoxa!» o «El Che está vivo, es un fantasma que vuelve, cuidado putos, vive en la Escandón» o «Los sex punks son pirruris» o «Al perro caído en el agua patearlo hasta que muera». Algunas me salen muy largas, no son eficaces, pero hacía mucho que no pintaba; ando con la lujuria Da Vinci atrasada. A ellos los traigo jodidos. No es sólo guerra ideológica, es también guerra generacional. Desde luego es una guerra profesional, y ahí domina mi técnica de pintado. ¿Me van a enseñar esos mamones a pintar bardas a mí...? La que más éxito ha tenido es: «Gobierno = a punks sin tenis» y la de segundo más éxito, festejada a madres por el de la tintorería de abajo fue «¡Píntame un huevo de azul y te lo compra Conasupo!», pero no me salió bien el logo de Conasupo.

Héctor observó cuidadosamente a Carlos, su hermano.

—Tranquilo, no es locura, es sólo para mantenerme en forma mientras encuentro un huequito nuevo en la lucha de clases. Además, a veces coincido con los punks y reestablecemos la armonía universal. El otro día estaba pintando una que decía: «Si los priistas quieren gobernar, ¿por qué no empiezan por ganar las elecciones?» y llegaron los de la banda al rato y en lugar de destruirla le pusieron abajo un «Sí es cierto» de dos metros de alto.

—¿Y esa pinta dónde está?

—Aquí a dos cuadras. ¿Quieres ir a verla?

Héctor asintió. La mañana estaba mejorando.

El detective Belascoarán Shayne creía firmemente en que no pueden hacerse amigos después de los treinta años. Que el límite invencible para construir y trenzar emociones con esa cosa indestructible que es la amistad, está situado un minuto después de los treinta años; que hay una cierta esclerosis emocional que impide que la gente se juegue a sí misma en el riesgoso hacer de las pasiones de la amistad. Que después de los treinta nadie se corta la vena y mezcla su sangre con la de otros. Sin embargo, Héctor había perdido a sus grandes amigos de antes de los treinta y se había quedado con los de después. Esto tenía una explicación en la férrea versión del detective. Él había empezado a ser otro después de los treinta y era ese otro el que había hecho las nuevas amistades: sus tres vecinos de despacho, un periodista radiofónico, una doctora chaparrita, sus hermanos, dos luchadores, *el Mago*, su casero... Héctor sabía también, si se llama saber a esa certeza absoluta que se va adquiriendo a fuerza de repensar lo mismo, y que las viejas del pueblo llaman manías, que después de los treinta, un hombre no puede hacerse amigo de una mujer. Que hay mucho sexo alborotado envuelto en la relación, mucho romanticismo a destiempo, mucho fantasma entre falda y pantalón para que las cosas funcionen. Sin embargo, y para su absoluta sorpresa, cuando la mujer abrió la puerta, Héctor intuyó que ella podría haber sido una de sus mejores amigas para el resto de la vida si se hubieran conocido en la infancia. Esta absurda certeza tan desacorde con las sabidurías adquiridas, lo dejó un poco pasmado.

La mujer lo miró y luego esbozó una sonrisa. Héctor la observaba con el rostro del que contempla la sección de carnes frías de un súper de lujo. Ella miró tras de sí, como esperando que hubiera alguien atrás a quien realmente el detective le dedicaba una mirada de adoración y asombro. No había nadie. Pasó y cerró la puerta a su espalda, con cautela, sin dejar que se escapara el fantasma.

Era una mujer de unos treinta años, de pelo muy negro y suelto, ojos chispeantes, labios gruesos, nariz respingada; una cicatriz de cuatro o cinco centímetros en el cuello, ancha de caderas, pechos grandes lanzados hacia el frente. Vestía como si los últimos diez años hubieran pasado en vano: blusa blanca, larga falda negra hindú, botas, una pañoleta muy suelta que no intentaba cubrir la cicatriz. Sonreía, siempre sonreía.

—¿Héctor?

—Salió a comprar unos refrescos. Pero a mí puedes contármelo todo.

—¿Y tú quién eres, pues?

—Su secretaria.

—¿Qué está pasando? —preguntó ella y rebuscó algo en el morral gigantesco que le colgaba del hombro.

Las ventanas estaban abiertas. Héctor sintió frío. Era diciembre el mes, y la temperatura descendía en las tardes. Pero no debería ser para tanto. El frío de Héctor, se sospechaba el detective, era sanguíneo; venía de los huesos mal soldados, era la continuación del mismo mensaje de los sueños. Aún así caminó, forzándose a darle la espalda a la mujer y a lo que traía en su bolsa, y llegó hasta la ventana para cerrarla.

—A ver, ¿será o no será? —preguntó ella sacando una fotografía y poniéndola sobre el escritorio. Héctor regresó de la ventana, sacó un cigarrillo, lo encendió. Tomó la foto y la estudió.

El de la derecha era Mendiola, el periodista; el de la izquierda era él, el otro él de hace un par de años. Estaban en la puerta de la vieja Arena Revolución, al final de un espectáculo de lucha libre, mezclados entre el público que salía. Tenían unas caras hurañas, hoscas, como si hubieran sido ellos los que hubieran peleado y fracasado, como si respectivamente hubieran perdido máscara y cabellera en el duelo y de pilón les hubieran administrado dos patadas voladoras en los huevos. No recordaba el momento ni al fotógrafo, pero sí a los personajes. Mendiola y Héctor Belascoarán Shayne, el otro. El de antes.

Puso la foto sobre el escritorio. La mujer se acercó, miró al sujeto retratado y luego comparó con el que tenía enfrente.

—No, pues son los mismos, ¿verdad? El de la foto estaba mejor. Usted está más acabado, cucho, flaco, tuerto, bigotón, con el ojo que le queda cansado, medio envidriado, los músculos de alambre. Como que me gusta más a pesar del desperdicio. Se ve usted más fiero, más cabrón…

—Es usted una observadora bastante pinche, lo que me veo es más jodido.

—¿Será? —hizo una pausa para contemplar el cuarto—. ¿Me siento?

—Aunque diga que no… ¿Su gracia?

—Mi desgracia, me llamo Alicia. Mi hermana decía que era nombre de peluquera.

—Y usa lentillas, tiene el dedo central del pie más grande que los otros y un pecho que mira chueco.

—Mira nomás que buena descripción… Necesito un detective.

—En la sección amarilla de la guía telefónica se anuncian.

—Quiero a éste —dijo señalando a Héctor.

—Éste está retirado, lo retiraron.

—¿Y no acepta nada? Cosas fáciles. Cuidar fiestas de quince años, servir de guardaespaldas a un cantante puto, encontrar gatos fugados, cosas de ésas…

—Ni de ésas. Éste, ni cuida mascotas ni quinceañeras, ni se cuida demasiado bien a sí mismo. Eso se ve, Alicia.

—Pero te puedo contar, ¿o no?

Héctor se puso de pie, caminó hasta la caja fuerte, le dio una palmada en la nalga a un fotopóster de Grace Renal y sacó una Pepsi.

—Uy, mi refresco favorito —dijo Alicia.

Héctor la miró fijamente. Transarle una Pepsi era un pecado que ni en los viejos tiempos le había permitido a la clientela, y en los nuevos tiempos la clientela no existía. La mujer le sonrió. Sacó un segundo refresco de la caja fuerte, los llevó hasta el escritorio y los depositó al lado de su foto. El Héctor de la fotografía lo miraba ceñudo. Puso el refresco sobre la cara del personaje para evitar interferencias que venían del pasado, sacó la pistola de la funda sobaquera y lo empezó a destapar con la mira.

—No creo que me quede ni siquiera curiosidad —dijo.

—Coño, ya me habían dicho que me ibas a mandar al carajo, pero yo me tengo una fe bárbara, chico, bárbara.

—Nos tomamos la Pepsi y luego nos vamos.

—¿A dónde?

—Cada uno por su lado, ¿sale?

—Oye, no se vale, te traigo una historia para contarte. Terrible, no es broma; te traigo una foto vieja tuya, te sonrío hasta que me quedan tiesos los labios y se me enfrían los dientes y nada. ¿Nada?

—Nada —dijo Héctor. La corcholata voló por los aires.

Sonó el teléfono.

—¿Héctor? Habla Mendiola.

—Acabo de ver una foto tuya, mano. ¿Para qué las andas regalando?

—¿Alicia está ahí?

—Creo que sí.

—Dile que sí, mano. Trátala bien. Es de confianza.

—Salí a comer —dijo Héctor y colgó. Luego se puso en pie, dudó. Tomó el refresco y caminó hacia la puerta.

—Ahí le encargo que cierre cuando se acabe su refresco —le dijo a la mujer.

Salió pensando que no sólo era el miedo a volver a meterse en un personaje que ya no reconocía como propio y que tenía la mala costumbre de andarse dejando matar, también era el terrible aburrimiento de tener que parecer ingenioso.

Frente a la puerta de su casa, patinaba una banda de adolescentes del barrio. El Mago los contemplaba con aire de admiración desde la puerta de la tienda de artículos electrónicos. Estaba oscureciendo. Héctor jaló el cierre de su chamarra hacia arriba. Tenía frío. Le dolía el codo y la muñeca del brazo derecho, ¿artritis?, ¿un infarto?, ¿lepra del DF? Resolvió que era algo más sencillo, un indicador de que quería cenar un caldo de pollo doble, con muslo y en taza grande.

—Vino su novia, le dejó una canasta, se la puse en la entrada —dijo el Mago sin dejar de mirar a los patinadores que dibujaban ochos en el asfalto, vestidos con chamarras astrosas de colores eléctricos; chamarras de pobres, herencia de hermanos a los que les quedaron chicas.

—¿Cómo ves Mago, que aprenda a reparar televisores? —preguntó Héctor.

—Pues algo has de saber de electrónica, ¿no? Eso estudiaste. Pero para mí que ya es tarde, a tu edad ya no se tiene la gracia de una bailarina de ballet con desarmador en la mano, que es lo que se necesita para este oficio.

—Eso pensaba. Viéndote, eso pensaba.

El Mago separó la vista de los patinadores y miró a Héctor.

—¡Quita esa cara, chaval, das asco! —dijo y volvió la vista hacia los muchachos. En especial uno que dejaba caer una cajita de cartón en el suelo, luego se alejaba y avanzaba velozmente hacia ella, inclinaba el cuerpo y la golpeaba con la melena, retorciéndose, para luego saltar y volver a la vertical.

—¿Tú crees que a mi edad podría ser un buen detective? —preguntó el Mago esperando tomar a Héctor por sorpresa.

—No —respondió Héctor encendiendo un cigarrillo y aspirando profundamente—. Te falta la gracia para desenfundar sin atorarte el cañón en la bragueta y volarte los huevos.

—Ya lo decía yo, coño. Desde que se murió Franco, la vida ya no ofrece sensaciones nuevas. Lo mejor que me pasa es tenerte de inquilino y que de vez en cuando vengan unos y te hagan cagada los cristales a tiros.

Héctor palmeó la espalda del Mago y entró al edificio. En el primer peldaño de la escalera estaban un par de cartas, una de publicidad de la tarjeta American Express que dejó ahí abandonada y la otra con el saldo del banco, que fue abriendo mientras subía las escaleras. Con todo y la inflación, tenía dinero para un año sin tener que pedirle a Elisa nada de la plata que habían heredado de su padre. Eso lo sabía, pero miró los números atentamente para poder repetirlos centavo por centavo cuando alguien volviera a ofrecerle empleo.

La canasta estaba a mitad de la alfombra de la sala. Una alfombra rojo brillante en un cuarto sin muebles. Era una canasta para ir de compras, que contenía dos patos amarillentos de no más de ocho centímetros de alto, y una carta. Los patos estaban desaforados diciendo cua cua cua, el sobre estaba rotulado con un simple: «para ti».

La nota era lacónica, como todo lo de ella:

Acepté un trabajo de fotógrafo en Puerto Vallarta. Dos semanas. Espero que a la vuelta se te haya pasado la negra. Los señores se llaman Octavio Paz y Juan José Arreola. Un abrazo. Comen semillitas y pan duro, beben agua a todas horas. Si te cagan la camisa, ya puedes rezar para que se reabra la Tintorería Francesa.

YO.

Héctor contempló a los patos diminutos, amarillentos, con cara de apendejados. Le recordaban a un conejo llamado Rataplán que alguna vez rodó por el departamento. La muchacha de la cola de caballo pensaba que Héctor se volvía peligroso en soledad y cada vez que se iba, trataba de dejar algo a cambio: un retrato, dos patos, una cinta de larga duración grabada con una sola canción, un conejo, un pavo asado relleno y un cuchillo eléctrico para rebanarlo, los cuentos completos de Dashiel Hammett en doce tomos.

Así era la cosa.

Contempló las evoluciones de los patos en la alfombra, caminó hasta el tocadiscos y puso el último de Silvio Rodríguez.

Cara A, banda tres. Se asomó a la ventana, los patinadores se habían ido. El ruido de las cadenas que hacían bajar la cortina metálica le sugirió que el Mago estaba cerrando la tienda.

Debes amar la hora que nunca brilla. Y no, no pretendas pasar el tiempo, sólo el amor engendra la maravilla. Sólo el amor consigue encender los muertos.

Llevaba un mes poniendo la misma canción. Curiosamente no se aprendía la letra, aunque la gozaba a pedazos todas y cada una de las veces. Pero el amor no encendía nada. No alumbraba más que unas horas, unos minutos y siempre en soledad de dos. No daba más de diez metros cuadrados de luz ocasional. Volvió a la ventana tratando de no pisar a los patos que circulaban erráticamente por la alfombra. Las luces del alumbrado público se encendieron como si un deseo se hubiera hecho orden mágica.

Después de todo no era tan grave, la historia no daba para tragedia. Sólo era un tipo lleno de cicatrices que tenía miedo. Y el miedo no estaba mal, era tan buena compañía, tan racional, como el amor o el frío. Frío. Caminó hasta el cuarto y regresó con un chaleco de lana negro, se detuvo en la cocina y llenó un platito con agua para los patos. Los contempló beber. Los muy marranos, entraban y salían del plato, cagaban en él, bebían y chapoteaban; el agua se fue enturbiando y la alfombra alrededor del plato llenando de manchas. Era una buena alfombra. Roja. Por ahí tenía algunas manchas de vino, de sopa de nidos de golondrina, de ácido de una batería de Volkswagen, de sangre de otros. Caminó de nuevo al tocadiscos y volvió a dirigir la aguja al arranque de la banda tres. Uno de los patos había descubierto las posibilidades del clavadismo y se apoyaba en el borde del plato para lanzarse sobre la alfombra y luego trastabillar un poco. Ése ha de ser JJ. Trató de diferenciarlo del otro. Tenía una mancha café en el ala. OP tenía mirada taimada y un círculo de plumón blanco en el cráneo. «Ahora va a sonar el teléfono» se dijo Héctor. *Debes amar tu arena hasta la locura. Sólo el amor alumbra lo que perdura*, sonó en las bocinas del tocadiscos. Ahora va a sonar el teléfono y cuento uno, dos... y... tres. Pero no sonó nada y Héctor volvió a la cocina a fabricarse una tortilla de patata con chorizos de Michoacán, según receta del viejo Belascoarán. OP y JJ adorarían la tortilla de patata. Eso, o empezaban una larga jornada de dietas.

La ciudad que uno posee no es la que otros tienen. La de uno, la propia, tiene los postes de luz en el lugar equivocado, se llena de sombras donde no debiera haberlas. En la de uno, el vendedor de periódicos muestra el *Ovaciones* volteando, de manera que se tenga que hacer equilibrio para poder leer el cabezal de noventa puntos, y eso a medias. En la ciudad propia la tienda de la esquina cierra invariablemente a las 7.15, aunque cuando uno les pregunta en la mañana a qué hora van a cerrar esa noche, dicen que a las 8.00; en la ciudad de uno el Canal 9 se ve con interferencia a la hora en que pasan las películas de Bogart. Quizá la ciudad personal tiene parentescos con las otras: la miseria, el desempleo, la falta de pudor del poder que miente electrónicamente, el precio de la gasolina, la nube negra que viaja de noroeste a suroeste, el malhumor de los vecinos del 5, el sabor estándar de las hamburguesas de los Vips, la reacción instantánea de la mujer de la limpieza cuando una lámpara se mueve a destiempo anunciando temblor. Pero eso es decorado. Vivimos ciudades diferentes, hiladas por los abusos del poder, el miedo, la corrupción y la eterna amenaza del descenso a la selva, que oculta en los rostros del sistema, se asoma regularmente para recordarnos que somos frágiles, que estamos solos, que un día seremos pasto de los zopilotes. O que un día todo habrá de jugarse en un volado, a lo *western*, a lo duelo en la calle mayor: ellos o nosotros.

Frente a esta soledad, la ciudad propia crea sus solidaridades, tibios diques de palillos de dientes que a veces resisten ante la crecida de la inundación: la sonrisa de los de la tienda de pinturas, el guiño de complicidad casual en el autobús con el tipo que lee la misma novela que uno, la complacencia de los usuarios del pesero ante el antropófago beso con el que los dos estudiantes del CCH se despiden, como si mañana no hubiera clases de nuevo, o no hubiera ninguna clase; la hostil mirada compartida por los paseantes ante el policía esquinero que está mordiendo a un motociclista. Y dentro de la ciudad propia se hacen otras ciudades, más chiquitas: pueblos, ranchitos casi personales que de vez en cuando se conectan con la ciudad de los demás.

¿En qué ciudad viví yo este último año?, se preguntaba Héctor Belascoarán Shayne, de oficio detective en retiro. ¿Con quién viví? ¿Con quién más viví en estos doce meses? No lo recordaba bien. Muchas imágenes de hospital. Unas vacaciones en la casa de alguien en las montañas de Puebla, rodeado de pinos. Un médico que insistía en las bondades curativas del bosque para las heridas del pulmón. Una cuenta por pagar de cuatro litros de plasma sanguíneo. Un partido de los Pumas en el estadio de CU con Carlos Vargas, el Gallo y Gilberto, de compañeros de cerveza, porra y tribuna. Un trabajo reconstruyendo un acueducto pueblerino en el estado de Querétaro. Dos novelas de Jean Francois Vilar y el descubrimiento tardío de las novelas sociales de Pío Baroja. Una relación casual y sudorosa de seis noches de duración, con una estudiante pelirroja de Bioquímica. Un año completo. Poca cosa tenía para justificar un año. Y en el país habían sucedido cosas. Tenía una vaga idea de que el país se estaba poniendo nervioso; la irritación cobraba formas, los mexicanos andaban por ahí cantando el himno nacional, y cuando esto sucedía, creía recordar la memoria histórica de Héctor, solía ser un anuncio de la gran tormenta.

El ascensor subía chirriando hacia la oficina y Héctor trataba inútilmente de recobrar el último año de su vida. La puerta se abrió antes de lo debido. Alicia le dedicó una esplendorosa sonrisa y entró al elevador sin que él pudiera impedirlo. Apretó el botón del sexto.

—Alicia, ¿te acuerdas? —dijo ella.

—No, yo no soy Alicia, soy un jubilado que iba al tercer piso. Más de dos pisos de retención contra mi voluntad, técnicamente puede ser considerado secuestro —dijo y miró hacia el techo del ascensor.

—¡Carajo! —dijo la mujer. Héctor la miró—. ¿Qué tengo que hacer para que me hagas caso?

Héctor le sonrió.

Alicia traía un suéter y unos pantalones de pana negros. Ella se tomó el suéter de la cintura y se lo levantó lentamente para dejar los pechos al aire libre. No traía brasier. Eran más grandes de lo que se sugerían cubiertos. Puntiagudos, con pezones rosados que miraban hacia afuera.

—Es cierto, es más grande uno que otro… Además de secuestro, violación…

Ella se colocó el suéter de nuevo en su lugar. Héctor se sintió desconsolado. Eso le pasaba por hocicón. ¿No decían que la boca era más rápida que el cerebro? La puerta del sexto se abrió, Alicia marcó el tercero, derrotada.

—Está bien, me rindo —dijo Héctor—. Te escucho.

II LA HISTORIA DE LUKE MEDINA CONTADA POR ALICIA

(Tal como luego la recordaría Héctor Belascoarán Shayne)

Él la mató, yo sé que él la mató. Pero él no pudo haber sido. No estaba adentro del baño, ella se había encerrado por dentro. No fue con sus manos, no es que él apretara el gatillo. La mató de otra manera, y de eso estoy segura, porque sé que él la mató. La fue empujando por un pinche callejón sin salida, donde al final estaba el baño con la puerta cerrada por dentro y el revólver, y ella estaba sentada en la taza del escusado con los sesos embarrados en la pared, mientras los vecinos tocaban la puerta y había un tocacintas encendido en el piso con música de Manzanero. Así se tenía que matar ella, con música de Manzanero. Siempre estaba oyendo boleros melosos, ¿sabes? Todo el día en los últimos tiempos oía boleros de ésos, a todas horas. El tocacintas y ella andaban juntos por la casa, mientras él la iba empujando por el pasillo, a veces a gritos, a veces con un cuchillo de cocina, diciéndole que se quitara la ropa para que la vieran desnuda unos amigos que habían venido a cenar.

Cuando estuve en Miami en abril, hace tres años, ella me contaba que había separado las camas gemelas del cuarto lo más que podía. Pero él todas las noches las acercaba un poco. Esa vez me enseñó las quemaduras en el brazo que él le había hecho con una plancha, porque ella no quería probar la cocaína. Y terminó en eso también. La autopsia decía que estaba drogada hasta las orejas, hasta la médula de los huesos. Pero cómo va a ser, si ella antes lo más que tomaba era Pepsi *light*, por eso de la cafeína. Cómo iba a estar drogada si nunca tomaba las aspirinas de a dos, cuando mucho una si le dolía la cabeza demasiado. Ese puto, ese hijo de la concha de su madre, hijo de la gran puta, maricón. Ése se drogaba y se ponía rojo de tanta mierda que se metía por la nariz, que se inyectaba en las venas, y luego presumía de hombre y la pinga no le servía para un carajo. ¿Cómo se fue a casar con ese desgraciado la imbécil de Elena? Era boba mi hermana, era una rematada pendeja. Porque el tipo era guapo, el Luke

Medina, guapo rumbero, zalamero. Al principio hasta a mí me convenció con tantas vueltas de palabras que se daba, mostrando los músculos con la camiseta ceñida, y mostrando los cojones con los pantalones vaqueros entallados y mostrando los dólares y el carro deportivo rojo que le había costado ocho mil billetes ahí mismo, ahora mismo, mi vieja y te lo traigo para que lo estrenes, y la otra pendeja dejándose caer, babeando con su mulato de oro que la iba a sacar de ocho horas de oficina y la iba a llevar a ver Hollywood, y en lugar de eso pura madre, le dio dieciséis de infierno y ocho de pinche purgatorio.

Él la mató. La fue empujando hasta la locura y seguro que le decía: ¿No te atreves? ¡Mátate! ¡A que no te atreves! Ella me escribió una carta; yo no la tengo, la tiré. Se fue a la mierda la carta toda llena de lágrimas, toda moqueada de tanto que le lloré encima a la carta; donde me contaba que una vez él le hizo andar de rodillas por toda la casa mientras la amenazaba con una pistola. Porque así era de verdad el hijo de puta. Un día la llevaba a un restaurante de lujo a comer con vino francés y al día siguiente le quitaba la tarjeta de crédito para que no la usara mientras él estaba fuera. Un día lloraba encima de ella y le decía que nunca había querido tanto a nadie y al día siguiente la presentaba en un bar a su jefe y la dejaba ahí para que el otro se la llevara a la cama. Era un comemierda el tipo ése. Una rata enferma. Elena me dijo una vez que él la estaba envenenando con polvos para matar cucarachas, y luego me dijo que no, que le ponía azúcar a los sobres de las cucharachas para que ella pensara que la estaba envenenando. Era más derecho matarla que engañarla. La quería matar en la cabeza, la quería volver loca. La tenía amenazada de muerte si ella intentaba escapar y luego él desaparecía semanas, pero alguien hablaba de su parte todos los días por teléfono, muy amable el gringo, preguntando si necesitaba algo.

Elena se fue de la única manera que se podía ir, volándose los sesos. Y él debe haberse quedado muy contento porque para este marrano loco de mierda, lo único que contaba era el poder. El tenerla esclavizada; el tenerla tanto, tanto, que un día podía matarla para demostrar lo mucho que era de él, lo mucho que la tenía. El Luke Medina, muy orgulloso de viudo, muy lucidor con traje negro de seda, zapatos de charol brillante, chalequito blanco, que ahora viene a México.

Lo tienes que chingar, para mí. Viene a México la semana próxima. Estoy segura, va a llegar en el vuelo de Panam del miércoles en la noche. Panam de Nueva York. Yo trabajo en una línea aérea y pedí a todos mis amigos que si su nombre aparecía en la computadora me avisaran. Tiene una reservación para venir a México el miércoles y seguro viene a hacer alguna mierda, porque es lo único que sabe hacer. Él allá en Miami siempre andaba en cosas raras, en drogas, creo, y en esas mierdas, con la mafia de los cubanos de Miami, con la gusanera, los dueños del barrio. Ese hijo de la rechingada seguro viene a hacer alguna mierda. Y entonces tú tienes que averiguar qué es y denunciarlo, para que lo agarren y se pudra en una cárcel mexicana, para siempre, para que pague lo de Elena. Mira, aquí tienes una foto, míralo, tan sonriente el muy cabrón, como diciendo: a mí nadie me hace nada. Cuarenta y cinco años, era mayor que mi hermana cuando se casaron. ¿Verdad que sí se puede? ¿Verdad que lo vas a joder? ¿Verdad que hay justicia y que se va a morir en una cárcel mexicana ese hijo de la chingada? Verdad que...

III

*Mis cicatrices tienen raíces hasta en otros
cuerpos, mis heridas se mueven de vergüenza.*

ROQUE DALTON

—¿Y usted qué le dijo? —preguntó Héctor.

—¿Qué chingaos le voy a decir? —respondió un indignado Gómez Letras.

—Pues no sé, algo sobre el sentido común.

—A huevo. Le dije que si no le parecía una mamada cambiar toda la instalación en lugar de *namás* cambiar las llaves que decían frío y caliente.

—Pues sí, ¿y qué le contestó la señora?

—Que ella de chica se había acostumbrado que la caliente era la de la derecha y la fría la de la izquierda, y que así la quería. Dése cuenta, pinche Héctor, qué pinche culera gente tiene uno que ver a diario. Ya quisiera yo darme un tiro con sus envenenadores, los violadores de rucas, los güeyes esos que se meten una .45 en el fundillo y luego disparan. Para asesina y sacapedos, la vieja ésta de Las Lomas.

Gómez Letras dio por concluida la narración y se concentró en la tarraja con la que estaba haciendo la rosca en el borde de un tubo de cobre de seis metros, que chicoteaba por la oficina cruzándola de lado a lado, saltando por encima de escritorios y sillas.

Héctor se había robado dos sobrecitos de azúcar de una cafetería y estaba probando a mejorar la Cocacola, echándoselos junto con medio limón. El resultado del experimento en cuanto al sabor era discutible, pero brotaba una espuma pastosa bien bonita. En la discoteca del otro lado de la calle llevaban media mañana insistiendo con un disco de tropical de segunda clase, de ésta que tachuneaba el ritmo y prescindía de melodía; de la letra poco había podido saber fuera de que hablaba de una mulata con un moño verde.

Gómez Letras sonrió mientras le daba a la tarraja a ritmo de la pieza tropical. Parecía como si el mal humor se le hubiera disuelto en el ruido.

—¿De qué se ríe?

—Estaba pensando en que si le metemos en el culo una .45 a la señora ésta, a lo mejor ya le valía madres de qué lado quedaba el agua caliente.

—Mejor ahí deje morir sus malos pensamientos.

—¿Ya vio que subieron los refrescos?

—Ya es cosa sabida que en esta ciudad andamos todos con la .45 en el culo.

—Présteme las pinzas ésas.

—Le voy a prestar una .45 para que vea qué se siente.

—Siéntese usted mejor, ya ha de andar fatigado... Y hablando de eso, ¿cómo se siente?

—No sé, déjeme pensarlo —dijo Héctor.

Caminó hacia la ventana y dio un largo trago a su Cocacola mejorada.

—Mal, yo creo que me siento mal.

—Pues ya va siendo hora de que se sienta mejor, hay bien poca acción aquí.

—¿Qué sabe usted sobre Afganistán?

—Nada, es una calle de la colonia El Rosario, ¿no? ¿Ahí qué pasa?

—Que la KGB anda buscando plomeros mexicanos.

—¿La KGB es una fábrica de bombas de agua de León, Guanajuato?

Ahora le tocó a Héctor sonreír. Gómez Letras lo miró molesto. Pasó al contraataque.

—Usted será muy detective de los pobres, pero a las manifestaciones no ha ido.

—¿A las de los estudiantes?

—A huevo.

—Como dijo el ratoncito del cuento.

—¿Qué dijo?

—Es que he andado malito...

—Y el que se cague en el disco, lo mee, le pase las patas por encima, le eche agua o le escupa maíz mascado, le agarro el pescuezo y lo hago mierda —les dijo Héctor a JJ y OP mostrándoles la portada del nuevo de John Coltrane, el que traía *Stardust*. Los patos emitieron una retahíla de cuacuas y desaparecieron hacia la cocina, oscilando la cola.

Héctor puso en marcha el tocadiscos, quitó la pelusa de la aguja y sacó de su funda el Coltrane; se quitó la chamarra y encendió todas las luces de la casa. Era un hábito nuevo, de estos últimos meses. Buscaba la sensación de ser el centro de un árbol de navidad, donde la luz espantaba los miedos. Colocó la aguja y subió el volumen de las dos bocinas. Luego entró al baño y orinó plácidamente. Ante él estaban las dos fotografías que Alicia le había dado. Las tenía ahí para habituarse, durante la semana previa al arribo del hombre al aeropuerto de la ciudad de México, al encuentro con el verdadero rostro de Luke Medina. Por ahora sólo las fotos: un mulato claro, mandíbula levemente partida, nariz de bola, los ojos secos, la frente amplia. El bigote latino de Hollywood, blandengue, recortado.

Héctor volteó al espejo mientras se la sacudía y contempló su propio bigote, áspero, desordenado, villista.

Se iniciaba una historia de bigotes y Héctor sabía bien que mañana sería día de corredor de fondo en etapa de entrenamiento, de leer un libro de Lansford sobre Pancho Villa y la División del Norte, su último guía espiritual, de ir a la sala E del aeropuerto Benito Juárez y escoger la columna tras la que observar, la tienda de refrescos, los estacionamientos, el lugar donde poner el automóvil. Vaya desmadre… Bigotes.

La cosa funcionaba, se dijo. Recorrió el pasillo hasta la cocina y dejó el revólver junto a la automática .45 con todo y funda, en el refrigerador. La cosa estaba funcionando. Aceitada: patos, *Stardust*, luces; toda la medicina contra la soledad que había podido reunir.

El timbre sonaba. Era de noche todavía. Gris, negro, estaba a punto de amanecer. Era el timbre de la puerta de abajo. Héctor trató de ponerse bien el pantalón de la piyama que se le había medio caído en las pesadillas nocturnas. Estaba mojado de sudor. Otra vez, sudores, sabor a tierra en la boca, amarga tierra. Otra puta vez. Se asomó a la ventana cojeando porque se había dado un golpe en los dedos del pie contra la base del lavabo. Carlos, su hermano, enfundado en otra chamarra negra se encontraba bajo la luz del farol. Héctor sintió el frío.

—Baja, dijo Carlos.

—Sube tú.

—No, baja y vámonos.

—¿A dónde?

—A la Ciudad Universitaria.

Se decidió el amanecer cuando cruzaron San Antonio por Revolución, en medio de una neblina que Héctor piadosamente calificaba de natural, pero que Carlos identificaba como absolutamente parte de la mierda industrial; la nube negra de smog que viajaba de norte a sur utilizando el corredor del anillo Periférico y avenida Revolución, empujada por vientos malignos cuya función era desperdigar la contaminación, y no hacer que se viera bien el fantasma de James Dean cuando andaba en motocicleta por esos lares.

La neblina hacía que a cien metros, los perfiles de edificios y árboles se vieran difusos, fantasmales.

—¿Traes pistola?

—Dos, ¿quieres una? Están medio frías porque anoche las guardé en el refri.

Carlos se rio. Negó con la cabeza.

—Para nada, capaz y me meto un tiro... No, lo digo para que no se te ocurra usarlas.

—Qué, ¿me viste cara del Llanero Solitario? Yo no ando tirando tiros por ahí —dijo Héctor y luego preguntó:

—¿A qué vamos?

—Dicen que quieren romper la huelga del CEU, la huelga estudiantil.

—¿Quiénes?

—Las porras, la *Voz Universitaria*, los perros de rectoría.

Héctor guardó silencio. Sí, debería ser contaminación, porque su único ojo sano estaba lloriqueando. Tendría que sentirse honrado porque Carlos lo hubiera elegido como compañero de viaje. O sea que lo mejor era callar y sonreír. Nada de preguntar si no estaban muy viejos para andar defendiendo una huelga estudiantil que llevaba quince días sorprendiendo a una ciudad a la que el terremoto, la crisis económica y la decepción, parecían haber agotado y que ahora resurgía callejera, temblorosa, adolescente, gritona, renacida.

El tráfico escaseaba en el acceso a CU por la avenida Universidad. Héctor sintió una breve punzada de nostalgia y dos de miedo. Después de todo, era su universidad, ¿o no? Tan suya como de todos los demás habitantes del país; no era un bloque de edificios de departamentos propiedad de un rector autoritario y con mentalidad de dueño de un supermercado. Y después de otro todo, era un regreso tan bueno como cualquier otro a la vida.

Carlos había permanecido en silencio. Manejaba el Volkswagen con una especie de fría pericia profesional, la mirada siempre al frente, las dos manos en el volante.

—¿Hace cuánto que no venías a la universidad?

—Como diez años. Creo que lo último que hice fue darme una vuelta por el cineclub de Filosofía para volver a ver *8 ½* de Fellini. Demasiada nostalgia para un solo *round*. La película no me gustó como me había gustado. Salí de la universidad como preso recién liberado, escondiéndome, no fuera que algún fantasma me reconociera.

—Yo ni eso —dijo Héctor, mientras sentía que las manos le comenzaban a sudar. Puto miedo biológico, físico, metido en los huesos. ¿Nunca iba a desaparecer?

A un lado de la gasolinera se encontraban las primeras barricadas. Algunos barriles con petróleo encendido produciendo pequeñas nubes negras. Estos pinches estudiantes de ahora no eran ecologistas. Se habían reunido unos cinco mil de ellos sobre aquella entrada de la universidad. No se veían policías en las cercanías. Carlos, miembro de la vieja y cauta izquierda, de la generación que aprendió a desconfiar de los policías invisibles, dio un par de vueltas por las calles de alrededor. Un camión de granaderos como a diez cuadras, dos patrullas en Copilco, nada del otro mundo. Estacionaron frente a la Librería Técnica y se acercaron a la bola paseando. Un grupo de muchachos cantaba acompañado de un par de guitarras. No era el *Venceremos* de Quilapayún ni una canción de Atahualpa Yupanqui, ni *La niña de Guatemala* de José Martí-Oscar Chávez; sin embargo, la nostalgia estaba ahí en *Let it be* de los Beatles. Esa generación, pensó Héctor recorriendo con la mirada jorongos y barbas incipientes, suéters azul y oro, chamarras de mezclilla, faldas más largas que nunca, se parecía a él: nunca había tenido su momento de gloria. Por ahora, se dijo. Caminó hacia uno de los tambos de petróleo a secarse el sudor de las manos. El miedo no podía quitárselo de encima, pero al menos acompañaría a los cinco mil estudiantes con la mejor de las valientes apariencias. Era lo menos que podía darles.

Los guitarristas y el coro terminaban *Let it be* y alguien comenzó a cantar un poema de Benedetti. Los porristas que iban a romper la huelga nunca aparecieron.

—¿A usted la vida le sonríe? —le preguntó Héctor a Gómez Letras horas después, mientras éste se afanaba instalando una bañera en su casa.

—A mí la vida me la pela —dijo displicente el plomero y coarrendador de su despacho.

—¿Tiene usted objeciones a la filosofía? —le preguntó Héctor mirando para otro lado y lagrimeando, porque el humo del cigarrillo se le había metido en el ojo.

El plomero lo contempló atentamente. Tenía dudas, sobre todo durante estas últimas semanas, sobre la calidad del estado mental del detective. Cuando vio que el llanto no iba a más y que tenía que ver con la fumada, se tranquilizó; pero no se sintió obligado a dar una respuesta.

—¿Usted cree en la suerte? —insistió Héctor, preguntando casi por inercia, porque no se le ocurría nada mejor que hacer.

—Yo creo que la suerte la tienen otros.

—¿Cree que las mujeres y los hombres son iguales?

—Depende de cómo se las acomode uno.

—¿Usted se ha tirado algún cristiano?

—Creo que una vez que estaba muy pedo me cogí a un mormón. Pero fue sin querer, eso no cuenta.

—¿Usted ya sabe por quién va a votar?

—A huevo, por Cárdenas.

—¿Pues no que era abstencionista?

—Eso era antes. Ahora sí, nos jodemos al PRI.

—¿Quiénes *nos*?

—Los cardenistas. ¿Dónde ha andado, jefe?

A Héctor no se le ocurrieron más preguntas ni pensó que merecía la pena dar respuesta, y se fue fumando por el pasillo, dejando a Gómez Letras trabajar en la bañera. Estaba atardeciendo.

—Ahí lo dejo, está en su casa —gritó desde la puerta.

Gómez Letras se asomó para verlo salir, con una pizca de desconfianza aún. Estuvo a punto de tropezar con los patos.

—¡Váyase por la sombrita, jefe, anda usted muy mamón!

Bajó los escalones de a brinquito, meditando en la bañera.

La bañera estaba siendo instalada, gratis, gracias a una apuesta. Héctor había afirmado que el Universidad golearía al Atlante y el plomero, débil por un instante, había dejado que sus veleidades populistas lo embarcaran. Ahora estaba instalando, sin cobrar, una bañera en casa del detective, aunque algo le había sacado de extra por la compra de los materiales. Héctor quería una bañera. Si el plomero tenía nostalgias barriobajeras y apostaba por el equipo más roñoso de la primera división del futbol mexicano, a Héctor le valía madres. Él tenía fijada en su memoria, desde su más profunda infancia, la escena de Cleopatra remojándose voluptuosa, y soñaba vergonzante en darse baños con sales de gardenias. Cuando la muerte ronda muy de cerca, o la sensación de la muerte anda de visita, se perdían restricciones, se evaporaban miedos al ridículo, se derrumbaban las barreras pudorosas y los tabúes más bobos se animaban a morir dejando a los fantasmas asomar bajo la cama. «Con gardenias, como puta australiana», se dijo sonriendo, burlándose de sí mismo.

La luz de la tarde se había fugado mientras bajaba la escalera. Únicamente neones y mercurios lo alumbraron en camino hacia la parada del pesero. Sólo eran las ocho de la noche, pero la calle estaba sorprendentemente vacía. En algún lugar un tocadiscos repleto de canciones rancheras aullaba a la luna como coyote urbano. Era una buena noche. Aire frío, que casi podía paladearse. Una brisa del sur, de las eternas brisas de invierno del Ajusco, lo justo para despertar la piel, erizar brevemente los vellos, sensibilizar la barbilla mal afeitada, aclarar el color de los ojos (del ojo, el otro no podía aclararse ni cuando lo usaba de vidrio). Héctor caminó acelerando el paso y sin salirse de la zona iluminada, mirando de vez en cuando para atrás. Hoy tenía menos miedo que otras noches, pero las costumbres se pegan a la corteza cerebral, los rituales del miedo se repiten y lo traen de regreso cuando el terror se olvida de uno.

En la glorieta de Insurgentes entró en la estación del metro. El vagón venía con algunos asientos desocupados. Sacó del bolsillo de la chamarra una novela de Marc Behm y se desvaneció dentro de ella. Salió de las páginas del libro media docena de estaciones más tarde, en Isabel la Católica, y descendió del vagón anaranjado. Caminó una docena de cuadras hasta el Hotel Luna. Poca gente en las calles. Era un jueves de antes de quincena, la gente se encerraba a contarle sus penas económicas al televisor. Hacía frío.

Se registró en el hotel bajo el nombre de Arturo Cano, agente viajero, y le dieron el cuarto 111. Revisó el pequeño cuarto de baño, se lavó las manos, se quitó la chamarra y se dejó caer sobre la cama. Reanudó la lectura. Media hora después se dio cuenta de que sus ojos no se habían movido de la misma línea. ¿En qué había estado pensando? El revólver dentro de la funda le producía un suave dolor en las costillas, aun así no se lo quitó, cerró los ojos y trató de convencerse de que estaba dormido. Lo logró.

La luz lo fue despertando poco a poco y esta vez no salió de una pesadilla, sólo de una nube gris en la que tocaban a Chopin. Recordaba una gripe particularmente ingrata de días de infancia y el descubrimiento de Chopin como cura contra la fiebre que su madre había estado experimentando con él. No había servido, pero Chopin estaba indiscutiblemente ligado en sus recuerdos con los treinta y nueve grados de temperatura, el dolor muscular y el sudor frío.

No se preguntó dónde estaba. Estaba en un cuarto de hotel. Lo había vuelto a hacer otra vez. Sin darse cuenta se había escondido de nuevo. Héctor consideró seriamente, mientras se izaba de la cama, la posibilidad de internarse en un manicomio, de comprarse un boleto a la gloria con psiquiatra de cabecera. ¿Qué mierda era ésta de irse a dormir en hoteles registrándose con nombres falsos? ¿Quién era el idiota que estaba jugando dentro de su cabeza con sus miedos?

Había leído en una novela, que un paranoico es un ciudadano del DF con una aguda percepción de la realidad y una abundancia de sentido común. La broma tenía gracia, pero esto estaba yendo muy lejos. Ok, de acuerdo, mearse durante las pesadillas estaba bien. Llorar en la calle al ver a un mendigo estaba incluso mejor: era una reacción más sana que pasar a su lado simulando que no existía. Usar dos pistolas y una navaja, bien, de puta madre, pocamadre, perfecto, fuera de que traía kilo y medio de exceso de equipaje vital; mirar sobre el hombro hasta en los cines, sentir pasos en el pasillo, dudar de la probidad del lechero o de la identidad del gasero, bien, perfecto, muy sano. Pero dormirse en hoteles con nombre supuesto, llamar por teléfono a una tía asquerosa a la que no veía hace veinte años para llorar contándole alguna historia lacrimosa, sólo porque era lo más parecido a una imagen maternal que podía sacar de su memoria, eso ya era demasiado. Era ya mucha mierda. ¿Quién le ordenaba que se metiera en un hotel? ¿A qué hora lo decidía?

Héctor se quitó la ropa con la que había dormido, a tirones. Se obligó a ponerse ante el espejo, observó atentamente el cuerpo desnudo, el montón de cicatrices coleccionadas en los últimos años que lo desfiguraban, las ojeras tremendas, la palidez grisácea, el miedo en el ojo sano, la cicatriz lamentable donde debería estar el otro ojo. Forzó una sonrisa, luego otra más amplia.

Durante la siguiente hora, Belascoarán Shayne, detective mexicano, probó ante el espejo millares de sonrisas. Luego se lavó la cara con agua fría, se puso en el ojo un parche de cuero negro que hacía juego con la chamarra y se vistió.

Tendría que aprender a vivir consigo mismo.

El vuelo Washington-Nueva York-ciudad de México de Panam acababa de aterrizar. Eso le daba quince minutos mientras los pasajeros pasaban migración y aduana. El aeropuerto estaba extrañamente solitario. No era la hora, quizá el día. O quizá él, lo que olía a muerto y por lo tanto repelía a las multitudes. O la ciudad que asustaba a los turistas con esos edificios derrumbados por el temblor, que ocultaban los cuerpos y cuyas siluetas rodeadas de aire polvoriento y de descamisados héroes anónimos habían danzado por las pantallas de televisión de cien mil ciudades, levantando por aquí y por allá lágrimas solidarias. Pero las lágrimas solidarias hacen poco turismo, y la memoria es corta, se dijo Héctor. Buscó rápidamente una de las tienditas y se agenció una Cocacola en bote de aluminio, de esas que después de bebidas permitían apretar la lata haciéndola cagada, y transportar al actor del hecho al paraíso de los *stonemen* de Hollywood. Contempló a unos chavitos cargamaletas que jugaban rayuela en los suelos pulidos y brillantes.

La pizarra electrónica lo fascinó un par de minutos. Le faltaban un montón de lugares, había millares de viajes por hacer. Y millares de regresos a la ciudad de los milagros, a la ciudad de los horrores. Se había puesto de moda hablar del DF como «el monstruo», pero el nombre ocultaba la mejor definición. Él prefería hablar de su ciudad como de la cueva de las mentiras, la caverna de los antropófagos, la pista de tartán para los cuarenta y dos kilómetros en solitario, la ciudad de las putas en bicicleta o en coche negro de secretario, el cementerio de los televisores parlantes, la ciudad de los hombres que miraban sobre el hombro a sus perseguidores, la aldea ocupada por los remarcadores de etiquetas, el paraíso de las conferencias de prensa, la ciudad derrumbada, temblorosa, amorosamente derruida, hurgada en sus derrumbes por los topos de dios.

Chandler olvidó en su decálogo sobre la novela policial prohibir que los detectives hicieran metafísica, se dijo Héctor Belascoarán Shayne, argonauta empistolado del DF, la ciudad más grande del mundo a costa de sí misma, el mayor cementerio de sueños.

Cuando reconoció a Luke Medina, una sensación de irrealidad lo invadió. Es mentira que uno reconoce a la gente después de haber visto cien veces su fotografía. La ilusión de que todo era un juego se desvaneció. El tipo estaba ahí arrastrando una maleta de cuero negro con ruedas, lentes oscuros como la muerte, zapatos blancos de charol, pantalones negros de tejido sintético que brillaban con los reflejos de la luz de los neones de la sala internacional del aeropuerto. Carajo, se dijo Héctor, casi arrepentido de estar viendo a Luke Medina, que sin saberse blanco de la mirada sorprendida del detective, avanzó sorteando a un par de maleteros y a dos niñas güeritas que se abrazaban llorando a las largas piernas de su madre.

Medina era como su propia foto envejecida, el pelo ensortijado estaba veteado por canas grises, los labios más gruesos y caídos, quizá en un rictus de cansancio; un bamboleo tropical aprendido probablemente en bares de putas de Miami, un gesto medio hosco en la comisura de los labios, un caminar sin rozar a nadie, por encima y desde lejos de la rala multitud que esperaba para poder despojar al pariente recién llegado de Nueva York del botín de las tiendas de regalos de Manhattan.

Héctor no sabía qué hacer, no había previsto la salida real de Medina a pesar de sus previas y buenas intenciones, no se había acabado de creer que el tipo aparecería tan campante, tan de verdad a mitad de la noche de la ciudad de México. Medina caminó tirando de su maleta hacia la puerta de los taxis. Héctor lo vio pasar casi a su lado, rozándolo. Luego reaccionó y salió corriendo hacia el estacionamiento de la torre. Los primeros pasos de la carrera lo hicieron reflexionar. Si sacaba el coche alquilado nunca iba a poder encontrar al gusano después. Se dio la vuelta, aceleró el paso y utilizó la misma salida que Medina. El cubano estaba haciendo cola, Héctor se formó a dos lugares de él, con una señora gorda que hablaba en alemán en medio.

—Al Hotel Presidente, ¿cuánto me cobras chico? —preguntó Medina en la ventanilla.

Héctor sonrió. Los detectives, como los porteros de futbol, tienen un cincuenta y cinco por ciento de suerte y el resto de talento natural para tirarse hacia el lugar indicado.

Manejó con calma por el Viaducto. La ciudad estaba más vacía que de costumbre, más solitaria, más triste. Las ruinas, al pasar por Monterrey y la colonia de los Doctores se adivinaban a doscientos metros. Héctor pensaba en la distancia. Necesitaba alejarse. Se había acercado a Medina dos veces. Un tuerto es excesivamente visible, como modelo de Cocacola en comercial de la televisión: siempre queda la sensación de haberlo visto antes. Sólo le había faltado una camisa fosforescente y un par de rumberas colgadas del brazo. Tendría que sacar del cajón de la cómoda el ojo de vidrio, tendría que poner cara de nadie, tendría que vestirse como poste de luz, como anónimo, como un anuncio de algo fuera de moda, tendría que seguir a Medina desde lejos si quería chingárselo.

Y sí quería.

IV

*La cualidad más fascinante de las cosas
es que cambian tan rápido que uno sigue
pensando en ellas como eran antes.*
PACO IGNACIO TAIBO I

Héctor sabía por pasadas experiencias que seguir a un tipo creativamente ocupa el doble de horas de las que el tipo invierte moviéndose. Porque hay que acercarse a lo que el tipo toca, hay que volver sobre los pasos para saber de qué número calza el hombre que se cruzó con él en la terraza, de qué habló con la rubia desteñida, y ésta con quién se acuesta; cómo se llama el camarero y qué decía en la nota de consumo. Si no se trabaja así, todo se vuelve una película muda, indescifrable, porque los actores suelen ser malos, parcos, estar siempre escapándose del guión ya de por sí ilegible. Era eso, o la tecnología: romper la distancia con telefotos y micrófonos inalámbricos puestos en el culo de un gato o en el escote de una trapecista que se columpiara en las lámparas.

Resuelva usted la contradicción, se dijo: acercarse todo o alejarse para volver dos y tres veces sobre el tipo. Héctor era ecléctico y no disponía de más tecnología que su paciencia y unos zapatos de suela de hule que no rechinaban.

Por eso, el primer día fue un fracaso.

Luke Medina se movía por la ciudad de México sin demasiados titubeos, incluso conociendo algunos códigos que parecen reservados a los naturales y negados a los turistas, como no tomar el taxi frente al hotel, sino caminar un par de cuadras y detener uno que vaya pasando, que seguro cobraría menos; como traer los billetes grandes envueltos en billetes chicos; como que los teléfonos públicos no necesitan monedas porque aunque en las instrucciones te piden que insertes una, después del temblor los telefonistas desconectaron el sistema de pago a causa de la situación de emergencia y así siguen. Medina apenas si dudaba al cruzar las calles, no daba vueltas innecesarias. Ese tipo conocía la ciudad de México, es más, había estado en ella en el último año. No miraba con particular interés los restos de los edificios derruidos por el temblor, no le interesaban los mexicanísimos tragafuegos, no le sorprendían los vendedores de libros de «con la frente en alto».

Medina, tras una noche apacible en solitario en el hotel (incluso cenó en su cuarto, una *suite* en el piso dieciséis), había consumido el día en una danza sin mucho sentido por las calles del centro de la ciudad de México: una visita a la joyería Aurora en la Alameda, de la que salió sin haber comprado nada; un largo paseo por San Juan de Letrán de ida y vuelta, que remató comprando un par de postales en el edificio de correos, mismas que llenó ahí mismo, les puso los sellos y las depositó en uno de los buzones (aéreo-extranjero); subió al último piso de la torre Latinoamericana y pasó media hora contemplando la niebla gris artificial que cubría la ciudad hacia el suroeste y el norte. Luego, vuelta a pasear hacia el minúsculo barrio chino del DF, el callejón de Dolores. Ahí comió en un restaurante de segunda al que no le quedaba de mandarín ni los camareros. La mujer de la mesa de al lado, una rubia sin gracia de unos cuarenta y cinco años, le hizo algo de conversación, pero Héctor, a tres mesas de distancia, no pudo enterarse de nada importante, más allá de que Medina tras algunas sonrisas corteses, se desentendió de ella. En la tarde el cubano-norteamericano se pasó dos horas en una zapatería comprándose botas. Tres pares, unas de ellas de piel de cocodrilo y muy caras, que mandó le enviaran al hotel; y luego se sentó a leer los periódicos en la Alameda, a espaldas del Monumento a Benito Juárez. Cuando atardecía regresó al hotel y no volvió a reaparecer.

Medina había consumido su día beatíficamente y Héctor se sintió un idiota.

Demasiado inocente para ser cierto. O esperaba un contacto, o alguien lo estaba ayudando a verificar si traía cola; de ser así, Héctor estaba identificado de sobra, porque no había tomado mayor precaución que cubrirse del cubano.

Hacia las doce de la noche, Belascoarán se dejó caer en el sillón menos mullido de su oficina, el que no lo dejaba dormir por los resortes salidos que punzaban las nalgas, y decidió que Luke Medina no le gustaba nada, pero que Héctor Belascoarán Shayne tampoco le gustaba demasiado.

Medina, si las cosas que había contado Alicia eran ciertas, era un hijo de puta. Si nunca hubiese escuchado la historia, lo habría entendido tan sólo de ver cómo paseaba por la ciudad sin tocarla, sin dejarla que lo tocase a él, cómo observaba las cosas sin cariño; sonreía demasiado, no desperdiciaba una mirada amable con los vendedores de klínex solitarios. Medina estaba a lo suyo, Medina estaba a la espera, Medina estaba matando el tiempo. Y Héctor que sabía mucho de la muerte, se sentía traicionado tras un día de seguimiento inútil.

Si acaso existe una ortodoxia detectivesca, debe existir una heterodoxia, una forma de herejía. Por eso, Héctor Belascoarán se levantó, tras el décimo Delicado con filtro, del sillón de los resortes salteados y siendo como las tres de la madrugada salió a la calle de nuevo, detuvo un taxi casi ante la puerta de su oficina y pidió que lo llevara al Hotel Presidente Chapultepec.

Se registró como Manuel Lombardero, natural de Barcelona, pagando con cheques de viajero de American Express que traía contrafirmados y que no recordaba cómo habían llegado a los bolsillos de su chamarra. Quizá los había guardado allí en uno de los muchos delirios paranoides y firmado con aquel extraño nombre, que recordaba como el del asistente de producción de una película policiaca española. La vida era ya suficientemente rara y él insistía en hacerla más grotesca aún. El encargado de la recepción aceptó como buena la archisabida disculpa de que había perdido el equipaje en el aeropuerto y Héctor se dejó conducir a una habitación en el piso 16, a tres puertas de la de Medina.

Una vez que se quedó a solas en el cuarto, Héctor revisó cuidadosamente baño y terraza, encendió la televisión en un canal que sólo producía estática y se quedó dormido sin desvestirse.

Nunca supo si lo despertó su pistola que se le estaba clavando en las costillas, el inicio de la programación matutina del Canal 13 (cuyo eslogan había sido retocado por Carlos Vargas de la siguiente manera: «Ya amanece, ponga el 13, cuanto más me la mama más me crece») o el destino. Había dormido tres o cuatro horas y estaba inundado por esa sensación de irrealidad que produce el agotamiento.

En el pasillo sonaban gritos ahogados. Héctor asomó la cabeza con prudencia y vio a un hombre con el rostro ensangrentado que le tendía los brazos. Un perseguido reconoce la mirada del miedo en otros rostros; quizá por eso y sin pensarlo, Héctor extendió una mano hacia el hombre y tiró de él para meterlo al interior de la habitación. Con el pie cerró la puerta de un golpe sin pararse a mirar si alguien venía siguiendo al personaje ensangrentado.

El tipo cayó de rodillas, miró hacia Héctor y a través de la neblina de la sangre que le cubría el ojo izquierdo y bajaba por la cara hasta la barbilla, trató de esbozar una sonrisa.

—*Hello, I am Dick* —dijo en un inglés bastante estropajoso.

—Yo no —respondió Héctor, que siempre había querido introducir un diálogo así, absolutamente a destiempo, en todas las películas policiacas que había visto.

El hombre resbaló lentamente y se quedó tirado, manchando tranquilamente con la sangre la alfombra azul marino.

Dos golpes secos sonaron en la puerta a espaldas del detective. Héctor giró maquinalmente y abrió de nuevo. Ante él estaba Medina, enfundado en una piyama de seda.

—Perdone usted, caballero, un socio mío que se lastimó, se hizo una herida; verá, estaba un poco en nota, borracho dicen aquí... —dijo Medina mientras trataba de entrar. Los ojos contaban otra historia.

Héctor se colocó entre la puerta y el gringo caído, pero Luke Medina había penetrado al cuarto lo suficiente para verlo.

—¿Qué le pasó...?

—No ha entrado nadie en este cuarto —dijo Héctor—, fuera de ese amigo mío que está durmiendo en la alfombra.

—La broma...

Héctor sacó la .45, la amartilló y se la apoyó en la frente al cubano.

—Y además a mi amigo no le gusta que le rechinguen el sueño.

—Perdone usted la molestia —dijo Medina retrocediendo; luego miró fijamente a Héctor como queriendo grabarse el rostro. No hay duda que tenía una buena cantidad de odio en los ojos, pensó Héctor cerrando la puerta. Un pequeño escalofrío le recorrió la espalda.

El gringo trató de incorporarse, pero se tambaleó y fue a dar de nuevo con la cabeza en la alfombra.

El mejor lugar para tener una cita de negocios: el Lago de Chapultepec. El centro del lago para ser exactos. Remando en medio de los contaminados cisnes, que van adquiriendo cada vez más, rostro de funcionarios de la Secretaría de Hacienda al borde de la jubilación. De ser posible en un día gris, de ser imposible en un día soleado como aquél.

Héctor había abandonado el hotel bajando a su gringo a cuestas por un montacargas de servicio, rodeado de sábanas sucias recolectoras de semen de fin de semana y botellas diminutas de servibar exprimidas hasta la última gota.

Con el gringo a la espalda, aunque tan sólo fueran las cinco de la mañana, Héctor no podía andar por Reforma sin verse obligado, tarde que temprano, a dar explicaciones, de manera que lo subió en un taxi y se lanzó con el emprendedor taxista a buscar una farmacia de guardia. El chofer, todo comprensivo, aportó más que el detective en el intento de dar una explicación:

—Seguro que fueron los azules los que lo madrearon, ¿verdad joven? ¡Qué abusivos!

Al llegar a la farmacia de Gigante, veinticuatro horas abierta, especializada en ese dolor de muelas nocturno, en esa gastritis repentina, en el desplome del azúcar en el cuerpo, en la providencial caja de aspirinas para evitar que se te cayera un cacho de cabeza; el encargado de guardia se negó a acercarse a más de metro y medio del gringo y sólo después de veinte ruegos del detective accedió a venderle vendas, agua oxigenada y tela adhesiva. Dick comenzaba a ponerse morado. Tenía una cortada de cuatro o cinco centímetros sobre el ojo izquierdo, los labios rotos y una pequeña herida en el cuello. Héctor lo sentó en la banqueta del estacionamiento y desarrolló sus artes curativas, que había aprendido viendo seis o siete veces una película sobre Florence Nightingale, el ángel-enfermera de la guerra de Crimea.

Cuando el gringo pidió un cigarrillo en su español lleno de erres retorcidas, Héctor decidió llevarlo a pasear a Chapultepec. Amanecía, unas nubes rojizas medio extrañas circulaban por el cielo. Hacía un raro calor mañanero.

La renta de las lanchas, dedicadas entre semana a los estudiantes de secundaria prófugos, no comenzaba hasta las nueve y media de la mañana, de manera que el detective paseó a su gringo por las afueras del zoológico y el Museo de Arte Moderno. Al fin, sentados en la lancha, mientras el norteamericano remaba, Héctor intentó cobrar el favor y se dedicó a las preguntas.

—¿Y cómo se sacó el premio ése en la cara? —dijo el detective metiendo la mano en el agua y contemplando el surco que sus dedos iban creando.

—¿Quién eras tú?

—No, el que cura es el que hace las preguntas —respondió Héctor en su inglés de manual de ingeniería, bastante mejor que el español de Dick.

—Yo soy periodista —dijo el gringo pasando al inglés y dejando de remar, buscó en el bolsillo de la parte superior de su chamarra de los yanquis de NY y sacó una credencial de prensa bastante arrugada de la revista *Rolling Stone*.

Más allá de los moretones y las vendas, tenía el rostro triste, una mirada huidiza, el pelo negro y una nariz aguda. Héctor pensó que deberían tener más o menos la misma edad.

—¿Qué negocios tienes con Luke Medina?

—¿Quién es Luke Medina?

—El cubano que te rompió la cara.

—Oh, Ramos… Quería hacerle una entrevista.

—Sí, ya se ve —dijo Héctor. Un temerario cisne comenzó a seguir la estela que los dedos de Belascoarán dejaban en el agua. Héctor retiró con presteza la mano. Nunca se sabía qué tipo de mutaciones podría producir en los cisnes el clima del DF.

—¿Y quién es ese Ramos, a qué se dedica?

—¿Y quién eres tú, a qué te dedicas? —respondió el gringo.

—Carajo, es una larguísima historia —dijo Héctor.

Una barca con un grupo de adolescentes se acercó al lugar donde el periodista y el detective habían detenido la suya. Los cisnes comenzaron a aproximarse. Héctor pensó que los estudiantes deberían haber dejado un rastro de pan duro o de maíz. Los cisnes del lago, tan diferentes a sus patos que habían quedado en la casa, parecían hoscos, carnívoros, tristes.

—Eso me pasa siempre que vengo a México, todas las historias son largas, larguísimas y nadie parece tener el tiempo completo para contarlas.

—Sospecho que ni los periodistas gringos tienen ya paciencia.

—Si seguimos dándole las vueltas a nuestras historias, la corriente nos va a llevar hasta el canal de Panamá —dijo Dick mostrando su primera sonrisa de la mañana a través de los labios averiados—. Necesito al menos dos cervezas para decidir si te cambio tu historia por la mía o te cuento un montón de mierda.

—Yo podría tomarme un par de Cocacolas mientras decido si te devuelvo al pasillo donde te encontré y me entero de algo viendo cómo te vuelve a romper el hocico el cubano.

—Mientras voy remando, podríamos empezar por ponernos de acuerdo en cómo se llama nuestro cubano.

—Luke Medina —dijo Héctor

—Gary Ramos —dijo Dick.

—Se me hace que vamos a terminar conociéndolo por más nombres.

Dick comenzó a remar en busca de las cervezas. Los cisnes, decepcionados abandonaron la estela de la barca.

V

LA HISTORIA DE LUKE MEDINA-GARY RAMOS CONTADA POR DICK

(Tal como luego la recordaría Héctor Belascoarán Shayne)

La gente que luego te interesará, siempre la encuentras cuando buscas a otra. Ésa es una especie de regla no escrita. Las mejores historias aparecerán como hilachas desprendidas de otras historias que a fin de cuentas serán eclipsadas. Yo creo en los accidentes, y luego creo en que el instinto suma los accidentes y te dice que ahí hay algo. Creo finalmente en la terquedad que te permite encontrarlo.

Si ésa es la regla número uno, la regla número dos también se aplica. Dice, según la recuerdo, que el tipo que te interesa es el que no está en el lugar donde debería estar, el que desentona en la foto: el negro en un equipo de tenis de sudafricanos, el limpiador de zapatos tomándose un coctel de champagne en el Palace, el general neozelandés haciéndose la pedicure en un prostíbulo de Madrid, el secretario mexicano haciendo hoyos para plantar árboles con una brigada de trabajo comunitario en Managua, la actriz de Broadway haciendo cola ante un restaurantito donde venden empanadas en Lima.

Hay todavía una regla tres. El que interesa es ese cuyo nombre no es mencionado, del que se te dice que no tiene importancia, al que parecen ignorar tus habituales fuentes.

Gary Ramos cumplía las tres reglas, una después de la otra. Apareció de manera casual como una segunda referencia cuando yo estaba investigando sobre el asesinato de Olof Palme. Nada importante, una referencia muy secundaria en un boletín de los grupos suecos de solidaridad con Centroamérica, que comentaban que el cubano había intentado infiltrarse. Usaban ese nombre, Gary Ramos. A mí la historia me importaba un huevo, yo andaba tratando de establecer conexiones entre los asesinos de Orlando Letelier y los de Palme, siguiendo un rumor que había venido caminando despacito desde una revista en Alemania Occidental, de que Townsend estaba en el asunto, y revisando papeles apareció esta historia. No le hice el más mínimo caso, pero mi secretaria archivó el papel. De nuevo apareció el nombre cuando avanzaba en la investigación, de nuevo parecía algo sin importancia, uno de los gusanos cubanos que colaboraron con el enviado de la DINA en el asesinato de Letelier, pero nada importante, su nombre se mencionaba referido a la renta de un par de automóviles y una labor de intermediario. Un amigo mío había publicado en aquella época una referencia a Ramos, el tipo hablador que en una conversación había comentado que él no se había mezclado en la historia de Letelier, porque jugaba en Ligas Mayores con la CIA. Con frases como ésas se podría hacer un volumen tan grande como el tomo VI de la Enciclopedia Británica. De cualquier manera era el único nexo entre los asesinatos de Letelier y Palme. O más bien era el nexo inexistente. No daba ni para una nota de trescientas cincuenta palabras. Volví a revisar la revistita de los suecos. Exactamente decía que el tipo había andado por el país tratando de meterse en los comités, y que cuando lo denunciaron había desaparecido. Las fechas coincidían con el asesinato de Palme. Yo seguí por otros caminos.

Dos semanas después pasé una tarjetita con su nombre al departamento de documentación de la revista y me la devolvieron con un par de recortes de prensa engrapados. En el 76 había sido propietario de un par de casas de venta de revistas pornográficas en Miami, de las que se decía lavaban dinero negro de la mafia cubana. El otro recorte estaba en conexión con un acto de la Brigada 2506, en el que contaba que había sido uno de los oradores durante el acto de aniversario de Bahía de Cochinos. Me gustaba el personaje, pero no tenía nada, ni siquiera un motivo para investigarlo. Por eso, pregunté por Gary Ramos a una amiga mía que trabajaba como adivinadora del porvenir en las afueras de Disneylandia y me mandó al carajo. Lo suyo era una ciencia imprecisa, no el banco de datos del *Washington Post*.

En este oficio, lo único verdaderamente confiable es la memoria. De manera que seis meses después, cuando envié una requisitoria informativa al Departamento de Migración sobre el número de vietnamitas que residen en el condado de Los Ángeles, añadí un apéndice pidiendo datos sobre Gary Ramos. Me mandaron una hoja llena de palabrería burocrática diciendo que Lutgardo Ramos Medina se había nacionalizado norteamericano en el 65, convirtiéndose en Gary Ramos. Ofrecía una farmacia en Miami como punto de referencia. Lo interesante es que me habían mandado la copia equivocada, una en la que estaba anotado, tras las referencias finales, el envío de la copia con la respuesta a una oficina de siglas no interpretables en Fort Lauderdale, Florida.

Más tarde descubrí, claro está, que la oficina, según la muy confiable compañía Bell, no existía.

Tengo un amigo en alguna esquina de la administración Reagan que a veces me sopla algo, «cosas que le dicen por ahí». Cuando le mencioné a Gary Ramos, me dijo que en su vida había oído hablar de él, que si era una nueva contratación de los Orioles de Baltimore para mejorar su fildeo. Pero sonrió tres segundos más de lo debido.

Entonces empecé a estudiar el asunto en serio.

Podía empezar por buscar las conexiones de Ramos con la CIA o tratar de ingresar en su territorio. Tomé un avión a Florida.

Tres veces me he metido a nadar en Miami, y es como hundirse en un charco de agua mientras los otros te miran ahogarte. Nadie sabe nada, las reglas son otras, las fronteras entre la ley y el orden son más endebles que las que existían en Dodge City a fines del siglo pasado. Hay un mundo marginal que maneja varias ciudades superpuestas a la ciudad aparente, ciudades más reales que los folletos de turismo que reparte el alcalde cuando anda en gira electoral. Yo tenía la posibilidad de ir en solitario o compartir con los del *Miami Herald*, un periódico que ha venido creciendo en importancia nacional a base de dar palos de ciego, muchas veces con notables resultados. Si compartía lo que tenía sobre Ramos con ellos, podían pasar dos cosas: que sintieran que todo era saliva y que no valía la pena meterse en el asunto, o que creyeran que allí había algo y empezaran a nadar a mi lado como tiburones; luego me arrojarían los huesos que les sobraran del cadáver de la historia. Era muy evidente que tenía que caminar solo.

Empecé por lo obvio. Ramos no aparecía en la guía de teléfonos. La farmacia en la que trabajó en 1965 no existía; a lo mejor nunca había existido. En la Asociación de ex combatientes de Bahía de Cochinos no lo tenían registrado; alguien recordaba que sí había hablado en un mitin, pero no era miembro de la Brigada. En los archivos del exilio cubano aparecían los datos conocidos. Una secretaria me sonrió e hizo el gesto de alguien que esnifa cocaína cuando le mencioné a Ramos. Cuando se lo pregunté explícitamente, dijo que no lo conocía. Si algo me apasiona, son los fantasmas. Fui subiendo de nivel. FBI de Florida: ¿Ramos? Extraoficialmente tenían algunas cosas pendientes con él, pero no les pertenecía, hacía dos años no rondaba por Miami. ¿Qué cosas? Tráfico de drogas, pequeña cosa, a lo mejor los DEA me regalaban algo de su botín. Un automóvil robado en una borrachera, ¿eso importa? No, a nadie, todos tenemos un par de hijos (en mi caso mi padre y un tío) que alguna vez lo han hecho; les molestaba lo del tráfico de armas, ¿cuál tráfico?, ¿cuáles armas?, ¿para quién? ¿Armas?, no dijimos eso, ¿o sí?

Según descubrí, el fantasmal cubano y yo teníamos un conocido mutuo, el dueño de una galería de arte. Conocía a Ramos medianamente. Alguna vez acompañó a un general amigo suyo a comprar cuadros. ¿Un general de dónde? De esos países de allá abajo. ¿Colombiano, boliviano, salvadoreño? Mexicano. ¿Mexicano? O peruano, de esos países. ¿Los cuadros valían algo? No, nada. Ah.

Una mujer que vivió con él. Nada. ¿Nada? Era dueño de unas tiendas de revistas porno. Las tiendas ya no existían, en una había ahora una heladería. El *american dream*, toda tienda de revistas porno puede trasmutarse en una heladería. Hacía un par de meses que no lo veía por la ciudad. ¿Meses, no años? Meses. Ojalá fueran años, no valía ni la tierra que pisaba.

Fui a dar con un amigo de un amigo mío, que según mi amigo original lo sabía todo, pero costaba que lo contara. Era un chino muy joven, ¿qué se le había perdido en Miami? ¿A él o a Ramos? A los dos. A Ramos. Lo demás era cosa de él. Ramos era de la CIA. Todo el mundo lo sabía. Fue de los reclutamientos del 62. ¿No llegó a Estados Unidos en el 65? No, en el 62, cuando formaron la base, la J. M. Wave. Luego sufrió la suerte de la mayoría de ellos, cuando los reventaron porque el 62 cubano les había llenado de topos la Agencia. Pagaron unos por otros, Cuba les salía muy cara. Los desmantelaron, aunque él siguió hablando. No hay fronteras. Empiezas un negocio de armas para la CIA y lo terminas para un grupo de gángsters puertorriqueños en New Jersey. Vendes mierda pequeña a los de la DEA, luego se la revendes a los colombianos y acabas montando una empresa para vender pieles ilegales de cocodrilo porque el negocio apareció a medio camino y así lavas el dinero de unos, informas a otros y comercias con los demás ilusos mortales. ¿Quién eres?, ¿para quién trabajas? Llega un momento en que sólo tú lo sabes. Ya ni siquiera los que te pagan tienen alguna certeza. Los negocios de la Compañía son oscuros como los designios de Confucio. ¿Era yo de la CIA? ¿Eres tú de la CIA? ¿Somos los dos de la CIA? Carajo, si así era, ya hubiera valido la pena que nuestros operadores se hubieran puesto de acuerdo en Langley y no estaríamos perdiendo el tiempo. Hablando de tiempo, son cincuenta dólares.

Volví a Los Ángeles con la absoluta sensación de que había estado dando vueltas inútilmente. Seguí la investigación por teléfono durante una semana sin sacar nada. De repente, un asistente de uno de los miembros de la Subcomisión del Senado destinada a controlar a la Agencia me llamó por teléfono, hicimos una cita, estaba en California buscando a la mujer de sus sueños. ¿La encontraba? No, si en el fondo él era gay. ¿Y bien? Me dijo que estaba perdiendo el tiempo, que Ramos era un ratoncito y que ya no estaba en activo desde hacía años. Si quería una historia interesante, ¿por qué no me metía en el mundo de los jubilados? Había mucha rata suelta. Los habían reclutado, los habían usado en operaciones encubiertas, en trabajo sucio por todo el planeta y ahora ya no sabían qué hacer con ellos, resultaban pésimos oficinistas. Nada que ver con la tradicional fidelidad de los nativos, nada que ver con Gunga-din o los *scouts* apaches que usaba Charlton Heston. Un par de horas después de despedirnos me llamó a la revista, me pidió máxima confidencialidad y me sugirió que mandara al carajo a Ramos y me dedicara a investigar a Sid Valdés-Vasco, que eso era carne de hamburguesa de Tejas. No entendí la metáfora. No le hice caso. No tenía dinero. Me puse a trabajar en un reportaje sobre los problemas del agua entre el norte y el sur de California, luego en otro sobre la droga en las escuelas primarias de Los Ángeles, luego en una investigación en equipo sobre los negocios de la iglesia católica en Tejas y Nuevo México. Por fin, de regreso a casa, una tarde de malhumor en que el tabaco me sabía francamente mal, se me ocurrió mandar un papelito a los de documentación con el nombre Sid Valdés-Vasco. Me devolvieron una foto de Ramos. Divino, todos los caminos llegan a Roma. Incluso los que van a Roma. Comenzaron a llegar papeles a mis manos. Una mención en el libro de Robbins sobre Air America, la línea aérea de la CIA. Valdés-Vasco, Vevé, había sido el organizador de los envíos de armas a los tipos de Savimbi, la guerrilla prosudafricana de Angola, la UNITA. Más papeles, una mención de su intervención en las relaciones entre DEA y CIA para el asunto de la guerra entre la mafia de verdad y la mafia colombiana y por tanto, todas las conexiones políticas del asunto. Él era el hombre que había negociado a nombre de la CIA con los generales de los coca-dólares bolivianos para que rompieran con Colombia.

Mi amigo del senado me habló de nuevo hace una semana, me dijo: «ciudad de México, Hotel Presidente Chapultepec, 7 de diciembre».

Y así fue. Llegué, toqué la puerta, le pedí una entrevista, me interesaba la historia de los Gunga-din, de los *scouts* apaches, de los que habían hecho las operaciones sucias, los artesanos de la guerra fría a los que luego habían jubilado prematuramente. Sonrió y me tiró un recto a la ceja. No pude ni sacar la grabadora.

VI

*Había vivido lo bastante para
no estar seguro de nada.*
NICHOLAS GUILD

Medina-Ramos-Valdés-Vasco, claro, había desaparecido. Héctor ni siquiera se encabronó; de hecho ya lo esperaba. En la tarde, el cubano, había recogido sus maletas y cerrado la cuenta del hotel. Y suponía Belascoarán,
con una sonrisa entre dientes y silbando un tema musical *ad hoc*, como
por ejemplo la canción de los siete enanitos, había cruzado la puerta del
Presidente Chapultepec. Esas cosas sólo le pasaban a los detectives pendejos. Y Héctor merecido lo tenía.

   ¿Y ahora cómo coño lo recuperaba? En una ciudad como la de México, con sus veinte millones de desesperados supervivientes, todos somos
aguja en el pajar. Medina-Ramos aún no tenía plumas en la cola, no había ofrecido huellas de ningún tipo de relaciones, no enseñó contactos,
no se había enamorado de nadie, no había mostrado su predilección por
los tacos de carnitas o la banca de un parque. Así era imposible buscarlo.
Simplemente se había desvanecido en una ciudad que siente placer por el
anonimato. Conociéndolo, Héctor sabía que sería una pérdida de tiempo
tratar de seguirle la pista por los taxis en la entrada del hotel o el portero.

   Quedaba una asquerosa opción, que Héctor rumiaba en silencio ante
la vigilancia despreocupada del periodista gringo, quien parecía tener una
notable habilidad para tomárselo a la tranquila mientras tomaba cervezas. Una posibilidad muy jodida, porque en el fondo consistía en invertir
el juego. Si en la ciudad de México no encuentras a alguien, puedes gritar
que es un hijo de su rechingadísima madre por el sonido local del Estadio
Azteca y repetirlo a través de los amplificadores en un concierto del Tri y
luego pasarlo en spots de Radio Mil, y entonces él, probablemente te bus-
cará a ti. Y eso no le hacía demasiada gracia a Héctor. Invertir los papeles
a sabiendas de que el otro sólo jugaría el juego en el remoto caso de que
le interesase, y por lo tanto con ventaja. Volverse esperante, aguardador,
silueta de blanco... Tenía demasiadas negras experiencias en el pasado re-

ciente, para poder decidirse a hacerlo sin que un par de alacranes metafóricos le caminaran por la espalda. Decidió cantársela clara a Dick. Estaban tomando unas hamburguesas en el Sanborns de Aguascalientes, mientras contemplaban a las quinceañeras bobaliconas de la juventud dorada.

—¿Y a Medina-Ramos para qué lo quieres exactamente? ¿Va en serio lo de hacer un reportaje sobre los jubilados de la CIA?

—Porque estoy seguro de que hay una contradicción entre una parte de la comisión senatorial y la CIA, y para eso me empujaron detrás de Ramos, para que la pusiera a la luz. Nada de desertor, hay una operación moviéndose en México, y tiene que ser lo suficientemente sucia como para que a estos tipos les interese que yo le levante un poco el velo... ¿Para qué lo quieres tú?

—Supongo que el tipo merece irse a poner el fundillo en una banca de asfalto en una cárcel mexicana; me gusta la teoría de Alicia.

—Tengo algo de dinero de la revista para este tipo de cosas, ¿te puedo contratar para que lo encuentres?

—Yo tengo algo de plata de una herencia, ¿podría contratarte para que escribas un artículo y así te pongas de blanco y él te encuentre? —respondió Héctor.

El detective y el periodista intercambiaron una sonrisa.

—¿Qué carajo puede estar haciendo en México?

—Casi todo.

—¿Entre tus papelitos, tus recortes, tus informes de amigos de amigos, salió alguna conexión mexicana, algún nombre que lo relacionara con México? —preguntó Héctor.

—Nada —respondió Dick distraído, mientras contemplaba las piernas recién cruzadas de una mujer dos mesas más allá. Héctor le siguió la mirada.

—¿Qué piensas hacer entonces? —preguntó Héctor desechando la posibilidad de jugar al blanco.

—Nada —dijo Dick, levantándose para ir hacia el par de piernas que le estaban sonriendo—. Supongo que me voy a tomar unas vacaciones en México, una semana o dos. Unas vacaciones alcohólicas. Me acabo de divorciar y estaba en alcohólicos anónimos por culpa de mi ex, ahora puedo darme el lujo de volver a ser un alcohólico público, ¿y tú?

—Me tomaré unas vacaciones también. Vacaciones de abstemio —respondió Héctor.

Cuando abrió los ojos descubrió que estaba rodeado de una oscuridad absoluta, diferente a la oscuridad de la noche cerrada en su cuarto. No había reflejo de los faroles de la calle, ni ruido de automóviles. Al mover un brazo tropezó contra la pared. Tanteando con la punta de los pies alcanzó rápidamente nuevas fronteras. Era un cuarto diminuto. Buscó la pistola en la funda sobaquera, pero sólo traía puesta la parte de arriba de una piyama. El estar desarmado lo angustió. Empujó suavemente con la mano en la única dirección que le faltaba explorar. La puerta se abrió. A unos cuantos metros la ventana dejaba escapar las luces de neón de la calle. Había estado durmiendo en el clóset.

Mierda absoluta, se dijo. Estaba todo torcido, le picaban los muslos por el roce con la alfombra contra la piel desnuda. Uno de los patos apareció por la puerta y Héctor estuvo a punto de matarlo de un pisotón involuntario. Tropezó con sus propios zapatos y aullando, porque se había jodido el dedo chiquito del pie izquierdo al golpear contra el suelo, fue a dar a la cama.

Era lo único que faltaba, se dijo mientras trataba de controlar el dolor con métodos de parto psicoprofiláctico.

Tensión-relax-tensión. ¿En qué momento había decidido irse a dormir al clóset? ¿Quién era el otro yo que le estaba desorganizando la vida? El dolor del dedo del pie comenzaba a ceder. Coño, por lo menos no se fracturó, reflexionó Héctor volviendo a recobrar el pensamiento positivo.

—Y además, en ese pinche clóset no se duerme tan mal. Tengo que ponerle almohada adentro —dijo en voz alta, ya de lleno en el neopositivismo.

Caminó a la cocina y abrió una lata de cangrejo de Alaska, se la empezó a comer a cucharadas. El reloj de la cocina marcaba las cuatro treinta. A mitad de la comida se desperezó y fue al baño para buscar una toalla y secarse el sudor, que por muy positivo que el detective anduviera, no dejaba de ser un sudor pegajoso y helado que le bajaba por la columna vertebral. El sudor de un montón de miedos mezclados.

Los patos se estacionaron de nuevo en la puerta del baño haciendo ruiditos. Héctor los siguió hasta el plato que había quedado a mitad de la alfombra de la entrada. Lo habían volcado y estaba lleno de cagadas. Limpió medianamente el asunto usando la revista *Plural*, un número dedicado a la poesía de Mongolia Exterior, y luego les llenó el plato de agua y les colocó una taza con migas de pan. Supuso acertadamente que los patos no estaban interesados en el cangrejo de Alaska, aun así les permitió olerlo y despreciarlo. Eran unos patos bastante pendejos, pero no tan pendejos como un paranoico detective que él conocía, que se acostaba en su cama y se despertaba en un clóset.

Vio amanecer en la azotea del edificio, contemplando a unas palomas que comían tortillas duras, y al sol que aparecía entre la torre de la Scop y la torre de Mexicana de Aviación. La gente que ya no es como la de antes, siempre anda diciendo que los amaneceres ya no son como los de antes. Héctor se abstuvo de tamaña vulgaridad, y se limitó a pensar que algo se había roto entre él y su ciudad, que de alguna incomprensible manera, la ciudad se le estaba escapando de las manos mientras la veía. No puedes morir sin perder cosas, se dijo.

Cuando bajaba las escaleras rumbo a su departamento se encontró con Alicia sentada ante la puerta de su casa.

—Creí que no me querías abrir —le dijo con su acento volátil de mexicana que ha estado intercambiando palabras a seis mil metros sobre el océano, que ha perdido frases y encontrado otras nuevas en aeropuertos y tiendas libres de impuestos.

—Lo perdí —dijo Héctor abriéndole la puerta e invitándola a pasar con un gesto.

—Ya lo encontraste —le dijo la mujer sonriendo—. Sale a las nueve y media en el vuelo de Mexicana para Acapulco.

—¿Puedes darle de comer a los patos? —preguntó Héctor mientras comenzaba a bajar la escalera a saltos y le arrojaba las llaves.

Héctor no podía evitarlo. Le encantaba la bahía. La miraba y la miraba y seguía siendo la mejor playa del mundo. Le gustaban incluso las torres de los hoteles que cercaban la arena y la empujaban contra el mar; la Roqueta, una isla que parecía haber sido puesta allí para beneficio de excursiones para turistas, los veleritos, los paracaídas de colores, los yates, las inexistentes gringas (ahora parecían ser todas canadienses), incluso las oleadas de vendedores ambulantes. El sol picante, la selva a la vuelta de la esquina en la carretera que ascendía, el mar tan azul que parecía de mentiras, los atardeceres de tarjeta postal (la ficción fotográfica imitando a la realidad) en Pie de la Cuesta, las olas para combatir con ellas en la playa de la Condesa, los camarones gigantes a la plancha, el sonido de los mariachis en el *lobby* de un hotel.

Le importaba un huevo que Acapulco hubiera sido condenado prácticamente por todos. Ya no era el paraíso de fines de semana de la clase media del DF, ahogada por la inflación. Los ecologistas se cagaban en las playas y el mar, al que acusaban de estar tan contaminado que hasta un trabajador de petróleos se sentiría a disgusto bañándose ahí. La juventud dorada había emigrado al Caribe, dejando Acapulco en su esquina anticuada y fuera de moda; los turistas internacionales se habían ido a Vallarta y Manzanillo a perseguir el fantasma de *La noche de la iguana*. Hasta los acapulqueños decían que aquello ya no era lo de siempre; sólo en las novelas de Carlos Fuentes, con sus delirios de los años cincuenta traspasados al presente, parecía estar viva la bahía. Carlos Fuentes era uno de los pocos tipos serios que le quedaban al país, quizá porque vivía fuera de él.

Desde las montañas la miseria arracimada contemplaba las playas, que aún siendo sombra de lo que fueron, seguían mostrando el mundo de los inaccesibles otros; pero Héctor solidario siempre con las ciudades límite, con las ciudades finales, con las ruinas de otros que le recordaban a las ruinas propias, seguía enamorado de Acapulco. Pensaba: dentro de algunos años será una muestra arqueológica y la plebe bajará de las montañas para apoderarse de ella, y entonces todavía me va a gustar más; cuando una legión de mulatos de cinco años tomados de la mano y con sus maestras, vestidas con anticuados trajes de baño azules de una pieza, entren al mar en la playa de las Torres Gemelas o del Ritz. Cuando el Hotel Pierre sea un museo de los viejos y los menos viejos piratas.

A una playa de distancia, pensaba todo esto mientras dejaba que el sol lo chamuscara y le calentara las cicatrices y contemplaba con unos binoculares alternativamente a una francesa nalgona de diminuto bikini azul y a Luke Medina.

Acapulco lo estaba volviendo loco, y eso que llevaba sólo dos días playeando. Le había dado por la contemplación nalgar. Los culos lo estaban alucinando. En estos extraños instantes en que lamentaba estar tuerto, porque se diga lo que se diga, con un ojo se ve menos que con dos, Héctor Belascoarán, detective asoleándose, había elaborado un catálogo de culos, democrático, sin anteponer unos a otros, gozándolos sin discusión. Lo mismo los culos puntiagudos que subían hacia el cielo de las güeras flaquitas, que los redondeados de las japonesas con bikini negro que jugaban a la pelota a unos metros de su hamaca, que el culo monumental de la mulata jamaiquina que desbordaba la tela del bikini intentando escaparse por ambos lados, que los culos acorazonados de las maestras de la Universidad de Nuevo León que estaban celebrando su divorcio, que el culo bajo pero ancho de la australiana bizca que comía ostiones constantemente. Culos resplandecientes, llenos de sol, que oscilaban con ritmos variados, subían y bajaban, se movían alternando las nalgas, se alzaban en un solo golpe de cadera, miraban y guiñaban al observador imparcial, que los contemplaba como experto en museo de arte moderno, pensaba Héctor de su actitud de mirón privilegiado.

Esto era posible porque Medina no daba mucha lata. Solo, solitario, silencioso, tomando el sol, mojándose lo indispensable para refrescar la piel, comiendo mucho, durmiendo largas siestas en la terraza de su habitación, que Héctor contemplaba con sus binoculares de vez en cuando desde el interior de su cuarto. Quieto, esperando algo. Sonriendo condescendiente a las miradas que alguna mujer desparejada le dirigía de vez en cuando. Maravilloso, Medina. No daba la lata, y Héctor en lugar de desesperarse porque la investigación no iba para ninguna parte, se había dedicado al embeleso de las nalgas. Miles había visto en aquellos dos días. Y quizá había llegado el momento de iniciar un concurso mundial, atribuyendo puntuaciones a sus propietarias: tantos puntos por la forma, tantos por el impacto visual, tantos por el mensaje erótico, tantos por la insinuación que algunos trajes de baño ofrecían, tantos por lo soez del movimiento. Podía hacerlo en categorías: pesos mosca, gallos y completos. O podía establecer un *all around*...

Héctor sorbió un trago de su Cocacola con limón y luego dirigió los binoculares hacia Medina. Estaba con el rostro hacia el mar, sentado en una silla de tijera, los ojos cerrados, la cara recibiendo de lleno el sol, los ojos ocultos tras los inevitables lentes oscuros. Héctor giró cuarenta y cinco grados y contempló el culo de una contrabandista de ropa colombiana que se había detenido en Acapulco en uno de sus viajes de trabajo entre Houston y Barranquilla. Traía una tanga dorada y la nalga derecha se le escapaba casi totalmente de la breve pieza inferior del traje de baño, una nalga redonda, lamentablemente más pálida que los muslos, lamentablemente con una pequeña erupción, probablemente producto del sudor. Le quitó dos puntos, aunque el movimiento estaba francamente bien.

Con un poco de suerte, Medina había ido a Acapulco a tomar el sol.

—El señor del seis cero cuatro recibió dos llamadas ayer, la primera vez no estaba en el cuarto y le dejaron un teléfono con un recado de que tenía una invitación para una cena hoy —le dijo el oficinista del Hotel Maris. Héctor le pasó un billete de veinte mil por encima del mostrador.

—¿Tiene cambio?

El oficinista se acercó a la caja y volvió con un par de billetes de mil y una hojita doblada junto con ellos. Héctor le agradeció con una sonrisa.

El detective caminó hacia su hotel por la misma playa. Sólo eran unos quinientos metros, en el camino contempló el papel. Tenía seis números: 11 57 04. Unos minutos después, en la soledad de su cuarto marcó el número.

—Casa del licenciado Garduño —contestó una voz de mujer.

Héctor colgó. Con la ayuda de una guía telefónica descartó cinco Garduños y empató el sexto con el número de teléfono. Una dirección en las cercanías del Centro de Convenciones fue el botín.

Se estaba bañando, preparándose para asistir a una cena a la que no había sido invitado, cuando sonaron unos golpecitos de nudillos en la puerta del cuarto.

Héctor buscó en la maleta su pistola. Durante aquellos días no había tenido oportunidad de traerla encima, no cabía en el traje de baño. Cortó cartucho y se acercó a la puerta con un pequeño temblor en las piernas. Jaló la perilla.

—*Hello, it's me*, Dick —dijo el rostro del periodista menos amoratado que hacía un par de días.

—Pásale compadre —respondió Héctor arrojando la pistola sobre la cama.

—¿Lo encontraste?

Héctor asintió. Se sentía obligado de informarle al periodista que Medina no importaba demasiado, que lo que estaba pasando en Acapulco en materia de culos era de ligas mayores, pero se contuvo y simplemente le dijo:

—Esta noche vamos a una cena, amigo.

Eran cinco, pero estaban ampliamente rodeados por asistentes, lambiscones, secretarios, guardaespaldas. Se trataba de una sociedad masculina y bastante empistolada, a juzgar por los bultos sobaqueros que los ayudantes lucían. Héctor trató de precisar con los binoculares cada uno de los participantes en la cena, distinguirlos. Estaba el viejo de pelo cortito y blanco, cortado de cepillo sobre un rostro moreno lleno de cicatrices de viruela. Estaba el joven norteamericano (anglo sin duda) de traje *sport* blanco de amplias solapas diseñado por un primo fantasma de Christian Dior; estaba el joven de nariz afilada, moreno, con lentes oscuros, que casi nunca hablaba, al que los guaruras trataban con respeto; estaba el hombre de edad mediana, ahora silencioso, que había discutido agriamente con Medina un poco después de que se celebraron las presentaciones y que sin duda era Garduño, el dueño de la casa, porque había recibido a los invitados, ordenado las copas a los sirvientes, movido por la casa como el único posible propietario.

—Déjame adivinar —dijo Dick quitándole a Belascoarán los binoculares. Estaban apoyados en un coche, semicubiertos por los árboles, en una pequeña loma a espaldas de la casa a la que llevaba un camino sin destino en el fraccionamiento aún sin terminar de construir—. El viejo del pelo blanco y corto es un traficante de blancas mexicano.

—Te equivocas, compadre. Es un militar o un oficial de la marina de guerra, probablemente en retiro. Y sí, es mexicano. ¿Qué me dices del gringo?

—Se llama Jerome y es el jefe de operaciones de la CIA en Centroamérica, habitualmente vive en San José de Costa Rica.

Héctor contempló a su amigo con más respeto de lo habitual.

—¿El joven de lentes oscuros narizón?

—¿Es nicaragüense? Me resulta conocido el rostro —dijo Dick.

—Si es nicaragüense, lleva tiempo viviendo en México. Mira la afición que tiene por la salsa picante, fuma cigarrillos mexicanos, tiene esos modales educados de la clase media de los años cincuenta, usa un traje Roberts. A lo mejor tienes razón, así son los contras de la clase media.

—¿Puedes ver desde aquí la etiqueta?

—No, hombre, estoy adivinando.

Héctor recuperó los binoculares y concentró su visión en Medina. Después del primer encontronazo con el dueño de la casa se había mantenido en silencio, observando y sonriendo a medias, como si con él no fuera la cosa, comiendo en abundancia y bebiendo todo el vino que le ponía en la copa. Dick se apartó en ese instante del detective, caminó entre la maleza hacia el coche y volvió con una cámara Minolta dotada de un enorme telefoto. Comenzó a disparar sobre los hombres que cenaban en la terraza a cien metros de ellos. El olor del mar llegaba arrastrado por una brisa suave.

—Me estoy volviendo un hombre sin pasiones. Hace unos años la curiosidad me hubiera obligado a arrastrarme por el jardín hasta llegar abajo de la terraza, a ver si pescaba algún retazo de la conversación —dijo Belascoarán en español.

—¿De qué demonios están hablando? —preguntó Dick, que no había entendido el rollo del detective.

—Del clima, de las bellezas naturales de Acapulco. Son un grupo de amables inversores que quieren montar una nueva agencia de viajes. ¿Estás seguro de que el gringo es de la CIA?

—Nos conocemos —dijo Dick sin entrar más en la historia.

—El flaco al que todos tratan con tanto mimo. El de la nariz afilada.

—No me gusta un carajo cómo sonríe —dijo Héctor.

—A mí, tampoco. Por eso.

—Llegó en un coche azul, un Ford. Con tres pistoleros. Podemos esperarlo más allá de la curva de la estatua de la Diana, en la costera.

—¿No esperamos a ver cómo termina esto?

—Hace rato que se acabaron el postre.

La mujer bailaba desnuda sobre la mesa. A ratos su sexo se sacudía a cinco centímetros de la nariz afilada del hombre que habían seguido. La música era un ritmo tropical, pero la mujer hacía un buen rato que lo había perdido y bailaba siguiendo quién sabe qué ruidos interiores, probablemente los de su mala digestión. El cabaret era un tugurio democrático en el centro de la ciudad, donde dos amables policías registraban en la entrada a los clientes para desempistolarlos, y el espectáculo mayor era un par de perros que cogían en la entrada. Por lo menos eso parecía interesarle más a los parroquianos que lo que sucedía encima de la mesa. Los policías de azul habían saludado militarmente al hombre de la nariz afilada, quien ahora contaba billetes sin que el sexo de la mujer que oscilaba cerca de su rostro pareciera distraerlo. Los billetes no llegaban flotando por el aire hasta la mesa. De vez en cuando algún tímido gorila se acercaba hasta el hombre, le entregaba un fajo, como disculpándose de la afrenta, sin atreverse a sentarse a la mesa.

—¿Quién es? —preguntó Dick.

—Por sus modales, tiene que ser el jefe de la policía judicial —respondió Héctor sintiendo un escalofrío de larga duración en la columna.

—¿En qué lío nos estamos metiendo? —preguntó el periodista gringo sacudiéndose de un trago un tequila doble.

—No tengo ni idea, pero me empieza a parpadear el ojo bueno.

—¿Te sientes mal?

—No. Estoy bien, creo que es sólo miedo —dijo el detective acabándose su Pepsicola de un largo trago.

Un gordo sudoroso se acercó hasta su mesa, puso las manos entre los vasos vacíos y les ofreció un álbum de fotos.

—Puede usted escoger, jefe. Son lo mejor que hay. A domicilio, además. Llegan ellas hasta su cuarto, con botella. Limpias, traen su condón, dos condones por si usted es cogelón. Hacen todo. ¡Todo, jefe!

Héctor repasó las hojas del álbum de fotos con curiosidad. Bien podría haber sido un álbum familiar con fotos de bodas y quinceaños, fiestas de despedida de soltero y aniversarios de bodas de plata de la abuelita. Pero eran fotos tristes de adolescentes desnudas con miradas y gestos que pretendían apelar al erotismo y más bien parecían material para un libro de Lévi-Strauss.

—Tengo machines, perros, rucas, niños, embarazadas. Todo, tengo todo, usted nomás pida, jefe.

Héctor le pasó el álbum al periodista gringo y se desentendió del asunto. El hombre de la nariz afilada terminó de contar, paseó la vista por el local, hizo un gesto y la música se desvaneció. Un mesero le puso una botella de tequila en la mano a uno de los ayudantes, quien a su vez la hizo llegar hasta la mesa del jefe. De la trastienda, a través de una cortina de cuentas, salieron los tres guitarristas de un trío tocando el tema de un bolero.

La mujer que bailaba desnuda descendió de la mesa. El sonido de las guitarras pareció haber apagado todos los otros ruidos de la sala. El gordo recogió su álbum de fotos sin insistir. Entonces, el hombre de la nariz puntiaguda se puso en pie, metió los rollos de billetes en los bolsillos del pantalón, hizo un gesto a los guitarristas y cuando éstos se arrancaron con la música de *Nosotros*, comenzó a cantar con ellos. Desafinaba.

No se hacen demasiadas preguntas en una ciudad donde no se tiene amigos. Se dan muchas vueltas en torno a cada cosa, se suman pequeños datos, no se consiguen grandes historias. Dos días después, mientras se tomaba un café con hielos en la terraza de su hotel y contemplaba la luz encendida del cuarto de Medina y el cielo de la bahía de Acapulco, lleno de estrellas bailarinas, el detective le contó al periodista norteamericano los cinco nombres que había encontrado en dos días de andar rondando. Dos días, por cierto, en que el gringo se le había desaparecido. Eran pocas cosas, muy pocas. Cinco tipos que habían estado cenando:

Medina-Ramos. El licenciado Roberto Garduño, abogado de compañías hoteleras trasnacionales, divorciado dos meses antes de una muchachita de la juventud dorada, hija del dueño de una fábrica de relojes; jugador de frontón, campeón local, dueño de dos discotecas. El hombre flaco y narizón se llamaba Julio Reyes y no era comandante, tan sólo jefe de grupo de la policía judicial de Acapulco, aficionado a la música romántica, ganador de dos o tres concursos radiofónicos de aficionados, no era guerrerense, había nacido en el sur, en Chiapas, cerca de la frontera; por ahí se contaba que una vez le había cortado la cabeza a un hombre con un machete; las putas lo querían, no les daba la lata, no las tocaba, alguna vez había estado enamorado de una de ellas que se fugó para la otra frontera; se decía que a ella le dedicaba sus mejores cantadas. Un gringo de la CIA llamado Jerome. Un almirante retirado, Julio Pacheco, que ahora era propietario de una zona en la que se cultivaba copra para la manufactura de aceite en la Costa Grande de Guerrero.

—Yo siempre tuve miedo a andar en bicicleta —dijo Dick sorbiendo su café—. Pasé de gatear al automóvil. Muy norteamericano eso. Sin embargo, cambiaría todos los Pontiac y los Ford y los Chevrolet que he manejado por un buen paseo en bicicleta. Añoras lo que nunca has tenido.

Héctor contempló al periodista. ¿A qué horas se había emborrachado y con qué?

—Tengo un hijo al que hace un año que no veo y siempre he querido comprarle una bicicleta, pero su madre no me deja. Yo creo que a eso se deben mis obsesiones por la bicicleta. A que soy un padre sin hijo. Los psiquiatras no entienden un carajo de todo esto. El mío trata de convencerme de que adelgace, en lugar de convencerme de que compre una bicicleta y ya.

Héctor caminó hacia el baño reconstruyendo los movimientos del periodista y encontró dos botellas vacías de ginebra en la regadera. Puta madre, otro loco. A mitad de una conversación entraba al baño y bebía ginebra directamente del gollete de la botella.

—Y ahora las hacen de manillares con forma de cuerno, pero antes… —volteó a mirar a Héctor que traía en las manos los cadáveres de las ginebras—. ¿Tú también bebes de esa marca?

Héctor negó con la cabeza.

—¿Te sabes el chiste del que recogió a una muchacha en el bosque y ésta viajó en la barra de la bicicleta y cuando llegaron al pueblo ella le agradeció el paseo en la barra de la bicicleta y él le dijo: «No, ésta no tiene barra…»?

Dick ni siquiera esperó a que el detective sonriera, se dio la vuelta tropezando con la base de una de las camas y rebuscó en su maletín de médico. Sacó una nueva botella, reluciente… La luz en el cuarto de Medina se apagó. Héctor caminó hacia la puerta.

—Vuelvo en un minuto.

La orquesta del hotel que tocaba cerca de la piscina estaba empeñada en un bossa nova sin nombre. Caminó por la playa apenas iluminada por la luna hacia el hotel vecino. Subió por las escaleras que daban a la piscina; en una palapa estaban cocinando langostas a la plancha. Una nueva orquesta tocaba otro bossa nova. Héctor aguzó el oído tratando de escuchar el que tocaban en su hotel, de repente le había parecido muy importante saber si se trataba del mismo. No pudo descubrirlo. Medina estaba sentado al borde de la piscina metiendo la punta de los dedos en el agua, jugueteando. Héctor se quedó cerca de donde podía oler las langostas cocinándose en su propio jugo. Medina era un tipo teatral, con sus trajes blancos de lino y sus camisas azul celeste, sus lentes oscuros incluso en las noches sin luna, su pelo ensortijado con unas hebras plateadas, sus gestos rítmicos que lo hacían parecer un bailarín de rumba jubilado.

Tenía gracia todo. Si seguía las indicaciones de Alicia, todo lo que tenía que hacer era presentar a Medina a su amigo Julio Reyes, el jefe de grupo de los judiciales de Acapulco y decirle que el cubano tenía las narices metidas en un negocio sucio. No, no tenía ninguna gracia. En este país ya sólo quedaba la justicia apache. Primero tendría que saber, luego tendría que encontrar los caminos para que la justicia de dios alcanzara a Luke Medina y lo castigara por andar torturando a una mujer a la que le gustaban los boleros de Armando Manzanero, y todo eso rehuyendo a otro tipo que cantaba boleros de José Feliciano en prostíbulos.

Un camarero se acercó hasta la silla donde Medina estaba recostado y tomó la orden. Poco después volvió con dos copas de coctel. Héctor caminó bordeando la alberca por el lado contrario buscando un nuevo lugar de observación; lo encontró en unas tumbonas cerca de donde se guardaban las toallas. Se recostó en una de ellas quedando en la oscuridad. Medina jugueteaba ahora con la copa de coctel. Una mujer con un traje de noche resplandecientemente blanco pasó a su lado, traía un escote trasero fuera de lo común, cerrando el vestido casi en el nacimiento de las nalgas. Le dirigió una mirada a Héctor, sentado en la oscuridad, con su traje de baño azul marino y su camiseta negra, el ojo izquierdo cubierto por el parche. La mirada se prolongó un instante en una sonrisa amable, lánguida, de complicidad. La mujer circunvaló el borde de la alberca. Cuando se acercaba a Medina éste se puso en pie con las dos copas de coctel en las manos. La mujer se detuvo y comenzó a conversar con él. Se conocían. Héctor esperó que el cubano comenzara a cercarla zalameramente. Nada de eso pasó. Medina ni siquiera le dirigió una mirada al escote cuando la mujer buscó una silla para sentarse a su lado; se limitó a sacar una libreta pequeña de uno de los bolsillos de su traje blanco y tomó algunas notas de lo que la mujer le decía. Héctor sintió un ramalazo de miedo. ¿Por qué la rubia del escote trasero le había sonreído?

VII

Ahora sabemos que de nada sirve encerrarse,
cualquier desastre lleva la muerte al más seguro refugio.
JOSÉ EMILIO PACHECO

Cuando despertó, estaba acostado en la alfombra y el periodista gringo lo miraba fijamente; la botella de ginebra (¿una nueva?) cariñosamente acunada entre los brazos.

—Tienes pesadillas —le informó Dick.

—Supongo que sí, nunca las recuerdo —dijo Héctor poniéndose de pie y caminando con dificultad hacia el baño.

—¿Cuál es tu canción favorita?

—*La bamba*, en la nueva versión de Los Lobos, mucho mejor que la versión original de Trini López; aunque la verdad, a ésa le tengo cariño…

El detective metió el rostro en el chorro de agua del lavabo sin atreverse a mirarlo primero. El agua estaba fría. ¿Qué carajo estaba haciendo en Acapulco con un periodista gringo borracho por compañero de cuarto y persiguiendo a un gusano que era agente de la CIA? Había otras diez posibilidades igual de excitantes y de idiotas. Poner una tortería en el centro de Puebla, trabajar como peón en las nuevas excavaciones arqueológicas de Teotihuacán, volverse *grupi* de la Orquesta Sinfónica del Estado de México y seguirlos a todos sus conciertos. ¡Qué maravilla! Un día en Ocampo, otro en Lerma, al fin, Toluca.

Dick comenzó a hablar con la mirada perdida.

—El calor me vuelve loco. No es de un golpe, es lentamente; te juro que cuando llegué a Acapulco tenía la más seria intención de echarte una mano en esta historia —dijo moviendo la cabeza de un lado a otro, como negando—. Pero no sé, es algo superior a mis fuerzas. Comienzan a llegarme historias extrañas a la cabeza. Me acuerdo de un primo mío que cuidaba delfines en Sea World y me entra una envidia…

—¿Qué estamos haciendo aquí? —preguntó Héctor.

—Siguiendo a mi Gary Ramos, al famoso Sid Valdés-Vasco, o sea a tu Luke Medina, para ver si nos enteramos qué carajo está armando en

México —dijo el periodista al detective, dejándose caer en su cama y sacudiéndose un buen trago de ginebra. Ni su cama ni la de Héctor estaban deshechas, el detective había dormido en la alfombra, el periodista había pasado la noche de pie en la terraza o había salido por ahí después de que volvió Héctor.

—Eso pensaba —dijo el detective poniéndose una camiseta de Cocacola.

—¿Usas camisetas del imperialismo? —preguntó Dick.

—Es de Cocacola mexicana, fabricada por honestos obreros mexicanos en embotelladoras de ciudades tan sanas, mexicanas y productivas como Iguala o Jalapa, o en rancios suburbios como Tlalnepantla —respondió Héctor pensando que la locura podía ser contagiosa.

—Ese cabrón de los delfines sí sabe lo que es la vida —dijo Dick antes de quedarse dormido, la botella de ginebra sostenida milagrosamente en la mano.

Héctor se acercó a él y se la quitó, luego salió al balcón. Medina estaba en la terraza de su hotel. Héctor volvió a entrar al cuarto y tomó los binoculares. ¿Estaba mirando hacia su cuarto? Imposible. Había más de cien metros. Maldito cubano, hijo de la gran chingada, con esos lentes oscuros nunca podías saber lo que observaba.

A lo mejor Dick tenía razón, el tipo de los delfines se lo pasaba de película.

Héctor acercó la nariz a la botella de ginebra, la olió con cautela. Era dulzón el aroma. A lo mejor podía tirarla por el retrete y luego rellenarla con agua y azúcar y Dick no se enteraría. Recordó una frase de su amigo René Cabrera. Eran frases que le venían de repente a la memoria. René era el mejor poeta de su generación, pero se había empeñado en ser científico y por ahí andaba en el estado de Veracruz, haciendo antropología. Salió del cuarto con la frase bailándole en la cabeza: Qué suerte tienen los enanos que ven el mundo tan bonito y desde abajo.

Esperó pacientemente en el *lobby* del hotel de al lado, jugueteando con folletos que ofrecían excursiones del yate del amor, a que Medina apareciera rumbo al comedor; cuando el cubano lo hizo, tomó el ascensor al sexto piso. Buscó a la mujer que andaba haciendo los cuartos y se le acercó sonriente.

—Me dejé la llave abajo, señora, ¿me podría abrir tantito la puerta del 604?

La mujer ni siquiera lo miró. Héctor bendijo la escasa buena fe que aún existe, entró al cuarto de Medina sin mirar para atrás. La libreta que estaba buscando se hallaba sobre la mesita de noche. Antes de ojearla, revisó el billete de avión que estaba en el cajón abierto de la cómoda y una .45 que sobresalía de la maleta entreabierta. El tipo tenía cinco trajes blancos iguales, descubrió al abrir el clóset. No debería creer en las virtudes de las lavanderías mexicanas. La libreta era una pequeña agenda que estaba totalmente en blanco, con excepción de una página hacia el final en la que había escritas tres cifras. Se las aprendió de memoria.

En el cuarto de su hotel Dick estaba dormido. Héctor lo sacudió un poco y le leyó las tres cifras.

—¿Qué es esto?

—Las cotizaciones del gramo de cocaína al mayoreo en Nueva York, Los Ángeles y Miami de hace una semana —dijo Dick sin acabar de abrir los ojos.

—¿En serio? No mames.

—Eso creo, a ver, vuélvemelas a repetir. También podrían ser el precio de las cotizaciones para la línea de publicidad en *The New York Times*, *The Miami Herald* y *Los Angeles Times*.

—Seiscientos treinta y uno, cuatrocientos trece y quinientos dieciocho.

—Carajo, acerté. Dormido soy mejor que despierto —dijo Dick y volvió a sumirse en la pesadilla que el detective le había interrumpido. Héctor lo miró con absoluta desconfianza.

Medina volvió a encontrarse con dos de los comensales de aquella noche en una de las discotecas de Garduño. Un lugar sobre la Costera iluminado por reflectores de cuarzo que lanzaban el «aquí estoy» al cielo, y con una música que atronaba a mil metros a la redonda. Observando el tipo de automóviles que llegaban y eran estacionados en la parte de atrás, estaba claro que el lugar llamado Cleopatra, se había puesto de moda. Jerome, Medina y Garduño se encontraban en una mesa llena de botellas de champagne, enfrente de la pista y eran, muy seriecitos, los tres únicos miembros del jurado de Miss Bikini Acapulco 88. Héctor pensó que si había algo que entender, a él no le habían pasado la sinopsis. ¿Qué carajo estaban haciendo de jurados de un concurso de belleza tres tipos que se suponía fraguaban un negocio sucio a nivel internacional?

Conforme la noche avanzaba, Héctor los odió un poco más, mientras consumía Cocacolas en la barra como desesperado. Estaban votando por la que no era. En el primer *round* descalificaron a su favorita, una costeña de largas piernas morenas; en la segunda votación dejaron en quinto lugar a la rubia pequeñita de pechos elevados. Eran un trío de cabrones de mal gusto, a los que les gustaban las flacas de portada de *Vogue*.

Durante un rato, el detective dejó de lado el concurso y los contempló con atención. Parecían los mejores amigos del mundo, se daban codazos, se susurraban cosas al oído, se servían las copas. Se querían muchísimo los tipos, parecían recién salidos de un baile de graduación al final de la preparatoria, donde habían sido los tres más mafiosos cuates, los tres inseparables monstruos. Cuando la ganadora levantó el ramo de rosas rojas y permitió que Garduño le pusiera una banda que decía: «Señorita Bikini Acapulco 88», Héctor pensó que la muchachita nunca sabría en manos de quiénes había estado la decisión que la hizo triunfar. De haberlo sabido a lo mejor, en lugar de andar mostrando la pechuga, se hubiera dedicado a vender lotería.

El detective decidió abandonar la discoteca porque sentía que desde el escenario, mientras abrazaba a la ganadora, Garduño lo estaba mirando. Afuera hacía un calor pegajoso, olía mal, estaban recogiendo la basura.

Dick no estaba en el cuarto del hotel. Sobre la taza del baño se encontraba una nueva botella vacía de ginebra. Héctor la quitó para poder mear. Luego se dejó caer sobre la cama y abrió una nueva novela de ciencia ficción que había comprado en el hotel. En algún momento de la lectura se quedó dormido.

Al día siguiente despertó bajo la cama, las dos pistolas en las manos, los dedos engarfiados en torno a los gatillos. Afortunadamente las había dejado con seguro. De no haber mediado tal suerte, se hubiera despachado a todas las cucarachas y mosquitos que había en el cuarto antes de poderse arrepentir. Estuvo un rato con los dos brazos bajo el chorro de agua, alternando la caliente y la fría antes de lograr que la sangre volviera a circular normalmente.

Necesitaba aliados. No podía seguir exhibiéndose con el ojo delator por las noches de Acapulco, iban a terminar por sacarle el ojo bueno que le quedaba y regalárselo a los tiburones o a los delfines, que para el caso era lo mismo, por muy bien que los amaestrara el primo de Dick. Tiró del teléfono.

Macario Rendueles, el saxofonista, había nacido en Acapulco. Comenzó a marcar una larga distancia a la ciudad de México. Cuando tuvo a su amigo al otro extremo de la línea, descubrió que no sabía muy bien qué preguntarle. Se oían ruidos de todo tipo en el teléfono.

—El Belas, ¿qué chingaos se te perdió en la perla del Pacífico...? Puta madre, qué mal se oye. En esta pinche ciudad, ya las ratas hablan por teléfono mientras se comen los cables.

—¿Conoces a un paisano tuyo que se llama Roberto Garduño?, un licenciado. ¿Conoces a alguien que sea de confianza y me pueda contar cómo anda el bajo mundo por acá?

—Allá es puro bajo mundo, compadre, ¿por qué cree que agarré mi saxofón y me fui a rodar por otros ranchos? Esa pinche ciudad está maldita, güey; no ves que es puro set, puro cartón piedra, la pura apariencia para turistas. Cuando se va el último avión quitan los decorados y quedan las pinches playas vacías... —dijo Macario y comenzó a tocar el saxofón por el teléfono.

—¿Qué te toqué, pinche Belas?

—Una versión libre de *Blue Moon*.

—Te ganaste una respuesta, mi buen. Háblale a Raúl Murguía, él me contó algo del tal Garduño; la verdad ya no me acuerdo bien qué. Está viviendo en Tabasco, lo encuentras en el Museo de La Venta. ¿Te acuerdas de Raúl Murguía? —dijo el Macario Rendueles y se soltó con una nueva pieza. Héctor le dio de chance los primeros treinta segundos y luego colgó.

Con los acordes de *Love for sale* bailándole en la cabeza, Héctor recordó a Raúl Murguía. Habían trabajado juntos un par de años atrás. Era un antropólogo que estuvo en la dirección de los museos del sureste y para evitar el robo de pequeñas piezas, fragmentos de pirámides e idolillos indígenas, había creado una brigada de mayas en motocicleta y con escopeta: la brigada motorizada Jacinto Canek. Los robos descendieron, pero a él lo corrieron de su cargo porque espantaba al turismo. Media hora después lo tenía en el teléfono. La respuesta le sorprendió.

—¿Garduño? ¿El de Acapulco? Claro que sé quién es. Ese cuate es, ni más ni menos, el intermediario de objetos arqueológicos robados más importante de este pinche país. Ese cabrón conoce todos los sótanos en Houston y en Dallas donde tienen piezas que salieron de museos mexicanos. ¿Sabías que está de moda entre los millonarios de Tejas tener alguna pieza robada a un museo mexicano? Es de mucho caché. Un día, a mitad de una barbacoa les dices a tus cuates también millonetas que si quieren ver algo. Los conduces por pasillos y puertas acorazadas, todo medio misterioso. Tienes que tener un sótano adecuado para el museo secreto, y ahí, en nicho de terciopelo negro, está una estela maya, o unas joyas de plata teotihuacanas; incluso están enmarcados los recortes de periódico que cuentan la historia del robo, y las páginas del catálogo del museo donde estaba la pieza originalmente. Tienes algo más que una pieza de museo, tienes una pieza ro-ba-da. Eso es muy elegante. Pronto aparecerán en *House and Country*. Pues ese culero de Garduño es el que organiza las operaciones en México, las grandes, no la basurita. Un día de éstos gana Cuauhtémoc y montamos una policía arqueológica y nos lo chingamos. Ya verás... ¿Tienes algo contra él? ¿Quieres que me dé una vuelta?

—No, no tengo nada, por ahora. ¿Ha habido algún robo importante en las últimas semanas?

—Nada que yo sepa, porque luego estos pendejetes de funcionarios lo ocultan para no quemarse con la opinión pública. Pero se sabría algo... Lo último fue el robo de hace tres años del Museo de Antropología.

—¿Hay algo que se puedan robar en las cercanías de Acapulco?

—La playas, güey. Esos cabrones son capaces de ir todos los días con una cubetita a la playa y estarse chingando la arena —dijo Murguía.

Héctor salió al balcón. ¿Un robo arqueológico? Medina estaba en su terraza tomando el sol. ¿En qué estaría metido el tipo éste? Héctor fue a buscar los binoculares. Medina se quitó los lentes oscuros con un gesto desenfadado. Ahora sí, Héctor no dudó, el cubano lo estaba mirando. El detective retrocedió hacia el interior de su cuarto. El aire acondicionado estaba helado, se dijo. Luego fue hasta los controles y descubrió que esa mañana no lo había encendido.

Se acostó con el ojo muy abierto a contemplar el techo del cuarto. Después de todo, no se dormía mal abajo de la cama, pero no era ninguna mala idea, ahora que estaba en sus cinco sentidos, bajar un par de almohadas.

—¿Quieres conocer de cerca a Jerome? —le había preguntado Dick y Héctor no había respondido nada, con lo cual el periodista norteamericano había entendido que sí.

Si entonces pareció una locura, ahora se veía claro que había sido un caso de absoluta pendejez. Por segunda vez estaba a descubierto. La primera vez cuando le puso la .45 en la cara al cubano para defender a Dick, ahora, sentado al lado de la alberca del Villa Vera tomándose una Cocacola con limón mientras Dick contemplaba al gringo en silencio, con una ginebra doble en las rocas entre ambos.

—Es un verdadero placer verlo —dijo Jerome rompiendo el silencio.

Dick asintió con la cabeza y con un gesto encargó al mesero una nueva ginebra aunque la primera estaba sin empezar. Jerome no podía concentrar la mirada, los ojos parecían escaparse y no fijar el foco; o estaba muy cansado o andaba hasta el culo de cocaína; vestía un traje blanco de tres piezas y jugaba con unos lentes oscuros. A Héctor comenzaban a molestarle los lentes oscuros, parecían el obligado uniforme tropical del enemigo.

—Tienen una operación en marcha en México —afirmó Dick y como si la cosa no fuera muy importante, se dedicó a sorber su ginebra y a mirar a un par de mujeres que jugaban al tenis sin mucho ánimo unos metros más allá.

—Si así fuera, yo no soy el más indicado para decirlo, me he retirado, me dedico a los negocios particulares —dijo Jerome.

—No existen los negocios particulares. Existen los negocios de la Compañía. Y los negocios de la Compañía si bien recuerdo, son todos sucios. Ustedes los reaganianos piensan que todo lo que no se mueve o no habla, en cualquier esquina del mundo en que esté, es botín y de vez en cuando ni esa regla respetan y se dedican a la cacería de esclavos. Practican el arte del patriotismo mezclado con el arte del comercio internacional.

—No hay nada peor que un periodista que piensa que es inteligente.

—Vamos, Jerome, dígame qué es esto que tienen caminando en México, y así cuando los demócratas empiecen a crucificar a sus jefes, usted siempre puede salirse del uniforme de centurión romano y decir que a usted la historia no le gustaba, y que por eso se la filtró a la prensa. ¿Cómo cree que llegué yo hasta aquí? Porque otro amigo suyo me dio el soplo.

—No sé cómo apareció usted en Acapulco. Pero esto no es Los Ángeles. Le haría un favor si le sugiero que no se meta en asuntos mexicanos. Aquí la gente es muy susceptible.

—Ustedes tienen una operación caminando en México. Jerome, no sea malo y cuénteme algo más de lo que ya sé.

—¿Y qué es lo que sabe?

—Los periodistas no filtramos información. Le recuerdo las reglas: los agentes de la CIA filtran información, los periodistas la recogen y hacen escándalos. ¿No es así?

—Si usted sabe de algo que vale la pena, le sugiero que se siente a la máquina de escribir. Me encantará leerlo. Probablemente no me crea, Dick, pero yo he sido uno de sus mejores lectores —dijo Jerome poniéndose de pie.

Héctor hundió la cabeza en su Cocacola. A lo mejor nadie se daba cuenta de que había estado ahí.

—¿Y en qué trabaja ahora, Jerome? Me encantará citarlo textualmente.

El agente de la CIA les dio la espalda sin molestarse en responder y se alejó.

—Vamos a ver al policía que canta boleros, al hombre de negocios que roba joyas arqueológicas y al marino que cosecha aceite de coco —dijo Dick, y se bebió lo que le quedaba de la ginebra de un trago, luego resopló y se despachó el otro vaso lleno. Héctor lamentó que a él no le gustara la ginebra y se bebió su Cocacola tímidamente. Este güey estaba absolutamente loco. Tan loco que sus propias locuras palidecían. Si seguía con él en el baile perdería hasta el estilo.

Héctor Belascoarán se metió al mar y comenzó a nadar hacia la nada. Había dejado al periodista frente a la parada de taxis del hotel. Él no iba a dar la cara otra vez. Tenía abundantes argumentos lógicos, pensaba mientras nadaba hacia el centro de la bahía, pero tenía sobre todo argumentos viscerales. El método Genghis Kan podía haber sido útil alguna vez. Llegas, les dices que son una bola de putos, simplemente idiotas, que ya lo sabes todo, y esperas que reaccionen. Pero no era muy práctico si uno trataba de conservar su salud. Suspendió el ritmo de sus brazadas y comenzó a flotar de espaldas. Una ola, producto de una lancha rápida que arrastraba a unas esquiadoras en bikini a unos cien metros, lo desestabilizó un instante, luego volvió la placidez, el ojo cerrado para escapar del sol quemante. Salir a la luz era una burrada, los ponía en estado de alerta, les calentaba la dona, los agitaba, los invitaba a darte dos tiros en la cara y rasgarte un pulmón con un cuchillo de cocina, les gustabas para testigo desaparecido, cadáver sin nombre, pinche difunto sin velorio. Héctor volvió a nadar. En Acapulco no había tiburones desde hacía años. Si seguía en esa línea con un poco de tesón podría llegar a Hong Kong, adoptar un nuevo nombre, esperar que el último fragmento del imperio británico se desmoronara y poner una taquería en la China socialista. No era tan absurdo como parecía a primera vista.

Siguió nadando.

A ver, que probaran esa bola de putos traficantes de mundos a seguirlo. Sólo por el rastro que iban dejando sus meadas en el océano. Aumentó el ritmo de la brazada.

Todo el problema era tener un proyecto, un destino. Darle un sentido a cualquier cosa. Apretar los dientes. No hay que abrir la boca para pensar mientras se nada. Descansó un rato flotando de espaldas. La playa estaba haciéndose diminuta. No había barcas ni veleros dándole la lata. No había ni siquiera un barquito de guardacostas que le pidiera sus papeles para dejarlo salir de México. No era una forma tan idiota de desaparecer de cualquier historia. Volvió a nadar, ahora casi enfurecido, hacia el interior del océano.

Uno de sus yos le dijo: «¿Te estás suicidando?». El otro le contestó: «¿Y si es así qué pedo?». «No, nada», dijeron ambos simultáneamente. Siguió nadando. Ya nunca más tendría que dormir debajo de las camas.

Dos horas después lo depositaban en la playa unos fornidos acapulqueños del servicio de salvavidas del municipio. Lo habían salvado milagrosamente de que se ahogara. Todavía traía tieso un muslo de los calambres y había tragado agua como para que las siguientes doscientas Cocacolas le supieran saladas. Estaba de mal humor, si el océano Pacífico, que era cabrón, no había podido matarlo, mucho menos la bola de pendejetes aquéllos. Trató de ponerse de pie ayudado por uno de los salvavidas.

—¿A dónde chingaos quería ir, joven? Para allá es océano abierto.

—A Hong Kong, mano —respondió el detective.

—Ves güey, te dije que Hong Kong estaba para allá —le dijo el salvavidas a su compañero, señalando el sol que se metía sobre el mar, manchando el azul de un naranja intenso.

Héctor subió al elevador tratando de sacarse agua del oído y recordando las tres versiones de su testamento que había escrito en la cabeza.

Cuando abrió la puerta del cuarto se paralizó. Dos tipos forcejeaban con Dick cerca de la terraza. Estaban tratando de tirarlo. Uno de ellos le golpeaba la mano que se asía al barandal con un cenicero; no lograba hacer que se soltara. Héctor retrocedió un paso dejando la puerta abierta. No lo habían visto.

—Quieto, cabrón. Suelta ahí —gritaba uno de los tipos, vestido con una playera de rayas azules gruesas, de las que habían hecho popular los gondoleros venecianos. Dick le tiró un puñetazo que le acertó en el bajo vientre.

El otro personaje, un güero chaparrito, sacó una navaja.

—No lo vayas a picar, pendejo, tiene que ser sólo de golpes —le dijo el de la camisa de veneciano.

Héctor dio un segundo pasó atrás. El forcejeo estaba acercando a Dick al vacío. El chaparro guardó la navaja y le dio una patada al periodista en el muslo. Éste se dobló, deslizándose hacia el suelo. Héctor retrocedió un poco más quedando fuera de la visión de los asesinos. Apoyó la espalda a la pared. Contó hasta diez. Luego se decidió y entró al cuarto caminando normalmente. Llegó al lado de la mesita de noche. No lo descubrieron hasta que había sacado ya la .38 y amartillaba.

—¡Cuidado, ahí está el otro! —gritó el chaparro.

El veneciano apócrifo se distrajo un momento y Dick le clavó la cabeza en el estómago. El tipo se dobló, Dick le quitó el cenicero de la mano y lo golpeó con él en la mandíbula; el tipo empezó a sangrar mientras se deslizaba al suelo. El chaparro había quedado hipnotizado por la pistola de Héctor.

—Me va a dar un pinche gusto matarte, como no tienes idea, mano —le dijo el detective.

Dick estaba reponiéndose tirado en la terraza. A su lado el hombre de la playera a rayas trataba de controlar la sangre y el desmayo haciendo profundas aspiraciones.

—Tardaste demasiado, ¿qué andabas haciendo? —le preguntó Dick al detective.

—Estaba yendo a Hong Kong, amigo —dijo Héctor tratando de que no se le notase que la mano le temblaba—. ¿Quién los mandó? Cuento hasta tres y disparo, me vale madre si me manchas de sangre la colcha —le dijo al chaparro que había perdido el habla.

—El jefe Julio Reyes, fue un trabajo, un encargo pues, no es cosa nuestra. Ni nos iba a pagar, era de una que le debíamos.

—Si los tiramos, ¿a dónde van a dar? —le preguntó Héctor a Dick. Éste se asomó a la terraza.

—Si brincan duro, con suerte van a dar a la alberca, si les falla el cálculo se hacen mierda contra el asfalto.

—¿Hay riesgo de que le caigan a alguien encima?

—No, no hay paseantes.

—Pues ya saben, depende del tino —le dijo el detective al chaparro y le clavó el cañón de la .38 en el estómago.

—Éste no sabe nadar —dijo del veneciano de tercera división, que se había acercado a su compañero a la busca de ayuda y se sostenía de su pantalón.

—Eso, haberlo pensado antes —contestó Belascoarán empujándolo de nuevo.

—Lo mejor es que usted haga su medida —le dijo Dick en español al tipo.

Héctor ayudó al sangrante hombre de la camiseta a rayas a que se sentara en el barandal.

—No se les olvide tomar impulso —dijo Dick calculando con la vista dónde iban a caer y moviendo la cabeza como si no les diera muchas posibilidades.

—A la de una...

Los dos tipos desaparecieron en la nada.

—Sospecho que se van a romper algunos huesos.

—Sólo son seis pisos —dijo Héctor y comenzó a temblar. Arrojó el revólver sobre la cama e intentó que la mano dejara de sacudirse sosteniéndola con la otra. Un par de lagrimones se le salieron y comenzaron a deslizarse por las mejillas. Dick estaba tratando de averiguar si no le habían roto los huesos de la mano derecha con los golpes del cenicero y no se dio cuenta de lo que estaba pasando. Cuando miró al detective, descubrió que Héctor estaba a punto de desplomarse.

—Déjese caer sobre la cama. Voy a buscar una botella de ginebra. Creo que me rompieron una costilla.

—La ginebra no me gusta —dijo Héctor en medio de las lágrimas.

—Usted se la pierde, caballero —contestó Dick.

Los clavadistas mágicos no deberían haber muerto, porque nadie en el hotel les hizo el comentario y porque cuando bajaron a la piscina no vieron que nadie estuviera baldeando las manchas de sangre en el cemento. La pequeña orquesta estaba ensayando, afinando instrumentos. Héctor se preguntó con qué bossa nova empezarían. Corcovado estaría muy bien. Pidieron dos langostas a la plancha para celebrar la supervivencia.

—¿No te sabe medio rara la tuya? —preguntó el periodista.

—La mía fue la primera que te comiste —contestó Héctor.

Una hora después estaban en el hospital de emergencias del IMSS de Acapulco, Dick estaba al borde de la muerte por un envenenamiento. Héctor no había podido comer su langosta, el estómago estaba cerrado, y se había limitado a tomarse un par de litros de jugo de piña, por eso estaba afuera contemplando.

Mientras rondaba por las afueras de la sala de cuidados intensivos, y cada vez que se abría la puerta podía observar cómo un grupo de médicos se movían sobre el cuerpo del periodista llenándolo de sondas, Héctor, que ya no creía en las casualidades, decidió que desde ese momento iniciaba una huelga de hambre. No tenía ninguna intención de que lo envenenaran.

VIII

—¿*La justicia pierde?*
—*Sí, de vez en cuando.*
JUSTIN PLAYFAIR A MILDRED WATSON
en *They Must be Giants*

La nostalgia pasa por tres fases, una primera, en la que los recuerdos están tan cercanos, son tan próximos, tan en tercera dimensión, que pueden evadirse con un buen *dribling*, una buena finta que los deja atrás retorciéndose en el pasado. Luego vienen los días en que la memoria hiere como un mal dolor de cabeza y las escenas reviven y resuenan como tambores en mitad del cráneo. Al fin, la nostalgia se vuelve bobalicona, triste, dolorosamente amable. Persistente en cambio. La convocan las gotas de lluvia deslizándose rotas por los cristales, el viento sacudiendo las ramas de los árboles, un columpio solitario que oscila en el parque, todos los lugares comunes de la soledad. Pero ésa, no por blanda es menos pertinaz, menos malévolamente cancerígena.

Héctor sabía bastante de nostalgias y las había venido llamando a su cabeza en el vuelo de regreso. Todas ellas acudieron al galope cuando el avión comenzó a sobrevolar la ciudad de México. El gran espectáculo del interminable dibujo de luces de colores lo conmovió y un par de lágrimas se le salieron del ojo bueno. Los erráticos dibujos geométricos, el gran tapiz de luz, las líneas verdes recortando la ciudad y las cosas creciendo en el descenso, las torres, los parques, al fin la selva de las azoteas.

El único problema es que la nostalgia operaba en el vacío. No se podía volver a lo que no existía. La ciudad que había sido suya se había escapado hacia la nada en algún momento de los últimos meses. No se puede volver a lo que no existe aunque sí se puede añorar lo que se tuvo.

Aparentemente había vuelto a la ciudad de México para reencontrarse en territorio seguro, y descubría algo que había sabido siempre. Si existía algún territorio inseguro era éste. Los miedos que lo acompañaban nacieron aquí.

Dick se había quedado en Acapulco, reponiéndose, metido en un hotel de Puerto Marqués con nombre falso, tapadera de cantante de rock en reclusión postalcohólica y contradictoriamente acompañado por media docena de botellas de ginebra, y el fiel juramento de que no se las iba a beber todas el primer día. Héctor sentía que lo había dejado tirado atrás de sí. También se había quedado Medina, y la verdad es que le importaba un huevo. El propio Medina se encargaría de que la justicia le llegara y amanecería algún día tirado en un callejón de mala muerte con dos tiros en la espalda y con una expresión asombrada en el rostro, porque, después de todo, ni siquiera él era inmortal. Adiós Medina.

Estaba lloviznando. Tomó un pesero. El DF parecía más borroso que de costumbre visto a través de los cristales. Héctor regresaba a la misma ciudad que a ratos le parecía otra. La misma ciudad... Cuando el coche se detuvo ante su casa en la colonia Roma, la llovizna se había vuelto chaparrón. En cinco metros se empapó. En la puerta de su departamento, mientras se sacudía el agua como perro, encontró prendida una nota: «Me urge verte. Carlos».

Entró a la casa sólo para conseguirse una gabardina. En la puerta del refrigerador una nueva nota: «Los patos están bien, les doy de comer todos los días, son unos marranos. Están abajo de tu cama. Alicia».

Abrió la puerta de la recámara sin hacer ruido. Los patos rápido lo detectaron y se acercaron precedidos por los cua-cuas. Héctor les sonrió. Si ellos dormían debajo de la cama tal vez él tendría que dormir arriba, y se quitaba de una puta vez, por causas funcionales, tanta pinche paranoia de encima.

Volvió a la lluvia.

Carlos estaba en la cocina, tomándose un café con leche y sopeando un par de cuernos en el tazón.

Le tendió a Héctor una fotografía.

—¿De dónde salió esta foto? —preguntó el detective.

—¿Lo reconoces? Me dijeron que lo reconocerías.

—Sí, llevo mirándolo una semana. Está más joven, pero es el tercero de derecha a izquierda, al lado del gringo que lleva el M1 y del soldado que trae el radio de campaña... ¿Cuántos años tenía en esta foto?

—Calcula. Es de 1967.

—Veintiocho entonces... ¿Y el lugar?, he visto este lugar en otras fotos, hace tiempo.

—Es un pueblito de Bolivia. ¿Reconoces la escuela de adobe con techo de zinc? Esa foto debe haber dado la vuelta al mundo dos mil veces en una semana. Es la escuela de la Higuera, el lugar donde mataron al Che.

—¿Y qué hacía Medina ahí? ¿De qué es el uniforme? ¿Cómo se llama según tú el tipo éste que está en la foto? ¿Tuvo algo que ver en la muerte del Che?

—Sí, tuvo que ver con la muerte del Che. La foto está tomada en la Higuera, el 9 de octubre del 67. Trae el uniforme de los *rangers* norteamericanos que entrenaban al ejército boliviano. Pero él no era *ranger*, era un agente de la CIA que había llegado a Bolivia desde agosto del 67 con pasaporte norteamericano. ¿Ves lo que tiene colgando del hombro?

—Sí, es una cámara de fotografía con un angular. ¿Es un gran angular?

—No, es un macro; la cámara, si te fijas bien, es una Nikon. Con esa cámara fotografió el diario del Che. Estaba tomándole fotos al diario en la casa de un telegrafista que se llamaba Hidalgo cuando el suboficial Terán entró a la escuela y disparó las dos ráfagas que mataron al Che... Antes este hombre había interrogado al Che a solas. El Che estaba herido, tirado en el suelo de tierra, tu amigo lo abofeteó, el Che trató de levantarse, pero estaba herido en una pierna, el cubano salió corriendo de la habitación, le tenía miedo.

—¿De dónde sacaste la foto?

—Me la dio un amigo —dijo Carlos—. Un cuate que conoce a este tipo que antes de llamarse Prado en Bolivia se llamaba Lázaro... —Carlos consultó unas notas que tenía en un pequeño papel—... Barrios y que fue portero de un cabaret en La Habana y chivato de la policía de Batista. Y luego fue Gary Ramos, ciudadano norteamericano y agente de la CIA. Me dijeron que ahora se llama Luke Medina, que tú sabrías algo de eso.

—¿Quién te dijo?

—Un amigo de un amigo de los cubiches. El que pasó la foto y el recado.

—¿Cuál es el recado?

—Que el tipo que estás siguiendo, después que mataron al Che, entró en la casa y le cortó las manos al cadáver.

—¿Ése es el recado?

—Ése es el recado, que el tipo que estás siguiendo, después de que ametrallaron al Che, entró a la casa y le cortó las manos al cadáver.

Héctor se quedó pensando, mirando sin ver a Luke Medina que parecía estar contento en la fotografía.

—¿Los cubiches?

—Los cubanos.

—¿Lo están siguiendo?

—Vaya usted a saber —dijo Carlos—. Yo paso un recado. Así de misterioso es el asunto. Llega un cuate al que le tengo mucha confianza y dice, pásale un recado a tu hermano. Oigo el recado y le pregunto de dónde viene, y él dice: de los cubiches. ¿Seguro? le digo y él dice que segurísimo. Yo te dejo una nota y te paso un recado. Ahora que se me está antojando echarte una mano y romperle la madre al tal Gary Prado.

Héctor tomó la fotografía entre las manos y le dio vueltas. Luke Medina-Gary Ramos-Prado-Vasco-Lázaro Barrios sonreía a la cámara, los dientes blancos llameaban al sol, los lentes oscuros levantados sobre la frente. Un poco retador, guaperas, ganador de lotería, traficante de blancas en ocupación bélica temporal... Tras el grupo se adivinaban las manchas verdes de las montañas, por encima de las tejas y las míseras paredes de piedra de las casas. Por algún lado debería estar el cadáver del Che.

—¿Te dijeron algo más, te dijeron que querían verme?

—Sólo el recado.

Héctor caminó hasta el refrigerador de su hermano y buscó un refresco, pero traía la cabeza en otro lado, en otros años...

Los patos habían hecho el milagro: estaba durmiendo encima de la cama. Eso fue lo primero que observó. Luego sonó el teléfono.

—Llega de la ciudad de México en el vuelo de Mexicana que viene de Acapulco, a las doce de la noche —dijo Alicia.

—Gracias —contestó Héctor.

—Los patos...

—¿Quieres hablar con ellos por teléfono?

—No, sólo me preguntaba si los encontraste bien.

—Sí, perfecto.

Se hizo un breve silencio, luego ella colgó.

Héctor se quedó en la cama acabando de despertar. Medina lo seguiría a el fin del mundo. Nunca podría librarse del tipo que paseaba en sus maletas las manos ensangrentadas del Che Guevara. Había llegado la hora de visitar al psiquiatra.

—¿Por qué no se lo chinga y ahí muere el asunto?

—Porque si me lo chingo, nunca voy a saber a qué vino a México. Además, supongo que uno no anda matando gente por ahí...

—Y además se culea de ejecutarse a un cristiano en frío, ¿o no? —preguntó Gilberto Gómez Letras.

—Me anda rondando la cabeza de que a lo mejor me matan a mí primero —respondió Héctor.

—Ni madres, ya basta de que a usted lo agujereen todas las veces.

—¿Verdad? Eso es lo que yo digo.

—¿Por qué no me deja que le ordene este desmadre que trae en la cabeza? A lo mejor hasta yo lo entiendo.

Estaban en el café de chinos, habitual base secundaria de operaciones. Atardecía. Héctor no había subido a la oficina, se había sentado a meditar allí y se había encontrado con Gilberto. El mejor compañero de oficina del mundo, un tipo que lograría que lo extraño pareciera normal. Gilberto se encargaría de que nunca se olvidara de que el país era real, de que las historias que se le cruzaban por la vida eran reales, de que todo era tan real que lo único irreal era uno mismo. De que la realidad era real aunque no lo pareciera.

—Usted tiene a un güey de la CIA, que anda de mamón por Acapulco y el hijo de la chingada hasta se roba un cacho de pirámide para dársela a los gringos... Eso hacen esos culeros. Se roban las pirámides de a poquito porque quieren ponerlas en San Antonio, eso me dijo mi cuñada, y ya que las tengan allí van a decir que los aztecas pasaron primero por Estados Unidos y nomás unos pinches aztecas de segunda fueron los que vinieron a México; unos pinches aztecas culeros, primos pobres de los que se quedaron allá que son los aztecas chingones... Y entonces usted tiene al güey ése y no sabe qué hacer con él... —dijo Gilberto.

Héctor asintió.

—Ese güey quiere chingarse a la patria —dijo Gilberto.

Héctor asintió con la cabeza.

—¿Pero hay más cosas, verdad? Entonces lo secuestramos y le hacemos algo cabrón, como darle de comer puros tamales, ni una cerveza ni nada, y no lo dejamos cagar; en cinco días ese güey nos cuenta hasta cómo se llamaba la pinche madre de la abuelita del héroe de la patria de esos güeyes, el coronel Wellington, el que se chingó a los franceses en Waterloo.

Héctor se le quedó mirando fijamente.

—Lo que yo creo, es que usted no sabe qué es lo que quiere hacer —sugirió Gilberto mirando cómo Héctor trataba de sonreír y no le salía.

—Algo hay de eso —repuso Héctor.

—Ya se me hacía a mí. De cualquier manera es mejor verlo sin saber qué hacer, que comiendo pito, como se la había pasado desde hace unos meses.

—Ahí le dejo la cuenta —dijo Héctor poniéndose de pie.

—Buenos, los detectives de antes, los de ahora valen para pura verga —dijo Gilberto a modo de despedida.

Héctor no se dio por aludido. En la calle paró un taxi y salió rumbo al aeropuerto. Medina parecía una novia engañosa que nunca se dejaría atrapar. Nuevamente el miedo apareció en su vida. Mientras el taxi recorría el Viaducto, el detective trataba que las manos dejaran de sudarle sin lograrlo.

Esta vez, Medina no viajó del aeropuerto a un hotel, sino que tomó un taxi que lo depositó ante una casa elegante en Las Águilas. La puerta la abrió una sirvienta, pero unos metros más allá, Héctor, metido en el interior de otro taxi, creyó adivinar a espaldas de la sirvienta un rostro conocido. ¿De quién carajo era la cara entrevista? Afortunadamente el taxista era un hombre de pocas palabras y no se empeñó en hacerle plática, mientras en torno del automóvil caía una lluvia torrencial.

—Ya está saliendo el güey ése, jefe —dijo el taxista servicial despertando al detective de un codazo.

Cierto, Luke Medina se acercaba a un radio taxi acompañado por el dueño de la casa que lo cubría con un paraguas. Héctor trató de concentrarse en el personaje que seguía al cubano. Regordito, con bigote cuyas puntas se alzaban. Alguna vez había topado con él, lateralmente, en otra historia igual de jodida que ésta. Se llamaba Ramón Vega y era el dueño de la única cadena importante de revistas pornográficas del país. Por cierto, era también de origen cubano.

—¿Lo seguimos? —preguntó el taxista ya de lleno en su papel.

—Hasta su hotel y luego a dormir —contestó Héctor bostezando.

Luke Medina no se llamaba Medina, sino Gary Ramos, y a su vez había sido Lázaro cuando era portero de cabaret, y temporalmente Prado, cuando estaba uniformado de *ranger*, sin que eso le impidiera en la tortuosa historia de Dick haber sido Valdés-Vasco, conocido como Vevé.

Pero Medina, que no se llamaba Medina, estaba montando una gran operación de la CIA en Acapulco, y también cotizaba las dosis de cocaína, era juez de concursos de belleza, le había cortado las manos al cadáver del Che, desayunaba con un ladrón de piezas arqueológicas y visitaba de noche al zar de la pornografía, que por cierto era paisano suyo; tenía de compinche a un subjefe de la judicial de Acapulco y a un marino de guerra retirado, vestía trajes de lino blanco, de los que tenía seis guardados en el clóset y había asesinado a la hermana de Alicia.

A estas alturas del resumen, Héctor no estaba muy seguro de si quería romperle las dos piernas con un bat de beisbol u ofrecerle la gerencia de planeación de Imevisión o Televisa, los monopolios televisivos mexicanos. Sin duda lo haría bien. Probablemente también sería apto para manejar las relaciones públicas de algún candidato del PRI a senador o un buen gerente de una cadena de supermercados. El versátil Medina, el cloaquero Medina, el inescrutable Medina detrás de sus pinches lentes oscuros.

La curiosidad tenía límites, si uno abusaba de ella, agotaba. Si las dudas eran ya más que las preguntas no apetecía contestarlas sino olvidar el crucigrama, tirarlo a la mierda por demasiado complejo y dedicarse a llevarle flores a la vecina del siete que se acababa de divorciar, tenía un hijo en edad de cuna y lloraba en las noches a moco tendido.

Por otro lado las posibilidades de Héctor como perseguidor estaban más que agotadas. A no ser que el Medina hubiera sido entrenado en la escuela de espías de Disney World tendría que tenerlo bien reconocido, y si aún así persistía en sus movimientos, es que le importaba un huevo que Héctor lo siguiera. Medina debería estar ya harto de ver a un tuerto de gabardina pisándole la sombra, y si no lo estaba, peor tantito, quería decir que la pinche movida que la CIA estaba montando en México, era tan grande, tan grande, como que se iban a robar la estatua de Tláloc, con todo y sus once toneladas y estaba previamente pactado con el presidente de la República y con el Fondo Monetario Internacional que servía de aval en la operación.

Eso pensaba Héctor ordenadamente, contra sus caóticas costumbres, mientras esperaba a que Medina se subiera a un avión de Mexicana de Aviación que lo llevaría a Morelia. Alicia le había avisado a primeras horas de la mañana, y Héctor más fiel a la rutina que un funcionario público amenazado con recorte de personal, acudió a la cita. De cualquier manera poco había podido dormir en una noche de relámpagos. Se le había metido en la cabeza que era la noche del diluvio y quería ver la inundación que acabaría con el DF de una vez y para siempre.

No había sido para tanto. Sólo algunas casas caídas, doscientos damnificados en una colonia donde se había desbordado un canal del desagüe y dos muertos al ser atrapados en el Periférico dentro de un automóvil.

Medina, ni siquiera parecía mojado. Héctor decidió dejarlo correr por el país en solitario. Media hora después se comunicó a Morelia y le pasó los datos del cubano a un actor de teatro retirado amigo suyo y le pidió que lo checara en nombre del amor al arte. Sorprendentemente, su amigo el actor le llamó a la mañana siguiente, le dijo que Medina volvía al DF, y le contó que su paso por Michoacán había sido breve. De Morelia había viajado en automóvil al mar, por carreteras casi intransitables. Se había detenido en un pequeño pueblo de pescadores cerca de la frontera con Guerrero, y luego de regreso. El actor no había seguido a Medina, se había limitado a preguntarle al chofer del taxi turístico que lo llevó.

—¿Y estuvo mucho rato mirando el mar, Marcelo? —preguntó Héctor.

—Un buen rato —contestó su amigo por teléfono—. Él, y el jefe de la policía del estado, que era quien lo acompañaba.

—Mierda —dijo el detective al teléfono después de que su cuate colgó.

IX

Las calles sonoras y desiertas
son ríos de sombra que van a dar al mar.
MAPLES ARCE

Al día siguiente seguía lloviendo y Héctor perdió nuevamente a Medina. El cubano entró al Hotel Berlín por la puerta principal, de regreso de su viaje a Michoacán y nunca se registró. Probablemente desapareció caminando por el estacionamiento. Se le había vuelto a escapar. Y si no subía a un avión, ni Alicia podría encontrarlo. Héctor se declaró derrotado y se fue a su oficina a ver llover sentado en un sillón desvencijado.

Llovía con particular furia, el viento arrojando contra la ventana gotas de agua y chorros que daban la sensación de querer abatir los cristales. La calle estaba vacía, los automóviles se habían rendido ante el ataque del chaparrón. De alguna manera, Héctor, mientras encendía el enésimo cigarrillo, se sentía a gusto. La lluvia lo metía a uno en su interior, creaba una espesa cortina de «afuera», invitaba a la paciencia y a la chimenea, a la soledad y a la lectura, a los recuerdos amables.

Después de todo no era tan malo librarse de Luke Medina. ¿Cuántas veces se había dicho eso en la última semana? Buscó en la caja fuerte una novela de un autor alemán, en un par de tomos, que tenía guardada para un día así. El libro se titulaba *El hechicero* y prometía contar la historia de un personaje extraño en la Alemania del último año del nazismo. Al lado del libro estaban dos viejas cajetillas de cigarrillos y cuatro o cinco refrescos, colocados unos y otros previsoramente a la espera de un día como aquél. Si tuviera un poco de catarro, el pretexto estaría completo. Detectives con catarro en día de lluvia, uníos. Merecidos libro, cigarrillos y refresco. Una manta estaría bien.

Héctor Belascoarán Shayne se dejó caer en el sillón rosa mexicano que Carlos Vargas estaba terminando, abrió la primera página del libro y se metió de lleno en las historias de otros. Las de uno no servían para gran cosa.

Leyó como una hora. Afuera la lluvia había crecido en intensidad. Y si Medina se perdía para siempre, mejor. Qué absoluta y total maravilla que el cubano desapareciera de su vida. Leyó media hora más.

El detective contempló cuidadosamente la ventana. Luego guardó libros, cigarrillos y refrescos en la caja fuerte y salió a la calle abrochándose cuidadosamente su gabardina, convencido de que sería inútil mojarse, de que no tenía ni idea de dónde encontrar a Medina, de que era absurdo ir a empaparse así; pero también convencido de que si se rendía, Héctor Belascoarán Shayne se rompería en mil pedazos, y nadie sería capaz de volver a reunirlos.

La tormenta lo recibió en el portal llenándole el rostro de lluvia.

Dick apareció en la puerta de su casa al amanecer, demacrado pero muy sonriente. Héctor estornudó para recibirlo, tenía catarro.

—Ya no vuelvo a comer langostas en mi vida, mano —dijo en español.

Héctor volvió a meterse en la cama, los patos rondaban libremente alrededor de las piernas del periodista, que sacó del bolsillo un pan dulce y lo desmigajó tirándolo sobre la alfombra.

—¿Lo perdiste, verdad? —preguntó Dick.

Héctor asintió.

—Pero mi ángel de la guardia me lo encontró. Hace un rato llamó mi hermano y me dijo que unos amigos suyos le dijeron que me dijera que hoy comería en el Café de París.

—Qué curioso que tengamos ángeles guardianes —dijo Dick—. Yo me reporté a la revista y me dijeron que Ramos estaba en el Hotel Princesa, que mi casual conocido del State Department me había pasado el recado.

—¿No te sorprende que haya tanta gente empeñada en que le sigamos el paso a Medina-Ramos?

—Me importa un cacahuate que me manipulen. Yo me dedico a eso todos los días. Quiero a Ramos. Lo quiero atado y envuelto en un lazo de color frambuesa... Necesito un par de cervezas para acabar de mear el envenenamiento.

—¿Qué fue?, ¿qué dijeron los médicos?

—Nunca se enteraron, ¿qué importa? Pero aunque no sepa quién me envenenó, a Ramos lo quiero más que antes.

Héctor asintió. Los patos, a su muy peculiar manera también dijeron que sí.

La ciudad estaba en efervescencia electoral. Se había ido llenando lentamente de letreros que proclamaban una candidatura diferente a la del PRI y claramente enfrentada. De vez en cuando Héctor quería encontrar las pruebas, en alguna de las pintas, de que su hermano Carlos se había metido en el asunto. Varias tenían el estilo, si no de Carlos, sí de su generación de pintores: «Los que nacieron para mandilones, votan PRI», «¿Le prestarías tu bicicleta usada al candidato del PRI de este distrito? Entonces, ¿por qué vas a votar por él? ¡Viva Cuauhtémoc!», «Un poco de confianza, en ésta nos libramos de esa bola de rateros. Comité cardenista distrito XI», «Los vecinos de esta cuadra no permitiremos que haya fraude. ¡Basta!».

Desde el taxi, Héctor contemplaba las paredes que hablaban. Dick le sorprendió la mirada.

—¿Tiene alguna oportunidad el cardenismo?

—Le preguntas al equivocado. Yo antes de dedicarme a Medina, andaba en otro planeta. No sé, resulta algo muy novedoso. Lo habitual es que a todo el mundo le importen un carajo las elecciones. En mi oficina todos van a votar por Cuauhtémoc. Carlos, Gilberto, el ingeniero Villarreal. Creo que yo también.

Habían pasado la mañana en conferencia técnica con Merlín Gutiérrez, el electrotécnico y casero de Belascoarán, quien les había rentado una maleta de artefactos eléctricos y los había saturado de instrucciones que Héctor creía haber comprendido a medias.

El taxi los dejó a dos cuadras del Hotel Princesa en la lateral de Reforma. Esperaron pacientemente a que Medina saliera por la puerta rumbo a su comida, lo que sucedió cerca de las dos y media, y entraron con una apariencia híbrida entre conspiradores y albañiles a la busca de empleo. Por cinco mil pesos se enteraron de cuál era la habitación del cubano. «El señor Mena, claro, la 207». Por treinta y cinco mil rentaron un cuarto doble al lado; por diez mil más el encargado sufrió un vertiginoso ataque de amnesia. Luego vino la labor de plomería.

El espejo del baño daba al otro espejo del baño en la habitación contigua; lo desmontaron con más paciencia que habilidad, e instalaron el micrófono en la línea del aire acondicionado del cuarto de su vecino,

—¿Tú crees que vamos a oír algo?

—Cuando se bañe, seguro que lo oímos cantar.

Héctor comenzó a estornudar ruidosamente. Dick fue a buscar su maletín y sacó una botella de ginebra, como si pensara que el alcohol conjuraba los virus.

—Ya estamos muy vistos, ¿no crees que deberíamos disfrazarnos? —le preguntó al detective.

—Como no sea de china poblana, no sé qué voy a hacer con este ojo —dijo Héctor señalando el parche.

El detective y el periodista quedaron mirándose un instante, si no fuera porque ambos estaban muy cansados, quizá se hubieran reído.

En la tarde, Medina-Ramos se acostó a dormir la siesta. Como a las cinco y media sonó el teléfono. Héctor que estaba en el baño orinando corrió hacia los audífonos que habían acoplado a la grabadora.

—Lo que tú quieras, mi socio —dijo el cubano al teléfono—. No hay problema... A la misma hora en el mismo lugar... Pero claro, mi hermano...

Luego colgó y silbó durante un rato *New York, New York*. Las llaves del lavabo del baño del cubano comenzaron a dejar correr el agua. Ruidos extraños. ¿Se estaba lavando los dientes? Un par de suaves golpes en la puerta, Medina no cerró la llave, y sin embargo salió del baño, cerrando la puerta. Sonidos confusos, a lo lejos una voz de mujer que decía algo imprecisable. Dick entró en el cuarto de baño y con las cejas preguntó a Belascoarán si algo estaba sucediendo al lado. Héctor afirmó y compartió con el periodista uno de los auriculares: al fin un sonido claro, la puerta del baño que se abría:

—... que hacer muchas cosas, mi reina —la llave del lavabo que se cerraba—, pero nunca dejé de pensar en ti. Hasta en sueños.

—Cómo eres mentiroso, Ramón —una voz de mujer...

—¿Ramón? ¿Y a qué horas había conocido a ésta?

—Yo le meto mentiras a los aduaneros, mi vida, pero cómo te voy a mentir, si usted es una princesa.

—Es un cabrón anticuado —dijo Dick en un susurro. Héctor afirmó con la cabeza.

—Anda, Ramón, pide algo al bar.

—Aquí tengo un barcito, muñeca, ¿qué tú quieres?

—Una piña colada con ron, de sabor tropical.

—Ella es bastante pendeja —dijo Héctor. Dick asintió.

—¿No tienes calor? Quítate un poquito de ropa mientras cojo un hielo.

—Que bonita piyama traes, Ramón, ¿es de seda?

—Sí, cómo chingaos no, de seda va a ser —dijo Héctor.

—A ver, mi amor, déjame desabrocharte la blusa.

—¡Ay!, yo me la desabrocho, pero no me estés mirando así, ponte de espaldas.

—Le salió tímida —comentó Dick.

—Me saliste un poco tímida —dijo Medina.

—Eso, no me mires y te voy pasando las cosas, y tú las vas viendo y te vas imaginando todo, ¿verdad?

—Mejor que ande con cuidado porque el Medina si se descuida le roba hasta los zapatos —dijo Héctor.

—¿No tienes ajustador, mi vida?

—No lo necesito, mi negro.

—Mira, con qué confianza lo trata, antes se hablaban de usted —comentó Dick interesado en las variaciones del lenguaje.

—Están bonitos los blumers —dijo Medina libidinoso.

—Me los puse para ti. Ahora tú quítate la piyama sin voltearte, Ramón.

—¿Y los zapatos, mi reina?

—Ésos me los quedo puestos, porque si no al lado tuyo voy a parecer muy chaparrita, y quiero que lo hagamos de pie.

—¿De pie, mi vida? A mí me gusta en la cama.

—Ese tipo es un huevón —comentó Héctor.

—¿Pero verdad que me vas a complacer? —dijo ella.

—¡Oye, qué coño es eso! —dijo Medina cambiando repentinamente de tono.

—¿No te gusta? —dijo ella.

—¡Vete pa'l coño e tu madre! ¡Pero si eres un macho!

—Ay, no tanto como tú.

—Quítame la pinga de ahí, no jodas.

—¡Ay!, qué pasa, Ramón.

—Que eres un hombre, ¡coño!

—Ya lo jodieron a Medina —dijo Héctor.

—Ya se lo jodieron a Ramos —dijo Dick en español moviendo la cabeza con un gesto de tristeza.

—¿Y no lo sabías? —dijo la mujer que ahora resultaba hombre.

—Ves, Dick, lo que pasa si te descuidas —dijo Héctor al periodista sacando la moraleja.

—¡Ah, carajo! —dijo Medina.

—Ya que estamos así, todos desnudos, y no se lo voy a contar a nadie, ¿no podríamos aprovechar? —dijo él/ella.

—Bueno, qué le vamos a hacer —dijo Medina—. Pero yo te la meto.

—Bueno, qué se le va a hacer —dijo ella/él.

—Ves cómo todo se arregla —dijo Dick.

—¿Quién lo hubiera pensado? —preguntó Héctor quitándose los audífonos.

La cita de las quién sabe qué horas resultó a las nueve de la noche en unas bodegas en las cercanías de la Central de Abastos. Héctor permaneció a prudente distancia, pero vio cómo Medina revisaba dos grandes camiones de carga acompañado de un tipo de bigotito y traje cruzado. Hacía frío y Héctor dejó a la pareja conversando en las bodegas y se fue a su casa a darle de comer a los patos.

Los animales estaban contentos y no lo extrañaban demasiado, habían aprendido a subir a la mesa de la cocina por un camino que les había fabricado Alicia con cajas de cartón, chanclas volteadas que se equilibraban entre bancos, platos y ganchos de colgar la ropa. Dentro de poco sabrían usar el horno de microondas de la vecina para hacerse un sándwich y la plancha del Mago para calentarse las sábanas de la cama en noche de invierno. OP tenía diarrea, a JJ le gustaba el paté (lo que demostraba la tesis de Héctor de que el paté mexicano estaba hecho de hígado de cualquier otra cosa. Eso, o los patos eran caníbales). Héctor los contempló evolucionando por la mesa de la cocina, les cambió el agua turbia donde bebían, nadaban y meaban y se fue a poner unos boleros de César Portillo de la Luz al tocadiscos.

Tenía un par de cartas tiradas en el suelo cerca del tocadiscos, quizá el Mago, su casero, o Alicia las habían dejado allí. Una traía matasellos de Vallarta. Era de la muchacha de la cola de caballo. Lacónica: «Voy en camino, ¿cómo se portan los patos? Te hubiera gustado el mar. Yo».

Héctor tenía sus dudas al respecto. Es más, pensaba que nunca volvería a tratar de ir a Hong Kong nadando, había formas más coherentes de viajar.

La otra era un anónimo escrito a máquina, una máquina vieja, con una cinta deslavada por el uso y la resequedad del ambiente. No era tan parco como la misiva de su mujer.

«El hombre al que usted sigue está involucrado en el tráfico de armas con destino a la Contra nicaragüense. Esté usted seguro de este dato, es fidedigno. Como no puede operar directamente, está utilizando a narcotraficantes mexicanos en una operación cruzada. El precio que alguien le ha puesto para que pueda montar la operación desde México, es que una parte de las armas sean usadas aquí para otro asunto igual de molesto. Sobra decir que debería tener usted mucho cuidado. Destruya por favor esta nota. La firmamos algunos amigos que tenemos los mismos intereses que usted en este asunto.»

Héctor leyó la nota dos veces y le aplicó la llama del encendedor, la que aprovechó para encender un Delicado. Dejó que el papel se consumiera en el cenicero. Fumó apaciblemente mientras se le iba formando en el rostro una sonrisa.

Los ángeles guardianes trabajaban horas extras.

Dick le informó que Medina se había pasado el día en el hotel, contestando llamadas telefónicas en las que nada se ponía en claro. Él/ella al que le gustaba hacer el amor de pie había desaparecido al amanecer. Dick le pasó al detective una lista de compras que incluía tres paquetes de Tecates, dos botellas de ginebra seca y muchos periódicos; si podía conseguir de provincia, mejor. El periodista mientras recitaba la lista estornudó violentamente. Parecía que el catarro se le había contagiado.

—Deja que revise la cinta dos o tres veces, a lo mejor algo se puede poner en orden de las conversaciones de este idiota. Tengo la impresión de que nos estamos acercando a la fecha.

—Tú trabaja de detective, yo me voy de *shopping lady* —dijo Héctor.

El momento difícil era el cruce del pasillo. Entre la puerta de su cuarto y los elevadores, se encontraba la habitación de Medina, y siempre existía la posibilidad de que el cubano se diera de narices con él. De manera que Héctor no podía evitar traer la mano sobre la pistola mientras cruzaba ante la puerta y llegaba hasta las salvadoras escaleras, bajaba un piso y luego tomaba el elevador en el quinto, para terminar el descenso hacia la apacible calle.

Esta vez todo salió bien, pero al cruzar Reforma, como siempre, sin esperar el semáforo, sorteando los automóviles, le dio la impresión de que un par de tipos trajeados estaban a sus espaldas repitiendo la experiencia. Saltó al camellón evadiendo un Ruta 100 y miró hacia atrás. Estaban a unos diez metros y los dos lo miraban, a él, no a los automóviles. Sacó la .45, la amartilló y se las enseñó. Era un acto de locura calculada. Cualquiera que lo viera pensaría que estaba jugando con el adelantado regalo de Navidad de sus sobrinos; nadie saca una pistola a mitad de Reforma en estos tiempos, a no ser que sea policía federal. Sin embargo los dos trajeados entendieron el mensaje, puestos ante el cañón de la .45 y retrocedieron por donde habían venido, saltando. Para más gloria de la maniobra de Héctor, uno de ellos se cruzó ante la bicicleta de un panadero y fue a dar al suelo rompiéndose los pantalones. El detective ya no quiso saber más y aceleró el paso.

Sus miedos eran metafísicos, esencialmente metafísicos. Si no pisaba las plantas viviría hasta los ochenta y cinco años. Si la luz de neón no lo tocaba, tendría un hijo varón. Si pudiera evadir por un segundo el golpe de la defensa de aquel Datsun, nuevamente sería inmortal, se dijo y saltó hacia adelante. El aire que el automóvil movía a su paso a sesenta kilómetros por hora, ni siquiera lo despeinó. Estaba claro, era inmortal.

Por lo menos hasta la próxima.

X

Imaginémoslo un solo instante: las clases
sociales en la cabeza de Kandinski. La negación
de la negación en la cabeza de Dick Tracy.
ROQUE DALTON

No hay cómo ignorar quién es víctima y quién es verdugo. El miedo entonces, no sólo tiene que ver con los peores presentimientos de qué es lo que vas a hacer si te descuidas, también tiene que ver con que no sabes en qué lugar estás y qué dirán de ti tus amigos cuando te encuentren muerto. El miedo pues, es una forma de reflexión, una forma de pensamiento. Útil, poco práctico.

¿Quién estaba persiguiendo a quién? ¿Estaría Ramos-Medina jugando con ellos? ¿Qué puto sentido podría tener todo esto? ¿Los tipos que habían intentado seguirlo en las afueras del hotel lo estaban esperando? ¿Los tenían reconocidos, ubicados, instalados con nombres, casas, direcciones? ¿Estaban simulando que los seguían pero no era así, sino que querían que pensaran que los seguían pero el detective y el periodista habían podido despistarlos? ¿Podían despistarlos?, ¿o en realidad los tenían constantemente bajo el lente del microscopio?

Héctor caminó las tres últimas cuadras hasta llegar a la esquina de su casa mirando cada dos minutos por encima de su hombro. Un dolor nervioso comenzó a pegarle en el riñón izquierdo. No era una nefritis, era simple y vulgar miedo.

La luz de su departamento estaba encendida. Al carajo. Por él podían quedárselo y que ellos, quienquiera que fuesen, se hicieran cargo de alimentar a los patos. Cuando estaba a punto de irse a dormir a la estación de autobuses del norte, y con un poco de suerte tomar uno hasta Ciudad Juárez, Alicia se asomó a la ventana. Viernes custodiaba la isla desierta, se dijo Robinson. Subió las escaleras más tranquilo, aunque conservando una pequeña duda en un rincón de la cabeza, que le hizo sacar la .45 y tocar con ella la puerta de su casa.

—Le estaba dando de comer a tus patos —dijo Alicia sonriente, sin hacer caso de la pistola.

—Sí, ya vi que lo has estado haciendo... Por cierto, tú nunca tuviste una hermana...

—¿Y eso de dónde lo sacaste? —preguntó Alicia mirándolo con cariño. Parecía haber salido directamente de los sesenta, diez minutos después de un concierto de Joan Báez. *Hippiosidad*, aunque sin exagerar. El pelo suelto deslizándose de un lado a otro de la cabeza mientras se movía por el cuarto, una blusa tehuana y una falda blanca muy amplia.

—Nomás, por ahí, sumando —Héctor se dirigió a la cocina, buscó en el refrigerador y descubrió que le quedaban menos de media docena de Cocacolas. Tendría que comprar—. Tú que me contratas y le das de comer a los patos, bien podrías llenar el refrigerador de Cocacolas.

—¿A cuenta de honorarios?

—Algo así —dijo Héctor dejándose caer en la alfombra—. ¿Trabajas para los nicaragüenses o para los cubanos?

—¿Te importaría mucho? ¿Cambiaría algo?

—A veces pienso que me meto en estos líos por curiosidad. Que cuando se te olvida cómo empezó una historia, siempre queda la curiosidad de saber cómo terminará. Bueno, pues por eso, por curiosidad.

—Para los nicas... Y tenía una hermana. Lo que te conté de Medina es cierto, él la mató.

—¿Trabajaba ella también para los nicaragüenses?

Alicia no contestó.

—¿Tú crees que me podrías conseguir una foto de ésas de Sandino con el sombrero enorme y sonriendo, de esas que hacen en los carteles del aniversario...? Siempre quise tener una —dijo Héctor y caminó al tocadiscos. Ni *Stardust* ni boleros. La novena de Beethoven, de menos.

Alicia avanzaba hacia la recámara quitándose la blusa.

—¿No se te ha ocurrido pensar que puedo tener una enfermedad venérea? ¿Podrías consultar, no? —le gritó Héctor.

Alicia volteó en el pasillo y le sonrió. Héctor confirmó que tenía los pechos mirando hacia el exterior. Subió el volumen cuando la Sinfónica de Filadelfia atacaba los primeros acordes y le dijo adiós al miedo por algunas horas.

—¿Y ésta quién es? —preguntó la muchacha de la cola de caballo señalando a Alicia, que dormía desnuda y sin tapar al lado del detective.

Héctor abrió el ojo sano, olfateó tormenta y dijo:

—Se llama Alicia, este mes es mi patrona, trabajo para ella —se sacudió las lagañas, la niebla comenzaba a desaparecer.

La muchacha de la cola de caballo abrió la ventana, la luz lo cegó totalmente.

—¿No le da frío dormir así? —le preguntó la muchacha de la cola de caballo a Alicia.

Había entrado de repente y venía con un par de maletas, que dejó a un lado de la cama. Una de sus botas negras pateó el pie descalzo de Héctor que sobresalía entre las sábanas.

Alicia estaba despertándose, y trataba de cubrirse un poco la desnudez mientras lo lograba. Un pecho puntiagudo se escapó de la sábana.

—Entonces, ¿en qué quedamos, quién es esta señora? —preguntó la muchacha de la cola de caballo.

—Es mi mamá —dijo Héctor.

—Tu rechingada madre —amplió la muchacha de la cola de caballo. Radiante, con la frescura del amanecer en el rostro, sin huellas del viaje encima, maliciosamente sonriente.

—Perdón si interrumpí algo —dijo Alicia buscando en la mesita de noche una cajetilla de cigarrillos que no estaban por ahí—. Perdón, pero anoche cuando yo llegué, no había nadie más de este lado de la cama.

—Bueno, mijita, ya llegaron los titulares, es hora de que los suplentes salgan de la cancha —dijo la muchacha de la cola de caballo, y comenzó a desvestirse.

Héctor se puso a buscar los mismos cigarrillos que no estaban por ahí, sin atreverse a mirar a ninguna de las dos mujeres.

—La verdad es que no me gusta despertarme así —dijo Alicia saltando de la cama. Caminó al baño recogiendo su ropa. Luego giró la cabeza—. Que tengas suerte —le dijo a Héctor.

—Belascoarán, como me digas que me extrañaste, te boto el ojo bueno de una patada —le dijo a Héctor la muchacha de la cola de caballo.

—Te extrañé —respondió Héctor mirando hacia aquella muchacha de la cola de caballo, que sonriente terminaba de desabrocharse el último botón de la blusa verde pistache y sonreía mostrándole simultáneamente un brasier lila y dos hileras relucientes de dientes.

—Anda, hazte a un lado —dijo ella quitándose la falda.

Héctor encontró al fin los cigarrillos en el suelo de su lado de la cama, pero lamentablemente estaban envueltos en las pantaletas de Alicia, según descubrió al tacto. Humildemente se hizo a un lado y renunció a fumar. Por ahora.

—Tres cosas, tengo tres cosas… —dijo Dick.

—Cuando salí ayer, dos tipos empezaron a seguirme… —empezó Héctor, pero obviamente las cosas de Dick eran más importantes.

—Tres cosas. Una: va a ser pasado mañana, el viernes. Dos: el intercambio se hace en dos camiones que llegan, dos que reciben. Hay un tercer camión que irá directo a Acapulco. Tres: Medina es un intermediario en la operación, pero tiene que poner el dinero.

—¿De qué son los camiones? ¿Dónde van a llegar? Si es intermediario, ¿por qué tiene él que pagar? —preguntó Héctor—. Y además ayer me siguieron dos tipos.

—Por eso tardaste un día entero, ya me acabé lo que había en el servibar mientras te esperaba, y no puedo dejar que me lo llenen porque no dejo entrar al cuarto a la camarera para que no vea los micros… Coño —dijo Dick.

—No los vi. Hoy estuve dando vueltas por las afueras del hotel y no los vi. Pero si tenían que ver con Medina y me reconocieron, ¿por qué no le avisaron y él levantó el ala?

—Medina se fue anoche del hotel, socio —dijo Dick.

—¿A dónde?

—No tengo ni idea. Tampoco me atreví a preguntárselo. Vinieron a buscarlo y se fue, sin discusiones, sin hablar de nada, sin comentarios. Tocaron a la puerta, dijeron: «Vámonos, Ramón», y se fueron. No volvió en toda la noche. Creo que se llevó su maletín, anda ligero de equipaje.

—¿Y por qué no desmontaste todo y te fuiste?

Dick se quedó pensando.

—Supongo que fue a la misma hora en que estaba vaciando el servibar… ¿Trajiste las cervezas?

—Sí, pero me temo que no están frías.

—¿Y ahora qué sigue? —preguntó Dick.

—Supongo que mientras tú te las bebes, yo lo pienso. Y lo voy a pensar en otro lado, este hotel no me gusta. Búscame en la oficina o en mi casa —dijo Héctor despidiéndose.

Pero no fue a ninguna de las dos, se dedicó a caminar por Reforma hacia el Castillo de Chapultepec. Un par de horas después, apoyado en la balaustrada de piedra del viejo castillo colonial, mirando una ciudad que trataba de esconderse en el smog, reunió una serie de ideas:

Medina se desaparecía con una extraordinaria facilidad, pero lo encontraban también muy fácilmente.

La operación se haría en el garage en las cercanías de la Central de Abastos. Era un lugar ideal para los camiones que se intercambiarían.

La vida sentimental del detective Belascoarán Shayne era tan confusa como de costumbre. Estaba absolutamente enamorado de una muchacha que ya no lo era tanto y que insistía en peinarse con una cola de caballo, como si quisiera recuperar la gracia de la adolescencia. Y lo lograba.

Medina traficaba con armas para la Contra, eso es lo que se iba a intercambiar en las bodegas. Armas por algo. Droga obviamente, y Medina iba a pagar a los de la droga y repartir las armas. ¿A dónde iba el tercer camión? ¿Qué tenían que ver los amigos acapulqueños en todo esto?

¿Quiénes eran los ángeles guardianes? Tenía una vaga idea, prefería no entrar demasiado en ella. Estaban por ahí, existían y ya.

Los pechos de Alicia y de la muchacha de la cola de caballo se le confundían en los recuerdos. Eso podía ser peligrosamente grave. Dick estaría a estas alturas absolutamente borracho. Eso podía ser grave también, aunque no tanto.

Un detective jubilado era un detective inteligente. Los detectives pertenecían a las novelas, cuando se escapaban de ellas, eran una caricatura que vagaba por la ciudad fantasmagóricamente, sin saber qué hacer en las tardes de viento como ésa.

En dos semanas, no había logrado odiar a Medina. Era una caricatura del mal; de la que se decían muchas cosas, pero siempre quedaba la eterna distancia entre lo narrado y el personaje. Había dos Medinas: uno, el de la película que se iniciaba con el asesinato del Che y que más tarde se convertía en un personaje dedicado al juego sucio que terminaba matando a su mujer, y otro, el Medina de caricatura que habían venido siguiendo durante estas dos semanas y al que se cogía un travesti por pendejo. No le tenía el suficiente miedo como para odiarlo.

Eso lo llevaba al problema del miedo. El miedo iba y venía. Estaba tan condenadamente aturdido que el miedo se había vuelto una colección de chispazos dispersos en medio de un sentimiento general de embotamiento.

Héctor Belascoarán Shayne, detective, era un extraño. Un extraño en movimiento. Extraño a todo, extraño a todos, extraño a sí mismo. No podía acabar de reconocerse, no podía acabar de quererse a sí mismo. Y como no se quería, ni dejaba de quererse, no podía cuidarse demasiado. Estaba absolutamente seguro que en esta historia lo iban a matar.

Por la avenida Reforma, avanzaba hacia el centro una enorme manifestación. La contempló desplegarse poco a poco. ¿Estudiantes?, ¿colonos tomatierras?, ¿cardenistas? El rumor llegaba hasta las alturas del castillo. La ciudad no tenía la culpa de que él fuera un extranjero.

Medina era un marrano, traficante de drogas, mulato blanqueado, o sea negro de mentiras, vergonzante, no negro de verdad y por lo tanto respetable, torturador por placer, asesino de mujeres; un hijo de la gran puta que quería fastidiar a los nicaragüenses. Si podía recordar todo esto cuando lo viera la próxima vez, iba a pagar los platos rotos, se dijo Héctor. La manifestación podía ser contra el PRI, podía ser una manifestación cardenista, podía ser una manifestación contra Medina y sus mierdas amigos que querían joder a los nicas. Héctor encendió un cigarrillo cubriendo con la mano del viento la flama del encendedor, y bajó del castillo a solidarizarse con los manifestantes.

Dick recortaba periódicos con unas tijeritas de mango negro que habían salido de un estuche mágico. Con gran precisión pegaba los recortes en un cuaderno de tapas anaranjadas. Héctor lo había visto en los últimos días en los hoteles repetir el proceso y no pudo resistir la curiosidad.

—¿Qué carajo estás recortando?

—Cosas que salen en los periódicos. Las voy juntando. Nadie me va a creer si no que anduve por aquí.

—¿Qué cosas?

—Historias mexicanas. Mira... —dijo tendiendo el álbum de recortes.

Héctor comenzó a pasar las hojas: «Pierde dentadura al salir de su boda» era el título bajo el que se contaba la historia de un ciudadano que tras casarse en Pátzcuaro con una ñora de apellido Jiménez, recibió un ladrillazo en el hocico de mano desconocida en los meros escalones de la puerta de la iglesia. «Se le cayó encima la barda cuando estaba haciendo de sus necesidades», se titulaba la historia de otro nativo de la ciudad de Oaxaca de apellido Abardía al que se le había venido encima una barda en día de tormenta, mientras estaba muy plácido cagando apoyado contra la muy traidora. «Se solicita señorita de buen ver, que no haya sido piruja», decía un anuncio clasificado de *El Porvenir* de Monterrey y ofrecía el teléfono de una farmacia y el apellido Martínez para recibir referencias. «No ha habido luna de miel porque Próspero no suelta la jarra», se titulaba la historia de un diario de Chilpancingo que contaba cómo el Próspero seguía pedo once días después del matrimonio y ni madres de haberlo consumado. «Cura violó a cuarenta niños y a un monaguillo», cabeceaba la nota el citadino *Alarma!*, y no explicaba cómo era que el monaguillo había sido también alcanzado por la negra costumbre clerical. «Herido en una nalga cuando cortaba tunas», decía el cabezal de una historia sucedida en Zacatecas que explicaba que Carlos Aguirre había sido tiroteado en mala parte por unos cazadores, aunque no explicaba por qué andaba con el fundillo al aire libre para poder cortar tunas.

Héctor ceremonioso le devolvió el cuaderno.

—Si salimos vivos de ésta, de todas maneras nadie te va a creer que son reales.

Héctor contempló la calle por la ventana de su oficina. Volvía a llover.

—¿No tienes ganas de escribir?

—Todas las ganas del mundo. Ya me aburrí de estas vacaciones mexicanas. Más vale que me des una historia pronto —dijo Dick abriendo una cerveza y mirando cómo la espuma se desparramaba sobre el borde.

—Mañana en la noche, en una bodega. Deberíamos buscar un lugar para ver todo con claridad. Si es posible, un lugar donde oír lo que se diga.

—Por mí estoy listo, puedo llevarme una cerveza e irla bebiendo por la calle. Me encantan por eso las leyes mexicanas, no tienen nada en contra de que uno beba cerveza por la calle.

—Nomás eso nos faltaba —dijo Héctor.

La muchacha de la cola de caballo se estaba peinando ante el espejo y Héctor Belascoarán, detective sui géneris mexicano, no podía dejar de observar cómo el cepillo subía y bajaba construyendo formas, haciendo olas simuladas que luego desaparecían, fabricando la cola que luego orgullosa ondeaba como el vagón final del tren. Ella intuyó que algo fuera de lo común venía en camino y miró a Héctor en el espejo.

—¿Te estás despidiendo de mí?

—Es una despedida de por si acaso.

—¿En qué estás metido esta vez? Hasta los patos saben que algo extraño está pasando.

—¿Por qué no les preguntas a los patos entonces?

—Les pregunté, me contestaron y no les entendí un carajo... Te pregunté si te estabas despidiendo, si es así, no digas nada y déjame irme primero a mí. Ése es mi papel. Yo desaparezco. Yo estoy y no estoy... Podríamos casarnos antes de desaparecer.

—¿Tienes algún interés en heredar mi librero, mi colección de radiografías y análisis de sangre, mi cuaderno de recetas de cocina?

—Tus discos de Charlie Parker.

—Te los regalo desde ahora. ¿Ves?, ya no te tienes que casar conmigo. De todas maneras, la última vez que quedamos en casarnos, no llegamos al juzgado ninguno de los dos. Los testigos tuvieron que organizar la fiesta solos.

—¿Está muy feo el asunto?

—No sé, la verdad es que no sé. ¿Te puedo hacer un encargo? Si por casualidad me pasa algo, ¿podrías subirte a la moto y atropellar a un tipo que se apellida Medina? Quizá mi hermano Carlos pueda decirte dónde encontrarlo.

—¿Es el mulato de las fotos que tienes por allá? Las que tienes colgadas en la cocina.

—Ése.

Ella salió del baño buscando la luz del sol que entraba por la ventana, al paso tomó una taza de café frío que había dejado antes por ahí.

—Si nos casamos, yo no podría ser un ama de casa convencional. Por ejemplo, tú tendrías que seguir cocinando mientras yo te recitaba poemas de López Velarde, y ahora para dos. Tendrías que cocinar para dos. Y además tiro la ropa al suelo cuando me desvisto. Se me olvida siempre comprar el gas, pagar el recibo de la luz...

Héctor la miró fijamente. Coño, cómo la quería. Era la mujer ideal para un pacto suicida. El riesgo estaba en que si se lo proponía, seguro iba a decir que sí. Tendrían que estar cuerdos para casarse. Tendrían que estar absolutamente locos para vivir juntos.

Pasearon tomados de la mano por Insurgentes. Comenzaban a poner los aparadores navideños. Se inició la lluvia, primero unos chispazos de agua, luego un regular chaparrón; se mojaron. El catarro del detective regresó. Héctor se estaba poniendo nervioso, ese paseo al atardecer parecía sacado de una película con final feliz. El miedo volvió a meterse en el cuerpo. Esta vez, tenía miedo de tener miedo. Cenaron hamburguesas y papas fritas en un changarro plasticoso sobre Insurgentes. Entraron en Sears y recorrieron minuciosamente la sección de discos sin buscar ninguno. De repente, Belascoarán se escurrió mientras ella estaba comprando una cámara de fotografía.

Caminó tratando de borrar sus huellas, de perder a la mujer que lo seguía. ¿Quién lo seguía? Entró en un cine. Si la taquillera le hubiera preguntado cómo se llamaba, le hubiera dado un nombre falso. Vio la película a medias, como hacen todos los tuertos. No supo muy bien de qué se trataba.

Lo despertó el suave golpe que la azafata le había dado en el brazo. Sonrió tontamente, intentando explicarle a la muchacha con el uniforme de Mexicana de Aviación, que era parte de un sueño, pero ella se había ido caminando por el pasillo. Estaban descendiendo. ¿Cómo coños se había metido en un avión? ¿Un avión que iba a dónde? ¿Por qué no podía estar aquí? ¿Dónde tenía que estar en estos momentos? Si el viaje era a Nueva York, o La Habana, o Mérida, estaría entonces lo bastante lejos de la cita del viernes en la tarde con Dick para ir a espiar el intercambio de los camiones de Medina. Buscó el boleto en el bolsillo de la chamarra. Estaba a nombre de Francisco Pérez Arce, y era un boleto sólo de ida a Tijuana.

Trató de ver por la ventanilla, pero una mujer con un niño se lo impedía. De cualquier manera el estómago le dijo que estaban descendiendo. ¿Qué día era hoy? La mujer del niño que le bloqueaba la ventanilla tenía un periódico en el ragazo. *La Prensa*. Viernes. Todo el día era viernes. ¿Y la hora? Miró su reloj. Las 10.35. De la mañana, claro, era de día. Se dio un golpe en la sien. Bueno, carajo, Tijuana era un lugar tan bueno como cualquier otro para fundar un criadero de ranas, una granja avícola, una cadena de supermercados, una distribuidora de publicaciones, una red de salones de ping pong, un asilo de dementes, un hogar, una familia. Tres hijos. Sin duda los llamaría Hugo, Paco y Luis. Un homenaje tardío a la cantidad de mierda que había leído durante su paso por la universidad.

Casi sin querer volvió la vista al periódico que había dejado caer sobre sus rodillas. Había visto algo al ojearlo sin querer. Separó la vista del diario, buscó en los bolsillos de la chamarra, seguramente traía una novela. No. La mano, sin querer, tomó el periódico y pasó las páginas. Ahí estaba, maldita sea. Traía una foto de Dick en la página diecisiete, de pasaporte, pero sonriente. Al lado, otra del cadáver. «Periodista gringo asesinado de diecisiete plomazos, tres de muerte», decía el titular de setenta y dos puntos.

A Dick le hubiera gustado recortar la nota. Probablemente le hubiera gustado iniciar su reportaje con una nota como ésa. Si el detective no se hubiera escapado quizá podría estarlo escribiendo ahora mismo. Pero él no se había escapado. No había dicho: «Me voy a escapar, vuelvo al rato.» Si era así no se acordaba. ¿Eres menos hijo de la chingada cuando tienes mala memoria? A Dick le había dicho sin embargo: «Nos vemos al rato, ahorita vuelvo» y no había vuelto. Héctor Belascoarán sintió que las manos comenzaban a temblarle. No iba a llegar a una cita. No iba a llegar a una cita con un muerto. Una de esas citas que no se fallan.

La voz del piloto informó que descendían en el aeropuerto de Guadalajara. Los pasajeros con destino a Tijuana deberían permanecer en el avión unos veinte minutos escasos.

Putamadre que si no iba a llegar, corriendo iba a llegar, caminando de rodillas iba a llegar, en bicicleta en medio de la tormenta iba a llegar; a caballo o en burro iba a llegar, llorando de miedo, cagado de terror. Aunque tuviera que secuestrar un avión a punta de tenedor y cuchara iba a llegar. Nada podría impedirlo. Nada podría evitarlo. Muerto de miedo, temblando, pero iba a presentarse a esa cita con su amigo muerto.

XI

¿A dónde irás que no te agarre la noche?
ROLO DIEZ

Si se hubiera fijado cuidadosamente cuando volvió a la casa a recoger la artillería, se habría dado cuenta de que los patos le estaban mandando una seria señal de advertencia. Pero Héctor no estaba en su mejor momento. Tenía
prisa por ir a una cita, y cuando se tiene prisa se pone uno la corbata al revés, se olvidan las entradas del teatro, no se silba la melodía indicada, se le
pone sal en lugar de azúcar al café, se enamora uno de la mujer equivocada,
se salpica sin querer el pantalón al orinar, o se encuentra uno con un tipo armado, en mitad de la sala, que lo apunta con una escopeta para cazar osos.

—Sólo le voy a disparar si se pone nervioso —dijo Reyes, el policía
acapulqueño que cantaba boleros—. Es más, a mí me vale su historia, ni
lo quiero oír. Y si puedo no le voy a disparar porque me gustan los discos
que usted tiene. Hay muchos que yo tengo también, de los mismos. Usted
tiene buenos discos... Si la verdad yo sólo le estoy haciendo un favor a un
cuate. En realidad a mí sólo me paga por llevar un camión hasta Acapulco
sin que nadie lo mire, ni lo abra, ni lo toque. Pero me pide un favor y yo se
lo hago... Porque para eso estamos, para hacer favores... Entonces, a usted le voy a hacer un favor. No lo voy a matar, nomás le voy a pedir que se
voltee y a la una, a las dos...

Lo habían amarrado con alambre a una silla. Antes de abrir el ojo midió la
resistencia. Cuando lo hizo, Medina estaba allí, frente a él, esperando.

—Es un trabajo —dijo Medina como disculpándose, mientras estudiaba el rostro tristón de Belascoarán—, la diferencia es que yo soy profesional y usted no. Pero a fin de cuentas, mi socio, es un *bisnes*, no hay
encono.

Pero aunque fuera sólo eso, un *bisnes*, primero le escupió al detective, luego le dio una bofetada. La cabeza de Héctor se zarandeó. Le dolían

más las muñecas que la cara. Medina hizo el intento de volverlo a golpear, con la palma abierta, como en cámara lenta. Héctor trató de esconder la cabeza pero no había ningún lugar donde pudiera llevarla de vacaciones. La bofetada cayó sobre el mismo cachete. Ahora sí dolió. Las que duelen son las segundas, pensó Héctor, y se le salió una lágrima. ¿Miedo o impotencia? Era muy importante saberlo, no era retórica la pregunta de mierda; pero el cubano no le dejaba tiempo para reflexionar.

—¿De cuándo acá, chico, un profesional hace tanto ruido cuando lo sigue a uno? ¿Qué tú crees que yo soy bobo? Ponerme un tuerto detrás. Eso es de circo. Y yo pensando que eras el visible y que atrás traías al invisible. El invisible que traes atrás es el culo.

Héctor afirmó con la cabeza, justo cuando le caía la tercera bofetada. Sintió cómo el anillo del cubano le producía una pequeña cortada en la mejilla.

—Sabes, chico, me gusta dar cachetes. Es como un placer, como comer malanga, mi socio. Así de bueno es.

Héctor asintió de nuevo. El cubano hizo el gesto de abofetearlo y Héctor cerró el ojo sano. El golpe nunca llegó. Medina con los brazos abiertos se había detenido. Volvió a repetir el gesto y el detective se quedó mirando.

—*Ooonly youuu...* —cantó el cubano con los brazos abiertos, la mano de la bofetada que nunca llegó extendida en el aire.

Héctor aprovechó para mirar alrededor. Estaban en una gran nave de carga vacía. Un par de focos pelones iluminaban lo que parecía ser una zona aislada donde se encontraba una oficina entreabierta, en la que había un par de sillas, un escritorio y un garrafón de agua Electropura. En una de las sillas estaba él amarrado, en la otra tenía puesta una de sus botas de charol el cubano. La bota brillaba extrañamente bajo el foco.

—Chato, ven —dijo Medina.

A su llamado y de las sombras, surgió un personaje que hacía buena gala a su apodo, un pedacito de nariz incrustada entre dos cachetes fieros y de ojos hundidos. Parecía un vendedor de lotería desamparado.

—Llévatelo y mátalo por ahí, lejos... Como al gringo. Te vuelves pronto, antes de las doce.

Héctor sintió cómo se orinaba. Afortunadamente, ese día no había tomado demasiados refrescos y no hizo mucho charco. Medina se dio la vuelta sin mirarlo y se perdió en la oscuridad.

—¡Gusano de mierda! —gritó el detective—. Vuelve para acá, puto. Si me vas a matar, me debes una explicación de toda esta pendejada.

—Uy, acere, está todo muy requetecomplicadito. Si supieras. Me da una vagueza explicártelo, tuerto.

—Te lo cambio. Te cuento quién me contrató para seguirte. ¡Vuelve, puto! ¡Gusano maricón, cuéntame!

Medina reapareció en las sombras.

—La verdad, mi hermano, que me importa un carajo. Sería cualquiera. El dueño actual del Tropicana, *el Barbas*, que dios en su gloria confunda. Mi patrón, que quiere cuidar su dinero. Mi madre, que me sigue los pasos desde el cielo y paga detectives pendejos mexicanos la muy bruta, en lugar de contratar profesionales de Detroit.

—¿Vas a cambiar drogas por armas?, ¿verdad?

—Mira, te lo cuento rápido y si lo entiendes bien, y si no, ¿a quién coño le importa lo listos que sean los difuntos? Yo a unos les compro cocaína, a otros les compro armas con la cocaína.

—¿Y por qué si tienes el dinero no les compras las armas de una pinche vez a los mismos? —preguntó Héctor poniendo su mejor cara de despistado; ésa de: a mí si me lo quieres decir, me lo dices; si no, me vale madres.

—Ves cómo eres un idiota… Porque las armas las compran en Estados Unidos, y yo no puedo andar comprando cosas ahí. Pero para eso están los contactos, las conexiones, los socios del alma. Entonces yo compro droga en México y con ésa compro armas en Estados Unidos, y dejo contentos a muchos. Todos somos amigos, chévere. Luego las armas se las mando a unos amigos, que para eso me pagan, para que les lleguen esas armas a esos amigos; pero no todas, socio, sólo una parte. Y otra parte de las armas se las regalo a otros amigos por dejarme jugar en su diamante, por prestarme el bate; las pelotas son mías, chico. ¿Entiendes? ¿Nada? Un carajo. ¿Ves? Yo te lo dije. Te vas muerto igual de bruto que cuando eras vivo.

—¿Y qué mierda van a hacer los mexicanos con las armas que les regalaste? No, espera. Las van a bajar en Michoacán. Un… —y Héctor se calló y se quedó pensando en que moriría más listo de lo que había vivido. Medina se fue sin darle demasiada importancia al rostro de ángel iluminado que el detective tenía.

El Chato no perdió el tiempo desatándolo; con una fuerza que no se veía de lejos, cargó la silla con todo y detective y la subió a la parte trasera de una combi. Luego se subió al asiento del chofer y arrancó.

Al salir del galerón, sobre la camioneta comenzó a caer una serie de finas gotas de lluvia. El Chato maldijo en voz baja. Los limpiaparabrisas no funcionaban. Héctor trató de mantener el equilibrio en la silla. Estaban en las afueras del Mercado de Abastos. Al llegar al segundo semáforo, el Chato parecía haber decidido el rumbo. Héctor pensaba que le daba exactamente lo mismo morir en un lado que en otro, cuando una motocicleta se detuvo al lado de la ventanilla del conductor, y una mano enguantada sorrajó un golpe con una llave stilson en la cabeza del Chato, que sin más se desplomó sobre el volante. A Héctor le dio un ataque de risa.

—¿De qué te ríes, pendejo? —dijo ella quitándose el casco y ondeando la cola de caballo en la lluvia.

Héctor no pudo responder. No lo sabía.

—¿Y usted para quién trabaja, joven Chato? —preguntó Héctor al personaje amarrado con alambres a una silla en la parte de atrás de la combi.

—Es mudo —dijo la muchacha de la cola de caballo.

—Pues para ser mudo traía demasiados papeles. Mire nomás —dijo Héctor mostrándole al Chato lo que hacía un par de minutos le había sacado de la bolsa—. Judicial del estado de Michoacán, qué a toda madre. Déjeme adivinar... Usted es el que va a acompañar las armas que van a desembarcar en Michoacán. Usted es el que las va a capturar. Usted es el que va a decir a la prensa que los cardenistas estaban contrabandeando armas quién sabe con qué oscuros motivos. No. Eso no lo va a decir usted, eso lo va a decir alguien que fotografíe mejor. Usted sólo va a llevar las armas hasta la costa, y ahí va a jugar a inventar un desembarco. Ya los periódicos harán el resto. Nomás que usted no sabe una cosa que yo sí sé.

—¿Qué sabes? —preguntó ella mientras conducía muy profesionalmente. Nada de alardes.

—Que este Chato sabe demasiado, y nos lo van a matar cuando desembarque, o un poco después. Que no pueden quedar testigos de la historia. Que para que la provocación funcione no tienen que quedar chatos por ahí, para que luego se lo cuenten a alguien un día que se empeden en un hotel de Puerto Vallarta.

—Qué chinga, ser chato y mudo —dijo ella.

—A lo mejor lo dejaste jodido del putazo con la llave.

—Le di quedito —dijo ella sonriendo orgullosa.

—Mejor bájeme en la esquina, joven —dijo el Chato—. Usted no la puede parar. Ya se entregó el papelito a unos periodistas. Aunque no haya armas, se va a hacer el borlote contra los cardenistas. Se los van a joder igual. Unas armas por ahí como quiera aparecen; éstas porque se veían bonitas, y el barco, y todo, y ni son armas mexicanas. Nomás porque el cubano nos puso la operación al tiro. Mejor déjeme por ahí.

—No señor, porque, ¿sabe qué vamos a hacer? Le vamos a regalar a la prensa un Chato amarrado con alambres a una silla. Un Chato que les va a contar toda la historia. Viera qué chinga.

—¿Qué no habría forma de que diera un chance? —dijo el Chato, con cara de que su futuro de cualquier manera que lo viese no iba a ser muy resplandeciente.

—¿Como de qué?

—Como de que yo se lo pongo todo por escrito y usted me da veinticuatro horas para pirarme. A fin de cuentas, si yo ni pedo tengo con los cardenistas. Mi jefe hasta teniente fue con Cárdenas cuando la campaña contra Cedillo.

—Lo voy a pensar seriamente. Se me hace que usted puede ser de nuevo un hombre honrado.

—Yo que tú no lo creía. Cuando le di con la llave en la cabeza puso cara de tener malos instintos.

—Puso cara de priista pendejo. Y además me iba a matar.

—¿Cómo sabes, si tú estabas atrás amarrado?

—Porque últimamente estoy aprendiendo muchas cosas.

Una operación estratégica se caracteriza porque contiene en partes iguales una dosis de sabiduría y una dosis de locura. Héctor no sabía montar de ésas. A él las operaciones de guerra le salían todas pinchurrientas, todas alucinadas, todas de pesadilla. Todas medio estratégicas, sólo con la parte de la locura. Pero ahora iba a tratar, porque en México sólo con la buena fe, y con la presencia de los buenos de un lado de la reja no basta. No es suficiente contar con la razón, el amor patrio, la justificadísima rabia, el poder de la dialéctica hegeliana y ese tipo de cosas.

En este pinche país, no basta desde luego con fórmulas villistas como caballo y muchos huevos, hace falta detrás la artillería de mi general Felipe Ángeles, la moral de Guillermo Prieto, que fue secretario de Hacienda y murió en la miseria; el sentido de la orientación de un chofer de Ruta 100, la originalidad del señor Cuauhtémoc para las frases históricas cuando le estaban quemando los pies, la buena estrella continuada de los hermanos Ávila, eternos triunfadores trapecistas del circo Atayde, la habilidad de Hermenegildo Galeana para no dislocarse la muñeca en el uso del machete, la paciencia del santo niño Fidencio y la puntería de un tomochiteca. Y por lo tanto no bastaba con la .45 y la .38 que tenía guardadas en el refri; necesitaba una escopeta que tenía en el clóset, una chamarra gruesa para la lluvia, un parche nuevo para el ojo malo, unas gotas de colirio para el ojo bueno, un cuchillo de cocina recién afilado y desde luego, no bastaba con la combi que le habían robado al Chato, eran necesarias otras dos o tres por lo menos. Héctor resolvió el problema del arsenal ideológico y el práctico, pero en el asunto de las combis se sentó. Afortunadamente la muchacha de la cola de caballo tenía recursos ocultos, probablemente producto de haber tenido un padre millonario alguna vez en su vida.

—Vamos a la base de la esquina y las alquilamos con todo y los choferes.

—¿Tienes dinero?, porque con tarjeta no se alquilan combis.

—Ni mariachis —dijo Belascoarán acabando de amarrar el nudo de los hilos de la guerra.

Hay mariachis completos, medios mariachis, con uniformes negro y botón plateado, con uniforme vulgar, sin uniforme, con corneta, sin corneta, con corneta y sordina, con tololoche y gordo con contrabajo, con tres violines, uno de decoración o simplemente con dos. De amenizar fiestas, de acompañamiento, de lucimiento nomás, con pistolas de verdad o de mentira, con transporte propio o de vil infantería. Pululan por las afueras de una remodelada plaza de Garibaldi atacando a los paseantes, recordando que en todo tiempo pasado se ligaba mejor, se cogía mejor, se cantaba mejor; ofreciendo la gloria musical para la mejor y más cortante despedida de amores idos y renegados, la serenata más cabrona y levanta ladridos de perros, para poner verde del coraje al futuro suegro, la más melodiosa de las ofensivas ligadoras con técnica anticuada y por necesidad, romántica (¿si a Jorge Negrete y Pedro Infante les funcionaba, por qué a usted no? ¿Acaso es usted más pendejo que los mencionados?). Van hacia los coches como suicidas del desempleo, revelándose por tanto como iguales e igual de castigados que nosotros por el Fondo Monetario; aunque se encuentren vestidos de mariachi y no de mexicanos de a deveras, y se ofrecen para que usted se ponga a mano con el pasado, vuelva a los viejos rituales, que esos sí que funcionan, y ataque acompañado de un ejército cantor. Precisamente de eso se trataba. Nada de eufemismos.

Nada de medios chiles, una guerra santa cantada con mariachis. Una guerra auténticamente mexicana, nacida de las mejores tradiciones nacionales. Como le gustaría a Dick para poder contarla al final del reportaje.

Héctor, su camioneta y las tres combis alquiladas, consiguieron con trescientos mil pesos de adelanto (mitad por delante, jefe, que luego dice que la serenata no funcionó y tenemos que regresar caminando), cuatro grupos de mariachis, veintiséis músicos en total, con traje plateado, dos gordos con trompeta chingoncísimos, todos con pistolas de verdad pero sin balas (ahí Belascoarán tenía que ser muy preciso), para tocar media hora donde el señor dijera. Se valen sorpresas, ¿verdad?

El cortejo avanzó en procesión hacia el este de la ciudad de México. Mientras la muchacha de la cola de caballo manejaba la combi robada, Héctor, mirando el reloj a cada rato, como si el tiempo de la cita se le fuera a escurrir por una trampa suiza, aleccionaba a los jefes naturales de sus cuatro mariachis, sobre cuál era el orden de acción y repertorio indicado. Primero acomodarse bien, en arco. Luego él abría la puerta del garage y ahí entraban uno por uno. Primera pieza, *El son de la negra*, luego al gusto, mariachi por mariachi.

Y luego al mero final todos juntos, *La chancla*. Coreando dos veces el estribillo, ese de que: «la chancla que yo tiro no la vuelvo a levantar».

La lluvia había cesado cuando tomaron el Viaducto. No había demasiados automóviles, la crisis y la propuesta autista de «ven, papito enciérrate con tu televisor, que él te dará el calor que los humanos te quitan», estaba acabando hasta con las noches de viernes, las que habían a su vez acabado con las noches de sábado, las que a su vez habían eliminado (a mí me vale madres si mañana es lunes) a las aún mejores noches desesperanzadas de domingo; cuando se vivía de verdad, aún sin saberlo.

Cuando tomaron río Churubusco, la muchacha de la cola de caballo lo había convencido de que se ensayara con los mariachis el *Arrieros somos*, y el detective Belascoarán Shayne aullaba como loquito enfurecido la maravillosa letra de Cuco Sánchez:

«Si a fin de cuentas, veniiimos de la naaada... Y a la naaada, por Dios que volveremoooos...».

¿Qué diría usted si cuando está muy tranquilo, en el interior de una bodega que ha alquilado legalmente y siendo la hora de cenicienta, las doce de la noche, mientras muy armoniosamente se descargan dos camiones con ametralladoras y granadas y morteros, y se cambalachean por unos paquetes de cocaína muy bien hechos, con sus plásticos intactos, y la pureza garantizada por un químico competente, que se tituló en la Universidad de Guadalajara; todo muy legal, pues, sin desconfianzas, y los acapulqueños cuentan los dólares y los gringos pesan la coca, entonces, llegan diez mil mariachis tocando *El son de la negra*, y un pinche tuerto loco comienza a echar tiros para uno y otro lado? ¿Qué diría usted si además el tuerto va gritando cosas incomprensibles, casi aullando, mientras dispara? Y los mariachis en lugar de dejar de tocar siguen entrando en la nave, empujándose los de atrás a los de adelante, soplando las cornetas y dándole a los violines y el tuerto dispara para todos lados al mismo tiempo, y entonces los narcos acapulqueños se ponen nerviosos y piensan que alguien les montó una operación doble y comienzan a tirar también contra los gringos de las fuscas; que ésos estaban nerviosos desde antes y no les hacía cosquillas la mano en el gatillo y comienzan a tirar también unos contra otros en lugar de tirarle a los mariachis de hasta adelante que ahora sí se dan cuenta que a casi nadie le gusta la música y tiran de pistola, porque pura madre ellos van a andar con pistolas de mentira y balas de salva si hay cada hijo de la chingada suelto en esta ciudad, y ellos se educaron sentimentalmente en las mejores películas de Luis Aguilar donde primero se dispara al aire, luego se pregunta y luego se dispara al bulto. Y Medina mientras tanto huye hacia la parte de atrás de la bodega. Y una bala del tuerto le da en la espalda cerquita de la columna, y Medina piensa que cómo va a morirse en México si él, que en tantos lugares...

¿Y qué pensaría usted si en medio de este desmadre, mientras los mariachis de atrás insisten en entrar tocando porque a ellos también les pagaron por tocar, y el detective se ve envuelto en un tiroteo con los que se iban a llevar los camiones de las armas, que son dos y que traen pasaporte hondureño aunque nacieron en Managua, entra una mujer con casco de motociclista y arroja dos botellas de gasolina sobre el camión y se levanta la llamarada? ¿Qué pensaría? ¿Eh? En medio del fuego, los tiros, los gritos, Héctor pensó que más valía poner distancia, porque dentro de algunos días un buen montón de judiciales, un montón de mafiosos de Miami, un camión de contras nicaragüenses y veintisiete músicos de mariachi vestidos de negro y con botones plateados, lo iban a estar buscando.

Afuera, en la calle, a pesar de la lluvia, los vecinos estaban aplaudiendo a un camión de bomberos, las paredes del almacén ardían. Las llamas se mezclaban con los *flashes* de los fotógrafos. ¿Quién había llamado a la prensa? Los ángeles guardianes estaban haciendo horas extras. Héctor se vio a sí mismo reflejado en el vidrio de un automóvil. ¿Qué estaba haciendo ahí? El dolor del miedo, cerca de la columna lo paralizó. La muchacha de la cola de caballo lo tomó del brazo y apretó. Se alejaron. El detective cojeaba. Todavía se oían tiros.

El departamento estaba silencioso, los omnipresentes patos estarían dormidos. La muchacha de la cola de caballo entró a la cocina a fabricarse un café. Héctor se deslizó al baño sobre las puntas de los pies y se miró al espejo. Decidió afeitarse. Mientras lo hacía, en seco, con una navaja desechable, se dijo: «Bien, de pelos; no está mal ganar una de vez en cuando. Ganar aunque sea a medias. Bien. Se siente a toda madre ganar de vez en cuando», y cosas así. No sirvió para nada. Dick no estaba por ahí tomándose una ginebra.

Quedaba una pequeña deuda. Algún día encontraría a otros Medinas a la vuelta del mundo, al tornar una esquina. Y ese día les daría dos patadas en los huevos y les cantaría *Only You*.

Mientras se afeitaba, descubrió que la herida en la mejilla empezaba a sangrar. No era gran cosa, un rozón de unos tres o cuatro centímetros. ¿Cómo se la había hecho? ¿El anillo de Medina cuando lo abofeteaba? Quitándose la sangre de la comisura de los labios, Héctor Belascoarán intentó forzar una sonrisa. Estaba amaneciendo. La luz entraba suavemente por la ventana del baño. Desde la cocina, la muchacha de la cola de caballo le ofrecía un café, Héctor pidió un refresco frío y con limón. Ella le dijo que se habían acabado. Héctor replicó que buscara debajo del fregadero, en el escondite secreto; en el lugar de las emergencias donde guardaba otra automática .45, las novelas escogidas de Hemingway, un manual de primeros auxilios, una lata de fabada asturiana y dos Cocacolas. Escuchó las carcajadas de la mujer.

Abrió la ventana. Niños adormilados buscaban las esquinas a la espera del camión escolar. Sirvientas camino de la leche. Borrachos regresando. Obreros industriales iniciando el azaroso camino de hora y media hasta la cadena de montaje. Adolescentes absolutamente pirados de amor, convencidos de que esta vez tampoco los amarían. Escritores mal dormidos que salían a dar un paseo antes de acostarse a soñar con los ojos abiertos en la novela que no salía. Magos de circo ensayando mentalmente el acto maravilloso que les había quitado el sueño. Campesinos sin tierra, que venían de lejos para odiar a los burócratas de la Reforma Agraria mientras hacían cola. Suicidas arrepentidos. Madres embarazadas y madrugadoras, profesores que sacaban del sombrero geniales ecuaciones de álgebra; vendedores de seguros en los que no creían, conductores milagrosos del metro, físicos que no podrían ser como Leonardo da Vinci, periodistas en retorno, vendedores de lotería que nunca tocaría, locutores de estaciones de FM camino a la chamba, que sabían que otra vez leerían noticias falsas y que soñaban con colar un día de éstos la información que les era negada, ancianos orgullosos que ya no sabían dormir, enfermeras del alma, perros callejeros, poetas inéditos, directores de cine en lista negra, burócratas democráticos al borde del despido, bateristas de rock compulsivos lectores de Althuser; adolescentes que ondeaban retadoras a las seis de la mañana, su recién peinada trenza y que no podían dejar de creerse propietarias de una ciudad que las adoraba; albañiles cardenistas celosos conservadores del oficio de poner el ladrillo en vertical y sin plomada. Todos los fabricantes de metrópolis diferentes, de futuros aparentemente imposibles, camino a las rutinas que disimulaban que ellos serían los que un día harían que la ciudad se abriera como flor y fuera otra. Salió del baño, tomó el refresco entre las manos y entró al cuarto dispuesto a prepararse una maleta. Se iría a la casa de la muchacha de la cola de caballo por unos meses. Por lo menos para despistar a los mariachis. Sería tan idiota como casarse con ella, tan absurdo como ser detective mexicano, tan fuerte como el miedo. ¿Y si dejaba todo? Con la artillería y los dos tomos de *Los miserables* de Victor Hugo, sería más que suficiente. Eso y los patos… Caminó de nuevo a la ventana atraído por la luz. Comenzaba a llover. ¿Por qué en la ciudad de México nunca había arcoíris? Le gustaba la lluvia peleando con la luz. Encendió un cigarrillo.

Héctor Belascoarán Shayne se encontraba de regreso. Entre otras cosas, a la misma ciudad de antes. Una ciudad igual y diferente a la de siempre.

AMOROSOS FANTASMAS

La ciudad es México DF,
aunque los personajes pertenecen
a la más vil ficción.
Y la novela es para
Miguel Bonasso,
Ciro Gómez Leyva
y Juan Hernández Luna,
por motivos diversos
pero por indiscutibles amistades.

¿Y quién jijos de la chingada fue
aquel que dijo que Chopin era cursi?

GUILLERMO CUEVAS

I

Hay gente que dice que me detengo en el
lado malo de la vida. ¡Dios me guarde!

RAYMOND CHANDLER

Héctor contempló el rostro enmascarado de un luchador de lucha libre por el que corría una lágrima. Se sorprendió. Primero, los luchadores no lloran, éste es un axioma indiscutible; segundo, existía un problema técnico: la máscara debería estorbar el natural fluir de las lágrimas. Aun así, a pesar de las dos objeciones, el tipo sin duda estaba llorando. Se acercó, desechando su anterior voluntad de verlo todo desde lejos. A mitad de la calle, un grupo de luchadores enmascarados, con capas y uniformes de colores festivos (naranjas, amarillos canario, negros con toques plateados) cargaban sobre los hombros un gran féretro gris metálico. Tras ellos los mariachis la emprendieron con el *Son de la negra*; un poco más atrás los deudos, justificada y normalmente llorosos; una numerosa familia de origen popular enlutada, amigos, vecinos, mirones. Héctor encendió un cigarro. Llovía.

El cortejo, reorganizado en la entrada del cementerio, comenzó su lenta marcha hacia el último resguardo del Ángel. Los mariachis terminaron su primer ataque al *Son de la negra* e iniciaron la repetición.

Héctor recordó que alguien le había dicho una vez, cuando él era más joven y la ciudad era diferente, que si no se puede escoger el lugar donde se nace, mucho menos el lugar donde se va a morir. Esta ciudad en particular no te dejaba escoger nada, ni el lugar ni la forma; sólo compartir su suerte. No se valía andar diciendo de ésta sí y de ésta no. Todas o ninguna. La tomas o la dejas. Te quedas con ella o te metes debajo de la cama para que no te muerda. Y mientras tanto, no podías evitar seguir siendo sorprendido, porque aunque conocieras todas las esquinas, todos los callejones, todas las locuras que la ciudad podía imaginar, siempre habría una nueva macabra ocurrencia.

La muerte del Ángel no le gustaba.

Los asistentes al entierro encendían veladoras ante retratos del difunto luchador y las colocaban al lado del féretro, mientras se abría la tierra para recibirlo. Los mariachis insistieron. ¿Habría el Ángel pedido el *Son de la negra* como música de despedida terrenal?

Es cierto que el entierro haría palidecer de envidia al mismo Jorge Negrete, pero el Ángel no se merecía una salida de escena como ésa. Lo menos que le debían los supervivientes, según la muy unilateral decisión de Héctor, era la cabeza de su asesino envuelta en celofán y con enorme moño rosa.

El agua comenzó a calarle la gabardina y sintió frío.

Carlos Vargas, su compañero de despacho, trabajaba en unos muebles destripados enfrente del escritorio del detective. Héctor lo contemplaba hacer. El tapicero se había colocado unos *walkman* y bailaba al misterioso ritmo de una música que Héctor no podía escuchar. El detective comenzó a pasar de la curiosidad al asombro. Carlos se movía enfrente del mueble abierto en canal, con el relleno plástico brotando de las heridas, dando pasos de fantasía, danzando con el misterioso ritmo mientras clavaba tachuelas en la parte superior de la tela, que se iba adhiriendo al armazón de madera como la nueva piel del mueble. El detective se había quitado los zapatos y, con los pies sobre el escritorio, bebía un refresco mientras ojeaba una revista de luchadores, rindiendo el último homenaje al Ángel.

—Usted está practicando una quebradora —dijo Héctor de repente—, por ejemplo, algo sencillo, una doble llave Nelson, unas vulgares tijeras, sin ánimo de ofender, nada más como entrenamiento... ¿verdad?

Carlos Vargas asintió al darse cuenta, por la actitud de su vecino, de que el detective le había preguntado algo; aunque era obvio que le valía absolutamente madre el asunto y lo único que le interesaba era la música.

—Y entonces llega un hijo de vecino y lo saluda, le da un abrazo de cuates, de camaradas de toda la vida, y le pone una .38 especial en la nuca...

Carlos comenzó entonces a elaborar los complejos pasos de un danzón mientras seguía tachueleando el mueble.

—¿Me oye usted, doctor en tapicería Vargas? —preguntó el detective, mosqueado.

El rostro de Belascoarán hizo que su vecino y amigo se diera por aludido y se quitara una de las orejeras.

—No, a mí también me parece una chingadera que hayan subido los refrescos —afirmó Carlos Vargas muy serio.

Héctor se rindió; con un gesto dio por terminado el asunto y siguió con el monólogo.

—Y uno está abrazando a un cuate y entonces sale la bala de la .38 y le vuela los sesos... No se vale. El abrazo de Judas, ¿verdad?

Héctor se puso de pie. No sólo el tapicero podía deslizarse en el autismo, también él podía sumarse a las huestes del teatro expresionista. Abrazó a una persona inexistente, sacó el revólver, hizo ademán de llevarlo a la sien del hombre al que abrazaba y simuló el disparo.

—El abrazo de Judas... —insistió Belascoarán, sentándose.

Carlos, sin hacerle mucho caso, se soltó tarareando: «Negra, negra consentida...».

—Así da gusto tener una conversación, lo que se llama una conversa, no mamadas —concluyó el detective, hablando para sí mismo.

El teléfono sonó, haciendo que Héctor saltara de la silla. Después de todo no estaba tan tranquilo como él mismo se decía que estaba. Se estiró para poder contestarlo.

—No, ahorita está ocupado —miró hacia Carlos Vargas que seguía con su danzón tapicero—, yo le tomo el recado... Un *love seat* en chifón rosa... que tenía que haber salido el miércoles...

Tomó nota en un pedazo de periódico que se encontraba sobre la mesa. La letra le salió muy torcida por tener que andarse contorsionando.

—Desde luego, señora...

Colgando, observó a su compañero de oficina y sonrió.

—Y entonces, volviendo a la historia... Tú eres un luchador de lucha libre y estás solito en el *ring*, las luces iluminadas para ti solo; entrenando fuera de horas porque los músculos no son como eran antes y ya te andas haciendo viejo, y entonces llega un hijo de la chingada, te abraza...

Un luchador enmascarado de blanco (era una máscara conocida, el Ángel volvía de la tumba adelgazado por un largo paseo en el purgatorio), practicaba en solitario en la inmensidad del *ring*, en el enorme espacio vacío de la arena de lucha libre, más vacía aun porque había sido creada para estar repleta de rostros aulladores. Los reflectores caían sobre su figura que danzaba el ballet de la lucha solitaria, con los golpes en la lona marcando el ritmo. La iluminación aportaba sus propios elementos de irrealidad. Héctor lo contempló. De repente, algo en el aire lo hizo girar la cabeza. Una presencia nueva en aquella noche irreal. A su lado un limpiador de pisos se había quedado inmóvil con el mechudo en la mano, contemplando también al luchador.

—¿Quién es? —preguntó el detective.

—El hijo del Ángel, el Ángel II. Tiene huevos el muchacho, venir aquí después de lo que le hicieron a su jefe la semana pasada...

—Será por eso, por lo que le hicieron al jefe la semana pasada.

El luchador voló en el aire lanzando una patada voladora a un imaginario enemigo. Se levantó. Su rostro tras la máscara sudaba, los ojos vidriosos parecían haber perdido la cualidad de la visión.

Héctor se acercó al *ring*. El luchador lo miró hacer, pero siguió con su rutina de lanzar patadas voladoras a un enemigo inexistente, ausente en todas partes, excepto en un rincón de sus pensamientos.

Héctor ascendió por una de las esquinas, se columpió en las cuerdas.

—¿Usted era el amigo de mi padre?, ¿el detective? —preguntó el luchador jadeando.

Héctor asintió, encendiendo un cigarro.

—¿Se sabe algo nuevo?

—Nada. Dicen que era un asalto, que era un cuate que lo odiaba de aquí mismo, de la lucha; que era un rollo de viejas... Pura madre, basura. Dinero no traía, pues; si estaba en el *ring*, ¿en dónde, en los calzones? De viejas, ¿cuál? Mi jefe estaba divorciado, salía con la que quería; mi mamá hace los años que se fue de México, con un gachupín, a Sonora, ni caso que nos hace, años que no escribe. De la lucha, nada; aquí todos somos amigos, y los que no lo son tanto, pues más o menos buena gente, medio pendejos, pero nada pinches, pues. Si aquí ni hay muertos ni heridos, pura faramalla, *show*, puras patadas de cariño. Si las lesiones se las hace uno por zonzo, por pendejo, por venir pedo, por no calentar, por descuidado...

El hijo del Ángel se golpeó la palma de la mano con el puño. Sintió que el golpe había sido muy suave, que no valía la pena, que el dolor no llegaba a la cabeza. Volvió a hacerlo. Era inútil. Héctor volvió a la carga. Sabía mucho de esos momentos en que el dolor no quitaba el dolor. Era una vieja historia.

—¿Veías seguido a tu padre?

—A diario. Entrenábamos juntos. Hacíamos pareja en algunos combates, siempre salíamos de gira juntos, hasta guisábamos en casa parejos. Él me crió, amigo. Yo era todo de él. Él me enseñó a caer y me obligó a estudiar ciencias químicas, pero me dejó luchar mientras hacía la carrera. Usted lo conoció, ¿a poco no era como yo digo?, dígame, a ver si no tengo razón.

—Era a toda madre, pero entonces, ¿quién lo mató?

El Ángel II no tenía respuesta y reaccionó de la única manera que el cuerpo le recordaba, volvió a calentar. Héctor insistió.

—¿Por qué no viniste ayer a entrenar con él?

—Él no me dijo que venía a entrenar, dijo que tenía que ver a un viejo amigo, de los de antes de nacer yo; un viejo amigo que le debía una lana. Se me hizo que fue un pretexto, yo pensé que iba a ver a una vieja y por no decirme nada...

Héctor fumó, tratando de mirar hacia otro lado mientras el muchacho comenzaba a llorar. Tenía preguntas, pero obviamente el Ángel no tendría respuestas.

—¿Quién podía querer matarlo? ¿Quién tenía algo contra él? ¿Andaba metido en algún lío? ¿Quiénes eran sus amigos aquí en el mundo de la lucha?

—No lo sé. Por más que le pienso no lo sé. Me cae que no lo sé.

Estaba lloviendo pero Héctor tenía calor. El bochorno subía hasta la ventana en nubecillas de vaho al mojarse el asfalto recalentado durante todo el día. Héctor se había quedado tan sólo con la parte de abajo de la piyama. Estaba fumando el tercer cigarro de una tanda que suponía iba para largo. Una noche de insomnio ante la ventana. De vez en cuando las luces de los automóviles variaban el paisaje cambiando la iluminación. El aire sopló en un sentido diferente y la lluvia comenzó a repiquetear en los cristales. Caminó hacia el otro cuarto para cerrar las ventanas, esta vez tenía la sana intención de no permitir que los libros se le mojaran. Cruzó el pasillo tratando de pasar por alto la decoración: decenas de fotos de la muchacha de la cola de caballo clavadas con chinchetas. Eran muchas, de veras muchas. Héctor, a veces, sentía que demasiadas. Una ausencia así se convertía en una presencia, pero el costo era alto.

Al pasar junto al teléfono, colocado sobre las obras escogidas de Steinbeck en dos tomos, y por lo tanto en equilibrio frágil, el timbre comenzó a sonar, como si hubiera adivinado los movimientos del detective.

—¡Por favor, Héctor, pon el programa! —dijo Laura en el aparato.

Héctor dejó a un lado el teléfono y caminó hacia el estéreo. Se imaginó a Laura: auriculares puestos, el derecho ligeramente levantado para poder hablar por teléfono, colocada frente al micro. Como el retrato de una de aquellas intelectuales que dibujaba tan mal y tan bien el cine de Hollywood al inicio de los sesenta, aquellas doctoras en filosofía que cuando se deshacían el rodete en que llevaban recogido el pelo se transmutaban en vampiresas desmelenadas y de labios carnosos. ¿Quién de los dos era más viejo? Laura, dos días mayor que Héctor. Eso lo tranquilizó.

La voz apareció en medio de la estática, pero no era la habitualmente sensual voz de Laura. Miró el aparato desconfiado.

—...y cuando me asomé por la ventana del patio, nomás se veían los cuerpos ahí tendidos. Se ve que a él le sale sangre de la sien, señorita, por eso lo de la cinta que les mandé...

Laura interrumpió a la mujer:

—Gracias, doña Amalia. Aquí, en vivo, Laura Ramos, en *La hora de los solitarios*, transmitiendo desde los estudios en avenida Revolución de la XEKA. Para los que se unen a nuestro programa en estos momentos, vamos a ponerlos en antecedentes.

Héctor le agradeció a Laura el mensaje personal y comenzó a buscar los cigarros. ¿Dónde carajo los había dejado? Se imaginó a Laura hablando al micrófono como si estuviera enamorada de él, acariciándolo. Quizá era por eso que la voz era tan sensual, tan endiabladamente cachonda. La voz de una mujer enamorada de un micrófono podía hacer prodigios. Los cigarros aparecieron bajo una vieja edición de la revista *Encuentro*.

—Hacia las nueve de la noche llegó hasta nuestros estudios un casete que contenía una confesión amorosa, la cinta iba acompañada por una nota de la señora Amalia González, quien decía que nos lo había enviado después de haberlo encontrado en la escalera al lado del departamento 3, en la calle Rébsamen número 121, en la colonia Del Valle, donde acababa de suceder algo terrible. En contacto con la policía del DF, nos informamos de que en el mencionado departamento 3 se acababa de producir lo que parecía un doble suicidio: una pareja de jóvenes se había matado...

Algunas palabras le resultaban francamente molestas a Héctor, que estaba tratando de reconstruir la escena, de imaginarse con precisión la calle, el departamento 3, el número sobre la puerta. Le fastidiaban los adjetivos: «terrible». ¿Qué era eso? «Nos informamos». ¿Quién informaba a quién?

Desde el radio la voz de Laura seguía armando la historia:

—...tras formular un pacto amoroso, del que esta cinta era constancia pública... Con el terrible documento en nuestras manos confirmamos con la señora Amalia González que ella había encontrado la cinta en un sobre rotulado a nombre de este programa, cerca de la puerta del apartamento donde se produjo el crimen, y que fue ella la que nos la envió. Si ustedes nos han seguido desde el principio de la emisión, acaban de oír a doña Amalia contando cómo hacia las nueve de la noche escuchó los disparos, observó por la ventana del patio los cadáveres de los dos adolescentes unidos en el pacto mortal, descubrió la cinta en el suelo del pasillo y nos la envió con un taxista amigo suyo.

Héctor recapituló: una señora metiche, una cinta tirada en el pasillo en un sobre, dos tiros, muertos vislumbrados por la ventana, un amigo taxista.

—En unos instantes y tras un corte comercial —prosiguió Laura— escucharán ustedes este extraño documento. Hemos identificado la voz femenina como perteneciente a Virginia Vali, quien otras veces nos había enviado cintas a este programa, y que murió hoy hacia las nueve de la noche en compañía de Manuel J. Márquez... Más tarde les hablaremos de estos dos jóvenes...

Cuando comenzaron a correr los comerciales, Héctor se dirigió al teléfono.

—Héctor, ¿escuchaste?

—Todo, ¿qué está pasando?

—Ya te contaré, ¿tomaste la dirección...? Está muy raro. Oye bien lo que dicen en la cinta y luego date una vuelta por allí, la estación de radio me autorizó a pagarte para que trabajes para nosotros.

Héctor, que sospechaba que esas cosas no sucedían en la realidad y se sentía obligado a diferenciar claramente entre la realidad-realidad y la realidad de mentiras en la que a veces se convertía su vida, trató de frenar a Laura.

—Oye, espera… —pero se quedó con un teléfono que sonaba a ocupado entre las manos. Colgó.

De el radio salió la voz que a partir de ahora y durante mucho tiempo, conocería como la voz de Virginia.

—Me llamo Virginia, tengo diecisiete años y no quiero morir…

Héctor conectó la grabadora. Una despedida había que oírla muchas veces para que fuera real. Sin darse cuenta, estaba borrando el último concierto en vivo de Bob Dylan.

II

Estoy sentado al borde de una carretera,
el chofer cambia la rueda.
No me gusta el lugar de donde vengo.
No me gusta el lugar a donde voy.
¿Por qué miro el cambio de rueda
con impaciencia?
BERTOLT BRECHT

—Me llamo Virginia, tengo diecisiete años y no quiero morir... Qué ridículo, ¿verdad?, suena como mensaje de alcohólicos anónimos... pero de verdad que no me quiero morir, para nada, cuando se tienen diecisiete años todas las cosas están por hacerse, hasta las que ya se hicieron alguna vez. No sé por qué pienso que las despedidas deben ser públicas, por eso grabo esta cinta que te haré llegar al programa de radio...

Héctor fue abriéndose camino entre policías y camilleros, forenses y periodistas, vecinos curiosos y mirones; nadie parecía hacerle mucho caso. Había un ambiente de desmadre en el departamento de la calle Rébsamen. Parecía como si los zopilotes asistieran a los despojos de una fiesta. Héctor recorrió los cuartos: en la recámara trabajaban unos médicos de uniformes no muy limpios. Sobre la cama había una muchacha tendida, cubierta por una sábana, sólo libres la cabeza y el cuello; a la altura del corazón, una mancha de sangre. La sábana parecía haber sido puesta después de la muerte sobre el cuerpo desnudo. Era un rostro muy bello al que la ausencia de la vida, la palidez, no le quitaban el gesto de tranquilidad. Una mezcla de la novia que nunca pudimos tener en la prepa y la hija del vecino, que si nos hubiéramos casado a tiempo podría ser hija nuestra y nosotros contemplarla dormir deseándole la mejor de las suertes, los mejores amores, las mejores batallas. Cada vez se veía invadido por más imágenes paternales, pronto comenzaría a pensar en las mujeres con mentalidad de abuelito. En otra esquina del cuarto se adivinaba otro cuerpo desnudo, el del joven, del que sólo se veían los brazos fuera de la sábana. Héctor encendió un cigarro. Estaba fumando demasiado, pero a quién carajos le importaba.

La voz de Virginia le flotaba en la cabeza:

—...despedidas deben ser públicas, por eso grabo esta cinta que te haré llegar al programa de radio... La última que enviaré, por eso me despido. Ya no me siento con ánimos para hablar de amor, porque parece que por ahora no podré conocerlo. Dicen que ya no se quiere como antes, que nuestros amores son bobos, son rascuaches, que son de una triste generación que no tiene pasiones. No es cierto. Supongo que si llegas a poner este casete es porque todo eso es mentira. Te agradezco los ratos que te he robado, Laura, y también a todos los que escuchan este programa.

Una mano cubrió con la sábana el rostro de la muchacha muerta, como haciéndola desvanecerse con un truco de magia. Héctor arrojó su cigarro al suelo y comenzó a rondar por la casa.

Hay veces en que aunque lo parezca uno no está pensando. El vacío es algo fácil de simular aun sin quererlo. Los idiotas, los poetas laureados, los secretarios, practican este asunto constantemente. Héctor tenía cara de pensar y sin embargo había quedado atrapado en un rizo del tiempo, una pausa casi interminable de la que sólo podía sacarlo el sonido de la puerta. Cuando éste se produjo, el detective reaccionó lentamente. Constató: estaba solo, era de día. Se asomó por la ventana: allá abajo un grupo de vendedores de periódicos jugaba futbol. Abrió la ventana. Subían los ruidos de la calle, música tropical de las tiendas de discos. En la puerta un joven vestido con traje y corbata y un álbum de fotografías en la mano lo miraba. Héctor lo invitó a pasar con un gesto.

—Después de lo que hablamos ayer, le estuve dando vueltas y me acordé de lo que había estado platicando aquella noche con mi jefe.

Héctor, desconcertado, miró al personaje. ¿De qué se trataba? En su cabeza hizo las sumas correctas.

—¿Tú eres el hijo del Ángel? Perdona, mano, nunca te había visto sin máscara.

El Ángel II sin disfraz, fuera del juego, sonrió. Resultaba imberbe, demasiado joven, excesivamente formal.

—El de ayer era el uniforme de luchar, éste es el de dar clases de química en la prepa. A veces pienso que mis alumnos y el público agradecerían que fuera uniformado al revés.

—Tengo mis sospechas de que tus alumnos de la prepa te iban a adorar de plano. Yo siempre quise tener un maestro de química que fuera enmascarado.

El Ángel II puso sobre la mesa el álbum de fotos con gran cuidado. Había algo de su padre muerto escondido entre los forros de cuero verdoso.

—Mi jefe estuvo jugando con esto en la noche, dándole vueltas. Que si este cuate, que si esta mujer que había andado con ellos. Como que me quería decir algo, pero no se animaba.

—¿Puedes reconstruirlo exactamente?

Se inclinaron sobre el álbum de fotos. El Ángel lo manipuló pasando rápidamente las hojas. Se detuvo primero en una foto de dos cuates gordos, enchamarrados, abrazados como compinches amorosos y querendones a los que la vida no maltrataba mucho.

—Ésta fue la primera de la que me platicaba, de su cuate Zamudio, que era de donde él, de su pueblo de cerquita de Guadalajara. Hicieron pareja durante un tiempo, yo no lo conocí. Cuando me acuerdo de las primeras peleas de mi jefe, peleaba solo, siempre en solitario, no le gustaban las parejas, hasta que empezamos a pelear juntos dejó los combates de solitario, pero este cuate había sido su primera pareja, se llamaban Los Fantasmas. Mírelos aquí.

Señaló una foto en el álbum donde un par de enmascarados sangrientos dominaban el *ring*. Estaban en una pequeña arena de pueblo.

—¿Y qué te decía? —preguntó Héctor.

—No, nomás hablaba de los viejos tiempos.

—¿Y qué decía de la mujer?

—Que era una mujer que los dos querían mucho, y le daba vueltas al álbum, pero nunca me enseñó la foto de la mujer esa.

—¿Estás seguro de que no dijo para nada que iba a ver a este hombre, que le había hablado, que se había reaparecido? ¿No te dio la impresión de que se volverían a ver? Algo así. ¿Podía este tipo ser el hombre que lo fue a buscar a la arena al día siguiente? ¿O que tenía una cita con esa mujer?

El Ángel II dudó, luego, decidiéndose, puso el dedo encima de la foto del compañero de su padre.

—No. Por las cosas que decía más me parece como que hablaba de él como si estuviera muerto. Su amigo el muerto...

—¿Zamudio? ¿Zamudio qué? —preguntó el detective.

—El Fantasma Zamudio... Sólo eso.

El sol resplandecía. Héctor estaba sentado en una banca, con un chavito al lado que intentaba pasarle su camión de juguete sobre los pies, cosa que el detective trataba de impedir. Laura pasó corriendo a su lado, iba vestida con pants y sudadera, el uniforme de las esposas jóvenes y aún sin hijos que corrían por los parques, con la cada vez más remota esperanza de que se las ligara un jardinero municipal; pero la crisis había forzado a los jardineros municipales al doble y triple empleo y últimamente no cogían gran cosa, y se pasaban el tiempo con la cabeza hundida en el pasto, arrancando malas hierbas y maldiciendo su suerte. Laura no traía los lentes que le daban su habitual cobertura de intelectual y, por lo tanto, más bien lucía como una modelo yanqui de anuncio de Miss Clairol, la cabellera sacudiéndose al vaivén de la carrera.

—¿Cuántas llevo? —preguntó Laura sin detenerse.

—Siete vueltas… —respondió Héctor y luego, subiendo la voz, porque se le desaparecía tras los árboles—. ¿Y a ella de qué la conocías?

—Era la hija de una amigaaa…

Héctor observó cómo corría Laura. Le gustaba. No ofrecía resistencia al aire, se ondulaba, ganaba espacio en las curvas…

—¿Y a él? ¿Lo conocías a él? —pero Laura se encontraba ya muy lejos como para escucharlo.

Héctor optó por la paciencia. La otra posibilidad era salir corriendo tras ella, y francamente desconfiaba del rechinido metálico que producirían sus huesos. Cuando mides menos de uno veinte, lo mejor, ser enano. Se lo tomó con calma y comenzó a fumar. Viejos leyendo el periódico (no se lo prestaban unos a otros, cada cual traía el suyo), niñas de un jardín de niños vestidas con suetercitos rojos danzando en una rueda. La fuente.

Laura era una herencia. Cuando *el Cuervo* había desaparecido, apareció Laura. No era mala herencia. El Cuervo anunció un día al público que dejaba su programa nocturno y una semana después apareció radiante y con voz de terciopelo Laura Ramos. Ella lo llamó un par de veces para contarle historias, Héctor la llamó otras dos para contarle otras. A veces tomaron un café en un desinfectado Vips sobre Insurgentes. Ella fue la que le contó que el Cuervo le mandaba un abrazo y que estaba en la sierra de Puebla, dirigiendo una estación de radio para las comunidades indígenas, produciendo programas en náhuatl; desaparecido para los de antes, en otro país a millares de años luz de éste. Ella dijo que parecía contento, que un halo de santidad medio primitiva rodeaba su rostro; que cada vez estaba más miope, que estaba leyendo *El Quijote*. Total que Héctor le había mandado la mejor de las bendiciones mentales a su viejo amigo y había heredado a Laura Ramos.

—En teoría deberían ser diez vueltas, pero como te tengo aquí lo voy a dejar en ocho —dijo Laura jadeando, y se dejó caer al pie de la banca.

—Sólo tú te crees eso de que me vas a hacer el favor. Estás al borde del infarto. Fumas más que yo, vives en el DF, bebes cerveza Tecate como si fuera jugo de manzana y luego quieres ser sana. Lo único sensato de dar ocho vueltas es que ningún violador se animaría; en general son una punta de huevones, les gustan las de tres vueltas nada más.

Laura le pidió con un gesto un cigarro, Héctor se lo pasó. Fumaron en silencio. Luego Laura comenzó a toser.

—¿Cómo sabes tanto de los violadores?

—Leo las crónicas de sociales de los diarios, y la primera plana, las inauguraciones de obras públicas… —contestó Héctor; luego, cambiando de tema preguntó—: ¿Él? ¿Quién era el chavo que murió anoche?

—Ella tenía diecisiete años, el tipo diecinueve, nunca lo conocí, no sabía de su existencia. ¿Tú qué averiguaste?

—Poca cosa, lo que decían por ahí. Pacto suicida de dos adolescentes, él le disparó, ella murió primero, él se suicidó después. Ella: un tiro en el corazón; él: un tiro en la sien. Dos balas, dos cartuchos. Prueba de la parafina positiva en su mano derecha. Casa prestada. Dueña profesora de Inglés del colegio de ambos, está de vacaciones en Houston o en algún lugar así donde venden hot dogs. Virginia no había tenido relaciones sexuales esa noche, ni antes… Ella era virgen. Estaban desnudos…

—¿Cómo sabes tanto? —preguntó Laura.

—Preguntando, zonza —contestó Héctor—. ¿Quién no los dejaba ser novios o que tuvieran relaciones formales? Por eso son los pactos suicidas, ¿no?

Laura hizo un mohín, arrojó lejos el cigarro.

—Supongo que los padres de él. Pero es una tontería. ¿Conoces adolescentes que se suiciden porque no los dejan ser novios a los diecisiete años? Ella no era así.

—Nadie es así hasta que no se demuestra lo contrario. ¿Qué pasa, tienes alguna duda en serio o te ocurre lo que nos ocurre a todos ante el suicidio?

—Ésta es la tercera vez que Virginia me mandaba una cinta al programa, mensajes extraños, monólogos, mucha necrofilia, mucha desesperación de adolescente: contaba cosas como manifestaciones del CEU mezcladas con angustiosas peticiones para eliminar el acné, descripciones de los leones haciendo el amor en el zoológico mezcladas con lecturas de los sonetos de amor de Shakespeare. En ninguna de las anteriores apareció el nombre del novio. No sé… Conseguí una semana de sueldo para un detective por parte de la emisora, les gustó mucho la idea, se sintieron modernos. Síguele a la historia, cuéntamela. ¿Quién era Virginia? ¿De veras se mató?

Héctor puso cara de no estar comprando ese billete de lotería ni aunque le garantizaran todos los premios gordos del mundo.

—¿Qué te pasa? ¿No te convenzo? No me digas que tienes mucho trabajo, de cuándo acá tienen…

—Tengo pendiente una historia de un amigo.

—¿Todavía haces favores?

Héctor asintió sonriendo.

—Hazme éste.

Héctor tardó en responder.

—Vi la cara de la muchacha… Ya muerta. No me molestan los pactos suicidas, que cada cual se vaya como quiera y cuando quiera… No sé, esa manía que tiene uno de pensar que ya no se quiere como antes, que ya nadie se pega un tiro por amor. Estaba sobre una cama tendida, toda cubierta por una sábana, menos el rostro. Era una escuincla muerta muy bella.

Laura apreció al detective objetivamente. «Ruinoso» podía ser la palabra para describir su apariencia. Pero nunca se sabía con Belascoarán.

—Mucho peor que el dueño de una emisora de radio es un detective romántico. Me consta que la niña era mucho más bella viva, no chingues —dijo Laura, tomándolo del brazo y apretando.

—¿Tienes las cintas que te mandó antes?

—Y la dirección de su casa, y una nota para su madre presentándote, y una carta de la emisora diciendo que trabajas para nosotros…

Sacó un paquete de su bolsa que había dejado en la banca al lado del detective y repartió los papelitos sobre el regazo de Héctor.

—¿Qué es lo que te mueve a ti? —preguntó Laura mirando fijamente al detective.

—No sé, supongo que una mezcla entre la inercia, la curiosidad, el salario mínimo… Últimamente ando muy raro. Cada vez entiendo menos a la gente. Mal del DF. Es como una mezcla de gripe y contaminación. Me he de andar volviendo viejo.

Héctor se puso de pie, caminó hasta la fuente y metió una mano dentro, el agua estaba calentona, pero fluía a través de los dedos. Laura, desde la banca, le guiñó el ojo al detective, era una despedida muy decente de su parte.

Más tarde, repasando la conversación con la locutora de radio, Héctor pensó que últimamente estaba muy extraño, absolutamente fuera de foco. Que ciertamente sus motivaciones eran una mezcla de la eterna e insaciable curiosidad, del dejarse ir en historias ajenas, de hacerse un oficio metiendo las narices en las historias de los demás; que además pagaban algunas veces por eso. Pero el asunto fallaba, porque con mayor frecuencia era un espectador que cada vez entendía menos a las personas; eso dejaba bien la primera parte de las historias, pero ayudaba poco a resolverlas. Probablemente no toda la culpa era suya. Probablemente, aunque a Laura se lo hubiera dicho en broma, era víctima de una de esas comunes enfermedades que asolaban en los últimos tiempos a la ciudad de México, y comenzaban a ser llamadas genéricamente mal chilango, lepra del DF, producida por catarros virales y aspiración frecuente de la mierda que había en el aire. Héctor meditó en una nueva posibilidad: estaba cerca de cumplir los cuarenta años, estaba envejeciendo. Pensaba en esas cosas, porque lentamente se diluían en su cabeza las motivaciones originales de justicia a como diera lugar y se iba depositando, como un sedimento solitario, la eterna dosis de curiosidad. Mal material: curiosidad sin ánimo de venganza justiciera.

Aun así entró a la arena, perdió media tarde haciendo preguntas sin respuesta. Luego se dio cuenta de que debió haber buscado en los lugares indicados, los directorios telefónicos, las biblias humanas ambulantes, las memorias históricas gremiales. Entonces fue directamente al personaje que tendría las respuestas. Encontró a *el Encantos* en un pasillo. Estaba vestido de persona, sin la melena rosa y la máscara fluorescente con la que había actuado en los últimos años. Parecía mucho más pequeño, cubierto de cicatrices de viruela, chupado, viejecito, apacible. El primer luchador maricón del DF. Antes de que los homosexuales ganaran su derecho a la existencia pública por la vía de la calle y el artículo, el Encantos la había impuesto en las arenas a pura patada en los huevos.

—Cuéntame de Zamudio —pidió el detective.

—Primero se saluda, güey —dijo el Encantos tendiéndole una mano engarfiada. A sus espaldas se escuchaban los aullidos del público animando a unos preliminaristas.

—Muy buenas noches —dijo el detective apretándole la mano.

—La mera verdad —dijo el Encantos dándose por satisfecho—, nomás le decían el Fantasma a Zamudio cuando hizo pareja con el Ángel, por eso nadie le dice a usted de eso, porque usted lo confunde. Zamudio era el Demonio de Jalisco, y antes el Rebelde Azul y antes, pero eso nomás fue tantito, como dos meses que estuvo peleando en una arena chica allá en el Estado de México, se llamaba el Greñas Mortal. Ese güey tuvo más nombres que yo.

—¿Y cuántos tuvo usted? —preguntó Héctor.

—Cinco y un apodo, pero el apodo no se lo puedo decir porque es una vil leperada. Los cinco eran: el Fino de Tecamachalco, el Estilista Dorado, el Arcángel San Grabiel…

—Gabriel…

—No, «Grabiel». El Gabriel es el de a deveras. Y luego fui el Perro de las Praderas, y ya al final cuando era yo mero…

—¿Y el Fantasma Zamudio que se llamaba también de otras maneras?, ¿qué pasó con él?

Un alarido particularmente fuerte atrajo la atención del viejo hacia el *ring*. Uno de los preliminaristas estaba sangrando.

—Ya le dieron en la madre a Crispín. Yo le dije. Por menso… Zamudio. No, el Zamudio desapareció en el 68, o en el 71, cuando lo de los estudiantes. Un día salió de una pelea que había tenido de pareja con el Ángel. Ahí sí, ahí les decían Los Fantasmas. Salió y le dijo al *second*, «ahorita vuelvo mano, voy a ver una de esas manifestaciones de los estudiantes, que me dan mucho calor». Y ya no volvió nunca. Ni aquí, ni a ningún lado.

—¿Qué le pasó? —preguntó Héctor.

El viejo luchador no respondió porque se había quedado viendo el rostro del tal Crispín, que pasaba a su lado en una camilla. Extendiendo la mano con un gesto arrogante, paró a los camilleros. Héctor contempló el desastre que habían hecho con el tipo; el viejo, cariñoso, le sobó la cabeza.

—Te dije, Crispín, que no abrieras la boca cuando te echaras de tijera.

El herido balbuceó algo incomprensible. Los camilleros se lo llevaron.

Héctor, aunque casi casi le interesaba más lo de Crispín que su propia historia, volvió al ataque.

—¿Y qué pasó con el Fantasma Zamudio?

—Sepa su madre, se desvaneció, como los fantasmas. Vea usted, qué chistoso, se hizo fantasma el Zamudio... A lo mejor es que estaba muy enamorado. Eso pasa, ¿sabe?

—¿Cómo que estaba muy enamorado?

III

Los suspiros son aire y van al aire.
GUSTAVO ADOLFO BÉCQUER

—¿Y estaba muy enamorada?

—Para nada. ¿Virginia de ese zonzo? —contestó la primera de las dos adolescentes buscando con la mirada confirmación en su amiga.

—Ni lo conocía bien. Seguro el menso la mató porque quería violarla o algo así y ella no se dejó. El pacto suicida... Ay, qué babosadas dicen los periódicos —dijo su amiga dándole una segunda revisión al detective.

Héctor las había encontrado invirtiendo un rato en hacer preguntas en la puerta de la Preparatoria Seis de Coyoacán. Las minifaldas de las dos adolescentes lo ponían nervioso, pero aguantó la estampa y trató de reforzar la apariencia paternal.

—Virginia sólo se enamoraba de los que salen en las novelas, de los de los poemas, estaba enamorada de Bécquer y de Mario Benedetti; se sabía de memoria el poema ese de: «Si te quiero es porque sos mi amor, mi cómplice y todo...».

El chicharronero se aproximó a la conversación empujando su carrito. Deberían estar acercándose a la hora de salida, porque el torrente de prófugos de la educación media universitaria hacia la calle comenzaba a acentuarse.

—¿Y a ustedes no les caía bien?

—Aquí pasa todo tan rápido. A mí nomás me dio miedo. Nosotras no éramos sus amigas —contestó una de las muchachas, la que a cada rato se mojaba los labios con la lengua.

—¿Y quién era su mejor amiga?

—Pregúntale a la Lolis, que anda por ahí tocando la flauta. Pero yo creo que no tenía mejor amiga. Andaba sola por los pasillos recitando ésa de Bécquer que nos leyó el maestro de literatura: «Los suspiros son aire y van al aire / las lágrimas son agua y van al mar / Dime, mujer, cuando el amor se olvida / ¿Sabes tú a dónde va?». Yo me la aprendí de tanto oírsela.

—A mí la que me gustaba era la parte del final de la de las golondrinas —dijo el chicharronero metiendo la nariz en la conversación—, la que dice: «Volverán del amor en tus oídos / las palabras ardientes a sonar / tu corazón de su profundo sueño / tal vez despertará…».

Héctor sorprendido se rascó la cabeza con ese gesto muy suyo, aprendido de las películas de Stan Laurel. Luego le dedicó una mejor mirada al personaje.

—¿Y usted cómo se la sabe?

—La señorita me la enseñó completa, ¿quiere que se la recite?: «Volverán las oscuras golondrinas / en tu balcón sus nidos a colgar…».

—No, ésa me la sé… Y qué, ¿cuándo lo estudiaban a Bécquer?

—Ella me lo enseñaba al salir de las clases. Nos lo echamos rápido, como en tres días. Ella me dijo: «Si usted va a estar vendiendo chicharrones a la puerta de una prepa, pues hay que aprender, ¿no?».

—¿Y conoció usted al novio, el que murió con ella?

—No era el novio, era un chavito que le estaba echando los perros, pero ella no le hacía mucho caso. Ése era un pendejo. Una vez le quiso dar un aventón a la señorita, venía con su papá, y ella los mandó a la chingada. Usted créame a mí, que aquí lo veo todo y lo sé todo, no le crea a los periódicos, que ésos nomás engañan.

Héctor caminó el pasillo de su casa quitándose la pistola que llevaba en una funda sobaquera y fue a dejarla adentro del refrigerador. Era el mejor lugar. Aprovechando el viaje, tomó una Cocacola y dos huevos. Paseó por la casa con el refresco y los huevos en las manos. En el suelo de la recámara tenía el álbum de fotos, abierto en donde se podían ver los dos «Fantasmas». Comenzó a repasar las páginas. No había fotos de mujeres, sólo de luchadores y lucha libre. Caídas, sangre, escenarios pueblerinos, grandes arenas, plazas de toros, ceñidos y dorados cinturones de campeones nacionales, máscaras y cabelleras arrancadas, abrazos, poses publicitarias, comidas, *rings*, patadas voladoras, vendas, brazos fracturados, trabajo.

La historia comenzaba a cautivarlo, mientras cada vez se alejaba más de él la muerte de su viejo amigo. Era una historia de fantasmas y tenía el encanto de lo rancio, de las viejas pasiones; de las viejas y roñosas pasiones. Una historia de amor y de fantasmas. De una mujer inexistente que venía del pasado. En el álbum no había fotos de la mujer de la que los dos fantasmas se habían enamorado. Héctor titubeó. Quizá es que estuviera entrando en la historia por el lado equivocado. Quizá era una historia que nada tenía que ver con los amores. Si era así, se había estropeado todo, porque lo que le resultaba atractivo era perseguir esa sombra de amor que mataba. Y esto quizá porque uno no estaba a salvo de los únicos amores de verdad, esos maravillosos amores asesinos.

Giró la cabeza para contemplar las fotos de la mujer que adornaban todo el cuarto. Cada cual era propietario de sus fantasmas. Fantasmas que mataban. Los únicos fantasmas dignos de ser tomados en cuenta.

Un ataque de moralina lo hizo regresar al origen de todo: el Ángel había sido su amigo, ahora era un amigo asesinado y eso fabricaba una deuda. Se descubrió con los huevos en la mano y caminó hacia la cocina. Antes de caer en el álbum como quien se mete de cabeza en un pozo, se había pasado la mañana con las viejas cintas de una adolescente enamorada de sombras. En las cintas de Virginia no había huellas del muchacho que había muerto en el mismo cuarto que ella. Quizá es que Héctor estaba entrando en las dos historias por el lado equivocado. Virginia podría haber sido la mujer fantasma de los dos luchadores, la mujer fantasma podría ser una adolescente reencarnada buscando un amor imposible y suicidándose con un pendejete. Lo de pendejete, a juicio de los chicharroneros, que son los mejores observadores del alma humana y que sin cometer errores podrían oficiar como ayudantes de san Pedro en la puerta del cielo. Chicharroneros al margen, Héctor Belascoarán Shayne se estaba fabricando nuevas deudas con la vida y con los difuntos. ¿Le hubiera gustado a Virginia la lucha libre? ¿Qué hubiera pensado el Ángel de las poesías de Gustavo Adolfo Bécquer? Si quería respuestas iba a tener que buscarlas allá afuera, igual que siempre, en una ciudad que a veces era suya; pero en la que la mayoría de las veces se estaba sintiendo, él también, un fantasma sin amores propios a los que apelar.

Un hombre lavaba un carro en la puerta, una mujer barría el zaguán, un detective privado sui géneris interrogaba a la mujer.

—Entonces, él sí venía seguido, pero ella era la primera vez... —resumió Héctor a la mujer que barría enfrente del número 121 de la calle Rébsamen, una mujer cuya voz había escuchado en una cinta.

—Eso mero. Él venía seguido, con amigos, porque la profesora le prestaba el departamento cuando no estaba, pero a la niña yo no la había visto nunca; nomás después de muerta, por la ventana, ¿sabe?

Doña Amalia era una mujer robusta, musculosa, que enarbolaba la escoba con fuerza. El hombre que lavaba el coche se había acercado para oír la conversación. Héctor esperó para ver si se animaba a intervenir, pero el tipo siguió en lo suyo, sacándole brillo a la parte que más brillo tenía ya. Héctor se rindió y volvió a prestarle su atención a la mujer.

—¿Y el taxista?

—¿Cuál taxista?—preguntó doña Amalia.

—El taxista que llevó la cinta a la estación de radio.

—Ah, ése —dijo la mujer alzando los hombros, como si esa historia no fuera parte de la historia y por lo tanto ningún pinche detective podría meterse en ella.

Carlos Vargas, el tapicero, contempló a Héctor, con aire misterioso, sentado en una de sus obras de arte. El detective estaba leyendo con gran meticulosidad unas hojas sacadas de un fólder.

—¿Sabe usted cuándo salen mejor los abullonados esos que se le ponen en el centro a los sofás? —preguntó el tapicero.

—¿Sabe usted cuánto vale un informe del forense? —repreguntó el detective.

—Cuando está uno entre la sexta y la séptima cerveza —insistió Carlos.

—Diez mil pesos en fotocopia garantizada —informó Héctor.

—Yo debería ser detective —dijo el tapicero.

—Y yo, tapicero —respondió el detective—. ¿Ya vio que bien clavo las tachuelas?

—Pero todavía no sabe ponérselas en la boca y sacarlas con el martillo; mientras no le salga eso, no será artista.

—¿Quiere dedicarse a la detectiviada un rato? —preguntó Héctor de repente.

—Se lo cambio por enseñarle cómo tener las tachuelas en la boca. Es fácil —contestó el tapicero.

Carlos Vargas pasó a los hechos. Se metió un puñado de tachuelas en la boca y las fue tomando con la punta imantada fijándolas a la tela y usando para clavarlas la parte posterior, la bola del martillo. La tela iba quedando adherida a la madera y las formas aparecían. Era como devolver a la vida un esqueleto. Héctor lo observó maravillado.

—Jamás de los jamases me va a salir bien —dijo después de un rato.

—¿Y entonces no vale el trato? ¿Usted no sirve para tapicero, y yo no puedo probar de detective?

—No, aquí el pendejo soy yo —confesó Héctor.

—¿Y yo qué hago?

—Usted tiene que ir a esta dirección —le dijo pasándole un papelito— y ofrecer sus servicios. A ver cómo le hace para entrar en esa casa. Quiero saber cómo es, quién vive en ella, qué tipo de gente. Se acaba de morir el sobrino del dueño, deben estar mosqueados, pero cuento con sus habilidades ya demostradas para transarse a cualquiera, para que averigüe todo lo que pueda. Nomás váyase con cuidado, porque no es su territorio, es una casa en Las Lomas, el puro territorio enemigo.

—Tierra de hamburgueses —dijo Carlos reflexionando.

—Eso.

—¿Y qué, cómo está el negocio?

Héctor lo pensó un instante antes de contestar:

—Si usted supera esta tarea sin destruirse y sin meter la pata, asciende de categoría, a doble A.

—¿Y no me va a dar mi placa de *sheriff*?

—Ésa es triple A, de cuando uno es *sheriff* democrático y con probados servicios prestados.

Héctor miró nuevamente el rostro cargado de tensión de la mujer que gritaba. La había estado contemplando durante un buen rato. Puede ser que en el *ring* todo fuera farsa, pero aquí abajo, la broma terminaba, las cosas se volvían de vida o muerte; la mujer estaba escupiendo lo peor de sí misma en cada alarido.

—¡Mátalo, línchalo, puto!

Era una mujer de unos cincuenta años, que aún conservaba cierta belleza ajada aunque cubierta por excesivo maquillaje. Héctor se decidió y avanzó por el pasillo hasta sentarse a su lado. La arena estaba semillena, sobre las cabezas y hasta el techo flotaba el humo de los cigarros.

—Me dijeron que usted me podría ayudar.

La mujer le dirigió una mirada turbia, sin hacerle demasiado caso; hace años, muchos hombres le hablaban sin que ella los invitara a hacerlo, conservaba el instinto del rechazo. Volvió a contemplar lo que sucedía en el *ring*.

—¡Mátalo, idiota! ¡Chíngalo, marrano!

Héctor insistió.

—Me dijeron que usted conoció a la mujer de la que estaban enamorados Los Fantasmas.

La mujer lo miró, como si no lo hubiera oído.

—Era mi hermana, Celia —dijo de repente.

—¿Era?

—Se suicidó hace como quince años, joven. Por culpa de esos dos culeros. ¡Rómpele el brazo, Enrique!

—¿Qué fue lo que le pasó?

—Dos cervezas...

—¿Qué? —preguntó Héctor desconcertado.

—Que me pague dos cervezas y se lo cuento —respondió la mujer.

Héctor hizo un gesto al cubetero, éste reaccionó despacio, tenía la vista en el combate. Sirvió dos cervezas. La mujer no las bebió, sino que las puso a su lado y continuó vigilando atentamente lo que sucedía en el *ring*.

Luego empezó a hablar, sin dejar de mirar el cuadrilátero, como si la historia no tuviera la más mínima importancia. Como si fuera de otra época, de otro mundo. Y el espacio para el odio no estaba allá atrás, sino aquí enfrente.

—Decían que estaban los dos enamorados de ella, y un día uno y un día el otro, y flores y todo le llevaban, y un día el uno y un día el otro, pero ella decía que no, porque le daba pena que uno sí y el otro no, y que se fuera a separar la pareja. En esa época estuvieron a punto de ganar el cinturón mundial, el Ángel y Zamudio. Y ellos atrás de ella, como un juego a ver quién ganaba, porque como no se podían pelear uno con el otro, pues andaban peleando por Celia, y ganó el Ángel, pero nomás por un día, y luego la botó, al rato la Celia se tragó una caja de esas pastillas matarratas. Era muy sentimental la muy zonza, yo no soy así, a mí me gusta la cerveza. Y ni siquiera se conservó la pareja, porque Zamudio casi mata al Ángel a golpes, de box, no en lucha limpia, y luego hasta se separaron.

Había contado la historia. Tomó uno de los vasos de cerveza y se la bebió de un solo trago. Héctor la estudió. Ella siguió con la vista clavada en el *ring*, sin embargo el *round* había terminado. Ya no era la misma. Se había quedado en silencio. No gritaba. La tristeza que venía del pasado la había penetrado contagiando al detective, quien lentamente se levantó y comenzó a caminar hacia la salida. A mitad del camino algo cruzó por su cabeza y regresó.

—¿Tiene una foto de ella?

—Sí, llévesela, por otras dos cervezas se la lleva, yo ya no la quiero ver más. Ya la vi mucho. Noches enteras viéndola a Celia.

Héctor hizo una seña al cubetero, que volvió con otras dos cervezas. La mujer sacó de su enorme bolsa una foto que tenía los bordes ondulados, con ese recorte que había desaparecido de las fotos hace años. Se la tendió con un gesto suave, casi cariñoso; puso sus cervezas junto a la anterior que no había tomado. Héctor contempló la foto: una mujer muy bella, peinada a la moda de los años cincuenta, con un traje sastre de dos piezas y chalequito, sonreía tomada de los brazos de dos luchadores fornidos; en su mano izquierda traía un ramito de flores que se veían ahora, al paso del tiempo, medio mustias.

Héctor se detuvo en una zona de luz para encender un cigarro. Últimamente, los Delicados le estaban sabiendo a mierda de caballo. Como los Marlboro, que por eso le deberían gustar tanto a los caballos, a juzgar por los anuncios de televisión. Comenzó a caminar entre dulceros y puesteros, alejándose de la Arena. El tráfico hacia el sur arreciaba por la avenida Revolución. Si no fuera porque no podía dejar de fumar, bien podría dejar de fumar.

De pronto, chocó de frente contra un hombre corpulento que lo arrojó hacia un lado. No se había repuesto de la sorpresa y trataba de ver mejor a su agresor, cuando un segundo personaje se acercó para ayudar al detective a levantarse, pero en lugar de eso lo lanzó al suelo.

—¿Qué traes, baboso, por qué me empujas? —preguntó el primero, sin duda el más corpulento de los dos.

—Quiere pleito —le informó el segundo a su amigo, levantando la voz para que todo el mundo lo oyera—. A mí también me empujó.

Héctor, desde el suelo, se sonrió.

El primero de los dos hombres, un tipo al que le quedaba mal el traje y enseñaba bajo el chaleco unos buenos centímetros de barriga enfundada en una camiseta lila, sacó una navaja. Héctor contempló fascinado el metal, que comenzó a girar lentamente en pequeños círculos siguiendo los movimientos de la muñeca del hombre. El segundo hombre le cubrió la espalda a su compañero manteniendo a raya a puesteros y mirones.

Héctor retrocedió en el suelo arrastrándose sobre las manos y sin dejar de sonreír. Una sonrisa triste, en la que no había reto. El tipo de la navaja avanzó. Héctor sacó la pistola y cortó cartucho en un movimiento lento pero continuo. El tipo se detuvo. Entre la multitud que se había juntado se inició un murmullo.

—Te vas a tener que conformar con pasarme el mensaje; pero no va a haber un agujero de recuerdo, mano —dijo el detective sin abandonar la triste sonrisa.

El tipo tiró al suelo la navaja y salió corriendo. Una señora, propietaria de un puesto de dulces, le dio al pasar un codazo que lo hizo zarandearse. Su compinche se perdió en la multitud. Héctor guardó la pistola.

Se dirigió hacia la mujer. Los curiosos lo siguieron con la vista.

—Muchas gracias, seño —dijo sacudiéndose la tierra de los pantalones.

—Pa' que se les quite lo abusivo...

—¿Los conocía? —preguntó Héctor.

—No, no son de aquí; pero son iguales que otros —dijo la vieja con una amplia sonrisa desdentada.

IV

Yo creo que nadie se muere mientras sepa
que alguien lo está queriendo.

EMILIO SURÍ

—¿Quieres para tu programa un chicharronero que recita a Gustavo Adolfo Bécquer? —preguntó Héctor.

—¿Cuál se sabe? —contestó Laura Ramos protegiendo el micrófono con una de sus manos, como si las locuras del detective lo hicieran peligrar.

—*Volverán las oscuras golondrinas*, completa.

—No, ésa ya la vino a recitar el otro día el director de Abastos del DDF, ya está muy vista.

Interrumpió a Héctor con un gesto y le sonrió al micrófono antes de hablarle:

—Y de nuevo con ustedes después de estos mensajes, en *La hora de los solitarios*.

A una señal a los de la cabina, el tema musical del programa entró al aire. Héctor encendió un cigarro, Laura se lo quitó de la mano y le dio un voraz toque.

—Y ahora una canción de amor de Ornella Vanoni, Toquinho y Vinicius de Moraes, para desentumecer las mejores sensaciones...

Sin mirar para el tablero, cambió el *switch* con un golpe de sus dedos. Luego giró hacia Héctor:

—¿Qué averiguaste?

—Que tenías razón, no era su novio. Era un adolescente que había tratado de conquistarla, pero no la conocía bien, no habían tenido relaciones. ¿De dónde sacaste que los padres de él no querían que fueran novios? No hay tales padres, el chavo vivía en casa de un tío soltero, que era el que le pagaba los estudios... Nunca antes habían estado juntos en la casa donde murieron.

Ornella Vanoni contaba una historia con ritmo portugués pero en idioma italiano, sobre un semáforo en rojo. Héctor trató de concentrarse en lo que había averiguado en sus primeros asomos al suicidio de Virginia.

—No, tienes razón. Aquí hay otra cosa. Nadie se suicida en un pacto amoroso con alguien que no le interesa…

—¿Puedo contarlo al aire?

—Puedes dejar caer la duda, y dile a los que los conocieron que se comuniquen contigo y que te cuenten sus historias.

Ella lo pensó mientras le robaba de nuevo el cigarro. El detective se dedicó a contemplar las piernas de la conductora de *La hora de los solitarios*. Eran unas piernas francamente acompañadas.

Héctor dejó la pistola en el interior del refri, sacó un refresco y caminó hasta su cuarto. Se sentó en la cama, le dolían las articulaciones. Buscó una aspirina en el baño y se la tomó con Cocacola. Bueno, las fotos estaban allí. No se habían ido a ningún lado. En un televisor con excesivo volumen que tenía su base de operaciones en alguno de los departamentos cercanos, un noticiero narraba el desastre que la lluvia había producido en el tráfico de la ciudad, en particular en el Periférico Sur.

Bueno, las fotos seguían allí. Las contempló. Las interminables fotos de la muchacha de la cola de caballo que estaban colgadas en las paredes. Se quedó ahí, clavado a ellas. Sin poderse mover. Las fue recorriendo con la vista. Rompió el embrujo golpeándose la palma de la mano con el puño de la otra. El gesto aprendido del Ángel II. Caminó hacia la ventana, encendió un cigarro, observó el exterior distraído. De repente se fijó en un personaje acodado en el farol de la esquina, era el pistolero que lo tiró al suelo al salir de la Arena de lucha libre. El número dos del equipo, el que no le había enseñado la navaja. El tipo miraba hacia un coche. Luego, levantó la cabeza buscando la ventana de Héctor, no se sorprendió al encontrarlo en ella. Se miraron, el tipo envió una amplia sonrisa hacia el detective. Héctor se la devolvió.

En el automóvil estacionado estaba el segundo hombre. Vio algo resplandecer en la noche. El ojo sano del detective tardó en encontrar las pequeñas señales, los brillos que identificaban el objeto, al fin lo hizo. El tipo del coche tenía una pistola entre las piernas.

Héctor levantó la vista buscando el paisaje de luces de la ciudad nocturna, las manchas de luz, el árbol de Navidad triste. En otros tiempos, cuando Héctor Belascoarán era un tipo más despistado, pero también lleno de más inocentes confianzas, le gustaba quedarse así, embebido por las luces de la ciudad, pensando que eran el único festival de fuegos artificiales colectivo y gratuito que teníamos los habitantes del monstruo. Últimamente, le parecían luces de velorio, veladoras encendidas por los que se iban quedando a mitad del viaje, muertos de navajada, de tiro de escopeta por la espalda, de tortura, de mal de amores, de desempleo, de miedo vil, la más común de las causas de defunción en el DF, según un difunto amigo suyo escritor. Bien, tenía toda la noche para pensarlo, o podía ir por ellos...

Quedó inmóvil durante un instante, luego repentinamente se decidió, y un tanto a desgana caminó hasta el refrigerador y sacó su .45. Checó el peine, pasó la primera bala a la recámara, llegó hasta el dormitorio y recogió una chamarra. Cuando estaba a punto de salir regresó y rebuscó con paciencia en uno de los cajones del clóset, tomó un paliacate guinda y se lo amarró al cuello. Uniformándose para la guerra, obviamente. Cuando cruzaba la puerta se rio de sí mismo.

Descendió por las escaleras de su casa a paso rápido. Al llegar al descansillo del piso inferior se encontró con la puerta abierta de la casa de *el Mago*. Su casero estaba jugando dominó con dos de sus compinches, el de la tienda de abarrotes y el tintorero.

—Detective insigne, ya nos salvó —dijo el Mago frotándose las manos.

—¿Y qué hacen jugando con la puerta abierta?

—Esperando al que nos haga el cuarto para el dominó.

—¿Se va a hacer rogar? —preguntó el tintorero.

—Caray, no me agarran ustedes en el mejor momento... —respondió Héctor dudando—. Tenía un pendiente allá abajo.

—Le sacas. Está claro, después de la paliza de la última vez, donde quedó demostrado que los detectives no tienen pensamiento científico, le sacas.

Héctor titubeó.

—Es que hay unos tipos ahí abajo que... No, olvídenlo, está demasiado complicado de explicar. Voy y vuelvo. Si no regreso en quince minutos, búsquense otro para hacer de cuarto.

Los jugadores protestaron, pero Héctor ya estaba bajando las escaleras a saltitos, rehuyendo la discusión.

Cubierto por una columna tras la puerta de cristal, observó cómo los dos pistoleros conferenciaban en el auto. Los movimientos del detective se sucedieron en un riguroso orden: sacó la pistola, se la llevó a un lado del rostro, se quitó con el metal una gota de sudor que le resbalaba por la sien. Comenzó a contar en voz alta.

—Uno... dos... tres... cuatro borreguitos... cinco borreguitos... seis borreguitos...

Todavía se estaba riendo cuando brincó hacia la calle.

Los dos tipos reaccionaron al ver saltar a Héctor desde la puerta de su casa armado con una pistola. El de afuera del coche disparó sobre el detective, astillando y haciendo pedazos la puerta de cristal a sus espaldas. Héctor levantó la .45 y apuntó. El tipo asustado tiró la pistola al suelo. El otro arrancó el coche y aceleró, ruido de llantas quemándose y todo; su compañero, que lentamente comenzaba a levantar los brazos, se sintió vilmente traicionado.

—¡No me dejes, Lavanderas! ¡No seas coyóoon! ¡Culero!

Su grito se fue perdiendo en la noche. Héctor siguió con la vista la desaparición del coche. Luego se acercó lentamente, recogió la pistola del suelo y se la echó en el bolsillo de la chamarra.

—Buenas noches... —dijo el detective. Miró al pistolero durante unos segundos, después se dio la vuelta dejándolo sorprendido. Los tres jugadores de dominó, armados con los más extraños utensilios, cuchillo de cocina, martillo, navajita suiza, estaban a su lado.

—¿Sabe qué? En dos años van tres veces que le dan en la madre a la puerta esta —dijo el Mago—. La voy a cambiar por una de rejas, de ésas tan bonitas, de Zacatecas; ésas que las balas le pasan por los hoyitos.

—¿Qué? ¿Le hacemos algo a este pendejo? —preguntó el tintorero mirando con su mejor cara de sádico al hombre parado en la banqueta.

Héctor negó. Le dijo al Mago:

—Si quiere que le paguen la puerta, ahí tiene al culpable.

Señaló con la cabeza al pistolero que estaba aún con los brazos en alto, probablemente encomendando su alma a la virgencita de Guadalupe, de la que no se había acordado un carajo en estos últimos años.

—¿Le damos una interrogada con martillo? —sugirió el Mago.

—Éste no es el que busco, éste sólo sabe que lo contrataron para asustarme... —respondió Héctor—. La verdad, me da flojera.

El pistolero dijo que sí con la cabeza, que a él también le daba flojera.

Comenzaron a encenderse las luces de algunos departamentos, poco a poco. La calle se iluminó.

—Mejor déjeme la pistola, en esta ciudad ya no se sabe qué puede pasar —le propuso el Mago al detective.

Héctor se la pasó. Aprovechando que nadie lo miraba, el pistolero salió corriendo. Era la segunda vez que Héctor lo veía correr. No debería ganar un sueldo muy alto.

—A lo mejor jugaba dominó mejor que yo —sugirió el detective, viéndolo desvanecerse.

—Vamos de compañeros, joven Belascoarán, usted tiene estilo suicida. Lo que a mí me gusta a la hora de cerrar con la de seises en la mano —dijo el tintorero.

V

Si la respuesta es sí, hay tres fantasmas a los que cada uno tiene que enfrentar de cuando en cuando. En la oscuridad.

JOSEPH WAMBAUGH

A lo mejor lo matan a uno, le quitan la vida y se la llevan por ahí, a pasearla por otros rumbos. Pero a lo mejor uno es el que mata y al principio se siente casi igual que si hubiera sido de la otra manera. Hay continuos efectos de espejo en estas historias graves en las que vida y muerte andan jugando. Luego no es así; luego llega el descenso de adrenalina y uno descubre que tiene la suerte de estar vivo. Y entonces nada de que es igual, uno se gusta, se desea a sí mismo en el terreno de los vivos, los que juegan al futbol, bailan al ritmo de Rubén Blades y Son del Solar, van a las manifestaciones al lado de Superbarrio y leen novelas de Howard Fast. Esos momentos, los de saberse vivo, hacen olvidar los otros, los de la culpa.

Héctor estaba jugando con su pistola, recordando el tiro que había roto la puerta de su casa y se sentía vivo, asquerosamente vivo.

—¿Durmió muy, muy mal? —le preguntó de repente el tapicero al verlo bostezar.

—Tranquilo, no me pasa nada, es por culpa del dominó.

—Ah, bueno —dijo Carlos Vargas.

Pero no quedó muy convencido. Con los otros compañeros de despacho perdidos en extrañas vacaciones, él se sentía responsable del detective y a veces, a gusto de Héctor, adoptaba un tono maternal excesivo. No era mala idea tener a un tapicero de madre, pero no más de cinco minutos diarios.

—¿Y qué sacó de sus lucimientos de detective?

—Todo, jefe. Usted nomás diga qué quiere saber.

—¿Existe una casa? —preguntó el detective—. ¿Quién vive en ella? ¿A qué se dedica? ¿Quién era el joven que murió? Todo. Empiece por ahí y siga.

Carlos Vargas extrajo de su mochila de tapicero un gran cuaderno de pastas duras; parecía un libro de contabilidad. Leyó con dificultad su galimatías de notas, a veces girando el cuaderno para voltearlo.

—El primer misterio: el dueño de la casa y tío del joven muerto se llama Elías Márquez y dice que es industrial. Pero no de la industria, se dedica al tráfico de blancas, prietas, güeras, mulatas y negras. Es lenón, como las Poquianchis, jefe. Eso seguro. Ahí mismo en la casa, de vez en cuando, da servicio a los amigos. No a los nuestros, a los de él.

—¿Ése es todo el misterio?

—Ahí empieza. Segundo misterio: le vale sombrilla que se le haya muerto el sobrino. Ni luto por él hizo, ni fue al panteón. Al día siguiente muy feliz, ahí estaba desayunando chilaquiles, todo crudo.

—¿Y el sobrino?

—Era un payasito. El hijo de la hermana. Ahí lo tenía de arrimado. Era de carro a los dieciocho años, totalmente pirrurris el menso y se me hace que trabajaba en la probada de la mercancía del tío. ¿Usted sabe cómo le decían al sobrino?

Héctor hizo un gesto de interrogación alzando la cabeza.

—Se llamaba Manuel y le decían *Manolé*. No Manolete, ni Manolo, Manolé. De dar pena —dijo el tapicero, pensando cómo en medio de la crisis, el ascenso de los más culeros hijos de las clases medias al poder le estaba dando en la madre a este país.

—¿Y qué se dice por ahí del suicidio?

—De eso no se dice nada. ¿Cuál suicidio? Un día estaba y al otro no. Bien raro. Como si se hubiera ido de vacaciones a Tlaxcala, o a la verga. Digo, de vacaciones a La Verga, Tabasco.

—Informe usted con precisión, carajo. ¿Y la casa? ¿Mucho guarura en la casa?

—¿Guaruras…?, deje ver… Un portero que no es portero, un chofer que no es chofer, dos guaruras que sí son guaruras.

Héctor dio por concluida la conversación, encendió un cigarro y fue hacia la ventana. Carlos, molesto, lo observó hacer, le quedaban cosas en el cuaderno.

—¿No me va a preguntar más? —preguntó después de un rato el tapicero.

—¿Qué le pregunto?

—¿Cómo se entra? ¿Dónde tiene los negocios el señor Márquez? ¿Por qué no estaba el coche del sobrino en la calle, enfrente de la casa donde los mataron?

Héctor miró a su accidental ayudante sorprendido. Si las cosas seguían así más le valía dedicarse él a la tapicería y dejarle al otro el negocio.

—Es usted un genio.

—¿Verdad? Yo decía. Vargas, eres mucha verga. Vargas, sirves para todo. Vargas, tú sí la haces, no el pinche Belascoarán que es ojo.

Se contoneó muy orgulloso como llevando el ritmo del himno nacional.

—A ver, ¿cómo se entra? ¿Dónde tiene los negocios el señor Márquez? —preguntó el detective.

—Sepa… Tengo un mapa de la casa, si le sirve.

El tapicero intentó pasarle el cuaderno, pero Belascoarán lo rechazó.

—Ya se me hacía raro que usted supiera tanto.

—Bastante, sé bastante. Cuando estaba hablando con la sirvienta, me dijo: ése es el coche del difunto, y señaló enfrente de la casa; y se me ocurrió preguntarle que si lo habían traído de la escena del crimen y que si no necesitaba una nueva tapizada para quitarle la sangre, y me dijo que se habían matado arriba de una cama, encuerados, y que el coche ni lo había sacado ese día, que desde el día antes estaba bien tranquilo tragando polvo, de manera que no necesitaba tapizada…

—¡Entonces, no usaron el coche, o fueron caminando o alguien los llevó!

—Eso mero.

Héctor le estampó un sonoro beso en la frente al tapicero, que huyó a buscar alcohol en el botiquín. Mientras Héctor guardaba la pistola en su funda, el tapicero regresó desinfectándose el lugar donde había sido besado y haciendo caras de asco.

Héctor estaba contemplando la lluvia en la ventana. Necesitaba un refresco pero no se atrevía a pedírselo a la mujer. Llovía a cántaros. A su espalda, la voz de la madre de Virginia contaba con voz monótona:

—Es como una pesadilla. Virginia nunca se hubiera suicidado… Lo que dicen los periódicos del pacto suicida, eso no es cierto. Si no estaba enamorada de ese muchacho. Me lo hubiera dicho.

Las mujeres no se parecían. Héctor había intentado buscar al principio de la entrevista los rasgos de la adolescente muerta en la madre viva. No lo había logrado y se había concentrado en la lluvia.

—¿Se lo hubiera dicho? ¿Por qué? ¿Por qué se lo habría dicho?, ¿porque usted era su madre? Esas cosas no se dicen a los padres.

—¿Y usted qué sabe de eso? Virginia me contaba muchas cosas, hablábamos. No estaba enamorada. Quería escribir. ¿Sabe qué estaba leyendo? A Simone de Beauvoir. Decía que quería ser así siempre, independiente. Solitaria. Ni pleitos, ni angustias, ni llantos, ni nada… No pasó nada en este último mes. Es mentira. Virginia no se mató. La mataron, y no entiendo por qué. No sé por qué dicen que hubo un pacto suicida. Ni salía con ese muchacho. Yo a ese muchacho sólo lo vi una vez. Conozco a los amigos que salían con Virginia. Venían por aquí. Platicaban. Además no era uno, eran varios. No tenía ningún novio… La mataron.

La mujer inició un llanto mezclado con toses y pequeños espasmos, como si se estuviera ahogando. Héctor dejó de ver la lluvia y la miró. Luego volvió a la ventana.

—Y la cinta esa que están pasando en el radio, ni era la última, ésa era vieja, la había grabado el mes pasado; yo la había oído en casa. Y no era de suicidio, era de despedida, porque ya no iba a mandar más cosas al programa. La última debe ser otra, una que grabó el día anterior.

—¿La tiene usted?

La mujer caminó hacia el interior de la casa, Héctor la siguió, entraron al cuarto de Virginia, aún muy juvenil, con muchos más libros que lo habitual. La foto de la muchacha contempló a los intrusos desde la pared. Héctor recordó otras fotografías, en otras paredes. Sobre la cama una grabadora portátil. Estaba abierta, no tenía cinta. Héctor la miró, la mujer lo miró a él como disculpándose, quién sabe dónde estaría la cinta.

Días después, meses más tarde, recordaría la lluvia de aquella tarde. Gotas gruesas, panzonas, que hacían plof al reventar contra la ventana, que doblaban las hojas de los árboles, que se estrellaban contra los cristales chorreando por los bordes. Recordaría la lluvia, pero había borrado de la memoria el rostro de la madre de Virginia.

La cara de Celia, la mujer rodeada por los dos luchadores en la foto, estaba ahora entre ambos. Héctor empujó sobre la mesa de su despacho la vieja fotografía hacia el joven Ángel II.

—¿La conocías?

—No. ¿Quién es? —preguntó el luchador.

—¿Y al que está a la izquierda de la mujer, del lado contrario a tu padre?

—Ha de ser el Fantasma Zamudio. Por ahí vi alguna foto de él, aunque no lo conocí en persona.

Hacía calor, bochorno. Se habían encontrado, previa cita telefónica, en la entrada de la prepa donde el Ángel daba clases. Héctor había dudado si dedicarse al oficio de preguntar o ponerse a pintar bardas con unos tercos activistas del CEU que derrochaban las tres virtudes teologales: fe, esperanza y caridad, a unos metros de allí.

—¿Nunca te habló de ella?, su nombre era Celia.

—¿A poco es la mamá de Celina?

Héctor se interesó de repente. La mujer parecía querer dejar de ser una fotografía.

—¿Quién es Celina?

—Una ahijada de mi papá. La veíamos seguido. Vive con sus abuelos. Hoy tengo que ir a su fiesta, se lo prometí, y vestido de luchador. Vaya mensada.

—¿Fiesta de qué?

—Fiesta de quince años.

Las fiestas de quince años ventilan con su ritual algunas de las más grandes derrotas populares de México. Son la prueba de que queremos ser como los otros. Que hemos aceptado los restos del banquete. Por una escalera de utilería bajan las quinceañeras en medio de nubes de hielo seco. Toda la pompa que oculta la falta de recursos económicos está presente: jarrones con gladiolas, la mitad de plástico, abanicos aunque sea en febrero, sí, pero también mesas con el logo de la cerveza Carta Blanca cubiertas por manteles medio sucios.

Una orquesta tocaba la «Marcha Triunfal» de *Aída*. Héctor contempló curioso los rostros de las adolescentes peinadas en salones de belleza por sus peores enemigas. Buscó entre las caras radiantes una que fuera parecida a la de la foto de Celia. No tardó en encontrarla y la siguió con la mirada sin perderla, mientras se tomaba un refresco con el Ángel enmascarado en una esquina del salón, donde se había organizado una pequeña barra.

—Me dan vómito las fiestas de quince años. Todo es mentira —dijo el Ángel II haciendo una mueca a través de la máscara.

—A mí me encantan —contestó Héctor—, de tradición ya nomás nos queda esto y los informes presidenciales.

La marcha seguía sonando, las adolescentes, vestidas con vaporosos tules blancos y azulosos descendían por la escalera de utilería como sacadas de una mala imitación de película de Visconti. El Ángel se vio obligado a abandonar su lugar junto a la barra para recibir muy ceremoniosamente, dándole el brazo, a la muchacha que Belascoarán había seleccionado con la vista unos minutos antes. El parecido de la Celina real con la Celia de la foto era notable. Abundante hielo seco producía espesas nubes de humo blanco al ser echado en cubetas de agua por abnegados camareros que hacían de técnicos en efectos especiales. El volumen en las botellas de brandy sobre las mesas iba bajando ante la emoción de los padres y padrinos. Por ahí guisaban al aire libre una barbacoa. La fiesta popular se infiltraba hasta en las mejores imitaciones del imperio de Maximiliano.

El Ángel dejó en el centro del salón a su acompañante y se alejó siguiendo las tradiciones ensayadas. Comenzó a sonar un vals de Strauss, sin violines, con el sintetizador del conjunto rockero adaptado para las circunstancias. Un personaje viejo y fornido salió de la multitud y se acercó a bailar con la adolescente Celina.

Héctor se aproximó al borde de la pista.

—¿Me permite esta pieza, señorita? —dijo el viejo.

—Tengo que bailarla con mi chambelán, señor —contestó la muchacha azorada, buscando con la vista a su acompañante enmascarado.

Héctor observó al viejo. El Fantasma Zamudio había perdido peso, el rostro estaba cambiado; tenía como rota la primitiva tensión que había conservado los músculos en su lugar; la mirada acerada seguía siendo la misma, estaba mal afeitado y el pelo un poco largo. ¿De dónde había sacado aquella horrible corbata grasienta con dibujos de pajaritos?

El Ángel se acercó siguiendo los pasos del intruso. Aproximándose desde la espalda del viejo se la tocó suavemente.

—Perdone, esta pieza estaba comprometida conmigo.

El rostro de Zamudio se alteró, estaba viendo a un muerto. Retrocedió tropezando. Celina, azorada, no sabía qué hacer. El Ángel resolvió, abriendo los brazos y tomándola para que todo volviera a ser rosa, san Strauss de por medio. Las parejas siguiendo el orden ensayado hasta el aburrimiento, comenzaron a bailar. Los padres suspiraron, nada se había estropeado.

Héctor caminó rápido para cortarle la salida a Zamudio, que a tropezones abandonaba la pista de baile.

—¿Le ocurre algo, señor?

Zamudio, haciendo esfuerzos para que nada pudiera apartarlo de sus pensamientos, siguió retrocediendo hacia la puerta.

—¿Vio usted a un muerto? —insistió el detective.

El viejo, sin previo aviso le lanzó un manotazo a Héctor, que al darle en el hombro lo mandó rebotando contra una de las mesas. El Ángel acudió corriendo para ayudar al detective. Héctor trató de levantarse. Se escuchaban gritos sueltos; seguía sonando el vals. El Ángel pescó a Zamudio cuando éste trataba de escurrirse, se abrazaron. Los luchadores tienen una memoria instintiva, una serie de reflejos laborales que ahora acudían sin querer a los actos de ambos. ¿Lucha o parodia?

Giraron abrazados derribando algunas mesas. De repente, Zamudio sacó una pistola. Héctor vio la escena que había ideado y que le había contado a Carlos Vargas, la reproducción del abrazo de Judas.

—¡No dispare! ¡No es el Ángel, es su hijo…! —gritó Héctor.

Zamudio respondió al aullido del detective congelándose por un instante. Luego, de un manotazo le arrancó la máscara al Ángel. Era otro, parecía decir la cara del envejecido Fantasma Zamudio. Era otro fantasma. Héctor desde el suelo comenzó a sacar su pistola. Zamudio corrió hacia la puerta derribando enfurecidos padres de quinceañeras y camareros de chaquetilla blanca. La visión de las pistolas desenfundadas hizo que un corredor comenzara a crearse entre el viejo luchador y el detective.

Héctor dudó. Luego bajó la pistola y comenzó a levantarse. Zamudio había desaparecido por la puerta del salón. Al guardar su .45, el vals volvió a sonar. Este mundo aún creía en los efectos escénicos.

—¿Qué pasó? —preguntó el Ángel II recomponiendo su máscara y sacudiéndole el polvo a la chamarra de Héctor —¿Ése fue el que mató a mi papá?

—Un fantasma que vio a otro fantasma. Creyó que tendría que matar a tu padre dos veces.

El detective estaba preparándose unos frijoles refritos con chorizo en la cocina; mientras lo hacía, contemplaba la foto de Celia y los dos luchadores. Terminó poniéndola al lado de una foto de su muchacha de la cola de caballo que estaba pegada al refri con imanes. Cocinaba con vieja sapiencia, con técnica científica, controlando la altura de la flama, sin aceite, usando la grasa previa que había dejado el chorizo al freírse. Era una cura contra la soledad.

Héctor sabía, porque era un contumaz escuchador de boleros, que hay amores que matan. Que vienen directo a la vida surgidos de las peores telenovelas, que nacen como para que no acabes de creértelos y los mires con el cartesiano rabillo del ojo. Amores ni de verdad ni de mentiras, hijos de nuestros melodramas de película que insisten en reaparecer como si vinieran de la pura realidad, bajo la siniestra influencia del Canal 2. La historia de la muerte de su amigo el Ángel I parecía salida de una película de Pedro Infante… ¿De quién era hija Celina? ¿Del Ángel y de Celia en ese momento de amor que duró horas? ¿Del Fantasma Zamudio, quien parecía exigir el derecho paterno de bailar el primer vals? ¿De qué máquina del tiempo había salido Zamudio?

Dejó de contemplar la foto porque se le quemaban los frijoles. Arrojó sobre ellos el par de huevos que había encontrado sobre la mesita de noche en su recámara y revolvió todo con lentitud y con prudencia, mientras bajaba la lumbre. Cuando el olor del guiso lo convenció, dejó el gas al mínimo y salió de la cocina, fue a buscar su chamarra tirada en el suelo a unos pasos de la puerta.

Sacó de ella la foto de Virginia que le había pedido prestada a su madre. Volvió a la cocina con ella en la mano y la colocó al lado de la de los fantasmas y Celia. Revolvió, probó la sazón. Terminó pegando la fotografía en el refri una al lado de otra y cenó mirándolas.

La de Virginia era otra historia de amor, nomás que ésta nunca había existido, alguien se la había inventado para poder matarla. Quedaban demasiados cabos sueltos. Parecían los flecos de una alfombra: estaba la «última» cinta que no lo era, una vecina que había testificado en falso diciendo que había encontrado en las escaleras esa noche la cinta de la muerta. Estaba la maestra que prestaba su casa al compañero de Virginia. Un compañero que nunca había sido novio. Estaba un automóvil que no había salido en la noche en que debería haberlo hecho. Y sobre todo, estaba una cinta desaparecida. ¿Por qué habían matado a Virginia? ¿Por lo que decía en esa cinta? ¿Por lo que sabía?

Limpió cuidadosamente los platos y el sartén con agua caliente y abundante detergente. Trató de que su vista no se tropezara con las fotos, con ninguna otra. Apagó las luces y fue hasta su cuarto en la oscuridad. En la oscuridad se quitó el parche del ojo, se desnudó y se dejó caer sobre la cama. Si durmió, durmió con el ojo abierto. Como los fantasmas. Como los muertos.

Laura se estiró, se desperezó y el pelo se salió del conservador moño que traía. Héctor la contempló guardándose muy bien de hacer observaciones. Si las hacía, a lo mejor ella intentaba recomponer su viejo estilo. Laura se inclinó sobre los mandos y soltó una cinta.

—Ustedes recuerdan la voz de Virginia, la adolescente que murió hace tres días en un extraño pacto suicida en la colonia Del Valle. Una voz que nos desconcierta, que unida al trágico final de su autora, nos conmueve... Esta voz...

Puso en marcha una casetera. La voz de Virginia llenó el pequeño estudio y se lanzó a tomar por asalto estéreos y *walkmans*, motorolas de vw y radios de transistores en la mesita de noche de adolescentes como ella:

—Hay días en que no sé ponerle nombres a las cosas. Hay días en que no sé cómo me llamo o de quién estoy enamorada.

Héctor reconstruyó su entrada al cuarto donde habían muerto los jóvenes, recordó el rostro de Virginia sobre la almohada, volvió a ver el resto del cuerpo que estaba cubierto por una sábana. Vio claramente el rostro que era tapado a veces por un médico, por los camilleros que estaban desdoblando la camilla y montándola, pero que quién sabe cómo volvía a surgir de abajo de la sábana, inmóvil para que lo contemplaran.

—Hoy debe ser uno de esos días en los que hablo por hablar —decía la voz de Virginia desde la casetera en el estudio— y quisiera encontrar con mi voz a alguien que se hiciera eco. Algo así como dejar de oírme a mí misma para poder oír a otro. Saber que la soledad es una tontería que una inventa jugando, pero que sólo se trata de eso, de un juego...

Laura hizo una suave disolvencia con las últimas palabras de Virginia, y tomó el mando del programa.

—Ésta es la voz de Virginia en una de las varias cintas que nos envió antes de su muerte. Pues bien, parece que no todo es tan claro. Surgen sombras sobre la versión hasta ahora aceptada del suicidio de esta adolescente de diecisiete años. De ello vamos a hablarles aquí, en la parte final de *La hora de los solitarios*, dentro de unos instantes. Pero antes, algo de música, música para no morir.

Como si fuera una equilibrista, mientras con la mano derecha hacía *fade* en los mandos de su micrófono, arrancó el tornadiscos con la izquierda. Comenzó a sonar una versión popular de la *Quinta* de Beethoven. Laura dejó los mandos y miró al detective.

—Ve despacio, no cuentes todo, sólo insinúa —dijo Héctor.

—¿Por qué?

—Porque no quiero que se pongan demasiado nerviosos.

—¿Quiénes?

—Ellos. En todas las historias siempre hay unos «ellos». Bueno, pues, que no se pongan nerviosos los «ellos» de esta historia.

—¿Hay algo que no me hayas contado? —preguntó Laura llevando el ritmo de la sinfonía con los dedos, tecleando en la consola sin darse cuenta.

—Un par de tipos que me siguen. Nada grave.

Laura lo miró sin saber si hacer inútiles llamados a la prudencia. Optó por quedarse callada.

—¿Cuál era tu relación con Virginia? —preguntó Héctor.

—Su madre es amiga mía, alguna vez nos vimos en su casa. A ella, a Virginia, le interesaba el radio, me lo preguntaba todo. De repente, me llegó una de esas cintas por correo, la pasé al aire, hablé con ella. Y empezó a mandármelas. Cinco o seis deben haber sido. No era nada del otro mundo, pero expresaban muy bien las angustias existenciales más directas de una adolescente.

Laura se acercó al micrófono, lo tomó entre las manos y operó el *switch*. Se olvidó temporalmente de Héctor y habló a los radioescuchas.

—Dos elementos que producen una fuerte duda en el caso del pacto suicida que produjo la muerte de Virginia han surgido en una investigación independiente ordenada por este programa: la cinta que nos enviaron no fue grabada el día de la muerte, se trataba de una vieja cinta; y escuchada sabiendo esto, no parece ser tan claramente como al principio el último mensaje de una suicida, sino tan sólo las reflexiones de una adolescente sobre la vida y la muerte. En segundo lugar, Virginia y Manuel, el muchacho que apareció junto a ella muerto y que disparó la pistola, apenas si se conocían, y desde luego no eran novios. Con esta información en las manos, no podemos dejar de preguntarnos: ¿qué es lo que realmente pasó esa noche en el departamento de la calle Rébsamen?

Laura subió la música y se apartó del micro.

—Con eso me lo vas a hacer el doble de difícil —dijo el detective.

—Son los problemas que causa trabajar con el cuarto poder, Héctor.

Se quedaron un rato en silencio escuchando al jolgorioso y alegre, lleno de cantos de esperanza, Beethoven. Cuando la música terminó, Laura se aproximó al micro. Nuevamente le habló con dulzura, como si fuera un objeto entrañable.

—No dejes que la soledad se alimente de ti. Acércate. Siempre podremos compartirla. Asómate a la ventana. Alguien está a mitad de los infiernos de la noche de esta ciudad, sintiendo que tiene una historia que contarte, y a través de la magia del radio esa historia puede tocarnos a todos; podemos compartirla, hacerla nuestra... Incluso si es una historia como la de Virginia, desaparecida hace tres días en circunstancias extrañas. Incluso si es una historia sin final feliz como la de Virginia... de la que seguiremos hablando mañana, en este canal de comunicación mágica que viaja desde las estrellas, recorre con el viento la ciudad y llega hasta ustedes... Desde *La hora de los solitarios*... se despide... Laura Ramos.

Lanzó un beso al micrófono y dejó correr el tema musical de salida.

Laura fue haciendo *fade* en los controles. Se desperezó, miró a Héctor. Con un gesto se despidió del solitario técnico de cabina al que casi nunca dejaba operar los mandos. Se fueron apagando las luces, quedó tan sólo una pequeña lámpara encendida sobre el micro, medio fantasmal.

—¿Tu casa o la mía? —preguntó la locutora.

—La tuya, la mía parece la casa de Usher, está llena de fantasmas —contestó Héctor no muy seguro de lo que estaba diciendo.

—La mía está habitada por una hija de seis años. ¿Sabes que estuve casada antes?

—Antes... —empezó Héctor con ánimo de hilvanar su historia, pero renunció con la primera palabra.

—Podríamos ir a pasear por ahí.

—Reforma a las cuatro de la mañana, no estaría mal en otra época —dijo el detective—. Últimamente me da miedo la oscuridad. Asaltan por ahí, te roban la cartera y los ánimos de pasear.

—No tengo cartera —dijo Laura.

—Yo tampoco.

Fue Reforma después de todo, en una noche cerrada, más negra que otras, más oscura. En la avenida de las enormes manifestaciones, en la calle elegida por el emperador para sus paseos a caballo, ahora casi solitaria, si no fuera por un par de taxis.

La pareja eligió el camellón, a distancia prudente de los, esa noche inexistentes, asaltantes y ladrones de también inexistentes carteras. Terminaron en el Presidente Chapultepec, ante un encargado de recepción con cara impasible de funcionario inglés de aduanas que ya lo ha visto todo, y además muchas veces, y que esta vez apenas si observó a la extraña pareja sin maleta, que quería rentar la habitación por una noche, que pensaban duraría más de cinco horas.

Héctor se dejó caer sobre la cama mientras Laura contemplaba el cuarto. Luego la locutora lo fue recorriendo, dando pasitos y pequeños brincos hasta ocultarse tras la cortina. Héctor se estiró en la cama esperando los acontecimientos. De repente, un suéter voló por el aire y le cayó sobre la cara. Lejos aún del momento de la duda, cuando habría de pensar que esa mujer no era otra mujer, sino una mujer, se quitó un zapato y se lo arrojó a Laura que se había escondido tras un horrible cortinaje salmón. Ella le arrojó su blusa verde esmeralda. Héctor en justa retribución le aventó sin acertarle su chamarra. Cuando Laura le arrojó un brasier, asomando detrás de la cortina tan sólo el brazo desnudo, Héctor empezó a tomarse en serio el asunto y en rápida sucesión le tiró una camisa, el cinturón, otro zapato y dos calcetines grises. Laura respondió con una falda, un par de mocasines y unas pantimedias. Héctor lo pensó un momento, y sólo tras la risa de ella, la risa suave que a veces escuchaba en el radio, le arrojó los pantalones, que por falta de vuelo se quedaron a mitad de camino, sobre un sillón. Luego, a falta de calzoncillos, a los que había renunciado desde que se estropeó su lavadora eléctrica en el 82, el detective se cubrió púdicamente con la colcha. Nuevamente Laura tomó la iniciativa y un brazo solitario asomó tras la cortina e hizo girar unos calzoncitos bikini color verde esmeralda que luego flotaron en el aire un par de metros antes de caer lánguidamente al pie de la cama. Héctor pensó si podría aplazar el momento de la verdad tirándole las almohadas, lo pensó muy seriamente, luego salió de abajo de la colcha y avanzó hacia el cortinaje. Ella estaba esperándolo, casi sin poder contener la risa. Hicieron el amor detrás de las cortinas.

VI

En el almanaque no ha sido marcado aún el día.
Todos los meses, todos los días están libres aún.
Uno de los días será marcado con una cruz.

BERTOLT BRECHT

Un par de horas después, Héctor se sentó en su cama y contempló las fotos de la muchacha de la cola de caballo que estaban colgadas en los muros de toda la casa. Se quedó ahí tan clavado a ellas como ellas lo estaban a la pared. Sin poderse mover. Las fue recorriendo con la vista una a una: ella bailando ballet cuando tenía quince años. Ella durmiendo desnuda, apenas tapada con una esquina de la sábana. Ella dos años antes, en una playa cerca de Las Hadas. Ella subiendo a un Renault arreglado, las manos manchadas de grasa que se limpiaba con estopa. Ella comiendo espaguetis. Ella tomando café, sin verlo, sin ver a nadie, hundida en algunos oscuros presentimientos que asomaban sobre el borde de la taza. Ella en Venecia, una Venecia sin gondoleros pero con el Gran Canal al alcance de la mano. Ella en Chapultepec mirando el lago, ambos fuera de foco, una foto casi imposible, digna de una cámara de cajón manipulada. Ella probándose una camiseta que le quedaba al menos dos tallas grande. Ella fumando. Nuevamente, ella fumando. Una vez más. Soltando el humo. Ella cocinando camarones a la plancha, sonriendo. Ella... Las paredes repletas, los pasillos, el baño, las puertas, la puerta del refrigerador, sobre los mosaicos de la cocina, en los zoclos del comedor, sobre la mesa, fotos enmarcadas, sueltas, apiladas, tomadas siempre por terceros, porque Héctor tenía miedo de las cámaras fotográficas. Sabía que robaban el alma. Diez fotos hacían una nostalgia. Cien hacían una obsesión. Y ochocientos noventa y ocho una forma benigna de locura. Desde luego, mil trescientas producían una locura de amor suicida. Él tenía mil ciento cuarenta y cinco, por lo menos ésas tenía la última vez que las había contado. Quizá fueran unas pocas más. Las últimas le llegaban por correo, enviadas por ella desde lugares cambiantes, con sellos de colores siempre diferentes. Por lo tanto, se encontraba a medio camino entre la locura amable y el suicidio, según sus propias tablas de comportamiento. No había duda, teníamos razón cuando queríamos impedir que los fotógrafos de *Life* y de *National Geographic* nos tomaran la foto. Esos hijos de la gran puta nos querían robar el alma. Y cuando la publicaban, le robaba el alma al que miraba.

Esa noche, su vecino el Mago vino a sacarlo de la locura y lo salvó invitándolo a jugar de nuevo dominó, el del desquite, con el tintorero y el oficinista del 7º A. Héctor ganó todas las partidas. Ganó incluso cerrando con la de seises en las manos, jugada suicida muy admirada por el tintorero. Sospechó que no lo volverían a invitar.

La maestra que prestaba su casa a sus alumnos para que se suicidaran era una mujer joven, de unos veinticinco años, sin duda nacida en Estados Unidos. Su voz tenía un fuerte acento, rasposo, y su actitud tenía algo equívoco. Parecía una mezcla de profesora de cocina en espacios matutinos de televisión y prostituta de lujo de Kansas City. Mostraba generosamente las piernas al sentarse.

—No ser muy bien. Yo le prestaba el departamento... *As a favor*, como un favor. ¿Verdad?

—¿Como un favor a quién? —preguntó el detective.

La maestra se hizo la desconcertada. Su rostro nervioso fabricó una mirada de incomprensión. Fumaba distraída, olvidó dónde había puesto el cigarro, lo encontró después de unos instantes de dar vueltas. Su rostro parecía pedir auxilio, sus piernas se mostraban aún más porque la falda había ascendido algunos centímetros sobre los muslos.

—¿Conocía usted al tío de Manuel? —preguntó Héctor.

—No, no lo creo.

—Qué extraño, tengo una foto de usted con él, sentados en un restaurante.

—¿Quiere usted decir el tío de Manuel?

—¿Qué relaciones guarda usted con el lechero?

Eso la desconcertó. Después de todo, quizá sí se estuviera tirando al lechero.

—¿Con quién? —preguntó estirando un poco la falda.

—Con cualquiera, qué importa. Vine a que me contara por qué Manuel tenía llaves de su casa, pero me doy cuenta de que no era Manuel quien las tenía, que hay un montón de cosas extrañas sucediendo aquí. Supongo que no querrá contármelas... ¿Conocía usted a Virginia?

La maestra-piruja de Kansas no sabía muy bien por dónde proseguir, clarito sentía el terreno pantanoso. Después, trató de nuevo de morderse las uñas.

—No, a esa muchacha nunca la había visto. No es alumna de mí.

—Tengo una curiosidad enorme por saber de qué da usted clases.

—*English, of course*, claro está.

—No, pero aparte de eso...

La mujer dudó, quizá debería contarle algo. Héctor no esperó respuesta, tenía la sensación de que ya la conocía. Se puso de pie, le dio la espalda y salió hacia la puerta.

Sin embargo no salió del edificio, bajó dos plantas y tocó una nueva puerta. Desde el cubo de la escalera, dos pisos arriba, se supo vigilado por la maestra de inglés que daba clases de Piernas-2. Doña Amalia abrió su puerta de repente. Tenía la cara hinchada, probablemente lloraba con las telenovelas de Verónica Castro.

—Buenas tardes, señora. ¿Se acuerda de mí? Estoy investigando...

—Sí, claro, joven.

—Nomás una pregunta, señora: ¿cuánto le pagaron para que entregara la cinta a la estación de radio? ¿La amenazaron? ¿Cuánto le dieron para que dijera que el paquete se le había caído a la muchacha en el pasillo? No es que quiera crearle algún problema, es que si dice usted mentiras es cómplice del asesinato, señora...

La mujer se puso a llorar. Héctor la contempló en silencio, luego le dio una palmada en la espalda. Cuando bajó el último tramo de las escaleras, la maestra aún lo seguía con la vista. El detective se sintió personaje de una película de curas irlandeses.

—Si usted me dice qué quiere, yo no me veo obligado a adivinarlo. Comprenderá que no me encuentro muy tranquilo con mi sobrino muerto en ese triste accidente... —dijo Márquez.

Era un hombre de unos cincuenta años, un tanto untuoso. Con aspecto benévolo, no parecía ser capaz de arrancarle las alas a una mosca capturada. Héctor lo contempló sin decir nada. Estaban sentados en un *hall* al pie de las escaleras, los pistoleros conocidos hacían discreto acto de presencia, pasando de la sala a la cocina con unos refrescos en la mano, subiendo las escaleras, simulando que no veían, como desentendiéndose del asunto. Se escuchaba un lejano rumor de música.

—La verdad, señor Márquez, quisiera saber tantas cosas que no sé por dónde empezar... —dijo el detective.

Márquez se puso de pie caminando hasta una cómoda situada en la esquina de la sala. Colocado ahí, en el otro extremo de la habitación, había creado una situación un tanto irreal. Héctor se dejó caer en un sillón. Márquez sacó una chequera y comenzó a extender un cheque.

—¿Cinco millones de pesos le parecen bien? Y nos ahorramos toda la conversación —dijo en voz alta mientras firmaba.

Héctor no contestó. Márquez se aproximó con el cheque en la mano, por delante de él, como abriéndole camino. El detective lo tomó entre los dedos. Márquez volvió a distanciarse, se fue de regreso al otro lado de la sala, como si el detective pudiera contagiarlo de un virus gripal.

—Entonces, cinco millones de pesos y aquí se termina la conversación... —dijo Héctor mirando de reojo al tipo.

—Así es —contestó Márquez.

Héctor sacó un cigarro y se lo puso en la boca, aplicó la llama del encendedor al cheque. La dejó crecer, y con ella encendió el cigarro.

—Caray, nunca me había sabido tan bien un cigarro —dijo casi hablando para sí mismo.

—De manera que vamos por el camino chueco. Me soplan los huevos los ostentosos —dijo Márquez haciendo un gesto de desencanto. Miró su chequera como para verificar que aún quedaban más y suspiró.

—Ostentosos, los que andan ofreciendo millones para que uno se encienda un vulgar Delicado con filtro, pendejo. En vez de andar regalándome un cheque, por qué no me cuenta el lugar que ocupaba su sobrino en la organización que usted tiene... O qué fue lo que averiguó Virginia Vali que a usted tanto le molestaba... O cuáles son sus relaciones con una maestra de Inglés que enseña las piernas cuando da clases. Por cierto que le dije que tenía una foto de ustedes dos juntos y se puso muy nerviosa. No era para tanto, no debe ser usted mala pareja bailando tangos, o foxtrot, o pasodobles; bailes viejos, de rucos hijos de la chingada, pues.

Márquez se rio.

—Usted tiene muchas preguntas, demasiadas, amigo. Pregunta más que la policía. Mis amigos de la policía no andan encendiendo cheques como usted, nomás los cobran... Usted me late... cómo le dijera, a difunto, a pendejo, a suicida... es más, ni parece mexicano, porque...

Un grito que vino del piso de arriba interrumpió el parlamento de Márquez. Héctor levantó la cabeza. Vislumbró en un *flash* a una adolescente casi desnuda que corría por el pasillo posterior. Sólo un instante. Ni siquiera intentó moverse porque uno de los pistoleros se encontraba en esos momentos en la escalera cerrándole el paso y con una prometedora mano en el bolsillo. Cruzaron una mirada. Márquez prosiguió.

—Se me hace que tenemos poco que hablar. Si alguna vez descubre lo que pasó en ese cuarto entre mi sobrino, el pobrecito, y esa niña, me gustaría que me lo contara, incluso estaría dispuesto a pagar bien sus servicios...

Héctor se puso de pie, caminó flotando hasta la puerta, a pesar de su pierna herrumbrosa en los días de lluvia, a pesar del cansancio de los huesos. El Delicado le había sabido a gloria. Márquez se había quedado sonriendo, pero estaba equivocado. Los malos de las nuevas historias no sabían la chinga que les esperaba, no sabían los enormes recursos con que él bien contaba cuando se le añadía una pequeña dosis de cinismo y una abundante dosis de locura. Los hijos de la chingada no tenían ni remota idea de lo que la raza enfurecida les iba a hacer un día de éstos. Cómo les iban a quemar todos los cheques de cinco millones uno tras otro. Qué tremenda hoguerota.

Al salir de la casa de Márquez, Héctor sabía lo que necesitaba, ahora tenía que encontrar una idea medianamente inteligente para obtenerlo. Bajó caminando por Palmas y cuando se aburrió del sol, de las largas banquetas vacías de peatones y del smog que le lanzaban los automóviles, tomó un pesero y regresó hacia una zona de la ciudad donde se sentía más seguro. En una gasolinera cerca del metro Chapultepec descubrió un viejo refrigerador de refrescos repleto de Cocas chicas. Ya no había muchos en la ciudad, poco a poco eran sustituidos por las máquinas de Cocas de lata o simplemente desaparecían en la nada. Bebió una, luego otra y en rápida sucesión se echó la tercera. Aparte de que las Cocas chicas eran mejores que las familiares, como todo el mundo sabía, los cascos eran la parte medular de su plan. Ahí mismo compró un garrafón de plástico de cinco litros y le pidió al gasolinero que se lo llenara con diesel. Ya sólo necesitaba un paseo por el centro para obtener la química.

La noche es el territorio de la esperanza y la hora de los grandes fuegos pirotécnicos. A las dos de la madrugada con diecisiete minutos, Héctor entró al jardín de la casa de Márquez saltando la barda y silbando *La bamba*; de agilidad nada, casi se le cayeron las tres bombas stalin que se había pasado la tarde construyendo (gasolina, un chorrito de ácido sulfúrico, botellas chicas de Coca cuidadosamente tapadas, formando un paquete amarrado con *masking tape* y pintadas en el exterior con cola impregnada de cloruro de potasio). Avanzó por el jardín en medio de las sombras de los árboles. Buscó la seguridad de las puertas del garage. Tendría que lanzar el paquete lo menos a veinticinco metros, una tarea del gordo Valenzuela sin lesiones. Calculó el lugar donde quería que impactara. Tenía que ser sobre la pequeña rotonda de cemento que había ante la entrada principal. Contó hasta tres y lo lanzó. La tremenda llamarada lo sorprendió. Casi esperaba que el asunto fallara y se viera obligado a ponerse a descubierto y sacar unos cerillos. Pero la explosión fue preciosa, la gasolina ardiendo se extendió rápidamente y pescó un toldo. El jardín se iluminó como si se hubiera adelantado el amanecer. Héctor produjo una sonrisa lobuna, había equivocado su oficio: en las noches incendiario, en las mañanas bombero. El paisaje comenzó a poblarse de ciudadanos en calzoncillos. Sus viejos amigos, los dos guaruras correlones, aparecieron por una puerta de servicio en un costado del edificio, con las pistolas en las manos. Héctor se deslizó al interior de la casa a través del garage. En un pasillo del piso superior se cruzó con dos niñas de no más de doce años en camisón. Fue abriendo las puertas. ¿Qué buscaba? Una foto. ¿Por qué? Porque aquí tendría que haber también una foto. La descubrió en una recámara de alfombras rojas. Estaba sobre la mesita de noche, era otra vez el rostro de Virginia, la adolescente muerta, que no lo parecía en la foto. Una fotografía tomada la misma noche del crimen, a una muchacha difunta cuyo cuerpo aún no había sido cubierto por la sábana.

—Usted no lo va a creer, pero me enamoré de ella —dijo una voz a sus espaldas.

—¿Antes o después de matarla? —contestó el detective sin voltear, con la mirada fija en la fotografía.

Márquez estaba vestido tan sólo con una piyama, descalzo. Caminó hacia la foto pasando al lado de Héctor y la tomó entre las manos.

—Tengo debilidad por las muchachas muy jóvenes, son tan suaves. Me gusta cogérmelas, lo tengo que admitir. Pero ésta no. Soy un pendejo. Nomás la vi dos veces, una con Manolo, la otra cuando vino a regañarme. Y así, en lugar de cogérmela la maté. Uno nunca hace lo que quiere. ¿Cómo se llamaba la escuincla pendeja esta? Como se llame. De ésta me enamoré.

Con un gesto de rabia Héctor Belascoarán trató de que el tipo se le quitara de enfrente, se desvaneciera. Luego extendió su mano para que el otro le devolviera la foto. Márquez retrocedió dos pasos. Héctor sacó la .45 y le disparó un tiro. Vio cómo el brazo derecho de Márquez, el que sostenía la foto, casi se cortaba en dos. El tipo chilló al ver la sangre que brotaba del brazo destrozado. El detective le dio la espalda y salió. Cuando brincaba la barda escuchó el sonido cercano de los carros de bomberos. Ni Tchaikovski para sinfonía.

El Ángel II no peleaba mal, tenía estilo elegante, cierta fluidez en los gestos aprendidos en rutinas. Volaba por el cuadrilátero con cierta gracia. Héctor, semioculto en uno de los pasillos, fumaba un cigarro mientras alternaba la visión de la pelea y ojeaba los rostros de los espectadores. Caras que actuaban para sí mismas con el pretexto de la lucha con sangre de mentiras que se producía en el *ring*.

Parecía elemental que la única manera de detener a un fantasma era cuando éste asistiera a una arena de lucha libre para ver combatir al hijo de otro fantasma.

El rostro del Fantasma Zamudio surgió en la multitud. Debería haber estado allí desde el principio, oculto a la mirada del detective con la cara encubierta por las solapas de la chamarra. No era el mejor momento del Ángel II, algo fallaba ahora, peleaba sin la consistencia de clase de su padre, no le iba la vida, podía seguir siendo maestro de química; la farsa le daba un relativo pudor, no se divertía. Aun así, cuando la pelea terminó, levantaron su brazo como vencedor. El Fantasma Zamudio comenzó a caminar hacia la salida sin esperar las peleas estelares. Héctor lo siguió.

Llovía en aquella parte del DF. El Fantasma entró al metro con Héctor a unos cincuenta metros. Tres estaciones después descendió, el detective le dio unos segundos y comenzó a seguirlo entre la multitud de la estación Tacubaya. El metro estaba en uno de esos momentos peliculescos. Las luces mágicas, los rostros que pasaban a toda velocidad, sin dejar registro, las voces de los vendedores en todos los pasillos de acceso. Llovía a la salida, Héctor aceptó agradecido el aire que le arrojaban las gotas sobre la cara. El Fantasma caminó perdido en sus más oscuros y hostiles pensamientos hacia un hotel de mala muerte. Héctor lo vio de lejos. Entraba en su casa. En su casa temporal. La lluvia arreciaba. Allá el Fantasma, en la soledad de un cuarto, con sus fantasmas. Héctor pensó que no quería regresar al hogar a encontrar a los suyos. Prefería la lluvia en la cara. Se quedó parado en la acera, como puta maldita en la tormenta, iluminado por las luces rojas del Hotel Savoy que parpadeaban en medio de los relámpagos.

El detective encendió un cigarro mientras se cubría de la lluvia en el portal de una farmacia cerrada, luego ocultó el tabaco entre los dedos haciéndole «casita» con la mano. Así fumaban los *boy scouts*, le había dicho una vez el Gallo. Él nunca había sido *boy scout*. Caminó empapándose, pero sin prisa, atraído por las luces de una feria.

Se cobijó de la lluvia en la tarima cubierta de un stand de tiro al blanco.

—Los tuertos tienen buena puntería—dijo el puestero—. ¿Por qué no le prueba?

Héctor asintió y pagó mil pesos. Comenzó a derribar con método una fila de brillantes águilas imperiales plateadas. Llevaba once y sin fallar una, cuando un disparo de verdad surgido a su espalda destrozó, a centímetros de su cara, la pared lateral del puesto. Giró sacando la pistola. No había nadie. El puestero contempló el enorme agujero sin tener muy claro cómo coño se había producido. Héctor alzó los hombros y encendió un cigarro. La mano le temblaba. Renunció a tirar la duodécima figura plateada con forma de águila.

Durante varios días, Héctor no fue a la oficina.

Permaneció encerrado en su casa con el teléfono desconectado, escuchando valses de Strauss, cocinando los restos de su muy averiada despensa, contemplando durante horas las fotos de la muchacha de la cola de caballo, y de vez en cuando la foto de Celia rodeada de los dos Fantasmas.

Comenzó a crecerle la barba. Vio en la televisión un torneo de golf. Volvió a las fotos con la sensación de que habían crecido en número. Dos de ellas lo retuvieron más tiempo en la observación, cinco, seis horas. Estaban a mitad del pasillo. En una, la muchacha de la cola de caballo estaba jugando un solitario, jugueteaba con una reina negra en la mano, dudando dónde ponerla, el pelo se le había deslizado cubriéndole un ojo, como Verónica Lake. En la otra, ella estaba tomando una foto a un grupo de huelguistas de hambre enfrente de la catedral. Uno de los huelguistas le sonreía recostado sobre un montón de mantas viejas.

Un día cocinó garbanzos de lata con queso de untar. No salió demasiado bien y tiró la mitad del guiso al escusado. Viendo la lavadora de ropa recordó que la muchacha de la cola de caballo había llegado un día sonriente y lo había convencido de que hicieran el amor sobre la lavadora. La ropa a medio arrancar del cuerpo, las medias enredadas en su cuello, los dos o tres centímetros que le faltaban para alcanzarla bien y penetrarla y que lo obligaban a levantarse sobre las puntas de los pies; las feroces vibraciones de la máquina que amenazaba con saltar bajo el doble impulso de sus arremetidas y la centrifugación. Un orgasmo memorable. El *Kamasutra* no decía nada de lavadoras de ropa. No había fotos de aquella vez. Hubieran salido movidas. Colocó un par de fotografías del rostro de la muchacha de la cola de caballo sobre la lavadora. Deambuló sonámbulo por la casa.

Pasaba de una foto a otra observando nuevos detalles en cada revisión. En la esquina de una fotografía donde ella se subía a un autobús había un ciclista. En esa foto tomada al salir del cineclub de Filosofía ella tenía una herida en el codo, una pequeña herida cubierta por una curita. Ella tenía el rostro asimétrico, un lado de los labios parecía más grande, más jugoso. Las fotos en blanco y negro, al atardecer, mostraban el pelo castaño, en las noches y gracias al *flash* lo mostraban mucho más oscuro. Héctor dormía poco, más bien permanecía contemplando el techo con el ojo abierto. Un día, los refrescos estaban terminándose, quizá era una señal de que la crisis tenía fin, avanzaba hacia algún lado. Sonó el timbre varias veces, no lo contestó. No esperaba a nadie. El ojo sano se le hundió, sombras de locura aparecieron bajo ambas órbitas. Al final de la semana sonrió ante el espejo donde su propio fantasma lo contemplaba y bajó a la calle a buscar un juguero ambulante que pudiera proporcionarle tres vasos de medio litro de jugo de naranja. Cruzó ante las fotos del pasillo sin mirarlas. Si volteaba se convertiría en una estatua de sal.

VII

A través de la ventana comprobó que todo
estaba en su sitio; el cielo y la tierra.
MANUEL VÁZQUEZ MONTALBÁN

Héctor se encontraba sentado en una mecedora ante el Fantasma Zamudio. No sólo eran de segunda el par de derrengados personajes, el hotel era de segunda también, a juzgar por el interior de los cuartos: paredes descascaradas y extraño mobiliario a punto de derrumbarse. La luz de neón rojiza se veía por la ventana y a veces cambiaba la iluminación de todo, manchando de sangre las caras de detective y luchador.

Se miraron con recelo. Un largo silencio.

—Bueno, y si lo maté, ¿qué?

Héctor alzó los hombros. El otro se fue enojando. El coraje le crecía por dentro ante la inacción del detective.

—Cada quien con su conciencia. Yo con la mía. Cada quien con sus muertos. Yo ya anduve cargando los míos mucho tiempo. Veinte años. Nomás veinte años de andar paseando mis muertos por aquí y por allá. Parecía funeraria. Pompas fúnebres Zamudio.

—¿Estaba muy enamorado? —preguntó el detective por decir algo.

El Fantasma Zamudio se encabronó ante la pregunta, qué pendeja pregunta era ésa; luego la pensó un poco, la digirió. Poco a poco empezó a sonreír.

—Le iba a romper el hocico por preguntarme eso. Pero ahora… Ya ni sé… Qué baboso. Ya ni me acuerdo bien. Ha de ser, porque si no…

Sus propias palabras lo irritaron al adquirir sentido en la cabeza. Se quedó callado un rato.

—A fuerzas que estaba bien enamorado —dijo el Fantasma Zamudio de repente—. ¿Usted cree que se mata a un cuate después de veinte años si no fuera por eso? El odio no dura tanto, nomás el amor dura así de fuerte. Ustedes no saben cómo es el amor, joven.

—¿Qué fue lo que pasó entre ustedes?

El Fantasma pareció no haberlo oído. Fue hacia un viejo arcón y sacó su máscara de los viejos tiempos, medio raída. Una máscara blanca donde se veían los huesos de una calavera.

—Lo que me dolió no fue que ella me dejara. Total, como la vieja esa, muchas. Lo que me dolió es que yo sí la quería, y él no; a él le valía. No le importaba... —hizo una pausa—. No es cierto, lo que me dolió es que era mi cuate. Y ya luego nunca pudimos seguir peleando juntos. Y yo me eché a la basura y anduve de aquí para allá veinte años, y llego después de pinches veinte años y le digo...

El Fantasma se había fugado del cuarto. Su mente lo había transportado hacia algún lugar en el pasado, muy cerca del eterno cuadrilátero. Pegadito a la muerte. Parecía haber retornado al lugar del crimen, al *ring* que tantas veces había compartido con el Ángel. Había vuelto al lugar del asesinato. Héctor, sin saber por qué, pensó que a veces la memoria evocaba teatralmente sucesos, con mucha mayor fuerza dramática que la realidad.

—Le dije: «Estás viejo, Ángel, ya ni sabes caer!». Y él me contesta: «¿De dónde sales, Fantasma?». Y yo le digo: «Ahí nomás, de la nada, güey, por tu culpa» y entonces, cuando nos estábamos abrazando, él me dice: «Y yo que ni la quería», y entonces se me pasó todo por enfrente de nuevo y saqué la pistola...

Sin aspavientos, sin mayores gestos, las lágrimas comenzaron a caerle por las mejillas, las dejó deslizarse por el rostro.

—¿Y para qué traía una pistola? —preguntó Héctor casi arrepentido de no dejarlo llorar tranquilamente.

—Pa' matarlo, ¿pa' qué va a ser? Yo sabía que el menso me iba a hacer recordar todo de vuelta. Llevaba quince años diciendo: un día de éstos regreso y lo mato... Ni le vi la cara ese día. No le vi la cara, estaba enmascarado... Después de tantos años...

Se quedaron callados, en silencio. El Fantasma fue el primero en recobrar la voz:

—¿Y usted qué?

—No sé. Me duele que haya matado al Ángel, tan a lo zonzo... Tan pendejo el asunto. Yo lo conocí hace tres años, era un buen cuate. ¿Conoció a su hijo?

—¿Ese que lucha? Ni vale gran cosa, se me hace...

—¿Usted sabe de lucha o también sabe de personas?

—No, de personas no sé. No ve qué cosas ando haciendo desde hace veinte años, puras salvajadas, puras reverendas mamadas.

—Pues vamos a ver al hijo, y que él decida —dijo Héctor. Era lo único que se le había ocurrido.

—¿Decida qué? —preguntó el Fantasma.

—Cuál es su pena, si se entrega a la policía, si tiene que desaparecer para siempre; quién sabe, que él decida. Usted mató a su padre, que él decida... Yo qué chingaos sé de justicia.

—Nada de eso... Otros pinches veinte años de purgatorio...

Se levantó amenazador. Héctor se puso enfrente cerrándole el acceso a la puerta con un gesto de resignación.

—¿Me va a matar a mí también? ¿No se le hace demasiado? ¿No son muchos muertos ya por una mujer de la que ni siquiera estaba enamorado?

El Fantasma Zamudio se detuvo, miró al detective y miró a través de él, pensando en una mujer de la que a lo mejor, si lo hubieran dejado, se habría enamorado y luego habría olvidado. Héctor se le aproximó confundiendo la mirada de desconcierto con el asentimiento y lo tomó por el brazo. Los instintos laborales del Fantasma actuaron y el detective fue a botar contra la pared impulsado por un codazo. Héctor se resintió del choque, un fuerte dolor nació de las costillas y le subió a la cabeza. Reaccionó al revés de lo que debiera y volvió a acercarse de nuevo al Fantasma, éste lo recibió con un golpe de antebrazo. Héctor cayó al suelo sintiendo que la garganta se le cerraba. Sí, así iba a ser la cosa. Sacó su pistola, la miró y la puso en el suelo al lado de la mecedora en la que había estado sentado. Avanzó hacia el Fantasma mostrando las manos abiertas y vacías.

Era una pelea absurda. En silencio. Un silencio provocado por ambos contendientes que sólo se rompía de vez en cuando por los jadeos y los ruidos de los muebles al romperse. Osos bailarines sin música zíngara.

A los cinco minutos de empujones, golpes de antebrazo, puñetazos y codazos, que el detective asimilaba como un saco de cemento, el Fantasma lo recibió con una patada voladora que acertó a Héctor en el pecho sacándole el aire.

El detective permaneció ahogándose tirado en el suelo, tratando angustiosamente de volver a respirar. El Fantasma le sonreía. Cuando Héctor recuperó el aliento se puso nuevamente de pie, sangrando por la nariz. El Fantasma le aplicó una Nelson, apretó con cautela, no fuera a ser que los huesos fueran débiles, y lo arrojó sobre el camastro. El detective sonrió entre las lágrimas que se le salían, la sangre y los mocos y volvió trastabillando sobre el luchador. El Fantasma azorado, desconcertado, comenzó a retroceder. El detective le estaba produciendo miedo, una vieja sensación que creía tener olvidada.

—¿Le paso un klínex? —preguntó el Fantasma Zamudio.

Héctor asintió, trató de regularizar la respiración mientras le pasaban el pañuelo de papel y luego dijo:

—Yo voy a seguir insistiendo, ¿por qué no lo deja ya? Vamos a ver al hijo del Ángel y que él decida su suerte.

Héctor se quitó la sangre de la nariz con el dorso de la mano. El Fantasma, derrotado, asintió.

—Total, igual yo me iba a acabar matando por ahí, en un pedo, en un bule. Me iba a matar un pendejo con navaja, de un tiro. No en lucha. Total.

—Menos mal, porque yo no podía ya volverme a levantar —dijo Héctor Belascoarán Shayne, detective sangrante.

—¿Sabes qué, güey? Lo maté por amor, pendejo, ¿no te das cuenta?, era por amor. Y ni vayas a decir otra cosa. Ni vayas a decir nada. Ni vayas a abrir la pinche boca. Ni digas nada. Nada. Héctor asintió.

Primero no había nada, y estaba muy bien. Luego la nada se rompió por el timbre de un teléfono. Con el ojo aún cerrado buscó a tientas el aparato.

—Sí, dime —dijo Héctor a la nada. ¿Por qué le hablaba de tú a la gente sin haber sido propiamente presentados?

—Llegó una cinta por el correo, de Virginia… —dijo Laura Ramos, la voz aterciopelada de siempre—. Tenías razón, cuenta que se enteró de los negocios de prostitución de niñas que tenía Márquez y que iba a tratar de convencer al idiota de Manolo para que la ayudara a denunciar el asunto. Voy a pasarla hoy en la noche y a enviar copia a todos los periódicos…

Héctor no supo qué contestar y colgó. Volvió a la nada.

—*La hora de los solitarios* —dijo Laura— sintonizando con ustedes. No con ustedes en general; con cada uno de ustedes, con cada persona individual, única, inconfundible, y por tanto, solitario personaje de la ciudad más grande del mundo, el monstruo del DF que amenaza comernos si no ponemos enfrente las barreras de la solidaridad…

Héctor la contempló desde el otro lado del vidrio, en el cuarto de mandos más allá de la cabina, sin que Laura pudiera verlo. Tamborileó suavemente con los dedos en el cristal, pero ella no lo oyó. Sin mucha prisa, el detective salió de la estación de radio.

En su casa el aparato estaba sintonizado en la XEKA.

—…las barreras que permiten que extendiendo un dedo podamos tocarnos y dejar de ser unos y otros… Aunque sólo sea para poder contarnos una historia. Como la historia que quiso contarnos Virginia hace una semana y que no pudo contar. ¿Se acuerdan de Virginia, aquella adolescente que asesinaron? Todos ustedes lo habrán leído en los periódicos, ha estado en primera plana por la noticia de la captura del asesino… Virginia que hoy, gracias a la magia de las cintas, está aquí. Detengámosla en el aire pensando en ella, escuchemos su historia. Cuidémonos de una ciudad que amenaza con tragarnos. El silencio es la peor forma de muerte. Te escuchamos, Virginia.

Héctor apagó el radio y luego pateó el aparato, sin furia, con conciencia cívica, como cumpliendo una obligación que había que cumplir. Por más que lo intentaran, la voz de Virginia sonaría vacía. Por mucho que las palabras de Laura trataran de ayudarla, de revivirla, la voz de Virginia sonaría como lo que era: una adolescente muerta.

Una semana después, volvió a repetir el gesto, caminó hacia el radio y lo apagó a mitad de una polonesa de Chopin. Le arrimó un suave patín al equipo estereofónico. Fue hacia la cocina buscando un refresco. Estaba cansado, aún le dolían las costillas; por eso, necesitaba cosas seguras: un refresco frío. Cosas seguras: las fotos de la muchacha de la cola de caballo, que estaban ahí, inmóviles, reteniendo un gesto para siempre. La calle que no se había movido, que seguía esperando tras la ventana. Una semana antes, cuando abandonaron el hotel, el Fantasma comenzó a llorar. El detective lloró un poco también. No le gustaba el recuerdo de dos tipos llorando tomados del brazo por Tacubaya, uno de ellos con un pañuelo sangriento cubriéndole la nariz, el otro, cargando, como si no pesara nada, una vieja maleta negra. Era un recuerdo extraño, sobre todo porque los vislumbraba en el cine de la memoria, desde lejos, desde afuera.

Se quedó un rato observando las fotos de la muchacha de la cola de caballo: ella bailando *twist* a los quince años; ella paseando por las islas de CU durante la huelga del 68; ella dándole un vaso de leche a su sobrino. Eran sólo fotos, se dijo. No se engañó en lo más mínimo. No había fotos, había recuerdos, había fantasmas.

Cuando acabó el refresco dejó cuidadosamente el casco en el suelo y fue por un segundo refresco. Siempre somos otros, se dijo. La angustia empezaba a ceder. Se quedó mirando el atardecer. Un sol rojo en una ciudad gris.

Los verdaderos fantasmas, el de una adolescente a la que le habían hecho trampa, y le habían falsificado no sólo un suicidio, sino una despedida. Los fantasmas de a deveras: el del Ángel I, un luchador que caía sobre la lona siempre bien y que le había prometido enseñarle, y el de una mujer llamada Celia, de la que el tipo estuvo enamorado un día, y ambos eternamente perseguidos por el fantasma de Zamudio, vagaban insomnes sin poderse encontrar. Eran historias de amor a medio camino.

Inexistentes historias de amor. Puras y pinches, culeras historias de amor derrotadas porque nunca fueron. Como las mías, informó el detective a su reacio subconsciente.

Se quedó pensando en que, de nuevo, todos habíamos perdido otra batalla.

Ciudad de México,
primavera de 1989.

SUEÑOS DE FRONTERA

Esta novela es para mi amigo Carlos García Agraz
(que luego las hace cine mejor que yo las escribo)
y para mi compinche Juancito Sasturain.
De vaqueros melancólicos de la frontera, como a
ellos les gusta. También es para Ofelia Medina,
de cuyas historias de la prepa (y sólo de ésas)
he robado en el recuerdo para contar a Natalia.

NOTA DEL AUTOR

Este libro le debe mucho al Programa Cultural de las Fronteras, dirigido por Alejandro Ordorica, quien me envió de gira de conferencias al norte, donde pude pescar muchas de estas historias que luego fui cambiando de geografía original. El resultado es esta frontera medio rara, de la que soy tan responsable yo como la realidad, dejémoslo a medias.

*Si alguien quiere leer este libro como
una simple novela policial, es cosa suya.*

RODOLFO WALSH

I

La gente como yo compartía la confusión,
pero muy poco más.

HOWARD FAST

—Pero, ¿usted lo vio?

—No, yo soy de otros ranchos, nací en Aguascalientes, viví en el DF y nomás llevo aquí tres años. Pero me lo contaron.

—¿Y fue ahí, en esa reja?

—Ahí mero; por esa mera reja saltó el chino las siete veces.

Héctor Belascoarán Shayne, por pésimo oficio detective democrático e independiente mexicano, cuidadosamente contempló la alambrada verde que hacía de frontera con Estados Unidos, que cortaba países como quien corta mantequilla; la reja verde, aparentemente inofensiva, que se tornaba del lado mexicano en la yerba y los arbolitos del Parque Revolución de Mexicali. Había escuchado la historia del chino tres veces desde que llegó a la ciudad; la misma historia con pequeñas variaciones. Era demasiado bonita para ser cierta, se dijo, mirando el pequeño parque al otro lado de la calle y la reja de unos tres metros de altura. Una vieja torre de agua, de las que suelen aparecer en los *westerns* de Leone, al lado de las pequeñas estaciones de ferrocarril, remataba la reja un centenar de metros antes de donde se iniciaba el puente internacional. Sobre ella, un policía fronterizo norteamericano con una escopeta en los brazos fumaba un puro. Al otro lado Caléxico, un poco más allá, San Diego...

—Entonces, resumo: hubo un chino que un día saltó la reja verde ésa. Y los gringos lo agarraban y lo deportaban de vuelta, ahí mismo; y volvía a tratar. Seis veces en un día, y la séptima se les escapó y se fue pa' dentro. ¿Ésa es la historia?

—Así es —contestó Macario. Una leve sonrisa pareció cruzarle el rostro, casi oculto por la gorra de beisbolista.

—¿Y cómo se llamaba el chino? —preguntó Héctor.

—Sepa su puta madre... Lin Piao... Yo qué sé... Pero manito, ese chino no es cualquier pendejo, es el *record man* de aquí. Siete brincos en un día, ni yo… Ni-siquiera-yo… Qué, ¿en el DF ya no tienen héroes y leyendas y chingaderas de éstas?

Un flujo casi continuo de automóviles avanzaba hacia la línea. Héctor los contempló soñoliento. El sol caía a plomo. Cuarenta grados centígrados, le habían dicho. Para freír un huevo en la carrocería de un automóvil. A él se le estaban friendo los dos.

—¿Y ella? —preguntó el detective, pero casi sin ánimo de que le cambiaran la historia. En principio le interesaba mucho más lo del chino, le invadía los pensamientos el oriental saltarín de rejas. Lo imaginaba vestido de blanco, avanzando tenaz sobre el parque, descalzo (los pies sobre la yerba), lírico chino brincador, terco (la obstinación es uno de los lugares comunes favoritos que la imaginación popular ha construido en materia de chinos).

—No, ella no brincó la barda. O por lo menos de eso no hay leyenda… Cuanto hijo de la chingada pinche rumoroso anda por este rancho estaría contándolo. Sería chisme: «Actriz de cine anda de mojada. Brinca reja en Mexicali para ir a Hollywood».

—Ya estuvo en Hollywood.

—¿A poco?

—Sí, hace como cuatro años, trabajando en una película de Aldrich. Hacía de la hija de un narco colombiano. ¿No la viste?

—No —dijo Macario, sobándose la mandíbula.

—Yo tampoco —dijo Héctor, sin añadir que aunque no había visto la película, en esas dos últimas semanas se la había imaginado frecuentemente.

Cuando la historia del chino se introdujo de contrabando y tenazmente en la conversación, llevaban tres horas caminando por el centro de Mexicali (zapaterías, licorerías, taquerías) bajo un sol sahariano que hubiera hecho la envidia de los *westerns* filmados en Andalucía. Tres horas en un país extraño, ni mexicano ni norteamericano; tierra donde todos eran extranjeros. No resultaba fácil ser mexicano en aquellas ciudades llenas de luz agresiva, polvo y anuncios en inglés. Héctor sintió que su bigote había adquirido nuevas canas ante el ataque del sol.

—Me gusta el mito del chino —dijo el detective—. Llevo aquí dos días y me lo han contado ya tres veces.

—La frontera está llena de historias de ésas.

—Sería chino-mexicano —dijo Héctor.

—Desde luego. No podía ser un chino en general, tenía que ser un chino de Sinaloa, un local de Mexicali, o uno de la calle Dolores en el DF. Voy a añadir eso la próxima vez que lo cuente —dijo Macario.

Caminaron hacia el centro de nuevo. Héctor había venido a buscar a una mujer y se encontraba con la leyenda de un chino.

—¿Y por qué sólo siete veces? —preguntó de repente.

—Porque la última no lo agarraron. Es una leyenda con final feliz —dijo Macario.

Macario lo sabía todo en Mexicali. Periodista más por curioso que por amor a la divulgación de las noticias, la frontera se le había vuelto el refugio de un montón de derrotas de las que ya no se acordaba demasiado. Derrotas viejas. Olvidos nuevos. Héctor lo conocía poco, pero le resultaba confiable con aquella gorra de beisbolista que le cubría la mirada aguileña. Su hermano se lo había recomendado en el DF. Le había dicho: «Busca a Macario Villalba. *El Gansito Villalba* allá en Mexicali. Él lo sabe todo. Además todo lo cuenta. Es un resucitado. Se trató de envenenar con ratso hace como cinco años y lo salvaron con un lavado estomacal. Dile que vas de parte mía». Héctor no tenía gran cosa: una tarjeta postal de un hotel de Mexicali y a Macario. En el hotel no sabían nada, ni siquiera recordaban a la mujer, y Macario estaba bien, conocía historias de chinos, pero no sabía nada de ella.

Buscar a esa mujer era como tratar de recordar los nombres de todos los personajes de las novelas de Tolstoi que había leído. Era como nadar en la luz pegajosa de ese sol inclemente de Mexicali. Como acordarse de los ganadores de la Vuelta Ciclista a México en las ediciones de los años sesenta. Era, Héctor descubrió la verdad, no sólo una investigación imposible, también un esfuerzo de memoria.

—¿Rentó coche?

—¿Para qué? —preguntó Héctor.

—Para irse a otro lado, para cruzar la frontera. Espérame tantito —dijo Macario, y lo dejó ahí en el sol, mientras entraba a un hotel. Héctor contempló el gran anuncio luminoso, ahora apagado, en la fachada, como una cartelera de cine: «Bienvenidos distribuidores de Jarritos, S.A.» Macario salió a los quince minutos.

—Rentó un coche para ir a Ensenada —dijo sonriendo. Se quitó la gorra de beisbolista y saludó al detective con ella.

II

Hay mujeres que las recuerda uno, y otras
que no se olvidan. Ésas son las peores.
ALEJANDRO ZENDEJAS
(según lo recuerda el autor)

Para ir a Ensenada desde Mexicali hay que cruzar la sierra, meterse por el centro de un bailarín juego de rocas y peñascos que dan la sensación de haber cambiado de era, no de geografía. Rocas rotas por el calor y el tiempo.

Héctor cumplió años en la carretera. En algún lugar cercano Natalia Smith-Corona cumplió años también. Habían nacido el mismo día, un 11 de enero, con un año de diferencia. Héctor brindó por sus treinta y nueve años y por los treinta y ocho de la actriz con una Cocacola de bote, templada por el calor del mediodía.

Las rocas al sol lo achicaban. Si no fuera por el calor se hubiera sentido atrapado en un paisaje lunar. La carretera serpenteaba entre los farallones de caliza. Héctor manejaba un viejo *jeep* Willis rentado que gruñía cuando se le metía la tercera. Se había conseguido un sombrero de fieltro guango, de esos que usaba Henry Fonda cuando salía a pescar. En el sombrero lucía un botón con letras rojas y unas tiras con los colores nacionales: «No somos machos, pero somos muchos». No tenía muy claro por qué lo conservaba. Obviamente no éramos machos pero, indudablemente, tampoco éramos muchos. Un detective mexicano era por definición un risueño accidente solitario. Y él, además de solitario tenía sueño, invadido por la modorra de las cuatro de la tarde, cuando la digestión cobra su precio.

—Tienes que encontrar a la mamá de esta niña —le había dicho *el Gallo* cinco días antes, señalando a una adolescente que le recordaba a otra adolescente, vista muchas veces veinte años atrás. Y él no podía negarse, no tanto al pedido como a las requisitorias de la memoria, a las deudas con el pasado, a las nostalgias.

Héctor bajó la velocidad. Quería llegar a Ensenada con el atardecer, siguiendo las recomendaciones de Macario. De todas maneras no tenía prisa. Una cacería fantasma de una mujer fantasma realizada por un detective fantasma. ¿Quién chingaos tendría prisa en esas condiciones? Ni siquiera un guionista de tele californiano. Llevaba muchos años moviéndose de un lado para otro. De un trapecio circense a otro; buscando calles verdaderas con todo y numeritos en los portales. Tenía una cierta gracia el buscar a una mujer que iba dejando tras de sí tan sólo nombres de ciudades de frontera. Eso y algo más, sus propios recuerdos en la cabeza del detective.

Natalia era como un aroma persistente en la cabeza de Héctor Belascoarán Shayne. Un aroma olvidado que regresó en el avión que lo llevó a Mexicali y que retornaba sugerente al calor del mediodía en la carretera. ¿A qué huelen los viejos amigos? ¿A qué huelen las mujeres que nunca se amaron, pero casi? A veces, la vida tenía la mala costumbre de parecerse a una canción de Manzanero, a una balada rosa de Leonardo Favio. ¡Qué pinche horror azteca! Encendió un cigarrillo y durante un instante manejó con una sola mano el volante recalentado.

En Mexicali, antes de dar con Macario, Héctor había topado, en su ronda por la ciudad, con un director de teatro del DF que se había exiliado en la esquina noroeste del país, huyendo del smog y de un novio traicionado de origen proletario, quien le juró cuchillo si lo volvía a ver. Demostración palpable del fracaso de los amores interclasistas, aunque tuvieran escenario teatral. El tipo estaba ansioso de contar algo al único testigo de que él fue alguien en el DF, a cualquiera que llegara del ombligo del país, de la matriz mexicana de todas las sucursales, el absoluto DF. Contar algo, por ejemplo que se había tomado un café con Natalia en Plaza Inn dos días antes, que ella estaba un poco ojerosa, no se sabe maquillar, ¿sabes?, y que ella le confesó a mitad de un café con donas horrible, horrible, mano, que no le gustaba Mexicali, a mí tampoco, claro. Héctor consoló al exiliado diciendo que ya nadie se acordaba de él en el DF, y si nadie se acordaba de él, mucho menos su ex amante, quien seguro tenía un puesto de cinturones de cuero en el tianguis de la Cibeles. ¿Y dijo algo más Natalia? Dijo que estaba cansada, ¿cansada de qué? No le pregunté, soy una vergüenza mano, ella seguro tenía problemas y yo dale y dale con mi pinche rollo. ¿Dio explicaciones de qué hacía por la frontera? De paso, dijo que iba de paso.

El detective arrojó el humo hacia el cielo y creyó ver cómo una liebre cruzaba la carretera y se ocultaba entre las rocas. Seguro era una alucinación de turista. Una trampa puesta por los naturales para que detuviera el coche y se bajara sólo para encontrar un puesto de hot dogs y cervezas.

¿De paso hacia dónde?

—Tengo un cheque para que la busques —había dicho la adolescente que le recordaba a otra adolescente cinco días antes, dos días antes del director de teatro, un día antes de Macario y el chino—. Me lo dieron en la productora de la película de mi mamá.

—¿Y por qué hay que buscar a tu mamá? —preguntó entonces Héctor jugueteando con un llavero.

—Porque se fue a la frontera sin decir nada. Y además porque tenía mucho miedo.

Con un poco de suerte, se dijo Héctor Belascoarán cinco días después, podía encontrar a su vieja amiga; pero una cosa era encontrarla y muy otra quitarle el miedo. El miedo, como él bien sabía, no se quitaba. Una vez que entraba en la vida de uno, era para siempre. Se miró en el espejo retrovisor sin reconocerse. Parecía más seguro de sí mismo. Quizá el haber abandonado el escenario permanente, la lluviosa ciudad de México, le daba ese aire extraño, esa apariencia de seguridad. Aquí, por estas inhóspitas tierras norteñas, nadie podía saber que al volante del *jeep* iba un pendejo. Él lo sabía, pero podía pretender que lo ignoraba. Podía disimular un poco.

—¿Miedo de qué?

La adolescente, una muchacha de unos dieciséis años, de cabello muy negro cortado a lo Príncipe Valiente, lo contempló de pelo a mocasines un par de veces. El Gallo la animó con la mirada.

—Hay un tipo que la estaba siguiendo. Llamaba a cada rato, le enviaba flores, le mandaba a su chofer a la salida de las filmaciones. Mi mamá no quería salir con él, pero el tipo duro que dale, y luego cuando dispararon en la noche contra la casa…

Ensenada apareció al final de la cuesta, una serie de casas de playa apoyadas contra el mar. El océano Pacífico azul-gris, la playa, el sol mordiendo el agua y fabricando un atardecer rosado. Era el paisaje ideal de la película: detective busca actriz de cine misteriosamente desaparecida a mitad de una filmación, a la que está ligado por finos lazos de su absurda memoria.

—¿Tú sales en una foto bailando con mi mamá en el baile de graduación de la prepa? —preguntó la adolescente al despedirse. Hacía de eso cinco días. De la foto, al menos dieciocho años.

III HISTORIAS DE AMOR PREPARATORIANAS

(o de cómo, en versión de Héctor, el pasado era un incómodo almacén de recuerdos en los que uno se evocaba siempre como un idiota)

Una parte de los miembros de su generación había elegido la velocidad para vivir aquellos años; eran los que salían borrosos en las fotos, siempre fuera de foco, como si la magia fotográfica fuera incapaz de capturarlos, siempre de paso hacia otra historia, la verdadera historia. Héctor en cambio parecía haber elegido la contemplación; o más bien alguien la seleccionó por él. Mientras sus compañeros se declaraban enemigos de la monogamia y del Estado con la misma dosis de inalterable convicción, devoraban a John Dos Passos como si *Manhattan Transfer* hubiera sido escrita una semana antes y reconstruían el santoral con fotos alternadas de El Che y de Janis Joplin, Héctor los miraba, generalmente aprobando sus actos en la distancia. Su rasgo era una urgencia apasionante, una vocación de vivir que parecía indicar que jugaban contra el reloj. Natalia era parte de este segmento generacional, Héctor no. Pertenecía al sector de las tres s y una o, los silenciosos, sigilosos, sombríos observadores.

Natalia se apellidaba Ramírez. Fue lo primero que Héctor supo de ella cuando pasaron lista en el salón del 4° B. Pero también supo que no sería Ramírez por mucho tiempo.

—Un apellido exótico, de máquina de escribir: Olivetti, Remington… —le dijo mirándolo por encima de unos lentes oscuros, absolutamente innecesarios en aquel día nublado.

Terminó autobautizándose Natalia Smith-Corona, años después. De cualquier manera, Héctor vio sus piernas antes que escuchar su apellido, mucho antes de que las vieran centenares de miles de mexicanos en las pantallas panorámicas. Primer día de clases. Héctor se colocó en el centro del patio empedrado tratando de verlo todo al mismo tiempo. El escenario, de alguna forma indicaba que la infancia había terminado. Corría el rumor de que una horda de salvajes iba a rapar a los «perros», a los alumnos de nuevo ingreso. Héctor, un adolescente flaco, eternamente despistado, pasaba al lado del vandalismo sin acabar de enterarse de que él era víctima y no observador. Probablemente eso lo salvó del corte de pelo y las novatadas. Eso o quizá los murales de Rivera, de Fermín Revueltas, de Siqueiros; aquella virgen de vestidos soleados que adornaba la entrada trasera de la escuela; los murales de Siqueiros en el tercer patio. El fusilamiento pintado por Orozco. La escuela era algo más que el salto del bachillerato inicial al bachillerato superior. Era la entrada a un mundo adulto, trascendente, sexual, reflexivo. Los murales de la Preparatoria Uno se lo decían muy claro: aquí pasan cosas importantes, detente, observa, el mundo cambia. Bien, miró hacia arriba tratando de encontrar un rayo de sol que se filtrara en el cielo lleno de nubes, que cayera sobre él iluminándolo a mitad del gran patio del edificio colonial de San Ildefonso. No hubo tal alarde escénico divino. Sólo las piernas de Natalia Ramírez enfundadas en unas medias caladas de color salmón. Las medias terminaban en una minifalda de mezclilla. Estaba allí, en el tercer piso, viendo el mundo que Héctor veía, pero al revés, desde arriba.

La primera semana de clases, Héctor la dedicó al muralismo y no al estudio. Luego se dedicó al amor. Alguien le aseguró que en la Prepa Uno podía enamorarse por primera vez y de verdad. A partir del instante en que vio las piernas de Natalia, tuvo que hacerle un hueco para fabricar una trinidad. Por aquellos días se masturbaba pensando en las curvas abundantes de una gordita llamada Rosa Yáñez, que arribó a la prepa recorriendo, junto con él, el camino desde la Secundaria 4; además, tenía una novia en el Queen Mary, que usaba falda azul marino hasta la espinilla.

Todo era sigiloso, el arte de Onán se practicaba apenas sin gemido, los paseos con la novia del Queen Mary duraban nueve cuadras y en general no podían tomarse de la mano hasta la cuadra cinco, lejos ya de los peligros de las mironas y las monjas chivatas de su escuela, y se soltaban a partir de la cuadra nueve, cuando se aproximaban peligrosamente a la casa de Laura, poblada de hermanos mayores que practicaban el corte de cabelleras con *tomahawk*. De manera que la vida contemplativa de Héctor Belascoarán Shayne, en aquellos primeros días de la preparatoria, era cualquier cosa menos sencilla. En principio tenía que integrar en el tiempo y el espacio la trilogía amorosa en la que se había metido: los paseos de cuatro cuadras de manita sudada con Laura la del Queen Mary, las violentas masturbaciones ensoñando las redondeces de Rosa Yáñez y la adoración silenciosa y distante de las piernas de Natalia. Para un platónico casi era demasiado, porque Héctor a pesar de haber elegido la contemplación y la pasividad como forma de ingresar en la historia (en aquella época el budismo no había hecho aún su entrada triunfal a México de manos de la mota), andaba haciendo y pensando muchas cosas en aquellos días. Estaba cautivado por las matemáticas, con la ayuda de un profesor muy viejo y arrugado, enfundado en un traje gris con manchas en los codos, que agresivamente golpeaba a los alumnos colocándolos ante problemas aparentemente irresolubles, que luego deshacía en el aire con una varita mágica, sus dedos huesudos y artríticos rompiendo ecuaciones y misterios, haciendo magia con el más vulgar sentido común. El viejo De la Borbolla («¿Quiere morderse las uñas?, muerda las mías», decía ofreciendo su mano esquelética extendida. «Cierre la boca, le va a entrar por ahí una ecuación»). Fue culpable de que aquel adolescente flaco y despistado llamado Héctor encontrara en la ingeniería un refugio seguro.

Natalia lo eligió como confidente en el segundo año de la prepa, porque ese tipo silencioso ofrecía una cierta dosis de paternal confianza. Los días lentos, la huelga de los universitarios en Morelia, aplastada con la intervención del ejército, el distanciamiento de la generación de los radicales, que fundaron un club misterioso donde leían libros forrados con papel periódico, de los que nunca se conocían bien a bien las portadas; los pájaros que comían migas en las afueras de la tortería, aquella huelga del 66 de la que no se enteró demasiado. Escapaban a pasear por el centro. Natalia conducía. Lo llevaba a ver tiendas de herbolaria, le explicaba cómo la vida sólo tenía un sentido: el bailar ballet; buscaban cafés sórdidos donde desayunar y casas derruidas que aún conservaban una fuente sin agua en el centro del patio, donde ella se sentaba para declamar a Sor Juana. Comían chocolates que llegaban a la prepa en la canastilla de un mensajero en motocicleta, enviados por un diputado priista de pasado izquierdoso, que perseguía a la muchacha sin mayor éxito. Era una relación apacible, camaraderil. Natalia estaba enamorada de su profesor de teatro, Héctor de una activista de la nueva izquierda que abusaba de las anfetaminas para compensar la soledad familiar, en un internado de señoritas. Entre clase y clase Natalia bailaba en las grandes escalinatas de la preparatoria y de repente, sin avisar, dejaba caer sus libros al suelo y gritaba cual Margarita Gautier: «Me desmayo», obligando a Héctor a tirar el refresco y sostenerla. «Eres el único que nunca me ha dejado caer», decía Natalia. Héctor se acostumbraba al papel, lo ejercía con eficiencia. Era el príncipe consorte de la niña guapa e inalcanzable de la escuela. Sus amores los fueron distanciando. Natalia cayó perdida por un director de cine de la nueva ola, cambió de paseos, rondaba las tardes por la Zona Rosa, consiguió trabajo en una obra de teatro, seguía con las interminables clases de ballet. Héctor asediaba a su desvaneciente pelirroja militante, que pasaba de reunión a reunión, de cita misteriosa a cita misteriosa escurriéndose del joven, quien por entonces hizo fama de que llegaría a ser un genio de las matemáticas. Nadie cumplió los destinos augurados, excepto Natalia. Al salir de la prepa dejaron de verse. Luego, dos años después, la vio en el cine. En la gran pantalla, desde la oscuridad de la sala, ya no era la misma. Y sin embargo era la misma, aunque ahora se llamara Natalia Smith-Corona. Héctor, en aquel entonces, todavía era el mismo.

IV

¿Qué dices a mi quebranto,
qué me quieres, quién te envía?
GUILLERMO PRIETO

Diecisiete hoteles, veintiún moteles, doscientos hospedajes variados. Comenzó a recorrerlos uno a uno con la foto de Natalia en la mano. La foto iba perdiendo lustre a fuerza de sobarla. En algunos lugares la reconocían. «Ésa, la de la película»... Héctor tenía paciencia.

Paseó por el Hotel La Enramada guiado por la música de un trío que tocaba un bolero de José Antonio Méndez. La aburrida búsqueda terminó. Natalia estaba sentada al borde de la alberca, vestida con pantalones vaqueros y una camiseta de «Santa Ana vencerá». Bebía una cuba libre en vaso largo y miraba hacia ningún lado. El trío hacía zalemas a un matrimonio de turistas norteamericanos en su octava luna de miel. Natalia tenía una mirada dura, el pelo muy corto; apoyaba una de las piernas en la silla y la barbilla descansaba en la rodilla alzada.

Héctor la observó con calma. Ella giró la cabeza y sus ojos se depositaron en el detective. Surgió de su rostro una sonrisa abierta pero medio lánguida, de reconocimiento. Encuentro dumasiano, gardeliano, veinte años después.

—¿De dónde saliste?

—Te andaba buscando —contestó el detective dejándose caer en una tumbona a su lado y llamando al camarero con un gesto.

—¿Cuál fue la pieza que bailamos en el baile de fin de curso? —preguntó ella.

—Una canción de Donovan que se llamaba *A sunny day.*

—Ufff —dijo ella mirando cómo los hielos tintineaban en el vaso.

—Guardas la foto, ¿verdad?

—¿Cómo lo sabes?

—Porque me lo dijo tu hija —contestó Héctor echando un poco de limón a la Cocacola que le acababa de traer el camarero. Una suave brisa se levantó mitigando el calor. No pudo encender su cigarrillo sino al segundo intento.

—¿Cuándo la viste?

—Hace cinco días. Por su culpa ando por aquí siguiéndote el rastro.

—Debí haberle explicado algo… —dijo Natalia robándole el cigarrillo y dando una rápida chupada. No tragó el humo. Seguía sin saber fumar. A Héctor se le había olvidado esa manía de ladrona de cigarrillos. Prueba definitiva. La memoria era también imperfecta. Sin embargo, conservaba la misma media sonrisa. La memoria no era tan imperfecta, tan ineficaz. La memoria era la memoria. Héctor de repente se distrajo en su subrepticia observación de la mujer. Recordó a otra mujer. Su mujer vampiro. Una foto de una muchacha de cola de caballo lavándose los pies en una bañera llena de agua caliente después de haber pasado doce horas caminando por Manhattan.

—Estás tuerto —dijo Natalia de repente.

—Sí.

—Qué absurdo, alguien me dijo que eras detective privado. Me pareció tan idiota que no se lo creí.

—No tienes idea, es un oficio apasionante. Cuando encuentras a alguien te dan un tortibono de Conasupo, un vale, *food stamps*… A mí también me parece bastante idiota a veces.

—Si ves a mi hija, dile que estoy bien —dijo Natalia poniéndose en pie.

—Así nada más. No sería mejor… —pero ella se retiraba hacia uno de los cuartos cuya puerta se vislumbraba desde la piscina.

—No te preocupes, aún no me voy. Ya te contaré con calma —contestó Natalia sacudiendo la mano en despedida. Luego dudó. Se acercó a Héctor y le besó la mejilla. Un beso húmedo. El detective la vio entrar al cuarto.

Se reencontraron a la hora de cenar. Héctor había permanecido a la espera, tirado en la tumbona. Con el ojo sano puesto en la puerta del cuarto 23. Inmóvil. No importaba, tenía un montón de cosas en qué pensar, un montón de recuerdos para organizar. Cenaron un coctel de camarones gigantes y milanesas con un huevo frito encima.

—No pasa nada. Un tipo que me persigue, que me está rechingando la vida… Y cansancio. La crisis del cuarentazo. Nada, una tontería.

Héctor no supo qué decir. Se quedó en silencio para dejarla hablar. Pero Natalia había dejado atrás aquella historia.

—¿Por qué amor, cuando expiro desarmado,/ de mí te burlas?/ Llévate esa hermosa/ doncella tan ardiente y tan graciosa/ que por mi oscuro silo has asomado.

—El Nigromante —contestó Héctor.

—Eco sin voz que conduce / el huracán que se aleja / ola que vaga refleja / a la estrella que reluce / recuerdo que me seduce / con engaños de alegría; / amorosa melodía / vibrando de tierno llanto, / ¿qué dices a mi quebranto, / qué me quieres, quién te envía?

—Guillermo Prieto —respondió Héctor. Maldita sea, se le había olvidado. ¿Cómo podía habérsele olvidado? ¿Cómo pudo vivir todos estos últimos años sin ese poema?—. ¿Puedes repetir el final?

—Amorosa melodía/ vibrando de tierno llanto, / ¿qué dices a mi quebranto, / qué me quieres, quién te envía?

—Carajo —dijo Héctor. Se le estaba casi saliendo una lágrima por el ojo único y le dolían las cicatrices a causa de la humedad. El pasado retornaba en oleadas; huracanado pasado de mierda. Ni que fuera tan importante. Ni que valiera para nada más que para estar ahí depositado, sedimentado en la memoria, diciendo que ya no somos los que fuimos.

—¿Podría ayudarlos en algo? —preguntó entonces un hombre de traje gris, depositándose en la silla entre Héctor y la actriz y abriendo un portacredencial que lo acreditaba como policía judicial de Baja California Norte.

—Todo lo contrario, agente —dijo Héctor tomando a Natalia de la mano y percibiendo un temblor leve—. Es al revés. ¿En qué podemos servirlo nosotros?

Apariencias. Una pareja de maduros mexicanos, cerca del cuarentazo, dialogando con un amable vendedor de seguros local. Maduros mexicanos del DF, medio traqueteados por la vida, con más cicatrices de las habituales, con cuerpos usados en abuso.

—Me llamo Camacho y estoy a su servicio —contestó el policía sonriente. Parecía haber salido de una película de Juan Orol de los años cincuenta—. Me dije que estando aquí en nuestra tierra la señora Natalia podría hacerle a lo mejor algún servicio.

—¿Como qué? —preguntó Héctor. El tipo no apeaba la sonrisa.

—Ustedes dirán.

Héctor pensó que comenzaba a resultarle aburrido el juego de los ostiones, a ver quién se abría primero.

—¿Gratis? ¿Está ofreciendo sus servicios gratis, agente Camacho?

—Bueno…

—¿Tiene usted órdenes superiores para venir a sentarse a esta mesa? —preguntó el detective.

—Bueno… —dijo Camacho. Al tipo no se le amargaba la sonrisa.

—¿Quién es su superior?

—Bueno, parece que hoy no va a ser… De veras que se trataba de buena fe —dijo al fin levantándose. Héctor le devolvió la sonrisa. El tipo sacó una tarjeta de visita y se la tendió a Natalia; luego, tras inclinarse, desapareció. Héctor tomó la tarjeta de entre los dedos de Natalia. «Alejandro Camacho. Jefe de ventas. Cocinas integrales» y un teléfono.

—¿Qué locura es ésta? —le preguntó Héctor a Natalia.

—Tú eres el detective, ¿por qué no lo averiguas? —dijo ella quitándose de la frente un inexistente rizo.

Caminaron por la playa, sin hablar. El mar oscuro acercándose a los pies, sin tocarlos. En la noche, Natalia abandonó su cuarto con una bolsa de lona al hombro y se subió a un Volkswagen rojo. Mientras ella colocaba una maleta de lona en el asiento trasero, Héctor arrojó su cigarrillo al suelo por la ventanilla del *jeep* y encendió el motor. Eran las cuatro de la madrugada, la hora habitual de las huidas. Héctor esperaba que la actriz tratara de escurrirse, y sin mayores angustias, pero sin dejarse ver, la siguió hacia Tijuana en el *jeep*, manteniendo ambos conservadoramente una media de ochenta kilómetros por hora.

V

Para que algo mejore,
primero tiene que empeorar.
Ross Thomas

En el espejo involuntario de un aparador, mientras seguía a Natalia, Héctor descubrió que la barba le estaba creciendo más rápido que de costumbre. La estimulaba la falta de sueño, el calor. No iba a afeitarse, no en Tijuana.

Desde la frontera, Estados Unidos es un paisaje televisivo al alcance de la mano. Un enorme supermercado babélico, donde el sentido de la vida puede ser el poder comprar tres planchas de vapor de modelos diferentes el mismo día. Héctor observó de lejos las calles de San Isidro. Allí sería extranjero. Qué absurdo, volverse más o menos extranjero por caminar unos metros. ¿Era extranjero aquí? ¿Un poco más de lo que lo era en el Distrito Federal? Definición de extranjero: aquel que se siente extraño, aquel que cree que los tacos que se consumen en la esquina de su casa son necesariamente mejores que los que pueden comerse aquí, aquel que cuando se despierta a media noche siente un extraño vacío, una relación de no pertenencia con el paisaje visto desde la ventana. Bien, él era extranjero también aquí.

No reconocía el paisaje, no se sentía en casa ante el retocado México fronterizo. ¿Y qué? Héctor no creía ser un buen juez en materia de nacionalismo y nacionalidades. Un tipo que no se reconocía frecuentemente cuando observaba su imagen en el espejo, no era un buen juez de nada.

La ciudad había cambiado profundamente, modernizándose. Se alzaban hoteles y centros comerciales, incluso algunas buenas librerías; de la nada surgió un gran centro cultural y los periódicos eran legibles. México brindaba una cara diferente. Pero la noche devolvía a Tijuana a su condición de ciudad de paso hacia otro lado, le retornaba la fama heroicamente ganada de ciudad del vicio, ciudad ilegal para el gringo timorato buscador de aventura y sexo roñoso, exotismo para el pito a treinta kilómetros de San Diego.

Héctor navegó como barco a la deriva por la avenida Revolución de Tijuana, con la mirada atenta, siguiendo a su vieja amiga, a la caza de señas de lo que Natalia Smith-Corona pudiera estar buscando en la ciudad. Ella curioseaba, contemplaba los aparadores de las tiendas de discos y las veinticinco marcas de tequila que brillaban en una licorería; parecía una marciana recién desembarcada, arrastrando su morral juvenil. Fueron avanzando, casi sin darse cuenta, hacia la línea.

Natalia salió de México caminando y llegó a la garita que marcaba el ingreso a territorio norteamericano. Héctor le dio un poco de distancia.

Mientras que por un lado de la cola pasaban a toda velocidad los norteamericanos y los portadores de tarjetas verdes, por otro iban entrando a una oficina los casos fuera de lo común. Los pobres que iban a visitar a un pariente, los aspirantes a nuevos ilegales, los turistas equívocos que pretendían pasar la frontera a pie en lugar de hacerlo en un autobús de lujo o en automóvil. Héctor descubrió que Natalia había sorteado el obstáculo y avanzó hacia la pequeña cola. Diez minutos después se encontraba ante un *texmex* o un *calmex* con cara de hijo de la chingada y que ostentaba en el bolsillo superior del uniforme de la migra gringa un letrero que lo acreditaba como Jess González.

—Pasaporte.

Héctor tendió su ajado documento, revisado con desconfianza. El tipo miró al detective fijamente, apreciando el ojo fallante, las pequeñas cicatrices en el rostro, la barba de tres días.

—Permítame un momento —dijo, y se fue con el pasaporte hacia un cuarto trasero. Los que seguían a Héctor en la fila se alejaron como quien huye de un apestado y se movieron unos metros para que otro migra los atendiera, en este caso, una negra de nalgas exorbitantes que tomó su lugar en el mostrador para cubrir la pesquisa de González, quien regresó con el pasaporte en la mano.

—¿A dónde se dirige? ¿A qué parte de Estados Unidos va usted?

—Iba a dar un paseo por San Isidro, ni siquiera pensaba llegar a San Diego —dijo el detective con amabilidad mexicana.

—Nuestra computadora dice que usted estuvo trabajando ilegalmente en San José… Le pido que me entregue su tarjeta de trabajo: vamos a cancelar su visa.

—¿Y qué hacía yo en San José? —preguntó Héctor, al que calentaba el tono del seudomexicano.

—En una panadería, *you worked in a bakery*.

—¿Y cuándo fue eso?

—Sentarse ahí, por favor —dijo González mostrándole una silla de plástico amarillo y desapareciendo de nuevo en el cuarto de atrás.

Héctor se dedicó a observar cómo un joven de origen centroamericano hacía la limpieza de la oficina. Traía una jerga enorme, que de vez en cuando pasaba por un escurridor mecánico. Se desplazaba con gran destreza, levantando chicles pegados, polvo de los zapatos de los caminantes. Media hora después, González reapareció.

—Tiene usted que entregarme su tarjeta de trabajo.

—No conozco San José, nunca he trabajado en una panadería, no tengo tarjeta de trabajo, he estado en Nueva York tres veces, y podría jurar que no tiene usted ningún Belascoarán en su computadora... Entonces, podría usted decirme si hay algún problema con mi visa, y si no, dejar de estarme tocando los tompiates —dijo Héctor en el tono más amable que supo encontrar.

—¿Cuáles son sus intenciones en los Estados Unidos? —preguntó González.

—Llegar hasta la biblioteca pública de San Isidro y ver si en la lista de los pioneros del *Mayflower* tienen a algún González —respondió Héctor.

—Siéntense ahí un momento.

—¿Yo y quién más? —preguntó Héctor sorprendido del plural. González no le hizo caso y fue hacia la oficina interior.

Media hora después, cuando Héctor había decidido renunciar a seguir a Natalia a Estados Unidos, la negra nalgona le entregó el pasaporte y un permiso de veinticuatro horas.

Héctor pisó Norteamérica, pero no encontró a Natalia por ningún lado. Se comió dos hot dogs como muestra de su paso por Estados Unidos, compró *Los Angeles Times* y se lo leyó en una banca del parque público. Luego regresó a Tijuana. Sin duda había lugares donde se era más extranjero que en otros.

VI

—Oiga, ¿y por qué en la guerra de las bandas de narcotraficantes de hace un mes nomás murieron agentes de la ley, de los que cobran cheque en el gobierno? —le preguntó Héctor al jefe de policía de Nogales, Sonora. Una pequeña ciudad fronteriza a un paso del desierto de Arizona.

—Fíjese qué chistosito —contestó el jefe, bebiéndose la cuarta cerveza, mientras el detective permanecía fiel a la Cocacola con limón—. Yo creo que ha de ser porque aquí a todas las policías nos tenían a sueldo los narcos, y entonces a la hora de las guerras pues los patrones no se iban a matar entre ellos, ¿verdad? Nos mandaban a unos policías contra otros, ¿no? Para eso está la infantería, ¿no?, para pelear las pinches guerras. Yo creo que ésa ha de ser la explicación, porque como tener razón, usted tiene razón, joven.

Héctor había leído algo del asunto en un diario del DF. Un mes antes, en lo que la prensa calificó como una guerra de bandas de narcotraficantes, habían muerto once policías en Nogales. Tres judiciales estatales, cuatro municipales, dos judiciales federales y hasta uno de la policía auxiliar (los que cuidan los coches en los estacionamientos); además de uno bancario. Con saña y fuego. A uno de ellos, después de ametrallarlo a la salida de un cine lo remataron al día siguiente en el hospital. Tres cuates armados con cuernos de chivo tocaron la puerta del cuarto número veinte del Centro Médico y vaciaron los cargadores: sesenta y tres impactos le metieron al tipo. Tres de ellos murieron en un duelo en la puerta de una cantina. Dos aparecieron colgados de un árbol en el parque público, los intestinos colgando por una rajada de machete en el bajo vientre.

El jefe de policía era un panzón de rostro risueño. Buda de utilería fronteriza, llamaba al cariño maternal, a jugar con él a las canicas. Héctor se mantuvo en guardia. ¿Cuánto cobraría el cabrón éste de los narcos locales?

—Dígame, jefe…

—Llámeme Manolito, como Manolete, el torero, pero en chico; yo era gran admirador…

—Ando buscando a una mujer.

—¿Usted también, joven? —dijo el jefe Manolito.

La oficina era particularmente sórdida. Paredes absolutamente desnudas y pintadas hacía años con un color verde pistache que hoy se descascaraba por aquí y por allá. Manchas de suelas de zapato a la altura de un metro señalaban la poco civilizada costumbre de los usuarios de matar las horas de espera dando patadas en la pared. El jefe de policía estaba hundido en una mecedora que movía de vez en cuando, por el simple método de impulsar un poco hacia adelante la papada, el resto lo hacía el equilibrio inestable.

—¿Y cómo supo que la mujer que buscaba andaba por aquí?

—Lo leí en el periódico —dijo Héctor mostrando la sección de sociales del *Sonorense* del martes pasado.

—Tenemos una buena prensa aquí en la frontera, mijo, muy responsable, bien informada, nada qué pedirle a los periódicos gringos.

—Sale usted en la foto, ¿qué le estaba diciendo a Natalia?

—Le estaba pidiendo un autógrafo, no siempre tiene uno muchachas de éstas, actrices de la capital.

—¿Nada más?

—Pues ya entrados, le estaba dando un consejo.

—¿Y el consejo era para ella o para mí también?

El gordo dudó, balanceándose en su mecedora.

—¿Usted trabaja para Reynoso?

—Yo trabajo para la hija de Natalia.

El gordo jefe de policía, mostrando una agilidad insospechada, saltó de la mecedora y sacudió un tremendo periodicazo a una mosca que se posaba en su escritorio.

—¿Me la chingué? —preguntó. Héctor observó el cadáver.

—Para siempre.

—Está hospedada en el Hotel Rosales, hasta hace diez minutos allá estaba.

Héctor agradeció con un gesto y comenzó a buscar la puerta.

—No se murieron todos… —dijo el jefe.

—¿Quiénes? —preguntó Héctor, la mano en la perilla.

—Los policías, en esa guerra de narcos de la que usted me hablaba, no se murieron todos…

—Eso me suponía —contestó el detective al salir.

El calor lo hacía cojear. Lo aplanaba. Ciudades sin signos distintivos, más allá de su calidad de tierra final, frontera. El Hotel Rosales era un motelito de diez habitaciones con alberca en el centro y los cuartos fabricando una medialuna. Había un par de árboles con mesas de jardín debajo. Héctor se lanzó hacia uno de ellos. Natalia apareció con dos cervezas de bote en la mano en el instante en que el detective se apoltronaba en una de las sillas, le robó el cigarrillo recién encendido. Otra vez la vieja costumbre. Natalia no fumaba, sólo unos toques robados a cigarrillos ajenos.

—Qué pinche terquedad la tuya —le dijo.

—Me dio la impresión de que dejamos una historia a medias —contestó Héctor.

—Yo soy la que ando dejando historias a medias —dijo ella devolviendo el cigarrillo.

—¿Quién es Reynoso? —le preguntó Héctor.

—El tipo ese que me seguía. El tipo que tiene la culpa de que yo ande vagando por la frontera... Ni es nada, una pendejada... También yo, que ando con los nervios de punta, cualquier tontería...

—¿Y a qué se dedica Reynoso?

Natalia caminó hasta la alberca, se quitó los zapatos y mojó uno de los pies en el agua; luego giró hacia Héctor.

—Es jefe de alguna policía allá en el DF. Si fuera bombero no habría tanta bronca. Me lo encuentro una vez en la cafetería de los Churubusco y me dice que está perdidamente enamorado de mí. Y que me da risa. Ahí se jodió el asunto. Esas cosas pasan, cuando estás en el cine esas cosas pasan de vez en cuando. Llega un pendejo y te dice que no puede vivir sin ti, que te pareces a una hermana que se murió de leucemia, que te vio en una película y que desde entonces no duerme, y pone encima de la mesa su dote: tengo un rancho con toros de lidia en Tlaxcala, soy dueño de una fábrica de pantaletas, tengo una casa en Houston y un avión privado, soy senador del PRI, esas cosas... Eso pasa, carajo, no me mires así.

—Tengo mirada de tuerto, hermanita, ¿qué coño quieres que haga? Miro fijo porque nomás veo con uno.

—Y que el tipo empieza a fregarme la vida. Le rompen dos costillas a un cuate con el que estaba saliendo, me mandan flores todos los días, llamadas de teléfono en las que no contestan. Y yo ni caso le hacía. Y empiezan las cosas mayores. Tirotean las ventanas. Me mata de un espanto ese hijo de la chingada, porque el cuarto que da a la calle es el de mi hija y que se despierta muerta del susto cayéndole vidrios encima de la cama y todas las paredes agujereadas. Y así. Entonces me entrevisto con el cuate en un Sanborns, con testigos, nomás un café, ¿no? Y él me dice puras pendejadas, cualquier cantidad de zalamerías. Que si no puede vivir sin mí...

—Natalia hizo una pausa, volvió a caminar hacia la alberca. Luego, quitándose un mechón rebelde de los ojos, dijo—: ¿Deveras te interesa esta historia? A mí, la verdad es que me aburre. Me aburre a madres.

—Entonces viniste a la frontera para huir del tipo ése —afirmó Héctor. Pero había algo raro en el aire. Algo que tenía que ver con preguntas, con dudas, con sospechas, no con afirmaciones. Algo malévolamente telenovelero.

—Eso —dijo Natalia Smith-Corona ofreciéndole una sonrisa al tuerto detective—. Eso y unas vacaciones de mí misma. Nunca había estado por acá...

—¿Y entonces?

—No, pues esperar que se muera el menso ése, o que lo metan al bote; no ha de tardar, o que se me acabe el dinero y dejar de girar... Que alguien decida. ¿A ti no te pasa eso? ¿No te pasa que a veces quieres que otros decidan?

—Sí, me pasa seguido que otros quieren decidir, pero yo soy más terco que persona. A lo mejor si no daban la lata yo dejaba correr las cosas...

—¿Sí, verdad? —dijo Natalia y se sentó en una de las sillas, alzó la mirada, cerró los ojos y dejó que el sol le diera de lleno en la cara. En lo que a ella tocaba, la conversación parecía haberse terminado. Héctor se descalzó y caminó despacio, para mojarse los pies en la alberca.

Como Héctor había sospechado, Natalia desapareció del Hotel Rosales durante la noche. Lamentablemente para sus desvelos y sus forzados insomnios, no fue entre las doce y las tres de la mañana, horas en las que se la había pasado montando guardia paseando por el escuálido jardín, ni después de las seis cuando despertó entumecido en una de las sillas de la alberca, sino en algún momento intermedio. El amanecer aumentaba la desolación del escenario, sintió el detective, mientras caminaba cojeando, con un calambre en la pierna izquierda, hacia el cuarto número seis. Desde lejos la puerta se veía entreabierta.

La cama estaba deshecha, periódicos rotos en el suelo, ropa tirada a la salida del pequeño baño. Sobre la mesita de noche un pequeño reloj de pulsera. ¿Lo traía la tarde anterior? De repente Héctor sintió una presencia a sus espaldas. Giró para encontrarse ante un jardinero chaparrito, aún con la manguera en la mano.

—¿Se fue sin despedirse, verdad, jefe?

—Algo hay de eso, amigo.

—No se fue a la buena, se la llevaron...

Héctor guardó silencio, si algo iba a decir el jardinero lo haría por su buena voluntad, sin estorbos ni preguntas. El tipo contempló al detective que se masajeaba la rodilla. El calambre desaparecía, pero se quedaba la herrumbre de los huesos, la oxidación de las viejas heridas, la inflexibilidad de las malas cicatrizaciones. Estaba hecho una reverenda mierda. Ni brincar la reata con las niñas iba a poder.

—Se la llevó un cuate flaco, alto, un gringo... Como que ella no quería, pero sí quería ir. No pidió ayuda, amigo.

—¿Y si hubiera pedido? —preguntó Héctor dirigiéndole media sonrisa al chaparrito, que no se había apeado el sombrero ni soltado la manguera.

—Me lo enfierro —dijo el jardinero sacando de la bolsa posterior del overol azul una navaja de resorte de quince centímetros que chasqueó al abrirse—. Hace un resto que quiero ensartarme a un gringo grandote.

¿Y ahora?, se preguntó Héctor encendiendo un cigarrillo. El jardinero se guardó su navaja y sacó de la bolsa delantera del overol unos Delicados con filtro medio ajados.

Héctor, al darse cuenta, se disculpó:

—Perdón, no le ofrecí.

—No hay pedo, a mí me gustan sin filtro, le iba a desperdiciar el filtro al suyo.

—¿Sabe algo que pueda servirme para encontrarla? —preguntó el detective.

—Una camioneta negra de cuatro puertas, con placas de allá del otro lado. Iban solos.

Una tercera presencia tapó la luz del amanecer que se deslizaba ya por la puerta del cuarto. Héctor giró para ver el rostro ajado del gordo jefe de policía.

—¿Qué hacen usted y este pinche oaxaquito en un cuarto que ni es suyo? Si me perdona la pregunta.

—Visitaba a una amiga, pero parece que se fue, jefe.

—Dígame Manolito, hombre. Cómo son rancheros ustedes los de la capital —dijo el jefe de policía. A sus espaldas un tipo con una escopeta en la mano se asomó al cuarto, el jefe sin mirarlo lo despidió con un gesto.

Héctor permaneció en silencio. Nada se podía hacer por aquí. Natalia Smith-Corona, en su nuevo papel de *la Mujer Fantasma*. Tenía la garganta reseca, acaso por el polvo de la ciudad.

—Detengan a ese pendejo, ha de saber algo —dijo el jefe a nadie. Uno de sus subordinados entró al cuarto dirigiéndose al jardinero.

—No, vino detrás de mí para decirme que no podía entrar al cuarto —dijo Héctor cruzándose entre el jardinero y el policía.

—Entonces, el que ha de saber algo es usted —dijo el jefe Manolito, rascándose tímidamente en la bragueta.

—Salió antes de las seis de la madrugada y después de las cuatro. Eso sé.

—Pues no es gran cosa, ¿verdad?

—Me está dando curiosidad —dijo Héctor—. ¿Por qué le interesa tanto una actriz de cine que anda paseando por la frontera?

—Me recaga que se hagan negocios en Nogales sin avisarme. ¿Podría darle el recado a alguien?

—Pues como no sea a la hija de Natalia, que fue la que me dio el trabajo, no veo a quién —dijo Héctor encendiendo un cigarrillo más y ofreciéndole uno al jardinero, que negó con un gesto.

—Me reemputa esa falta del pinche respeto que se le debe a uno que tienen estos pendejos de la capital. Llegan a la casa de uno y se tiran un pedo… ¿Usted conoce algo de la tele? ¿A uno de ésos de Televisa, uno que mueve muchos billetes, un productor? Torres.

—No tengo televisión —dijo Héctor.

¿Para qué, si todo pasa en vivo y no hay que aguantar los anuncios?, pensó.

VII

*Un minuto de oscuridad
no nos volverá ciegos.*
SALMAN RUSHDIE

La perdió en Nogales y recuperó su huella en Ciudad Obregón, oyó hablar de ella en Guaymas y se le desapareció en Navojoa. Aquello ya parecía una versión para turistas sin mapa de carreteras del Corrido del Caballo Blanco.

—¿Por qué hay tantas avionetas privadas por aquí? —preguntó un ajado Héctor Belascoarán, mientras contemplaba desde el bar la sección privada del aeropuerto de Hermosillo.

Su interlocutor, un gerente divisional de Cocacola, que bebía sin cesar vodka tonic, le contestó sin mirar los pequeños *jets*.

—Aquí con la crisis se ha hecho mucho dinero, amigo. Mucho dinero nomás moviendo precios. Los comerciantes, los agricultores mayoristas ganaron mucho en estos años... Hay uno que se compró tres mesas de billar para su casa, y no sabe jugar billar, y otro que tiene una alberca vacía y como no sabe nadar no la llena y ahí juega frontón. Aquí se hicieron negocios chonchos especulando con los granos.

—¿Entonces todos esos *jets* son de agricultores? —preguntó Héctor.

Llevaba cuatro días haciendo guardia en el aeropuerto, esperando a Natalia. Preguntando por Sonora descubrió en una agencia de Aeroméxico que había comprado un billete abierto Hermosillo-Chihuahua. Y ahora estaba aquí, esperando.

—No, ésos son de los narcos —dijo ecuánime el gerente de Cocacola.

En cuatro días le habían contado películas gringas filmadas por ahí, la verdadera historia de Obregón (tres veces), los misterios de la productividad de los ejidos colectivos del Yaqui y el Mayo y por qué había resurgido el panismo en el norte (dos veces). También le contaron un montón de chistes de «broncos». Eso parecía formar parte de las tradiciones locales: chistes de rancheros millonarios bastante brutos, que viajaban al DF y trataban de apagar los focos del cuarto del hotel a sombrerazos.

Esta vez la espera no fue inútil. La Mujer Fantasma había aparecido. Natalia estaba sentada dos mesas más allá, solitaria, contemplando el despegue de los aviones. De vez en cuando miraba al detective y le mandaba una sonrisa triste.

Se sentaron en lugares diferentes del avión. Separados por la barrera de los fumadores y los no fumadores. Natalia una decena de filas adelante. El avión voló arriba de nubes gordas y campos semidesérticos. Héctor esperó impaciente que el letrero de no fumar se apagara y encendió uno de sus Delicados. Cuando estaba empezando a paladear el tabaco, Natalia apareció danzando por el pasillo, rejuvenecida.

—Hazte a un lado, huevón —dijo, recuperando los viejos estilos, imponiendo con ese tono entre coqueto y paternal sus órdenes. Era la voz del poder femenino. Muy del principio de los sesenta, yo te doy órdenes porque te quiero, si no te quisiera no iba a perder el tiempo ordenando.

Natalia se apropió de inmediato del cigarrillo de Héctor y le dio una calada profunda. Héctor encendió un segundo, ella le devolvió el primero. El detective se encontró con dos cigarrillos encendidos en la mano, los fue fumando de manera alternada.

—Tú no sabes nada de las listas negras, Héctor —dijo Natalia—. Yo me eché tres años en la lista…

—¿Qué listas negras?

—Las de Televisa, hermanito.

Héctor optó por la paciencia. Las historias se cuentan de una manera o de ninguna, recorren veredas inusuales, se desenrollan de manera poco natural, se fugan y reaparecen; y siempre el que decide estos erráticos caminos es el narrador y no el oyente.

—Antes de la película estaba haciendo una telenovela. Mi telenovela. Un montón de plata… Tú tampoco sabes lo que significa una telenovela. Un montón de capítulos y señoras que quieren matar a sus cuñadas, parientes pobres que se hacen ricos, un niño tartamudo hijo de la sirvienta que es heredero del príncipe de Suecia… Y para una, si te dan un estelar, el dinero para vivir todo un año y esperar una buena película, sin andar rascando la chequera para sacar la renta… Yo estuve congelada en Televisa tres años, por lo del Sindicato de Actores. Tres años en que no me daban ni un papel de sirvienta chimuela en una serie de cómicos…

La azafata interrumpió la historia repartiendo cervezas y cacahuates.

—¿Y cómo te levantaron el veto? —preguntó Héctor.

—Ve tú a saber, de la misma manera que llegó. El poder es arbitrario, hermanito, ésa es una de sus características. Para que sirva tiene que ser así, tiene que agarrarte toda apendejada, desconcertarte, no dejarte saber nunca qué es lo que pasa… Un día llegó Lisardo Torres y me dijo: «Una telenovela de ciento veinte capítulos, nena»; porque ese pendejo habla como en película de los años sesenta. Dice: nena, vida, cariño. Es un vómito el güey. Antes de ser productor de televisión hacía películas de monstruos. De ahí debe haber sacado el lenguaje. De decirle cariño a la mujer vampiro; o nena al Enmascarado Negro mientras le mamaba el pito.

Héctor no se rio. En los últimos segundos había cruzado su mirada con la de un tipo, unas ocho filas adelante. Un tipo medio calvo, grande, bigotudo, de traje negro de rayitas. No le gustó lo que vio en sus ojos.

—¿Y entonces? —preguntó.

—Pues me ofreció una telenovela y la acepté.

—¿Y luego?

Ella no contestó.

—Natalia. Nat, por Nat King Cole. Natasha por andar leyendo a Gorki. ¿Te acuerdas de una vez que para contarme que te habías enamorado empezaste hablando de las diferencias entre los Neandertal y los Cromañón en una novela de Golding?

—Estaba yo re loca.

—Bueno, pues igual, Nat. ¿Qué carajo tiene que ver la telenovela con que estemos volando encima de Chihuahua?

—Ah, eso. No, la telenovela nada. El que tiene que ver es el pendejo de Lisardo.

—El productor que le mamaba el pito al Rayo de Plata.

—Al Enmascarado Negro.

—Hay un pelón ocho filas adelante, en el asiento D. ¿Lo conoces?

—No —dijo ella quitándole los dos cigarrillos a Héctor y apagándolos—. Lisardo se dedica a la coca. Es la fuente en los estudios para los que quieren parecer reina por un día. Surte a todos. Debe ganar más con eso que con las telenovelas.

El anuncio de cinturones se encendió.

—Me regreso a mi banca de escuela, hermanito —dijo Natalia poniéndose de pie—. Luego te cuento.

—Luego me cuentas, ¿qué?

Pero ella ya iba danzando por el pasillo, con un aire juvenil fuera de lugar, antiguo, de los sesenta.

VIII

No amo a mi patria.
Su fulgor abstracto
es inasible.
JOSÉ EMILIO PACHECO

En Chihuahua todo el mundo sigue amando a Pancho Villa. Ése era un esencial punto de contacto entre el detective y la ciudad, un apasionado encuentro. De manera que al aterrizar el avión fue invadido por una profunda oleada de buena vibra. Natalia avanzaba unos metros adelante; pero entre detective y Mujer Fantasma, iba el calvo grandote. Héctor juró que no volvería a perderla y acortó distancias empujando a un ejecutivo que llevaba dos portafolios. ¿Sería una nueva moda fronteriza el doble portafolio?

De repente, el grandote se tambaleó, creando un momento de descontrol en el pasillo. Natalia acababa de descender, y Héctor dudó si lanzarse por la escalera trasera para ganar tiempo... Sobre todo, porque en la espalda del calvo brillaba un estilete, en el centro de una mancha de sangre que iba creciendo. Un instante de duda. ¿Quién de los tres tipos que estaban detrás del gordo había sido? Sin duda el que salió en estos momentos por la parte delantera, un joven con el rostro marcado por los granos que Héctor contempló fugazmente. Dentro de unos segundos comenzarían los gritos. Mierda.

La buena vibra regresó media hora después, cuando en el vidrio de una de las tienditas de refrescos del aeropuerto vio un póster del Centauro del Norte, con la Siete Leguas abajo de sus cortas piernas enfundadas en botas de cuero. Héctor, villista informado, sabía que el caballo de Pancho Villa fue una yegua, y no un caballo como aseguraban las malas lenguas, que terminó con el pecho destrozado por las balas. Otra leyenda villista más.

Natalia había desaparecido. El joven de la cara llena de granos se había esfumado. ¿Era así? Sólo fue una mirada fugaz. El propio Héctor se hizo ojo de hormiga. Ventajas de no tener que esperar a que le entregaran la maleta. La llegada de la ley, media docena de judiciales que enseñaban las pistolas, aisló a los pasajeros que esperaban su equipaje. Pero los demás se habían evaporado. En las afueras de la terminal aérea, Héctor trató de rehuir el mordisco del sol en la cara. El asfalto estaba pegajoso. Cuarenta grados al menos.

—Aquí, *desperado* —le gritó el poeta Cortázar desde la ventanilla de su Volkswagen rojo, sacudiendo la pipa para hacerse más visible.

Los refuerzos arribaban.

La Quinta Luz es un edificio de cantera rosa de dos plantas, donde se encuentra el mejor Pancho Villa de Chihuahua. La fantasmal presencia del valedor de los jodidos que espera su triunfal hora de regreso. Ahí está su cama, su escritorio, las sillas de montar de algunos dorados de su escolta, una palangana. Todo el museo en que se ha convertido la casa de una de sus esposas más firmes rezuma familiaridad. Hay una sensación de que el tiempo se quedó atrapado en las fotografías de Zacatecas o de la batalla de Torreón, y de que el villismo no ha acabado de fugarse en el túnel del tiempo, de desaparecer en las fotografías vueltas pasado reutilizable.

Aquí las fotos están vivas, magia de los personajes o de los fotógrafos. Las imágenes se suceden contando una historia que se sabe bien. La saben los populares mirones que acuden al museo como quien rinde culto a un santo laico y mujeriego. En el mostrador donde se compran los boletos de entrada, un preciso guardián ha colocado una lista a máquina de las veinticinco mujeres con las que se casó Pancho Villa.

—¿Y se casó con todas, verdad? —preguntó Héctor.

—Eso se podía hacer antes, cuando la Revolución, ahora con la crisis… —contestó con tristeza el celador.

En ese mismo mostrador se vende una foto del asesinato de Villa, y el encargado pone a prueba la sabiduría de los consumidores.

—A ver, ¿cuál es mi general?

—El que está detrás del volante —dijo Héctor sin dudarlo—. Villa venía manejando. El cuerpo que se ve en primer plano, caído sobre la puerta, pertenece al coronel Trillo.

El encargado suspiró. A veces se aburría de la presencia de oleadas de *amateurs*. Agradecía de vez en cuando a un profesional del villismo.

Héctor inició la segunda vuelta. La primera había sido a la cacería de lo inesperado, a la pesca del ambiente, a la búsqueda del aire burlón del general Villa. Ahora estaba en los detalles: la mesa del telegrafista, los fusiles máuser, la foto de Columbus; el retrato, de foto de familia numerosa de los Dorados, los billetes con el rostro de Madero, las fotos de los bailes, el villista al paso del tiempo que habla de una revolución desvanecida, las ametralladoras. Y una y otra vez la cabalgata del poder popular.

Cortázar lo estaba esperando afuera, en la sombra de un arbolito, acodado en el automóvil, fumando, negándose a entrar. Demasiadas visitas al museo acompañando a los orates de la capital.

—¿Qué? ¿Sabes quién era el muerto?

—Hablé al diario, ya sabían todo. Era un nativo, el famoso Chiquilín... ¿Nos echamos una soda?

Caminaron hasta la infaltable tiendita de la esquina.

Cortázar, poeta chihuahuense y amigo de los locos que subían del DF para ver la vida en crudo, dejó su estilo británico y se le quedó mirando a Héctor.

—¿Te lo echaste tú al narco ése?

—No. ¿Era un narco?

—Dicen. Pero aquí decir es lo más fácil... Todo el mundo cuenta y casi siempre acierta. Oficialmente era vendedor de colchones, y antes fue dueño de un burdel, y tenía casa en Disneylandia.

—¿En Disneylandia?

—Sí, en un fraccionamiento de nuevos ricos, que la gente dice que son «nuevos ricos, viejos narcos», y la raza lo llama Disneylandia. Ahí viven los enanitos, y está el castillo de Blancanieves y Pluto anda dándose unas rolas, bato.

Bebieron en silencio.

¿Y la Mujer Fantasma? ¿Tendría que empezar a recorrer hoteles? Preguntar, una y otra vez en una ciudad de casi un millón de habitantes y desconocida. Héctor sintió la profunda tentación de subirse a un autobús y reaparecer en el DF dieciocho horas después. Pancho Villa nunca hubiera hecho algo así. Nunca se hubiera subido a un tren infernal para ir a Veracruz y de ahí tomar un vapor para Hamburgo. No era su estilo.

—Bueno, llegaste, viniste a echar una lágrima metafórica en el Museo de Pancho Villa, preguntaste por un muerto. ¿Qué sigue? —dijo Cortázar, dejando sobre el refrigerador de metal su refresco vacío y encendiendo su pipa. Era un tipo con indudable paciencia, virtud de poeta.

—No sé —respondió Héctor.

A lo mejor sólo se trataba de andar por las calles, resistiendo al sol, dejando que se frieran las neuronas. Y entonces, la Mujer Fantasma reaparecería huyendo hacia otra ciudad, con otra nueva y falsa historia que contar en el intermedio. A lo mejor de eso se trataba, de una película que Natalia Smith-Corona estaba preparando. Una película bastante pendeja, por cierto.

—¿Qué carajo hace una actriz de cine cuando viene a Chihuahua?

—No sé, supongo que come un buen *t-bone* y luego se va a El Paso a comprar ropa. Yo qué sé —respondió el poeta.

¿Por qué no? Cualquier otra opción era igual de absurda. Podía volver a checar las líneas aéreas. Podía buscar a probables conocidos de Natalia...

—¿Qué planes tienes?

—Hasta el martes, lo que quieras, mano —dijo el poeta.

—¿Me das un aventón a Ciudad Juárez?

Media hora después, Cortázar puso en el tocacintas de su carro el último casete de boleros de Tania Libertad. La carretera se había vuelto una recta aparentemente sin fin, con cerros majestuosos, rodeados de cielos azules poco creíbles, marcando el horizonte lejano al frente y a los costados. Tierra de matorrales y límites de verdad, verdaderamente lejanos.

La genialidad de la cantante peruana al romper con la tradición de que la nueva trova no canta boleros y al mismo tiempo al envolverse en ellos como si fuera en una monumental sábana, acabaron de convencer al detective de la rotunda victoria del eclecticismo. En su época podías ser de Chopin o de Frank Sinatra, pero no de ambos; de Manzanero o de los Rolling Stones, de la nueva trova cubana o del rock ácido, pero no podías ser de todos. Los tiempos habían cambiado para mejor.

—A mí, el poema que me enloquece, es uno de José Emilio Pacheco —dijo dos horas después y de repente Cortázar, a mitad del desierto, cuando las dunas se asomaban a la carretera.

Y comenzó a recitarlo:

—No amo mi patria. / Su fulgor abstracto/ es inasible. /Pero (aunque suene mal) / daría la vida / por diez lugares suyos, / cierta gente / puertos, bosques de pinos, / fortalezas, / una ciudad deshecha, / gris, monstruosa, / varias figuras de su historia, / montañas / y tres o cuatro ríos.

Héctor se quedó pensando mientras el poema le recorría las neuronas a más velocidad que la de aquellos ciento cuarenta kilómetros en que Cortázar había puesto al Volkswagen.

—Menos mal que en este país tenemos poetas así, si no, nos iba a ir de la chingada —dijo Cortázar.

—¿Me lo repites, por favor? ¿Te lo echas otra vez? —dijo Héctor y sacó del bolsillo de la chamarra un sobre viejo y una pluma para anotar las palabras mágicas del poema que contaban la patria que el detective bien quería y entendía.

IX

He cometido un error fatal
y lo peor de todo es que no sé cuál.
José Emilio Pacheco

Héctor entró al cuarto 226 del Hotel Gateway en el centro de El Paso, Texas, y dejó caer al suelo la bolsa azul con la que viajaba. Encendió un Delicado con filtro mientras contemplaba las paredes leprosas de la habitación. Alguien había escrito en la pantalla de una lámpara: «Ahí nos vemos cocodrilo».

El detective tenía la ropa sucia, toda, ni una sudadera que pudiera ponerse. Sacó dos camisas, cinco calcetines, una camiseta y un paliacate y se dispuso a lavarlos en el baño. Las cucarachas lo estaban esperando. No eran muchas, dos grandes y dos chicas. Trataron de escaparse corriendo por las paredes de la bañera y una logró esconderse unos segundos tras la taza del baño hasta que la suela justiciera del zapato de Héctor dio con ella.

Los cadáveres de las cucarachas, a pesar de la exitosa batalla, lo deprimieron. Abandonó la intención del lavado. Se dejó caer vestido sobre una cama de ruinosa apariencia y dudosa limpieza. Allá afuera, a través de la ventana y las cortinas, alguien gritaba en español: «Ya vámonos, pa' qué vinimos», una y otra vez. En el cuarto de al lado se escuchaban risitas de puta. Se quedó mirando el techo con el ojo profundamente abierto. Con la mente en blanco. Los ruidos del cuarto de al lado y las voces que subían de la calle como únicos compañeros. Cuando se pasan en soledad muchos días, se agota hasta el monólogo interior. Tres suaves golpes en la puerta. Los Texas Rangers vinieron a sacarlo de la desesperación.

—¿Qué sabe usted de Reynoso? —preguntó el más joven; el que había tocado la puerta, un chicano de gran envergadura y cara bondadosa, vestido con un traje de mezclilla y que se había identificado como agente de la DEA. Su compañero rondaba por el cuarto como si la cosa no fuera con él. Un hombre negro extremadamente flaco, de unos cuarenta y cinco años, con una horrible chaqueta de cuadros.

—Hasta hace una semana no había oído hablar de él —dijo Héctor sentándose al pie de la cama, y verdaderamente enfadado consigo mismo por la falta de previsión. No compró ni una Cocacola antes de subir al cuarto.

—¿Y qué le dijeron?

—Que era un policía.

—¿Nada más?

—Que molestaba a mujeres que no querían nada con él. Me lo definieron como un tipo terco. Bastante pendejo, yo diría.

El grandote chicano le dirigió una mirada al gringo negro, que ahora curioseaba a través de la puerta abierta del baño; éste no le hizo mucho caso.

—¿Conoce usted a un tipo como éste? —preguntó sacándose una foto de la cartera; por la forma familiar de hacerlo, podía haber sido la foto de un pariente cercano, de las hijas y el perro. No lo era. Se trataba de un rostro desencajado, de un norteamericano sureño de unos treinta años, mascador de tabaco. Héctor nunca había visto antes la cara. Negó con la cabeza.

—Éste es Quayle —dijo el gringo desentendido.

El chicano se sentó en el sillón solitario haciendo a un lado la ropa que Héctor no había lavado un rato antes.

—¿Ha oído hablar usted antes de Lisardo Torres?

—Es un productor de televisión, hace telenovelas de vampiros en Canal 2, allá en el DF —dijo Héctor, y de repente se dio cuenta lo lejos que estaba del DF, lo lejos que estaba de su rancho eléctrico y polvoriento, lo encabronadamente lejos que estaba de la tierra patria, de la insegura profunda inseguridad de sus cabronas calles, de sus venas cortadas de conocida y por lo tanto familiar luz mercurial; la enorme distancia que había entre él y su ciudad madre—. No será el mismo que ustedes buscan.

—No lo buscamos: ya lo encontramos, y es el mismo, amigo… ¿Y usted quién chingaos es? —preguntó el chicano con acento chihuahuense.

Héctor no contestó, fundamentalmente porque no sabía qué contestar.

—¿Qué opina usted del tráfico de drogas? —le preguntó el negro con un impecable acento. Si se comiera algunas eses, bien podría pasar por jarocho.

—Que es una mierda… ¿Ustedes para quién trabajan?

—Ya nos identificamos, amigo —dijo el chicano.

—Sí, ya vi que son de la DEA, pero, ¿para quién trabajan? Me contaron que los de la DEA de Tejas trabajan para los narcos colombianos de Houston.

—¿Ves lo que pasa por tratarlos como personas? —dijo el negro en inglés.

—Oí esa frase alguna vez en Alabama, allá por el final de los sesenta —dijo Héctor en inglés, dejando que su ojo sano bailara con una chispita de buen humor.

—Estábamos pensando detener a la actriz y esperar a ver quién se movía primero, si Reynoso, Quayle o Lisardo Torres. Pero usted se nos sale del cuadro. Es como si viniera de otro canal de televisión.

—Vengo de otro canal de televisión. La traigo jodida, ni siquiera me sé de qué fueron los capítulos anteriores de la telenovela.

El detective negro entró al baño y se puso a mear con la puerta abierta. Salió sacudiéndosela lo más públicamente posible. Luego volvió a rondar por el cuarto como si la cosa no fuera con él.

—Yo sigo a una mujer que anda danzando por la frontera como yoyo. Y eso es todo —dijo Héctor.

—Ahí se equivoca, ella no anda sin rumbo, amigo, ella va de cita en cita. Con un cuadernito —dijo el chicano.

—¿Citas con quién?

—Citas con un cuate que no llega, con Quayle. Y cuando llegue a la cita…

—¿Usted por qué la sigue? —preguntó el negro.

—Porque una adolescente que es hija suya me lo pidió.

—¿Habías oído algo tan pendejo? —le preguntó el chicano a su compañero. Éste negó con la cabeza. Héctor pensó que él tampoco había oído nunca algo tan pendejo. El negro le sonrió y, aprovechando que su compañero, el chicano grandote, le sostenía la puerta abierta, abandonó el cuarto. El otro dudó antes de seguirlo. Héctor no pudo dormir.

Las tiendas en El Paso abren a las nueve, pero si se trae el horario mexicano, en el reloj pueden ser las ocho de la mañana. Desayunó un huevo frito de forma extraña y con tocino en un McDonald's y luego comenzó a vagar por la zona comercial del centro. Por diez dólares y cuarenta y cinco centavos más *tax*, Héctor se compró un juego de cuchillos de cocina, tras escoger entre la variada oferta de las tiendas de la calle Mission. Compró los que le parecieron más amenazadores, más letales. *Cobra swords*. En la caja, ostentaban al lado su nombre en inglés: *slicer*, *chef*, *bread*, *meat*, *chopper*. Una cuchilla de carnicero para cortar huesos de costillas le parecía particularmente asesina. Brillaban. Una docena de cuchillos de cocina. El cebollero estaba dotado de una hoja intimidatoriamente afilada, de por lo menos treinta centímetros.

Otra vez se hallaba en una historia equivocada. Si había de ser así, nadie lo sorprendería desarmado. Cuando se aburrió de vagar por las calles se sentó a leer el periódico en una plaza. Abundaban los vagabundos. Los miró con recelo. Eran vagabundos rubios, anglos.

Desde un teléfono público hizo una llamada a Los Ángeles.

Cuando dejaron de oírse ruiditos en la línea, Héctor, sin identificarse, preguntó:

—Oye, mano, ¿por qué tendría yo que conocer a un tipo que se apellida Quayle? Con "q", Quayle…

Desde luego, su cuate Marc Cooper, un periodista *freelance* de *Los Angeles Times*, le contestó que quién estaba hablando.

X   LA HISTORIA QUE LE CONTÓ
MARC COOPER

(en versión previa a que Marc la convirtiera en un
reportaje para *Rolling Stone*)

Los estaban esperando en el desierto. Eran mexicanos, bueno, casi todos,
porque había un salvadoreño. La mayoría eran hombres, excepto dos jo-
vencitas y un niño de unos ocho años. Los coló por Nogales un pollero de
nombre Benito, que les sustrajo ciento cincuenta dólares por cráneo y setenta y cinco por el niño. El pollero los puso en mitad del desierto gringo
en una camioneta vieja, encargados con un chofer dominicano apellidado
Santos y que tenía que dejarlos en la terminal de autobuses de Phoenix. Santos tenía prisa porque era el cumpleaños de su madre y estaba comprometido a llevar el ron para la fiesta.

La banda de Quayle se llamaba The New Americans, «Los nuevos
americanos»; así se llamaba entonces, pero un año antes circulaban como
los Frontier Raiders, y dos años antes eran simplemente una rama de la
John Birch Society. La banda estaba formada por siete personas y un par
de *jeeps*.

El grupo de Quayle había estado haciendo prácticas de tiro combina-
das con una abundante trasegada de cervezas. La combinación era perfecta: se bebían el contenido y luego usaban las latas como blanco.

The New Americans descubrieron la camioneta del pollero Santos por
casualidad y fueron a su caza en los *jeeps*, como quien ataca una apacible
manada de búfalos; los rifles ondeados, los gritos de *cowboy*, mientras los
jeeps volaban por las dunas. Cuando se pusieron a la altura del vehículo
manejado por el despavorido dominicano, comenzaron a dispararles con
M2. Primero a las llantas, luego al motor. La camioneta se clavó en una pequeña loma en medio del estruendo de los disparos y los gritos. La banda
de Quayle descendió de los *jeeps* y los hombres se formaron en un medio
arco y comenzaron a destrozar los cristales a cachazos.

Luego gritaron para que los pasajeros salieran. Dos no lo hicieron de
inmediato: uno de ellos se había roto la clavícula izquierda al estrellarse el

vehículo, y el otro había sufrido una enorme cortada encima de una ceja a causa de los cristales. Dos más tenían heridas menores que no les impidieron descender del camioncito con los brazos en alto.

Quayle impidió que alguno de sus ansiosos muchachos les metiera ahí mismo una ráfaga a los aterrados ilegales. Si se hicieron tiros, tan sólo fueron al aire. En cambio quitó a todos zapatos y sombreros, registró sus bolsas de lona y sus paquetes atados con cuerdas, sus ruinosas maletas de cartón, y extendió por el desierto las ropas. Hizo una pila e incendió con la ayuda de un galón de gasolina camisas de cuadros y pasaportes, zapatos y sombreros tejanos comprados en México, paliacates y un fondo blanco.

Luego Quayle y sus muchachos subieron a los *jeeps* y abandonaron a los mexicanos en el desierto. Fueron por ahí, a beberse otras cervezas, a contar la historia: si las autoridades eran incapaces de detener el paso de inmigrantes ilegales por la frontera, ellos sí podían.

Quayle incluso declaró a la prensa que su operación tenía un sentido moral, una razón superior: ellos eran los cuidadores de la patria, los ángeles blancos de la frontera negra; estaban a cargo de impedir que los indocumentados siguieran ingresando al país para ocupar puestos de trabajo pertenecientes a los nacionales. Además, los ilegales eran la fuente esencial del tráfico de drogas que envilecía a la juventud norteamericana. Detenerlos bajo cualquier forma era un imperativo ético, una razón nacional, la recuperación de la tradición del ciudadano armado defendiendo sus derechos.

Una parte de los tiroteados pasajeros de la camioneta fue encontrada por una patrulla de la policía estatal de Arizona dos días después vagando por el desierto. Estaban conmocionados por la insolación, cubiertos de llagas, deshidratados; de ahí empezó la búsqueda del lugar del ataque para localizar el camión. Cuando lo encontraron, uno de los mexicanos yacía muerto, y el herido en la clavícula estaba en coma y ya nunca saldría de él.

Las organizaciones religiosas vinculadas al movimiento Santuario de Arizona, Tejas y Nuevo México interpusieron una demanda civil contra la banda de Quayle y éste fue detenido por agentes federales. En el juicio, la defensa, ejercida por un abogado de la asociación *White Frontier*, Frontera Blanca, arguyó que Quayle y sus muchachos al disparar contra los inmigrantes ilegales actuaron en defensa de la ley de migración. Salieron con una condena menor por homicidio accidental. Los inmigrantes mexicanos fueron deportados.

Siete meses más tarde, recién salido de la cárcel, Quayle fue detenido por haberle roto dos costillas a golpes a su esposa en una pelea conyugal. En el juicio se demostró que estas actitudes violentas eran frecuentes. Un año y medio después de este segundo juicio, Quayle fue detenido por la *Border Patrol* cuando estaba al mando de una expedición de cinco tráilers que llevaban uno de los más grandes cargamentos de mariguana capturados en la región del sureste de Arizona.

La incendiada camioneta, abandonada en el desierto, se ha vuelto un extraño lugar de peregrinación. De vez en cuando, grupos de jornaleros y obreros de la construcción, carpinteros y basureros latinoamericanos que viven en Phoenix o en Tucson, incluso en lugares tan alejados como Dallas o Houston, se dan una vuelta a las dunas a contemplar el hierro perforado por los impactos de las balas. Se hacen acompañar por sus familias, niños pequeños incluidos. Frecuentemente hay velas prendidas que resisten los suaves vientos y, casi siempre, sobre la ruina de metal, que poco a poco va cubriendo la arena, hay ramos de flores secas.

XI

Si tanto ingenio tenéis
que entretenéis tres galanes,
¿cómo salieron mal hora
mi señora,
tus afanes?

JOSÉ DE ESPRONCEDA

—Mírelo con cuidado, el que tiene la cicatriz que le cruza la cara. Que no le vea que lo está mirando —le dijo el vendedor de lotería jorobado.

—¿Y ése quién es? —preguntó Héctor contemplando al hombre vestido como *cowboy*, con la cara surcada por una cicatriz, que se subía a una *pick-up* roja.

—Es el novio de la Marisa, la que ganó ayer el concurso de la reina de la belleza de aquí, de Piedras Negras.

—¿Y luego? —preguntó el detective presintiendo que había más historia.

—Es que es bien chistoso cómo ganó. *El Cruzado* la quiso a la Marisa de reina, porque se la quería coger y ella no quería, y él le rogaba, y entonces ella le dijo, bueno, pero yo gano lo de la reina. Y entonces él la hizo ganar.

—¿Y se la cogió?

—Eso pregúnteselo a ella. Yo no me meto en historias personales, jefe. Lo chistoso es cómo la hizo ganar.

Ese güey es narco, y entonces iba por las loncherías y las rancherías con los suyos, con las escopetas y los cuernos de chivo vendiendo boletos para la reina... Aquí la reina gana cuando vende más boletos, que son como votos para ella.

—¿Y si es narco y tiene mucha lana para qué iba vendiendo boletos, por qué no los compraba él? —preguntó Héctor en buena lógica. Pero en buena lógica un jorobado vendedor de lotería no es necesariamente el cronista de la ciudad.

—No, así qué chiste. Nomás sacar el fajo de billetes de cincuenta dólares y listo. No, tenía que vender boletos... Lo mejor es que la otra que iba en la competencia de las reinas, la Ana Cecilia, es la hermana de Pancho Tecuala, que también es mariguanero, y ahí los tienes a los dos cabrones con las fuscas en la mano por toda la ciudad vendiendo boletos.

—¿Y por qué ganó éste y no el otro? —preguntó Héctor mordido por la curiosidad.

—Ha de ser porque es más *chambiador* que el otro cabrón... O será porque le urgía cogerse a la reina, y la del otro güey, pues sólo era hermana.

—¿Y usted votó por alguna?

—No, yo no me quería coger a ninguna de las dos, y cuando sacaban las pistolas me hacía pendejo. Nadie chinga a los jorobados. Son mariguaneros, pero no son mala gente.

—Y a ella, ¿la ha visto usted?

El jorobado contempló atentamente la foto.

—En el cine, están poniendo una de ella en el Rialto, allí a dos cuadras.

—¿Y en la calle?

—Esa pregunta es de la DEA.

—¿De la DEA?

—De a cómo no.

Héctor sacó tres monedas de mil. El jorobado lo miró con desprecio.

—Se ve que usted es honrado, joven, nadie ofrece tres mil pesos por aquí desde que la mamó Victoriano Huerta. Por esa lana, no voy ni a la farmacia a comprarle un condón. Y si voy, se lo compro *agujeriado*.

Héctor se rebuscó en los bolsillos del pantalón hasta que el jorobado lo detuvo con un gesto.

—Está en el Hotel Lux, ahí enfrente, cruzando la calle. Llegó hace como dos horas. No me compró nada.

Héctor dirigió los pasos hacia la puerta del hotel de seis pisos. ¿Tenía algún sentido esto? ¿Sería Natalia candidata a reina de la simpatía de algún narco mayor?

En la recepción, mientras dudaba si acercarse al mostrador o usar la vía indirecta, un rostro le pareció conocido. Retrocedió tras un exhibidor metálico de periódicos. No era uno el rostro conocido, eran dos. Estaban en un costado del salón en torno a un cenicero de pie, sentados en un par de sillones de anchos brazos. Dos. Camacho, el policía vendedor de cocinas integrales de Baja California, y el joven de la cara picada por el acné que probablemente le había clavado un estilete al calvo en el avión. Extrañas compañías. ¿Cuidaban a Natalia? ¿La vigilaban? ¿La querían joder? ¿Quién era quién en esta historia?

Héctor salió del hotel. En una farmacia encontró una guía telefónica e hizo un par de llamadas. Luego fue a una florería y dejó pagado un gran ramo de rosas; volvió al hotel a esperar. Los dos personajes de rostros conocidos aún estaban ahí. Se escurrió por los elevadores de servicio y subió al entrepiso. Desde ahí podía ver la recepción. Pero más valía que las cosas sucedieran rápido, no era un hotel muy grande, y un tuerto siempre es un espectáculo que deja huellas.

El repartidor de la florería llegó con el ramo de rosas y siguiendo las indicaciones del encargado fue hacia los elevadores. Héctor detuvo el ascensor en el *mezzanine* y se subió con él. Llegaron al quinto piso.

—¿A qué cuarto vas, mano? ¿No serán para mí?

—Al 503 —dijo el repartidor sonriendo, cada vez había tipos más raros en los hoteles de Piedras Negras. Tuertos puñalones que esperaban ramos de rosas.

—No, no… —dijo Héctor y le dio tiempo a caminar por delante. ¿Asomarse o no? Algo le dijo en el interior de la cabeza que no y tomó camino por el pasillo en sentido opuesto.

Tocó la puerta del 506 casi al mismo tiempo que el repartidor de la florería tocaba la del 503.

—Buenas, vengo de seguridad del hotel, a verificar las ventanas.

El gordo lo miró con aire ausente.

—De la seguridad del hotel… —repitió Héctor. Pero el otro no era capaz de juntar dos palabras. Se hizo a un lado y avanzó tambaleándose hacia la cama, donde se dejó caer.

—'toy bhien phedo —dijo el gordo en el aire.

—No se preocupe, sólo es un momento —dijo el detective.

Héctor se acercó a la ventana. A veces, por las temperaturas extremosas, las ventanas estaban clausuradas; los aires acondicionados inventaban los climas. Con su nuevo cuchillo de cocina trastabilleó en las cerraduras bloqueadas por capas de pintura vieja. Había un pasillo metálico que recorría el exterior del piso cinco dando acceso a una escalera de incendios. La ventana se abrió al tercer intento.

—'guridad, tan bhien phedos tamben —dijo el gordo babeando desde la cama con un ojo penosamente entreabierto.

Héctor salió al exterior, el cuchillazo de cocina en la mano izquierda. El calor le pegó en el rostro. Caminó por la terraza metálica, tratando de no hacer ruido. 505, 504 (un tipo leyendo en la cama), 503. Asomó tímidamente la nariz. Había tres hombres sentados en torno a una pequeña mesa a un par de metros de la cama. Sobre la colcha Natalia jugueteaba con el ramo de flores. Vestía un suéter blanco de mangas cortas y una falda de mezclilla hasta los tobillos. La ropa era de antes. Toda esta pinchurrienta historia, a veces sin quererlo, se tornaba una historia de antes. Ella no parecía particularmente angustiada, perseguida. Compartía su cuarto con tres tipos que la ignoraban, deberían estar en otra cosa. ¿Jugando cartas? Desde donde se encontraba, Héctor no alcanzaba a ver bien la mesa. Memorizó los tres rostros. Un gringo flaco de unos treinta años, rubio deslavado, una cicatriz sobre la ceja izquierda que tironeaba del ojo produciendo un tic; un mexicano relamido de unos cuarenta años con traje y corbata; un mexicano bigotudo y un poco más viejo, con apariencia de dureza, chamarra de cuero y flecos, fuerza, mala fe. No, no jugaban cartas, dibujaban sobre un papel, hacían un mapa, dibujaban casitas, arbolitos, un río... algo así.

Bien, estaba Natalia, estaban los de arriba, estaban los dos de abajo. ¿Guardaespaldas o vigilantes de los otros? La actriz se puso en pie. Héctor no pudo escuchar nada. Se estaba despidiendo de ellos. El detective inició el camino de regreso. El gordo lo estaba esperando con dos copas de tequila en sendas manos.

—*Pinshes viejhas*, ¿verdad?

—Sí, mano, no sabe uno qué hacer con ellas —dijo Héctor sacudiéndose un lingotazo de tequila El Caballito, una marca adecuada para que los tragafuegos se lavaran los dientes después de la jornada de trabajo.

XII

Suave
es la noche, una huella
un crujido, un paso
sopla azul y líquido el viento
de la pasión civilizada.
Manuel Vázquez Montalbán

Natalia llevaba una rosa roja en la mano cuando apareció frente a la recepción del hotel. Quizá fue por eso que Héctor intervino. De no haber sido por la rosa probablemente hubiera dejado pasar el asunto; hubiera permanecido como tuerto observador para ver a dónde iba a dar la historia. La solidaridad con su vieja amiga se estaba desgastando con velocidad.

Pero la rosa, quién sabe por qué nostálgicas razones, le hizo dar un paso al frente, cuchillo en mano, cuando el supuesto asesino de la cara repleta de granos y el agente Camacho se pusieron delante de Natalia y trataron de forzarla a que los acompañara fuera del hotel.

—Cuidado, niño —dijo Camacho a su compañero ante la embestida del detective. El cuchillo de treinta centímetros, sin duda, imponía respeto. Mucho más a cinco centímetros del abdomen de uno y a diez del riñón del otro. Si no era suficiente, Héctor traía otro de los cuchillos Cobra en la espalda, un cuchillo de pan con sierritas. No le hizo falta. Natalia aprovechó para soltarse y ponerse atrás del detective.

—Bienvenido, muchacho.

—En lugar de sonreírme, quítales las pistolas.

Natalia cumplió la orden con eficiencia, como si se tratara de un gesto ensayado muchas veces para una película. Las echó en su morral. Otra vez un gesto que venía del pasado, el enorme morral donde entraban las obras escogidas de Lenin en tres tomos.

Salieron del hotel caminando de espaldas. Héctor se guardó el cuchillo cebollero al lado de su compañero. Si se descuidaba se iba a perforar los pantalones al sentarse.

—¡Taxi! —gritó Natalia y como por arte de magias cinematográficas un carrito verde se detuvo. Otra historia que venía del pasado, la enorme facilidad de Nat para pescar taxis a mitad de la calle. El grito que hacía que los animales motorizados amarillos de entonces la obedecieran.

—Váyase derecho, joven —le dijo Héctor al taxista, y a Natalia—: ¿Ahora sí me vas a contar lo que está pasando?

—¿Derecho a dónde? —preguntó el taxista.

—Contar, ¿qué cosa? —preguntó Natalia.

—Si estás medianamente enamorado el sexo funciona mejor —dijo Héctor.

—Yo tengo otros problemas. O le doy demasiada importancia, o no le doy ninguna —contestó Natalia Smith-Corona quitándole de enfrente su plato de cartón repleto de camarones y, ante el asombro del detective, comenzó a comérselos mojándolos en la salsa picante.

—Yo no lo tengo tan claro —dijo Héctor recuperando sus camarones y mostrándole la punta del tenedor a Natalia cuando ésta intentaba meter de nuevo su mano en el plato ajeno.

—Yo ando urgida de volver a la adolescencia, de un amor apache, de esos que arrebatan, que quitan el aliento, te dejan babeando cuando él se va, obligan a la locura. De esas pasiones que hacen novelas impublicables por cursis, que llenan millares de servilletas de papel con poemas.

—Si es una oferta, me sospecho que no estaré a la altura.

Natalia lo miró fijamente. Era una mirada cabrona, de alguien que sabía. Una mirada directa, de alguien que conocía bien tus miedos.

—No, no es una oferta. Los amores adolescentes son cosas que pasan, no los puede una andar buscando, si los buscas ya no vale, se te escapan, se jodieron. Tienen que ser espontáneos.

Intentó meter su tenedor en el plato de camarones de Héctor, éste la rechazó con una mirada fija de su ojo solitario. Él también sabía mirar así, de alguna manera había aprendido a hacerlo en los últimos años. ¿Había aprendido a mirar así acordándose de Natalia?

—Si quieres, te ayudo —sugirió el detective.

—¿A qué?

—A contar la historia.

—¿Para qué? ¿Para qué quieres saber? No puedes hacer nada. Vuelve al DF y dile a mi hija que estoy bien, que al rato regreso… Tú y yo fuimos amigos… ¿Qué es, curiosidad?

—Nostalgia, Nat… Y algo de terquedad; siempre termino las cosas que empiezo. Es como una manía.

—¿Para qué? ¡Cómo serás pendejo! A veces son mejores las cosas inacabadas… Tú y yo éramos amigos, fuimos amigos, y no pasó nada entre tú y yo. Y tú y yo, pues así, sin final, ni feliz ni del otro, y viste qué bien...

—Tres tipos en tu cuarto, supongo que uno es el Reynoso del que decías que venías corriendo, ¿cuál es? El de la chamarra de cuero de flecos, ése tiene cara de policía —Natalia no le contestó—, el gringo ha de ser el Quayle del que me hablaron en El Paso, y el otro, el de la corbatita salmón de seda, ha de ser el productor de tele que les mamaba el pito a los luchadores, el mentado Lisardo Torres. ¿Sí? ¿No? ¿Por qué no?

—Y bueno, si son ésos, ¿qué?

—Si son ésos, entonces tú me cuentas una historia. Y si la historia te sale bien, no como las pendejadas que me has estado contando, te regalo los dos camarones que me quedan.

Natalia sonrió. Héctor se puso de pie y fue a buscar los cigarrillos en la chamarra que tiró en el sofá de la entrada del cuarto.

Se habían metido en un motel de carretera a una docena de kilómetros de la salida de Piedras Negras rumbo a Saltillo. Un motel sin mayor gracia pero con un nombre exótico: El Camelias. En el cuarto había tele de colores, dos camas gemelas y flores de plástico en vasos de cristal con agua.

El detective se frotó el ojo, un poco para quitarse de encima el humo del cigarrillo y otro poco para borrar la cadera de Natalia remarcada por la falda. Ella estaba sentada en una de las camas con todas las almohadas que pudo encontrar en la espalda.

—Ahí donde lo ves, toda esta historia comenzó cuando al pendejo de Torres le encargaron que consiguiera un montón de putas. Y él no tenía gran experiencia; de putas sí, pero no de las que querían. Él sabía de putas finas, de niñas mamonas que merodean en los foros; putas elegantes. Él no sabía un carajo de putas pobres, de putas para campesinos. Por eso se fue a buscarlas cerca, para ahorrarse dinero en el transporte, pero no muy cerca, no tan cerca. Se fue a buscarlas a Zacatecas.

—¿Y luego? ¿Qué carajos tiene que ver eso contigo?

—Nada.

—Espérame, te doy dos camarones para que me cuentes por qué estás en un cuarto con tres tipos, uno de ellos tu supuesto perseguidor. Eso es lo que vale los dos camarones, no más historias raras. Las historias raras te las cambio por la ensalada de frutas.

—Les hice un favor, les armé una cita entre ellos. Eso es todo. Nada más. Reynoso no puede subir a la frontera, se la tienen sentenciada, si lo encuentran los policías de aquí lo matan.

—¿Por qué?

—Pues porque a los policías de aquí no les gustan los policías de allá, creo.

—Otra vez, no te has ganado ni las colas de los camarones. Vamos a volver a empezar. Hay un policía del DF al que le gustan las actrices que salen en las pantallas grandes de los cines, y se dedica a perseguirte y a golpear a tus novios, y a tirar tiros con M1 en la puerta de tu casa... ¿Vamos bien?

—Más o menos.

—Sale, y entonces tienes una cita en un Sanborns. ¿Era así? —Natalia asintió—. Y vas a negociar que te deje tranquila.

—Más o menos.

—Por otro lado, hay un productor de tele que después de que te pasaste un montón de años en las listas negras, te consigue una telenovela, y además ese productor se dedica al tráfico de cocaína en Televisa. ¿Sale?

—Sale.

—Además hay un gringo que quiere tener una cita.

—Eso, un gringo que quiere tener una cita —dijo Natalia con una mirada burlona, mordiéndose levemente los labios.

—¿Tú le pegas a la coca, mija?

—Hace tiempo. Cae una en esa chingadera por la presión...

Héctor fue al baño a buscar un vaso de agua. Natalia lo observó divertida. Desde la puerta le preguntó:

—¿Trabajas para esos mierdas?

La sonrisa abandonó el rostro de la actriz.

Recogió los pies bajo los muslos, dejando caer los zapatos sobre la alfombra.

—¡Qué carajo te importa! —explotó—, ¿quién chingaos te dio a ti el papel de juez?

—Me lo di yo solo. Y eso no me lo puede quitar nadie. Mi trabajo me costó. Mis trabajos me cuesta. He perdido cachos de mí mismo por ahí, por el derecho a ser juez... Mierda, por el derecho a ser juez y a veces hasta verdugo, pendeja. ¿Qué me vas a contar? A mí esos tipos que tú metes en tu cuarto me pueden cortar en cachos, pero no me pueden tocar. No pueden enseñarle a nadie una foto donde yo esté bebiendo una Cocacola con ellos, ni una foto donde yo esté comiendo un taco con ellos, ni una foto donde yo les esté dando la mano. Porque yo a esos tipos ni les doy la mano, ni como tacos, ni bebo Cocacolas con ellos. Nunca.

Puta madre, vaya rollo, se dijo Héctor, arrepintiéndose instantáneamente. Pinches palabras, para vestirse de bueno.

Natalia le arrojó una almohada.

Héctor se acercó a la ventana. Había anochecido. De vez en cuando los cristales recogían el reflejo de los faros delanteros de un camión que tomaba la curva a unos cien metros sobre la carretera. Hacía calor, una noche cálida, sin aromas.

—Si hace veinte años me dicen que iba a estar metido en un motel en las afueras de Piedras Negras contigo y a solas, me muero de felicidad —confesó el detective.

Natalia se quitó una lágrima de un ojo con el dorso de la mano.

—Órale pues, vamos a acostarnos juntos, pero te advierto que nada va a ser mejor después. Nada va a mejorar después. Eso sí lo sé yo.

—Tampoco va a ser peor —dijo Héctor quitándose los zapatos.

—Eso hay que verlo —dijo ella corriendo el zíper de la falda.

Héctor se quitó los calcetines y los metió dentro del bolsillo de sus pantalones. Era una vieja lección, si había que salir corriendo sólo tenía que ponerse los vaqueros.

La ropa interior era negra, como debería ser después de veinte años. Las caderas anchas, los pechos sobrados del cerco del brasier, un lunar que nunca hubiera adivinado a la izquierda del ombligo, una cicatriz que daba cuenta de una operación de cesárea. Héctor tropezó al deslizarse fuera de los pantalones y fue a dar a la cama sobre ella. Natalia había envejecido... El cuerpo que Héctor estaba acariciando no era el cuerpo que deseó entonces y que ahora recordaba sin haberlo visto nunca. Habían pasado veinte años. ¿Tenía esto alguna importancia? Ninguna, un carajo. Héctor quería hacerle el amor a esa mujer de casi cuarenta años, no a una joven que se había fundido en el pasado y que ya nunca habría de volver. Él treinta y nueve, y también tenía un cuerpo envejecido, más que envejecido, deteriorado. Natalia lo iba tocando y encontrando los restos de los naufragios.

—Una cicatriz de unos seis centímetros que empieza en la columna a la altura de la quinta cervical y avanza en diagonal hacia las costillas... —decía Natalia con voz de forense—. Una pierna llena de...

—Tengo un clavo ahí, para sostener el fémur —dijo Héctor, dejando que las manos de ella recorrieran el muslo erizando los vellos y alterando la piel.

Era una relación pecaminosa. Pinche ángel caído. Era un pecado: acostarse con el pasado. Los que cogen con el pasado mueren, envejecen. Se enamoran de los ayeres y se quedan ahí para siempre, tiesos, congelados, sin poder volver. Con el pie descalzo volteó la lámpara de una patada.

—¿Estudiaste karate? —preguntó Natalia mientras arqueaba el cuerpo para librarse de los calzones, de seda, satinados. Héctor impidió el movimiento y la dejó atrapada en una situación de contorsionista.

Frotó su sexo contra el de ella.

—¿Vamos a hacerlo como si fuéramos trapecistas? —dijo Natalia sonriendo. La sonrisa se le fue convirtiendo en un gesto de placer. Tiró del frente de su brasier hacia arriba, dejando libres los pechos. Héctor la ayudó a quitárselo por la cabeza. Ella le ofreció los pechos tomándolos con las manos.

—Carajo, me estoy excitando... Es como hacer el amor...

—...con el pasado —remató Héctor.

Natalia Smith-Corona hacía el amor de una manera diferente a como era. Cuando su cuerpo se enroscaba en el del detective, no buscaba violencia, perseguía ternura. Héctor se distrajo un momento, pensando en que todos éramos diferentes a las imágenes tan cuidadosamente elaboradas durante años y usadas para la supervivencia. Luego dejó las ideas y se hundió en la pecaminosa cita con el pasado. Natalia en medio de las palomas en Santo Domingo. Natalia mostrando sin querer la unión de las medias y el muslo en la clase de ética. Natalia poniéndose un paliacate como toca para recitar a Sor Juana a mitad del Zócalo.

—¿Te acostaste con los tres? —preguntó Héctor a mitad de la noche. Ella también estaba despierta, porque la respuesta le llegó muy rápido de la cama gemela.

—Siempre que un hombre se acuesta con una piensa que adquiere propiedad. Mira, esa mierda fue algo que aprendí en la prepa leyendo a Babel y a la Luxemburgo.

La oscuridad era absoluta. No sabía si Natalia estaba sonriendo, o si le estaba clavando una de esas miradas destripaperros. No podía verle la cara. Se acercó para por lo menos poder tocársela.

—Dime la verdad, Héctor, maricón. Te juro que nunca más vas a ser mi amigo y nunca más me voy a acordar de ti, y hasta voy a borrar de la memoria cuando éramos los cuates de los más cuates en la prepa si no me dices la verdad. Dime, ¿te gusto?

—Con locura apache, Nat —dijo Héctor amedrentado por la amenaza. Si lo borraban del pasado, un tipo que había renacido hacía diez años, corría el riesgo de desaparecer.

—¿Qué es lo que más te gusta? ¿Hay otra mujer que te gusta más que yo?

—Hace media hora hubiera dicho que sí, que hay otra mujer que me gusta más que tú, pero ahora no estoy tan seguro.

—¿Y qué es lo que más te gusta?

—Que tienes orgasmos con los ojos abiertos.

—¿Cómo lo sabes? Cómo lo sabes, si tú cierras el ojito como pollo.

—Lo adivino.

Un par de horas después, Héctor abrió el ojo y no vio nada. Tenía miedo. A lo lejos se oía el runrún de una televisión encendida.

—¿Estás despierta?

—Más que tú, babotas. Llevo dos horas aquí como vampiro, mirando la noche. ¿Te acuerdas de *Conversación en La Catedral*? ¿Te acuerdas del sonsonete de la novela?

—¿A qué horas se jodió todo?

—Eso, en eso estoy pensando, a qué horas la cagué, en qué momento se jodió todo.

Se quedaron un instante en silencio.

—A mí, en la noche me da miedo —dijo Héctor.

Buscó y tanteó hasta encontrar un cigarrillo y el encendedor. La llama iluminó un instante el cuarto, Natalia estaba de pie a su lado. Vio venir la mano a quitarle el cigarrillo. Movió la cabeza para evitarlo.

—¿No me vas a invitar?

—Te voy a invitar uno completo.

Encendió un cigarrillo y se lo pasó.

—No saben igual, saben mejor cuando se los robas a alguien. Uno entero no me gusta.

—Dame los dos, yo fumo los dos y te voy dando de uno y otro —dijo él.

Se rieron. Era divertido reírse a oscuras, sin verse.

Héctor se acercó tropezando, se encontraron en medio de las dos camas. Hicieron de nuevo el amor, de pie, a oscuras.

—¿Qué tienen que ver las putas esas de Zacatecas con todo esto? —preguntó Héctor una hora después. Natalia reposaba sobre su brazo y se le había dormido. La pregunta era más para obligarla a moverse que para saber la respuesta. La verdad es que le importaba bien poco.

—Torres fue el que las consiguió… Para el campo de Quayle. Ahí empezó toda esta mierda —dijo adormilada la actriz. Luego levantó la cabeza y Héctor aprovechó entonces para liberar su brazo—. ¿Tú nunca duermes? —preguntó.

XIII LAS PUTAS DE ZACATECAS

(en una versión del escritor José Daniel Fierro, que Héctor
Belascoarán conoció mucho después, y dedicada a José de
Jesús Sampedro)

Un día desaparecieron las putas de la sierra de Zacatecas. Estaban ayer allí
y hoy ya no están. La sierra de Zacatecas amaneció sin putas. No intervino en la desaparición ningún espíritu selectivo: viejas y jóvenes, chichonas
y planas, mamadoras y nalgueadoras, modernas y antiguas, primitivas e
incluso posmodernas (las que leían a Paz en ejemplares viejos de *Vuelta*),
profesionales de tiempo completo y *semiamateurs*, gordas y flacas. Todas.

La crisis se originó un sábado, cuando los campesinos, los arrieros, los
camioneros, los pequeños comerciantes, los trabajadores de una brigada
de tendido de líneas aéreas de la Comisión Federal de Electricidad, los ferrocarrileros y los latifundistas, se la tuvieron que sacudir contra los nopales. La categoría de matrimoniado, ese estatus generalmente despreciable,
subió en el *ranking* social, tras haber sido poco menos que una maldición
abominada en esa zona del país.

¿Se habían regenerado todas de un solo madrazo? ¿Habían huido a
buscar mejores machos a causa de las deficiencias de los naturales de la
sierra zacatecana? Esa insinuación produjo en las afueras de Fresnillo varios duelos mortales de necesidad y todos ellos a navaja. ¿Era la huida producto de una reflexión colectiva, un acto de desesperación, una conjura
del Vaticano? ¿Se habían pasado al otro lado como parte de una operación
de control de calidad instrumentada por una fábrica tejana de condones?

Se produjeron tantas explicaciones como usuarios desconcertados pululaban. La prensa de la capital del estado no ventiló el asunto. La policía
no hizo nada. Por lo tanto, concluyeron los más, deberían estar en la movida.

Toda sociedad rural, a pesar de su natural inmovilidad, tiende a recuperar flexibilidad en tiempos de crisis, de manera que una semana después
el despreciado travesti y dos viejísimas putas retiradas se habían reincor-
porado al mercado de trabajo; existían competencias de masturbación, a

ver quién la llegaba más lejos, y un minero le dio un machetazo a un capataz porque éste le tentaleó el culo en horas laborales.

Los parientes de las desaparecidas comenzaron a preocuparse, a reunir detalles sobre las circunstancias de la fuga masiva. Aparecieron historias sobre los merodeos de misteriosos individuos en Ford Falcon negros, que días antes del suceso recorrían los pueblos; historias sobre maletas recogidas días después por mensajeros con acento del norte; historias y rumores que registraban las compras de pánico celebradas un día antes en la farmacia del pueblo de Calabozo, acabando con toda la dotación de polvos para lavados vaginales existente. Los parientes comenzaron a angustiarse, incluso hicieron una gran coperacha para enviar una comisión investigadora a Guanajuato, el estado donde históricamente habían operado las Poquianchis.

Pasaron cuatro meses. Ni una carta, ni una postal. Las putas de la sierra de Zacatecas, a pesar de ser en su mayoría iletradas, cuando iban de viaje mandaban postales, aunque se las tuvieran que escribir amorosos amanuenses en plazas de otros pueblos, cobrando más por la letra que lo que costaban postal y timbres juntos. Esta vez, nada.

El cura de Sombrerete se lanzó un rollo dominical sobre el onanismo, interpretado por sus feligreses como una diatriba contra los enanos de la ciudad, los cuales, sin deberla ni temerla, tuvieron que emigrar a mejores tierras ante la agresión del culero sacerdote. En algunas minas se hicieron colectas para traer mujeres de otros rumbos, pero el debate regionalista impidió que se tomaran decisiones ante la pugna Jalisco-Sinaloa.

Seis meses después las putas regresaron. Llegaron en cuatro camiones del ejército y fueron desparramadas por los pueblos de la sierra. Los burdeles se llenaron de curiosos no cogedores. De esos que posponen los ardores del sexo ante la calentura del chisme. Las putas contaban historias maravillosas, alucinantes; historias de un infierno («¡Por putas!», declaró el cura de Sombrerete) de doce kilómetros cuadrados, ubicado a mitad de Chihuahua, donde una miniciudad que alojaba a doce mil campesinos servía de corazón habitacional y administrativo a un plantío de mariguana de novecientas hectáreas. Una ciudad sorprendente, en la que los peones-esclavos malcomían, trabajaban bajo el terror de capataces armados de carabinas M1, y en la que ellas danzaban desnudas en las noches, sobre tarimas de madera y cocinaban y lavaban la ropa durante los largos días. Nunca la sierra de Zacatecas tuvo tantas pirujas habilitadas como cocineras.

Durante meses, las reaparecidas putas se tornaron putas-narradoras; informativamente más actualizadas que los noticieros de televisión, y hablaban de los muertos enterrados a flor de tierra a unos metros del campamento, de las avionetas con gringos cuyos rostros nunca se divisaban de cerca; del paso arrogante de Caro Quintero; de los terrores nocturnos, de los cada vez más nerviosos hombres armados, de las toneladas de mari-guana que se empacaban en bolsas de plástico negro, previa rociada de un líquido que desconcertaría a los perros aduaneros.

Contaban que un día, rayando el alba, se produjo la entrada de judi-ciales y soldados disparando. Contaban que cuando el último horror se desató, ya se habían ido los jefes, sólo quedaban una docena de espanta-dos capataces, que tenían muy fácil el dedo del gatillo, los desconcertados millares de campesinos y ellas, las putas-cocineras.

Contaban y contaban sin repetirse ni tantito, adornando y cambiando, añadiendo personajes e historias secundarias. Aquellos meses de narracio-nes resultaron un éxito, los burdeles de la sierra de Zacatecas estuvieron repletos de cogedores y mirones. Luego todo volvió a la normalidad. Una normalidad más bien aburrida.

Sin embargo, algo había cambiado. La calidad migratoria de las putas locales se desvaneció. Últimamente no van ni al pueblo de al lado a com-prar una cobija.

XIV

*El desierto absoluto es simple desorden extendido
a dimensiones y anchuras lunáticas.*

H. F. HEARD

A Belascoarán, en la ciudad de Chihuahua, los amigos de un amigo que trabajaban en la mina Santa Eulalia, le vendieron dos cartuchos de dinamita robados, jurándole que podrían ser chuecos, pero que estaban buenos.

Como le quedaba un día, se fue a rumiar en la placita frente a la catedral, donde la estatua de un conquistador irresponsable señalaba con el dedo el suelo, diciendo: «Aquí hay que fundar una ciudad». La justicia histórica se hallaba en que la estatua estaba cagada por las palomas. En cambio, el frente de la catedral era de una belleza terrible, la lujuria del barroco más seco, ése que se enfriaba cuando avanzaba hacia el norte.

A Belascoarán, a diferencia de los escritores de novelas policiacas, le gustaban las historias complejas, pero en las que no pasaba nada. Lo suyo era el barroco cotidiano, no el religioso; de ser posible sin muertos ni heridos. Estaba hasta los mismísimos huevos de la violencia, en particular de la que le caía encima. Se sentía triste, desheredado, extranjero, Robinson Crusoe a mitad de la calle más transitada de Tokio; marcado, enfermizo, lento, ajeno. De eso trataba toda la pinche historia, de un tipo que era ajeno. Ni era su historia, ni eran sus personajes, ni siquiera Natalia era Natalia. Una cosa era Nat dejándose caer en tus brazos a mitad de las escaleras de la prepa con un suspiro de Madame Bovary, y otra era la Mujer Fantasma, rodeada de personajes turbios, para cada uno de los cuales tenía una historia de bolsillo, que desenvolvía y cambiaba.

Tampoco se acaba de encontrar a gusto en la frontera, ese nombre extraño que usaban para designar una mezcla de territorios marcados por el dudoso privilegio de estarse sobando con Estados Unidos. Era fácil enamorarse de los desiertos de Chihuahua o de la calle Revolución en Tijuana; podías amar hasta la locura aquellos cielos azules sonorenses, o el cantadito del acento de las vendedoras de frutas de Piedras Negras. Si eras mexicano no podías vivir sin el fantasma de Villa, y la larga tela de malla verde que separaba los dos planetas ejercía la misma maligna fascinación sobre ti que sobre un guatemalteco deseoso de brincarla. Bueno, todo eso. Pero tú no eras de aquí. No te acababan de alumbrar bien los faroles ni acababas de hacer tuyos los miedos. Eras y no eras.

Recordaste una conversación con la dueña de una librería en Tijuana, cuando de repente te habló de los «oaxaquitos», y tú pusiste cara de loco. ¿Y ésos quiénes eran? ¿Una nueva tribu, diferente de los mitológicos apaches, únicos indios reales en el norte junto con los cinematográficos tarahumaras? El racismo vergonzante trató de explicarse. Pero la explicación no ocultaba la verdad. Para esas nuevas clases medias panistas de la frontera, cuyas neuronas sucumbieron masacradas por el abuso nostálgico del verdadero pay de durazno tejano, «oaxaquito» era cualquiera nacido de Sinaloa para abajo; aunque también podía ser cualquier pinche pobre, cualquier persona con rasgos indígenas que no tuviera un Cadillac, cualquier cabrón que pidiera limosna, así fuera albino lechoso. El racismo es también un detector de metales preciosos, un controlador de la relación cartera-color de la piel. Pinches morenos de la tierra, si somos pobres, negros seguros. También esta mierda era la frontera. Y oaxaquitos eran los que venían a pescarse del salvavidas, los que huían de la tierra inexistente, los que volaban a los sueños del norte para huir de los sueños famélicos del sur. Oaxaquitos éramos todos nosotros. Judíos alemanes nacidos en los sures, los maravillosos sures de marimbas y radios de transistores entregados en los Montes de Piedad.

En cambio había más y bueno. Había por ahí otras muchas cosas, un tono directo que le gustaba, una idea de que el mundo era limitado y abarcable si se estiraban las manos, un buen gusto por las chamarras de cuero, una absoluta falta de prejuicio hacia los tuertos, una gente igual a otra gente tan buena como la otra gente, mejor y peor; una absoluta despreocupación por la contaminación (la propia, la ajena era tema de conversación de vez en cuando) y un cariñoso amor por las cervezas aparecidas en paquetes de seis.

San Pancho Villa, pues, san Cielos Azules, órale, san Cartuchos de Dinamita Chuecos, zúmbenle, san *Sixpack*... Bendito seas.

A diecisiete kilómetros al norte de Villa Ahumada hay una desviación al este que sale de la carretera Panamericana en el tramo de Chihuahua a Ciudad Juárez. La desviación dice: «A San Jacinto-6 kilómetros». Pero nadie va a San Jacinto, porque ese pueblo no existe, es una serie de ruinas fantasmales. En cambio, de vez en cuando entran por ahí camionetas de la Comisión Federal de Electricidad, rumbo a un depósito de maquinaria situado a unos dos kilómetros.

El detective llevaba seis horas adentro de unas ruinas de adobe, fumando y esperando la aparición de los personajes, con la vista clavada en la pequeña carretera vecinal.

Hacia las cuatro de la tarde, aparecieron un par de camiones de dos cuerpos levantando el polvo en el horizonte. Héctor se frotó las manos. Le sudaban un poco. Los camiones se estacionaron en la plaza del pueblo acabando de derruir los restos de una fuente de cantera con sus ruedas monstruosas. De su interior bajaron una docena de tipos que parecían recién sacados de una comedia del Piporro, pero armados con escopetas de cañón recortado y cuernos de chivo, algunas uzis automáticas .45 al cinto, bien visibles, como un segundo sexo portátil.

El gringo Quayle y el policía chilango Reynoso llegaron en un helicóptero media hora después. Los guardaespaldas del helicóptero, dos con M1, le respondían al mexicano; los hombres de los camiones eran sin duda, por los gestos que hizo y las respuestas, propiedad de Quayle.

El productor de televisión Torres, conseguidor de putas zacatecanas, apareció casi enseguida en un Ford blanco con chofer, seguido por otro coche negro con matones alquilados que fumaban puros jarochos, según pudo descubrir Belascoarán cuando pasaron a unos metros de su escondite de adobe y el viento le trajo el aroma.

Los tres tipos se dirigieron hacia un viejo almacén de granos, un silo de Conasupo. Entraron solos a la construcción piramidal blanca, como quien entra a una iglesia. Cuando ingresaron Héctor encendió la mecha. Tenía dos minutos y medio para poner distancia entre él y cuatrocientas treinta toneladas de mariguana un poco reseca por el paso del tiempo, que iban a arder.

Héctor abandonó el escenario deslizándose por atrás de uno de los camiones. Aprovechó el curso de un riachuelo seco desde las correrías del indio Gerónimo, para alejarse a cubierto. La explosión fue pequeña, él hubiera esperado más de treinta litros de gasolina y dos cartuchos de dinamita. La hoguera sin embargo era grande. Se elevaba en el cielo un hongo de humo negro y pegajoso. Comenzaron a oírse disparos. ¿Quién le tiraba a quién? Qué importaba. Ya lo leería en los periódicos dos o tres días después. Leería una versión distorsionada, llena de agujeros, *gruyeresca*, pero al fin y al cabo toda la historia se merecía eso, un final sin final. ¿Y él qué había estado haciendo allí?

Como decía su amigo Cortázar, refiriéndose al poeta español Gabriel Celaya, se había metido en esto por «amor a la realidad».

Por andarse riendo mientras se arrastraba, la arena del desierto se le metió en la boca. El sabor lo acompañó hasta que en una cañada, a un par de kilómetros, encontró la motocicleta que había alquilado; y más aún, lo seguiría hasta que volviera a México.

XV   LA HISTORIA DE NATALIA

(adivinada por Héctor Belascoarán Shayne,
detective nigromante)

Natalia entró al Sanborns y se acercó a la mesa donde la esperaba Reynoso, el hombre que la acosaba; pero no era un desconocido, como habría de contar en otras historias, ya se había acostado con él un par de veces. De todas maneras, esta vez, le dijo mientras tomaban dos martinis secos, no la quería para eso, sino para que lo conectara con Torres. Un favor. No, mija, no te hagas pendeja, Torres es Torres y bien que lo conoces porque te surte de cocaína y te da empleo de vez en cuando. Y ella llama por teléfono a Torres. Y Reynoso le dice, tú tienes una historia que vender, pero no se la puedes vender al que te la quiere comprar porque el que te la puede comprar lo más seguro es que si te ve, te mete un plomazo de .45 entre los huevos y te lo deja chamuscado. Porque tú sabes qué pasó con la última entrega de mota cuando deshicieron el campo, donde se fueron los tráilers. Y Quayle te anda buscando, y mejor hacemos un negocio a tres bandas, ¿no?, a toda madre, como en el billar. Tú, yo y él. Pero él anda escondido por la frontera y tú no lo puedes ir a buscar porque si te le acercas te mata, y yo no puedo ir a buscarlo porque en la frontera soy punto menos que cadáver, porque por ahí les desmadré unos negocios y esos pendejos en lugar de ver por dónde viene la movida, no me lo perdonan.

Ésta, dijo Torres, que ésta lo busque, hacemos la cita, tú me garantizas y hacemos el negocio. Sí, están los kilos de mota de hace tres meses, calientitos todavía.

Ésta no hace nada de nada, par de pendejos, porque ésta está haciendo una película, yo cumplí, ustedes se querían conocer y ya, intentó Natalia, pero Reynoso le metió los dedos en el martini, lo revolvió, sacó la aceituna y se la tiró a la cara y al día siguiente mandó a alguno de sus entenados para que le rociara el frente de la casa de tiros. Y Natalia subió a la frontera a armar una cita entre un gringo, un policía del DF y un productor de televisión. Una pinche cita. Ves, namás eso, una pinche cita.

XVI

Por eso evolucionó,
por amor a la realidad.
ENRIQUE CORTÁZAR

La encontró en Mexicali, dos días más tarde. Apareció como había desaparecido de repente del motel de Piedras Negras, dando la vuelta a una esquina.

La primavera estaba cerrada por ser domingo. Quizá mañana lunes la abrirían y les permitirían entrar en ella.

Belascoarán tomó a Natalia del brazo y la metió en un café, sacándola de aquella tarde polvorienta.

—Son cosas que pasan —dijo ella soltándose del apretón y dejándose caer en uno de los asientos anaranjados, frente a la mesa de reluciente vinil verde pistache.

¿Y qué se dice ahora? Cada quien su vida. Cada quien su roñosa conciencia a cuestas.

—No creas que me gustó. A nadie le gusta esto.

—Siempre se puede ir uno. Pero irse, de verdad, no como tú que no te fuiste a ningún lado, nomás te desvaneces de repente —contestó Héctor.

—Pues sí, supongo que sí. Había dejado cosas en el Hotel Lux, tenía que recogerlas. Además te advertí que al final todo iba a ser peor. ¿No te lo advertí?

Héctor encendió un cigarrillo. Natalia intentó quitárselo pero el detective retiró la mano dejando la de ella a la espera, en el aire.

Desde el interior del café se veían los remolinos que el aire producía, los papeles viejos volando.

—¿Tú tuviste algo que ver con lo que pasó? Con el tiroteo... Eras el único que sabía. No sé para qué te dije dónde...

Héctor hizo un gesto con los hombros. ¿De qué tiroteo? ¿De qué le hablaba? Contestó con una pregunta:

—¿Y ahora qué vas a hacer?

—No sé, daré vueltas por ahí hasta que se me acabe la cuerda... Regresaré al DF a terminar la película. A lo mejor nadie sabe por qué me fui.

A lo mejor ni caso me hacen. A lo mejor ni saben cómo me llamo, ni qué se me había perdido por aquí. Así es de rara la vida, hermanito —dijo Natalia, y durante un instante volvió a ser la misma, la de siempre, la de nunca.

Pero Héctor sabía que no podía durar, que era fugaz ese rostro entrañable, esa mirada acuosa y llena de ternura, ese aire de estar en otro lado esperando que las hadas madrinas dejaran de recoger los cadáveres en Tlatelolco y vinieran a correr el telón de la función mágica.

Los enanitos de Blancanieves echando hielo seco en tu fiesta de quince años. Los detectives independientes mexicanos rescatando en el último instante a las actrices con nombre de máquina de escribir. Héctor le besó la punta de la nariz a su vieja y amada amiga y renqueando salió de la cafetería. Adiós a Peter Pan. Adiós a todo eso.

Un chino joven, de unos veinticinco años, con lentes de miope de armazón negro, vestido con camisa blanca de manga larga abotonada hasta el cuello y pantalones negros, estaba comiendo un mango en la esquina. Contemplaba a los pajaritos que a su vez comían migas de pan cerca de las bancas en el Parque Revolución, a unos pasos de la frontera norteamericana. Héctor pasó a su lado envidiándole el gesto goloso con el que se apropiaba de la pulpa de la fruta. Un chino. No cualquiera. Obviamente un futuro *record man*.

El chino tomó carrera y se dirigió hacia la reja verde. Sin dudarlo comenzó a treparla. Héctor, espectador parcial, le deseó la mejor de las suertes. Cuando el chino volaba en el aire hacia el otro lado, después de haber sorteado el obstáculo, el detective le dio la espalda. Comenzó a caminar hacia la estación de autobuses. Natalia nunca había podido saltar esa reja, se había quedado prendida en la mitad del espacio, inmóvil a mitad del paso de danza, congelada por los reflectores de la televisión y los 35 mm que hacían la magia cinematográfica.

El chino debería estar ingresando ahora al sueño americano. Pronto se aburriría de él y volvería a saltar la barda en sentido inverso; pero por ahora había logrado la victoria, se le había escapado al sistema, había saltado. A Héctor le gustaban las historias con final feliz.

Ciudad de México, Navidad de 1989

DESVANECIDOS DIFUNTOS

Esta novela es para Lilia Pérez Franco,
que me regaló un pedazo de la historia
que aquí se cuenta.

NOTA DEL AUTOR

Respecto a *Desvanecidos difuntos*, no sobra decir que aunque está inspirada en la rebelión de los maestros oaxaqueños y chiapanecos, se encuentra ubicada en una inexistente región del suroeste de México.

No hay tal cosa como normalidad,
tan sólo hay apariencia de normalidad.

DAVID LINDSAY

El mejor de ellos tenía el poder de
resucitar a los muertos.

JEROME CHARYN

I

Los maestros vinieron del sur...
PACO PÉREZ-ARCE

Primero llegó el rumor de los gritos; luego, desde el fondo de la avenida, extrañamente despejada de camiones y automóviles, inusualmente solitaria, aparecieron las enormes mantas a lo lejos, rojas y blancas, llenas de dibujos, que oscilaban como un mar en fiesta.

—Hay que ser muy pinche culero y mexicano de octava clase para que no te dé orgullo ver desfilar a esta raza —le dijo sentenciando Carlos Belascoarán, su hermano menor.

Héctor, que se sabía mexicano cuando mucho de tercera, no entendió bien el sentido de la frase. Le gustaban los maestros que venían del sur, sus rostros aniñados, su apariencia de campesinos sin tierra, sus bolsas de plástico con mangos rebanados, que parecían ser el único sustento existente y posible; su tenacidad, sus infantiles alegrías, su endiablada terquedad. Habían traído loco al gobierno durante los últimos dos meses con marchas, caravanas al DF, plantones, asaltos al local del sindicato amarillo, cortes de carretera, sentadas en el Zócalo. Le gustaban sus cantos originados en el remoto arsenal prehistórico de la izquierda nacional: el *yo quiero que a mí me entierren* de Óscar Chávez, el *venceremos* chileno, el *no nos moverán* de Joan Báez, mezclados con los cantos infantiles: naranja dulce, la bamba, la víbora de la mar, cambiando las palabras para exigir aumentos de salario y democracia sindical. Le gustaba la maestra del vestido floreado de tres piezas, que escupía en el asfalto para hacerse saliva; y el maestro con rostro de sacerdote maya, de no más de dieciocho años, que avanzaba con los dos puños en alto, casi inmóvil en sus movimientos, casi consciente de haberse vuelto parte de una fotografía; y la joven profesora de trenza y mandilón de cuadritos, con la timidez virginal pero el grito rasposo; y el profe de matemáticas de pelo negro erizado por la mezcla del sudor y la tierra suelta de la carretera. Le gustaban las mantas, pedagógicas, explicativas, llenas de dibujitos como los que se hacían en el pizarrón para ilustrar clases de historia, describir el sistema muscular, desarrollar las cuencas hidrológicas en Sudamérica, mostrar los cortes transversales de la corteza terrestre, explicar las miserias mexicanas. Le gustaban, pero no lo llenaban de orgullo, más bien lo inundaban de una vaga y difusa sensación de culpa. Eran como él, pero él no era como ellos.

—Mira, ahí está la licenciada Calderón —dijo Carlos señalando a alguien perdido bajo la enorme manta que encabezaba la segunda sección de la columna que avanzaba por Reforma, para invadir por segunda vez en aquella semana la Plaza Mayor, el centro ritual del DF, el Zócalo de todos y de nadie.

Héctor rastreó con la mirada y sólo vio una fila de maestros casi adolescentes y la mayoría chaparros, pero ninguna licenciada. Carlos hizo unos gestos y una jovencita de pelo muy negro, amarrado con una cinta guerrerense bordada, vestida con el uniforme de mezclilla de los activistas políticos de los sesenta (época en la que debería haber tenido entre tres y cinco años), se desprendió de la columna y se acercó a la banqueta, donde los dos hermanos contemplaban el paso de la marcha tomándose una Cocacola en un puesto ambulante de hot dogs.

—Quihúbole, Carlos.

—¿Cómo estás, lic? Te presento a mi hermano Héctor.

Muy ceremoniosos, licenciada y detective se dieron la mano. Era más baja que Héctor, miraba con fijeza; el rostro de un color moreno muy suave, homogéneo. Traía el brazo izquierdo roto y enyesado, en cabestrillo.

—¿Éste es el hombre que nos va a encontrar al muerto? —le preguntó a Carlos la licenciada Calderón sonriendo. Tenía los ojos muy verdes.

La raza, como si hubiera escuchado estas palabras y actuara en nombre de un conjuro social que funcionaba mejor que los pases mágicos de Merlín, comenzó a gritar: «¡Medardo Rivera, te queremos aquí afuera! ¡Medardo Rivera, te queremos aquí afuera!». Héctor, que no creía en las coincidencias después de treinta y ocho años de mexicano en activo, pensó que los maestros del sur estaban mejor organizados de lo que cualquiera pudiera imaginarse.

Metió en una bolsa de mano dos camisas, dos novelas policiacas de Roger Simon y *Los condenados de la tierra* de Frantz Fanon (quién sabe por qué actuaba con el convencimiento de que sería el libro *ad hoc* para este nuevo viaje), seis pares de calcetines y un cuchillo cebollero que trajo de la cocina. Cuando tenía tres años había pasado un montón de horas arrullado por las historias de una sirvienta sureña, del mismo estado de los maestros insurrectos, y en la memoria le había quedado la poderosa certeza del recuerdo de que por allá se usaban los duelos a muerte con cuchillo cebollero. Por si las dudas guardó también una escuadra .45 y dos clips. Tras observarla de nuevo, se echó al bolsillo la foto del supuestamente difunto Guadalupe Bárcenas. Pegó sobre el espejo un pequeño recado destinado a la inexistente muchacha de la cola de caballo, que de vez en cuando se metía en su vida: «Me fui, al rato vuelvo», y sin despedirse de la ciudad de sus angustias, tomó un taxi hasta la TAPO y ahí el primer camión hacia el suroeste de una línea de autobuses que llevaba el premonitorio nombre de Cristóbal Colón. La ciudad, interminable en la despedida, se fue haciendo distante.

Durmió las primeras seis horas del trayecto. Leyó una de las novelas durante las siguientes tres. Anochecía al llegar a Oaxaca. Alquiló una camioneta Ford que tenía vejez prematura y siguió el largo viaje a las montañas. Llegó a San Andrés a las tres de la madrugada. Estacionó el vehículo enfrente del palacio municipal y bajo una farola, se acomodó en el asiento trasero y se durmió. Soñó con duelos de cuchillos cebolleros, librados contra japoneses practicantes de kung-fu, que mañosamente portaban sombreros de charro para desconcertarlo. Fue un sueño placentero, divertido incluso. Un sueño que se sabía sueño. La realidad era siempre más hosca.

El pueblo amaneció entre la niebla que bajaba de las colinas filtrándose por las rendijas de la camioneta y humedeciéndole la camisa, y el detective decidió que mientras no hallara al difunto se iba a dejar crecer la barba. La conexión entre ambas premisas no estaba muy clara, pero a estas alturas biográficas, al borde de encontrarse frente a los cuarenta años, no le importaba demasiado una minucia como ésa. Deambuló por la pequeña ciudad buscando las instalaciones de una feria que sabía no andarían por ahí. El pueblo tenía una sola calle asfaltada: la central; el resto, veredas malamente empedradas que subían y bajaban hacia cerros y cañadas. Tierra suelta por todos lados. Comió tacos de albóndiga que vendía en una esquina una mujer ladeada sobre el fogón.

—¿Usted conocía a Medardo Rivera?

—El maestro.

—Sí, el maestro.

—El maestro Rivera no mató a Lupe Bárcenas. Ese jijo de su madre hace una semana se echó un taco como el suyo, joven —dijo la mujer sin que se lo preguntara y luego volvió a sus asuntos removiendo el guiso.

Parecía que el pueblo había tomado partido ante los hechos. Eso esperaba. En la lógica de Belascoarán, eterno participante de historias ajenas, no había nada más terrible que las sociedades de observadores.

Héctor contempló con apariencia de sabiduría el taco que se estaba comiendo mientras pensaba en una nueva pregunta, pero la mujer se había encerrado en su guiso y tornado muda.

Encendió un cigarrillo y siguió caminando por San Andrés envuelto en un halo benigno.

II

¿Y A QUÉ HORAS MATÓ EL TAL MEDARDO RIVERA AL TAL LUPE BÁRCENAS?

> *Elimina uno a uno todos los otros factores*
> *y el que persiste debe ser el verdadero.*
> SHERLOCK HOLMES
> (según Conan Doyle en *El signo de los cuatro*)

—A ninguna —dijo la licenciada Marisela Calderón Galván, de veintiséis años, nacida en la Costa Chica del Pacífico Sur y titulada para su desgracia en la Facultad de Derecho de la Universidad de Guerrero en Chilpancingo, que tenía una de las peores famas académicas al sur del río Bravo, aunque ella había coleccionado un casi doctorado en La Sorbona (inconcluso a falta de tesis) y un diploma de maestría en derecho laboral en la UAM-Azcapotzalco. Pequeña dama sacapresos políticos, defensora de tomatierras y de boxeadores *amateurs* olímpicos prematuramente sindicalizados.

—A ningunas pinches horas, si ese güey, con perdón, no se murió.

Se arregló el penacho que insistía en escapársele del peinado y continuó:

—No lo mató, porque ese cabrón, con perdón, no está muerto. Sigue vivo… Ahí le va en orden: Medardo se había estado bebiendo unos sotoles en la casa de la Chata, que en las noches es burdel, pero en las mañanas sólo es cantina y panadería, en San Andrés, hablando con unos campesinos mijes. Era un sábado por la mañana, tempraneando, y lo de los sotoles no era por pedo, ni para la cruda, sino por el pinche, con perdón, por el pinchísimo frío que hace por allá. Eran como las seis y media y él daba clases a un grupo mixto de cuarto, quinto y sexto de primaria, allá en la federal. Compró tres barras de pan en la tienda de Gerardo, porque les repartía pan a los chavos de su salario, y se fue a la escuela caminando de a saltitos, como siempre. Quería terminar las clases a las once porque tenía una cita a la una en Vicente Guerrero, como a quince kilómetros de allí, con unos maestros bilingües que estaban en una bronca de comunidades, ayudando por lo del carbón. En esos momentos le caen tres judiciales del estado y a punta de pistola lo avientan dentro de un *jeep*. Hijos de su puta madre, todo el pan quedó por el suelo. Llega a la capital con una herida en la ceja de cinco centímetros, dizque porque se resistió al arresto, y las costillas llenas de moretones. Lo acusan de haber matado a un tal Lupe Bárcenas, vecino de San Andrés. Pero ahí viene la bronca. Yo no dudo ni tantito que si Medardo se calienta de frente y en buena fe, se espachurra a un pinche cristiano, pero no es el caso. No, éste sí era cristiano, pero no está muerto. Y entonces le dicen: «Está usted acusado del asesinato de Lupe Bárcenas». Y entonces Medardo les dice: «¿Y cuándo maté a ese señor?». Y le contestan: «Siendo la de autos del tres, se dice del 6 de diciembre, como a las once horas de la mañana, se encontró el mencionado Rivera con el ahora difunto Guadalupe Bárcenas Arroyo en la ciudad de San Andrés, en la plaza central, al pie de una rueda de la ninguna, se dice rueda de la fortuna, y habiendo cruzado palabras injuriosas, le disparó dos balazos con una calibre .38 que ocultaba bajo el chaleco, dejándolo muerto ahí mismo en el momento». Medardo, que es buenísimo para las fechas, preguntó: «¿El 6 de diciembre, verdad?». Y cuando se lo confirmaron les dijo: «El 6 de diciembre yo no estaba en San Andrés, estaba en el bautizo de mi ahijado, el hijo del profesor Cabestrán, en la sierra, como a ochenta kilómetros de ahí, y mire nomás, aquí traigo una foto de polaroid de cuando yo bautizaba a mi ahijado. Mírela, el de la derecha soy yo, el que traigo cargando es mi ahijado, Aniceto Cabestrán, y debe haber de menos doscientos cincuenta testigos de lo que estoy diciendo. En segundas, en esos días, en San Andrés no había rueda de la fortuna, porque los de la feria vinieron para las fiestas del pueblo y no se quedaron más que hasta el 4 de diciembre; de manera que cuál pinche rueda de la fortuna. En terceras, Guadalupe Bárcenas, ese hijo de la rechingada, no lo maté yo ni lo mató nadie, porque ayer estaba vivo. Y en cuartas, si necesitan ustedes más, yo nunca he tenido un pinche chaleco en toda mi vida, bola de mamones».

Marisela sonrió, se acomodó los cabellos que tendían a deslizarse sobre el puente de su nariz respingada, se quitó una inexistente mancha de polvo de su roñosa chamarra de mezclilla, sobre la manga suelta que cubría el brazo enyesado, y siguió la historia:

—Todo verificado. Medardo estuvo en el bautizo, no había rueda de la fortuna, no tiene chaleco, y al muerto nadie lo vio muerto, todo lo contrario. Pero imposible sacarlo de la cárcel. El juez es un panzón que está sordo, nomás oye cuando le gritan desde arriba, y puras cárceles de papeles. Aparecieron informes del Ministerio Público que dizque levantó el cadáver, informes de testigos, fotos de las balas, ¿cuáles balas?, quién sabe, pero unas balas, y como los expedientes se hacen con papeles, otra pericial, y luego a demostrar que las balas ésas las usaron para cazar puercos salvajes en Ciudad Nezahualcóyotl; hasta una pinche, con perdón, una pinche foto de la pinche rueda de la fortuna, que aunque les demostráramos que no estaba allí ese día, la foto estaba en el expediente, como si probara un carajo.

»Y luego viene un mamón antropólogo francés y dice: '¡C'est maravilleux, le magique mexicaine!'. ¡Mis ovarios! ¿Dónde está lo maravilloso en que el puto de Kafka sea el papacito del poder judicial? Todo es absurdo. Yo pido que exhumen el cadáver, ellos me enseñan un certificado de cremación del cuerpo y ofrecen como prueba la urna con las cenizas. Yo pido un análisis pericial de las cenizas para saber si son humanas, y ya me entrampé, porque ellos tendrían que demostrar que hubo un muerto y que a ese muerto lo mató Medardo, y aquí me tienes tratando de demostrar que las cenizas son de borrego después de una barbacoa, o que son los huesos de doña Eulalia Guzmán, mezclados con los huesos de Cuauhtémoc. Y si son los huesos de otro cuate, resulta que la prueba viene contra nosotros. Pero han de ser de borrego, porque se niegan a la prueba diciendo que por respeto a los parientes... Yo les muestro una foto de Bárcenas dos días después de muerto empedándose en San Andrés con el presidente municipal y el jefe de los judiciales, una foto que tomó otro maestro, y ellos me dicen que esa foto es de antes, que pueden llamar a declarar al presi y al judas, que lo corroborarán. Total que es una trampa por un lado y por otro. Yo les pido la pistola y ellos la muestran, les digo que comprueben que es de Medardo y me dicen que el profe Rivera no tenía permiso, con lo cual añaden a los cargos ya existentes el de portación ilegal de armas. Medardo quiere empezar una huelga de hambre, los maestros de la montaña amenazan con una huelga general indefinida. Total que casi me suicido, porque ahora sé para qué sirven en México ocho años estudiando derecho. Para nada. Para una pura, reverenda y celestial chingada. Y entonces el día de Reyes, cuando el señor y licenciado *góber* les está repartiendo juguetes a los niños pobres, que viva el populismo, le meto un codazo al secretario general de gobierno del estado y me meto enfrente de él y le digo, cuidándome la retaguardia: 'Señor gobernador, parece mentira que se haya montado un fraude así para meter al bote a Medardo Rivera', y él se para en seco y me dice: 'Señorita, no sé de lo que me está hablando', y yo le contesto soltándome del brazo de un guarura que me está jalando para la segunda fila: 'Al dirigente de maestros lo acusan de un asesinato que no cometió. El hombre que dicen que mató, está vivo y anda por la calle. Es un escándalo, señor gobernador', y le muerdo la mano a otro guarura que me está jalando de la correa del morral. Y él me dice: 'Licenciada Calderón, si usted me trae al muerto, en cinco minutos dejamos libre al profesor Rivera. Tiene mi palabra. En ESTE estado NO se juega con LA ley.' Y yo le medio digo, cayéndome de lado porque un policía me está tironeando de la mano: 'Le tomo la palabra, señor gobernador'.»

Marisela Calderón Galván tomó aire, sonrió cándidamente y dijo:

—Y por eso, sólo por eso, para que nos traiga de los huevos, con perdón, de los mismísimos huevos, carajo, cada vez soy más malhablada, al pinche muerto, la asamblea democrática de maestros le paga un millón de pesos.

Esperó una respuesta. Al no haberla, se dio por satisfecha; si alguien no se niega, acepta, consciente por omisión, eso hasta en la escuela del derecho positivo mexicano quedaba claro.

—Y hasta barato nos sale si ponemos a Medardo en la calle —remató—. ¿El brazo? No, el brazo me lo rompí jugando *squash* en la parte de atrás de catedral, con los de la huelga de hambre de la Cervecería Modelo. Por pendeja.

III

Ahora bien, yo tengo por norma despojarme
de todo prejuicio y seguir con docilidad
la dirección en que los hechos me llevan.
SHERLOCK HOLMES
(según Conan Doyle en *Los hidalgos de Reigate*)

Héctor caminó erráticamente por el pueblo, observando y sabiéndose observado; una escala inferior a la vigilancia: miradas hoscas por allá, curiosidad de niños, un comentario de un par de tipos que salían de una tlapalería con sendos sacos de cemento al hombro...

Un airecito helado bajaba de la sierra. La iglesia era muy pequeña, blanquecina, parecía más bien una capilla del desierto del norte que una iglesia barroca y deteriorada por la miseria del suroeste. El cura lo esperaba en la puerta, con un hábito negro empolvado.

—Hay que dejar a los muertos muertos, joven —dijo de entrada y sin saludar.

—¿Y si están vivos?—preguntó Héctor sintiéndose liberado del buenos días.

—Por algo será —respondió el cura, que a Héctor le latió era jesuita de Lovaina, adepto al tequila en casa de funcionario y al chocolate con churros en rancho de latifundista—. Me dicen que usted vio a Lupe Bárcenas la semana pasada —dijo Héctor buscando una respuesta equívoca.

—Válgame Dios —respondió el cura, estornudando después.

—Cristo dijo que a los curas que mienten les crece la nariz como a Pinocho —dijo Héctor mezclando sabidurías infantiles.

El sacerdote carraspeó. Efectivamente, era un cura de nariz grande, digno de ser víctima de un soneto de Quevedo.

—El que busca problemas los encuentra, hijo mío —dijo el cura.

—El que busca la verdad da un chingo de lata, pero su fin justifica las molestias... Y además mi padre no sólo era ateo, también era gente decente —contestó el detective y le guiñó al cura su ojo solitario.

Héctor salió huyendo sin prolongar el duelo. Tenía que buscar a los aliados. Antes de poder encontrarlos, se le apareció a la vuelta de una tienda de abarrotes un hombre armado con una escopeta, que sin presentación le dijo:

—Fue de amores, joven. Había una mujer que los dos querían. Por eso se mata aquí, por males de amores, por pendejadas de viejas. Delitos de propiedad de nalgas, los llama el juez, que le pone nombres bien chinguetas a las cosas.

—¿Con quién tengo el gusto? —preguntó el detective.

—Ladislao Reyes, jefe de la rural, la policía municipal aquí —contestó el gordo mostrando la escopeta y rascándose con el doble cañón las cejas tupidas.

Detective y policía se miraron sin mirarse mucho. Luego se quedaron callados, contemplando el pueblo. Vieron pasar un camión repartidor de cervezas que circulaba levantando el polvo, una recua de mulas cargada de leña, un chavo gordito con una carretilla llena de ladrillos que se le ladeaba peligrosamente, dos beatas rumbo a la iglesia, siete borrachos vestidos de beisbolistas.

—¿A usted qué tal le cae el profesor Rivera?

—Mal, pero es derecho —contestó el policía.

—¿Y el tal Lupe Bárcenas?

—Bien, pero es un hijo de la chingada.

Héctor creyó descubrir un resquicio de solidaridad en la respuesta. No había tal, pura objetividad policial.

—¿Y a qué se dedica el muerto?

—Se dedicaba al pedo ajeno. Era dueño de la concesión de la Modelo en el municipio. Pal velorio hubo cerveza gratis para todos.

—Hasta para él, me dijeron —respondió Héctor.

—Alguna se ha de haber tomado… Hasta después de muerto era bien pedo.

—¿Y la mujer de la que según usted estaban enamorados?

—*La China*, si quiere se la muestro. Yo lo llevo para que vea que hay buena fe de las autoridades del pueblo.

Héctor siguió al policía que iba haciendo pequeños molinetes con la escopeta. No había tenido que presentarse, ni decir qué andaba buscando. Todo era sabido.

Una mujer que vendía tacos, un cura, un policía, le habían caído de frente dándole respuestas a preguntas que no había hecho. En este pinche pueblo todos eran adivinos, o él era excesivamente transparente y viajaba con un letrero en la espalda que decía: «pendejo averiguando». Ninguna alternativa era satisfactoria. Apenas si caminaron unos cuantos pasos. No había puerta, sólo una cortina roja colocada a mitad de una casita blanca de una sola planta. La cortina se quedó flotando a sus espaldas un instante en el airecillo de la sierra.

De una rocola llena de luces de colores salían muy suaves corridos norteños. Otra vez el equívoco, el norte del país se superponía al sur, cambiándolo, confundiéndolo. La cantina era tierra de nadie. Una mujer con un pecho al aire libre, escuálido y puntiagudo, y un par de rizos rompiendo el peinado. Dos borrachos tristes y silenciosos ignorando su pechuga y acodados sobre la barra, y una mujer en una de las tres mesas, descansando la cabeza sobre un mantel de plástico floreado y lleno de quemaduras de cigarrillo. El policía la señaló con la escopeta, luego se puso a rascarse el culo sobre el pantalón con la mano libre, como si sus servicios ya no fueran requeridos.

Héctor la contempló con calma. La mujer no parecía darse por enterada.

—China, aquí el señor te habla —colaboró el poli.

La mujer levantó la cabeza de la mesa y contempló al detective tuerto. Tenía la mirada vidriada, fugitiva. Desde luego, no parecía china. Una mestiza probablemente de origen zapoteco, con los pómulos erguidos y la piel brillante surgiendo de una blusa amarilla.

—Cuéntale del profe Rivera y de Lupe Bárcenas —colaboró de nuevo el policía.

—Venían aquí los dos, seguido venían —dijo la mujer casi recitando—. Y no les gustaba turnarse. Ellos dicen que fue por eso que se mataron.

Miró fijamente pero con desgana al detective. Héctor se preguntó quiénes eran «ellos».

—Una vez Rivera amenazó a Bárcenas. ¿A poco no? —colaboró de nuevo el agente.

—Una vez —dijo ella—. ¿Pagas algo Ladislao?

—El señor paga —contestó el policía señalando a Belascoarán con la escopeta, prolongación de su brazo. Héctor asintió. Se hacían las cosas que se tenían que hacer.

—Le dijo que era una mierda, no le mentó la madre ni nada —comentó la China mientras se acercaba a la barra a recoger una copa de mezcal que le tendía la despechugada. Héctor arrojó sobre la barra una moneda de cinco mil pesos. La mujer la embolsó sin dar signos de devolver el cambio.

—¿Y estaban enamorados? —preguntó de repente el detective; la voz le salió más ronca que de costumbre.

—Uno del otro a lo mejor, chance eran putos y ni ellos lo sabían —se rio la mujer—. De mí ya no se enamora nadie —respondió la China. Luego se subió la falda roja hasta mostrar la ropa interior y se dejó caer en la silla. Héctor miró al policía.

—Ni modo, ¿qué quiere? —dijo el policía disculpándose y remató, alzando los hombros—: Aquí las historias de amor son pinches.

Parado enfrente de la que le dijeron era la casa de Lupe Bárcenas contempló sobre la pared un crespón de luto. En una ventana apareció la silueta de una mujer vestida de negro. Héctor decidió no tocar el timbre a un lado del portón de madera.

Al pasarse la mano sobre las mejillas notó que la barba ya le estaba creciendo. Se sentía fuera de lugar mientras el aire frío de la sierra mataba los últimos restos del calor. Pero eso no era nuevo. Siempre estaba fuera de lugar. No había escenarios propios, tan sólo escenarios prestados, construidos a propósito para él, actor desesperado lanzado a mitad de la representación y en el centro de las tablas sin guión a mano, sin vocación posible, sin capacidad para improvisar. Estaba perdido en aquel pueblo en que los aliados no aparecían y todo el mundo tenía respuestas para inexistentes preguntas. Pero también había estado perdido en el centro del DF, en el interior de su cuarto hacía una semana, oyendo historias en el radio que hablaban de un país extraño que decían era el suyo. Comenzaba a perderse en la niebla de México, a no reconocerse en las calles. Estaba envejeciendo y con la edad venía la sensación de extrañeza, de ausencias, de pequeñas amnesias respecto a cosas que deberían haber sido importantes, pero que se le había olvidado apuntar en el corazón. Ni siquiera se sentía triste por sí mismo. Comenzaba a parecerse al hombre que estaba buscando. Ambos perdidos en San Andrés.

IV

En el arte del detectivismo resulta
de la mayor importancia saber distinguir
entre los hechos accesorios y los fundamentales.
SHERLOCK HOLMES
(según Conan Doyle en *Los hidalgos de Reigate*)

Tomó la camioneta rentada y manejó hasta la capital del estado por una carretera secundaria. Cuando estaba acercándose, las paredes pintadas comenzaron a repetir el mensaje: «Libertad Rivera». Letras con goterones rojos resbalando de sus bordes inferiores que decoraban bardas y paredes de loncherías, rejas metálicas de refaccionarias y blancas paredes de supermercado. No habían perdonado una. Diferentes manos, diferentes botes de pintura, diferentes estilos, incluso variada ortografía: «Livertad Ribera», que hacía suponer que algunos de los alumnos del profe no habían terminado el año.

Tuvo que dejar la pistola en las oficinas del director de la cárcel, junto con llaves y reloj. «Nada metálico», le dijeron. Sin embargo, sorteó los trámites sin que le pusieran demasiados obstáculos. Hasta parecían ayudar, favorecer. «No es día de visitas, las visitas son los martes y jueves, y en la mañana, joven, pero si usted vino desde México...». Parecían haberlo estado esperando. Recorrió los pasillos que daban vueltas interminables, con celdas enormes, de catres metálicos y suelo empedrado a ambos lados. No había presos en ellas. Fue a dar a un patio soleado donde una docena de reclusos haraganeaba o jugaba al frontón, vigilada por tres policías con uniforme azul incompleto y máusers de cerrojo colgados al hombro. Su guía, un policía silencioso, le señaló a un hombre sentado en el suelo, la espalda contra una enorme barda coronada a unos tres metros de altura por alambre de púas, que buscaba la sombra mientras leía.

Otros cuatro presos, en calzoncillos y con el cuerpo cubierto de sudor, jugaban frontón contra la pared opuesta. Era un juego de parejas, dos peludos y dos calvos. Rivera estaba más vestido que ellos: pantalones vaqueros y una camiseta; lentes de arito colgando de la punta de la nariz. Leía una vieja edición del Fondo de Cultura de *La región más transparente*.

Héctor sonrió.

—Me contrató su abogada para que encuentre a Guadalupe Bárcenas —dijo Héctor.

El profesor Medardo Rivera levantó la cabeza de las páginas de Fuentes, llenas de niebla en un DF que ya no existía, casi a fuerza, como arrepintiéndose de tener que dejar de leer.

—Ya me dijo. A muchos compañeros no les pareció buena idea, pero a mí sí, me gustó la idea un chingo. Está a toda madre meter un detective en este desmadre. En México no hay. Un detective independiente... De pelos. Siéntese amigo.

Héctor permaneció de pie, encendió un cigarrillo. Rivera y él tendrían la misma edad, aunque seguro que Rivera tenía una mejor biografía, menos pendejadas cometidas, más amores colectivos. Atraídos por las voces de una discusión entre los jugadores de frontón se quedaron un instante contemplándolos.

—Los pelones son abigeos, robavacas, por eso les cortan el pelo, para que cuando salgan todo el mundo sepa. Los mechudos son maestros, presos políticos por problemas de luchas de comunidades contra los caciques. Los trajo el ejército aquí, uno de ellos, el de la nariz chueca, estaba medio muerto.

—¿Y quién va a ganar el partido?

—Ganan los abigeos siempre, amigo. ¿En este pinche país qué se podía esperar?

—Que ganaran los profes y luego se los transaran a la hora de contar los tantos.

—Eso pasa cuando cuentan los polis de guardia, pero nosotros dijimos que si el conteo no se llevaba entre nosotros y en voz alta, se acababa el juego para siempre. Y aquí dentro tenemos la ventaja. Hay veintisiete políticos y, entre los que entran y salen, como quince comunes nada más. Esta cárcel no es la realidad. Esta cárcel no sirve para las estadísticas. Sólo hay dos violadores de menores y están encerrados porque los demás amenazamos con darles un fierrazo si los soltaban en el patio. Tenemos libros y no hay que andar robándolos en las librerías, nomás pedirlos prestados a la biblioteca de la universidad y los mandan. Aquí es Jauja, amigo. Hasta se comen buenos tacos de chingaderas raras. Los cocineros son presos, no hacen trampas. Aquí no es México, es medio México, pero más libre, mejor organizado.

—¿Le gusta la cárcel profesor?

—Nos hablamos de tú, ¿no?

Héctor asintió. Rivera se quedó pensando.

—El bote... No. Pero son vacaciones, amigo... ¿Y tú eres de la escuela deductiva o inductiva?

—Soy de la teoría de la terquedad.

—Coño, ésa es nueva. ¿Habrás leído un cuento de Conan Doyle que se llama «El bote oculto», verdad? Uno de Sherlock Holmes.

—No —contestó Belascoarán con todo cinismo, porque lo había leído, aunque hacía tiempo, un par de veces.

—De ahí es de donde saco todas mis desconfianzas con el método deductivo. Por culpa de ese pinche cuento le dije a mi abogada que ni loca te contratara sin antes estar seguro de que eras absolutamente irracional, compadre.

Héctor encendió un nuevo cigarrillo con la colilla del anterior y contempló las paredes blancas que rodeaban el patio. De cualquier manera, Medardo Rivera le iba a contar la historia. Así eran todos los maestros de escuela que había conocido, hasta los buenos.

—Un tipo entra al 221 B de Baker Street, Holmes lo invita a sentarse, lo contempla atentamente y ante un Watson totalmente apendejado, le dice: «Usted, pinche monito, es periodista, está casado con una pelirroja y acaba de dejar el vicio del tabaco, lo que lo tiene muy angustiado. Es zurdo, católico, soldado que ha regresado recientemente de la guerra anglobóer, usa el reloj de su padre difunto y antes de pasar por aquí ha comido cerezas». Al tipo se le cae el fundillo al suelo y confiesa que sí. Que sí, que todo sí. Y entonces, uno, de pendejo, adora a Holmes y ya te vale madre toda la explicación que el pinche cocainómano flaco te echa después. Sólo la realidad puede ser tan mamona como la literatura.

Rivera hizo una pausa, le pidió a Héctor un cigarrillo con un gesto y se acuclilló en el suelo. Los dos jugadores de frontón derrotados, que habían dejado paso a una retadora, se unieron al grupo. Héctor se recostó en la pared.

—Lo del reloj está fácil: lo trae en un bolsillo del chaleco y es de tamaño inadecuado, hay que esforzarse para meter el reloj de concha, los bordes del pequeño bolsillo delantero están levemente descosidos, nadie usaría un reloj así si no fuera una prenda de estima, sin duda familiar, de un padre, por ejemplo, y nadie usa el reloj de su padre si no es porque el pinche padre éste ha muerto recientemente y en un gesto de amor filial te lo encadenas al chaleco y... Lo de casado con una pelirroja, Holmes la tiene fácil, lo deduce de las hebras de pelo de una longitud no habitual que el personaje lleva adheridas a la solapa, y de que los puños de la camisa del ciudadano están cuidadosamente recosidos, del modo familiar que sólo la esposa haría, remendando una y otra vez la insalvable camisa, muy lejos del desaseo habitual que el pendejo de Conan Doyle atribuye a los solteros. Del bolsillo del chaleco en que lleva el reloj se deduce fácilmente que nos encontramos ante un zurdo y eso explica las manchas de tinta fresca de imprenta que ostenta en el dorso de la mano izquierda, cerca de la muñeca, mucho más atrás que en el punto en que habitualmente apoya la mano izquierda un diestro cuando escribe. Las manchas de tinta sugieren un corrector de galeras, un tipógrafo, un periodista, pero los tres diarios que el personaje lleva descuidadamente doblados en el bolsillo de la chaqueta lo hacen pensar en un periodista, uno de los pocos personajes en el mundo victoriano que se toma la molestia de leer más de un diario, ello sobre todo por razones profesionales; y esta idea se confirma por la libretita de notas que asoma del bolsillo donde habitualmente debería portarse un pañuelo. El vicio del tabaco se muestra en las manchas de nicotina entre los dedos índice y corazón de la mano izquierda, nuevamente un zurdo, pero manchas viejas, ya desteñidas, no recientes, lo cual, unido a la ansiedad que el personaje muestra y que se expresa en que no sabe qué hacer con las manos, cosa normal en alguien que ha dejado de fumar y que acostumbraba tenerlas ocupadas con el cigarrillo, lo hacen concluir que se trata de un reciente ex fumador; la religiosidad ha sido detectada por la pequeña cruz que le cuelga del cuello y por el desgaste de la tela de las rodillas del pantalón, que obedece sin duda al nefasto hábito de ir a misa frecuentemente. ¿De dónde sale lo del soldado, la guerra anglobóer y demás? Muy sencillo, se dice Holmes, que ya está fumando en pipa, para hacer las desdichas del otro pobre güey ex fumador: el tostado sobre la frente con la franja pálida, porque allí no han dado los rayos del sol, que produce un salacot; la reciente llegada a Inglaterra de heridos de guerra, lo que explicaría la leve cojera, y así hasta llegar a los huesos de cereza en las valencianas del pantalón...

—¿Y luego? —pregunta Héctor rompiendo el compás de espera.

—No, pues que al pobre tipo al que le adivinaron la vida, podrían habérsela adivinado mal, y todo es truco literario: podría no estar casado con una pelirroja sino ser puto y el pelo de la melena roja pertenecer a su amante que es pintor, y las manchas son de trementina o de amarillo de zinc o no sé qué pedo, y no ser periodista sino apostador en las carreras de galgos y el que se murió no fue su papá sino su padrote, y el que le cose los puños es el pintor que se le da muy bien la pinche costura, y no comió cerezas sino pinches ciruelas, y quién chingaos sabe cómo fue a dar un huesito de cereza a la valenciana de su pantalón, y no es católico, sino ateo pero le tiene miedo a los vampiros por eso trae la pinche crucecita, y de pinche soldado, nada, y menos que acaba de llegar de la guerra bóer, que la mera verdad es que está tostado por el sol del lado izquierdo de la cara porque se sienta del mismo lado siempre en los galgódromos, y la cojera obedece a que se rompió la pata estando bien pedo.

Belascoarán se sumió en un silencio que quería parecer meditativo. Poco tenía que decir. Él ya sabía, mucho tiempo antes de estas extrañas revelaciones en una cárcel, que nada es lo que parece, que todo siempre es, más bien, lo que no parece; que toda explicación absurda se aproxima a la verdad más que otras, precisamente porque la verdad es absurda y se busca en un espejo de iguales.

—¿Dónde puedo encontrar a Guadalupe Bárcenas? —preguntó el detective de repente. Los jugadores de frontón se alejaron unos pasos. Una cosa era escuchar historias de Sherlock Holmes y otra meterse en negocios ajenos.

—Vete tú a saber, lo deben tener escondido, fuera del pueblo, en casa de la chingada. Capaz y le dieron bastante lana como para que se fuera para siempre y ahora ese güey ya no existe, y ahora hay otro güey nuevo en Veracruz o en Puebla o en Los Ángeles poniendo otra pinche taquería más... ¿Juegas frontón, detective?

—No, profe, me chingué la pata en la guerra anglobóer, pisando unos huesos de ciruela que creí eran huesos de cereza.

Al salir de la prisión estaba lloviendo. Héctor caminó cansinamente hacia su automóvil rentado y descubrió que además de valerle absolutamente madre Sherlock Holmes, su ojo sano lagrimeaba, como si estuviera irritado. Sin saber por qué le dieron ganas de ponerse a tararear *La cama de piedra*, de Cuco Sánchez. Quizá un efecto retardado de su visita a una cárcel...

En la carretera se vio obligado a detenerse varias veces a limpiarse el ojo con un klínex. Cuando llegaba a San Andrés el asunto comenzó a inquietarlo seriamente, el ojo estaba produciendo excrecencias verdosas, como si estuviera moqueando víctima de una infección. Cuando se tienen dos ojos, la cosa es grave, pero cuando se tiene uno solo y te encuentras en territorio enemigo, el asunto es realmente patético. Caminó hacia la única farmacia que había visto en San Andrés, tropezando y sintiendo que viejos miedos volvían a entrar en él con el impudor de un huracán no anunciado. La farmacia estaba cerrada.

Volvió a dormir en el interior del automóvil, sacudido por pesadillas, lleno de miedos que retornaban de todos los posibles pasados, incluso de aquellos que provenían de la lejana infancia.

V

*En las mañanas, cuando permanecía
indefenso ante el espejo del baño,
secretamente se admitía a sí mismo,
se confesaba, que con cada día que pasaba,
comenzaba a parecerse un poco más
al retrato de su licencia de automovilista.*

LAURENCE GOUGH

—Es una ceguera temporal, por simpatía. El ojo malo arrastra al ojo bueno, lo afecta. El caso es que, durante varios años, un ojo ha estado haciendo el trabajo de los dos y entonces... Es como si el que hubiera trabajado más se quejara con el otro... Yo que usted no me preocupaba. Hasta puede ser nervioso, y como viene se va —dijo el doctor.

Héctor dirigió el rostro hacia la voz del hombre. Buscó un cigarrillo en la bolsa de la chamarra y se lo puso en la boca.

—¿Me lo puede encender?

Escuchó el sonido del encendedor y supuso que la llama estaba allí. Aspiró a fondo. Sintió el humo del tabaco caminando por la garganta. Localizó el cenicero tanteando y depositó el cigarrillo.

—¿Usted dónde se licenció en medicina, doctor? —preguntó Héctor tratando de disipar la súbita sospecha de que se encontraba ante un dentista.

—En la Universidad de Oaxaca; no soy oculista, yo me dedico a partero, pero lo suyo es como muy clarito, ¿no? —contestó la voz anónima.

Nada es verdad del todo si no se ve, pensó Belascoarán con una sonrisa amarga destinada más a sí mismo que al doctor adivinado: barbita de chivo, chaqueta blanca con manchas de mole en una de las mangas, aventuró.

—Entonces, voy a estar ciego —hizo una pausa buscando precisar—. Una semana, un mes, unas horas, quince días... ¿Cuánto?

—No lo sé —dijo el doctor.

Héctor adivinó que alzaba los hombros.

Un Héctor Belascoarán Shayne envarado y vacilante recorrió las calles de San Andrés tropezando con ramas de árbol derribadas por la lluvia, titubeando al cruzar las calles, perdido en el laberinto real de la ceguera, buscando en su cabeza referencias que no existían, borracho a los ojos de mujeres también inexistentes que se le aparecían de súbito en la conciencia a través del rumor. Perro enloquecido de Comala, blanco móvil macdonaldiano. Trató de endurecerse apelando al humor negro, recordando todos los chistes de ciegos que conocía, el de Stevie Wonder moviendo la cabeza para localizar el micrófono, el del perro de José Feliciano. Se detuvo en una esquina buscando las arrugas de la pared para afianzarse y unirse a algo, encendió un nuevo cigarrillo. Sabían diferente cuando no se veían. Más suaves, distintos. Las cosas eran otras; no sólo era que no las pudiera ver, también habían cambiado. El mundo alrededor de él mutaba. No se limitaba a ser un ciego, era un ciego absolutamente vulnerable.

Tropezó con un hombre que se identificó como vendedor de periódicos ofreciendo su mercancía y que a cambio de unas monedas (¿mil?, ¿cinco mil pesos?, ¿quinientos?, ¿ochocientos?) lo acompañó, tomándolo de la manga de la chamarra, hasta una casa donde había servicio de larga distancia. Le pidió a la operadora que le marcara unos números de teléfono arrojándole una libreta de pastas negras y esperó arrinconado como feto en una pequeña cabina. Cuando escuchó el familiar sonido del llamado telefónico comenzó a tranquilizarse.

En rápida secuencia habló con la esposa de David, un amigo de la infancia que ahora andaba en Oaxaca y que se dedicaba a la ingeniería solar, construyendo secadores de café, calentadores de agua y cosas así para las comunidades, y que le explicó que su amigo estaba en algún lugar de Nochixtlán sin teléfono, montando un horno en una fábrica de azulejos. Intentó sin suerte localizar a una amiga en el norte de Chiapas que había pasado de jipiosa a industrial del turismo y cuyo teléfono había cambiado y terminó hablando con el contestador telefónico de su empleadora, la licenciada Calderón, sin atreverse a confesarle a una máquina que estaba totalmente ciego.

Salió del sueño violentamente, alertado por el chirrido de la puerta. Llevó la mano a la pistola que debía estar bajo la almohada y no la encontró. Manoteó la colcha mientras trataba de que los sonidos le dieran alguna clave. La pistola estaba colgada de la bola que coronaba la cabecera de madera. Apenas llegó la mano a ella cuando una voz dio cuenta concreta de la presencia en el cuarto.

—Me dijeron que andaba ciego, ¿es cierto?

Héctor se cubrió las desnudeces con la sábana húmeda por el sudor de la noche y dejó descansar la pistola a su lado.

—Adelante, está usted en su casa —dijo. La voz le resultaba absolutamente desconocida. No tenía ninguna resonancia familiar. Pero estaba allí, y el miedo era a los fantasmas, no a las personas, ni siquiera a las que no podía ver.

—También me dijeron que me andaba buscando.

—¿Y usted quién es? —preguntó el detective tocándose el ojo recién perdido con las yemas de los dedos índices.

—El muerto —la voz salió carraspeando, como si su dueño sufriera un ataque de timidez.

—¿Guadalupe Bárcenas?

—Eso mero. Y ya me voy, nomás vine por curiosidad.

Héctor apuntó la pistola hacia donde creía haber escuchado la voz, pero no se atrevió a disparar. La puerta crujió como una retórica despedida.

Tenía hambre, no había comido desde la mañana del día anterior, cuando salió hacia la capital del estado para visitar al profesor Rivera en la cárcel. También tenía miedo de vestirse y salir a la calle a buscar qué comer. Tenía miedo de ponerse los zapatos al revés, de entregar el billete equivocado para pagar dos docenas de tacos de carnitas con guacamole. Se rio de sí mismo. Pero el miedo no se iba. La conciencia del miedo al ridículo no mataba el miedo. Se secó el sudor con la sábana y permaneció inmóvil rastreando los sonidos, los ruidos, los crujidos de la madera, las voces amortiguadas por los cristales de la ventana, la televisión encendida, el llanto de un recién nacido, las musicales resonancias de botellas rotas en la calle. Esperó. Trató de descifrar en aquel nuevo mundo de los sonidos alguno que le resultara amigo, que fuera portador de buenas nuevas. No existió tal.

Se descubrió entrando y saliendo del sueño, vagando por el cuarto, tropezando con sillas y botellas vacías, buscando la puerta del baño sin encontrarla, bebiendo agua del lavabo. Desesperado. Sin saber si afuera era noche o día. Sin saber si habían pasado diez horas o dos años. Sin saber si moqueaba en medio del llanto o tenía una hemorragia nasal. Enloquecido.

—Yo soy José Independiente Mondragón —dijo una voz que apareció tras el crujido de la puerta. Una voz juvenil.

—Pasa, mano.

—Soy alumno del profe Rivera. Tengo diez en historia y nueve en matemáticas.

Belascoarán suspiró. Habían llegado los refuerzos.

—Me dijo mi padrino que el profe Rivera me encargaba que le contara la historia del pueblo.

—Soy todo orejas, mano. Y si me compras dos Pepsi colas en la tiendita de la esquina, me las tomo mientras me cuentas.

—¿Está ciego? —preguntó el niño.

—Nomás un rato. Estoy ciego por simpatía, mano.

VI LA HISTORIA DEL ORIGEN DE SAN ANDRÉS

(tal como se la contó un niño a un ciego temporal, y como
la memoria de Belascoarán habría de recordarla más tarde)

José Mateo Bermúdez, natural de Olloniego, Asturias, uncido en unión libre con María Velasco, que ella no se sabía de dónde era; anarquistas del grupo de un señor que se decía griego de apellido Rodhakanati, y los tres socios de una organización de sabios que había nacido en París y tenía sucursal en México (como París-Londres) y que llamaban La Social. Un par de orates de bien, románticos de locos. Eso sí, muy enamorados. Por eso habían decidido juntarse antes o después de venir a México. Hasta se decía que bordaban la ropa juntos y hacían la comida, y que no había entre ellos labores de hombre y de mujer sino las mismas.

Allá por mil ocho setenta y dos, cuando los mentados y renombrados sucesos de Chalco, que el ejército juarista (debe haber sido por equivocación) incendió unas comunidades de utópicos, José salió fugado de la ciudad de México. Lo acusaban de haber envenenado a un francés dueño de unas fábricas de tintes por Tlalpan, dándole de cenar uvas con ácido prúsico del que usaba para las lanas, y él dijo, él, José Mateo: «Justa venganza, no asesinato, hay diferencia»; porque con los humores de ese ácido en las tinas de cocción, los vapores, se envenenaban las operararias que tenían que respirar aquellas chingaderas jornadas de dieciséis horas y sin ventilaciones ni descansos.

Ya debía vidas el asturiano ése, pero en España, o sea que no contaban. Había puesto bombas de dinamita, y las metía dentro de latas de leche para que no sólo mataran sino que hicieran mucho estruendo, en un teatro de Oviedo, para que volaran en mil pedazos los dueños de las fábricas que iban a la ópera. Pinche ópera, no le gustaba ni tantito.

O sea que por eso cruzó el océano Atlántico, para huir de los que lo buscaban por bombero.

Y luego para huir de los que lo buscaban por envenenador, se vino para el sur.

Dio algunas vueltas por Oaxaca y por Chiapas, y como no se hallaba, y además tenía a la mujer embarazada de ocho meses y estaba loco del calor y pedo del aguamiel y el mezcal crudo, pues dijo que él era José, José-José, san José; y ella, a la que montó en un burro, era la Virgen María y el niño que venía en camino, el mismísimo niño dios.

Lo dijo por las veredas y las montañas, y además aprendió el zapoteco y lo decía en castilla y en lengua, advirtiendo que no sólo venía huido de los de Sodoma y Gomorra, los franceses, los filisteos y los pinches patrones gachupines, sino que además el niño dios anunciaba el inicio del sueño de los hombres en las tierras y que las comunidades eran dueñas de la tierra y los filisteos, los macabeos, los gallegos, los arameos y los chupópteros de toda laya tenían de plazo el mes que le faltaba al escuincle para nacer para abandonar la sierra; luego todo era de todos y a rechingarse al que no le gustara.

San José tenía un lado mamón, porque prohibía el alcohol excepto para friegas reumáticas; pero luego luego, viendo el talante de los locales y cómo les pasaba un resto el rollo de atracar las haciendas, corrigió y prohibió darse friegas contra el reuma, que aquí es muy malo por la humedad, con sotol; pero sí tomar todo el que se quisiera sin empedarse, y decretó malo el pedo, pero bueno el chupe.

Era de huevos, san José, como en las películas; no sólo predicaba, tomaba el machete y arremetía el muy pinche salvaje. Así se hicieron los indios de aquí de esa forma de ser tan cabrona y tan respetuosa, te miran de lado y luego te sorrajan un putazo con una piedrota, y también se hicieron con las haciendas como en un año, toda la sierra chica.

Y así nació San Andrés, porque en esta vereda, entre cañadas y al pie del río Blanco, tenían el santuario el señor san José, la ex virgen María Velasco, que sabía cocinarse sus buenas fabadas asturianas, por eso aquí, de plato local, se hacen guisos de frijol blanco con chorizo y morcilla de arroz, y la niña dios. Ésa fue la desgracia, porque el niño dios fue niña dios y le pusieron Jesusa.

De ahí que no hayan tenido buen talismán a la hora de la verdad y en el 75, con Lerdo de Tejada, vino la punitiva y le cortó la cabeza. Luego la punitiva se fue a buscar a Pancho Villa, y no lo halló. Todo lo quemaron, todo lo espantaron. Ardió hasta la tierra debajo de las casas. Pero la comunidad ya había nacido. Se despobló y se pobló y se despobló y luego ya se repobló para siempre, que fueron los abuelos. La niña Jesusa se fue a vivir al DF en un hospicio y escribió los poemas que dicen que hizo Sor Juana Inés de la Cruz, pero los hizo ella. Aunque cuando se hizo famosa ya no regresó por aquí... Le traería malos recuerdos.

El profe Rivera así cuenta esta historia y así la cuento yo. No tan bien, él le pone más sabor a los detalles.

VII

El pasado y el presente están dentro de la investigación,
pero es muy difícil contestar a la pregunta de qué
cosas puede hacer un hombre en el futuro.

SHERLOCK HOLMES
(según Conan Doyle en *El sabueso de los Baskerville*)

Héctor contempló al adolescente flaco. Primero como una sombra borrosa, y más tarde perfilada. Tal como la vista se había ido, regresaba. El detective, asombrado por los milagros que le quitaban y le devolvían la visión, y en los que sin duda había influido la niña Jesusa, caminó desnudo hacia el espejo, haciendo caso omiso del adolescente que traía un plato humeante de huevos revueltos con frijoles. Se observó el rostro afilado por el insomnio, las huellas del pánico en los rasgos aguzados, el ojo muerto. Caminó hasta la bolsa de viaje que tenía tirada a un lado de la cama y se puso el parche de cuero sobre el ojo perdido años atrás. Luego contempló al adolescente.

Su narrador de historias no tendría más de trece años, flaco, casi desnutrido, y con una sonrisa pícara en los ojos.

—Ya nomás estoy tuerto… —dijo Héctor buscando una camisa limpia en medio del desmadre—. ¿Y ese nombre de José Independiente? Ayer no te lo pregunté porque andaba muy pendejo.

—Nací en la huelga del 76, amigo. Cuando se hizo la sección independiente y tumbaron a los charros.

Héctor volvió al espejo y contempló su ojo: lagañas, secreciones. Se lavó cuidadosamente. Veía bien. Muy bien, mejor que antes de haber quedado ciego. No. Mejor, no: igual; pero con más alegría de ver. Contempló el cuarto en sombras, movió una cortina sucia para que la luz inundara la habitación y pasó la mirada por las maderas sin pulir, la silla, el espejo lacerado del baño.

—¿Y ahora que no estoy ciego de todas maneras me vas a ayudar?

—¿Me va a dar pistola?

—No.

—Ni modo.

—Guadalupe Bárcenas, el que dicen que está muerto, sigue en el pueblo —afirmó el detective.

—Seguirá —dijo José Independiente Mondragón, ojeando las novelas que Héctor traía en su bolsa de viaje.

—¿Tú lo has visto? Yo sólo lo he oído.

El niño levantó la vista de los libros y pareció interesarse por primera vez. Miró al detective fijamente.

—Vino aquí, me dijo algo, cualquier cosa. Yo no lo podía ver.

—¿Era ronco?

—Sí —dijo Héctor mientras buscaba una cuchilla de afeitar. Luego recordó su promesa de dejarse crecer la barba y miró en el espejo las huellas de los cuatro últimos días: una barba harapienta, con brillos rojizos y alguna cana.

—Hay un baile, toca la Sonora Santa Fe, en la carretera. A mí no me dejan entrar, porque soy chico, cuando tenga dieciséis ya puedo. Pero el Bárcenas era bien bailarín.

—¿Cuándo era bien bailarín? ¿Antes? ¿Antes de estar muerto?

—Pues eso dice él, que antes de estar muerto era bien bailarín.

Héctor rebuscó entre los libros sin hallarla, para luego reconstruir en su memoria y al fin localizar la foto en el bolsillo de su chamarra, llena de briznas sueltas de tabaco. Un bigotudo y sonriente Guadalupe Bárcenas lo contempló desde el mostrador de una cantina, con esa amabilidad que los hijos de la chingada suelen tener en las fotos avejentadas.

Ni le gustó la música tropical, ni Bárcenas bailaba en su nuevo estado de difunto rondador. Además, se aburrió de ser el centro de las miradas que oscilaban entre la simpatía, la desconfianza y la vil curiosidad. Paseó hasta el río a la espera de que alguien se le acercara para decirle que Bárcenas estaba enterrado debajo de una higuera, que se había ido a Puebla a un concurso de travestis, o que dormía en la misma pensión que él a tan sólo dos puertas de distancia. Ni siquiera eso sucedió. Los bailarines y los borrachos hicieron caso omiso del detective. En cambio la brisa fresca del río pareció acabar de despejar sus dudas respecto a la recuperación del ojo bueno. Paseó hacia un puente de piedra, iluminado por una farola de hierro pintada de negro. Se acodó en el muro a fumar, escuchando el rumor del agua y de las ranas. Esto era lo que le faltaba a la ciudad de México. Ninguna ciudad seria, importante, podría prescindir de un mar, un gran lago, un río con nombre exótico. La ciudad de México era hija de unas lagunas rellenadas con muertos y templos aztecas y rerrellenadas con turbios negocios urbanos y cascotes de cerros desmoronados. Un río así. Un

tímido río aunque fuera, que cruzara por mitad la Roma Sur, se ensancha-
ra en la Colonia del Valle y luego variara cruzando islotes hacia la colonia
Doctores para salir hacia Izazaga y perderse en los bosques de postes de
luz de la Aragón.

Encendió un segundo cigarrillo.

—Bárcenas acaba de llegar al baile, nomás usted salió, profe —dijo la
voz de José Independiente Mondragón desde las sombras—. Viene en un
carro negro, con dos judiciales de la policía del estado. Vienen pedos, án-
dese con cuidado.

Héctor sonrió hacia las sombras y llevó su mano derecha a la sien en
un remedo de saludo militar.

Caminó hacia el ruido del baile canturreando fragmentos de «Ay,
mamá, yo no sé lo que tiene el negro...».

Desde la puerta del salón, Héctor se detuvo para contemplar al difunto que bailaba un danzón con una gorda vestida de rojo. La mano derecha de Guadalupe Bárcenas le sostenía las nalgas a la mujer para impedir
que se le cayeran. Parecía divertirse. Estaba algo diferente de la fotografía, pero los pelos rizados, la nariz... Héctor avanzó directamente hacia él,
abriendo un hueco entre los demás bailarines. ¿Cómo se inicia una conversación con un tipo así mientras trescientas personas te miran? No tenía
muchas referencias. Películas de Gary Cooper, frases de Clint Eastwood o
novelas de John D. MacDonald. Podía apelar a la otra cultura, la de las
películas de Pedro Infante y Luis Aguilar. Con el rabillo del ojo sano detectó a los dos judiciales de los que le había advertido José Independiente.
Uno bigotón, el otro a su lado, impreciso. Caminó en arco para no darles
la espalda.

—Mire nomás, uno buscándolo y usted agarrándole las nalgas a la
señora, que seguro ni ha de ser su esposa, señor Bárcenas —dijo Héctor
Belascoarán sin llegarle, según su muy particular comparación, ni a los ta-
lones a Pedro Infante.

—La señora es puta y usted estaba ciego —contestó Bárcenas por decir
algo, girando la vista del detective hacia otro extremo de la sala: una mesa
chaparra al pie de la tarima donde estaba la orquesta. Tenía más aliados.
Algunas figuras comenzaron a confluir sobre el centro de la pista. Héctor
retrocedió dos pasos.

—Bueno, aquí nomás, saludando. Ya veo que goza de buena salud.

—Cuando me quiera, me tiene en mi casa —dijo Bárcenas sonriendo y
moviendo el bigote, mientras reanudaba el baile interrumpido marcando
el paso con un tremendo caderazo.

VIII

La muerte es una enfermedad incurable con la que
los hombres nacen; los alcanza tarde o temprano;
un asesino casi nunca mata, tan sólo se anticipa.
FREDRIC BROWN

Tu propia vida puede interponerse
en el camino.
ERIK NEUTSCH

Dentro de poco amanecería, pensó Héctor Belascoarán Shayne, detective en vigilia, ante la casa de Bárcenas. Estaba tratando de encender el cigarrillo a pesar del viento que le lanzaba la lluvia encima. Cubría con la mano izquierda la llama del encendedor y encorvaba la cabeza para que los goterones que le caían sobre la nuca no se deslizaran hacia el cigarrillo. Era el tercer intento, de espaldas a la calle oscura y zarandeada por la lluvia tropical. Las luces de un automóvil lo iluminaron y se quedaron allí. Héctor levantó la vista. El cigarrillo se llenó de agua, pero no importaba demasiado, el coche no se había movido. Ni avanzaba ni se retiraba. Era un Ford Falcon del 75, negro, situado como a unos veinticinco metros del detective, ominoso, insistente, con las luces largas encendidas, alumbrándolo. Se llevó la mano a la cintura buscando el revólver. Estaba allí, donde siempre. Quitó el seguro con el índice de la mano derecha. Luego, con un cigarrillo empapado entre los labios, del que las briznas de tabaco iban deshilachándose, esperó.

A su espalda otro par de faros se encendieron. Eran los de un Volkswagen, también negro. Pensó en la muerte.

Hacía un par de años había pensado tanto en la muerte que casi se había quedado dominado por su presencia y también por el aburrimiento que la reiteración le causaba. Era una idea familiar, el mejor antídoto contra el cansancio. Si pensaba en la muerte con tranquilidad pero con intensidad, si le crujían los nudillos al pensar en la muerte, los dos coches se irían. No confió en la hipótesis y miró la hilera de timbres que estaban en el portal donde se había detenido a encender el tabaco. Extendió la mano izquierda, con la palma abierta y los tocó todos al mismo tiempo. Fue la señal para que el Ford Falcon se acercara deslizándose en medio de la lluvia como un tanque bailarín e ingrávido.

Héctor sacó la pistola y disparó casi sin apuntar; uno de los faros del Ford se apagó con un resoplido. Suerte de tuerto. Salió corriendo hacia el Volkswagen blandiendo la .45 y gritando, el coche frenó coleando y fue a dar suavemente contra un poste de luz; Héctor pasó corriendo a su lado sin detenerse ni a mirar, sin querer mirar. Sonaron dos disparos más en la noche, pero él se perdía en las sombras. Corriendo, jadeando, fue a dar de nuevo hacia el río, tropezó con un arbusto y se dejó caer al lado de una pila de ladrillos llenándose la mano de fango. Dejó la pistola a un lado para limpiarse el brazo de lodo. Cuando levantó la vista para buscar huellas de los dos automóviles, se encontró la boca de una escopeta de dos cañones apuntándole a los ojos.

Una linterna lo deslumbró; tras ella, surgió una mano que le quitó la pistola que había dejado caer al suelo.

—Ya te chingaste —dijo una voz. Otros hombres se acercaban entre los árboles.

—Mátalo ya, Melesio, no te enrolles —dijo una voz aguda, oculta tras la linterna.

El que había recogido la pistola la arrojó hacia el río.

—Desnúdate —dijo el hombre que lo había encañonado, una sombra tan solo.

Héctor obedeció. Se quitó la gabardina. Una mano estirada se la pidió. Luego los pantalones y la camisa. Se quitó los zapatos empujándose un pie con el otro. Se sintió ridículo cuando se quedó sólo con los calcetines y se los quitó, arrojándolos a lo lejos; sintió la humedad entrarle por los huesos de los pies.

—Tírate al suelo.

Sólo uno de los hombres hablaba. Los otros dos se dejaban mojar por la lluvia y las órdenes, fantasmales y silenciosos.

—Órale güero, hazte cargo —dijo el hablador.

Héctor sintió el cañón de una automática apoyándose en su sien, el agua sucia se le metía en la boca aplastada contra el suelo. Ya había muerto así una vez antes, con el rostro hundido en un charco de agua sucia. Vio las botas del hablantín. Se las llevaba de recuerdo al fin del mundo, a la nada: unas botas vaqueras con punteras de metal plateado.

—¿Le sacaste la lana de la bolsa de los pantalones? —preguntó la voz aguda, a lo que respondió un gruñido afirmativo.

—Te vamos a matar, mano —dijo la voz de mando.

—Ya dispara y déjate de historias —dijo una segunda voz.

—Te vas a morir, güey —respondió un eco.

—Por andar buscando a un pinche muerto —dijo la voz de mando. Los otros le rieron la broma—. Por menos que eso matamos aquí, pendejo. Por mucho menos. Te vamos a chingar por menos, nomás porque no nos pasa ni tantito cómo ves chueco.

Nuevas risas. Héctor trató de romper la cortina de luz que le impedía verlos moviendo el rostro a un lado, haciéndose pantalla con una mano. La luz lo siguió, perforando el cerebro.

—Corta cartucho, güero.

A la orden siguió el acto, luego el disparo que sonó vacío. No se lo esperaba, de manera que el efecto se perdió en la lluvia. La presión de la pistola se perdió en la sien, se acuclilló.

—Tienes que correr, pendejo. A lo mejor si corres mucho no te atinamos. Nomás voy a disparar un tiro y si le corres a lo mejor chance y no le atino.

Héctor, poniéndose de pie, les dio la espalda. Durante unos segundos no sucedió nada y él pensó que quería fumar un cigarrillo.

—A la de tres. Ustedes tírenle también, pero nomás un tiro cada uno.

Sin la luz en el ojo sano, Belascoarán descansó. Era a otro al que le estaba pasando esto. Uno no podía morir así más de una vez en una vida y él ya había muerto.

—Una, dos… ¡Corre, baboso!

El disparo sonó seco levantando agua de un charco al lado de sus pies. Luego vino la voz.

—Siempre no, esta vez, siempre no. Pero yo que usted mejor me iba de aquí y regresaba al DF.

Luego se hizo el silencio. Pasados unos segundos Héctor se dio la vuelta y los vio alejarse. Sombras en la lluvia a la luz de una luna tímida. Iban riéndose, bromeando.

Tenía frío, temblaba. Más y más hasta que el temblor lo sacudió como a un perro empapado. Ya no sólo era el frío, era el miedo que se había apropiado de él saltando por los músculos.

Pensó en que sí, que esta vez no, que no había sido. Pero que si ahora no, la siguiente sí, y ya nunca podría escaparse de esta nueva sensación. Estaba preso de una idea, encarcelado en el pánico que siempre había estado ahí pero que le habían mostrado: vivía de prestado, tiempo alquilado con límites imprecisos. Estaba muerto y un día alguien lo descubriría o simplemente actuaría en consecuencia, apretaría el gatillo, le clavaría el puñal, le daría un refresco envenenado, le contagiaría sin querer una neumonía…

Quería controlarse, pero seguía temblando. Le dieron ganas de gritar.

¿Existe este país en el que te estás moviendo, Héctor Belascoarán, o es una broma más? Unas vacaciones de los sentidos, que prolongan las que has estado viviendo en estos últimos quince años. Quizá el otro era de mentira, pero existía, vaya si existía, daba sentido a las cosas, tenías un lugar en él... ¿Y ahora? ¿Hay un país real que a veces tiene palmeras con cocos verdes y en otras tan sólo ciudades con enormes nubes negras que arrasan los cielos y rompen el récord del ozono? ¿Hay otros mexicanos que viven tu delirio, o has estado encerrado en sueño ajeno? Te acuerdas bien de la sorpresa que te produjo una frase escuchada en el concierto rockero en la Alameda, cuando uno de aquellos jóvenes peludos dijo hablándote a ti, no a los demás, que aullaban al ritmo: «Vas a despertar dentro de mis sueños», y te diste cuenta de que eso era posible, despertar en sueños ajenos y, si la suerte no te acompañaba, en pesadillas. Pero también te diste cuenta de que no importaba, siempre y cuando esos sueños fueran compartidos. Trataste de hablar con él después del concierto pero no pudiste superar la marea de jóvenes que te intuían como extranjero sospechoso, y te quedaste para siempre con la duda de si sabría algo que tú no sabías; de si aquellos jóvenes rockeros estaban atrapados en el mismo sueño que tú, en la misma ciudad-pesadilla de veinte millones de habitantes sonámbulos. Sólo queda entonces el territorio de la locura. Pero no hay locura sin ética, así como no hay locura sin sentido del humor, y puedes ser loco malo o loco bueno e incluso loco hijo-de-la-chingada, así como puedes ser loco ceñudo o loco sonriente. Loco autocomplaciente o loco castigado por la responsabilidad solidaria. Hasta ahí todo iba bien, ése no era el problema, sino el nuevo vacío, la sensación de que la pesadilla compartida a ti se te escapaba; designios misteriosos te dejaban fuera de ella. Comenzabas a moverte en el vacío. El país se te escapaba y se te escapa. Hubo unas elecciones fraudulentas, una crisis económica, una racha de enfermedades pulmonares, un aumento de los videoclubes, una revaloración de la música romántica, un montón de miedos nocturnos. De eso estabas consciente, pero en cierta manera sólo eran noticias, percepciones, historias de otros que no calaban en las emociones propias. ¿Qué te ocurría? ¿Acaso querías compartir el país de otros y lo ibas perdiendo? ¿De qué país hablabas? Del país ciudad, el México DF que lo totalizaba todo, la ciudad mutante, la zona de saqueo de los osos hormigueros. Ese país melaza que integra los corridos de Cuco Sánchez, los chistes de Pepito, las lánguidas tardes de lluvia sin arcoíris, los discursos de la modernidad priista que ocultan los puñales de obsidiana del eterno poder, los cineclubes con películas francesas de la nueva ola que ya dejó de serlo excepto para los ocho nostálgicos que las consumen, los supermercados abarrotados de chocolates gringos y hornos de microondas japoneses, la mirada de los muertos, la fija y maldita mirada de los muertos, que te reclaman que los estés dejando solos, que los contemples tú, superviviente. ¿Existe ese territorio de todos y de nadie? Existía… Lo recuerdas, estaba ahí, era familiar. Lo descubriste hace quince años y te quedaste en él. Y ahora, algo te está sacando, arrancando de ese país real, para arrojarte hacia otra cosa, para mandarte a la gran nada. Para rechingarte para siempre.

Por eso estás náufrago de miedos, no sólo no tienes el territorio habitual debajo de los pies, has perdido la identidad, te has quedado sin alma. Lo que te pasa ahora es la prolongación normal de esos otros desasosiegos, te van a matar porque te puedes morir; te van a matar porque la muerte es posible para un tipo que perdió el alma. Van a sacarte filo a los huesos porque el país-ciudad se te escapa, porque dejas de entenderlo, porque la realidad ya no te acompaña en su locura, porque las reglas ocultas se te van de las manos, porque ya no hay amores malditos, porque se te debilitan las pasiones.

Héctor Belascoarán Shayne, detective independiente, se tomó el cuerpo con las manos y se estrechó en un autoabrazo solitario, en la oscuridad lunar y la lluvia. «No contaban con mi astucia», se dijo, citando al Chapulín Colorado. Su reserva de frases absurdas era enorme. Ante la locura, la contralocura. Luego gritó un poco, para darle oxígeno a su cabeza, para agenciarse la vitalidad que necesitaba con el destino de lanzarse a la única realidad real, la única realidad de las realidades, la realidad inmediata y así dejar de temblar. Buscó sus pantalones vaqueros llenos de barro y los encontró detrás de unos arbustos. La chamarra estaba por ahí, a unos cuantos metros. En uno de los bolsillos tenía los cigarrillos. Encendió uno cubriéndolo cuidadosamente de la lluvia.

Fue a buscar la pistola que habían arrojado. Creía recordar que estaba cerca del río. La muerte era… Trató de encontrar la palabra. Insolente. La muerte era una pinche insolencia. Un descaro. Él era simplemente terco. Palabras sueltas. Ideas sencillas.

IX

No hay nada en que sea tan indispensable
la lógica como en la religión. El buen razonador
puede construirla como una ciencia exacta.
A mí me parece que nuestra certidumbre suprema
de la bondad de la Providencia está en las flores.

SHERLOCK HOLMES
(según Conan Doyle en *El tratado naval*)

—Ya lo encontré.

—¿Y qué pasó? —contestó el profesor Rivera quitándose el sudor provocado por el juego de frontón con una camiseta sucia que traía enrollada alrededor de la cintura.

—Que luego me encontraron a mí.

—¿Federales, judiciales del estado o los del pueblo?

—Alguien me dijo que federales, a mí me parecieron judiciales del estado.

—Pues estás vivo de puro pinche milagro.

Héctor no contestó. Había ido a la cárcel para pasar el rato, para saber otra vez por qué tenía que encontrar al muerto, por qué había que sacar al profesor Medardo Rivera del bote.

El patio estaba animado, no sólo con los eternos jugadores de frontón, sino también con una cascarita futbolera y un maestro acuclillado enseñando a leer a otros dos presos pelones.

—Ése que está jugando frontón con dificultades... —dijo Rivera señalando a un jugador manco que saltaba en el aire en ese momento para alcanzar la bola—, ...ése es el maestro Odilón, del pueblo del Veladero. Llevaba en un *jeep* a tres campesinos, venían pa'cá, a un trámite de despojo del bosque por las compañías madereras. Los judiciales los estaban esperando en una curva. A dos los mataron, a él y al otro los dejaron tirados sangrando. Odilón perdió el brazo. Luego lo detuvieron y lo acusaron de manejar en estado de ebriedad y de accidente por imprudencia. Aquí lleva dos años. Matías, el que está enseñando a leer, asesoraba a una comunidad zapoteca y lo tienen aquí acusado de haber envenenado los pozos de los ganaderos; a su hermana, que era también maestra, la mataron esos cuates torturándola. Ganó las últimas elecciones y ahora es presidente municipal y preso.

Levantó la mano y llamó a uno de los jugadores de fut:

—¡Profe Alatriste!

Un maestro barbudo y con lentes de miope que chorreaba sudor, se acercó renqueando.

—Alatriste, presente, en la lucha independiente —dijo coreando y luego sonriendo su propia broma. Una sonrisa triste.

—Aquí el detective quiere invitarle un trago, profe.

—Se lo agradezco, pero soy abstemio —dijo el profesor sonriendo.

—¿Le podrías decir al detective qué cargos tienes?

—Fabricar licor ilegalmente. El día que me llegaron a detener, ahí mismo traían las botellas de mezcal que me acusaban de fabricar, se las habían levantado de una piquera en el pueblo de al lado, ya ni las bajaron del camión, ¿pa' qué? En mi casa no encontraron ni una botella de cerveza vacía.

El profe se retiró, mantenía la sonrisa.

—Estás vivo de churro, aquí es la pura pinche barbarie.

—Bueno, pues ya lo encontré —dijo Héctor.

—¿Y ahora qué vas a hacer? —contestó Rivera robándole un cigarrillo.

—Se lo voy a llevar a tu abogada.

Rivera sonrió.

—¿Leíste un cuento de Sherlock que se llama «El misterio del bosque de piedra»?

Héctor negó y se sentó en el suelo.

—Todos le dicen a Holmes que el enigma es perfecto, que la solución es imposible… Llega una viuda que quiere lavar el honor del pinche marido, que ajusticiaron por andar ahorcando niñas en un bosque cerca de su pinche rancho, un bosque lleno de puras pinches piedras. Ella sabe que el asesino es otro pendejo médico loco que acaba de volver de Arabia y que vive en un puto castillo que le heredó un mayate amigo de él. Pero el médico loco estaba esa noche durmiendo con hipnóticos opiáceos, no cafiaspirinas ni mejoralitos, somníferos de a deveras, de novela, que le daba su sirviente, y además en un cuarto cerrado por fuera, porque le pidió al mayordomo que lo encerrara, y además en un piso cinco, y sin árboles para descolgarse, y además con el mayordomo haciendo guardia por si tenía gachas pesadillas, y el bosque de piedra estaba como a seis kilómetros de cerro pelón, y además estaban los campesinos por ahí de cacería con perros que andaban detrás de un lobo…

—¿Y entonces? —preguntó el detective.

—Pues el problema era, ¿cómo le hizo el médico loco para cepillarse a la adolescente? Pa' mí que lo que pasaba es que el destripaquinceañeras era el mayordomo, y que el médico loco era la pura cobertura del degenerado ese que se merecía ser presidente municipal priista, pero Conan Doyle insiste en echarle la culpa al otro pendejo, por terquedad. Lo que es esto de las manías intergremiales.

—¿Y luego?

—No, nada, que la solución es imposible. La de Sherlock Holmes es una mamada que el Conan Doyle se saca del pinche bolsillo con tal de fumigarse al doctor —concluyó Medardo Rivera.

—¿Y entonces? —preguntó Héctor esperando la moraleja.

—No, nada. Ahí cada cual que saque sus conclusiones. La mía es que no le confío ni tantito al racionalismo —dijo el profesor Rivera, encarcelado por haber asesinado a un muerto que estaba vivo.

X

*Como regla, cuanto más absurda parezca una
cosa, lo menos misteriosa prueba ser al final.*

SHERLOCK HOLMES
(según Conan Doyle en *La liga de los pelirrojos*)

Héctor recogió algunos billetes que su hermano le había enviado en un
giro y se los metió en el bolsillo al descuido. La oficina de telégrafos estaba en una plaza llena de enormes laureles cubiertos de grajos y gorriones.
Los pájaros producían una contenida algarabía, ajena a la soledad de la
placita. El detective se quedó un rato dándole vueltas al parque. Se tomó
una nieve de guanábana.

Horas después contó los billetes sentado en la cama del cuarto que al-
quilaba en la pensión de San Andrés. Por la ventana veía nuevos laureles:
frondosos, susurrando con la brisa.

Tenía que elegir entre el día o la noche. Tenía que elegir entre la planifica-
ción o la sorpresa. Tenía que optar entre el plan y el absurdo. Pero ésas eran
elecciones secundarias, posteriores a la decisión inicial, ya tomada mirando
los árboles y tratando de descubrir a los pájaros ocultos entre las ramas y que
sólo expresaban su presencia por las huellas de cagadas a la mitad de la banqueta, enfrente de la pensión. Bárcenas era suyo. Ni siquiera se iba a estar
escondiendo. ¿Escondiendo de qué? ¿De un detective tuerto que había sido
desnudado, humillado, puesto al borde de la muerte en la orilla del río?

Tenía que elegir entre el portón y las azoteas. Escoger la noche. Tenía
que ir de frente o de lado. Pero ésos eran los cómos. O sea, las partes fáciles de una historia. Ya sabía, estaba seguro. Y sabía también que lo haría
solo. Sin ayuda. Sin apelar a los posibles aliados que el pueblo sin duda
había mantenido ocultos pero que deberían estar por ahí, esperando la petición de auxilio, la convocatoria.

Sabiendo todo eso, Héctor Belascoarán Shayne, secuestrador en potencia de un difunto, se fue a dormir a media tarde, y así, sin quererlo, eligió la noche como territorio de sus posibles futuras hazañas. La siesta no
pasó de modorra y cabeceos: voces de mujeres, aleteos de pájaros cerca de

la ventana, unos niños jugando al futbol, insistían en meterse en su sueño y no dejarlo fraguarse del todo. El calor fue humedeciendo el cuerpo, haciendo pegajosas las sábanas, arrugando la almohada.

Estaban tan seguros que ni siquiera le habían colocado a un municipal enfrente de la pensión, pensó Héctor saliendo a la noche y encendiendo un Delicado con filtro que paladeó gozosamente. Las calles del pueblo estaban solitarias. Se desvió por veredas y le ladraron los perros. Fue a dar a la cañada. Se recostó en un pino viejo y contempló la parte trasera de la casa de Bárcenas.

Fumó un segundo cigarrillo sin miedo a que la débil lumbre lo delatara. Del caserón, mezclados con voces chillonas, salían canciones de José José, baladas de Juan Gabriel, viejos boleros engoladamente cantados por Carlos Lico. Bárcenas y su viuda estaban de fiesta. Fiesta ruidosa, a lo mejor más para él y para el pueblo que para los festejantes. Quizá sólo Bárcenas y la viuda se contemplaban en medio de la música, la una queriéndose viuda de verdad, el otro ansioso de poder escapar de su propia fiesta para irse de putas.

Un viejo Ford negro dio vuelta a la casa, las luces se elevaron en una lomita iluminando la fronda de los árboles. Después de todo no se habían ido, era un coche que estaba tuerto de las luces largas, como él. Un coche reconocido porque Héctor le había disparado la noche anterior.

Dos en un coche alrededor de la casa. ¿Cuántos dentro? Por las voces que había oído cuando intentaron matarlo, podían ser por lo menos otros dos. Fumó un segundo cigarrillo y luego regresó a la pensión. Todavía no estaba listo. Por el camino, gozando de la brisa nocturna, analizó la situación. No podrían tener a Bárcenas permanentemente custodiado. Tampoco podían tenerlo muy visible. Obviamente el siguiente paso era sacarlo del pueblo, llevarlo hacia otra parte, desaparecerlo temporalmente. Volver a la normalidad donde lo normal-normal sería que el muerto estuviera muerto y Medardo Rivera encarcelado. O sea que el primer paso era quitar presión al asunto, quitar de enfrente al detective del DF que andaba por ahí mirando: dejarlos sentir que la calma dominaba el ambiente de nuevo. Que Wyatt Earp había abandonado Dodge City. Desaparecerse. Cerca, no demasiado lejos.

Antes de mal dormirse ojeó la libreta de direcciones que había armado en el DF horas antes de meterse en esta historia.

—Los antropólogos son los nuevos brujos de las comunidades —le dijo su amigo Luis Hernández echándose el escaso pelo hacia atrás—. Además, son los que se saben los chismes, todos los pinches chismes.

Estaban tomando el sol y fumando. El sol picajoso, que raspaba la piel, sentados sobre un tronco, en las afueras de Guillermo Prieto, Chiapas, una nueva comunidad cafetalera a un par de horas de San Andrés.

—Viajamos en combis destartaladas por los caminos y oímos historias, ponemos cara de gringo pendejo y escuchamos historias. Antes no las contábamos, sino que las escondíamos en cuadernitos, para hacer la tesis de doctorado... Ahora que ya a nadie le interesa hacer un doctorado, las contamos de pueblo en pueblo. Somos los buhoneros de la neoinformación.

Héctor asintió y le ofreció un nuevo cigarrillo al Hernández, que negó con un gesto y sacó del morral una cerveza fría. ¿Cómo le hacía para tenerlas frías? ¿Traía un refri portátil en la mochilita? Belascoarán había acudido allí porque no sabía en dónde meterse y no quería alejarse demasiado de San Andrés. Había hecho una salida escénica precisa del pueblo maldito, a mitad de la mañana, empacando en su camioneta rentada sus libros y su bolsa de mano, cargando gasolina en las afueras del pueblo, casi diciendo adiós a gritos cuando la calle se volvía carretera.

—Bárcenas es parte de la red electoral de estos güeyes. También es el dueño de las borracheras. ¿No es simbólico? —se rio su amigo—. No hay una relación única. El cacicazgo es una estructura polivalente: económica, política, pedera, policiaca...

El antropólogo Hernández botó la corcholata de su cerveza con una navaja suiza y esperó la pregunta.

—¿En qué otras cosas anda Bárcenas? ¿Por qué lo cuidan los judiciales del estado? ¿De dónde saca su amistad con el jefe de los judas?

—En lo que caiga, es una relación polivalente. ¿No te dije? Estás a la sombra del estado, que es el partido, que es la ley, que es el cacicazgo, que es el poder. Vendes cerveza para la fiesta del presidente municipal y se la facturas al Pronasol como llaves de perico; vendes llaves de perico al Conalep pero las llaves nunca llegan aunque te firmaron de recibido, y se convierten como por magia en cervezas gratis. Como verás hay todo un arte de convertir chelas en llaves stilson. Traficas chamaquitas indígenas de quince años para prostíbulos de Veracruz o te dedicas a comprar camionetas robadas en Oaxaca y pasarlas para Guatemala, para que algún militar allá les ponga placas nuevas. ¿Qué importa? Eres ahijado del diputado federal y compadre del comisario ejidal. No hay ley, no hay fronteras, no hay oficio. El poder es un oficio.

Héctor se rascó la frente, el sol le estaba dejando una raya en la frontera con la gorra de beisbolista que había sacado de su bolsa de viaje. Era como la línea de sombra que se producía en la frente del personaje que usaba salacot en las historias de Holmes-Medardo Rivera.

—¿Y luego? —preguntó.

No era un problema de moral pública, un curso de rectificación que al final arroja la conclusión de que uno sigue en el lado correcto. Él, lo que necesitaba era una fisura en la red que protegía a Bárcenas, un agujerito.

—Se ve que no le sirve para nada lo que le estoy contando. Vámonos a comer, y mientras nos echamos unos tacos de cecina, le cuento a qué cantinas de qué pueblos va Bárcenas seguido, porque les surte cantidades importantes de cerveza y algo de mariguana. ¿Eso le gusta más?

Héctor asintió. Comenzaba a tenerle más respeto a la antropología.

Héctor entró en el baño de caballeros de la cantina La Quemosa en el pueblo de Trinidad de Juárez y esperó. Nunca había meado tanto en los últimos años. Se distrajo leyendo los recados obscenos en la pared. No había nada original, nada nuevo. En ese pueblo la gente repetía las invitaciones a irse a la chingada que estaban de moda en el pueblo de al lado.

Belascoarán salió del baño y pidió en la barra una Pepsi con limón. El cantinero lo miró indignado, cliente pinche que no tomaba ron en las cubas libres. Héctor ya ni le hizo caso. A fuerza de repetir los gustos había perdido el pequeño resabio de pudor que le quedaba de andar de abstemio en una cantina. Llevaba once días a la espera de Bárcenas, y empezaba a estar totalmente convencido de que los tips del antropólogo no servían para un carajo. Ni siquiera habían sido días útiles. No había gozado los ambientes, no se había dejado colgar de las barras oyendo la música en las rocolas y paladeando los sabores de ser mexicano huevón y los sinsabores de los que se emborrachaban a morir a su lado. No se había involucrado en ninguna bronca, no había sido confesor, ni se había confesado en medio de lágrimas y tequila. La obsesiva espera lo había vuelto un mueble con antenas. Belascoarán no estaba contento consigo mismo. Y así no estaba, ni dejaba de estarlo, cuando Bárcenas cruzó la puerta y a él apenas le dio tiempo de meterse en el baño del que acababa de salir. Mientras controlaba los latidos del corazón trató de reconstruir la fugaz imagen de la entrada del ex difunto chaparro. Por más que trataba no podía captar si había visto a alguien más con él en la puerta de la cantina. ¿Salir de una buena vez o esperar? ¿Y si Bárcenas estaba acompañado? ¿Y si no meaba?

Bárcenas mismo lo sacó de la duda, con el pito en la mano y sonriendo, gozando la futura meada. Héctor le devolvió la sonrisa y la de Bárcenas se cortó como leche agria.

Trató de correr hacia la puerta, pero Héctor le dio una patada en la espinilla. Cojeando y protegiéndose las partes nobles, Bárcenas se fue sobre un lavabo. Héctor sacó la .45 y cortó cartucho.

—¿Vienes solo? Mejor me lo dices, mano, porque si salimos juntos, yo con ésta en la mano, y tienes unos cuates armados allí afuera, se va a armar una pinche balacera de aquellas y contigo en medio.

—Nomás viene uno, un amigo.

—¿Y anda calzado?

Bárcenas asintió cerrándose la bragueta.

Héctor le señaló con la pistola la ventana del baño, una pequeña grieta con los vidrios rotos arriba del lavabo.

—No vamos a caber —dijo Bárcenas.

—Pero vamos a tratar, para que no se diga.

—Éste es el difunto —afirmó Belascoarán Shayne, detective triunfante, a una somnolienta Marisela Calderón, abogada en camiseta, que se frotaba los ojos sosteniendo la puerta del cuarto 307 del Hotel Galaxy en la capital del estado. Cuando ella logró fijar la mirada, Héctor se hizo a un lado para permitir que el reaparecido Guadalupe Bárcenas se mostrara. El tipo estaba fumando un cigarrillo en la puerta del elevador, con la cadena de bicicleta y el candado anclando su mano derecha a la izquierda del detective.

El detective bostezaba. Marisela se hizo a un lado para permitirle entrar en el cuarto.

—¿Es éste el señor Bárcenas? —preguntó tratando de espantar el sueño y taparse un poco más.

—Bárcenas, para servirla —comentó muy propio el encadenado distribuidor de cervezas ex difunto.

Héctor avanzó, tropezando con una mochila que estaba en el suelo hasta llegar al baño. Ante el espejo, contempló un rostro dominado por la palidez y las ojeras. Abrió la llave y se echó agua en la cara.

—Cierre la puerta, licenciada, no se le vaya a escapar el muerto, que me costó trabajo traerlo hasta aquí —dijo regresando del baño.

Marisela observó atentamente al tipo. Le dio una vuelta midiéndolo. Luego sentenció:

—Éste no es Bárcenas.

Héctor la contempló, tratando de descubrir la broma.

—¿Cómo lo sabes?

Bárcenas, el que ahora no era Bárcenas, sonreía.

—Porque lo conozco. Éste es Ramón Bárcenas, el hermano, el que llevaba la acusación de la muerte de Guadalupe Bárcenas contra Medardo. Lo vi en el juicio un montón de veces. Se parece a las fotos del otro, pero el otro hermano debe ser más chaparro.

—Y más viejo, señorita, dos años más viejo, y monta a caballo de la chingada, el muy pendejo, y le faltan muelas que yo tengo completas —dijo el Bárcenas que nunca había estado difunto.

—Mierda —dijo Héctor.

—¿Qué se siente andar secuestrando a un cristiano? —le preguntó

Bárcenas a Belascoarán, y luego abandonó el pasillo, entró en el cuarto y se dejó caer en la cama.

—De la chingada —respondió Héctor secándose el rostro con la manga de la camisa—. De la vil chingada... ¿Y usted por qué me amenazó en el baile?

—Porque se me dio la gana. ¿Para qué andaba persiguiendo a mi hermano?, ya ni difunto lo dejan estar.

—¿Y dónde está el otro, el Bárcenas de a deveras?

—Ese güey se murió, en un accidente. Por andar pedo, se estrelló en la carretera... No, deje ver, lo mató un profesor de primaria alborotador, que se llama Medardo algo. Medardo la dona...

Bárcenas comenzó a reírse a carcajadas.

—Lo engañaron, detective —dijo Marisela.

Héctor miró a Bárcenas que seguía riéndose y le sonrió. Tenía su humor la cosa.

XI

*En realidad los elefantes no tienen la
importancia que nosotros les dimos antes.*

Renato Leduc

Ramón Bárcenas y Héctor Belascoarán Shayne se bajaron del camión en
San Andrés provocando algunas miradas de reojo. Luego, muy ceremoniosos, se despidieron con un gesto.

—Más suerte pa' la próxima, amigo —dijo ceremoniosamente Bárcenas II—. Que conste que no lo voy a denunciar por el pinche secuestro que
me hizo. Ahí que muera. Hasta fue divertido...

Héctor se fue caminando. Rutas conocidas ya: la iglesia, la plaza del
ayuntamiento, el laurel mocho con el tronco caído, las cantinas paralelas que se llamaban mutuamente La Hermana y La Hermana de Enfrente, la primaria federal Hermanos Galeana, la casa de Bárcenas. Al llegar
ante ella, se detuvo y tocó la puerta. Una niña indígena descalza le abrió la
puerta, lo miró atentamente y se asustó.

—Quiero hablar con la viuda.

La niña se retiró azorada. Héctor encendió un cigarrillo y contempló
la calle desierta. Un carraspeo a sus espaldas lo devolvió al corazón de la
historia. La mujer vestía rigurosamente de negro y estaba envarada, la mirada huidiza, mezquina.

—Dígale a su marido que lo voy a esperar aquí afuera. El tiempo que
haga falta —dijo Héctor. Y sin esperar la respuesta le dio la espalda y se
fue caminando con toda la calma que había podido penosamente arraci-
mar durante aquellos últimos días. Cruzó la calle y se sentó en la banqueta. Ahí siguió fumando. La mujer lo miró irse, contempló el viaje cansino
del detective y luego cerró el portón de un golpe seco.

Al atardecer llegaron dos o tres adolescentes y se sentaron en la banqueta cerca del detective. Poco después apareció José Independiente Mondragón.

—Te van a matar, menso —le dijo el adolescente a Belascoarán en un
susurro.

—Culpa tuya, güey, me pusiste detrás del que no era.

—Yo no fui. En el baile estaban los dos hermanos, ¿qué culpa tengo yo de que te hicieran pendejo? De que creyeras que uno era otro. ¿Qué, no traías foto?

—Consígueme un refresco y estamos en paz —dijo Héctor poniéndole en la palma de la mano una moneda de mil pesos.

Al anochecer una vieja vino con una silla y se sentó cerca de Héctor, contemplando también la casa de los Bárcenas. Cuando empezó a llover la vieja desapareció durante quince minutos sólo para regresar armada de un paraguas.

La lluvia no duró más de una hora. Luego volvió el calor levantando nubecitas de vapor del asfalto.

Héctor durmió un rato apoyado en la pared. Los adolescentes fueron por mantas y durmieron en el quicio de una puerta, sobre cartones de cajas de cerveza.

Al amanecer llegaron seis o siete indígenas con sus machetes colgando del cinto. Miraron a Belascoarán con curiosidad, verificando tan sólo su presencia. Héctor les dirigió una sonrisa.

La casa había permanecido toda la noche con las luces encendidas. De vez en cuando se movían levemente las cortinas de la sala. Héctor adivinó entre los visillos blancos el rostro agrio de la viuda que no lo era.

El sol mañanero picaba fuerte y Héctor pidió a José Independiente Mondragón que le consiguiera un sombrero. El adolescente llegó poco después con un sombrero de palma de alas anchas. Héctor pidió permiso para orinar en una casa vecina. A mediodía apareció la mujer de los tacos que lo había recibido una semana antes al llegar al pueblo. Héctor invitó a comer a campesinos y adolescentes. La vieja que estaba en la silla había traído unos tamales. Luego, un poco más tarde, como a las cinco, llegaron en bola, bromeando, carcajeando, medio centenar de obreros de la fábrica de hielo, un vendedor de globos, los maestros de la secundaria. Uno, el menos tímido, se acercó a Belascoarán y le palmeó la espalda. Luego, arribaron como ciento cincuenta de sus alumnos. La congregación tenía además algunos mirones: un puestero con una tienda de tacos de carnitas adosada al frente de la bicicleta, un vendedor de leña y media docena de niñas.

Cuando la luz comenzó a ceder, llenando el horizonte de nubes color rosa mexicano, apareció el Ford Falcon tuerto en la esquina. Héctor se tocó el lugar del corazón, donde cubierta por la chamarra traía la .45 en su funda. La certeza no le produjo seguridad. Del automóvil bajó un solo hombre que el detective reconoció sin dudas, y asoció a la sombra, a la voz de mando de los que habían intentado matarlo. A lo mejor no era, pero si no era, para Belascoarán sí era. De esos materiales inexactos se hacen las certezas. El tipo, contoneándose, llegó hasta la puerta de la casa y tocó usando la enorme aldaba. Esta vez no abrió la viuda, sino un Bárcenas nuevo, el verdadero, el difunto real que no lo era. Se parecía enormemente a su hermano, sólo que más urbano, más seco, un poco más chaparro. Vestía un traje negro, con corbata de lazo, como si estuviera de luto por sí mismo. Judicial y difunto cambiaron un par de palabras y muchos gestos. Héctor comenzó a ponerse de pie. Sacó un nuevo cigarrillo y lo encendió paladeando golosamente el primer toque. Se rio.

—¿De qué te ríes, detective? —preguntó José Independiente Mondragón, celoso escudero.

—Me acordé de una canción.

—Así nomás.

—Dice: «Chinga tu madre, dijo un enano, chinga la tuya y estamos a mano».

—¿Y qué? ¿Qué sacas de eso?

—No, nada... O bueno, algo: hasta con los enanos hay que emparejar las cuentas.

Bárcenas y el judicial avanzaban hacia él.

Éste sí era igualito a la foto. Por las dudas Héctor sacó la fotografía y comparó. Sí. No era cosa de que hubiera tres hermanos. Desde luego no era el falso, el Ramón.

Bárcenas comenzó a gritar antes de cruzar la calle. El rostro se le enrojecía.

—...reputa madre, ¿qué me quiere? ¡Yo qué rechingaos...!

—Te vamos a matar, culero —dijo el policía judicial.

—¿Tú y cuántos más, pendejo? —contestó Héctor recordando el desplante, las frases rituales que se usaban en la secundaria. Recordando también, como en un *flash*, que en la secundaria solía perder las peleas, salir de los enfrentamientos con la boca sangrante.

El policía se mordió los labios. Luego le dio una palmada a Bárcenas y se dirigió hacia el Ford. Bárcenas siguió gritando incoherente:

—¿No entiende que aquí no puede hacer nada? Aquí mandamos nosotros.

Héctor contempló con el rabillo del ojo al judicial que se había alejado como treinta pasos, sacó de su pequeña mochila la cadena de bicicleta que ya había usado anteriormente y un candado y se los pasó a José Independiente. Bárcenas ni siquiera se dio cuenta.

—La ley son estos amigos míos. Aquí...

Héctor sacó la pistola y se la puso entre los ojos. Bárcenas dejó de gritar.

—Señor Bárcenas, nos vamos —dijo Belascoarán consciente de que los observadores estaban atentos a sus actos. Y le dio un cachazo. Bárcenas movió las manos con un aspaviento dándole un golpe en la boca mientras se desmoronaba. Héctor sintió cómo la sangre brotaba por los labios rotos, tomó la cadena de bicicleta, la pasó por los brazos del desvanecido y le puso el candado. Se echó a Bárcenas sobre los hombros y comenzó a correr hacia el otro lado de la calle. La multitud se cerró a sus espaldas. Por los gritos adivinó que los judiciales estaban reaccionando. Al llegar a la esquina detuvo una *pick-up* cargada de verduras y echó a Bárcenas como un fardo sobre lechugas y calabazas. Luego saltó al asiento delantero. Con un gesto señaló la salida del pueblo al aterrorizado chofer. A sus espaldas se oían gritos y claxonazos, luego disparos. Esperaba que al aire. La multitud seguía bloqueando la calle. Algunos corrían. No pudo ver más.

XII

Y siempre el miedo a los perros, a los cuchillos,
en las largas y frías noches bajo una luna enemiga.

SHEILA FINCH

Cuando amorosamente y con ánimo meteorológico se está mirando hacia el cielo, lo menos que se espera es que un cuerpo caiga encima de uno desde las alturas. De cualquier manera, se tiene la ventaja de que el cuerpo se ve venir y no es como la maceta o el ladrillo inesperado.

El tipo cayó desde el segundo piso del hotel justo cuando Héctor salía por la puerta abanicándose con un periódico, buscando una nube bienhechora y tratando de encender un cigarrillo al mismo tiempo. Con el cuerpo, que se dio un tremendo costalazo, cayó la escopeta. Un trapecista fracasado, un pájaro nalgón y torpe con guayabera azul y sin la gracia del vuelo. Héctor miraba hacia arriba cuando lo vio resbalarse. Quizá la mirada del detective había sorprendido al tipo que se estaba acomodando y se resbaló del susto, quizá un pájaro salvador lo había atacado o un reborde suelto del muro.

El caso es que el detective no sólo saltó a un lado para evitar el impacto; también y de inmediato, contempló otras posibles fuentes de agresión que vinieran por la soleada calle.

Sólo silencio. La calle estaba vacía bajo el justiciero sol de las doce de la mañana. Vacía y brillante, llena de luz reflejada en las paredes blancas, en el asfalto roto por raíces de árboles potentes, en el latón brillante de los botes de basura, en los anuncios chillones del cine que advertían el estreno de *Tiburón 3*.

Repasó ambos lados y, guardando la espalda contra la pared del hotel, por primera vez le dirigió una atenta mirada al hombre que había caído frente a él y que se quejaba despacito. Al lado del hombre estaba la escopeta.

—Por tu madrecita santa, una ambulancia, mano —dijo el gordo de la guayabera azul que se había roto media madre al caer desde el segundo piso del hotel. La cabeza le sangraba de mala manera y una pierna estaba sin duda rota, en una posición antinatural.

—¿Y tú de dónde saliste, mano? —preguntó Héctor.

—De arriba, de arriba.

—¿Y esa escopeta?

—No, pues quién sabe... Una ambulancia, amigo.

—Ahorita mismo —dijo Héctor y volvió a entrar en el hotel. Bárcenas estaba esposado al lavabo de loza intentándose rascar el brazo izquierdo.

—Vámonos —dijo Héctor interrumpiendo las contorsiones.

—¿Y ahora qué pasa?

—Nada, que vuelan cabrones con escopetas de los techos.

—Ya ve, lo van a matar.

—Se me hace que al que quieren matar es a usted, porque al fin ya está muerto. Yo que usted colaboraba y le echaba velocidad... Quiero salir por la lavandería de atrás.

Bárcenas alzó los hombros, acostumbrado a los movimientos bruscos en su relación con el detective. Héctor abrió la puerta y sacó la .45 de la funda sobaquera. Pasó el cartucho a la recámara. El pasillo del hotel estaba desierto. Había algunas botellas en las puertas de los cuartos, puestas ahí para que las huellas de la borrachera se espantaran y poderla empezar de nuevo sin culpas. Héctor tiró de la cadena de bicicleta y arrastró a Bárcenas. Bajaron hasta el primer piso y ahí el detective usó la escalera posterior que daba a una lavandería en la parte de atrás del hotel. Cruzaron ante una mujer que planchaba y que ni siquiera levantó la vista.

—¿Y en qué nos vamos a ir de aquí? —dijo Bárcenas—. Ni tienes carro.

—Vamos a caminar hasta las afueras del pueblo. Y luego ya veremos.

—¿Así? —preguntó Bárcenas mostrando sus manos amarradas.

—No se me ocurre de otra manera.

Héctor se asomó al callejón. Estaba vacío. Tiró de Bárcenas y éste avanzó renqueando. Héctor detuvo con un gesto un taxi que pasaba por la esquina. El taxista los miró raro, dudando.

—Es para un programa de televisión —dijo Belascoarán muy serio. El taxista dudó y Héctor aprovechó para subirse al coche empujando a Bárcenas. Cuando el coche arrancaba, de la lavandería salió una figura conocida, el agente renco de voz aflautada que Héctor había visto a lo lejos en el baile cuando encontró por primera vez al Bárcenas falso. El renco alzó la escopeta y soltó los dos disparos sin apuntar. El vidrio trasero del taxi se deshizo. Una esquirla le cortó la ceja al detective sobre el ojo muerto. El chofer dejó de dudar y salió chirriando llantas.

¿Dónde seguirse escondiendo? Pueblos alrededor de la capital, hoteles de mala muerte, de tercera, segunda y primera. La sensación de que todo era terreno pantanoso y nada más. El calor, el bochorno. El tipo este, que rumiaba historias incomprensibles y amenazas.

La imposibilidad de meterse tranquilo en una lonchería con un tipo encadenado. Ya México no era lo que había sido, el absurdo tenía límites. Había que esconderlo de afanadoras, llevarle desayunos. Transportarlo ante las miradas sospechosas. Mantenerlo vivo, al muerto, pues.

Iba dejando huellas de automóviles rentados, taxistas con el vidrio roto. Iba dejando rastros: un tipo mal afeitado con otro amarrado con una cadena de bicicleta. Se las ponía fácil.

Mientras se restañaba la sangre de la ceja con una toalla, Belascoarán pensó que hasta la suerte de los locos tenía límites. Bárcenas, encadenado a la puerta de un clóset lo miraba hosco.

—¿Y usted por qué se dejó morir?

—Por pendejo, porque le debía seis millones de pesos al jefe de la judicial del estado. Por andar pidiendo dinero prestado.

—¿Namás por eso?

—A huevo. ¿Usted cree que uno hace favores de éstos a lo güey? Yo estaba pedo y le debía seis millones de pesos a Ricardo Berlanga. Y pedos los dos, llega un día y me dice: «Hágame un favor, Lupe». Y yo le digo: «Para mandar, comandante». Y él me dice: «Estése muerto unos meses, no mucho, unos seis meses». Y yo le digo: «No faltaba más» y hasta me reí, de pedo que estaba; me hizo gracia lo de morirme seis meses. Nada, puras pendejadas de briago.

Héctor contempló bajo estas nuevas luces a su prisionero, amarrado como taco al pie de la cama con seis o siete metros de cuerda para persianas, se compadeció de él y le ofreció un cigarrillo encendido. El otro adelantó la mandíbula para tomarlo entre los dientes y agradeció con la cabeza.

Estaban en algún lugar en la costa oaxaqueña. Una urbanización con cabañitas y bungalows apoyados en el Pacífico. Héctor tenía sueño. Dormía mal con el muerto al lado. El difunto le recordaba otras muertes privadas, personales, enterradas en el final del arcoíris de la memoria. Se las traía a flote. El clima lo invitaba a fumar puros, pero ni tenía ni le gustaban. ¿Qué estaba esperando la abogada? ¿A tener dos muertos de verdad en lugar de uno de mentiras?

Poner cara de bobo y dejar que el paisaje bajo los pies retornara, no era lo suyo.

Héctor caminó hasta el teléfono y pidió una larga distancia con el DF. Mantuvo con la abogada una conversación sin exceso de palabras, como de agente secreto de películas de los sesenta.

—¿Ahora sí? ¿Estás segura? No, yo sí estoy seguro, éste es el bueno.

Luego, colgó.

XIII

Tu país en esta historia llena de tu país.
Variaciones sobre una línea del poeta.
                                    JUAN GELMAN

Cada vez que se presentaba un nuevo grupo la multitud aullaba. Héctor nunca hubiera supuesto que los marimberos tenían *grupis*. Fans organizados de la Marimba Aires del Suroeste, adoradores activos de las Maderas de Campeche, grupos de choque adictos a la Marimba Brisas del Golfo, recontrafans de Sonidos Mágicos del Caribe. Ni sólo sabiendo que no se sabe nada...

El Teatro Principal estaba a rebosar; además de los fans, había un millar de estudiantes de secundaria con variados uniformes y, en las primeras filas, los cuadros de la clase política. Héctor estudió los pasillos de acceso, el central y el izquierdo; el derecho estaba bloqueado por los técnicos de sonido. Localizó a los guardaespaldas y los policías. Bultos en la cadera, sacos deportivos cuando el día no obligaba más que a la uniforme guayabera. Si no tuviera que cumplir una misión, el detective tuerto hubiera gozado el Primer Concurso Nacional de Marimbas con opción para los tres ganadores de una fugaz aparición en televisión y un pase mágico con viaje en camión con aire acondicionado, a las semifinales a celebrarse en Guatemala, y la final en Veracruz dentro de tres meses.

¿Ahora?, ¿en el intermedio?, ¿al final?

Optó por darle prisa al asunto. Caminó hasta el *hall* del teatro perseguido por el repique de las marimbas y se detuvo ante la puerta de un clóset de limpieza donde había dejado a Guadalupe Bárcenas encadenado. En la entrada, fiel, estaba la abogada fumándose un cigarrillo.

—¿Cómo la ve?

—Ahora es tan buen momento como cualquiera, y mejor ahora que al final —dijo Héctor secándose el sudor de la frente con la manga de la camisa.

Héctor entró en el cuarto de limpieza y observó un desolado Bárcenas encadenado a un tubo de ventilación entre escobas y mechudos.

—¿Qué pedo?, ¿pa' largo?

Sin responder, el detective abrió el candado y tiró de Bárcenas; el contrahecho personaje quedó momentáneamente cegado al salir al *hall*. La música de las marimbas los golpeó de lleno.

La licenciada abrió el paso deslizándose por el pasillo central, seguida por Héctor que arrastraba tras de sí a Bárcenas.

Cuando casi arribaban a la tercera fila, dos policías de la secreta se interpusieron.

—Aquí tengo al muerto, señor gobernador —gritó teatral la licenciada Calderón.

Un par de periodistas se acercaron, tras ellos, dos fotógrafos que comenzaron a tomar fotos de Bárcenas. El gobernador levantó la vista buscando el origen del ruido.

—Señor gobernador, aquí está el muerto —repitió Marisela Calderón Galván.

El gobernador pareció salir del ensueño marimbero e hizo una señal para que los guaruras no intervinieran. Marisela aprovechó para acercarse, pisando a la esposa del director estatal de la Conasupo y aplastando una bolsa llena de mangos, que tenía a sus pies la prima del director regional de Turismo, mientras cruzaba entre los asientos. La música no cesaba. Nada podía impedir que las marimbas triunfantes y wagnerianas compitieran por el premio que llevaría a la gloria chapina o jarocha a los ejecutantes.

—Éste es el hombre que decían que estaba muerto, el que decían que mató Medardo Rivera —dijo la licenciada señalando a un envarado Lupe Bárcenas, que era impulsado por Belascoarán hacia el centro del pequeño tumulto.

—¿Usted cómo se llama? —preguntó el gobernador.

—Guadalupe Bárcenas, señor gobernador —musitó el otro desde el pasillo.

El secretario de gobierno apareció tratando de llevarse a Marisela. El gobernador se puso de pie y salió al corredor. Entre empujones se formó una nueva comitiva que abandonó el teatro ascendiendo por la rampa del pasillo principal.

Al salir al *hall* el secretario de gobierno se había colocado al lado del gobernador y cuchicheaba.

—Señor gobernador, espero que usted tenga una sola palabra y que cumpla sus promesas —dijo Marisela enrojecida. Un policía la empujaba.

—Yo sólo tengo una palabra —dijo el gobernador.

—Señor, no sería conveniente… —sugirió el secretario de gobierno.

—Le entrego a Bárcenas, fírmeme una orden ejecutiva para sacar de la cárcel a Rivera.

—Procederemos con los trámites de acuerdo con las relaciones entre el poder Ejecutivo y el Judicial.

—Ahora, señor gobernador, ni un minuto más. Han tenido tres meses en la cárcel a un hombre acusado de un asesinato que no existió —dijo Marisela sacando del morral un documento medio ajado. El gobernador ojeó el texto. Belascoarán contempló al gobernador. Guadalupe Bárcenas los miró a todos. A sus espaldas un mural bastante mediocre mostraba a fray Bartolomé de las Casas liberando de cadenas a los indígenas ante la mirada iracunda de un conquistador.

—¿Es éste el señor Bárcenas? —preguntó el gobernador a su secretario de gobierno.

—Eso creo —contestó el aludido. Los periodistas estaban llegando. Se les veía venir moviendo sus cuadernitos de taquigrafía y aprestando sus cámaras.

El gobernador firmó el papel. Héctor le entregó la cadena de bicicleta al secretario de gobierno, que la tomó con dos dedos, como haciéndole ascos a la inexistente grasa. Marisela se apoderó del papel y tomando al detective de la mano tiró de él hacia la salida.

Bajaban las escalinatas corriendo cuando el secretario de gobierno los alcanzó.

—¿Sabe qué, lic? —le dijo a Marisela—. Con todo respeto, no tiene usted madre. Pero lo que se dice no tener madre; se aprovecha de que el *góber* es un pendejo.

Belascoarán se llevó la mano a la bolsa y sacó una paleta de caramelo rellena de chicle. Lo mismo podía haber sacado su pistola, el tipo no le inspiraba la más mínima simpatía. Comenzó a chupar la paleta divertido.

—Abusa usted de que el *góber* es un pendejo para hacernos esto —insistió el secretario de gobierno.

Marisela, como si no hubiera escuchado, continuó arrastrando a Héctor hacia el estacionamiento en el que terminaba la escalinata del Teatro Principal, ondeando en la otra mano el papel que daría la libertad a Rivera. De repente se frenó y, como si se hubiera convertido en un personaje de película, en cámara lenta giró la cabeza para dirigirse al secretario general de gobierno, que se había quedado detenido a mitad de la escalinata de piedras rojizas.

—¿Conque el *góber* es un pendejo, eh? ¿Por qué no va y se lo dice a él? —gritó la licenciada Marisela Calderón sonriendo con sus maravillosos ojos verdes.

ADIÓS, MADRID

NOTA DEL AUTOR

En el origen, *Adiós, Madrid* nació como un programa para Televisión Española, y luego se convirtió en la novena novela de la saga de Héctor Belascoarán; fue escrita entre 1990 y 1992, empezada en Gijón, España, seguida en el DF, continuada en Madrid, avanzada en Acapulco, proseguida entre La Habana, Madrid y el aeropuerto de Ranón, repensada en ruta de autobús a Toluca, con notas que se hicieron en un Delta a NY, y rematada en falso en Saltillo, Coahuila, y por dos veces más en la ciudad de México. Quizá esto sirva para explicar por qué no quería acabar de salir y por qué está tan llena de *nostalgias* y de *distancias*.

Dada su escasa longitud dudé mucho antes de entregarla a la editorial, pensé si no debería incorporar una segunda trama, hacerla más compleja. Luego llegué a la conclusión a la que llego siempre: las novelas tienen la longitud que quieren tener, y poco puede hacer uno, a riesgo de destruirlas, para arreglar el asunto. Que decidan los que la van a leer si me equivoqué.

En ésas estaba cuando, discutiendo con amigos y lectores, percibí en ellos la misma extraña sensación que me andaba rondando: que las historias de Belascoarán se estaban agotando, que quizá fuera hora de darle unas nuevas vacaciones. Sea ésta una prueba.

Pero cuando terminé la última revisión, descubrí que la novela me gustaba mucho, que estaba encantado de haber recuperado a este Belascoarán tristón, y que me quedaban en el clóset media docena de novelas más, hasta que él y yo nos volviéramos cenizas. Total que vaya usted a saber.

Por último, este libro está dedicado a mis amigos Ángel Tomás González, Leonardo Padura y Emilio Surí. Locos belascoaranianos.

Enero de 1990,
22 de octubre de 1992.

Algo de mí se queda aquí.
Adiós, Madrid.

ALFREDO ZITARROSA

Pero el invierno
no se lo saca nunca de encima.

JOAQUÍN SABINA

I   PREGUNTAS EN AEROPUERTOS

En el aeropuerto de Madrid-Barajas, mientras buscaba un desayuno que trascendiera el café con ensaimadas, algo así como unos inexistentes huevos revueltos con longaniza y salsa verde, el mexicano tuerto se preguntaba sin saberlo, acunado por el rugido de los aviones:

¿Por qué cuando llegaba sentía que se estaba yendo? ¿Por qué cuando apenas descendía del avión tenía la ingrata sensación de que estaba asistiendo a una despedida?

Héctor Belascoarán Shayne, cariñosamente cerca de los cuarenta, de hecho pasándolos un poco, y de nuevo extranjero, no fue consciente de que se estaba preguntando esas cosas; por lo tanto, no pudo atacarlas por los caminos de la razón y se limitó a percibir el malestar de los adioses invertidos. Poco habían colaborado a su paz espiritual las horas sin sueño, la mirada avinagrada de un Guardia Civil madrugador que le estampó el pasaporte, y el que una señora vestida de magenta y solferino, batallas italianas, lo atropellara con el carrito de las maletas, dejándole un dolor punzante en el empeine.

Ahora, Madrid estaba detrás de aquella puerta, más allá de la salida marcada con una enorme T (de taxis, al menos eso era igual). Pero: ¿llegaba o se iba? No hay como la metafísica de las mañanas, con las horas cambiadas en el reloj del cuerpo y la falta de territorialidad real de los aeropuertos, para que uno se instale en el formular preguntas idiotas, se dijo el detective, ahora sí, consciente del asunto, y entró en la ciudad.

II   UNA SEMANA ANTES

—¿Cuánto me cobras por llevarle un recado a la *Viuda Negra* en Madrid de las Españas?

—¿Cuánto dan en la lotería nacional en el sorteo del 16 de septiembre?

—¿Y yo qué sé? Dos mil millones. Doscientos millones el cachito, setenta y cinco, un chingo. Algo así. ¿Cuánto es un chingo últimamente?

—Pues eso, setenta y cinco millones de pesos.

—¿Eso me cobras?

Nunca se deberían tener conversaciones de negocios en el amanecer. Se corre el riesgo de decir que sí a cualquier propuesta. Un poco antes, tras una noche de insomnio y al inicio de una mañana en la que no pasaba nada, Héctor se había quedado dormido en la oficina. Llegó pues al teléfono, como quien busca una mujer al otro lado de la cama, tanteando con cuidado. Luego alguien le dijo en un susurro que salía del auricular, que cuánto cobraba por llevar un recado a Madrid. Ahora estaba hablando de setenta y cinco millones de pesos. Al menos podía reconstruir esta secuencia.

—No me voy a ningún lado, y menos a esta hora. No estés chingando —dijo el detective, y con la otra mano tanteó buscando los cigarrillos mientras trataba de adivinar con quién carajos estaba hablando.

—Voy para allá, no te duermas. ¿Me oyes, güey? No te jetees. Estoy hablando en serio —dijo su amigo Justo Vasco.

Amanecía en el centro del DF. Los ruidos eran familiares en la calle de Bucareli; por las ventanas entraba el rumor de la corte de los milagros que persiste en esa esquina arqueológica de la ciudad de México. Héctor adivinó: los vendedores ambulantes de periódicos que se distribuían los ejemplares, un jorobado que había inventado un albur nuevo, las camionetas de reparto, los puestos de quesadillas, las bicicletas con un metro de papel impreso en equilibrio en el sillín trasero, los grupos de jóvenes jugando futbol a media calle. Lo que se ve muchas veces se evoca con dificultad; la memoria quiere ser demasiado precisa. Quizá el olfato fuera más sincero. El aroma del guiso de chicharrón en salsa verde que se desparramaba por la calle mordiendo los otros olores y derrotándolos, hasta el de la gasolina, aun las oleadas de fragancia de los jugos de naranja...

Trató de encender el cigarrillo que ya había encendido. Los tuertos hacen cosas así, se dijo buscando una imposible disculpa. La Viuda Negra: una historia de ex. Una ex cantante de rancheras, amante de un ex presidente de México recientemente difunto; una ex triunfadora de la farándula y un ex dueño del país. Y eran historia vieja.

¿Estaba en Madrid la Viuda Negra?

Cuando abrió la puerta media hora después, Justo Vasco se le quedó mirando a los pies. Héctor contempló sus calcetines: eran del mismo color. ¿Qué miraba ese güey? Luego observó a su visitante. Al subdirector técnico del Museo Nacional de Antropología le quedaba estrecho el traje, se le salía la camisa blanca y panzona. Héctor comparó a su amigo con su propia imagen borrosa que reflejaba el vidrio de la puerta. Desde luego, los jarochos se conservaban mejor que uno, aunque se hubieran aclimatado al DF y el smog los hubiera desgastado...

—¿Por qué me contestas mamadas?

—¿Por qué me preguntas mamadas? ¿Hablas en serio? ¿Dijiste que me tenía que ir a Madrid?

—Absolutamente, verdad científicamente comprobada.

—¿Por qué yo? El correo, Federal Express, DHL...

—Tiene que ser de viva voz, directo y en persona. Además es supersticiosa, y ver a un detective mexicano tuerto puede hacerla entender que las cosas van en serio. Hasta a mí me darían ñáñaras.

—¿Sólo entregar un recado?

Justo Vasco asintió. Luego encontró una Pepsi abierta encima del escritorio y se la bebió de un largo trago, depositó el casco con cuidado en el suelo y pasó el recado:

—Si ella trata de vender el pectoral de Moctezuma, doy una conferencia de prensa y me valen madre las consecuencias, me revale pito. Yo informo que la pieza fue robada en la administración del ex y que sospecho que ella está intentando venderla en Madrid, le pongo a la Interpol encima, a los SWAT, a la brigada criminal de Madrid y al fantasma de Hernán Cortés. Con esta mierda del Quinto Centenario, hasta la nana de Cristóbal Colón se emputa y la persigue. Le hago la vida imposible. Me vale madre el escándalo; me importa un huevo que todos los diarios digan que los ex presidentes de México se roban piezas de sus museos. La quemo en la hoguera diciendo que su pieza es robada. Como pinche Juana de Arco, pero en puta.

Luego de esa tirada Justo Vasco tomó aire, como disponiéndose a un segundo *round*. De repente pareció apenarse de tanta vehemencia. El subdirector técnico del Museo de Antropología estaba encabronado y era excitable; también era mulato, calvo y fumador; un fanático que en esos momentos estaba masticando el filtro de su cigarrillo. Héctor impidió que se ruborizara con una pregunta:

—¿Y por qué no lo haces de una vez?

—Porque entonces tendría que reconocer que la copia que tenemos en el Museo Nacional de Antropología es eso, una pinche copia. Que en el mejor museo del mundo tenemos una pinche copia. Y me muero de la pinche, reputa y jodida vergüenza.

—¿Y cuándo descubriste que la copia del museo era eso, una pinche copia?

—Oficialmente, nunca.

—¿Extraoficialmente?

—Una semana después de haberme metido en la dirección técnica. La pieza salió a una exposición en Francia y nunca regresó. Pero estaba ahí, yo iba y la veía. Y algo sé de Moctezuma, o sea que una noche me quedé en el museo a estudiarla. Es una buena copia, pero es una copia.

Héctor buscó sus zapatos abajo del escritorio. No los encontró, pero sí una cajetilla de cigarrillos a la que le quedaba uno, todo arrugado. Salió triunfante de abajo de la mesa.

—O sea que se trata de llevar un recado.

—Exactamente. Un recado de un funcionario de tercera de un país de octava, pero un funcionario de uno de los museos más chingones del mundo. Si lo quieres hacer más cabrón, dile de mi parte que algunos mexicanos estamos hasta los huevos de que nos anden saqueando la patria. Y si lo quieres hacer más cabrón y declarativo, dile que le va a costar los ovarios andar jugando con piezas arqueológicas robadas.

—Vale, yo doy el recado. Y te cuesta el pasaje de avión y los gastos, nada más. Hace años que no salgo de esta pinchurrienta ciudad... A lo mejor hasta me gusta.

III   CASI UNA SEMANA ANTES

Luego se dedicó al arrepentimiento, ¿cómo iba a irse del DF? ¿Cómo podría irse del DF? ¿Cómo le iba a gustar alejarse del DF? Lejos, de verdad lejos, no a Cuernavaca. ¿Y si no me dejan volver?, se preguntó riendo de sus paranoicos ataques de chilanguismo.

Al día siguiente llamó a Justo Vasco y rechazó el trabajo, decidió dejarse el bigote, buscó las últimas postales que le habían llegado de la muchacha de la cola de caballo, cubiertas de coloridos timbres portugueses. ¿Lisboa estaba a la vuelta de Madrid? Aceptó el encargo con un nuevo telefonazo, y juró que estaría en Madrid en dos o tres días. Luego cenó carnitas, se empachó, tomó milanta y sal de uvas Picot toda la noche en medio de eructos y diarrea. Llamó en la mañana de nuevo para decir que no podía irse, que estaba malísimo.

Recorrió la ciudad diciendo que sólo era un paseo, pero consciente de que se estaba despidiendo. Le gustaban los preparativos navideños, las lucecitas, la trampa sentimental. El trato de turistas que las autoridades del DF estaban dando a los nativos. En el mercado de Medellín compró dos docenas de guajolotes de barro, un burro, tres serpientes y un nopal con un pajarito bizco encima, para montar sobre su refri una versión personal de un nacimiento. Atea e iconoclasta, sin dioses ni pastorcitos. Buscó hasta encontrar en el clóset los restos del nacimiento que había montado en el 85, luego reunió su tesoro: hartos guajolotes, unos nopales floreados que terminaban en el nacimiento de un río, un gallo cojo, un conejo cogiéndose a un pollo, o algo así de kamasútrico, y dos cisnes verde bandera. Montó el nacimiento y se fue a bailar.

Se había inscrito en unas clases de merengue en la Casa de la Cultura de la colonia Condesa, llevaba asistiendo tres semanas y en la aventura encontraba la penitencia. Noches enteras con dolores de columna. La pierna rota tantas veces cobraba su precio en vértebras fuera de lugar apretando los nervios, en músculos estirados como cables. Sin embargo, no estaba nada mal eso de ir a bailar con adolescentes pecaminosas y amas de casa cincuentonas, sirvientas tímidas y lecheros rumbosos. El merengue era democrático. Detectives tuertos, choferes prófugos de sus patrones, tenderas del mercado de Michoacán, un encargado de gasolinera, tres amas de casa que ese mes se habían pintado el pelo de rojo, un estudiante de física con lentes oscuros. El merengue era solidario: a la tercera clase todos parecían paralíticos y se confesaban sus amores frustrados; habían corrido a un ayudante del maestro priista por tratar de hacer reclutamientos chafas, y sabían tanto de Santo Domingo, cuna indiscutible del merengue, como Colón en un buen día.

Horas más tarde, en la puerta de la Casa de la Cultura, y por culpa del recuerdo y la promesa de asistir a la próxima clase, decidió que no se iba a ir a ningún lado, que fuera del DF era cadáver, que esta ciudad era su ciudad, la única que le interesaba. Había bailado como poseído, sudado como loco, aprendido un pasito en el que se avanzaba de costado con los brazos arriba y las palmas abiertas, girando hasta encontrar en el mareo una respuesta. Obviamente, no iba a ningún lado.

A la mañana siguiente tomó el avión.

IV   EN EL AVIÓN

Mientras adivinaba los bosques de Galicia bajo unas nubes gordas, de algodón espeso, mientras trazaba en el mapa de la cabeza la ruta por la que el avión había entrado a cielo español, Belascoarán se prometía algunas y extrañas cosas de Madrid: ir a visitar la sierra, un lugar llamado San Rafael, donde pelearon las Brigadas Internacionales, y allí en particular, un viejo almacén de granos donde dio un concierto su madre; comer tortilla de patata con almejas en una taberna llamada La Ancha y pasar a la cuesta de Moyano a conseguir todas las novelas viejas de Phillip K. Dick y Phillip José Farmer; ir a escuchar un concierto de Joaquín Sabina y otro de Joan Manuel Serrat; ir a ver un partido del Real Madrid para gritar en contra de los merengues ahora que habían corrido a Hugo Sánchez.

No habría de hacer nada de eso, aunque lo anotó en una servilleta de Iberia. Después de los cuarenta empezaba a desconfiar de la memoria, hasta de la mejor memoria, la de las buenas intenciones.

V   NADA ES COMO ERA ANTES

La Viuda Negra no era como la recordaba. Estaba ajada, envejecida, tímida incluso. Tenía unos cuarenta y cinco años, aún guapa. Lejana de la prepotencia de aquella cantante de canciones rancheras que arrojaba los pechos hacia adelante en el falsete, reconocida en su día por los rumores como la amante del presidente mexicano en turno. Historias del remoto pasado. Era una ex, ex amante, ex joven, ex algo.

Vivía en un edificio de apartamentos lujosos sobre el río Manzanares. Sirvientas con cofia y mandilito blanco. Una vez que lo pusieron ante ella, no causó el esperado pánico que Justo Vasco esperaba. No se asustó ante un detective mexicano tuerto. Todo lo contrario, parecía una mujer feliz de descubrir un compatriota.

—Pase, por favor, pase. Qué bueno ver a un mexicano. Aquí no aprecian del todo nuestra música; les gusta, ¿no?, claro, les gusta mucho, ¿verdad?, pero no acaban...

Lo recibió en una enorme sala, en uno de cuyos extremos había una mesita donde cuatro tipos jugaban al póquer. La Viuda lo condujo hasta el otro extremo de la sala, donde un par de sillones rosas, una alfombra blanca, dos mesitas y un enorme tocadiscos de los años sesenta formaban un pequeño salón.

—Si no fuera por Manolo... —dijo la mujer señalando a uno de los jugadores.

Héctor contempló desde lejos al tipo: alto, delgado, nudoso, calvo brillante, con más de cincuenta años, las mangas de la camisa de seda arremangadas. Algo sabía de él, un par de veces había leído crónicas sobre el buen Manolo en las páginas de sociales y/o en la nota roja de los diarios mexicanos. Manolo, mejor conocido como Manolete, otro personaje singular, español, muy entero, muy desmadrado. Un tipo loco, que ganó muchísima plata en el final de los años cuarenta, cuando era un empresario joven y controlaba la venta de chatarra para los Altos Hornos estatales, que tuvo que irse de México por un fraude.

Manolo a la distancia hizo un gesto de reconocimiento alzando una mano, aunque sin levantar la vista de las cartas. Luego insistió invitándolos a acercarse. La Viuda se movió hacia la otra esquina de la sala a regañadientes, arrastrando al detective tras de sí.

Los otros jugadores parecían ser un par de árabes conseguidores de amas de casa de Aranjuez y de Lérida para la exportación y el tráfico de blancas nalgonas con destino a Kuwait, y el cuarto hombre tenía apariencia de empresario de cavas catalán. Eso parecían y eso eran.

—Yo una vez me jugué mi casa y a mi mujer al póquer y las perdí —dijo Manolo recordando, con un tono que parecía rayar en la complacencia, en la autoadmiración, cuando su mujer y Belascoarán se hubieron acercado.

La mesa estaba colocada cerca de un gran ventanal que daba al río, la luna se reflejaba en las aguas. Héctor no prestó atención a las presentaciones, a las que nadie pareció dar mucha importancia.

Sobre la mesa había unas doscientas mil pesetas en billetes de cinco y diez, y estaban jugando la cuarta carta de un abierto. Héctor hizo el cálculo: unos seis millones de pesos. La Viuda no estaba muy contenta, no sabía dónde poner las manos, y los bolsillos de la bata de vestir rosa le quedaban chicos, probablemente pensaba que a lo mejor Manolo se la iba a jugar en esta noche y la perdería. O que no la perdería, vaya usted a saber, se dijo Héctor.

La mujer lo tomó de la manga del saco de pana con coderas que el detective había comprado enfrente del metro Tlatelolco, en la época del apogeo de las tiendas Milano, y lo arrastró lejos de la influencia de los jugadores. En esos momentos Manolo ligaba un par de reinas a la vista.

—¿Gusta algo de beber? Un refresquito.

Héctor negó con la cabeza.

—Vine a traerle un recado desde México, señora —dijo Belascoarán tratando de poner cara de palo—. Usted no puede vender el pectoral de Moctezuma, porque el escándalo que se armaría…

—¿Otra vez con esas mamadas? —dijo la Viuda Negra escupiendo un poco de saliva por la precipitación.

—Yo simplemente le traigo el mensaje de que las autoridades del Museo de Antropología tienen toda la intención de fundírsela si usted intenta vender el pectoral, porque…

—Ay, mano, ¿de qué me estás hablando?

—A usted se lo dio una persona a la que no le pertenecía…

La mujer se había vuelto otra, perdidas las timideces. Mientras se acercaba a Héctor comenzó a despotricar contra el ex presidente.

—No me dejó ni para galletas marías… Hijo de la rechingada. Sólo me dejó rumores detrás, maledicencias…

La mujer se iba calentando sola. Sus palabras levantaban fantasmas que arrojaban leña a la falsa chimenea.

—Puras mentiras de mierda. Mentiras de mierda me dejó atrás ese hijo de la chingada… Un pectoral de ¿quién?

Manolo y sus compañeros de juego levantaron la cabeza.

—¡Dice este señor que las joyas de Cuauhtémoc, Manolo!

Héctor detuvo el avance de la mujer poniéndole el índice de la mano derecha en uno de los senos. Lo sorpresivo del movimiento paralizó a la Viuda Negra.

—Yo vine hasta Madrid a pasarle un recado. Si usted tiene un pectoral que no le pertenece, más le vale andarlo devolviendo si no quiere meterse en el segundo desmadre más grande de su vida.

—¡Váyase, carajo! ¿No ve que estas conversaciones me hacen daño?

Héctor, camino a la puerta, no pudo menos que estar de acuerdo. Aceleró el paso. La mujer intentaba peinarse con los dedos. Era una bonita despedida.

VI   SE HA IDO EL SUEÑO

Telegrama de ida, enviado telefónicamente desde un hotel de segunda en una callejuela que daba a la Gran Vía:

> SUJETA DICE NO SABER NADA DE MOCTEZUMA. INDIGNADA.
> BESOS A TLÁLOC, HÉCTOR.

A media noche el encargado del turno nocturno, con voz risueña (parecía estarse divirtiendo), le leyó por teléfono un fax urgente llegado desde México:

> Rumores confirman. Comprador: Sebastián Irales. Referencias te dará el director del Museo de América, Silverio Cañada, gran compadre mío. Gran aficionado películas de Woody Allen y tequila. Lleva gran botella. A la Viuda no le creas nada.
>
> JUSTO

Héctor se quedó despierto, contemplando la noche desde una de las ventanas del hotel; las voces de los borrachos que se iban retirando por las calles laterales a la Gran Vía le servían de referencia. Junto a ellas el ruido final de los tablaos flamencos de mentiras. El invierno era seco, sin humedad, el frío se ponía encima de la piel. Amanecía. Los basureros barrían las calles con mangueras de presión.

Héctor dio vueltas al cuarto hasta gastarlo. No podía dormir. Estaba en otro lado. El sueño no venía.

No sabía que estaba sufriendo de uno más de los males del DF, el más cabrón, el terrible, el que no perdona: la nostalgia. Y al no saberlo, no tenía idea de cómo remediar el insomnio. Cuando se dio cuenta de que cada quince pasos, vuelta a empezar, evocaba al pinchurriento Ángel de la Independencia en un día de smog y luego lluvia fina, se sentó en un sillón, abrió una Cocacola española sacada del servibar, la comparó desfavorablemente con la que se embotella en Tlalnepantla (más gas, más azúcar), y se puso a cantar por lo bajito canciones de Agustín Lara. Farolito que alumbras apenas...

Lara tenía una virtud: no sólo nunca había entendido el DF, tampoco había entendido Madrid.

VII   VECINA

La mujer de la ventana de al lado, casi una adolescente, estaba vestida con un largo camisón blanco y una capa amarilla para la lluvia. A Héctor le pareció que a pesar de su inmovilidad y el frío, estaba llorando. Las dos ventanas casi se tocaban. Ella no pareció enterarse de que un mexicano en piyama de franela de cuadriles y bufanda, que tarareaba *Veracruz*, la miraba fijamente. A Héctor el frío le subía por los pies como si quemara.

Estaban en un segundo piso. Efectivamente, ella lloraba.

VIII   LA DIFERENCIA LA HACE LA MEMORIA

Pero no, no era la misma ciudad. Ni siquiera dos ciudades iguales separadas por el tiempo. Porque no hay ciudad que se repita durante cuarenta años. No hay ciudad que logre parecerse a sí misma a lo largo de tantos inviernos por más que lo intente.

La diferencia estaba en las variantes, no las que habían sido introducidas por el tiempo o los recuerdos, sino por las mentiras que proporcionaba la memoria ajena. La memoria prestada.

Héctor Belascoarán nunca había pisado Madrid, pero la había recaminado tantas veces en las conversaciones de sus padres, que podía parecerle propia, por lo menos de nombre. *Coño, Madrid*, diría el ex marino barbudo mordisqueando una colilla. Pero esta Madrid no era la otra, la del coño. No, no lo era. No sólo faltaban y sobraban cosas, también eran diferentes.

A la fuente de los delfines de la plaza de la República Argentina le sobraba uno, la calle de Espartero no hacía esquina con Clavijas, y no sólo faltaba el portal convertido en tabaquería sino también sobraban una vía de tranvía y dos vecinas. No estaba la brisa que movería las blusas rojas en los tenderetes de las azotehuelas, nunca había habido blusas; ni siquiera había azotehuelas, y ese olor del verano no estaba aquí, quizá porque era invierno. Pero de cualquier manera no era ésta la ciudad que había inventado a partir de memorias ajenas. No era ésta la ciudad que fabricó de recuerdos escuchados a sus padres. No era ésta la ciudad, aunque se pareciera, como se parece un decorado de Hollywood a otras realidades igual de inventadas.

Tenía parentescos. Era una ciudad con río, pero lo tenía escondido. Y había un puente de los suicidas, pero una periodista le dijo que allí ya nunca se suicidaba nadie. Nadie se dejaba caer con una pesa amarrada al cuello al Manzanares. Como nadie arrojaba vitriolo en la cara a sus peores enemigos, y ya casi nadie moría de una borrachera con Valdepeñas, por más que su padre se lo hubiese asegurado con rostro de total certidumbre, y él lo hubiera aceptado como una certeza indiscutible. Y desde luego no andaba por Madrid una sirvienta de Calatorao que clavaba clavos con la frente y los desclavaba con los dientes, y que había sido recordada rigurosamente por sus padres durante años, con todo y nombre, como «la Euspicia».

Y Héctor, arropado por una gabardina con forro de lana de borrego, se sentía culpable de no encontrar la ciudad que sus padres le habían contado. De no poder recuperar la ciudad que se había inventado a los quince años. Y se sentía culpable, y por lo tanto le echaba la culpa al Madrid diferente, al de ahora, de no ser como debería haber sido.

A causa de esta mierda de dislocación mnemotemporal, el aventurero de los recuerdos ajenos durmió una siesta de sobresaltos y pesadillas, vagó por Madrid desazonado y se perdió varias veces en el metro, con la sensación angustiosa de que no iban a dejarlo fumar cuando ascendiera a la superficie.

Vio amanecer con el cigarrillo atornillado a las comisuras de la boca, trasegando refrescos españoles, bebiéndose un Kas de limón, dos fantas de naranja y una tónica Finley que, como suponía previamente, no le gustó nada, porque sabía igual a una quina de Peñafiel mexicana. Sólo la Cocacola era fiel a las fronteras. En ese sentido estaba dispuesto a volverse conservador. Sólo en ése, porque los Cohiba y los Coronas Extras y los Cuarenta y Seis españoles eran sin duda, sin ninguna duda, sin ninguna maldita duda, coño, extraordinariamente mejores que los Delicados mexicanos, los Parisién argentinos o los Pieles Rojas colombianos, y un poco mejores que los Montecristo, los Partagás... y los hispanos habanos, y los Davidoff, con tabaco cubano de Vuelta Abajo (Pinar del Río) y manufacturados en España, resultaban casi superiores a los H.uhpmann cortos sin filtro cubanos. Y en España se fumaba el mejor tabaco del mundo, decidió tirando sin culpas patrióticas sus Delicados con filtro a la papelera del cuarto del hotel.

IX ESOS TIPOS QUE GUARDAN PIEDRAS VIEJAS

El director del Museo América tenía dos despachos, uno de lujo, con muebles del siglo XVII, en el que recibía a las visitas, y otro cerca del ático, desde el que se veían los tejados repletos de palomas, en el que trabajaba y recibía a los amigos. Héctor fue recibido en el primero, auscultado, revisado por la mirada ladina del museógrafo español, que estaba ojeando una revista con el original nombre de *Muchateta*, simultáneamente a un catálogo del Museo de la Tecnología de Milán, y una vez aprobado con un farfulleo de frases inentendibles, conducido al despacho del ático.

—Pues sí, lo están vendiendo. Lo están vendiendo en Madrid... Oiga, ¿usted usa pistola?

Silverio Cañada rondaba los cincuenta, usaba una barba patriarcal de *clochard*, tenía fotos del mítico Quini junto al resto del Sporting de Gijón en las paredes del despacho, que Belascoarán entendía como privado y clandestino, y tomaba Melox en las rocas.

—A mí ese pectoral de Moctezuma me importa un huevo —dijo el detective—. Yo vine a Madrid a comprar novelas de Farmer y de Phillip K. Dick en la cuesta de Moyano, a oír un concierto de Joaquín Sabina; a ver si mi padre tenía razón en un montón de cosas... Y a ver un lugar donde mi madre dio un recital de música folk irlandesa.

Cañada no pareció sorprenderse.

—Bueno, pues qué bien, porque a mí el pectoral ése me la trae floja, me importa el otro huevo, me la trae pendulona —dijo, derrotando al detective, que tomó nota de todas esas variantes hispanas de decir que la cosa le venía guanga.

El director del museo contempló al detective que se estaba muriendo de frío. En el ático no había calefacción y las ventanas abiertas por las que entraba el gorjeo de las palomas también dejaban penetrar un viento gélido que cortaba la piel. Nadie en la memoria prestada le había dicho a

Héctor que Madrid era como Siberia, que los vientos helados de la sierra bajaban por las avenidas matando pájaros y lesionando las pocas neuronas que les quedaban a los madrileños; acabando con los turistas adeptos al merengue y al trópico.

—Los coleccionistas privados, a mí, como si se la machacan, como si se la guardan en probeta, pero son un gremio en ascenso, y lo único que hacen es aumentar los precios, fomentar el tráfico de objetos robados, estimular a los quinquis. Como hormigas. Y además son bobos. El mercado se llena de copias de tercera.

—¿Irales?

—¿Tequila? Porque recibí un fax del Museo de Antropología de México diciendo que el intercambio de información estaba alcohólicamente condicionado.

Héctor sacó dos botellas de Cuervo compradas en El Corte Inglés, porque la mexicanidad se había vuelto internacional...

—Cuervo añejo. Na', ni en broma. Si éste lo compra uno en El Corte Inglés. Si fuera un Hornitos reposado, un Siete Leguas, un Orendain blanco, o un Viuda de Romero extra añejo, entonces esto podría llamarse una conversación.

—Viene en camino una caja de Herradura por valija diplomática —mintió el detective cruzando los dedos a la espalda, como le habían enseñado de pequeño que se decían las mentiras.

—Irales. Un bobalicón del Atlético de Madrid.

—Que compra arte prehispánico robado.

—Por comprar, compra cualquier cosa. Un pedazo de la pirámide de Keops si lo dejas, las enaguas de Josefina. Y se filtró. En este mundo son todos unas cotillas, parecen sirvientas de pueblo, de las de antes, porteras de novela de Eugenio Sue. Se decía que Irales andaba comprando el pectoral de Moctezuma. Y yo que lo había visto con mi amigo Justo Vasco, allá en el Museo de Antropología. Un museo cojonudo, manito, el que tenéis por allá. Pues me dije...

—¿Y la operación está hecha o se está haciendo?

—Ve tú a saber, rumores viejos, rumores nuevos. En este mundo dan por nueva la construcción de El Escorial.

—¿Cómo llego a Irales?

—Lo del Herradura de la valija diplomática es coña, ¿verdad?—preguntó Cañada.

—Como que si dios existe nació en Gijón —dijo Héctor adivinando.

—De eso nada. Si dios existe es mexicano, valiente hijoputa mentiroso.

Cañada anotó una dirección en un papelito y se lo tendió al detective.

—No te va a gustar Irales, manito. De eso estoy seguro. No te va a gustar nada. Es un español de los que no les gustan a los mexicanos, de los de antes, de los conquistadores. ¿Cómo los llaman en la ciudad de mierda donde vives? Gachupines. De ésos. Como conquistador. No te va a gustar.

—Le haré la lucha —dijo el detective.

X   EL REFRI DEL TIEMPO

Los leones de la Cibeles eran tres y no cuatro.

Las piernas de las muchachas eran generosamente mostradas, a pesar del frío, desde el asiento trasero de las motocicletas. Pero ojo, aquí las muchachas se llamaban chicas, y los focos, bombillas, y las tlapalerías, ferreterías, y los ganchos, colgadores, y la regadera, ducha y a los pinches enanos les decían pigmeos. Y este debate era el más usual entre padre y hermanos. Si ustedes llaman a las cosas de una manera rarísima. A ver, los ejotes: judías verdes, y los chícharos: guisantes y en España ni siquiera tienen mangos, ni guayabas, ni papayas ni piñas.

En algo, sin embargo, la memoria no mentía y por lo tanto tenía que estar irremediablemente equivocada: los taxistas oían chotis y pedazos de zarzuelas en los radios del automóvil.

La música dentro del taxi estaba en el refrigerador del tiempo. Su padre no se había equivocado al contarlo. Después de todo había fidelidades a la otra ciudad en esta nueva.

Y entonces Héctor se detuvo en seco.

¿Cómo era posible que su padre supiera lo que se oía en el radio de los carros si los automóviles no habían tenido radio sino hasta los años cincuenta y su padre había dejado Madrid en el 39?

Y riéndose al pasar al lado de la Cibeles con sólo tres leones, se dio cuenta de que él no era el único en tener una memoria fraudulenta.

XI ¿CUÁL MOCTEZUMA?

La Viuda Negra deambulaba en el departamento de lencería fina tocando todo y sin comprar nada. Belascoarán, que la había estado siguiendo durante cuarenta interminables y aburridos minutos se le aproximó cuando la mujer contemplaba un brasier lila tres tallas más chico del que le debería quedar.

—¿Usted otra vez? Qué lata da. ¿Por qué no se regresa a México?

—El otro día le debí haber pasado el recado completo, y no sé por qué me quedó la sensación de que se lo pasé a medias.

—No me tiene que contar nada. Yo de eso que usted dice no sé nada.

—Mi amigo Vasco, el subdirector técnico del Museo de Antropología, quiere que a usted le quede bien claro que si anda vendiendo esa pieza robada, un pectoral de Moctezuma, él va a armar un escándalo internacional que a usted le puede costar la cárcel.

La mujer lo miró con rabia, tomó el brasier lila y lo llevó a una de las cajas. Luego se volteó y le dijo con aire ofendido:

—¿Cuál Moctezuma? Yo ni lo conozco a ése. Era del gabinete de mi ex, ¿no? ¿Por qué me quieren enredar? ¿Eduardo Moctezuma? ¿Gustavo Moctezuma? ¿Pedro Moctezuma? ¿Pablo Moctezuma? ¿Carlos López Moctezuma?

XII   MÁS TELEGRAMAS Y FAXES

Telegrama nocturno de ida:

> RECADO FUE PASADO. VIUDA NEGRA PIENSA QUE MOCTEZUMA ERA JEFE
> DEL CUERPO DE BOMBEROS DEL DF DURANTE EL GOBIERNO DE SU EX.
> MI TRABAJO SE TERMINÓ. BESOS A NEZAHUALCÓYOTL. ENVÍA A TU CUA-
> TE DEL MUSEO UNA CAJA DE HERRADURA AÑEJO. HÉCTOR.

A las dos horas el empleado del turno nocturno tocaba la puerta de la habitación 24, donde Héctor trataba de dormir, y le ponía al soñoliento detective en las manos el fax de respuesta:

> Ni madres que te rajas. Envío cheque bancario. Deshaz la maraña.
> Presiona. No hay presupuesto para tequila, cómpraselas por ahí e in-
> clúyelas en los gastos. Besos a Rodrigo de Triana.
>
> JUSTO

El mensajero le sonrió.

XIII MEMORIA AJENA

—Mis padres se casaron en Madrid…

Y muestra la foto a los viejos del pueblo de la sierra. Una foto ajada.

Y cuenta:

—Un vasco y una irlandesa, durante la guerra…

Y explica:

—No, yo mexicano…

Y luego vaga por callejuelas empedradas tratando le encontrar cosas que no están por ahí; porque si algo tiene la memoria ajena es que es acróbata y se le esconde al que la pierde, se le hurta al que no la tiene.

El pueblo se había vuelto un reducto de veraneantes madrileños, y por lo tanto un desierto invernal. Por aquí y allá pululaban viejos, que deberían ser cuidadores de los chalets y jardineros de ocasión.

El granero donde su madre dio un concierto ya no existía, había una alberca en su lugar. El aire helado lo carcomía. Estuvo a punto de meterse en uno de los muchos bares por los que pasó a tomarse dos coñacs. Terminó escapándose de aquel cementerio de fantasmas.

XIV RECADOS ZOMBIS

Hizo tantas antesalas que se le olvidó cuántas, antes de llegar a la presencia de Irales. En todas ellas lo perseguía un cartelito de «No fumar», cuyo consejo violó sistemáticamente tirando ceniza bajo los sillones y en las macetas de las plantas. Una de las macetas estaba prevenida de los malos hábitos de los turistas mexicanos: «No soy cenicero. Si yo no te echo clorofila en tu casa, ¿por qué me echas ceniza?». Héctor le sonrió a la secretaria que lo vigilaba y desparramó sobre la planta la ceniza de un maravilloso Cohiba con filtro. Puede ser que este gesto vengativo haya sido el motivo por el cual las antesalas se acabaron y lo pasaron ante el hombre.

Irales tenía una oficina sin papeles y se parecía físicamente (Héctor tardó en descubrirlo) a una versión deteriorada de Rafael de Yturbe, el mítico ejecutivo de una editorial que Héctor se solía encontrar en las clases de merengue allá a lo lejos en el DF.

—Traigo un recado desde México.

—¿Un recado de quién?

—Un recado del subdirector técnico del Museo Nacional de Antropología, que dice así: «Si trata de comprar el pectoral de Moctezuma —y Héctor repetía mecánicamente, con un estilo sacado de película mexicana de zombis de los años cincuenta—, doy una conferencia de prensa y me valen madre las consecuencias, le pongo a la Interpol encima, a los *swatos*, a la brigada criminal de Madrid y al fantasma de Hernán Cortés. Con esta mierda del Quinto Centenario, hasta la nana de Cristóbal Colón se emputa y lo persigue. Le hago la vida imposible. Me vale madre el escándalo de que los ex presidentes de México se roban piezas de sus museos...».

Tomó aliento al final del rollo, como le había visto hacer a su amigo Vasco.

—No tengo el gusto de conocer al subdirector del museo, aunque claro, he estado en él; magnífico, sin duda. Y claro está que conozco el pectoral de Moctezuma. No sabía que se lo habían robado. ¿No ha dicho nada la prensa?

Héctor lo miró fijamente. Usaba una corbata horrible, de rayitas gruesas. Un ojo se le iba un tanto, sometido a la tensión o a los abusos gastronómicos.

—Pasé el recado —dijo Héctor Belascoarán, y luego se dio la vuelta, encendió un cigarrillo y salió. Si se apresuraba podía tirar al paso algo de la ceniza en la maceta ecologista.

XV · ARRIEROS SOMOS

La Viuda Negra cantaba en un pequeño cabaret en el centro de Madrid, no demasiado lejos de su hotel. Con un mariachi reducido, de cuatro viejos miembros, todos ellos simulando estar alegres. Se veía contradictoriamente joven y envejecida. Quizá era la influencia de los mariachis, o las luces, o la magia de la canción ranchera, o Madrid, o la distancia. La concurrencia de cincuentones formaba un público agradecido. Héctor encontró una mesa al fondo y pidió unas quesadillas que estaban tiesas y manufacturadas con un queso rancio.

La Viuda Negra cantaba bien, más que bien. Había una cierta empatía entre las letras ásperas de José Alfredo y su propio estilo. El público, una veintena de parejas y un par de grupos de festivos despistados, parecía conocerse las canciones mexicanas y cantaba con singular fervor *El rey* poniéndole un montón de ces y zetas.

Los habituales pasaban en notitas, gracias a dos camareros, simpáticos, profesionales y canosos, los nombres de las canciones de Pedro Infante y Jorge Negrete que recordaban. Héctor, por pedir, escribió en una servilleta: *Arrieros somos*, de Cuco Sánchez.

Contempló cómo la nota viajaba desde su mesa, escondida en el fondo del cabaret, hasta la mujer, que sonrió al leerla y luego buscó con la vista siguiendo el dedo del camarero que señalaba a Héctor. El ceño se le torció durante un instante a la mujer. Sólo un instante, que para eso era el profesionalismo. Luego habló con el gordo de la trompeta y con el del guitarrón y se arrancaron con el clásico de los clásicos.

A pesar de que la Viuda no era santo de su devoción, y que miraba a las mujeres de casi cincuenta años con desconfianza, Cuco Sánchez reconcilió a Héctor Belascoarán con un país con el cual se estaba enfadando do bastante. Si a fin de cuentas, venimos de la nada y a la nada por dios que volveremos... No se podía andar por el mundo mendigando piezas arqueológicas robadas por ex presidentes, sin que de vez en cuando no se sintiera un profundo ramalazo de pinche vergüenza nacional. Vaya antro de segunda que éramos, se dijo. Vaya país pinche que somos; como decían en Madrid, absolutamente impresentables...

XVI CON DIBUJITO

Telegrama de ida, leído por teléfono desde el hotelucho de la Gran Vía a una telegrafista a la que hubo que deletrearle «chingaos»:

ENVÍA FAX CON ILUSTRACIÓN DEL PECTORAL, ¿DE QUÉ CHINGAOS ESTAMOS HABLANDO? SALUDOS A LA MALINCHE. HÉCTOR.

Horas más tarde, el teléfono sonó en el cuarto de Héctor. El conserje quería leerle el fax de retorno:

Un pectoral, güey. De oro labrado, una mierda de seis kilos doscientos veintiocho gramos. Moctezuma no debería haber sido pechugón. Anexo gráfica. Besos a los banqueros de Isabel II.

JUSTO

—Trae un dibujito, el fax, ¿se lo subo? Está cojonudo el pectoral ése —dirá el encargado nocturno, quien se había presentado ceremoniosamente como Luis Méndez, licenciado en Periodismo por la Complutense de Madrid y desempleado del Periodismo, pero no de la hostelería.

—No, gracias, mañana paso por él —contestó el detective.

XVII VECINA (2)

¿Y entonces por qué salió al frío a mitad de la noche? ¿Para ver si la jovencita estaba instalada en el balcón? ¿Para que la realidad del frío impidiera
que la sensación de irrealidad que lo estaba invadiendo lo dominara y se
apropiara de él?

La muchacha vestida de manera estrafalaria apareció en el balcón de
al lado poco después que Héctor. Era pelirroja y no debería tener más de
veinte años. Fumaba como los que no saben, como los que nunca han
aprendido a sostener el cigarrillo como una extensión natural de la mano.
Se puso a tararear algo. ¿Un bossa nova? ¿Corcovado, *Samba de una sola
nota*? Parecía triste.

A pesar de que no estaban a más de tres metros de distancia, y se miraban de vez en cuando; a pesar de que intercambiaron una sonrisa, Héctor
no se animó a dirigirle la palabra. Mucho menos a contarle que estaba en
Madrid transmitiendo absurdos recados sobre un pectoral de Moctezuma
perdido en la reconquista de México.

XVIII EL JUGADOR DE PÓQUER

Un coche lo estaba esperando a la salida del hotel. Héctor verificó que traía un tenedor robado del comedor, porque mientras no estuviera en territorio conocido había que armarse, y aceptó la invitación para subirse. El chofer era andaluz, pero hablaba poco. Héctor recorrió Madrid contemplando desde la ventanilla trasera del automóvil la escarcha que se estaba formando en las vidrieras de los comercios.

El chofer contradictorio lo dejó frente al edificio donde vivía la Viuda Negra a orillas del Manzanares, le señaló el piso, y con un parco «Usted sabe llegar, ¿verdad?», se desentendió de él.

El propio Manolete abrió la puerta, traía la corbata a media asta, ladeada y con el nudo muy flojo, sobre una camisa rosa ajada y con medialunas de sudor.

—¿No le importaría esperar unos minutos, amigo?

Héctor se quedó parado a mitad de la sala observando la jugada crucial de la partida de póquer. Eran los mismos jugadores de la vez pasada. En el centro de la mesa había un montón de billetes, quizá más que en la otra ocasión. Les gustaba ver lo que se jugaba, nada de papelitos, nada de fichitas.

Héctor se acercó para ver a Manolete perder con tres damas frente a una escalera pequeñita. El tipo sonrió mientras uno de los árabes recogía la pila de billetes. La partida se fue deshaciendo, todos sonrisas, caras de sueño, bostezos, obviamente se habían pasado la noche jugando. Los invitados salieron, tras citarse en Marbella para dentro de quince días, como al descuido, nada en firme.

Manolete cerró la puerta al último, giró hacia Héctor y le soltó en seco:

—Esto es una cabronada. Ella no tiene nada que ver, bastante carga la pobre en las espaldas de penas y basuras por haber estado asociada con aquel imbécil. Me la dejas tranquila, ¡oíste!

Se le había evaporado la sonrisa de gentil perdedor.

—¿Y quién está vendiendo la pieza entonces? ¿Usted?

—¿De qué coño estás hablando?

—Del pectoral de Moctezuma. Un pectoral, ¿sabe?

—Pero bueno, ¿esto es de verdad…? ¿O sea que piensan que ella tiene una pieza de museo y la anda vendiendo?

Héctor asintió.

—Pero, ¡qué locura! ¿Y de dónde se supone que le sacó?

—Del ex.

—Usted se ve decente, no se ve como un hijo de la chingada cualquiera, ni como un pistolero de ésos que acostumbran en nuestra tierra. Usted no es un judicial haciendo horas extras. ¿De veras quiere saber la verdad?

Héctor asintió. Modoso, él ni es un hijo de la chingada, ni un malvado representante de la ley mexicana como bien dice el otro. Él es un tuerto incrédulo.

—Las cuentas de cheques que le dejó estaban sin fondos. Hasta eso, sin fondos… No le dejó un quinto, ni una estatua, ni un caballito de bronce… Ni los condones usados, joder.

—¿Ustedes se conocieron en México?

—Amigo, nosotros nos unimos en Madrid porque éramos prófugos de nuestros escándalos. Yo de los míos, ella de los suyos. Como que es hora de que nos dejen tranquilos, ¿no?

—¿Y no ha visto usted por ahí en un clóset un pectoral de oro?

El tipo sonrió, encendió un puro que olía a habano auténtico y alzó los hombros.

—¿Y quién paga el departamento, el coche, el chofer? —preguntó Héctor.

—A veces gano al póquer, ¿sabes?

XIX PROPIETARIOS DE LA NOCHE

Y sí, los libros estaban ahí en la cuesta de Moyano, la librería al aire libre más bonita de Madrid, tendajones de metal y mesas a mitad de la calle que ascendía bordeando el parque, tal como se lo había contado su hermana, y encontró todas las novelas de Dick y Farmer que estaba buscando, incluso muchas de cuya existencia no estaba enterado, y también encontró tres de Dick Powell y las dos primeras novelas de la trilogía de Gene Wolfe sobre el soldado griego que repetidamente perdía la memoria. Las bolsas de plástico iban creciendo y se dio cuenta de que iba a dejar un buen montón de pesetas en los changarritos con expositores que inundaban la cuesta que salía del final de la Castellana. ¿Por qué estos amores recientes por la ciencia ficción? Quizá porque los textos de mundos destruidos, la imaginería del holocausto ecológico o nuclear lo retraía a la memoria del DF, siempre al borde de la crisis, una ciudad que emitía vibraciones de desesperanza, de riesgo. ¿Así la sentía? ¿Sentía su ciudad como un espacio de asfalto al borde de la desaparición? El caos de la red cloacal, los temblores, las inundaciones, el enloquecimiento de la tira, los aztecosos peleándose con los hare krishnas por definir la fecha exacta del fin del mundo, el gran apagón y el descenso a los infiernos... Cualquier cosa. El DF vivía en estado precario, al borde de...

Madrid no tenía esas vibraciones, parecía una ciudad autocomplaciente, donde casi todos pensaban de sí mismos que eran muy listos y que pronto serían muy ricos; las conversaciones callejeras, las palabras que escuchaba al paso, le daban la impresión de encontrarse en una ciudad conservadora donde la gente reunía dinero desde los veintitrés años para la jubilación. Se estaba poniendo nervioso, vagando por aquella ciudad que no era la que le habían contado, a la búsqueda de un pectoral que nunca había visto y francamente dudaba de su existencia.

Pasó el resto de la tarde encerrado en el cuarto del hotel, leyendo, fumando y bebiendo un refresco nuevo de nombre encantador: Trinaranjus, de limón y sin gas. De vez en cuando trataba de escuchar algo que saliera del cuarto de su vecina pelirroja, pero los sonidos de las televisiones encendidas se entremezclaban sin poder precisar su origen.

Al caer la noche bajó por las callejuelas hasta la Puerta del Sol. Por el camino se metió en un restaurante y comió un filete de hígado encebollado y media tortilla de patata.

Frente a lo que había sido la puerta de la Dirección General de Seguridad y hoy era un edificio de la Comunidad de Madrid encontró el kilómetro cero. De ahí partía radialmente toda España. Hizo lo que todos los demás turistas, se puso en el centro de la placa metálica a mitad de la banqueta, dio un brinquito. ¿Qué se siente estar en el centro de España? Nada. A pesar del frío, la Puerta del Sol estaba animada. Los madrileños tenían otro concepto de la noche nada mexicano. Y era la noche, la noche profunda, cerca de las dos de la mañana. Los últimos asistentes al cine, los eternos desgastadores de las barras de los bares…

En una esquina de la Puerta del Sol, cerca de donde salían los autobuses rojos nocturnos, Héctor se metió sin darse cuenta en medio de un grupo de travestis. Minifaldas rojas de satín, pantaloncillos cortos de ante. El frío y lo incongruente del vestuario lo hicieron salir de la apatía y notar las voces gruesas, las manos nada femeninas, las nueces de adán delatoras. Apresuró el paso riendo. Quizá resultaran un buen grupo para sus clases de merengue, incluso con un poco de suerte podrían embaucar al lechero.

Al cruzar la calle Preciados, subiendo de nuevo hacia la Gran Vía, tres jóvenes se desprendieron de la puerta de un bar. Parecían un híbrido entre punks y chamarreros negros salidos de película de los sesenta. Uno de ellos tenía un ojo muerto, cruzada la mejilla por una cicatriz de navaja. No le dio tiempo para identificarse con el personaje.

—La pasta, tío —dijo el primero mostrando una chirla de un palmo largo, casi una bayoneta.

Héctor trató de calibrar las posibilidades. Uno de los muchachos, el tuerto, se había movido en diagonal cerrándole la fuga y algo brillaba también en su mano. Ni siquiera le dejaban el consuelo de buscar la pared. La calle vacía y mal iluminada no daba para nada.

—El bobo éste es gilipollas, no entiende —le dijo el de la navaja grande al tuerto.

—Está jodío, tuerto y seguro sordo —dijo el tercero, un flaco desgarbado con cola de caballo.

No eran jóvenes, tenían una edad indefinida, un tanto marcada por el exceso de pastillas con ginebra de garrafa.

Héctor buscó en el bolsillo de la gabardina el tenedor aunque ya sabía que no habría de estar allí, porque lamentablemente lo había devuelto al comedor en la mañana. Los tipos se habían movido un par de pasos apretando el cerco.

Resignado sacó un puñado de billetes y los tiró al suelo enfrente del guía espiritual del grupo.

El flaco se acercó a recoger el dinero. Héctor calculó que era la oportunidad de salir corriendo, pero lo suyo no eran los cien metros libres. El tuerto lo tomó del hombro y comenzó a jugar acercándole la navaja a la cara.

—¿Cogiste las pelas? —preguntó el jefe.

—Creo que todas, tío, está oscuro.

La navaja del tuerto estaba cortando piel cerca del mentón. Si le rompía la nariz de un puñetazo seguro lo cosían a puñaladas. Héctor resistió sonriendo.

—Se ríe, tú. Es un mongol.

—Déjalo.

—¿Vas a ir a contárselo a los maderos, tuerto?

Héctor supuso que los maderos eran los representantes de la ley local. Miró fijamente a los tres tipos.

—Nada de eso. Voy a volver por ustedes.

—¿Lo pincho, Requejo?

—No, déjalo —dijo el jefe.

Se abrieron para dejarlo pasar. Héctor se fue caminando lentamente. No era demasiado dinero, en el hotel había dejado los cheques de viajero. A su espalda escuchó el runrún de las risas de los tipos que volvían al bar. Volteó la cara para que los rostros no se le olvidaran.

Quién sabe qué lo indignaba más, si el asalto y la vejación de la violencia o la incomprensión del caló madrileño. Quién sabe qué le hacía rechinar los dientes, si el dinero que le habían quitado, o el haberse dado cuenta de que aquí no conocía las reglas y los códigos. El frío lo hacía cojear más que de costumbre, las viejas cicatrices reclamaban que uno se acordara de ellas.

Los tipos estaban muy seguros de que no iba a denunciarlos a la policía, o les importaba un bledo, porque entraron en el bar dándose palmadas en la espalda.

XX   A LA BUSCA DE UN MARTILLO
BIEN CABRÓN

Lo había visto en algún lado. En el rellano del segundo piso, donde estaba su cuarto, enfrente del 28 que estaba en remodelación, sobre una caja de herramientas. Era un martillo cabezón, con una funda-cinturón que se amarraba a la cintura y de la que colgaba el mango. Había visto a telefonistas subidos al poste con un cinturón de trabajo igual. Entró en su cuarto y se colocó el cinturón, luego ante el espejo se cubrió con la gabardina. El problema era sacárselo elegantemente. No era un revólver. Nada de técnica de *western*. Hacía mucho frío en las calles.

Con ese extraño armamento los fue a buscar. Estaban en el mismo lugar, ante la puerta del bar, frotándose las manos. Terminando la noche ya cerca del amanecer. Lo vieron venir.

Cuando estaba a un par de pasos desabrochó la gabardina y la tiró al suelo, luego, lentamente sacó el martillo. Todo era un problema de estilo, se dijo Héctor viendo el desconcierto en los ojos del jefe.

Fue sobre ellos con el martillo en la mano gritando insultos en el más puro mexicano. El largo alcanzó a correr. Héctor le rompió la muñeca al tuerto cuando tiraba de la navaja, y girando le abrió la cabeza al jefe de un martillazo en seco. El tipo se desplomó sangrando. La sangre brotaba en serio cubriéndole los ojos. Héctor giró buscando al flaco largo que se desvanecía corriendo al fondo de la calle. Luego se dedicó al tuerto de la muñeca rota que estaba arrodillado tomándose la muñeca con la otra mano. El hueso parecía roto, porque tenía la mano en una posición muy poco natural.

Héctor los revisó con calma, recuperando parte de su dinero en los bolsillos de las chamarras negras. Recogió dos navajas. La adrenalina corría por las venas como en motocicleta. Sintió el ahogo de la angustia.

Dio la vuelta y se alejó caminando. Simuló una calma que no estaba en ningún lado, dejando tras de sí un panorama de campo de batalla similar al de los combates del Ebro.

XXI PECTORAL A COLORES Y VECINA (3)

En el hotel lo esperaba una fotografía polaroid en color llegada por DHL: el pectoral de Moctezuma. La contempló ensimismado, teniéndose que quitar de encima del hombro al portero de noche Méndez.

—Cojonudo, ¿eh?

Héctor asintió. Tenía frío.

—Oiga, ¿no está usted un poco pálido?

Héctor asintió de nuevo.

—Tiene una herida en la barbilla —dijo el Méndez más atento.

Héctor se llevó la mano a la garganta y la retiró con unas gotas de sangre.

—Nada, me corté afeitándome.

—Tengo café con leche.

—Se lo acepto.

Mientras el encargado rebuscaba los utensilios bajo el mostrador de la recepción, Héctor se limpió la pequeña herida con una servilleta y agua mineral y luego contempló la foto. El dibujito del fax no le hacía justicia al pectoral.

Tenía unas cadenillas, supuestamente para permitir que colgara del cuello y se sujetara a la espalda. El centro mostraba una especie de sol radiante, en torno al cual se entrelazaban flores que se desprendían hacia los bordes, hasta crear una orla de ramajes que cubría la periferia. Pareciera estar ausente de elementos simbólicos, tan sólo material decorativo. No se parecía a ningún elemento azteca que hubiera visto alguna vez.

Con la polaroid en las manos regresó a su cuarto. Limpió el martillo en el lavabo y lo secó con una toalla, luego salió de nuevo al pasillo y lo depositó sobre la caja de herramientas. Al retorno notó, bajo las luces raquíticas de un foco pelón, que la puerta de su vecina estaba abierta. Repitió el cálculo imaginándose la disposición de los balcones. Así era, el suyo el 24, el de la pelirroja el 23. Golpeó suavemente con los nudillos y encendió un cigarrillo. La patada de los habanos en la garganta le supo a gloria. Entró al cuarto ajeno esperando encontrarlo vacío y descubrió a la muchacha pelirroja tendida en la cama, pálida, dormida. Las luces estaban encendidas, la televisión parloteaba en una esquina. ¿Estaba dormida? Vestida con un abrigo de pana negro, inmóvil, el cabello rojizo abierto en abanico sobre la almohada.

—Oye, tenías la puerta abierta —dijo Héctor.

La muchacha abrió los ojos. No pareció sorprenderse por la presencia del vecino tuerto.

—Ah, sí, perdona, es que dolía mucho la cabeza cuando entré —dijo con un acento que Héctor no supo desentrañar. ¿Francesa? ¿Belga?

—Bueno, eso —dijo Héctor sofocando un bostezo. El amanecer comenzaba a alcanzarlos—. Si necesitas algo, estoy al lado.

—Gracias —dijo ella levantándose—. No necesito nada.

Héctor caminó hacia la puerta. Se dio la vuelta y le dedicó a la pelirroja jovencita una sonrisa cansina.

—Todo el mundo necesita algo de alguien, mija.

Y luego salió cerrando.

XXII AZTECAS MALOS, GACHUPINES PEORES

El Museo de América que dirigía Silverio Cañada, no recogía ni mucho menos una historia de las glorias de la colonización, sino los elementos de una pesadilla de horrores y masacres envueltos en las fascinaciones de lo exótico. Sólo faltaba una tabla que estableciera la relación entre cada gramo de oro que viajó a España en los galeones y las vidas de indígenas que costó. Era en ese sentido un museo malicioso, que cuidaba el oropel y fascinaba en el brillo de la armadura, que ennoblecía al aventurero barbudo y paria que hacía pequeños imperios con el caballo y la pólvora, pero que no rehuía narrar la historia negra.

Héctor se detuvo azorado ante unas imágenes que narraban la desaparición de comunidades enteras de indígenas de Centroamérica por las epidemias de viruela. Urgido de salir durante un rato a fumar, deambuló por los patios interiores llenos de laureles de la India gigantes, planteándose de la misma manera simplona de siempre: ¿aztecas o españoles? Se frotó las manos para espantar el frío. Debería comprarse unos guantes. Cortés le parecía una figura siniestrona, calculadora, metalizante, y sus huestes un montón de cazadores de cabelleras, ladrones de oro. Por más que hubiera leído las novelas de Laszlo Passuth o Madariaga, por más que simpatizara con el pillete falsificador de Bernal Díaz del Castillo. Pero por otro lado, de aztecoso nada. ¿Cómo sentir alguna simpatía por los imperiales aztecas, madreadores de pueblos vecinos, contaminadores bélicos de Xochimilco, atemorizados ante las ruinas de Teotihuacán, sacrificadores de guerreros, autoritarios cuasipresidencialistas, militaristas ojetes? Como siempre, se descubría buscando espacio y partido en lo marginal. Se prometió buscar imágenes de científicos mayas, bárbaros chichimecas, o del español traidor Gonzalo Guerrero, para saludarlas desde aquella ciudad de Madrid irrecuperable.

No lo hizo. En cambio regresó a los salones buscando a Moctezuma.

Las repetidas imágenes del emperador azteca lo mostraban sin el famoso pectoral, tan sólo mantos de grana, o mantos blancos, con pocos adornos y multitud de tocados, muy complejos algunos, hasta llegar al famoso penacho de plumas de quetzal y adornos de oro que estaba en Viena.

Fue dando vueltas hasta localizar a Cañada en su despacho privado en el ático. El director del museo estaba alimentando a las palomas con restos de churros viejos y hablándoles en quechua. Héctor sacó dos botellas de Hornitos compradas, claro está, en El Corte Inglés.

—No es capaz usted, detective mexicano, de conseguir un tequila superlativo, algo así que me haga feliz... Pero bueno...

—¿Y qué hace un coleccionista privado en España con una pieza robada?

—Se hace lo que en Houston. ¡Qué coño! ¿No vienes tú de por allá? Es lo de moda... Tienes un sótano, al que no dejas entrar más que a la gente que quieres impresionar, a tus mejores amigos, a un socio, a un futuro compinche de negocios, diez personas en un año, a otros como tú. Y ahí tienes la pieza en exhibición, en un nicho rodeado de terciopelo negro, con luces directas e indirectas, la hostia de luces... Y al lado, toma nota mexicano, al lado, tienes un recorte de periódico enmarcado con marco de plata, donde dice que la pieza fue robada de tal museo... Viste mucho, es el no-va-más de la elegancia... Y en el lado opuesto una reproducción en pergamino de la mención que hace Bernal Díaz del pectoral: «...barriendo el suelo por donde había de pisar y le ponían mantas para que no tocara el suelo, y venía muy ricamente ataviado según su usanza, destacándose sobre todo aquel magnífico pectoral de oro, que se lo habían hecho los indios de Escapuzalco, que eran todos orfebres del gran Montezuma».

Belascoarán quedó impresionado, Cañada citaba de memoria. Guardó silencio un instante.

—¿Así, así?

—Así o casi. Leo muchas novelas policiacas y conozco a muchos cabrones, de tal manera que se estimula mi imaginación, pero a mí no me invitan a lugares como ésos. Yo dirijo un museo. Yo soy de los enemigos. Yo pienso que la historia es de todos...

—¿O sea que lo mejor para el comprador sería que el robo se revelara y se hiciera público?

—Si él estuviera seguro de que no hay huellas que conecten entre los ladrones y su persona... Pero ya con las vueltas que tú le has dado al asunto, no me queda muy claro que se pueda hacer una operación en Madrid de este tipo con el Irales de por medio. Le encantaría, chaval, de eso puedes estar seguro.

—¿Y cuánto puede valer una pieza así en el mercado de antigüedades robadas?

—Todo, nada, es invaluable… Cuatrocientos millones. Dos mil millones. Cien millones. Depende de quién venda y quién compre. Una pieza así nunca irá a una subasta pública, por lo tanto no se podrá establecer el precio comparativo en el mercado…

XXIII UN HUEVO

Telegrama leído por teléfono:

¿Y ahora qué sigue? Saludos a Pedro de Alvarado. Héctor.

Héctor intentaba leer el periódico y dormir la siesta al mismo tiempo, sin lograr ninguna de las dos cosas, cuando le leyeron el fax de respuesta desde la recepción del hotel:

Mantén la presión. Saludos a los banqueros de Isabel II. Justo.

Cuando salía hacia la calle estaba nevando, y Luis Méndez, el recepcionista-periodista desempleado, estaba interesadísimo en la historia:

—Oiga, no se vaya, espéreme un segundo. ¿Los pectorales eran de guerra o de adorno?

—¿Y yo qué chingaos voy a saber?

—Y el de Moctezuma era mucho mejor que el de los otros jefes de los aztecas, eso seguro. ¿No era Moctezuma el que tenía un penacho de plumas cojonudo, que lo tienen en un museo austriaco?

—No lo tengo nada claro. Lo que pasa es que yo soy ingeniero.

—Pues perdóneme que se lo diga, pero si no lo sabe usted, no lo sabe nadie. Venga y venga con el pectoral de los cojones, si no quería que se lo preguntara no andar mandando tantos faxes y tantos telegramas, que uno es humano —dijo indignado el conserje relamiéndose el bigote.

—Si a mí los pectorales me importan un huevo —dijo Héctor disculpándose—, yo en el fondo vine a Madrid a oír un concierto de Joaquín Sabina.

XXIV ¿ÉSA ES LA CHINGADERA QUE ESTÁ BUSCANDO?

En el pequeño cabaret donde cantaba la Viuda Negra estaban en una pausa entre *show* y *show*, por lo que los escasos asistentes aprovechaban para pedir a gritos tequilas dobles, margaritas y «cervezas mejicanas». Aquello comenzaba a parecerse a una cantina de tercera sin llegarle. Eran pocos, pero ruidosos y de apariencias bastante inofensivas. Héctor buscó la mesa trasera y mal iluminada. Su lugar. Andar amenazando a supuestos ladrones de pectorales aztecas lo volvía conservador.

Manolete andaba bromeando con el barman ante la barra, a la izquierda del pequeño escenario. Parecía estar totalmente borracho: gestos excesivos, palabras dichas más alto de lo necesario, titubeos al apoyarse en una pierna u otra.

Héctor derivó hacia el tipo, y cuando lo tuvo enfrente le enseñó la foto polaroid del pectoral.

—Perdone que le pregunte, ¿los pectorales eran de guerra o de adorno entre los aztecas?

—Y yo qué mierda voy a saber. ¿Ésa es la chingadera que está buscando?

Manolete se zangoloteó. La Viuda Negra aparecía en ese momento en el escenario con sus cuatro mariachis, un parpadeo en las luces de la sala y el resoplido del de la trompeta afinando.

Manolete trataba de enfocar sus ojos de borracho en la fotografía, de estudiarla. Héctor vio cómo la borrachera se amortiguaba.

—No lo he visto en mi vida...

—Préstemela —dijo el detective, y envolvió la polaroid en una servilleta en la que garrapateó una nota: «¿Lo conoce?». Luego se la pasó a un mesero para que la hiciera llegar al escenario junto con las peticiones de *El rey* y *No volveré*.

—¿Qué carajo le está haciendo a mi mujer?

—Le mando un recuerdo, usted ya lo vio.

En el escenario, la Viuda Negra anunciaba muy formal que como siempre trataría de complacer las peticiones del público, claro está, dentro del respeto al repertorio y a la profesionalidad, porque, como les iba a decir, no se cantan canciones que no tienen el arreglo puesto, claro… Y los mariachis se lanzaron con *La cama de piedra*.

Manolete se las agenció para conseguir mientras tanto un tequila doble. Se emborrachaba adquiriendo la apariencia de un burócrata: corbata torcida, pelo grasiento, escaso y sudoroso, ojos vidriosos, mirada turbia.

La Viuda Negra agradeció los aplausos que Héctor pensaba eran bastante merecidos y tomó los papelitos que le tendía el mesero. Contempló la foto polaroid y buscó a Héctor con la mirada. Luego la tiró al suelo.

—¿Vio lo que le está haciendo? No le gusta cantar cuando se pone nerviosa —dijo el consorte de la cantante.

—No sabe cómo lo siento, porque me gusta como canta —respondió Belascoarán.

—Ya no esté chingando —dijo Manolete tratando de golpear a Héctor con un recto a la mandíbula muy lento y muy telegrafiado. El detective se hizo a un lado y dejó que el impulso llevara a Manolete hasta el suelo. Luego salió del cabaret como quien sale de una de las peores películas de Juan Orol.

XXV NO LE QUEDABA MUY BIEN

El recepcionista Méndez lo estaba esperando con una nota en la mano. Héctor leyó el recado, arrugó el papelito y salió de nuevo al frío de la noche. No era exactamente nieve, era aguanieve, esa lluvia de copos que no acababan de cuajar y que se deshacían en las manos. Peor que el frío era el viento helado, que literalmente pelaba los dientes, congelaba las encías cuando el detective abría la boca para respirar.

La casa de Irales era tal como la había descrito Cañada, pero sin el sótano, o al menos al sótano no se accedía en la primera visita y sin invitación directa. Estaba en las afueras de Madrid, en un barrio residencial en el norte llamado Mirasierra, y el taxi tardó media hora en llegar. El frío era peor que en el centro de la ciudad, el aguanieve se convertía allí en nieve de verdad. Héctor contempló gozoso la nieve depositarse sobre su gabardina. Un mexicano siempre piensa que la nieve está ahí para que uno juegue con ella.

Entró en la casa precedido por un mayordomo-pistolero. Irales lo estaba esperando en una sala mal iluminada por el fuego de la chimenea. Tenía el pectoral de Moctezuma puesto sobre la chaqueta. No le quedaba muy bien, era más ancho y más gordo de lo que Moctezuma había sido, pero a cambio de la incomodidad, gozaba del desconcierto de Héctor.

—¿Esto es lo que andaba buscado? No, hombre, seguro que no, no me mire así. Me acaban de vender esta copia, y pensé que usted estaría interesado en verla. Ni oro es, un baño cuando mucho... Pensé que le interesaría... —Irales hizo una pausa.

Héctor aprovechó para encender un cigarrillo, Irales disimuló la molestia.

—¿Usted distingue entre una mala copia, una buena y un original, verdad?

Héctor negó con la cabeza.

—¿Y entonces por qué lo mandaron a Madrid?

Héctor alzó los hombros. A este particular hijo de la chingada no le iba a decir que él, en el fondo, lo único que quería era escuchar un concierto de Sabina.

XXVI VECINA (4)

¿Era una copia? Se preguntó una y otra vez en el viaje de retorno. ¿Si lo tenía Irales eso quería decir que la Viuda Negra ya se lo había vendido?

Envió un telegrama a Justo en cuanto llegó al hotel:

IRALES TIENE UN PECTORAL. DICE QUE ES UNA COPIA. YO NO DISTINGO.
MÁNDAME A CRISTÓBAL DE OLID PARA QUE ECHE UNA MANO. HÉCTOR.

Dio vueltas por el cuarto sin saber qué hacer. ¿Era estar en Madrid lo que lo paralizaba? ¿El no saber un carajo de joyas arqueológicas aztecas?

Salió al balcón a fumar y a ver la nieve. La patada del frío lo hacía regresar por la gabardina cuando vio a la vecina pelirroja trepada en el barandal de su terraza en equilibrio.

—¡Espera! —alcanzó a decir Héctor, pero quizá la muchacha sólo estaba esperando a tener un testigo, y dio un paso al vacío. La imagen de la mujer con el pelo revuelto, movido por el aire helado, los brazos separados, como un ángel o un trapecista, el camisón blanco, se le quedó fijada. Tuvo que frotarse y quitarse una lágrima en el ojo bueno antes de poder mirar hacia abajo. Estaban en un segundo piso, y el ruido metálico del impacto anticipó lo que había pasado. Ella se había estrellado contra la cajuela de un Ford.

—¿Hay algún médico en el hotel? —preguntó gritando al pasar al lado de un Luis Méndez que se mordía las guías del bigote mientras resolvía crucigramas.

—Una mexicana en el primer piso, la doctora Garnett. ¿Qué coño pasa?

Pero Héctor ya estaba en la calle. La muchacha estaba encajada entre dos automóviles, y se movía. La pierna derecha estaba en una posición muy extraña, seguro rota, y había sangre en el camisón. Héctor no se atrevió a tocarla.

Méndez apareció en la puerta del hotel.

—Ahí viene la mexicana. ¿Qué más hago?

—Llama a una ambulancia.

Un grupo de juerguistas que salían del tablao flamenco de la esquina se acercaron palmeando, hasta que la visión del detective arrodillado al lado de la muchacha los detuvo.

Respiraba. Héctor le levantó la cabeza con cuidado.

—Yo sólo soy pasante de medicina —dijo a su lado una muchacha de pelo corto en piyama de franela.

—Yo ni eso.

—¿La asaltaron?

—No, se tiró del segundo.

La casi médica mexicana lo hizo a un lado. Cuidadosamente buscó el origen de la sangre que manchaba el camisón.

—Tiene una herida en el brazo. ¿Tienes una corbata?

Héctor negó y salió corriendo hacia el interior del hotel. Luego se detuvo, se acercó a uno de los mirones y le pidió la corbata con un gesto.

—Ya viene la ambulancia —dijo el recepcionista.

—Vaya mierda —dijo Héctor.

Un par de horas después, en la Unidad de Vigilancia Intensiva de un sanatorio al que no sabría llegar si tuviera que hacerlo solo, sentado en un sillón gris, Héctor se preguntaba por qué había esperado para verlo antes de tirarse. ¿Cuánto tiempo llevaba subida al barandal del balcón esperándolo la muchachita pelirroja?

XXVII CHURROS CON CHOCOLATE

No podía dormir en aquella noche de ángeles pelirrojos en vuelos mortales, de inexplicables retiradas de la vida. Por lo tanto terminó frente a la casa de la Viuda haciendo guardia. Contemplando las ventanas iluminadas, la sombra de Manolete que se perfilaba sobre las cortinas dando paseos y fumando; gesticulando.

Amanecía en el Manzanares, en medio de un frío matador, helado, que no podía enfrentar por más que exhalara vaho, se frotara las manos, o caminara golpeando los pies contra el asfalto.

Un automóvil sin luces se detuvo a unos metros de Héctor. El detective pudo ver la antena y los faros del techo apagados. Una patrulla policiaca. Una pareja de policías municipales madrileños descendió del coche. Hacían un par extraño: una mujer joven rubia de pelo ensortijado que le salía por los bordes de la gorra de plato azul y un hombre de unos cincuenta años, calvo, que llevaba la mano molestamente cerca de la empuñadura del revólver.

—¿Qué coño es esto? ¿Qué anda haciendo usted por ahí dando vueltas a mitad de una noche como ésta? Si se va a morir… —dijo ella, que contra lo que las apariencias podrían anticipar iba de dura.

Héctor optó por la sinceridad:

—Agente, es un secreto mexicano. No puedo decir nada sin previa autorización del Museo de Antropología en México. Lo lamento, señorita policía y señor policía que la acompaña.

La pareja siguió acercándose mientras intercambiaba una mirada más de desconcierto que de complicidad.

—¿De qué va el loco éste? ¿Va en serio o de coña? —preguntó el policía.

—¿Podría repetir otra vez la historia? —le preguntó la mujer policía.

—Estoy en misión secreta, vigilando el pectoral de Moctezuma, propiedad de México y los mexicanos —dijo Héctor convencido de que se estaba metiendo en un lío y riéndose un poco de sí mismo por ello.

La mujer policía puso cara de desesperación y con un gesto le indicó al detective que se pusiera de espaldas contra la pared, y como se llevó la otra mano hacia el revólver, Héctor obedeció. Las manos del calvo lo recorrieron rápidamente. No le costó mucho trabajo encontrar el martillo que Héctor había sacado nuevamente a pasear por si las moscas.

—¿Y esto?

—¿Puedo fumar?

El municipal asintió.

Héctor comenzó entonces a explicarles la historia con calma y detalle: pectoral, pieza de ornato y protección... Moctezuma, emperador azteca en el momento... Imágenes de la invasión... Tenochtitlan, la Malinche trabajando de traductora, Bernal Díaz, el lago, las piraguas, y era nuestro futuro una red llena de agujeros. Alvarado, el malvado. Museo de Antropología. Año de Hidalgo. Verbo carrancear... Tradiciones de ex presidentes, cantantes de ranchero, canciones rancheras... Madrid, navajeros, martillo.

Los rostros de los dos polis sólo reflejaban lo que a juicio de Héctor era un profundo desconocimiento de la historia de México; pero había una media sonrisa de comprensión, o eso quiso ver. Y hablando de canciones rancheras, comenzó a oírse desde la ventana del departamento *La cama de piedra*, cantada a todo volumen. La Viuda Negra ensayaba con las ventanas abiertas.

Héctor señaló la ventana, como mostrando que después de todo las extrañas cosas que les estaba diciendo eran reales. Que si se podía oír a las tres de la madrugada en Madrid *La cama de piedra*, bien podía formar parte del territorio de lo realmente existente el pectoral de oro de Moctezuma. Los policías parecieron convencerse ante un argumento así.

—¿Tú le crees, Mariano?

—Yo estoy seguro de que el pectoral ése existe. Alguna vez lo oí en televisión... Pero qué cosas, ¿eh? —dijo el municipal dándole una palmada en la espalda a Héctor.

Y acto seguido, como terminaban la ronda y el frío estaba que pelaba, lo invitaron a tomar unos churros con chocolate.

XXVIII ELLA DE NIÑA, CANTABA ÓPERA

En la puerta del hotel, que parecía pensión, de la Gran Vía lo estaba esperando el también insomne encargado de noche Luis Méndez, con un telegrama en las manos.

—Joder, lo del pectoral se va calentando, ¿eh?

Héctor leyó:

LLEGO MAÑANA, IBERIA 915. JUSTO, ¿ME ACOMPAÑAS EN LA CONFE-RENCIA DE PRENSA?

—¿Sabe algo nuevo de la muchacha ésa?

—¿La que se tiró del balcón? Es canadiense. Dijo el poli que registró que no tenía dinero. La gente se mata por eso, porque no tiene dinero. Vaya planeta —dijo filosófico el Méndez.

Belascoarán se fue a dormir.

Lo sacaron del sueño unos suaves golpes en la puerta del cuarto. El frío lo había hecho dormirse vestido, con una manta encima de su uniforme de gabardina con forro de borrega. Buscó tanteando una pistola, un tenedor, un martillo de jodida, y luego con las manos vacías avanzó hacia la puerta.

La Viuda Negra en persona y vestida de chinaca, con botones plateados y todo, lo miraba.

Héctor contempló la luz grisácea que entraba por la ventana. Hora de amanecer. Era Madrid y no el DF la ciudad. Reptó hacia la cama y se dejó caer en ella cubriéndose con la manta hasta la barbilla.

Trató de abrir el ojo sano que insistía en pegarse pestaña a pestaña dejándole una ranurita y la consecuente cara de chino tuerto… La mujer miraba fijamente la cicatriz que cruzaba la mejilla y la cuenca vacía del ojo muerto. Héctor, consciente de que se estaba poniendo nerviosa, buscó el parche bajo la almohada, lo encontró y se lo puso.

—Yo tomé clases de canto de niña. No soy improvisada, allá en Pachuca teníamos nuestra cultura —la mujer se dejó caer sobre una esquina de la cama, buscó nerviosa sus cigarrillos en la chaquetilla negra—. Claro, estudiábamos ópera, *bel canto*. Muy superior a la canción vernácula, pero eso les gusta a ellos, ¿sabe?

Ellos. ¿Quiénes serían los ellos de la Viuda Negra?

—Yo extraño el reloj de la plaza de Pachuca, y extraño reteharto el mole poblano; aquí en Madrid nadie sabe hacerlo, ni la más pinche idea tienen de esos platos finos de la cocina mexicana. Venado con guacamole... Cecina roja y negra y tacos de huitlacoche.

—Supongo que hoy en la noche se hará la conferencia de prensa, el subdirector del museo está por llegar a Madrid. Si yo fuera usted devolvía el pectoral ése. Es un negocio que le va a salir mal.

—¿De qué está hablando?

—De nada —respondió Héctor dándose la vuelta en la cama y abrazando la almohada.

Después de un instante giró la cabeza. La mujer todavía seguía ahí: de pie a mitad de la habitación, con su maravilloso e incongruente vestido negro de falda recta y cubierto de bordados y botones de plata, como si estuviera esperando.

—Manolete pierde mucho dinero. No gana desde hace mucho.

—¿Y entonces?

—Si se anuncia que la pieza ha sido robada, pagan el doble.

—También se puede ir a la cárcel por robar piezas arqueológicas y pasarse el doble de años por pendeja. ¿No le da vergüenza? ¿Usted cree que cantar canciones rancheras la vuelve impune? Esa pieza es de todos, no es suya, ni del mamón del ex que se la robó...

—Yo no la tengo...

—Pero...

—Pero sé quién la tiene.

—¿Y entonces?

—¿Podría hablar con el subdirector del museo antes de que se hiciera esa conferencia de prensa?

—Supongo que sí...

La mujer dudó. ¿Iría a ponerse a cantar?

—¿Y ahora me voy o me quedo otro ratito? Podríamos platicar. Desayunar al rato unos huevos rancheros.

Era patética. No porque la vejez o la madurez la hubieran atrapado. El ojo sano de Héctor, muy ecuánime, decidió que tenía un cuerpo que envidiarían muchas de las quinceañeras con las que alternaba en sus clases de merengue. Patética porque flotaba en la nada, no tenía dónde asirse; era una más de las mexicanas que se habían perdido en la nada en aquellos últimos años. Vicios de la modernidad.

—Le agradezco el honor que me hace, señora, de ofrecerme compañía, pero yo soy de otra generación, en las mañanas desayuno un refresco y una bolsa de papas fritas y hago ejercicios de concentración budista y leo a Amado Nervo.

Ella pareció no oír la respuesta y mecánicamente se dirigió a la puerta del cuarto, pero al tomar el pomo de la puerta se giró y recitó:

> *Semejas esculpida en el más fino*
> *hielo de cumbre sonrojado al beso*
> *de sol, y tienes ánimo travieso,*
> *eres embriagadora como el vino.*

Héctor le dedicó una amplia sonrisa como apreciando el detalle y ella se fue muy ufana, sin que el detective la corrigiera informándole que la cuarteta era de Díaz Mirón y no de Amado Nervo.

XXIX BARAJAS

El aeropuerto de Barajas de nuevo, y la mañana seguía gris en abundancia. Héctor vio salir a Justo Vasco empujando un carrito asesino que buscaba los tobillos de los turistas que lo precedían. El carrito era absolutamente innecesario porque el museógrafo traía tan sólo un pequeño maletín cuadrado, como de doctor Jekyll, como de doctor Watson.

—Quieren hablar contigo antes de la conferencia de prensa. La Viuda quiere tener una conferencia sin periodistas, contigo y a solas.

—Se acabó la espera, tuerto de mierda. Ya está citada la conferencia. La convocó el agregado cultural de la embajada por fax.

Héctor lo miró desconcertado.

—¿Y qué tal Madrid?

—Diferente.

—¿Muy diferente?

—No hay manifestaciones. Todos parecen preocupados porque una princesa tiene soriasis. Nadie juega frontón en las calles. No les gusta la lucha libre. Leen libros asquerosos.

Caminaron hacia los taxis.

—¿Trajiste tequila para tu amigo Cañada?

Justo asintió palmeando el maletín.

Después de un rato, ya en la autopista, Héctor le informó a su amigo:

—Irales tiene una copia del pectoral y la Viuda Negra dice que ella no lo tiene pero que sabe quién sí.

—A estas alturas me vale sombrilla, voy a desatar infiernos —dijo Vasco—. ¿Qué fumas?

—De todo y de lo mejor —contestó Héctor sacando cajetillas de todos lados: unos Habanos de la bolsa superior de la camisa, Cohibas y Coronas de la gabardina, súper 43 de la bolsa interior de la borrega del forro, Jean de la bolsa izquierda del pantalón.

Camino al hotel Justo Vasco también notó que la Cibeles sólo tenía tres leones, lo cual hizo que Madrid bajara mucho en sus respetos y puntuaciones.

XXX LA CULPA FUE DE ALVARADO

En el *hall* del hotelito de la lateral de la Gran Vía resultaba inusitado el despliegue de micrófonos, luces de televisión, grabadoras, fotógrafos. Luis Méndez estaba feliz repartiendo café gratis a todos los periodistas que se acercaban por el mostrador de recepción, de pasada daba su versión de los hechos, entregaba tarjetas de visita y un boletín de prensa con su resumen personal.

—¿Sabes algo de la pelirroja? —le preguntó Héctor en un descuido de sus labores de jefe de prensa autodesignado.

—Parece que no se va a morir. Llamé al hospital en la mañana y dicen que se va a salvar, aunque tiene una pierna convertida en una reverenda mierda. Ya les dije que le avisaran que no se preocupara por el dinero del hotel.

—¿Eso dijo el gerente?

—No, eso dije yo, que le perdí la factura. Al carajo. Si no se puede hacer una cosa así de vez en cuando...

Justo Vasco se había conseguido una mesita rococó de tres patas, la había cubierto con una bandera mexicana y luego, displicente, había permitido que se la llenaran de micrófonos con tripié. Vagaba por detrás del mostrador engrapando un dosier.

—Yo me siento, tú te pones a un lado.

—Ni madres —respondió Héctor—. A mí no me contrataste de figurante en conferencias de prensa.

—Te jodiste, mano. Nosotros dos somos la delegación mexicana.

—No cuentes conmigo.

—Bueno, no exactamente atrás, a un ladito.

—O sea que pasé de ser delegación oficial a delegación extraoficial.

—Más o menos, pero no me dejes tirado —dijo el subdirector del museo con una amplia sonrisa y cerrando la conversación mientras se dirigía a saludar a Silverio Cañada y un grupo de enchamarrados que parecían tener nuevas informaciones sobre aztecas, mayas, incas y guaraníes, mientras se sacudían el frío de la calle. Héctor se hizo humo.

La conferencia de prensa se inició con un par de palmadas de Justo que se acomodó en su silla rodeado de las cámaras y demás parafernalia. Habría unos cincuenta periodistas al menos. Y entre todos los asistentes, el que se encontraba mejor en su papel de anfitrión era el encargado de noche, el Méndez, que se había puesto para la ocasión una chaqueta dorada y una corbata estrecha de cuero negro.

—El pectoral de oro de Moctezuma, una de las joyas arqueológicas más interesantes del mundo —inició Justo Enrique Vasco con voz potente— pesa seis kilos veintiocho gramos, mide cuarenta y siete centímetros de alto y cincuenta y tres de ancho y está labrado en una sola pieza de oro sin laminar. Probablemente fue manufacturado entre los años 1400 y 1450 por artesanos de Azcapotzalco, quienes se lo entregaron a Moctezuma como parte de la relación tributaria de su pueblo. Es una pieza poco habitual en las culturas mesoamericanas y no cumple ningún papel ritual profano ni religioso. Tras la muerte de Moctezuma fue a dar a manos del salvaje y ladrón Pedro de Alvarado, y tras recorrer una extraña historia de herencias y hurtos, cuya pista puede seguirse hasta mediados del siglo XVIII, cuando se encontraba en manos de la familia Pérez Valero, fue donado anónimamente al Museo Nacional de Antropología de México en 1962. Tienen ustedes un dosier con esta información más ampliamente desarrollada y una fotografía del pectoral, en esas carpetas sobre el mostrador de recepción —Justo hizo una pausa teatral y encendió un Cohiba con filtro que le había robado al detective tuerto exhalando el humo con verdadero goce.

Héctor situado a espaldas de Justo pero a suficiente distancia para que se notara que él era de otro equipo de futbol, que sólo estaba pasando por ahí, vio de repente a Irales, sentado en un sillón cerca de la puerta, sonriendo.

—...eso confirmé su desaparición hace once días y en el museo tenemos pruebas suficientes para pensar que la pieza robada se encuentra en España.

Nueva y teatral pausa. Justo mentía. Debería saber del robo al menos hacía un par de meses, si no es que más. ¿Qué le había contado en México?

Era el momento de los *flashes*, mientras Vasco sacaba de su maletín una fotografía del pectoral en color y de buen tamaño y la mostraba antes de atacar por última vez:

—... Si en veinticuatro horas no se me hace entrega de la pieza como representante del Museo Nacional de Antropología, daremos a conocer a estos mismos medios de prensa la información que poseemos sobre quiénes han participado en el robo y quién es el comprador español que ha estado involucrado en la operación… Muchas gracias.

Y se puso de pie mientras los periodistas avanzaban sobre él acosándolo a la búsqueda de más datos, y el gordo y grande jarocho se convertía en esfinge egipcia sonriente y fumadora, mientras se escondía en una esquina del *hall* para hablar con su amigo Cañada.

Héctor sacudió la cabeza preguntándose: ¿Por qué así? ¿Qué quería Justo? ¿Aumentar la presión?

Luis Méndez se le acercó resplandeciente y ofreciéndole una Mirinda de naranja y aceitunas.

—De puta madre, tío. Pero qué bien, qué rebién está esto del chaleco azteca del Mocte, chaval.

XXXI VECINA (5) Y SALIR EN TELEVISIÓN

Mirar a la pelirroja cubierta de vendas y sondas le hacía revivir nostalgias mexicanas. ¿Por qué lo desvalido se asociaba con México? ¿Por qué no aceptaba que la muerte era también patrimonio español, y que por tanto podía estar en Madrid viendo a una jovencita canadiense que se había tirado de una ventana porque tenía poco dinero? ¿Para qué quería la plata? ¿No tenía posibilidad de sacarla de ningún lado?

De cualquier manera las preguntas se quedarían por ahí, porque no lo dejaron acercarse a la cama y sólo pudo verla de lejos. El cuerpo de granaderos mexicano bien pudiera auxiliarse de las enfermeras españolas.

De regreso al hotel, Justo lo esperaba en el pequeño restaurante de la planta baja tomándose unos cuernitos repletos de mantequilla y mermelada de naranja. Era como un buda alto y complacido.

—Los vi en televisión —dijo Luis Méndez sentándose a la mesa y sirviéndose un cuernito, llamado por aquellos lares *croissant* (recordó Héctor) y poniéndose a rellenarlo de mantequilla y mermelada.

—¿Usted no está en el turno de noche? Se aparece a todas horas.

—Ahora estoy libre, ¿no ves que estoy desayunando?, joder.

—Belascoarán, no irrites a nuestro eficiente portero de noche —dijo Justo con la boca llena.

—¿Y qué, ya apareció el pectoral? —preguntó Méndez también con la boca llena.

—No, pero ya mero. En unos instantes. Es cosa de horas, amigo —respondió Justo.

—Por cierto, los está esperando un chofer.

Héctor miró hacia la puerta del restaurante y reconoció al personaje, el chofer de la Viuda Negra y Manolete.

—Parece que atinaste, mano, creo que tenemos una entrevista —le dijo a Justo.

XXXII UN PINCHE PAR DE JOTOS

Manolete abrió la puerta abrochándose una camisa rosa de bailarín de flamenco. Un personaje que a Héctor le resultó conocido jugaba un solitario en la mesa de póquer.

—Por favor, pasen y siéntense —dijo Manolete con aire palaciego y se perdió en el interior de la casa.

Unos instantes después reapareció en la sala con el pectoral de Moctezuma bajo el brazo. Caminó hasta la mesa de póquer, hizo a un lado las cartas del testigo silencioso, sonrió a Justo y a Belascoarán y colocó la pieza acostada sobre la mesita de póquer.

—No es de ella, es mío.

—No es de ninguno de los dos, esa pieza es del país; eso quiere decir que es de todos —dijo Justo contemplando con cuidado el pectoral. Luego el museógrafo se acercó hasta tocarlo. Héctor esperó la reacción que no había de producirse. De repente recordó dónde había visto antes al testigo silencioso. En las oficinas de Irales. La Viuda Negra, que había aparecido de repente en la enorme sala, comenzó a gimotear.

—Si la quiere, se la juego —le dijo Manolete al director del museo.

—¿Contra qué?

—Contra el silencio si yo gano, por ejemplo.

—¿Y cómo estaría usted seguro?

—Yo soy un caballero, sólo tengo una palabra, y ustedes parecen ser gente de fiar…

Justo tomó del brazo a Belascoarán y se lo llevó hasta el otro extremo de la sala, cerca de la chimenea.

—¿Tú sabes jugar? —preguntó Héctor sonriendo.

—Para nada, mano. ¿Y tú?

—Alguna vez supe.

—Pues órale.

—¿Estás loco? ¿Me voy a jugar un tesoro de la nación al póquer? Me cae que no tienes madre, arqueólogo... ¿Sabes quién es el otro tipo?

—Rene Solís, el segundo de Irales.

—¿Y qué hace aquí?

—Representando, a ver si saca algo del asunto.

—¿Saco el martillo y nos llevamos el brasier de Moctezuma? —preguntó Héctor, y ya se disponía a entrar en acción cuando Justo lo detuvo tomándolo del brazo y, girando tan teatralmente como Manolete había colocado el pectoral sobre la mesa, le dijo al industrial fracasado, a la Viuda Negra, al segundo de Irales, a todos los que lo quisieran oír en Madrid:

—Aceptamos.

—No se diga más.

Manolete se sentó a la mesa, Justo tomó el pectoral y se lo acomodó en las rodillas, el ayudante de Irales se hizo a un lado, la Viuda Negra se sirvió un whisky y se lo bebió de dos largos tragos, y Héctor suspirando se sentó ante Manolete.

—¿Abierto o cerrado?

—Da lo mismo —dijo Héctor—, no se puede revirar. ¿O traes otra piecita arqueológica por ahí para ponerla en la mesa? —le preguntó a Justo.

—Nomás ésta —contestó muy serio el subdirector del museo.

—La carta más alta reparte —dijo Manolete, y cortando el mazo enseñó un siete. Belascoarán repitió la rutina y sacó un cuatro de corazones.

Manolete barajó creando abanicos y cruzando el mazo cortado en dos, haciendo que las cartas palpitaran. Héctor cortó.

—Voy sirviendo, amigo —anunció el español.

—Es sólo suerte. ¿Estás seguro de que no quieres sentarte aquí? —le preguntó Héctor a Justo.

—Para nada —contestó Justo abrazando el pectoral.

—Un siete —anunció Manolete colocándolo ante el detective.

—Un cuatro —replicó Héctor al ver la carta que el español se servía.

—Un rey.

—Un nueve.

—Un joto.

—Otro nueve y vamos jodidos —dijo el detective sudando ante el par de Manolete.

—Un as.

—Una dama.

—Carajo, otro joto —dijo Manolete colocando un joto de tréboles al lado del joto de corazones del detective y haciendo una pausa.

—Un tres —dijo Héctor suspirando.

El ayudante de Irales se llevó la mano a la frente y se atizó una palmada, la Viuda Negra produjo una extraña risita nerviosa, Manolete palmeo a Héctor en el hombro.

—Bueno, pues el brasier de Moctezuma, como le dice el tuerto de oro, gracias a un pinche par de jotos, se regresa a México, amigos —dijo Justo.

XXXIII ENVUELTO EN UN ABRIGO

Héctor sonrió al sentir el aire helado que venía del río. A pesar del frío sentía un sudor pegajoso en la espalda.

—Te voy a avisar cuando se vayan a jugar otros tesoros de la patria en alguna parte del mundo, mano. La verdad es que me encanta... ¡Pero qué reverendo culero soy! Yo creo que la justicia es ciega, por lo tanto tú que estás tuerto estás a la mitad de camino —dijo Justo pasándole al detective el abrigo donde tenía envuelto el pectoral y encendiendo un cigarrillo.

Héctor se calló todo lo que había pensado decirle a su amigo mientras descendían en el elevador. Abrazando el abrigo con el pectoral decidió que, total, si no hubiera querido verse involucrado en una locura se hubiera quedado en el DF estudiando merengue.

El coche frenó enfrente de ellos chirriando las llantas. De él salieron un par de tipos revólver en mano. Justo retrocedió para apoyarse contra la pared del edificio. Héctor depositó el pectoral en el suelo y sacó de la funda su martillo, que se había vuelto compañero permanente.

—Nos lo llevamos —dijo uno de ellos señalando el bulto tirado en el suelo. Héctor sostuvo firmemente el martillo, pero la mano de Justo lo tocó en la espalda.

—Déjalos —dijo.

Mientras uno de ellos, el delgado de bigotillo, los mantenía encañonados, el otro recogió el abrigo que contenía el pectoral. Retrocedieron apuntándoles. ¿Valía la pena recordar las placas del coche? Arrancaron haciendo el mismo ruido con el que habían llegado. Héctor tomó impulso y arrojó el martillo que rompió el cristal trasero del automóvil. Un brazo saliendo por la ventanilla lateral respondió con un par de tiros que se perdieron en el aire. Justo y Héctor se dejaron caer al suelo, pero no importaba, el coche había desaparecido en la noche.

—Tú estás loco —dijo Justo jadeando.

¿A qué horas había corrido su amigo?, pensó Héctor.

—Vamos por el pectoral, seguro que lo tiene Irales —dijo el detective—. Nomás necesito un martillo nuevo.

—Nanay, ni se te ocurra —respondió el museógrafo—. Vamos a cenar tortilla de patata en una taberna, ¿no era eso lo que querías? Deja que las cosas fluyan, compadre.

Héctor miró a su amigo lentamente.

—¿No quieres que vaya, verdad?

—No.

—Tampoco quieres contarme lo que está pasando.

—Tampoco.

XXXIV PAQUETE

Comieron en silencio una tortilla de patata que estaba seca, y pasearon fumando hasta el hotel. En la recepción Luis Méndez los esperaba con un paquete envuelto en papel estraza y rodeado de un cordoncito rojo por todos lados. Envoltura de momia. Justo Vasco lo recogió y subieron hasta su cuarto.

Sobre la cama, haciendo a un lado una novela policiaca de Jurgen Alberts en idioma original, Justo comenzó a desenvolver el paquete.

El pectoral de oro brillaba a la luz de los tristes focos de sesenta watts de la habitación del hotel. Héctor lo contempló con la fascinación que el pequeño objeto dorado le producía. Comenzaba a encariñarse con él. Unos juerguistas cantaban bajo la ventana aquella canción que decía: «A mí, me gusta el pin pi ri bin pin pin, de la bota empinar...».

—¿Es el verdadero?

—Ajá —contestó Justo puliendo con la manga de su camisa una inexistente motita de polvo del frente del pectoral.

—¿Quién te lo mandó?

—El que nos lo había quitado. A lo mejor se asustó del martillazo que le sonaste al carro.

Héctor se dio media vuelta y salió de la habitación. Estaba dispuesto a jugar el juego, siempre y cuando alguien le avisara de quién era la pelota, dónde era el partido que se jugaba, contra quién jugaban y cuáles eran las reglas.

Tomó un taxi en la puerta del hotel y fue a dar al hospital. En la recepción le informaron que los padres habían venido a recoger a la jovencita canadiense y se la habían llevado.

Vagó toda la noche por Madrid con la negra esperanza de que alguien tratara de asaltarlo para romperle la cabeza a patadas. Extrañó su martillo. A ratos sintió que estaba paseando por el DF. En cierta manera estaba ya regresando.

XXXV ¿CÓMO TE DISTE CUENTA?

Al cruzar migración, después de que les sellaron sus pasaportes tuvieron que depositar el pectoral en la cinta del detector de bombas y artefactos. Héctor contempló aterrorizado el paso y desaparición del paquete, que iba acompañado de todo tipo de lacres y sellos oficiales de las autoridades del patrimonio artístico español. Los dos policías secretos que los habían custodiado hasta allí se despidieron con un gesto.

Habían sido breves las demás despedidas. Un par de vasos de vino de Valdepeñas tomados con el conserje nocturno Méndez, una visión fugaz de Madrid en un amanecer gélido.

Se sentaron al lado de unos *hippies* prehistóricos holandeses que dormían en la sala internacional a la espera de un vuelo de tránsito. Héctor sin soltar el paquete azteca se acercó a una máquina de Cocacolas y gastó sus doscientas últimas pesetas en monedas. Luego se dejó caer en un sillón al lado de Justo.

—¿Lo que estoy cargando es una copia? ¿Verdad? —preguntó Héctor de repente.

Justo Vasco lo contempló atentamente, luego se rio.

—¿Cómo te diste cuenta?

—Hijo de la chingada —dijo Belascoarán Shayne, detective mexicano admirado—. Pero la que se ha quedado en España, la que tiene Irales, también es una copia… —y ahí, en ese instante Héctor musitó, como si se contara a sí mismo las conclusiones—: Le dejaron a Irales otra copia… La pieza buena nunca salió de México. La que le regaló el ex presi a la Viuda era una copia…

—¡Qué bárbaro!, si llego a saber que eras tan inteligente, contrato a otro más pendejo.

—Y a mí sólo me querías para hacerlo todo más real, para engañar a Irales.

—Más cinematográfico. Da mucho caché, da prestigio andar con un salvaje como tú, detective, con acento mexicano tuerto... que arroja martillos a los automóviles.

—Nos jugamos al póquer una copia, Irales se la roba; pero te la paga para que no la hagas de pedo, y te entrega su copia, la que una vez me enseñó. Él se queda con la que piensa es de verdad. Ya hubo un anuncio de que había sido robada, o sea que su pieza vale un huevo en el mundo de estos pendejetes coleccionistas, y te deja la copia chafa que él había hecho. Pero resulta que el de verdad nunca salió de México, y la que tenía la Viuda era otra copia.

—Así merengues. Qué bárbaro, Sherlock, qué poder deductivo.

—¿Era de oro la copia?

—No es tan caro el oro, sobre todo para chapear.

—¿De a cómo es el cheque que andas cargando?

—Nada de cheque, cash, efectivo, treinta y ocho millones de pesetas, amigo. Tuve que dejarle dos a la Viuda por echarme una mano en el montaje.

—¿Manolete también estaba en la jugada?

—No, cómo va a ser. Sólo la Viuda. Demasiados actores estropean la obra —dijo Justo robándole al detective su lata de Cocacola y dándole un largo sorbo.

—¿Y qué vas a hacer con el dinero?

—¿No supondrás que es para mí, verdad?

—Espero que no, porque si es así, primero me cobro los sustos y las desveladas rompiéndote el culo a martillazos, y luego la conferencia de prensa la voy a dar yo llegando a México y al que se le van a caer los huevos por andar traficando con piezas de arte es a ti.

—Yo soy el último de los funcionarios públicos honestos que quedan en México, amigo. El último de los mohicanos, la excepción de las reglas, el Benito Juárez de la arqueología, el Llanero Solitario de los museos transados. El dinero es para instalar un sistema de defensa contra incendios en el museo... Supongo que no tendrás ninguna objeción.

Héctor se quedó pensando.

—Ninguna. El que roba a un ladrón... Pero nunca jugaría póquer contigo.

—No sé jugar ni canicas, amigo —dijo Justo.

XXXVI PONER FIN

Les sirvieron un whisky y una Cocacola en el avión. Ocupaban una fila completa con el pectoral sentado entre ambos. Héctor contempló la ciudad, que la nave circunavegaba después de un despegue rápido.

—Adiós, Madrid.

—Ése es el título de una canción de Zitarrosa, ¿no?

Héctor afirmó.

—También es una frase que decían seguido mis padres, como queriendo decir: «qué desmadre, vaya lío», cuando querían explicar que ya no había manera de arreglarlo.

Se quedaron en silencio mientras el avión despegaba. De repente, Justo se rio.

—¿...?

—No, no es contigo, sólo estaba pensando en que a lo mejor se podía hacer la misma movida en Houston. El museo necesita mejorar la sección de investigación... Y por otro lado está la posibilidad de transarnos a los austriacos y tumbarles el verdadero penacho de Moctezuma. No sería...

Sobre las imágenes de un Madrid suburbano, de multifamiliares sin panderetas, ojeando por la ventanilla, Héctor Belascoarán pensó que casi se podía poner fin a todos esos días y correr los créditos de salida.

ÍNDICE